Wochenblatt für merkwürdige Rechtsfälle

12. Jahrgang

SALZWASSER
VERLAG

Anonym

Wochenblatt für merkwürdige Rechtsfälle

12. Jahrgang

Unveränderter Nachdruck der Originalausgabe von 1864.

1. Auflage 2022 | ISBN: 978-3-37500-050-9

Verlag: Salzwasser Verlag GmbH, Zeilweg 44, 60439 Frankfurt, Deutschland
Vertretungsberechtigt: E. Roepke, Zeilweg 44, 60439 Frankfurt, Deutschland
Druck: Books on Demand GmbH, In de Tarpen 42, 22848 Norderstedt, Deutschland

Wochenblatt

für

merkwürdige Rechtsfälle

in actenmäßigen Darstellungen

aus dem

Gebiete der Justizpflege und Verwaltung

zunächst für das

Königreich Sachsen.

Neue Folge Zwölfter Jahrgang

1864.

Leipzig

Alphabetisches Sachregister

zum

Wochenblatt für merkwürdige Rechtsfälle.

Neue Folge Zwölfter Jahrgang 1864.

A.

B.

C.

D.

E.

F.

G.

H.

J.

K.

L.

W.

Z.

Von diesem Wochenblatte erscheinen jährlich 64 Nummern zu 1 Quartbogen und außerdem am Jahresschlusse ein ausführliches Register.

Wochenblatt
für
merkwürdige Rechtsfälle,
in actenmäßigen Darstellungen
aus dem Gebiete der Justizpflege und Verwaltung
zunächst für das
Königreich Sachsen.

Alle Postämter u. Buchhandlungen übernehmen Bestellungen und liefern das Quartal zu dem praenumerando zu entrichtenden Preise von 1 Thaler.

Verlag von **Bernhard Tauchnitz** in Leipzig.

№ 1. Neue Folge Zwölfter Jahrgang. **1864.**

1.

Beitrag zur Lehre von der Cession der Forderungen. — Bei mehreren Cessionen desselben Außenstandes entscheidet die Priorität der Cession. — Eine Licitalgelderpost kann in dem Falle, wenn der Eintrag des Gesammtquanti der Erstehungsgelder zu Gunsten des Subhastationsdepositi erfolgt ist und die einzelnen zur Perception gelangenden früheren Hypothekarier, deren Hypotheken gelöscht sind, nicht einen anderweiten speciellen Eintrag erlangt haben, nicht als hypothekarischer Außenstand im Sinne des §. 84. des Gesetzes vom 6. November 1843 gelten.

Mitgetheilt von
Herrn Dr. L. in L.

In Rechtssachen R. ⁄. G. war vom Handelsgerichte im Bezirksgerichte zu Leipzig der Beklagte in Bezahlung einer Summe von mehreren Hundert Thalern verurtheilt, von dem Kläger aber nachmals, um zu theilweiser Befriedigung zu gelangen, Vollstreckung der Hülfe in diejenigen 161 Thlr. —‚ —‚ sammt Zinsen vom 27. October 1854 beantragt worden, welche G. von den Licitationsgeldern des subhastirten Hausgrundstücks No. 6. des Grund- und Hypothekenbuchs für Th. zu erhalten hatte. Das Gerichtsamt II. zu Leipzig verfügte auf Requisition des Handelsgerichts vom 15. Juni 1859 zu Gunsten des Klägers; die Gültigkeit dieser Hülfsvollstreckung bestritt jedoch Carl M. unter Bezugnahme auf eine von G. am 22. Mai cj. ai. ausgestellte und am 24. cj. mens. beim Gerichtsamte I. gerichtlich recognoscirte Cessionsurkunde, worin ernannter G. ihm sothane 161 Thlr. —‚ —‚ c. a. abgetreten hatte, und stellte den Antrag, daß die Auszahlung dieser Licitalgelder zu seiner Zeit an ihn erfolgen und R. mit seinem Antrage abgewiesen und in die Kosten verurtheilt werden möge. Ueber diese Differenz entschied zunächst das Gerichtsamt II. (April 1862) zu Gunsten R.'s; M.'s Suchen sei unstatthaft, vielmehr mit Entnahme der Licitalgelder in Gemäßheit der Requisition aus dem beim Gerichtsamte befindlichen W.'schen Licitalgeldercontо no. 371. und deren Abgabe an das Handelsgericht zu verfahren, Impetrant M. auch die durch seinen Antrag entstandenen Kosten zu erstatten schuldig, eine Entscheidung, welche sich rechtfertige, wenn man erwäge, daß das Gerichtsamt bereits vor Eingang der Cessionsurkunde auf die Requisition in Gemäßheit des Gesetzes vom 28. Februar 1838 und des Sportulregulativs vom 15. September 1861 verfügt gehabt, ingleichen daß die fraglichen Licitalgelder aus dem Gerichtsdepositum an den Impetrant G. auszuzahlen gewesen, das Gerichtsamt in Betreff derselben als debitor debitoris im Sinne des Executionsgesetzes anzusehen gewesen, folglich nach Eingang der (handelsgerichtlichen) Verfügung nicht mehr zu einer anderweiten Disposition über die fraglichen Gelder befugt gewesen und durch eine später zu seiner Kenntniß gekommene Cession nicht befugt werden können; daß auch das ältere Datum der letztern daran um deswillen nichts zu ändern vermöge, weil die Verpflichtung des debitor debitoris zur Zahlung an den Cessionar erst von der über die Cession erhaltenen Nachricht beginne.

Auf M.'s Berufung erkannte das Königl. Appellationsgericht zu Leipzig, welches M.'n als Intervenienten, R.'n als Klägern und G. als Beklagten aufführte (December 1862), also:

„Die Hauptsache anlangend, ist der rc. Bescheid mit dem Bemerken, daß

1.

das Vorbringen Bl. — der Sache nach als eine Intervention aufzufassen ist, deren Zweck dahin geht, das für den Kläger durch die Bl. — ersichtliche Requisition des fol. cit. bezeichneten Proceßgerichts geschaffene pignus nominis necessarium unwirksam zu machen, wogegen es einer Erörterung der Frage, ob das Gerichtsamt II. zu Leipzig als Hypothekenbehörde, an welche der Beklagte als Inhaber der verholfenen Forderung, sich für den Fall der Exigibilität des ihm angewiesenen Licitationsgelderbetrages seiner Befriedigung halber zu halten hatte, an sich als die zu Leitung und Entscheidung des Interventionsstreites competente Behörde zu betrachten sei, nicht bedarf, weil die Parteien auf die Entscheidung dieses Gerichts factisch compromittirt haben, und das Compromiß von dem letzteren thatsächlich genehmigt worden ist,

2.

daß der Reclamationsanspruch des Intervenienten Bl. — auch in gegenwärtiger Instanz als ein unschlüssig begründeter, und als ungeeignet bezeichnet werden muß, eine Interlocutoria auf Beweis zu rechtfertigen, da der Intervenient

a) weder darauf, daß vor dem 15. Juni 1859 — dem Tage, an welchem die Hülfsverfügung Bl. — bei dem requirirten Gerichte eingegangen ist — zwischen ihm und dem Forderungsinhaber ein Cessionsvertrag mündlich vereinbart worden sei, Bezug genommen, noch

b) anzuführen vermocht hat, daß ihm das Original der Bl. — in beglaubigter Abschrift ersichtlichen Cessionsurkunde vor dem gedachten Tage von Beklagtem übergeben, und durch Annahme dieses Schriftstückes die in derselben ausgedrückte Cessionserklärung von ihm, dem Intervenienten, factisch acceptirt worden sei, noch endlich

c) aus den Acten zu entnehmen ist, daß der Intervenient seinen Beitritt zu dem von Beklagtem an dem Schlusse sothaner Urkunde Bl. — an die Hypothekenbehörde gerichteten Gesuche, „es möge die fragliche Licitationsgelderforderung als eine in des Intervenienten Vermögen übergegangene behandelt werden", vor dem sub a. gedachten Zeitpunkte der erwähnten Behörde gegenüber erklärt, und hiermit eine thatsächliche Annahme der von Beklagtem schriftlich ausgesprochenen Abtretung bewerkstelligt habe,

die dem Interventionsanspruche gegebene factische Begründung Bl. — vielmehr sich auf das Anführen beschränkt,

die Abtretung der Forderung habe laut der Bl. — ersichtlichen Urkunde bereits am 22. Mai 1859 stattgefunden,

die Unzulänglichkeit dieses Anführens aber von selbst einleuchtet, da durch die Niederschrift und Vollziehung einer Urkunde, welche den Dispositionsact einer Forderungscession verlautbart, für sich allein die Ausscheidung des cedirten Klagerechtes aus dem Vermögen des Cedenten und der Uebergang desselben in das Vermögen des in der Urkunde bezeichneten Cessionars nicht bewirkt wird, dieser Uebergang vielmehr erst dadurch herbeigeführt werden kann, daß die Schrift, welche für sich lediglich einen in jedem Momente widerruflichen Entschluß des Ausstellers zur Erscheinung bringt, dem Cessionar von dem Aussteller übergeben, oder wenigstens mit dem Willen des letzteren in die Hände des ersteren gelangt, woraus von selbst folgt, daß für die Behauptung des Intervenienten, die streitige Forderung habe sich zur Zeit der Hülfsvollstreckung nicht mehr in dem Vermögen Beklagtens, des Schuldners Klägers, befunden, alle und jede thatsächliche Unterlage mangelt,

3.

daß endlich, selbst wenn es, wie nicht der Fall, zulässig wäre, die verspätete und mit der amtlichen Notiz Bl. — im Widerspruche stehende Angabe des Intervenienten in der Appellationsinstanz Bl. —,

die Cessionsurkunde sei am 20. Juni 1859 nicht von Beklagtem, sondern von ihm, dem Intervenienten, bei der Hypothekenbehörde persönlich eingereicht worden,

bei der Entscheidung zu berücksichtigen, hierdurch ein dem Intervenienten günstiges Resultat nicht gewonnen werden könnte, weil aus diesem Anführen nicht folgt, daß derselbe sich bereits vor dem 15. Juni 1859 in dem Besitze der Cessionsurkunde befunden habe, und daher schon an diesem Tage die Ausscheidung der streitigen Forderung aus dem Vermögen G.'s durch factische Annahme der Cessionserklärung zur Ausführung gebracht worden sein müsse, wogegen das Hülfsrecht Klägers nach Bl. — bereits an dem gedachten 15. Juni 1859 zur Entstehung gelangt ist,

der eingewendeten Berufung ungeachtet zu bestätigen, es werden jedoch die Kosten des Rechtsmittels zwischen dem Intervenienten und dem Kläger compensirt, da für das Prioritätsverhältniß zwischen mehreren Cessionaren und Hülfspfandgläubigern unter sich bei einer an der nämlichen Forderung entstehenden Concurrenz der Zeitpunkt der an den Schuldner erfolgten Denunciation von keinem entscheidenden Einflusse ist, sonach den Rationen der vorigen Instanz nicht hat beigepflichtet werden können, und diese Erwägung den Intervenienten von dem Vorwurfe einer muthwilligen Beschreitung des Instanzenzuges befreit."

Auf Klägers Berufung erkannte unterm 30. Januar 1863 das Königl. Oberappellationsgericht zu Dresden, welches als Parteien nur M.'n und R.'n, erstern als Klägern, letztern als Beklagten, aufführte, reformatorisch also:

„Die Hauptsache wie die Kosten erster Instanz anlangend, ist es bei vorgedachtem Urthel (2. Instanz) und dem dadurch bestätigten Bescheide Bl. — nicht zu lassen, würde vielmehr Kläger binnen dreiwöchiger Frist, Beklagtem der Gegenbeweis, beiden Theilen der Eidesantrag und andere Rechtscompetenz vorbehältlich, wie Recht erweisen, daß ihm vor dem 15. Juni 1859 C. L. G. die in Streit befangene Licitalgelderpost cedirt habe, so ergehet in der Sache ferner, was Recht ist, und werden, wie es bei der Compensation der Kosten voriger Instanz bewendet, auch die gegenwärtiger zwischen den Parteien aufgehoben."

Die beigefügten Entscheidungsgründe sind folgenden Inhalts:

„Eine Licitalgelderpost der in Streit befangenen Art kann jedenfalls dann, wenn, wie hier nach Bl. — geschehen, der Eintrag des Gesammtquanti der Erstehungsgelder zu Gunsten des Subhastationsdepositi erfolgt ist, und die einzelnen zur Perception gelangenden früheren Hypothekarier, deren Hypotheken, wie hier Bl. — sub 22. ersichtlich, gelöscht sind, nicht einen anderweiten speciellen Eintrag erlangt haben, was nicht behauptet und sonst nicht indicirt ist, nicht als ein hypothekarischer Außenstand im Sinne des §. 84. des Grund- und Hypothekengesetzes vom 6. November 1843 (vergl. auch §. 60. des Executionsgesetzes vom 28. Februar 1838) gelten,

Siegmann, das K. S. Hypothekenrecht, 1861. S. 251.

wie denn, wäre selbst ein Anderes der Fall — wofür jedoch die Marginalbemerkungen Bl. — selbstverständlich nicht sprechen —, Kläger und Beklagter immer wieder auf derselben Stufe ständen, da auch Letzterer einen Eintrag im Grund- und Hypothekenbuche vor dem Ersteren nicht voraus hätte.

Hiernach sind Kläger und Beklagter, welchem fein in Betreff der Form von Jenem in keiner Weise bestrittenes Hülfsrecht nach §. 59. des Executionsgesetzes vom 28. Februar 1838 lediglich das Recht eines Cessionars verschafft haben würde, Cessionare C. L. G.'s.

Nun ist aber allerdings, wie von voriger Instanz Bl. — angedeutet, zwischen zwei Cessionaren desselben Außenstandes die Priorität der Cession an sich für das Recht des Einen oder Anderen maaßgebend.

Zwar ist dieser Satz gemeinrechtlich ein nicht unbestrittener, und es ist bis in die neueste Zeit von Manchen der Nachweis versucht worden, daß die Denunciation Seiten des Cessionars eine Art Inbesitznahme der Forderung enthalte, welche, wenn sie von dem zweiten Cessionar zuerst bewirkt werde, seiner Cession ein Vorzugsrecht vor der des ersten Cessionars verschaffe, gleich wie wenn an zwei Personen nach einander dieselbe Sache verkauft, und dem zweiten Käufer übergeben worden sei, dieser in dem etwaigen Streite mit dem Käufer obtinire, wie denn auch noch verschiedene Mittelmeinungen zu Ausspruch gelangt sind.

Arndts, Pandecten, §. 256. und S. 919. der 4. Ausgabe zu S. 421.

Allein wie das Oberappellationsgericht die auch von voriger Instanz Bl. — ausgesprochene Meinung an und für sich als die richtigere zu befinden hatte,

Mühlenbruch, Cession, §. 48. ad not. 19. ed. III. p. 502.

so ist bei dieser Auffassung gegenwärtig um so unbedenklicher stehen zu bleiben, als das bürgerliche Gesetzbuch §. 968 flg. die Controverse in diesem Sinne löst, und somit als Quelle der Kenntniß von der Ansicht des Gesetzgebers auch für ältere Fälle [ni]cht ohne Gewicht ist.

Es bestimmt nämlich §. 968.:

> Die Abtretung hat die Wirkung, daß der Abtretende aufhört, Gläubiger zu sein, die Erfüllung der Forderung nicht mehr verlangen, über die Forderung nicht weiter verfügen, sie nicht noch ein zweites Mal abtreten kann, überhaupt aber die Aufhebung der Forderung durch einen ihm oder einem Anderen, dem er die Forderung anderweit abgetreten hat, gegenüber wirksamen Erlöschungsgrund ausgeschlossen ist, vorbehältlich der Vorschriften in §§. 972. und 973.

woneben die Ausnahme des §. 972. den Fall einmaliger Cession, und beziehentlich der Zahlung vor erlangter Kenntniß Seiten des Cessus an den Cedens, resp. des Vertrags mit demselben betrifft, die des §. 973. aber dahin lautet:

> Hat der Gläubiger die Forderung mehrere Male abgetreten und der Schuldner von der früheren Abtretung keine Kenntniß erhalten, so wird der Schuldner durch Erfüllung an Denjenigen, welchem die Forderung später abgetreten worden ist, und durch Vertrag mit demselben von der Schuld frei u. s. w.

übrigens dem allgemeinen Principe des §. 764. entspricht.

Diese Grundsätze führen in dem concreten Falle, wo noch nicht gezahlt ist, übrigens auch nicht etwa die Rückantwort Bl. — einen Vertrag der in §. 973. bemerkten Art involvirt, mit Nothwendigkeit dahin, daß die fingirte Cession an Beklagten wirkungslos ist, wenn Kläger durch ältere Cession bereits Inhaber der in Frage stehenden Forderung G.'s war.

Gleichwohl ist in dem Urthel Bl. — Kläger um deswillen zurückgewiesen, weil nicht erhelle, auch nicht mit genügender Bestimmtheit angeführt sei, daß sein Wille bei unzweifelhaft älterer Cessionserklärung G.'s, Inhaber der Forderung zu werden, bereits vor dem Zeitpunkte existirt habe, wo Beklagter fingirte Cession erhalten habe.

Hat man nun auch der vorigen Instanz darin beizupflichten, daß beziehentlich in Conformität mit dem im bürgerlichen Gesetzbuche §. 962. a. E. ausgesprochenen Grundsatze:

> „in anderen Fällen (als denen einer gesetzlichen Verpflichtung zur Abtretung) richtet sich die Zeit des Ueberganges nach dem Rechtsgeschäfte, durch welches die Abtretung geschieht",

jedenfalls der Wille Klägers, Cessionar zu werden, vor der fingirten Cession an Beklagten existent gewesen sein müsse, und trifft hierunter auch unzweifelhaft Klägern die Beweislast, die durch die Urkunde Bl. — allein nicht auf den Beklagten gewälzt werden kann, da sie zwar über die Willensrichtung G.'s, nicht aber über die Klägers dem Dritten gegenüber klare Maaße giebt, so fällt es doch bedenklich, in Betreff der Form der Behauptung, daß der Wille Klägers, Cessionar zu werden, bereits vor dem Eingange der Requisition Bl. — existirt habe, so strenge Anforderungen zu stellen, als dies Seiten der vorigen Instanz geschehen ist.

Denn Kläger hat Bl. — mit Bestimmtheit ausgesprochen, daß die Cession am 22. Mai 1859, also vor dem 15. Juni, stattgefunden habe, und es mag der Zwischensatz: „laut der bei den betreffenden Acten befindlichen Urkunde darüber", nicht als eine Beschränkung dieses Anspruchs, sondern, wie es auch Kläger Bl. — erklärt, nur als der allerdings nicht gelungene Versuch betrachtet werden, denselben sofort in Liquidität zu stellen.

Nach der Natur des vorliegenden tumultuarischen Processes ist daher auf Beweis für Klägern zu erkennen und hierbei beiden Theilen der Eidesantrag vorzubehalten, wogegen Beklagter im Gegenbeweise — directen oder indirecten kann nach Lage der Sache dahingestellt bleiben — dasjenige auszuführen freisteht, was er Bl. — gegen die Anführungen Klägers vorgebracht hat.

War hiernach in der Hauptsache, wie wegen der Kosten erster Instanz reformatorisch zu sprechen, so mußten auch, wie es bei der Compensation der Kosten zu bewenden hatte, die des anderweiten Rechtsmittels compensirt werden."

Auf anderweite Berufung Klägers confirmirte das Königl. Oberappellationsgericht die Tertia mittelst Urthels vom 30. Mai 1863 aus folgenden Gründen:

„Das Erkenntniß der vorigen Instanz stimmt mit der Entscheidung der zweiten Instanz nach Bl. — in dem für die Beurtheilung des vorliegenden Falles einflußreichen Ausspruche überein, daß zwischen zwei Cessionaren derselben Forderung die Priorität der Cession für das Recht des Einen oder des Anderen maaßgebend sei. Es würde sich hiernach fragen, ob mit Rücksicht auf die Bestimmungen in §. 12. des Gesetzes B. vom 28. Januar 1835 in diesem Punkte eine Berücksichtigung des eingewendeten Rechtsmittels formell zulässig sei; indeß hat man, auch abgesehen hiervon, der erwähnten Ansicht der beiden vorigen Instanzen nur beitreten können. Das Dispositionsrecht des Cedenten über die abgetretene Forderung wird durch die Cession dieser Forderung allerdings nicht ohne Weiteres aufgehoben; vielmehr besteht es insoweit fort, daß der abgetretene Schuldner, so lange ihm die Cession von dem Cessionar noch nicht angezeigt worden ist, gültiger Weise an den Cedenten zahlen oder mit demselben einen die Aufhebung seiner bisherigen Verpflichtung bewirkenden Vertrag abschließen kann; allein der Cessionar ist hierbei schon nach römischem Rechte dergestalt vor dem Cedenten begünstigt, daß ihm der letztere nur durch die wirkliche Empfangnahme der Zahlung oder den thatsächlich erfolgten Abschluß eines solchen Vertrags zuvorkommen kann, während ihn der Cessionar schon durch die Anzeige der Cession beim Schuldner von der weiteren Disposition über die Forderung ausschließt. Mehr Rechte, als ihm bei der ersten Cession dem Cessionar gegenüber noch verblieben sind, kann der Cedent auch auf den zweiten Cessionar nicht übertragen, es kann mithin auch der zweite Cessionar dem ersten nur durch die Entgegennahme der Zahlung oder den Abschluß eines den Schuldner befreienden Vertrags zuvorkommen; so lange noch keines von Beiden geschehen ist, entscheidet beim Zusammentreffen der zwei Cessionare die Zeitfolge der Abtretungen. Das Recht, den ersten Cessionar durch eine Anzeige beim Schuldner auszuschließen, steht dem zweiten Cessionar, wie bemerkt, deshalb nicht zu, weil es der Cedent infolge der ersten Cession dem älteren Cessionare gegenüber selbst nicht mehr besaß, und es mag also beiläufig hinzugefügt werden, daß, wenn man auch annehmen wollte, daß die Behändigung der in §. 57. des Gesetzes vom 28. Februar 1838 vorgeschriebenen Auflage an den Schuldner der als Hülfsobject bezeichneten Forderung nach §. 59. ebendaselbst nicht blos die Stelle einer Cessionserklärung, sondern zugleich auch die Stelle der Anzeige beim Schuldner vertrete, dennoch durch diesen Act das dem ältern Cessionar zustehende prioritätische Recht nicht alterirt werden würde. Zu erwähnen ist dabei noch hinsichtlich des Einwandes Bl. —, daß das bürgerliche Gesetzbuch Bl. — nicht als directe Entscheidungsnorm angezogen, sondern die einschlagenden Vorschriften desselben nur deshalb angeführt worden sind, weil man daraus ersieht, daß der Gesetzgeber die Bl. — berührte Streitfrage ebenso, wie dies in voriger Instanz geschehen, entschieden hat.

Daß durch die Verfügungen, welche die Grund- und Hypothekenbehörde in Hinblick auf ihre Verbindlichkeit, die noch außenstehenden Licitationsgelder einzuheben und dem Distributionsplane gemäß an die Percipienten auszuzahlen, nach Eingang der in Form der Requisition gehaltenen Auflage Bl. — getroffen hat, ein Vertrag zwischen dem Beklagten und dem abgetretenen Schuldner abgeschlossen und dadurch die cedirte Forderung selbst zu bestehen aufgehört habe, läßt sich in keiner Weise behaupten. Die Grund- und Hypothekenbehörde konnte noch nicht zahlen, weil die zur Befriedigung des Cedenten bestimmten Gelder damals noch gar nicht fällig waren; sie ist mit dem gegenwärtigen Beklagten selbst in keine unmittelbare Berührung getreten und hat auch keine neue und selbstständige Verpflichtung gegen denselben übernehmen zu wollen erklärt, sondern sich Bl. — darauf beschränkt, dem Proceßgerichte, von welchem die beantragte Hülfsvollstreckung ausgegangen war, den Empfang der Auflage zu bekennen und dasselbe zu benachrichtigen, daß dermalen noch nicht, sondern erst künftig eine Zahlung erfolgen könne. Die Maaßregeln, welche die Grund- und Hypothekenbehörde sonst noch infolge der Resolution Bl. — ergriffen hat, erklären sich durch den innern Organismus der Behörde, an welche die Hülfsverfügung gerichtet war, und hatten augenscheinlich nur den Zweck, den Act der Hülfsvollstreckung dergestalt vollständig zu expediren, daß derselbe nicht bei künftiger Einzahlung und Vertheilung der Licitationsgelder übersehen werden möchte.

In Bezug auf die Schlüssigkeit des Anführens, daß die vom Kläger geltend gemachte Cession am 22. Mai 1859, also vor dem 15. Juni 1859 stattgefunden habe, und das Thema des dem Kläger diesfalls auferlegten Beweises, genügt es, auf die Rationen voriger Instanz Bl. — zu verweisen, denen allenthalben beigepflichtet werden muß.“ rc.

2.

Zur Lehre von den Kirchenstühlen.

Mitgetheilt von
Herrn v. —r in D.

In der Parochie K. entstand im Jahre 1856 zwischen dem Hausbesitzer W. und dem Begüterten K. eine Differenz, indem der erstere einen Kirchenstand, den der frühere, immittelst verstorbene Pfarrer dortselbst bereits im Jahre 1853 nach dem Ableben seines Inhabers, eines gewissen G. M., als erledigt an den besagten K. überlassen hatte, in der Eigenschaft als Verwandter des verstorbenen G. M. für sich in Anspruch nahm, während K. die Rückgabe dieses Kirchensitzes unter der gleichzeitigen Behauptung verweigerte, daß der letztere zu seinem Besitzthume als Realstuhl gehöre.

Die Kircheninspection behandelte diese Differenz als Verwaltungsstreitigkeit im Sinne des §. 1. des Gesetzes sub D. vom 30. Januar 1835 zwischen W. und K., und entschied demgemäß mittelst administrativrichterlichen Bescheides in erster Instanz, und zwar dahin, daß W. mit dem erhobenen Anspruche abzuweisen sei.

Nachdem die Sache, in Folge eines von W. gegen dieses Erkenntniß eingelegten Recurses an die Kreisdirection zu D. zur Entscheidung gelangt war, sprach letztere besage Verfügung vom 9. September 1856 zuvörderst aus, daß, soviel die formelle Behandlung der erwähnten Angelegenheit anlange, selbige der Sachlage nach überhaupt nicht als Administrativjustizstreitigkeit, sondern vielmehr als reine Verwaltungssache nach §. 31. des obenberührten Gesetzes zu betrachten sei.

Denn wenn auch von W. anfänglich bei der ersten Verhandlung beiläufig die Behauptung aufgestellt worden, daß jener Kirchenstuhl ursprünglich zu dem von ihm besessenen Hausgrundstücke gehört habe, so sei doch von demselben diese Behauptung späterhin wieder fallen gelassen und im Gegentheile ausdrücklich angeführt und darauf sich bezogen worden, daß die Kirchenstände in der Kirche zu K., einschließlich des hier fraglichen, bis zu der in der neuesten Zeit, nämlich im Jahre 1855, getroffenen veränderten Einrichtung, den Parochianen lediglich für ihre Personen verlöst worden seien. Dabei habe W. zugleich sein Verlangen auf Ueberweisung des hier fraglichen

Kirchenstuhles bestimmt und ausschließlich darauf gestützt, daß die im Jahre 1853 stattgefundene Ueberlassung des letztern an K. von dem damaligen Pfarrer, den im Allgemeinen bestehenden Vorschriften über die Verlösung von Personalständen entgegen, eigenmächtiger und unbefugter Weise vorgenommen worden sei. Es handle sich also bei dem Anbringen des W. nicht um die Geltendmachung eines von selbigem, dem K. gegenüber, in Anspruch zu nehmenden eigenthümlichen Rechtes, sondern im Wesentlichen nur um eine Beschwerde über das beregte Verfahren des Pfarrers, und gleichwie die Entscheidung über die Begründung der letztern an und für sich nur Gegenstand rein administrativen Ermessens sei, so lasse sich auch nicht annehmen, daß diesfalls ein wirkliches Parteienverhältniß im Sinne der obenbezeichneten Gesetzstelle zwischen W. als Impetranten und K. als Impetraten obwalte. Hieran werde auch durch den Umstand etwas nicht geändert, daß K. seinerseits zugleich behaupte, daß ihm jener Stand in der Eigenschaft eines mit seinem Gute verbundenen Realstuhles zukomme, da die Frage, ob und inwieweit diese Behauptung begründet sei, wie die Sache stehe, ausschließlich das Interesse des K., nicht aber auch das Interesse des W. mit berühre und angehe, diesfalls daher ebensowenig von einem eigentlichen Rechtsanspruche auf Seiten der Genannten, einander gegenüber, die Rede sein könne.

Indem aber übrigens die Kreisdirection jenen Inspectionsbescheid als eine formell gültige administrative Resolution, bewandten Umständen nach, aufrecht erhielt, bestätigte sie zugleich denselben im Materiellen, als dem obwaltenden Sach- und Rechtsverhältniß entsprechend, und bemerkte zu Widerlegung des von dem Recurrenten dagegen Vorgebrachten Folgendes:

„Wenn W. vermeint, daß ihm als Verwandten des frühern Inhabers des beregten Kirchenstandes, G. M., ein Anspruch auf Verleihung dieses Kirchenstuhles einzuräumen gewesen sei, so ist dagegen darauf zu verweisen, daß bei Kirchenständen, die nur für die Person verliehen werden, den sogenannten gemeinen Kirchenständen, nach der, auf Grund der einschlagenden gesetzlichen Vorschriften, im Allgemeinen bestehenden kirchenrechtlichen Verfassung,

vergl. Synodaldecrete von 1624 und 1673, §. 102. und resp. §. 85. in Verbindung mit dem Rescripte vom 19. Juli 1686, so wie

v. Weber's sächs. Kirchenrecht, II. Aufl. Band 2. Seite 643.

überhaupt nur wirkliche Blutsverwandte, nicht aber auch blos Verschwägerte des letzten Kirchenstuhlbesitzers ein Vorzugsrecht vor andern, nicht in diesem Verhältnisse stehenden Personen rücksichtlich der Verleihung des betreffenden erledigten Standes in Anspruch zu nehmen befugt sind, und daß daher W., der nicht wirklicher Blutsverwandter des G. M., sondern nur Schwiegersohn desselben gewesen ist, folglich also blos in dem Verhältnisse eines Verschwägerten zu selbigem gestanden hat, irgend ein Vorzugsrecht in Ansehung der Verleihung des von seinem Schwiegervater besessenen Standes, nach dessen Ableben, überhaupt nicht zugestanden werden kann.

Ferner ist zu gedenken, daß zwar, nach dem, was aus den Acten zu entnehmen ist, nach dem außerhalb der Parochie K. erfolgten Ableben des G. M. eine besondere Bekanntmachung der dadurch erfolgten Erledigung des fraglichen Kirchenstuhles durch Abkündigung von der Kanzel oder sonst in der gedachten Parochie nicht stattgefunden hat.

Allein es kommt hiergegen in Betracht, daß eine Bekanntmachung der angedeuteten Art überhaupt nur den Zweck hat, diejenigen Anverwandten des Vorbesitzers des betreffenden Standes, welche ein Vorzugsrecht bezüglich der Verleihung des letztern in Anspruch zu nehmen berechtigt sind, auf dessen Geltendmachung aufmerksam zu machen, die Unterlassung sothaner Maaßregel im vorliegenden Falle daher mindestens dem W. gegenüber, der für seine Person nicht zu den beregten Anverwandten zu rechnen ist, einen ausreichenden Grund, um dessen Antrage gemäß die von dem Pfarrer zu K. bewirkte Verlösung des bezüglichen Kirchensitzes an K., von Oberaufsichtswegen für null und nichtig zu erklären, um so weniger abzugeben vermag, als hierunter die nach der pflichtmäßigen Versicherung des Kirchvaters H. in der Parochie K. bisher, wenn auch an sich ungehöriger Weise, doch übrigens ohne Widerspruch bestandene herkömmliche Einrichtung — nämlich daß derartige Bekanntmachungen dort zu keiner Zeit stattgefunden — insoweit nicht außer Acht gelassen werden kann.

Die bloße Behauptung des W. aber, daß die Verlösung des Kirchenstandes an K. von dem Pfarrer ohne Genehmigung der Kirchväter vorgenommen worden sei, kann schon um deswillen keine rechtliche Beachtung finden, weil nicht nur nach der angezogenen Aussage des Kirchvaters H. und sonst mit Rücksicht auf die, allgemeinen Rechtsgrundsätzen zufolge, für die Legalität des amtlichen Verfahrens des Pfarrers sprechende Präsumtion anzunehmen ist, daß eine Concurrenz der Kirchväter bezüglich jener Handlung stattgefunden habe, sondern auch überhaupt im Allgemeinen nur so viel vorgeschrieben ist, vergl. namentlich Generalartikel von 1580. §. 36. und

v. Weber's Kirchenrecht, II. Aufl. Band II. Seite 624. und 636.

daß der Pfarrer jedes Kirchspiels die Kirchenstuhlangelegenheiten in selbigem unter Theilnahme der Kirchväter zu besorgen habe, die Leitung dieses Geschäftes in der Hauptsache und insbesondere der Act selbst der Verlösung der erledigten Kirchenstände aber an und für sich und der Regel nach immer zunächst von dem Pfarrer selbst auszugehen hat, dem auch nach der Vorschrift der Verordnung vom 21. Februar 1843. §. 3. d. das erforderliche Ständeregister zu führen obliegt.

Endlich stellt es sich im Wesentlichen als einflußlos dar, zu welcher Zeit W. sich für seine Person zu dem erledigten Stuhle angemeldet hat, weil, nicht zu gedenken, daß mindestens nicht nachgewiesen ist, daß die Anmeldung desselben zeitiger und früher als die gleiche Bewerbung Seiten des K. erfolgt sei, ohnehin die Verlösung erledigter Kirchenstände, soweit dabei nicht ein Vorzugsrecht der Anverwandten des letzten Inhabers in Frage kommt, im Allgemeinen lediglich Sache des Ermessens der Kirchenverwaltung ist und zunächst von der mit Rücksicht auf die dabei in Betracht kommenden Verhältnisse und Umstände

vergl. v. Weber's Kirchenrecht, loc. cit. S. 650. unter Punkt 9.

zu bemessenden Entschließung des betreffenden Ortspfarrers, in Gemeinschaft mit den Kirchvätern, abhängt, während übrigens in dem hier vorliegenden speciellen Falle zu Rechtfertigung der erfolgten Beschlußnahme hinsichtlich der Bevorzugung des K. vor W. bei der Verlösung des beregten Standes theils die Rücksicht, daß der letztere früherhin den Vorbesitzern des K. verschrieben gewesen, theils der Umstand spricht, daß K. dagegen einen andern, bis dahin von ihm innegehabten Kirchenstand wiederum an die Kirche abgetreten hat."

Auf den von W. gegen die Verordnung der Kreisdirection eingelegten Recurs ließ es das Königl. Ministerium des Cultus und öffentlichen Unterrichts, besage Verordnung vom 29. December 1857, unter Verwerfung des besagten Rechtsmittels, bei der Verordnung der Kreisdirection sowohl in Ansehung der formellen Behandlung der Sache, als auch im Materiellen allenthalben bewenden.

Aus den Entscheidungsgründen des erwähnten Ministeriums ist nur noch Nachstehendes besonders hervorgehoben:

„In Bezug auf den Einwand des Recurrenten, daß der verstorbene Pfarrer in K. bei der Verlösung des in Frage stehenden Kirchenstuhles an den Begüterten K. ohne die verfassungsmäßige Concurrenz der Kirchväter gehandelt habe, wird bemerkt, daß der Umfang der Theilnahme der Kirchväter an der Besorgung der Kirchenstuhlangelegenheiten und daß namentlich der Pfarrer bei der Verleihung eines Kirchenstuhls an die ausdrückliche Zustimmung der Kirchväter gebunden sei, nirgends gesetzlich bestimmt, vielmehr nach demjenigen, was insbesondere in v. Weber's systemat. Darstellung des Sächsischen Kirchenrechts, II. Aufl. Band II. Seite 636. hierunter erwähnt werde, anzunehmen sei, daß die Concurrenz der Kirchväter hauptsächlich auf die Kenntnißnahme von der erfolgten Verlösung behufs der Vereinnahmung der Lösegebühren sich zu beschränken habe, während die eigentliche Cognition in der Sache und der Act der Zuschreibung selbst dem Pfarrer, in der Regel wenigstens, allein zukomme. Daß aber bei der Verlösung jenes Stuhles die Kirchväter in der angedeuteten Maaße concurrirt hätten, beruhe nach den Depositionen derselben außer Zweifel.

In Bezug auf die Behauptung des Recurrenten, daß er sich zu dem erledigten Stuhle früher als K. gemeldet habe, wird hinzugefügt, daß zwar bei der Verlösung erledigter Kirchenstände, wenn sie in Ermangelung von Blutsverwandten des letzten Besitzers an andre Gemeindeglieder vergeben werden, auf die frühere oder spätere Meldung Rücksicht genommen werden könne. Es werde aber ein unbedingtes Vorzugsrecht dessen, der sich zuerst angemeldet, wie solches unter Blutsverwandten des letzten Besitzers allerdings bei sonstiger Gleichheit ihrer Berechtigung eintrete, in dem erwähnten andern Falle in praxi nicht anerkannt,

vergl. v. Weber, loc. cit. Seite 650. not. 96.

so daß mithin selbst wenn nachgewiesen wäre, daß sich Recurrent früher, als K., zu dem beregten Stuhle gemeldet, hierdurch die erfolgte Zuschreibung des letztern an K. keineswegs für ungerechtfertigt zu achten sein würde.

Ebensowenig könne endlich darauf etwas ankommen, daß, wie W. neuerlich angeführt, der fragliche Stuhl auch von dem Vorbesitzer seines Hauses und zwar später, als von dem Vorbesitzer des K.'schen Gutes, besessen worden, da dieser Umstand zwar von dem Pfarrer zu Gunsten des W. hätte berücksichtigt werden können, keineswegs aber zu dessen Gunsten unbedingt berücksichtigt werden mußte."

Miscellen.

Anzeige neu ergangener Gesetze und Verordnungen. Das 19. Stück des Gesetz- und Verordnungsblattes für das Königreich Sachsen (vom Jahre 1863) enthält: No. 115. Decret wegen Bestätigung der Statuten des Pensionsvereins für Wittwen und Waisen Sächsischer Beamten, vom 1. October 1863. No. 116. Verordnung, die Einsetzung einer technischen Deputation betreffend, vom 6. October 1863. No. 117. Bekanntmachung, die Mitglieder der technischen Deputation in Dresden betreffend, vom 7. October 1863. No. 118. Decret wegen Bestätigung des zweiten Nachtrags zu den Statuten der Wittwencasse der Aerzte, Wundärzte, Thierärzte und Apotheker des Königreichs Sachsen und der angrenzenden Herzog- und Fürstenthümer, vom 7. October 1863. No. 119. Decret wegen Bestätigung der Statuten der Leipziger Hypothekenbank, vom 15. October 1863. No. 120. Bekanntmachung, die wegen der Rinderpest getroffenen Sperrmaaßregeln betreffend, vom 17. October 1863. — Letzte Absendung: am 6. November 1863.

Ernennungen, Anstellungen, Versetzungen **rc.** Seine Königliche Majestät haben die Versetzung des Gerichtsamtmanns beim Gerichtsamte Döblen, Julius Wilhelm Raabe, in gleicher Eigenschaft zum Gerichtsamte Adorf, und des Gerichtsamtmanns beim Gerichtsamte Wildenfels, Ludwig Otto Lobeck, ebenfalls ohne Aenderung seiner Dienststellung, zum Gerichtsamte Falkenstein zu genehmigen, hiernächst den Actuar beim Gerichtsamte Zwenkau, Otto Theodor Meusel, zum Gerichtsamtmann bei dem Gerichtsamte Wildenfels, und den Assessor beim Gerichtsamte Leisnig, Oskar Heinrich Oertel, zum Gerichtsrathe bei dem Bezirksgericht Löbau zu ernennen gnädigst geruht.

Seine Majestät der König haben allergnädigst geruht, den Regierungsrath bei der Kreisdirection zu Leipzig Dr. jur. Heinrich Alexander Platzmann zum Amtshauptmann für die 1. Amtshauptmannschaft des Leipziger Regierungsbezirks mit dem Wohnsitze in Borna zu ernennen.

Mit Allerhöchster Genehmigung ist die Verwaltung der durch die Versetzung ihres bisherigen Inhabers in eine andere Amtshauptmannschaft zur Erledigung gekommenen 4. Amtshauptmannschaft des Regierungsbezirks Leipzig (Döbeln) dem Regierungs-Assessor bei der Kreisdirection zu Leipzig, Bernhard Grünler, provisorisch übertragen worden.

Redacteur: Dr. Theodor Tauchnitz. — Officin der Verlagshandlung.

Wochenblatt für merkwürdige Rechtsfälle,

in actenmäßigen Darstellungen

aus dem Gebiete der Justizpflege und Verwaltung

zunächst für das

Königreich Sachsen.

Von diesem Wochenblatte erscheinen jährlich 64 Nummern zu 1 Quartbogen und außerdem am Jahresschlusse ein ausführliches Register.

Alle Postämter u. Buchhandlungen übernehmen Bestellungen und liefern das Quartal zu dem praenumerando zu entrichtenden Preise von 1 Thaler.

Verlag von Bernhard Tauchnitz in Leipzig.

№ 2. Neue Folge Zwölfter Jahrgang. 1864.

3.

Zu §. 4. der Verordnung über den Geschäftsbetrieb ausländischer Versicherungsanstalten im Königreiche Sachsen vom 16. September 1856 (Gesetzblatt S. 400.). — Rechte und Verpflichtungen der Hauptagenten solcher Gesellschaften aus den von ihnen mit Dritten abgeschlossenen Versicherungsverträgen. — Grundsätze über Stellvertretung in Vertragsverhältnissen überhaupt.

Mitgetheilt von

Herrn —r. in D.

A. hatte mit dem Kaufmann Eugen D. in D., als dem Hauptagenten der —'schen allgemeinen Versicherungsgesellschaft für See-, Fluß- und Landtransport in — und der damit vereinigten — allgemeinen Versicherungsgesellschaft in —, welche beide von dem Königl. Sächsischen Ministerium des Innern bereits im Jahre 1859 auf ihr Ansuchen Concession zur Annahme von Versicherungen im Königreiche Sachsen erhalten und sich verpflichtet hatten, in allen Versicherungsangelegenheiten vor der Gerichtsbehörde in D. Recht zu leiden, im December 1861 einen Versicherungsvertrag über eine Quantität Weizen für die Fahrt von Bodenbach nach Dresden abgeschlossen. A. klagte später, in Folge erlittener Havarie, auf Erfüllung des Versicherungsvertrages, richtete seine Klage gegen den genannten Eugen D. und petirte, daß Beklagter beziehentlich aus dem Vermögen der von ihm vertretenen Versicherungsgesellschaften den Werth des von ihm übernommenen Weizens nach Höhe der geschehenen Versicherung mit zusammen 4652 Thlrn. 16 Ngr. —, unter Kürzung der Frachtspesen von Bodenbach nach D., eventuell nach dem Betrage, auf welchen der Schaden in Gemäßheit der Versicherungsbedingungen durch Sachverständige oder richterliches Erkenntniß anderweit festgestellt werden würde.

Im Rubrum der Klage wurde der Beklagte D. als Hauptagent, in der Klagschrift selbst auch noch als Generalbevollmächtigter der beiden Gesellschaften aufgeführt; auch bemerkte Kläger noch, daß genannter D. von Seiten der Letzteren dem K. Ministerium des Innern als ihr Generalbevollmächtigter präsentirt worden sei.

Der Beklagte stellte sowohl diese letztere Behauptung, als auch überhaupt den Umstand, daß er Generalbevollmächtigter der beiden Gesellschaften sei, in Abrede, obwohl er seine Eigenschaft als Agent derselben einräumte, und bestritt im Uebrigen, daß zulässiger Weise gegen ihn als Agent der Gesellschaft geklagt werden könne, vielmehr müsse die Klage gegen Letztere selbst gerichtet werden.

In der Replik bemerkte Kläger noch: der Beklagte D. sei als Generalbevollmächtigter von der — Versicherungsgesellschaft präsentirt worden und habe als solcher mit Recht verklagt werden können. Das Klagpetitum laute nicht auf Zahlung ex propriis, sondern aus Gesellschaftsgeldern; übrigens sei es gleichbedeutend, ob die Verurtheilung der vom Beklagten vertretenen Gesellschaft zur Zahlung des geforderten Betrages, oder ob die Verurtheilung des Beklagten, den geforderten Betrag aus Gesellschaftsmitteln zu bezahlen, erfolge.

Die Klage wurde jedoch in drei Instanzen gleichmäßig in der angebrachten Maaße abgewiesen. Das Handelsgericht zu Dresden fügte seiner am

8. Januar 1863 publicirten Entscheidung folgende Gründe bei:

„Die Klage ist gegen den Hauptagenten der — allgemeinen Versicherungsgesellschaft für See-, Fluß- und Landtransport und der —'schen allgemeinen Versicherungsgesellschaft in —, Eugen D. in D., gerichtet, und es ist im Eingange des Libells, verbunden mit Bl. — darauf Bezug genommen, daß genannte vereinigte Gesellschaften in Sachsen Recht zu leiden haben in Betreff solcher Ansprüche, welche aus Versicherungen sich ableiten, die mit Inländern oder über inländische Versicherungsobjecte abgeschlossen worden sind. Weiter aber ist behauptet, daß der Beklagte von den genannten vereinigten Gesellschaften dem Königlichen Ministerium des Innern als ihr Generalbevollmächtigter präsentirt worden sei und daß darauf die Ersteren die Genehmigung zum Gesellschaftsbetriebe im Königreiche Sachsen erlangt haben.

Hiermit ist im Allgemeinen der Beklagte einverstanden, nur hat er besonders hervorgehoben, daß er nicht Generalbevollmächtigter, sondern Generalagent der genannten Gesellschaften sei, unter welcher Bezeichnung er übrigens auch im Rubrum der Klage aufgeführt ist. Es kann hierauf etwas Wesentliches nicht ankommen, da unter der Benennung eines Generalagenten eben auch nichts Anderes als ein Bevollmächtigter verstanden werden wird, nur daß sich mit diesem Namen eine gewisse Restriction des Mandates auf einen bestimmten Kreis von Geschäften begrifflich verbindet.

Hiervon also abgesehen, entsprechen die Anführungen in der Klage in der Hauptsache genau den Bestimmungen in der Verordnung über den Geschäftsbetrieb ausländischer Versicherungsgesellschaften im Königreiche Sachsen vom 16. September 1856, und es muß der Natur der Sache nach davon ausgegangen werden, daß die in dieser Verordnung festgestellten Grundsätze auch bei der Zulassung der in der Klage genannten Gesellschaften zum hierländischen Geschäftsbetriebe allein maaßgebend gewesen sind.

Nach diesen Grundsätzen ist es aber allerdings richtig, daß die gedachten Gesellschaften unter gewissen Voraussetzungen in Sachsen, bez. vor dem im gegenwärtigen Falle gewählten Forum Recht zu leiden haben, und es wird ebensowenig zweifelhaft sein, daß deren Generalagent diejenige Person repräsentire, die nach §. 4. der Verordnung zur Annahme amtlicher, an die Anstalt gerichteter Ladungen und Verfügungen ermächtigt sein muß. Allein weder aus der Verordnung, noch aus den Behauptungen der Klage läßt sich deduciren, daß der Generalagent oder Generalbevollmächtigte selbst genöthigt sei, in Bezug auf Ansprüche, welche gegen die Gesellschaft im Proceßwege geltend gemacht werden, die Rolle des Beklagten zu übernehmen. Bezüglich der allegirten Verordnung genügt es, darauf hinzuweisen, daß die Verpflichtung des in §. 4. gedachten Bevollmächtigten nur auf die Annahme amtlicher, an die Gesellschaft gerichteter Ladungen erstreckt worden ist, und in Rücksicht auf die Behauptungen der Klage, wonach der Beklagte Generalbevollmächtigter der Gesellschaften sein soll, genügt es, darauf hinzuweisen, daß nach dieser Anführung der Kläger selbst anerkennt, wie der Beklagte lediglich als Mittelsperson für einen Dritten aufgetreten und dieser Letztere daher, soweit nicht etwa besondere, zu einer Ausnahme führende Umstände vorliegen, der responsable dominus negotii sei.

Nun hat aber der Kläger diese vom Beklagten Bl. — hervorgehobenen Bedenken Bl. — flg. mit der Bemerkung beseitigen zu können vermeint, daß das Petitum nicht auf Zahlung ex propriis, sondern auf Zahlung aus den Gesellschaftsgeldern laute. Dies einmal zugegeben, würde es sich fragen, ob nicht zur Begründung der Klage das specielle Anführen gehöre, daß Beklagtem überhaupt die Vermögensverwaltung der Gesellschaft ganz oder wenigstens insoweit zustehe, daß eine derartige Sentenz einmal zur Vollstreckung gebracht werden könnte. Es ist aber die Bezugnahme auf das Petitum nicht völlig zutreffend, denn dieses lautet,

> daß Beklagter beziehentlich aus dem Vermögen der von ihm vertretenen Gesellschaften rc. zu bezahlen schuldig sei.

Durch das Wort beziehentlich wird aber zweifellos darauf hingewiesen, daß der Kläger, sei es nun rücksichtlich eines Theiles seiner Forderung, sei es für eine gewisse Eventualität, gemeint sei, sich an den Beklagten nicht in seiner Eigenschaft als Vertreter der Gesellschaft, sondern als seinen unmittelbaren und persönlichen Schuldner zu halten. Es liegt auch für diese Auffassung einiges Anhalten in den Behauptungen des Libells. Nachdem nämlich zur Darstellung gebracht worden, durch welche Elementarereignisse das versicherte Frachtgut beschädigt worden — als wofür unter der Voraussetzung, daß die Ursache der Beschädigung nicht den in §. 3. der allgemeinen Bedingungen (Bl. — und Bl. —) aufgeführten sogenannten „unversicherten Gefahren" beizuzählen ist, die Versicherungsgesellschaft aufzukommen haben würde —, wird in dem Libell speciell weiter erzählt, welche Verfügungen der Beklagte über das beschädigte Gut getroffen habe, namentlich wird ihm auch (vergl. Einl.-Punkt —) eine Vernachlässigung in der Behandlung desselben zur Last gelegt, aus der ein gänzlicher Verderb der Waare entstanden sein soll. Nun aber ist es wohl denkbar, daß der Kläger der Meinung gewesen sei, die Gesellschaft werde in dieser Richtung die Vertretung ihres Agenten ablehnen — wobei jedoch auf §. 19. und 20. der allgemeinen Bedingungen verwiesen werden mag —, und daß für diesen Fall beansprucht werde, es solle Beklagter persönlich den Kläger schadlos halten. Allein dann war es jedenfalls Sache des Letzteren, seine Auffassung und sein Begehren unzweideutig zu erkennen zu geben und damit den Richter in den Stand zu setzen, seine Intentionen ihrer Haltbarkeit nach von einer sichern Unterlage aus zu prüfen.

Es konnte sich noch fragen, ob es statthaft sei, die vorliegende Klage als gegen die Versicherungsgesellschaften selbst gerichtet anzusehen und in dieser Beziehung der Bl. — hervorgehobenen Intention des Klägers Rechnung zu tragen. Abgesehen aber auch von dem vorstehend Entwickelten mußte man eine solche Substitution eines anderen Beklagten an Stelle des formell in Anspruch genommenen um so mehr für bedenklich erachten, als aus den Acten nicht erkennbar ist, daß die Gesellschaft durch ihren Generalagenten irgend welche Kenntniß von dem gegen den Letzteren eingeleiteten Processe erhalten habe. Die entsprechenden Mittheilungen zu machen lag zur Zeit für den persönlich in Anspruch genommenen Beklagten weder eine formelle, noch selbst eine materielle Verbindlichkeit vor, zumal offenbar ein Unterlassen in dieser Beziehung lediglich rechtliche Wirkungen für den Beklagten selbst haben konnte. Wollte man daher eine Veränderung in den Parteien eintreten lassen, so könnte dies nur auf die Gefahr hin geschehen, daß die Mandanten des jetzigen Beklagten außer Stand gesetzt würden, besondere, zu ihrer Rechtsvertheidigung dienliche, zur Zeit aber vom Beklagten gar nicht zur Geltung gebrachte Momente in rechtliche Wirksamkeit zu setzen. Man hat daher lediglich, wie geschehen, die erhobene Klage, als im Wesentlichen gegen einen unrichtigen Beklagten gerichtet, zurückweisen müssen."

Die Gründe der am 20. Mai 1863 den Parteien bekannt gemachten, die Klagabweisung bestätigenden Entscheidung des K. Appellationsgerichts zu Dresden lauten also:

„Die Ansicht der vorigen Instanz, daß Kläger die erhobene Klage gegen einen unrichtigen Beklagten gerichtet habe, ist bereits in der angefochtenen Entscheidung in sachgemäßer Weise begründet worden, so daß Man sich gegenwärtig auf folgende Bemerkungen zu Widerlegung des neuerdings vom Kläger vorstellig Gemachten beschränken kann:

Sowohl im Rubrum der erhobenen Klage, als in deren Sachgesuch hat Kläger nicht die Bl. — näher bezeichneten Versicherungsgesellschaften, mit welchen der in der Klage näher beschriebene Versicherungsvertrag, auf welchem sein gegenwärtiger Anspruch begründet ist, abgeschlossen worden ist, sondern deren für den Betrieb im Königreich Sachsen bestellten Generalbevollmächtigten oder Hauptagenten als seinen Proceßgegner bezeichnet; es ist jedoch bereits nach seiner zur Erläuterung des ursprünglichen Sachgesuchs abgegebenen Erklärung in der Replik Bl. —, insbesondere aber nach seinen neuerlichen Auslassungen Bl. — und Bl. — nicht mehr zweifelhaft, daß er gedachten Agenten nicht persönlich, sondern lediglich in seiner Eigenschaft als Stellvertreter — oder wie er ihn bezeichnet „Repräsentanten" — der erwähnten Versicherungsanstalten in Anspruch nehmen will und von demselben nicht Befriedigung aus eigenen Mitteln, sondern nur aus den Mitteln der von ihm vertretenen Gesellschaften, welche demzufolge als die eigentlichen Beklagten anzusehen sind, fordert.

Nach den hinsichtlich der mit Stellvertretern abgeschlossenen Rechtsgeschäfte im neueren Rechte — hier von den auf den vorliegenden Fall nicht anwendbaren Bestimmungen des allgemeinen deutschen Handelsgesetzbuchs ganz abgesehen — geltenden Grundsätzen, deren weiterer Ausführung Man sich im gegenwärtigen Fall für überhoben erachten kann, ist nun aber bekanntlich der Regel nach nicht der Stellvertreter, sondern lediglich dessen Auftraggeber als der eigentliche Contrahent anzusehen und lediglich dieser wegen des von dem Stellvertreter mit einem Dritten abgeschlossenen Rechtsgeschäfts vom Letzteren in rechtlichen Anspruch zu nehmen.

vergl. Curtius, Handbuch, Band IV. §. 1516.
Sintenis, prakt. gem. Civilrecht, Band II. S. 102. S. 365 flg.
v. Savigny, Obligationenrecht, Band II. §. 58. S. 68 flg.
Wochenblatt für merkw. Rechtsfälle, Jahrgang 1861. S. 327 flg. Jahrgang 1862. S. 179 flg. S. 182. 186.

Zwar bestehen auch noch im neueren Recht einzelne Ausnahmen von diesem Grundsatz,

vergl. Thöl, Handelsrecht, 4. Ausgabe §. 26. S. 154 flg.
Wochenblatt für merkw. Rechtsfälle, Jahrgang 1852. S. 276.

daß aber eine derselben im vorliegenden Falle Platz ergreife, ist vom Kläger in keiner Weise begründet worden.

Insbesondere ist, obwohl Kläger vom Beklagten Befriedigung aus Gesellschaftsmitteln verlangt, in der Klage in keiner Weise darauf Bezug genommen, daß Beklagter Vermögen der von ihm vertretenen Versicherungsanstalten in Händen habe, als welchenfalls

vergl. Glück, Erläuterung der Pandecten, Band XIV. §. 881. S. 196. §. 893. S. 256 flg. Band XV. §. 958. S. 330.

Thibaut, System des Pandectenrechts, 7. Ausg. §§. 873. 877.

Curtius, a. a. O. §. 1517. b.

Annalen des Königl. Oberappellationsgerichts, Band IV. S. 505.

Wochenblatt für merkwürdige Rechtsfälle, Jahrgang 1852. S. 276 flg., Jahrgang 1860. S. 227.

bekanntlich eine direct gegen den Stellvertreter angestellte, lediglich auf Bezahlung aus den von ihm besessenen Mitteln seines Principals gerichtete Klage, beziehentlich wenigstens unter der ferneren Voraussetzung, daß sein Principal ihm solche Mittel ausdrücklich zum Zweck der Befriedigung der Gläubiger übergeben habe,

vergl. Thöl, Handelsrecht, §. 26. S. 157 flg. Note 20. und 21.

Wochenblatt am letztgedachten Orte,

ausnahmsweise zugelassen wird.

Wenn nun aber Kläger gegenwärtig die Aufrechterhaltung der von ihm erhobenen Klage durch die Behauptung zu begründen versucht, daß Beklagter in Betreff der mit Sächsischen Unterthanen oder hinsichtlich Sächsischer Versicherungsobjecte eingegangenen Versicherungsgeschäfte in Folge seiner Bestellung als Hauptagent oder Generalbevollmächtigter der fraglichen Versicherungsgesellschaften, als deren rechtliches Organ oder als deren alleiniger Repräsentant für das Inland zu betrachten sei — und demgemäß die vorstehend entwickelten, die Zulässigkeit der Klagen gegen Stellvertreter beschränkenden Grundsätze im vorliegenden Falle nicht Platz griffen, so erscheint dies in dem vorliegenden thatsächlichen Material nicht als gerechtfertigt.

Nach seiner eigenen Darstellung im Eingang der Klagschrift, nach welcher Beklagter bei Gelegenheit des Gesuchs der von ihm vertretenen ausländischen Versicherungsgesellschaften um Ertheilung der Concession zum Geschäftsbetrieb im Inlande dem Königlichen Ministerium des Innern als ihr Generalbevollmächtigter bezeichnet, im Uebrigen aber nach Bl. — von den Directorien dieser Gesellschaften, unter Ernennung zu ihrem Generalbevollmächtigten oder Hauptagenten, zu ihrer alleinigen Vertretung im Königreich Sachsen und insbesondere zum selbstständigen Abschluß von Versicherungsverträgen in ihrem Namen, sowie zur Regulirung eintretender Schäden ermächtigt worden sei — welche Darstellung übrigens in den meisten Punkten mit den vom Beklagten zu Einlassungsabschnitt — und Bl. — abgegebenen Erklärungen und mit dem Inhalt der von ihm Bl. — in Abschrift beigebrachten, auf seine Ernennung zum Hauptagenten obiger Versicherungsgesellschaften bezüglichen Documente übereinstimmt —, läßt sich nicht wohl anders annehmen, als daß die fraglichen Versicherungsanstalten durch Beklagtens Ernennung zu ihrem Hauptagenten zunächst lediglich den in §. 4. der Verordnung vom 16. September 1856 über den Geschäftsbetrieb ausländischer Versicherungsanstalten im Königreich Sachsen für ihren Geschäftsbetrieb im Inlande festgesetzten Bedingungen haben nachkommen, also Beklagten als eine Person, welcher an sie gerichtete Ladungen und andere amtliche Verfügungen legal behändigt werden könnten, haben hinstellen, hiernächst aber denselben lediglich als ihren institor und mit den Befugnissen eines solchen zur Betreibung eines bestimmten Zweiges ihres Geschäftes haben beauftragen wollen.

vergl. auch Wochenblatt 2c., Jahrgang 1860. S. 228.

Nirgends in den Acten liegt aber Etwas dafür vor, daß Beklagter mit der selbstständigen Verwaltung auch nur eines Theiles des Vermögens der von ihm vertretenen Gesellschaften und insbesondere auch mit deren vollständiger rechtlicher Vertretung in gegen dieselbe in hiesigen Landen zu erhebenden Rechtsstreitigkeiten dergestalt betraut worden sei, daß etwanige Ansprüche an das Gesellschaftsvermögen gegen seine Person gerichtet und ausgeführt werden könnten.

Gegen eine derartige weitere Ausdehnung der Machtvollkommenheit des Beklagten spricht insbesondere auch das Prädicat „Hauptagent“, welches Kläger selbst im Rubrum seiner Klage dem Beklagten beilegt und dieser als ihm zukommend bezeichnet (Bl. —), da mit demselben eine Stellung der angedeuteten Art schon deren gewöhnlichem Sprachgebrauche nach nicht bezeichnet zu werden pflegt.

Wollte man nun auch die Bezeichnung als „Generalbevollmächtigter“, welche Kläger dem Beklagten neben der ebengedachten gleichfalls in der Klage beigelegt hat — dieser gleichmäßigen Anwendung beider Ausdrücke in der Klagschrift ungeachtet —, in dem Sinne auffassen, daß damit die hier in Frage kommende ausgedehntere Berechtigung des Beklagten habe behauptet werden sollen, so würde doch auch hierauf kein Gewicht zu legen sein, weil diese Behauptung als zu allgemein für den gebrauchten Eidesantrag angesehen werden müßte, und Beklagter zu Einlassungsabschnitt — Bl. — derselben widersprochen hat.

Eine Auffassung der oben angezogenen gesetzlichen Vorschrift übrigens, wie sie Kläger Bl. — vertheidigt und wonach durch dieselbe nicht blos die Möglichkeit der Behändigung von Ladungen und anderen Zufertigungen an die im Inland concessionirten ausländischen Versicherungsanstalten, sondern auch die der Hülfsvollstreckung gegen dieselben hat hergestellt werden sollen, findet weder in den klaren Worten der Verordnung, noch in irgend welchen anderen Umständen Unterstützung.

Wenn sonach das neuerdings vom Kläger Vorgebrachte zu einer Aufrechterhaltung der erhobenen Klage nicht zu führen vermochte, so konnte die Frage, ob die obenerwähnte Erklärung des Klägers in der Replik Bl. —, durch welche er sein ursprüngliches Sachgesuch auf die Haftung des Beklagten aus Gesellschaftsmitteln beschränkt hat, als noch rechtzeitig erfolgt anzusehen sei, ganz dahin gestellt bleiben.

Nicht unbemerkt bleiben mag aber schließlich, daß Kläger bei etwaiger Anstellung einer anderweiten verbesserten Klage wegen des gegenwärtig geklagten Anspruchs nicht nur die — nur für den vorliegenden Rechtsstreit durch stillschweigendes Einverständniß der Parteien für außer Kraft gesetzt zu achtende — Bestimmung in §. 26 der Bl. — in Abschrift ersichtlichen Versicherungspolice, zufolge deren Streitigkeiten über das eingegangene Versicherungsgeschäft zunächst vor ein dort im Einzelnen geregeltes Schiedsgericht und nur im Wege der Berufung gegen den Schiedsspruch vor das ordentliche Gericht gebracht werden sollen, ins Auge zu fassen, sondern auch zu berücksichtigen haben wird, daß die zum Nachweis des von ihm angeblich erlittenen Schadens Bl. — beigebrachte Einkaufsrechnung des behauptlich theilweise verdorbenen versicherten Weizens, auf welche sich der gebrauchte Eidesantrag mit erstreckt, zum Theil einer thatsächlichen Erläuterung im Einzelnen bedürftig erscheint.

Die Verurtheilung des Klägers in die Kosten des Rechtsmittels rechtfertigt sich durch die erfolgte Bestätigung der angefochtenen Entscheidung."

Auf anderweite Berufung des Klägers bestätigte das Königl. Oberappellationsgericht unterm 4. September 1863 die Entscheidung zweiter Instanz, und zwar aus folgenden Gründen:

„Die vorigen Instanzen haben die erkannte Abweisung der Klage in den Gründen Bl. — flg. und Bl. — flg. ausführlich gerechtfertigt und dabei die einschlagenden rechtlichen Gesichtspunkte schon erschöpfend hervorgehoben. Bei anderweiter Erwägung der Sache in jetziger Instanz hat Man von keinem dieser Gesichtspunkte aus zu einer dem Kläger günstigeren Entscheidung zu gelangen vermocht und daher unter Bezugnahme auf die Rationen der vorigen Entscheidungen zu Widerlegung dessen, was Kläger Bl. — flg. dawider ausgeführt hat, nur noch Folgendes zu bemerken:

Darüber, daß der streitige Anspruch lediglich gegen die im Rubrum Bl. — genannten Versicherungsgesellschaften gerichtet sei, und daß Beklagter nicht für seine Person, sondern als Vertreter der Letzteren belangt werde, giebt die Klage keineswegs klaren Aufschluß, indem vielmehr Inhalts des Libells und der Klagbitte, wie die erste Instanz Bl. — flg. des Weiteren ausgeführt hat, die Bl. — dem Beklagten „beziehentlich aus den Mitteln der von ihm vertretenen Gesellschaften" angesonnene Zahlung darauf hinweist, daß Beklagter in beiden vorerwähnten Richtungen verklagt werde, zugleich aber ungewiß läßt, ob die mit in Frage kommende Haftung der Gesellschaften als getheilte oder ungetheilte, principale oder subsidiarische geltend gemacht werde. Wird nun erst durch Klägers Erklärung in der Replik Bl. — flg. in Gewißheit gesetzt, daß Beklagter nur als Generalbevollmächtigter der gedachten Gesellschaften und nicht auf Zahlung ex propriis belangt sei, so erscheint das Bedenken der ersten Instanz, ob dies den angeblich verklagten Gesellschaften gegenüber so ohne Weiteres als eine bloße Beschränkung der Klagbitte angesehen werden dürfe, und nicht vielmehr darin eine solche Feststellung der libellirten Verbindlichkeit zu erblicken sei, welche in die Klage gehört hätte, um so erheblicher, als die beklagte Partei sowohl das Recht, als ein wesentliches Interesse daran hat, sofort durch die Klage über den Umfang der Verbindlichkeit, gegen welche sie sich zu vertheidigen hat, vergewissert zu werden. Man kann jedoch in Uebereinstimmung mit der zweiten Instanz den Einfluß dieses Bedenkens auf die Schlüssigkeit der Klage dahin gestellt lassen, weil nach Lage der Sache überhaupt die mehrerwähnten Gesellschaften nicht als beklagte Partei betrachtet werden können, indem es an dem Nachweise fehlt, daß der Beklagte, sofern er als deren Repräsentant von dem Kläger behandelt worden und demzufolge auch im Processe dem Kläger gegenüberzutreten genöthigt gewesen ist, wirklich zu der ihm aufgedrungenen processualen Vertretung befugt sei. Was Kläger zu Widerlegung der hierauf bezüglichen

Ausstellungen der vorigen Instanzen Bl. — flg. auszuführen bemüht gewesen ist, beruht theils auf unrichtigen, beziehentlich thatsächlich unerwiesenen Voraussetzungen, theils auf unhaltbaren Analogieen.

Zu den letzteren gehört offenbar die behauptete Gleichstellung des beklagten „Hauptagenten" theils mit dem inländischen Patentträger einer dem Auslande angehörigen Erfindung, theils mit dem Actor einer juristischen Person. Denn der Erstere wird nach Maaßgabe der Verordnung, die Ertheilung von Erfindungsprivilegien betreffend, vom 20. Januar 1853 in jeder Beziehung als Inhaber des Patents angesehen, während hier nach Klägers eigenem Anführen zu Klagabschnitt — die Concession zu Betreibung des Versicherungsgeschäfts in Sachsen den Bl. — genannten Gesellschaften selbst, nicht einem Vertreter derselben ertheilt worden ist, mithin auch nur die Gesellschaften als Inhaber der Concession angesehen werden können: die Function des Actors aber besteht gerade in der processualen Vertretung und muß in dieser Maaße auch speciell nachgewiesen sein, während in dem gegenwärtigen Falle dieser Nachweis fehlt und ebendeshalb jene Function in Abrede gestellt wird.

Unrichtig sind ferner die Folgerungen, welche aus den Vorschriften der Verordnung über den Geschäftsbetrieb ausländischer Versicherungsanstalten im Königreiche Sachsen vom 16. September 1856 und des allgemeinen deutschen Handelsgesetzbuchs Art. 234. Bl. — gezogen werden wollen. Die Unanwendbarkeit der zuletzt gedachten, übrigens materiell einflußlosen Vorschrift auf den vorliegenden Fall bedarf im Hinblick auf die Bestimmung in §. 1. des Einführungsgesetzes vom 30. October 1861 keiner besonderen Darlegung. Den Sinn der Disposition in §. 4. der ersterwähnten Verordnung aber haben schon die vorigen Instanzen Bl. — und Bl. — richtig entwickelt und zur Genüge dargethan, daß weder der Wortlaut, noch die Tendenz der Verordnung zu der Annahme berechtigen, es müsse die von einer ausländischen Versicherungsgesellschaft zu Annahme amtlicher, an die Anstalt gerichteter Ladungen und Verfügungen zu ermächtigende Person zugleich das die Gesellschaft in jeder Beziehung und namentlich auch im Processe vertretende Organ sein: am wenigsten ist abzusehen, warum ohne eine so umfassende Ermächtigung jener Person der inländische Versicherungsinteressent außer Stande sein solle, mittels einer der Letzteren insinuirten, aber gegen die Versicherungsgesellschaft selbst gerichteten Klage seine Gerechtsame vor dem inländischen Forum gehörig und erfolgreich wahrzunehmen.

Endlich liegt es am Tage, daß die Zulassung einer Klage gegen das Directorium einer Actiengesellschaft nicht zu der Statthaftigkeit der gegenwärtigen Klage führt, in welcher nicht hat behauptet werden können, daß Beklagter das Directorium der in Anspruch zu nehmenden Gesellschaften oder den zu deren gerichtlicher und außergerichtlicher Vertretung berechtigten Vorstand

vergl. allgemeines deutsches Handelsgesetzbuch, art. 227.

bilde. Kläger hat sich mit der Behauptung in Klagabschnitt — begnügt, daß Beklagter von den in Klagabschnitt — genannten vereinigten Gesellschaften bei deren Ansuchen um Concession dem Königlichen Ministerium des Innern als ihr „Generalbevollmächtigter" präsentirt worden sei, — eine Behauptung, welche Beklagter Bl. — entschieden in Abrede gestellt hat. Abgesehen davon, inwiefern die ebenfalls im Libelle, namentlich im Rubrum gewählte, im Einlassungsabschnitt — flg., verbunden mit Bl. — als richtig zugegebene Bezeichnung des Beklagten als „Hauptagent" mit der Qualität des Generalbevollmächtigten zu identificiren sei, ist nun mit jener Behauptung offenbar etwas Weiteres nicht gesagt, als daß Beklagter nicht blos in Beziehung auf ein einzelnes Geschäft, sondern auf mehrere oder alle Geschäfte einer als genus zu betrachtenden Art bevollmächtigt sei. Welche Gattung von Geschäften der hierdurch dem Beklagten zugewiesene Wirkungskreis umfasse, geht daraus nicht hervor, und am wenigsten mag ohne Weiteres angenommen werden, daß Beklagter dadurch zu Vornahme aller und jeder in den Bereich der Thätigkeit der Gesellschaften fallender, gleichviel ob gerichtlicher oder außergerichtlicher Handlungen oder Geschäfte autorisirt sei. Dazu ist der Ausdruck „Generalvollmacht"

vergl. Glück, Erläuterung der Pandecten, Bd. V. §. 401.

in Ermangelung thatsächlicher Angaben über den Gegenstand und Umfang der Bevollmächtigung zu unbestimmt, folglich auch zu dem darüber gebrauchten Eidesantrage ungeeignet.

Nach dem Allen bliebe zu Aufrechterhaltung der vorliegenden Klage nur noch der bereits von zweiter Instanz Bl. — berührte Gesichtspunkt, nämlich die Denkbarkeit, übrig, daß Beklagter, welcher nach den Zugeständnissen zu Einlassungspunkt — in der Eigenschaft eines Hauptagenten oder Beauftragten der Bl. — benannten Gesellschaften den fraglichen Versicherungsvertrag mit Klägers Cedenten abgeschlossen hat, zu dessen Erfüllung und zu Klägers Befriedigung aus den in seinen Händen befindlichen Mitteln der Gesellschaft gehalten sei, da in jener Eigenschaft des Beklagten voraussetzlich bis jetzt keine Aenderung eingetreten ist. Auch dieser rechtlichen Auffassung treten jedoch, wie schon Bl. — flg. gezeigt worden, die erheblichsten Bedenken entgegen.

Nach der Gestaltung, welche die Lehre von der Stellvertretung und insbesondere von der Wirksamkeit der durch Stellvertreter eingegangenen Verträge im heutigen Rechte angenommen hat, entsteht aus den in dieser Maaße geschlossenen Verträgen bekanntlich ein unmittelbares Rechtsverhältniß zwischen dem Vertretenen und dem Dritten, während der Letztere daraus gegen den Stellvertreter selbst, die Wahrheit des Stellvertretungs- oder Auftragsverhältnisses vorausgesetzt, ein Klagrecht nicht erwirbt, der Stellvertreter mithin gar nicht als Contrahent im eigentlichen Sinne erscheint, wenn auch, soweit dabei der Einfluß von Irrthum oder Täuschung auf das Vertragsverhältniß in Frage kommt, sein Wille und seine Wissenschaft von Einfluß werden kann.

Läßt man also gleichwohl nach dem Wegfall der römisch-rechtlichen Ideen einer unmittelbaren eigenen Verpflichtung in dem Bl. — berührten Falle eine Klage gegen den Stellvertreter zu, so ist der Grund dieser Klage nicht in dem Factum des durch ihn bewirkten Vertragsabschlusses zu suchen, welches vielmehr nur Verbindlichkeiten des Vertretenen erzeugt hat, sondern in dem außerhalb der Vertragshandlung liegenden Umstande, daß der Stellvertreter sich im Besitze solcher zu vertragsmäßiger Befriedigung des Dritten geeigneten Mittel befindet, um ihn zugleich als Vertreter für die Erfüllung der Vertragsobligation betrachten und nach den deutschrechtlichen Grundsätzen über Verträge zu Gunsten Dritter ein Klagrecht gegen ihn als begründet ansehen zu können. Daraus folgt von selbst, daß die Beziehung auf das Vorhandensein von Umständen der vorgedachten Art zu Begründung der gegen den Stellvertreter erhobenen Klage gehört, nicht aber, wie Kläger Bl. — will, die Frage, ob der Stellvertreter Geldmittel oder Vermögenstheile des Vertretenen besitze, dem Executionsstadium und zwar ohne alle Rücksicht darauf zu überlassen ist, ob die in seinen Händen befindlichen Vermögenstheile von dem vorerwähnten Gesichtspunkte als geeignete Befriedigungsmittel sich darstellen oder nicht. Die dem Bedürfniß des Verkehrs entlehnten Gründe der Zweckmäßigkeit, welche für die Gestattung jener Klage sprechen, wo dem Dritten zu seiner Befriedigung wegen der mit dem Stellvertreter abgeschlossenen Verträge ohne ersichtliche Benachtheiligung, nach Befinden sogar mit dem voraussetzlichen Willen des Principals verholfen werden kann, fallen, wie von

Thöl, Handelsrecht, §. 26. Seite 157 flg. Anmerkung 20.

gezeigt worden ist, gänzlich weg, wenn die für den Stellvertreter vorhandene rein factische Möglichkeit, über die in seinen Händen befindlichen Mittel des Principals wider dessen Willen und nach Befinden gegen dessen wichtigste Interessen verfügen zu können, ohne Weiteres als Grundlage einer rechtlichen Verpflichtung zu solcher geradezu widerrechtlicher, weil auftragswidriger Verfügung angenommen werden sollte. Zwar kann sich der Gläubiger seiner Befriedigung halber an alle der freien Disposition seines Schuldners unterliegende Vermögenstheile halten, allein dies paßt nicht auf den Fall, wo es sich, wie hier, um die Beziehung des Gläubigers gegenüber dem Stellvertreter des Schuldners handelt, dessen Dispositionsrecht eben nur auf die dem Willen seines Principals gemäßen Dispositionen sich erstreckt, und welchem daher auch die Berechtigung abgeht, darüber, ob dem Gläubiger ein umfassenderer Anspruch zustehe, mit rechtlicher Wirkung für den Principal zu processiren.

Nun hat aber Kläger in dem gegenwärtigen Falle sich nicht darauf bezogen, daß Beklagter solche Vermögenstheile der von ihm vertretenen Gesellschaften in Händen habe, welche zu seiner Befriedigung bestimmt oder doch den Umständen nach verwendbar seien, und eben so wenig mag dieser Mangel des Klaganführens durch etwaige Geständnisse des Beklagten in Betreff seines Verhältnisses zu jenen Gesellschaften für beseitigt erachtet werden. Die Documente, Vasa, Prämiengelder, welche Beklagter nach Bl. — und Bl. — in Händen haben soll, können nicht als solche Vermögensmittel, welche Beklagter ohne Weiteres zu Klägers Befriedigung verwenden dürfe, gelten, und selbst der in Klagabschnitt — erwähnte havarirte Theil des versicherten Weizens, auf welchen Bl. — hingewiesen ist, kann hierbei nicht in Betracht kommen. Denn Kläger verlangt keineswegs die Herausgabe dieses Weizens, die vielmehr nach Ausweis des Bl. — von ihm selbst angezogenen Beilagefascikels bereits vor Anstellung der Klage von dem Generalagenten der Gesellschaften offerirt worden ist, sondern will die Detention dieses Weizens durch den Beklagten als rechtliche Unterlage für einen Anspruch benutzen, der ihm zur Befriedigung aus dem im Inlande anzutreffenden Vermögen der Gesellschaften, gleichviel worin solches bestehe, verhelfen soll: die den Ausführungen Bl. — flg. allenthalben zu Grunde liegende Meinung, daß der gegenwärtige Rechtsstreit gegen die durch den Beklagten vertretenen Gesellschaften selbst geführt werde, drückt dies zur Genüge aus. Dieser Intention würde aber selbst durch eine Verurtheilung des Beklagten, wie solche dem oben Bemerkten zufolge allein denkbar wäre, um so gewisser nicht entsprochen werden, als dieselbe den Gesellschaften selbst in Bezug auf andere, als die in Beklagtens Händen befindlichen geeigneten Befriedigungsmittel keinesfalls präjudiciren könnte, mithin in Bezug auf alle sonstigen, wenn auch im Inlande anzutreffenden Vermögensobjecte wirkungslos bleiben müßte. Denn von dem vorstehend beurtheilten rechtlichen Gesichtspunkte aus bleibt der vorliegende Proceß für die mehrerwähnten Gesellschaften, welche in demselben nicht vertreten gewesen sind, nothwendig res inter alios acta.

Die vorige Entscheidung war demnach lediglich zu bestätigen, Kläger auch in Erstattung der Kosten seines unerheblichen Rechtsmittels zu verurtheilen."

Miscellen.

Anzeige neu ergangener Gesetze und Verordnungen. Das 20. Stück des Gesetz- und Verordnungsblattes für das Königreich Sachsen (vom Jahre 1863) enthält: No. 121. Decret wegen Bestätigung der Statuten des Vorschußvereins zu Löbau, vom 15. September 1863. No. 122. Decret wegen Bestätigung der Statuten des Vorschußvereins für Dippoldiswalde und Umgegend, vom 29. September 1863. No. 123. Decret wegen Bestätigung der Statuten der Begräbnißgesellschaft Vorsicht für Hartmannsdorf, Bärenwalde und Umgegend, vom 22. October 1863. No. 124. Bekanntmachung, die der Sparcasse für den Plauenschen Grund bewilligte Stempelbefreiung betreffend, vom 4. November 1863. No. 125. Decret wegen Genehmigung einer öffentlichen Anleihe der Albertsbahn-Actiengesellschaft, vom 12. November 1863. No. 126. Verordnung, die weltliche Coinspection über Kirchen, Schulen und beiden gewidmete Stiftungen betreffend, vom 12. November 1863. No. 127. Verordnung über den Eintritt der Wirksamkeit des Gesetzes vom 23. August 1862, das Immobiliar-Brandversicherungswesen betreffend, vom 17. November 1863. No. 128. Verordnung, die Bekanntmachung der Ministerialerklärung über eine nachträgliche Vereinbarung wegen des Transportes gefesselter Schüblinge auf der Zittau-Reichenberger und der Dresden-Prager Eisenbahn betreffend, vom 30. October 1863. — Letzte Absendung: am 30. November 1863.

Ernennungen, Versetzungen ꝛc. Seine Königliche Majestät haben die Versetzung des Gerichtsamtmanns beim Gerichtsamte Lengefeld, Alfred Arthur Lorenz, in gleicher Stellung zum Gerichtsamte Döhlen zu genehmigen, und den Actuar beim Gerichtsamte Stolpen Friedrich Ludwig Kunz zum Gerichtsamtmann bei dem Gerichtsamte Lengefeld zu ernennen in Gnaden geruht.

Seine Königliche Majestät haben den zeitherigen Assessor beim Gerichtsamte Großenhain Emil Franz zum Gerichtsamtmann bei dem Gerichtsamte Remse zu ernennen gnädigst geruht.

Todesfälle. Gestorben: der Geheime Finanzrath a. D. Eduard Carl Friedrich Adolph von Polenz, Ritter des K. S. V.-O., in Dresden; am 29. November 1863 der Advocat Friedrich Samuel Gürtler in Großenhain.

Redacteur: Dr. Theodor Tauchnitz. — Officin der Verlagshandlung.

Von diesem Wochenblatte erscheinen jährlich 64 Nummern zu 1 Quartbogen und außerdem am Jahresschlusse ein ausführliches Register.

Wochenblatt

für

merkwürdige Rechtsfälle,

in actenmäßigen Darstellungen

aus dem Gebiete der Justizpflege und Verwaltung

zunächst für das

Königreich Sachsen.

Alle Postämter u. Buchhandlungen übernehmen Bestellungen und liefern das Quartal zu dem praenumerando zu entrichtenden Preise von 1 Thaler.

Verlag von Bernhard Tauchnitz in Leipzig.

№ 3. Neue Folge Zwölfter Jahrgang. 1864.

4.

Hat der Vermiether Anspruch auf den vorauszahlungsweise bedungenen Miethzins bis zum Anfangstermin eines von ihm nach eingetretenem Verzuge des Miethers mit einem Dritten abgeschlossenen anderweiten Miethvertrages?

Mitgetheilt von

Herrn F. in G.

M. klagte gegen B. auf 110 Thlr. —, —, Miethzins auf Grund des nachstehenden, auf den Eid gestellten Klaganführens: Es sei am 12. März 1862 zwischen ihnen ein Miethvertrag abgeschlossen worden, vermöge dessen er, Kläger, die in der Klage beschriebenen Wohnungsräume vom 1. April 1862 ab gegen einhalbjährige, dem Kläger nicht vor dem 1. October 1866, dem Beklagten aber schon vom 1. October 1862 an freistehende Aufkündigung für einen bedungenen und vom Beklagten bewilligten, vierteljährlich vorauszuzahlenden Miethzins von 450 Thlrn. —, —, jährlich vermiethet habe. Sie hätten an demselben Tage den Adv. K. in C. beauftragt, eine Vertragsurkunde hierüber abzufassen, welche der Beklagte am folgenden Tage mit zu vollziehen und zu deren Kosten er die Hälfte beizutragen versprochen habe. Beklagter habe aber weder zur Vollziehung der Urkunde sich eingefunden, noch auch nach eingetretenem Anfangstermine der Miethzeit die ermietheten Räume, zu deren Uebergabe Kläger bereit gewesen sei, bezogen, noch endlich die Vorauszahlung eines Vierteljahrsbetrages des Miethzinses bewirkt und sei deshalb vom Kläger gemahnt worden. Am 25. April 1862 sei nun derselbe zum Kläger gekommen, habe erklärt, daß er den Miethvertrag nicht erfüllen könne und werde, und den Kläger ersucht, die fraglichen Miethräume baldmöglichst weiter zu vermiethen. Hierbei sei zwischen ihnen ein Abkommen getroffen worden, vermöge dessen Beklagter eine gewisse Abfindung an den Kläger bis zum 28. April 1862 zu bezahlen versprochen, dieser aber gegen deren Zahlung, wenn sie bis zu dem angegebenen Tage geschähe, auf alle Ansprüche an den Beklagten verzichten zu wollen erklärt hätte, jedoch mit dem Vorbehalt Seiten Klägers, daß er an dieses Abkommen sich nicht gebunden halte, sondern den Miethzins auf die Zeit, so lange die Miethräume unbewohnt und unbenutzt stehen würden, beanspruche, wenn die für die Abfindung bestimmte Zahlungszeit nicht innegehalten würde. Beklagter habe jedoch auch die durch dieses neue Abkommen übernommene Verbindlichkeit nicht erfüllt. Im Monat Juni 1862 habe hierauf Kläger die gedachten Miethräume vom 28. Juni 1862 ab anderweit vermiethet. Da er nun an das erwähnte neue Abkommen in Folge der vom Kläger unterlassenen Zahlung der Abfindung bis zu dem bestimmten Tage nicht mehr gebunden sei, so klage er auf den der Zeit vom 1. April bis 28. Juni 1862 entsprechenden Betrag des festgesetzten Miethzinses.

Der Beklagte räumte den Abschluß des angeführten Miethvertrages und dessen Nichterfüllung seinerseits ein, verneinte hingegen den Abschluß des vorbemerkten neuen Abkommens und brachte in einer Anmerkung zu Einl.-Punkt 21. vor: an dem angegebenen 25. April 1862 habe er allerdings den Kläger um Wiederaufhebung des abgeschlossenen Miethvertrages gegen eine zu vereinbarende, von ihm, dem Beklagten, an den Kläger zu entrichtende

Abfindungssumme gebeten, dann jedoch, als dieser den vollen Betrag des Miethzinses bis zur Weitervermiethung, oder doch auf zwei Monate gefordert, erklärt: da wolle er lieber den Vertrag fortbestehen lassen und erfüllen. Darauf aber habe Kläger entgegnet: — „nein, die Sache ist verpfuscht, ich habe meine Localitäten schon weiter vermiethet", — habe ihm auch seinen neuen Abmiether auf Befragen genannt. Und in der That habe der Kläger an den Letzteren vermiethet, und dieser habe die in Frage stehenden Räume noch jetzt als Miether inne. Er sei nun, da Kläger seinerseits zur Vertragserfüllung sich nicht bereit erklärt, sich vielmehr hierzu durch die auch in der Klage selbst eingeräumte anderweite Vermiethung außer Stand gesetzt habe, zu solcher auch seinerseits nicht mehr verpflichtet.

Die erste Instanz erkannte in ihrem am 30. Januar 1863 bekannt gemachten Bescheide folgender Maaßen:

„Weil Beklagter beim — Einl.-Punkt, sowie in der Anmerkung Bl. — nicht nur eingeräumt hat, daß er von Klägerm die in der Klage Bl. — angegebenen Räumlichkeiten am 12. März 1862 um den jährlichen, beiderseits genehmigten Miethzins von 450 Thlrn. —, —, vom 1. April 1862 an und gegen einhalbjährige, dem Kläger nicht vor dem 1. October 1866, dem Beklagten aber schon den 1. October 1862 zustehende Aufkündigung ermiethet und sich dabei verbindlich gemacht habe, diesen Miethzins vom 1. April 1862 an in vierteljährlichen Raten zu 112 Thlr. 15 Ngr. —, praenumerando am ersten jeden Vierteljahres an Klägern nebst —, 15 Ngr. —, für das Reinigen der Essen und Beleuchtung der Hausflur an Klägern zu entrichten, sondern auch geständig gewesen ist, daß er die ermietheten Räume am 1. April 1862 nicht bezogen habe, vielmehr am 25. April, nachdem er durch den Rechtsanwalt K. brieflich unterm 9. und 19. April 1862 zur Bezahlung des am 1. April gefällig gewesenen Termins und zur Erfüllung des Miethvertrages unter Androhung der Klaganstellung aufgefordert worden, in Klägers Wohnung erschienen, von demselben zur Bezahlung des vierteljährigen, am 1. April gefällig gewesenen Miethzinses aufgefordert worden sei und Klägern gebeten habe, daß dieser ihn gegen eine mäßige Entschädigung seiner Verbindlichkeit aus dem Miethvertrage wieder entlasse, hierdurch aber das Gesuch des Klägers, welches nicht auf Erfüllung des Miethvertrages überhaupt, sondern nur auf Bezahlung des auf die Zeit vom 1. April bis zum 28. Juni 1862 gefälligen Miethzinses gerichtet ist, genügend gerechtfertigt wird, wenn man erwägt, daß die Verbindlichkeit des Vermiethers nicht, wie beim Kauf, hauptsächlich auf Uebergabe der Sache, sondern auf die Ueberlassung der Miethräume zur Benutzung (non ut rem habere, sed ut uti frui liceat) geht, mithin es genügt, wenn der Vermiether dem Abmiether die Möglichkeit, die Räume vertragsmäßig zu gebrauchen, gewährt und namentlich, wenn der Letztere auswärts wohnt, dem Vermiether nicht zugemuthet werden kann, die Schlüssel der Behältnisse Jenem zu schicken,

Jur. Wochenblatt v. J. 1855. S. 409 flg.

Beklagter zwar das Anführen des Klägers, daß er bereit gewesen sei, Beklagtem die Miethlocalien zu übergeben, mit Nichtwissen beantwortet, allein nicht zu behaupten vermocht hat, daß ihm die Uebergabe verweigert, oder sonst Hindernisse in den Weg gelegt worden seien, das Gegentheil vielmehr aus den obigen Zugeständnissen hervorgeht, wenn man ferner erwägt, daß zwar Kläger selbst anführt, daß er die Wohnung vom 28. Juni ab weiter vermiethet habe, jedoch auch hierauf etwas nicht ankommt, da ja Kläger nur den Miethzins bis dahin fordert und, wenn auch die einzelnen Bestimmungen des Miethvertrages ein Ganzes bilden und deshalb an sich keinem der Contrahenten das Recht zustehen kann, beliebig einzelne Bestimmungen zu erfüllen und dafür einen Theil des Miethzinses zu verlangen, von anderen aber sich frei zu machen, doch die Nichterfüllung des einen Contrahenten den anderen nicht ohne Weiteres seiner Verbindlichkeiten entbindet, vielmehr Letzteren nur berechtigt, auf Erfüllung zu klagen, im gegenwärtigen Falle aber Beklagtem freistand, die Wohnung sofort zu beziehen, und er abzuwarten hatte, ob Kläger ihm die Räumung zumuthen werde, in diesem Falle aber, gestützt auf den Vertrag, den ungegründeten Ansprüchen des Klägers oder Dritter entgegentreten konnte, wenn man weiter erwägt, daß auch aus des Beklagten Anführen Bl. — ein Uebereinkommen darüber, daß der Miethvertrag wieder aufgelöst werden solle, nicht gefunden werden mag, indem, wenn Kläger als Entschädigung den Miethzins auf zwei Monate verlangte, die Beklagter zu geben sich weigerte, ja dieser nicht einmal zu behaupten vermocht hat, daß er die Erklärung des Klägers — sofern man auch darin den Willen des Klägers, den Vertrag ohne Entschädigung aufzulösen, bestimmt ausgesprochen finden könnte — acceptirt habe, daß sonach das übrige von Beklagtem geleugnete Anführen, namentlich auch insoweit dadurch eine ausdrückliche Ermächtigung für den Kläger zur Weitervermiethung dargethan werden soll, Einfluß auf die Entscheidung nicht äußern kann, so ist Beklagter Klägerm die geforderten 110 Thlr. —, —, nebst Zinsen des Verzugs zu 5 vom Hundert alljährlich von Zeit erhobener Klage (den 11. September 1862) an gerechnet, zu bezahlen, nicht minder die durch diesen Proceß erwachsenen Kosten ab- und, insoweit sie sich dazu eignen, zu erstatten schuldig."

Auf die gegen die Entscheidung erster Instanz vom Beklagten eingewendete Appellation erkannte (publ. 31. August 1863) das Königl. Appellationsgericht zu Zwickau:

„Daß es bei nurgedachtem Bescheide (1. Instanz) nicht so unbedingt zu lassen, würde vielmehr Beklagter den ihm über Einl.-Abschn. — angetragenen, von ihm Bl. — angenommenen Eid in der Maaße:

> daß er am 25. April 1862 keineswegs mit Klägerm dahin überein gekommen, daß er, Beklagter, Klägerm gegen Wiederaufhebung des in der Klage erwähnten Miethvertrages eine Entschädigung von fünf und siebzig Thalern —, —, mehr oder weniger, neben Berichtigung der durch Fertigung des Miethcontracts und sonst dieses Vertrages halber erwachsenen Sachwalterkosten bis zum 28. April 1862 zu bezahlen versprochen, weniger noch Kläger hierbei sich den Vorbehalt gemacht, daß, dafern er, Beklagter, bis zu dem gedachten Tage nicht Zahlung leisten würde, er, Kläger, sich seinerseits an dieses Abkommen nicht für gebunden halten, sondern den bedungenen Miethzins auf so lange, als die von ihm, Beklagtem, ermietheten Localitäten unbewohnt und unbenutzt dastehen würden, beanspruchen werde, daß vielmehr die Sache sich so verhalten, wie er, Beklagter, in der Anmerkung zu Einl.-Abschn. 21. angegeben,

annoch leisten, so ist Beklagter von der erhobenen Klage zu entbinden und loszuzählen, Kläger auch die Kosten der ersten Instanz ab- und Beklagtem zu erstatten schuldig.

Entscheidungsgründe:

Man hat in gegenwärtiger Instanz nicht umhin gekonnt, der Rechtsdeduction des Beklagten Bl. — im Wesentlichen beizupflichten.

Beklagter hatte geständlich in einem der Ehefrau des Klägers gehörigen Hause gewisse Räumlichkeiten vom 1. April 1862 ab für den jährlichen Zins von 450 Thlrn. —, — ermiethet, und zwar dergestalt, daß ihm solche Seiten des Klägers nicht vor dem 1. October 1866, d. h. nicht vor Ablauf von 4½ Jahren, gekündigt werden durften, so daß er, da halbjährige Kündigung bedungen war, im Ganzen fünf Jahre lang in der Benutzung des Miethlogis zu bleiben Anspruch hatte, sobald er nicht, was ihm frei stand, seinerseits selbst früher gekündigt hätte. Beklagter hat jedoch die fraglichen Räumlichkeiten nicht in Besitz genommen, und hierauf hat sie Kläger vom 28. Juni 1862 ab anderweit vermiethet. Vom 1. April 1862 ab — also dem Tage, wo Beklagter das Logis zu übernehmen gehabt hätte — bis zur anderweiten Vermiethung beansprucht Kläger den bedungenen Miethzins.

Gesetzt nun, es wäre wegen Wiederaufhebung des unter den Parteien abgeschlossenen Miethvertrages die weiterhin Bl. — flg. in der Klage behauptete besondere Verabredung nicht getroffen worden, so würde nach Ansicht der jetzigen Instanz der Anspruch des Klägers nicht begründet sein. Die Sache läge dann einfach so, daß beide Theile thatsächlich von dem Vertrage zurückgetreten wären, Kläger aber nichts desto weniger eine theilweise Erfüllung desselben von Beklagtem verlangte. Unter diesem Gesichtspunkte betrachtet, erschiene die Unstatthaftigkeit eines solchen Verlangens ohne Weiteres einleuchtend; allein auch als Schädenforderung wäre der Anspruch nicht zulässig. Denn es gilt bekanntlich, mit wenigen, hier nicht in Frage kommenden Ausnahmen, der Grundsatz, daß bei zweiseitigen Verträgen die Nichterfüllung des einen Contrahenten den anderen Theil keineswegs dazu, auch seinerseits vom Vertrage abzugehen, und sein etwaiges Interesse geltend zu machen, sondern nur zu einer Klage auf Erfüllung berechtigt, die wiederum dadurch bedingt ist, daß der Kläger zu der ihm obliegenden Leistung im Stande und bereit sein muß. Insofern man also die Klage als actio locati und als deren Object die vertragsmäßige Gegenleistung Beklagtens ansehen wollte, würde derselben entgegenstehen, daß Kläger seinerseits weder erfüllen kann, noch will. Insofern man aber das Object als eine — an sich mit der gedachten Klage ebenfalls verfolgbare — Schädenforderung betrachten wollte, würde sich überdies noch fragen, ob von einem Schaden des Klägers wirklich die Rede sein könnte, so lange er nicht nachzuweisen vermöchte, daß er, wenn er nicht mit Beklagtem contrahirt hätte, schon vom 1. April 1862 ab einen andern Miether gefunden haben würde.

Dem steht auch keineswegs entgegen, daß Beklagter an sich nicht behindert gewesen wäre, das Miethlogis wenigstens bis zum 28. Juni 1862 zu benutzen, mit anderen Worten, daß es so lange zu seiner Verfügung gestanden hat. Denn Beklagter hatte, wie erwähnt, nicht blos auf diese Zeit, sondern auf fünf Jahre gemiethet. Das uti frui licere auf diese fünf Jahre war also die dem Kläger obliegende Leistung. Kann er diese Leistung nicht ganz gewähren, so kann er von Beklagtem nicht verlangen, daß letzterer auch nur theilweise erfülle, denn es ist eben die Leistung des Klägers nicht in dem Sinne eine theilbare, daß ein Theil einen der Quote des

Ganzen entsprechenden Werth hätte. Mit andern Worten: wenn Beklagter auf fünf Jahre miethete, so folgt daraus noch nicht, daß er auf drei Monate gemiethet habe würde, und wenn im ersteren Falle das Logis für ihn einen Miethwerth von jährlich 450 Thlrn. —, —, hatte, so folgt daraus eben so wenig, daß es für ein einzelnes Vierteljahr für ihn 112 Thlr. 15 Ngr. —, werth gewesen sei. Eine theilweise Leistung des Klägers ist daher nicht blos quantitativ, sondern auch qualitativ etwas Anderes, als das Ganze und brauchte mithin von Beklagtem nicht angenommen zu werden. Es bedarf dies um so weniger einer weiteren Begründung, je mehr auf der Hand liegt, daß es Beklagtem nicht in den Sinn kommen konnte, blos auf ein Vierteljahr von W. nach C. überzusiedeln.

Ebensowenig macht es einen Unterschied, daß Vorauszahlung des Miethzinses bedungen worden war. Es kann dahingestellt bleiben, ob Beklagter eine etwa geleistete Vorauszahlung zu condiciren berechtigt gewesen sein würde, wenn er vorzeitig aus dem Miethlogis vertrieben worden wäre. Denn so lange Beklagter eine solche Zahlung nicht geleistet hat, konnte jene Stipulation offenbar nur so viel bewirken, daß Kläger seine Klage nicht auf die seinerseits erfolgte Vertragserfüllung zu stützen nöthig gehabt hätte, berechtigte ihn aber nicht, die Leistung des Beklagten unter Umständen zu fordern, wo er sich selbst zur Gegenleistung weder erboten hat, noch zu erbieten in der Lage war.

Jedenfalls könnte hiernach die Klage nur durch das obenerwähnte Uebereinkommen in Betreff der Wiederaufhebung des Miethvertrages begründet werden und muß daher mit dessen eidlicher Ablehnung nothwendig fallen." —

Allem Vorbemerkten entsprechend, wurde es in den Entscheidungsgründen noch als fraglich bezeichnet, ob nicht die Klage ohne Weiteres in der angebrachten Maaße abzuweisen gewesen wäre, weil sie nicht auf die durch das nachträgliche Abkommen, welches nach des Klägers Behauptung soll getroffen worden sein, festgesetzte Abfindung, sondern auf den im ursprünglichen Vertrage bedungenen Miethzins gerichtet, in letzterer Hinsicht aber eine bündige Erklärung des Beklagten, durch welche der vom Kläger für den Fall der Nichtzahlung der Abfindung bis zum 28. April 1862 angeblich gestellte Vorbehalt, den ursprünglich bedungenen Miethzins zu beanspruchen, zugestanden worden wäre, in der Klage nicht angeführt sei. Die zweite Instanz glaubte jedoch, mit Rücksicht auf einige Aeußerungen des Beklagten, das Rechtsmittel des Letzteren als zugleich gegen die Statthaftigkeit der Klage gerichtet nicht ansehen, deshalb aber über jene Frage vermöge eingetretener Rechtskraft hinweggehen zu sollen.

Dem Beklagten stand eine weitere Appellation gegen die vorstehende Entscheidung zum Zwecke der Herbeiführung einer Abweisung der Klage nicht zu, da sonach zwei Instanzen in deren Aufrechthaltung übereinstimmten. Vom Kläger wurde eine Appellation nicht eingewendet.

5.

Retentionsrecht des locator praedii urbani an den invectis et illatis des conductor in dem Concurse des letzteren. — Was ist unter praedium urbanum in dieser Beziehung zu verstehen? — Der locator wird seines Rechtes auf prioritätische Befriedigung dadurch nicht verlustig, daß er die Beschlagnahme der invecta et illata durch das Concursgericht ohne Widerspruch oder Vorbehalt geschehen läßt. — Collision des Retentionsrechtes des locator mit dem Vorzugsrecht der Ehefrau des Cridars.

Mitgetheilt von

Herrn Dr. W. in L.

Die Braucommun zu K. hatte laut Pachtcontract vom 25. März 1858 das dortige Brauhaus und ihre Braugerechtigkeit an C. B. für 330 Thlr. —, —, jährlichen Pachtzins verpachtet. Als Pachtgegenstände waren namentlich Brauhaus nebst Zubehör, Keller, Brunnen, Wohngebäude und Garten aufgeführt. Als am 14. Januar 1862 Concurs zu B.'s Vermögen eröffnet worden war, wurden am 16. dess. Monats die Verpachter Seiten des Concursgerichts davon benachrichtigt, daß der Contract Seiten des Creditwesens nicht fortgesetzt werde. Darauf wurde am 1. März 1862 die Rückgabe der Pachtgegenstände bewirkt, auch mit Versteigerung der ohne Widerspruch der Verpächter Seiten des Concursgerichts mit Beschlag belegten invecta et illata des Gemeinschuldners, namentlich Brauereigeräthschaften, Pferde, Wagen u. dergl., verfahren.

In dem Liquidationstermine liquidirte hierauf die Braucommun 382 Thlr. 15 Ngr. —, rückständige Pachtgelder sammt Zinsen von der Verfallzeit der einzelnen Termine und verlangte prioritätische Befriedigung aus dem Erlös der invecta und illata mit Rücksicht auf das gesetzlich ihr als Verpächterin zustehende Retentionsrecht. Dieselbe ward jedoch von dem Bezirksgericht zu Borna mit diesem letzteren Suchen abgewiesen, „da, ganz abgesehen von der mindestens noch zweifelhaften Rechtsfrage, ob die Liquidantin nicht dadurch, daß sie die fraglichen Gegenstände ohne Widerspruch und Vorbehalt ihrerseits hat verkaufen und beziehentlich aus der Wohnung des Pächters hat fortschaffen lassen, des von ihr beanspruchten Vorzugsrechtes nach dem Wortlaute des Gesetzes verlustig worden,

Wochenblatt für merkwürdige Rechtsfälle, 1859. S. 279.

von einem ihr an jenen Gegenständen zugestandenen Retentionsrechte im vorliegenden Falle überhaupt gar nicht die Rede sein kann, wenn man erwägt, daß dieses Recht nur dem Vermiether aus dem über ein Local mit dem Miether abgeschlossenen Miethcontracte und wegen der aus diesem letzteren entstandenen Forderungen zustehet, keineswegs aber auch da Anwendung findet, wo keine Abmiethung eines Locales, sondern nur die Gewährung einer Wohnung in Folge eines anderen Dienst- oder Contractsverhältnisses, wie im vorliegenden Falle in Frage kam,

Schwarze u. Heyne, Untersuchung &c. S. 124 flg. insbes. S. 149. u. 151.

Zeitschrift für Rechtspfl. u. Verw., N. F. Bd. 8. S. 89. u. 90. sub b.

indem es sich hier um einen vom Cridar mit der Braugenossenschaft über ihr Brauhaus und ihre Braugerechtigkeit daselbst eingegangenen Pachtvertrag handelt und diese letztere dem ersteren für ein jährliches Pachtgeld von 330 Thlrn. —, —, auf 6 Jahre überlassen worden sind, wobei ihnen zugleich auf die Dauer des Pachtes eine Wohnung in einem der Braugenossenschaft zugehörigen Hause eingeräumt wurde, für welche nicht einmal ein besonderer Miethzins stipulirt oder als in der Pachtsumme inbegriffen ausgeworfen worden war, so daß der Gemeinschuldner zu der Liquidantin in dasselbe Rechtsverhältniß trat, wie der Pachter eines praedii rustici gegen den Verpachter dieses letzteren, welchem wegen seines Pachtzinses nach der Erl. Proc.-Ordn. ad Tit. 45. §. 4. zwar an den fructibus in fundo natis, keineswegs aber auch an den in die mit überlassene Wohnung eingebrachten Meubeln &c. (rebus illatis et invectis) ein Retentionsrecht zusteht".

Die gegen dieses Erkenntniß von der Braucommun eingewendete Appellation ward von dem Concursgericht auch der mit ihrem Einbringen prioritätisch locirten Ehefrau des Gemeinschuldners zugefertigt. Letztere machte in ihrer Refutationsschrift geltend, daß sie bereits am 1. Februar 1855, also drei Jahre vor Abschluß des Pachtcontractes, mit dem Cridar sich verheirathet habe, ihr Recht daher älter sei, als das der Braucommun und die Mobilien ihres Ehemannes schon früher für sie gehaftet hätten.

Hierauf ward Seiten des Königl. Appellationsgerichts zu Leipzig im Januar 1863 in folgender Weise reformatorisch erkannt:

„Dieweil dem Bl. — eingewendeten Rechtsmittel (erster Instanz) rechtliche Beachtung nicht zu versagen gewesen, wenn man erwägt, daß

1) nach den Grundsätzen des Römischen Rechtes die Ansprüche des locator eines Grundstückes auf Zahlung des verabredeten Mieth- oder Pachtzinses durch ein stillschweigendes Pfandrecht gesichert waren, welches,

a) wenn das Object des Vertrages ein praedium urbanum war, die invecta et illata, dagegen,

b) falls ein praedium rusticum verpachtet worden war, die fructus in fundo natos

umfaßte,

zu vergl. L. 7. L. 24. §. 1. D. locati (19. 2.)
L. 32. D. de pignor. (20. 1.)
L. 2—4. 6. 7. §. 1. D. in quibus causis pignus (20. 2.)
von Vangerow, Leitfaden, §. 376. Anmerk.
Arndts, Pandecten, §. 373.
Müller, Institutionen, §. 144. Note 19.

2) als wesentliches Unterscheidungszeichen der praedia urbana in der Römisch-rechtlichen Lehre von dem Pfandrechte das negative Moment anzusehen ist, daß solche nicht bestimmt sind, natürliche Früchte zu tragen, und dem zu Folge diesen praediis rusticis nicht blos die zu der Vermiethung bestimmten Gebäude in der Stadt, wie auf dem Lande, sondern auch leere Räume und Plätze, Höfe, Bleich- und Trockenplätze beizuzählen sind,

vergl. außer den oben genannten Schriftstellern namentlich Sintenis, Pfandrecht, §. 33.
Glück, Commentar, Bd. 13. S. 411 flg.

3) an diesen Grundsätzen des Römischen Rechtes durch die Erl. Proc.-Ordn. ad Tit. 45. §. 4. zwar insofern eine wesentliche Aenderung herbeigeführt worden ist, als von dem Sächsischen Gesetzgeber bei Aufhebung aller stillschweigenden Hypotheken auch das gesetzliche Pfandrecht der Verpachter oder Vermiether abgeschafft und an dessen Stelle denselben ein Retentionsrecht eingeräumt worden ist, andererseits aber durch die l. cit. gebrauchten Worte:

„Da hingegen den locatoribus des juris retentionis in fructibus natis oder rebus illatis nach Unterschied der Fälle sich zu gebrauchen — unbenommen ist",

darauf hingewiesen worden ist, daß die Unterscheidung zwischen denjenigen Fällen, in denen die

Früchte, und denjenigen, in welchen die invecta et illata dem locator als Mittel zu seiner Sicherung, resp. Befriedigung dienen sollen, durch die particulare Gesetzgebung nicht habe abgeändert werden sollen, als woraus namentlich sich ergiebt, daß der unter 2. erwähnte pfandrechtliche Begriff der praedia urbana auch heut zu Tage noch in Sachsen als maaßgebend anzusehen sei,

vergl. auch Schwarze und Heyne, Untersuchungen ꝛc. S. 151 flg. Anmerk. 62. in fin.

4) wenn hiernach die laut des Bl. — zu lesenden Pachtcontracts an den Gemeinschuldner verpachtet gewesenen Brauereigebäude nebst Zubehör zweifelsohne als praedium urbanum zu betrachten sind und in dieser Rücksicht der Umstand, daß nach §. 1. des gedachten Vertrages unter f. der an dem Brauhause gelegene Obstgarten mit verpachtet worden, nach ausdrücklicher Bestimmung der l. 192. Dig. de verb. signif. (50. 16.) (Proinde hortos quoque, si qui sunt in aedificiis constituti, dicendum est, urbanorum appellatione contineri) ohne Bedeutung ist, auch das ganze zwischen der Braugemeinde und dem Cridare vereinbart gewesene Vertragsverhältniß augenscheinlich als eine reine locatio conductio rerum sich darstellt, den Appellanten das Befugniß, vorzugsweise Befriedigung aus dem Erlöse der invecta et illata zu fordern, um so weniger versagt werden mag, als die Bl. — von der vorigen Instanz angezogenen rechtlichen Entscheidungen einen durchaus verschiedenen Fall, nämlich den betreffen, wo für Ueberlassung des fundus conductus nicht eine in baarem Gelde bestehende merces verwilligt, sondern vielmehr als Theil des Dienstlohnes einem Bediensteten freie Wohnung eingeräumt worden ist, mithin nicht eine eigentliche locatio conductio rerum, sondern nur ein derselben verwandtes Verhältniß vorliegt,

zu vergl. princ. und §. 2. Inst. de loc. cond. (3. 24.)

Unterholzner, Lehre von den Schuldverhältnissen, Theil II. S. 317. bei Note g.

weiter

5) dem Rechte der Appellanten auf prioritätische Befriedigung auch nicht der Umstand entgegensteht, daß dieselben nach dem Ausbruche des Concurses die Absicht, ihr Retentionsrecht geltend zu machen, nicht sofort zu erkennen gegeben, sondern die Beschlagnahme und Veräußerung der Fahrniß des Cridars ohne irgend eine Protestation oder einen Vorbehalt haben geschehen lassen, inmaaßen, wenn auch im Allgemeinen nach der angezogenen Bestimmung der Erl. Proc.-Ordn. dem Vermiether nur „so lange die fructus et res illatae in dem erpachteten Gute noch vorhanden sind, sich daran loco pignoris zu halten unbenommen" ist, und dem zu Folge der locator außerhalb des Concurses, falls die fraglichen Gegenstände von dem conductor fortgeschafft worden,

vergl. Schwarze und Heyne, l. c. S. 145.

oder, wenn sie auf Antrag eines Gläubigers abgepfändet worden,

vergl. die Entscheidung des Königl. Appellationsgerichts zu Zwickau, im Wochenbl. Jahrg. 1859. S. 278.

seines Retentionsrechtes verlustig geht, doch nach eröffnetem Concurse die Sachlage sich deshalb anders gestaltet, weil der Concursrichter nach Vorschrift der Erl. Proc.-Ordn. ad Tit. 41. §. 1. unbeschadet der Rechte der einzelnen Gläubiger Behufs der ordnungsmäßigen Vertheilung der Masse verpflichtet ist, sobald als möglich „zu der Auction der Mobilien zu verschreiten — hinwiederum an keine Appellation oder Protestation sich zu kehren — diejenigen aber, so ein jus retentionis, Unterpfand oder anderes dingliches Recht daran zu haben vermeinen, an die Kaufgelder gebührend sich zu halten, schlechterdings angewiesen werden", hiernach aber das in dem

Rescripte vom 26. Juli 1764.

Mandat vom 4. Juni 1829. §. 63. unter 1.

annoch besonders anerkannte Recht des locator auf prioritätische Befriedigung lediglich an die doppelte Voraussetzung gebunden ist, daß

a) die Früchte und res illatae annoch bei dem Ausbruche des Concurses in dem Besitze des Gemeinschuldners sich befunden haben, und
b) der locator rechtzeitig, d. i. in dem Liquidationsverfahren, die Anweisung an die Kaufgelder, also Befriedigung aus dem Erlöse der versteigerten Gegenstände verlangt hat,

während eine frühere und namentlich vor der gerichtlichen Beschlagnahme oder Versteigerung zu erhebende Protestation theils erfolglos ist, weil sie keinen dieser beiden Acte zu hindern vermag, theils unnöthig erscheint, weil der locator in der bemerkten Maaße durch das Gesetz selbst angewiesen ist, die Gegenstände des Retentionsrechtes versteigern zu lassen, dann aber der vorzugsweisen Befriedigung aus dem Erlöse sich zu gewärtigen,

vergl. Kori, System des Concursprocesses, 2. Ausg. S. 305.

Reinhard, Ordnung der Gläubiger ꝛc., S. 197.

Beck, Anleitung zum Referiren, S. 193. Note 1.

Einert, in der Zeitschr. für Rechtspfl. u. Verw., N. F. Bd. 7. S. 109.

wogegen

6) die Bemerkung der Ehefrau des Cridars Bl. —, wie sie bereits drei Jahre vor dem Abschlusse des in Rede stehenden Pachtvertrages mit ihrem Ehemanne getrauet worden, mithin ihr Recht weit früher entstanden sei, als das der Braugenossenschaft, als weshalb die Mobilien ihres Ehemannes bereits vor dem Abschlusse des Pachtvertrages chirographarischen Gläubigern gegenüber für ihr Dotal- und Paraphernalgut gehaftet hätten, eine völlig irrelevante ist, da bekanntlich nach dem dermalen in Sachsen geltenden Rechte die Ehefrau des Cridars, dafern sie nicht eine Hypothek an den Immobilien ihres Ehemannes hat eintragen lassen, oder ihr ein ausdrückliches Unterpfandsrecht an Mobiliargegenständen in rechtsgültiger Weise von demselben bestellt worden ist, nur ein allgemeines Vorzugsrecht in dem ehemännlichen Concurse in Anspruch nehmen darf, welches den durch besonderes, wenn auch später entstandenes Pfandrecht geschützten Forderungen anderer Creditoren, und ebenso auch dem mit den Pfandgläubigern in der nämlichen Classe zu berücksichtigenden Rechte des locator nachsteht,

vergl. auch Günther, Concurs, 2. Ausg. S. 116.

endlich

7) wenn die ihrem Betrage nach Bl. — von dem curator litis als richtig anerkannte Forderung unter den bemerkten Verhältnissen prioritätisch zu lociren ist, ein gleiches Vorzugsrecht auch

vergl. Günther, l. c. S. 121.

Schwarze und Heyne, l. c. S. 153.

den von den Verfalltagen der einzelnen Raten an geforderten Verzugszinsen einzuräumen ist,

so ist es bei dem Bl. — zu lesenden Erkenntnisse (erster Instanz), soweit in demselben das Suchen der Braugemeinde zu K. um prioritätische Befriedigung des Bl. — angemeldeten Pachtzinsanspruches abgewiesen und dieselbe mit diesem Anspruche Bl. — lediglich unter III. nach dem von der Ehefrau des Gemeinschuldners angemeldeten, unter II. Bl. — locirten Forderungen angesetzt worden ist, in Beachtung der Bl. — eingewendeten Berufung nicht zu lassen, vielmehr ist die gedachte Braugemeinde in Ansehung des geforderten Pachtzinsanspruches an 382 Thlr. 15 Ngr. —, nebst Verzugszinsen, welche bezüglich des Betrages an 80 Thlr. —, —, vom 1. April 1860 und wegen 302 Thlrn. 15 Ngr. —, vom 1. April 1861 an zu berechnen sind, Bl. — zwischen der ersten und zweiten Classe, und zwar mit dem Zusatze: „aus dem Erlöse der Bl. — von ihr bezeichneten invecta et illata" zu lociren und hat es bei demjenigen, was über die Location des mehrgedachten Anspruches und der davon geforderten Zinsen als einer chirographarischen Forderung Bl. — unter III. und IV. erkannt worden ist, lediglich wegen des aus dem Erlöse jener invecta et illata nicht zu der Befriedigung gelangenden Theiles der fraglichen Forderung zu bewenden."

Das K. Oberappellationsgericht confirmirte auf Appellation der Ehefrau des Gemeinschuldners im October 1863. Die Rationen lauten:

„In den vorigen Entscheidungsgründen ist mit Beziehung auf die einschlagenden Bestimmungen der Erl. Proc.-Ordn. ad Tit. 45. §. 4., welche in §. 63. sub 1. des Mandats, die Aufhebung der stillschweigenden Hypotheken ꝛc. betreffend, vom 4. Juni 1829 ausdrücklich Bestätigung gefunden hat, bereits näher nachgewiesen worden, daß anstatt des früher bestandenen gesetzlichen Pfandrechtes der Verpachter oder Vermiether, welches je nach dem Objecte des Vertrages die invecta et illata, oder die fructus in fundo natos umfaßte, ein den ersteren zuständiges, in seinen Wirkungen dem Faustpfande gleichstehendes Retentionsrecht eingeräumt worden sei, nur daß in den Bl. — ausgehobenen Worten jener Vorschrift der Erl. Proc.-Ordn. die Unterscheidung zwischen den Fällen, in denen die Früchte, und denen, in welchen die invecta et illata dem locator zu seiner Sicherung und beziehentlich Befriedigung dienen sollen, keine Abänderung erlitten habe, demzufolge aber in vorliegendem Prioritätsstreite der Braugemeinde zu K. nach der Beschaffenheit des zwischen ihr und dem Gemeinschuldner verabredeten Vertragsverhältnisses das Recht nicht versagt werden könne, vorzugsweise Befriedigung aus dem Erlöse der invecta und illata des Cridars zu fordern. Man kann auf die vorigen Gründe um so mehr verweisen, als die hier aufgestellten, im Wesentlichen auch von dem Königl. Oberappellationsgerichte befolgten Grundsätze

Zeitschrift f. R. u. V., N. F. Bd. 7. S. 97. Bd. 8. S. 87. Bd. 11. S. 178.

von der Appellantin gegenwärtig nicht weiter bestritten worden sind, und weder aus dem Umstande, daß dem Gemeinschuldner nach §. 1. sub e. und f. des Pachtcontractes auch ein Gemüse- und Obstgarten mit verpachtet gewesen, noch daraus, daß die Wohnung des Cridars in einem von dem Brauhause abgesonderten Gebäude sich befunden, ein Grund gegen die Statthaftigkeit besagten Retentionsrechtes abgeleitet werden kann. Daß die verpachtet gewesenen Brauereigebäude als ein praedium urbanum zu betrachten sind, und diese Eigenschaft derselben durch jene Zubehörungen nicht alterirt wird, ergiebt sich aus dem bereits Bl. — Bemerkten, und eben so wenig läßt sich in Zweifel ziehen, daß, wenn auch Beklagter seine Wohnung in jenem separaten Gebäude gehabt hat, nach der Beschaffenheit des erwähnten Pachtverhältnisses das Recht des Verpachters, sich wegen des rückständigen Pachtzinses als der hauptsächlichsten und unmittelbaren Forderung aus demselben an die invecta und illata des Pachters zu halten, als ein in der bemerkten gesetzlichen Disposition begründetes anzusehen ist.

Demnach sind nur noch die Einwendungen einer weiteren Prüfung zu unterziehen, welche Appellantin Bl. — flg. gegen die angefochtene Entscheidung vorgebracht hat, und die im Wesentlichen darin bestehen, daß

1) das Retentionsrecht der Braugemeinde für erloschen zu achten sei, weil sie solches nicht gleich bei der gerichtlichen Beschlagnahme der fraglichen Gegenstände geltend gemacht, sondern diese ohne Widerspruch habe geschehen lassen, mithin auch die angezogene Stelle der Erl. Proc.-Ordn. keine Anwendung finden könne,

2) daß das ihr wegen des Dotal- und Paraphernalvermögens zuständige Vorzugsrecht weit früher, als das der Braugenossenschaft existent geworden und sie deshalb aus dem Erlöse der Mobilien ihres Ehemannes, welche dafür zu haften hätten, zumal mit Rücksicht auf die Bl. — erwähnten Umstände vor der Braugemeinde zu befriedigen sei.

Ad 1.

Allerdings enthält die Erl. Proc.-Ordn. dict. l. im Allgemeinen die Bestimmung, daß der Vermiether nur

„so lange die fructus und res illatae in dem verpachteten Gute noch vorhanden, sich daran loco pignoris zu halten unbenommen sei",

und es ist in dieser Hinsicht schon in den vorigen Gründen bemerkt worden, daß außerhalb des Concurses in den Bl. — bezeichneten Fällen, wo der Verpachter oder Vermiether die Fortschaffung und resp. Abpfändung der betreffenden Gegenstände zu verhindern in der Lage ist, seines gedachten Rechtes verlustig werde. Nach eröffnetem Concurse dagegen wird die wirkliche Ausübung der Retention dieser Gegenstände durch die in der bereits Bl. — erwähnten Bestimmung der Erl. Proc.-Ordn. ad Tit. 41. §. 1. angeordnete gerichtliche Beschlagnahme, wodurch die Masse vor allen Einmischungen der Privaten in den Besitz und die Verwaltung sichergestellt werden soll, und welche der Richter schon von amtswegen zu bewirken hat, ohne Weiteres ausgeschlossen, und ein von dem bezüglichen Gläubiger dagegen erhobener Widerspruch würde als völlig erfolglos und unzulässig zu betrachten sein; ein solcher Widerspruch oder ein hierauf gerichteter Vorbehalt des Verpachters erscheint aber auch nach der gedachten gesetzlichen Vorschrift offenbar entbehrlich, in welcher derjenige, der ein jus retentionis etc. an den fraglichen Gegenständen zu haben vermeint, ausdrücklich angewiesen wird, sich deshalb an die Kaufgelder gebührend zu halten. Hat nun die Braugemeinde zu K. das ihr in der fraglichen Hinsicht zuständige Retentionsrecht im gegenwärtigen Creditwesen gehörig geltend gemacht, so ist dies als tempestiv geschehen zu erachten, und muß demgemäß auch in diesem seine Wirkung zu äußern geeignet sein.

Ad 2.

Ob das Vorzugsrecht der Ehefrau des Gemeinschuldners wegen ihres Einbringens früher entstanden, als das der Braugemeinde aus dem Pachtverhältnisse mit letzterer zuständige obige Retentionsrecht, ist für die vorliegende Prioritätsfrage ohne Einfluß. Nach dem schon Bl. — Erwähnten kann die Ehefrau des Gemeinschuldners, wenn sie wegen ihres Dotal- und Paraphernalvermögens sich nicht eine Hypothek an den Immobilien ihres Ehemannes hat eintragen lassen, oder ihr an Mobiliargegenständen desselben in rechtsgültiger Weise ein ausdrückliches Unterpfandsrecht bestellt worden ist, nur das allgemeine in dem Mandate vom 4. Juni 1829. §. 14. sub 3. ihr eingeräumte Vorzugsrecht vor den chirographarischen Gläubigern in Anspruch nehmen, welches jedoch dem dem locator zuständigen, mit den Pfandgläubigern in der nämlichen Classe zu berücksichtigenden Retentionsrechte nachsteht. Zwar hat sich Appellantin Bl. — noch darauf berufen, daß der Gemeinschuldner bei seiner Verehelichung mit ihr nichts im Vermögen gehabt, sondern erst mit den ihr von ihrem Vater gegebenen Mitteln die zur Einrichtung der Wirthschaft erforderlichen Gegenstände sich habe verschaffen können, und daß sie deshalb wegen ihrer Illatenforderung aus dem aus jenen Gegenständen gewonnenen Erlöse vor allen andern befriedigt zu werden berechtigt erscheine; allein in Bezug auf den vorliegenden Prioritätsstreit ist dieses Vorbringen irrelevant, insoweit dieselbe aber darauf einen Vindicationsanspruch zu stützen gemeint sein sollte, würde auf solches in gegenwärtiger Instanz ohnehin keine Rücksicht zu nehmen sein; es bedarf daher auch keiner weiteren Untersuchung, welche Begründung an sich jener Anspruch erfordert haben würde."

Redacteur: Dr. Theodor Tauchnitz. Officin der Verlagshandlung.

Von diesem Wochenblatte erscheinen jährlich 64 Nummern zu 1 Quartbogen und außerdem am Jahresschlusse ein ausführliches Register.

Wochenblatt
für
merkwürdige Rechtsfälle,
in actenmäßigen Darstellungen
aus dem Gebiete der Justizpflege und Verwaltung
zunächst für das
Königreich Sachsen.

Alle Postämter u. Buchhandlungen übernehmen Bestellungen und liefern das Quartal zu dem praenumerando zu entrichtenden Preise von 1 Thaler.

Verlag von **Bernhard Tauchnitz** in Leipzig.

№ 4. Neue Folge Zwölfter Jahrgang. **1864.**

6.

Beitrag zur Lehre vom Kaufe auf Besicht, resp. Auftrage dazu.

Mitgetheilt von

Herrn Adv. R. in R.

Der Sattlermeister H. klagte gegen den Rittergutspachter M. auf Bezahlung zweier Reitsättel im Preise von zusammen 38 Thlrn. —, —, indem er zu Begründung der Klage Folgendes anführte:

Am 9. Juni 1862 habe Beklagter seinen Verwalter R. zu ihm mit dem Auftrage entsendet, einen Herren- und einen Damensattel genanntem M. zuzusenden. In dessen Folge habe er, Kläger, Tags darauf durch einen Fuhrmann einen Damensattel im Preise von 20 Thlrn. —, — und einen Herrensattel im Preise von 18 Thlrn. —, —, wie sie der genannte Verwalter Tags zuvor ausgewählt und zur Uebersendung an M. bezeichnet gehabt, Letzterm zugesendet, und dieser habe die fraglichen Sättel noch an demselben Tage erhalten und seitdem in Gebrauch genommen, resp. in Gebrauch nehmen lassen. Die bemerkten Preise seien bereits dem Verwalter R., als er die zur Prüfung und Auswahl ihm vorgezeigten Sättel bestellt gehabt, mit der von diesem auch dem Beklagten überbrachten Eröffnung, „daß, wenn M. die Sättel nicht behalten wolle, er sie Klägerm sofort zurückschicken solle", angegeben worden, im Uebrigen aber auch geschäftsübliche.

Beklagter gestand die Bestellung und den Empfang der Sättel, die Angemessenheit der Preise, sowie den Auftrag an den Verwalter, und daß dieser die Auswahl getroffen habe, zu, leugnete aber die vorgedachte Eröffnung, resp. deren Mittheilung an ihn, und bemerkte, Kläger habe ihm die Sättel, von denen der Damensattel nur ein Mal, der Herrensattel aber nie in Gebrauch genommen worden sei, nur zur Ansicht zugeschickt. Unter der Behauptung, daß er die Sättel für seine Zwecke nicht passend gefunden, daher aber in der Zeit nach der Getreideernte 1862 zurückgesendet habe, beantragte er Abweisung der Klage, da Kläger auf einen „Kauf" sich nicht bezogen habe.

Die erste Instanz (das Gerichtsamt D.) publicirte am 6. Februar 1863 folgenden Bescheid:

„Weil Beklagter &c. Bl. — beim 1. Einlassungspunkte eingeräumt, daß er am 10. Juni 1862 vom Kläger einen Damensattel im Preis von 20 Thlrn. —, — und einen Herrensattel, mit dem Bl. — angegebenen Zubehör, im Preis von 18 Thlrn. —, —, deren Zusendung er Tags zuvor bei dem Kläger bestellt gehabt, zugesendet erhalten, sowie Bl. — selbst vorgebracht hat, daß er diese Sättel nicht eher als kurz nach der Ernte des Jahres 1862 an den Kläger zurückgesendet (wo sie indeß nach Bl. — Kläger nicht angenommen), diese Zugeständnisse aber für sich nicht ausreichen, um darauf hin Beklagten in Bezahlung der 38 Thlr. —, — zu verurtheilen, da, wenn schon davon auszugehen ist, daß Kläger und Beklagter bei der Bestellung und Zusendung der Sättel ihr Absehen darauf gerichtet hatten, einen Kauf abzuschließen, doch nach den in der Klage angeführten Umständen und nach der Art der in Rede stehenden Kaufsgegenstände nicht anders anzunehmen ist, als daß Beide darüber einverstanden gewesen, es solle der Abschluß des Kaufs von einer Prüfung und Billigung der Sättel durch Beklagten (die insofern allerdings zur Ansicht gesendet waren, auch wenn sie von Beklagtens Beauftragtem zur Zusendung in specie ausgewählt worden) abhängig sein, die Billigung aber nicht nothwendig aus dem bloßen Besichte, resp. der Probe und nachherigen Stillschweigen zu folgern ist (Curtius, Handbuch, Bd. IV. §. 1385. S. 43.), vielmehr, um die Behauptung zu begründen, daß eine thatsächliche Kaufeinwilligung stattgefunden, solche Handlungen des Beklagten erfordert werden, welche keine andere Auslegung zulassen, nun aber die stillschweigende Einwilligung in den Kauf ohne Zweifel darin gefunden werden muß, wenn, wie in der Klage behauptet ist, entweder Beklagter die fraglichen Sättel in Gebrauch genommen hat, also darüber disponirt hat, wofür indeß der Bl. — eingeräumte einmalige Gebrauch des Damensattels nicht zu achten, indem dieser einmalige Gebrauch präsumtiv der Prüfung halber geschehen, oder wenn er, wiewohl Kläger dem mit der Bestellung beauftragten Verwalter des Beklagten eröffnet, daß, wenn Beklagter die Sättel nicht behalten wolle, er sie sofort zurückschicken solle, dennoch die Zurücksendung in angemessener kurzer Zeitfrist nicht bewirkte, wie daraus hervorgeht, daß er sie über zwei Monate, bis nach Ablauf des Monat August 1862, bei sich behielt, und dann erst Anstalt traf, sie dem Kläger zurückzustellen, da alsdann in der Unterlassung der rechtzeitigen Zurücksendung, wenn nicht eine Anmaaßung der Sache, so doch die thatsächliche Erklärung, daß er die Sättel behalten wolle, unfraglich zu erblicken;

weil sodann darauf, ob Kläger dem Beklagten die geforderten Preise für die qu. Sättel zur Zeit deren Bestellung zu wissen gethan, etwas nicht ankommt, da, wenn nach seiner Handlungsweise anzunehmen, daß Beklagter in den Kauf der Sättel eingewilligt, er durch selbige auch thatsächlich erklärt hat, daß er den ihm notificirten Preisbetrag, oder wenn ihm solcher nicht angezeigt worden, im Voraus den ihm erst zu notificirenden Preisbetrag für richtig annehme, resp. billige, indem die Preisfeststellung indirect auch in der Weise geschehen kann, daß die vom Verkäufer bona fide ausgesprochene Preisbestimmung gelten soll (vergl. Zeitschrift f. R. u. V., N. F. Bd. 5. S. 346.), Beklagter übrigens die Angemessenheit der gestellten Preise beim 1. Einl.-Abschnitt zur Genüge eingeräumt;

weil endlich der Eid über ein factum referentis proprium, als welches sich der Inhalt des 2. und 3. Einl.-Abschnitts darstellt (denn der 11. Einl.-Punkt ist unerheblich, da der Verwalter N. nicht als Klägers, sondern als Beklagtens Beauftragter die erwähnte Eröffnung empfangen), nicht referirt werden kann, sonach, ungeachtet der (Bl. —) erfolgten Relation des über die Klage angetragenen Eides insoweit auf das delatum zu erkennen, bei dessen Nichtleistung die Leistung des relatum, wie bei des letzteren Leistung die Ableistung des delatum sich erledigt, dessen Leistung aber erst dann, wenn solchenfalls Kläger auch das relatum über den 8. 9. und 10. Einl.-Abschnitt nicht schwört, zu Beklagtens Lossprechung wegen der 38 Thlr. —‚ —‚ führt;

so ist Beklagter dem Kläger, wenn Beklagter das delatum nicht leistet, oder dafern Kläger den über den 8. 9. und 10. Einl.-Abschnitt Bl. — angetragenen Eid in der Maaße,

> daß er dem Verwalter N. den 9. Juni 1862 bei der Bestellung der qu. Sättel eröffnet habe, daß, wenn Beklagter die Sättel nicht behalten wolle, er sie ihm sofort zurückschicken solle,

schwört, die geklagten 38 Thlr. —‚ —‚ nebst Zinsen zu 5 Procent davon von Zeit der Klagbehändigung an zu bezahlen, ingleichen nicht nur die gerichtlichen und außergerichtlichen Proceßkosten, sondern auch die des vorausgegangenen Mahnverfahrens zu erstatten schuldig. Beklagter könnte und würde denn, vorausgesetzt, daß Kläger das relatum abzuleisten nicht vermag, den bei dem 2. und 3. Einl.-Punkt Bl. — angetragenen Eid dahin,

> daß er die in der Klage erwähnten Sättel weder selbst in Gebrauch genommen, noch in Gebrauch nehmen lassen,

schwören, solchenfalls ist Beklagter wegen der für die Sättel geforderten 38 Thlr. —‚ —‚ von der erhobenen Klage zu entbinden und loszuzählen, und werden in diesem Falle die Kosten des Processes, sowie des vorausgegangenen Mahnverfahrens unter den Parteien gegen einander aufgehoben."

Auf die von Beklagtem gegen diesen Bescheid eingewendete Appellation erkannte das Königl. Appellationsgericht zu Leipzig (publ. am 15. September 1863):

„Daß der Bl. — flg. anzutreffende, am 6. Februar 1863 publicirte Bescheid, jedoch mit der Erläuterung, daß dem auf den ersten Klagpunkt bezüglichen Theile desselben die nachfolgende Fassung zu geben ist,

„daß zunächst

1.

Kläger den über den Grund der erhobenen Klage angetragenen, Bl. — zurückgegebenen Eid über p. l. c. 8—10. dahin:

> daß er gegen den Verwalter des Beklagten N., als dieser an dem 9. Juni 1862 in dem Auftrage des Beklagten die Zusendung zweier in der Klage näher bezeichneter Sättel bei ihm, dem Kläger, bestellt, ausdrücklich erklärt habe, der Beklagte solle ihm diese Sättel, wenn er sie nicht behalten wolle, sofort zurücksenden,

hiernächst für den Fall, daß Kläger solhanen Eid nicht leisten würde,

2.

Beklagter seinerseits den über den Grund der Klage angetragenen, insoweit für angenommen geachteten Eid über p. l. c. 2. und 3. dahin:

wie es nicht in Wahrheit begründet sei, daß die in der Klage bei p. l. c. 1. gedachten, ihm unter dem 10. Juni 1862 zugesendeten Sättel von ihm selbst, oder von anderen Personen, unter seiner Zulassung, und zwar der Herrensattel überhaupt, der Damensattel aber öfter als ein einziges Mal in Gebrauch genommen worden seien,

zu schwören verbunden; dafern nun Kläger den ihm sub 1. auferlegten Eid leisten würde, als für welchen Fall Beklagter zu Ableistung des ihm sub 2. nachgelassenen Eides nicht zu lassen, oder, dafern keiner der vorstehend sub 1. und 2. geförmelten Eide geschworen werden sollte, ist Beklagter dem Kläger die bei dem ersten Klagpunkte geforderten 38 Thlr. —‚ —‚ sammt Zinsen des Verzugs von Zeit erhobener Klage an zu bezahlen, demselben auch die in diesem Rechtsstreite in erster Instanz aufgewendeten, wie die durch das vorausgegangene Mahnverfahren entstandenen Unkosten zu erstatten schuldig, dagegen ist der Beklagte für den Fall, daß lediglich der ihm nachgelassene Eid geschworen werden würde, von der erhobenen Klage, was die bei dem gedachten Klagpunkte geforderten 38 Thlr. —‚ —‚ anlangt, zu entbinden und loszuzählen, es werden auch für diesen Fall die in diesem Processe in erster Instanz erwachsenen Kosten, ingleichen die Kosten des Mahnverfahrens unter den Parteien compensirt",

der eingewendeten Berufung ungeachtet zu bestätigen.

Entscheidungsgründe:

„Die Parteien sind nach dem Zugeständnisse des Beklagten in p. l. c. 1. darüber einverstanden, daß der Beklagte an dem 9. Juni 1862 den Kläger durch seinen, des Beklagten, Mandatar auffordern lassen, ihm zwei Sättel zuzusenden, daß der gedachte Mandatar zu dem Ende zwei Sättel, von denen der eine einen Preis von 20 Thlrn. —‚ —‚, der andere einen Preis von 18 Thlrn. —‚ —‚ gehabt, bei dem Kläger ausgesucht, und als die dem Beklagten zuzusendenden bezeichnet, sowie daß Kläger dieser Aufforderung an dem 10. Juni desselben Jahres entsprochen, Beklagter aber die ihm zugesendeten beiden Sättel in Empfang genommen hat. Weiter sind die Parteien auch über die Tendenz, welche diesem Geschäfte zu Grunde gelegen, und namentlich darüber einig, daß von beiden Seiten, dafern die zugesendete Waare dem Empfänger zusagen sollte, über selbige ein Kaufabschluß beabsichtigt worden sei. Es genügt, in dieser Beziehung auf die eigene Sachdarstellung des Beklagten Bl. — zu verweisen.

Hiernach liegt ein sogenannter Handel auf Besicht oder auf Probe vor. Da die in dieser Hinsicht in dem deutschen Handelsgesetzbuche in Art. 339. aufgestellten Rechtsgrundsätze im Wesentlichen bereits in dem bisherigen Rechte Geltung gehabt,

vergl. Thöl, Handelsrecht, ed. 4. §. 71. S. 430.

so ist es für die rechtliche Beurtheilung der vorliegenden Verhältnisse einflußlos, ob man in Berücksichtigung der Vorschrift in Art. 277. jct. Art. 272. sub 1. des angezogenen Gesetzbuchs die Vorschriften dieses Gesetzes, oder die bisher in dieser Hinsicht geltenden Principien als maaßgebend ansieht. Ein Handel der gedachten Art stellt sich, je nachdem er an eine Resolutiv- oder an eine Suspensivbedingung geknüpft erscheint, entweder als ein bereits abgeschlossener, jedoch auf einseitiger Willenserklärung des Käufers wieder aufkündbarer Kauf, oder als ein nur den Feilbietenden bis auf Weiteres bindender Präliminarvertrag zu einem für die Zukunft als möglich angenommenen Kaufe dar.

vergl. Thöl, a. a. O. sub No. II. S. 433.

Mag man nun mit dem Handelsgesetzbuche (Art. 339. Abs. 1.) davon ausgehen, daß im Zweifel ein Vertrag der zuletzt gedachten Art vorliege, oder mag man (mit Brinckmann, Handelsrecht, §. 84. und 85.) annehmen, daß, je nachdem die Waare von dem Kauflustigen in Besitz genommen worden sei, oder nicht, die Präsumtion für die eine oder die andere Annahme streite, oder mag endlich die Entscheidung dieser Frage unter allen Umständen als quaestio facti anzusehen, und in Ermangelung klarer Verabredungen aus den begleitenden Umständen zu beantworten sein (zu vergl. Zeitschrift für Rechtspfl. u. Verw., N. F. Bd. XIX. S. 420 flg.), so ist doch der, dem das Kaufanerbieten gemacht worden ist, an und für sich an den Handel nicht gebunden, sondern es steht lediglich in seiner Wahl, ob er die Waare behalten will oder nicht.

zu vergl. Thöl, a. a. O. §. 71. S. 432.
Brinckmann, a. a. O. §. 85.
Handelsgesetzbuch, Art. 339. Abs. 2.

Etwas Anderes tritt jedoch dann ein, wenn wegen der diesfalls zu bewirkenden definitiven Erklärung des Abkäufers eine bestimmte Frist entweder usancegemäß besteht, oder ausdrücklich verabredet worden ist. Eine solche Usance nimmt z. B. in Sachsen der Gerichtsbrauch dann als bestehend an, wenn bei dem Handel unter Kaufleuten die Waare mit

Preisnote zugesendet worden ist. In einem Falle dieser Art liegt dem, welcher die Waare empfangen hat, ob, sich über die Annahme derselben, resp. über eine von ihm beabsichtigte Dispositionsstellung innerhalb der zu einer von ihm ungesäumt vorzunehmenden Prüfung erforderlichen Frist zu erklären.

zu vergl. Zeitschr. für Rechtspfl. u. Verw., N. F. Bd. XIX. S. 421 flg.

Annalen des Königl. Oberappellationsgerichts, I. S. 551.

Haben diese Grundsätze auch nur für den Handel unter Kaufleuten Geltung, so versteht es sich doch von selbst, daß durch ausdrückliche Verabredungen auch Nichtkaufleute einer ähnlichen Verbindlichkeit unterworfen werden können.

Anderseits wird der, dem die Waare auf Besicht vorgelegt worden ist, so lange ein Widerruf des Feilbietenden nicht erfolgt ist, durch die bloße Erklärung einer Billigung derselben ohne Weiteres Käufer der Sache. Kann eine solche Billigung auch aus dem bloßen Stillschweigen desjenigen, dem das Kaufanerbieten gemacht worden ist, der Regel nach um so weniger gefolgert werden, als, mit Ausnahme der oben gedachten Fälle einer darauf bezüglichen Verabredung, beziehentlich eines Handels unter Kaufleuten, eine Verbindlichkeit, sich über seine Willensrichtung zu erklären, nicht existirt, so ist doch dadurch selbstverständlich die Möglichkeit einer stillschweigenden, d. h. einer aus concludenten Handlungen abzunehmenden Billigung nicht ausgeschlossen. Ein Fall dieser Art liegt namentlich dann vor, wenn der, dem Waare auf Besicht oder auf Probe übergeben worden ist, sich als Eigenthümer derselben gerirt, d. h. dieselbe in solcher Art und Weise benutzt und gebraucht, oder dergestalt über selbige disponirt, daß er dazu nur in Gemäßheit eines wirklichen und perfecten Kaufs befugt gewesen sein würde.

Wendet man diese Principien auf den gegenwärtigen Fall an, so erscheint die erhobene, auf Bezahlung des für den Fall eines Kaufs im Voraus bestimmten Kaufpreises gerichtete Klage in doppelter Weise ausreichend substantiirt, indem Kläger nicht nur

a) darauf, daß Beklagter die ihm anvertrauten beiden Sättel in Gebrauch genommen, resp. habe in Gebrauch nehmen lassen, sondern auch

b) darauf sich bezogen hat, daß er dem Mandatar des Beklagten bereits am 9. Juni 1862 eröffnet habe, Beklagter solle ihm die Sättel, falls er sie nicht behalten wolle, sofort zurückschicken.

Ist in dem sub a. gedachten Anführen, die Richtigkeit desselben vorausgesetzt, die Behauptung eines solchen facti zu finden, aus welchem auf die Bewilligung der gestellten Kaufofferte von Seiten des Beklagten geschlossen werden muß, so hatte man auch in dem sub b. gedachten Vorbringen eine ausreichende Substantiirung einer Vereinbarung darüber zu erblicken, was in dem Falle der ungebührlichen Verzögerung einer Erklärung des Beklagten auf die ihm gestellte Offerte geschehen solle.

Allerdings erscheint

ad a.

das Anführen: „Beklagter habe die Sättel gebraucht, beziehentlich gebrauchen lassen", an und für sich nicht vollkommen präcis; es ist jedoch hierauf deshalb kein Gewicht zu legen, weil der Beklagte nach seiner Erklärung Bl. — in selbigem die Behauptung eines stattgehabten mehrmaligen, über das Bedürfniß einer bloßen Prüfung der Zweckmäßigkeit der Waare hinausgehenden Gebrauchs verstanden, und das Klagevorbringen durch die bestimmte Erklärung, daß eine derartige Benutzung überhaupt nicht, resp. was den Damensattel anlangt, nur ein einziges Mal stattgefunden habe, präcisirt hat. Jedenfalls erschien es aber zu der Vermeidung von Mentalreservationen angemessen, diesen Umstand unter Berücksichtigung der vorgedachten Angaben des Beklagten bei der Eidesförmelung mehr, als von der ersten Instanz geschehen, hervorzuheben. Dagegen ist von dem Beklagten dawider, daß insoweit die Bl. — erklärte Eidesrelation für unstatthaft erklärt worden ist, nicht remedirt worden.

Zweifelhaft konnte es

ad b.

erscheinen, ob es zu Begründung des erhobenen Anspruchs nicht annoch einer Eidesleistung über die bei p. l. c. 11. ersichtliche Behauptung bedürfe, daß der Mandatar des Beklagten diesen von der betreffenden Erklärung Klägers auch wirklich in Kenntniß gesetzt habe.

Richtig ist zunächst, daß die Bestimmung, es solle der Handel auf Besicht für den Fall, daß der Kauflustige sich innerhalb einer bestimmten Frist über seine Willensrichtung nicht erklären würde, ohne Weiteres in einen perfecten Kauf übergehen, eine Uebereinstimmung des Willens beider Theile, und somit in der Regel eine ausdrückliche Vereinbarung derselben voraussetzt. Hieraus folgt, daß die einseitige Erklärung des Verkäufers, er wolle den Handel nach Ablauf einer solchen Frist für einen Kauf angesehen wissen, für sich allein, selbst dann, wenn sie erwiesenermaaßen zu der Kenntniß des andern Theils gelangt sein sollte, an dem Sachstande nichts ändern kann. Erst dann, wenn letzterer seine Einwilligung in ein derartiges Anverlangen entweder ausdrücklich erklärt, oder sonst in unzweideutiger Weise zu erkennen gegeben haben sollte, kann von einem dem Handel auf Besicht beigefügten, auch den Käufer bindenden pactum adjectum der gedachten Art die Rede sein. Ist nun der Handel unter den betreffenden Personen selbst, inter praesentes, abgeschlossen, und das Object desselben dem zukünftigen Käufer unter vorgängiger oder gleichzeitiger Abgabe einer solchen Erklärung ausgehändigt worden, so wird im Zweifel in dem Acte der Annahme des letztern eine mit genügender Bestimmtheit erklärte Einwilligung in das proponirte pactum, und somit eine Unterwerfung unter das von dem Anderen gestellte Anverlangen zu finden sein. Bedenklich dürfte es dagegen erscheinen, in Fällen, wo der Handel auf Besicht inter absentes abgeschlossen worden und bei der eigentlichen Bestellung eines solchen Abkommens keine Erwähnung geschehen ist, der bei Zusendung der Waare ausgesprochenen einseitigen Erklärung des Verkäufers, er werde, dafern der Empfänger nicht innerhalb einer gesetzlichen Frist die Waare zurücksende, seinerseits annehmen, daß der Kauf perfect sei, die Wirkung beizulegen, daß in der Annahme der Sache, resp. in der unterlassenen sofortigen Rücksendung derselben eine solche Handlung zu finden sei, aus welcher ohne Weiteres und mit Nothwendigkeit auf eine Einwilligung des Käufers in den proponirten Vertrag geschlossen werden müsse. Jedenfalls erscheint hier die Beurtheilung der Rechtsbeständigkeit des proponirten Abkommens von der Beantwortung der Vorfrage abhängig, ob und in wie weit aus der Thatsache einer Bestellung auch dann, wenn selbige lediglich dahin gelautet, dem Besteller eine Waare zu der Ansicht vorzulegen, auf eine vorausgehende Einwilligung geschlossen werden könne, sich allen Bedingungen unterwerfen zu wollen, welche der andere Theil an die Ausführung der Bestellung knüpfen würde.

Unzweifelhaft kann dagegen von dem Zustandekommen einer solchen Vereinbarung dann keine Rede sein, wenn ein derartiges Anverlangen entweder erst nach der Aushändigung der Sache gestellt worden, oder die Zusendung zwar unter ausdrücklicher Erklärung der diesfallsigen Willensrichtung des Absendenden, jedoch ohne vorausgegangene Bestellung des Empfängers, erfolgt ist. Denn weder in dem einen noch in dem andern Falle existirt eine gesetzliche oder auf ausdrücklicher oder, den Fall eines Handels unter Kaufleuten ausgenommen, präsumtiver Vereinbarung beruhende Verpflichtung des Waarenempfängers, sich über die ihm gemachte Proposition zu erklären.

Andere Rücksichten machen sich dagegen dann geltend, wenn die dem Handel auf Besicht vorausgehenden Verhandlungen auf Seiten des Bestellers durch einen Stellvertreter gepflogen worden sind. Soweit die solchergestalt von dem Mandatar getroffenen Vereinbarungen sich auf den Abschluß des fraglichen Handels selbst beziehen, fallen dieselben im Zweifel unter das allgemeine Mandat zu dem Abschlusse eines Handels auf Besicht und es erscheint daher in so weit der Auftraggeber an die Verabredungen und Vornahme seines Mandatars gebunden. Ein derartiges, unter den Gesammtbegriff eines Mandates, die Zusendung einer zu besichtigenden Waare auszuwirken, fallendes Abkommen muß nach der Ansicht der gegenwärtigen Instanz in dem Eingehen des Mandatars auf die Proposition eines pacti adjecti der hier fraglichen Art gefunden werden. Mit anderen Worten: präsumtiv erscheint derjenige, welcher den Auftrag erhalten und übernommen hat, für seinen Auftraggeber mit einem Dritten einen Handel auf Besicht zu contrahiren, gleichzeitig auch ermächtigt, eine die eventuelle Verwandlung dieses Handels in einen wirklichen Kauf betreffende Vereinbarung in dem Namen seines Mandanten und somit mit rechtsverbindlicher Wirkung für letztern einzugehen. Was nun aber hinsichtlich eines zwischen dem Mandatar und dem Dritten getroffenen ausdrücklichen Uebereinkommens zu gelten hat, hat selbstverständlich auch in Betreff der aus concludenten Handlungen des ersten abzuleitenden Folgerungen Geltung zu beanspruchen. Erklärte daher Kläger bei Abschlusse der fraglichen Verhandlungen und vor Aushändigung der zu besichtigenden Waare, daß er dieselbe dem Mandanten nur unter der Bedingung zur Ansicht vorlege, wenn derselbe die Verbindlichkeit übernehme, den Handel, dafern er sich nach deren Empfang über die Annahme oder Nichtannahme nicht sofort erkläre, als einen wirklichen Kauf gelten lassen zu wollen, und beharrte hierauf der Beauftragte gleichwohl bei seinem Anverlangen, die Waare seinem Mandanten zuzusenden, so ist hierin unzweifelhaft eine in dem Namen des Mandanten bewirkte Genehmigung dieser Bedingung zu finden und es erscheint der letztre an selbige selbst dann gebunden, wenn sein Bevollmächtigter unterlassen haben sollte, ihn davon, daß er jene Proposition thatsächlich eingegangen sei, zu unterrichten.

Wäre dem nicht so und bedürfte es des Nachweises eines weitern, zwischen dem Kläger und dem Beklagten selbst in dieser Hinsicht vereinbarten Abkommens, so würde es nach dem Vorbemerkten sogar zweifelhaft sein, ob ein solches durch die bloße Mittheilung der von dem Kläger gemachten Offerte, in Verbindung mit dem Umstande, daß der Beklagte die zu besichtigende Waare angenommen, gefunden werden könnte.

Nach Vorstehendem stützt sich das Klagvorbringen

bei dem ersten Klagpunkte auf einen doppelten Klaggrund und es erscheint daher der erhobene Anspruch schon dann begründet, wenn Kläger nur einen oder den andern derselben erweislich zu machen vermag. Augenscheinlich ist auch nach Bl. — flg. die erste Instanz von dieser Auffassung ausgegangen. War nun auch hiernach der erstinstanzliche Bescheid in allen wesentlichen Punkten zu bestätigen, so erschien es doch sachentsprechend, erläuterungsweise der zu ertheilenden Entscheidung die vorstehende, übersichtlichere und der Spruchpraxis entsprechendere Form zu geben." ꝛc.

7.

Zur Erleuterung der §§. 30 flg. des Gesetzes über den Schuldarrest und den Wechselproceß vom 7. Juni 1849, ingleichen der §§. 41. und 42. des Handelsgesetzbuchs. — Kann der Procurist den Principal auch wider dessen Wissen oder Willen als Beklagten im Wechselprocesse vertreten und der Principal auf Grund der Erklärungen des Procuristen zu Bezahlung nach Wechselrecht verurtheilt werden?

Mitgetheilt von

Herrn Dr. L. in L.

Bei dem Gerichtsamte Burgstädt erhob der Kaufmann M. in M. auf Grund zweier acceptirter Primawechsel im Betrage von 275 Thlrn. 3 Ngr. —• und 330 Thlrn. 6 Ngr. —• sammt Protestkosten, Spesen und Zinsen Wechselklage gegen Frau W., Besitzerin einer Fabrik zu G. Die am 4. April 1863 veranstaltete Localexpedition blieb ohne Erfolg; denn weder die Beklagte, noch deren Procurist B. wurden gegenwärtig angetroffen, da beide verreist sein sollten; einen gleich ungünstigen Erfolg hatte eine am 13. April abgehaltene Wechselexpedition, wo man in Erfahrung brachte, daß die Beklagte sich mehrentheils in Dresden aufhalte und auch der Procurist verreist sei. Am 14. ej. m. fand sich jedoch der letztere an Amtsstelle ein und recognoscirte bei dem zwischen ihm und dem legitimirten Sachwalter des Klägers abgehaltenen Wechselverhör im Namen der Beklagten die producirten beiden Originalwechsel, fügte aber hinzu, daß er sich zur Zeit außer Stande befinde, Zahlung zu leisten, worauf sofort ein dahin lautender Bescheid,

> da Beklagte, Frau B. W., die der wider sie erhobenen Wechselklage zu Grunde gelegten Wechsel sub A. und C. nach deren Production im Originale durch ihren Procuristen, Herrn B. in G., anerkannt hat, so ist dieselbe Klägern, Herrn G. S. M., das Bl. — und Bl. — berechnete Liquidum an zusammen 652 Thlr. 29 Ngr. 4 Pf. sammt ferneren wechselmäßigen Zinsen und Kosten bei Vermeidung des Gefängnißzwangs zu bezahlen, auch sämmtliche erwachsene Kosten abzustatten verbunden,

abgefaßt und publicirt wurde. Nach eingetretener Rechtskraft versuchte Kläger die Beklagte in Wechselhaft bringen zu lassen, da jedoch letztere sich von dort entfernt haben sollte, beantragte Kläger nach Aufstellung eines anderweiten liquidi die executio in bona, worauf diese auch verfügt und zu öffentlichem Verkaufe der in Beschlag genommenen Pfänder ein Auctionstermin anberaumt wurde.

Am 4. Juni kam aber die Beklagte mit einer Appellation gegen das wider sie eingeleitete Verfahren ein, beantragte dessen Cassation und führte zu Begründung dieses Rechtsmittels an, wenn auch in dem Handelsgesetzbuche dem Procuristen eine ziemlich weite Ermächtigung ertheilt worden sei, so könne solche doch nicht so weit gehen, daß der Procurist auch in dem nach dem Gesetze vom 7. Juni 1849. §. 30 flg. vorgeschriebenen Wechselverfahren für seinen Principal vor Gericht erscheinen könnte, da dieses Verfahren stets die persönliche Gegenwart des Verklagten erfordere. Es lasse sich auch nicht annehmen, daß durch die über die Berechtigung des Procuristen im Handelsgesetzbuche enthaltenen Bestimmungen an den Vorschriften über den Wechselproceß etwas habe geändert werden sollen, es sei daher das vom Kläger mit ihrem Procuristen angestellte Wechselverhör unstatthaft und das weitere auf dieses Verhör basirte Verfahren unzulässig. Indem sie zum Nachweise der Richtigkeit ihrer Ansicht auf die in den Annalen des K. S. Oberappellationsgerichts, Bd. 3. Hft. 1. und 5. wiedergegebenen Grundsätze sich beziehe, halte sie ihren Antrag auf Cassation des ganzen Verfahrens, auf Wiederausantwortung der abgepfändeten Gegenstände und Wiederaufhebung des Versteigerungstermins für gerechtfertigt und müsse dem Kläger überlassen, auf anderem processualen Wege die Befriedigung seiner Forderung, die nicht in der geklagten Höhe bestehe und gegen welche sie ihre Einwendungen erheben werde, zu suchen.

Kläger bezog sich zu Widerlegung des von der Gegnerin Vorgestellten auf Art. 41. 42. und 52. des Handelsgesetzbuchs, auf die Rechtskraft des Bescheides und die Legalität des eingeschlagenen Hülfsverfahrens, das Königl. Appellationsgericht zu Leipzig entschied jedoch diesen Rechtsstreit mittelst Verordnung vom 16./20. Juni 1863 in folgender Maaße:

ꝛc. „Wenn nun aber der in Sachsen in Gemäßheit der Bestimmungen des Gesetzes vom 7. Juni 1849 eingeführte Wechselproceß, wie aus den in §. 35. bis 43. 46. und 48. enthaltenen Vorschriften klar hervorgeht, die persönliche Anwesenheit des Beklagten in dem Verhörstermine erfordert, und nur die Assistenz eines Rechtsbeistandes, nicht die Vertretung des Beklagten durch eine andere Person zuläßt, weiter zu Einleitung eines solchen, auf den Vorschriften des vorgedachten Gesetzes beruhenden Verfahrens nach §. 31. desselben nur derjenige Civilrichter competent ist, in dessen Gerichtsbezirke sich der Beklagte zur Zeit der Vorladung oder der vorkommenden Falls an deren Stelle tretenden Hausexpedition thatsächlich befindet, in dem vorliegenden Falle jedoch weder das eine, noch das andere dieser Erfordernisse vorhanden ist, da das nach Bl. — stattgehabte Wechselverhör nicht mit der Beklagten in Person, sondern nur mit dem Procuristen derselben abgehalten, eben so auch der Bl. — ersichtliche Bescheid nur diesem, nicht der Beklagten selbst publicirt worden ist, andererseits nach den Seiten des Gerichts angestellten Erörterungen unzweifelhaft angenommen werden muß, es sei die Beklagte zu der Zeit der Klagerhebung und des Wechselverhörs nicht in dem Bezirke des Gerichtsamtes Burgstädt anwesend gewesen,

weiter hieran durch die Vorschriften in Art. 41. 42. und 52. des deutschen Handelsgesetzbuchs nichts geändert worden ist, da selbige sich nur auf den Umfang der in der Procura liegenden Bevollmächtigung beziehen, und der Natur der Sache nach blos die Ermächtigung zu solchen gerichtlichen und außergerichtlichen Geschäften und Rechtshandlungen betreffen, welche überhaupt durch einen Mandatar mit rechtlicher Wirkung vorgenommen werden können,

hieraus aber folgt, daß das gesammte, von Bl. — an eingeleitete Verfahren an einer unheilbaren Richtigkeit leidet, und von einer Rechtskraft des vorgedachten Bescheides keine Rede sein kann,

so hat das K. Appellationsgericht die eingewendete Berufung zu beachten beschlossen, und verordnet an das Gerichtsamt zu Burgstädt, dem auf Antrag Klägers eingeleiteten Hülfsverfahren keinen weitern Fortgang zu geben, dem zu Folge den nach Bl. — anberaumten Auctionstermin wieder aufzuheben, und die nach Bl. — der Beklagten abgepfändeten Gegenstände derselben auf diesfallsiges Anmelden wieder auszuantworten.

Die bisher in der Sache entstandenen Unkosten werden nach Lage der Sache unter den Parteien compensirt."

Auf Klägers Appellation erfolgte jedoch in dritter Instanz eine reformatorische Entscheidung (vom 8. August 1863) nachstehenden Inhalts:

ꝛc. „Das Königl. Oberappellationsgericht hält an der Ansicht fest, daß der durch das Gesetz vom 7. Juni 1849. §§. 30 flg. eingeführte Wechselproceß die persönliche Anwesenheit des Beklagten im Verhörstermine erfordert und daß für diese Proceßgattung an sich nur derjenige Richter competent ist, in dessen Bezirke sich zur Zeit der Vorladung oder Hausexpedition der Beklagte thatsächlich aufhält. Die Gründe dieser Ansicht sind in den durch die Annalen des Oberappellationsgerichts, Bd. 3. S. 6. sub II. S. 28. 35. 203. flg. mitgetheilten Entscheidungen ausführlich entwickelt worden, und bedürfen, da sich die Parteien selbst auf letztere bezogen haben, keiner nochmaligen Ausführung. Bei diesen Entscheidungen ist aber auch zugleich darauf hingewiesen worden, daß eine compromissarische Prorogation dieses regelmäßigen Gerichtsstandes, vermöge deren der eigentliche Wechselproceß vor dem ordentlichen Richter des Wohnortes in Abwesenheit des durch einen legitimirten Bevollmächtigten vertretenen Beklagten an- und fortgestellt werde, wenigstens in dem Falle nicht unstatthaft sei, wenn nach Lage der Sache im Verhörstermine nur solche Handlungen vorkommen, welche nach allgemeinen proceßrechtlichen Grundsätzen auch durch einen Stellvertreter vollzogen werden können.

Nach §. 41. 42. des deutschen Handelsgesetzbuchs ist der Procurist eines Handelsgeschäfts ermächtigt zu allen Acten von gerichtlichen und außergerichtlichen Geschäften und Rechtshandlungen, welche der Betrieb eines Handelsgewerbes mit sich bringt, und die Procura ersetzt jede nach den Landesgesetzen erforderliche Specialvollmacht. Der Procurist ist demzufolge nicht blos ermächtigt, Rechtsgeschäfte jeder Art, welche das Handelsgeschäft, dessen Procura ihm von dem Principal übertragen worden ist, betreffen, abzuschließen, sondern auch bei Klagen, welche aus dergleichen Geschäften entstanden sind, den Principal als Klägern oder Beklagten vor Gericht zu vertreten und dabei selbst diejenigen Proceßhandlungen zu vollziehen, welche nach den sächsischen Proceßgesetzen das sogenannte mandatum specialissimum erfordern. Daß hierzu auch die Vertretung des Principals gegen Wechselklagen und der Abschluß von Compromissen und Vergleichen gehöre, ist nach der umfassenden Vorschrift des Handelsgesetzbuchs nicht zu bezweifeln. Der Bl. — benannte B., dessen Eigenschaft als Procurist der Beklagten nirgends bezweifelt und von der letzteren wiederholt Bl. — und Bl. — dadurch anerkannt worden ist, daß sie denselben ihren Procuristen genannt, hätte nach den im Eingange gedachten Grundsätzen die Abhaltung des Wechselverhörs wegen der persönlichen Abwesenheit seiner Principalin ablehnen oder gänzlich ausbleiben können; da er jedoch nach Bl. — freiwillig erschienen ist, das hierauf eröffnete Verhör ohne Widerspruch gegen die Competenz des Richters abgewartet, die ihm vorgelegten Accepte anerkannt und keine Einwendungen gegen die Richtigkeit der libellirten Forderungen vorgebracht hat, so mußte hierin nach der Meinung der gegenwärtigen Instanz eine nach Lage der Sache statthafte stillschweigende Prorogation des Forum erblickt werden. Wenn übrigens die Beklagte Bl. — mit der Bemerkung, daß sie ihren Aufenthalt nicht mehr in G. gehabt habe, die Eigenschaft des Gerichtsamtes als forum domicilii bestreiten wollen, so ist hiergegen zu erinnern, daß eine Aufgabe ihres bisherigen Domicils von ihr nicht nachgewiesen worden ist, im Gegentheil, aus den Protokollen Bl. — und Bl. — hervorgeht, daß sie eben sowohl bei der erfolglos versuchten Hausexpedition, als bei der Auspfändung nicht blos ihre Fabriklocale, sondern auch eine mit Möbeln versehene Wohnung, Dienstboten, Arbeiter und Geschäftsofficianten in G. besessen hat. Dazu kommt, daß der Procurist B. gegen den ihm publicirten condemnatorischen Bescheid Bl. — kein Rechtsmittel eingewendet hat, mit Rücksicht also auf die dem Procuristen zustehende Ermächtigung zur gerichtlichen Vertretung seines Principals die Rechtskraft dieser Entscheidung von der Beklagten anzuerkennen ist.

Wie nun endlich nach der bei dem Königl. Oberappellationsgericht bestehenden Rechtsansicht

Annalen Band 3. Seite 7. sub III.

die Vollstreckung der Hülfe in das Vermögen der Beklagten auf Grund des Wechselbescheides Bl. — gesucht werden konnte, und die Insinuation der Hülfsauflage an den Procuristen nicht minder statthaft war, so hat in allen diesen Erwägungen das Königl. Oberappellationsgericht beschlossen, daß es, wie hiermit verordnet wird, bei der Entscheidung der vorigen Instanz nicht zu lassen, vielmehr das auf Klägers Antrag eingeleitete Hülfsverfahren gebührend fortzustellen sei, wodurch sich das eingewendete Rechtsmittel in der Hauptsache und wegen der Kosten erster Instanz erledigt. Die in zweiter und dritter Instanz erwachsenen Kosten werden aber, bei dem Wechsel der Entscheidungen, gegen einander aufgehoben." ꝛc.

Miscellen.

Anzeige neu ergangener Gesetze und Verordnungen. Das 21. Stück des Gesetz- und Verordnungsblattes für das Königreich Sachsen (vom Jahre 1863) enthält: No. 129. Decret wegen Bestätigung der Statuten des Creditvereins zu Colditz, vom 21. October 1863. No. 130. Verordnung, die Wahl eines Stellvertreters des zweiten Abgeordneten der Stadt Leipzig betreffend, vom 21. November 1863. No. 131. Gesetz, die Herabsetzung des Preises für Speisesalz betreffend, vom 30. November 1863. No. 132. Verordnung, die Ausführung des wegen Herabsetzung des Preises für Speisesalz unter dem 30. November 1863 erlassenen Gesetzes, sowie die Herabsetzung des Preises für reines Steinsalz und für Seesalz betreffend, vom 30. November 1863. — Letzte Absendung: am 4. December 1863.

Ernennungen ꝛc. Seine Majestät der König haben dem zum Bundescommissar für die Herzogthümer Holstein und Lauenburg ernannten Kreisdirector Eduard von Könneritz in Dresden das Prädicat eines Wirklichen Geheimen-Rathes beizulegen geruht.

Immatriculation von Notaren. Vom Justizministerium ist dem bereits als Notar immatriculirten Advocaten Herrn Anton Römisch in Limbach die Ausübung des Notariats in dem durch die Notariatsordnung vom 3. Juni 1859 bestimmten vollen Umfange gestattet worden.

Todesfälle. Gestorben: am 29. November 1863 der Advocat Ernst Julius Stange in Dresden; am 17. December 1863 der Geheime Justizrath Franz Ferdinand Wilke in Dresden.

Redacteur: Dr. Theodor Tauchnitz. Officin der Verlagshandlung.

Von diesem Wochenblatte erscheinen jährlich 64 Nummern zu 1 Quartbogen und außerdem am Jahresschlusse ein ausführliches Register.

Wochenblatt

für

merkwürdige Rechtsfälle,

in actenmäßigen Darstellungen

aus dem Gebiete der Justizpflege und Verwaltung

zunächst für das

Königreich Sachsen.

Alle Postämter u. Buchhandlungen übernehmen Bestellungen und liefern das Quartal zu dem praenumerando zu entrichtenden Preise von 1 Thaler.

Verlag von Bernhard Tauchnitz in Leipzig.

№ 5. Neue Folge Zwölfter Jahrgang. 1864.

8.

Welcher Zeitpunkt ist bei Ermittelung des vom Kläger nach §. 73. des Gesetzes vom 28. Februar 1838 zu beanspruchenden Entschädigungsbetrags als maaßgebend anzusehen?

Mitgetheilt von

Herrn Dr. L. in L.

In der vor dem Handelsgerichte des Bezirksgerichts zu Leipzig anhängigen Rechtssache W. ⁄. S. und K. waren die Beklagten verurtheilt worden, dem Kläger die Hälfte der in der Klage bezeichneten 11 Ballen Schierwinder Hasenfelle gegen Bezahlung des antheiligen, auf 104 Thlr. —, —, für den Ballen zu berechnenden Kaufpreises herauszugeben, dagegen war in demselben Erkenntnisse gegenüber dem eventuellen Klagpetitum Bl. — die Frage, welche Entschädigung Klägerm bei später sich etwa ergebender Unmöglichkeit der Gewährung der streitigen Felle gebühren würde, dem künftigen Executionsverfahren unbeschränkt vorbehalten worden.

In diesem Verfahren räumten nun die Beklagten unumwunden ein, daß sie dieselben Hasenfelle, welche sie im Jahre 1858 gehabt, nicht mehr liefern könnten. Kläger machte dagegen mittelst Klage geltend, daß dergleichen Felle in der Ostermesse 1859 mit 145 Thlrn. —, —, der Ballen bezahlt worden seien, und bat, die Beklagten in Bezahlung der hiernach sich ergebenden Differenzsumme von 225 Thlrn. 15 Ngr. —, zu verurtheilen; später erbot er sich, gestützt auf §. 73. des Executionsgesetzes vom 28. Februar 1838, unter Rücknahme dieser Klage, zu eidlicher Bestärkung seines Schadens; er quantificirte solchen auf 225 Thlr. 15 Ngr. —, indem er dieser Berechnung, wie in seiner eben erwähnten Schädenklage, einen Kaufpreis von 145 Thlrn. —, —, für den Ballen zu Grunde legte, zugleich aber darauf hinwies, daß der höchste Kaufpreis dieser Waare, seit Beklagte sich im Verzuge befunden, bis auf 150 Thlr. —, —, pr. Ballen gestiegen sei. Das Handelsgericht trug jedoch Bedenken, den Kläger ohne Weiteres zu der offerirten Eidesleistung zu lassen; es ging hierbei von der Ansicht aus, daß der in §. 73. des Executionsgesetzes dem Kläger nachgelassene Würderungseid den Zweck habe, denjenigen Werth festzusetzen, der an die Stelle der geschuldeten Gegenstände selbst treten solle, also den Werth, welchen diese Waaren, wenn sie in natura gewährt worden, zur Zeit des Executionsverfahrens, wo die Naturalherausgabe processualisch in Frage gekommen, für den Kläger gehabt haben würden, daß überdem, wenn hierbei das Executionsgesetz die eidliche Anzeige des Interesse ausdrücklich nachlasse, der Gesetzgeber nicht das extra rem gelegene Interesse verspätigter Leistung — welches, in so weit es nicht Gegenstand der Condemnatoria gewesen, für den laufenden Proceß verloren sei —, sondern nur das dermalige Interesse der Nichtleistung der geschuldeten species vor Augen gehabt haben könne, mithin gegenwärtig der durch Beklagtens mora dem Kläger verursachte Schaden nicht in Rücksicht gezogen werden dürfe. Demgemäß verlangte das Handelsgericht von dem Kläger Angabe desjenigen Werthes, welchen die Hasenfelle zur Zeit des eingeleiteten Hülfsverfahrens gehabt haben. Gegen diese Resolution appellirte Kläger und räumte dabei ein, daß zur Zeit der Execution der Preis der fraglichen Hasenfelle auf 90 Thlr. —, —, herabgesunken gewesen, ein Umstand, aus welchem gefolgert wurde, daß Kläger ein Interesse an der Naturalherausgabe der Felle und an der Leistung eines Schätzungseides in dem vom Handelsgerichte aufgefaßten Sinne nicht mehr haben könne, selbstverständlich aber ihm die Anstellung besonderer Klage, sofern er sich damit fortzukommen getraue, unbenommen bleibe.

Auf erstatteten Bericht gab nun das Königl. Appellationsgericht zu Leipzig mittelst Verordnung d. d. praes. 31. August 1863 dem ernannten Handelsgerichte seine Entschließung in Folgendem zu erkennen:

rc. „An und für sich ist der Ansicht beizupflichten, daß für die in analoger Anwendung der Vorschrift in §. 73. des Gesetzes von dem 28. Februar 1838 vorzunehmende Feststellung des Werthes des bei den Beklagten nicht aufgefundenen Streitobjectes, so wie des Betrages des dem Kläger in dieser Hinsicht beiwohnenden Interesses, das interesse morae als solches, da selbiges in dem vorausgegangenen Processe nicht Gegenstand der Proceßverhandlungen gewesen, und demgemäß darüber in dem rechtskräftigen Erkenntnisse nicht mit entschieden worden ist, nicht als maaßgebend anzusehen sei.

Nach den bestehenden Rechtsgrundsätzen kann die Klage desjenigen, welchem ein contractlicher Anspruch auf Lieferung solcher Waaren zusteht, welche Coursschwankungen unterworfen zu sein pflegen, mag der Vertrag auf Ausantwortung einer bereits ausgeschiedenen Species, oder, wie hier, auf anderweite Theilung einer solchen Species oder auch auf Lieferung eines genus lauten, in dem Falle der mora des Lieferungspflichtigen entweder auf Lieferung der Sache selbst, oder auf Erstattung des Interesses gerichtet werden, und es hat der Kläger letzteren Falles wieder die Wahl, ob er Ersatz des wahren, d. h. desjenigen Werthes, welcher die rechtzeitige Lieferung wegen des Vorhandenseins besonderer, von ihm erweislich zu machender factischer Verhältnisse für ihn gehabt haben würde, oder des präsumtiven, d. h. desjenigen Interesses fordern will, welches ihm, da er präsumtiv die Waare zu der Weiterveräußerung bestellt, auch vorausgesetzlich die ihm günstigen Courschwankungen benutzt haben würde, in Gemäßheit des Eintrittes der letzteren zugeschrieben werden muß. Wählt der Forderungsberechtigte den zuerstgedachten Weg und fordert er Lieferung der Sache selbst, so gehen ihm, wenn er in dem Processe obtinirt und die Waare vorgefunden wird, selbstverständlich alle diejenigen Vortheile zu Gute, welche durch eine während der Dauer des Processes stattfindende Werthserhöhung entstehen, er unterwirft sich gleichzeitig allen Chancen einer in demselben Zeitraume eintretenden Preisminderung. Electiv auf Beides, dergestalt, daß es ihm bei dem Ausgange des Processes frei stände, je nach Lage der Sache entweder die Herausgabe der Sache, oder Ersatz des Interesses zu verlangen, kann er dagegen nicht klagen, vielmehr muß er sich, den bestehenden Proceßrechtsgrundsätzen gemäß, zu Wahrung des dem Beklagten einzuräumenden Exceptionsrechtes bereits bei der Klaganstellung darüber entscheiden, in welcher Art und Weise er sein Recht zu verfolgen gemeint sei. Das eventuelle Petitum Bl. — ist daher für die Entscheidung der vorliegenden Frage einflußlos, auch in den rechtskräftigen Erkenntnissen demgemäß außer Berücksichtigung geblieben. Andererseits ist es dagegen zwar dem Forderungsberechtigten unbenommen, mit dem Anspruche auf Lieferung der Sache in natura den Anspruch auf Vergütung des Verzugsinteresses zu verbinden, und neben der Lieferung der Waare zu verlangen, daß der Lieferungspflichtige ihm dasjenige ersetze, was die Waare, wenn sie zur Erfüllungszeit, resp. zu dem Zeitpunkte des durch die Klagerhebung herbeigeführten Eintrittes der mora, wirklich geliefert worden wäre, an dem Erfüllungsorte mehr werth gewesen sein würde, als sie zu der Zeit der wirklichen Leistung am Orte derselben werth ist. Von einer Berücksichtigung dieses interesse morae kann jedoch in dem auf Lieferung der Sache in natura gerichteten Processe nur dann die Rede sein, wenn der Kläger dies bei der Klagerhebung gefordert hat. Der Regel nach wird dies durch das Gesuch, den Beklagten zugleich in Ersatz der durch sein bisheriges Säumniß verursachten erweislichen Schäden zu verurtheilen, geschehen. Die Frage, ob über die Existenz und Höhe dieses Interesses dann, wenn selbiges in dem rechtlichen Erkenntnisse Berücksichtigung gefunden hat, in der Executionsinstanz Entscheidung erfolgen könne, kann hier um so gewisser dahin gestellt bleiben, als das Petitum auf eine solche präjudicielle Verurtheilung nicht mit gerichtet ist.

Ist dagegen, wie in dem hier vorliegenden Falle, lediglich auf Herausgabe der Waare, resp. auf Ausscheidung eines Theiles einer Species geklagt, so folgt aus Vorstehendem, daß der Kläger, wird die Sache bei der Hülfsvollstreckung in natura vorgefunden, mit deren Ausantwortung sich zu begnügen hat.

Anders gestaltet sich dagegen die Sache, wenn der Gegenstand der Verurtheilung bei der Hülfsvollstreckung nicht aufgefunden wird. Für Fälle dieser Art wird in §. 73. des Executionsgesetzes bestimmt, es könne der obsiegende Theil den Werth der Sache und den Betrag seines etwanigen Interesses eidlich angeben, und die angezeigte Summe als Geldschuld vom Gegner einbringen lassen. Die erste Instanz pflichtet in dieser Hinsicht der von

Dr. Schwarze, in der Zeitschr. für Rechtspfl. u. Verw., N. F. Bd. IV. S. 238 flg.

vertheidigten Ansicht bei, daß lediglich der Werth, welchen die Sache, falls sie bei der Execution aufgefunden worden sein sollte, gehabt haben würde, in Frage kommen und bei Feststellung des Interesses der vor der gesuchten Execution erwachsene Schaden schlechterdings nicht, der durch die bei der Execution selbst bewiesene contumacia des Verurtheilten verursachte Schaden aber nur in so weit zu berücksichtigen sei, als er unmittelbar und nothwendiger Weise aus letzterer hervorgegangen wäre.

Ohne das Gewicht der für die Richtigkeit dieser Meinung sprechenden Gründe zu verkennen, können doch nach Ansicht der gegenwärtigen Instanz für die Feststellung des Zeitpunktes, nach welchem der Werth der nicht aufgefundenen Sache zu bemessen ist, die schon dem Römischen Rechte angehörenden Bestimmungen über den Zeitpunkt, nach welchem bei fälligen, auf Herausgabe eines Gegenstandes gerichteten Obligationen der Werth der Leistung an sich und ohne Rücksicht auf den Nachweis eines besonderen Verzugsinteresses dann festzustellen ist, wenn durch den Verzug des Schuldners die Unmöglichkeit einer Gewährung des Gegenstandes herbeigeführt worden ist, nicht außer Berücksichtigung bleiben.

Ist hiernach der Zeitpunkt der Leistung vertragsmäßig festgestellt, so ist nach l. 22. D. de rebus creditis (XII. 1.) für eine Werthsermittelung dieser, der contractliche Leistungstermin maaßgebend. Dagegen gilt in Ermangelung eines solchen festen Zeitpunktes als allgemeine Regel, daß bei den actionibus bonae fidei — und als solche sind in dem heutigen Rechte alle Klagen aufzufassen — der Kläger nur berechtigt ist, den zur Zeit der Rechtskraft des verurtheilenden Erkenntnisses bestandenen Werth der Sache zu fordern. Eine Ausnahme von dieser allgemeinen Regel tritt aber, auch abgesehen von dem Falle einer actio ex delicto,

zu vergl. l. 8. D. de cond. furt. (XIII. 1.)
l. 50. pr. D. de furt. (XLVII. 2.)

dann ein, wenn der Schuldner in mora versirt hat, oder demselben sonst eine Verschuldung zur Last fällt. In Fällen dieser Art gestatten die Rechtsquellen

vergl. l. 3. §. 3. D., l. 21. §. 3. de act. emt. vend. (XIX. 1.)

dem Gläubiger die Wahl, ob er denjenigen Werth, welchen die Sache zu dem Zeitpunkte des Eintrittes der mora gehabt, oder denjenigen Werth in Anspruch nehmen wolle, welchen er nach der vorgedachten allgemeinen Regel zu fordern befugt gewesen sein würde.

vergl. von Savigny, System, Bd. VI. §. 275. sub 1. S. 208 flg.

Daß es sich hierbei nicht um eine schon bei der Klagerhebung zu treffende, und nur solchenfalls bei der Condemnatoria zu berücksichtigende Wahl des Klägers handeln kann, geht aus der zuerst gedachten Gesetzesstelle (l. 3. §. 3. D. XIX. 1.) um so zweifelloser hervor, als der Kläger zu dem zuerst gedachten Zeitpunkte selbstverständlich gar nicht in der Lage ist, sich in der hier fraglichen Hinsicht entscheiden zu können. Eben so wenig liegt aber ein Grund vor, demselben eine ausdrückliche Wahrung seines desfallsigen Wahlrechtes bei der Klagerhebung anzusinnen.

Hieran ist durch die vorgedachte Bestimmung des Executionsgesetzes nichts geändert worden. Denn augenscheinlich schließt die Bezeichnung: „der Werth der Sache und der Betrag des Interesses an selbiger" nicht die Auslegung aus, es solle hierunter derjenige Werth verstanden werden, welchen die Sache zu dem nach allgemeinen Grundsätzen des materiellen Rechtes in dieser Hinsicht maaßgebenden Zeitpunkte gehabt habe.

Eben so unzweifelhaft ist nach heutigem Rechte, daß, dafern nicht ein früherer Zeitpunkt des Eintrittes der mora dargethan ist, selbige wenigstens mit dem Zeitpunkte der Insinuation der Ladung auf die erhobene Klage eintritt.

Hiernach stellt sich das Anverlangen Klägers, daß ihm nachgelassen werde, den höchsten Werth, den derartige Hasenfelle in der Zeit seit der Erkaufung derselben Seiten der Beklagten bis zu der vergeblich gewesenen Execution gehabt, eidlich anzuzeigen, Letztere aber angehalten würden, ihm die Differenz, welche zwischen diesem und dem von ihm zu zahlenden Kaufpreise bestehe, zu ersetzen, als ungerechtfertigt dar. Dagegen steht dem Anverlangen Klägers, so weit es darauf gerichtet ist, daß die Beklagten angehalten würden, ihm den Werth der Leistung nach dem zu dem Zeitpunkte der Insinuation der Ladung auf die Klage und dem dadurch bewirkten Eintritte der mora (nach Bl. —) bestandenen Preise der Waare zu ersetzen, ein rechtliches Bedenken nicht entgegen. Es versteht sich jedoch von selbst, daß über die zu Constatirung dieses Werthes bereits gestellten oder annoch zu stellenden Anträge zunächst anderweit in erster Instanz von dem Proceßgerichte zu cognosciren ist.

In so weit sich hierdurch die Berufung Klägers nicht erledigen sollte, war dieselbe zu verwerfen, und es wird daher an das Handelsgericht des Bezirksgerichts zu Leipzig verordnet, die Parteien dem Obigen gemäß zu bescheiden, auf anderweiten Antrag

Klägers aber den vorstehend entwickelten Rechtsgrundsätzen gemäß zu verfahren.

Die durch Einwendung des Rechtsmittels verursachten Unkosten werden, da zweifelhafte Rechtsgrundsätze zu der Beurtheilung vorgelegen, unter den Parteien compensirt."

Auf eingewendete Berufung des Klägers bestätigte das K. Oberappellationsgericht zu Dresden (November 1863) die vorige Entscheidung comp. exp. unter Beifügung nachstehender Gründe:

„Formell ist diese Berufung nach §. 30. des Gesetzes sub B. vom 28. Januar 1835, in Verbindung mit §. 10. a. S. des Erläuterungsgesetzes vom 13. Januar 1838 insoweit zulässig, als die Bescheidung der ersten Instanz Bl. — in der Verordnung Bl. — abgeändert worden ist. Diese Abänderung bezieht sich aber lediglich auf die Frage, welcher Zeitpunkt bei der Ermittelung des vom Kläger unter Bezug auf die Bestimmung in §. 73. des Executionsgesetzes vom 28. Februar 1838 zu beanspruchenden Entschädigungsbetrages als maaßgebend zu betrachten sei? Das Königliche Oberappellationsgericht hat nun der hierüber von der vorigen Instanz ertheilten Entscheidung und deren ausführlich entwickelten Gründen sich anzuschließen gehabt. Die Beklagten sind nach Bl. — verurtheilt worden, dem Kläger die Hälfte der in der Klage bezeichneten 11 Ballen Hasenfelle gegen Erlegung des gleichzeitig gedachten Kaufpreises herauszugeben; ihre Verurtheilung betrifft also die Theilung und antheilige Herausgabe einer Mehrzahl individuell bestimmter Sachen; durch die Ausantwortung der letzteren selbst würde dem rechtskräftigen Erkenntnisse im vorliegenden Processe allerdings Genüge geschehen, und solchenfalls dem Kläger die Ausführung der Nachtheile, welche ihm durch die verspätete Erfüllung des Vertrags erwachsen sind, vermittelst besonderer Klage zu überlassen sein. Da sich aber die Beklagten geständigermaaßen nicht mehr im Besitze der Sachen selbst befinden, mithin die ihnen nach §. 72. des Executionsgesetzes bereits angedrohte Vollstreckung jenes Erkenntnisses durch gerichtliche Hinwegnahme des Streitobjectes nicht mehr im Bereiche der Möglichkeit lag, so stand dem Kläger nach §. 73. dieses Gesetzes allerdings die Berechtigung zu, schon in diesem Processe und auf Grund der obigen Entscheidung, anstatt der Sachen, den Werth der letzteren, sammt dem Betrag seines etwaigen Interesses eidlich anzugeben und die executivische Einziehung der angezeigten Summe als Geldschuld zu beantragen. Das Gesetz fügt dieser Berechtigung des Gläubigers keine Beschränkung in Bezug auf den Zeitpunkt bei, welcher für die Werthsermittelung und die Berechnung des Interesses maaßgebend sein soll, es ist insbesondere nicht gesagt, daß der Kläger nur zu eidlicher Bestärkung des Werthes, welchen die Sache zur Zeit der versuchten Hinwegnahme gehabt, oder des Interesses, welches die Ausantwortung der Sache zu dieser Zeit für ihn gehabt haben würde, zugelassen werden dürfe. Es ist auch nicht anzunehmen, daß eine solche durch den Wortlaut des §. 73. nicht indicirte Restriction im Sinne des Gesetzgebers gelegen habe; im Gegentheile hat man in Uebereinstimmung mit dem wörtlichen Inhalte der gesetzlichen Disposition selbst vorauszusetzen, daß in §. 73. eine allgemeine, für alle derartige Fälle passende Regel habe aufgestellt werden sollen, nach welcher dem Kläger bei der Unmöglichkeit einer directen Ausführung der Sentenz, ohne fernere processualische Weitläufigkeiten zu dem nach Maaßgabe der Verhältnisse ihm gebührenden id quod interest verholfen werden könne. Diesen Zweck aber würde der §. 73., in der obigen Beschränkung aufgefaßt und angewendet, wenigstens in den Fällen nicht erreichen, wo die Verpflichtung des Beklagten zur Ausantwortung der Sache von einer Gegenleistung des Klägers abhängt und der Werth der ersteren im Laufe des Processes dergestalt gesunken ist, daß er von dem Werthe oder Betrage der Gegenleistung überwogen wird. Es steht demnach der Anwendung der Bl. —, unter Hinweisung auf die einschlagenden gesetzlichen Bestimmungen angeführten gemeinrechtlichen Grundsätze, nach welchen im Falle des Verzugs des Debitor der Gläubiger die Wahl hat, ob er bei der Schätzung der in Natur nicht mehr vorhandenen oder herbeizuschaffenden Sache die Zeit des Beginns der mora oder die Zeit des Urtheils berücksichtigt wissen will, auf den in §. 73. des Executionsgesetzes vorgeschriebenen Fall kein Bedenken entgegen. Allerdings wird dem Kläger, wenn er solchenfalls den zuerstgedachten Zeitpunkt für die Werthschätzung wählt, bei Gegenständen, deren gemeiner Werth von Zeitverhältnissen abhängt, auch ein Zeitinteresse gewährt; allein der Anspruch auf ein solches ist an sich vollkommen gegründet, weil der Kläger, zumal bei einer marktgängigen Waare, durch den Verkauf der letzteren den Nachtheil einer späteren Preisminderung bei rechtzeitiger Ablieferung der schuldigen Sache von sich abwenden konnte. Der Grund, weshalb ein Zeit- oder Verzugsinteresse dieser Art im executivischen Verfahren nach §§. 72. 73. des Executionsgesetzes nicht mit zur Berücksichtigung gelangt, wenn der Beklagte blos zur Herausgabe der Sache verurtheilt und das Streitobject noch vorhanden und bei ihm vorgefunden worden ist, liegt eben in dem beschränkten Umfange der Condemnatoria, welcher durch die Ausantwortung des Streitobjectes Genüge geschehen kann. Hat sich aber der Beklagte durch seine eigene Handlung oder andere von ihm zu vertretende Ereignisse außer Stand gesetzt, seiner Verpflichtung direct, durch Auslieferung der schuldigen Sachen, nachzukommen, und soll demzufolge nach der ausdrücklichen Disposition des §. 73. des angezogenen Gesetzes anstatt der Sache, der Werth der letzteren und das Interesse des Klägers, ohne daß es dazu einer nochmaligen richterlichen Entscheidung bedarf, ermittelt und eingezogen werden, so ist es auch den Rechten und der Billigkeit angemessen, daß dabei derjenige Werth der Sache angenommen werde, auf welchen der Kläger nach den bestehenden Rechtsgrundsätzen Anspruch hat, und bei dessen Feststellung übrigens nach §. 73. des Executionsgesetzes auch der Beklagte nicht ungehört bleiben darf.

Hiernach hat das Königliche Oberappellationsgericht die Eingangs gedachte Berufung, wie hiermit geschieht, zu verwerfen beschlossen; es werden jedoch die durch dieses Rechtsmittel entstandenen Kosten bei dem Wechsel der Entscheidungen, und weil die Beurtheilung der Sache nicht zweifellos war, gegen einander aufgehoben." rc.

9.

I. Die Durchstreichung des Accepts hebt die wechselmäßige Bedeutung des im Wechselprocesse geltend zu machenden Anspruches auf, dergestalt, daß nur im gewöhnlichen Civilwege auf Wiederherstellung des Accepts geklagt werden kann. — II. Ueber die Form des Wechselverhörs mit Rücksicht auf die Vorschrift in §. 39. des Gesetzes vom 7. Juni 1849 über den Schuldarrest und den Wechselproceß.

Mitgetheilt von

Herrn —r in D.

Christian Heinrich S. wurde als Aussteller eines an eigene Ordre lautenden, auf einen gewissen Carl F. E. gezogenen und von diesem acceptirten Wechsels über 200 Thlr. —= —= von dem letzten Inhaber dieses Wechsels im Regreßwege auf Bezahlung dieser Summe in Anspruch genommen und in erster Instanz pure nach Wechselrecht verurtheilt. Er appellirte und trat nunmehr erst in der Appellationsinstanz mit verschiedenen, sowohl materiellen, als formellen Einwendungen hervor. Diese letzteren bezogen sich auf die Nichtbeobachtung der Vorschrift in §. 39. des oben angeführten Gesetzes, während seine materiellen Einwendungen hauptsächlich darauf sich stützten, daß die Acceptationsbemerkung auf dem fraglichen Wechsel durchstrichen sei, als wodurch nach Ansicht des Appellanten der Wechsel überhaupt seine Gültigkeit als solcher verloren haben sollte.

Das K. Appellationsgericht zu Dresden reformirte unterm 29. August 1863, indem es die erhobene Wechselklage in der angebrachten Maaße zurückwies, wobei es sich über die in der Ueberschrift bezeichneten Fragen in den Entscheidungsgründen aussprach, wie folgt:

„Soviel zuvörderst die von dem Appellanten in seiner Deductionsschrift Bl. — unter 4. gegen das wider ihn eingeleitete Wechselverfahren erhobenen formellen Einwendungen anlangt, so hat das Königliche Appellationsgericht dieselben allerdings für begründet anzusehen gehabt. Es erhellt nämlich aus dem Protokolle über das abgehaltene Wechselverhör nicht mit genügender Bestimmtheit, daß der Beklagte zur Erklärung über das Vorbringen des Klägers und zu Anführung seiner Einreden mit der Bedeutung, daß, widrigenfalls gegen ihn des geklagten Anspruchs halber mit der Wechselhaft werde verfahren werden, aufgefordert worden, wie dies doch in §. 39. des Gesetzes über den Schuldarrest und Wechselproceß vom 7. Juni 1849 ausdrücklich vorgeschrieben ist. Es heißt vielmehr in dem Bl. — ersichtlichen Protokolle nur im Allgemeinen, daß Beklagter S. von dem Grunde des Erscheinens der Gerichtsdeputation in Kenntniß gesetzt und daß das Verhör nach Vorschrift von §. 39. des angeführten Gesetzes eröffnet, sowie daß S., unter Vorlegung der der Klage zum Grunde gelegten Wechsel- und Protesturkunde, zur diesfallsigen Erklärung aufgefordert worden sei. Die ausdrückliche Aufforderung des Beklagten aber zu den vorerwähnten Erklärungen und die bestimmte Androhung des gesetzlich festgestellten Präjudizes bei dem mündlichen Verhöre durch den Richter ist, da sie die Stelle der peremtorischen Ladung vertritt, ein wesentliches Erforderniß zur Gültigkeit des Verfahrens und zum Eintritt der Präclusion etwaniger Einreden des Beklagten im Wechselprocesse.

vergl. Wochenblatt für merkwürdige Rechtsfälle, 1860. S. 334.

Zeitschrift für Rechtspfl. u. Verw., N. F. Bd. XIX. S. 364. Bd. XXI. S. 374.

Annalen des K. Oberappellationsgerichts, Th. I. S. 74.

Die bloße Präsumtion für die Legalität gerichtlicher Handlungen kann da, wo die Gesetze eine bestimmte Solennität vorschreiben, den Mangel der Erwähnung der Beobachtung derselben im Protokolle nicht ergänzen, noch den Richter dazu berechtigen, in einer unbestimmten und allgemeinen Ausdrucksweise die erforderliche actenkundige Liquidität der Vornahme des formellen, gesetzlich vorgeschriebenen Acts zu erblicken.

vergl. von Langenn und Kori, Erörterungen praktischer Rechtsfragen, Theil I. No. XXI. S. 199 flg. der zweiten Ausgabe.

Hieraus erhellt aber auch zugleich, daß auf die von dem Proceßgerichte seinem Berichte auf das eingewendete Rechtsmittel beigefügte Versicherung, daß dem Beklagten S. bei Gelegenheit des Wechselverhörs der gesammte Inhalt der eben angeführten gesetzlichen Vorschrift vorgelesen und Beklagter demgemäß zur Erklärung aufgefordert worden sei, gegenwärtig bei der Entscheidung ein rechtliches Gewicht zu Gunsten des Klägers nicht gelegt werden konnte.

Aus dem bisher Bemerkten würde nun folgen, daß schon im Hinblick auf die erwähnten formellen Mängel, an welchen das vom Proceßgericht eingeschlagene Verfahren leidet, die in dem Bescheide erster Instanz ausgesprochene Verurtheilung des Beklagten für jetzt wieder aufzuheben und die Anberaumung eines anderweiten Verhörs anzuordnen gewesen sein würde, bei welchem dem Beklagten die Gelegenheit geboten wäre, zugleich auch die neuerdings in der Deductionsschrift geltend gemachten materiellen Einwendungen gegen den Anspruch des Klägers zu wiederholen und, soweit noch erforderlich, zu begründen. Man hatte jedoch weiter diese Ausstellungen selbst bereits jetzt als begründet anzuerkennen und daher in Gemäßheit der ersten und zweiten Beschwerde des Beklagten (Bl. —), welche gegen seine Verurtheilung überhaupt und auf Herbeiführung einer völligen Zurückweisung der erhobenen Klage gerichtet ist, die Entscheidung der vorigen Instanz auch aus materiellen Gründen abzuändern, und es mußte dies um so unbedenklicher erscheinen, als der Kläger in der unmittelbar bei dem K. Appellationsgericht unterm 28. laufenden Monats eingereichten Refutationsschrift eine Widerlegung jener materiellen Einwendungen des Beklagten unternommen und am Schlusse jener Schrift selbst die Ertheilung hauptsächlicher und definitiver Entscheidung in zweiter Instanz beantragt hat.

Was nun die Sache selbst anlangt, so beruht die abändernde Entscheidung jetziger Instanz auf nachstehenden Erwägungen:

Beklagter, welcher als Aussteller eines unterm 2. April 1863 an eigene Ordre ausgestellten und auf einen gewissen Carl Friedrich E. gezogenen, am 2. Juli 1863 zahlbaren Wechsels von dem gegenwärtigen Inhaber des letzteren auf Bezahlung des Bl. — berechneten Schuldbetrags an zusammen 218 Thlr. 14 Ngr. 3 Pf. in Anspruch genommen wird, bezeichnet diesen Bl. — von ihm anerkannten Wechsel neuerdings Bl. — um deswillen als ungültig, weil auf der Vorderseite desselben die Acceptationsbemerkung des Bezogenen durchstrichen ist.

Die Frage, welche rechtliche Wirkung der Durchstreichung des von dem Bezogenen auf den Wechsel gesetzten Accepts beizulegen sei, ist in der allgemeinen deutschen Wechselordnung nicht entschieden; denn die in §. 36. und §. 55. derselben erwähnten Fälle der Durchstreichung von Wechselerklärungen beziehen sich nur auf das Indossament, und es wird insbesondere in der zuerst gedachten Paragraphe anerkannt, daß ausgestrichene Indossamente bei Prüfung der Legitimation als nicht geschrieben anzusehen seien, während nach §. 55. jeder Indossant, welcher einen seiner Nachmänner befriedigt hat, sein eigenes und seiner Nachmänner Indossament auszustreichen berechtigt sein soll. Dagegen ist die vorhin bezeichnete Frage seit dem Erscheinen der Wechselordnung in der Literatur erörtert, jedoch auf verschiedene Weise beantwortet worden. Denn während

Thöl, Handelsrecht, II. Bd. §. 202. not. 1.

die früher auch bereits von

Treitschke, Encyclopädie des Wechselrechts, I. Bd. S. 35 flg.

aufgestellte Ansicht vertheidigt, daß der Bezogene selbst, so lange er den Wechsel noch nicht aus der Hand gegeben, zur Durchstreichung seines Accepts befugt sei, nehmen andere Schriftsteller an, daß die Durchstreichung überhaupt als nicht geschehen und deshalb das einmal erklärte Accept fortwährend als wirksam zu betrachten sei,

s. Brauer, Erläuterung der Wechselordnung, S. 66.

Derselbe, in Goldschmidt's Zeitschrift für das gesammte Handelsrecht, I. Bd. No. II. S. 25 flg.

Bluntschli, Wechselordnung, S. 58.

wogegen wiederum Andere

vergl. Wächter, im Archive für deutsches Wechselrecht, VI. Bd. S. 41 flg.

— welchem auch

Renaud, Lehrbuch des Wechselrechts, S. 94. der zweiten Ausgabe,

beizupflichten scheint — den Grundsatz aufstellen, daß der Bezogene zwar nicht befugt sei, sein Accept wieder zu durchstreichen, die einmal erfolgte Streichung aber dem Accepte die wechselrechtliche Wirkung entziehe und daher aus einem durchstrichenen Accepte gegen den Acceptanten wechselmäßig nicht geklagt werden könne, sondern dem Inhaber des Wechsels vielmehr nur eine Civilklage auf Wiederherstellung des durchstrichenen Accepts gestattet sei.

Auch bei Berathung der allgemeinen deutschen Wechselordnung ist die zur Entscheidung dermalen vorliegende Rechtsfrage nicht direct zur Sprache gebracht worden, indem dasjenige, was über die Wirkung des beschränkten Accepts von einigen Mitgliedern der Commission bemerkt worden ist, hier nicht einschlägt.

vergl. Conferenz-Protokolle No. XI. S. 53 flg.

Dagegen enthielt allerdings der (erste) preußische Entwurf einer Wechselordnung die bereits in dem allgemeinen preußischen Landrecht (Thl. II. Titel 8. §. 997. 998.) aufgestellte Vorschrift:

(§. 74.) „Die einmal geschehene Annahme kann nicht wieder zurückgenommen werden. Der Acceptant bleibt aus derselben verhaftet, auch wenn er sie durchstrichen haben sollte."

Allein es ist dieser Schlußsatz in §. 21. der allgemeinen deutschen Wechselordnung selbst nicht mit aufgenommen worden und der Gang der Discussion über die Berathung der vorhin angezogenen Bestimmung des preußischen Entwurfs giebt nicht deutlich an die Hand, aus welchem Grunde der die vorliegende Streitfrage entscheidende Schlußsatz des Entwurfs gestrichen worden ist.

vergl. Protokolle, den Entwurf einer Wechselordnung betreffend, S. 39. (Berlin, 1845.)

Die in §. 21. der allgemeinen deutschen Wechselordnung enthaltene Vorschrift, daß die einmal erfolgte Annahme nicht wieder zurückgenommen werden könne, hat aber auch nach dem Dafürhalten des K. Appellationsgerichts nicht den Sinn, daß das von dem Bezogenen auf den Wechsel gesetzte, jedoch später durchstrichene Accept, der Durchstreichung ungeachtet, forthin als gültig zu betrachten sei; vielmehr ist jene Vorschrift nur dahin aufzufassen, daß die Durchstreichung des Accepts an und für sich nicht wirkungslos ist, sondern es erst dadurch wird, daß das gestrichene Accept wieder hergestellt werden muß. Durch die Streichung des Accepts befreit sich der Acceptant allerdings thatsächlich von der durch das Accept übernommenen Verbindlichkeit, dergestalt, daß, so lange das letztere nicht wieder hergestellt ist, eine wechselmäßige Verbindlichkeit desselben nicht vorhanden ist; allein aus dem Umstande, daß die Durchstreichung, weil sie die Form der durch das Accept übernommenen Verpflichtung aufhebt, die wechselmäßige Bedeutung des im Wechselprocesse geltend zu machenden Anspruchs aufhebt, kann andererseits nicht die Folge hergeleitet werden, daß dadurch zugleich auch das materielle Rechtsverhältniß afficirt wird, sondern es kann vielmehr die formelle Verbindlichkeit durch Wiederherstellung der Form von Neuem ausgesprochen und die Thatsache der unberechtigten Durchstreichung Gegenstand einer Klage und eines Beweisverfahrens im gewöhnlichen Rechtsstreite werden.

Es ist diese Ansicht neuerdings insbesondere von

Wächter, im angezogenen Archiv, VI. Bd. S. 44 flg. und VIII. Bd. S. 125 flg.

vertheidigt und mit gewichtigen Gründen unterstützt, so wie dabei zugleich die entgegengesetzte Meinung von

Brauer, in Goldschmidt's Archiv, I. Bd. S. 26 flg.,

daß nämlich das von dem Bezogenen auf den Wechsel gesetzte, jedoch später wieder durchstrichene Accept, der Durchstreichung ungeachtet, als forthin gültig zu betrachten sei, widerlegt worden. Es entspricht übrigens der Grundsatz, daß aus einem durchstrichenen Accepte eine wechselmäßige Verbindlichkeit gegen den Acceptanten nicht geltend gemacht werden könne, dem Wesen des Wechselprocesses, als einer Unterart des Executivprocesses, rücksichtlich dessen im Allgemeinen der Grundsatz anerkannt ist, daß Durchstreichungen wesentlicher Stellen der Urkunde diese Proceßart, so wie überhaupt die Gültigkeit der Urkunde ausschließt,

vergl. Mencken, Syst. jur. civ., Lib. XXII. tit. 4. No. XV.

Berger, Oec jur., pag. 811. no. 13. der Winckler-schen Ausgabe.

Pfotenhauer, Doctrina proc., §. 411.

Biener, Syst. proc., §. 242.

Bayer, Theorie der summarischen Processe, S. 97. (München, 1843.)

Osterloh, die summarischen Processe, §. 21. S. 48. der zweiten Ausgabe.

wie denn auch in der

Erläuterten Proceßordnung im Anhange §. 4.

ausdrücklich bestimmt ist, daß für instrumenta guarentigiata solche Urkunden nicht zu achten, welche durchstrichen (oder durchschnitten) sind.

Endlich ist aber die Ansicht, daß aus dem durchstrichenen Accepte gegen den Acceptanten wechselmäßig nicht geklagt werden könne, auch neuerdings von der Nürnberger Conferenz zur Berathung eines allgemeinen deutschen Handelsgesetzbuchs bei Gelegenheit der Berathungen bezüglich der allgemeinen deutschen Wechselordnung ausdrücklich anerkannt worden,

vergl. Verhandlungen der Commission zur Berathung eines allgemeinen deutschen Handelsgesetzbuchs, mehrere zur allgemeinen deutschen

Wechselordnung in Anregung gekommene Fragen betreffend, pag. XLVI. (Nürnberg, 1838.)
Archiv für deutsches Wechselrecht, VIII. Bd. S. 126. not. 15. IX. Bd. S. 237.

Dies vorausgeschickt, ist gegenwärtig nur noch die Frage zu erörtern, welchen Einfluß die Durchstreichung einer Wechselerklärung auf die Verbindlichkeit der übrigen Wechselverpflichteten, außer dem Acceptanten, äußert. Man hat nun in dieser Beziehung zuvörderst die hier und da

vergl. Archiv für deutsches Wechselrecht, VII. Bd. S. 419.

aufgestellte Unterscheidung zwischen der mit Einwilligung des Wechselinhabers und der ohne dessen Einwilligung erfolgten Durchstreichung einer Wechselerklärung in dieser Allgemeinheit nicht für begründet ansehen können. Es bedarf jedoch im vorliegenden Falle eines näheren Eingehens auf diese bereits von

Wächter, im angezogenen Archive Band VIII. S. 128.

näher beleuchtete Streitfrage um deswillen nicht, weil es hier darüber, welche Sachbewandtniß es eigentlich mit der erfolgten Durchstreichung des auf dem der Klage zum Grunde liegenden Primawechsel befindlich gewesenen Accepts habe, in den Acten an jedem näheren und sicheren Anhalte gebricht.

Im Allgemeinen ist aber auch bei Beurtheilung der Frage, welche Wirkung die Durchstreichung einer Wechselerklärung den übrigen aus dem Wechsel haftenden Personen gegenüber äußern könne, der Grundsatz festzuhalten, daß in Gemäßheit der oben entwickelten Rechtsgrundsätze der regreßpflichtige Vormann bei durchstrichenem Accepte seinerseits gegen den Acceptanten wechselmäßigen Regreß nicht nehmen kann, mithin auch, soviel speciell den vorliegenden Fall anlangt, durch die Durchstreichung des hier fraglichen Accepts Beklagter um so härter getroffen werden würde, als demselben die Ausübung des ihm nach art. 23. der allgemeinen deutschen Wechselordnung gegenüber dem Bezogenen E. auf Grund der erfolgten Annahme des Wechsels zustehenden wechselmäßigen Regreßanspruchs rechtlich versagt wäre. Anerkannter Maaßen ist aber die vollständige, in dem gegebenen speciellen Regreßfalle in Betracht gelangende Wechselurkunde die Bedingung der Regreßleistung, und der Regreßnehmer muß den von ihm in Anspruch genommenen Regreßpflichtigen in den Stand setzen, seinerseits weiteren Regreß im Wechselprocesse gegen den ihm gegenüber aus dem Wechsel verpflichteten Dritten nehmen zu können. Das Letztere würde jedoch, wie oben weiter ausgeführt ist, so lange nicht möglich sein, als die Unterschrift des Acceptanten durchstrichen und das frühere Accept nicht wieder hergestellt ist.

vergl. angezogenes Archiv, VI. Band S. 47. VIII. Band S. 128.

Soviel endlich die von dem Kläger in seiner Refutationsschrift angeführte Entscheidung des Königlichen Oberappellationsgerichts (vergl. Annalen desselben, II. Bd. S. 498.) anlangt, so enthält dieselbe keineswegs einen dem Kläger, wie dieser zu behaupten scheint, im vorliegenden Falle günstigen Ausspruch, vielmehr ist in der gedachten Entscheidung ausdrücklich ausgesprochen worden, daß durch die auf der Vorderseite des damals in Rede gestandenen Wechsels befindlich gewesene Durchstreichung, weil sie einen wesentlichen Bestandtheil des Wechsels betraf, die Gültigkeit desselben beeinträchtigt werde. Daß aber das Accept die wesentliche Grundlage bei Geltendmachung des dem Aussteller eines Wechsels gegen den Acceptanten zustehenden Regreßanspruchs bildet, bedarf nach dem oben Bemerkten keiner weiteren Begründung.

Man hatte daher aus den vorstehenden, allein schon durchschlagenden Gründen die Entscheidung voriger Instanz so, wie geschehen ist, abzuändern, ohne daß es bei dieser Sachlage noch eines näheren Eingehens auf die von dem Appellanten sonst in seiner Deductionsschrift erhobenen Einwendungen bedurfte. Da jedoch die Möglichkeit nicht ausgeschlossen erscheint, daß der Kläger die seiner gegenwärtigen Klage entgegenstehenden Bedenken nachträglich in geeigneter Weise beseitigen könne, so hatte Man die vorliegende Klage auch nur in der angebrachten Maaße abzuweisen.

Die sonach vorhandene Sachfälligkeit des Klägers in der Hauptsache mußte aber auch zugleich die Verurtheilung desselben in Erstattung der in erster Instanz erwachsenen Proceßkosten zur Folge haben, wogegen die Compensation der Kosten jetziger Instanz auf dem Wechsel der Entscheidungen beruht."

(Schluß folgt in der nächsten Nummer.)

Redacteur: Dr. Theodor Tauchnitz. Officin der Verlagshandlung

Wochenblatt

für

merkwürdige Rechtsfälle,

in actenmäßigen Darstellungen

aus dem Gebiete der Justizpflege und Verwaltung

zunächst für das

Königreich Sachsen.

Von diesem Wochenblatte erscheinen jährlich 64 Nummern zu 1 Quartbogen und außerdem am Jahresschlusse ein ausführliches Register.

Alle Postämter u. Buchhandlungen übernehmen Bestellungen und liefern das Quartal zu dem praenumerando zu entrichtenden Preise von 1 Thaler.

Verlag von **Bernhard Tauchnitz** in Leipzig.

№ 6. Neue Folge Zwölfter Jahrgang. **1864.**

10.

Klage des Gläubigers wider den Bürgen und gleichzeitige gemeinrechtliche Widerklage des Ersteren wider den Hauptschuldner. — Einfluß des letzteren Processes auf den ersteren. — Das beneficium excussionis fällt weg, wo es an der Möglichkeit einer wirksamen Ausklagung des Hauptschuldners gebricht. — Mandatum qualificatum. — Bei letzterem sind nicht die bei den eigentlichen Correalverbindlichkeiten geltenden, sondern die Grundsätze von den Solidarobligationen in Anwendung zu bringen.

Mitgetheilt von

Herrn W. in L.

Die nachfolgende Mittheilung dürfte nicht nur wegen des entgegengesetzten Ausganges, welchen zwei in Leipzig und in Frankfurt a./M. über das nämliche Handelsgeschäft geführten Processe und der hieraus entstandenen Collisionen, sondern auch namentlich um deswillen von Interesse sein, weil die Verschiedenheit der Grundsätze von der eigentlichen Bürgschaft und dem mandatum qualificatum in dem Leipziger Processe mit besonderer Schärfe hervortritt. Die in dem Folgenden aufgeführten Namen sind sämmtlich fingirt.

Bei dem Handelsgericht zu Leipzig erhob im April 1856 der Fabrikant Schulze aus L. wider den Kaufmann Möller aus Frankfurt a./M. folgende Klage:

„In der Michaelismesse 1854 erschien Beklagter an Klägers hiesiger Meßbude auf dem Markt mit einem Herrn, welchen er dem Kläger als einen Herrn Walther, Inhaber des Hauses Möller & Walther aus Newyork, mit welchem Kläger gute Geschäfte machen könnte, präsentirte und empfahl. Derselbe suche, setzte Beklagter hinzu, Waare von der Branche des Klägers, Pfeifenköpfe u. dergl., zum Vertriebe in Amerika in Consignation.

Nachdem Kläger darauf bemerkt hatte,

„daß er kein Freund sei von überseeischen Geschäften mit Personen, die er nicht näher kenne",

erklärte Beklagter,

„er möge dem Herrn Walther nur Waare geben; er, Beklagter, garantire für Alles und jeden Betrag, welchen Kläger aus dem Geschäfte, was er mit genanntem Walther mache, zu erhalten haben werde".

Auf diese Rede Beklagtens und unter Annahme dieser Zusage ging Kläger auf die Unterhandlung mit genanntem Walther ein, und letzterer bestellte darauf bei Klägerm die in der Beifuge speciell verzeichneten Waaren, unter der Aufgabe,

„er, Kläger, möge nur die Preise so billig stellen, als es ihm möglich sei; er, Walther, werde bei dem Verkaufe die Spesen noch darauf schlagen und glaube sicher, daß er dem Kläger noch 25 Procent mehr verschaffen werde; auf den Facturawerth könne Kläger aber jedenfalls rechnen; er, Walther, wolle auch dem Kläger sofort nach Absendung den dritten Theil der Factura im Voraus darauf zahlen, weshalb Kläger nur auf ihn trassiren möge".

In Folge dieser Verhandlung und in Uebereinstimmung damit schickte Kläger die in der Beifuge facturirten Waaren im Monat November 1854 zu den daselbst bemerkten, noch unter den gewöhnlichen klägerischen Verkaufspreisen gestellten, Preisen in den daselbst significirten sechs Kisten der Aufgabe gemäß an Möller & Walther in Newyork ab, welche auch richtig bei denselben angelangt sind, und entnahm den dritten Theil des Preises an 364 Fl. 48 Kr. mit 152 Dollars 60 Tage nach Sicht auf gedachte Firma, welche auch von derselben honorirt worden sind.

Aber bald nach Empfang der Waare, im Monat März 1855, schrieb genannter Walther an Klägern:

„die Waare werde zu theuer gefunden, und wenn er solche verkaufen solle, so müsse Kläger ihm freie Hand lassen, daß er solche zum bestmöglichsten Preise ohne Limitum verwerthen dürfe".

Kläger proponirte, um das Geschäft bald erledigt zu sehen, hierauf dem Walther in einem Briefe vom 8. April 1855 eine Ermäßigung an den facturirten Preisen von 7½ Procent, und später unter dem 20. Juli freiwillig sogar 10 Procent, indem er aber erklärte, daß er außerdem die Waare zurücknehmen und die darauf erhaltene Zahlung nebst den erwachsenen Spesen zu vergüten bereit sei, um mit deren Verkauf einen anderen dortigen Geschäftsfreund zu beauftragen.

Statt darauf einzugehen, schrieb Walther im September, daß er auch zu den ermäßigten Preisen keinerlei Verkauf für Klägers Waare habe, und drohete letzterem dabei mit Verauctionirung der Waare und mit gerichtlichen Schritten wegen Rückzahlung der obengedachten 152 Dollars.

Kläger berief sich darauf im Monat October auf die Verabredung bei Bestellung der Waare und verwahrte sich gegen Abgabe derselben unter den berechneten Preisen und Spesen.

Nichtsdestoweniger hat genannter Walther, wie er dem Kläger unterm 19. Februar 1856 gemeldet, von den sechs Kisten fünf auf dem Auctionswege verkauft und dafür, wie er schreibt, mehr nicht als 204 Dollars 2 Cent erlangt, hat dagegen dem Kläger

153,78 Dollars Spesen und
152 „ Betrag der angezahlten Tratte

in Rechnung gestellt und verlangt daher noch

143,15 Dollars — 349 Fl. 9 Kr.

heraus, während Kläger mindestens den facturirten Preis der gedachten fünf Kisten im Betrage von zusammen 825 Fl. 5 Kr. abzüglich der darauf erhaltenen 152 Dollars — 364 Fl. 48 Kr. mit 460 Fl. 17 Kr. erhalten sollte.

Offenbar ist Walther dem Kläger verpflichtet, für diesen demselben durch sein auftragswidriges Gebahren verursachten Nachtheil aufzukommen und hat auch angesichts seiner früher gegebenen Zusagen, daß Kläger jedenfalls auf den Facturapreis solle rechnen können, aus diesem Grunde dem Kläger mindestens die gedachten Facturapreise zu gewähren.

Da Walther sich dessen nun weigert, Beklagter aber sich für Alles verbürgt hat, „was der Kläger aus dem mit dem Walther entrirten Geschäfte zu erhalten haben werde", auch dem Kläger nach Lage der Sache rechtlich nicht zuzumuthen ist, darauf zuvor den Walther in Newyork zu verklagen, mit Rücksicht auf diesen Umstand, und in Folge dessen auch Beklagter, wie Eingangs erwähnt, seine Verbürgung eingesetzt gehabt hat, so wird Kläger wegen des gedachten Restbetrags an 460 Fl. 17 Kr. unter Vorbehalt seiner Ansprüche wegen der sechsten Kiste klagbar, fordert 2c., wogegen Kläger sich zu Abtretung des Klagerechts bereit erklärt 2c."

Ueber die ganze Klage mit Ausnahme des auf den eigenmächtig bewirkten Verkauf von fünf Kisten bezüglichen Theiles war der Eid angetragen.

Beklagter räumte in dem Verhörstermine ein, daß er dem Kläger erklärt habe:

„er sei ihm gut für dasjenige, was Kläger von Walther zu erhalten habe",

und äußerte weiter, daß er auf Grund der in seinen Händen befindlichen, resp. von ihm zu erlangenden Correspondenz nicht bezweifle, daß der größte Theil der fraglichen Waare versteigert worden sei, widersprach aber im Uebrigen der Klage, namentlich dem Umstande, daß er für den Facturapreis der vom Kläger an Walther verkauften Waare einzustehen sich verpflichtet habe.

In dem Verfahren schützte Beklagter, abgesehen von andern die Schlüssigkeit der Klage betreffenden Ausstellungen, lediglich die exceptio excussionis vor.

Das Bezirksgericht zu Leipzig wies die letztere im Januar 1857 in Betracht,

„daß bekannten Rechten nach diese Exception dann in Wegfall komme, wenn der Hauptschuldner soweit entfernt sei, daß seine Ausklagung große Schwierigkeit habe, daß eine solche Entfernung im gegenwärtigen Falle vorhanden sei, und daß darauf, ob derselbe zeitweilig anzutreffen sei, um so weniger etwas ankommen könne, als es sich bei der Excussion oder Ausklagung nicht um bloße Anstellung einer Klage, sondern um den (negativen) Erfolg der Execution, wozu die ordentliche Gerichtsbehörde des Hauptschuldners erforderlich sei, handle",

zurück, und erkannte im Uebrigen (weil Beklagter namentlich

1) die Bestellung der Waaren Seiten Walthers,
2) die Zusage des Letzteren, Kläger könne jedenfalls auf den Facturawerth rechnen,

3) die vom Kläger an Walther bewirkte Zusendung der Waaren,

4) den Umstand, daß der Kläger die facturirten Preise noch unter seinen gewöhnlichen Verkaufspreisen gestellt und

5) den durch Walther geschehenen Verkauf von fünf Kisten dieser Waaren

geleugnet, hiervon aber zunächst die Zusage unter 2. und die Behauptung unter 4. der Ermittlung durch den darüber angetragenen Eid bedürfe, indem die ganze Schädenberechnung des Klägers auf der Annahme und Höhe der libellirten Facturapreise beruhe und durch Wegfall dieser Grundlage in sich selbst zusammenfallen würde, wogegen auf das Leugnen der Bestellung (ad 1.) bei dem Nachweise der Zusendung der Waare (ad 4.) mit der Factura etwas nicht ankommen könne) auf zwei alternative delata ad 2. und 4., indem es für den Fall der Leistung dieser Eide den Beklagten von der erhobenen, auf die Ansetzung möglichst billiger Facturapreise und in Ansehung der Schädenberechnung lediglich auf die Höhe dieser Preise gestützten Klage entband.

Auf Appellation beider Theile reformirte das Königl. Appellationsgericht zu Leipzig, October 1857, in folgender Weise:

„Dieweil, vermag man auch der Ansicht Klägers Bl. —, daß der zwischen ihm und Walthern nach der Klage abgeschlossene Vertrag als ein contractus aestimatorius aufzufassen sei, nicht beizupflichten, da nach Bl. — der etwaige Mehrerlös Walthers über Facturapreis und Spesen nicht diesem, sondern dem Kläger zu Gute gehen sollte, dies aber auf einen Commissionsvertrag hinweist, dennoch dem Kläger darin beizupflichten, daß die von voriger Instanz alternativ erkannten Haupteide irrelevante Punkte betreffen, indem Beklagter nach seinem Zugeständnisse zu p. l. c. — dasjenige zu gewähren hat, was Walther zu gewähren haben würde, somit aber in Frage steht, was, die Wahrheit des Klageanführens vorausgesetzt, letzterer schuldet, dies aber nach den Grundsätzen des Commissionsvertrages, insofern nicht Walther die Waare in Natur zurückzugeben im Stande — was (die Wahrheit des auf Bescheinigung stehenden Anführens ad p. l. c. — angenommen) hinsichtlich der Waare, wofür Kläger Zahlung fordert, unthunlich ist —, der Facturapreis, abzüglich

a) (in theilweiser Beachtung von Beklagtens dritter Beschwerde) der Bl. — bemerkten 10 Procent — als welche sich Beklagter, wenn gleich er eigenmächtig zu dem Verkaufe durch Auction verschritten, abrechnen darf, da, hätte er den Verkauf aus freier Hand gewählt, er um diese 10 Procent das ursprüngliche limitum zurücksetzen durfte — ferner

b) der üblichen, im Zweifel, da Walther nach der Natur des Vertrages das del credere stehen übernommen, nach 3 Procent zu berechnenden Provision Treitschke, Commissionshandel, S. 5. und 28. endlich

c) der Bl. — zugestandenen Abschlagszahlung sein würde,

somit aber, und da Beklagtens sonstige Einwendungen unerheblich erscheinen, inmaaßen ad 2. (exceptio excussionis) lediglich den vorigen Gründen beizupflichten ꝛc.,

so ist es bei ꝛc. nicht zu lassen, vielmehr ist Kläger den Grund seiner Klage und soviel ihm daran verneint worden, er sich auch des Eidesantrages nicht bedient, binnen Sächsischer Frist, dem Beklagten die Gegenbescheinigung und den Eidesantrag vorbehältlich, zu bescheinigen schuldig, worauf ferner in der Hauptsache, nicht minder des bei einem Theile der Klage gebrauchten Eidesantrages, ingleichen der Kosten halber ergeht, was Recht ist.“

Mittlerweile hatte im September 1856 der Commissionär Walther aus Newyork den Umstand, daß der in Leipzig wider den Bürgen klagend aufgetretene Committent Schulze zur Messe in Frankfurt am Main anwesend war, benutzt, um seinerseits wider Schulzen dort auf Bezahlung des Guthabens zu klagen, was ihm angeblich aus dem fraglichen Commissionsgeschäft wider Schulze erwachsen sei. In der dortigen Klage führte Walther an, daß er die sechs Kisten von Schulze zum Commissionsverkauf in Amerika consignirt erhalten, und zwar zu den in der Factura limitirten Preisen an zusammen 1095 Fl. 20 Xr. und unter den zu Newyork üblichen Bedingungen, nämlich unter Bewilligung einer Gebühr von 5 Procent Provision, $2\frac{1}{2}$ Procent Garantie (d. i. für del Credere) und der Verzinsung der Vorschüsse à 7 Procent; daß Schulze bereits vor Ankunft der Waaren in Newyork durch eine von Walther acceptirte Tratte pr. 10. März 1855 einen Vorschuß von 155 Dollars erhalten; daß jedoch die Waaren in Amerika nicht verkäuflich gewesen seien; daß daher Schulze von ihm, Walthern, brieflich von dem Stand der Sache benachrichtigt und aufgefordert worden sei, den empfangenen Vorschuß zurückzuzahlen und über die Waaren gegen Vergütung der Spesen und Auslagen zu disponiren, Schulze aber dies nicht gethan habe, obwohl er unter dem 8. April 1855 unter Einmischung unannehmbarer Vorschläge in Bezug auf Verkauf, resp. Uebernahme der Waare, seine Verpflichtung zum Ersatze der Spesen, sowie zur Rückzahlung der Vorschüsse anerkannt und versprochen habe, die Zahlung zu bewerkstelligen; daß endlich, weil weitere Mahnschreiben, trotzdem, daß er, Kläger, darin gedroht habe, die Waare für Schulze's Rechnung und Gefahr öffentlich versteigern zu lassen (wozu er nach Frankfurter und insbesondere nach dem zu Newyork geltenden Rechte zur Deckung seines Guthabens auch ohne Weiteres befugt gewesen), erfolglos gewesen seien, er, Kläger, fünf Kisten Waare habe in Newyork versteigern lassen, diese Versteigerung aber nicht mehr als 189 Dollars ergeben habe. Hiernach berechnete sich der Kläger, indem er zu dem Vorschusse an 155 Dollars seine Spesen, Auslagen und Zinsen schlug und davon den Auctionserlös an 189 Dollars abzog, ein Guthaben von 349 Fl. 9 Xr., bat, Schulzen in Erstattung dieser Summe zu verurtheilen, zugleich aber zur Sicherheit des Streitobjectes und Begründung des Forum Realarrest auf die in Frankfurt a. M. befindlichen Waaren und sonstige Habe Schulze's, eventuell Personalarrest, zu erkennen.

Der erbetene Arrestschlag ward von der Frankfurter Behörde ausgeführt. Schulze widersprach jedoch sowohl dem Arrest, als dem ganzen Anspruche des Klägers, indem er geltend machte, daß in Bezug auf das vorliegende Geschäft, welches weder in Frankfurt abgeschlossen worden sei, noch dort habe in Wirksamkeit treten sollen, das Frankfurter Recht nicht geltend sein könne, überdies das letztere dem Commissionär niemals die Befugniß einräume, Consignationsgut ohne Weiteres zu Deckung der darauf lastenden Spesen und Vorschüsse zu versteigern, eben so wenig aber das Newyorker Recht, sondern lediglich die in Leipzig, als dem Orte des Geschäftsabschlusses geltenden Rechtsnormen anzuwenden seien. Zugleich erhob Schulze wider Walthern gemeinrechtliche Widerklage, indem er in letzterer den Hergang des Geschäftes gerade so darstellte, wie er dies vor dem Leipziger Handelsgericht in der Klage gegen den Bürgen Möller gethan hatte, und beantragte schließlich Aufhebung des Arrestes, Abweisung der Klage wegen mangelnder Circumstantiirung und entgegenstehender Compensationseinrede, endlich auch Verurtheilung Walthers als Widerbeklagten in Zahlung des von ihm, Schulzen, berechneten Betrages seiner Forderung.

Nachdem in der Leipziger Proceßsache das oben erwähnte Beweisinterlocut des K. Appellationsgericht zu Leipzig zur Rechtskraft gelangt war, überreichte der dortige Beklagte, der Bürge Möller, ein Zeugniß der Frankfurter Behörde darüber, daß in dem Frankfurter Proceß Schulze wider den Commissionär Walther die nurgedachte Widerklage erhoben und dort von Walther Zahlung seines Guthabens aus dem mehrerwähnten Commissionsgeschäfte verlangt habe. Möller suchte auszuführen, daß, da er blos einfache Bürgschaft für allen und jeden Betrag, welchen Schulze aus dem Geschäft, das er mit Walther mache, zu erhalten haben werde, eingesetzt habe, die Unstatthaftigkeit der wider ihn als Bürgen erhobenen Klage vor Austrag und Beendigung der wider den Hauptschuldner gleichzeitig anhängig gemachten Streitsache außer Zweifel sei, und bat, wegen dieser exceptio noviter emergens des Klägers, Schulze, Suchen als zur Zeit unstatthaft zurückzuweisen.

Das Handelsgericht zu Leipzig beraumte Behufs rechtlicher Entscheidung über diesen Antrag Inrotulationstermin an. Bis zu diesem Termine brachte der Kläger, Schulze, noch ein Erkenntniß des Frankfurter Stadtgerichts vom 17. März 1853 bei, wonach der von dem Commissionär Walther gegen Schulze in Frankfurt a. M. ausgebrachte Arrest wiederum aufgehoben und demzufolge Walther wegen Mangels der Gerichtszuständigkeit mit seiner Klage abgewiesen worden, und zugleich ausgesprochen worden war, daß hierdurch auch die Competenz des Frankfurter Gerichts für die von Schulze erhobene Widerklage sich erledige.

Nunmehr gelangte am 13. September 1858 folgendes Erkenntniß des Königl. Bezirksgerichts zu Leipzig zur Publication:

„Weil der von dem Beklagten Bl. — gestellte, Bl. — wiederholte Antrag:

„des Klägers Suchen als zur Zeit unstatthaft abzuweisen",

ein völlig ungerechtfertigter, dem durch die bereits vorhandene rechtskräftige Entscheidung festgestellten Stande des vorliegenden Processes widerstreitender ist, und eine schlüssige exceptio noviter emergens in der That nicht vorliegt, wenn man erwägt,

daß durch die Entscheidung Bl. — (das Beweisinterlocut des K. Appellationsgerichts zu Leipzig) verbunden mit Bl. — rechtskräftig unter den Parteien feststeht, daß die Bl. — unter 2. vorgeschützte Ausflucht der Vorausklage im gegenwärtigen Falle nicht für begründet zu achten ist, also der Kläger mit seiner Bl. — gegen den Beklagten als Bürgen erhobenen Klage nicht zu warten brauchte, bis der Hauptschuldner Walther ausgeklagt sein würde,

daß daher, wenn auch der Kläger inmittelst den genannten Hauptschuldner wirklich verklagt habe, doch daraus keineswegs folgern würde, es müßte die vorher gegen den Bürgen schon anhängig gemachte Klage sistirt werden, sondern höchstens der Beklagte als Bürge in dem Falle, wenn von dem Hauptschuldner die klagbar gemachte Schuld ganz oder theilweise inzwischen getilgt worden wäre, solches dem Kläger auch im Laufe des Processes excipiendo (als exceptio solutionis noviter nata) entgegen setzen könnte, da die Zahlung des Hauptschuldners auch dem Bürgen zu Statten kommt und überhaupt der Bürge sich aller dem Schuldner zustehenden Einreden bedienen kann,

daß aber gegenwärtig ein solcher Fall nicht vorliegt, vielmehr die Klage, welche gegen den Bürgen angestellt werden durfte, ohne daß die Ausklagung des Hauptschuldners abgewartet wurde, folgerichtig auch muß fortgestellt werden können, dafern mit dieser Ausklagung begonnen ist,

daß ferner, wäre die gleichzeitige Klagerhebung gegen den Bürgen und Hauptschuldner so gänzlich unzulässig, wie es Beklagter Bl. — vermeint, doch, nachdem einmal die Klage gegen den Bürgen bereits angebracht und der Rechtsstreit darauf rechtskräftig eingeleitet worden ist, nur folgen würde, daß der Hauptschuldner wider die gegen ihn neu erhobene Klage und das darauf eingeleitete Verfahren Einwendungen geltend machen könnte, nicht aber in der späteren Verfolgung der Rechte gegen den Hauptschuldner ein gesetzlicher Grund gefunden werden könnte, den vorher gegen den Bürgen begonnenen und rechtskräftig eingeleiteten Proceß zu annulliren oder den Fortgang desselben zu hindern,

daß aber endlich der von dem Beklagten zu Unterstützung seines Antrages angezogene, in Frankfurt a. M. ventilirte Proceß (selbst abgesehen davon, wie wenigstens nach der Bl. — zu den Acten gebrachten Abschrift die Erledigung desselben anzunehmen) Inhalts des von dem Beklagten überreichten gerichtlichen Zeugnisses zunächst und hauptsächlich zwischen dem genannten Walther als Kläger und dem dermaligen Kläger als dortigem Beklagten verhandelt worden ist, mithin dem Beklagten auch in jenem Processe nur die Vertheidigung wider die von dem Gegentheile erhobenen Ansprüche obgelegen hat, auch hieran dadurch, daß nach Bl. — der von ihm überreichte Schriftsatz als „Erklärung und Widerklage" rubricirt worden, etwas Wesentliches für den gegenwärtigen Rechtsstreit um so weniger geändert worden ist, als nach den hier maaßgebenden Vorschriften des vaterländischen Proceßrechtes die Widerklage lediglich zur Vertheidigung gegen die angestellte Hauptklage dient,

so ist dem eingangsgedachten, auf Abweisung der Klage gerichteten Suchen des Beklagten nicht Statt zu geben, vielmehr auf den von dem Kläger Bl. — zu den Acten gebrachten Beweis das Erforderliche zu verfügen." rc.

Auf Appellation des Beklagten ward dieses Erkenntniß von dem Königl. Appellationsgericht zu Leipzig im Mai 1849 um deswillen bestätigt:

„weil das Vorbringen des Beklagten Bl. — aus dem Gesichtspunkte einer neu entstandenen, auf die Rechtswohlthat der Vorausklage gegründeten Einrede in keinerlei Weise aufgefaßt werden kann, da das eben gedachte beneficium bekanntlich überall da in Wegfall kommt, wo es an der Möglichkeit einer wirksamen Ausklagung des Hauptschuldners gebricht, nun aber Beklagter darauf, daß eine solche Möglichkeit dermalen eingetreten sei, und in so weit das seitherige Sachverhältniß, welches in den rechtskräftigen interlocutorischen Entscheidungen Bl. — und Bl. — nicht für geeignet befunden worden ist, dem Beklagten jene Rechtswohlthat zu Theil werden zu lassen, zu seinen Gunsten eine wesentliche Aenderung erfahren habe, sich zu beziehen nicht vermocht; vielmehr nur so viel, daß Kläger neuerlich gegen den Hauptschuldner wegen des hier in Streite befangenen Rechtsgeschäfts bei dem Stadtgericht zu Frankfurt a. M. Widerklage angestellt habe, als Unterlage für die behauptete exceptio noviter emergens beigebracht, und somit lediglich einen Umstand wiederholt geltend gemacht habe, der bereits in den angezogenen rechtskräftigen Entscheidungen mit in das Auge gefaßt, jedoch als einflußlos angesehen und durch die Erwägung beseitigt worden sei, daß die bloße Füglichkeit, den Hauptschuldner während seiner zeitweiligen Anwesenheit an einem deutschen Handelsplatze vor dem dasigen Gerichte zu belangen, noch keineswegs einen wirklichen Erfolg des solchergestalt anhängig gemachten Processes in dem Stadium der Execution (mit welcher Kläger nach Befinden immer noch an die Gerichtsbehörde des entlegenen wesentlichen Wohnortes des Hauptschuldners gewiesen sein würde) zu sichern im Stande sein könne,

hiernächst die von dem Beklagten aufgestellte Behauptung, daß in der von ihm übernommenen Bürgschaft eine bloße fidejussio indemnitatis in dem Bl. — angegebenen Sinne zu erblicken sei, theils an sich als unhaltbar, theils mit der bereits rechtskräftig feststehenden rechtlichen Beurtheilung des Klagvorbringens als unvereinbar angesehen werden müsse und die sonstigen Gründe, durch welche Beklagter der vorerwähnten Einrede annoch Geltung zu verschaffen gesucht habe, mit der oben bemerkten Unzulänglichkeit der neuerlich angeführten Thatsachen zu Begründung einer exceptio noviter emergens sich ohne Weiteres von selbst erledigten."

Auf anderweite Appellation des Beklagten bestätigte das Königl. Oberappellationsgericht im November 1859 aus folgenden Gründen:

„Der Beklagte ist nach bereits vorhandenem rechtskräftigen Beweisinterlocute mit der Behauptung aufgetreten, daß Kläger während des gegenwärtigen gegen den Beklagten, als den Bürgen Walthers in Newyork, ventilirten Rechtsstreites auch gegen den Hauptschuldner, genannten Walther, aus demselben Rechtsgeschäfte klagend vorgeschritten sei und daher auf Grund des einem Bürgen gesetzlich zustehenden beneficii excussionis der vorliegende Rechtsstreit bis zu Beendigung des Processes gegen den Hauptschuldner sistirt werden müsse.

Dieses Verlangen ist jedoch bereits in zwei Instanzen unter Verurtheilung Beklagtens in Erstattung der Kosten als unbegründet zurückgewiesen worden.

Beklagter stützt sein dagegen anderweit gebrauchtes Rechtsmittel in der Hauptsache darauf,

a) daß der Rechtssatz, nach welchem das beneficium excussionis da in Wegfall komme, wo es an der Möglichkeit einer wirksamen Ausklagung des Hauptschuldners gebricht, dann nicht als anwendbar sich darstelle, wenn nach der Sachlage in einem concreten Falle es einer wirksamen Ausklagung des Hauptschuldners gar nicht bedürfe, es zu einer solchen gar nicht kommen könne, gegenwärtig aber ein solcher Fall vorliege, da der Beklagte beigebracht habe, daß die Verbindlichkeit des Hauptschuldners durch dessen compensable Gegenforderung an den Kläger absorbirt sei.

Dem ist jedoch einzuhalten, daß

1) die auf das beneficium excussionis gestützte Einrede Bl. — jct. Bl. — bereits rechtskräftig abgewiesen worden ist, da, wie die in zweiter Instanz gebilligten Gründe des erstinstanzlichen Interlocutes ausdrücklich hervorheben, der Hauptschuldner in Newyork wohne und die Möglichkeit, denselben bei einer zeitweiligen Anwesenheit in Deutschland zu belangen, die Anwendbarkeit des gedachten beneficii herbeizuführen nicht geeignet sei,

2) daß ferner der Kläger nicht freiwillig agendo gegen den Hauptschuldner Walther aufgetreten ist, sondern sich nur in Folge einer von Walther gegen ihn bei dem Stadtgerichte zu Frankfurt a. M. anhängig gemachten Klagsache vertheidigungsweise auf seine Ansprüche gegen Walther, für welche sich der gegenwärtige Beklagte verbürgt, bezogen hat, und

3) daß nach den vorliegenden, vom Beklagten selbst beigebrachten, beziehentlich damit übereinstimmenden Bescheinigungen der dort von Walther gegen den Kläger geltend gemachte Anspruch noch keineswegs feststeht, indem die von ihm erhobene Klage in erster Instanz in der angebrachten Maaße abgewiesen, in zweiter Instanz aber dem rc. Walther nur erst der Beweis seines behaupteten Anspruchs auferlegt worden ist.*)

vergl. Bl. — Bl. — Bl. —.

Wenn dabei

b) der Beklagte immer wieder darauf zurückkommt, daß seiner Seits keine volle Bürgschaft, sondern nur eine fideijussio indemnitatis vorliege, vermöge deren er nur wegen dessen belangt werden dürfe, was Kläger von dem Hauptschuldner nicht werde verlangen können, so bedarf es nur der Hinweisung darauf, daß hierüber in dem rechtskräftigen Beweisinterlocute bereits thatsächlich gegen Beklagtens Ansicht entschieden worden ist, dieser Punkt daher nicht von neuem Gegenstand der rechtlichen Erörterung und Entscheidung sein kann.

Soviel aber

c) die von dem Beklagten erhobene Beschwerde in Betreff der ihm auferlegten Verpflichtung zu Restitution der wegen der neuerlichen Differenz erwachsenen Kosten anlangt, so kann sich der Beklagte gegen diese Entscheidung nicht durch eine Beziehung auf seine Stellung als Bürge schützen, in welcher Eigenschaft er schon zu Sicherung seines eigenen Regresses an den Hauptschuldner von allen zuständigen Vertheidigungsmitteln Gebrauch machen müsse. Denn diesen Gebrauch macht derselbe eben nur in seinem eigenen Interesse und würde es offenbar ungerechtfertigt sein, den Kläger auch nur zu theilweiser Uebertragung der durch Beklagtens unerhebliche Einwendungen verursachten Kosten anzuhalten." —

Nunmehr ward nach Erledigung dieses Incidentstreites auf die von dem Kläger bereits im Februar 1858 eingereichten Bescheinigungsartikel im Januar 1860 ausgefertigt. Es entspricht nicht dem Zwecke gegenwärtiger Mittheilung, auf das Materielle des Bescheinigungsverfahrens einzugehen; es genügt hier zu bemerken, daß der Nachweis des Bescheinigungsthema:

„es habe der in der Klage genannte Walther von den fraglichen sechs Kisten fünf Stück auf dem Auctionsweg verkauft",

von dem K. Bezirksgericht zu Leipzig in einem am 4. März 1861 publicirten Erkenntnisse für gelungen angesehen wurde und demgemäß Beklagter unter Nachlassung eines die Thatsache der Zusendung der Waaren an Möller & Walther betreffenden delatum, eventuell eines auf die Quantität der

*) Vergleiche dasjenige, was weiter unten über den Fortgang des Frankfurter Processes bemerkt werden wird.

Anmerk. des Eins.

Waaren und Preise sich beziehenden Minderungs-eides auf Grund seiner Zugeständnisse im Verhandlungstermine Bl. — und ad p. I. c. 1. u. 2., nicht minder in Gemäßheit dessen, was Bl. — (Beweis-interlocut des K. Appellationsgerichts zu Leipzig) rechtskräftig gegen ihn ausgesprochen worden, verurtheilt wurde, „der Bl. — angegebene Facturapreis für die zur Versteigerung gebrachten fünf Kisten Waare, wovon nach Bl. — sowohl

a) die Bl. — bemerkten 10 Procent, ingleichen
b) 3 Procent Provision, als auch
c) die Bl. — zugestandene Abschlagszahlung von 364 Fl. 48 Xr.

in Abzug zu bringen sei, nebst Zinsen xc. dem Kläger gegen die Bl. — offerirte Abtretung des an Walther und die Firma Möller & Walther zuständigen Klagrechts zu bezahlen, auch die Kosten xc. zu erstatten.“

Dieses Erkenntniß ward trotzdem, daß auch hiergegen von Beklagtem wiederholte Appellationen eingewendet wurden, vom K. Appellationsgericht zu Leipzig im Sommer 1861, und vom K. Oberappellationsgericht im November dess. Jahres bestätigt.

Mittlerweile hatte der oben erwähnte Frankfurter Proceß zwischen dem Commissionär Walther und dem Committenten Schulze folgenden Fortgang gehabt:

Walther hatte gegen das oben bemerkte Erkenntniß des Frankfurter Stadtgerichtes vom 17. März 1858, durch welches seine Klage angebrachter Maaßen abgewiesen worden war, Appellation eingewendet und war hierauf von dem Appellationsgericht zu Frankfurt auf Beweis der Klage erkannt worden. Auf Appellation Schulze's als dortigen Beklagten und Widerklägers erging jedoch ein theilweise reformatorisches Erkenntniß des Oberappellationsgerichts zu Lübeck, vom 31. October 1859, in welchem (abgesehen von anderen hier nicht zu erwähnenden Punkten) ausgeführt wurde, daß zwar

1) nach gemeinem Rechte ein Verkaufscommissionär, welcher außer Stande sei, die Waare abzusetzen, nicht berechtigt sei, wegen des auf der Waare haftenden Vorschusses, der Spesen, und Kosten einseitig zum Verkauf Behufs seiner Befriedigung zu verschreiten, daß aber

2) für den Kläger in Ansehung des vorgenommenen Verkaufes nicht das Recht von Leipzig, sondern das von Newyork maaßgebend sei, da, wenn gleich die Rechtsbeständigkeit eines Vertrages der Regel nach von dem Rechte desjenigen Ortes abhänge, wo derselbe abgeschlossen worden, doch, wenn die Ausführung des Vertrages an einem anderen Orte stattfinden sollte, und dieser Ausführung Hindernisse entgegenträten, die hierdurch unter den Contrahenten erzeugten Rechte und Verbindlichkeiten nur nach dem Rechte desjenigen Ortes beurtheilt werden könnten, wo die letzteren entstanden seien, daß daher

3) wenn Kläger behaupte,

„daß nach Newyorker Recht jedes Consignationsgut zur Deckung von Auslagen nach erfolgter Mahnung zu deren Berichtigung ohne Weiteres und, wenn es sechs Monate nach Ankunft noch unverkauft sei, selbst ohne Mahnung des Committenten öffentlich versteigert, und dieser Verkauf von dem Committenten nur dadurch abgewendet werden könne, daß er die Auslagen vollständig decke und daß er die Waare zurücknehme“,

Kläger mit dieser Behauptung zu hören sei, und dieselbe zu erweisen habe,

4) dem Beklagten dagegen der Beweis seiner Einrede obliege:

„daß ihm Kläger den Facturapreis der consignirten Waaren als Reinerlös garantirt habe.“

Demgemäß wurde in der Hauptsache auf diese beiden Beweise unter 3. und 4. erkannt. Beide Parteien traten diese Beweise an, und wurde endlich der von dem Kläger zu 3. unternommene Beweis für halb voll, der von dem Beklagten zu 4. versuchte dagegen als mißlungen erklärt, und demgemäß, die Leistung eines Erfüllungseides Seiten des Klägers über das Newyorker Recht vorausgesetzt, Schulze mit seiner Widerklage abgewiesen und (abgesehen von Nebenpunkten) nach den Anträgen Walthers verurtheilt. Walther schwor hierauf am 22. November 1861 in Newyork den ihm zuerkannten Erfüllungseid dahin, daß nach dem zu Newyork geltenden Handelsrechte dem Commissionär das unter 3. gedachte Recht zustehe, ab, und war so der Frankfurter Proceß definitiv zu Gunsten des Commissionärs entschieden.*)

Unter Beibringung eines gerichtlichen Zeugnisses über diesen Erfolg des Frankfurter Rechtsstreites

*) Die in dem Frankfurter Processe gesprochenen, zum Theil sehr interessanten, Erkenntnisse sind abgedruckt in der „Sammlung der Entscheidungen des Oberappellationsgerichts zu Lübeck“, Band 5. Seite 132 flg.

Anmerk. des Eins.

brachte nun in dem Leipziger Proceß der dortige Beklagte, der Bürge Möller, am 28. December 1861 (noch ehe die damals an das Königl. Oberappellationsgericht Behufs drittinstanzlicher Entscheidung über die Definitive eingesendeten Acten zurückgelangt waren) bei dem Handelsgericht in Leipzig an, daß nunmehr, da zwischen dem Gläubiger Schulze und dem Hauptschuldner Walther rechtskräftig feststehe, daß eine Forderung des Ersteren an den Letzteren wegen des fraglichen Geschäfts gar nicht bestehe, er, als Bürge, diesen Ausgang des Frankfurter Processes auch in dem Leipziger Rechtsstreite excipiendo, als exceptio noviter nata, zu seinen Gunsten geltend zu machen berechtigt sei, da die Befreiung des Hauptschuldners von der geklagten Verbindlichkeit auch dem Bürgen zu Statten komme. Demgemäß bat Möller, praevio termino inrotulationis auf Grund dieser neuentstandenen, sofort liquiden, Einrede in erster Instanz zu erkennen, und deshalb die Acten von dem K. Oberappellationsgericht sofort zurückzuerbitten. Nachdem inzwischen die Acten mit der bereits gesprochenen, oben erwähnten Tertia von dem K. Oberappellationsgericht an das Proceßgericht zurückgelangt, und von dem letzteren die Frankfurter Acten auf Antrag Möllers herbeigezogen worden waren, Möller übrigens eventuell und unter Vorbehalt seiner exceptio noviter emergens das ihm rechtskräftig zuerkannte delatum dem Kläger Schulze zurückgegeben hatte, wurde nach vorheriger Anberaumung eines Inrotulationstermins von dem Handelsgericht zu Leipzig am 16. Juli 1862 ein Erkenntniß publicirt, in welchem dasselbe es bei der nurgedachten Eidesrelation bewenden ließ, und demgemäß für den Fall, daß Kläger schwören würde, daß er die fraglichen Waaren an Möller & Walther gesendet habe, den Beklagten ad petita libelli verurtheilte, dagegen den neuerdings gestellten Antrag des Beklagten auf Entbindung von der erhobenen Klage abwies.

In den Gründen wurde nach vorausgeschickter Erzählung der neueren Vorgänge Folgendes ausgeführt:

(Schluß folgt in der nächsten Nummer.)

Miscellen.

Ernennungen, Anstellungen ꝛc. Seine Königliche Majestät haben dem ordentlichen Professor der Rechte an der Universität Leipzig Dr. Ernst Robert Osterloh das Prädicat als Hofrath in der 4. Classe der Hofrangordnung taxfrei zu verleihen geruht.

Für die Dauer des dem Kreisdirector zu Dresden, wirklichem geheimen Rathe von Könneritz, zu Ausführung der ihm übertragenen Mission als Bundes-Commissar für Holstein und Lauenburg ertheilten Urlaubs ist, unter Allerhöchster Genehmigung Seiner Majestät des Königs, das außerordentliche Mitglied der Kreisdirection zu Dresden, geheime Regierungsrath von Oppell, mit dessen Stellvertretung beauftragt worden.

Seine Majestät der König haben geruht, die Secretäre Karl Herrmann Lingke bei der Kreisdirection zu Dresden, und Johann Theodor Schmiedel beim Ministerium des Innern zugleich zu Referendaren bei den genannten Behörden zu ernennen.

Seine Königliche Majestät haben die Versetzung des Gerichtsraths beim Bezirksgerichte Annaberg Oskar Constanz Leonhardi in gleicher Dienststellung zum Bezirksgerichte Dresden zu genehmigen, auch die Actuare Hans August Keck von Schwartzbach beim Gerichtsamte Meißen und Gustav Adolph Bodel beim Gerichtsamte Eibenstock zu Gerichtsräthen, beziehentlich bei den Bezirksgerichten Budissin und Annaberg zu ernennen in Gnaden geruhet.

Seine Königliche Majestät haben die Versetzung des wegen Krankheit zur Disposition gestellten, vormaligen Staatsanwalts am Bezirksgericht Borna Gustav Wilhelm Hammer in Ruhestand, unter Belassung seines Titels und Ranges und Bewilligung der gesetzlichen Pension, mit Rücksicht auf das bei dem Genannten eingetretene Dienstunvermögen, zu genehmigen gnädigst geruht.

Todesfälle. Gestorben: am 27. December 1863 der Gerichtsrath Robert Schmidt in Dresden; am 29. December 1863 der Advocat Rudolph Stavenhagen in Dresden; am 30. December 1863 der Geh. Baurath und Major a. D. Carl Theodor Kunz in Dresden.

Der Schluß des in No. 5. abgebrochenen Aufsatzes folgt in 14 Tagen.

Redacteur: Dr. Theodor Tauchnitz. Officin der Verlagshandlung.

Von diesem Wochenblatte erscheinen jährlich 64 Nummern zu 1 Quartbogen und außerdem am Jahresschlusse ein ausführliches Register.

Wochenblatt
für
merkwürdige Rechtsfälle,
in actenmäßigen Darstellungen
aus dem Gebiete der Justizpflege und Verwaltung
zunächst für das
Königreich Sachsen.

Alle Postämter u. Buchhandlungen übernehmen Bestellungen und liefern das Quartal zu dem praenumerando zu entrichtenden Preise von 1 Thaler.

Verlag von **Bernhard Tauchnitz** in Leipzig.

№ 7. Neue Folge Zwölfter Jahrgang. **1864.**

(Schluß des S. 48. abgebrochenen Rechtsfalles.)

„Beklagter zieht diese actenmäßig liquiden Umstände dermalen für sich an, und beansprucht demgemäß Befreiung von der Bürgschaftsverbindlichkeit.

Es hat ihm jedoch nicht beigetreten werden können.

Wenn nämlich

1.

in der Deduction Bl. — Beklagter davon ausgeht, daß neu emergirende Einreden nach Aelt. Proc.-Ordn. Tit. XI. §. 10. in jedem Stadio des Processes vorgebracht werden könnten, und nur das in Frage kommen möchte, ob es im gegenwärtigen Falle annoch der dort vorgeschriebenen eidlichen Bestärkung bedürfe, so stützt sich das Gesagte auf die Voraussetzung, daß dem Vorbringen der Begriff einer exceptio noviter nata zu vindiciren sei. Diese Voraussetzung ist jedoch nach Ansicht des Handelsgerichts eine irrige. Denn nicht neue Thatsachen — und nur diese sind bei rechtlicher Beurtheilung jedes processualischen Vorbringens das Entscheidende — hat Beklagter beigebracht, sondern den Nachweis, daß aus den auch im gegenwärtigen, gegen den Bürgen angestellten Processe zur richterlichen Beurtheilung vorgelegenen Thatsachen in einem anderen, im Auslande gegen den Hauptschuldner ventilirten Rechtsstreite andere Schlüsse gezogen worden seien, als im Inlande. Selbstverständlich ist die rechtliche Beurtheilung des thatsächlichen Materials in jedem Processe für den erkennenden Richter eine durchaus selbstständige. Sonach können die aus dieser Beurtheilung sich ergebenden Resultate des Rechtsstreites dadurch nicht paralysirt werden, daß andere in einer parallel laufenden Sache mit gleicher Selbstständigkeit urtheilende Richter zu einem abweichenden Resultate gelangt sind. Für die Parteien ist das Recht identisch mit dem, was im Processe rechtskräftig feststeht.

Ist aber nicht die rechtliche Beurtheilung, welche eine Thatsache findet, sondern die Kenntniß der Thatsache selbst für die Herstellung des Begriffs einer neu emergirenden Einrede das allein entscheidende Moment, so ergiebt sich die von dem Beklagten vertretene Ansicht zweifellos als unhaltbar.

Denn berücksichtigt man, daß Kläger im vorliegenden Processe sein Recht im Wesentlichen ganz auf dieselben Thatsachen gestützt hat, wie die Widerklage, welche vor den Frankfurter Gerichten verhandelt worden, so sind die Thatsachen, welche der sogenannten exceptio noviter nata des Beklagten zu Grunde liegen, nicht neue, bis jetzt ihm unbekannte. Vielmehr waren sie liquider Maaßen während des ganzen Verlaufs des Processes ihm bekannt. Von Verfolgung einer neu entstandenen Einrede im Sinne des Proceßrechts kann also schon nach dieser formalen Seite hin nicht die Rede sein.

Hierbei kann dem Beklagten auch

2.

nicht die accessorische Natur der bürgschaftlichen Verbindlichkeit, worauf derselbe ferner Bl. — sich bezogen hat, zu Statten kommen.

Wohl ist es unbestrittenen Rechtssätzen nach begründet, daß jede Befreiung des Hauptschuldners dem Bürgen zu Gute geht. Die Wirksamkeit dieses dem materiellen Rechte angehörigen Grundsatzes im Proceß setzt aber die processualische Füglichkeit seiner Geltendmachung, also das rechtzeitige Vorbringen voraus, und kann eben deshalb im Allgemeinen nie dazu führen, dasjenige, was rechtskräftig unter den Parteien erkannt ist, wieder aufzuheben. Das positive Recht steht aber dem Beklagten hierunter nicht einmal zur Seite. Im Gegensatz gegen die Bestimmungen des älteren Römischen Rechts, wornach auf erhobene Klage des Gläubigers gegen den Hauptschuldner, beziehentlich den Mitbürgen, die durch Litiscontestation und Urtheil hervorgerufene Novation unmittelbar befreiende Wirkung für den Bürgen hatte,

vergl. Mühlenbruch, Lehrbuch der Pandecten, §. 493. Not. 5.

werden nach neuerem, von Justinian begründetem Recht die Correalschuldner erst durch wirklich erfolgte Befriedigung des Gläubigers befreit.

l. 28. Cod. de fideij. (8, 41.)

verbis: „ita et in fidejussoribus observari — nullo modo electione — liberationem mereri, nisi satisfactum sit creditori."

vergl. auch §. 1064. des Entwurfs eines bürgerlichen Gesetzbuches für das Königreich Sachsen und dazu S. 798 flg. der speciellen Motiven.

Der Nachweis erfolgter Befriedigung des Gläubigers durch den Hauptschuldner ist es also allein, der vermöge der accessorischen Natur der Bürgschaft auch dermalen, nach eingetretener res judicata dem Bürgen zu Statten kommt. Er würde allerdings auch nach Sächsischem Recht in jedem Stadio des Processes noch Beachtung finden müssen. Es folgt dies aus den ausdrücklich für das Executionsstadium im

§. 21. des Gesetzes vom 28. Februar 1838, das Verfahren bei Vollstreckung gerichtlicher Entscheidungen betr.,

ertheilten Bestimmungen.

Ein Anbringen im Sinne der a. a. O. bezeichneten sogenannten privilegirten Einreden liegt aber nicht vor.

Endlich kann auch

3.

dem Umstande, daß Beklagter seinem Bl. — Vol. I. erfolgten Erbieten gemäß nur gegen Abtretung des Klagerechts an Walther zur Zahlung der verbürgten Summe verurtheilt worden ist, durchschlagende Wirksamkeit nicht beigelegt werden.

Nach der im vorliegenden Rechtsstreite Seiten der rechtsprechenden Behörden angenommenen, und durch rechtskräftiges Urthel ausgesprochenen Rechtsansicht hat Kläger materiell wirklich ein Klagerecht gegen Walther; wäre es nicht also, so hätte Beklagter als Bürge nicht verurtheilt werden können.

Nun hat sich aber in der That Kläger erboten, dieses sein Klagerecht gegen erfolgte Befriedigung dem Beklagten abzutreten; er hat dieses sein Erbieten nirgends zurückgezogen. Ob, wenn es dazu kommt, aus formellen Gründen, namentlich mit Rücksicht auf die Resultate des Frankfurter Processes, die erfolgte Abtretung dem Beklagten reellen Nutzen gewähren wird, ist hier nicht näher zu untersuchen. Jedenfalls steht so viel fest, daß, selbst wenn die Klage, wie Beklagter annimmt, definitiv verloren sein sollte, dies Klägerm nicht zum Präjudiz gereichen kann, da

l. 95. §. 11. D. de solut. (46, 3.)

vergl. Puchta, Pandecten, §. 405. Not. P.

der eingetretene Verlust des Klagerechts, insofern er die Unmöglichkeit der cessio actionis involvirt, dem Gläubiger in der Verfolgung seiner Ansprüche gegen den Bürgen nur dann im Wege steht, wenn der Verlust ein von ihm verschuldeter ist, wovon nach dem Gesagten dermalen nicht die Rede sein kann — wie denn endlich überhaupt die gegenwärtig nicht weiter zu verfolgende Frage aufgeworfen werden mag, ob nicht die angebotene Klagabtretung —, da dem Beklagten nach Lage der Sache

vergl. Curtius, Handbuch des Sächs. Civilrechts, §. 1600. jct. §. 1514 flg.

ohne Weiteres das Regreßrecht an den Hauptschuldner zustehen würde, an sich als eine leere Förmlichkeit sich darstelle, deren Unterlassung nicht geeignet erscheint, dem Beklagten unter irgend welchen Umständen einen reellen Schaden zu verursachen.

Hiernach allenthalben konnte den neueren Einwendungen Beklagtens ein Gewicht nicht beigelegt werden, es mußte vielmehr bei dem früher rechtskräftig bereits Erkannten mit alleiniger, durch die Relation bedingter Modification des Eides sein unabänderliches Verbleiben haben.

Der Kostenpunkt bedarf keiner Rechtfertigung."

Auf Appellation des Beklagten erkannte das K. Appellationsgericht zu Leipzig im November 1862 confirmatorisch. Die Gründe lauten:

„Auch in der gegenwärtigen Instanz hat Man zu einer dem Beklagten günstigen Entscheidung über den Einfluß, welcher dem Bl. — bezeugten Ausgange des in diesen Acten mehrfach erwähnten Frankfurter Rechtsstreites auf das Endergebniß des gegenwärtigen Processes beizulegen sei, nicht gelangen können. Die Erwägungen, von welchen hierbei ausgegangen worden ist, sind in der Hauptsache folgende:

Nach den in so weit übereinstimmenden Angaben beider Parteien bei p. l. c. 1. und 2. war der Hergang der Verhandlung, aus welcher der Kläger sein Klagerecht wider den Beklagten ableitet, der gewesen, daß der letztere in der Michaelismesse 1854 mit einer dritten Person in des Klägers Verkaufslocal gekommen war, diesen Dritten dem Kläger als einen Herrn

Walther, Associé von Möller & Walther in Newyork, mit welchem Kläger gute Geschäfte machen könne, präsentirt und empfohlen, auch dabei ausdrücklich den Wunsch Walthers, Handelswaaren, wie Kläger sie führe, für Amerika zum Vertriebe in Consignation zu nehmen, erwähnt, endlich aber, als Kläger ihm bemerkt, daß er sich auf überseeische Geschäfte mit ihm unbekannten Personen nicht einlasse, erklärt hatte,

„Kläger möge dem Herrn Walther nur Waare geben, er, Beklagter, garantire für allen und jeden Betrag, welchen der Kläger aus dem Geschäfte, was er mit genanntem Walther jetzt mache, zu erhalten haben würde."

Das durch diese Erklärung des Beklagten und die factische Annahme derselben Seiten Klägers (vergl. p. l. c. — und die Anmerkung hierzu, verbunden mit Bl. —) zwischen beiden Parteien zu Stande gekommene Rechtsgeschäft ist in den seither in diesem Rechtsstreite gesprochenen Erkenntnissen theils ohne Erwähnung des Wortes „Bürgschaft" (wie z. B. in dem Beweisinterlocute Vol. I. Bl. —), theils unter ausdrücklicher Hinweisung auf dieses Wort (vergl. Vol. I. Bl. —) im Allgemeinen als eine Bürgschaft behandelt worden. Dagegen hatte zu Bezeichnung der speciellen Gattung der Verbürgung, welcher jene Vereinbarung zu subsumiren sei, eine Veranlassung bisher nicht vorgelegen, und nur das negative Moment ist Bl. — und Bl. — d. V. festgestellt worden, daß der Beklagte als ein bloßer fidejussor indemnitatis nicht zu betrachten sei. Andererseits kann es aber auch nach dem oben erzählten factischen Hergange einem erheblichen Zweifel nicht unterliegen, daß das zwischen den Parteien entstandene Rechtsverhältniß nach den Grundsätzen von dem Creditauftrage, mandatum qualificatum, beurtheilt werden müsse. Denn der Beklagte hatte Walthern bei dem Kläger eingeführt, und, als letzterer mit Walthern Consignationsgeschäfte einzugehen, weil er ihn nicht kenne, abgelehnt hatte, den Kläger ausdrücklich zu Hingabe von Waaren und Gewährung von Credit an Walther unter dem Versprechen eigener Haftung beauftragt. Sonach lagen alle Momente vor, welche zu dem Begriffe des qualificirten Mandates gehören.

zu vergl. Müller, Institutionen, S. 476.
Sintenis, Civilrecht, II. §. 113.
Puchta, Pandecten, §. 326. und 404.
Schweppe, Röm. Privatrecht, Bd. 3. §. 514.

Nun hat zwar der Creditauftrag mit jeder anderen Art von Bürgschaft das gemein, daß für den Mandator aus dem von ihm ertheilten Auftrage nur dann eine Verpflichtung erwächst, wenn wirklich zwischen seinem Mandatar und dem Dritten ein rechtsgültiges Obligationsverhältniß entstanden war, und in so fern ist es richtig, daß auch der mandator die Einreden, welche dem Hauptschuldner seinem Gläubiger gegenüber zustehen, in der Regel diesem entgegen halten könne. Allein dieser Satz muß nach der Natur des Vertrages eine wesentliche Beschränkung bei solchen Einreden erleiden, welche erst später, nach Abschluß des mandirten Geschäftes, in der Person des Schuldners entstanden sind. Bekanntlich liegen nämlich bei dem Creditauftrage zwei völlig verschiedene, auf besonderen Rechtsgründen beruhende Forderungsrechte des Creditgebers vor, das eine gegen den Hauptschuldner, welchem der Credit gewährt worden ist, aus dem mit ihm eingegangenen Rechtsgeschäfte, das andere gegen den mandator auf Ersatz des durch Vollziehung des Auftrages erwachsenen Verlustes. Hieraus folgt von selbst, daß in gleicher Weise, wie bei dem, in dieser Rücksicht mit dem Creditauftrage zusammentreffenden constitutum debiti alieni,

vergl. Schweppe, l. c. 4. Ausg. §. 515. 3. Bd. S. 356.
von Vangerow, Leitfaden III. §. 579. Anmerk. unter 4.

so auch bei dem sogenannten mandatum qualificatum, nicht die bei den eigentlichen Correalverbindlichkeiten geltenden Grundsätze, sondern diejenigen, welche bei den blos solidarischen Obligationen maaßgebend sind,

vergl. Ribbentropp, zur Lehre der Correalobligationen §. 11. flg.
von Vangerow, l. c. §. 573. Anmerk. 1.
von Savigny, Obligationenrecht I. §. 16. flg.

in Anwendung gelangen können, und namentlich also die Verbindlichkeit des Mandator nur durch solche Ereignisse erlösche, welche eine Befriedigung des Gläubigers zur Folge haben, während im Uebrigen der Erstere, weil er Auftrag zu Eingehung des Geschäftes gegeben, in Folge dieses Auftrags allen durch denselben veranlaßten Vermögensverlust seinem Mandatar, dem Creditgeber, zu erstatten hat.

Die Anwendung dieses Satzes auf den vorliegenden Rechtsstreit ergiebt folgende Resultate:

Unter den gegenwärtigen Parteien beruht nach den in dem vorliegenden Processe ergangenen Entscheidungen, insbesondere dem Bl. — Vol. I. ersichtlichen Beweisinterlocute, welches die Grundlage für die Beurtheilung der beiderseitigen Rechtsverhältnisse bildet, in Rechtskraft, daß zwischen dem jetzigen Kläger als Committenten und Walther'n als Commissionär ein rechtsgültiges Obligationsverhältniß existirt habe. Insbesondere stehet auch nach demselben Beweisinterlocute und den über den Erfolg des Bescheinigungs- und Gegenbescheinigungsverfahrens in drei Instanzen ergangenen conformen Entscheidungen fest, daß Walther, weil er das ihm anvertraute Commissionsgut in Natur zurückzugeben außer Stande sei, nach den Grundsätzen des Commissionshandels und nach Maaßgabe der zwischen ihm und dem Kläger getroffenen besonderen Verabredungen, dem letzteren den berechneten Facturapreis, abzüglich der Bl. — Vol. I. bezeichneten Beträge, zu gewähren habe. Auch in dem Frankfurter Rechtsstreite ist keineswegs der zwischen dem Kläger Schulze und Walther eingegangene Commissionsvertrag als ein rechtlich wirkungsloser bezeichnet, sondern nur angenommen worden, daß auf deren beiderseitiges Rechtsverhältniß das Neuyorker Recht Anwendung zu leiden gehabt habe, in Gemäßheit des letzteren Walther den vorgelegenen Umständen nach zu dem einseitigen Verkaufe des Commissionsgutes zu schreiten befugt gewesen sei, und weil der durch diesen Verkauf gewonnene Erlös nicht einmal zu Deckung der von Walther'n gezahlten Vorschüsse und berechneten Spesen hingereicht habe, dem Committenten und jetzigen Kläger ein weiterer Anspruch an Walther'n nicht zustehe, Ersterer vielmehr dem Letzteren den durch die Versteigerung nicht erlangten Betrag der von Walther'n berechneten Spesen und Zahlungen zu erstatten habe. Hiernach kann aber auch die Bezugnahme des Beklagten auf jene Frankfurter Entscheidung überhaupt als ein schlüssiges exceptivisches Vorbringen nicht angesehen werden, da, wie erwähnt, die Existenz eines obligatorischen Nexus zwischen Schulze'n und Walther'n in jenem Rechtsstreite keinesweges negirt worden ist, dagegen eine erfolgte Befriedigung des Klägers wegen seiner Ansprüche aus jenen Acten sich nicht ergiebt, und eben deshalb dem Kläger die actio mandati contraria auf Ersatz des erlittenen Verlustes noch jetzt, wie früher, wider seinen mandator zusteht. Hierbei mag nicht verkannt werden, daß, wenn der Beklagte in den früheren Stadien des gegenwärtigen Processes in gleicher Weise, wie in dem Frankfurter Processe Walther gethan hat, sich darauf bezogen hätte, daß der Kläger den ihm als Committenten obgelegenen Verpflichtungen zu genügen in schuldvoller Weise unterlassen, und auf diese Weise selbst zu der Versteigerung der Waare und zu dem in deren Folge eingetretenen Vermögensverluste Anlaß gegeben habe, die Frage, ob bei dieser Sachlage der von dem Kläger geforderte Betrag annoch als ein durch das Mandat des Beklagten veranlaßter Schaden zu betrachten sei, oder ob nicht vielmehr wegen der concurrirenden eigenen culpa des Klägers der Verlust als ein von ihm selbst zu tragender, von dem mandator nicht zu ersetzender angesehen werden müsse, einer eingehenden Prüfung zu unterwerfen gewesen wäre. Allein der Beklagte hat bei der von ihm in dem ersten Verfahren unternommenen Rechtsvertheidigung alle diese Momente unberührt gelassen; insbesondere des Neuyorker Rechtes und der aus den angeblichen Bestimmungen des letzteren abgeleiteten culpa des Klägers nirgends Erwähnung gethan. Eben so bilden nach Bl. — Vol. II. den Gegenstand der Bl. — d. V. von ihm vorgebrachten angeblich neu entstandenen Ausflucht nicht jene factischen, von Walther'n in dem Frankfurter Processe angeführten Vorgänge, sondern lediglich die in dem letzteren erlangte, an sich gezeigter Maaßen für den gegenwärtigen Rechtsstreit einflußlose res judicata. Wenn aber gegenwärtig erst in der Appellationsinstanz der Beklagte Bl. — Vol. II. zu Widerlegung dessen, was ihm Bl. — von den Verfassern des vorigen Erkenntnisses eingehalten worden, nicht sowohl die Entscheidungen der ausländischen Behörden, als den Inhalt der in dem Frankfurter Processe von Walthern aufgestellten Behauptungen, namentlich das von Walthern dort angezogene Neuyorker Recht und die hieraus abgeleitete culpa des Klägers als das novum bezeichnet, dessen nachträgliche Berücksichtigung er unter Beziehung auf die Bestimmung der Aelt. Proc.-Ordn. Tit XI. §. 10. verlangt habe, so stehet diese Auslegung seines früheren Vorbringens mit dem Inhalte seiner auf dasselbe bezüglichen Eingaben, Bl. — und — Vol. II., insbesondere mit der Bl. — zu lesenden, von ihm selbst speciell bewirkten Bezeichnung des von ihm zur Entscheidung vorgelegten neuen Umstandes, als welcher daselbst nur die Abweisung der in Frankfurt erhobenen Wiederklage, und die dort erfolgte Verurtheilung des hiesigen Klägers angegeben worden, und wonach die neu vorgebrachte Ausflucht lediglich als exceptio rei judicatae noviter nata sich darstellt, in entschiedenem Widerspruche.

Unerörtert kann bei dieser Sachlage die Frage bleiben, ob nicht schon in Folge der in drei Instanzen ausgesprochenen Zurückweisung der Bl. — Vol. I. vorgeschützten Einrede der Vorausklage und der Bl. — vol. I. bereits als exceptio noviter nata vorgebrachten Einrede der Litispendenz so viel zwischen den Parteien in Rechtskraft beruhe, daß der Ausgang des oft beregten Frankfurter Processes überhaupt für das Rechtsverhältniß der hier streitenden Theile ohne Einfluß sein solle, und daß dieses Verhältniß lediglich auf Grund der von den Parteien in dem gegenwärtigen Processe rechtzeitig vorgebrachten factischen und rechtlichen Momente festzustellen sei, und ob daher nicht auch aus diesem Grunde das

Streben des Beklagten, die Resultate jenes Rechtsstreites zu seinen Gunsten geltend zu machen, als ein vergebliches betrachtet werden müsse. Dagegen findet die Bl. — vorgebrachte, Bl. — Vol. II. wiederholte Behauptung, daß Kläger der in dem Erkenntnisse (der Definitive des Bezirksgerichts) ihm auferlegten Verpflichtung zu Abtretung seines Klagerechtes gegen Leopold Walther und die Firma Möller & Walther nicht nachkommen können, weil ihm nach dem Ausgange des Frankfurter Processes ein solches Klagerecht nicht zustehe, ihre Erledigung in der Erwägung, daß die Verfasser des gedachten Erkenntnisses bei dessen Abfassung lediglich die in dem vorliegenden Rechtsstreite festgestellten Gesichtspunkte zu beachten, und im Hinblicke auf diese eben so berechtigt als verpflichtet waren, dem Kläger die Verbindlichkeit zu Abtretung eines in diesem Processe rechtskräftig als existent erachteten Klagerechtes an den Beklagten aufzuerlegen, daß dagegen, wenn und insoweit jenes Klagerecht in Folge der in dem Frankfurter Rechtsstreite eingetretenen res judicata als consumirt anzusehen wäre, der Beklagte nach demjenigen, was oben über die blos solidarische Natur der betreffenden Obligationsverhältnisse bemerkt worden ist, aus dieser Consumtion des Klagerechtes, weil sie einer Befriedigung des Klägers nicht gleichzustellen ist, irgend welche Folgen zu seinen Gunsten abzuleiten, nicht befugt sein würde.

Die bezüglich der Kosten des Rechtsmittels getroffene Disposition ist Folge der in der Hauptsache zu geben gewesenen Entscheidung.

Dem ebenfalls bestätigenden Erkenntnisse des K. Oberappellationsgerichts (October 1863) waren folgende Rationen beigegeben:

„Den vorigen Gründen ist im Wesentlichen beizutreten gewesen und will Man daher mit Rücksicht auf die Deduction des Beklagten Bl. — nur noch Folgendes bemerken:

Wenn Beklagter, als er dem Kläger den diesem bis dahin unbekannt gewesenen Walther als einen Mann präsentirte, mit welchem er, Kläger, gute Geschäfte machen könne, welcher Waaren von der Branche des Klägers, Pfeifenköpfe u. dergl., zum Vertriebe in Amerika in Consignation suche, auf die Bemerkung des Klägers:

„er sei kein Freund von überseeischen Geschäften mit Personen, die er nicht näher kenne",

diesem, dem Kläger, gegenüber erklärt hatte:

„Kläger möge dem Walther nur Waaren geben; er, Beklagter, sei ihm gut für den Betrag, welchen er, Kläger, aus dem Geschäfte, das er mit Walther mache, zu erhalten haben werde",

so leuchtet ein, daß Beklagter nicht für eine bereits bestehende Schuldverbindlichkeit Walthers sich verbürgte, sondern für Verbindlichkeiten desselben, welche durch ein von Klägerm mit diesem von ihm empfohlenen Walther erst noch einzugehendes Geschäft entstehen würden, gut sagte. Dieses Rechtsgeschäft aber ist ohne allen Zweifel, wie auch von der vorigen Instanz angenommen worden, nach den Grundsätzen vom mandatum qualificatum, dem sogenannten Creditauftrage, zu beurtheilen, und bei diesem haben, wie von den Bl. — angezogenen Schriftstellern gezeigt worden ist, nicht die bei den eigentlichen Correalverbindlichkeiten geltenden Grundsätze, sondern diejenigen in Anwendung zu gelangen, welche bei den blos solidarischen Obligationen maaßgebend sind, und ebendeshalb ist es ganz richtig, wenn Bl. — gesagt ist, daß die Verbindlichkeit des mandator nur durch solche Ereignisse, welche eine Befriedigung des Gläubigers zur Folge haben, erlösche, im Uebrigen aber in Folge des zu Eingehung des Geschäfts gegebenen Auftrags der mandator allen durch diesen Auftrag veranlaßten Vermögensverlust seinem Beauftragten, dem Creditgeber, zu ersetzen habe. Was aus der Anwendung dieser Grundsätze für den vorliegenden Fall resultire, ist Bl. — ebenso ausführlich als treffend dargelegt worden.

Nun sucht zwar Beklagter unter Hinweis auf das Erkenntniß dritter Instanz Bl. —*) eine ihm zur Seite stehende Rechtskraft geltend zu machen, indem dort, daß die in Frage stehende Verbürgung an sich das beneficium excussionis in sich schließe, anerkannt, also das Rechtsgeschäft aus dem Gesichtspunkte einer wirklichen Bürgschaft, nicht aus dem eines Creditauftrages betrachtet worden sei. Allein was die Beziehung auf jene vermeintliche Rechtskraft dem Beklagten nutzen solle, ist um so weniger abzusehen, als es sich in jenem früheren Erkenntnisse nur darum handelte, ob die von Beklagtem vorgeschützte exceptio excussionis zu beachten sei oder nicht, für die Beantwortung dieser Frage aber ein näheres Eingehen auf die anderweite Frage, welcher speciellen Gattung der Verbürgung die obgedachte Vereinigung zu subsumiren sei, sich in Rücksicht auf die Bestimmungen der Nov. IV. Cap. 1. damals gar nicht erforderlich machte.

Bezüglich der Unschlüssigkeit des von dem Beklagten in der Eingabe Bl. — unter Bezugnahme auf die in dem Frankfurter Rechtsstreite gesprochene Definitive gemachten exceptivischen Vorbringens genügt

*) Vergl. oben die Rationen des Erkenntnisses des K. Oberappellationsgerichts vom November 1859.

Anmerk. des Eins.

eine Verweisung auf die Rationen der vorigen Instanzen um so mehr, als in ihnen zugleich alles das, was Beklagter hierunter jetzt entgegengesetzt hat, schon die vollständigste Widerlegung findet.

Dasselbe gilt von dem wiederholten Einwande Beklagtens, daß Kläger offenbar außer Stande sei, ihm mit Aussicht auf Erfolg sein Klagerecht gegen Walther abzutreten. Die Füglichkeit der Abtretung steht nicht zu bezweifeln."

11.

Entschädigung desjenigen, welcher aus Gründen des öffentlichen Rechts sein Eigenthum oder ein dem ähnliches Recht aufzugeben genöthigt wird. — Berechnung und Beweis dieser Entschädigung.

Mitgetheilt von

Herrn Dr. L. in L.

Der nachstehend referirte Schädenproceß, welchen die Besitzer einiger Häuser zu Leipzig gegen den Stadtrath daselbst angestellt hatten, hat durch die gesprochenen Definitiverkenntnisse und die im September 1863 erfolgte Leistung der erkannten Eide seine Endschaft erreicht.

Zum bessern Verständnisse der extractweise mitgetheilten Gründe dieser Erkenntnisse mögen folgende Vorbemerkungen dienen:

An einer Anzahl von Häusern in den belebtesten Straßen und öffentlichen Plätzen von Leipzig existirten seit längerer Zeit bis zum Jahre 1851 schmale Buden, welche sich die Besitzer, resp. Vorbesitzer auf die neben den Häusern befindliche area aus- und angebaut und fast durchgängig durch Vermiethung an Kleinverkäufer nutzbar gemacht hatten. In gedachten Jahren ordnete der Stadtrath zu Leipzig aus wohlfahrts- und sicherheitspolizeilichen Rücksichten im Interesse der Passanten behufs der Erweiterung der betreffenden Straßen und Plätze die Hinwegnahme dieser Verkaufsbuden an. Derselbe stieß zwar hierbei auf Widerspruch, die angeordnete Maaßregel wurde jedoch auf eingewendete Recurse der Budenbesitzer Seiten der vorgesetzten Verwaltungsbehörden zweiter und dritter Instanz gebilligt und aufrecht erhalten. Die meisten Budenbesitzer unterwarfen sich den ergangenen Entscheidungen und rissen ihre Buden selbst hinweg, mehrere derselben aber, nehmlich die Inhaber von vier Buden am Naschmarkte und in der Reichsstraße, ließen es zu zwangsweiser Abreißung derselben, die im October 1851 erfolgte, kommen und betraten nunmehr den Rechtsweg, indem sie in einer gemeinschaftlichen gegen den Stadtrath zu Leipzig als Vertreter der dasigen Stadtcommun angestellten Klage das durch Verjährung erlangte Eigenthum an der area, auf welcher die qu. Buden gestanden, in Anspruch nahmen, hierbei aber (unter Eidesantrag) die aus diesen Buden seit rechtsverjährter Zeit, namentlich die in den letzten Jahren vor der Einreißung gezogenen Nutzungen speciell darlegten. Sie verlangten, es möge Beklagter verurtheilt werden, entweder die qu. Buden aus dem Vermögen der Stadtcommun wiederherzustellen und ihnen zur Benutzung zu überlassen, solchenfalls auch sie wegen des ihnen inzwischen entzognen Nutzens nach Höhe des in der letzten Zeit vor der Enteignung gezogenen, in der Klage näher bezeichneten Miethzinses zu entschädigen oder sie aus demselben Vermögen nach dem fünfundzwanzigfachen Betrage des angegebenen Miethzinsbetrages zu entschädigen, auch diese Entschädigungssumme vom 22. October 1851 an mit 5 Proc. zu verzinsen.

Nachdem dem Kläger sowie den Mitklägern der Beweis der Klage, soweit solche nicht auf Eid gestanden, auferlegt, auch Beweis und Gegenbeweis geführt worden war, erachtete das K. Bezirksgericht zu Leipzig in dem in Januar 1862 gesprochenen Definitiverkenntnisse den geführten Verjährungsbeweis für vollständig gelungen, legte aber dem Kläger sowie den Mitklägern die referirten Eide über die zeitherigen Mietherträge der Buden auf und erkannte demnächst dahin, daß in vorausgesetzter Leistung dieser Eide der Beklagte dem Kläger 192 Thlr. —, — und den Mitklägern 250 Thlr. —, — jährlich in vierteljährlich zu berechnenden Raten auf die Zeit vom 22. October 1851 ab nebst Verzugszinsen zu 5 Procent von eines jeden Termins Verfalltage ab gerechnet für die Vergangenheit, nicht minder auch für die Zukunft, dafern Beklagter die Buden herzustellen nicht gesonnen, Klägerm und Mitklägern ein gleich hohes Entschädigungsquantum, alljährlich in vierteljährlichen Raten, jedoch und zwar sowohl für die Vergangenheit, als auch für die Zukunft unter Abzug des nach dem Ermessen Sachverständiger festzustellenden Betrags der durchschnittlich jährlichen Kosten der Unterhaltung der Buden aus dem Vermögen der Stadtcommun Leipzig zu bezahlen, nicht minder die Kosten des Processes, soweit nicht darüber bereits rechtskräftig erkannt worden, zu erstatten schuldig sei.

Auf eingewendete Berufung bestätigte das K. Appellationsgericht zu Leipzig — abgesehen von einem rücksichtlich des Klägers noch für nothwendig erachteten Erfüllungseide und einer Abänderung in der Förmelung der erkannten Relata — die Prima mit der Erläuterung, daß es der verklagten Stadtcommun jedenfalls unbenommen bleibe, die ihr auferlegte Jahresrente durch Gewährung des 25fachen Betrages derselben und Bezahlung der davon vom 22. October 1851. an verstandenen Verzugszinsen abzulösen.

Das K. Oberappellationsgericht erkannte confirmatorisch. Die einschlagenden Rationen dieser drei Erkenntnisse sind folgenden Inhaltes:

A. Entscheidungsgründe zu dem Erkenntnisse erster Instanz (Januar 1862).

rc. „Es sind daher nur noch zwei Fragen offen, und zwar erstens die, in wieweit bedarf es noch einer Eidesleistung über diejenigen Abschnitte der Litiscontestation, auf welche sich der Beklagte unter Relation des ihm darüber angetragenen Eides negando oder nesciendo eingelassen hat, und zweitens, worin besteht der Vermögensverlust, den Kläger und Mitkläger durch das Gebahren des Stadtraths erlitten haben und nach welchem Maaßstabe ist die Verbindlichkeit des Beklagten zur Ersatzleistung festzustellen?

Da die Beantwortung der letzterwähnten Frage für die erste präjudicirlich ist, so erscheint es angemessen, diejenigen Grundsätze voranzustellen, welche für die Bemessung des Schadenanspruchs als maaßgebend befunden worden sind.

Wie bereits in den Rationen zu dem Erkenntnisse des K. Appellationsgerichts Bl. — Vol. I. ausgesprochen, auch von dem K. Oberappellationsgerichte Bl. — als richtig anerkannt worden, ist es zunächst nur als eine dem Beklagten günstige Beschränkung des libellirten Anspruchs anzusehen, wenn Kläger und Mitkläger durch die alternative Fassung des petiti dem Stadtrathe anheim gegeben haben, statt der Bezahlung einer Entschädigungssumme für das durch das Abbrechen der Buden ihnen für die Zukunft entzogene Recht, diese Buden in den frühern Stand wieder herzustellen, es kann daher nicht zweifelhaft sein, daß der Beklagte hierdurch das Recht erlangt hat, sich in dieser Maaße von seiner desfallsigen Verbindlichkeit zu liberiren.

Wenn dagegen die Besitzer dieser Buden eine Entschädigung nach dem 25fachen Betrage des von ihnen angegebenen jährlichen Budenzinses fordern, so hat man hiermit nicht einverstanden sein können.

Es steht fest, daß Kläger und Mitkläger gesetzlichen Anspruch auf vollständigen Ersatz des durch den zwangsweisen Abbruch ihrer Buden ihnen erwachsenen Schadens haben und daß hierzu im Allgemeinen ebenso der entzogene Gewinn, als der unmittelbar durch Entziehung der Sache herbeigeführte Vermögensverlust zu rechnen sei. Dies folgt schon aus der, wie bereits in den Rationen des Beweisinterlocuts Bl. — weiter ausgeführt worden, auf den vorliegenden Fall in Anwendung zu bringenden Bestimmung des Straßenbaumandats vom 28. April 1781. §. 11. und aus §. 31. der Verfassungsurkunde, und es mag hierbei nur noch die Bemerkung Platz finden, daß die Verfassungsurkunde, insoweit darin die Entschädigungspflicht noch bestimmter und in einem größeren Umfange als in dem ersteren ausgesprochen worden ist, als ein neueres, derogirendes Gesetz betrachtet werden muß. Auch gegen die Zulässigkeit der analogen Anwendung der Verordnung zur Vollziehung des Expropriationsgesetzes vom 3. Juli 1835. auf den vorliegenden Fall, wo es sich um eine aus wohlfahrts- und sicherheitspolizeilichen Rücksichten im Interesse der Passanten vollzogenen Erweiterung einer Straße und eines mit Buden bestandenen öffentlichen Platzes, also um Ergreifung einer Maaßregel im allgemeinen Staatszwecke handelt, könnte an sich betrachtet nicht füglich ein Bedenken erhoben werden.

Man glaubt jedoch einen Entschädigungsmodus ermittelt zu haben, welcher der Sachlage entsprechender ist, als der in §. 10. sub c der obgedachten Verordnung bezeichnete.

Nach der Ansicht des K. Bezirksgerichts besteht dieser Schädenanspruch in der Vergütung desjenigen Miethzinses cum annexis, welchen die Budenbesitzer nach ihren Angaben in der Klage während der letzten Zeit vor dem Abbruche der Buden aus den letzteren bezogen haben. Denn dieser Gewinn ist dem Kläger und dem Mitkläger, abgesehen von dem ihnen gleichzeitig weggenommenen Budenmaterial, dessen Rückgabe oder Werthsvergütung dieselben von dem Beklagten nicht gefordert haben, offenbar entzogen worden, und der Beklagte wird sich selbst am wenigsten verhehlen, daß die Gewölbe- und Budenmiethe bei den sich immer mehr erweiternden Verkehrsverhältnissen der Stadt Leipzig als Handelsstadt seit dem Jahre 1851 in keiner Weise zurückgegangen ist. Es bildet die Höhe dieses Miethzinses um so gewisser einen Anhalt für den Ertragswerth der Buden, als von dem Beklagten durchaus keine, durch Thatsachen unterstützte Behauptung aufgestellt worden ist, wornach die Unthunlichkeit der fernern Vermiethung der in Streit befangenen vier Buden zu dem bisher daraus gezogenen Miethzinse anzunehmen wäre, wie solches auch noch rücksichtlich derjenigen Bude zu gelten hat, deren Miethzins von den Mitklägern in der Klage nur bis zum Jahre 1850 angegeben worden ist.

Was die Vergangenheit anlangt, so haben die Besitzer der Buden ein condemnatorisches Erkenntniß des Inhalts, daß Beklagter sie wegen des ihnen immittelst entzogenen Nutzens nach Höhe des Miethzinses zu entschädigen habe, beantragt. Hierdurch haben dieselben nicht den Umfang ihres desfallsigen Anspruchs selbst, sondern nur den Miethzins als Basis dieser Berechnung bezeichnet. Es war daher dem von dem Stadtrathe in Erfüllung der von dem Tage des zwangsweisen Abbruchs der Buden ihm obliegenden Entschädigungspflicht verhangenen Säumnisse besonders Rechnung zu tragen und in so weit zugleich auf Bezahlung von Verzugszinsen zu 5 Proc. vom 22. October 1851 ab und zwar, da die Verbindlichkeit des Stadtraths zur Ersatzleistung analog den von dem Abmiether zu der präsumtiv in vierteljährigen Raten zu bewerkstelligenden Baarzahlung des Miethzinses zu beurtheilen, von dem Verfalltage eines jeden Vierteljahrstermins ab gerechnet, zu erkennen.

Dagegen hat man dem Beklagten für die Zukunft nur die Verpflichtung zur fortlaufenden alljährlichen Gewährung des seinen Proceßgegnern entzogenen Geldquanti in vierteljährigen Raten aufzuerlegen um deswillen für angemessen befunden, weil, wie auch bereits in den Rationen Bl. — unter Hinweis auf die ähnliche Beziehung des Miethverhältnisses bemerkt worden, nicht außer Acht zu lassen ist, daß künftig einmal Umstände eintreten können, durch welche die Entschädigungepflicht aufgehoben oder doch gemindert wird.

Dieser Verurtheilung des Beklagten war jedoch insofern eine Beschränkung beizufügen, als von dem zu entrichtenden Schädenquantum diejenigen Kosten in Abzug zu bringen sind, welche die Unterhaltung der Buden im Durchschnitt alljährlich erfordert. Denn dieser Aufwand würde von den Budenbesitzern, auch wenn der Beklagte in deren Eigenthumsrechte nicht eingegriffen hätte, jederzeit zu bestreiten gewesen sein und eine Verschonung des Klägers und der Mitkläger mit diesem Aufwande würde als unstatthafte Zuwendung eines Vermögensvortheils sich darstellen. Worin diese Unterhaltungskosten bestehen, kann selbstverständlich nur durch Sachverständige, welche alle hier einzuschlagenden Momente werden sorgfältig zu prüfen haben, ermittelt werden.

Es ist daher nur noch die Höhe des Budenzinses, wie solche in der Klage angesetzt, von dem Beklagten aber nicht zugestanden worden ist, festzustellen. Da der Beklagte den ihm hierüber ad pct. l. c. — angetragenen Eid Bl. — zurückgegeben hat, so war nunmehr mit Rücksicht auf die in den Erkenntnissen Bl. — und Bl. — erfolgte Aussetzung der Entscheidung hierüber bis zur Definitivsentenz und in Betracht der zweifellosen Relevanz dieser Artikel auf das relatum zu erkennen und dasselbe in der im Erkenntnisse angegebenen Weise und zwar insoweit dabei die Zeit, während welcher die Vorbesitzer der Mitkläger die Buden besessen haben, mit in Frage kommt, nur de credulitate etc. zu förmeln.

Unter diesen Umständen ist auf das Erbieten des Klägers und der Mitkläger zum juramentum in litem, welches ohnehin nur in dem Falle, wenn Jemand durch den dolus oder die culpa lata eines Andern beschädigt worden ist und also schon aus diesem Grunde gegenwärtig nicht statt haben würde, nicht weiter einzugehen.

Eben so kommt darauf, ob der Ertrag dieser Buden von den jedesmaligen Besitzern unter dem Ertragswerthe der Häuser mit versteuert worden, wie (ad pct. l. c. —) behauptet wird, dermalen nichts weiter an, da das behauptete Realrecht der Budenbesitzer an der area, auf welcher die Buden gestanden, durch den Beweis dargethan ist und der daraus bezogene Miethzins als ausschließliche Unterlage für die Berechnung des Schädenanspruchs nach dem eignen Anführen des Klägers und der Mitkläger betrachtet werden soll 2c."

B. Rationen zu dem Urthel zweiter Instanz (December 1862.)

2c. IV.

„Wendet man sich nunmehr zu der Prüfung des von dem Kläger und den Mitklägern erhobenen Schädenanspruches, so kann es zunächst keinem Zweifel unterliegen, daß dieselben, den vollständigen Nachweis des durch rechtsverwährte Zeit fortgesetzten Besitzes des im Jahre 1851 von den oftgedachten Buden eingenommenen Areales vorausgesetzt, gesetzlichen Anspruch auf vollständigen Ersatz des durch die zwangsweise Entziehung eines Theiles ihres Eigenthumes ihnen verursachten Schadens haben. Hierzu gehört an sich sowohl der ihnen entzogene Gewinn, als der durch die stattgehabte Expropriation direct veranlaßte Vermögensverlust. Dem gemäß haben Kläger und Mitkläger Bl. — ihr Petitum alternativ darauf gerichtet, daß Beklagter verurtheilt werde, entweder

(Schluß in der gleichzeitig erscheinenden Nummer 8.)

Von diesem Wochenblatte erscheinen jährlich 64 Nummern zu 1 Quartbogen und außerdem am Jahresschlusse ein ausführliches Register.

Wochenblatt
für
merkwürdige Rechtsfälle,
in actenmäßigen Darstellungen
aus dem Gebiete der Justizpflege und Verwaltung
zunächst für das
Königreich Sachsen.

Alle Postämter u. Buchhandlungen übernehmen Bestellungen und liefern das Quartal zu dem praenumerando zu entrichtenden Preise von 1 Thaler.

Verlag von **Bernhard Tauchnitz** in Leipzig.

№ 8. Neue Folge Zwölfter Jahrgang. **1864.**

(Schluß aus No. 7.)

a. die gedachten Buden aus dem Vermögen der Stadtcommun wiederherzustellen und ihnen zur Benutzung zu überlassen, solchenfalls auch sie wegen des ihnen immittelst entzogenen Nutzens nach Höhe des in der letzten Zeit vor der Enteignung gezogenen, in der Klage näher angegebenen Miethzinses zu entschädigen,

oder

b. sie aus demselben Vermögen nach dem 25fachen Betrage des in der Klage angegebenen Miethzinsbetrages, und zwar was die an dem Hause Klägers befindlich gewesene Bude anlangt, mit dem Betrage von 25×192 Rthlr. = 4800 Rthlr. —, —, und was die an dem Hause der Mitkläger befindlich gewesenen drei Buden betrifft, mit dem Betrage von 25×250 Rthlr. = 6250 Rthlr. —, —, zu entschädigen, auch diese Entschädigungssumme vom 22. October 1851 an mit fünf Procent zu verzinsen.

Was den ersten Theil dieses Klagegesuches anlangt, so ist derselbe zur Zeit nach der bestimmten Erklärung des Beklagten Bl. —, daß die Wiederherstellung der Buden aus Gründen der öffentlichen Wohlfahrt und Polizei unzulässig sei, außer Frage, es ist aber bereits Bl. — darauf hingewiesen worden, daß, wenn die Kläger es hiernach dem Beklagten überlassen haben, sich durch eine solche Wiederherstellung des früheren Zustandes, so fern sie überhaupt mit Rücksicht auf die Denkbarkeit eines Wegfalles der sicherheits- und wohlfahrtspolizeilichen Behinderungsgründe rechtlich möglich sein, oder künftighin rechtlich möglich werden sollte, von der ihn außerdem treffenden Entschädigungspflicht zu befreien, die gestellte Alternative als eine dem Beklagten günstige Beschränkung des libellirten Anspruches aufzufassen sei. Die Möglichkeit eines Wegfalles jener angeblichen Behinderungsgründe ist nun auch von der ersten Instanz gebührend berücksichtigt worden. Daß hierdurch nur die für die Zukunft ausgeworfene Entschädigung betroffen werden kann, versteht sich von selbst.

Dagegen ist die erste Instanz von dem zweiten Theile des vorstehenden Klaggesuches (sub b.) nach Bl. — um deswillen abgewichen, weil sie einen sachentsprechenderen Entschädigungsmodus ermittelt zu haben glaubt. Dem gemäß hat dieselbe den Beklagten Bl. — verurtheilt, den Klägern ein jährliche Entschädigungssumme nach Höhe der in der letzten Zeit vor der zwangsweisen Entfernung der Buden bezogenen Miethzinsbeträge auf die Zeit vom 22. October 1851 ab, und zwar, was die Vergangenheit anlangt, sammt Zinsen des Verzugs zu Fünf vom Hundert von eines jeden Termines Verfalltage an gerechnet, was die Zukunft betrifft, so lange Beklagter die Buden wiederherzustellen nicht gesonnen, jedoch sowohl für die Vergangenheit als für die Zukunft unter Abzug des nach dem Ermessen Sachverständiger festzustellenden Betrages der durchschnittlichen jährlichen Unterhaltungskosten, aus dem Vermögen der Stadtcommun Leipzig zu bezahlen. Diesen Entschädigungsmodus hat man nach Bl. — namentlich auch um deswillen für sachentsprechend angesehen, weil nicht außer Acht gelassen werden dürfe, daß künftig einmal Umstände eintreten könnten, durch welche die Entschädigungspflicht aufgehoben oder doch gemindert werden würde.

Gegen diesen Theil des erstinstanzlichen Erkenntnisses ist von beiden Theilen, und zwar

A.

von dem Beklagten um deswillen, weil er überhaupt

bestreitet, daß in der Höhe der in der letzten Zeit vor der Entfernung der Buden gezogenen Miethzinsen ein geeigneter Maaßstab für die Entschädigung der Kläger gefunden werden könne,

B.

von dem Kläger und den Mitklägern aber deshalb remedirt worden, weil

a. von den Entschädigungsgeldern der Durchschnittsbetrag der Unterhaltungskosten in Abzug gebracht,

und

b. auf die Möglichkeit des Eintrittes von Umständen Rücksicht genommen worden sei, durch welche die an sich in dem Instanzerkenntnisse angenommene Entschädigungspflicht aufgehoben oder gemindert werden könne.

Da sich hiernach die Berufung des Beklagten als für die Entscheidung der Sache präjudiciell darstellt, erscheint es angemessen, selbige zunächst in das Auge zu fassen.

Ad A.

Beklagter bestreitet die Zulässigkeit einer nach Maaßgabe der gezogenen Miethzinsen zu berechnenden Entschädigung um deswillen, weil dieselbe auf der Voraussetzung beruhe, daß den Klägern eine fortgesetzte und unbehinderte Benutzung des durch Verjährung erworbenen Straßenareales in der bisher geschehenen Art und Weise freistehe, eine diesfalls den Klägern zustehende Berechtigung aber nicht nur zur Zeit wenigstens ohne den erforderlichen Nachweis geblieben sei, sondern auch durch das dem verklagten Stadtrathe unzweifelhaft zustehende Befugniß, in seiner Eigenschaft als Polizeibehörde der Stadt Leipzig eine solche Benutzung zu untersagen, ausgeschlossen werde.

Bereits in den dem Beweisinterlocute zweiter Instanz beigegebenen Entscheidungsgründen ist nach Bl. — darauf hingewiesen worden, wie schon das Römische Recht dem Richter zur Pflicht macht, bei Bemessung des dem Schädenberechtigten zustehenden id quod interest von allzugroßen Spitzfindigkeiten abzusehen und ein vernünftiges richterliches Ermessen Platz ergreifen zu lassen.

l. un. C. VII, 47.

Andererseits schreibt dasselbe für den in l. 18. D. de religiosis et sumpt. fun. (XI, 7.) angeführten, in mannigfacher Hinsicht analogen Fall einer aus Gründen des öffentlichen Rechtes eintretenden zwangsweisen Grundstücksentäußerung ausdrücklich vor, daß die Behörde dafür besorgt zu sein habe, daß der, zu dessen Gunsten die Vermögensentziehung erfolge, dem Anderen ein justum pretium gewähre. Dies entspricht allenthalben dem in §. 1. und 11. des Straßenbaumandates vom 28. April 1781, so wie im Allgemeinen in §. 31. der Verfassungsurkunde vom 4. September 1831 aufgestellten Grundsatze.

Eine weitere Ausbildung hat jedoch die Bemessung der in Expropriationsfällen zu leistenden Entschädigung, theils in den für die Ablösung von Reallasten getroffenen Bestimmungen, theils durch die für die Expropriation von Privateigenthum zu Eisenbahnzwecken erlassenen Gesetze gefunden. Nach Maaßgabe dieser Gesetze erscheint sowohl eine dem bisherigen Ertrage des expropriirten Grundstückes entsprechende Jahresrente, als eine ebenfalls nach jenem Ertrage zu berechnende Aversionalsumme als das entsprechende Aequivalent der zwangsweisen Enteignung, und es ist hierbei der in der Natur der Verhältnisse wohl begründete fünfundzwanzigfache Betrag des entzogenen Nutzens als die Regel anzusehen.

vergl. §. 10. des Gesetzes vom 3. Julius 1835.
§. 29. §. 35. des Gesetzes vom 17. März 1832.
Verordnung vom 28. Septbr. 1833.
§. 225. der Bergordnung vom 22. Mai 1851.

und nur ausnahmsweise in einigen Fällen der 20fache Betrag als maaßgebend angenommen worden.

vergl. z. B. Landtagsabschied vom 30. October 1834. sub B. No. 20. 4.

Einer analogen Anwendung der bereits in Obigem angezogenen Vorschrift in §. 10. sub c. des Gesetzes vom 3. Julius 1835. scheint nun allerdings zunächst der Umstand entgegenzustehen, daß die gedachte Vorschrift von dem Falle handelt, wenn auf dem abzutretenden Gebäude nutzbare Realgerechtigkeiten haften, in dem hier vorliegenden Falle dagegen, wenn auch nach den Zeugenaussagen kein Zweifel darüber aufkommen kann, daß die streitigen Buden den vollen Zeitraum der erwerbenden Verjährung hindurch als offene Verkaufsbuden benutzt worden sind, gleichwohl von den Klägern die Existenz eines ihnen in dieser Hinsicht zur Seite stehenden Realrechtes nicht behauptet worden ist. Durch dieses Bedenken wird jedoch der von der ersten Instanz für angemessen geachtete Entschädigungsmodus um so weniger betroffen, als hiernach, wie gedacht, der verklagten Stadtcommun zugleich das Recht gewährt worden ist, künftig einmal eintretende Umstände zu ihren Gunsten geltend zu machen. So weit sich hierdurch nicht bereits der oben gedachte Einwand des Beklagten von selbst erledigt, ist zu dessen Widerlegung annoch auf Folgendes aufmerksam zu machen.

Läßt man auch die Richtigkeit oder Unrichtigkeit der von den Klägern in ihrer Refutationsschrift Bl. —

aufgestellten factischen Behauptung dahin gestellt, so ist doch schon im Allgemeinen davon auszugehen, daß der durch die bisherige Benutzung jenes Areales gewonnene Nutzen als dasjenige Object, wegen dessen die Kläger volle Entschädigung zu beanspruchen befugt sind, wenigstens so lange anzusehen ist, als nicht von dem Gegentheile an- und ausgeführt werden sollte, daß einer gleichmäßigen Fortbenutzung desselben ein rechtlich zu beachtendes Hinderniß entgegenstehe. Die Richtigkeit dieser Annahme folgt schon aus dem allgemeinen Satze, daß der Eigenthümer präsumtiv befugt ist, allen und jeden Nutzen nicht nur aus der Substanz der ihm zugehörigen Sache, sondern auch aus denjenigen Handlungen zu ziehen, zu deren Vornahmen ihm der Besitz derselben die Füglichkeit darbietet. Gehören Nutzungsrechte der zuletzt gedachten Art auch nicht zu den wesentlichen Bestandtheilen des Begriffes Eigenthum, so ist doch im Zweifel zu vermuthen, daß sie mit dem letzteren verbunden sind.

Vergl. Glück, a. a. O. Bd. III. §. 576.

Auch in so weit erscheint zwar das freie Verfügungsrecht des dominus durch die Rücksicht auf das allgemeine Beste beschränkt. Das Vorhandensein einer derartigen Beschränkung ist jedoch keinesfalls zu präsumiren. In dem bisherigen Verlaufe des Processes ist nun ein derartiges Moment nicht geltend gemacht, namentlich in dem Gegenbeweise darauf, daß eine solche Benutzung des Budenareales, wie sie zeither stattgefunden, zukünftig factisch oder rechtlich unmöglich würde, nicht articulirt worden. Hiernach erscheint der erhobene Einwand, was die auf die Vergangenheit zu gewährende Entschädigung anlangt, offenbar unbeachtlich. Was dagegen die für die Zukunft ausgeworfenen Jahresrenten anlangt, erscheint das Recht der verklagten Stadtcommun durch den mehrerwähnten Vorbehalt zur Genüge gewahrt. Andererseits versteht es sich jedoch von selbst, daß auch in so weit die von dem Beklagten für sich in Anspruch genommene Berechtigung, die streitige Benutzung jenes Budenraumes willkührlich zu untersagen, nicht ohne Weiteres zugestanden werden kann. Abgesehen davon, daß den Interessenten einer derartigen, von dem Beklagten, in seiner Eigenschaft als Organ der Polizeigewalt, getroffenen Anordnung gegenüber das verfassungsmäßige Recht, auf Entscheidung in höherer Instanz zu provociren, selbstverständlich nicht abgeschnitten werden könnte, ist auch zur Zeit kein Hinderniß abzusehen, weshalb nicht auch einem derartigen Verbote gegenüber die bereits in dem gegenwärtigen Processe hinsichtlich des Schutzes des freien Eigenthumes zu rechtlicher Geltung gebrachten Principien Anwendung zu leiden haben sollten. In keinem Falle kann jedoch in gegenwärtigem Processe über die Existenz oder Nichtexistenz eines diesfalls den Parteien zur Seite stehenden Rechtes, beziehentlich über die Frage, ob die Kläger für den noch gar nicht eingetretenen Fall eines derartigen Verbotes anderweit Entschädigung von dem Beklagten zu fordern befugt, und nach welchem Maaßstabe dieselbe zu bemessen sein würde, mit erkannt werden. Unzweifelhaft muß aber für den vorliegenden Proceß davon ausgegangen werden, daß dem Kläger und den Mitklägern, so fern sie sich seit rechtsverwährter Zeit in dem Besitze jenes Areales befunden, und dasselbe zu der Aufstellung von Verkaufsbuden benutzt haben, auch für die Zukunft unbenommen sei, mit ihrem Eigenthume so, wie bisher geschehen, zu gebahren, Beklagter aber, so weit er solche Benutzung behindert, zu Entschädigung der Eigenthümer des Grund und Bodens gehalten ist. Unter diesen Umständen erscheint der von der ersten Instanz gewählte, auf der Präsumtion einer gleichmäßig fortgesetzten Benutzung jenes Budenraumes basirte Entschädigungsmodus gerechtfertigt.

Andererseits erledigt sich

ad B.

hierdurch zugleich der als Grav. 6. aufgestellte, bereits oben sub b. erwähnte Einwand. Jedenfalls ist die Denkbarkeit, daß in dem Laufe der Zeit einmal Umstände eintreten könnten, welche die Ausübung des mit zu der Entschädigung gezogenen Befugnisses factisch oder rechtlich unmöglich machen könnten, nicht ausgeschlossen. Daß dagegen eine solche Möglichkeit nicht schon dann anzunehmen sein würde, wenn die Behinderung jener Ausübung durch eine von dem Beklagten zu vertretende Anordnung herbeigeführt werden sollte, ist bereits gezeigt worden.

Daß hiernächst

ad a.

bei der Bemessung der zu gewährenden Entschädigungsrente der nothwendig mit der fortgesetzten unveränderten Benutzung jener Buden verbundene Aufwand in Berücksichtigung zu ziehen gewesen, liegt in der Natur der Sache, und bedarf um so weniger einer besonderen Rechtfertigung, als die Möglichkeit einer diesfalls vorzunehmenden Quantificirung auf der Hand liegt. An und für sich würde es unbedenklich erschienen sein, in dieser Hinsicht das Anführen in der Klage ad p. l. c. 52. zu berücksichtigen und den Betrag der für die bisherige Benutzung jener Räume gezahlten Steuern und Abgaben bei der Quantificirung des Entschädigungsäquivalentes in Aufrechnung zu bringen. Die Acten geben jedoch darüber, wie es nach dem Wegreißen der Buden mit jenen Angaben gehalten worden, eben so wenig, wie in Betreff der Höhe der gezahlten Abgaben genügende Unterlagen.

V.

Dagegen haben der Kläger und die Mitkläger ihrerseits dawider, daß anstatt der von ihnen beanspruchten Aversionalsumme eine Jahresrente ausgeworfen ist, nicht speciell gravaminirt. An und für sich ist von der Annahme auszugehen, daß einerseits in Berücksichtigung des mehrgedachten Vorbehaltes, andererseits aber auch schon im Hinblicke darauf, daß die Gewährung eines nach dem fünfundzwanzigfachen Betrage jener Rente capitalisirten Betrages den Klägern die Füglichkeit eines höheren, als vierprocentigen Ertrages an die Hand geben dürfte, der von der ersten Instanz gewählte Entschädigungsmodus zu dem Vortheile der verklagten Stadtcommun gereiche. Von einer Verurtheilung ultra petita ist hiernach augenscheinlich nicht die Rede. Andererseits ist vielmehr für Klägern und die Mitkläger in so weit Rechtskraft vorhanden. Der ausdrücklichen Fassung des Klagegesuches gegenüber erschien es jedoch geboten, der verklagten Stadtcommun, dafern sie dieß, wie es nach ihren neuerlichen Auslassungen den Anschein hat, für sich für vortheilhafter achten sollte, die Ermächtigung vorzubehalten, die ausgeworfene Jahresrente durch Bezahlung des fünfundzwanzigfachen Betrages derselben abzulösen.

VI.

Die Feststellung der Höhe der zugesprochenen Jahresrente ist nach dem Instanzerkenntnisse von Leistung des über den Grund der Klage angetragenen und referirten Eides in Betreff der behaupteten Höhe der in letzter Zeit vor der zwangsweisen Wegreißung der Buden aus selbigen gezogenen Miethzinsbeträge abhängig gemacht worden. Gegen die diesfalls erkannten Eide ist einerseits die allgemeine Berufung des Beklagten mit gerichtet, andererseits von den Mitklägern gegen die Fassung des Bl. — geförmelten Eides remedirt worden.

Bereits in den dem in gegenwärtiger Instanz gesprochenen Beweisinterlocute beigegebenen Gründen ist nach Bl. — anerkannt worden, es gehe aus dem Umstande, daß Kläger aus jenen Buden Miethzinsen gezogen, der vermögensrechtliche Nachtheil, welcher den Eigenthümern der area durch die zwangsweise Entfernung derselben zugefügt worden sei, unzweifelhaft hervor.

Nach demjenigen, was in dem Obigen über die im Zweifel anzunehmende rechtliche Möglichkeit einer Fortbeziehung des bisher aus jenen Buden erlangten Gewinnes bemerkt worden ist, handelt es sich zur Zeit lediglich um die Ermittelung der präsumtiven Ertragsfähigkeit jener Buden, und somit um die Beantwortung der nach Bl. — dahingestellt gelassenen Frage, ob das Klagevorbringen, sofern es hinsichtlich der dem Kläger zugehörig gewesenen Buden diejenigen Miethzinserträgnisse aufführt, welche „in der letzten Zeit vor deren Wegreißen" bezogen worden, hinsichtlich der an dem Hause der Mitkläger befindlich gewesenen Buden dagegen den „seit beziehentlich 10, 16, 24 und 28 Jahren" gezogenen Ertrag namhaft gemacht, zu Begründung des libellirten Anspruches hinreiche. Die Beantwortung dieser Frage ist der Natur der Sache nach von der Beantwortung der Vorfrage abhängig, in wie fern der einmal oder einige Zeit hindurch gezogene Miethzinsertrag einen ausreichenden Maaßstab für die Beurtheilung der fortdauernden Ertragsfähigkeit des vermietheten Raumes an die Hand zu geben geeignet sei. Bei Beantwortung dieser Frage sind die speciellen factischen Verhältnisse unzweifelhaft mit zu berücksichtigen, und die erste Instanz erscheint daher vollkommen in ihrem Rechte, wenn sie nach Bl. — den auch der gegenwärtigen Instanz bekannten Umstand, daß am hiesigen Platze die Miethzinsen für Verkaufsstände seit dem Jahre 1851 in keiner Weise zurückgegangen, vielmehr seit jener Zeit noch sehr erheblich gestiegen sind, mit in Berücksichtigung gezogen hat. Ueberhaupt aber ist bei der Beantwortung der vorgedachten Fragen zunächst zu berücksichtigen, daß es sich bei Beurtheilung einer nach dem gezogenen Miethzinse zu berechnenden Ertragsfähigkeit nicht, wie in dem Falle, auf welchem sich die in §. 91. des Ablösungsgesetzes vom 17. März 1832 enthaltenen Vorschrift bezieht, um ein bei dem in der Natur der Verhältnisse begründeten fortwährenden Wechsel der Erträgnisse nur nach Durchschnittsannahmen festzustellendes Aequivalent handelt, sondern daß für die vorliegenden Verhältnisse, analog dem in §. 10. c. des Expropriationsgesetzes gedachten Falle, die Annahme gerechtfertigt erscheint, es werde, so lange nicht der Eintritt ganz besonderer Thatumstände nachgewiesen werden sollte, der Miethzinsertrag, wie er in der letzten Zeit vor dem mehrgedachten zwangsweisen Einschreiten der Polizeibehörde stattgefunden habe, auch für die Zukunft unverändert fortdauern. In keinem Falle wird sich nach demjenigen, was in Obigem über die speciellen Verhältnisse an dem hiesigen Platze bemerkt worden ist, die entschädigungspflichtige Stadtcommun ihrerseits durch diese Annahme für beschwert achten können. Wenn gleichwohl in theilweiser Berücksichtigung der Berufung des Beklagten eine Aenderung des dem Kläger Bl. — auferlegten Eides nothwendig erschienen, so rechtfertigt sich dieß durch die Erwägung, daß die Worte: „in der letzten Zeit," überhaupt keinen sicheren

Anhalt darüber geben, was demselben zu beeiden auferlegt werden sollen, namentlich aber die Möglichkeit auszuschließen war, es könne der fragliche Eid nur in Rücksicht auf das vielleicht ganz zufällige momentane Erträgniß eines kurzen, für die Beurtheilung der Ertragsfähigkeit überhaupt ungenügenden Zeitabschnittes geleistet werden.

In dieser Fassung rechtfertigen sich die erkannten Eide auch von dem Gesichtspunkte eines juramentum in litem, welches sich nach der Ansicht des Königl. Appellationsgerichts zu Leipzig überall da als zulässig darstellt, wo es sich um Entschädigung für eine durch rechtswidrige Handlungen zugefügte Verletzuug handelt, dafern nur überhaupt die Existenz eines nach Geldwerthe zu veranschlagenden Schadens in anderer Weise ermittelt und dargethan ist. Demgemäß ist die Zulassung zu einem derartigen Eide lediglich von der aliqualis demonstratio solcher thatsächlicher Momente bedingt, welche geeignet sind, für den Richter die Unterlage für das arbitrium bonae fidei hinsichtlich der Würderung der Angemessenheit des zu beeidigenden Schadens zu begründen.

l. 4. §. 2. D. de in litem jurando. (XII, 3.)

Hiernach erschien es auch zugleich im Uebrigen völlig unbedenklich, die von den Mitklägern in dem Wege der Berufung gestellten Anträge zu berücksichtigen. Dagegen handelt es sich bei der zu Punkt c. Bl. — getroffenen Abänderung lediglich um eine dem Klagevorbringen entsprechende Correctur, wie es denn (ad pct. a. Bl. —) einer eidlichen Erhärtung der in p. l. c. 40. 43. 46. und 49. zugestandenen Thatumstände selbstverständlich nicht bedarf.

VII.

Die erste Instanz hat, was die bereits verstandenen Jahresrenten anlangt, den Beklagten in Bezahlung von Zinsen zu fünf vom Hundert von eines jeden Termines Verfallzeit an verurtheilt, und diese Zinsen als Verzugszinsen bezeichnet.

An sich würde es nun einem Anspruche auf Gewährung von Verzugszinsen von einem früheren Zeitpunkte, als von dem Tage der Insinuation der Ladung auf die erhobene Klage in so fern an der schlüssigen Begründung mangeln, als, wenn auch Kläger und die Mitkläger auf eine der Klaganstellung vorausgegangene Weigerung des Beklagten, ihrem Anverlangen auf Gewährung einer entsprechenden Entschädigung zu genügen, ausdrücklich Bezug genommen haben, es doch in Betreff dieser angeblich stattgehabten Interpellation an einer speciellen Zeitangabe gebricht.

In der That beruht jedoch die diesfalls ausgesprochene Verurtheilung auf wesentlich anderen Voraussetzungen. Wie nämlich aus der Bl. — zu lesenden Bemerkung hervorgeht, ist die erste Instanz in dieser Beziehung von der Ansicht geleitet worden, daß, da zu präsumiren sei, daß die ersten durch das Einschreiten des Beklagten in Wegfall gebrachten Miethzinstermine gerade zu der Zeit dieses Einschreitens fällig geworden, die späteren Miethzinstermine aber von da ab mit dem Ablaufe eines jeden Vierteljahres abzuführen gewesen sein würden, das id quod interest, welches dem Kläger und den Mitklägern an der Fortdauer dieses Zustandes beiwohne, und denselben durch die von der verklagten Stadtcommun zu bezahlende Rente ersetzt werden solle, was die Vergangenheit anlange, vollständig erst durch diejenige Summe repräsentirt werde, zu welcher man gelange, wenn man zu dem einer jeden dieser Miethzinsraten entsprechenden Geldbetrage annoch den Betrag der davon seit der präsumtiven Fälligkeit der betreffenden Miethzinspost bis zu dem Zeitpunkte, an welchem die Entschädigung zu der Auszahlung gelangen wird, verstandenen l a n d e s ü b l i c h e n Zinsen hinzurechne.

Sofern in der Klage von dem capitalisirten Betrage jener Miethzinserträgnisse ebenfalls Zinsen zu fünf vom Hundert von dem 22. October 1851 an gefordert worden sind, kann zunächst in formeller Hinsicht auch von diesem Theile der ausgesprochenen Verurtheilung nicht behauptet werden, daß sie ultra petita hinausgehe.

In materieller Hinsicht beruht die Entscheidung auf der in dem

Reichsdeputationsabschiede vom 30. October 1600.

anerkannten Vermuthung, daß der Gläubiger sein Geld von Zeit der Fälligkeit an werbend anlegen und zum Mindesten zu Fünf vom Hundert verwerthen werde, ein Grundsatz, welcher auch dem

Torgauer Ausschreiben vom 8. Mai 1583.

zu Grunde liegt, und in der Sächsischen Gesetzgebung

vergl. const. 30. P. II. v. J. 1572.

Mandat vom 21. December 1609.

Geltung erlangt hat.

Derselbe ist auch, wie

Gottschalk, Analecta jur. Sax., c. 10. pag. 238.

nachweist, nicht auf den Fall des Darlehens zu beschränken, sondern auf Contractsverhältnisse aller Art anwendbar, und von der Praxis extensiv angewendet worden. Geht man von dieser Annahme aus, und berücksichtigt zugleich, daß der Beklagte das gesammte Interesse, welches dem Kläger und den Mitklägern an dem Fortbezuge der entzogenen Miethzinsbeträge beigewohnt, zu ersetzen verbunden ist, so erscheint die Anordnung der ersten Instanz auch in so weit gerechtfertigt." x.

C. Rationen zu dem Urthel dritter Instanz (Juni 1863.):

x. „Den weiteren Beschwerden des Beklagten gegen die veränderte Fassung, in welcher die vorige Instanz das dem Kläger Bl. — sub — und den Mitklägern Bl. — sub — in erster Instanz auferlegte relatum nach Bl. — erkannt hat, sowie gegen die Modalität der dem Beklagten gestatteten Capitalisirung des jährlichen Miethzinsenbetrages, in dessen Zahlung die erste Instanz den Beklagten auch für die Zukunft unbedingt verurtheilt hatte, konnte ebenfalls keine Folge gegeben werden. Denn soviel

a.

das dem Kläger am ersten Theile auferlegte Relatum betrifft, so hat die zweite Instanz an dessen Fassung weiter etwas nicht geändert, als daß sie die Worte in der Eidesformel Bl. — in der letzteren Zeit mit den Worten: „mindestens in den letzten Jahren" vertauscht hat, und es ist diese Abänderung, wie aus den Rationen Bl. — hervorgeht, und von selbst einleuchtet, sogar lediglich im Interesse des Beklagten selbst erfolgt. Insoweit hat also Beklagter gar keinen Grund zur Beschwerde und sein Vorbringen Bl. — steht hierzu in gar keiner Beziehung. Dagegen ist allerdings die Abänderung des Relateides der Mitkläger (Bl. — sub —) in Berücksichtigung der Anträge derselben Bl. — erfolgt, und enthält in so fern eine Erleichterung dieses Eides für sie, als man daraus die in erster Instanz darin aufgenommene namentliche Bezeichnung der einzelnen Abmiether der betreffenden Buden entfernt und die Angaben des Miethzinsbetrages auf den Zeitraum „der letzten Jahre" vor dem Wegreißen der Buden beschränkt hat. Allein diese Aenderung der Eidesfassung erscheint völlig gerechtfertigt. Man kann dahingestellt sein lassen, ob die Grundsätze von dem juramento in litem in der hier fraglichen Beziehung Einfluß äußern konnten — was übrigens wenigstens dadurch, daß Beklagter nach Bl. — dem Vorwurfe einer Widerrechtlichkeit um deswillen nicht ausgesetzt sein zu können glaubt, weil er die Wegreißung der Buden im öffentlichen Interesse in seiner Eigenschaft als Obrigkeit und unter Approbation der ihm vorgesetzten Verwaltungsbehörde bewirkt, nicht ausgeschlossen sein würde, da die civilrechtliche Rechtswidrigkeit, welche in der bemerkten Handlungsweise in Voraussetzung eines von dem Kläger und den Mitklägern erlangten jus quaesitum auf Fortbestand der Buden offenbar liegt, dadurch, daß Beklagter solche im Bereiche seiner Amtscompetenz vorgenommen, nicht aufgehoben werden kann. Denn jedenfalls mußte schon die Rücksicht entscheidend werden, daß aus einem Eide richterlichen Amtes halber alles Ueberflüssige und Irrelevante möglichst auszuscheiden ist. Ueberflüssig und irrelevant war es aber, wie Mitkläger Bl. — ganz richtig geltend gemacht haben, daß in das von ihnen zu leistende Relatum die Namen der Abmiether ihrer Buden und die Beträge der Miethzinsen auf eine längere Zeit zurück, als auf die letzten Jahre vor dem Abbruche der Buden, aufgenommen worden.

b.

Während die erste Instanz in Betreff der Modalität der dem Kläger und den Mitklägern zukommenden Entschädigung für die ihnen entzogene Benutzung der fraglichen Buden unbedingt ausgesprochen hatte, daß die Summe des jährlichen Miethzinsenerträgnisses, wie solche durch die erkannten relata in Gewißheit zu setzen, maaßgebend und sowohl für die seit der Beseitigung der Buden bereits verflossene Zeit, insoweit mit Verzugszinsen von jeder Miethzinsrate Verfall an gerechnet, als auch für die Zukunft, unter Abzug lediglich des zu ermittelnden durchschnittlichen jährlichen Unterhaltungsaufwandes, dem Kläger und den Mitklägern zu gewähren sei, hat die vorige Instanz, einerseits im Interesse des Beklagten, andererseits dem Antrage in der Klage entsprechend, dem Beklagten das Wahlrecht eingeräumt, anstatt der Jahresrente durch Zahlung eines dem 25fachen Betrage derselben gleichkommenden Capitals nebst Verzugszinsen vom 22. October 1851 an den Kläger und die Mitkläger zufrieden zu stellen. Der Beklagte verkennt auch jetzt nicht, daß diese ihm nachgelassene Wahl der Ablösung durch Capitalzahlung eine Erleichterung für ihn enthalte, er glaubt aber eventuell eine Verminderung des Capitals auf den 20fachen Betrag der Jahresrente beanspruchen zu können. Diesem Antrage zu deferiren, hat man jedoch keinen rechtlichen Grund aufzufinden vermocht, wie denn auch Beklagter selbst einen solchen nicht vorzubringen vermocht, sondern lediglich auf die nackte Behauptung sich beschränkt hat, daß der Schaden des Klägers und der Mitkläger schon dadurch gedeckt werden würde. Es ist aber bereits Bl. — und Bl. — in den vorigen Instanzen richtig dargelegt worden, daß derjenige, welcher aus Gründen des öffentlichen Rechts sein Eigenthum oder ein dem ähnliches Recht aufzugeben genöthigt wird, vollständige Entschädigung deshalb zu fordern berechtigt sei, und daß, wenn es sich um Auswerfung einer Aversionalsumme als Aequivalent für den verloren gegangenen jährlichen Ertrag eines zwangsweise enteigneten

Grundstückes oder dem analog zu beurtheilenden Objectes handelt, der 25fache Betrag dieser Nutzung als die durch die vaterländische Gesetzgebung festgestellte Regel anzusehen sei, wie solche denn auch aus den gesetzlichen Vorschriften über den im Zweifelsfalle anzunehmenden Zinsfuß (zu vergl. die Bl. — angezogenen Gesetze) sich abstrahiren läßt. Man hat daher zu einer eventuellen Herabsetzung der Capitalsentschädigung auf den 20fachen jährlichen Miethzinsbetrag, so viel davon nach Abzug der Unterhaltungskosten übrig bleibt, sich nicht bewogen finden können." ꝛc.

12.

Zur Begründung des Anspruchs auf Verzugszinsen vom Verfalle des Wechsels an bedarf es auch gegen den Acceptanten oder gegen den Aussteller eines Solawechsels der Bezugnahme auf erfolgte Präsentation des Wechsels.

Mitgetheilt von
Herrn W. in L.

Bei dem Handelsgericht in Leipzig wurde im April 1863 P. aus Brody im Wege des Wechselprocesses auf Zahlung eines von ihm über 250 Thlr. —, —, per ult. October 1862 ausgestellten Solawechsel nebst Verzugszinsen von der Verfallzeit an gerechnet in Anspruch genommen. In letzterer Beziehung wurde zwar angeführt, daß der Wechsel an Beklagten am Verfalltage zur Bezahlung präsentirt worden sei, jedoch dieses Anführen ohne jede bescheinigung gelassen. Der Beklagte zahlte das Wechselcapital sofort, verweigerte aber die Zahlung von Verzugszinsen und Kosten, weil der Wechsel ihm nie zur Zahlung vorgelegt worden sei. Hierauf wies (Mai 1863) das Handelsgericht das auf Bezahlung der Zinsen und Kosten gerichtete Suchen der Kläger refusis expensis ab, „weil die Zahlungsverbindlichkeit des Beklagten auf die gleichzeitig geforderten Zinsen und Kosten nicht erstreckt werden könne, da der Grundsatz: dies interpellat pro homine hier aus dem Grunde nicht Platz greife, weil der Beklagte die Präsentation zur Zahlung abzuwarten berechtigt, zur Deposition des Wechsels nicht verpflichtet, sondern nach der Allg. Deutschen Wechsel-Ordnung nur berechtigt sei und der Kläger, daß er dem Beklagten den Wechsel zur Zahlung präsentirt, zwar behauptet, aber, wie ihm bei dem hiergegen erhobenen Widerspruch des Beklagten im Urkundenproceß obliege, urkundlich nicht dargethan habe, endlich auch ein sonstiger Verzug von dem Beklagten bei der von ihm im Verhörstermine geschehenen Zahlung des Wechselcapitals nicht verhangen worden sei.

vgl. auch Arch. f. Wechselrecht, IX, 428." ꝛc.

Auf Appellation des Klägers erging November 1863 folgende Entscheidung des Königl. Appellationsgericht zu Leipzig.

„Dieweil die Beurtheilung der Bl. — angeregten Rechtsfrage nach der Ansicht der gegenwärtigen Instanz nicht als eine völlig zweifellose sich bezeichnen läßt, und daher den Klägern, welche nach dem eigenen Anführen des Beklagten die in einem gleichartigen Falle von dem K. Oberappellationsgerichte*) ausgesprochene Rechtsmeinung zur Seite stehet, bezüglich der Verfolgung des in Rede befangenen Zinsenpunktes der Vorwurf muthwilliger Streitsucht nicht trifft, gleichviel, ob dasjenige, was die Kläger über die Bl. — bemerkten Vorgänge angeführt, als thatsächlich und rechtlich begründet allenthalben angesehen werden könne oder nicht,

so ist es bei dem Bl. — publicirten Bescheide, soweit darin die Kläger zu Erstattung der aufgelaufenen Proceßkosten verurtheilt worden sind, auf deren zweite Beschwerde Bl. — nicht zu lassen, sondern es sind diese Kosten zwischen den Parteien aufzuheben.

Dagegen ist sothaner Bescheid, insoweit darin das Suchen der Kläger auf Zahlung von Verzugszinsen von dem Bl. — geforderten Wechselbetrage abgewiesen worden ist, aus den der gedachten Entscheidung eingeschalteten Gründen, welchen Man beipflichtet, und denen nur noch zu Widerlegung der neueren Ausführungen der Kläger Bl. — hinzugefügt werden mag, daß

a. nach bekannten wechselrechtlichen Grundsätzen, welche auch in Art. 91. der Allg. D. Wechsel-Ordn. Anerkennung gefunden haben, der Wechselschuldner die Zahlung dem Gläubiger nicht in das Haus zu bringen hat, sondern die Abholung des Geldes erwarten darf, mithin auch bei Wechseln, in denen ein bestimmter Zahlungstag festgesetzt worden ist, eine mora des Acceptanten, beziehentlich des Ausstellers des Solawechsels, nicht schon mit dem Ablaufe dieses Tages, sondern erst nach erfolgter Präsentation und Mahnung Seiten des Wechselinhabers eintritt, als woraus mit Nothwendigkeit folgt, daß, insoweit die Rechtsregel: dies interpellat pro homine in dem Verhältniß des Wechselgläubigers und Wechselschuldners einer wesentlichen Modification unterliegen muß,

b. Die Präsentation, wie jeder andere thatsächliche Umstand von derjenigen Partei, welche auf dieselbe sich beruft, anzuführen und nachzuweisen, beziehentlich in dem Wechselprocesse in urkundliche Gewißheit (welche jedoch auch in anderer Weise, als durch eine Protesturkunde hergestellt werden kann) zu setzen ist, wie denn auch die Behauptung der Kläger, daß von dem Bl. — angezogenen Schriftsteller

*) Vgl. Annalen des K. Oberappell.-Ger. B. 5. S. 250.

Pöschmann im Arch. f. Wechselr. Bd. 2. S. 206 f. eine Präsumtion zu Gunsten des Inhabers dafür, daß er den Wechsel am Verfalltage präsentirt habe, aufgestellt worden sei, welche nur durch einen von dem Schuldner zu erlangenden, sofort liquid zu machenden Beweis des Gegentheils vernichtet werden könne, in dem angezogenen Aufsatze nicht die entfernteste Begründung findet, von dem Verfasser des letzteren vielmehr an der citirten Stelle nur soviel ausgeführt worden ist, daß, obwohl in Betreff der eigenen Wechsel eine dem Artikel 44. der Allg. Deutschen Wechsel-Ordnung entsprechende Bestimmung in dem gedachten Gesetze nicht enthalten sei, doch die Unterlassung der Präsentation und Protestlevirung bei diesen Wechseln der Regel nach mit einem eigentlichen wechselrechtlichen Präjudize, dem Aussteller gegenüber, nicht verbunden sei, während derselbe Schriftsteller bezüglich der jetzt in Rede stehenden Zinsenfrage (l. c. S. 207. Zeile 5. von oben) ausdrücklich der unter a. aufgestellten Ansicht beistimmt,

c) die Bl. — angezogenen Art. 50. und 51. leg. cit. lediglich von dem Regreßanspruche des Inhabers, welcher einen Wechsel Mangels Zahlung hat protestiren lassen, beziehentlich des Indossanten, welcher den Wechsel eingelöst oder als Rimesse erhalten hat, sprechen und daher für die vorliegende Frage, wo eine Regreßforderung nicht in Rede steht, nicht maaßgebend sein können, wenn sie aber für die letztere etwas zu beweisen vermöchten, dann nur gegen die Ansicht der Kläger zeugen würden, da nach Art. 41. leg. cit. bekanntlich jeder Anspruch der in Art. 50. und 51. gedachten Art durch die rechtzeitig erfolgte Präsentation und Protestlevirung bedingt wird,

d) wenn bei der Erörterung der gleichartigen Frage, ob es dem Acceptanten gegenüber zu Begründung des Zinsenanspruchs eines Protestes oder anderen urkundlichen Nachweises der Präsentation bedürfe, auf Art. 44. leg. cit. Bezug genommen worden ist*), hiergegen in Betracht gelangt, wie an der angeführten Stelle nur verfügt worden ist, daß es „zu Erhaltung des Wechselrechtes" wider den Acceptanten der Regel nach weder der Präsentation am Zahlungstage, noch der Erhebung des Protestes bedürfe, mithin nur von den Bedingungen der Klagbarkeit, nicht von den Voraussetzungen des Verzuges die Rede ist, wogegen der ebenfalls für die entgegengesetzte Ansicht angerufene Art. 40. leg. cit. aus dem bereits Bl. — erwähnten Grunde, d. i. weil eine Berechtigung zur Deposition nicht ohne Weiteres eine Verpflichtung zu derselben in sich schließt, hierher nicht zu beziehen ist, übrigens noch zu gedenken, daß, wenn der Wechselschuldner flüchtig geworden ist, oder sich verborgen hält, auch dem Inhaber eines Solawechsels unbenommen ist, den Schuldner in Gemäßheit von Art. 91. der A. D. W.-O. in Verzug zu setzen, beziehentlich, daß dies geschehen sei, durch Protestlevirung in urkundliche Gewißheit zu stellen,

e) für die vorliegende Frage (bezüglich welcher außer den Bl. — citirten Gerichtshöfen*) auch namentlich

Borchard, die a. D. W.-O. 2. Ausg. 1860. S. 113.

Hoffmann, ausf. Erl. d. a. D. W.-O. S. 577.

die vorstehend ausgeführten, von dem K. Appellationsgericht zu Leipzig bereits i. J. 1854 [Stadtgericht zu Rochlitz, Vogel & Co. ·/. Ulrich, Reg. B. No. 359.] befolgten Ansicht beipflichten) die Bestimmung des Allg. Deutsch. Handelsgesetzbuchs Art. 289. ganz ohne Einfluß ist, weil nach Art. 2. desselben Gesetzes durch das letztere an den Bestimmungen der Wechselordnung, deren Consequenz die oben vertheidigte Meinung bildet, nichts geändert wird,

der eingewendeten Berufung ungeachtet zu bestätigen." ꝛc.

An das K. Oberappellationsgericht konnte dieser Proceß nicht gelangen, da der Streitgegenstand ein geringfügiger war.

*) vgl. Annalen l. cit.

*) d. i. der höchsten Gerichtshöfe von Berlin (Archiv für Wechselrecht, IV, 354. 349.), Wien, III, 343., Prag, V, 433., Rostock, in Seufert's Archiv, X, 279. — Vgl. übrigens noch Verhandlungen d. Nürnberger Novellencommission, 1858. S. LI.

Redacteur: Dr. Theodor Tauchnitz. Officin der Verlagshandlung.

Wochenblatt
für
merkwürdige Rechtsfälle,
in actenmäßigen Darstellungen
aus dem Gebiete der Justizpflege und Verwaltung
zunächst für das
Königreich Sachsen.

Von diesem Wochenblatte erscheinen jährlich 64 Nummern zu 1 Quartbogen und außerdem am Jahresschlusse ein ausführliches Register.

Alle Postämter u. Buchhandlungen übernehmen Bestellungen und liefern das Quartal zu dem praenumerando zu entrichtenden Preise von 1 Thaler.

Verlag von Bernhard Tauchnitz in Leipzig.

№ 9. Neue Folge Zwölfter Jahrgang. 1864.

13.

In wie weit hat der Usufructuar eines mit einem Auszuge belasteten Gutes den letzteren aus den Nutzungen des Gutes gleich wie alle übrigen onera zu entrichten, ohne daß ihm ein Anspruch auf Restitution gegen den Eigenthümer des Gutes zusteht?

Mitgetheilt von
Herrn Dr. L. in L.

R. Steudte war mit der verw. Haupt, die ihm das von ihrem vorigen Ehemanne ererbte Bauergut inferirt hatte, verheirathet gewesen, diese Ehe jedoch rechtskräftig getrennt worden. Später machte Steudte verschiedene Ansprüche gegen seine geschiedene Ehefrau geltend, namentlich verlangte er Restitution des Auszugs, welchen er dem Auszügler Gottlob Haupt für die Beklagte auf die Zeit von Johannis 1857 bis zu dem im Monat August 1860 erfolgten Tode des Auszüglers in der bedungenen Maaße abgeführt habe, und den er mit 108 Thlrn. 27 Ngr. — ⸗ berechnete. Zu dieser Forderung hielt er sich für berechtigt, weil nach der Bekanntmachung vom 2. October 1839. no. 13. (Gesetz⸗ und Verordn.⸗Blatt vom J. 1839. S. 280.) ein Auszug, welchen eine Ehefrau ihrem Ehemanne bei Eingehung der Ehe und während derselben einbringe, nicht die rechtliche Natur der Nutzungen, sondern die des Capitalvermögens habe und als solches von dem Ehemanne oder dessen Erben zu vertreten sei, mithin auch umgekehrt der Auszug, welchen der Ehemann anstatt der Ehefrau vom eingebrachten Grundstücke derselben an den Auszügler abtrage, nicht die Eigenschaft einer auf dem eheweiblichen Grundstücke liegenden, die Nutznießung beschränkenden Privatlast, sondern die Eigenschaft einer als Theil des Kaufpreises erscheinenden, successiv verfallenden Capitalschuld habe.

Beklagte widersprach der Klage und führte weiter aus, daß der Nießbrauchsberechtigte, da ihm gesetzlich die Verbindlichkeit obliege, alle auf der seinem Nießbrauche unterworfenen Sache haftenden Lasten und Abgaben, so wie die davon jährlich zu entrichtenden Zinsen abzuführen, hiernach auch verbunden sei, von dem Ertrage des seinem Nießbrauche unterworfenen Grundstücks die darauf haftenden Auszugsleistungen zu entrichten.

Die erste Instanz (Bezirksgericht Mittweida, August 1862) erhielt die Klage aufrecht und motivirte das Erkenntniß durch folgende Gründe:

„In Bezug auf die von der Beklagten gegen die Statthaftigkeit der Klage erhobenen Einwendungen habe man der Ansicht der Beklagten beizupflichten nicht vermocht, da es zwar an sich nicht bestritten sei, daß der Ehemann die auf dem inferirten fundus der Ehefrau haftenden Reallasten während der Dauer der Ehe aus seinen Mitteln zu tragen habe, dennoch der Auszug zu diesen Lasten, denen er nur in einigen Stücken ähnlich sei, wie er z. B. außer in dem §. 107. Abs. 2. des Gesetzes vom 6. November 1843 gedachten Falle durch nothwendige Subhastation nicht erlösche, während er wieder andere Merkmale eines onus reale nicht habe, nicht gerechnet werden könne, vielmehr, wie dies analog in den von dem Kläger angezogenen Rechtssätzen des K. Oberappellationsgerichts vom 2. October 1839. no. 13. anerkannt worden sei, die Eigenschaft einer als Theil des Kaufpreises erscheinenden, successiv verfallenden Capitalschuld habe.

Wochenblatt für merkw. Rechtsfälle v. J. 1844. S. 208.

Gottschalck, in der Zeitschrift für Rechtspfl. u. Verw., Th. III. S. 26."

Das K. Appellationsgericht zu Leipzig wies jedoch mittelst Urthels d. d. publ. 20. Juni 1863 die Klage (bei diesem Klagepunkte) in der angebrachten Maaße ab und begründete seine Entscheidung durch folgende Rationen:

„Die vorstehend erkannte Abweisung der Klage in Ansehung des ersten Klagepunktes, bei welchem der Kläger den Werth dessen erstattet verlangt, was er während des Bestehens der Ehe mit der Beklagten zu Deckung des auf dem eheweiblichen Grundstücke haftenden Auszuges verwendet haben will, beruht auf folgenden Erwägungen:

Einerseits darf unbedenklich davon ausgegangen werden, daß man es hier mit einem sogenannten reservirten Auszuge zu thun habe.

Denn aus der, wenn auch nur in extractweiser Abschrift Bl. — beigebrachten Kaufsurkunde ergiebt sich so viel, daß der erste Ehemann der Beklagten, J. G. H., das nachmals nach seinem Tode an dieselbe vererbfällte Halbhufengut von seinem Vater, J. G. H., um die Summe von 1700 Thlrn. —, — erkauft und daneben den fraglichen Naturalauszug an den Verkäufer auf dessen Lebenszeit zu entrichten sich anheischig gemacht habe. Auch erhellt aus der beigebrachten Bemerkung des Klägers in der Klageschrift bei Einl.-Abschn. 11., daß dieses Auszugsrecht auf dem betreffenden Grundbuchsfolium seiner Zeit zum Eintrage gelangt sei. Es liegt also hier einer der Fälle vor, wo der Auszug schon nach früherem Rechte den Reallasten in gewisser Beziehung gleich behandelt wurde,

Erläuterungsrescript vom 28. Februar 1726. (C. A. C. I. tom. I. p. 275.)

Bekanntmachung des Königl. Oberappellationsgerichts vom 2. October 1839. no. 1.

und für welche auch die neuere Gesetzgebung

Gesetz, die Grund- und Hypothekenbücher rc. betr., vom 6. November 1843. §. 106.

den nämlichen Gesichtspunkt theilweise festgehalten hat. Indessen kann hieraus allein für die Beantwortung der vorliegenden Frage eine sichere Entscheidungsnorm nicht entnommen werden. Denn diese Gleichstellung des Auszuges mit der Reallast läßt sich, wie schon der dem ersteren in dem Hypothekenbuche nach §. 177. des Gesetzes angewiesene Platz anzeigt, keineswegs als eine vollständig durchgeführte betrachten, und geht über den Zweck, welchen der Gesetzgeber zunächst im Auge gehabt hat, den der Sicherstellung des Auszüglers für den Fall der nothwendigen Subhastation des auszugspflichtigen Grundstücks, nicht hinaus. Wenn daher die Beklagte aus der Verwandtschaft beider Rechtsinstitute die Anwendbarkeit der in der

l. 13. D. de imp. in res dot. fact. (XXV. 1.)

rücksichtlich der Steuern und Abgaben enthaltenen Vorschrift auf den in Rede stehenden Anspruch abzuleiten sucht, so hat schon der Kläger mit vollem Rechte Bl. — auf die dieser Analogie entgegenstehenden Bedenken hingewiesen. Die letzteren würden sich sogar dann nicht wesentlich mindern, wenn man dem Auszuge in allen Punkten die Eigenschaft einer Reallast zugestehen könnte, da von selbst einleuchtet, daß ein Princip, welches sich in der erwähnten Gesetzstelle nur in Betreff gewisser, dem Gebiete des öffentlichen Rechtes angehöriger Leistungen ausgesprochen findet, nicht ohne Weiteres auf Grundlasten, welche lediglich auf Privatrechtstiteln beruhen, übertragen werden dürfe.

Eben so wenig kann Man aber auch anderer Seits die in voriger Instanz Bl. — und von dem Kläger Bl. — für die Aufrechthaltung der Klage geltend gemachten Gründe für durchschlagend anerkennen. Was sich in der Bekanntmachung des Königl. Oberappellationsgerichts bei no. 13. von dem Falle gesagt findet, wenn der Auszug von der Ehefrau, als der Berechtigten, dem Ehemanne bei Eingehung der Ehe inferirt wird, gestattet keinen Rückschluß auf den umgekehrten Fall, wo die Ehefrau Auszugsträgerin und der Ehemann als gesetzlicher Verwalter und Nutznießer ihres Vermögens in der Lage gewesen ist, die während der Ehe verfallenen Auszugsleistungen für sie an den Dritten berichtigen zu müssen. Während für jenen Fall dort ganz im Allgemeinen der Grundsatz ausgesprochen wird, und ausgesprochen werden durfte, daß die Auszugspräſtanda in der Hand des Ehemannes der Auszüglerin nicht die Natur des fructus, sondern des Capitales annähmen, und deshalb die dereinstige Restitutionsverbindlichkeit des Ersteren nach den über den Ususfructus an fungiblen Sachen geltenden Bestimmungen sich zu regeln habe, wird die Frage wegen Existenz oder Nichtexistenz eines Erbanspruchs auf Seiten des Ehemannes der Auszugspflichtigen wegen des an den Dritten geleisteten immer quaestio facti bleiben, d. h. verschieden beantwortet werden müssen, je nach der Art und dem objectiven Bestande der in dem concreten Falle durch ihn getilgten Auszugsschuld. So wird sich unter Umständen nicht zweifeln lassen, daß, wo der Auszug in der Form einer jährlichen Geldrente (Leibrente, Termingelder) ausgesetzt ist, der Ehemann der Regel nach die auf deren Tilgung verwendete Summe von der Ehefrau, als Eigenthümerin des auszugspflichtigen Gutes, nach gelöster Ehe mit demselben Rechte wird erstattet verlangen können, wie nach Abstoßung einer hypothekarischen Schuld den erweislich hierbei gehabten nothwendigen Aufwand, während da, wo die Auszugslast z. B. in der Verpflichtung zu Ablieferung der auf einer bestimmten Parcelle des auszugspflichtigen Grundstücks erbauten Feldfrüchte, oder in einer Quote des gesammten, auf dem Gute erzeugten Weines, Obstes rc. besteht, im Zweifel ein derartiger Ersatzanspruch hinwegfällt. Zwar wird in allen diesen Fällen der Auszug, sobald er bei Gelegenheit eines onerosen Veräußerungsvertrages vorbehalten war, in dem Verhältnisse des Auszüglers zu seinem Mitcontrahenten als eine die Stelle des Kaufgeldes vertretende Gegenleistung sich auffassen lassen, und deshalb sowohl bei der Frage wegen der laesio enormis, resp. der Inofficiositätsquerel, als bei Berechnung der zu verlehnwaarenden Summe mit in Anschlag zu bringen sein.

Gottschalk, Zeitschrift für Rechtspfl. und Verw., Bd. III. S. 26.

Rescript vom 30. Januar 1794. (C. A. C. II. tom. II. p. 511.)

Kori, Erörterungen, Bd. III. no. XII. S. 103 flg. (2. Ausg.)

Für die Beurtheilung des Rechtsverhältnisses der Ehegatten unter sich in dem Falle der Illation eines auszugspflichtigen Gutes dagegen kann dieses Moment, wie schon die oben angeführten Beispiele ergeben, nicht als das entscheidende betrachtet werden. Vielmehr kommt hier Alles darauf an, ob man sich den vorliegenden Umständen nach den Auszug als ein auf dem Früchtebezug des inferirten fundus, oder als ein auf dessen Substanz selbst liegendes onus zu denken habe, und zwar ist hierbei nicht etwa lediglich die dem Auszügler zugekehrte Seite der betreffenden obligatio im Auge zu behalten. Denn diesem wird überhaupt nur in den seltensten Fällen ein Anspruch auf eine bestimmte species und der Regel nach nicht einmal ein Recht darauf zustehen, daß ihm die bedungenen Naturalien gerade aus den Erträgnissen des pflichtigen Gutes gewährt werden, wogegen für den Auszugsträger sich factisch das Verhältniß zumeist so gestalten wird, daß er die an den Auszügler abzuführenden Naturalien aus den Gutserzeugnissen zu entnehmen sich Rechnung machen darf, und auch wirklich entnimmt, das Grundstück also ihm selbst um so viel weniger Reinertrag abwirft. Ueberall da aber, wo nach den gewöhnlichen Grundsätzen der Landwirthschaft die zu entrichtenden Auszugsprästanda sich als eine von den Gutserzeugnissen abzugebende pars quota, oder pars quanta darstellen, würde es zu einem der Billigkeit und der natürlichen Auffassung der Verhältnisse zuwiderlaufenden Resultate führen, wollte man dem Ehemanne gestatten, den Aufwand, welchen er zu Tilgung der während der Dauer seines Ususfructus fällig gewordenen Auszugsschuld präsumtiv aus den Früchten des fundus dotalis bestritten hat, der Ehefrau unter den nothwendigen Impensen deshalb in Zurechnung zu bringen, weil er durch die vorausgegangene Perception Eigenthümer der sämmtlichen fructus geworden sei, und somit einen Theil seines Vermögens zu Abstoßung einer die Ehefrau treffenden Schuld aufzuopfern gehabt habe. Vielmehr erscheint es solchenfalls als das der Sachlage und der muthmaaßlichen Absicht der Betheiligten Entsprechendere, eine factische Beschränkung des ehemännlichen Ususfructus anzunehmen, und findet rücksichtlich des Begriffs der Impensen hier der Quellenausspruch in L. 15. D. de imp. in res dot. fact. (XXV. 1.) recht eigentlich Anwendung, wo es heißt:

> sed ipsae res ita praestare intelliguntur, ut non tam impendisse in eas, quam deducto eo minus ex his percipisse videaris. Quae autem impendia secundum eam distinctionem ex dote deduci debeant, non tam facile in universum definiri, quam per singula ex genere et magnitudine impendiorum aestimari possunt.

Hierzu tritt in den Fällen, wo die Abentrichtungen ihrer Beschaffenheit und Menge nach voraussetzlich den Zweck haben, dem Auszügler zu seinem täglichen Unterhalte zu dienen, und wo somit denselben die Eigenschaft vertragsmäßiger, aus den Gutsnutzungen zu verabreichender Alimente zukommt,

Hänsel, Lehre von dem Auszuge, §. 5. not. 8. S. 16 flg. und 22.

noch die fernere Erwägung, daß schon die Römer den Usufructuar zu Deckung derartiger, auf dem dem Nießbrauche unterworfenen fundus ruhender Leistungen in gleicher Weise, wie zu Berichtigung der öffentlichen Lasten und Abgaben, für verbunden erklären,

L. 7. §. 2. i. f. D. de usufr. (VII. 1.)

und mag Betreffs der Anwendbarkeit dieser Gesetzstelle nur noch darauf aufmerksam gemacht werden, daß der auf Reservation und letztwilliger Verfügung beruhende Auszug bekanntlich auch nach heutigem Rechte im Wesentlichen auf gleiche Linie zu stellen ist.

Anlangend nun den vorliegenden Fall, so sind die in Frage befangenen Auszugspräſtationen sämmtlich von der Art, daß dieselben ungezwungen als Theil der eigentlichen Gutsnutzung aufgefaßt werden können, und ihrem Betrage nach gehen sie über das Maaß eines den Verhältnissen entsprechenden Sustentationsquanti nicht hinaus. Die Beklagte ist somit bei Eingehung der Ehe vollkommen zu der Voraussetzung berechtigt gewesen, daß ihr künftiger Ehemann die Tilgung der jährlich verfallenen Leistungen aus den Erträgnissen des ihm gesetzlich zufallenden Nießbrauches am auszugspflichtigen Gute übernehmen werde, und Sache des Klägers würde es unter diesen Umständen gewesen sein, wenn er, dem die Belassung des der Beklagten zugehörigen Halbhufengutes mit dem in Rede stehenden Auszuge nicht unbekannt geblieben sein konnte, auf eine vorzugsweise Verwendung der künftigen reditus fundi zu Deckung der Auszugsgebührnisse einzugehen nicht gemeint war, solches in Zeiten der Beklagten zu eröffnen und sich einen geeigneten Vorbehalt zu stellen.

Durch das Bisherige erledigt sich zugleich das Argument, welches der Kläger Bl. — wiederholt aus dem Gesichtspunkte einer durch die jährliche Abführung der Auszugschuld bewirkten verhältnißmäßigen Aufbesserung der Substanz des eheweiblichen Grundstücks herzuleiten versucht hat. Denn hält man fest, daß der Kläger der Beklagten gegenüber schon an sich für die Deckung der Auszugsprästationen an den Gutsintraden im Zweifel einzustehen gehabt hat, so kann in der successiven Befreiung des eheweiblichen Grundstücks von der Auszugslast und der dadurch herbeigeführten Werthserhöhung des Ersteren eine in dem Interesse der Ehefrau und für deren Rechnung unternommene Geschäftsbesorgung nicht erblickt werden, ganz abgesehen davon, ob sich, selbst wenn man von der entgegengesetzten Ansicht ausgehen wollte, bei dem aleatorischen Charakter einer jeden Auszugsstipulation schlechthin behaupten lasse, daß der Werth des auszugspflichtigen Grundstücks durch die bis an das Lebensende des Auszüglers fortgesetzte Abentrichtung der jedesmal fälligen Leistungen um den Betrag des Gezahlten wirklich gesteigert werde, zumal in einem Falle der vorliegenden Art vorausgesetzt werden darf, daß die jährliche Auszugsrente — diese als einen gestundeten Theil des Gutskaufgeldes gedacht — nicht blos einen entsprechenden Capitalbetrag repräsentire, sondern zugleich als verhältnißmäßige Entschädigung für den durch die gewährte Gestundung dem Verkäufer entgangenen Zinsengenuß zu dienen bestimmt sei.

Aus diesen Gründen hat Man sich zu einer Abweisung des Suchens des Klägers bei dem ersten Klagepunkte bewogen gefunden." ꝛc.

Das K. Oberappellationsgericht, an welches die Sache auf Klägers Berufung gelangte, bestätigte (December 1863) dieses Urthel „aus vorigen Gründen, denen im Wesentlichen beizutreten gewesen, insonderheit in Erwägung, daß es eine schon im gemeinen Rechte begründete Verbindlichkeit des Usufructuars sei, alle auf den dem Fruchtgenusse desselben unterworfenen Sachen haftenden Lasten und Abgaben zu tragen,

l. 10. D. de div. reg. jur. (50, 17.)

l. 7. §. 2., l. 27. §. 3., l. 52. D. de usufructu et quemadm. (7, 1.)

demnächst der Auszug in Fällen der vorliegenden Art nicht als ein auf der Substanz des auszugspflichtigen Gutes, sondern als ein auf dessen Fruchtbezug haftendes onus zu betrachten, daher von dem Usufructuar aus den Nutzungen des dem Nießbrauchsrechte unterliegenden Gutes abzuführen sei".

14.

I. Auch im Executionsprocesse ist die Interpretation der von den Parteien gebrauchten Urkunden zulässig. — II. Verträge zu Gunsten dritter Personen. — III. Rechtliche Bedeutung des Ausdrucks „Anweisung".

Mitgetheilt von

Herrn —r in D.

Franz J. hatte mit Moritz L. einen Mobiliarkauf abgeschlossen. In der betreffenden Kaufsurkunde hatte sich der Käufer L. unter Anderem verbindlich gemacht, den von ihm noch nicht berichtigten Rest der Kaufsumme in gewissen, näher bestimmten Terminen, „und zwar der Anweisung des Verkäufers gemäß an dessen geschiedene Ehefrau zu berichtigen"; bis zur völligen Zahlung hatte der Verkäufer „sich, beziehentlich seiner geschiedenen Ehefrau" das Eigenthumsrecht an den Kaufsobjecten vorbehalten, die geschiedene J. selbst aber bei dem Kaufsgeschäfte nicht concurrirt.

Die geschiedene J. erhob nun im Wege des Executionsprocesses, gestützt auf den gerichtlich recognoscirten Kauf, Klage gegen den Verkäufer L. auf Bezahlung der rückständigen Kaufgelder.

Der Beklagte erhob verschiedene Einwendungen dagegen; insbesondere bestritt derselbe, daß die geschiedene J. durch obige Anweisung des Verkäufers ein selbstständiges Klagerecht gegen ihn, den Beklagten, erlangt habe, da er in keinem Obligationsverhältnisse zu der geschiedenen J. stehe, ebensowenig aber davon Kenntniß habe, daß sein Verkäufer die ihm gegen den Beklagten noch zustehende Kaufgelderforderung an seine geschiedene Ehefrau abgetreten oder Letztere sonst zur Einhebung der rückständigen Kaufgelderforderung ermächtigt habe.

Nach abgehaltenem Verhöre erkannte das Proceßgericht (Gerichtsamt im Bezirksgericht Dresden) auf Einstellung des eingeleiteten Executionsprocesses, indem es seiner am 17. Januar 1863 bekannt gemachten Entscheidung folgende Gründe beifügte:

„Von den Einwendungen, welche der Beklagte nach Bl. — flg. wider die Fortstellung des eingeleiteten Executionsverfahrens geltend gemacht hat, erscheint nur die unter 1. beachtlich.

Indessen reicht sie allein schon aus, um die Zurückweisung der Anträge der Klägerin zu bedingen.

Durch die von der Letzteren beigebrachte, der Klage zum Grunde liegende Urkunde ist an sich die Verpflichtung des Beklagten zur Zahlung der libellirten Kaufgelderforderung außer Zweifel gesetzt, dagegen geht aus jener Urkunde nicht mit der für den Executionsproceß erforderlichen Bestimmtheit hervor, daß gerade die gegenwärtige Klägerin die Zahlung jener Summe an sie beanspruchen kann. In dem Vertrage, welchen der Verklagte mit dem Restaurateur J. abgeschlossen hatte, war zwar bestimmt, daß der Erstere „der Anweisung des Verkäufers gemäß" die Zahlung des Kaufgelderrestes an die Klägerin leisten sollte, daraus allein folgt aber das von der Letzteren behauptete Forderungsrecht nicht. Dieses würde nur dann der Fall sein, wenn eine Delegation oder eine Cession oder allenfalls ein pactum in favorem tertii (hier zu Gunsten der Klägerin) vorläge und durch den Inhalt der Urkunde constatirt wäre. Davon enthalten aber die einschlagenden Worte der Urkunde nichts. Es läßt sich aus ihnen vielmehr nichts Weiteres ableiten, als die Existenz eines Mandats (mando tibi, ut des illi), die Bestimmung der Person, an welche gezahlt werden sollte. Der Beklagte konnte nach dem Vertrage mit J. mit der Wirkung der Befreiung von seiner Schuld ebensogut an diesen, wenn Letzterer den betreffenden Betrag annehmen wollte, als an die Klägerin zahlen. J. allein hatte, wenn er die Annahme des Geldes nicht in seinem Interesse fand, das Recht, zu verlangen, daß die Zahlung an die Klägerin geleistet wurde. Es folgt das aus dem dem Beklagten ertheilten, und von Letzterem angenommenen Mandate. Durch dieses Mandat wurden aber nur Rechte und Verbindlichkeiten der Contrahenten unter sich bestimmt; dritte Personen erlangten daraus an sich kein Klagrecht.

Auch aus dem späteren Inhalte der Urkunde läßt sich die Annahme nicht rechtfertigen, daß es in der Absicht der Contrahenten gelegen habe, ein Obligationsverhältniß zwischen dem Beklagten und der Klägerin zu begründen. Zunächst ist hierbei zu bemerken, daß die Stelle der Urkunde, nach welcher J. bis zur völligen Zahlung der Kaufsumme „für seine geschiedene Ehefrau" das Eigenthumsrecht an den Kaufsobjecten vorbehalten haben soll, formell keinen Beweis liefert.

Nach der ursprünglichen Fassung der Urkunde behielt J. „sich, beziehentlich seiner Ehefrau" dieses Recht vor, was einen ganz anderen Sinn giebt, als die Correctur jener Worte, die nach Bl. — erst weit später nach der Recognition, also auf eine den Beklagten nicht verpflichtende Weise bewirkt worden ist. Aus den erwähnten Worten ergiebt sich nicht, bezüglich welcher Gegenstände J. seiner Ehefrau das Eigenthumsrecht vorbehielt; sie würde auch daraus ein Recht auf Zahlung des Kaufpreises an sie nicht ableiten können, selbst dann nicht, wenn die von J. an den Beklagten verkauften Gegenstände ihr sämmtlich zugehört hätten. Es genügt in letzterer Beziehung, darauf hinzuweisen, daß nach der l. 28. D. de contrah. emt. (XVIII. 1.) auch fremde Gegenstände Kaufsobjecte sein können, und daß nach den allgemeinen Grundsätzen des Kaufvertrages der Käufer die Zahlung des Kaufpreises an den Verkäufer zu leisten und dieser dafür einzustehen hat, daß dem Käufer die verkauften Sachen nicht evincirt worden. Uebrigens würde daraus, daß J. der Klägerin das Eigenthumsrecht an den Kaufsobjecten vorbehielt, nicht zu entnehmen sein, daß die Klägerin zur Zeit des Kaufsabschlusses und der Uebergabe Eigenthümerin derselben war, und ebensowenig, daß J. zwar der Form nach für sich, der Sache aber nach für die Klägerin contrahirt hatte. Die Dispositionen über die Bezahlung des Kaufpreises in §. 2. der Urkunde und der Umstand, daß J. über einen Theil der Kaufsumme quittirt hat, lassen keinen Zweifel über dessen Absicht, für sich, in eigenem Namen zu handeln, übrig.

Auch die für die Klägerin günstigste, aber nach dem Obigen unmögliche Weise der Interpretation der Urkunde, die Annahme, daß zu ihren Gunsten jene Bestimmung bezüglich der Zahlung des Restbetrages des Kaufpreises getroffen worden sei, kann die Einstellung des Executionsverfahrens nicht hindern, da die Anstellung des Executionsprocesses dann unzulässig ist, wenn der geltend gemachte Anspruch sich nicht unmittelbar aus der beigebrachten Urkunde ergiebt, sondern zur Rechtfertigung der Klagbitte noch außerdem die Anwendung von Rechtsvorschriften für gewisse Rechtverhältnisse erfordert wird,

Annalen des K. Oberappellationsgerichts, Th. 1. S. 190. 191.

hier aber immer die Frage entstehen würde, unter welchen Voraussetzungen der, zu dessen Gunsten zwischen zwei anderen Contrahenten etwas stipulirt worden ist, auf Erfüllung gegen den Promittenten klagen kann.

Obschon hierdurch allein der Bescheid gerechtfertigt erscheint, und es daher des Eingehens auf die weiteren Einwendungen des Beklagten an sich nicht weiter bedarf, mag doch der Vollständigkeit halber bemerkt werden, daß auf diese ein Gewicht nicht gelegt werden konnte, da ꝛc.“

Auf Berufung der Klägerin änderte das Königl. Appellationsgericht zu Dresden (31. März 1863) den Bescheid erster Instanz ab, indem es aussprach, daß auf Antrag der Klägerin dem eingeleiteten Executionsproecsse gebührender Fortgang zu geben und Beklagter die durch seine Einwendungen in erster Instanz erwachsenen Kosten der Klägerin zu erstatten schuldig sei, comp. exp. remed.

Entscheidungsgründe:

„Es kann dem Beklagten allerdings in der Bl. — und Bl. — aufgestellten Behauptung beigepflichtet werden, daß die Fassung der der Klage zum Grunde liegenden Urkunde A., wonach (vergl. §. 2. dieser Urkunde) der Käufer versprochen hat, den Rest der Kaufsumme in den darin näher festgesetzten Raten der Anweisung des Verkäufers gemäß an die geschiedene Ehefrau des Letzteren, die gegenwärtige Klägerin, zu zahlen, es einigermaaßen zweifelhaft erscheinen läßt, ob hieraus allein die Klägerin, welche nach dem übrigen Inhalt jener Urkunde bei den zwischen ihrem geschiedenen Ehemanne und dem Beklagten gepflogenen Kaufsverhandlungen weder persönlich, noch durch einen Beauftragten concurrirt hat, ein selbstständiges Klagerecht gegen den Beklagten auf Bezahlung des ihr angewiesenen Kaufgelderrestes so ohne Weiteres mit Erfolg herzuleiten vermöge. Indessen kann von einer näheren Erörterung dieser Frage gegenwärtig um deswillen abgesehen werden, weil der sonstige Inhalt der Klagbeifuge A. die Annahme, daß die Klägerin durch die in §. 2. des Kaufvertrages von den Contrahenten getroffene Vereinbarung ein selbstständiges Klagerecht habe erlangen sollen, zur Genüge rechtfertigt. Es folgt dies unzweifelhaft aus der Schlußbestimmung in §. 2., welche — nach dem Bl. — erklärten Einverständnisse der Parteien — wörtlich dahin lautet:

„Bis zur völligen Zahlung behält Verkäufer sich, beziehentlich seiner Ehefrau das Eigenthum an den Kaufsobjecten vor“.

Denn wenn auch diesem Eigenthumsvorbehalte selbst im vorliegenden Falle eine rechtsgültige Wirkung, der Klägerin gegenüber, um deswillen nicht beigelegt werden könnte, weil diese darauf, daß ihr an den hier in Rede stehenden Gegenständen bereits früher das Eigenthum oder Miteigenthum zugestanden habe, sich zu beziehen nicht vermocht hat, und, daß solches der Fall gewesen, auch aus der Klagbeifuge A. nicht hervorgeht, so weist doch der vorstehends wörtlich ausgehobene Inhalt dieser letzteren, wenn man denselben mit der bereits im Eingange der jetzigen Entscheidungsgründe erwähnten Bestimmung in Verbindung bringt und beide im Zusammenhange, wie übrigens ohnehin geschehen muß, auffaßt, deutlich darauf hin, daß es sich hier um eine von den ursprünglichen Contrahenten zu Gunsten einer dritten Person, der Klägerin, getroffene vertragsmäßige Bestimmung handelt. Von diesem rechtlichen Gesichtspunkte aus betrachtet erscheint aber die erhobene Executionsklage statthaft. Denn nach deutschrechtlichen Grundsätzen ist ein Vertrag zum Besten eines Dritten rechtlich zulässig, und wenn auch, so lange als von diesem die zu seinem Besten geschehene Zusage noch nicht acceptirt worden ist, der Vertrag entweder dadurch, daß der Promissar seinen Willen ändert und den Promittenten seiner Verpflichtung einseitig entläßt, oder durch Einverständniß beider Theile wieder aufgehoben werden kann — indem dem Promittenten selbstverständlich ein einseitiger Rücktritt nicht gestattet ist —, so folgt doch hieraus noch keineswegs, daß die Rechtsbeständigkeit des Vertrages, an und für sich betrachtet, an die ausdrückliche Acceptation dessen, welchem der Vertrag zum Vortheil gereicht, gebunden wäre. Vielmehr tritt die Gültigkeit desselben sofort mit dem Vertragsabschlusse ein, dergestalt, daß der Vertrag von diesem Zeitpunkte an seine Wirksamkeit auch zu Gunsten des Dritten äußert, sobald derselbe von den dadurch erlangten Befugnissen Gebrauch macht.

vergl. Glück, Erläuterung der Pandecten, IV. Bd. §. 343. S. 564 flg.

Weber, von der natürl. Verbindlichkeit, §. 89. a. S. 329 flg. 338.

Gottschalk, Disc. for., Tom. II. cap. 5. pag. 58 sq.

Curtius, Handbuch des Civilrechts, §. 1281. not. a.

Wochenblatt für merkw. Rechtsf., 1845. S. 293. 1850. S. 30.

Nach der Ansicht der vorigen Instanz (vergl. Bl. —) soll nun zwar diese Interpretation der Klagbeifuge A. um deswillen als einflußlos sich darstellen, weil die Anstellung des Executionsprocesses dann unzulässig sei, wenn der geltend gemachte Anspruch sich nicht unmittelbar aus der beigebrachten Urkunde ergebe, sondern zur Rechtfertigung der Klagbitte noch außerdem die Anwendung von Rechtsvorschriften für gewisse Rechtsverhältnisse erfordert werde. Man hat jedoch diesen Einwand nicht für erheblich ansehen können. Denn eine derartige, sich auf die rechtliche Beurtheilung des Inhalts der beigebrachten öffentlichen Urkunden beschränkende Interpretation, wie dieselbe im Vorstehenden bezüglich der Klagbeilage A. bewirkt worden, ist dem Wesen des Executionsprocesses keineswegs widerstreitend, indem die vom Ordinarprocesse abweichende rechtliche Natur desselben lediglich darin besteht, daß in dem Executionsprocesse alle relevanten thatsächlichen Behauptungen durch Urkunden liquid gestellt werden müssen, in Bezug auf die Beurtheilung der Beweiskraft der Urkunden aber die allgemeinen Grundsätze Platz ergreifen.

vergl. Annalen des K. Oberappellationsgerichts, II. Bd. S. 518.

Soviel hiernächst die von dem Beklagten ferner Bl. — erhobenen Einwendungen anlangt, so ist ꝛc.

Hiernach allenthalben war, unter Abänderung des angefochtenen Bescheides, auf Fortstellung des eingeleiteten Executionsprocesses zu erkennen, und es rechtfertigt sich hierdurch zugleich die Entscheidung rücksichtlich der Kosten erster Instanz und des Rechtsmittels."

Gegen diese Entscheidung appellirte Beklagter, allein es wurde dieselbe vom K. Oberappellationsgericht unterm 1. September 1863 bestätigt, und zwar aus folgenden Gründen:

„Den Rationen der vorigen Instanz ist mit Rücksicht auf die Deduction des Beklagten nur Folgendes noch beizufügen:

Vorauszuschicken ist zuvörderst die Bemerkung, daß auch im Executionsprocesse eine Interpretation der Urkunden, auf welche sich die Parteien und insbesondere der Kläger bezogen hatten, nicht ausgeschlossen und die Subsumtion der in der Urkunde erwähnten Thatsachen unter bestehende Gesetze und Rechtsregeln bei der Entscheidung der Sache nicht zu vermeiden ist.

vergl. Annalen des Königlichen Oberappellationsgerichts, Bd. II. S. 518.

Derselbe Grundsatz ist auch in den von der ersten Instanz Bl. — angezogenen Entscheidungsgründen des Königlichen Oberappellationsgerichts

Annalen, I. S. 190.

ausdrücklich anerkannt und daselbst nur soviel ausgesprochen worden, daß der Executionsproceß sich nicht für solche Ansprüche eigne, welche unmittelbar auf speciellen für gewisse thatsächliche Verhältnisse gegebenen gesetzlichen Vorschriften beruhen, im Gegensatze zu denen, bei welchen es sich nur um die Anwendung gesetzlicher Bestimmungen und Rechtsregeln auf die nach Inhalt einer Urkunde von den Betheiligten abgeschlossenen Verträge oder sonstigen Rechtsgeschäfte handelt.

Im vorliegenden Falle konnte man sich bei der Entscheidung darüber, ob die libellirte Forderung der Klägerin durch die Urkunde sub A. Bl. — in die für den Urkundenproceß erforderliche Liquidität gesetzt worden, auf die Interpretation dieser Urkunde, soweit deren Inhalt die Klägerin angeht, und eventuell auf die Anwendung der Rechtsgrundsätze beschränken, welche in Betreff, nicht wie Klägerin Bl. — meint, der Delegation, sondern der sogenannten pacta in favorem tertii gelten; beides liegt nach dem, was so eben bemerkt worden ist, nicht außer dem Gebiete des Executionsprocesses, und nur in dem Falle, wenn die Intention der Contrahenten nicht schon aus dem Inhalte der producirten Urkunde selbst, sondern erst durch Zuhülfenahme anderer Erkenntnißquellen zu ermitteln wäre, würde man sagen müssen, daß sich eine solche Urkunde zur Anstellung des Urkundenprocesses nicht qualificire.

Nach der Ansicht des Königlichen Oberappellationsgerichts läßt aber schon die Bl. — zu lesende, die Bezahlung der nicht bereits abgetragenen und quittirten Kaufgelder betreffende Stelle der Urkunde A. kaum einen erheblichen Zweifel darüber aufkommen, daß der Verkäufer J. seiner geschiedenen Ehefrau, der gegenwärtigen Klägerin, einen unmittelbaren und selbstständigen Anspruch auf die noch unbezahlten 300 Thaler —„ —„ Kaufgelder habe stipuliren wollen. Denn es ist an der gedachten Stelle nicht von einem Mandate des Verkäufers an den Käufer, für seine, des Ersteren, Rechnung eine Zahlung an die Klägerin zu leisten, die Rede, sondern der Verkäufer hat sich von dem Käufer versprechen lassen, einen Theil der bedungenen Kaufsumme an die Klägerin zu bezahlen. Nur die beigefügten Worte: „und zwar der Anweisung des Herrn Verkäufers gemäß" haben zu der Annahme eines bloßen Zahlungsmandates, einer Assignation in diesem Sinne geführt. Allein der Ausdruck „Anweisung" ist kein absolut bestimmter und ausschließlich für das, was man nach römischem oder heutigem Rechte unter der assignatio versteht, bestimmter Ausdruck, und kann, in dem Zusammenhange, wie er Bl. — gebraucht worden ist, auch bei einem pactum in favorem tertii der vorliegenden Art insofern gebraucht werden, als bei demselben der Promissar immer auch angewiesen wird, eine Zahlung an den Dritten zu leisten, zu deren Leistung er sich dem Promittenten und dadurch auch dem Dritten gegenüber verpflichtet.

Dazu kommt nun aber auch noch, daß sich der Verkäufer für sich und beziehentlich seine Ehefrau, unter welcher man nur die vorher gedachte geschiedene Ehefrau desselben verstehen kann, das Eigenthum an den verkauften Mobilien vorbehalten hat. Geht hieraus hervor, daß der Verkäufer die letzteren zum Theil als Eigenthum der Klägerin betrachtet hat, und unterliegt es keinem Zweifel, daß der Verkäufer bei dieser Bestimmung seiner Ehefrau ein ihr unmittelbar zukommendes Recht hat sichern wollen, so erscheint es um so richtiger, die vorhergehende Bestimmung rücksichtlich der Bezahlung der fraglichen 300 Thlr. —, —, als einen zu Gunsten der Ehefrau abgeschlossenen Vertrag aufzufassen, je natürlicher das Motiv dazu sich aus dem anerkannten Eigenthum der Klägerin an einem Theile der Kaufsobjecte erklären läßt.

Demjenigen, was Bl. — über die Zulässigkeit und die rechtliche Wirksamkeit eines Vertrags zu Gunsten Dritter ausgeführt worden, hat man beizustimmen und dabei nur auf die in den

Annalen des K. Oberappellationsgerichts, Bd. V. S. 375.

abgedruckten Entscheidungsgründe zu verweisen, in denen ganz dieselben Grundsätze hierüber entwickelt worden sind. ꝛc.

Aus diesen Gründen ist die Entscheidung voriger Instanz bestätigt, bei dem Wechsel der Entscheidungen aber Compensation der durch das eingewendete Rechtsmittel entstandenen Kosten ausgesprochen worden."

Miscellen.

Anzeige neu ergangener Gesetze und Verordnungen. Das 22. Stück des Gesetz- und Verordnungsblattes für das Königreich Sachsen (vom Jahre 1863) enthält: No. 133. Decret wegen Bestätigung der Statuten des Central-Industrievereins zu Dresden, vom 5. December 1863. No. 134. Gesetz, den Wegfall der außerordentlichen Zuschläge zur Stempelsteuer betreffend, vom 5. December 1863. No. 135. Ausführungsverordnung hierzu von demselben Tage. No. 136. Gesetz wegen provisorischer Forterhebung der Steuern und Abgaben im Jahre 1864, vom 7. December 1863. No. 137. Ausführungsverordnung hierzu von demselben Tage. — Letzte Absendung: am 19. December 1863.

Orden. Seine Königliche Majestät haben allergnädigst geruht, dem Kriegs-Ministerial-Secretair Becker, in Anerkennung seiner langen und vorzüglichen Dienstleistung, bei Gelegenheit seines 50jährigen Dienstjubiläums das Ehrenkreuz vom Verdienstorden zu verleihen.

Seine Majestät der König haben Allergnädigst zu genehmigen geruht, daß der Director des Hauptstaatsarchivs, Ministerialrath Dr. von Weber, das demselben von Seiner Majestät dem Kaiser von Oesterreich verliehene Comthurkreuz des Franz-Joseph-Ordens annehme und trage.

Ernennungen, Anstellungen ꝛc. Seine Königliche Majestät haben den Geheimen Rath Dr. Schaarschmidt auf sein Ansuchen der Mitgliedschaft bei der Landrenten-, Altersrenten- und Landesculturrentenbank-Verwaltung, unter Bezeigung der besondern Allerhöchsten Zufriedenheit mit dessen langjähriger umsichtiger Geschäftsleitung bei selbiger, zu entheben geruht.

Seine Majestät der König haben den Staatsanwalt bei dem Bezirksgerichte zu Leipzig, Gustav Adolph Barth, zum Regierungsrathe im Ressort des Ministeriums des Innern zu ernennen und dessen Zuordnung zu der Kreisdirection zu Leipzig in der Eigenschaft als außerordentliches Mitglied derselben zu genehmigen geruht.

Seine Königliche Majestät haben geruht, den zeither mit dem Vorsitz in der Zoll- und Steuer-Direction beauftragten Geheimen Finanzrath Friedrich Moritz Lehmann zum Zoll- und Steuer-Director zu ernennen.

Immatriculation von Advocaten. Vom Justizministerium ist der seitherige Actuar beim Gerichtsamte Ebersbach, Friedrich Emil Kroker, zum Advocaten ernannt und als solcher verpflichtet worden.

Redacteur: Dr. Theodor Tauchnitz. Officin der Verlagshandlung.

Wochenblatt

für

merkwürdige Rechtsfälle,

in actenmäßigen Darstellungen

aus dem Gebiete der Justizpflege und Verwaltung

zunächst für das

Königreich Sachsen.

Von diesem Wochenblatte erscheinen jährlich 64 Nummern zu 1 Quartbogen und außerdem am Jahresschlusse ein ausführliches Register.

Alle Postämter u. Buchhandlungen übernehmen Bestellungen und liefern das Quartal zu dem praenumerando zu entrichtenden Preise von 1 Thaler.

Verlag von **Bernhard Tauchnitz** in Leipzig.

№ 10. Neue Folge Zwölfter Jahrgang. **1864.**

(Schluß des S. 40. abgebrochenen Rechtsfalles.)

Das K. Oberappellationsgericht bestätigte die Entscheidung zweiter Instanz mittelst Erkenntnisses vom 26. November 1863, welchem folgende Gründe beigefügt waren:

„Kläger hat zunächst versucht, die Ausstellungen der vorigen Instanz gegen die Formrichtigkeit des bei dem Wechselverhöre vom Proceßgerichte beobachteten Verfahrens als unmotivirt zu bestreiten. Dieser Versuch muß jedoch als ein mißlungener bezeichnet werden, denn es ist aus dem über das abgehaltene Wechselverhör aufgenommenen Protokolle Bl. — allerdings nicht zu ersehen, daß dem Beklagten die in §. 39. des Gesetzes vom 7. Juni 1849 vorgeschriebene präjudicielle Bedeutung, namentlich soviel das Vorbringen von Einreden betrifft, zu Theil geworden sei, welche gleichwohl die unerläßliche formelle Unterlage für eine im Wechselprocesse zu ertheilende condemnatorische Entscheidung bildet.

(zu vergl. Zeitschrift für Rechtspfl. u. Verw., N. F. Band XIX. Seite 364 flg. Num. 195. Band XXI. Seite 130. Num. 35.
Annalen des Oberappellationsgerichts, Band 1. Seite 74. Num. 6.)

Die Bemerkung des betreffenden Protokollanten Bl. —,

„daß das Verhör nach Vorschrift §. 39. des Gesetzes vom 7. Juni 1849 eröffnet worden",

welche Kläger als genügend angesehen wissen will, um jeden Zweifel über die erfolgte Ertheilung der vorschriftmäßigen Bedeutung zu beseitigen, bietet bei ihrer Unbestimmtheit und Allgemeinheit durchaus keine sichere Garantie für die stricte Beobachtung der obigen formellen Vorschrift, welche im Wechselverfahren die Stelle der peremtorischen Ladung vertreten soll, wie denn auch die praesumtio legalitatis insoweit nicht sanirend einwirken kann, da dieselbe sich auf nicht bekundete Thatsachen nicht ausdehnen läßt.

(zu vergl. v. Langenn und Kori, Erörterungen, Thl. 1. Seite 202.)

Wenn übrigens Kläger zum vermeintlichen Nachweise der in der That gerichtsseitig erfolgten präjudiciellen Aufforderung des Beklagten zum Vorbringen seiner Einreden Bl. — anführt, daß ja Beklagter Einwendungen im Termine wirklich erhoben habe, so ist ihm einzuhalten, daß das Protokoll Bl. — eben gar nichts von Einwendungen des Beklagten enthält, mithin, wenn Klägers desfallsiges Anführen in Wahrheit beruhen sollte, dies nur noch einen weiteren Mangel des Protokolls, insofern dasselbe wirklich vorgebrachte Einwendungen gar nicht zur Erwähnung gebracht, zu Tage legen würde. Endlich ist auch die Beziehung Klägers auf die Bekanntmachung des Oberappellationsgerichts vom 4. März 1848, einige Rechtssätze in Beziehung auf Nullitätsklagen betreffend (Gesetz- und Verordnungsbl. dict. ai. Seite 31.), so offenbar unpassend, daß es diesfalls keiner Widerlegung bedarf.

Es ist demnach die Richtigkeit dessen, was in voriger Instanz an der Formrichtigkeit des eingehaltenen Verfahrens gerügt worden, zwar nicht zu verkennen, gleichwohl von einem decisiven Ausspruche hierüber mit der daran sich knüpfenden, Bl. — richtig angedeuteten Consequenz Umgang zu nehmen gewesen, indem man mit der vorigen Instanz die Sache zur sofortigen materiellen Entscheidung reif zu erachten gehabt hat, und bei wiederholter Erwägung ebenfalls zu dem Resultate gelangt ist, daß die erhobene Klage nicht aufrecht zu erhalten sei.

Zunächst bieten sich Zweifel dar in Bezug auf Klägers Legitimation zur Sache.

Nach §. 36. der allgemeinen deutschen Wechselordnung soll der Zahlung fordernde Inhaber eines indossirten Wechsels sich durch eine fortlaufende, bis auf ihn reichende Reihe von Indossamenten als Eigenthümer des Wechsels ausweisen. Es muß daher das erste Indossament mit dem Namen des Remittenten, jedes folgende mit dem Namen desjenigen unterzeichnet sein, welchen das unmittelbar vorhergehende Indossament als Inhaber benennt. Diesem Erforderniſſe ist in dem vom Kläger producirten Wechsel insofern nicht entsprochen, als sich auf dessen Rückseite kein auf seinen Indossanten, S., sich beziehendes Indossament vorfindet. Nun ist zwar im Artikel 36. noch verordnet, daß, wenn auf ein Blancoindossament ein weiteres Indossament folge, anzunehmen sei, der Aussteller des letzteren habe den Wechsel durch dieses Blancogiro erworben, wie denn auch Artikel 13. der Wechselordnung jeden Inhaber eines Wechsels befugt erklärt, die auf demselben befindlichen Blancoindossamente auszufüllen oder auch ohne Ausfüllung weiter zu indossiren, und da auf dem hier fraglichen Wechsel sich ein Blancoindossament — das des Remittenten und bezüglich Ausstellers, gegen welchen die Klage gerichtet ist — befindet, so könnte sich fragen, ob nicht auf Grund dieser Bestimmungen über den obigen Mangel hinweg zu sehen sei. In der That hat auch das Oberappellationsgericht selbst letztere zeither dahin aufgefaßt, daß das Blancoindossament den damit versehenen Wechsel in ein Papier auf den Inhaber verwandele,

(zu vergl. Zeitschrift für Rechtspfl. und Verw., N. F. Band XV. Seite 378 flg. Num. 99. Band XXI. Seite 265. Num. 109.
Annalen des Oberappellationsgerichts, Band III. Seite 417. Num. 15. Band VI. Seite 272. Num. 12.)

wie denn auch neuerdings die Nürnberger Handelsrechtsconferenz

(zu vergl. Archiv für deutsches Wechselrecht 2c., Band IX. Seite 235.)

sich dahin ausgesprochen hat, daß das Blancogiro zur Legitimation des klagenden Wechselinhabers auch dann ausreiche, wenn zu ersehen, daß dasselbe ursprünglich nicht für ihn bestimmt gewesen. So richtig und zutreffend dies nun aber auch im Allgemeinen erscheint, so erregt doch im vorliegenden speciellen Falle der Umstand Bedenken, daß auf das in tergo des fraglichen (im Fasc. adj. — im Original ersichtlichen) Wechsels befindliche Blancoindossament des Remittenten und Ausstellers eine gerichtliche Notiz folgt, aus welcher hervorgeht, daß der Wechsel durch dieses Blancogiro an Julius Hermann R. in — gelangt ist, welcher davon schon selbst gegen den Acceptanten Gebrauch gemacht hat, und daß Kläger gar nicht behauptet und zu behaupten vermocht hat, daß sein Indossant S. den Wechsel durch eine Begebung Seiten des genannten R. erworben habe, vielmehr Bl. — anführt, sein Indossant S. sei in den Besitz des Wechsels in Folge zu Ehren des Ausstellers geleisteter Zahlung gelangt, was völlig illiquid ist. Wollte man indessen auch von diesem Zweifel ganz absehen und Klägern als genügend legitimirt in Bezug auf das Eigenthum des Wechsels gelten lassen, so treten doch noch zwei andere Gründe, von welchen jeder für sich durchgreifend erscheint, der Statthaftigkeit der erhobenen Klage entgegen.

1.

Die Klage ist gegen den Aussteller des Wechsels gerichtet und stellt sich unzweifelhaft als Regreßklage dar. Zur Begründung einer solchen gegen den Aussteller sowohl, als gegen den Indossanten gehört (zu vergl. Artikel 41. der deutschen Wechselordnung), daß der Wechsel dem Bezogenen zur Zahlung präsentirt worden, und daß sowohl diese Präsentation als die Nichterlangung der Zahlung durch einen rechtzeitig darüber aufgenommenen Protest dargethan werde. Kläger hat nun zwar auch eine den Tag nach Verfall des producirten Wechsels von einem Notar aufgenommene Protesturkunde, welche im Originale den Acten vorgeheftet sich findet, beigebracht, allein dieselbe stimmt mit dem producirten Originalwechsel nicht durchgängig überein. Denn der protestirte — nach Artikel 88. der deutschen Wechselordnung in wörtlicher Abschrift nebst allen sich darauf befindlichen Indossamenten und Bemerkungen der Protesturkunde einzuverleiben gewesene — Wechsel ist auf seiner Vorderseite mit dem vollständig unversehrten Accepte des Bezogenen Carl Friedrich E. versehen gewesen, auf dem von Klägerm producirten Wechsel ist aber eine Acceptationserklärung des Bezogenen nur in ausgestrichenem, also vernichtetem, wenn auch zufällig noch leserlichem Zustande vorhanden. Unter diesen Umständen ist die erforderliche Gewißheit über die Identität des producirten Wechsels mit dem protestirten um so weniger vorhanden, als einerseits es nicht außer dem Bereiche der Möglichkeit liegt, daß zwei Wechsel gleichen Inhalts von dem Beklagten auf Carl Friedrich E. gezogen worden, von welchem der eine acceptirt worden, der andere aber durch Ausstreichen des anfänglich darauf gebrachten Acceptes unbrauchbar gegen den Bezogenen hat gemacht werden sollen, andererseits Kläger darüber, welche Bewandtniß es mit der Ausstreichung des Acceptes gehabt, und namentlich zu welcher Zeit dieselbe stattgefunden, in seinem Klagvorbringen irgend welche Aufklärung nicht gegeben hat. Was er in dieser Hinsicht in der Appellationsinstanz, nachdem Beklagter zur Begründung seiner gegen den Bescheid eingewendeten Appellation Bl. — auf diesen Mangel der Uebereinstimmung zwischen Protest und Wechsel aufmerksam gemacht, anführen wollen, kann schon formell nicht in Betracht kommen. Es würde aber auch die Aufstellung Bl. —, daß die Streichung des Acceptes nur erst nach Erhebung des Protestes vorgekommen sein könne, auf Beachtung insofern gar keinen Anspruch haben, weil Kläger, jeder sonstigen näheren Erklärung über die Sachbewandtniß ausweichend, die spätere Ausstreichung eben nur aus dem Umstande, daß das Accept in der in die Protesturkunde aufgenommenen Abschrift des Wechsels unausgestrichen sich darstelle, folgert, mithin ganz unlogischerweise gerade das Moment, welches an der Identität Zweifel erregt, als Grund für die Identität geltend machen will.

Bei dem rein formalen Charakter des Wechsels und der durch denselben bedingten Verpflichtungen ergiebt sich daher aus der bemerkten Verschiedenheit zwischen Protest und Wechsel schon an sich ein ausreichender Grund zur Zurückweisung der Klage.

2.

Allein auch nach einer anderen Richtung hin steht das Durchstrichensein des auf dem producirten Wechsel befindlich gewesenen Acceptes der gegen den Beklagten als Aussteller des Wechsels erhobenen Klage entgegen. Daß ein durchstrichenes Accept, selbst wenn es noch lesbar sein sollte, keine wechselrechtliche Wirkung mehr habe und daher wechselmäßig gegen den Acceptanten daraus nicht geklagt werden könne, ist von der vorigen Instanz ausführlich dargelegt worden und leidet auch nach der Meinung des Oberappellationsgerichts keinen Zweifel. Wollte man das Gegentheil annehmen, so würde man nicht nur mit dem Grundprincipe des Wechselinstituts, wonach jede wechselmäßige Erklärung als eine lediglich durch die Schrift übernommene und an deren Existenz gebundene, rein formale Verbindlichkeit aufzufassen ist, sondern auch mit den unzweifelhaftesten Regeln des Urkundenprocesses, von welchen der Wechselproceß eine — und zwar besonders strenge — Unterart bildet, in Conflict gerathen, da das Aus- oder Durchstreichen einer Schrift, wenn es auf die Frage ihrer rechtlichen Wirkung ankommt, offenbar einer Vernichtung derselben gleichsteht, dadurch also die Form, an welche im Wechselrechte die Verbindlichkeit geknüpft erscheint, zerstört worden, und vom processualischen Gesichtspunkte aus eine durchstrichene Urkunde der Natur der Sache nach eben gar nicht mehr als Urkunde betrachtet werden kann — ganz abgesehen noch davon, daß es nur vom Zufalle und beziehentlich der Willkür des Durchstreichenden abhängt, ob die ausgestrichene Schrift überhaupt noch erkennbar oder völlig unleserlich geworden —, eine im Principe gleichmäßige Beurtheilung dessen, der die Schrift bis zur völligen Unerkenntlichkeit durchstrichen und durch dieses Verfahren die Anstellung des Wechselprocesses gegen ihn ohne Weiteres factisch unmöglich gemacht hat, und dessen, der die Ausstreichung nur so bewirkt, daß die frühere Schrift noch zu entziffern möglich, also immerhin ausgeschlossen sein würde, obwohl dem ersteren die Vernichtung der Urkunde nur noch prägnanter zur Last fällt.

In dieser Beziehung würde sich auch kein Unterschied darauf setzen lassen, ob die Durchstreichung des Acceptes von dem Bezogenen selbst und beziehentlich vor oder nach Auslieferung desselben bewirkt worden, in welcher Hinsicht allerdings mehrere Wechselrechtslehrer auf Grund der Bestimmung in Artikel 21. der allgemeinen deutschen Wechselordnung, durch welche die einmal erfolgte Annahme des Wechsels für unwiderruflich erklärt worden, eine abweichende Meinung vertheidigt haben.

(zu vergl. hierüber noch Jacobi, die Perfection des Wechselacceptes, im Archive für deutsches Wechsel- und Handelsrecht, Band X. Seite 350 flg.)

Es kann indessen diese Streitfrage im vorliegenden Falle ganz dahingestellt gelassen werden, da Kläger Bl. — selbst angeführt hat, daß nicht der Bezogene E., sondern ein Inhaber des Wechsels das auf dessen Vorderseite vom Bezogenen gebrachte — nach Inhalt des Klagvorbringens Bl. — bereits vor der Begebung des Wechsels Seiten des Ausstellers und resp. Remittenten ertheilt gewesene — Accept durchstrichen habe, auch gar nicht bestreitet, daß diese Durchstreichung den Erfolg habe, den Bezogenen gegen einen wechselmäßigen Angriff zu schützen, und sogar nicht undeutlich zu verstehen giebt, daß gerade dieser Erfolg mit der Durchstreichung auch bezweckt worden sei. Der vorliegende Differenzpunkt reducirt sich daher auf die Frage, ob der Inhaber eines Wechsels, auf welchem von ihm selbst oder einem früheren Inhaber das Accept des Bezogenen durchstrichen worden, gegen die übrigen Wechselverpflichteten, namentlich den Aussteller oder Trassanten, wechselmäßigen Regreß zu nehmen befugt sei, oder dem letzteren aus dieser Vernichtung der Wechselverpflichtung des Bezogenen eine im Wechselrechte selbst gegründete sofort liquide Einrede erwachse? Diese Frage hat man aber mit der vorigen Instanz gegen den Kläger zu entscheiden kein Bedenken gefunden.

Die allgemeine deutsche Wechselordnung erwähnt der Durchstreichung von Wechselerklärungen auf dem Wechsel nur bei dem Indossamente (Artikel 36. und 55.) unter Voraussetzung von Rechtsverhältnissen, deren gänzliche Verschiedenheit keine analoge Anwendung auf das Durchstreichen des Acceptes gestattet. Auf das Gesetz kann sich also Kläger für die Zulässigkeit des Durchstreichens eines auf dem Wechsel befindlichen Acceptes Seiten eines Wechselinhabers zu dem Zwecke, um den Bezogenen seiner wechselmäßigen Verpflichtung zum Präjudize anderer Wechselverpflichteter zu entlassen, nicht beziehen. Dies hat nun zwar derselbe auch selbst nicht versucht, er glaubt aber die Berechtigung zu Vernichtung der Annahmeerklärung des Bezogenen aus dem Eigenthumsrechte, welches jedem Inhaber an der Wechselurkunde zustehe, herleiten zu können.

In dieser Hinsicht mag ihm nun zwar zugegeben werden, daß der Wechselinhaber wie jeder andere Forderungsberechtigte unbehindert ist, auf ein ihm zuständiges Forderungsrecht zu verzichten, beziehentlich den einen oder anderen der Verpflichteten des an ihn habenden Anspruchs zu entlassen und diese Liberation auch durch Vernichtung der Form, auf welcher die Verpflichtung beruht, zu bethätigen, allein zu dem Allen ist er selbstverständlich nur insoweit befugt, als sein Anspruch in Frage kommt, nicht aber zum Präjudize und Nachtheile Anderer, welche eventuell ebenfalls Ansprüche aus dem Papiere und daher Interesse an der Existenz und unveränderten, bezüglich unverletzten Form desselben haben. Handelt es sich daher von einer aus dem Ausstreichen des Acceptes sich ergebenden Entziehung des wechselmäßigen Anspruchs anderer Wechselverpflichteter gegen den Bezogenen, so ist der Inhaber dazu offenbar nicht berechtigt, weil der Acceptant sich nicht ihm allein, sondern der Gesammtheit der Wechselinteressenten verpflichtet hat.

Allerdings ist die Annahmeerklärung des Bezogenen unter den in Artikel 4. der deutschen Wechselordnung bezeichneten wesentlichen Erfordernissen eines gezogenen Wechsels nicht mit aufgeführt und an sich darunter nicht zu rechnen, nicht minder hat der Aussteller des Wechsels nach Artikel 8. ebensowohl für dessen Annahme als dessen Zahlung wechselmäßig zu haften, und es steht auch nach Artikel 49. und 81. jedem Inhaber eines Mangels Zahlung protestirten Wechsels die Wechselklage gegen alle Wechselverpflichtete, zu denen auch der Aussteller gehört, und die Wahl zu, gegen welchen derselben er klagen will; es ist ferner richtig, daß nach Artikel 76. aus einem mit falschem oder verfälschtem Accepte — worunter jedoch in diesem Zusammenhange (zu vergl. Art. 73.) offenbar kein ausgestrichenes, sondern nur ein solches Accept zu verstehen, welches der Unterschrift nach nicht ächt, d. h. nicht vom Bezogenen wirklich herrührend ist — versehenen Wechsel immer noch der Aussteller und bezüglich die Indossanten, deren Unterschriften ächt sind, wechselmäßig verpflichtet bleiben. Allein alle diese Vorschriften, auf welche Kläger sich bezieht, sind einflußlos auf die Beurtheilung des vorliegenden Falles, in welchem es sich nicht um den Mangel eines der in Artikel 4. aufgeführten Erfordernisse eines gezogenen Wechsels und um die wechselmäßige Verpflichtung des Ausstellers des Papiers an sich handelt, sondern als das gegen Klägern entscheidende Moment dessen Verpflichtung als Regreßnehmer in den Vordergrund tritt, dem Regreßpflichtigen auch die Füglichkeit zu gewähren, seinerseits sich nach erfolgter Remboursirung des Wechsels an den aus demselben ihm Verhafteten zu erholen. Es ist diese im Wesen der Sache liegende Verpflichtung und die derselben gegenüber stehende Berechtigung des Regreßpflichtigen, von dieser Gewährung als der entsprechenden Gegenleistung die Erfüllung seiner Zahlungsverbindlichkeit abhängig zu machen, auch mit hinreichender Deutlichkeit aus den Bestimmungen in Artikel 46. und 54. der allgemeinen deutschen Wechselordnung zu entnehmen und aus dem Wechselrechte selbst herfließend; es wird derselben aber offenbar nicht entsprochen, wenn, wie im vorliegenden Falle, der auf den Aussteller regredirende Wechselinhaber seinen Anspruch auf ein Papier gründet, auf welchem das vom Bezogenen bewirkte, den letzteren nach Artikel 23. der Wechselordnung dem Aussteller gegenüber wechselmäßig verpflichtende Accept durchstrichen, und zwar zugestandener Maaßen nicht vom Bezogenen selbst, sondern nach erfolgter Begebung des acceptirten Papieres von einem Inhaber durchstrichen worden, da, wie bereits bemerkt, aus dem durchstrichenen Accepte gegen den Bezogenen wechselmäßig nicht geklagt werden kann und somit der Aussteller durch die dem Regredienten gegen die erfolgende Zahlung obliegende Auslieferung des Papiers nicht in den Stand gesetzt wird, sein Wechselrecht gegen den Acceptanten geltend zu machen. Hiergegen läßt sich auch mit irgend einigem Grunde nicht einwenden, daß die formrichtige Existenz eines gezogenen Wechsels und dessen Wirkung gegen Aussteller und Indossanten von der Acceptationserklärung des Bezogenen an sich unabhängig sei und durch das Ausstreichen des Acceptes die Sache nur auf den Standpunkt zurückgeführt werde, als sei ein Accept überhaupt nicht vorhanden gewesen. Denn zwischen einem noch gar nicht acceptirten Wechsel und einem solchen, auf welchem das Accept — und zwar nicht vom Bezogenen selbst — wiederum vernichtet worden, ist gar sehr zu unterscheiden, indem die einmal erfolgte Annahmeerklärung des Bezogenen, wodurch dieser in die Reihe der Wechselverpflichteten, und zwar sogar an erster Stelle, eingetreten, zu einem integrirenden Bestandtheile des Papieres geworden ist, der für alle Wechselinteressenten, insofern sie dadurch einen weiteren Wechselgeranten erlangen, insbesondere aber für den Aussteller, welcher für die Annahme Seiten des Bezogenen wechselmäßig zu haften hatte und aus der erfolgten Annahme auch selbst ein wechselmäßiges, ihn für den Fall des gegen ihn genommenen Regresses deckendes Recht erlangt hat, von größter Wichtigkeit ist, und daher jedenfalls nicht einseitig und willkürlich von einem oder dem anderen Inhaber des Papieres beseitigt werden darf. Diese in der Natur der Sache liegende Eigenschaft des einmal erfolgten Acceptes als integrirender Theil des Wechsels erscheint auch indirect in dem Gesetze selbst durch die in Artikel 88. sub 1. enthaltene Bestimmung über den Inhalt des — dem Regreßpflichtigen ebenfalls auszuhändigenden — Protestes anerkannt, und es läßt sich daher von einem Regreßnehmer, welcher nur ein mit durchstrichenem Accepte versehenes, also in einem wesentlichen Bestandtheile vitiirtes Papier als Gegenleistung für die geforderte Zahlung dem Regreßpflichtigen anzubieten vermag, nicht behaupten, daß er seiner Verpflichtung zur Auslieferung der Wechselurkunde in unverändertem und vollständigem Zustande genüge.

In dieser Beziehung muß es auch für gleichgültig erachtet werden, ob das Ausstreichen des Acceptes mit oder ohne Einwilligung oder Zuthun des klagenden Inhabers stattgefunden hat und einem hierunter gemachten Unterschiede

(zu vergleichen Archiv für deutsches Wechselrecht, Band VII. Seite 419.)

läßt sich nicht beistimmen. Denn wie im ersteren Falle der Inhaber sich um deswillen dadurch nicht beschwert erachten könnte, daß ihm der Regreß gegen den Aussteller versagt wird, weil er durch seine eigne Handlung es verschuldet hat, daß dem Letzteren der wechselmäßige Anspruch gegen den Acceptanten verloren gegangen, so würde er auch im letzteren Falle — vorausgesetzt, daß nicht der im zweiten Absatze des Artikels 16. der Wechselordnung vorgesehene Fall, in welchem der Inhaber auf die Rechte seines Indossanten beschränkt ist und daher auch den etwa gegen diesen aus der vorgenommenen Ausstreichung herzuleitenden Einwand sich gefallen lassen müßte, vorläge — lediglich seinem eigenen Mangel an Vorsicht es beizumessen haben, wenn er einen Wechsel erworben, aus welchem er dem Regreßpflichtigen kein Klagrecht gegen den Acceptanten mehr gewähren könnte.

Wollte man übrigens eine Regreßklage gegen den Aussteller aus einem Wechsel mit durchstrichenem Accepte zulassen, so würde man indirect damit dem Acceptanten ein Wechselrecht gegen den Aussteller ganz gegen die Vorschrift in Artikel 23. der Wechselordnung einräumen. Denn es dürfte dann dem Acceptanten, zumal nach Artikel 10. auch an ihn indossirt und von ihm weiter indossirt werden kann, leicht werden, seiner Verpflichtung aus dem Accepte durch einfaches Ausstreichen desselben dem Aussteller gegenüber sich zu entziehen und diesen selbst wechselmäßig zur Einlösung des Wechsels anzuhalten.

Wegen des stattgefundenen Wechsels der Entscheidungen sind die Instanzkosten zu compensiren gewesen."

15.

Ueber das Rechtsverhältniß des Aftermiethers, Aftervermiethers und Hauseigenthümers zu einander, insbesondere über die Rechte des Aftermiethers, der vom Hauseigenthümer am Einzuge in die Aftermiethwohnung gehindert wird.

Mitgetheilt von
Herrn T. in D.

Im April 1863 bat die unverehelichte W. bei dem K. Gerichtsamte im Bezirksgericht D. um Anberaumung eines Verhörs zwischen ihr, der verwitweten R. und dem Fleischermeister G., indem sie bemerkte, daß sie die Miethwohnung, welche die R. in G.'s Hause innehabe, von dieser aftermiethweise ermiethet habe, G. aber, der Eigenthümer des fraglichen Hauses, ihr den Einzug verweigere.

In dem hierauf abgehaltenen Verhör bestätigte die R. die Angaben der W., zu einer Einigung dagegen kam es nicht, da G. zwar zugestand, daß die R. das fragliche Quartier bis zu Johannis 1863 von ihm ermiethet habe, daß er auf diese Zeit den Miethzins von ihr erhalten und daß er ihr das Quartier in Untermiethe zu geben nicht verboten habe, im Uebrigen aber bei seiner Weigerung, die W. das R.'sche Quartier beziehen zu lassen, verblieb.

Hierauf reichte die W. wider G. Bagatellklage ein auf Bezahlung von 17 Thlrn. —, —, sammt Zinsen von Zeit erhobener Klage ab und Erstattung der Kosten, indem sie anführte, diese 17 Thlr. —, — seien der Betrag des Aftermiethzinses, den sie am 1. April der R. bezahlt habe, und dessen Erstattung sie von G. verlange, da dieser ihr die durch seine Aufnahmeverweigerung ihr entstandenen Schäden zu vergüten habe.

Das Protokoll über den am 27. Mai 1863 abgehaltenen Verhandlungstermin (Bl. — flg.) lautete nun, insoweit es von Wichtigkeit ist, folgendermaaßen:

„Die Parteien waren darüber einverstanden, daß die verw. R. das Bl. — näher bezeichnete Quartier in dem Hause Beklagtens von demselben als Abmietherin bis mit dem 30. Juni 1863 für 17 Thlr. —⸗ —⸗ vierteljährlichen Zins ermiethet hat, daß Beklagter diesen Zins bezahlt erhalten hat, daß eine Aftervermiethung der verw. R. nicht verboten gewesen ist, daß Klägerin dieses Quartier von der verw. R. auf die Zeit vom 1. April bis 30. Juni 1863 für 17 Thlr. —⸗ —⸗ aftermiethweise im Januar 1863 ermiethet und den Miethzins an dieselbe am 1. April 1863 bezahlt hat, daß Beklagter der Klägerin sowie deren Mutter gegenüber am 4. April 1863 den fraglichen Aftermiethvertrag genehmigt hat, daß er der Klägerin die Aufnahme in das Quartier verweigert und dies der verw. R. gegenüber am 6. April 1863 ausdrücklich erklärt hat.

Die Klägerin führte weiter an, daß die verw. R. am 7. April 1863 ihr das fragliche Quartier durch Uebergabe des Schlüssels übergeben habe. Beklagter leugnete dies und gab der Klägerin den ihm darüber angetragenen Eid zurück.

Die Parteien verzichteten auf weiteres Vorbringen und baten um Bescheidsertheilung nach Lage der Sache."

Der ertheilte **Bescheid** lautete folgendermaaßen:

„Weil die Berechtigung des Miethers, die ermiethete Wohnung, soweit nicht etwas Anderes im Miethvertrage bestimmt ist, in Aftermiethe zu geben, gesetzlich anerkannt ist,

l. 6. C. de loc. (4. 65.)

durch eine solche Aftervermiethung aber ein Vertragsverhältniß nur zwischen dem Miether und dem Aftermiether, nicht aber zwischen diesem Letzteren und dem Vermiether entsteht,

l. 24. §. 1. l. 53. D. loc. (19. 2.)

und im vorliegenden Falle die vom Beklagten zugestandenermaaßen erfolgte Genehmigung des gegenwärtig in Frage befangenen Aftermiethvertrags nur als eine Anerkennung seiner diesfallsigen gesetzlichen Verbindlichkeit zu Genehmigung der Aftervermiethung angesehen werden kann, jedenfalls aber nicht geeignet ist, ein Vertragsverhältniß zwischen ihm und der Klägerin zu begründen,

in Folge dessen aber und nach der ausdrücklichen Vorschrift der Quellen

l. 7. D. loc. (19. 2.)

der Aftermiether, wenn ihn der Hauseigenthümer (Vermiether) an der Benutzung der ermietheten Wohnung hindert, nur eine Klage aus dem Vertrage gegen den Aftervermiether hat, und diesem überlassen bleibt, seinen Schaden gegen seinen Vermiether, den Hauseigenthümer, geltend zu machen,

so hat der Klägerin Suchen in Hinsicht auf das angezeigte und erörterte Rechtsverhältniß schlechterdings nicht statt, und ist sie dem Beklagten die ihm in dem gegenwärtigen Processe verursachten ge⸗ und außergerichtlichen Kosten, insoweit dieselben überhaupt erstattungsfähig sind, als worüber, da nöthig, in der Executionsinstanz Entschließung zu fassen ist, zu erstatten verbunden."

Auf Appellation der Klägerin bestätigte das **K. Appellationsgericht zu Dresden** den Bescheid erster Instanz. Die **Entscheidungsgründe** lauteten folgendermaaßen:

„Indem Man den dem Bescheide voriger Instanz eingeschalteten Gründen im Wesentlichen beipflichtet, hat Man zur Widerlegung des von der Klägerin dagegen Vorgebrachten nur noch Folgendes hinzuzufügen:

Daß durch den zwischen dem Miether eines Quartiers und einer dritten Person abgeschlossenen Aftermiethvertrag ein Rechtsverhältniß nicht zwischen dem Hauptvermiether und dem Aftermiether, sondern lediglich zwischen dem Letzteren und seinem Mitcontrahenten, dem Aftervermiether, begründet wird, ist unbestritten,

vgl. **Mühlenbruch**, die Lehre von der Cession, §. 27. S. 321.

Unterholzner, Schuldverhältnisse, Bd. II. §. 499. S. 329 flg. unter V.

v. **Vangerow**, Leitfaden, Bd. III. §. 574. S. 117. unter 1. Ausg. 6.

Sintenis, das prakt. gem. Civilrecht, Bd. II. §. 118. S. 666. Ausg. 1.

Curtius, Handbuch, Thl. IV. §. 1439. not. a.

Wochenblatt f. m. Rechtsf., J. 1849. S. 439.

und wenn daher die Klägerin nach ihren eignen, vom Beklagten Bl. — eingeräumten Angaben das in Rede stehende Quartier von der verw. R., der Abmietherin des Beklagten, in Aftermiethe genommen hat, nachmals aber vom Letzteren verhindert worden ist, das dadurch erworbene Benutzungsrecht auszuüben, so kann sie den dadurch ihr entstandenen Anspruch auf Zurückgewährung des von ihr im Voraus und zwar nicht an den Beklagten, sondern an die verw. R. gezahlten Miethzinses nicht gegen den Ersteren, dem eine contractliche Verbindlichkeit zur Einräumung der Wohnung ihr, der **Klägerin**, gegenüber gar nicht entstanden gewesen, und an den auch aus dem Vermögen der Letzteren Etwas nicht gelangt ist, sondern lediglich gegen die verw. R. geltend machen, welche ihrerseits die in dem Verhalten des Beklagten liegende Verletzung der auf dessen Seite ihr selbst, der R., gegenüber begründet gewesenen vertragsmäßigen Verbindlichkeit gegen die Klägerin ebenso vertreten muß, wie der Hausbesitzer seinem Abmiether gegenüber es zu vertreten hat, wenn dieser durch einen unbefugten Dritten am Einzuge in das ermiethete Quartier behindert wird.

vgl. l. 24. §. 4. D. loc. cond. (19. 2.)

Zu einer andern Beurtheilung der vorliegenden Klage kann auch der Umstand nicht führen, daß Beklagter seinerseits wegen der ihm gegen die verw. R. zuständig gewesenen Miethzinsforderung auf die Zeit, für welche die Klägerin das Quartier in Aftermiethe genommen gehabt, bereits von der Ersteren, der verw. R., befriedigt worden ist. Denn wenn es auch nach Demjenigen, was über das in Rede stehende thatsächliche Sachverhältniß aus den gegenwärtigen Acten erhellt, keinem Zweifel unterworfen sein könnte, daß Beklagter, dafern ihm nicht etwa, wie dermalen nicht zu entscheiden ist, ein in den Gesetzen anerkannter Grund zur Seite gestanden haben sollte, die Ausübung des von ihm der verw. R. eingeräumten Miethrechts durch die Klägerin zu untersagen, in Folge seiner diesfallsigen Weigerung verbunden sein würde, der Ersteren für den ihr dadurch entstandenen Schaden aufzukommen, demnach aber die verw. R. unter der gedachten Voraussetzung den Ersatz desjenigen von ihm würde verlangen können, was sie ihrerseits der Klägerin als Ersatz des dieser Letzteren verursachten Schadens zu ersetzen hat,

vgl. l. 7. D. loc. cond.

und wenn auch ferner unbedenklich angenommen werden kann, daß Beklagter vor einer derartigen Schädenforderung der verw. R. in Folge einer von ihm selbst bewirkten vollständigen Entschädigung der Klägerin gesichert sein würde, so ist doch immerhin festzuhalten, daß das diesfallsige Forderungsrecht der verw. R. gegen den Beklagten lediglich auf dem zwischen ihnen begründeten Vertragsverhältnisse beruhen würde, während die Klägerin ihren Schädenanspruch gegen die verw. R. aus einem ganz andern Vertrag herleitet, eine Verbindlichkeit des Beklagten aber, sich über das zwischen ihm und der verw. R. und über das zwischen der Letzteren und der Klägerin bestehende Rechtsverhältniß in einen Rechtsstreit mit dieser, der Klägerin, einzulassen, in den Gesetzen nirgends begründet ist. Eine actio utilis insbesondere würde der Klägerin nur dann zustehen, wenn ein Fall der nothwendigen Cession, oder, mit andern Worten, ein Fall vorläge, für welchen der Uebergang des in einer dritten Person entstandenen Klagrechts auf eine andere in dem Gesetz vorgeschrieben wäre.

vgl. Mühlenbruch, a. a. O. §. 15. S. 199 flg. §. 44. S. 470 flg.

v. Vangerow, a. a. O. S. 113.

Ein solcher Fall liegt jedoch hier nicht vor. Die Klägerin befindet sich auch vollständig im Unrechte, wenn sie nach Bl. — in ihrer Verweisung an die verw. R. und in der der Letztern an den Beklagten eine leere Formalität erblicken zu können glaubt; denn es liegt auf der Hand, daß auf der einen Seite der R. gegen den Anspruch der Klägerin und auf der andern Seite dem Beklagten gegen den Anspruch der R. connexe oder selbstständige Ausflüchte zur Seite stehen können, welche der Klägerin gegenüber mit Erfolg geltend zu machen der Beklagte möglicherweise gar nicht in der Lage ist.

Wenn sich aber die Klägerin nach Bl. — noch darauf bezogen hat, daß der Beklagte seine Zustimmung zu der in Rede stehenden Aftervermiethung erklärt und hierdurch sie, die Klägerin, zur Ermiethung des Quartiers und zur Zahlung des Miethzinses veranlaßt habe, so ist ihr einzuhalten, daß nach ihren eignen Angaben Bl. — die Eingehung des Aftermiethvertrags zwischen ihr und der verw. R. bereits im Januar 1863, die Zahlung des Aftermiethzinses an Letztere aber bereits am 1. April desselben Jahres erfolgt ist, während Beklagter nach Bl. — erst am 4. April, also erst später, nach bereits erfolgter Zahlung seine Genehmigung erklärt hat. Die neuere Behauptung der Klägerin Bl. — steht zwar mit ihren frühern Angaben nicht geradezu im Widerspruche, da nicht ausgeschlossen erscheint, daß Beklagter seine diesfallsige Willensmeinung zu wiederholten Malen zu erkennen gegeben habe. Allein immerhin liegt eine bestimmte Bezugnahme darauf, daß eine bezügliche Erklärung desselben bereits vor dem 1. April 1863 oder schon vor der Eingehung des Aftermiethvertrags erfolgt sei, nicht vor, und weniger noch ist eine solche rechtzeitig bewirkt worden, als weshalb Man auch ganz auf sich beruhen lassen kann, ob die Klägerin ihren Anspruch durch die rechtzeitige Behauptung eines ursachlichen Zusammenhanges zwischen dem Verhalten des Beklagten und der ihrerseits bewirkten Eingehung und Erfüllung des fraglichen Vertrages ungeachtet dessen hätte begründen können, daß ihr nach ihrem eignen Anführen ein Anspruch auf Zurückgewährung der geleisteten Zahlung gegen die verw. R. entstanden ist.

Daß Beklagter versprochen habe, die Klägerin aufzunehmen, ist, wie zu Bl. — unter 1. zu bemerken, von der Letzteren im Verhandlungstermine nicht behauptet worden. Allem Anscheine nach hat Klägerin bei der Bezugnahme auf ein solches Versprechen des Beklagten Bl. — nicht sowohl einen zwischen ihr und dem Letzteren, oder einen zu ihren Gunsten zwischen diesem und der verw. R. eingegangenen besondern Vertrag, durch welchen der Beklagte sich ihr selbst, oder doch zu ihren Gunsten der verw. R. gegenüber ausdrücklich verpflichtet habe, die Benutzung des fraglichen Quartiers durch sie, die Klägerin, geschehen zu lassen — ein Umstand, auf den sich die Klägerin, dafern sie sich in gegenwärtiger Sache darauf stützen wollte, bereits im Verhandlungstermine hätte beziehen müssen —, sondern lediglich die schon erwähnte und vom Beklagten eingeräumte Thatsache vor Augen gehabt, daß derselbe am 4. April 1863 ihr gegenüber den fraglichen Miethvertrag genehmigt habe. Mit Recht indessen ist in voriger Instanz diesem Vorgange nicht die Bedeutung eines der Klägerin gegenüber wirksamen Verpflichtungsgrundes, sondern nur die eines Anerkenntnisses der durch die nach Bl. — ohne Vorbehalt wegen Ausschlusses einer Aftervermiethung erfolgte Eingehung des Miethvertrags mit der verw. R. dieser Letzteren gegenüber entstandenen Verbindlichkeit beigelegt worden, die Aftervermiethung geschehen zu lassen. Daß nur diese Absicht bei der Erklärung der Genehmigung vorgewaltet habe, muß im Zweifel und bis zum Beweise des Gegentheils angenommen werden, da eine demgemäße Interpretation der betreffenden Willenserklärung wenigstens nicht ausgeschlossen erscheint, die Frage aber, ob und inwieweit Jemand durch eine Willensäußerung eine neue Verbindlichkeit habe übernehmen wollen — was Beklagter durch Eingehung eines ihn der Klägerin vinculirenden Vertrags gethan haben würde —, im Zweifelsfalle, bekannten Regeln der Auslegungskunst zufolge,

vgl. l. 27. D. de reb. dub. (34. 5.)
l. 38. §. 18. l. 99. D. de V. O. (45. 1.)
l. 9. 34. 56. D. de R. J. (50. 17.)

zu Gunsten desjenigen zu beantworten ist, von dem die betreffende Erklärung ausgegangen. Wenn daher Klägerin, wie es im Hinblick auf ihre Auslassung Bl. — den Anschein gewinnt, im Verhandlungstermine sich darauf zu stützen gemeint gewesen sein sollte, daß Beklagter durch die Erklärung der Genehmigung des Aftermiethvertrags die Absicht habe zu erkennen geben wollen, sich wegen Erfüllung desselben ihr, der Klägerin, gegenüber zu verpflichten, so hätte sie dies sofort in der geeigneten Weise thatsächlich zu begründen und zu dem Ende die näheren Umstände angeben und da nöthig bescheinigen müssen, unter denen die bezügliche Erklärung erfolgt sei, und aus denen auf eine derartige Absicht hätte geschlossen werden können. Dies zu thun hat Klägerin nicht nur unterlassen, sondern sie hat nach Bl. — am Schlusse der Verhandlungen sogar ausdrücklich auf weiteres Vorbringen verzichtet und Bescheidsertheilung nach Lage der Sache beantragt. Unter diesen Umständen konnte sich aber auch das Proceßgericht nicht in der Lage finden, die Klägerin durch Stellung geeigneter Fragen zur Vervollständigung ihres gedachten Anführens Bl. — in der angegeben Richtung hin zu veranlassen, und ebensowenig würde es bei dieser Sachlage sich rechtfertigen lassen, zu diesem Behufe die Wiederaufnahme der Verhandlung in einem anderweiten Verhandlungstermine anzuordnen.

Mit dem Bl. — flg. anzutreffenden Schreiben hat die Klägerin endlich noch nachträglich die den Acten vorgeheftete Urkunde beigebracht, nach deren Inhalt die verw. R. den ihr an den Beklagten zuständigen Anspruch auf Zurückgewährung des Betrags des in Frage befangenen Miethzinses der Klägerin cedirt habe. Die Berufung auf diese Cession jedoch ist offenbar verspätet. In dem Anmeldungsschreiben, sowie im Verhandlungstermine hat die Klägerin nicht ein in der Person der verw. R. entstandenes und von dieser auf sie freiwillig übertragenes Recht geltend gemacht, sondern zur Begründung des geklagten Anspruchs sich lediglich auf ein vermeintlich in ihrer eignen Person zur Entstehung gekommnes Contractsverhältniß mit dem Beklagten bezogen, und wenn über ihre damalige diesfallsige Intention noch ein Zweifel obwalten könnte, und deshalb anzunehmen wäre, daß dem Proceßgericht nach §. 18. des Gesetzes, das gerichtliche Verfahren rc. betr., vom 16. Mai 1839 obgelegen hätte, die Klägerin im Verhandlungstermine nach der angegebenen Richtung hin durch Stellung geeigneter Fragen zu unterstützen, so würde doch auch in dieser Beziehung der Klägerin der von ihr Bl. — ausdrücklich erklärte Verzicht auf weiteres Vorbringen gegenwärtig entgegenstehen. In dem vorliegenden Rechtsstreite muß daher die gedachte Cession unberücksichtigt bleiben, wodurch jedoch der Natur der Sache nach der Beantwortung der Frage, ob nicht die Klägerin den durch diese Cession auf sie übertragenen Anspruch der verw. R. in einem deshalb anzustrengenden Rechtsstreit mit Erfolg werde geltend machen können, in keiner Weise präjudicirt wird."

Redacteur: Dr. Theodor Tauchnitz. Officin der Verlagshandlung.

Von diesem Wochenblatte erscheinen jährlich 64 Nummern zu 1 Quartbogen und außerdem am Jahresschlusse ein ausführliches Register.

Wochenblatt
für
merkwürdige Rechtsfälle,
in actenmäßigen Darstellungen
aus dem Gebiete der Justizpflege und Verwaltung
zunächst für das
Königreich Sachsen.

Alle Postämter u. Buchhandlungen übernehmen Bestellungen und liefern das Quartal zu dem praenumerando zu entrichtenden Preise von 1 Thaler.

Verlag von **Bernhard Tauchnitz** in Leipzig.

№ 11. Neue Folge Zwölfter Jahrgang. 1864.

16.

Zu §§. 4. 6. 7. 8. und 23. des Civilstaatsdienergesetzes vom 7. März 1835. — Anspruch des suspendirten Staatsdieners auf ein Sustentationsquantum, wenn sich derselbe während der Dauer der Suspension eigenmächtig der Dienstleistung entzieht, und insbesondere sich in's Ausland begiebt.

Mitgetheilt von
Herrn —r in D.

Die verehel. E. klagte als Cessionarin ihres Ehemannes gegen den Staatsfiscus auf Bezahlung einer Summe von 229 Thlrn. 5 Ngr. —. Der Ehemann der Cedentin hatte die Stelle eines Rechnungsbeamten im Departement des — Ministeriums bekleidet, war aber im Jahre 1860 wegen Verdachts durch Fälschung begangenen Betrugs in Criminaluntersuchung gekommen und auf Grund dieser Untersuchung zu einjähriger Arbeitshausstrafe verurtheilt worden. Nach Eröffnung der Voruntersuchung hatte das — Ministerium Inhalts einer an das Untersuchungsgericht ergangenen Verordnung vom 22. October 1860 auf Grund der Bestimmung in §. 23. alinea 4. des Civilstaatsdienergesetzes die vorläufige Suspension E.'s von seiner Dienststelle ausgesprochen, demselben jedoch bis auf Weiteres und vom Monat November an die Hälfte seines bisherigen jährlichen Etatsgehalts zu seiner und seiner Familie nothdürftigem Unterhalte fortzugewähren beschlossen. Zugleich wurde darin das Untersuchungsgericht angewiesen, den Angeschuldigten dem vorstehends gedachten Beschlusse gemäß mit Bescheidung zu versehen, was jedoch, da E. sich immittels der Untersuchung durch die Flucht entzogen hatte, nicht geschehen konnte. Nach Beendigung der Untersuchung, welche für den Angeschuldigten, wie schon erwähnt, die Verurtheilung zu einjähriger Arbeitshausstrafe in contumaciam zur Folge hatte, wurde E. sodann in Gemäßheit §. 24. des Civilstaatsdienergesetzes vom 1. October 1861 seines Dienstes als —, sowie als Staatsdiener und öffentlicher Beamter überhaupt entsetzt.

Die Klägerin forderte nun die oben angegebene Summe als die ihrem Ehemanne auf die Monate November und December 1860, sowie Januar bis September 1861 (in welchem letzteren die Verurtheilung erfolgte) im Hinblick auf die obengedachte Verordnung seiner Dienstbehörde vom 22. October 1860 und die einschlagenden Bestimmungen des Civilstaatsdienergesetzes gebührende Hälfte seines Gehaltes.

Von Seiten des Beklagten wurde Folgendes eingewendet: Klägerin gebe in der Klage selbst zu, daß ihr Ehemann bereits im October 1860 von — abwesend gewesen sei; derselbe habe sich der Untersuchung durch die Flucht entzogen und sei seitdem nicht zurückgekehrt. Diese Flucht E.'s sei als eine freiwillige Verzichtleistung desselben auf seinen Dienst anzusehen und mache ihn der daraus abzuleitenden Rechte verlustig. Dies sei zwar im Civilstaatsdienergesetze nicht ausdrücklich ausgesprochen, folge aber aus allgemeinen Rechtsgrundsätzen; hiernach könne eine durch Gegenleistung bedingte Leistung nur gefordert werden, wenn entweder diese Gegenleistung erfolgt, oder der Berechtigte dazu in der Lage und bereit und hiervon durch einen gesetzlich anerkannten Grund befreit sei. Die Flucht aber, um sich der Untersuchung wegen eines begangenen Verbrechens zu entziehen, gelte als eine vituperabilis absentia und mache den Flüchtigen jedes Anspruchs auf ein beneficium, wozu das in §. 23. Abs. 4. des angezogenen Gesetzes bewilligte Sustentationsquantum gehöre, gänzlich verlustig: — „transfugis nullum credendum est beneficium tribui" (l. 14. D. ex quib. caus., 4. 6.). Aus der Verordnung vom 22. October 1860 habe aber der Ehemann der Cedentin Rechte für sich und seine Familie um so weniger erlangt, als ihm der Inhalt jener Verordnung in Folge seiner Flucht nicht habe bekannt gemacht werden können, und übrigens dieselbe später auch am 30. October 1860 wieder zurückgenommen worden sei.

Beklagter beantragte endlich die Beilegung der fraglichen Untersuchungsacten, auf welche auch Klägerin im Verfahren noch Bezug genommen hatte.

Das Königliche Appellationsgericht zu Dresden wies in seiner am 9. März 1863 bekannt gemachten Entscheidung die Klage in der angebrachten Maaße ab, aus folgenden Gründen:

„Klägerin, deren Ehemann, Johann Friedrich E., wegen Eigenthumsvergehen durch das Bezirksgericht zu — im Monat September 1861 zu einer einjährigen Arbeitshausstrafe verurtheilt, in Folge dessen aber nach Inhalt der von der Klägerin selbst Bl. — in Abschrift beigebrachten Verordnung des Königl. — Ministeriums vom 11. December 1861 des von ihm früher bekleideten Dienstes als —, sowie als Staatsdiener und öffentlicher Diener überhaupt vom 1. October 1861 ab entsetzt und von dem nämlichen Zeitpunkte an seines Anspruchs auf Gehalt für verlustig erklärt worden ist, fordert mittels der Bl. — flg. erhobenen Klage von dem Beklagten die Summe von 229 Thlrn. 5 Ngr. —, nebst den Bl. — näher angegebenen Verzugszinsen, indem sich dieselbe zur Begründung ihres Anspruchs auf den in der Klagbeifuge A. Bl. — enthaltenen Beschluß des Königl. — Ministeriums vom 22. October 1860, wonach ihrem Ehemanne, seiner vorläufig erfolgten Suspension von der obengedachten Dienstfunction ungeachtet, bis auf Weiteres und vom Monat November 1860 an die Hälfte des ihm mit jährlich — Thlrn. —, —, ausgesetzten etatsmäßigen Gehaltes zu seinem und seiner Familie nothdürftigen Unterhalte fortgewährt werden sollen, bezieht, im Uebrigen aber noch anführt, daß ihr genannter Ehemann seine Forderung auf den ihm hiernach gebührenden Gehaltstheil für die Zeit vom Monat November 1860 bis mit September 1861 nach Höhe von zusammen 229 Thlrn. 5 Ngr. —, an sie, die Klägerin, abgetreten habe.

Beklagter bestreitet die Statthaftigkeit des wider ihn erhobenen Anspruchs nach Bl. — hauptsächlich um deswillen, weil der Ehemann der Klägerin, wie diese auch selbst in der Klage nicht bestreite, bereits seit dem Monat October 1860, um sich der wider ihn eröffneten Voruntersuchung zu entziehen, von — entfernt habe und auch seitdem nicht wieder zurückgekehrt, jene Flucht und Abwesenheit aber als eine freiwillige Verzichtleistung E.'s auf seinen Dienst anzusehen und derselbe deshalb der daraus abzuleitenden Rechte verlustig geworden sei.

Nun beruht nach der sowohl von dem Beklagten Bl. —, als auch von der Klägerin Bl. — angezogenen, gegen Johann Friedrich E. bei dem Bezirksgerichte zu — ergangenen Untersuchungsacten, welche dem Königl. Appellationsgerichte bei der gegenwärtigen Entscheidung mit vorgelegen haben, in rechtlicher Gewißheit, daß der Ehemann der Klägerin

(vergl. die Bemerkung des Untersuchungsrichters Bl. — jener Acten)

seit dem 20. October 1860 von — sich entfernt hat und auch bis zu dem Zeitpunkte, zu welchem er seines Dienstes völlig entsetzt wurde, dahin nicht zurückgekehrt ist. Diese Umstände können aber, obschon Klägerin in der Replik dies bestreitet, bei Beurtheilung der hier fraglichen Rechtsverhältnisse allerdings nicht unberücksichtigt bleiben. Man kann zwar der Klägerin in der Bl. — von derselben geltend gemachten und auch von Seiten des Beklagten selbst nicht bestrittenen Ansicht, daß in dem Gesetze, die Verhältnisse der Civilstaatsdiener betr., vom 7. März 1835 eine ausdrückliche Bestimmung, welche für den oben hervorgehobenen Einwand des Beklagten gegen die Statthaftigkeit des von der Klägerin geltend gemachten Anspruchs anzuführen wäre, nicht enthalten ist, beipflichten, indem jenes Gesetz zwar Vorschriften über die Entlassung eines Staatsdieners (vergl. §. 25. (Ges.- u. V.-Bl. v. J. 1835. S. 181 flg.) und über das eintretenden Falles gegen den Staatsdiener in Anwendung zu bringende Besserungsverfahren enthält, dagegen die Folgen der absichtlichen Entfernung und der Dienstentziehung von Seiten des Staatsdieners nicht näher bezeichnet. Hieraus folgt jedoch nur soviel, daß in Ermangelung solcher specieller Vorschriften die allgemeinen Rechtsgrundsätze auch im vorliegenden Falle zur Anwendung zu bringen sind, und hiernach kann es keinem begründeten Zweifel unterliegen, daß das in der Klage gedachte Dienstverhältniß zwischen dem vormaligen — E. und dem Königlichen — Ministerium sich als ein zweiseitiger Vertrag darstellt. Nun gehört aber zur Schlüssigkeit einer auf Erfüllung eines solchen Vertrags gerichteten Klage, nach Verschiedenheit der hierbei, mit Rücksicht auf die Art der einzelnen Leistungen möglichen Fälle, entweder das Anführen, daß auch der Kläger, beziehentlich diejenige Person, von welcher Kläger seine Rechte ableitet, die ihm obliegende Leistung bereits erfüllt oder solche dem Beklagten angeboten habe, oder doch wenigstens das Erbieten zu dieser Leistung in der Klagschrift selbst. Keinem dieser Erfordernisse ist indessen in der vorliegenden Klage genügt, vielmehr ergiebt sich das Gegentheil, wie bereits bemerkt, sowohl aus der Klagschrift selbst, als aus den Bl. — und Bl. — angezogenen Beilagsacten. Nun meint zwar Klägerin, daß die erfolgte Suspension ihres Ehemannes von Seiten der Anstellungsbehörde einen Verzicht auf die Dienstleistungen desselben enthalte, und daher dem Ersteren, zumal ihm eine Bedingung, daß er sich während seiner Suspension in — oder im Königreiche Sachsen aufhalten solle, nicht gestellt worden, die Wahl seines Aufenthaltsortes selbst zugestanden habe. Allein in dieser Auffassung konnte der Klägerin nicht beigepflichtet werden; denn die Suspension E.'s von seinem Dienste, welche (Bl. —) nur vorläufig erfolgte, überhob denselben keineswegs der Verpflichtung, seinerseits in der Lage zu bleiben, welche ihm die sofortige Wiederübernahme seiner dienstlichen Functionen, sobald dieselbe von Seiten der Dienstbehörde verlangt wurde, möglich machte. Unter den bisher gezeigten Verhältnissen würde daher dem Ehemanne der Klägerin, als Cedenten, bei einer Klage gegen den Staatsfiscus die exceptio non impleti contractus entgegengestanden haben, sie steht aber nunmehr auch der Klägerin selbst, als Cessionarin, entgegen, da es sich im gegenwärtigen Falle nicht um eine später entstandene Einrede, sondern um eine Einwendung handelt, welche in der Natur der Forderung selbst ihren Grund hat und mit derselben unmittelbar zusammenhängt, und es erscheint daher die Bl. — und Bl. — von dem Beklagten ausgesprochene Weigerung zu Gewährung des von der Klägerin auf Grund der an sie erfolgten Abtretung beanspruchten Gehaltstheils ihres Ehemannes, ganz abgesehen davon, daß die Auszahlung des dem Letzteren durch die obenerwähnte Verordnung vom 22. October 1860 zugebilligten Sustentationsquantums bereits unter dem 30. October 1860 (vergl. Bl. —) wieder beanstandet worden ist, allerdings rechtlich begründet.

Aus dem Umstand endlich, daß nach der Verordnung des Königl. — Ministeriums vom 22. October 1860 E.'n die Hälfte des Gehaltes nicht nur zu seinem, sondern auch zu seiner Familie nothdürftigen Unterhalte fortgewährt werden sollen, kann die Klägerin, als Ehefrau, ein selbstständiges Klagerecht für sich nicht ableiten, und nach Bl. — hat Klägerin dies auch nicht beabsichtigt, vielmehr stützt dieselbe ihre vermeintlichen Ansprüche nur auf die Cession von Seiten ihres Ehemannes. Ob übrigens dieser, hinsichtlich des gesammten Betrages jenes Sustentationsquantums erfolgten Abtretung nicht die in dem oben angeführten Gesetze vom 7. März 1835. §. 12. enthaltene Vorschrift, nach welcher der monatliche Dienstgenuß eines Civilstaatsdieners oder das die Stelle desselben vertretende Wartegeld nur nach Höhe eines Dritttheils abgetreten werden darf, entgegenstehe und ob hiernächst das Bl. — zu lesende Anführen, „es habe E. die hier in Rede stehende Forderung an seine Ehefrau abgetreten", für den darüber gebrauchten, Bl. — zurückgegebenen Eidesantrag überhaupt mit der erforderlichen thatsächlichen Begründung versehen sei, — diese Fragen konnten, da die Klage bereits aus anderen durchschlagenden Gründen abzuweisen gewesen ist, gegenwärtig auf sich beruhen." (ref. exp. lit.)

Diese Entscheidung wurde auf eingewendete Leuterung der Klägerin vom Königl. Appellationsgericht zu Leipzig unterm 3. September 1863 ref. exp. remed. bestätigt. Die Gründe lauten also:

„Die Bestimmungen in §. 23. Abschnitt 4. 6. 7. und 8. des Gesetzes vom 7. März 1835 räumen der Dienstbehörde für den Fall, daß der Staatsdiener in eine strafrechtliche Untersuchung verwickelt wird und ein starker Verdacht des begangenen Verbrechens wider ihn vorliegt, das Recht der Suspension, beziehentlich der vorläufigen Entlassung ein, und gestehen für diesen Fall dem Staatsfiscus auf die Dauer der Untersuchung ein theilweises Retentionsrecht (eine einstweilige Einziehung) und für den Fall, daß nach dem Ausgange der Untersuchung der Staatsdiener des Dienstes völlig zu entsetzen ist, ein eventuelles Heimfallrecht an einem Theile des demselben auf die Dauer der Untersuchung nach Maaßgabe seiner Anstellung zukommenden Gehaltes oder Wartegeldes ein. Wenn dagegen dieses Retentions- und beziehentlich Heimfallsrecht nur auf einen Theil des Gehaltes oder Wartegeldes beschränkt, und bestimmt ist, daß die einstweilige Gehaltsentziehung sich auf den zum nothwendigen Unterhalte der Person und Familie des Dieners erforderlichen Betrag nicht zu erstrecken habe, letzterer vielmehr dem Diener bis zu dem Ausgange der Untersuchung fortzugewähren sei, so folgt aus dem ganzen Zusammenhange dieser Bestimmungen, daß das während der Dauer der Untersuchung zu gewährende Sustentationsquantum in rechtlicher Beziehung einen Theil des dem Staatsdiener bei seiner Anstellung ausgesetzten Dienstgehaltes bildet und in der Hauptsache nach den für den letzteren geltenden Principien zu beurtheilen ist. Auch insoweit sind daher im Wesentlichen die für jede locatio conductio operarum bestehenden Rechtsgrundsätze maaßgebend. An und für sich kann es nun keinem Zweifel unterliegen, daß, wer aus einem zweiseitigen Vertrage Rechte ableitet, zu Begründung seiner diesfallsigen Ansprüche der Regel nach darauf Bezug nehmen muß, daß er seinerseits entweder den Vertrag bereits erfüllt habe, oder doch zu dessen Erfüllung bereit gewesen und durch den anderen Theil daran gehindert worden sei. Andererseits giebt jedoch die Dienstbehörde, indem sie den Diener suspendirt oder seines Dienstes vorläufig entsetzt, in unzweideutiger Weise zu erkennen, daß sie dessen Dienste nicht annehmen wolle und werde. Sie verzichtet somit vorläufig, d. h. bis auf dereinstigen Widerruf, auf die Dienste des Suspendirten. An diese der Dienstbehörde einseitig zustehende Erklärung ist der Dienende in Kraft des Gesetzes gebunden, und es bedarf daher nicht erst einer Acceptation des Verzichtes auf Seiten des letzteren. Hierdurch wird jedoch an der rechtlichen Natur des zwischen beiden Theilen bestehenden Dienstvertrages nichts oder doch nur insoweit, als das Gesetz, wie gedacht, dies vorschreibt, etwas geändert. Soweit eine solche gesetzliche Beschränkung nicht existirt, gilt dagegen der Grundsatz: qui operas suas locavit, totius temporis mercedem accipere debet, si per eum non steterit, quominus operas praestaret.

zu vergl. l. 38. D. loc. cond. (XIX. 2.)
l. 24. D. de cond. et demonstr. (XXXV. 1.)

Zu Begründung des diesfalls dem locator operarum zustehenden Anspruchs genügt daher der Nachweis des Umstandes, daß der andere Theil auf die Gegenleistung verzichtet habe, und namentlich erscheint ein nochmaliges Erbieten zu Leistung der Dienste, welche der andere Theil im Voraus in rechtsverbindlicher Weise nicht annehmen zu wollen erklärt hat, überflüssig.

Andererseits wird jedoch nach dem allgemeinen Grundsatze, daß Contracte jederzeit nach ihrem Anfange zu beurtheilen sind, durch einen solchen nachträglichen Verzicht ebensowenig, wie durch die zeitweilige Inhibition des Dienstgenusses an dem Wesen des ursprünglichen Rechtsgeschäfts etwas geändert.

zu vergl. l. 5. l. 24. §. 5. D. loc. cond.

Hieraus folgt, daß der etwanige Eintritt der Unmöglichkeit einer Gewährung der in dem ursprünglichen Vertrage stipulirten Gegenleistung bei der Beurtheilung des von dem anderen Theile zu erhebenden Anspruchs nicht außer Berücksichtigung bleiben kann.

In dieser Hinsicht sind, dafern die Unmöglichkeit durch einen Zufall oder den Eintritt einer vis major bedingt ist, die für Tragung der Gefahr geltenden Grundsätze maaßgebend. Die Richtigkeit oder Unrichtigkeit der von der Klägerin aufgestellten Behauptung, daß der Staatsfiscus, da er die Verpflichtung übernommen habe, seinem Diener für die Dauer einer wider ihn einzuleitenden Untersuchung den erforderlichen Unterhalt zu gewähren, damit zugleich sich der Verbindlichkeit unterworfen habe, das ausgesetzte Sustentationsquantum auch dann fortzugewähren, wenn wider denselben von der Untersuchungsbehörde die Inhaftnahme verfügt werden sollte, kann Man hier um so gewisser dahingestellt sein lassen, als ein solcher Fall nicht vorliegt. Unzweifelhaft ist jedoch ein solcher Anspruch dann ausgeschlossen, wenn sich der, welchem die Gegenleistung obliegt, selbst und freiwillig in die Unmöglichkeit versetzt hat, seinen diesfallsigen Obliegenheiten auf Erfordern nachzukommen.

zu vergl. l. 55. §. 2. D. loc. cond.
Sächsische Gesindeordnung vom 10. Januar 1835. §. 106 flg.
von Bülow und Hagemann, Erörterungen, Bd. I. nr. 25.

Augenscheinlich liegt bei einem solchen Sachverhalte nicht mehr der Fall vor, von welchem es in der oben bereits angezogenen l. 38. D. loc. cond. heißt: „per eum non stetit, quominus operas non praestaret."

Nach dem Grundsatze facta non praesumuntur ist es nun zwar nicht Sache der Klägerin, die Nichtexistenz solcher, die Vertragserfüllung ausschließender, auf der Verschuldung ihres Cedenten beruhender Thatumstände, sondern Sache des Beklagten, die Existenz derartiger, die Vertragserfüllung behindernder Handlungen des Cedenten an- und auszuführen. Dies ist jedoch von dem Beklagten nach Bl. — in ausreichender Weise und unter Bezugnahme auf die ergangenen Untersuchungsacten geschehen, und es muß in der eigenmächtigen Entfernung des Cedenten der Klägerin von dem Orte seiner Anstellung die Herbeiführung einer Unmöglichkeit, die ihm obliegenden Dienste auf Erfordern zu leisten, um so gewisser gefunden werden, als einerseits die diesfalls angestellten Erörterungen nach Bl. — flg. der Acten — ergeben haben, daß sich der betreffende Staatsdiener in das Ausland begeben habe, andererseits Klägerin darüber, daß derselbe sich später wieder in die Verfassung gesetzt habe, seinen Dienstobliegenheiten auf Erfordern nachkommen zu können, nichts beigebracht hat.

Die erhobene Klage erscheint aber noch von einem anderen Gesichtspunkte aus unhaltbar.

Wie aus den Untersuchungsacten Bl. — erhellt, hat der Cedent der Klägerin bereits an dem 15. October 1860 seine Dienstleistungen eingestellt und ist schon am 20. October in —, dem Orte seiner Anstellung, nicht aufzufinden gewesen. Dagegen ist nach Bl. — Act. die die Suspension desselben aussprechende, dem Inculpaten jedoch niemals publicirte Verordnung des Königlichen — Ministerii erst unter dem 22. October desselben Jahres erlassen und bei der Untersuchungsbehörde unter dem 27. October eingegangen. Selbst angenommen daher, daß im Allgemeinen dem in Gemäßheit der Vorschrift in §. 23. des Staatsdienergesetzes suspendirten Staatsdiener das Recht zuzusprechen wäre, sich während der Dauer der Suspension eigenmächtig zu entfernen und solchergestalt die Unmöglichkeit seiner Dienstleistung herbeizuführen, würde der Cedent der Klägerin sich auf diese besondere Vergünstigung nur dann berufen können, wenn er sich nach erfolgter zeitweiliger Dienstentsetzung entfernt hätte. Durch die vorzeitige Einstellung seiner Dienstleistung gab er dagegen unzweifelhaft das einseitige Aufgeben seiner dienstlichen Stellung in unzweideutiger Weise zu erkennen.

Unter diesen Umständen bedarf es keines Eingehens auf die Frage, welche Wirkung dem Bl. — der Proceßacten zu lesenden Widerrufe der Suspensionsverordnung beizulegen sei und ob nicht die Dienstbehörde dann, wenn zu dem frühern Suspensionsgrunde ein fernerweites, die sofortige Sistirung der Gehaltszahlung überhaupt rechtfertigendes Moment hinzugetreten sein sollte, jeder Zeit für befugt zu achten wäre, unter Widerrufe der früheren Verfügung die Auszahlung des Sustentationsquanti zu sistiren.

Erscheint somit die Abweisung der Klage allenthalben gerechtfertigt, so lag auch kein Grund vor, dem Beklagten eine antheilige Uebertragung der durch das unerhebliche Rechtsmittel der Klägerin verursachten Unkosten anzusinnen."

17.

Ist die Idee eines literarischen Unternehmens und der Titel eines Journals Gegenstand des literarischen Eigenthums?

Mitgetheilt von

Herrn Dr. L. in L.

Zwischen dem Schriftsteller M. und dem Inhaber der Buchhandlung E. S. zu Leipzig war unterm 5. Juni 1861 über die Zeitschrift „die Sängerhalle" ein schriftliches Uebereinkommen getroffen worden, aus welchem für den Zweck gegenwärtiger Mittheilung folgende Punkte hervorgehoben werden:

1. „Dr. M., Eigenthümer der Sängerhalle, giebt vom 1. Juli 1861 im Verlage von E. S. in Leipzig die Sängerhalle heraus, leitet den literarischen Theil des Journals und sorgt für das hierzu nöthige schriftstellerische Material.
2. Dr. M. empfängt für das in 2000 Exemplaren gedruckte Unternehmen, in wöchentlichen Nummern veröffentlicht, — Thlr. — ‚ — ‚ vom 1. Juli 1861 ausgezahlt.
5. Zur Controlirung des Absatzes und zur statistischen Uebersicht der Sängerhalle soll eine besondere Liste über die Abonnenten, resp. Bestellzettel geführt werden, welche dem Herausgeber Dr. M. auf Verlangen jederzeit vorzulegen ist.
6. Alle eingehenden literarischen Erscheinungen, welche in der Sängerhalle besprochen werden sollen, werden Eigenthum des Herausgebers.
8. Dagegen besorgt Herr E. S. für den buchhändlerischen Theil das Unternehmen, und es liegt ihm die Pflicht ob, nicht nur die Verbreitung des Unternehmens so zu unterstützen, wie es in seinem Interesse liegt, sondern auch für pünktliches Erscheinen und sorgfältige, zeitgemäße Ausstattung des Unternehmens jederzeit nach Pflicht Bedacht zu nehmen.
9. Der Verleger übernimmt ferner die Verpflichtung, für die erforderlichen Holzschnitte (incl. Zeichnungen, wenn solche erforderlich sind) zu sorgen, etwaige Honorare für Kunstwerke und literarische Beiträge zu zahlen, und die dringend nöthigen Zeitschriften oder literarischen Werke anzuschaffen.
12. Beide Contrahenten versprechen sich, vorausgesetzt, daß das Unternehmen reüssirt, den Contract nie zu kündigen, wenn Einer dem Andern sein Wort hält.
13. Die Sängerhalle bleibt auch nach dem Tode des jetzigen Verlegers, Herrn E. S., Verlagsartikel dieser Firma, resp. dessen gesetzlicher Erben, wenn sie sich verpflichten, diesen Contract aufrecht zu erhalten."

Unter Bezugnahme auf diesen Contract trat Dr. M. gegen den Inhaber der Firma E. S. im Januar 1862 bei dem Handelsgerichte zu Leipzig unter dem Anführen klagend auf:

Es sei nach dem Inhalte dieses Vertrags keinem Zweifel unterworfen, daß er Eigenthümer und Herausgeber, Beklagter nur Vertreiber und Verleger der Sängerhalle sei. Nach §. 12. hätten sich die Contrahenten verpflichtet, vorausgesetzt, daß das Unternehmen reüssire, den Contract nie zu kündigen, wenn Einer dem Andern sein gegebenes Wort halte. Wenn also das Unternehmen nicht reüssirt hätte und

Beklagter den Contract auszuhalten nicht gesonnen gewesen, so habe letzterer nur das Recht, den Verlag der Sängerhalle aufzugeben, während er sich aller weitern Verfügung über die Sängerhalle, die ihm, dem Kläger, eigenthümlich gehöre, zu enthalten gehabt habe. Die Sängerhalle sei nun vom Juni 1861 ab bis Anfang Januar 1862 erschienen, Beklagter habe sie verlegt, Kläger sie herausgegeben und es hätten circa 975 Abonnenten darauf abonnirt gehabt. Im Januar 1862 habe nun Beklagter mittelst (des sub B. in Abschrift beiliegenden) Briefs ihm mitgetheilt, daß, da der Absatz der Sängerhalle nicht 1000 Exemplare betrage, er sich genöthigt sehe, mit dem Kläger über die ihm, dem Beklagten, angeblich zugehörige Sängerhalle Jahrg. 1862 einen neuen Contract zu machen, den er im Entwurfe beifüge, dessen Vollziehung er, S., erwarte, indem er die diesfallsige Weigerung als Aufhebung der beiderseitigen Verbindung ansehe. Er, Kläger, habe solches brieflich verweigert, darauf aber einen zweiten Brief vom 13. Januar erhalten, worin Beklagter ihm anzeige, daß er durch Nichtannahme seiner Bedingungen die Geschäftsverbindung aufgelöst habe. In diesem Briefe gerire sich Beklagter als Eigenthümer der Sängerhalle, und das ganze Manoeuvre sei offenbar darauf gerichtet gewesen, sein, Klägers, Eigenthumsrecht an sich zu ziehen; in der That habe derselbe solches an sich gezogen, denn er habe die im Originale beifolgende No. 4. der Sängerhalle am 17. Januar erscheinen lassen und versendet, in solcher aber den Lesern in unwahrer Weise mitgetheilt, daß er, Kläger, auf seinen, des Beklagten, Wunsch von der Herausgabe der Sängerhalle zurückgetreten sei und daß von No. 5. ab ein gewisser H. S. die Leitung der Sängerhalle übernehme. Er habe auch inzwischen die No. 5. — in welcher S. als Redacteur des Blattes auftrete — erscheinen lassen und versendet.

Zum Drucke des Kopfes der Sängerhalle, auf welcher ein Bild mit verschiedenen künstlerischen Verzierungen angebracht und das Wort: „die Sängerhalle" in gothischen Buchstaben beigedruckt sei, habe er dem Beklagten die lithographirte Zeichnung, die er vorher für sein eignes Geld bei B. in G. anfertigen lassen, eingehändigt, damit sie Beklagter zum Drucke des Blattes benutzen solle.

Da Beklagter das Recht nicht weiter habe, die Sängerhalle zu verlegen, auch die Herausgabe der Abonnentenliste, sowie der lithographirten Zeichnung verweigere, so sehe er sich zur Klaganstellung veranlaßt, fordere unter Eidesantrag Einlassung und Antwort auf die Klage sammt Beilagen sub poena conf. et conv. und bitte um eine Entscheidung des Inhaltes:

a) daß Beklagter verbunden, ihn als Eigenthümer der Sängerhalle anzuerkennen, daß daher Beklagter nicht berechtigt sei, die Sängerhalle von No. 4. ab erscheinen zu lassen,
b) daß Beklagter die fernere Herausgabe der Sängerhalle bei Strafe zu unterlassen und
c) ihm die durch die unberechtigte Herausgabe des Blattes von No. 4. ab erwachsenen erweislichen Schäden ab- und zu erstatten verbunden, ferner
d) daß Beklagter dem Kläger die Versendungsliste (§. 5.) sofort vorzulegen und
e) die zum Drucke des Kopfes der Sängerhalle ihm gelieferte lithographische Zeichnung herauszugeben, so wie
f) die Proceßkosten zu erstatten schuldig, zu welchem allen der Beklagte im Verweigerungsfalle nach Handelsgerichtsbrauche allenthalben anzuhalten.

Beklagter war des factischen Inhaltes der Klage, wie der Klagbeilagen im Wesentlichen geständig, bestritt dem Kläger jedoch aus Gründen, welche ihre Würdigung in den ergangenen Entscheidungen gefunden haben und hier nicht besonders hervorgehoben zu werden brauchen, das Klagrecht und excipirte betreffs der lithographischen Zeichnung unter Eidesantrag, daß Kläger, nachdem dieser sie von B. geschenkt erhalten, ihm überlassen und geschenkt habe; er, Beklagter, habe die Skizze angenommen, solche, weil sie nicht zum Formate der Zeitschrift gepaßt, größer und mit einigen Veränderungen auf seine Kosten durch einen Leipziger Xylographen in Holz schneiden lassen, wofür er gegen 35 Thaler bezahlt habe; Kläger habe daher kein Recht auf die Zeichnung und auf ein Verbot der Vervielfältigung derselben. Demnächst hob Beklagter in der Anmerkung zu Einl.-Punkt 4. hervor, die neue von ihm ohne den Kläger verlegte Zeitschrift führe (nach Ausweis der vorliegenden Nummern 4. und 5.) den Titel „allgemeine deutsche Gesangsvereinszeitung für das In- und Ausland", während der Titel der frühern im Eingange der Klage gedachten Sängerhalle „Deutsche Gesangszeitung für das In- und Ausland" gelautet habe.

Inzwischen hatte sich Kläger an den „deutschen Schriftstellerverein zu Leipzig" gewendet und von demselben ein auf Beschluß dieses Vereins gedrucktes — auch zu den Proceßacten gebrachtes — (Privat-)Gutachten erlangt, worin „nach reiflicher Erwägung der einschlagenden Verhältnisse und nach Anhörung der Parteien" der zur Begutachtung ernannte Ausschuß seine Entscheidung dahin abgeben zu müssen geglaubt hatte, daß das von 2c. S. gegen 2c. M. eingeschlagene Verfahren, als mit dem Wortlaute des zwischen beiden Theilen unter dem 5. Juni 1861 abgeschlossenen schriftlichen Contracts unvereinbar, rechtlich unbegründet erscheine, da auf Grundlage desselben Ersterer nur als „Verleger", Letzterer aber als „Eigenthümer und Herausgeber" der hier in Frage stehenden Zeitschrift „die Sängerhalle" zu betrachten sei.

Das Handelsgericht erbat sich nunmehr ein Gutachten der I. Section des Sachverständigenvereins darüber,

a) ob in denjenigen Rechtsverletzungen, welche Kläger Inhalts der Klage dem Beklagten Schuld gebe — deren thatsächliche Begründung vorausgesetzt —, nach irgend einer Seite hin eine Verletzung eines Rechts an literarischen Erzeugnissen im Sinne des Gesetzes vom 22. Februar 1844 zu befinden, insbesondere schon der Titel einer Zeitschrift, abgesehen von dem Inhalte der letzteren, als selbstständiges Object des literarischen Verkehrs demnach nach §. 1. jct. §. 16. des alleg. Gesetzes als schutzberechtigt anzusehen sei, eventuell

b) ob in der Bl. — bei Einl.-Punkt 4. behaupteten Veränderung des Titels eine so wesentliche Abänderung zu erkennen, daß der Titel nunmehr als ein neuer zu betrachten.

Der gedachte Verein sprach sich in seinem Gutachten dahin aus:

Ad a. Die eine Verletzung, von welcher der Kläger spreche, bestehe darin, daß in No. 4. der „Sängerhalle" von 1862 dem Publicum der freiwillige Rücktritt des Dr. M. gemeldet und ein Herr H. S. als derjenige präsentirt werde, welcher von No. 5. die Leitung der Sängerhalle übernehmen werde. Dies möge vielleicht eine Vertragsverletzung sein, aber eine Verletzung im Sinne des angezogenen Gesetzes könne irgendwo nicht gefunden werden. Stände bei Dr. M. das Verlagsrecht der Sängerhalle, dem dann das Journal die Sängerhalle eigenthümlich gehören würde, so würde die Disposition des Beklagten sicher ein Eingriff sein; aber der Contract in seinem ganzen Inhalte führe darauf, daß das Verlagsrecht der Sängerhalle dem Beklagten zustehe, wogegen Kläger das Journal leite und für das Material sorge. Ohne Einfluß sei, daß Kläger, wie andere Mitarbeiter, für jeden einzelnen Fall das Material erst schaffen oder beibringen müsse, und eben so wenig komme in Betracht, wer den Titel „Sängerhalle" gewählt oder geschaffen habe. Des Verlagsrechts, also der beliebigen Vervielfältigung für jede Nummer, habe sich Kläger begeben. Da nun ein Journal ein systematisch in sich zusammenhängendes Ganze nicht sei, sondern dasselbe aus einzelnen Nummern oder Heften sich bilde, so könne, wenn der Contract nicht entgegenstehe, derjenige, welcher das Verlagsrecht habe, beliebig von jeder Nummer an sich einen andern Redacteur suchen, und überhaupt zurücktreten; der Verleger sei durch das Gesetz nicht behindert, er könne aber durch den Vertrag behindert sein und es sei möglich, daß dieser Fall hier vorliege.

Ad b. Ob Beklagter das gedachte Journal als „Sängerhalle" mit dem bisherigen oder vermehrten Zusatze herausgeben dürfe, diese Frage sei ganz davon unabhängig, wer das Verlagsrecht des Journals habe; denn wenn auch Kläger das Verlagsrecht nicht habe, so könne diese Frage gleichwohl verneint werden; dann würde ein Recht auf den Titel behauptet werden müssen, der Titel würde als Gegenstand eines Verlagsrechts erscheinen. Der Titel eines Journals wie eines Buchs sei aber keine Production (literarisches Erzeugniß), er sei nur ein Name, und nicht ein Name, wie etwa die Firma des Kaufmanns, kein persönlicher Name; nicht einmal eine Bezeichnung, wie etwa eine Etiquette, auf der noch die Firma gezeichnet sei. Das Recht schütze aber nur die Firma mit voller Sicherheit, und die Etiquette in noch nicht ganz entschiedener Weise. Ein Recht auf den Titel kenne weder das allgemeine Recht, noch die Gesetze über das Verlagsrecht und den Nachdruck. Es könne fein sein und honett, daß ein gewisser Titel von einem andern Verleger nicht gewählt oder unter andern Umständen nicht beibehalten werde. Wenn der Verein hiernach ein Recht auf den Titel mit aller Entschiedenheit zurückweise, so sei selbstverständlich, daß eine Modificirung des Titels in jedem Falle eine unwesentliche sei.

Das Handelsgericht zu Leipzig publicirte hierauf einen Bescheid folgenden Inhalts:

„Würde Kläger in Ansehung der zurückgeforderten lithographischen Zeichnung den über die Ausflucht Bl. — angetragenen, Bl. — angenommenen Eid dahin:

daß er dem Beklagten die in der Klage bei dem 37. Einl.-Punkte beschriebene Zeichnung keineswegs geschenkt habe,

schwören, so ist Beklagter die gedachte lithographische Zeichnung dem Kläger herauszugeben und hierzu, da nöthig, nach Handelsgerichtsgebrauch anzuhalten.

Dagegen hat Klägers Suchen, insofern es auf ein Mehreres gerichtet ist, immaaßen es angebracht, nicht statt, und werden die erwachsenen Kosten zwischen den Parteien aufgehoben."

Die beigefügten Entscheidungsgründe sind folgenden Inhalts:

„Kläger hat, wie Beklagter ad p. l. c. 1. zugesteht, mit demselben den der Klage sub A. beigefügten Vertrag über Herausgabe der Zeitschrift „die Sängerhalle" abgeschlossen. Beklagter hat diesen Contract aus Gründen, deren Rechtmäßigkeit Kläger nach den Ausführungen der Klage ad p. l. c. 25—36. bestreitet, für aufgehoben und gelöst erklärt. Hieraus würde — die Begründung des von dem Kläger hierunter Angeführten vorausgesetzt — für denselben das unbezweifelte Recht sich ergeben, die Fortsetzung des nach Klägers Behauptungen grundlos gebrochenen Contracts vom Beklagten zu beanspruchen. Anstatt nun hierauf, unter dem Erbieten zu eigener Contractserfüllung, sein Petitum zu richten, nimmt Kläger — wie es den Anschein gewinnt — die erfolgte Lösung des zwischen ihm und dem Beklagten bestandenen Contracts als eine vollendete Thatsache hin und beabsichtigt unter Berufung auf das ihm an der Zeitschrift „Sängerhalle" zustehende ausschließliche Eigenthum dem Beklagten die fernere Herausgabe der nunmehr mit fremder Hülfe bearbeiteten Zeitschrift gleichen Titels zu untersagen. Dieses jedoch mit Unrecht.

Findet nämlich Kläger, seinen Angaben ad p. l. c. 34—36. zufolge, die Rechtswidrigkeit des Beklagten ausschließlich darin, daß Beklagter die Sängerhalle von No. 4. des Jahrgangs 1862 ab ohne seine, Klägers, Concurrenz und unter Substituirung eines neuen Herausgebers — Redacteurs — habe erscheinen lassen, so stellt es sich zuvörderst zweifellos dar, daß das Recht, welches Kläger seinen eigenen Deductionen zufolge an diesen von No. 4. an laufenden neueren Heften anzusprechen gemeint sei, weder als ein sachliches, noch als ein literarisches Eigenthumsrecht sich charakterisirt. Als kein sachliches — denn Kläger hat kein Moment zu behaupten vermocht, welches ihm an den einzelnen Heften des Journals — diese als Sachen, als Gegenstände des Verkehrs betrachtet — ein durch Vindication zu erfolgendes — reales — Recht gewähren könnte. Eben so wenig aber als ein literarisches im Sinne des Gesetzes vom 22. Februar 1844, da aus der Klage nicht zu ersehen, daß Kläger zu dem Inhalte der betreffenden Journalhefte, also zu den darin zur Veröffentlichung gelangten Geistesproducten, nach irgend einer Seite hin im Verhältnisse des Autors gestanden, oder wenigstens die Stellung eines Rechtsnachfolgers des Autors anzusprechen habe. Die Voraussetzungen, unter welchen das gedachte Gesetz Schutz gegen Verletzung an literarischen Erzeugnissen zusagt, treffen demnach nach keiner Seite — vergl. §. 1. jct. §. 16. leg. cit. — für den vorliegenden Fall zu. Der Inhalt des Contracts Bl. — vermag daran nichts zu ändern.

Ist Kläger in demselben (vergl. §. 1. jct. §. 7.) als Eigenthümer der Sängerhalle — welche, wie nicht zu übersehen ist, als Journal zur Zeit des Contractsabschlusses noch gar nicht existirte, sondern erst durch den Vertrag ins Leben berufen werden sollte — bezeichnet worden, so kann es der Natur der Sache nach blos die Idee zur Ausführung, und der damit in Verbindung stehende Titel des beabsichtigten Journalunternehmens gewesen sein, woran im Sinne der Contrahenten dem Kläger ein Eigenthumsrecht hat indicirt werden sollen. Eine Schutzberechtigung ausschließlich nach dieser Seite hin aber giebt es nicht.

Der Begriff des Nachdrucks bildet sich durch Vervielfältigung literarischer Erzeugnisse. Als literarische Erzeugnisse können aber nur solche Geistesproducte betrachtet werden, durch welche eine Reihe in sich abgeschlossener Gedanken des Verfassers in einer ihnen angehörigen, und mit ihnen untrennbar verbundenen Form zur äußeren Darstellung gebracht wird.

vergl. Jolly, die Lehre vom Nachdruck, S. 101 flg. in Verbind. mit S. 108 flg.

Der originelle Gedanke, die den Bedürfnissen des Publicums entgegenkommende und daher nutzbare Idee, können Veranlassung zu einem literarischen Product werden, in so fern sie, in Worte gekleidet, eine bestimmte, concrete Form annehmen, und in dieser äußeren Gestaltung ein gewisses, in sich abgeschlossenes Ganzes bilden. Die Form, nicht der Inhalt des Gedankens ist hierbei das Entscheidende; losgetrennt von dieser äußeren Form, und für sich allein betrachtet, kann die literarische Ausnutzung einer von einem Dritten glücklich gefundenen neuen Idee, die weitere Verfolgung eines originellen Gedankens, um so weniger als Nachdruck gelten, als es hierbei allenthalben keineswegs um eine mechanische Vervielfältigung, sondern um selbstständige Formgebung, also um ein wesentlich neues Geistesproduct sich handelt.

(Schluß in der gleichzeitig erscheinenden Nummer 12.)

Redacteur: Dr. Theodor Tauchnitz. Officin der Verlagshandlung.

Wochenblatt

für

merkwürdige Rechtsfälle,

in actenmäßigen Darstellungen

aus dem Gebiete der Justizpflege und Verwaltung

zunächst für das

Königreich Sachsen.

Von diesem Wochenblatte erscheinen jährlich 64 Nummern zu 1 Quartbogen und außerdem am Jahresschlusse ein ausführliches Register.

Alle Postämter u. Buchhandlungen übernehmen Bestellungen und liefern das Quartal zu dem praenumerando zu entrichtenden Preise von 1 Thaler.

Verlag von **Bernhard Tauchnitz** in Leipzig.

№ 12. Neue Folge Zwölfter Jahrgang. **1864.**

(Schluß aus No. 11.)

Die Idee des fraglichen Unternehmens, deren Autorschaft Kläger besonders im Verhörstermine Bl. — betont und für sich in Anspruch genommen hat, kann also als Gegenstand des literarischen Eigenthums nicht in Betracht kommen. Eben so wenig der Titel des Journals. Das Handelsgericht hat in dieser Beziehung sich allenthalben dem anzuschließen, was die erste Section des Sachverständigenvereins Bl. — in überzeugender Weise ausgeführt hat, und nur noch mit Rücksicht auf die Bestimmung §. 16. des Gesetzes vom 22. Februar 1844 darauf hinzuweisen, daß, insofern der Werth eines provisorischen Blattes in den Augen des Publicums präsumtiv nicht nach dem Titel, sondern ausschließlich nach dem Inhalt sich bestimmt, selbst dann, wenn ein Mißbrauch des Titels in dem Gebahren Beklagtens zu erkennen sein sollte, dennoch die Schmälerung eines dem Kläger zukommenden, schon stattfindenden oder möglichen Erwerbes nicht ohne Weiteres anzunehmen, am wenigsten für eine solche Annahme in dem Inhalt der Klage genügender Anlaß geboten sein würde.

Nach dem Gesagten ist das journalistische Unternehmen Beklagtens, auch insofern es von der 4ten Nummer des diesjährigen Jahrgangs ab ohne Klägers — durch den Contract allerdings gewahrte, auf dem betreffenden Wege aber nicht zu erzwingende — Concurrenz fortgesetzt worden, als ein schlechthin rechtswidriges keineswegs zu erachten. Die mit dem Hauptpetitum verbundene Schädenforderung erledigt sich nach dieser Sachlage von selbst. Es bleibt sonach blos noch der Anspruch Klägers auf Herausgabe der dem Beklagten zum Drucke des Kopfes der Sängerhalle gelieferten lithographischen Zeichnung übrig.

Im Allgemeinen ist hier zuvörderst zu bemerken, daß Kläger sich insofern keineswegs in der Klage, wie Bl. — angenommen worden zu sein scheint, dadurch, daß Beklagter diese Zeichnung für den Kopf der Sängerhalle auch nach der erfolgten factischen Beseitigung des Klägers von der Redaction beibehalten, sondern (vergl. p. l. c. 46. und 47.) lediglich um deswillen beschwert erachtet, weil Beklagter dermalen die Herausgabe dieser Zeichnung verweigert. In der That hat Beklagter zu dieser Weigerung nach den in der Klage angeführten, von dem Beklagten im Wesentlichen zugestandenen Thatsachen keinen Grund. Er hat den Empfang der Zeichnung zu dem vom Kläger bezeichneten Behufe beim 37. Einl.-Abschn. zur Genüge eingeräumt. Hat ihm daher Kläger, wie Beklagter Bl. — exceptivisch behauptet, und durch den Bl. — deshalb angetragenen, Bl. — angenommenen Eid zu ermitteln ist, diese Zeichnung nicht geschenkt, so liegt ein Recht ferneren Besitzes, beziehentlich Benutzung derselben nach der Gestaltung des sonstigen Verhältnisses unter den Parteien nicht mehr vor. Beklagter kann sich daher der Herausgabe nicht entbrechen. Ob er künftig im Stande sein wird, diese Zeichnung in der früheren, dem Kläger zugehörigen Form demselben zurückzugeben, und welche rechtlichen Folgen die etwanige eigenmächtige Veränderung dieser Form Seiten des Beklagten auf die Sachlage nach Befinden auszuüben geeignet sein würde, ist dermalen nicht näher zu untersuchen, gehört vielmehr eintretenden Falls dem Executionsstadium an.

Die Entscheidung wegen des Kostenpunktes bedarf nach dem in der Hauptsache Erkannten keiner besonderen Rechtfertigung und wird in Ansehung des Kostenvorstandes blos noch beigefügt, daß sich eine diesfallsige Anordnung theils bei der Möglichkeit sofortiger definitiver Entscheidung, theils mit Rücksicht auf das bei Hänsel, Handelsgerichtsproceß, §. 17. N. 21. S. 144 flg. Bemerkte erledigt."

In zweiter Instanz (Appellationsgericht zu Leipzig) erfolgte auf die Berufung Klägers eine confirmatorische Entscheidung nachstehenden Inhalts:

„Daß das Bl. — zu lesende, am 7. Juli 1862 publicirte Erkenntniß (1. Instanz) aus den demselben beigegebenen Gründen, denen im Wesentlichen beizutreten gewesen, und in Betracht, daß

a) der Kläger sich Bl. — ausdrücklich bescheidet, seine Bl. — erhobene Klage sei nicht als Klage auf Erfüllung des Bl. — in Abschrift beigebrachten Verlagscontracts — wie übrigens schon der Wortlaut des Bl. — formulirten Sachgesuchs und der Mangel jeden Erbietens zu einer fortgesetzten Erfüllung der ihn, den Kläger, nach diesem Contracte treffenden Obliegenheiten außer Zweifel stellt — aufzufassen, somit zur Zeit ganz unerörtert bleiben kann, ob und in wie weit für ihn gegenwärtig die Voraussetzungen gegeben gewesen sein würden, die Klage in der bezeichneten Richtung schlüssig zu begründen; weiter

b) derselbe mit dem vorigen Erkenntnisse und den Verfassern des Bl. — ersichtlichen Gutachtens Bl. — ausdrücklich sich dahin einverstanden erklärt, daß das Gesetz, den Schutz der Rechte an literarischen Erzeugnissen und Werken der Kunst betreffend, vom 22. Februar 1844 etwas nicht an die Hand gebe, was sein in der Klage ausgesprochenes Verlangen zu rechtfertigen geeignet wäre, als womit allerdings seine späteren Argumentationen, und insbesondere die wiederholten Bezugnahmen auf mehrere frühere, durch den Druck veröffentlichte Entscheidungen Sächsischer Spruchbehörden Bl. —, welche insgesammt auf die Vorschriften des gedachten Gesetzes gestützt sind, sich nicht füglich vereinigen lassen; hiernächst

c) der Versuch, das behauptete Verbietungsrecht als ein vertragsmäßiges (im Gegensatze also zu dem einem Autor und dessen Rechtsnachfolgern schon durch das Gesetz gewährleisteten) aus dem oben ad a. erwähnten Contracte und dem Verhältnisse des Herausgebers zu dem Verleger herzuleiten, deshalb als mißlungen betrachtet werden muß, weil jener Contract nirgends die directe Zusicherung des Beklagten an den Kläger enthält, in dem Falle der Auflösung des zwischen ihnen bestandenen Vertragsverhältnisses bei der Herausgabe einer Zeitschrift gleiches Namens und gleicher Tendenz nicht mitzuwirken, aus dem Umstande allein aber, daß in §. 1. und 7. des Contracts der Kläger und beziehentlich dessen Erben als „Eigenthümer" der Sängerhalle bezeichnet worden, die rechtsverbindliche Absicht des Beklagten, eine derartige Verpflichtung selbst über die Dauer des mit dem Kläger eingegangenen Societätsverhältnisses hinaus übernehmen zu wollen, keineswegs mit Sicherheit sich folgern läßt, vielmehr der mit dem Ausdrucke „Eigenthümer" von den Contrahenten verbundene Begriff einer speciellen Erläuterung um so mehr bedurft hätte, je zweifelloser derselbe hier nur in einem uneigentlichen, dem geltenden Rechte fremden Sinne gebraucht worden sein kann, und — dafern nicht etwa damit nur angedeutet werden sollen, daß (was an sich hier gleichgültig erscheint) die Idee zu Begründung der fraglichen Zeitschrift von dem Kläger ausgegangen sei, oder daß derselbe in Bezug auf die allgemeine Leitung des Blattes dem Beklagten, als Verleger, gegenüber eine gewisse unabhängigere Stellung, als dem bloßen Redacteur oder Herausgeber, als solchem, zukomme, einzunehmen habe — aus dem wiederholten Gebrauche jenes Ausdrucks höchstens so viel mit Zuverlässigkeit abgenommen werden könnte, daß der Kläger, beziehentlich dessen Erben an den unter ihrer Concurrenz erschienenen Nummern und resp. Jahrgängen des Journals in dem Verhältnisse zu dem Beklagten wirkliche Autorenrechte dergestalt zu beanspruchen haben sollen, daß ohne ihre Genehmigung eine neue Auflage dieser Nummern oder Jahrgänge von dem Verleger nicht veranstaltet werden dürfe, eine Auffassung, die theils mit dem bereits von der vorigen Instanz entwickelten Begriffe des literarischen Eigenthums, welches ein bereits vorhandenes, in eine gewisse sprachliche Form gebrachtes literarisches Product als sein Object nothwendig voraussetzt, theils auch mit den Bestimmungen des Contracts selbst in so fern im Einklange steht, als in §. 7. cit., wo von dem nach des Klägers Tode dessen Erben verbleibenden Eigenthume an der Sängerhalle die Rede ist, gleichzeitig die Voraussetzung ausgesprochen wird, daß die gedachten Erben sich dagegen zu verpflichten haben, auch ihrerseits den Contract einzuhalten, d. h. also fortdauernd die von jenem Gesichtspunkte aus das Autorenrecht wesentlich erst vermittelnden Redactionsgeschäfte persönlich, oder durch geeignete Stellvertreter zu besorgen, offenbar aber es als ein wesentlich weiter greifendes Anverlangen sich darstellt, wenn der Kläger dermalen, wo seiner eigenen Darlegung zu Folge das bisher mit dem Beklagten gemeinsam betriebene Unternehmen, sei es durch wessen Schuld es wolle, factisch seine Endschaft erreicht hat, und wo er, wie erwähnt, sich zu fernerer Contractserfüllung nicht erbietet, dem Beklagten den alleinigen Fortbetrieb des Unternehmens untersagt wissen will, und namentlich sofort einleuchtet, daß er zu Begründung dieses Widerspruchsrechtes auf das Verhältniß des Herausgebers zu dem Verleger, und die demselben inwohnende bona fides sich mit Erfolge nur so lange zu berufen vermöge, als er sich selbst auf den Boden des Contracts stellt, was dem Vorstehenden nach nicht geschehen ist;

bagegen

d) für den Kläger ein Schutz gegen die Anmaßung des Titels, unter welchem die ursprünglich von ihm herausgegebene Zeitschrift bisher erschienen ist, bei dem jetzigen Stande der Gesetzgebung

(vergl. Deutsche Vierteljahrsschrift, Jahrg. XXVI. No. 101. S. 247 flg.)

nach Befinden nur mit Hülfe des Gesetzes vom 22. Februar 1844 zu erreichen sein würde, und wenn man auch darauf, daß der Kläger der Anwendung dieses Gesetzes auf den vorliegenden Fall Bl. — und Bl. — ausdrücklich widersprochen hat, ein entscheidendes Gewicht nicht legen, ingleichen dem fraglichen Titel seinem Inhalte und seiner sprachlichen Form nach das Merkmal der Originalität in so weit zugestehen wollte, um denselben an sich als schutzberechtigt ansehen zu können,

(vergl. die Bl. — allegirte Entscheidung des Königl. Appellationsgerichts zu Leipzig, Wochenbl. für merkw. Rechtsf., Jahrg. 1858. S. 466.)

dennoch, wie von der vorigen Instanz Bl. — mit Beziehung auf §. 16. des Gesetzes bereits richtig hervorgehoben worden ist, eine weitere wesentliche Voraussetzung für die Annahme einer nach dem gedachten Gesetze zu beurtheilenden unerlaubten Vervielfältigung die sein würde, daß durch die letztere ein dem Berechtigten nach §. 1. des citirten Gesetzes zukommender, schon stattfindender oder möglicher Erwerb geschmälert werde, und das Vorhandensein dieser Voraussetzung auf Seiten des Klägers bei der Eigenthümlichkeit des vorliegenden Falles einer speciellen Darlegung um so gewisser bedurft hätte, je weniger die Acten zur Zeit einen Aufschluß darüber gewähren, ob und in wie weit das in Rede stehende journalistische Unternehmen bisher einen wirklichen Reingewinn abgeworfen habe, und ob daher der Kläger, wenn er dasselbe nach der Trennung von dem Beklagten auf alleinige Rechnung fortsetzen wollte, einen solchen auch fernerhin zu gewarten haben würde; übrigens

e) in Betreff des von dem Kläger Bl. — ausdrücklich gestellten Antrages nur noch zu bemerken, daß bei der gegenwärtigen Lage der Sache zu Erforderung eines anderweiten Gutachtens in der dort angedeuteten Richtung keine Veranlassung vorgelegen hat,

der eingewendeten Berufung ungeachtet zu bestätigen, es werden jedoch die Kosten des Rechtsmittels mit Rücksicht auf die bei der Beurtheilung des Falles einschlagenden zweifelhaften Rechtsfragen zwischen den Parteien compensirt."

Das von dem Kläger anderweit eingewendete Rechtsmittel blieb ohne Erfolg, denn das Königl. Oberappellationsgericht zu Dresden erkannte bestätigend (December 1863) unter Beifügung nachstehender Entscheidungsgründe:

„Das Königliche Oberappellationsgericht hat den Gründen, welche für die Abweisung der erhobenen Klage in den beiden vorigen Instanzen geltend gemacht worden sind, im Allgemeinen beizutreten, und ist in Bezug auf das, was der Kläger in seiner neuerlichen Deductionsschrift angeführt hat, nur noch Folgendes zu bemerken:

Wenn auch in dem der Klage Bl. — abschriftlich beigefügten Vertrag §. 1. der Kläger als Eigenthümer der von ihm im Verlag des Beklagten herauszugebenden Zeitschrift „die Sängerhalle" bezeichnet und weiter in §. 7. bestimmt ist, daß diese Zeitschrift nach dem Tode des jetzigen Eigenthümers und Herausgebers Eigenthum der gesetzlichen Erben desselben werden solle, so läßt sich doch hieraus allein die genügende Begründung der erhobenen Klage nicht herleiten.

Denn es ist, wie auch bereits in der vorigen Instanz hervorgehoben worden, nicht zu verkennen, daß die Contrahenten den Ausdruck „Eigenthum" und „Eigenthümer" hier in einem anderen Sinne gebraucht haben, als derjenige ist, welchen das geltende Recht damit verbindet, da dieses ein Eigenthum an einem literarischen Project auf Seiten desjenigen, welcher den Gedanken zu dem beabsichtigten, erst in Zukunft ins Werk zu setzenden Unternehmen gefaßt hat, nicht kennt. Nur um ein derartiges Project und um die Art und Weise der künftigen Realisirung desselben handelte es sich aber bei Eingehung des erwähnten Vertrags, und wenn es daher auch offenbar ist, daß die Contrahenten, indem sie sich der gedachten Ausdrücke bedienten, mit denselben einen anderen Sinn, als den juristisch ihnen beizulegenden, verbunden haben, so bleibt es doch unklar, was eigentlich ihre Absicht gewesen sei. Zwar behauptet Kläger Bl. —, indem er zugleich der Auslegung, welche die vorige Instanz als die wahrscheinlichste aufgestellt hatte, widerspricht, es habe mit jenen Worten bezeichnet werden sollen, daß ihm die ausschließliche Herrschaft über das unter dem Titel „Sängerhalle" im Buchhandel erschienene literarische

Product zustehe. Allein auch hier ist nicht abzusehen, was Kläger eigentlich unter der von ihm behaupteten ausschließlichen Herrschaft verstehe, und wäre auch anzunehmen, daß dem Kläger auf Grund des angezogenen Vertrags Autorenrechte an den bis zum Zeitpunkt der Wiederauflösung des Contracts im Buchhandel bereits erschienenen einzelnen Nummern der gedachten Zeitschrift zuzusprechen seien, so läßt sich doch immer nicht erkennen, mit welchem Grunde Kläger verlangen könne, daß er von dem Beklagten als Eigenthümer der fraglichen Zeitschrift anerkannt und daß dem Beklagten die fernere Herausgabe der Letzteren untersagt werde.

Ebensowenig steht aber dem Kläger bei diesem seinem Verlangen das Gesetz, den Schutz der Rechte an literarischen Erzeugnissen und Werken der Kunst betreffend, vom 22. Februar 1844 zur Seite. Denn der Rechtsschutz, welchen dieses Gesetz dem Urheber literarischer Erzeugnisse und seinen Rechtsnachfolgern gewährt, bezieht sich, wie auch schon die vorigen Instanzen richtig bemerkt haben, nur auf schon vorhandene, von dem Urheber zur äußeren Darstellung gebrachte Geistesproducte und nur das Recht des Autors, beziehentlich seiner Rechtsnachfolger auf die Vervielfältigung solcher Producte im mechanischen Wege wird durch das angezogene Gesetz gewahrt, wogegen das Letztere der bloßen Idee und dem Project, derselben durch literarische Producte Ausdruck zu geben, einen gleichen Schutz nicht angedeihen läßt. Eine analoge Anwendung des angezogenen Gesetzes auf Fälle der vorliegenden Art erscheint aber nach der ganzen Natur des Gesetzes von selbst als ausgeschlossen.

Endlich kann aber auch die erhobene Klage insoweit nicht für genügend fundirt erachtet werden, als es sich um den Schutz des Klägers gegen die Anmaaßung des Titels handelt, unter dem die erwähnte Zeitschrift während des Bestehens des Contractsverhältnisses zwischen den Parteien erschienen ist.

Man kann hier dahin gestellt lassen, ob der Titel, welchen der Urheber eines literarischen Products dem Letzteren vorsetzt, im Allgemeinen als wesentlicher Bestandtheil des Products oder nach Befinden als ein in sich abgeschlossenes selbstständiges Geisteserzeugniß sich darstelle, und schon an sich und ohne Rücksicht auf den Inhalt des betreffenden literarischen Products wenigstens unter Umständen des Schutzes gegen mechanische Vervielfältigung in Gemäßheit des angezogenen Gesetzes genieße. Denn wollte man auch diese Frage nicht im Allgemeinen verneinen, wie solches in dem eingeholten Gutachten des Sachverständigenvereins Bl. — und von der ersten Instanz geschehen ist, so würde doch, wie auch von der Letzteren und ebenso von der zweiten Instanz bereits hervorgehoben worden, Seiten des Klägers ein Anspruch auf Schutz gegen die Anmaaßung jenes Titels durch den Beklagten in Gemäßheit §. 16. des allegirten Gesetzes nur dann für begründet zu achten sein, wenn zu entnehmen wäre, daß für den Kläger durch die Vervielfältigung des Titels ein ihm zukommender, schon stattfindender oder möglicher Erwerb geschmälert werde; hierüber aber geben die Acten keineswegs eine genügende Auskunft, und wenn Kläger Bl. — geltend macht, daß er durch Beklagtens Gebahren um den ihm contractlich zugesicherten Gewinnantheil an — Thlr. —, — gebracht worden sei, so kann hierauf ein weiteres Absehen schon um deswillen nicht gerichtet werden, weil Kläger das gedachte Emolument überhaupt nur auf Grund des mehrgedachten Vertrags, dessen Fortsetzung er aber selbst nicht verlangt, beanspruchen konnte.

Es war daher das vorige Erkenntniß lediglich zu bestätigen, und zugleich lag, nachdem Kläger über die Unschlüssigkeit seiner Klage schon in den vorigen Instanzen genügend belehrt worden war, kein ausreichender Grund vor, denselben mit Erstattung der durch sein neuerliches Rechtsmittel veranlaßten Kosten an den Beklagten zu verschonen."

18.

Der Besitz der dem Schuldner abgepfändeten und weggenommenen Gegenstände geht auf den Executionsrichter über. — §. 55. des Executionsgesetzes ist nicht anwendbar auf Fälle, in denen das Pfand bereits versteigert ist, es hat jedoch der Eigenthümer jener Gegenstände ein Recht auf den Auctionserlös, beziehentlich den Werth des versteigerten Pfandes.

Mitgetheilt von
Herrn T. in D.

In einer vor dem Königl. Appellationsgerichte im Bezirksgericht D. anhängigen Bagatellsache wurde dem Kaufmann Theodor Z. am 29. Juli 1862 eine goldene Taschenuhr mit metallener Kette, 14 Thlr. —, — an Werth, abgepfändet. Die Pfandstücke wurden am 11. September zur Auction gegeben und am 4. October für zusammen 8 Thlr. 7 Ngr. — versteigert, es verminderte sich jedoch diese Summe durch Abzug der Auctionskosten auf 7 Thlr. 24 Ngr. 5 Pf.

Hierauf reclamirte der Advocat K., als Concursvertreter in dem zu dem Nachlasse Heinrich Z.'s, des Vaters Theodor Z.'s, ausgebrochenen Schuldenwesen, unter dem 4. October die Uhr, und, nachdem er davon in Kenntniß gesetzt worden war, daß dieselbe bereits versteigert worden, deren Erlös. In dem hierauf eingeleiteten Bagatellproceß wurde das Interventionsanbringen, insoweit es sich um das Eigenthum der Uhr handelte, weiter begründet und bescheinigt, rücksichtlich der Frage aber, welcher Theil des Auctionserlöses auf die Uhr und welcher auf die Kette zu rechnen sei, noch Folgendes zwischen den Parteien verhandelt:

Es hieß in dem fraglichen Protokolle:

„Hierauf erklärte Intervenient auf diesfallsiges Befragen, daß seine Reclamation auf die mitabgepfändete Kette sich nicht erstrecke, und ward veranlaßt, anzugeben, was aus der Uhr und was aus der Kette gelöst worden, nachdem er auch noch folgerichtig angegeben, daß die Reclamation sich nur auf den Erlös der Uhr erstrecke.

Intervenient erklärte hierauf, daß er durch Befragung des Executors den Werth der Uhr und der Kette zur Zeit der Auspfändung getrennt festzustellen und nach dem sich hierbei ergebenden Werthsverhältnisse zwischen Uhr und Kette den auf die Uhr und die Kette getrennt ausfallenden Auctionserlös zu ermitteln bitte.

Intervent aber widersprach dieser Art der Berechnung mit dem Anführen, daß gegenwärtig nur aus der Erinnerung der Executor keine Taxe mehr zuverlässiger Weise abgeben könne, andern Theils aber aus Feststellung des Werthsverhältnisses zwischen Uhr und Kette noch nicht zu schließen sei, wieviel für die Kette und wieviel für die Uhr gelöst worden, indem der Ersteher von Beiden gerade durch das Vorhandensein der Kette zu Gewährung eines höhern Gebots bewogen worden sein und die Kette sich höher veranschlagt haben könne".

Nichtsdestoweniger wurde der Executor in einem spätern Termine unter Zuziehung der Parteien befragt, nachdem man ihn auf seinen aufhabenden Pflichteid verwiesen hatte. Er gab an, er entsinne sich der fraglichen Uhr und Kette und wisse von dem Gewichte und dem Klange der Kette, welche er beide geprüft habe, daß die Kette unächt gewesen und einen Werth von höchstens —‚ 10 Ngr. —‚ gehabt habe.

Der hierauf vom Proceßgericht ertheilte Bescheid lautete folgendermaaßen:

„Weil nach dem Präsentat Bl. — und der amtlichen Notiz Bl. — die Intervention erst nach der Versteigerung der Uhr erhoben worden, die Reclamation eines einem Dritten abgepfändeten Gegenstandes durch dessen Eigenthümer aber nach §. 55. des Gesetzes vom 28. Februar 1838 nur so lange mit rechtlicher Wirkung erfolgen kann, als das gerichtliche Pfandrecht, welches der Intervent durch die erfolgte Auspfändung an der Sache erlangt hat, noch nicht durch Versteigerung des Pfandes realisirt worden ist, eine Reclamation des für ein Pfand erlangten Auctionserlöses aber, wie sie Bl. — vom Intervenienten erklärt worden, rechtlich unzulässig erscheint, wenn man erwägt, daß dem Intervenienten das Eigenthum, welches ihm an dem reclamirten Gegenstande etwa zustand, jedesfalls nicht an dem bei dessen Versteigerung gewonnenen Erlöse zusteht und er also dem Pfandgläubiger gegenüber nicht mehr als der Besserberechtigte anzusehen ist, unter diesen Umständen aber auf die Frage, wieweit im vorliegenden Falle der Anspruch des Intervenienten auch mit Rücksicht auf den Umstand, daß der Auctionserlös für Uhr und Kette erlangt worden, gehörig begründet und bescheinigt sei, nicht weiter einzugehen ist, so hat des Intervenienten Suchen in Beziehung auf das angegebene und erörterte Rechtsverhältniß schlechterdings nicht statt und ist derselbe die erwachsenen ge- und außergerichtlichen Kosten dieses Processes dem Interventen zu erstatten verbunden."

Der Intervenient wendete hiergegen Berufung ein, deren wesentlicher Inhalt aus den nachstehenden Entscheidungsgründen der zweiten Instanz erhellt.

Das K. Appellationsgericht zu Dresden reformirte hierauf unter dem 18. Juni 1863 und erkannte:

ꝛc. ꝛc. „vielmehr ist der Kläger von dem Bl. — zum Gerichtsdepositum eingelieferten Auctionserlöse an 7 Thlr. 24 Ngr. 5 Pf. die Summe von 7 Thlrn. 14 Ngr. 5 Pf. aus dem besagten Depositum an den Intervenienten zur Masse des von ihm vertretenen Schuldenwesens verabfolgen zu lassen, nicht minder die von Bl. — an erwachsenen Kosten dem Intervenienten zu erstatten verbunden, wogegen die Kosten der jetzigen Instanz zwischen Klägerm und Intervenientem compensirt werden.

Entscheidungsgründe:

Bei der Auspfändung, welche auf Antrag eines Gläubigers gegen dessen Schuldner zu Verwirklichung der zwischen Beiden ergangenen rechtskräftigen Entscheidung vorgenommen wurde, hat der Richter lediglich kraft der ihm vom Staate ertheilten Ermächtigung und nicht zugleich irgendwie in einer Stellvertretung des Klägers als Gläubigers gehandelt. An den dem Schuldner weggenommenen Sachen findet daher, so lange sie in der Hand des

Executionsrichters sind, in keiner Weise ein Besitz des Gläubigers, sondern nur ein Besitz des besagten Richters statt, während das Eigenthum an den Pfandstücken bis zur erfolgten Veräußerung unverändert bei demjenigen bleibt, welchem es zur Zeit der Auspfändung zustand. Da ferner die öffentliche Versteigerung der auf des Gläubigers Antrag dem Pfandrechte unterworfenen Sachen vom Richter ebenfalls nicht im Auftrage des Gläubigers, sondern in nothwendiger Folge des Antrags auf Execution richterlichen Amts halber vor sich gegangen ist,

vgl. Wetzell, System des ordentl. Civilprocesses, §. 50. S. 478 flg. und die S. 481. Anm. 30. angef. Abhandlung.

so hatte der Intervenient keine Aussicht, die in der vorigen Instanz ausgesprochene Abweisung seines Anspruchs auf den im Urthel erwähnten Auctionserlös jetzt mit seiner Berufung auf die Grundsätze von der ficta possessio abwenden zu können.

Gleiches gilt im vorliegenden Falle, in welchem weder von einem bewußten unrechtmäßigen Verfahren des Klägers und des Gerichts bei der eingeleiteten Versteigerung der dem Beklagten weggenommenen Uhr, noch von einer Bereicherung des Klägers durch den ihm noch gar nicht zugekommenen Auctionserlös die Rede sein kann, von der für den nämlichen Zweck der Abänderung des angefochtenen Bescheides Bl. — vom Intervenienten erfolgten Bezugnahme auf die Grundsätze von der Bereicherungsklage.

Sein Rechtsmittel war aber aus andern Gründen für beachtbar zu finden.

Nachdem nämlich durch die Bl. — und Bl. — abgehörten Zeugen in ausreichende rechtliche Gewißheit gesetzt worden ist, daß eben jene abgepfändete Uhr das Eigenthum des verstorbenen Vaters des Beklagten gewesen ist, und zur Zeit der Abpfändung zur verschuldeten Nachlaßmasse des Ersteren gehört hat, so folgt nun von selbst, daß, weil der Verstorbene zu Bezahlung des klägerischen Liquidums keine nachgewiesene Verbindlichkeit hatte, die fragliche Uhr an sich dem Beklagten nicht abgepfändet werden durfte, und wenn dies auch, in Unbekanntschaft des Gerichts mit dem betreffenden Eigenthumsverhältnisse und in Folge der Innehabung der Uhr Seiten des Schuldners, geschehen war, ein Pfandrecht an letzterer durch den Kläger rechtlich nicht erworben, und weil dies nicht anging, ein solches Recht um so weniger am Auctionserlöse gewonnen werden konnte. Ohne Grund hält die erste Instanz mit dem Kläger dafür, daß um deswillen, weil §. 55. des Executionsgesetzes vom 28. Februar 1838 nur wegen der Reclamirung von noch nicht versteigerten Pfandstücken Bestimmung treffe, nach erfolgter Versteigerung die Reclamirung des Erlöses überhaupt nicht mehr zulässig sei, und in dessen Folge, also aus einem blos formellen Grunde, der Pfanderlös dem Gläubiger zu überlassen sei, obwohl er auf diesen aus einem materiellen Rechtsgrunde keinen Anspruch habe. Denn aus dem Schweigen des besagten Gesetzes über den jetzigen Fall, in welchem der Rechtsnachfolger des Eigenthümers den Kaufpreis seines versteigerten Eigenthums reclamirt, folgt noch keineswegs die Rechtlosigkeit, also der Verlust der Forderung des Eigenthümers, sondern nur so viel, daß jene Reclamation eben nicht nach den Vorschriften des besagten Gesetzes betrieben werden kann, vielmehr die sonst noch bestehenden einschlagenden Rechtsvorschriften zur Anwendung gelangen und eben darum in jenem Schweigen nicht ohne Weiteres ein Erwerbstitel für den Kläger begründet ist.

Nach jenen Rechtsgrundsätzen aber, deren Anwendung in der jetzigen Sache durch keinen Fristablauf ausgeschlossen ist, war der Reclamant in Vertretung des Eigenthümers befugt, die dem letzteren gehörige Sache aus der Hand des Richters, welcher diese Sache kraft seiner öffentlichen Gewalt, doch nur unter der Voraussetzung an sich behalten durfte, daß der Schuldner Eigenthümer des Pfandstücks sei, nach erwiesenem Wegfalle dieser Voraussetzung ohne Weiteres zurückzufordern, oder statt der Sache deren Werth und folglich auch statt des letzteren den bei ihrem Verkaufe erlangten Kaufpreis ausgehändigt zu verlangen.

Sintenis, prakt. gem. Civilrecht, ed. 1. Bd. 1. §. 52.

Diesem Suchen des Intervenienten konnte auch vom Kläger Bl. — nicht entgegen gehalten werden, daß die mehrbesprochene Uhr mit der an ihr befindlich gewesenen Uhrkette unter einer Kaufsumme veräußert worden sei.

Dieser Umstand kann für sich nicht den Verlust des Uhrerlöses zum Besten des Klägers zur Folge haben, da insoweit, als hierbei der Kläger die Anwendung der Grundsätze über Vermengung eignen und fremden Geldes (l. 78. D. de sol. 46. 3.) im Auge gehabt zu haben scheint, dieser Fall gar nicht vorliegt, indem der Richter die streitige Auctionslösung noch in den Händen und, wie schon nachgewiesen, jene nicht in Stellvertretung des Klägers erlangt hat, es also bei dieser Sachlage nur auf eine dem billigen richterlichen Ermessen überlassene Sonderung der Werthe ankommt, für welchen Zweck dem Intervenienten vom Richter bei der Sachlage auch hätte nachgelassen werden können, mit Berücksichtigung der Bl. — für die Uhr mit der Kette ausgeworfenen Taxe den Werth der Uhr ohne Kette eidlich anzugeben. Solchenfalls aber gereicht es dem Kläger augenscheinlich zum Nutzen, daß sich der Intervenient nach Bl. — nicht nur mit Aushändigung des auf die Uhr zu rechnenden, unzweifelhaft viel niedrigeren Auctionserlöses zufrieden geben, sondern sich auch noch den vom Executor Bl. — auf —› 10 Ngr. —‹ gewürderten höchsten Werth der Kette, und zwar ohne verhältnißmäßigen Beitrag zu den Auctionskosten, vom streitigen Auctionserlöse in Abzug bringen lassen will.“ ꝛc.

19.

Ueber die Frage, ob die Subhastation einer in der Kirche befindlichen Betstube zur Competenz der Justiz- oder Verwaltungsbehörde gehört?

Mitgetheilt von

Herrn v. —r in D.

In der Stadt G., woselbst der dasige Stadtrath die weltliche Coinspection in Kirchen- und Schulsachen auszuüben hat, ohne daß dem allda befindlichen Gerichtsamte irgend eine Concurrenz dabei zusteht, war eine in der dortigen Stadtkirche befindliche Betstube bei Gelegenheit des zu dem überschuldeten Nachlasse ihres bisherigen Inhabers eröffneten Concursverfahrens von dem besagten Gerichtsamte zur öffentlichen Versteigerung gebracht und hierbei einem gewissen A. als dem Meistbietenden zugeschlagen worden, welcher aber sein Recht an die erstandene Betstube wiederum an einen gewissen P. abgetreten hatte. Dieser letztere kam nun bei der Kircheninspection mit dem Gesuche um Zuschreibung der Betstube ein und dadurch gelangte die Sache zur Kenntniß der betreffenden Kreisdirection, an welche von der vorgedachten Behörde wegen Bestätigung der von ihr, dem Anlangen des P. gemäß, ausgefertigten Verleihungsurkunde Bericht erstattet ward.

Die Kreisdirection trat aber hierauf zunächst mit dem Bezirks-Appellationsgerichte unter dem 12. November 1857 in Vernehmung und bemerkte dabei Folgendes:

„Die in Frage befangene Subhastation hat das Gerichtsamt offenbar nur in der Eigenschaft als Justizbehörde vorgenommen und an und für sich vornehmen können, da ihm in Ansehung der Stadt G. weder in kirchlichen, noch in andern Verwaltungsangelegenheiten irgend eine Competenz zusteht. Als Justizbehörde aber hat das Gerichtsamt durch die Veranstaltung jener Versteigerung ohnstreitig seine Competenz überschritten, da die Kapellen und Betstuben in den Kirchen und zwar auch die sogenannten erblichen Stände dieser Art — zu welcher letztern Kategorie die hier in Rede stehende Betstube zu rechnen ist — überhaupt nicht als Gegenstand des wirklichen Eigenthums, im privatrechtlichen Sinne, Seiten ihrer Inhaber zu betrachten sind, den letztern vielmehr an den erstern im Wesentlichen nur ein Benutzungsrecht zukommt, in Ansehung dessen, weil solches im Hauptwerke nur nach administrativen Rücksichten zu beurtheilen und zu bestimmen ist, die Cognition an und für sich zum alleinigen und ausschließlichen Geschäftsbereiche der die kirchliche Aufsicht handhabenden Verwaltungsbehörden gehört, daher denn auch das gedachte Gerichtsamt das Verfahren hinsichtlich der Gebahrung mit der mehrberegten Betstube lediglich der Kircheninspection zu G. zu überlassen oder doch wenigstens zuvor die Genehmigung der von ihm beabsichtigten Maaßnehmung Seiten der Kreisdirection, als der vorgesetzten Consistorialbehörde, durch diesfallsige Vernehmung mit der besagten Inspection, einzuholen und abzuwarten gehabt hätte.

Man gestattet sich in dieser Beziehung auf die Grundsätze Bezug zu nehmen, welche hierunter nach Inhalt der in Dr. Heyne's Erörterungen aus dem Eigenthums- und Hypothekenrechte, Leipzig 1847. Seite 138 flg. abgedruckten beiden Verordnungen des Königl. Justizministeriums vom 12. October 1839 und 25. Februar 1846 — vergl. auch Zeitschrift für Rechtspflege und Verwaltung, neue Folge, Band VIII. Seite 369 flg. no. 24 — zwischen dem ebenerwähnten Königl. Ministerium und dem Königl. Ministerium des Cultus und öffentlichen Unterrichts bereits früher vereinbart worden sind.

Die Kreisdirection ist nun zwar gemeint, gestalten Sachen nach, es für den gegenwärtigen Fall bei der einmal erfolgten Versteigerung und Zuschlagung jener Betstube an den A. und der Seiten des letztern geschehenen Uebertragung seines Erstehungsrechtes auf den P. bewenden zu lassen und will demnach von dem Antrage auf Cassation des angeregten Verfahrens des Gerichtsamtes absehen.

Dagegen erlaubt sie sich aber bei dem Königl. Appellationsgerichte hierdurch darauf anzutragen, daß mindestens der vorgedachten Behörde wegen ihrer Incompetenz in der Sache, das Erforderliche mit der gleichzeitigen Anweisung sich darnach für die Zukunft in etwa wieder vorkommenden ähnlichen Fällen zu achten, zu erkennen gegeben werden möge.“

Von dem gedachten Appellationsgerichte ist hierauf der vorstehend ausgesprochenen Ansicht über die

Natur des dem Inhaber einer Betstube an demselben zustehenden Rechtes und das diesfallsige Competenzverhältniß, aus den angeführten Gründen allenthalben beigetreten, daher aber auch dem Antrage der Kreisdirection entsprechend unter dem 27. November 1857 an das betreffende Gerichtsamt verfügt worden, während die Kreisdirection sodann, auf die ihr deshalb zugegangene Mittheilung, die von der Kircheninspection eingereichte Concessionsurkunde für den P. bestätigt und der letztern wieder zugefertigt, dabei aber derselben zugleich, unter Bezugnahme auf das Obenbemerkte, zu erkennen gegeben hat, daß es ihr darnach obgelegen hätte, auf die ihr zugegangene Benachrichtigung von der Seiten der beregten Justizbehörde beabsichtigten Maaßregel, gegen deren Ausführung, als zu ihrer, der Inspection, eignen Competenz gehörig, sofort Einspruch zu erheben und deshalb nach Befinden an die Kreisdirection Bericht zu erstatten. —

Miscellen.

Anzeige von ergangener Gesetze und Verordnungen. Das 23. und 24. Stück des Gesetz- und Verordnungsblattes für das Königreich Sachsen (vom Jahre 1863) enthält: No. 138. Verordnung, die Beförderung von Requisitionen an Königlich Niederländische Behörden betreffend, vom 5. December 1863. No. 139. Verordnung, die veränderte Organisation der Hochbauverwaltung betreffend, vom 5. December 1863. No. 140. Allerhöchstes Decret wegen Bestätigung eines fernerweiten Nachtrags zu den Statuten der Leipziger Bank, vom 5. December 1863. No. 141. Bekanntmachung, die dermalige Zusammensetzung des Landtagsausschusses zu Verwaltung der Staatsschulden betreffend, vom 17. December 1863. No. 142. Bekanntmachung, die Ausführung des Gesetzes über Herabsetzung des Speisesalzpreises vom 30. November dieses Jahres betreffend, vom 18. December 1863. No. 143. Gesetz, das zeitweilige Fortbestehen des Umlaufs von Einer Million Thaler in Cassenbillets aus dem vorhandenen Reservequantum betreffend, vom 23. December 1863. — Letzte Absendung: am 30. December 1863.

Das 25. Stück desselben Gesetz- und Verordnungsblattes enthält: No. 144. Verordnung, den zwischen den Staaten des deutschen Zollvereins und der Republik Chili abgeschlossenen Freundschafts-, Handels- und Schifffahrtsvertrag betreffend, vom 17. December 1863. No. 145. Allerhöchstes Decret zum vierten Nachtrage zu den Statuten der Chemnitzer Stadtbank, vom 12. December 1863. No. 146. Bekanntmachung, das Aichen von Gaszählern durch das Aichamt in Plauen betreffend, vom 23. December 1863. — Letzte Absendung: am 15. Januar 1864.

Ernennungen zc. Seine Majestät der König haben den bei der Canzlei des diesseitigen Bundes-Commissars für die Herzogthümer Holstein und Lauenburg zur geschäftlichen Assistenz verwendeten Accessisten bei der Kreisdirection zu Dresden, Johann Alfred von Zahn, zum Referendar zu ernennen geruht.

Orden. Seine Königliche Majestät haben zu gestatten allergnädigst geruht, daß der Staatsanwalt Gottfried Ernst Richard Petri in Annaberg den von Seiner Majestät dem Könige von Preußen ihm verliehenen Kronenorden dritter Classe annehme und trage.

Todesfälle. Gestorben: am 26. Januar 1864 der Advocat Magnus Ottomar Kölz in Chemnitz.

Von diesem Wochenblatte erscheinen jährlich 64 Nummern zu 1 Quartbogen und außerdem am Jahresschlusse ein ausführliches Register.

Alle Postämter u. Buchhandlungen übernehmen Bestellungen und liefern das Quartal zu dem pränumerando zu entrichtenden Preise von 1 Thaler.

Wochenblatt
für
merkwürdige Rechtsfälle,
in actenmäßigen Darstellungen
aus dem Gebiete der Justizpflege und Verwaltung
zunächst für das
Königreich Sachsen.

Verlag von **Bernhard Tauchnitz** in Leipzig.

№ 13. Neue Folge Zwölfter Jahrgang. **1864.**

20.

Ueber das Recht der Adjacenten auf Benutzung des in Privatgewässern befindlichen Wassers. — Natur der provisorischen richterlichen Verfügungen, insbesondere der Bauverbote. — Gegen eine in Betreff des gerichtlichen Verfahrens von dem Oberappellationsgericht als dritter Instanz erlassene Verordnung ist kein weiteres Rechtsmittel zulässig. — Ueber Kostenerstattung kann im Resolutionswege nicht entschieden werden.

Mitgetheilt von
Herrn H. in E.

Die Gemeinde zu T. hatte unter Bezugnahme auf ein ihr besage eines zwischen dem Rittergute daselbst und der Gemeinde abgeschlossenen Ueberlassungsvertrags zuständiges Wässerungsrechts an dem Wasser der Dorfbach — des Zschopauflusses — wider die vom dermaligen Mühlenbesitzer zu T., Carl Anton B. zu E., angefangene Verlegung und Verlängerung des Mühlenvorfluthgrabens unterhalb des ihr gehörigen, im Zschopauflusse befindlichen Wässerungswehres die Erlassung eines Bauverbots an diesen bei dem Gerichtsamte E. beantragt, letzteres auch als persönliche Obrigkeit des B. dieses Bauverbot erlassen. Gegen dasselbe appellirte B., während die Gemeinde T. eine noch vor der Berichtserstattung abzuhaltende Localbesichtigung der in Frage befangenen Oertlichkeit beantragte. Diese Localbesichtigung wurde auch auf Requisition des Proceßgerichts durch das Gerichtsamt H. abgehalten und von letzterem nach Erfolg derselben der requirirenden Behörde mitgetheilt, daß auf die auch jenseits von B.'n wider das dort ausgebrachte Bauverbot eingewendete Appellation Bericht an das Königliche Appellationsgericht erstattet worden sei.

Hierauf wurde durch Verordnung des Königl. Appellationsgerichts zu Zwickau vom 15. September 1860 entschieden, wie folgt:

rc. „Wenn aus dem Anbringen der Impetrantin Bl. —, welchem insoweit Bl. — flg. nicht widersprochen worden, verbunden mit den Ergebnissen der Localerörterung Bl. — flg. soviel erhellt, daß Impetrantin gegenwärtig mittelst eines oberhalb des ihr gehörigen Wehres angelegten Wässerungsgrabens das Wasser des Zschopauflusses auf eine an demselben gelegene, in ihrem Besitze befindliche Wiese ableitet, diese Wasserleitung aber durch den von Impetratem unternommenen Bau insofern beeinträchtigt werden würde, als der neu anzulegende Abzugsgraben der von Impetratem erkauften Mühle künftig unterhalb des gedachten Wehres einmünden soll, während dies jetzt oberhalb desselben geschieht, folglich die beabsichtigte Veränderung die Wirkung haben würde, daß künftig das in diesem Graben abfließende Wasser der Impetrantin zum Zwecke der Wiesenbewässerung gänzlich verloren ginge, nun aber bei Privatgewässern, wozu das hier fragliche gehört, bekanntlich der Grundsatz gilt, daß jeder Adjacent in gleicher Maaße zur Benutzung des Wassers berechtigt ist und von mehreren Adjacenten keiner etwas vornehmen darf, wodurch er den andern in dem ihm zustehenden Benutzungsrechte stört oder beeinträchtigt, hieraus aber von selbst folgt, daß Impetrat, so lange er nicht ein specielles Befugniß hierzu dargethan, den thatsächlich in dieser Beziehung vorhandenen Besitzstand nicht eigenmächtig verändern darf, und auf das Anführen Bl. —, daß Impetrantin selbst das obenerwähnte Wehr vor einigen Jahren eigenmächtig verlegt und Impetratens Mühle dadurch Stauwasser verursacht habe, da dies gänzlich unbescheinigt geblieben, keine Rücksicht genommen werden kann, hiernach allenthalben aber das erlassene Bauverbot vollständig gerechtfertigt erscheint, so hat das Königliche Appellationsgericht die eingewendete Berufung, wie hiermit geschieht, zu verwerfen beschlossen ꝛc."

Wider diese Verordnung appellirte Impetrat um deswillen, weil darin seine Appellation verworfen und das an ihn erlassene Bauverbot für gerechtfertigt erklärt worden ꝛc. Das Königl. Oberappellationsgericht entschied hierauf mittelst Verordnung vom 2. Februar 1861:

„Das Königliche Oberappellationsgericht hat aus den beigefügten Gründen beschlossen, daß es bei nurgedachter Verordnung (2. Instanz) nicht zu lassen, es ist vielmehr das Bl. — an den Impetraten erlassene Bauverbot außer Wirksamkeit zu setzen, als wodurch sich das eingewendete Rechtsmittel erledigt ꝛc.

Entscheidungsgründe:

Die Impetrantin hat unter dem Anführen, daß der Impetrat damit umgehe, den zu seiner Mühle gehörigen, aus dem Zschopaufluß abgeleiteten Vorgraben zu verbreitern und dergestalt auszudehnen, daß derselbe nicht mehr wie zeither oberhalb, sondern erst eine beträchtliche Strecke unterhalb des in der Handzeichnung Bl. — angegebenen Wehres in den gedachten Fluß einmünde, hierdurch aber ihr, der Impetrantin, das mittelst dieses Wehres und des an dasselbe sich anschließenden Wässerungsgrabens zur Bewässerung ihrer Wiese erforderliche Wasser, je nachdem der Wasserstand niedriger oder höher sei, entweder ganz oder zum großen Theile entzogen werden würde, den Antrag auf Erlassung eines Bauverbotes gegen den Impetraten gestellt, die erste Instanz diesem Antrage gefügt und die zweite Instanz die dagegen von dem Impetraten eingewendete Berufung verworfen.

Nach den Bl. — flg. an Ort und Stelle stattgefundenen Ermittelungen stellt sich jedoch jener auf dem rechten Ufer des Zschopauflusses befindliche Vorgraben lediglich als eine zum Betriebe der Mühle des Impetraten bestehende Vorrichtung, nicht aber als eine Anlage dar, welche zugleich dazu, der Wiese der Impetrantin das zur Bewässerung nöthige Wasser zuzuführen, bestimmt sei, vielmehr bedient sich hierzu, wie bereits bemerkt worden ist, die Impetrantin eines besonderen und zwar auf dem linken Ufer der Zschopau gelegenen Grabens und wie durch das fragliche Bauunternehmen an den Adjacenzverhältnissen des Grundstücks der Impetrantin etwas nicht geändert wird, so hat sich auch letztere darauf, daß sie durch Vertrag oder Verjährung ein Befugniß auf Ueberlassung einer bestimmten Quantität Wasser zur Bewässerung ihrer Wiese oder ein Recht dazu, aus irgend einem anderen Grunde der Veränderung des Laufes und der Breite des Vorgrabens ohne Weiteres zu widersprechen, erlangt habe, nicht einmal zu beziehen und ebensowenig zu behaupten vermocht, daß durch den fraglichen Bau ihr eigener Grund und Boden berührt werde. Unter diesen Umständen würde der Antrag der Impetrantin lediglich dann für begründet angesehen werden können, wenn die Behauptung der letzteren, daß durch das Bauunternehmen des Impetraten ihrer Wiese das zur Bewässerung derselben erforderliche Wasser nach Verschiedenheit des Wasserstandes ganz oder beziehentlich zum großen Theile entzogen werden würde, in ausreichender Weise bescheinigt worden wäre.

In dieser Beziehung hat jedoch die Impetrantin etwas nicht beigebracht. Nun liegt es zwar auf der Hand, daß durch die in Frage befangene Verlegung der Mündung des Vorgrabens der in denselben abgeleitete Theil des Wassers des Zschopauflusses diesem erst unterhalb des zu dem Wässerungsgraben der Impetrantin gehörigen Wehres wieder zufließen und somit auch der letzteren entgehen würde; allein daraus läßt sich noch nicht so ohne Weiteres auf eine der Impetrantin drohende gänzliche oder mindestens theilweise Entziehung des zur Wässerung ihrer Wiese erforderlichen Wassers schließen; das Vorhandensein eines zu besorgenden derartigen Nachtheiles hatte aber die Impetrantin glaubhaft zu machen, da nach Obigem der von ihr gegen das Bauunternehmen des Impetraten erhobene Widerspruch blos auf dem hergebrachten Gebrauche des Wassers des Zschopauflusses behufs der Wiesenwässerung im Allgemeinen beruhte, in solchen Fällen aber ein Widerspruchsrecht, dergleichen die Impetrantin für sich vindicirt, nur durch eine wesentliche Beeinträchtigung der bestehenden Wasserbenutzung begründet wird.

Wochenblatt für merkw. Rechtsfälle, Jahrg. 1846. S. 14.

Aus diesen Erwägungen war die Verordnung Bl. — abzuändern und das an den Impetraten Bl. — erlassene Bauverbot außer Kraft zu setzen ꝛc."

Gegen diese Verordnung appellirte wiederum die Impetrantin und stellte in der Deductionsschrift unter Anderem den Antrag, daß durch Localbesichtigung unter Zuziehung Sachverständiger die Unmöglichkeit, den B.'schen Wasserbauten gegenüber die beregten Gemeindegrundstücke ferner mit ausreichender Wässerung zu versehen, constatirt werde.

Das Gerichtsamt E. hatte das Gerichtsamt zu H. um Vornahme dieser Localbesichtigung requirirt, dieses aber zur ferneren Entschließung mitgetheilt, daß Impetrat wider Abhaltung der Besichtigung am 17. Mai 1861 Appellation mündlich zu Protokoll eingewendet habe, auch die dort am 18. Mai desselben Jahres noch eingereichte Appellationsschrift brevi manu an das Gerichtsamt E. abgegeben.

Hierauf erging folgende Verordnung des Appellationsgerichts zu Zwickau vom 5. September 1861:

„Das Königliche Appellationsgericht hat zunächst die Entschließung über die Berufung der Impetrantin dem Königlichen Oberappellationsgerichte zu überlassen, dagegen das Rechtsmittel des Impetraten, als gegen eine Resolution der ersten Instanz gerichtet, seiner eigenen Cognition vorzubehalten gehabt.

Nachdem nun das Königliche Oberappellationsgericht die Berufung der Impetrantin nach mehrerem Inhalte der in Abschrift beigehenden Verordnung als unzuläßig verworfen hat, so hat das Königliche Appellationsgericht des Impetraten Berufung gleichfalls, wie hiermit geschieht, zu verwerfen beschlossen.

Durch die Entscheidung der dritten Instanz Bl. — steht nämlich nur soviel unter den Parteien rechtskräftig fest, daß die bis dahin von der Impetrantin beigebrachten Momente nicht ausreichen, um das erbetene und in erster und zweiter Instanz bewilligte Bauverbot zu rechtfertigen, keineswegs ist aber ausgesprochen, daß ein solches Bauverbot unter allen Umständen unzuläßig sei, vielmehr ist in den Rationen Bl. — flg. ausdrücklich bemerkt zu finden, unter welchen Voraussetzungen dem Antrage der Impetrantin zu entsprechen sein würde. Wenn daher Impetrantin in der Lage zu sein glaubt, diesen Voraussetzungen genügen zu können, und deshalb neue Bescheinigungsmittel beibringt, so ist darüber zuvörderst in erster Instanz anderweit zu cognosciren und insbesondere in der Richtung Entschließung zu fassen, ob nach den Bl. — ausgesprochenen Grundsätzen, welche nunmehr vermöge der Rechtskraft der Entscheidung dritter Instanz für Beurtheilung des Rechtsverhältnisses der Parteien unbedingt maaßgebend sind, den neu beigebrachten Momenten eine solche Bedeutung beizumessen sei, um darnach die Bedenken der dritten Instanz für erledigt ansehen zu können oder nicht. Daraus ergiebt sich von selbst, daß es der Impetrantin unbenommen sein muß, zu dem gedachten Zwecke auf eine anderweite Localerörterung unter Zuziehung Sachverständiger anzutragen. Von einem Versäumnisse derselben an diesem Beweismittel, wie dies Impetrat anzunehmen scheint, kann nicht die Rede sein, da der Impetrantin weder irgend ein Präjudiz angedroht war, noch derselben eine Nothfrist lief. Vielmehr liegt es in der Natur solcher provisorischer Maaßnahmen, daß die richterliche Entschließung eben nur auf die Prüfung der augenblicklichen Sachlage, soweit diese aus den Acten erhellt, sich stützen kann, und sobald eine wesentlich andere Gestaltung dieser Sachlage nachgewiesen wird, sich ändern muß, sei es nun, daß eine bis dahin versagte Maaßnahme gewährt oder eine solche bereits verfügte Maaßnahme wieder aufgehoben werde. Die Rechtskraft etwaiger Entscheidungen steht dem eben so wenig entgegen, als nach erfolgter Klagabweisung einer anderweiten, dasselbe Object betreffenden Klage, wenn diese auf neue thatsächliche Unterlagen gestützt wird, die exceptio rei judicatae entgegengesetzt werden kann, jene Rechtskraft hat vielmehr nur die Wirkung, daß die der rechtskräftigen Entscheidung zum Grunde liegende Rechtsansicht auch für Beurtheilung des neuerlichen Vorbringens in der oben schon bezeichneten Weise maaßgebend ist." rc.

Dieser Verordnung war folgende Verordnung des K. Oberappellationsgerichts vom 10. August 1861 abschriftlich beigefügt:

„Wenn nach der Schlußbestimmung in §. 30. des Gesetzes B. vom 28. Januar 1835, welche durch das Gesetz vom 13. Januar 1838 keine Abänderung erlitten hat,

Zeitschrift für Rechtspflege und Verwaltung, N. F. Bd. 8. S. 6.

gegen eine in Betreff des gerichtlichen Verfahrens von dem Oberappellationsgericht als dritter Instanz erlassene Verordnung kein weiteres Rechtsmittel mehr zuläßig ist, unter diesen Gesichtspunkt aber die von der Impetrantin gegen die Bl. — ersichtliche Verordnung Bl. — ergriffene Berufung fällt, so ist diese zu verwerfen gewesen rc."

Gegen die Verordnung des Königl. Appellationsgerichts zu Zwickau vom 5. September 1861 appellirte der Impetrat nochmals, wurde aber mit seinem Rechtsmittel durch nachstehende Verordnung des Königl. Oberappellationsgerichts vom 13. Novbr. 1861 zurückgewiesen:

„Wenn den Gründen, aus welchen der von dem Impetraten gegen die von der Impetrantin Bl. — beantragte anderweite Localbesichtigung erhobene Widerspruch von der vorigen Instanz für unbeachtlich angesehen worden, vollständig beizutreten ist, auf die Behauptung des Impetraten Bl. — aber, daß die von ihm intendirte Verbreiterung und Ausdehnung des in Frage befangenen Mühlgrabens, rücksichtlich deren die Impetrantin zufolge Bl. — ihr Gesuch um Erlassung eines Bauverbots erneuert hat, nunmehr vollendet sei, deshalb dermalen nicht Rücksicht genommen werden kann, weil es sich dabei um ein neues thatsächliches Verhältniß handelt, über welches zunächst in erster Instanz zu cognosciren ist, so hat das Königliche Oberappellationsgericht die Eingangs gedachte Berufung verworfen ꝛc."

Nach Publication der vorstehenden Verordnung wurde nun von dem Impetraten beim Proceßgericht geltend gemacht, daß die von ihm intendirte Verbreiterung und Ausdehnung des in Frage befangenen Mühlgrabens, rücksichtlich deren die Impetrantin neue Thatsachen zur Begründung eines Verbots wider Entziehung des streitigen Wassers beizubringen, und vermittelst mehrerer, auf Zeugen, Sachverständige und Localbesichtigung gestützten Bescheinigungspunkte nachzuweisen versucht hatte, nunmehr vollendet sei, und es hatte dieses Anführen, über welches nach der Verordnung des Königlichen Oberappellationsgerichts vom 13. November 1861 zunächst in erster Instanz zu cognosciren war, auch schon bei der auf Antrag des Proceßgerichts Seiten des Königlichen Gerichtsamts G. am 28. November 1862 veranstalteten Localexpedition Bestätigung erhalten.

Nachdem nun Impetrantin in einer weitern Eingabe eine Erneuerung des früheren Bauverbots, beziehentlich eine wenigstens provisorische Beseitigung und Wiederherstellung des früheren vor der Turbation vorhanden gewesenen Wasserlaufes beantragt hatte, wurde sie von Seiten des Proceßgerichts dahin beschieden, daß, nachdem Impetrat sich bereits schon seit drei Jahren im Besitze des veränderten Vorgrabens seiner Mühle befinde, ein erneuertes Bauverbot gegenwärtig offenbar ganz zwecklos sein würde. Ebensowenig sei aber auch dem weitern Antrage auf Erlaß eines Befehls zur Wiederherstellung des früheren Zustandes stattzugeben. Denn wie die Sache gegenwärtig liege, bleibe der Impetrantin nur übrig, ihr Recht auf Beseitigung des in Rede stehenden Grabens und auf Wiederherstellung des früheren Zustandes zuvörderst im ordentlichen Rechtswege auszuführen und die erbetene Wiederherstellung könne nur das Resultat eines auf Grund eines rechtskräftigen Erkenntnisses eingeleiteten Executionsverfahrens sein.

Bloße provisorische Verfügungen des Richters — und unter diesen Begriff fielen auch Bauverbote — könnten nur die Aufrechthaltung des factisch vorhandenen Zustandes und der bestehenden Besitzverhältnisse, beziehentlich die einstweilige Feststellung des Besitzstandes zum Gegenstande haben, sie könnten aber nicht so weit gehen, daß dadurch schon im Voraus dasjenige gewährt würde, was als das Ziel und Resultat des behufs einer definitiven Entscheidung einzuleitenden Rechtsstreites sich darstelle, sodaß also der Antragsteller schon im Voraus in die Lage käme, als wenn dieser Rechtsstreit bereits zu seinem Gunsten entschieden worden wäre. Unter diesen Umständen sei das weitere Verfahren wider Impetraten vor dem Gerichtsamte E. als Proceßgericht zu sistiren und der Impetrantin zu überlassen, ihre Ansprüche wider Impetraten, soweit sie sich damit fortzukommen getraue, mittelst neu anzustellender Klage bei dem Königlichen Gerichtsamt G. weiter an- und auszuführen.

Die in der Sache erwachsenen ge- und außergerichtlichen Kosten seien, soweit nicht darüber rechtskräftig erkannt worden, von der Impetrantin ab- und beziehentlich zu erstatten.

Wider diese, beiden Parteien unterm 9. Januar 1863 eröffnete Resolution wendete die Impetrantin Appellation ein und es erfolgte darauf folgende Entscheidung des Königl. Appellationsgerichts zu Zwickau vom 3. März 1863:

„Das Königliche Appellationsgericht hat nicht befinden können, daß Impetrantin — abgesehen von der später zu erwähnenden, lediglich den Kostenpunkt betreffenden Anordnung — Ursache habe, sich durch die fragliche Bescheidung für beschwert zu halten.

Zunächst nämlich ist es mindestens sehr zweifelhaft, ob das Gerichtsamt E. dermalen überhaupt für competent erachtet werden könne, auf die Bl. — flg. gestellten Anträge zu fügen.

Nach eigner Angabe der Impetrantin Bl. — hatte Impetrat am 24. November 1862 seinen Wohnsitz von E. nach T. verlegt, war also von da an für seine Person der Jurisdiction des Gerichtsamts G. unterworfen, welches zugleich das forum rei sitae bildet. Nun war allerdings der erwähnte Antrag besage Bl. — bereits am 13. October 1862 bei dem Gerichtsamte E. eingereicht worden, allein eine Litispendenz konnte bekannten Rechten nach nicht hierdurch, sondern erst durch Behändigung der entsprechenden Ladung oder Verfügung an Impetraten herbeigeführt werden, und diese ist besage Bl. — des Actenfascikels Lit. B. erst am 22. November 1862 in T. erfolgt. Ebensowenig läßt sich eine Litispendenz um deswillen annehmen, weil schon früher ähnliche Anträge in Bezug auf dasselbe Streitobject bei dem Gerichtsamte E. gestellt worden waren, denn diese waren längst rechtskräftig erledigt und das Anbringen Bl. — flg. ist aus den bereits Bl. — flg. dargelegten Gründen als eine neue Imploration anzusehen.

Kann nun auch auf dieses Bedenken ein hauptsächliches Gewicht nicht gelegt werden, da von Impetratem, obwohl er Bl. — die Incompetenz des Proceßgerichts rechtzeitig geltend gemacht hatte, doch dagegen, daß dasselbe besage Bl. — flg. Impetrantin aus materiellen Gründen abgewiesen und sonach in der Sache selbst cognoscirt hat, nichts eingewendet worden, hierin aber ein Abgehen von jener Einrede gefunden werden muß, so hat Man doch — was die Hauptsache anlangt — den Bl. — flg. entwickelten Gründen um so gewisser beizutreten gehabt, als dieselben ganz mit den Ansichten übereinstimmen, welche die jetzige Instanz in ähnlichen Fällen wiederholt ausgesprochen hat. Es genügt daher auch im Wesentlichen die Bezugnahme auf die Bl. — flg. zu lesende Bescheidung und lediglich folgende Bemerkungen sind derselben hinzuzufügen gewesen:

Impetrantin giebt Bl. — selbst zu, daß Impetrat den streitigen Abzugsgraben bereits hergestellt habe, und solchen benutze.

Hierdurch ist der frühere Besitzstand thatsächlich aufgehoben worden, es kann sich daher nicht mehr um Aufrechterhaltung, sondern nur um Wiederherstellung desselben handeln. Impetrantin verkennt dies auch Bl. — flg. selbst nicht, meint aber, es könne dadurch weiter nichts geändert werden, als daß nunmehr ihre Imploration den Charakter eines remedium recuperandae possessionis annehme.

Sie übersieht jedoch dabei gänzlich, daß selbst im jüngsten Besitzprocesse — sofern Man das possessorium summarium überhaupt als remedium recuperandae possessionis ansehen kann, was nach sächsischer Praxis zum mindesten nicht zweifellos ist,

vergl. Osterloh, summar. Proceß, §. 54. 55. der III. Ausgabe.

Annalen des Königlichen Oberappellationsgerichts, Band IV. Seite 43.

— immerhin vollständiges rechtliches Gehör des Beklagten und Entscheidung mittelst Erkenntnisses einzutreten hat, das Gerichtsamt ihr auch in der angefochtenen Bescheidung die Erhebung einer Besitzklage gar nicht abschneidet und nur die Fortstellung des zeitherigen unbestimmt summarischen Verfahrens, sowie die Anordnung eines Provisorii im Resolutionswege [welche sich von der an sich definitiven Feststellung des jüngsten Besitzes im Besitzprocesse wesentlich unterscheidet] für unzulässig ansieht. Und dieses mit Recht.

Denn Provisorien sind im Allgemeinen nur dann am Orte, wo zu befürchten steht, daß ohne ein vorläufiges Einschreiten des Richters der einen oder andern Partei die Ausführung ihres Rechts unmöglich gemacht oder doch in hohem Grade erschwert werden, oder endlich Excesse zu befürchten sein würden, und sind selbst dann möglichst so einzurichten, daß sie beiden Theilen gleich unschädlich sind.

vergl. Gönner, Handbuch des deutschen gemeinen Processes, Bd. IV. Abth. LXXIX. insb. §. 7—9.

Die ersteren Bedingungen aber liegen hier offenbar nicht vor und zudem ist, was Impetrantin anlangt, die beantragte Verfügung im Wesentlichen dasselbe, auf was die Execution eines gegen Impetraten gesprochenen definitiven Erkenntnisses hinauskommen würde, so daß mithin diese Execution dem von ihr erst noch anhängig zu machenden Hauptprocesse vorausgehen soll.

Nur insoweit hat Man dem Gerichtsamte nicht beitreten können, als es Bl. — der Impetrantin auch die Erstattung der bisher erwachsenen Unkosten aufgiebt. Ueber diese Restitutionsverbindlichkeit kann nach Ansicht des Königlichen Appellationsgerichts überhaupt niemals im Resolutionswege entschieden werden. Insbesondere gilt bei Differenzen der vorliegenden Art, bei denen es sich um vorläufige Anordnungen in Betreff des Besitzstandes handelt, hinsichtlich der Kosten der Grundsatz, daß sie zunächst lediglich von denjenigen zu tragen sind, welche sie speciell durch ihre Anträge und sonst veranlaßt haben. Die Frage, ob dem einen Theile gegen den andern ein Anspruch auf Erstattung zustehe, kann — soweit es sich nicht um die Kosten etwaiger Rechtsmittel handelt, bei denen es blos auf die Begründung der letzteren, nicht darauf, wer in der Sache selbst Recht habe, ankommt — erst dann zur Entscheidung gelangen, wenn über das Rechtsverhältniß selbst eine definitive Cognition mittelst Erkenntnisses stattfindet. Denn erst hierbei läßt sich übersehen, auf wessen Seite das Recht sei, wovon doch die Kostenrestitutionspflicht abhängt. Es kann dagegen nicht eingewendet werden, daß auch im Besitzprocesse nach Befinden eine Verurtheilung zur Kostenerstattung ausgesprochen wird, denn einestheils ist diese nur als eine provisorische zu betrachten, anderntheils findet dann wenigstens über den Besitz eine definitive Cognition statt. Ebensowenig ist das Bedenken durchschlagend, daß es möglicherweise zu einem Hauptprocesse gar nicht kommen könne, denn diesen herbeizuführen, ist, wenn der künftige Kläger damit zögern sollte, der künftige Beklagte durch das Rechtsmittel der Provocation ex lege diffamari auch da in den Stand gesetzt, wo ihm nicht ohnehin seinerseits die Negatorienklage zustehen sollte.

Hiernach allenthalben hat das Königliche Appellationsgericht dahin entschieden, daß es bei der Bl. — flg. ertheilten Bescheidung insoweit, als dadurch der Impetrantin die Erstattung der verursachten Unkosten aufgegeben worden, nicht zu lassen, vielmehr diese Kosten zur Zeit und vorbehältlich des nach Befinden in dem etwaigen künftigen Hauptprocesse geltend zu machenden Restitutionsanspruchs des Impetraten von derjenigen Partei, welche sie durch ihre Anträge zunächst veranlaßt hat, einzubringen sind, wogegen im Uebrigen die eingewendete Berufung, soweit sie sich hierdurch nicht erledigt, wie hiermit geschieht, zu verwerfen ist rc."

Auch wider diese Verordnung appellirte die Impetrantin, und es erging hierauf nachstehende Verordnung des Königl. Oberappellationsgerichts vom 15. Mai 1863:

rc. „Was zunächst die gedachte Berufung anlangt, so hat Man dieselbe für begründet nicht erachten können. Denn wenn, wie die Impetrantin nach Bl. — verb. mit Bl. — und — flg. zugestanden, der hier in Frage befangene Abzugsgraben von dem Impetraten bereits hergestellt ist, so kann die Impetrantin gegenwärtig nicht mehr, wie solches früherhin von ihr nach Bl. — geschehen war, die Erlassung eines provisorischen Bauverbots beantragen, sondern es kann sich nur noch darum handeln, ob Impetrat für verbunden zu achten sei, den von ihm bereits vollendeten Graben wieder zu beseitigen und den vorigen Zustand wieder herzustellen. Ueber diese Frage kann aber nicht im Wege der Resolution, im Gegensatz zu einer förmlichen richterlichen Entscheidung, cognoscirt und eben so wenig kann, was die Impetrantin nach Bl. — verlangt hat, dem Impetraten die provisorische Wiederbeseitigung des streitigen Grabens ohne Weiteres aufgegeben werden, sondern es hat die Impetrantin, wenn sie ein Recht auf Wiederherstellung des vorigen Zustandes zu haben glaubt, ihren diesfallsigen Anspruch im geeigneten Proceßwege geltend zu machen. Denn wie bereits in den vorigen Instanzen gezeigt worden, können provisorische Verfügungen des Richters in Fällen, wo es sich um Besitzstörungen handelt, nur zum Schutz des zur Zeit der Störung und beziehentlich unmittelbar vor derselben bestehenden factischen Besitzstandes erlassen werden, sie können aber nicht die Wiederaufhebung einer bereits vollzogenen Veränderung in dem Besitzstande herbeiführen, und die Impetrantin war, nachdem das früherhin auf ihren Antrag an den Impetraten erlassene Bauverbot durch die Bl. — anzutreffende Verordnung wieder außer Wirksamkeit gesetzt worden war und Impetrat inzwischen den fraglichen Graben vollendet hat, um so weniger befugt, die provisorische Wiederbeseitigung des Letztern zu fordern, als sie, wie ihr auch schon in den früheren Instanzen eingehalten worden, mit ihrem diesfallsigen Antrag ohne Weiteres das zu erreichen gesucht, was sie erst nach rechtskräftig erfolgter Verurtheilung des Impetraten im Wege des Vollstreckungsverfahrens würde verlangen können. Daß aber Impetrantin früherhin die Erlassung eines Bauverbots beantragt und diesem ihren Suchen deferirt worden war, ändert in der Sache etwas nicht, da dieses Verbot, wie gedacht, in dritter Instanz für gerechtfertigt nicht geachtet worden ist, somit aber auch auf die Frage, ob Impetrat zur Wiederherstellung des vorigen Zustandes dann ohne Weiteres würde haben angehalten werden können, wenn er ungeachtet des Vorhandenseins und Fortbestehens eines solchen Verbots mit der Anlegung des fraglichen Grabens vorgegangen wäre, hier nicht weiter einzugehen ist. Man hat daher die gedachte Berufung als unbegründet zu verwerfen beschlossen.

Was dagegen die von dem Impetraten erklärte Adhäsion anlangt, so erscheint dieselbe theils mit Rücksicht darauf, daß sie nur den Kostenpunkt betrifft, Impetrat aber, da er wegen der diesen Punkt betreffenden Entscheidung der vorigen Instanz allein eines selbstständigen Rechtsmittels nicht hätte sich bedienen können, auch nicht zum Anschluß an die Berufung der Impetrantin bezüglich dieses Punktes befugt war, theils aber auch um deswillen, weil der Impetrantin Appellation gegen die Entscheidung voriger Instanz insoweit, als dieselbe zu ihren Gunsten die Resolution erster Instanz hinsichtlich des Kostenpunktes abgeändert hatte, überhaupt nicht gerichtet worden ist, somit aber ein Gravamen der Impetrantin, welchem seinem Wortlaut nach Impetrat hätte adhäriren können, nicht vorlag, als unzulässig rc."

21.

Ueber den Beweis der Pertinenzeigenschaft eines Grundstücks.

Mitgetheilt von
Herrn L. in B.

Johann Traugott Sch. hatte ein in Ohorner Flur Meißnischen Antheils gelegenes sogenanntes Zustück, welches er neben seinem Bauergute in Ohorn Oberlausitzer Antheils besaß, dismembrirt. In der Voraussetzung, daß zwischen dem dismembrirten Zustück und dem gedachten Bauergute ein Pertinentialverhältniß bestehe, wurde auf den Folien der Trennstücke die Verpflichtung eingetragen, zu den auf jenem Bauergute aufhaftenden, auf Privatrechtstiteln beruhenden Oblasten nach gewissen Bruchtheilen beizutragen. Die Erwerber der Trennstücke, Gottlieb August Sch. und Genossen, bestritten jedoch nachmals diese Verpflichtung und erhoben auf deren Löschung gegen den Eingangs genannten Bauergutsbesitzer Sch. vor dem K. Gerichtsamte zu Pulsnitz rechtliche Klage, in deren Verfolg Beklagtem der Beweis der Ausflucht nachgelassen wurde: daß ihm, als Besitzer des Bauerguts no. 23. zu Ohorn Oberlausitzischen Antheils, das Befugniß, von den Klägern, als den Eigenthümern gewisser, zu Ohorn Erbländischen Antheils gehöriger Trennstücke, den vierten Theil zu den Oblasten seines Gutes als Zubuße zu fordern, mit Rücksicht auf ein zwischen diesen Grundstücken bestehendes Pertinentialverhältniß auf Grund der Adquisitivverjährung, eines Vertrags oder Anerkenntnisses zustehe.

In Betreff dieses Pertinentialverhältnisses sprach sich das in zweiter Instanz von dem Königl. Appellationsgericht zu Budissin unter dem 19. Juni 1863 abgefaßte Erkenntniß, welches in Uebereinstimmung mit der ersten Instanz den unternommenen Beweis für mißlungen erklärte, in den Entscheidungsgründen folgendermaaßen aus:

„Nun sind Grundstücke in rechtlichem Sinne des Worts Zubehörungen eines Hauptgutes, wenn sie mit demselben zu einem Ganzen vereinigt sind.

Walch, vom Näherrecht, 2. B. 2. Hauptstück, 2. Abschn. 4. Abtheil. §. 3 flg.

Leyser, spec. 106. med. 2. 6. 7.

Kind, quaest. for., T. II. c. 74. ed. 2.

Diese Vereinigung läßt sich weder aus einer angrenzenden physischen Lage, noch aus einem lange fortgesetzten Besitze, noch aus der Lehn- und Zinspflichtigkeit im Verhältniß zu einem gemeinschaftlichen Lehn- oder Erbzinsherrn, noch aus dem Kaufpreise, unter welchem Hauptgut und angebliches Zubehör begriffen ist, rechtlich folgern. Dieses Alles kann nur eine gemeine Vermuthung — praesumtio hominis — entstehen lassen. Denn es kann sich factisch in dieser Weise verhalten, ohne daß je eine Incorporation beabsichtigt wurde.

Hommel, Rhaps. obs. 168.

„Sola coemtio et compossessio utriusque praedii diuturna non efficit pertinentiam."

Eine rechtliche, bis zum Beweise des Gegentheils hinreichende Vermuthung für die Pertinenzeigenschaft eines Grundstücks entsteht aus öffentlichen Katastern, in welchen ein Grundstück als zum Ganzen des Hauptgutes gehörig und als ihm einverleibt in Anschlag gebracht worden, da ein solcher Anschlag nicht anders als nach Angabe und mit Vorwissen des Besitzers gemacht werden kann. Dieser Grundsatz ist auch in Sachsen anerkannt worden,

Befehl zur Fertigung neuer Steuerregister vom 16. Februar 1661. (Cod. Aug. T. II. p. 1479.)

Steuerinstruction vom 8. April 1661.

Generalrevisionsinstruction vom 30. Juli 1687. (Cod. Aug. T. II. p. 1517.)

Mandat vom 24. März 1810, die Entscheidung verschiedener, das Steuerwesen betreffender Fragen,

wornach darauf zu sehen, ob das Grundstück in dem Steuerkataster des Normaljahres 1628 oder, wenn solches fehlt, in dem letzten Kataster vor gedachtem Jahre mit dem Hauptgute unter einem Gesammtanschlage begriffen ist.

Kind, a. a. O.

Hommel, a. a. O.

Schott, inst. jur. Sax., p. 287. ed. noviss.

Beklagter hat nun zur Beseitigung dieser bei Feststellung des Begriffs eines Pertinentialgrundstücks von den nurangezogenen älteren Schriftstellern entwickelten Grundsätze auf das in Ackermann's Rechtssätzen aus Erkenntnissen des K. Oberappellationsgerichts, S. 34. no. 33. vorgetragene Präjudiz im 22. und 23. Beweisartikel Bezug genommen. In demselben wird angeführt, daß, wenn bei jener Feststellung darauf, ob ein Grundstück unter dem vollen Schockquantum eines andern Gutes in unzertrennter Schocksumme mit verschätzt sei, ein Gewicht gelegt worden, man dabei mehr von dem Standpunkte der Steuerbehörden aus, als nach allgemeinen privatrechtlichen Grundsätzen die Sache beurtheilt habe. Mit Bezugnahme hierauf ist dem Beklagten zunächst einzuhalten, daß es sich in dem gegenwärtig zu entscheidenden Falle recht eigentlich um eine das Interesse der Steuerbehörden angehende Frage, die Modalität der Repartition gewisser Abgaben, handelt. Jedenfalls aber — und dies verkennt auch das angezogene Präjudiz keineswegs — sind in Ansehung des Standpunktes der allgemeinen privatrechtlichen Grundsätze gewisse Merkmale der Pertinentialqualität in Betracht zu ziehen, zu welchen ganz besonders das Vorhandensein von Erklärungen oder Handlungen der Besitzer oder Vorbesitzer einer Sache gehören, aus welchen sich ergiebt, daß diese Sache mit einer andern dauernd und nicht blos für vorübergehende Zwecke als ein Ganzes verbunden sein solle."

Im Beweise hatte Beklagter unter Anderem auch darauf Bezug genommen, daß er sein Bauergut in Oberlausitzisch Ohorn und das in Ohorner Flur Meißnischen Antheils gelegene Zustück laut Kaufs vom 22. Juni 1824 zusammen als einen einzigen Complex und mit einer Kaufsumme erworben, in diesem Kaufe allenthalben sothane Grundstücke als ein einziges Ganze und das fragliche Zustück als Pertinenz betrachtet, solches auch in einer Urkunde confirmirt worden sei, dasselbe auch in früheren Käufen vom 20. Januar 1794, 17. Mai 1759, 23. Januar 1724 der Fall gewesen, und diese Grundstücke seit länger als dem Jahre 1724 in einer Familie sich befunden, wie denn auch während dieses Zeitraums auf dem Zustück Gebäude nicht existirt hätten.

Die Entscheidungsgründe des zweitinstanzlichen Erkenntnisses stellten fest, daß aus dem Wortlaut der nurangezogenen Käufe sich gerade das Gegentheil der Behauptung Beklagtens ergebe, indem in denselben des fraglichen Zustücks jederzeit besonders Erwähnung geschehe, und fuhren dann fort:

„An dieser Annahme wird auch dadurch Nichts geändert, daß beide Theile als ein Complex mit einer Kaufsumme erworben und die betreffenden Käufe in einer Urkunde confirmirt worden, indem auch gegenwärtig der Fall recht füglich denkbar, daß zwei verschiedenen Folien angehörige Grundstücke in einem und demselben Kaufe behandelt und dieser Kauf zur gerichtlichen Kenntnißnahme zum Behuf der Eintragserlangung gebracht werden, wie denn auch der Umstand als irrelevant sich darstellt, daß beide Grundstücke lange Zeit in dem Besitze einer Familie sich befunden und das Zustück vom Hauptgute aus bewirthschaftet worden sei. So wird z. B. Niemand ein Bauergut, welches von dem Besitzer eines Rittergutes erworben und lange Zeit neben demselben von ihm und seinen Besitznachfolgern besessen und bewirthschaftet worden ist, als ein Pertinenzstück des letztern ansehen."

Miscellen.

Anzeige neu ergangener Gesetze und Verordnungen. Das 1. Stück des Gesetz- und Verordnungsblattes für das Königreich Sachsen (vom Jahre 1864) enthält: No. 1. Decret wegen Bestätigung der Genossenschaftsordnung für die Berichtigung der Pleiße zu Deutzen, vom 16. December 1863. No. 2. Bekanntmachung, die den Vorschußvereinen zu Wilsdruff und Löbau, dem Vorschuß- und Credivereine zu Radeburg, dem Credit- und Vorschußvereine zu Frohburg und dem Creditvereine zu Colditz bewilligte Stempelbefreiung betreffend, vom 2. Januar 1864. No. 3. Verordnung, die strom- und schiffahrtspolizeilichen Vorschriften für die Schiffahrt und Flößerei auf der Elbe betreffend, vom 2. Januar 1864. No. 4. Decret wegen Bestätigung der Statuten des Metallbergbau-Vereins „Friedrich" im Rammelsberge zu Freiberg, vom 4. Januar 1864. No. 5. Bekanntmachung, die dermalige Zusammensetzung der Landrenten-, Altersrenten- und Landesculturrenten-Bankverwaltung betreffend, vom 9. Januar 1864. No. 6. Bekanntmachung, den Bezirksarmenverein im Amtsbezirke Augustusburg betreffend, vom 11. Januar 1864. No. 7. Verordnung, die Landtagswahl in der Stadt Leipzig betreffend, vom 20. Januar 1864. No. 8. Bekanntmachung, die mit der Königlich Preußischen Regierung getroffene Uebereinkunft wegen gegenseitiger Zulassung der Locomobilien betreffend, vom 19. Januar 1864. No. 9. Bekanntmachung, den vierten Nachtrag zur fünften Auflage der Arzneitaxe betreffend, vom 23. Januar 1864. — Letzte Absendung: am 11. Februar 1864.

Immatriculation von Advocaten. Vom Justizministerium sind der seitherige Actuar beim Gerichtsamte Werdau, Herr Carl Albert Speck, wohnhaft in Meerane, und der Bürgermeister Herr Emil Eduard Wehner in Sayda zu Advocaten ernannt und als solche in Pflicht genommen worden.

Vom Justizministerium ist der Bürgermeister Herr Clemens Theodor Zschiedrich in Nossen zum Advocaten ernannt und als solcher verpflichtet worden.

Vom Justizministerium sind die Rechtscandidaten Herr Johann Georg Einert in Leipzig und Herr Carl Emil Beutler in Reichenbach, sowie der Bürgermeister Herr Franz Hermann Heisterbergk in Dippoldiswalde zu Advocaten ernannt und als solche verpflichtet worden.

Redacteur: Dr. Theodor Tauchnitz. Officin der Verlagshandlung.

Von diesem Wochenblatte erscheinen jährlich 64 Nummern zu 1 Quartbogen und außerdem am Jahresschlusse ein ausführliches Register.

Wochenblatt
für
merkwürdige Rechtsfälle,
in actenmäßigen Darstellungen
aus dem Gebiete der Justizpflege und Verwaltung
zunächst für das
Königreich Sachsen.

Alle Postämter u. Buchhandlungen übernehmen Bestellungen und liefern das Quartal zu dem praenumerando zu entrichtenden Preise von 1 Thaler.

Verlag von **Bernhard Tauchnitz** in Leipzig.

№ 14. **Neue Folge Zwölfter Jahrgang.** **1864.**

22.

Beitrag zu der Lehre von den Handelsmäklern.

Mitgetheilt von
Herrn S. in D.

Bei dem Handelsgerichte im Bezirksgericht C. erhob im April 1862 Oskar H. gegen Carl Ferdinand S. und Genossen folgende auf den Eid gestellte Klage:

„Der Kläger hat am 12. März 1862 von dem verpflichteten Mäkler S. in C., welcher von den Beklagten, die in C. unter der Firma S. & B. eine Baumwollenhandlung betreiben, mit ausdrücklichen Worten Auftrag erhalten hatte, für sie Verkäufe über Baumwolle abzuschließen, und welcher dem Kläger den von den Beklagten ertheilten ebenbemerkten Auftrag mündlich mitgetheilt, und ihm ausdrücklich erklärt hatte, daß er als Beauftragter der Beklagten handle, 18 Original-Pack ostindische Baumwolle um den von dem Mäkler S. für die Beklagten ausdrücklich geforderten und vom Kläger verwilligten Preis von 24 Thlrn. —ₓ —ₓ für den Centner gekauft. Der Mäkler S. versprach dabei im Auftrage der Beklagten mit ausdrücklichen Worten, daß sie, die Beklagten, die 18 Pack Baumwolle dem Kläger in den nächsten zehn Tagen liefern wollten, und erklärte fernerhin, die Beklagten wollten dem Kläger zur Bezahlung des Kaufpreises der Baumwolle eine viermonatliche, von der Lieferung derselben an den Kläger ab zu rechnende Frist geben, was beides der Kläger ebenfalls mit ausdrücklichen Worten annahm. Der Mäkler S. hat über dieses Geschäft den im Originale unter A. beigefügten Schlußzettel ausgestellt und dem Kläger ausgehändigt.

Die Beklagten waren in Folge dessen schuldig geworden, dem Kläger binnen zehn Tagen, vom 12. März 1862 ab gerechnet, 18 Original-Pack ostindische Baumwolle, wovon das Pack durchschnittlich $3\frac{3}{4}$ und mindestens $3\frac{1}{2}$ Centner wiegt, zu liefern, haben dies jedoch nicht gethan.

Kläger erbietet sich, nach vier Monaten, von Empfang der Baumwolle an gerechnet, sovielmal 24 Thlr. —ₓ —ₓ, als die ihm noch zu liefernden 18 Pack Baumwolle Centner wiegen, den Beklagten zu bezahlen &c."

Die Beklagten bemerkten gegen die Statthaftigkeit der Klage unter Rückgabe des angetragenen Eides ausfluchtsweise Folgendes:

a. Der Kläger habe unterlassen, in der Klage anzuführen, daß die vermittelten Vertragsbestimmungen dem von den Beklagten an den Mäkler S. gegebenen Auftrage entsprechen, indem der Kläger nur wegen der Lieferungszeit, nicht aber wegen der Zahlungsbedingungen auf einen von den Beklagten an den Mäkler S. ertheilten Auftrag Bezug nehme.

b. Der vereidete Mäkler S. sei von den Beklagten zur Gewährung eines viermonatigen Credits und Zieles bei dem Verkaufe der fraglichen 18 Pack ostindischer Baumwolle nicht und insbesondere nicht an den Kläger autorisirt worden.

c. Bei der Vermittlereigenschaft der Mäkler für die Perfectibilität der von ihnen vermittelten Geschäfte erscheine ein ausdrücklicher Auftrag oder die nachträgliche Ratihabition der Auftraggeber wesentlich und nothwendig; Kläger habe sich aber bezüglich der Zahlungsbedingungen auf einen Auftrag nicht bezogen, auch eine Ratihabition des vermittelten Geschäfts Seiten der Beklagten nicht behauptet, wie denn auch der von dem Kläger sub A. beigebrachte Schlußzettel die Unterschrift der Contrahenten — wie nach den Bestimmungen im §. 13. Abs. 2. des Handelsgesetzbuchs erforderlich — nicht enthalte.

Nach Absetzung des rechtlichen Verfahrens wurde von dem Handelsgericht im Bezirksgericht C. am 24. November 1862 folgender Bescheid publicirt:

„Weil, wie es einer weiteren Auseinandersetzung nicht bedarf, das Suchen des Klägers, welches auf Gewährung von 18 Originalpack ostindischer Baumwolle gegen, vier Monate nach Lieferung fällige, Bezahlung von 24 Thlrn. —, —, für den Centner, sowie auf Leistung der dem Kläger in Folge verspäteter Lieferung entstandenen erweislichen Schäden gerichtet ist, nur unter der Voraussetzung begründet erscheint, einmal, daß zwischen dem Kläger und dem in der Klage erwähnten S. die dort vorgetragenen Verabredungen auch wirklich stattgefunden, und sodann, daß zwischen den Beklagten und beregtem S. ein Rechtsverhältniß Platz greife, welchem zufolge die Ersteren gehalten wären, das von S. Verhandelte wider sich gelten zu lassen;

nun aber, daß das Bl. — ersichtliche Libell nach der zuletzt bezeichneten Richtung hin zu Recht beständig sei, nach Ansicht des Handelsgerichts nicht angenommen werden kann, wenn man berücksichtigt, wie der Kläger darauf, daß die Beklagten die zwischen ihm und S. angeblich getroffenen Verabredungen nachträglich genehmigt hätten, oder auf solche Thatsachen, welche eine für die Beklagten verbindliche auftraglose Geschäftsführung S.'s entnehmen ließen, sich mit Nichts bezogen hat, und wie sonach Alles darauf ankommt, ob

1.

die Behauptung im 2. und 3. Einlassungsabschnitte,

wornach S. von den Beklagten mit ausdrücklichen Worten Auftrag erhalten haben soll, für sie Verkäufe über Baumwolle abzuschließen,

sowie

2.

der Inhalt der Kriegsbefestigungsabschnitte 8—11., welcher dahin lautet,

S. habe dem Kläger im Auftrage der Beklagten mit ausdrücklichen Worten versprochen, daß die Beklagten dem Kläger die 18 Pack Baumwolle in den nächsten zehn Tagen liefern würden, habe auch dem Kläger zu Bezahlung des Kaufpreises eine von Zeit der Lieferung an zu rechnende viermonatige Frist verwilligt,

hinreichend und, gegenüber den Verneinungen im 3. 11. 19. und 21. Einlassungsabschnitte Bl. —, auch für die Bl. — hierunter gebrauchte Gewissensrührung genugsam specialisirt seien, um daraus entnehmen zu können, daß S., wenn er dem Kläger — als worauf eigentlich der ganze Streit hinausläuft — ein Zahlungsziel von vier Monaten, von Zeit der Lieferung an gerechnet, bewilligt, hierbei innerhalb der Grenzen eines ihm von den Beklagten ertheilten Auftrags gehandelt hätte, wie jedoch eben in dieser Beziehung die Klage als mangelhaft sich darstellt, anerwogen

zu 1.

die im 1. und 13. Einl.-Punkte vom Kläger selbst erfolgte Bezugnahme darauf, daß vielberegter S. verpflichteter Mäkler sei, und als solcher auch über das libellirte Kaufsgeschäft den der Klage beigefügten Schlußzettel ausgestellt habe, im Zweifel zu der Annahme führt, wie S. dem Kläger gegenüber lediglich in seiner Stellung als öffentlich bestellter Vermittler des betreffenden Geschäfts aufgetreten und auch von den Beklagten nur in dieser seiner Eigenschaft zu den in Rede befangenen Handlungen zugezogen worden, hieraus aber weiter sich ergiebt, daß, wenn die Beklagten gegenüber S. wirklich in der oben zu Nr. 1. gedachten Art sich geäußert hätten und wenn ferner in gedachter Aeußerung an und für sich möglicherweise eine generelle Vollmacht zum Verkaufe der betreffenden Waaren gefunden werden könnte, doch die von beiden Parteien anerkannte Qualification S.'s, als bloßen Vermittlers, behinderlich erscheint, die eben angedeutete Auslassung der Beklagten, selbst wenn sie in Wahrheit beruhte, so ohne Weiteres dahin auszulegen, daß die Beklagten S.'n dadurch zu ihren Agenten oder Bevollmächtigten, sei es im Sinne von Art. 47. oder sei es im Sinne von Art. 298. des allgemeinen deutschen Handelsgesetzbuchs, gemacht und demselben sonach die Befugniß zu Bewilligung von Credit für die zu verkaufende Waare ertheilt hätten, als woraus denn von selbst folgt, daß, hätte S. den Kläger lediglich auf Grund der unter Nr. 1. oben erwähnten Aeußerung der Beklagten ein viermonatiges Zahlungsziel eingeräumt, die Beklagten hieran nicht gehalten sein würden, und zwar um so weniger, als S., wie gezeigt, nicht Mandatar der Beklagten im obgedachten Sinne gewesen und als ferner nach Art. 326. des allgemeinen deutschen Handelsgesetzbuchs bei Handelsgeschäften dann, wenn die Zeit der Erfüllung einer Verbindlichkeit in dem Vertrage nicht bestimmt ist, die Erfüllung zu jeder Zeit gefordert werden kann, sofern nicht nach den Umständen oder nach dem Handelsgebrauche etwas Anderes anzunehmen ist, gerade in Beziehung darauf aber, daß bei Verkäufen von Baumwolle nach hierortiger Usance die Gewährung viermonatigen Zieles üblich und deshalb der Mäkler zu Gewährung eines solchen berechtigt gewesen sei, wenn die Beklagten bei Zuziehung desselben baare Zahlung nicht ausdrücklich als Bedingung hingestellt hätten, in der Klage gar nicht Bezug genommen worden ist, und anerwogen

zu 2.

selbst dann, wenn man die Worte „im Auftrage der Beklagten" auf den letzten, die Zielverwilligung betreffenden Satz mit beziehen wollte, gleichwohl die oben unter Nr. 2. hingestellten Behauptungen immerhin noch so verschwommen gehalten wären, daß man darnach gerade über die Kernfrage, nämlich darüber, ob S. bei Gelegenheit der ihm beigemessenen Aeußerungen sich blos als den Bevollmächtigten der Beklagten gerirt haben oder aber ob er von diesen Letzteren zu Stellung des in Rede befangenen Zahlungszieles wirklich beauftragt gewesen, und ferner, in welcher Weise eine diesfallsige Beauftragung erfolgt sein sollte, so sehr im Unklaren belassen bliebe, daß man zu Förmelung eines stringenten Eides hierunter nicht gelangen könnte;

so hat das Suchen des Klägers in der angebrachten Maaße nicht Statt, es ist auch derselbe den Beklagten die verursachten Proceßkosten, soweit sie sich überhaupt zur Restitution eignen, zu erstatten schuldig."

Auf Berufung des Klägers ertheilte das Königl. Appellationsgericht zu Zwickau folgendes am 1. Juni 1863 eröffnetes Erkenntniß:

„Daß es bei dem angefochtenen Erkenntnisse nicht zu lassen, sondern es sind, dafern Kläger schwört:

> daß er am 12. März 1862 von dem Bl. — genannten S. 18 Pack ostindische Baumwolle um den Preis von 24 Thlrn. —, —, für den Centner erkauft habe, daß hierbei ernannter S. dem Kläger erklärt habe, wie er sothane Baumwolle für die Beklagten verkaufe und von den letzteren gedachte Baumwolle in den nächsten zehn Tagen geliefert werden, bezüglich des Kaufpreises aber dem Kläger eine viermonatige, von der Lieferung ab zu rechnende Frist gewährt sein solle,

die Beklagten dem Kläger die beregten 18 Pack ostindische Baumwolle zu liefern, demselben auch die durch die verzögerte Lieferung ihm erwachsenen erweislichen Schäden zu vergüten, nicht minder dem Kläger die Kosten des Processes, soweit solche in erster Instanz aufgelaufen sind, zu erstatten verbunden.

Die Kosten des Rechtsmittels werden unter den Parteien aufgehoben.

Entscheidungsgründe:

Wenn Man die erhobene Klage in der gegenwärtigen Instanz aufrecht erhalten hat, so beruht dies auf folgenden Erwägungen:

Beklagte haben Bl. — in der Anmerkung zum ersten Einlassungsabschnitt eingeräumt, daß von ihnen der dort gedachte S. beauftragt gewesen sei, unter gewissen Bedingungen eine Partie ostindischer Baumwolle um den Preis von 24 Thlrn. —, —, pro Centner zu verkaufen. Dasselbe Geständniß haben die Beklagten Bl. — wiederholt, indem sie dort wörtlich bemerkt haben: „daß ernannter S. beauftragt gewesen sei, an Klägern gegen baare Casse zu verkaufen". Mit diesem Geständnisse steht in vollem Widerspruche und ist daher völlig unbeachtlich die verneinende Einlassung in p. l. c. 3. Bl. —, wornach S. nicht Auftrag gehabt haben soll, für die Beklagten Verkäufe über Baumwolle abzuschließen. Denn solange S. nicht wirklich ein Verkaufsgeschäft über Baumwolle für die Beklagten abgeschlossen hatte, war doch in der That diese Waare noch nicht verkauft, also der Auftrag nicht vollzogen; die Vollmacht, einen Gegenstand zu verkaufen, enthält recht eigentlich und wesentlich auch den Auftrag, einen Kaufhandel vollgültig abzuschließen.

Hat nun aber ein Geschäftsherr Jemanden beauftragt, ein Rechtsgeschäft für ihn abzuschließen, diesem Auftrage jedoch gewisse Beschränkungen beigefügt, so liegt ihm auch die Verpflichtung ob, diese Beschränkungen bekannt zu machen, widrigenfalls er denjenigen Personen, welche mit dem Beauftragten ein Geschäft abgeschlossen, jene Beschränkungen der Vollmacht des letzteren aber nicht gekannt haben, auch dann verpflichtet ist, wenn von dem Beauftragten die Schranken des Auftrages überschritten sind, dafern nicht etwa die Bedingungen, unter denen das Geschäft abgeschlossen ist, so ganz ungewöhnlich sind, daß eine Ueberschreitung des Auftrags für den andern Contrahenten mit Grund zu vermuthen war. Dies geht schon aus den Bestimmungen des gemeinen Rechts hervor.

vgl. l. 11. §. 3. 4. 5. D. de instit. act. (14. 3.)

Betreffen auch diese Gesetzesvorschriften an sich nur das Verhältniß eines Institors, so werden dieselben doch auf jedes Vollmachtsverhältniß angewendet.

vgl. l. 13. §. 25. D. de act. emt. et vend. (19. 1.)
Bucher, das Recht der Forderungen, §. 78.
Zeitschrift für Rechtspfl. u. Verw., Bd. XIX. S. 544.

Diese Grundsätze haben in dem allgemeinen deutschen Handelsgesetzbuche, welches bei Abschluß des vorliegenden Geschäfts bereits in Wirksamkeit getreten war, ebenfalls Anwendung gefunden. Dies ergiebt sich nicht nur aus Art. 43., wonach eine Beschränkung des Umfangs der Procura, wie solcher im Art. 42. aufgestellt ist, gegenüber dritten Personen überhaupt nicht Wirkung hat, sondern auch aus demjenigen, was im Art. 47. über den Fall bestimmt ist, wo ein Principal Jemanden ohne Ertheilung der Procura, sei es zum Betriebe eines ganzen Handelsgewerbes oder zu einer bestimmten Art von Geschäften oder zu einzelnen Geschäften in seinem Handelsgewerbe bestellt. In diesem Falle erstreckt sich nach Art. 47. die Vollmacht auf alle Geschäfte und Rechtshandlungen, welche der Betrieb eines derartigen Handelsgewerbes oder die Ausführung derartiger Geschäfte gewöhnlich mit sich bringt. Nothwendige Folge hiervon ist, daß der Dritte, der mit dem Bevollmächtigten contrahirt, der Gültigkeit und Rechtsverbindlichkeit des abgeschlossenen Geschäfts sich muß versichert halten können, sofern nur der Bevollmächtigte sich innerhalb derjenigen Grenzen gehalten hat, welche der Betrieb des fraglichen Geschäfts mit sich bringt. Wenn im Art. 55. bestimmt wird, daß der Bevollmächtigte dem dritten Contrahenten persönlich verpflichtet sei, wenn er seine Vollmacht überschreite, so kann zwar hieraus entnommen werden, daß der Principal in solchem Falle nicht verhaftet sei; offenbar aber ist der Artikel nicht von demjenigen Falle zu verstehen, wo ein Bevollmächtigter sich innerhalb der im Art. 47. durch das Gesetz — und zwar unter Verweisung auf den gewöhnlichen Geschäftsverkehr — gezogenen Grenzen gehalten hat, dieser Vollmacht aber etwa durch besondere Festsetzungen zwischen dem Prinzipal und dem Bevollmächtigten gewisse Beschränkungen beigefügt worden sind, die dem dritten Contrahenten unbekannt geblieben sind. Will man also auch das vorliegende Rechtsverhältniß vielleicht nicht nach Art. 47., sondern nach dem schon in der erstinstanzlichen Entscheidung erwähnten Art. 298. des Handelsgesetzbuchs beurtheilen, so geht doch aus der in dem letzteren Artikel enthaltenen Verweisung auf Art. 52. und 55. noch nicht hervor, daß der Geschäftsherr, bei einer Ueberschreitung der ertheilten Vollmacht, auch dann nicht verbindlich werde, wenn die letztere nur in Bezug auf Nebenbedingungen des abzuschließenden Geschäfts beschränkt ist, welche der, hierüber in Unkunde gelassene, andere Contrahent nach dem alltäglichen Geschäftsgange recht wohl der Willkür des Bevollmächtigten überlassen glauben konnte.

Beklagte haben nun nirgends darauf sich bezogen, daß dem Kläger irgendwelche Begrenzung des dem oftberegten S. ertheilten Auftrags bekannt geworden sei, und ebensowenig liegt in den von dem Kläger vorgetragenen Bedingungen des fraglichen Geschäfts irgend eine erhebliche Abweichung von dem alltäglichen Geschäftsverkehre. Namentlich ist die Bewilligung eines mehrmonatlichen Credits zwischen Kaufleuten im heutigen Verkehrsleben, wenn nicht sogar die Regel, doch ganz unzweifelhaft nicht ein so ungewöhnliches Vorkommniß, daß der Käufer, dem im Auftrage eines Handelshauses Waaren auf Credit angeboten worden, zur Bewilligung dieses Credits eine besondere Vollmacht vorauszusetzen, einen Grund hätte, wie denn auch schon im Art. 49. des Handelsgesetzbuchs den Handlungsreisenden das Befugniß eingeräumt ist, für die Kaufpreise der Waaren Zahlungsfristen einzuräumen, und aus der Fassung des betreffenden Artikels (dieselben gelten insbesondere für ermächtigt) deutlich zu ersehen ist, daß auch diese Ermächtigung nur als eine Unterart der im Art. 47. hervorgehobenen allgemeinen Befugnisse eines Handlungsbevollmächtigten anzusehen ist.

Wenn ferner Beklagte Bl. — aus der öffentlichen Stellung S.'s als verpflichteten Mäklers herzuleiten suchen, daß derselbe ein Verkaufsgeschäft für die Beklagten gültiger Weise nicht habe abschließen können, so ist den Beklagten zuzugeben, daß der Beruf eines Mäklers lediglich darin besteht, die Handelsgeschäfte eines Platzes zu vermitteln, mithin zu deren Abschluß lediglich als Zwischenträger oder Mittelperson mitzuwirken.

vgl. Leipziger Mäklerordnung vom 7. März 1818. Abschn. 1. §. 1. 19. 22. 32. 29. (Ges.-Samml. v. J. 1833. pag. 92 flg.)

Mäklerordnung für die Stadt Chemnitz, §. 1. 14. 21. 24. sub fin. (Ges.- u. Verordn.-Bl. v. J. 1858. pag. 128.)

Handelsgesetzbuch, Art. 67.

Allein daraus folgt doch nur so viel, daß der oftberegte S., wenn er in aufhabender Vollmacht der Beklagten — wie in der Klage behauptet ist — den fraglichen Verkauf abgeschlossen hat, eben nicht in seiner Eigenschaft als Mäkler thätig gewesen ist. Keineswegs folgt daraus die Nichtigkeit des abgeschlossenen Geschäfts, wie denn auch in der Chemnitzer Mäklerordnung für den Fall, daß ein Mäkler das ausdrückliche Verbot, Geschäfte auf eigene Rechnung zu machen, übertrete, nicht die Nichtigkeit dieser Geschäfte, sondern die Bestrafung des Mäklers angeordnet worden ist (§. 15.). Ja es geht sogar aus der letztgedachten Mäklerordnung hervor, daß ein Verkäufer durch den vom Mäkler unternommenen Geschäftsabschluß auch ohne seine vorher eingeholte definitive Zustimmung alsdann gebunden sei, wenn der Verkäufer dem Mäkler die Waare zu einem gewissen Preis bis zu einer festgesetzten Zeit angestellt hat (§. 24.), woraus — wenn auch nicht aus den Acten vorliegt, daß die Voraussetzungen dieses letzteren Falles gegenwärtig vorhanden seien — doch unzweifelhaft hervorgeht, daß dasjenige nicht für nichtig zu achten sei, was ein Mäkler im wirklichen Auftragsverhältnisse zu Verkäufern oder Käufern definitiv abschließt.

Wenn aber Beklagte sich in der Deductionsschrift Bl. — auf das Gebiet der factischen Vermuthungen stellen, und aus der Mäklerstellung S.'s die Wahrscheinlichkeit ableiten, daß es nicht der Beklagten Wille gewesen sein könne, denselben zu definitiven Geschäftsabschlüssen zu ermächtigen, sondern ihre Absicht nur dahin gegangen sein könne, sich der Zwischendienste S.'s zu bedienen, so ist dem Beklagten einzuhalten, daß auf derartige factische Vermuthungen, gegenüber den oben hervorgehobenen, in der Anmerkung zu pct. l. c. 1. Bl. —, sowie Bl. — enthaltenen Zugeständnissen — wornach S. zum Verkaufe der Baumwolle, also zu bindendem Geschäftsabschlusse ermächtigt gewesen ist — irgend Etwas nicht ankommen kann.

Endlich ist auch der Gegenstand des Kaufes mit ausreichender Bestimmtheit in der Klage angegeben, da nach Inhalt derselben bei Bezeichnung der Quantität der verkauften Waare eine im Baumwolleverkehre gangbare Einheit (ein Pack) zu Grunde gelegt worden ist, über deren Begriff unter den betreffenden Geschäftsleuten ein Zweifel nicht obwaltet, so daß für eine bestimmte Verurtheilung der Beklagten und für ein darauf etwa nach den Bestimmungen der §. 74. des Executionsgesetzes zu gründendes weiteres Verfahren ausreichende Unterlagen geboten sind, während, was die Gegenleistung des Klägers anlangt, deren Höhe nach dem Gewichte der zu liefernden Baumwolle — resp. nach dem Gewichte, was bei der nach §. 74. cit. etwa vorzunehmenden Würderung durch Sachverständige, jedoch nicht über die Bl. — angegebene Grenze von 3¾ Centner für den Pack anzunehmen sein wird — ohne Weiteres sich berechnen läßt.

Es bedarf sonach zur Verurtheilung der Beklagten lediglich des Nachweises, daß zwischen dem Kläger und dem Mäkler S. der Geschäftsabschluß in der in der Klage behaupteten Weise erfolgt sei. Dies ist von den Beklagten in p. l. c. 1. 3. 4. flg. 19. 21. ins Nichtwissen gestellt, resp. verneint worden.

Zwar könnte man nach der Fassung der Anmerkung zu p. l. c. 1. die Frage aufwerfen, ob nicht die dortige Verneinung nur mit Rücksicht auf die ebendaselbst behauptete Beschränkung der Vollmacht S.'s ausgesprochen sei, namentlich wenn man hinzunimmt, daß Bl. — von den Beklagten bemerkt wird: „es sei der erhobene Anspruch ein unbegründeter, insofern das zur Klage gezogene Handelsgeschäft von den Beklagten nicht ratihabirt worden und der Abschluß desselben auf Zahlungsbedingungen hin erfolgt sei, zu deren Gewährung der Mäkler S. von ihnen nicht autorisirt worden sei". Allein die Verneinungen des wesentlichen Klaginhalts p. l. c. 19. und 21. sind zu bestimmt, und auch an anderen Stellen geben die Beklagten deutlich zu erkennen, daß sie das in der Klage behauptete Geschäft und dessen Modalitäten ins Nichtwissen gestellt haben wollen. Was aber die Auslassung Bl. — anlangt, so erklärt sich dieselbe vollständig, wenn man annimmt, daß die Beklagten lediglich die Darstellung im Auge gehabt haben, welche Kläger von dem abgeschlossenen Geschäfte giebt, und es erscheint diese Auslassung sogar geboten, da sich nicht annehmen läßt, daß Beklagte mit ihren Erklärungen in p. l. c. 1. 8. 9. 11. u. s. w. in offenbaren Widerspruch sich haben setzen wollen.

Es bedarf sonach die Klage allerdings in der vorangegebenen Richtung noch des Beweises. Nun entbehrt aber der Bl. — ersichtliche Schlußzettel allerdings der Beweiskraft, da das vorliegende Geschäft — ganz abgesehen davon, ob S. überhaupt über dasselbe ein Zeugniß auszustellen befugt gewesen sei, soweit er bei solchem nicht in seiner Eigenschaft als Mäkler concurrirt hat — als ein nicht sofort zu erfüllendes abgeschlossen worden sein soll, und die Unterschrift des andern Contrahenten auf dem Schlußzettel ermangelt, Artikel 73. des Handelsgesetzbuchs in Verbindung mit §. 8. des Einführungsgesetzes vom 30. October 1861.

Es war mithin die Entscheidung der Sache von dem Bl. — angetragenen und Bl. — dem Kläger zurückgegebenen Eide abhängig zu machen, bei dessen Leistung Beklagte nicht nur in der Hauptsache, sondern auch in die mitgeforderten erweislichen Schäden, sowie in Erstattung der Proceßkosten zu verurtheilen waren."

Auf die Berufung der Beklagten stellte das Königl. Oberappellationsgericht in dem am 17. December 1863 abgefaßten Erkenntnisse unter Vergleichung der in zweiter und dritter Instanz entstandenen Kosten die Entscheidung der ersten Instanz wieder her, und zwar aus folgenden Gründen:

„Das Königl. Oberappellationsgericht hat den Rationen, aus welchen in zweiter Instanz Bl. — die Klage für schlüssig angesehen worden ist, nicht beizutreten vermocht, vielmehr die Entscheidung erster Instanz, daß das Suchen Klägers unter Verurtheilung desselben in Erstattung der Proceßkosten in der angebrachten Maaße abzuweisen sei, aus folgenden Gründen wieder hergestellt:

1.

Die auf Erfüllung eines Kaufes über 18 Originalpack ostindische Baumwolle gerichtete Klage ist Bl. —

lediglich auf das Anführen gestützt worden, daß Kläger am 12. März 1862 von dem verpflichteten Mäkler S. zu C., welcher von den Beklagten Auftrag, für sie Käufe über Baumwolle abzuschließen, erhalten, und ihn, den Kläger, von diesem Auftrage in Kenntniß gesetzt und mit ihm, als Bevollmächtigter der Beklagten, contrahirt habe, die nurgenannte Quantität Baumwolle für den in der Klage Bl. — angegebenen Preis und unter den daselbst näher bemerkten Bedingungen erkauft habe. Der Ansicht der zweiten Instanz Bl. —, daß zufolge des vorstehenden Klaganführens die vom Kläger gedachte Mittelsperson, mit welcher ersterer den angeblichen Kaufvertrag verabredet hat, nicht in ihrer dienstlichen Eigenschaft als verpflichteter Mäkler, sondern als ein zum Abschließen von Verkäufen über Baumwolle speciell beauftragter Handelsbevollmächtigter der Beklagten aufgetreten sei, steht das Klaganführen Bl. — entgegen, daß S. über das in der Klage erwähnte Geschäft den vom Kläger Bl. — im Originale zu den Acten übergebenen Schlußzettel ausgestellt und dem Kläger eingehändigt hat. Denn aus dem dem gedachten Schlußzettel aufgedrückten amtlichen Stempels S.'s erhellt unzweifelhaft, daß S. den Schlußzettel nicht als Bevollmächtigter der Beklagten, sondern, wie die Worte des aufgedrückten Stempels besagen, als „vereideter Mäkler zu C." ausgestellt habe. Da Kläger seinem Geständnisse zufolge den nurgedachten, am 12. März 1862, dem Tage des angeblichen Kaufsabschlusses, ausgefertigten Schlußzettel angenommen hat, so hat demselben nicht entgehen können, daß S. ihm lediglich als Mäkler und nicht als Bevollmächtigter der Beklagten bei den Kaufsverhandlungen gegenüber gestanden hat. Sollte daher Kläger bei diesen Verhandlungen den Mäkler S. als Bevollmächtigten der Beklagten angesehen haben, so würde der hierbei verhangene Irrthum durch den angenommenen Schlußzettel gehoben worden sein, zumal Kläger in der Klage darauf, daß er S. aufmerksam gemacht habe, daß letzterer den Schlußzettel nicht als Mäkler, sondern nach Maaßgabe der Vorschrift des Art. 48. des allgemeinen deutschen Handelsgesetzbuchs mit einem das Vollmachtsverhältniß ausdrückenden Zusatze zeichnen solle, oder auf sonstige Thatsachen, aus denen erhellt, daß von S. der Schlußzettel irrthümlich als Mäkler und nicht als Bevollmächtigter der Beklagten unterschrieben worden sei, nicht Bezug genommen hat.

2.

Nach zeitherigem sächsischen Rechte bedurfte es keiner Unterschrift der Interessenten zur Gültigkeit der von einem Mäkler über die von ihm vermittelten Geschäfte ausgefertigten Schlußzettel, indem, ohne Unterschied, ob die Geschäfte, auf welche sich der Schlußzettel bezog, sofort oder erst nach einer bestimmten, von dem Handelsabschlusse an zu berechnenden Zeit zu erfüllen waren, die eigenhändige Unterschrift des Mäklers unter Beidrückung seines amtlichen Stempels genügte.

vgl. Leipziger Mäklerordnung vom 7. März 1818. §. 32. (Gef.-Samml. v. J. 1833. p. 100.)

Dresdner Mäklerordnung vom 14. April 1834. §. 28. (Gef.-Samml. v. J. 1834. p. 118.)

Chemnitzer Mäklerordnung vom 21. Januar 1858. §. 24. (Gef.-Samml. v. J. 1858. p. 131.)

Dagegen hat nach dem allgemeinen deutschen Handelsgesetzbuche Art. 73. Abschn. 2. der Mäkler bei denjenigen Geschäften, welche nicht sofort erfüllt werden sollen, die Schlußnote den Parteien zu ihrer Unterschrift zuzustellen und jeder Partei das von der andern unterschriebene Exemplar zu übersenden. Da durch die nurgedachte Vorschrift nach Maaßgabe §. 7. des sächsischen Einführungsgesetzes vom 30. October 1861 die oberwähnte Bestimmung der in Sachsen bestätigten Mäkler- und Börsenordnungen für aufgehoben zu achten ist, so entbehrt der der Klage beigelegte, wenige Tage nach dem 1. März 1862, zu welchem das Handelsgesetzbuch in Sachsen in Kraft getreten ist, ausgefertigte und anscheinend aus Unkenntniß der entgegenstehenden Vorschrift des Art. 73. des Handelsgesetzbuchs lediglich vom Mäkler unterzeichnete Schlußzettel derjenigen Beweiskraft, welche nach Art. 77. des Handelsgesetzbuchs einer vorschriftsmäßig ausgestellten und vollzogenen Schlußnote beizumessen ist. Auch hat Kläger selbst seinen Anspruch nicht auf den der Klage beigelegten Schlußzettel, sondern auf das eingangsgedachte Klaganführen, daß S. von den Beklagten zum Verkaufe beauftragt worden sei, gestützt, indem er Bl. — von der Ansicht ausgeht, daß ein Mäkler nothwendiger Weise stets Handlungsbevollmächtigter sei. Diese Ansicht ist jedoch nach der Meinung des Oberappellationsgerichts nicht richtig.

3.

Schon nach gemeinem Rechte werden von den Stellvertretern, welche Verträge im Namen dritter Personen selbstständig abschließen, die bloßen Vermittler, Unterhändler und Mäkler (proxenetae), deren Thätigkeit darin besteht, zu vermitteln, d. h. zwischen Zweien, welche ein Geschäft machen wollen, zu dem Zwecke zu verhandeln, um den Abschluß des Rechtsgeschäfts zwischen den Parteien herbeizuführen, sowie die Boten, welche durch Ueberbringung der Willensmeinungen nur als Werkzeuge der Contrahenten dienen, genau unterschieden.

vgl. Mühlenbruch, Cession, §. 11. S. 108 flg. ed. 3.

Sintenis, prakt. Civilrecht, §. 17. Th. 1. S. 47. ed. 2.

Während der Stellvertreter selbst nach neuerem Rechte in gewissen, hier nicht weiter zu erörternden Beziehungen als Contrahent erscheint, ist der Unterhändler für die Beurtheilung und den Charakter des von ihm vermittelten Rechtsgeschäfts juristisch ohne Bedeutung, indem der Abschluß des Vertrags, seine Rechtsbeständigkeit und seine Wirkungen sich lediglich nach den Personen der Contrahenten richten, ohne alle Rücksicht darauf, daß durch die Thätigkeit des Mäklers der Consens der Parteien erzielt worden ist. Der Abschluß des Vertrags Seiten der Contrahenten gewährt dem Mäkler nur insofern einen Vortheil, als derselbe nunmehr ein Recht auf Zahlung des bedungenen oder üblichen Mäklerlohns erlangt hat.

vgl. Labend, die Lehre von den Mäklern, in der Zeitschrift für deutsches Recht, Bd. 20. S. 2.

Keineswegs aber ist der Mäkler als solcher ermächtigt, den Vertrag im Namen seines Auftraggebers und ohne dessen Concurrenz mit einem Dritten abzuschließen. Dieser Grundsatz wird nicht nur von älteren sächsischen Rechtslehrern,

cfr. Goden, Consilia. (Vitemb. 1609.) p. 538.

„Officium proxenetae vel mediatoris non est concludere, sed duntaxat tractare inter partes. Proxeneta non gerit officium partium, sed mediante proxeneta partes ipsae in praesentia concludunt contractum."

sondern auch in Betreff der Handelsmäkler in den nachstehenden sächsischen Gesetzen anerkannt, wobei hervorzuheben ist, daß diese Gesetze insofern von Wichtigkeit sind, als sie ein klares Bild von der Art und Weise geben, wie Handelsmäkler ihre Thätigkeit zu entwickeln pflegen, der Natur der Sache nach aber die rechtliche Stellung, welche die Mäkler denjenigen Personen gegenüber, für welche sie den Abschluß eines Rechtsgeschäfts vermitteln, einnehmen, nur dann beurtheilt werden kann, wenn man die Geschäftsthätigkeit der Mäkler, wie er sich im Handelsverkehre unter Billigung des Gesetzgebers gestaltet hat, sorgfältig ins Auge faßt.

Zuvörderst schreibt nämlich die Leipziger Wechselordnung vom 2. October 1682. (C. A. II. pag. 2023.) §. 15. wörtlich vor:

„Wie denn zur Nachricht derjenige Mäkler, durch welchen der Wechsel geschlossen worden, wenn beide Contrahenten in allen Conditionen einig, solche in einer Notiz schriftlich von sich geben soll. Wenn nun solche Notiz genommen und behalten wird, so bleibt es richtig geschlossen, der Mäkler aber ist dieselbe bei Vermeidung ernster Strafe von Stunde an schriftlich auszustellen und beiderseits Contrahenten einzuhändigen schuldig."

Nicht minder disponirt §. 32. der Leipziger Mäklerordnung v. J. 1818. (Ges.-Samml. v. J. 1833. pag. 100.):

„Da die vom Verkäufer dem Mäkler aufgegebenen Kaufsbedingungen jenen nicht binden, so lange nicht hierauf ein wirklicher Abschluß über eine aufgegebene Post zu Stande gekommen ist (wie dies hierdurch zu Beseitigung allen diesfallsigen Zweifels ausdrücklich anerkannt wird)."

Dieselbe Bestimmung findet sich, wiewohl mit den später zu erwähnenden Modificationen, in der Dresdner und Chemnitzer Mäklerordnung, indem erstere in §. 28. (Ges.-Samml. v. J. 1834. p. 118.) wörtlich vorschreibt:

„Da die von dem Verkäufer dem Mäkler aufgegebenen Kaufbedingungen, wenn ersterer nicht ausdrücklich die Waaren dem Mäkler zu einem gewissen Preise bis zu einer festgestellten Zeit angestellt hat, den Verkäufer nicht binden, so lange nicht ein wirklicher Abschluß über eine aufgegebene Post zu Stande gekommen ist (wie dies hierdurch zu Beseitigung allen diesfallsigen Zweifels anerkannt wird)."

In §. 24. der Chemnitzer Mäklerordnung (Ges.-Samml. v. J. 1858. pag. 131.) fehlt der zuletzt erwähnte Nachsatz, dagegen ist der Rechtssatz selbst in gleicher Weise und zwar mit den Worten ausgesprochen:

„Da übrigens die vom Verkäufer dem Mäkler aufgegebenen Kaufbedingungen den ersteren, wenn er dem Mäkler die Waaren nicht ausdrücklich zu einem gewissen Preis bis zu einer festgestellten Zeit angestellt hat, nicht eher binden, als bis hierauf ein wirklicher Abschluß über eine aufgegebene Post zu Stande gekommen ist."

Aus diesem Rechtssatze leiten alle drei Mäklerordnungen die Verpflichtungen des Mäklers ab,

sobald er einen Käufer gefunden, sich zunächst dieses letzteren mündlich zu versichern, sodann den Verkäufer ungesäumt zu benachrichtigen und ihn, wenn dessen Genehmigung erfolgt, das eine Exemplar des Schlußzettels sogleich zurückzulassen, das andere aber dem Käufer ohne Verzug, und ohne inzwischen weitere Geschäfte anzuknüpfen oder zu betreiben, einzuhändigen,

wobei die Leipziger und Dresdner Mäklerordnung ausdrücklich erklären, daß durch die Genehmigung des Verkäufers in Folge der Anzeige des Mäklers, daß er einen Käufer unter den aufgegebenen Bedingungen gefunden habe, der Abschluß des Kaufes wirklich zu Stande gekommen sei, wogegen die Chemnitzer Mäklerordnung eine Bestimmung über den Zeitpunkt der Perfection des Kaufes nicht enthält. Endlich heben alle drei Mäklerordnungen hervor, daß der Mäkler stets im Auge zu behalten habe, daß er nicht Beauftragter des einen Theils, sondern Vermittler zwischen beiden Theilen ist, und daß er daher für das Beste beider Theile in gleicher Maaße zu sorgen verbunden ist.

cfr. Leipziger Mäklerordnung, §. 29.
Dresdner Mäklerordnung, §. 25.
Chemnitzer Mäklerordnung, §. 21.

Auch das allgemeine deutsche Handelsgesetzbuch faßt die Handelsmäkler nicht aus dem Gesichtspunkte von Bevollmächtigten derjenigen Partei, welche ihre Thätigkeit als Unterhändler in Anspruch genommen hat — des sogenannten Auftraggebers —, sondern lediglich als Vermittler für Handelsgeschäfte auf. Dies folgt nach der Ansicht des Oberappellationsgerichts unzweifelhaft aus dem ersten Absatze der Art. 66. gegebenen Legaldefinition: „Die Handelsmäkler (Sensale) sind amtlich bestellte Vermittler für Handelsgeschäfte", nicht minder aus der durchgängigen Bezeichnung ihrer Thätigkeit als „der ihnen übertragenen Geschäftsvermittlung" (Art. 67. Abs. 2.) oder „Vermittlung" (Art. 69. unter 3. und 6. Art. 80.) oder als „vermitteln" (Art. 67. Abs. 1. Art. 69. unter 1. und 3. Art. 76. Abs. 1.). Man kann daher der entgegengesetzten, von

Dietzel, im Archive für deutsches Wechselrecht von Siebenhaar, Thl. 7. S. 294 flg.

vertheidigten Ansicht, daß ein Handelsmäkler nach den Bestimmungen des allgemeinen deutschen Handelsgesetzbuchs in ähnlicher Weise, wie der in Art. 298. für einzelne Handelsgeschäfte bestellte Bevollmächtigte zum Abschlusse von Geschäften im Namen seines Auftraggebers berechtigt, und daher als derjenige, welcher den Vertrag für seinen Mandanten eingehe, anzusehen sei, nicht beipflichten. Dieser Meinung steht die Vorschrift des Art. 69. unter 6., nach welcher der Mäkler zu keinem Geschäft die Einwilligung der Parteien oder deren Bevollmächtigten anders, als durch ausdrückliche und persönliche Erklärung annehmen darf, entgegen, da unter dem hier erwähnten Geschäft nicht der dem Mäkler ertheilte Auftrag, sondern das von dem letzteren zu vermittelnde Handelsgeschäft zu verstehen ist. Auch läßt sich aus der vom Kläger Bl. — angezogenen Disposition des Art. 67. Abs. 2., daß durch die übertragene Geschäftsvermittlung ein Handelsmäkler noch nicht als bevollmächtigt anzusehen sei, eine Zahlung oder eine andere im Vertrage bedungene Leistung in Empfang nehmen, nicht e contrario ein Argument entnehmen, daß der Mäkler im Namen seines Auftraggebers den Vertrag abschließen dürfe, weil die nurgedachte, dem §. 209. des östreich.-lith. Entwurfs entlehnte Bestimmung lediglich zu dem Zwecke in das Gesetz aufgenommen worden ist, um hiermit eine Belehrung des Publicums über die Rechte und Pflichten der Mäkler zu bieten. Da jedoch gleichzeitig bei der Aufnahme in den Conferenzberathungen anerkannt worden, daß die Verhältnisse der Mäkler ganz andere seien, als die der Handlungsbevollmächtigten,

cfr. Lutz, Protokolle der Conferenzen ꝛc., Thl. 1. pag. 151.

namentlich ein Mäkler keineswegs als Handlungsbevollmächtigter der einen oder andern Partei, oder gar beider Parteien angesehen werden kann,

cfr. Koch, allgemeines deutsches Handelsgesetzbuch, pag. 170. not. 9.

so hätte es an und für sich der Aufnahme obiger Bestimmung nicht bedurft.

4.

Die amtlich bestellten Handelsmäkler oder Sensale sind dazu bestimmt, dem mannichfachen und vielseitigen Verkehre eines großen Handelsplatzes Erleichterung und Vermittlung zu gewähren. Die Handelsmäkler begnügen sich daher nicht mit einem einzelnen Auftrage zum Aufsuchen oder Ausbieten einer Waare, vielmehr sind sie eifrig bemüht, sowohl auf der Börse, als in den Handelslocalen Erkundigung einzuziehen, welche Kaufleute des Platzes Waaren, und unter welchen Bedingungen sie dieselben zu verkaufen haben oder zu kaufen wünschen, um Aufträge zu Vermittlungen zu erhalten. Empfangen sie Aufträge, so notiren sie dieselben in ihre Schreibtafeln und richten ihre Thätigkeit darauf, einen Kaufs-, beziehentlich Verkaufslustigen zu ermitteln und zwischen diesem und ihrem Auftraggeber einen Vertragsabschluß herbeizuführen.

vgl. Treitschke, Kaufcontract, §. 38. p. 61 flg.

Bei dieser Geschäftsvermittlung treten hauptsächlich folgende Momente hervor:

(Schluß folgt in der nächsten Nummer.)

Redacteur: Dr. Theodor Tauchnitz. Officin der Verlagshandlung.

Von diesem Wochenblatte erscheinen jährlich 64 Nummern zu 1 Quartbogen und außerdem am Jahresschlusse ein ausführliches Register.

Wochenblatt
für
merkwürdige Rechtsfälle,
in actenmäßigen Darstellungen
aus dem Gebiete der Justizpflege und Verwaltung
zunächst für das
Königreich Sachsen.

Alle Postämter u. Buchhandlungen übernehmen Bestellungen und liefern das Quartal zu dem praenumerando zu entrichtenden Preise von 1 Thaler.

Verlag von Bernhard Tauchnitz in Leipzig.

№ 15. Neue Folge Zwölfter Jahrgang. 1864.

(Schluß des S. 112. abgebrochenen Rechtsfalles.)

a.

Die Thätigkeit des Handelsmäklers wird hervorgerufen durch die an ihn gerichtete Aufforderung eines Kaufmanns, unter gewissen, ihm mitgetheilten (aufgegebenen) Bedingungen, eine Waare zum Verkaufe auszubieten, oder Behufs des Ankaufs aufzusuchen, oder den Abschluß eines sonstigen, in Art. 67. Abs. 1. erwähnten Handelsgeschäfts zu vermitteln. Wenn nun, wie im vorliegenden Falle, Waarenkäufe in Frage stehen, so ist die gedachte Aufforderung unter die im Art. 337. des Handelsgesetzbuchs erwähnten Offerten zu rechnen, welche einen verbindlichen Antrag zu Eingehung eines Kaufes nicht enthalten. In gleicher Weise, wie Handelsleute gleichzeitig an ihre Kunden oder Handelsfreunde Preislisten, Lagerverzeichnisse, Proben oder Muster einsenden, oder Kaufs- oder Verkaufsofferten in öffentlichen Blättern bekannt machen, bedienen sie sich der Mäkler, um unter den den letzteren mitgetheilten Bedingungen Kaufs- resp. Verkaufslustige zu ermitteln. Indem daher ein Kaufmann einem einzelnen Mäkler Auftrag ertheilt, verzichtet derselbe nicht auf das Recht, gleichzeitig andern Mäklern denselben Auftrag zu geben oder die Waare selbst ohne Vorwissen und Concurrenz des von ihnen beauftragten Mäklers zu veräußern oder einzukaufen. Da auf diese Weise die Mühwaltungen des Mäklers leicht vergeblich aufgewendet werden und die Frage entstehen kann, ob der Mäkler zu Folge der Vorschrift des Art. 82. des allgem. deutschen Handelsgesetzbuchs einen Anspruch auf die Mäklergebühr (Sensarie) habe, so pflegen die Mäkler bei Uebernahme des Auftrags zuweilen die Bedingung zu stellen, daß der Auftraggeber die aufgegebene Waarenpost zu einem gewissen Preise bis zu einer festgestellten Zeit anstelle, d. h. sich verbindlich mache, bis zu einem bestimmten Zeitpunkte die Waare weder selbst, noch durch einen Dritten zu verkaufen. Wenn der Auftraggeber auf die gedachte Bedingung eingeht, so geschieht es zunächst im Interesse des Sensals und um dessen Ansprüche auf Courtage möglichst zu sichern. Eines Eingehens auf die von der vorigen Instanz Bl. — bejahte Frage, ob im nurgedachten Falle der Auftraggeber durch den vom Mäkler unternommenen Geschäftsabschluß auch ohne seine vorher eingeholte definitive Zustimmung dem Dritten, mit welchem der Mäkler contrahirt habe, gegenüber gebunden sei, und ob mithin in der Erklärung des Auftraggebers gegen den Mäkler, daß er die Waare bis zu einer bestimmten Zeit anstelle, die Ertheilung eines Auftrags, daß der Mäkler den Handel ohne weitere Concurrenz des Auftraggebers mit einem beliebigen Dritten abschließen dürfe, zu erblicken sei, bedarf es nicht, da die Voraussetzungen des letzteren Falles, wie die zweite Instanz Bl. — selbst anführt, gegenwärtig nicht vorhanden ist.

b.

Wenn der Mäkler einen Dritten gefunden hat, welcher auf die ihm von seinem Auftraggeber aufgegebenen Bedingungen einzugehen gesonnen ist, so erscheint die diesfalls abgegebene Erklärung des Dritten als ein Antrag, an welchen derselbe in Art 319 flg. des Handelsgesetzbuchs bemerkten Modificationen gebunden ist. Der Sensal ist hierauf verpflichtet, diesen Antrag ungesäumt seinem Auftraggeber mitzutheilen. Sobald Letzterer die Annahme des Antrags erklärt, ist der Vertrag nach Art. 321. verbunden mit Art. 76. des Handelsgesetzbuchs für abgeschlossen zu erachten und der Mäkler nach Art. 73. verpflichtet, ohne Verzug eine von ihm unterzeichnete Schlußnote jeder Partei zuzustellen, beziehentlich in dem im 2. Abs. des §. 73. gedachten Falle die Schlußnote den Parteien zur Unterschrift vorzulegen und jeder Partei das von der andern unterschriebene Exemplar zuzusenden. Da häufig ein directer Vertrag zwischen den Interessenten erst nach längeren Bemühungen und Verhandlungen, wobei der Mäkler den Parteien die von ihnen abgegebenen Erklärungen mittheilt, zu Stande kommt, so ist die Stellung des Mäklers, soweit er als Ueberbringer der Willenserklärungen der Parteien handelnd auftritt, einem bloßen Zwischenträger (nuntius) gleichzustellen.

cfr. Thöl, ausgewählte Entscheidungsgründe des Oberappellationsgerichts der vier freien Städte, S. 6.

In vorliegender Klage ist nun darauf, daß die Beklagten zu dem in der Klage gedachten, angeblich von dem verpflichteten Mäkler S. abgeschlossenen Kaufe ihre Zustimmung gegeben haben, nicht Bezug genommen worden.

5.

Die vorige Instanz hat Bl. — zwar bemerkt, daß der Beruf eines Handelsmäklers darin bestehe, die Handelsgeschäfte eines Platzes zu vermitteln, mithin zu deren Abschluß lediglich als Zwischenträger oder Mittelsperson mitzuwirken; dieselbe ist jedoch Bl. — zu der Ansicht, daß im vorliegenden Falle zwischen den Beklagten und dem verpflichteten Mäkler S. nicht ein Mäklervertrag, sondern ein Mandatscontract, vermöge dessen letzterer von den Beklagten mit dem Verkaufe ihrer Baumwolle beauftragt worden, abgeschlossen worden sei, deshalb gelangt, weil Beklagte in der Anmerkung zum ersten Einlassungspunkte Bl. — eingeräumt haben, daß von ihnen der Mäkler S. beauftragt gewesen sei, unter gewissen Bedingungen eine Partie Baumwolle um den Preis von 24 Thalern pro Centner zu verkaufen. Der Ausdruck „beauftragen" wird häufig unter Verhältnissen gebraucht, wo ein Mandatsvertrag ausgeschlossen ist, indem man z. B. einen Dienstmann beauftragt, einen Brief abzugeben, oder einen Schneider, Schuhmacher oder Künstler u. s. w. beauftragt, gegen einen bedungenen Preis ein Kleidungsstück, Schuhe, Gemälde u. s. w. zu fertigen. Damit nun nicht die Grenzen zwischen mandatum, locatio conductio, emtio venditio und den Innominatcontracten verwischt werden, ist in jedem einzelnen Falle die Natur des abgeschlossenen Rechtsgeschäfts unter Berücksichtigung der einschlagenden factischen Verhältnisse festzustellen.

vgl. Labend, a. a. O. S. 9.

Selbstverständlich kann ein amtlich bestellter Handelsmäkler erst dann innerhalb des ihm in den Gesetzen angewiesenen Geschäftsbetriebes thätig werden, wenn er von einer Partei hierzu aufgefordert wird. Diese Aufforderung erfolgt in der Regel in der Form eines Auftrags, welcher zwar zunächst nur auf Vermittlung zu richten ist, häufig aber auch in Ausdrücken erfolgt, welche Zweifel zulassen, ob vom Auftraggeber der Mäkler lediglich in dieser Eigenschaft als Vermittler aufgefordert, oder beauftragt worden ist, als sein Stellvertreter und in seinem Namen das Geschäft unter den aufgegebenen Bedingungen mit einem Dritten abzuschließen. Da nun einem amtlichen Mäkler nach Art. 69. unter 2. des Handelsgesetzbuchs verboten ist, die Functionen eines Handlungsbevollmächtigten zu übernehmen, so ist bei etwanigem Zweifel, ob ein Mäkler in dieser Eigenschaft oder als Bevollmächtigter bestellt worden, und ob er in ersterer oder letzterer Eigenschaft handelnd aufgetreten sei, der Mäkler nicht als Stellvertreter und Contrahent, sondern nur als Mäkler anzusehen, weil eben der ihm ertheilte Auftrag und sein Wille, selbst als Contrahent zu handeln, zweifelhaft ist. Eines weiteren Eingehens auf die Frage, ob der oben erwähnte, an einen Mäkler gerichtete allgemeine Auftrag als ein die Beklagten verpflichtendes s. g. mandatum incertum anzusehen sei, bedarf es aus dem oben unter 1. gedachten Grunde nicht. Hierdurch erledigt sich zugleich die dritte eventuelle Beschwerde der Beklagten Bl. —, daß nicht auf einen Eid über p. l. c. 3. erkannt worden sei."

23.

Zu Auslegung der in der Vormundschaftsordnung Cap. X. §. 5., Cap. XV. und in dem Mandate vom 4. Juni 1829. §. 41 flg. enthaltenen Vorschriften über die von den Vormündern zu leistende Caution.

Mitgetheilt von

Herrn Dr. L. in L.

Bei dem Königl. Appellationsgerichte zu Leipzig brachte S. beschwerend an, er sei Altersvormund H. C. G.'s, dessen in circa 4000 Thlrn. —„—„ bestehendes Vermögen in Werthspapieren angelegt sei, die resp. mit Talons und Coupons im Deposito des Vormundschaftsgerichts sich befänden. Im Erbvergleiche sei festgesetzt worden, daß die Mutter des Bevormundeten die Nutzungen des Vermögens des letzteren bis zu seiner Mündigkeit beziehe, dafür aber die Erziehung desselben besorge und bis dahin alle seine Bedürfnisse bestreite. Zeither habe die Vormundschaftsbehörde die Einrichtung innegehalten, die laufenden Coupons auf ein oder zwei Jahre auszuantworten, neuerdings aber habe sie ihm eröffnet, daß sie gemeint sei, ihm sämmtliche vorhandene Coupons einzuhändigen, daß er jedoch dagegen eine Caution von 200 Thalern zu bestellen habe. Eine solche habe er abgelehnt; da aber das Gerichtsamt im Bezirksgerichte darauf bestehe, so sei er veranlaßt, sich an die vorgesetzte Behörde zu wenden. Er habe keinen Grund gehabt, der frühern, bei Aushändigung der Coupons innegehaltenen Einrichtung entgegenzutreten, könne auch der Entschließung des Gerichts, ihm von nun an sämmtliche Coupons anzuvertrauen, nicht widersprechen, allein das vermöge er nicht zuzugeben, daß ihm durch diese Entschließung eine Cautionspflicht auferlegt werde, von der er gesetzlich frei zu sein glaube. In dem Mandate vom 4. Juni 1829. §. 48. sei ausdrücklich bestimmt, daß es einer Cautionspflicht nicht bedürfe, wenn die Einkünfte den zum Unterhalte und zur Erziehung des Bevormundeten erforderlichen Aufwand nicht übersteigen und der Vormund sonst keine Gegenstände von der §. 42. gedachten Art in Händen habe. Dieser Fall liege hier vor, indem namentlich die gesammten Einkünfte zum Unterhalte und zur Erziehung des Pflegbefohlnen der Mutter vertragsmäßig überwiesen worden seien, er also insoweit eine Verwaltung und eine eigne Verwendung der Revenüen zur Erziehung gar nicht auf sich habe. Er erachte sich daher von einer Cautionspflicht für befreit, selbst wenn ihm sämmtliche Coupons ausgeliefert würden; allein er beanspruche letzteres gar nicht, und wenn die Behörde Anstoß nehme, ihm die mehrjährigen Zinsscheine ohne Sicherstellung auszuhändigen, so müsse es bei dem bleiben, wie es zeither gehalten worden sei, und die Coupons der spätern Jahre seien nach der Weisung in §. 50. des Mandats in gerichtlichem Deposito zu behalten.

Das Gesuch des Vormundes ging dahin, ihn von einer Cautionsverbindlichkeit freizusprechen und das Gerichtsamt mit diesfallsiger Anweisung zu versehen.

Letzteres machte in dem auf Erfordern erstatteten Berichte bemerklich: nach den miteingesendeten Acten bestätige sich das Anführen des Vormundes rücksichtlich der Ueberlassung der Zinsen an die verw. G.; allein es handele sich gegenwärtig auch nicht darum, dem Vormunde einen einjährigen Zinsenbetrag von dem Vermögen seines Pflegebefohlnen auszuantworten, sondern es sollten ihm die sämmtlichen im Gerichtsdeposito befindlichen Coupons zu den dem unmündigen G. gehörigen Werthpapieren, insoweit sich solche nicht bereits in seinen Händen befänden, extradirt werden, und es gelange mithin ein weit größerer Betrag von Coupons als der einer Jahreseinnahme in seinen Besitz. Das Gericht glaube aber zu der Ausantwortung sämmtlicher Coupons an den Vormund Veranlassung zu haben, weil diesem und nicht dem Gericht die Vermögensadministration obliege. Hierzu komme, daß das K. Ministerium der Justiz in der über die Revision des Bezirksgerichts erlassenen Verordnung vom 17. März 1862 das zeitherige Verfahren des Gerichtsamts, nach welchem an die Vormünder, ohne daß sie zur Cautionsbestellung angehalten, nur kleine Zinsbeträge extradirt worden seien, ausdrücklich reprobirt und dasselbe angewiesen habe, Caution zu erfordern. Indem das Gericht hierdurch auf die Beobachtung der wegen Cautionsleistung der Vormünder bestehenden gesetzlichen Vorschriften hingewiesen worden, sei es nicht mehr thunlich, den Vormündern, wie dies früher geschehen, die Coupons, ohne Erforderung von Cautionen, für die nächsten zwei Jahre auszuantworten. Wollte man aber dem Antrage des Vormundes entsprechen und ihm jedesmal nur die Coupons, insoweit dieselben zu einer einjährigen Zinsenvereinnahmung erforderlich seien, extradiren, so würde, wenn dies in allen gleichen Fällen geschehen sollte, das Gericht eine derartige Vermehrung seiner ohnedies bedeutenden Geschäfte zu erfahren haben, daß zu deren Bewältigung die erforderlichen Arbeitskräfte nicht ausreichend wären. Bei dem bei weitem größten Theile der Verlassenschaften, welche vor dem Gerichtsamte zur Regulirung gelangten, seien den Müttern der Bevormundeten theils durch testamentarische Bestimmungen, theils in Folge mit den Vormündern getroffener Vereinbarungen die Zinsen an dem Vermögen ihrer Kinder zur Bestreitung der Erziehungskosten überlassen. Diese Zinsenbeträge seien oft sehr bedeutend, das Vermögen der Bevormundeten aber sei in den verschiedenartigsten Werthpapieren angelegt, die zu den verschiedensten Zeiten zinsen. Es komme dies daher, daß bereits von den Erblassern über ihr Vermögen disponirt sei, mithin in den Verlassenschaften in- und ausländische Staatspapiere, Eisenbahnactien, Prioritätsobligationen der Eisenbahngesellschaften, Bergwerkkure und dergleichen mehr vorgefunden würden. Seien diese Werthpapiere sicher, so habe das Gericht keine Veranlassung, deren Veräußerung anzuordnen. Als ein Beleg hierzu diene das Vermögen G.'s. Es könne ein Vermögen kaum einfacher angelegt sein, und doch sei der Vormund genöthigt, wenn ihm die Coupons jedesmal nur auf ein Jahr verabfolgt werden sollten, sich dieselben in jedem Jahre zweimal bei Gericht abzuholen. Die hierdurch hervorgerufenen Arbeiten, die erwachsenden Kosten und die dem Vormunde entstehenden Unbequemlichkeiten würden bei erfolgter Cautionsleistung vermieden. Was sodann die im Betrage von 200 Thlrn. —, —, erforderte Caution anlange, so glaube das Gericht deren Höhe durch die bedeutenden Erträgnisse der Actien der Leipzig-Dresdener Eisenbahncompagnie gerechtfertigt.

Mittelst Verordnung vom 14. April 1863 gab das K. Appellationsgericht dem Vormundschaftsgerichte zu erkennen, daß es der Beschwerde die erbetene Abhülfe nicht habe versagen können. In den eingeschalteten Gründen heißt es also:

„Die in der Beschwerde und in dem Berichte erwähnte zeitherige Einrichtung, bei welcher der Vormund mit der Bestellung einer Caution verschont geblieben ist, entspricht der actenkundigen Sachlage, wie den einschlagenden gesetzlichen Vorschriften. Denn nach den Bestimmungen des Mandates vom 4. Juli 1829. §. 48. in Verbindung mit §. 42. (Ges.-Samml. v. J. 1829. p. 109.) soll dem Vormunde eine Cautionsstellung nicht angesonnen werden, wenn

a) die einjährigen Einkünfte des Vermögens seines Pflegbefohlnen den zu dem Unterhalte und zu der Erziehung des letztern erforderlichen Aufwand nicht übersteigen, und

b) der Vormund nur den Betrag dieser Einkünfte, nicht aber außerdem Geld, Pretiosen, Staatspapiere oder andere Schuldscheine des Bevormundeten in Aufbewahrung hat.

Die Voraussetzung sub a. liegt in dem gegenwärtigen Falle vor und der Eintritt der Bedingung sub b. hat bisher dadurch realisirt werden können, daß das Gericht die Staatsschuldscheine und sonstigen Werthpapiere, aus denen das Vermögen des Minorennen besteht, mit Einschlusse der Coupons und Dividendenscheine, in Verwahrung genommen, und die custodia wie die Verfügung des Vormundes auf den Bestand der einjährigen, beziehentlich zweijährigen Zinspapiere beschränkt hat, welche demselben zu Deckung des der Mutter seines Mündels zustehenden Sustentationsanspruchs aus dem Depositum ausgeantwortet worden sind. Eine Veränderung dieser Einrichtung, wie sie das Gericht vornehmen zu müssen glaubt, und welche die Nothwendigkeit einer Cautionsstellung zur Folge haben würde, erscheint durch das Gesetz nicht geboten. Vielmehr macht es das angezogene Mandat §. 50. der obervormundschaftlichen Behörde zur Pflicht, Staatspapiere und Schuldscheine des Mündels in gerichtlichem Gewahrsam zu behalten, und es entspricht dem Zwecke dieser Anordnung — der Fürsorge für möglichste Erleichterung der mit der Uebernahme der Vormundschaft dem Vormunde zufallenden Beschwernisse —, wenn das Gericht die Aufbewahrung auch auf die Zinspapiere erstreckt, wenigstens in solchen Fällen, in denen die letzteren einen erheblichen Werth repräsentiren, und deren Einhebung und Verwendung einen längeren Zeitraum umfaßt.

Das Gerichtsamt erachtet sich jedoch zu der projectirten Veränderung nicht blos berechtigt, sondern auch verpflichtet, und macht in dem Berichte deshalb geltend:

1) den Satz, daß nicht dem Gerichte, sondern dem Vormunde die Vermögensadministration obliege,

2) die nicht zu bewältigende Arbeitslast, welche für das Gericht entstehe, wenn in allen gleichartigen Vormundschaftssachen dem Vormunde nicht der Gesammtbetrag der laufenden Coupons und Dividendenscheine in Verwahrung gegeben werde, derselbe vielmehr Jahr für Jahr nur diejenigen Zinsscheine, die zu einer einjährigen Zinsenvereinnahmung erforderlich seien, extradirt erhalte, da bei der Verschiedenheit der Termine, an denen die Zinsen der verschiedenen Werthpapiere alljährlich gefällig würden, die Mühwaltung der Ausantwortung sich in jedem Jahre mehrmals wiederholen müsse, des gesteigerten Kostenaufwandes nicht zu gedenken, welcher dadurch für den Mündel erwachse,

3) die Beschwerniß, die dem Vormunde bei der Nothwendigkeit jährlicher, und zwar unter Umständen mehrmaliger Abholung der Zinscheine aufgebürdet werde, und

4) eine Weisung des Königl. Ministeriums der Justiz in der Revisionsverordnung vom 17. März 1862.

In diesen Beziehungen mag Folgendes bemerkt werden:

Zu 1.

Nach Ansicht des Königl. Appellationsgerichts nöthigt die bisherige Einrichtung das Gericht nicht zu einem Verlassen des sub 1. aufgestellten, ganz richtigen Princips. Auch wenn, wie in dem vorliegenden Falle, das Gesammtvermögen des Bevormundeten in Creditpapieren angelegt ist, und die letzteren nebst Talons und Zinsscheinen sich in der Verwahrung der obervormundschaftlichen Behörde finden, hat die letztere sich ihrerseits auf die custodia, auf die obervormundschaftliche Cognition über etwaige, Veränderungen in der zinslichen Anlage der Hauptstämme betreffende Anträge des Vormundes, so weit eine solche Cognition nach den Vorschriften der Vormundschaftsordnung Cap. XV. erforderlich ist, und auf die Ueberwachung der Administration des Vormundes zu beschränken. Die Verwaltung selbst und die Erfüllung der mit derselben verbundenen Obliegenheiten dagegen — die Einlösung der Zinspapiere, die Einziehung der Capitalbeträge ausgelooster Staatspapiere, der Ankauf anderer an deren Stelle, die Ermittelung etwaiger günstigerer Gelegenheiten zu zinslicher Anlegung der aus ausgeloosten Creditpapieren gewonnenen Baarschaften, die Durchgehung der öffentlich bekannt gemachten Ausloosungslisten, welche sich auf Werthpapiere der in Deposito befindlichen Gattung beziehen, die Sorge für rechtzeitige Versilberung der etwa zur Ausloosung gediehenen Stücke ꝛc. — ist auch solchenfalls dem Vormunde zu überlassen, und wollte das Gericht sich selbst in der Person seiner Depositalbeamten der Vornahme derartiger Verwaltungsacte unterziehen, so würde dies nicht nur der gesetzlichen Vorschrift, welche die obervormundschaftliche Behörde eben nur zu der Aufbewahrung der Baarschaften, Staatspapiere ꝛc. des Bevormundeten verpflichtet (§. 50. des obenangezogenen Mandates), nicht entsprechen, sondern auch um deswillen nicht zu billigen sein, weil das Vermögen des letzteren solchenfalls mit einem Kostenaufwande belastet werden würde, der durch die pflichtmäßige Thätigkeit des Vormundes erspart werden kann und erspart werden soll.

Zu 2.

Mit den obenerwähnten Bestimmungen des Mandates vom 4. Junius 1829 erscheint es vollkommen vereinbar, wenn in Fällen der vorliegenden Art das Gericht, welches alljährliche Anzeigen der Vormünder über die Aufführung und sonstigen persönlichen Verhältnisse der Mündel entgegenzunehmen hat (Verordnung vom 9. Mai 1829. [Ges.-Samml. v. J. 1829. p. 93.], V.-O. Cap. XII. §. 1., Verordnung vom 25. Februar 1860. §. 1. [Ges.-Samml. v. J. 1860. p. 13.], hierbei oder an anderen, fest zu bestimmenden Tagen eines jeden Jahres den Vormündern auf einmal alle diejenigen Zins- und Dividendenscheine ausantwortet, deren Fälligkeit binnen Jahresfrist von der Aushändigung an zu erwarten steht. Die Verschiedenheit der Fälligkeitstermine der verschiedenen Gattungen von Creditpapieren vermag daher das Appellationsgericht nicht als einen Umstand anzuerkennen, der eine Geschäftsvermehrung mit Nothwendigkeit herbeiführen müsse. Die geringe Gebühr für Aufnahme der Registratur über die Auslieferung (no. 57. Cap. Tit. 3. der Taxordnung vom 26. November 1840.), welche von dem Bevormundeten als ein jährlich wiederkehrender Aufwand zu übertragen ist, kann dem Vortheile gegenüber nicht in Betracht kommen, welchen die fragliche Einrichtung in so fern zur Folge hat, als eines Theils bei einer Verschonung mit Cautionsleistung in vielen Fällen eine größere Bereitwilligkeit zu Uebernahme der vormundschaftlichen Function Seiten hierzu besonders qualificirter Persönlichkeiten veranlaßt, und dadurch dem Gerichte in dem Interesse seiner Pflegbefohlnen eine freiere Wahl gewährt wird, anderen Theils jener Kostenaufwand als ein solcher betrachtet werden muß, welchen das Mandat vom 4. Junius 1829 bei der Anordnung des §. 50. nicht hat unberücksichtigt lassen können, und der daher als ein gesetzlich gebilligter bezeichnet werden darf. Da übrigens bei der Entschließung darüber, ob und in wie weit die Art und Weise der Vermögensverwaltung eine Cautionsleistung des Vormundes erheische, das in der Vormundschaftsordnung Cap. X. §. 5. erwähnte richterliche Ermessen nicht schlechthin ausgeschlossen ist, so würde es nach der Ansicht des Appellationsgerichts für unbedenklich zu achten sein, wenn das ꝛc. Gerichtsamt da, wo die Persönlichkeit des Vormundes, wie in dem gegenwärtigen Falle, ein besonderes Vertrauen rechtfertigt, die Ausantwortung der laufenden Zinspapiere an den Vormund — wie der Anzeige nach bereits des Oefteren geschehen ist — auch fernerhin auf einen zweijährigen Bedarf erstreckte, um dadurch für das Gericht und den Vormund die Mühwaltung, und für den Bevormundeten den Kostenaufwand zu beschränken.

Die

zu 3.

hervorgehobene Rücksicht kommt dermalen nicht in Betracht, da der Beschwerdeführer die Beibehaltung der zeitherigen Einrichtung wünscht und beantragt hat. Es versteht sich indessen von selbst, daß das Gericht die in dem Berichte erwähnte Veränderung in den Fällen zur Ausführung zu bringen haben wird, in denen der Vormund die ihm gegen Cautionsstellung zu gewährende Detention der sämmtlichen laufenden Zinspapiere der Mühwaltung der alljährlichen Entnahme des einjährigen Bedarfes aus dem gerichtlichen Gewahrsam vorzieht.

Was endlich die

zu 4.

gedachte Weisung anlangt, so hält das Appellationsgericht dafür, daß sich selbige auf ein Verhältniß der hier fraglichen Art, vorausgesetzt, daß dabei die Verbindlichkeit des Gerichts zu der custodia mit der Pflicht der Verwaltung nicht verwechselt wird, nicht bezogen habe, und nicht habe bezogen werden sollen. Die Revisionsverordnung vom 17. März 1862 reprobirt,

„daß die Vormünder zu Bestellung von Cautionen nicht angehalten, dafür aber vom Gerichte die Vermögensverwaltungen in die Hände genommen, und den Vormündern nur geringe Zinsbeträge überlassen würden."

Die Ausstellung kann lediglich als eine Verweisung auf die gehörige Befolgung der bestehenden gesetzlichen Vorschriften aufgefaßt werden, und da die in dem Berichte erwähnte bisherige Einrichtung, wie oben gezeigt wurde, einen Fall betrifft, in welchem das Mandat vom 4. Junius 1829 den Vormund mit der Cautionsstellung verschont wissen will, da ferner diese Einrichtung bestehen kann, ohne daß das Gericht mit den dem Vormunde zufallenden Administrationsobliegenheiten belastet wird, so erscheint die Berufung auf die gedachte höhere Anordnung nicht zutreffend.

In Erwägung alles dessen ergeht hiermit auf Anlaß der Eingangs erwähnten Beschwerde an das Gerichtsamt die Weisung:

> von der beschlossenen Ausantwortung der gesammten Zinsscheine der G.'schen, in gerichtlicher Verwahrung befindlichen Werthpapiere und von dem hierauf gegründeten Ansinnen einer Cautionsstellung abzusehen, und die zeitherige Einrichtung fortzusetzen, dabei jedoch der Uebernahme von Administrationsacten sich zu enthalten, vielmehr, so viel die Vermögensverwaltung anlangt, das oben ad 1. gedachte gesetzliche Princip in der daselbst bezeichneten Weise zur Ausführung zu bringen ec."

24.

Die Löschung illegal erfolgter Einträge im Hypothekenbuch kann von der höheren Instanz nicht mittelst bloßer Resolution und im Beschwerdeweg angeordnet werden. — Zur Lehre von den negotiis claudicantibus. — Erforderniß der zur Anstellung des Executionsprocesses geeigneten Urkunden. — Ueber das Princip der Oeffentlichkeit des Grund- und Hypothekenbuchs. — Hypothekarische Klage.

Mitgetheilt von
Herrn **von S.** in D.

Am 21. April 1861 verkaufte der Maurermeister G. sein Haus Fol. — des Grund- und Hypothekenbuchs für N. an Amalie Auguste unverehel. H. für 800 Thlr. —, —, wovon er 300 Thlr. —, — beim Kaufsabschluß erhalten zu haben bekannte, während 500 Thlr. —, — auf dem Grundstück stehen bleiben sollten.

Darauf trat diese unterm 21. Mai 1861 ihr Kaufsrecht an Friedrich Z. für den Kaufpreis von 800 Thlrn. —, — ab, indem sie bekannte, 300 Thlr. —, — von Z. bereits baar erhalten zu haben, und nachdem ihr Verkäufer G. bereits vorher in die beabsichtigte Abtretung an Z. gewilligt hatte.

Z. bekannte die richtig an ihn erfolgte Uebergabe des Grundstücks und machte sich zur pünktlichen Erfüllung der im Kaufcontract zwischen G. und der unverehel. H. festgesetzten Bestimmungen verbindlich.

Am 29. Juni 1861 trat aber Z. seinerseits das Kaufsrecht aus dem Kauf mit G. weiter an den Getreidehändler W. in gleicher Weise für 800 Thlr. —, — unter dem Bekenntniß, die baar bezahlten 300 Thlr. —, — von diesem zurückerstattet erhalten zu haben, ab und hatte auch zu dieser Abtretung G. ebenfalls im Voraus seine Einwilligung ertheilt.

Ehe nun aber W. als Civilbesitzer eingetragen worden, stellte sich heraus, daß die H. minorenn sei; außerdem fiel der letzte Käufer, W., in Concurs.

Nachdem die Sache deshalb vom betreffenden Gerichtsamt mehrfach ins Verhör gezogen worden war, erklärte zunächst der Gütervertreter im W.'schen Concurs, daß er die Erwerbung des Grundstücks nicht im Interesse des von ihm vertretenen Creditwesens finde und die Cession des Kaufrechts Seitens Z. deshalb ablehnen müsse.

Hiernächst ertheilte der Vormund der H. zu dem Kauf und der Cession des Kaufrechts an Z. seine Zustimmung sub spe decreti. Das erbetene Decret wurde aber von der Obervormundschaft nicht ertheilt, vielmehr angeordnet, daß die Sache bis zur Mündigkeit der H. in suspenso bleiben solle.

Im April 1862 wurde endlich die H. mündig und genehmigt nun nachträglich den mit G. abgeschlossenen Kauf und die Abtretung ihres Kaufrechtes an Z., worauf G. die Eintragung dieses Letzteren, des Z., als Civilbesitzer des Grundstücks beantragte.

Das Gericht beschied denn nun auch den Z., daß er als Civilbesitzer des Grundstücks werde eingetragen werden, worauf dieser sich eine dreitägige Bedenkzeit erbat und zugestanden erhielt.

Noch vor Ablauf dieser Bedenkfrist aber erfolgte Seitens des Gerichtsamts die Besitztitelberichtigung auf Z. und der Eintrag einer Hypothek von 500 Thlrn. —, — unbezahlte Kaufgelder für G.

Auf hierüber von Z. erhobene Beschwerde sprach sich das K. Appellationsgericht zu Dresden dahin aus:

„Es vermag zwar das Appellationsgericht keineswegs zu billigen, daß das Gerichtsamt den Beschwerdeführer, nachdem er das ihm abgetretene Kaufrecht an der Parcelle weiter cedirt und seine Erklärung darüber, ob er seine Eintragung als

Besitzer dieser Parcelle geschehen lassen wolle, sich vorbehalten hatte, unerwartet des Eingangs dieser Erklärung und sogar noch innerhalb der von ihm für deren Abgabe erbetenen Frist, ohne sein Vorwissen und seine Genehmigung, auf einseitiges Verlangen des Verkäufers G. als Erwerber der Parcelle verlautbart hat, indem das Gerichtsamt hierdurch über die ihm als Grund- und Hypothekenbehörde durch §. 130. des Gesetzes vom 6. November 1843 zugewiesene Thätigkeit augenscheinlich hinausgegangen ist und noch streitige Rechtsverhältnisse der Parteien, deren Festsetzung nöthigenfalls zur richterlichen Entscheidung auszusetzen gewesen wäre, in eigenmächtiger Weise geregelt hat.

Das Appellationsgericht muß jedoch, nachdem der Eintrag einmal geschehen, in die hierdurch begründeten Privatrechte der Betheiligten durch bloße Resolution und noch dazu im Beschwerdewege einzugreifen und die Löschung der zur Beschwerde gezogenen Einträge anzuordnen Bedenken tragen und befindet sich außer Stande, auf vorliegende Beschwerde etwas Weiteres zu verfügen, hat vielmehr dem Beschwerdeführer die rechtliche Ausführung seiner Ansprüche, dafern und gegen wen er sich fortzukommen getraut, zu überlassen."

Ehe hierauf nach Eingang der vorstehenden Verordnung Z. Anstalt gemacht hatte, seine Ansprüche wegen seines illegalen Eintrags weiter zu verfolgen, erhob nun G. gegen ihn als eingetragenen Besitzer, und zwar im Wege des Executionsprocesses auf Grund des für ihn ausgefertigten Hypothekenbriefs, Klage auf Bezahlung der für ihn, G., eingetragenen 500 Thlr. —, —, rückständige Kaufgelder. Da Z. gegen die Klage Einwendungen machte, deren Natur aus dem Nachstehenden des Näheren zu ersehen ist, wurde vom Proceßgericht ein Verhörstermin in Gemäßheit von §. 94. des Executionsgesetzes abgehalten und in demselben folgender Bescheid gegeben:

„In Erwägung, daß ein von einem Minderjährigen ohne seinen Vormund und beziehentlich ohne die im besonderen Falle erforderliche obervormundschaftliche Genehmigung abgeschlossenes Rechtsgeschäft nicht absolut und für beide Theile, sondern an und für sich nur auf Seiten des Unmündigen nichtig ist, und wenn es nachträglich vom Vormunde oder dem inmittelst zur Mündigkeit gelangten minderjährigen Contrahenten selbst genehmigt wird, ganz ebenso für beide Theile rechtsverbindliche Kraft erlangt, als ob es gleich von Anfang an in gültiger Weise abgeschlossen worden wäre,

vergl. Allgemeine V.-O. cap. XIII. §. 3.
l. 13. §. 29. Dig. de act. emt. (XIX.)
l. pr. Inst. de auct. sub I. (XXI.)
Haubold, Lehrbuch des sächs. Privatrechts, §. 134. unter 1.

mithin in dem vorliegenden Falle auf Grund der Bl. — flg. abgegebenen Erklärungen der unverehelichten H. sowohl der zwischen ihr und dem gegenwärtigen Kläger nach Bl. — flg. abgeschlossene Kaufvertrag, als auch die Seiten der genannten H. laut Bl. — zu Gunsten des jetzigen Beklagten ausgesprochene Abtretung des Kaufrechts gegenwärtig als zu Recht bestehend angesehen werden muß,

demnächst Beklagter Z. als zur Zeit eingetragener Besitzer des auf Fol. — des Grund- und Hypothekenbuchs für N. aufgeführten Grundstücks zur Bezahlung der auf demselben hypothekarisch haftenden Schulden gehalten erscheint,

dabei aber für den vorliegenden Rechtsstreit darauf, ob Beklagter wider seinen Willen und in gehöriger Weise im Grund- und Hypothekenbuch als Besitzer verlautbart worden sei oder nicht, nach §. 22. des Hypothekengesetzes etwas nicht ankommt, der letztberegte Umstand vielmehr lediglich für die hier nicht einschlagende Frage, ob dem Beklagten ein Anspruch auf Löschung seines Besitzeintrags und beziehentlich auf Schadenersatz zustehe, möglicher Weise als einflußlos sich darstellt,

endlich die Beantwortung der Frage, ob der Gütervertreter des W.'schen Schuldenwesens zur Erfüllung des zwischen dem Beklagten und dem Gemeinschuldner nach Bl. — eingegangenen Geschäfts rechtlich verbunden sei oder nicht, unter den vorliegenden Umständen dahin gestellt bleiben kann,

so ist geschehenen Einwendens ungeachtet dem eingeleiteten Hülfsvollstreckungsverfahren weiterer Fortgang zu geben rc."

Gegen diesen Bescheid appellirte der Beklagte.

Das Königl. Appellationsgericht zu Dresden bestätigte aber den Bescheid erster Instanz, indem es seiner Entscheidung folgende Gründe beifügte:

„Es unterliegt keinem begründeten Zweifel, daß ein unverbindlich geschlossenes Rechtsgeschäft dann Gültigkeit erlangt, wenn nach Beseitigung des früher vorhandenen Hindernisses neue Handlungen vorgekommen sind, durch welche das Geschäft genehmigt und für bindend anerkannt worden ist,

vergl. Thibaut, System des Pandectenrechts, §. 79. der achten Auflage.
Schweppe, das Römische Privatrecht, §. 105. der vierten Ausgabe.

Insbesondere aber wird ein von einem Minderjährigen während seiner Unmündigkeit eingegangenes

Rechtsgeschäft dadurch verbindlich und klagbar, daß derselbe nach erlangter Volljährigkeit, mithin nach dem Wegfalle des der Gültigkeit entgegenstehenden Hindernisses, entweder ausdrücklich das Geschäft als rechtsverbindlich anerkennt, oder solche Handlungen vornimmt, welche eine unzweideutige Genehmigung desselben enthalten.

vergl. c. 1. 2. Cod. si major fact. alien. ratih. (V. 74.)
Glück, Erläuterung der Pandecten, V. Thl. §. 458. S. 550. XIII. Thl. §. 850. S. 377.
Weber, systematische Entwickelung der Lehre von der natürlichen Verbindlichkeit, §. 127.
Schweppe, a. a. O. §. 104.

Die Richtigkeit dieser Grundsätze wird auch von dem Beklagten Bl. — nicht bestritten; wenn derselbe aber dabei die von Amalien Augusten H. nach erlangter Volljährigkeit (Bl. —) nachträglich erklärte Genehmigung der in der Klage Bl. — flg. erwähnten Verhandlungen um deswillen als unwirksam bezeichnet, weil die obervormundschaftliche Behörde die Genehmigung dieser Verhandlungen früher verweigert habe, so ist nicht abzusehen, wie dieser letztere Umstand, obschon derselbe sich nach Bl. — der Grundacten für Folium — in R. als begründet darstellt, die Rechtsgültigkeit der von der genannten H. nach erlangter Volljährigkeit selbst abgegebenen Erklärungen aufzuheben geeignet sein könnte. Insbesondere trifft die Bl. — versuchte Bezugnahme auf die in §. 811. des Entwurfs des bürgerlichen Gesetzbuchs (vergl. §. 787. des letzteren selbst) enthaltene Bestimmung nicht zu, vielmehr wird in derselben die Zulässigkeit einer nachträglichen Genehmigung von Verträgen durch Minderjährige nach erlangter Volljährigkeit ausdrücklich anerkannt.

Nach Bl. — ist die im gegenwärtigen Rechtsstreite von dem Kläger geltend gemachte Forderung auf dem Bl. — bezeichneten Grundstücke des Beklagten eingetragen und nach Bl. — der von ihm selbst Bl. — angezogenen Grundacten hat Beklagter, wie derselbe auch gar nicht bestreitet, das bürgerliche Eigenthum an jenem Grundstücke erlangt. Bei dieser Sachlage ist aber auch die von dem Beklagten wiederholt angeregte Frage, ob der Gütervertreter in dem zum Vermögen des Getreidehändlers Carl August W. eröffneten Schuldenwesen zur Erfüllung des zwischen diesem Gemeinschuldner und dem Beklagten nach Bl. — abgeschlossenen Vertrags rechtlich verpflichtet sei, dermalen nicht weiter zu erörtern, und es erledigt sich hierdurch zugleich ein näheres Eingehen auf die von dem Appellanten Bl. — flg. vorgebrachten Einwendungen.

Das Königliche Appellationsgericht hat zwar nach Inhalt der vom Beklagten Bl. — flg. in Abschrift beigebrachten, Bl. — flg. der obgedachten Grundacten in Urschrift ersichtlichen Verordnung vom 16. Juli 1862 das von dem Gerichtsamte bei der Eintragung des Beklagten im Grund- und Hypothekenbuche eingeschlagene Verfahren gemißbilligt und dabei zugleich dem Letzteren die rechtliche Ausführung seiner Ansprüche überlassen. Man hat jedoch dem Beklagten darin beizupflichten nicht vermocht, wenn derselbe Bl. — flg. meint, daß die Frage, ob jener Eintrag von der Grund- und Hypothekenbehörde mit Recht erfolgt sei, auch im gegenwärtigen Rechtsstreite und dem Kläger gegenüber rechtlichen Einfluß äußern könne. Insbesondere ist die Bl. — flg. und Bl. — aufgestellte Behauptung, daß die Bezugnahme auf die in §. 22. des Gesetzes vom 6. November 1843 enthaltene Vorschrift und der Erfolg der Einträge im Grund- und Hypothekenbuche den Kläger vor Geltendmachung von Einreden gegen die geklagte Forderung nicht schützen könne, unrichtig, und mit Recht hat bereits die erste Instanz Bl. — bemerkt, daß die von dem Beklagten aus der Art und Weise, wie er als Besitzer eingetragen worden, hergeleiteten Einwendungen nur in so fern von Einfluß sein können, als Beklagter hiernach berechtigt erscheinen würde, unter sonst geeigneten Umständen auf Löschung jenes Eintrags anzutragen und beziehentlich seine etwaigen Schädenansprüche auszuführen; daß dies aber nicht in der gegenwärtig vorliegenden Proceßart mit Erfolg geschehen könne, leuchtet ein, und ebensowenig hat auch Beklagter solche thatsächliche Umstände vorzubringen vermocht, welche die Annahme, daß dem Kläger die Bezugnahme auf §. 22. des angezogenen Gesetzes nicht zu Statten kommen könne, zu rechtfertigen geeignet wären.

Hiernach stellt sich das von dem Beklagten eingewendete Rechtsmittel allenthalben als unbegründet dar, und es war deshalb der angefochtene Bescheid, unter Verurtheilung des Appellanten in die durch das Rechtsmittel verursachten Kosten, zu bestätigen."

(Schluß folgt in der nächsten Nummer.)

Redacteur: Dr. Theodor Tauchnitz. Officin der Verlagshandlung.

Wochenblatt

für

merkwürdige Rechtsfälle,

in actenmäßigen Darstellungen

aus dem Gebiete der Justizpflege und Verwaltung

zunächst für das

Königreich Sachsen.

Von diesem Wochenblatte erscheinen jährlich 64 Nummern zu 1 Quartbogen und außerdem am Jahresschluße ein ausführliches Register.

Alle Postämter u. Buchhandlungen übernehmen Bestellungen und liefern das Quartal zu dem praenumerando zu entrichtenden Preise von 1 Thaler.

Verlag von **Bernhard Tauchnitz** in Leipzig.

№ 16. Neue Folge Zwölfter Jahrgang. **1864.**

(Schluß des S. 120. abgebrochenen Rechtsfalles.)

Gegen dieses Erkenntniß wendete der Beklagte J. abermals Appellation ein. Das Königliche Oberappellationsgericht reformirte in Folge dessen im Jahre 1863, indem es aussprach, daß dem wider Beklagten eingeleiteten Executionsverfahren kein Fortgang zu geben. Die Gründe, die dem Erkenntniß dritter Instanz beigefügt waren, sind folgende:

„Bei der reformatorischen Entscheidung des vorliegenden Rechtsstreites ist zunächst der schon in andern Fällen

vergl. Annalen, I. Seite 190.

von dem Königlichen Oberappellationsgericht ausgesprochene Grundsatz als maaßgebend betrachtet worden, daß der Executionsproceß nach §. 86. des Executionsgesetzes vom 28. Februar 1838 nur aus solchen, öffentlichen und des Anerkenntnisses nicht bedürfenden Urkunden zuläßig ist, aus welchen der Grund des Anspruchs und die Verpflichtung des Beklagten mit völliger Liquidität hervorgehen; andere Erkenntnißquellen, außer dem Inhalte der Urkunden selbst, darf der Richter in dieser Proceßgattung nicht zu Hülfe nehmen. Der Urkundenproceß überhaupt, dessen Zweck nicht in einer definitiven Regelung eines streitigen Rechtsverhältnisses, sondern nur darin besteht, dem Kläger provisorisch zu dem zu verhelfen, was aus den Urkunden selbst liquid hervorgeht, ist in der Regel ausgeschlossen, wenn der Klaganspruch unmittelbar auf speciell für gewisse Fälle gegebene gesetzliche Vorschriften gegründet werden soll, wobei die Subsumtion der behaupteten und durch Urkunden zu bescheinigenden Thatsachen unter die angerufene Rechtsregel nicht selten einem erheblichen Zweifel unterliegt und die Entscheidung im Urkundenprocesse, wenn sie condemnatorisch ausfällt, zugleich einen definitiven Ausspruch über die Anwendung dieser Rechtsregel auf den gegebenen Fall enthalten würde. Es erscheint aber namentlich die Anstellung des Executionsprocesses in Fällen dieser Art bedenklich, weil bei demselben der Erlaß der Zahlungsauflage nicht auf einer in das Materielle der Sache eingehenden Entscheidung, sondern auf richterlicher Resolution beruht und eine Entscheidung nur infolge der Einwendungen und Ausflüchte erfolgt, welche der Beklagte etwa fristmäßig vorgeschützt hat.

Es konnte im vorliegenden Processe der Statthaftigkeit der Executionsklage schon der Einwand entgegengestellt werden, daß der Kläger nicht urkundlich nachgewiesen hat, daß der Beklagte als Besitzer des erkauften Grundstücks eingetragen worden sei. Dieser Einwand erledigt sich aber dadurch, daß ihn der Beklagte nicht erhoben und seinerseits die Grundacten und die Kaufsurkunde als Beweismittel beigebracht hat, aus denen sich die Eintragung ergiebt. Ebenso würde man der vorigen Instanz darin beitreten, daß der Bl. — flg. zu lesende, von der damals noch unmündigen H. mit dem Kläger, als Verkäufer, abgeschlossene Kauf durch die späterhin und nach eingetretener Volljährigkeit der gedachten Käuferin zwischen beiden Contrahenten nach Bl. — stattgefundene Verhandlung auch in Ansehung der letzteren seine volle Rechtsgültigkeit erlangt habe, wobei man nur noch bemerken will, daß nach Bl. — der Grundacten zu Fol. — die obervormundschaftliche Behörde das Decret zu dem Kaufe der H. nicht unbedingt versagt, sondern vielmehr, bei der nahe bevorstehenden Mündigkeit der letzteren, die Sache bis dahin in suspenso gelassen hat. Gleichermaaßen würde auch die Bl. — von der H. erklärte Abtretung ihres Kaufsrechtes an den gegenwärtigen Beklagten durch die Bl. — von der ersteren nach Eintritt ihrer Majorennität erfolgte Ratihabitionserklärung als für beide Theile bindend angesehen werden können.

Allein der Beklagte hat auch noch eine andere Ausstellung erhoben, welche er, namentlich Bl. — flg., bestimmt dahin formulirt, daß er seiner etwaigen Verpflichtungen gegen den Kläger von diesem wieder entlassen worden und seine Eintragung als Käufer und Besitzer des fraglichen Grundstücks in das Grund- und Hypothekenbuch ohne seine Zustimmung und unberechtigter Weise von der Grund- und Hypothekenbehörde bewirkt worden sei. Und diesen Einwand hat man allerdings nicht unberücksichtigt lassen können. Es ist hierüber Folgendes zu bemerken:

Die H. hatte nach Bl. — flg. ihr aus dem Kaufe Bl. — flg. erlangtes Kaufrecht für den Kaufpreis der 800 Thlr. —, —, an Beklagten Z. abgetreten. Obschon diese Cessionserklärung nicht ganz präcis abgefaßt worden ist, so ist doch nach dem sonstigen Inhalte des Protokolls Bl. — die Voraussetzung vollkommen gerechtfertigt, daß es sich dabei weder um die Abtretung des von der H. erkauften Grundstücks an Z. vermöge eines neuen, zwischen diesem und der H. abzuschließenden Veräußerungsvertrages, wobei der Beklagte die dem Kläger noch zukommenden unbezahlten Kaufgelder in Anrechnung auf eine von ihm an die H. zu berichtigende Kaufsumme hätte übernehmen sollen, sondern darum gehandelt habe, daß Z. in den von der H. mit dem Kläger abgeschlossenen Kauf an der ersteren Stelle als Käufer eintreten und dabei seinerseits alle die Rechte, welche die H. vermöge dieses Kaufes erworben hatte, übertragen erhalten, gleichzeitig aber auch alle damit zusammenhängende Verpflichtungen übernehmen solle. Auf diese Weise haben auch der Kläger selbst und die Grund- und Hypothekenbehörde die fragliche Verhandlung aufgefaßt; denn auf Antrag Klägers ist Beklagter nach Bl. — und — der Beilagsacten unmittelbar auf Grund des Kaufes Bl. — und der Cession des Kaufrechtes Bl. — der Sachacten ohne Zwischeneintrag der H. als Besitzer jenes Grundstücks eingetragen worden. Nun hatte aber schon vor diesem Eintrage der Beklagte sein Kaufrecht nach Bl. — der Sachacten in derselben Maaße an Carl August W. abgetreten, welcher demzufolge nunmehr an die Stelle der H. und des Beklagten als Abkäufer eintreten sollte. Es braucht im vorliegenden Falle nicht erörtert zu werden, ob im Wege einer nicht an die Zustimmung des Schuldners gebundenen Cession das gesammte obligatorische Verhältniß, in welchem der Cedens zu dem abgetretenen Schuldner gestanden hat, auf eine dritte Person übertragen und auf diese Weise insbesondere ein Kaufsverhältniß zwischen dem Cessionar und dem Mitcontrahenten des Cedens begründet werden könne; denn der Kläger hat nach Bl. — zu beiden vorgedachten Abtretungen seine Zustimmung unter der von beiden Cessionaren erfüllten Bedingung ertheilt, daß selbige die in §. 2 flg. des Kaufcontractes Bl. — von der H. gegen ihn übernommenen Verpflichtungen ebenfalls übernehmen würden. Daß eine derartige Vereinigung unter ausdrücklicher Zustimmung aller Betheiligten mit Effect abgeschlossen werden kann, ist nicht zu bestreiten; nur läßt sich dieselbe juristisch nicht sowohl als die Cession eines aus gewissen obligatorischen Verhältnissen entstandenen Forderungsrechtes, sondern vielmehr aus dem Gesichtspunkte einer Delegation betrachten, vermöge deren, nach der Intention des Deleganten, in der Person des neuen Käufers dem Verkäufer gegenüber ein neuer Gläubiger, zugleich aber auch bei der Gegenseitigkeit des Vertrags ein neuer Schuldner gestellt werden soll. Und hierbei könnte nun allerdings geltend gemacht werden, daß, im Falle der ausdrücklichen und vorbehaltlosen Zustimmung des Verkäufers, der bisherige Käufer dergestalt aus dem obligatorischen Verbande ausscheide, daß er nicht blos seinen Anspruch auf Erfüllung des Kaufes verliere, sondern auch andererseits von den Verpflichtungen befreit werde, welche mit dem Anspruche auf Erfüllung verbunden sind. Wollte man aber selbst zu diesem Behufe bei der ursprünglichen Käuferin noch eine besondere Entlassungserklärung verlangen, so würde doch ein Gleiches hinsichtlich des Beklagten, welcher die ihm von der H. übertragenen Rechte mit gleichmäßiger Beistimmung des Klägers auf W. übertrug, nicht ohne erhebliches Bedenken angenommen werden können. Denn obschon Beklagter die obengedachten Verpflichtungen der H. gegen den Kläger übernommen hat, so ist dies doch nur im Zusammenhange mit der Abtretung des Kaufrechtes und, im Zweifel, unter der Voraussetzung, daß er infolge der letzteren als Käufer des fraglichen Grundstücks eingetragen werden würde, aber nicht dergestalt geschehen, daß er auch ohne diesen Eintrag und ohne der Käufer dieses Grundstücks zu bleiben, für die Kaufgelderforderung des Klägers intercessionsweise zu haften versprochen hätte. Da nun der Beklagte sich seines Kaufrechtes entäußert und der Kläger zu der Uebertragung dieses Rechtes auf W. seine ausdrückliche Zustimmung ertheilt hat, so wird es um so zweifelhafter, ob sich der Kläger für berechtigt halten durfte, den Beklagten zur Erfüllung des fraglichen Kaufes zu zwingen, wenn man bedenkt, daß sich der letztere nicht, ohne der Abtretung seines

Kaufrechtes an W. zuwider zu handeln, als Käufer geriren und in das Grund- und Hypothekenbuch eintragen lassen konnte. Der Umstand, daß zu W.'s Vermögen der formelle Concurs eröffnet worden ist und die Gläubigerschaft die Erfüllung dieses Kaufes abgelehnt hat (vergl. Bl. — der Beilagsacten), würde das Verhältniß zwischen dem Kläger und dem Beklagten, wie solches durch die vor der Concurseröffnung erfolgte Abtretung sich einmal gestaltet, nicht verändern; denn wenn man auch die Gläubigerschaft des W.'schen Concurses nicht für verbunden erachten will, anstatt des Cridars in den vorgedachten Kauf als Käuferin einzutreten, so kann ihr doch andererseits auch nicht das Recht zugestanden werden, den zwischen dem Beklagten und dem Gemeinschuldner Bl. — flg. abgeschlossenen Vertrag dergestalt, und zwar zu Gunsten Klägers, zu annulliren, daß der letztere nunmehr so ohne Weiteres berechtigt wäre, die Kaufserfüllung von Beklagtem zu verlangen. Die Behauptung Klägers, daß er die Abtretung des Kaufsrechtes an W. nur unter der Bedingung genehmigt habe, daß der letztere wirklich eingetragen werde, findet in der Erklärung des Klägers Bl. — gar keine Unterstützung. Aus alledem ergiebt sich, daß die durch die beigebrachten Urkunden nachgewiesenen Thatsachen einer keineswegs zweifellosen rechtlichen Beurtheilung unterliegen und der Anspruch Klägers auf die geforderten 500 Thlr. —, —, kein liquider im obigen Sinne ist und deshalb sich auch nicht zur Ausführung im Urkundenprocesse eignet, weil über die vorstehend berührten Zweifelsfragen in dieser Proceßart nicht füglich definitiv entschieden werden könnte, weshalb man sich auch dermalen eines decisiven Ausspruchs hierüber noch enthalten hat. Dieser Einwand gegen die Statthaftigkeit des angestellten Executionsprocesses wird aber auch durch die Berufung auf den Inhalt des Grund- und Hypothekenbuchs nicht gehoben.

Allerdings ist, wie schon bemerkt, der Beklagte liquidermaaßen auf Grund des H.'schen Kaufes und der Verhandlung Bl. — als Besitzer des verkauften Grundstücks und die libellirten 500 Thlr. —, —, Kaufgelder sind ebenfalls in das Grund- und Hypothekenbuch eingetragen worden. Allein diese Einträge sind nach Bl. — — der Beilagsacten ohne die Zustimmung des Beklagten, deren es unter den obwaltenden Umständen jedenfalls bedurft hätte, erfolgt; der Beklagte hat sich dabei nicht beruhigt, sondern Beschwerde über das Verfahren der Grund- und Hypothekenbehörde geführt, dessen Unrichtigkeit auch in der Verordnung Bl. — ibid. gründlich dargelegt worden, so daß nur darauf noch besonders hingewiesen werden mag, daß die Ansicht, von welcher die Grund- und Hypothekenbehörde bei den angefochtenen Einträgen ausgegangen ist, bei der gegenwärtigen Entscheidung umsoweniger maaßgebend werden konnte, als jene dabei die in §. 130. des Gesetzes vom 6. November 1843 bestimmten Grenzen ihrer Competenz überschritten hatte. Durch diese Einträge ist nun zwar formell das Eigenthum des fraglichen Grundstücks auf den Beklagten übertragen und wegen der libellirten Kaufgelder ein Pfandrecht bestellt worden; damit ist aber die Rechtsbeständigkeit der Einträge auch nach den Principien des Hypothekengesetzes noch nicht unbedingt und unwiderruflich festgestellt, sondern eine Anfechtung derselben nur insofern ausgeschlossen, als das Princip der Oeffentlichkeit des Grund- und Hypothekenbuchs zur Anwendung gelangt. Von diesem ist aber vorliegenden Falls kein Gebrauch für den Kläger abzusehen, weil dasselbe bekanntlich unter den Handelnden selbst keine Wirksamkeit äußert. Nach §. 22. des angezogenen Gesetzes soll vermöge der Oeffentlichkeit des Grund- und Hypothekenbuchs jede in Vertrauen auf dasselbe vorgenommene Handlung, die sich auf das Eigenthum oder ein anderes dingliches Recht an einem Grundstücke bezieht, in Ansehung desjenigen, welcher im guten Glauben nach den im Grund- und Hypothekenbuche befindlichen Einträgen gehandelt hat, alle die rechtlichen Wirkungen haben, welche dieser Handlung nach jenen — also den damals vorhandenen — Einträgen angemessen sind. In diesem Falle befindet sich aber der Kläger nicht, denn die Einträge, von welchen hier die Rede ist und deren Rechtsgültigkeit der Beklagte bestreitet, sind keine solchen, welche bei der Veräußerung des klägerischen Grundstücks und dem Erwerbe der damit im Zusammenhange stehenden Kaufgelder-Forderung im Grund- und Hypothekenbuche bereits vorhanden und deshalb von den Contrahenten als maaßgebend zu betrachten gewesen wären, sondern es beruhen dieselben auf diesem Veräußerungsgeschäfte selbst. Einträge dieser letzteren Art begründen erst das Recht für den Eingetragenen, sich auf den Inhalt des Grund- und Hypothekenbuchs, also auf die zur Zeit seiner Eintragung in demselben bereits vorhanden gewesenen Einträge zu beziehen, um sich damit, vermöge der Oeffentlichkeit im Grund- und Hypothekenwesen, gegen dritte Personen zu schützen; die handelnden Personen selbst aber, die Contrahenten eines Vertrags, infolge dessen Einträge bewirkt worden sind, können sich auf die letzteren und das Princip der Oeffentlichkeit deshalb nicht berufen, weil ihnen das Grund- und Hypothekenbuch über die Erfordernisse, den Inhalt und die Wirksamkeit dieses Vertrags keine Auskunft geben soll und kann. Der Kläger konnte sich also nicht darauf berufen, daß das streitige Kaufgeschäft ihm gegenüber gelten und der Beklagte als der zahlungspflichtige Käufer betrachtet werden müsse, weil der letztere als solcher — auf seinen, Klägers, Antrag — eingetragen worden sei.

Endlich ließe sich noch die Frage aufwerfen, ob nicht die liquide Thatsache, daß die Forderung des Klägers und der Beklagte als Besitzer des Pfandgrundstücks eingetragen worden sind, wenigstens zur Begründung der Hypothekenklage nach §. 80. des angezogenen Gesetzes ausgereicht haben würde, weil nun einmal diese Einträge erfolgt und zur Zeit noch nicht gelöscht worden seien? Hiergegen ist aber zuvörderst zu gedenken, daß der Kläger diese Klage gar nicht angestellt, sondern nach seiner ausdrücklichen Erklärung Bl. — den Beklagten auf Grund seiner Zusage vom 21. Mai 1861 — die Kaufsverbindlichkeiten der H. zu erfüllen — in Anspruch genommen hat. Aber auch die hypothekarische Klage würde gegen den dermaligen Beklagten nicht gerechtfertigt erscheinen, wenn man annimmt, daß der Beklagte aus dem Kaufsnexus infolge der Cession seines Kaufrechtes an W. ausgetreten sei. Zwar geht das Hypothekengesetz im Allgemeinen von der Vorstellung aus, daß bei hypothekarischen Forderungen das verpfändete Grundstück als der hauptsächliche Träger der Verbindlichkeit anzusehen sei und insofern das letztere getrennt von der Person des Eigenthümers gedacht werden könne. Damit ist aber die rechtliche Eigenschaft des Grundstücks als einer zu dem Vermögen einer bestimmten Person gehörigen Sache noch keineswegs aufgehoben, und die hypothekarische Klage insonderheit kann nur gegen den Besitzer dieses Grundstücks angestellt werden. Vermag die Person, welche als solcher eingetragen ist, die Rechtsbeständigkeit dieses Eintrags mit Erfolg gegen den Gläubiger auszuführen, so kann auch derselben die Verpflichtung nicht zugemuthet werden, das Grundstück gegen die hypothekarische Klage dieses Gläubigers zu vertreten. Vorliegenden Falls würde dies dem Beklagten um so weniger angesonnen werden können, wenn man erwägt, daß sich derselbe auf diese Weise dem Kläger gegenüber als Käufer des bezüglichen Grundstücks behandeln lassen müßte, obschon er dem Fortbestand seiner Stellung und Verpflichtung als solcher widersprochen hat. Demnach hat man auf Einstellung des eingeleiteten Hülfsverfahrens zu erkennen gehabt." rc.

Noch vor Rechtskraft der drittinstanzlichen Entscheidung wurde der vorliegende Rechtsstreit durch einen zwischen den Parteien abgeschlossenen Vergleich erledigt.

25.

Die Uebernahme eines Nachlasses zur activen und passiven Vertretung enthält keinen Verzicht auf eigene Ansprüche an den Nachlaß oder ein denselben zukommendes privilegium exigendi. — Persönliche Vorzugsrechte äußern auch außerhalb des Concursprocesses ihre Wirkung. — Zur Erklärung von §. 40. des Gesetzes vom 25. Januar 1836. — Prioritätsstreitigkeiten gehören nicht in den Moniturproceß. — Entbehrlichkeit der Taxen in Nachlaßverzeichnissen. — Einfluß des für eine spätere Zeit ermittelten Werths eines Grundstücks auf den Beweis des Werths zu einem früheren Zeitpunkte.

Mitgetheilt von

Herrn L. in B.

Der am 6. Juli 1856 verstorbene Gemeindevorstand Christian Traugott E. zu S. hatte während seiner Amtsführung zwei zum Gemeindevermögen gehörige Capitale von 100 Thlrn. —, —, und 50 Thlrn. —, —, erhoben, jedoch dieselben weder in späteren Rechnungen in Einnahme gestellt, noch bei seinem Ableben baar oder in Werthspapieren hinterlassen. Von seiner nachgelassenen Wittwe, welche den ehemännlichen Nachlaß zur alleinigen activen und passiven Vertretung übernommen hatte, beanspruchte daher die Gemeinde mittelst einer unter dem 13. Juli 1857 erhobenen Klage Ersatz jener Capitale nebst gesetzlichen Zinsen. Beklagte machte zwar in ihrem am 28. September 1857 übergebenen Einlassungssatze geltend, daß die Kräfte des ehemännlichen Nachlasses bereits vollständig erschöpft, indem der Activwerth desselben, einschließlich eines Hausgrundstücks, sich nur auf 633 Thlr. 12 Ngr. —, belaufe, hiervon aber außer den Kosten des Begräbnisses und der letzten Krankheit 350 Thlr. —, —, Hypothekenschulden in Abzug zu bringen und demnächst 400 Thlr. —, —, eheweibliches Einbringen zu decken seien. Es wurde jedoch Beklagte nach geführtem Beweise des Klaggrundes und von ihr unternommenem Gegenbeweise, welchen sie theils darauf, daß der Nachlaß zu Bezahlung der Nachlaßschulden nicht hinreiche, theils insbesondere auf die Rechtsbeständigkeit ihrer Einbringensforderung gerichtet hatte, verurtheilt, die geforderten Summen aus dem Nachlasse ihres Ehemannes zu bezahlen und die Feststellung der Kräfte desselben einem deshalb einzuleitenden Moniturverfahren mit dem Bemerken überlassen, daß es der Beklagten unbenommen sei, hierbei auf den Beweis ihres

Einbringens zurückzukommen. Das hierauf abgesetzte Moniturverfahren ist insbesondere in den nachstehends unter I. und II. behandelten Punkten von Interesse.

I.

In dem unter dem 7. December 1861 überreichten Nachlaßverzeichnisse brachte Beklagte ihre Einbringensforderung unter den bevorzugten Forderungen in Aufrechnung. Klägerin erinnerte dagegen,

1) daß das persönliche Vorzugsrecht der Beklagten in Ansehung ihres eingebrachten Vermögens nach §. 44. no. 3. 50. 51. und 40. des Gesetzes vom 25. Januar 1836 durch Verjährung erloschen sei, indem seit dem Tode ihres Ehemannes bis zur Einreichung des Nachlaßverzeichnisses zwei Jahre abgelaufen seien, ohne daß Beklagte innerhalb dieser zweijährigen Frist ihre Einbringensforderung gerichtlich geltend gemacht und den Proceß unausgesetzt fortgestellt habe, und

2) daß sie durch Uebernahme des ehemännlichen Nachlasses zur passiven Vertretung auf jenes persönliche Vorzugsrecht dergestalt verzichtet habe, daß sie verpflichtet sei, von der vollen Summe der Erbschaft zunächst die Schulden derselben zu decken, bevor sie selbst Befriedigung ihrer Illatenforderung erwarte.

Beide Erinnerungen wurden in erster Instanz (Erkenntniß des K. Bezirksgerichts zu Budissin vom 8. November 1862) für schlechterdings abgelehnt erachtet, weil

ad 1.

Beklagte ihre Einbringensforderung und das derselben gebührende Vorzugsrecht bereits in dem am 28. September 1857 überreichten Einlassungssatze, folglich innerhalb zweier Jahre von dem am 6. Juli 1856 erfolgten Ableben ihres Ehemannes an gerechnet geltend gemacht und seitdem den Proceß unausgesetzt fortgestellt habe, demnach in Gemäßheit §. 51. und 44. no. 3. des Gesetzes vom 25. Januar 1836 der zweite der in §. 40. erwähnten Ausnahmefälle von der in §. 50. geordneten Verjährungsfrist Platz ergreife, indem es nach der Wortfassung des §. 40. keinen Unterschied begründe, ob der mit persönlichem Vorzugsrecht versehene Anspruch im Wege der Klage oder der Einrede geltend gemacht werde, und

ad 2.

weil die von der Beklagten erklärte Uebernahme des ehemännlichen Nachlasses zur activen und passiven Vertretung irgend eine Erklärung über die Modalität der Befriedigung der Nachlaßgläubiger überhaupt nicht enthalte, vielmehr dem Vertreter völlig freie Hand lasse, deshalb mit den Nachlaßgläubigern sich zu benehmen, nach Befinden sogar einen Accord abzuschließen, weshalb auch eine Nachtrittserklärung wegen eigener Forderungen an den Nachlaß in der angegebenen Maaßregel nicht gefunden werden könne.

Die zweite Instanz (Erkenntniß des K. Appellationsgerichts zu Budissin vom 29. April 1863) bestätigte insoweit aus den einverleibten Gründen, während in dritter Instanz (Erkenntniß des Oberappellationsgerichts vom 10. September 1863) die Confirmatoria durch folgende Ausführung gerechtfertigt wurde:

„An sich betrachtet gehört die Frage, ob der Beklagten ein persönliches Vorzugsrecht wegen ihres Einbringens vor dem klägerischen Anspruche gebühre, nicht in den Moniturproceß; allein da von keinem Theile dagegen, daß sie mit zum Gegenstande der Entscheidung gemacht worden, ein Widerspruch erhoben, vielmehr eben nur dagegen, wie sie entschieden worden, Berufung eingewendet worden ist, so war auch gegenwärtig die bestrittene Richtigkeit der bisherigen Entscheidung zu prüfen.

Man findet nun ebenso, wie die vorigen Instanzen, in der von der Beklagten laut Protokolls vom 20. August 1856 abgegebenen Erklärung, daß sie den ehemännlichen Nachlaß in Betreff der bekannten und der noch anzumeldenden Ansprüche vertreten werde, keine Verzichtleistung auf ihre eigenen Ansprüche an den ehemännlichen Nachlaß und ebensowenig eine Verzicht auf das wegen dieser eigenen Ansprüche ihr zuständige privilegium exigendi. Daß ein solches persönliches Vorzugsrecht nur innerhalb des Concursprocesses seine Wirkung zu äußern vermöge, wie Klägerin behauptet, ist ebenfalls nicht richtig. Denn wenn auch Prioritätsstreitigkeiten größtentheils nur in Concursprocessen zur Sprache kommen können, weil ein Streit über Vorzug nothwendig eine Mehrheit Fordernder voraussetzt und, wo das vorhandene Object zur Befriedigung Aller ausreicht, es keines Streites über das Vorzugsrecht bedürfen wird, so ist doch weder durch die Natur der Sache eine Beschränkung des Rechts der Geltendmachung eines privilegium exigendi auf den Concursproceß geboten, noch eine solche Beschränkung durch die Gesetzgebung sanctionirt, die im Gegentheile für den ganz analogen Fall der Geltendmachung hypothekarischer Prioritätsrechte außerhalb des Concurses §. 109 flg. des Gesetzes, die Grund- und Hypothekenbücher rc. betreffend, vom 6. November 1843 ausdrückliche Bestimmungen gegeben hat, und selbst in dem für den vorliegenden Fall maaßgebenden Gesetze vom 25. Januar 1836 durch die Bestimmung §. 40., den Gegensatz zwischen Concurs und Ansprüche außerhalb des Concurses, ganz deutlich zu erkennen giebt, daß die Geltendmachung des Vorzugsrechtes keineswegs an das Vorhandensein des Concursprocesses hat gebunden werden sollen.

Man hat endlich den vorigen Instanzen auch darin beizupflichten gehabt, daß Verjährung des Vorzugsrechtes nicht eingetreten ist. Beklagte hat bereits in ihrem am 28. September 1857 übergebenen Einlassungssatze, also innerhalb der zweijährigen Frist nach Lösung des Verhältnisses, durch welches ihr Vorzugsrecht begründet gewesen, ihren Illatenanspruch der Klägerin gegenüber gerichtlich geltend gemacht, und wenn sie auch dabei gerade nicht mit ausdrücklichen Worten auf ihr persönliches Vorzugsrecht sich bezogen, so hat sie doch durch die Argumentation Bl. —, wie durch die Befriedigung ihrer Illatenansprüche die Nachlaßmasse dergestalt absorbirt werde, daß Klägerin auf einige Befriedigung nicht zu hoffen habe, die Beanspruchung eines Vorzugsrechtes unzweideutig zu erkennen gegeben. Im Uebrigen erfordert der oben angezogene §. 40. zur Ausschließung der Verjährung des Vorzugsrechtes nur die fortgesetzte gerichtliche Verfolgung des Anspruchs und nicht auch besonders noch die Bezugnahme auf das Vorzugsrecht."

II.

Den hauptsächlichen Bestandtheil des Eingangs erwähnten Nachlasses bildete ein Wohnhaus nebst Branntweinschank- und Backgerechtigkeit. Als dessen Besitzerin war Beklagte nach erklärter Uebernahme des ehemännlichen Nachlasses zur activen und passiven Vertretung bereits im Jahre 1856 eingetragen worden. Das Wohnhaus war im Jahre 1859 nebst mehreren anderen daran angrenzenden Wohnhäusern total abgebrannt und von der Beklagten mit Hülfe theils der Brandcassenvergütung, theils anderer Gelder wieder aufgebaut worden. In dem obgedachten, bereits am 21. Juli 1856 unter ortsgerichtlicher Concurrenz aufgenommenen Nachlaßverzeichnisse war nun der Aufführung jenes Grundstücks eine Taxe beigefügt und selbige für das Wohnhaus auf 450 Thlr. —, — und für die darauf ruhenden Gerechtigkeiten auf 50 Thlr. —, — angegeben. Klägerin monirte dagegen, daß der Werth dieses Grundstücks sammt Zubehör ein weit höherer sei, und bemerkte unter Anderem, daß das Haus allein im Jahre 1856 bei der Landesimmobiliarbrandversicherung mit 625 Thlrn. —, — versichert gewesen und daß der Nutzungswerth des Grundstücks, da es in Folge des Brandes eine günstigere Lage erlangt habe, bedeutend gestiegen sei.

Die erste Instanz erkannte auf Beweis des behaupteten Mehrwerths und normirte das Beweisthema in der Erwägung, daß zwar der höhere Werth, welchen das Grundstück durch die in Folge des Brandes veränderte Lage erlangt habe, dem Nachlasse zu Gute gerechnet, der Beklagten jedoch gestattet sein müsse, den für den Wiederaufbau des abgebrannten Hauses etwa aus eigenen Mitteln über den Betrag der Brandentschädigungsgelder hinaus gemachten Aufwand von dem gegenwärtigen Zeitwerthe des Grundstücks in Abzug zu bringen, dahin:

> daß jenem Wohnhause sammt der auf demselben ruhenden Schank- und Backgerechtigkeit nach Abzug dessen, was Beklagte auf den Wiederaufbau des gedachten Wohnhauses nach dessen Zerstörung durch Feuersbrunst aus eigenen Mitteln verwendet, ein höherer, als der Bl. — angegebene Werth beiwohne.

Diese Beweisauflage bestätigte zwar die zweite Instanz, modificirte jedoch das Beweisthema in folgender Weise:

„Da von der Klägerin bei der ersten Erinnerung wiederholt behauptet worden ist, daß das den wesentlichsten Theil des Nachlasses des Ehemannes der Beklagten bildende Hausgrundstück sammt Zubehör einen höheren Werth, als den diesfalls Bl. — angegebenen, wirklich gehabt habe, nun aber für die Ermittlung dieses Werths lediglich derjenige Zeitpunkt für maaßgebend erachtet werden kann, zu welchem dasselbe im Nachlasse des genannten E. sich befunden, mithin der Zeitraum bis zum 30. Tage von dem Tode des Letzteren ab gerechnet, wenn man erwägt, daß Beklagte in Folge des zu der Vereinbarung vom 15. August 1856 ertheilten obervormundschaftlichen Decrets für ihre Person als Besitzerin jenes Grundstücks im Grund- und Hypothekenbuche eingetragen worden, das letztere auch durch Uebernahme der darauf haftenden hypothekarischen Schulden und sonstigen privilegirten Nachlaßpassiven und durch die Compensation auf ihr eheweibliches Einbringen bezahlt hat; unter diesen Verhältnissen aber, wie von der Beklagten Bl. — richtig bemerkt wird, alle das Grundstück betreffende Ereignisse, günstige wie ungünstige, mögen sie in den Zeitverhältnissen liegen oder von Einflüssen anderer Art herrühren, lediglich ihrer Vertretung unterliegen, so ist es bei dem im Eingange gedachten Erkenntnisse auf der Beklagten erste Beschwerde nicht zu lassen; es sind vielmehr aus demselben die auf der 11ten bis 18ten Zeile Bl. — zu lesenden Worte: „nach Abzug dessen" bis: „beiwohne" in Wegfall zu bringen und an deren Stelle folgende:

> zur Zeit des 30. Tages nach dem am 6. Juli 1856 erfolgten Ableben des Ehemannes der Beklagten, Christian Traugott E., ein höherer

Werth, als der Bl. — unter Cap. I. und II. angegebene, beigewohnt habe,

zu setzen."

Die letztere Entscheidung wurde in dritter Instanz unter Beifügung folgender Gründe bestätigt:

„Man kann die Frage jetzt ganz auf sich beruhen lassen, ob die Abschätzung, auf welcher die in der Nachlaßspecification Bl. — ersichtliche Angabe des Werths des im E.'schen Nachlasse befindlich gewesenen Hausgrundstücks sammt der darauf haftenden Schank- und Backgerechtigkeit beruht, als eine legale, den Werth des Grundstücks wenigstens bis zur Ausführung eines Andern beweisende Abschätzung betrachtet werden könne, da Beklagte der Verpflichtung zur Herausgabe eines Nachlaßverzeichnisses völlig Genüge leistete, wenn sie die im Nachlasse befindlichen Gegenstände, insbesondere also auch das Hausgrundstück nebst Zubehör, aufführte, ohne dabei einen Geldwerth desselben anzugeben. Wenn sie demnach einen solchen namhaft gemacht hat, so ist dies lediglich aus dem Gesichtspunkte eines Zugeständnisses aufzufassen, welches zwar wider sie beweist, den Proceßgegner aber nicht der Nothwendigkeit überhebt, bei der gegen die Specification ihm zuständigen probatio majoris substantiae den etwa behaupteten Mehrwerth darzuthun. Das Oberappellationsgericht ist daher mit der durch die vorigen Instanzen bewirkten Vertheilung der Beweislast vollkommen einverstanden.

Das Nachlaßverzeichniß soll den Vermögenszustand so, wie er Gegenstand der Beerbung werden konnte, also wie er zur Zeit des Ablebens des Erblassers, beziehentlich an dem 30. Tage nach dem Ableben desselben war, darstellen. Der Beweis der größeren Substanz hat sich also mit dem Nachweise des Mehrwerths, wie er zu diesem Zeitpunkte zu behaupten steht, zu befassen, nicht aber mit dem Nachweise eines höheren Werths der Nachlaßgegenstände zu irgend einer späteren Zeit, es sei denn der Gegenstand von der Art, daß von dem für eine spätere Zeit ermittelten Werthe ein sicherer Rückschluß auf den früheren Werth gezogen werden könne, was aber die Beweisaufgabe an sich nicht ändert, sondern nur dazu führt, mit Hülfe von Vermuthungen und Abstractionen das zu ergänzen, was dem directen Beweise abgeht. Der hier in Frage stehende Gegenstand aber, ein Wohnhaus und die mit demselben verbundenen Gerechtigkeiten, sind aus mannigfachen Veranlassungen Schwankungen ihres Werths ausgesetzt, daher bei ihnen schon an sich der Schluß auf Gleichheit des Werths zu verschiedenen Zeiten unzuläßig erscheint. Im vorliegenden Falle aber sind beide Theile auch darüber einig, daß die Substanz des Hauses durch inzwischen eingetretenen Brandschaden eine erhebliche Aenderung erfahren hat. Der jetzige Werth kann daher keineswegs einen richtigen Schluß auf den früheren vermitteln, und inwieweit die der Beklagten zugeflossene Brandcassenentschädigung einen Maaßstab für den Grundstückswerth darbieten werde, hängt von Umständen ab, deren Ausführung von Klägerin bei der ihr nachgelassenen Beweisführung zu erwarten steht."

26.

Der §. 27. der Civilproceßnovelle vom 30. December 1861 greift nur in denjenigen Fällen Platz, in welchen der Vermiether gegen seinen Abmiether auf sofortige Räumung der Miethlocalitäten klagt.

Mitgetheilt von

Herrn Kl. in Dr.

Am 27. October 1863 erhob M. bei dem Königl. Gerichtsamte im Bezirksgericht zu Dresden gegen L. und C. eine Klage, worin er anführte, daß er Beklagten gewisse Miethlocalitäten, welche sie um den vierteljährlichen Zins von 100 Thlrn. — = — = von ihm ermiethet, für Ostern 1864 gekündigt habe, daß jedoch Beklagte die Zulässigkeit der Kündigung bestritten. Kläger forderte Räumung der Miethlocalitäten für zu Ostern 1864 und beantragte, daß auf diese Klage in Gemäßheit des Gesetzes vom 16. Mai 1839, verbunden mit §. 27. der Civilproceßnovelle vom 30. December 1861 Verhandlungstermin anberaumt und das weiter Erforderliche verfügt werde. Kläger M. führte übrigens zugleich an, daß Beklagte die Fortdauer der Miethe bis Ostern 1867, unter dem Vorgeben einer bezüglichen Vereinbarung, beanspruchten, so daß im Hinblicke auf den oben bereits bemerkten Betrag des Miethzinses darüber, daß an und für sich causa ardua vorliege, von vorn herein ein gegründeter Zweifel nicht obwalten konnte.

Das genannte Gerichtsamt beschied den M. hierauf abfällig, und zwar aus dem in der Ueberschrift angegebenen Grunde.

M. wendete gegen diese Bescheidung Berufung ein, welche jedoch vom Königl. Appellationsgericht zu Dresden durch Verordnung folgenden Inhalts verworfen wurde:

„Appellant behauptet Inhalts seiner Bl. — ersichtlichen Klage keineswegs eine Verpflichtung der Beklagten zu sofortiger Räumung derjenigen Localitäten, welche dieselben in seinem in der Klage gedachten Hausgrundstück miethweise inne haben, sondern er bescheidet sich dessen, daß die behauptete Verbindlichkeit der Beklagten erst am 1. April 1864 eintrete, und fordert demgemäß auch erst für diesen Zeitpunkt Räumung der gedachten Miethlocalitäten.

Da nun bekanntlich auf Erfüllung behaupteter Verbindlichkeiten nicht eher geklagt werden kann, als bis deren Fälligkeit eingetreten ist, so kann die vorliegende Klage offenbar nur als eine auf vorläufige Anerkennung der behaupteten Verbindlichkeit gerichtete angesehen werden, und es leuchtet ein, daß an der rechtlichen Natur des Anspruchs darauf dadurch, daß Kläger die Klagbitte unrichtiger Weise auf die erst in einer späteren Zeit zu bewirkende Erfüllung desselben gerichtet hat — was der Sache nach auf das Nämliche hinausläuft —, Etwas nicht geändert wird.

Wenn nun unter diesen Umständen die vorige Instanz den eingangsgedachten, auf Ausschließung des ordentlichen Processes und Anwendung des obengedachten kürzeren Verfahrens (nach dem Gesetz vom 16. Mai 1839) gerichteten Antrag des Appellanten um deswillen zurückgewiesen hat, weil die Bestimmung in §. 27. der Civilproceßnovelle vom 30. December 1861 nur in den Fällen Platz greife, in welchen der Vermiether gegen seinen Abmiether auf sofortige Räumung der Miethlocalitäten klagt, so erscheint dies dem Königlichen Appellationsgericht als vollkommen gerechtfertigt.

Die gedachte gesetzliche Bestimmung ist an und für sich eine Ausnahmebestimmung, und es muß daher eine ausdehnende Auslegung oder analoge Anwendung derselben auf solche Fälle überhaupt für ausgeschlossen geachtet werden, von denen aus dem Wortlaut des Gesetzes nicht deutlich erhellt, daß sie nach dem Willen des Gesetzgebers dadurch haben getroffen werden sollen. Der Anspruch auf vorläufige Anerkennung einer erst in Zukunft fällig und klagbar werdenden Räumungsverbindlichkeit aber ist, vom materiellrechtlichen Gesichtspunkte aus betrachtet, offenbar ein anderer, als der Anspruch auf Erfüllung einer bereits fälligen Verbindlichkeit zur Räumung einer Miethwohnung; denn wenn es auch auf der einen Seite richtig ist, daß die Erfüllung einer Verbindlichkeit in der Regel auf der Anerkennung der letzteren beruht und eine stillschweigende diesfallsige Erklärung enthält,

vgl. Bähr, die Anerkennung als Verpflichtungsgrund, §. 20. S. 72.

so ist doch auf der anderen Seite nicht zu verkennen, daß diese durch die Erfüllung selbst erfolgende Anerkennung — sofern man sie als einen besonderen Theil der Leistung ansehen will — von derjenigen Anerkennung, welche behufs Feststellung der Verbindlichkeit zu einer erst in der Zukunft zu bewirkenden Leistung gefordert wird, auch in materiellrechtlicher Hinsicht insofern wesentlich verschieden ist, als es sich bei der letzteren um eine selbstständige, schon vor Eintritt der Fälligkeit der in Frage befangenen Verbindlichkeit zu bewirkende Leistung handelt.

Eine analoge Anwendung der angezogenen §. 27. des Gesetzes vom 30. December 1861 auf derartige, durch deren Wortlaut offenbar nicht getroffene Ansprüche aber würde um so weniger für statthaft angesehen werden können, als das Bedürfniß einer ausnahmsweise beschleunigten Rechtshülfe hier wenigstens nicht in gleicher Maaße vorhanden ist, wie in dem vom Gesetzgeber speciell bezeichneten Fall, wenn der Anspruch auf sofortige Räumung bereits fällig ist, indem nur letzterenfalls die Säumniß des Abmiethers in Erfüllung seiner diesfallsigen Verbindlichkeit unmittelbar die Verletzung des Interesses dritter Personen zur Folge haben kann, welches durch die in Rede stehende, für die Betheiligten mit einer Beschränkung der gewöhnlichen Rechtsbehelfe verbundene Ausnahmevorschrift hat geschützt werden sollen.

vgl. Landtagsmittheilungen 1860/61. II. Kammer, Bd. 3. S. 3158 flg.

Marschner, in der Zeitschrift für Rechtspfl. u. Verw., N. F. Bd. XXII. S. 112.

Osterloh, ebendaselbst S. 251.

Das Königliche Appellationsgericht hat daher die eingewendete Berufung, wie hiermit geschieht, zu verwerfen beschlossen." rc.

Miscellen.

Orden. Seine Königliche Majestät haben dem frühern Mitgliede des Stadtraths zu Zittau, Senator Philipp Ferdinand Adolph Just zu Dresden, das Ritterkreuz vom Albrechtsorden zu verleihen geruht.

Redacteur: Dr. Theodor Tauchnitz. Officin der Verlagshandlung.

Von diesem Wochenblatte erscheinen jährlich 64 Nummern zu 1 Quartbogen und außerdem am Jahresschlusse ein ausführliches Register.

Wochenblatt

für

merkwürdige Rechtsfälle,

in actenmäßigen Darstellungen

aus dem Gebiete der Justizpflege und Verwaltung

zunächst für das

Königreich Sachsen.

Alle Postämter u. Buchhandlungen übernehmen Bestellungen und liefern das Quartal zu dem praenumerando zu entrichtenden Preise von 1 Thaler.

Verlag von **Bernhard Tauchnitz** in Leipzig.

№ 17. Neue Folge Zwölfter Jahrgang. **1864.**

27.

Der Verdingungsvertrag zwischen dem Meister und dem auf Stückarbeit angenommenen Gesellen gilt in jedem einzelnen Falle als unter der stillschweigenden Bedingung eingegangen, daß der Geselle mit der Ablieferung der ihm übertragenen Arbeit nicht über die Gebühr säumig sein werde. — Zu §. 71. letzter Abs. in Verbindung mit §. 126. des Gewerbegesetzes vom 15. October 1861 und §. 91. der Ausführungsverordnung zu diesem Gesetz.

Mitgetheilt von
Herrn Kl. in Dr.

Am 26. November 1862 erhob der Schneidergeselle L. wider den Schneidermeister S. in Dr. Klage auf Bezahlung von 3 Thlr. 10 Ngr. —.

Bei Verhandlung der Sache führte derselbe zu Begründung des Klaganspruchs Folgendes an:

Er habe bei Beklagtem auf Stücklohn gearbeitet. Am 20. November 1862 nun habe ihm Beklagter zugeschnittenes Zeug mit dem Auftrage übergeben, daraus einen Rock zu fertigen. Er habe sich auch dieser Arbeit unterzogen; am 25. November 1862 aber habe ihm Beklagter, obwohl er, Kläger, sich zu dessen vollständiger Herstellung erboten habe, plötzlich den Rock, welcher inzwischen von ihm bis zur sogenannten „leichten Anprobe", d. h. soweit, daß dessen einzelne Theile mit baumwollenen Fäden einstweilen zusammengenäht gewesen, fertig gehabt habe, weggenommen und von zwei anderen Arbeitern vollenden lassen. Für die vollständige Herstellung dieses Rockes würde ihm Beklagter, als angemessenes Lohn, den Betrag von 3 Thlrn. 10 Ngr. — zu gewähren gehabt haben, und er fordere nun, obwohl die von ihm nach dem Angeführten wirklich verrichtete Arbeit nur — 15 Ngr. — werth gewesen sei, dennoch den vollen Betrag der 3 Thlr. 10 Ngr. —, weil er lediglich durch des **Beklagten** eigenmächtiges Handeln daran gehindert worden sei, die ihm an und für sich obgelegene Gegenleistung in vollem Umfange auszuführen und zu gewähren.

Beklagter gab die sämmtlichen, nach dem Vorstehenden von dem Kläger vorgebrachten Thatsachen als richtig zu, machte indessen zu seiner Vertheidigung geltend,

a) daß er Klägerm bei Ertheilung des Auftrages eröffnet habe, daß der fragliche Rock, den er einem durchreisenden Fremden den 26. November 1862 Mittags zu liefern sich verpflichtet gehabt, bis zu dem nurgedachten Zeitpunkte fertig sein müsse, und daß Kläger auch bei Annahme der Arbeit versprochen habe, dieselbe bis zu dem erwähnten Zeitpunkte zu vollenden;

b) da indessen Kläger den Rock am 25. November 1862 erst bis zur „leichten Anprobe" fertig gehabt habe, sei es demselben unmöglich gewesen, diesen Rock bis zum 26. November 1862 gehörig zu vollenden;

c) deshalb sei er genöthigt, aber auch berechtigt gewesen, dem Kläger die Arbeit, ohne daß derselbe deshalb eine Entschädigung zu fordern habe, zu entziehen und solche durch Andere, wie geschehen, vollenden zu lassen.

Kläger stellte die vom Beklagten unter a. und b. angeführten Thatsachen in Abrede, und zwar die unter a. mit dem Bemerken: „daß bezüglich der

Ablieferungszeit gar Nichts verabredet worden sei", worüber er dem Beklagten den Eid antrug.

Beklagter nahm diesen Eid eventuell an, vindicirte sich jedoch hierunter die Beweislast und benannte zwei Zeugen.

Wegen des Anführens unter b. dagegen berief sich Beklagter auf sachverständiges Gutachten, welches auch erhoben wurde und zur vollen Bestätigung des diesfallsigen Vorbringens des Beklagten führte.

Im Uebrigen gab derselbe bei der Streiterörterung auf gerichtliches Befragen noch an, daß die rechtzeitige Lieferung nicht ausdrücklich zur Bedingung des Vertrags gemacht worden sei, daß er auch den Kläger, bevor er vom Vertrage abgegangen sei, nicht an dessen Erfüllung gemahnt und demselben für den Fall, daß die Erfüllung nicht erfolge, das Abgehen von dem Vertrage angekündigt habe, endlich daß auch die beiden Arbeiter, denen er schließlich den Rock zur Vollendung übergeben habe, mit demselben bis zum Mittag des 26. November 1862 nicht ganz fertig geworden seien. Beklagter lehnte es auch ausdrücklich ab, an- und auszuführen, daß und welche Schäden ihm durch die nicht gehörige Erfüllung des Vertrags von Seiten des Klägers entstanden seien.

Auf Grund dieses Thatbestandes ertheilte das Proceßgericht, das Königl. Gerichtsamt im Bezirksgericht zu Dresden, ohne die Abhörung der oben zu a. benannten Zeugen vorzunehmen, folgenden Bescheid:

„Der Beklagte Eduard S. ist auf Grund seiner Zugeständnisse Bl. —, und da nach allgemeinen, bei dem Verdingungsvertrage geltenden Grundsätzen das Festsetzen einer Zeit, bis zu welcher das Werk beendigt sein soll, den Unternehmer nur dann zum einseitigen Rücktritte vom Vertrage berechtigt, wenn demselben die cassatorische Clausel beigefügt ist, oder wenn ihm nach Ablauf dieser Zeit an der Leistung überhaupt etwas nicht mehr gelegen sein kann, ersteres nach des Beklagten eigenen Angaben nicht der Fall gewesen, und letzteres aus dem bezüglichen Anführen des Beklagten Bl. — nicht gefolgert werden kann, dies zwar um so mehr, als er den dem Kläger zur Ausführung übertragen gewesenen Paletot durch andere Arbeiter auch nur erst zu einem späteren, als dem seiner Angabe nach ursprünglich bestimmten Lieferungstage vollständig hergestellt erhalten, und, da er einen Schaden nicht zu behaupten vermocht, von dem Besteller den Herstellungspreis ungeschmälert gewährt erhalten, von diesen allgemeinen Grundsätzen zwar die Gewerbeinnungsartikel cap. III. §. 32. bei Handwerkern, welchen Kläger beizuzählen, insofern eine Ausnahme festsetzen, als sie hier die Wegnahme der Arbeit dem Unternehmer verstatten, falls der Arbeiter die ihm aufgetragene Arbeit zur Ungebühr aufhält, nun aber, ganz abgesehen von der Frage, ob hier ein derartiger Fall vorliegen würde, diese Bestimmung durch §. 71. letzter Absatz des Gewerbegesetzes vom 15. October 1861 in Verbindung mit §. 126. desselben Gesetzes und §. 91. der Ausführungsverordnung zu diesem Gesetze aufgehoben ist, und nach diesen neuerlichen gesetzlichen Vorschriften es namentlich auch mit Rücksicht auf den vorliegenden Fall dem Beklagten lediglich durch angemessenen Lohnabzug sich schadlos zu halten oder seine Schädenansprüche selbstständig zu verfolgen gestattet, einen diesfallsigen Schaden aber an- und auszuführen der Beklagte abgelehnt hat,

demnächst annoch das Sachgesuch Klägers insoweit abzuändern, als er den Lohn nur gegen Herstellung des fraglichen Paletots gefordert und nun der conductor operis keinen Anspruch auf Ausführung des Werkes hat, die Ausführung nach der Erklärung des Beklagten Bl. — auch bereits erfolgt ist,

klagendem Johann Daniel L. die geforderten 3 Thlr. 10 Ngr. —, zu bezahlen und zugleich, in Folge seiner Sachfälligkeit, dem Kläger die ge- und außergerichtlichen Kosten dieses Rechtsstreites zu erstatten schuldig."

Gegen diesen Bescheid wendete Beklagter in seinem ganzen Umfange Berufung ein, indem er beantragte, daß er von der erhobenen Klage entbunden und losgezählt werde. Dabei hob derselbe insbesondere hervor, daß nur dann die Interessen eines Handwerksmeisters und eines geordneten Geschäftsverkehrs gehörig gewahrt seien, wenn demselben für derartige Fälle das Recht zugesprochen werde, von dem mit dem Gesellen eingegangenen Verdingungsvertrage ohne Weiteres einseitig zurückzutreten.

Hierauf erging folgendes, zum Theil reformatorisches Erkenntniß des Königl. Appellationsgerichts zu Dresden:

„Daß es bei dem Bl. — zu lesenden, am 16. Februar 1863 bekannt gemachten Bescheide insoweit, als darin Beklagter zu Bezahlung eines höheren Betrags, als von —, 15 Ngr. —, und zur Erstattung der Proceßkosten verurtheilt worden, nicht zu lassen; es ist vielmehr rücksichtlich dieses Mehrbetrags auf Klägers Antrag mit Anberaumung eines anderweiten Verhandlungstermins, und in letzterem mit Abhörung der von dem Beklagten Bl. — benannten zwei Zeugen über die daselbst vorgeschützte Ausflucht zu verfahren, nach Beendigung der Verhandlung aber vom Proceßgericht sowohl in der Hauptsache wegen eines Betrages von 2 Thlrn. 25 Ngr. —, als auch wegen der in erster Instanz erwachsenen und noch erwachsenden Proceßkosten anderweiter Bescheid abzufassen. Dagegen ist der angefochtene Bescheid im Uebrigen, wie hiermit geschieht, zu bestätigen.

Die in gegenwärtiger Instanz erwachsenen Kosten werden unter den Parteien verglichen."

Diesem Erkenntnisse waren die nachstehenden Entscheidungsgründe beigegeben:

„Man kann die Frage, ob der Ansicht der vorigen Instanz, daß §. 32. Cap. III. der Generalinnungsartikel vom 8. Januar 1780 durch §. 71. des Gewerbegesetzes vom 15. October 1861 als aufgehoben betrachtet werden müsse, beizutreten sei, für den gegenwärtigen Rechtsstreit auf sich beruhen lassen, weil die gedachte Bestimmung der Generalinnungsartikel lediglich von dem Verhältniß zwischen dem Besteller der Arbeit und dem Meister, welcher solche zu liefern hat, handelt, das zwischen letzterem und seinem Gesellen bestehende Verhältniß aber gar nicht berührt. In dieser letztern Beziehung sind in dem Falle, wenn der Gesell auf Stücklohn arbeitet, für dasjenige Rechtsverhältniß, welches zwischen Beiden durch die Uebertragung einer einzelnen bestimmten Arbeit an den Gesellen entsteht, im Allgemeinen die gemeinrechtlichen Grundsätze vom Verdingungsvertrage als maaßgebend zu betrachten.

Hat daher einmal der Meister dem Gesellen ein Stück zur Anfertigung übergeben, so erlangt zwar der Letztere hierdurch nicht ein Recht darauf, daß ihm die Arbeit bis zur Vollendung gelassen werde, vielmehr kann der Meister jederzeit ihm die Arbeit wieder abnehmen, es ist aber Ersterer, dafern nicht auf seiner Seite eine Säumniß vorliegt, berechtigt, von dem Meister, da dieser solchenfalls lediglich die Schuld trägt, daß das Werk nicht von ihm, dem Gesellen, vollendet werden kann, Ersatz des vollen Interesses zu verlangen,

vergl. l. 38. l. 61. §. 1. Dig. locati et conducti. (XIX. II.)

Glück, Erläuterung der Pandecten, Band XVII. S. 412.

Sintenis, das praktische gemeine Civilrecht, Band II. §. 118. S. 669. und 674., §. 119. S. 680. 681. (2. Aufl.)

und dieses Interesse, welches solchenfalls der Meister zu gewähren hat, wird in der Regel der Höhe des ausbedungenen Lohns gleichkommen, der dem Gesellen durch Entziehung der Arbeit entgeht.

vergl. Sintenis, l. c. §. 118. S. 674. Anm. 168.

Andererseits hat der Gesell auf Fertigung der ihm übertragenen Arbeit die größtmögliche Sorgfalt zu verwenden und für Versehen, welche er sich dabei zu Schulden gebracht hat, zu haften,

vergl. l. 9. §. 5. l. 13. pr. §. 1—5. Dig. l. c.

Sintenis, l. c. §. 118. S. 670.

Arndts, Lehrbuch der Pandecten, §. 315. S. 462. (2. Aufl.)

insbesondere auch dafür einzustehen, daß die Arbeit von ihm zur rechten Zeit, also entweder binnen der bei der Uebertragung der Arbeit für deren Vollendung festgesetzten Zeit, oder, wenn ein bestimmter Zeitpunkt, bis zu welchem die Arbeit abgeliefert sein muß, nicht ausbedungen worden, innerhalb der je nach den obwaltenden Umständen für angemessen zu achtenden Frist abgeliefert werde. Wenn er letzteren Fälls innerhalb der Zeit, vor deren Ablauf die Vollendung der Arbeit billiger Weise erwartet werden konnte, letztere nicht übergiebt, so hat jedenfalls der Meister das Recht, ihn an die Ablieferung zu mahnen, und bei fortdauernder Zögerung, gleichwie in dem Falle, wenn die sofort bei Uebergabe der Arbeit für deren Ablieferung bestimmte Frist nicht innegehalten wird, dem säumigen Gesellen die Arbeit wegzunehmen und letztere von andern Arbeitern fertigmachen zu lassen; denn es muß vorausgesetzt werden, daß der Meister an der Innehaltung der bestimmten oder angemessenen Ablieferungszeit ein wesentliches Interesse schon seinen Kunden gegenüber hat, denen er seinerseits für die rechtzeitige Uebergabe der bestellten Arbeit verantwortlich ist, und man muß daher davon ausgehen, daß der Verdingungsvertrag zwischen dem Meister und dem auf Stückarbeit angenommenen Gesellen in jedem einzelnen Falle unter der stillschweigenden Bedingung eingegangen werde, daß der Geselle mit der Ablieferung der ihm übertragenen Arbeit nicht über die Gebühr säumig sein werde. Hieraus folgt von selbst, daß, wenn eine bestimmte Ablieferungszeit im Voraus festgesetzt ist, vor deren Ablauf aber sich herausstellt, daß der Geselle mit der Arbeit noch so weit in Rückstand ist, daß es ihm nicht möglich sein werde, die Arbeit bis zu dem bestimmten Zeitpunkte vollenden und abliefern zu können, dem Meister nunmehr das Recht zustehen muß, dem Gesellen, mit Rücksicht auf dessen bisherige vertragswidrige Säumniß, die Arbeit wiederum wegzunehmen, und durch die Uebertragung der Vollendung derselben an mehrere Arbeiter sein eignes Interesse an rechtzeitiger Ausführung der Bestellung und Ablieferung der Arbeit an den Besteller wahrzunehmen.

Die Parteien sind nun nach Bl. — darüber einverstanden, daß der in Rede stehende Rock dem Kläger bereits am 20. November 1862 zur Anfertigung übergeben worden, dieser Rock aber am 25. desselben

Monats erst bis zur leichten Anprobe fertig gewesen ist, nicht minder steht für den gegenwärtigen Rechtsstreit durch die Aussage des Bl. — als Sachverständigen abgehörten Schneidermeisters L. fest, daß es unter diesen Umständen dem Kläger nicht möglich gewesen sein würde, den fraglichen Rock bis zum 26. November 1862 Mittag zu vollenden, daß es hierzu vielmehr noch dreier Arbeitstage oder einer Verwendung mehrerer Arbeiter bedurft habe. Wenn es daher in Wahrheit beruht, daß Kläger dem Beklagten, wie dieser Bl. — behauptet hat, schon bei Uebernahme der Arbeit auf Verlangen versprochen gehabt, jenen Rock bis zum zuletztgedachten Tage Mittags zu vollenden, so ist auch Beklagter nach obigen Grundsätzen jedenfalls in seinem Recht gewesen, dem Kläger die Arbeit am 25. November, wie geschehen, wiederum abzunehmen, und ihm wenigstens die Bezahlung desjenigen Theils des für die Fertigung des ganzen Rocks nach dem Einverständniß der Parteien üblichen Gesellenlohns von 3 Thlrn. 10 Ngr. —, zu verweigern, den er nunmehr andern Arbeitern für die Vollendung des Rocks hat gewähren müssen.

Wenn nun Beklagter sich zur Bescheinigung seiner gedachten Ausflucht Bl. — auf das Zeugniß der daselbst genannten Personen berufen hat, deren Abhörung jedoch bisher nicht erfolgt ist, so bedarf es vor allen Dingen einer nachträglichen Ergänzung dieser Lücke. Der Umstand dagegen, daß nach des Beklagten eigner Angabe Bl. — wegen nicht rechtzeitiger Ablieferung des Rocks ein unmittelbarer Schaden ihm nicht erwachsen ist, kann bei der Entscheidung der Sache in keiner Weise in Betracht kommen, da es sich im vorliegenden Falle nur um die Frage handelt, ob Beklagter von dem mit Klägerm eingegangenen Verdingungsvertrag einseitig wiederum zurückzutreten berechtigt gewesen sei, bejahenden Falls aber der dem Kläger abzuziehende Theil des Lohns für Fertigung eines Rocks nicht als der Betrag eines auf den verdienten Arbeitslohn zu compensirenden Schadens zu beurtheilen, sondern anzunehmen wäre, daß Kläger diesen Theil des geforderten Lohns gar nicht verdient gehabt habe. Hieraus erhellt von selbst die Unrichtigkeit der nach Bl. — in erster Instanz aus §. 71. des Gewerbegesetzes für den vorliegenden Fall gezogenen Schlußfolgerung.

Da übrigens Beklagter den Arbeitern, welchen er den zum Theil bereits fertig gewesenen Rock zur Vollendung übergeben hat, voraussetzlich nicht den vollen Gesellenlohn für Herstellung eines solchen gezahlt hat, demnach aber durch Innebehaltung des ganzen Betrags desselben auf Kosten des Klägers einen ungerechtfertigten Gewinn machen würde, so muß er dem Letzteren für die von ihm gelieferte Arbeit jedenfalls eine mit derselben im Verhältniß stehende, angemessene Entschädigung gewähren. Nach dem Einverständniß der Parteien Bl. — beträgt nun der übliche Arbeitslohn für einen bis zur leichten Anprobe fertigen Rock —, 15 Ngr. —, und hiernach war der Bescheid voriger Instanz in Ansehung der darin ausgesprochenen Verurtheilung des Beklagten rücksichtlich eines Betrags von —, 15 Ngr. —, zu bestätigen, wogegen wegen des geforderten Mehrbetrags aus den oben angegebenen Gründen auf Anberaumung eines anderweiten Verhandlungstermins Behufs Abhörung der vom Beklagten Bl. — benannten Zeugen zu erkennen gewesen ist.

Die in gegenwärtiger Instanz erwachsenen Kosten waren wegen des eingetretenen theilweisen Wechsels der Entscheidungen unter den Parteien aufzuheben."

28.

Die heutige Gültigkeit der in l. unica Cod. de sententiis, quae pro eo, quod interest, proferuntur (VII. 47.) enthaltenen Vorschrift über den Ersatz eines Schadens, welcher Jemandem durch die Nichterfüllung eines auf eine bestimmte Leistung gerichteten Vertrages entstanden ist. — Was gehört zur schlüssigen Begründung einer Schädenforderung, welche der Abmiether aus dem vertragswidrigen Gebahren des Vermiethers herleitet?

Mitgetheilt von

Herrn —r in D.

B. wurde von K. auf Rückzahlung eines Darlehns im Betrage von 408 Thlrn. —, —, verklagt und excipirte eine Gegenforderung, zu deren Begründung er in seinem Einlassungssatze vom 8. November 1862 Folgendes anführte: er habe mit Klägerm am 1. April 1861 einen Vertrag dahin abgeschlossen, daß Kläger sich verpflichtet, ihm auf die Zeit vom 1. April 1861 bis zum 1. April 1864 gewisse, in seinem zu G. gelegenen Gasthofsgrundstücke befindliche Localitäten für ein ihm vom Beklagten dafür zu zahlendes jährliches Miethgeld von 50 Thlrn. —, —, miethweise zu überlassen. Von dem gleichzeitig vorbehaltenen einvierteljährigen Kündigungsrechte habe er, Beklagter, am 1. Juli 1862 Gebrauch gemacht, und es sei dadurch der Miethvertrag am 1. October 1862 wieder aufgehoben worden. Nach dem Abschlusse dieses Vertrags seien ihm indessen die ermietheten Localitäten von Klägerm nur zum Theil überlassen worden, indem Kläger einige derselben den Schänkwirthen W. und B., welche die auf seinem Grundstücke befindliche Gastwirthschaft von ihm erpachtet gehabt, eingeräumt habe. Demgemäß seien die zuletzt erwähnten Räume fortwährend und ausschließlich von jenen Gasthofspächtern benutzt, der Beklagte aber sei fortwährend behindert gewesen, dieselben zu dem bei der Ermiethung beabsichtigten Zwecke, welchen er zugleich näher angab, zu benutzen. Durch die mangelhafte Contractserfüllung Seiten Klägers seien ihm, dem Beklagten, nun Schäden erwachsen, welche die vom Kläger geforderte Darlehnssumme übersteigen, in welcher Beziehung Beklagter zugleich nähere Angaben in seinem Einlassungssatze machte.

In erster Instanz wurde dem Beklagten der Beweis seiner behaupteten Compensationsansprüche überhaupt nachgelassen, in zweiter Instanz dagegen (Appellationsgericht zu Dresden, 18. Juli 1863) die erwähnte Ausflucht nur bis zu dem Betrage von 75 Thlrn. —, —, für beachtlich erklärt und deshalb auf Bescheinigung derselben innerhalb eines zu diesem Behufe anzuberaumenden Inrotulationstermins erkannt. In den Entscheidungsgründen der zweiten Instanz wurde in der hierher gehörigen Beziehung Folgendes bemerkt:

„Die erste Beschwerde des Klägers, welche dagegen gerichtet ist, daß dem Beklagten in voriger Instanz eine Beweisführung über die Bl. — von ihm vorgeschützte Ausflucht der Gegenrechnung verstattet worden, hat Man für völlig unbegründet zu befinden nicht vermocht.

Im Unrecht befindet sich Kläger allerdings insofern, als er nach Bl. — die gedachte Ausflucht in ihrem ganzen Umfange um deswillen unbeachtet gelassen wissen will, weil Beklagter sich nicht darauf bezogen habe, daß er bei der seinerseits bewirkten Kündigung des Miethcontracts, aus dessen mangelhafter Erfüllung Seiten des Klägers er die behauptete Schädenforderung hergeleitet, sich einen diesfallsigen Vorbehalt gestellt oder doch wenigstens desjenigen Punktes, rücksichtlich dessen von Klägerm seinen contractlichen Verbindlichkeiten nicht Genüge geleistet worden sei, ausdrücklich Erwähnung gethan habe; denn in der Kündigung eines Miethverhältnisses liegt etwas Weiteres nicht, als die Erklärung des Willens, daß der Vertrag von dem Zeitpunkte an, für welchen gekündigt wird, keine rechtliche Wirkung mehr äußere, keiner der Contrahenten also für die folgende Zeit einen Anspruch daraus herleiten solle, nicht im Entferntesten aber ein Anerkenntniß, daß der Vertrag auf die Zeit, für welche er bereits in Kraft gestanden, von dem Gegentheil allenthalben erfüllt worden sei, und es ist daher auch nicht abzusehen, aus welchem Grunde es Behufs Erhaltung der aus der Nichterfüllung des Vertrags für die Vergangenheit bereits erworbenen Schädenansprüche bei der Kündigung eines diesfallsigen Vorbehalts bedürfen solle.

In Betreff der in Rede stehenden Schädenforderung steht jedoch dem Kläger die Bestimmung in l. un. Cod. de sententiis, quae pro eo, quod interest, proferuntur (7. 47.) zur Seite, nach welcher in allen Fällen, in denen der Anspruch auf Ersatzleistung für einen erlittenen Vermögensverlust nicht von Anfang an den Hauptgegenstand der ihm zu Grunde liegenden Obligation bildet, sondern zu der ursprünglich bedungenen Leistung sich, wie das Accessorium, zur Hauptsache verhält, insbesondere also dann, wenn es sich um den Ersatz eines Schadens handelt, der Jemandem durch die gänzlich oder theilweise unterbliebene Erfüllung eines auf eine bestimmte Leistung gerichteten Vertrags entstanden ist, das diesfallsige Interesse in einem weiteren Umfange, als bis zum doppelten Betrag der ursprünglichen Leistung nicht in Betracht kommen soll, sofern nur der Inhalt des Vertrags einen zuverlässigen Anhalt für die Berechnung des Werths an die Hand giebt, den sie für die Contrahenten gehabt, wie dies bei dem in dem angezogenen Gesetze ausdrücklich erwähnten Miethvertrag, bei welchem die Festsetzung des vom Miether zu gewährenden Miethzinses über den von den Contrahenten der Leistung des Vermiethers beigelegten Geldwerth klare Maaße giebt, in der Regel wenigstens der Fall sein wird.

vgl. von Vangerow, Leitfaden, Bd. III. §. 571. S. 50 flg. Ausg. 6.
Sintenis, das prakt. gemeine Civilrecht, Bd. II. §. 86. S. 78 flg. Ausg. 1.
Hänel, Lehre vom Schadenersatz, §. 85.
Mommsen, Beiträge zum Obligationenrecht, Abth. II. §. 21. S. 235 flg.

Gegen die fortdauernde Gültigkeit dieser gemeinrechtlichen Bestimmung für das Inland sind zwar aus den in

const. 30. P. II. v. J. 1572.
im Torgauer Ausschreiben vom 8. Mai 1583. Tit. vom Wucher, bei den Worten: „sonsten aber da die Gläubiger des Interesse halber sonderlich Beweis fürnehmen wollten", und
in dem Mandate vom 21. October 1609 wegen wucherlicher Contracte rc.

enthaltenen Vorschriften Zweifel hergeleitet worden.

vergl. Gottschalk, analecta jur. sax., c. 10. S. 249 flg.

Zeitschrift für Rechtspfl. u. Verw., Neue Folge Band XIII. S. 231.

Das Königliche Appellationsgericht vermag jedoch diese Zweifel für begründet nicht anzuerkennen, da in der angezogenen const. 30., auf welche in den erwähnten späteren Gesetzen zurückverwiesen ist, ausdrücklich vorgeschrieben zu befinden, daß, wenn der Gläubiger ein höheres Interesse, als das durch den gesetzlichen Zinsenbetrag repräsentirte, nachweisen würde, nach geführtem Beweise richterliche Moderation einzutreten habe, unter diesen Umständen aber aus dem Anerkenntniß, daß die Firirung eines gesetzlichen Zinsfußes die Ausführung eines den gewöhnlichen Zinsbetrag übersteigenden Schadens nicht ausschließen solle, auf den Willen des Gesetzgebers, jede Beschränkung aufzuheben, denen die Geltendmachung von Schädenansprüchen nach anderen Gesetzen unterworfen, so ohne Weiteres nicht geschlossen werden kann. Ebensowenig auch läßt sich nach der Ansicht des Appellationsgerichts aus der in der Zeitschrift für Rechtspfl. u. Verw. a. a. O. angezogenen 29. Decision v. J. 1661, sowie aus den Bestimmungen des Erecutionsgesetzes vom 28. Februar 1838 für die dem Beklagten günstigere Meinung Etwas herleiten, da die gedachte Decision nicht von dem Ausbleiben einer einmaligen, auf eine gewisse Zeit beschränkten Leistung, sondern von den Folgen der dauernden Entziehung des Fruchtgenusses von einem geschuldeten Capitale handelt, die einschlagenden Vorschriften des Erecutionsgesetzes aber nur processualer Natur sind.

Die bisherige Gültigkeit der erwähnten l. un. Cod. ist übrigens auch noch neuerdings in den Motiven zum Entwurfe eines Civilgesetzbuchs für das Königreich Sachsen S. 744. zu §. 703. bis 706. unter no. 3. ausdrücklich anerkannt worden.

Die Anwendung des in Rede stehenden Gesetzes auf gegenwärtigen Fall konnte daher, da für die Vermiethung der Localitäten, durch deren theilweise Entziehung dem Beklagten der von ihm in Gegenrechnung gebrachte Schaden entstanden sein soll, nach Bl. — ein dem Betrage nach bestimmter Miethzins bedungen gewesen und hiernach für die Berechnung des Interesse des Ersteren an Erfüllung des Miethvertrags ein bestimmter Maaßstab vorhanden ist, einem Bedenken nicht unterliegen. Es ist dieses Interesse, da der fragliche Miethcontract nach Bl. — nur ein und ein halbes Jahr in Kraft bestanden, der Miethzins für die sämmtlichen vermiethet gewesenen Localitäten aber nach Bl. — nur auf 50 Thlr. —, —, für das Jahr festgesetzt gewesen, auf höchstens 75 Thlr. —, —, für die ganze Dauer des Contracts zu veranschlagen, und der Beklagte würde daher, dafern er den Miethzins, der als der Werthmesser der ungenügend erfüllten Leistung des Klägers in das duplum mit einzurechnen ist,

vergl. von Vangerow, a. a. O. Seite 55 flg. unter V.

bereits bezahlt hätte, in keinem Falle eine größere Summe als 150 Thlr. als den Betrag seines Schadens beanspruchen können. Aus seinen eigenen Auslassungen Bl. — jedoch geht mit genügender Deutlichkeit hervor, daß die Bezahlung des in Rede stehenden Miethzinses bisher noch nicht erfolgt ist, und es erscheint daher die ercipirte Gegenforderung nur bis zu dem Betrage von 75 Thlrn. als begründet.

Eine förmliche Beweisführung ist dem Beklagten — der sich behufs der Bescheinigung der Bl. — unter 1. und 2. vorgeschützten und in thatsächlicher Beziehung genügend begründeten Ausflüchte sofort des Eidesantrags bedient hat, als weshalb diese letzteren Ausflüchte zum Gegenstande einer besondern Beweisführung nicht weiter gemacht werden können — zur Ausführung jener Schädenforderung wegen der Geringfügigkeit des Betrages, bis zu welchem sie nach Obigem auf Beachtung Anspruch zu machen hat, zwar nicht zu verstatten, vielmehr wäre dieselbe streng genommen bereits im Laufe des rechtlichen Verfahrens zu bescheinigen gewesen. Da jedoch Beklagter von der Ansicht ausgegangen ist, daß die fragliche Gegenforderung zu dem die Summe von 100 Thlrn. —, —, weit übersteigenden Gesammtbetrage der Bl. — unter a. b. c. und d. angegebenen Posten anzuerkennen sein werde, und bei der Zweifelhaftigkeit der einschlagenden rechtlichen Grundsätze es ihm nicht zum Verschulden angerechnet werden mag, wenn er in dieser Meinung davon ausgegangen, daß die Nachlassung einer förmlichen Beweisführung werde für statthaft erachtet werden, deshalb aber die sofortige Bescheinigung seiner Ausflucht bis zu demjenigen Betrage, in Betreff dessen sie für begründet anzusehen, unterlassen zu können geglaubt hat, so war ihm, wie in vorstehendem Erkenntniß geschehen, annoch die Nachholung des hierunter Erforderlichen in den Formen des Processes für geringfügige Gegenstände innerhalb eines zu dem Ende anzuberaumenden Inrotulationstermins zu verstatten."

Diese Entscheidung wurde, auf Appellation des Beklagten, in dritter Instanz, obschon aus andern Gründen, (unterm 10. December 1863) bestätigt. Die Entscheidungsgründe der tertia lauten also:

„Die vorige Instanz hat die von dem Beklagten Bl. — unter der Behauptung, daß ihm durch contractswidriges Verhalten des Klägers, als Vermiethers gewisser Localitäten, Schaden zugezogen worden sei, vorgeschützte Ausflucht der Gegenforderung, insoweit solche auf einen die Summe von 75 Thlrn. —: —: überschreitenden Betrag gerichtet ist, verworfen, und diesen Ausspruch auf die l. unica Cod. de sententiis, quae pro eo, quod interest etc. gestützt, wonach, wenn es sich um den Ersatz eines Schadens handelt, welcher Jemandem durch die gänzliche oder theilweise unterbliebene Erfüllung eines auf eine bestimmte Leistung gerichteten Vertrags entstanden ist, das diesfällige Interesse in einem weiteren Umfange als bis zu dem doppelten Betrage der ursprünglichen Leistung nicht in Betracht kommen soll. Wie jedoch die vorige Instanz unter Verweisung auf das in der

Zeitschrift für Rechtspfl. und Verw., N. F. Band 13. S. 231.

abgedruckte Präjudiz selbst hervorgehoben hat, erachtet das K. Oberappellationsgericht jenes Gesetz für ein solches, welches für das Königreich Sachsen seine Anwendbarkeit verloren habe, und es hat auch dasselbe, von dieser Ansicht wieder abzugehen, durch dasjenige, was dagegen Bl. — geltend gemacht worden, sich nicht veranlaßt finden können.

Const. 30. v. J. 1572. P. II., das Torgauer Ausschreiben vom 5. Mai 1583. (C. A. Tom. I. pag. 143. und 144. Titel vom Wucher), das Mandat vom 21. October 1609. (C. A. Tom. I. pag. 1060.) und die Dec. 29. v. J. 1661. sprechen ihrer ganzen Tendenz nach dafür, daß eine Schädenforderung auch dann, wenn sie als accessorium einer schon bestehenden, auf ein bestimmtes Object gerichteten Verpflichtung erscheint, das alterum tantum überschreiten dürfe,

Gottschalk, analect. jur. sax., c. 10. pag. 249 sq.

und ebenso weist die Bestimmung in §. 73. des Gesetzes vom 28. Februar 1838. darauf hin, daß der Anspruch auf das id, quod interest keineswegs einer Beschränkung nach Maaßgabe der l. unica Cod. unterliege. Auch vermag der Umstand, daß das Gesetz vom 28. Februar 1838 zunächst nur den Zweck hat, Vorschriften über das Executionsverfahren und den Executionsproceß zu geben, der angezogenen Bestimmung desselben den Werth einer Belegstelle für die Richtigkeit der hier vertheidigten Ansicht insofern nicht zu entziehen, als diese Bestimmung sich als eine mit jener lex unvereinbare, und somit zugleich indirect in das materielle Recht eingreifende Disposition darstellt. Was aber die Bl. — allegirte Stelle aus den Motiven zum Entwurfe eines Civilgesetzbuchs für das Königreich Sachsen (zu §. 705. unter no. 3. Seite 744.) betrifft, so spricht sich diese nur ganz im Allgemeinen dahin aus, daß durch §. 705. des Entwurfs die lex unica Cod. de sentent. aufgehoben sei, sie verbreitet sich sonach nur über das Verhältniß der letzteren zu der projectirten neuen Gesetzesbestimmung, nicht aber darüber, was in der in Rede stehenden Beziehung bisher gegolten habe, und bietet daher in keiner Weise einen Stützpunkt für die von der vorigen Instanz vertheidigte Ansicht dar. Wenn dieser veränderten Auffassung des Rechtsverhältnisses, ungeachtet das vorige Erkenntniß bestätigt worden ist, so hat dies darin seinen Grund, daß nach der Ansicht der gegenwärtigen Instanz die von dem Beklagten vorgeschützte Ausflucht der erforderlichen Begründung überhaupt entbehrt und folglich Beklagter keinen Grund hat, darüber sich zu beschweren, daß selbige von der vorigen Instanz nicht nach ihrem vollen Betrage beachtet worden ist. Denn, so wenig sich auch bestreiten läßt, daß der Vermiether dem Abmiether den Gebrauch des vermietheten Gegenstandes zu gewähren, und deshalb vor allen Dingen ihm der letztere in seinem ganzen Umfange zu übergeben habe, so ist doch nur eine wirkliche, ausdrücklich oder factisch erklärte Weigerung des Vermiethers zur Gewährung des dem Abmiether an der ermietheten Sache zukommenden Gebrauchsrechtes und beziehentlich zur Beseitigung der der Ausübung desselben entgegenstehenden Hindernisse als ein solches vertragswidriges Verhalten anzusehen, welches den Vermiether zum Schadenersatz wegen des nicht erfüllten Contracts verpflichtet.

l. 15. §. 8. Dig. loc. cond. (19. 2.)
Plane si forte dominus frui non patiatur, quod interest praestabitur.

l. 33. D. eod.
Nam si colonus tuus fundo frui a te aut ab eo prohibetur, quem tu prohibere, ne id faciat, possis tantum ei praestabis, quanti ejus interfuerit.

Der Begriff einer derartigen Weigerung setzt aber nothwendig voraus, daß der Vermiether zuvor von dem Abmiether vergeblich aufgefordert worden sei, den Miethvertrag zu erfüllen und beziehentlich die die Erfüllung desselben beeinträchtigenden Hemmnisse, insoweit dies in seiner, des Vermiethers, Macht steht, zu entfernen. Es folgt daraus zugleich, daß der Abmiether namentlich in dem Falle, wenn er mehrere Gegenstände ermiethet hat und nur den einen oder anderen derselben beim Antritte des Miethcontracts zu seinem Gebrauche bereit findet, hierzu nicht schweigen darf, sondern, sollen nicht die ihm durch die mangelhafte Gewährung des letzteren entstandenen Schäden als solche angesehen werden, die er sich selbst durch unterlassene Verfolgung eines ihm zuständigen Rechts zugezogen hat, den Vermiether um

Vervollständigung der Vertragserfüllung angehen muß. Von diesem Gesichtspunkte aus betrachtet erscheint nun aber der von dem Beklagten excipiendo geltend gemachte Anspruch auf Ersatz der Bl. — quantificirten Schäden nicht in ausreichender Weise schlüssig begründet. Beklagter hat Bl. — nur ganz im Allgemeinen angeführt, daß ihm Kläger von den ihm vermietheten Gegenständen die Bl. — unter — aufgeführten Localitäten nicht übergeben, sondern selbige dritten Personen, den Pächtern seiner Gastwirthschaft, überlassen habe. Darauf, daß er den Kläger dazu, ihm den Gebrauch der fehlenden Räumlichkeiten zu verschaffen, aufgefordert habe, hat sich Beklagter zufolge Bl. — selbst dann nicht zu beziehen vermocht, als gegnerischer Seits Bl. — darauf hingewiesen worden war, daß zur Begründung des excipirten Schädenanspruchs die Bezugnahme auf eine an den Kläger erfolgte Aufforderung zur vollständigen Vertragserfüllung erforderlich gewesen wäre. Aber auch, selbst wenn in dem Anführen des Beklagten, daß ihm Kläger die oben bezeichneten Localitäten nicht mit übergeben habe, die Behauptung einer ablehnenden Erklärung des Klägers auf ein diesfalls an ihn von dem Beklagten gerichtetes Verlangen für genugsam indicirt erachtet werden könnte, würde es doch immer noch an der Angabe der Zeit, zu welcher eine solche Interpellation erfolgt sei, fehlen und somit an einem bestimmten Anhalten für die Beantwortung der Frage gebrechen, inwieweit die in Rede stehenden, auf die während eines anderthalbjährigen Zeitraums bestandene Dauer des Miethcontracts berechneten Schäden als solche anzusehen seien, welche der Zeit ihrer Entstehung nach dem Kläger imputirt werden können. Diesem Allen zu Folge kann die Entscheidung der vorigen Instanz, wenn sie die Ausflucht des Beklagten nur zum Theil aufrecht erhalten und nicht gänzlich zurückgewiesen hat, nur als eine dem Beklagten günstige angesehen und dem Anverlangen des letzteren auf Beachtung jener Exception in ihrem vollen Betrage in keiner Weise stattgegeben werden, was jedoch, wie sich bei der Natur dieser Ausflucht als einer nicht connexen von selbst versteht, die Ermächtigung des Beklagten nicht ausschließt, den behaupteten Ersatzanspruch, insoweit selbiger von der vorigen Instanz nicht beachtet worden ist und einer besseren Begründung fähig sein sollte, mittels Klage besonders an- und auszuführen.

Der solchergestalt eintretenden Bestätigung des vorigen Erkenntnisses ungeachtet, mußten jedoch, da dieses auf einer theilweisen Abänderung der erstinstanzlichen Entscheidung beruht, auch die in gegenwärtiger Instanz erwachsenen Kosten unter den Parteien gegen einander aufgehoben werden."

Miscellen.

Ernennungen, Anstellungen rc. Seine Majestät der König haben allergnädigst geruht, den zeitherigen Auditeur zweiter Classe Friedrich Theodor Girardet zum Regierungsrathe bei der Kreisdirection zu Zwickau zu ernennen.

Seine Königliche Majestät haben dem Kirchen- und Schulrathe bei der Kreisdirection zu Zwickau, Dr. Gotthilf Ferdinand Döhner, das Prädicat eines Geheimen Kirchen- und Schulraths taxfrei zu verleihen geruht.

Immatriculation von Advocaten. Vom Justizministerium sind die Rechtscandidaten Herr Carl Ferdinand Schmidt und Herr August Ernst Richter, beide in Leipzig, zu Advocaten ernannt und als solche verpflichtet worden.

Vom Justizministerium sind die Rechtscandidaten Herr Dr. Walter Julius Gensel in Leipzig und Herr Rudolph Edmund Schmidt in Oelsnitz zu Advocaten ernannt und als solche verpflichtet worden.

Redacteur: Dr. Theodor Tauchnitz. Officin der Verlagshandlung.

Von diesem Wochenblatte erscheinen jährlich 64 Nummern zu 1 Quartbogen und außerdem am Jahresschlusse ein ausführliches Register.

Wochenblatt

für

merkwürdige Rechtsfälle,

in actenmäßigen Darstellungen

aus dem Gebiete der Justizpflege und Verwaltung

zunächst für das

Königreich Sachsen.

Alle Postämter u. Buchhandlungen übernehmen Bestellungen und liefern das Quartal zu dem praenumerando zu entrichtenden Preise von 1 Thaler.

Verlag von Bernhard Tauchnitz in Leipzig.

№ 18. Neue Folge Zwölfter Jahrgang. 1864.

29.

Ist der der Klägerin rechtskräftig zuerkannte Eid, daß Beklagter sich innerhalb eines bestimmten Zeitraums mit ihr fleischlich vermischt habe, für versäumt zu achten, wenn Klägerin diesen Eid mit specieller Angabe des Tages, an welchem der Beischlaf stattgefunden, geleistet hat, und später die Unwahrheit dieser Angabe festgestellt wird?

Mitgetheilt von
Herrn Dr. R. in L.

Der im Nachstehenden mitgetheilte Rechtsfall, der, wenn nicht schon in Bezug auf die Rechtsfrage selbst, so doch wegen der ihm zu Grunde liegenden Thatsachen von größerem Interesse sein dürfte, möge aus diesem Grunde, und weil er von Neuem den Beweis liefert, mit wie großer Vorsicht der Richter bei Eidesabnahmen zu verfahren hat, eine wohlgeneigte Aufnahme bei den Lesern dieses Wochenblatts finden.

In einer vor dem vormaligen Königl. Stadtgericht L. anhängigen Do- und Alimentationssache wurde die Verurtheilung des Beklagten zur Gewährung von Alimenten von der Leistung eines der Klägerin K. rechtskräftig zuerkannten Relatums, welches dahin lautete, „daß Beklagter innerhalb des Zeitraums vom 21. April bis 20. August 1851 mit ihr sich fleischlich vermischt habe", abhängig gemacht.

Behufs der Abnahme dieses Eides wurde das Königl. Gerichtsamt M. requirirt und leistete Klägerin in dem am 12. November 1857 angestandenen Schwörungstermine obigen Eid, jedoch unter Hinzufügung der Worte „und zwar am 1. Juni 1851", ohne daß aus dem diesfallsigen, über die Eidesabnahme aufgenommenen Protokolle der Grund ersehen werden könnte, aus welchem diese Worte in die Eidesformel aufgenommen worden sind.

Hierauf Bezug nehmend, reichte der Beklagte P., der zur Zeit, als er mit der Klägerin concumbirt hatte, Soldat gewesen war, mittelst Schreibens vom 12. December 1857 ein von dem betreffenden Commando ihm ausgestelltes Zeugniß des Inhalts beim Proceßgericht ein, daß er laut der Commandirliste vom Jahre 1851 von Anfang Januar bis zum 27. Juni 1851 ununterbrochen in der Garnison L. Dienste geleistet habe, insbesondere den 1. Juni letztgedachten Jahres in der Garnison L. auf Piket commandirt gewesen und erst am 27. desselben Monats auf Forstschutz nach dem M—berger Revier, woselbst er den Beischlaf mit der Klägerin ausgeübt haben sollte, commandirt worden und abgegangen sei. Da — bemerkte Beklagter — er sich hiernach nicht am 1. Juni 1851 auf dem M—berger Revier mit der Klägerin fleischlich abgegeben haben könne, indem er sich zu dieser Zeit an einem ganz anderen Orte befunden, so habe letztere falsch geschworen. Er bitte nunmehr um Beanstandung des inzwischen eingeleiteten Hülfsverfahrens und beantrage, daß die Acten Behufs der Einleitung der Untersuchung gegen die K. wegen Meineids an die competente Behörde abgegeben werden möchten.

Die Königl. Staatsanwaltschaft zu A. stellte auch gegen die K. Erörterungen an, die zu dem Resultate führten, daß die unmittelbare Vorladung der Angeschuldigten zur Hauptverhandlung erfolgen sollte. Die Untersuchung wurde jedoch auf ein von der K. inzwischen eingereichtes Abolitionsgesuch, noch vor dem erfolgten Antrage der Königl. Staatsanwaltschaft auf unmittelbare Vorladung niedergeschlagen.

Auf Antrag der K. wurde nunmehr das Hülfsverfahren gegen P., den Beklagten, abermals eingeleitet, auch wurden verschiedene Beträge von demselben executivisch beigetrieben, bis er im Jahre 1862 unter Hinweis darauf, daß die Klägerin einen Meineid geschworen habe, der ferneren Einziehung der Alimente widersprach und beantragte, daß über die Wirkung des von der Klägerin geständlich geleisteten Falscheides erkannt werde. Es wurde demnächst auch ein Inrotulationstermin anberaumt und von dem Königl. Bezirksgericht zu L. in einem am 20. October 1862 publicirten Erkenntnisse folgender Maaßen erkannt:

„Daß Klägerin für verbunden zu achten, statt des fol. — in den ihr rechtskräftig zuerkannten Eid eingeschalteten bestimmten Tages — des 1. Juni 1851 — einen andern in den Zeitraum vom 21. April bis 20. August 1851 fallenden Tag als denjenigen zu bezeichnen, an welchem sie sich mit dem Beklagten fleischlich vermischt habe.

Würde sodann Klägerin,

> daß sie an dem von ihr zu bezeichnenden, in den Zeitraum vom 21. April bis 20. August 1851 fallenden Tage den außerehelichen Beischlaf mit dem Beklagten vollzogen habe,

eidlich erhärten, so hat es bei den Entscheidungen fol. — jct. fol. — und bei dem zeitherigen Hülfsverfahren sein Bewenden, es ist aber die Klägerin die von fol. — an erwachsenen Proceßkosten, soweit nicht darüber fol. — bereits entschieden, dem Beklagten zu erstatten schuldig.

Entscheidungsgründe:

Nach den Entscheidungen fol. — jct. fol. — war die klagbar gemachte Verbindlichkeit des Beklagten von Leistung des fol. — geförmelten, der Klägerin referirten Eides abhängig gemacht worden, und die Klägerin hat diesen Eid nach fol. — nebst den fol. — und — unter II. und III. geförmelten Eiden am 14. November 1857 geleistet, den ersten jedoch nach fol. — unter Hinzufügung der in dem Bescheide fol. — nicht enthaltenen Worte: „und zwar am 1. Juni 1851". In Folge dieser geleisteten Eide ist fol. — gegen den Beklagten das Hülfsverfahren beantragt, von diesem aber fol. — mit Beziehung auf das Zeugniß fol. — widersprochen und die Abgabe der Acten an die Königl. Staatsanwaltschaft zu A., behufs des gegen die Klägerin wegen eines bei Leistung der obigen Eide sich zu Schulden gebrachten Meineides einzuleitenden Strafverfahrens, verlangt, auch diesem Verlangen fol. — entsprochen, nach fol. — aber anbefohlen worden, daß mit weiterem Verfahren gegen die Klägerin wegen angeschuldigten Meineides angestanden werde.

Nach Bl. — hat nun die Klägerin ihren früheren Antrag erneuert, und es sind fol. — jct. fol. — executivische Maaßregeln gegen den Beklagten verfügt worden, die auch die Zahlungen fol. — und — zur Folge gehabt haben.

Neuerlich hat aber der Beklagte, wegen der bei der Eidesleistung fol. — von der Klägerin eingeschalteten Worte, durch welche Einschaltung, seiner Ansicht nach, der ganze frühere Proceßstand verändert worden, eine anderweite Entscheidung beantragt, und fol. — ist angeordnet worden, daß über die Wirkung, welche die Auslassung der Klägerin fol. —, es sei bei Einschaltung des Zusatzes: „und zwar am 1. Juni 1851" ein Irrthum untergelaufen, auf die Verbindlichkeit des Beklagten zu Gewährung der klagbar gemachten Alimente nebst Dotation habe, anderweit entschieden werde. Diese Entscheidung hat man, aus nachstehenden Gründen, wie vorstehend geschehen, ertheilen zu müssen geglaubt:

Zuvörderst ist zu bemerken, daß durch die Einschaltung der fol. — zu lesenden Worte an sich, zusammengehalten mit dem Zeugnisse fol. —, in civilrechtlicher Beziehung die Entscheidungen fol. — und — nicht alterirt worden sind, und daß daher das von fol. — an gegen den Beklagten eingeleitete Hülfsverfahren, so lange weitere Erklärungen, als die fol. — gedachte Einschaltung, von Seiten der Klägerin nicht zu den Acten gekommen, als vollständig gerechtfertigt hat angesehen werden müssen; denn da in dem zuerkannten und geschwornen Eide des Ortes, wo die fleischliche Vermischung stattgefunden, eben so wenig Erwähnung geschehen, als die Klage eine bestimmte Behauptung über den Ort enthält, so war durch den fol. — nachgewiesenen Umstand, daß der Beklagte am 1. Juni 1851 in L. sich aufgehalten, die Möglichkeit nicht ausgeschlossen, daß am 1. Juni 1851 ein Beischlaf zwischen der Klägerin und dem Beklagten stattgefunden habe, vielmehr mußte der Proceßrichter die beschworne Thatsache sammt der Einschaltung so lange für wahr annehmen, als nicht das Gegentheil dargethan war.

Anders hat sich aber die fragliche Einschaltung gestaltet, nachdem die Klägerin fol. — erklärt hat, es wäre bei dem Zusatze der Worte: „und zwar am 1. Juni 1851" ein Irrthum eingelaufen; denn nunmehr bezeichnet die Klägerin diesen Zusatz als unrichtig und die Behauptung einer am 1. Juni 1851 stattgefundenen fleischlichen Vermischung als unwahr, ohne jedoch anzugeben, worin der fragliche Irrthum bestanden habe, und es entsteht die Frage:

> ob die Klägerin nunmehr des von ihr zu schwörenden gewesenen Eides für verlustig zu achten, oder ob der Stand der Sache ein anderer sei.

Der zuerkannte Eid umfaßte den ganzen Zeitraum vom 21. April bis 20. August 1851, und auf diesen Zeitraum erstreckte sich auch der von der Klägerin geleistete Eid, sie hat aber durch ihre willkürliche Einschaltung zugleich einen bestimmten, in diesen Zeitraum fallenden Tag eidlich erhärtet. Wenn sie nun schon diesen Tag, als auf einer irrigen Angabe beruhend, jetzt bezeichnet und mithin dieser Theil des Eides als nicht geschworen betrachtet werden muß, so kann doch die Klägerin des im Uebrigen geleisteten Eides nicht für verlustig geachtet werden, denn die Unwahrheit des Zusatzes schließt die Wahrheit des übrigen Theiles des geschwornen Eides nicht aus, und das Präjudiz der Ladung kann gegen die Klägerin nicht als eingetreten angenommen werden, weil sie den zuerkannten Eid mit geschworen hat. Demohngeachtet konnte es bei dem von der Klägerin geschwornen Eide allein sein Bewenden nicht haben, denn da sie durch die fragliche Einschaltung den Eid willkürlich abgeändert hat, jetzt aber die Abänderung für eine irrthümliche erklärt, so ist sie nicht nur verbunden, diesen Irrthum darzuthun, sondern auch den Eid in der einmal von ihr gewählten größern Bestimmtheit — mit Angabe eines gewissen Tages — zu schwören; ersteres kann sie nur dadurch, daß sie den Tag, den sie bei der Eidesleistung fol. — hat bezeichnen wollen und der selbstverständlich in den fraglichen Zeitraum fallen muß, eidlich anzeigt, letzteres aber thut sie zugleich durch diese eidliche Anzeige, ohne daß es eines nochmaligen Eides über den ganzen Zeitraum bedarf.

Daß die Klägerin zur Erstattung der durch gegenwärtige Irrung erwachsenen Kosten verbunden ist, folgt daraus, daß sie dieselbe durch die willkürliche Abänderung des früher erkannten Eides herbeigeführt hat."

Beide Parteien appellirten, und es erkannte das Königl. Appellationsgericht zu Leipzig in dem am 15. September 1863 publicirten Erkenntnisse, wie folgt:

„Dieweil hiernächst, die Hauptsache anlangend, für die Entscheidung über die einberichteten Rechtsmittel folgende Erwägungen als maaßgebend zu betrachten gewesen sind,

1.

daß durch die nach Bl. — mit der willkürlichen Einschaltung der Worte: „und zwar am 1. Juni 1851" erfolgte Leistung des Bl. — geförmelten Relati, wäre selbige der Wahrheit entsprechend bewirkt worden, der Sache nach lediglich die Behauptung in rechtliche Gewißheit gesetzt worden sein würde, daß die Klägerin mit dem Beklagten am 1. Juni 1851 sich fleischlich vermischt habe, da der Eid nach der Fassung, die ihm durch jene Einschaltung gegeben worden, zwei Sätze enthält, einen für die Entscheidung relevanten und des Beweises bedürftigen, den Satz, daß am 1. Juni 1851 der Beischlaf von der Klägerin und dem Beklagten vollzogen worden sei, und einen zweiten, des Beweises nicht bedürftigen, den Satz, daß der 1. Juni 1851 ein Tag sei, welcher in den Zeitraum vom 21. April bis 20. August 1851 falle;

2.

daß die Leistung des sub 1. seiner Bedeutung nach näher bezeichneten Eides um deswillen für wirkungslos zu achten ist, weil die Klägerin im Laufe des Hülfsverfahrens Bl. — und Bl. — nachträglich zugestanden hat, die Einschaltung der Worte: „und zwar am 1. Juni 1851" beruhe auf einem Irrthume, am 1. Juni 1851 habe eine fleischliche Vermischung des Beklagten mit ihr in Wahrheit nicht stattgefunden;

3.

daß nach der in dem Bescheide Bl. — für das in Frage befangene Relatum gewählten Fassung der Klägerin zwar das Recht zugesprochen worden ist, eidlich zu versichern, sie habe an einem anderen, oder an mehreren anderen, dem Zeitraume vom 21. April bis 20. August 1851 angehörigen Tagen, als an dem 1. Juni 1851, den Beischlaf mit dem Beklagten vollzogen, die Füglichkeit jedoch, dieselbe dermalen noch unter Berücksichtigung des sub 2. gedachten Geständnisses zu der Ableistung eines dahin zu förmelnden Eides:

> daß der Beklagte innerhalb der Zeit vom 21. April bis 31. Mai 1851 und vom 2. Juni bis 20. August 1851 sich mit ihr fleischlich vermischt habe,

schon durch die Erwägung ausgeschlossen erscheint, daß, wie sich aus dem in Folge der Anordnung Bl. — herbeigezogenen, von dem nach Bl. — und — zu der Eidesabnahme requirirt gewesenen Gerichtsamte zu M. über die Requisitionserledigung gehaltenen Actenfascikel sub I. no. 2040. Bl. — ergiebt, die Klägerin zu Ableistung des ihr Bl. — der Hauptacten zuerkannten Relati dessen Gesammtumfange nach legal und unter dem Präjudize der Eidesversäumniß vorgeladen worden ist, dadurch aber, daß sie in dem Schwörungstermine den Eid in diesem Umfange nicht geleistet, vielmehr sich darauf beschränkt hat, eidlich zu erhärten, sie habe an einem einzelnen, in die Conceptionszeit fallenden Tage, dem 1. Juni 1851, mit dem Beklagten concumbirt, des Rechtes, das ihr verstattete Relatum in Betreff etwaiger anderer, der Zeit vom 21. April bis 31. Mai und vom 2. Juni bis 20. August 1851 angehöriger Acte fleischlicher Vereinigung schwören zu dürfen, verlustig gegangen, und für den Beklagten ein jus quaesitum begründet worden ist, die richterliche Realisirung des in der Ladung zum Schwörungstermine angedrohten Rechtsnachtheils zu verlangen;

4.

daß die rechtliche Folge des sub 2. und 3. gedachten Ergebnisses der Unwirksamkeit, beziehentlich der Versäumniß der Eidesleistung darin besteht, daß die der Klage zu Grunde liegende Behauptung,

der Beklagte habe innerhalb der Conceptionszeit — in der Zeit vom 21. April bis 20. August 1851 — den Beischlaf mit der Klägerin ausgeübt,

als unerwiesen, und das Gegentheil als die zwischen den Parteien feststehende formelle Wahrheit anzusehen ist, und demgemäß der Beklagte ein Recht auf ein dahin lautendes Erkenntniß erlangt hat, daß er nunmehr von der erhobenen Klage unbedingt zu entbinden, und ihm die Klägerin die sämmtlichen, von Bl. — bis Bl. — aufgelaufenen restitutionsfähigen Kosten, mit Einschlusse der durch den wirkungslos gewordenen Schwörungstermin veranlaßten und der in der Entscheidung zweiter Instanz Bl. — compensirten Kosten zu erstatten schuldig sei, wobei noch besonders hervorgehoben werden mag, daß

a) die Absolutoria, des Zugeständnisses des Beklagten Bl. — und der erfolgten Ableistung des Bl. — sub — geförmelten delati ungeachtet, auch auf den Dotationsanspruch sich zu erstrecken hat, weil durch Herstellung formeller Gewißheit darüber, daß innerhalb der Conceptionszeit eine fleischliche Vermischung zwischen den Parteien nicht stattgefunden hat, in Verbindung mit dem Bl. — eingeräumten und Bl. — durch Taufzeugniß nachgewiesenen Umstande, daß die Klägerin am 21. Februar 1852 von einem Kinde außer der Ehe entbunden worden, die exceptio congressus cum pluribus in Liquidität gesetzt worden ist, und

b) die in der Entscheidung des Königl. Appellationsgerichts Bl. — compensirten Kosten des Rechtsmittels von der Verpflichtung zu der Kostenrestitution nicht auszunehmen gewesen sind, weil die Voraussetzung der Eidesleistung, welche die Einwendung der Appellation Bl. — und die darauf erfolgte reformatorische Entscheidung zweiter Instanz veranlaßt hat, nicht eingetreten ist, und es weder der nurerwähnten Berufung, noch der nurgedachten zweitinstanzlichen Entscheidung bedurft hätte, wenn bereits zu der Zeit, zu welcher jene eingelegt und diese ertheilt wurde, der nunmehr veränderte Sachstand eingetreten wäre, und Gewißheit darüber vorgelegen hätte, daß die durch das Relatum der Klägerin zu verificirende Thatsache unerwiesen bleiben werde (zu vergl. die Verordnung vom 6. November 1840., Ges.-Samml. v. J. 1840. p. 335.);

5.

daß zwar der auf Aufhebung der Bl. — in vim executionis verfügten Gehaltsverkümmerung gerichtete Antrag des Beklagten Bl. —, wie sich aus dem Vorstehenden von selbst ergiebt, gerechtfertigt erscheint, dagegen auf das weitere Anverlangen des letzteren Bl. — und — jct. — und —, es möge

a) die Klägerin zu Restitution der sämmtlichen Beträge an Dotation und Alimenten, welche bisher im Wege der Execution von ihm eingetrieben, und an sie, die Klägerin, abgeliefert worden seien, sowie zu Herausgabe, beziehentlich zu Ersatze der durch das zeitherige, Bl. — gehemmte Executionsverfahren entstandenen, von ihm eingezogenen Kosten, nicht minder

b) eventuell, d. h. für den Fall des Unvermögens der Klägerin, das Gericht, welches den Schwörungstermin Bl. — abgehalten habe, zu den sub a. erwähnten Leistungen verurtheilt werden,

nicht einzugehen gewesen ist, da

ad a. das gegenwärtige Erkenntniß sich lediglich auf die Entscheidung über dasjenige Rechtsverhältniß, welches durch die erhobene Klage zu dem Gegenstande des Rechtsstreites gemacht worden, und über die durch diesen Rechtsstreit veranlaßten Kosten zu beschränken, nicht aber zugleich über Schädenansprüche zu entscheiden hat, die der Beklagte aus einem ganz anderen Verpflichtungsgrunde, nämlich daraus ableitet, daß die Klägerin die Rechtskraft des Bescheides Bl. — und die von ihr nach ihren späteren Zugeständnissen wider die Wahrheit bewirkte Eidesleistung Bl. — dazu benutzt hat, die Einleitung des Executionsverfahrens zu beantragen und auszuwirken und mit Hülfe des letzteren ihn, den Beklagten, zu Zahlungen zu nöthigen, mit denen er eine Nichtschuld berichtigt habe, dem Beklagten vielmehr überlassen bleiben muß, diese Schädenansprüche mit der condictio ob injustam causam, gegen welche der Klägerin das geordnete Gehör nicht versagt werden darf, auf dem ordentlichen Rechtswege und durch Anstellung förmlicher Klage zu verfolgen, während das Unstatthafte des

sub b. gedachten Anverlangens eines besonderen Nachweises nicht bedarf;

endlich

6.

daß die Disposition des vorigen Erkenntnisses Bl. —, die Klägerin habe dem Beklagten die durch die neuerliche Differenz von Bl. — an erwachsenen Kosten, soweit nicht darüber Bl. — entschieden worden, zu erstatten, sich durch die Erwägung rechtfertigt, daß diese Differenz und die Nothwendigkeit, dieselbe durch richterliches Erkenntniß zur Erledigung zu bringen, durch die Verschuldung der Klägerin veranlaßt worden ist, und nicht angenommen werden kann, daß der diesfallsige Kostenaufwand ein wesentlich geringerer gewesen sein würde, wenn es der Beklagte vermieden hätte, mit dem der Sache nach auf eine unbedingte Entbindung von der erhobenen Klage Bl. — und — gerichteten Gesuche den unzulässigen Antrag auf eine sofortige Verurtheilung der Klägerin zu Restitution derjenigen Beträge zu verbinden, die er in Folge des gegen ihn eingeleitet gewesenen Hülfsverfahrens berichtigt hat;

so ist es bei dem Bl. — zu lesenden, am 20. October 1862 publicirten Erkenntnisse mit alleiniger Ausnahme derjenigen Disposition, welche die Klägerin zu Erstattung der von Bl. — an aufgelaufenen Kosten, soweit nicht darüber bereits Bl. — entschieden worden, verurtheilt hat, und bei welcher es des zweiten Gravamens der Klägerin Bl. — ungeachtet bewendet, in theilweiser Berücksichtigung der von dem Beklagten Bl. — aufgestellten Beschwerden nicht zu lassen, sondern es hat bei den Erklärungen der Klägerin Bl. — und — sein Bewenden, und ist die nach Bl. — erfolgte Leistung des Bl. — sub I. ertendirten Eides für wirkungslos, das der Klägerin Bl. — zuerkannte Relatum aber, insoweit damit derselben verstattet worden, eidlich zu erhärten, daß sich der Beklagte mit ihr an einem dem Zeitraume vom 21. April bis mit 31. Mai 1851 und vom 2. Juni bis mit 20. August 1851 angehörigen Tage fleischlich vermischt habe, für versäumt zu achten, derowegen nunmehr der Beklagte von der Bl. — erhobenen Klage unbedingt zu entbinden und loszuzählen, auch ist ihm die Klägerin die von Bl. — bis mit Bl. — aufgelaufenen Kosten, mit Einschlusse der durch den Schwörungstermin Bl. — veranlaßten und der in der Entscheidung zweiter Instanz Bl. — compensirten Kosten, zu erstatten schuldig, als wodurch zugleich die erste Beschwerde der Klägerin Bl. — ihre Erledigung findet. Im Uebrigen ist dem Antrage des Beklagten auf Wiederaufhebung der Bl. — erlassenen Hülfsverfügung stattzugeben, und bleibt es demselben unbenommen, den Anspruch auf Condicirung der Zahlungen, die er in Folge des gegen ihn eingeleitet gewesenen, in Gemäßheit der Verordnung Bl. — sistirten Hülfsverfahrens an die Klägerin geleistet hat, so wie den Anspruch auf Restitution der durch dieses Hülfsverfahren verursachten Kosten, im geordneten Rechtswege auszuführen.

Die durch die einberichteten Rechtsmittel entstandenen Kosten werden unter den Parteien aufgehoben, da beide Theile remedirt haben, und die Berufung des Beklagten nicht ohne Erfolg geblieben ist."

Auch gegen dieses Erkenntniß appellirten die Parteien, und es erkannte das Königliche Oberappellationsgericht in dem am 29. Januar 1864 publicirten Erkenntnisse dritter Instanz:

„Anlangend die Hauptsache, so ist die Seiten des Beklagten eingewendete Berufung für unzulässig zu erachten.

Auf der Klägerin Appellation dagegen ist es, mit alleinigem Ausschlusse der Compensation der Kosten voriger Instanz, bei welcher es sein Verbleiben hat, bei dem gedachten Erkenntnisse ebensowenig, wie so allenthalben bei der Entscheidung Bl. — zu lassen; es ist vielmehr Klägerin den ihr Bl. — auferlegten, referirten Eid immer noch, jedoch nunmehr in der Maaße,

> daß Beklagter innerhalb des Zeitraums vom 28. Juni bis zum 20. August 1851 an einem von ihr näher zu bezeichnenden Tage mit ihr fleischlich sich vermischt habe,

abzuleisten ebenso befugt, wie andererseits verbunden.

Würde nun Klägerin nurgedachten Eid schwören, so hat es zwar bei dem, was Bl. — verbunden mit Bl. — flg. für den Fall der Ableistung dieses und des an letztgedachter Actenstelle zu lesenden zweiten Eides in Ansehung der Hauptsache, wie wegen der Proceßkosten erkannt worden ist, nicht minder bei dem nach Bl. — bereits eingeleiteten Vollstreckungsverfahren sein Bewenden, es sind jedoch solchenfalls sämmtliche von Bl. — an bis Bl. — erwachsenen Proceßkosten, einschließlich der durch die Requisition Bl. — flg. und durch den vor dem Gerichtsamte M. abgehaltenen Schwörungstermin aufgelaufenen, zwischen den Parteien zu compensiren, wogegen die von Bl. — an erwachsenen Kosten, insoweit darüber nicht bereits Bl. — rechtskräftig entschieden worden, Klägerin dem Beklagten zu erstatten verbunden ist.

Die Kosten gegenwärtiger Instanz werden compensirt.

Entscheidungsgründe:

Anstatt der Klägerin das derselben auferlegte Relatum in der Bl. — rechtskräftig erkannten Maaße dahin:

> daß Beklagter innerhalb des Zeitraums vom 21. April bis 20. August 1851 mit ihr, der Klägerin, sich fleischlich vermischt habe,

der Requisition gemäß abzunehmen, hat besage des Beilagefascikels sub — das Gerichtsamt M. sich veranlaßt gesehen, in dem abgehaltenen Schwörungstermine gedachten Eid durch die Hinzufügung der Worte:

„und zwar am 1. Juni 1851"

eigenmächtig abzuändern und somit auf einen einzigen Tag zu beschränken. Worauf diese Maaßregel beruht, ob dieselbe vielleicht durch eine Erklärung der Klägerin, wirklich nur einmal und zwar an dem oben hervorgehobenen Tage mit Beklagtem fleischlich sich eingelassen zu haben, veranlaßt worden ist, läßt sich aus dem Inhalte des über den Schwörungstermin abgehaltenen Protokolls vom 12. November 1857 nicht ersehen. Jedenfalls aber würde der mit Abhaltung des Termins betraute Actuar auch unter dieser Voraussetzung dazu, jene Worte der Eidesnotul so ohne Weiteres zu inseriren, schon darum nicht befugt gewesen sein, weil Klägerin, wenn sie auf einen an sie ergangenen Vorhalt auch nur auf den angegebenen einzigen Tag des Beischlafs sich zu beziehen vermocht hätte, vorausgesetzt, daß derselbe, wie dieses wirklich der Fall ist, in die im Eide ausgedrückte Conceptionsfrist fiel, den Eid immerhin noch ganz so, wie derselbe erkannt war, leisten konnte. Die im Widerspruche mit der rechtskräftigen Entscheidung Seiten des Gerichts beliebte Beschränkung der Eidesformel auf einen bestimmten Tag enthält daher augenscheinlich einen ungerechtfertigten Eingriff in die Parteirechte zum Nachtheile der Klägerin, wie dieses der spätere Verlauf der Sache deutlich an die Hand giebt.

Wie nämlich durch das Bl. — der vor dem Gerichtsamte W. ergangenen Beilageacten sub Rep. — im Originale ersichtliche amtliche Zeugniß für constatirt erachtet werden muß, daß am 1. Juni 1851 Beklagter auf dem M—berger Revier mit der Klägerin den Beischlaf nicht vollzogen haben kann, weil er an diesem Tage in seiner Garnison L. sich befunden und Dienste geleistet hat, und erst am 27. Juni von dort auf Commando zum Forstschutze nach M. abgegangen ist, so hat auch Klägerin später nach Bl. — und Bl. —, ingleichen neuerlich Bl. — zugegeben, wie sie bei Ableistung des Eides insofern sich geirrt, als sie in der That am 1. Juni 1851 mit dem Beklagten nicht concumbirt habe, wohl aber, wie sie fortwährend behauptet, solches zu späterer, immer noch in die Conceptionsfrist fallender Zeit geschehen sei.

Ob und wieweit Klägerin durch eidliche Erhärtung einer Thatsache, die sie jetzt als eine wahrheitswidrige selbst bezeichnet, einen leichtsinnigen Falscheid geschworen hat oder nicht, kann, so wie die Sache liegt, zumal ihr nach Bl. — Abolition zu Theil geworden ist, dahingestellt bleiben. Denn soviel wenigstens beruht außer Zweifel, daß der Eid, welcher nach ihrem eigenen Geständnisse ein wahrheitswidriger gewesen ist, rechtliche Wirkung für den Proceß nicht haben kann. Klägerin geht daher auch offenbar viel zu weit, wenn sie nach Bl. —, unter der Versicherung, wie sie durch das Gericht selbst in jenen Irrthum versetzt worden sei, verlangt, daß es bei der Eidesleistung zu bewenden habe und alle diejenigen Folgen ohne Weiteres zu ihren Gunsten eintreten müßten, welche an die Ableistung nurgedachten Eides und des an zweiter Stelle erkannten delati, welches von ihr im Schwörungstermin in der erkannten Maaße geschworen worden ist, in den Erkenntnissen Bl. — flg., verbunden mit Bl. — flg. geknüpft worden sind — ganz abgesehen davon, daß ihr insoweit bereits Rechtskraft entgegensteht, da sie, weil der Gegenstand des Processes die appellable Summe nicht übersteigt, eine derartige Abänderung des vorigen Erkenntnisses zu ihren Gunsten über die Entscheidung erster Instanz Bl. — flg. hinaus nach Maaßgabe §. 18. des Gesetzes sub B., die höheren Justizbehörden rc. betreffend, vom 28. Januar 1835 nicht einmal verlangen könnte.

Eine andere Frage aber — und diese ist es allein, welche gegenwärtig noch zur Entscheidung vorliegt — ist die, ob Klägerin nunmehr jenes Eides ohne Weiteres für verlustig und somit als sachfällig erachtet werden könne. Diese Frage hat das Oberappellationsgericht, im Gegensatze zu der Auffassung der vorigen Instanz, um so unbedenklicher verneinen müssen, je weniger Man sich mit der in den Entscheidungsgründen Bl. — näher entwickelten Ansicht zu conformiren vermocht hat, als ob Klägerin, weil sie den fraglichen Eid unter der von dem Gerichte eigenmächtig gewählten Beschränkung geschworen, an Ableistung desselben in seiner ursprünglich erkannten Allgemeinheit sich versäumt habe. Denn wenn auch der Klägerin, zumal ihr in dem Schwörungstermine ein Sachwalter zur Seite gestanden hat, die Füglichkeit nicht gefehlt hat, der von dem Gerichte beliebten Eidesbeschränkung entgegenzutreten, so läßt sich doch darin, daß sie dies unterlassen hat, noch keineswegs eine Verzichtleistung auf das Recht, den Eid in dem rechtskräftig erkannten weiteren Umfange zu schwören, finden, noch viel weniger aber in Betreff einer Eidesleistung, welche von dem Gerichte ihr gar nicht angesonnen worden ist, ihr mit Grunde der Vorwurf des Ungehorsams machen. Deshalb würde Man auch jetzt noch kein Bedenken gefunden haben, die Klägerin zu dem erkannten Eide, wenn auch selbstverständlich mit der Beschränkung, welche durch den Inhalt des oben erwähnten amtlichen Zeugnisses und beziehentlich durch die neuerlichen Geständnisse der Klägerin in Ansehung der einschlagenden Zeitperiode bedingt wird, immer noch zuzulassen, wenn nicht bereits nach dem Inhalte des ersten Erkenntnisses Bl. —, über welches hinaus

aus den schon oben angegebenen Gründen eine Abänderung zu Gunsten der Klägerin nicht mehr möglich ist, so viel bereits rechtskräftig wider dieselbe entschieden wäre, daß sie vor der Eidesleistung den Tag, an welchem sie innerhalb der einschlagenden Zeitperiode den Beischlaf mit dem Beklagten ausgeübt, zuvörderst noch bezeichnen und auf ihn den Eid sodann richten muß. Insoweit war daher auf jene Entscheidung zurückzugehen, wobei man, um künftigen Mißverständnissen im Voraus zu begegnen, nur noch hervorheben will, wie es selbstverständlich nicht gerade der Angabe eines speciellen Kalendertages bedarf, es vielmehr genügt, wenn Klägerin den Tag des Beischlafs nur sonst wie auf eine erkennbare Weise bezeichnet.

Wie es hiernächst — unter der Voraussetzung, wenn Klägerin sothanen Eid in der nunmehrigen Fassung schwören sollte — bei dem bereits eingeleiteten Hülfsverfahren wider den Beklagten zwar bewendet, so erscheint dagegen, da dasselbe an sich als verfrüht angesehen werden muß, die Compensation der dadurch veranlaßten Kosten nur als billig. Dasselbe gilt von den Kosten des vorigen Schwörungstermins, welcher insofern als Klägerin in demselben mindestens das Bl. — unter II. normirte delatum (eine Exception betreffend) in der erkannten Maaße geschworen, wenigstens nicht ganz bedeutungslos für das Parteiverhältniß angesehen werden kann, als weshalb man von einer Uebertragung der betreffenden Kosten Gerichtswegen hat absehen können. Dahingegen bewendet es dabei, daß Klägerin die Kosten der Differenz, welche dieselbe durch ihr Verhalten allerdings veranlaßt hat, dem Gegner zu erstatten hat, eben so wie bei der Vergleichung der Kosten voriger Instanz, inmaaßen das von Seiten des Beklagten gegen diesen Punkt allein eingewendete Rechtsmittel nach §. 18. des obangezogenen Gesetzes sub B., verbunden mit §. 1. sub b. des Gesetzes vom 13. Januar 1838 als unzulässig anzusehen war.

Die Kosten jetziger Instanz endlich waren schon wegen des Wechsels der Entscheidungen zu compensiren."

30.

Ist der Vormundschaftsrichter berechtigt, Außenstände des Minorennen unmittelbar und ohne Concurrenz des Vormundes zum Depositum zu übernehmen, und hat eine solche Uebernahme liberirende Wirkung für den zahlenden Schuldner?

Mitgetheilt von

Herrn W. in M.

In einer vor dem Gerichtsamte B. anhängigen Widerklagsache hat sich das Königliche Oberappellationsgericht mittelst Erkenntnisses vom Monat Januar 1864 über obige Frage conform mit der ersten Instanz und gegen die Ansicht des Königlichen Appellationsgerichts zu Leipzig folgendermaaßen ausgesprochen:

„Es ist allerdings richtig, daß der Vormund der gesetzliche Vertreter des Unmündigen und in dieser Eigenschaft nach der Vormundschaftsordnung vom 10. October 1782 zunächst dazu berufen ist, das Vermögen des Unmündigen zu verwalten und die hierauf bezüglichen ge- und außergerichtlichen Geschäfte zu besorgen. Allein nach den speciellen Vorschriften desselben Gesetzes über die Art und Weise, wie diese Vermögensverwaltung unter fortwährender Concurrenz der obervormundschaftlichen Behörde zu erfolgen hat, und da der Vormund in allen wichtigeren Angelegenheiten an die Zustimmung und beziehentlich Anweisung des Vormundschaftsrichters verwiesen wird, ist die Stellung des Vormundes bei den an diese Zustimmung gebundenen Geschäften mehr die eines ausführenden Organes für den Richter, als die eines selbstständigen Vertreters, und es läßt sich bei dergleichen Geschäften nicht annehmen, daß die Thätigkeit der Vormundschaftsbehörde auf die bloße Prüfung und die Genehmigung oder Ablehnung der vom Vormunde beschlossenen oder beantragten Maaßregeln beschränkt sei. So wird namentlich in Ansehung der zum Vermögen eines Unmündigen gehörenden baaren Gelder der Vormundschaftsrichter Cap. XV. §. 8. der Vormundschaftsordnung ausdrücklich darauf angewiesen, auch selbst für die sichere Unterbringung und nutzbare Anlegung solcher Gelder besorgt zu sein. Nicht minder soll, §. 11. ibid., der Vormund außenstehende Capitalien seines Mündels nicht ohne Vorbewußt des Richters kündigen, namentlich aber sind die Befugnisse des Vormundes in Bezug auf die Einhebung ausgeliehener Capitalien und die

Ertheilung liberirender Quittung an die Schuldner des Minorennen in §. 12. dergestalt limitirt, daß derselbe über ausgeliehene Capitalposten, welche die Summe von 100 Thlrn. —, —, übersteigen, eine gültige und liberirende Quittung ohne die unmittelbare Mitwirkung des Vormundschaftsrichters gar nicht ausstellen kann. Wollte man nun auch die Worte der Vormundschaftsordnung Cap. XV. §. 12.: „der Schuldner muß von dem Vormunde gerichtlich, und zwar von dem Richter, der die Rechnung abnimmt", quittirt werden, — nicht auf eine von dem Vormundschaftsrichter selbst, sondern auf eine vor diesem Richter ertheilte Quittung beziehen, so ergiebt sich doch sowohl aus dieser, als der nachfolgenden Bestimmung: „oder von letzterem, daß die Bezahlung mit seinem Vorbewußt geschehen, unter die Quittung attestirt werden", daß nach dem Sinne und Zwecke dieser Disposition, der Vormundschaftsrichter die Hauptperson bei dergleichen Quittungen sein soll. Bei diesem überwiegenden Einfluß des Richters und der dem Vormunde selbst angewiesenen, ganz untergeordneten Stellung ist nach der Meinung des Königlichen Oberappellationsgerichts eine an den Vormundschaftsrichter selbst zum gerichtlichen Deposito geleistete und von diesem angenommene Zahlung eben so geeignet, den Schuldner zu liberiren, als eine im Beisein des Richters an den Vormund bewirkte, und es bedarf zur Gültigkeit der an den ersteren geleisteten Zahlung um so weniger der persönlichen Concurrenz und Genehmigung des Vormundes, als dieser nach der Vormundschaftsordnung selbst §. 12. und 7. Cap. XV. die von ihm vereinnahmten Gelder nicht blos sofort in Rechnung zu bringen, sondern auch nach Ermessen und auf Anweisung des Richters zum Depositum abliefern muß. Wenn übrigens dem Vormunde in §. 12. cit. nachgelassen ist, ausgeliehene Capitalien bis mit 100 Thlrn. —, —, ohne besondere Ermächtigung zu erheben und zu quittiren, so folgt hieraus noch nicht, daß die Erhebung und Quittung in diesem Falle ausschließlich durch den Vormund erfolgen müßte; vielmehr kann der Vormundschaftsrichter von der ihm rücksichtlich größerer Beträge zustehenden Ermächtigung, die Zahlung zum Depositum zu fordern und anzunehmen, auch bei kleineren Summen Gebrauch machen. In dieser Erwägung kommt auch im vorliegenden Falle nichts darauf an, daß die eingezahlten 200 Thlr. —, —, mehreren Unmündigen gehörten, von denen keiner einen die Summe von 100 Thlrn. —, —, übersteigenden Antheil daran hatte, es braucht also auch nicht untersucht zu werden, ob in dergleichen Fällen bei einer dem Vormunde ohne richterliche Concurrenz gestatteten Einziehung die den mehreren Minorennen zukommenden Einzelnbeträge, oder nicht vielmehr der Gesammtbetrag des gleichzeitig für alle Erhobenen maaßgebend sei."

Miscellen.

Anzeige neu ergangener Gesetze und Verordnungen. Das 2. Stück des Gesetz- und Verordnungsblattes für das Königreich Sachsen (vom Jahre 1864) enthält: No. 10. Decret wegen Bestätigung eines Nachtrags zu den Statuten des Zwickau-Lugauer Steinkohlenbauvereins, vom 14. Januar 1864. No. 11. Bekanntmachung zu Ausführung der wegen der Aufhebung des Parochialzwangs in Bezug auf Stolgebühren in den gemischten Parochien des Markgrafthums Oberlausitz ergangenen Allerhöchsten Verordnung vom 15. Juli 1863, sowie eine theilweise Abänderung der vom Apostolischen Vicariat unterm 17. August 1855 bekannt gemachten Einpfarrung katholischer Confessionsverwandten betreffend, vom 26. Januar 1864. No. 12. Gesetz, die Dauer der Schutzfrist für gewisse Werke der Literatur und Kunst gegen unbefugte Nachbildung betreffend, vom 30. Januar 1864. No. 13. Decret wegen Bestätigung eines Nachtrags zu den Statuten des Steinkohlenbauvereins Gottes Segen zu Lugau, vom 8. Februar 1864. No. 14. Gesetz zu Abänderung und Erläuterung einiger Bestimmungen des Gesetzes über die Berichtigung von Wasserläufen rc. vom 15. August 1855, vom 9. Februar 1864. No. 15. Decret wegen Bestätigung der Statuten des Vorschuß- und Consumvereins zu Jahnsdorf, vom 20. Januar 1864. — Letzte Absendung: am 25. Februar 1864.

Todesfälle. Gestorben: am 29. Februar 1864 der Commissionsrath Julius Moritz Vogel in Dresden.

Redacteur: Dr. Theodor Tauchnitz. Officin der Verlagshandlung.

Wochenblatt

für

merkwürdige Rechtsfälle,

in actenmäßigen Darstellungen

aus dem Gebiete der Justizpflege und Verwaltung

zunächst für das

Königreich Sachsen.

Von diesem Wochenblatte erscheinen jährlich 64 Nummern zu 1 Quartbogen und außerdem am Jahresschlusse ein ausführliches Register.

Alle Postämter u. Buchhandlungen übernehmen Bestellungen und liefern das Quartal zu dem praenumerando zu entrichtenden Preise von 1 Thaler.

Verlag von Bernhard Tauchnitz in Leipzig.

№ 19. Neue Folge Zwölfter Jahrgang. 1864.

31.

Die Rechtsnachfolger eines verstorbenen socius sind verbunden, die Verwendung der dem Verstorbenen antheilig zugehörigen Gesellschaftsvermögensstücke zum Behuf der Deckung von Gesellschaftsschulden als für sie bindend anzuerkennen. — Unter welcher Voraussetzung ist die Befriedigung eines Gläubigers Seiten des materiell insolventen Schuldners als Gratification zu betrachten? — Ueber die traditio longa manu, traditio symbolica und das constitutum possessorium.

Mitgetheilt von

Herrn S. in D.

In der bei dem Gerichtsamte zu P. im Monat Juli 1862 von S. gegen den Gütervertreter in dem zu dem Nachlasse des Kaufmanns K. und zu dem Vermögen des Kaufmanns Z. ausgebrochenen Creditwesen erhobenen Klage führt Kläger an, daß er am 10. Februar und 23. April 1862 die in dem Consignationsprotokolle in den K.-Z.'schen Concursacten, sowie in dem der Klage unter R. abschriftlich beigefügten Verzeichnisse sub nr. 436. bis mit 461. aufgeführten, nach der gerichtlichen Verwiegung zusammen 16,597 Pfund wiegende, gerichtlich auf 1580 Thlr. 15 Ngr. —- taxirte Quantität Papier als sein Eigenthum in Anspruch genommen, der Güter- und Rechtsvertreter des gedachten Creditwesens aber am 23. April 1862 die Anerkennung seines Eigenthumsrechtes an diesen Papieren und die Herausgabe derselben an ihn verweigert, er, Kläger, jedoch gegen die von ihm am 27. Mai und beziehentlich 4. Juni 1862 übernommene Verbindlichkeit, im Falle seines Unterliegens mit seinem Anspruche auf die gedachten Papiere, deren Taxwerth und Zinsen zu 5 Procent alljährlich davon auf die Zeit vom 24. April 1862 an zu bezahlen, ingleichen gegen die von ihm am 27. Mai 1862 deshalb bewirkte pfandweise Deposition der in der Klagbeifuge Q. verzeichneten Werthspapiere und Gelder bei dem Gerichtsamte P. mit Genehmigung des Concursvertreters von dem Concursgerichte die Ausantwortung der angegebenen Quantitäten Papier zugesichert erhalten habe.

Unter Eidesantrag über die zur Begründung seines Anspruchs in der Klage angeführten, in den Entscheidungsgründen zu den Erkenntnissen erster und zweiter Instanz wiedergegebenen speciellen Thatumstände fordert Kläger von dem Beklagten

1) Anerkennung seines Eigenthumsrechtes an den gedachten Quantitäten Papier, als eines von der gegen Deposition des Taxwerthes geschehenen Ueberlassung derselben an ihn unabhängigen und schon bei Eröffnung des Concurses, namentlich schon zur Zeit seiner Reclamation derselben beim Concurse bestandenen Rechtes, ferner

2) Einwilligung in die Rückgabe der von ihm zur Sicherung des Concurses wegen des Taxwerthes der fraglichen Papierquantitäten und der Zinsen davon deponirten Gegenstände an ihn, sowie

3) Befreiung von der Verpflichtung zur Erlegung des Taxwerthes des verzeichneten Papiers und Zinsen zu 5 Procent alljährlich davon auf die Zeit vom 24. April 1862 an, und

4) Erstattung der ge- und außergerichtlichen Kosten des Processes aus der Concursmasse.

Der Beklagte bestritt die Schlüssigkeit der Klage, schützte ferner die exceptio Pauliana vor und referirte nach bewirkter Einlassung und Antwort auf die Klage den ihm angetragenen Eid.

Nach abgesetztem Verfahren ertheilte das Bezirksgericht zu P. folgendes, am 23. Juli 1863 publicirtes Erkenntniß:

ꝛc. „Hiernächst, die Hauptsache anlangend, ist Kläger

a.

den über Einl.-Punkt 5—8. 15—18 b. 20 b. 23. 24. angetragenen, ihm zurückgegebenen Eid dahin:

daß, wie er nicht anders wisse, glaube und dafür halte, der verstorbene K., nicht minder Z. mit einander verabredet, die Papierfabrication und den Papierhandel auf gemeinschaftliche Rechnung und unter der gemeinschaftlichen Firma „K. & Z." zu betreiben, dieselben auch vor und nach dem 1. September 1861 gemeinschaftlich auf gemeinschaftliche Rechnung nach Errichtung der in der Klage gedachten Fabrik Papier darin fabricirt, sowie bereits vor dem 1. September 1861 durch Circular bekannt gemacht, daß sie unter jener Firma ein Papierfabrications- und Papierhandelsgeschäft betrieben;

b.

den über Einl.-Punkt 87—100. 166—182. 188—203. 235—247. angetragenen, ihm referirten Eid in der Maaße:

wie es in Wahrheit beruhe, daß er in der Zeit vom 20. September 1861 bis 15. October 1861 auf mündliches und schriftliches Bitten K.'s und Z.'s die unter a. b. c. d. Bl. — flg. in Abschrift befindlichen vier von diesen auf ihn gezogenen Wechsel durch seine Namensunterschriften acceptirt und an K. und Z. ausgehändigt, auch daß er darauf den ersten Wechsel bis zum 22. Januar, den andern bis zum 15. Februar, den dritten bis zum 14. Januar und den vierten bis zum 16. Januar 1862 um die Summe von beziehentlich 400 Thlrn. —„ —„, 300 Thlrn. —„ —„, 200 Thlrn. —„ —„, 300 Thlrn. —„ —„ von den in der Klage gedachten Indossataren wiederum eingelöst habe, demnächst, daß er in der ersten Hälfte des Monats November 1861 die Bl. — flg. unter I. II. III. IV. in Abschrift befindlichen, von K. und Z. auf ihn gezogenen Tratten nach je 500 Thlrn. —„ —„ durch seine Namensunterschrift acceptirt und an K. und Z. übergeben, und daß er darauf den Wechsel I. bis zum 7. März mit 500 Thlrn. —„ —„, die unter II. III. IV. aber bis zum 11. März 1862 mit je 500 Thlrn. —„ —„ von den in der Klage Bl. — gedachten Inhabern baar eingelöst habe,

— nach Vorlegung der vorhandenen Originalien — zu schwören, im Uebrigen den Grund der Klage, soweit solcher ihm bei den Einl.-Punkten 106—138. 205—223. 296—371. 376—385. 394—398. 400—411. 413—416. 422—438. 445. 446. 451—459. verneint worden, in dreiwöchentlicher, vom Tage der Leistung des unter a. geförmelten Eides an zu berechnenden Frist, Beklagtem der Gegenbeweis, auch die Eidesdelation, sowie beiden Theilen andere rechtliche Nothdurft vorbehältlich, wie Recht zu erweisen schuldig, ferner darauf in der Hauptsache und der Kosten halber zu ergehen, was Recht ist. Es bleibt jedoch die Leistung des Eides unter b. und die Entscheidung über den bei Einl.-Punkt 417—420. 439—444. 445—450. angetragenen und referirten Eid bis zum Haupterkenntniß nach geführtem Beweise ausgesetzt.

Entscheidungsgründe:

Mittelst der vorliegenden, theils auf Eid, theils auf Beweis gestellten Klage Bl. — wird von dem Güterverteter in dem zum Nachlasse K.'s und zum Vermögen Z.'s ausgebrochenen Schuldenwesen die Anerkennung des Eigenthumsrechtes an den in der Klagbeilage R. Bl. — verzeichneten Quantitäten Papiere, daneben die Einwilligung in Rückgabe der wegen des Taxwerthes jener Papiere und der Zinsen davon nach der Klagbeifuge Q. Bl. — deponirten Gegenstände und die Entbindung von der Verpflichtung zu Erlegung des Taxwerthes der fraglichen Papiere nebst Zinsen davon gefordert. Es sind insbesondere vier Gesichtspunkte festzuhalten, nach welchen Kläger seinen Anspruch begründen zu können glaubt, nämlich

A. das zwischen K. und Z. bestandene Rechtsverhältniß und dessen Fortbestand nach des Ersteren Ableben gegenüber Z. und den Erben K.'s,

B. das Schuldverhältniß K.'s und Z.'s dem Kläger gegenüber,

C. die Vigilanz und Maaßnahmen des Letzteren wegen Deckung seiner Ansprüche und sein zufolge jener behauptlich erlangtes Eigenthumsrecht an den fraglichen Quantitäten Papier, und

D. die Verbindlichkeit Z.'s und der verw. K., resp. des Creditwesens zur Befriedigung Klägers.

Zu A.

beruht auf Geständniß des Beklagten, daß K. und Z. in den Jahren 1859 und 1860 in M. gemeinschaftlich eine Maschinenpapierfabrik errichtet (Einl.-Pkt. 4.) und daß dieselben zu Beschaffung der erforderlichen Geldmittel mittelst öffentlich bekannt gemachten gemeinschaftlichen Beschlusses gemeinschaftlich 50,000

Thlr. —,— in Einzeldarlehnen aufzunehmen gesucht und hierunter Einladungen der Bl. — unter A. gedachten Art und ferner Darlehnsverträge der Bl. — unter C. D. beregten Art ausgegeben und Darlehne aufgenommen.

Aus diesen Einladungen und Darlehnsverträgen selbst ist eben auch nur so viel abzunehmen, daß der Erkauf der betreffenden Immobilien, die Anlegung einer Papierfabrik und deren Betreibung als gemeinschaftliches Unternehmen sich darstelle.

Nun ist zwar richtig, daß gemeinschaftliche Betreibung eines bestimmten Gewerbes zu gemeinsamem Gewinn der unbestimmt obligatorischen Gewerbgesellschaft wesentlich ist, allein um durch die Handlungen eines einzelnen Genossen die übrigen zu verpflichten, mithin solidarische Haftverbindlichkeit herbeizuführen, ist ein weiteres Kennzeichen nöthig, die Firma, worin die Erklärung liegt, daß sie diejenigen Geschäfte, welche Einer aus ihren Mitteln unter diesem Namen machen werde, als Geschäfte der Gesellschaft ansehen wolle.

Treitschke, Lehre von der Gewerbegesellschaft, §. 3. 11.
Wochenblatt für merkwürdige Rechtsfälle, 1855. S. 272.

Nach dieser letztern Richtung ist denn auch in den Anführungen der Klage genüglich Bezugnahme zu finden, wo es heißt, „daß K. und Z. die von ihnen auf gemeinschaftliche Rechnung unter der gemeinschaftlichen Firma jenes Namens zu bewirkende Betreibung der Papierfabrication und des Papierhandels mit einander verabredet und Klägern davon in Kenntniß gesetzt, daß sie vor und nach dem 1. September 1861 auf gemeinschaftliche Rechnung unter der Firma K. und Z. Papier fabricirt und Handel mit Papier betrieben, und daß sie bereits vor dem September 1861 dies durch Circular bekannt gemacht und einer den andern von ihnen als seinen Compagnon vorgestellt und mit ihm gemeinschaftlich unter obiger Zeichnung Holzkaufs- und Wechselgeschäfte abgeschlossen hätten".

Diese vorerwähnten, allenthalben auf Eidesdelation beruhenden Behauptungen, indem das nach Einl.-Punkt 18 d. bis 20 a. auf Beweis stehende Anführen nur zur verstärkenden Unterstützung der vorherigen Behauptungen dienen sollen, und eine unstatthafte Cumulation der Beweismittel nicht anzunehmen steht, ohnehin, da der Eid referirt worden, sind von Beklagtem bei den Einl.-Punkten 5—8. 15—18 b. 20 b. 23. 24. mit Nichtwissen beantwortet und wenigstens zum Theil für den Eidesantrag ungeeignet bezeichnet worden. Dieser letzteren Meinung ist jedoch nicht beizupflichten, indem das Anführen, „es sei unter der Firma K. und Z. von diesen in der von ihnen errichteten Fabrik Papier fabricirt und Handel damit betrieben worden", die für den Eidesantrag nöthige thatsächliche Bestimmtheit um so mehr, als auf eine ausdrückliche Verabredung der Betheiligten Bezug genommen, mithin ein bloßes factum internum nicht in Frage steht, besitzt, eine Annahme, welche auch durch eine Entscheidung des obersten Gerichtshofes

vergl. Wochenblatt für merkw. Rechtsf., 1855. S. 272.

vollständige Unterstützung findet. Deshalb ist es unbedenklich gewesen, diesen Klagtheil von einem Seiten des Klägers zu leistenden Eid abhängig zu machen.

Denn wenn man auch in den auf Beweis stehenden Worten der Klage (Einl.-Pkt. 21 a. — 22.), „daß K. und Z. schon unterm 24. December 1860 vom Rathe zu Dresden unter der Firma K. & Z. ein Papiergrossogeschäft zu betreiben Erlaubniß erhalten und die Firma bereits im December 1860 in die Firmenrolle der Leipziger Börse eingetragen worden", den Abschluß eines Gesellschaftsvertrages, wie allerdings aus concludenten Handlungen zulässig,

Annalen des Königl. Oberappellationsgerichts, Bd. IV. S. 478.

zu folgern geneigt sein wollte, da kaum zu bestreiten, daß hierzu Vorgänge, wie das vorhin erwähnte Concessionsgesuch, die Anzeige bei der Börse, die errichtete Fabrik, sowie die Ausgabe der obgedachten Einladungen und Darlehnsverträge füglich zu rechnen wären, so sind gleichwohl diese Momente nicht angethan, einen festen Schluß darauf zu ziehen, daß das dermalen in Frage stehende Geschäft einen Zweig des in Dresden nur bestandenen Papierhandelsgeschäfts gebildet, und beide als eins zu betrachten seien, so sehr auch die Errichtung einer conneren Fabrik die weiter kundgegebene Vereinigung zu merkantilischen Zwecken zu involviren scheint.

Es ist aber an der unbedingten Nothwendigkeit des Nachweises der wirklichen Existenz einer offenen Handelsgesellschaft hier um so strenger festzuhalten, als davon allein die weitere Frage über die solidarische Haftverbindlichkeit der Theilhaber abhängt. Wie nämlich schon oben angedeutet worden, ist diese letztere Verpflichtung nur auf die Theilhaber firmirter Handlungsgesellschaften zu beschränken, wobei es gleichgültig, ob nur einer oder einige der Handelsgesellschafter im Namen der Firma mit dritten Personen contrahirt oder ob alle Theilhaber den Vertrag gleichzeitig im Namen der Firma abgeschlossen;

Zeitschrift für Rechtspfl. u. Verw., Bd. XIV. 4. 5. 71. Bd. XVII. 310. Bd. XXI. 251.

Wochenblatt für merkw. Rechtsf. 1847. S. 366. 1855. S. 272.

Annalen, Bd. II. S. 225.

eben so unbestritten ist, daß Theilnehmer an einem Fabrikunternehmen den sociis gleichstehen und mehrere dieser präsumtiv Miteigenthümer des gesammten Vermögens zu gleichen Antheilen sind,

Zeitschrift für Rechtspfl. u. Verw., Bd. XIII. S. 463. Bd. XVII. S. 309.

Wochenblatt für merkw. Rechtsf., 1842. S. 96. 1851. S. 223.

als wodurch zugleich das von Beklagtem in der Anmerkung 1. und 2. zu Einl.-Punkt 70. Angeregte Erledigung findet. Demnächst ist es Rechtens, daß jeder einzelne Theilnehmer einer offnen Handelsgesellschaft, indem er präsumtiv Firmaführer, und jeder Firmaführer präsumtiv Bevollmächtigter derselben ist,

Treitschke, §. 59.

zur solidarischen Vertretung der Handlungsschulden verpflichtet, eventuell der socius, für den der andere bezahlt, ex negotiorum gestione zur Restitution gehalten ist.

Wochenblatt für merkw. Rechtsf., 1845. S. 30.

Nun wird zwar durch den Tod eines der Theilhaber, wie insbesondere in vorliegender Rechtssache bezüglich des am 21. Januar 1862 verstorbenen K. in Frage kommt, die Societät aufgehoben, allein die Gesellschaftsschulden sind forthin gemeinschaftlich zu bezahlen: „Omne aes alienum, quod manente societate contractum est, de communi solvendum est, licet posteaquam societas distracta est solutum sit."

fr. 27. 28. D. pro socio.

und nur das Societätsverhältniß selbst vererbt sich nicht, soweit nicht die Erben besondere Aufnahme gefunden, welchenfalls sie in die Verpflichtungen ihres Erblassers eintreten. Immer aber tritt der Erbe auch in jenem Falle in die Rechte und Verbindlichkeiten ein, die der verstorbene Gesellschafter schon erworben und auf sich hatte, wo also schon actio nata vorhanden war, sei es dem Gesellschafter oder einem Fremden gegenüber.

Glück, Erläut. der Pand., XV. S. 472. 476.
Curtius, Handb. des Civilrechts, IV. S. 211.
Sintenis, prakt. Civilrecht, II. S. 705. 711.
Treitschke, §§. 81. 83. 90.

Nach dieser Darlegung ist selbst der weitern auf Beweis stehenden Ausführung in der Klage, daß auch zwischen K. und Z. eine ausdrückliche Verabredung über gegenseitige Ermächtigung zu Abschließung von Rechtsgeschäften und dahin getroffen worden, daß nach Ableben des Erstern der Letztere mit der Ehefrau jenes ihr gemeinschaftliches Geschäft fortführen solle und daß diese dies ausdrücklich genehmigt — was übrigens Beklagter bei Einl.-Punkt 36—75. in Abrede gestellt — ein besonderer Einfluß nicht beizulegen. Ebensowenig ist die Erteudirung eines Eides auf die in Einl.-Punkt 29—35. vorgestellte Thatsache geboten.

Selbstverständlich übrigens ist, daß, wie alle Gesellschafter für die Handlungen eines Einzelnen, die er früher oder während der Dauer der Societät für diese vorzunehmen befugt gewesen, dann zu haften gehalten sind, wenn die Trennung ihrer Verbindung nicht öffentlich oder demjenigen, mit welchem contrahirt war, nicht bekannt gemacht worden ist,

Treitschke, §. 94.

jedenfalls auch ein socius die bis zur Beendigung des Geschäfts der Theilung fällig werdenden Schulden zu tilgen berechtigt bleibt (Treitschke, §. 81.). Hat man den Fall formellen Concurses vor Augen, der namentlich hier zu K.'s und Z.'s Vermögen ausgebrochen, so hört allerdings mit dessen Ausbruche die Societät auf und das Gesellschaftsvermögen wird für die Gläubiger in Beschlag genommen. Es wird dieses nach seinem Bestande zu dieser Zeit getheilt, besteht aber aus dem Activbestande, der nach Abzug aller bis zu dem Ausbruche des Concurses betagten und verfallenen, wenn auch noch nicht bezahlten Schulden übrig bleibt.

Was ferner die von einem materiell insolventen Schuldner geleistete Zahlung — welcher die Hingabe von Sachen völlig gleich zu achten — anlangt, so ist zunächst vorauszuschicken, daß im Allgemeinen auch von einem Schuldner, dessen Passiva sein Activvermögen übersteigen, so lange ihm nicht durch Ausbruch formellen Concurses das Verfügungsrecht über seine Habe entzogen worden, Zahlung anzunehmen gestattet ist, selbst wenn der Gläubiger den insolventen Zustand des Zahlenden gekannt. Dagegen läßt sich die hieran sich reihende Frage, unter welchen Voraussetzungen dennoch eine solche Befriedigung als Gratification anzusehen und die Rescission der Zahlung geltend gemacht werden könne, dahin beantworten, daß der durch einen derartigen Act benachtheiligte Gläubiger oder auch nach Eröffnung formellen Concurses der bestellte Gütervertreter jene mit Erfolg anfechten kann, wenn entweder die Forderung des gedeckten Gläubigers unbegründet, und noch nicht fällig oder aber durch deren Zahlung (Deckung, Sicherstellung) andere Gläubiger benachtheiligt worden sind, welche bei Verfolgung ihrer Ansprüche dieselbe oder eine größere Vigilanz bewiesen haben, und in diesem letzteren Falle sind es nur die vigilanten Forderungsinhaber, welche benachtheiligt erscheinen.

Günther, der Concurs der Gläubiger, S. 8 flg. Wochenblatt &c., 1848. S. 62. 130. 1855. S. 130.

Zeitschrift &c., XIII. S. 455. XXII. S. 308.

Deshalb liegt dem Gläubiger, der eine Zahlung von einem materiell insolventen Schuldner angenommen, der Beweis der Existenz seiner Forderung und der Fälligkeit derselben ob. Ob und inwieweit vorstehende Grundsätze bei Entscheidung vorliegender Rechtssache Anwendung zu finden haben, wird sich nach Prüfung des weiteren Klaganführens ergeben.

Zu B.

geht Klägers Vorbringen dahin, daß er in der Zeit vom 20. September bis 15. October 1861 — ohne daß K. und Z., oder beiden zusammen an ihn eine Forderung zugestanden — auf deren Bitten die unter a. b. c. d. Bl. — in Abschrift und auch im Originale vorhandenen, von jenen unterschriebenen Wechsel acceptirt, diese solche weiter begeben, darauf noch vor dem 11. Januar 1862 zusammen 1200 Thlr. —, —, erhalten und er, Kläger, auf erfolgte Weiterbegebung der Wechsel sie um letztgedachten Betrag eingelöst, und daß er ferner — unter gleichem Verhältnisse — in der ersten Hälfte des November 1861 die unter I. II. III. IV. Bl. — abschriftlich und im Originale befindlichen, von K. und Z. auf ihn gezogenen Tratten acceptirt und dieselben, nachdem jene die Valuta für sich erhoben, mit zusammen 2000 Thlrn. —, —, bis zum 11. März 1862 eingelöst habe. Hieran ist das fernere Anführen geknüpft, daß zwar K. und Z. besage besonderer Vereinbarung zu seiner Deckung ihm eine Tratte über 2000 Thlr. —, —, und zwei Wechsel über zusammen 1200 Thlr. —, —, mit dem Versprechen zur Einlösung übergeben hätten, daß aber auf erfolgte Präsentation die Einlösung keines Wechsels erfolgt sei.

Alle diese Anführungen sind übrigens im Wesentlichen auf Eidesdelation gestellt, von Beklagtem beim Einl.-Punkt 87—282. mit Nichtwissen beantwortet und haben namentlich die Einwendung hervorgerufen, daß die obberegte Acceptation der Wechsel auf Grund eines zwischen Klägerm einerseits, sowie K. und Z. andererseits bestandenen Schuldverhältnisses erfolgt sei, daß es daher Sache Klägers gewesen, zu beweisen, wie er jener Wechselacceptation ungeachtet nichts schulde, daß im Uebrigen die Acceptation eines Wechsels nichts als das Versprechen, die Valuta für den Aussteller an eine dritte Person zu zahlen, enthalte, nicht aber geeignet sei, eine Forderung des Acceptanten gegen den Aussteller zu begründen, und daß, was die erst im März 1862 erfolgte Einlösung der Wechsel angehe, darnach Klägerm vor dieser Einlösung und namentlich am 9. Februar eine Forderung von 2000 Thlrn. —, —, gegen K. und Z. nicht zugestanden habe (Anmerkung zu Einl.-Punkt 105. 249. 250. 281.).

In dieser Beziehung kann nun zwar dem Beklagten zugegeben werden, daß die Ausstellung und Aushändigung einer Schuldverschreibung ein Beweismittel für die contrahirte Schuld abzugeben geeignet ist, allein diese Präsumtion ist auf Wechsel, namentlich wo die Acceptation eines solchen in Frage steht, sicher nicht anzuwenden. Wie es daher, um eine Verbindlichkeit für Jemand abzuleiten, stets auf das zu Grunde liegende rechtliche Geschäft ankommt, so ist, namentlich was das Verhältniß bei Wechseln angeht, zwar nicht zu bestreiten, daß der Aussteller seinem Acceptanten wechselmäßig nicht verbindlich ist, daß dagegen immer der Acceptant gegen den Zieher in dem Verhältnisse eines Mandatars zu einem Auftraggeber steht, und es keinem Zweifel unterliegt, daß der Acceptant, als der Zahler des Wechsels, die actio mandati contraria wider den Aussteller habe, wenn er eine auf ihn gezogene Tratte nach dem Accepte aus seinem Vermögen eingelöst, ohne Valuta von dem Aussteller in Händen zu haben,

Wochenblatt für merkw. Rechtsf., 1845. S. 334.

woher es auch kommt, daß, da der Ausgeber dem Acceptanten dafür einzustehen, was dieser in Befolgung der Acceptation leisten müssen, mit Ziehung des Acceptes dem Bezogenen der Betrag des auf ihn entnommenen Wechsels in kaufmännischen Büchern gutgeschrieben und als Activum aufgeführt zu werden pflegt.

Archiv für Wechselrecht, IX. S. 342. 395.

Deshalb ist keineswegs zu folgern, daß der Acceptant, wenn er auch durch sein Zahlungsversprechen zur Einlösung des Wechsels verhaftet ist, der Schuldner des Ausstellers sei, vielmehr sind bei der ohnehin nur formellen Natur des Wechsels Verhältnisse denkbar, wo auf Seiten einer jener Personen ein Schuldverhältniß nicht vorliegt. Es läßt sich daher auch nicht behaupten, Kläger habe den Beweis dafür, daß die von ihm angeführte Bewandtniß, wornach er nichts geschuldet, zu übernehmen, indem die Nothwendigkeit verneinenden Beweises nur eintritt, wenn das Recht, welches von der einen Partei in Anspruch genommen wird, in seiner Entstehung vom Nichtsein einer Thatsache abhängt,

Annalen, Bd. II. S. 361.

dies aber nach vorstehenden Grundsätzen hier nicht behauptet werden mag. Auf Seiten Beklagtens liegt eine Einrede in Form eines bloßen Ableugnens vor, um dadurch der Last des Beweises zu entgehen, und wenn auch Kläger zu mehrerer Sicherheit seines Gesuches der Ausflucht des Beklagten schon im Voraus in der Klage das Nöthige entgegensetzen kann, so wird doch diese Replik dadurch nicht Theil des eigentlichen Klaggrundes, gehört nicht zur Begründung der Rechtsanforderung und Beklagter wird nicht vom Beweise befreit.

Weber, über die Verbindlichkeit zur Beweisführung, ed. II. §§. 11. 34. 38. und S. 273. 296.

Zum Klaggrunde gehören nur diejenigen Behauptungen, welche erforderlich sind, um die Entstehung der geklagten Forderung zu begründen. Durch die erfolgte Acceptation eines Wechsels und dessen Fälligkeit, wenn solche erwiesen, hat aber Kläger sein Recht oder seine Forderung gerechtfertigt, seinen Forderungstitel dargethan, und steht ihm die vom Beweise befreiende Vermuthung zur Seite, daß der Aussteller des Wechsels ihm verbindlich geworden sei. Die Wechsel selbst sind zum 8. Februar 1862 zahlbar gewesen und durch eine Eidesleistung über die Existenz der in Rede stehenden Wechsel wird zugleich der Kläger von dem Beweise der Affirmative, daß dieselben fällig gewesen, befreit.

Hiernach allenthalben hat sich der dem Kläger aufzuerlegende Eid auf die Einl.-Punkte 87—100. 166—182. 188—203. 235—247. zu beschränken, wogegen rücksichtlich des übrigen thatsächlichen Anführens der Klage bei Einl.-Punkt 106—138. 205—223., da solches von Beklagtem ebenfalls verneint worden, und zum Beweise ausgesetzt worden, Klägerm die Verbindlichkeit zu letzterem obliegt.

Nach obigen über das Vorbringen einer Replik dargelegten Principien erscheint es dagegen bedenklich, auf den über Einl.-Punkt 249—293. angetragenen Eid zurückzugehen, da offenbar die darin enthaltenen Umstände in eine von Beklagtem zu erwarten gewesene Ausflucht der Zahlung übergreifen und die Befreiung von einem diesfallsigen Beweise auch dadurch, daß nach Obigem dem Kläger nach Lage der Sache der Nachweis einer Nichtschuld füglich nicht anzusinnen ist, gerechtfertigt wird.

Zu C.

ist die Klage darauf gerichtet, daß — nachdem der verstorbene K. schon im Jahre 1862 und später gegen Z. gesagt, der Kläger müsse betreffs seiner Anforderungen an sie Beide auf alle Fälle gedeckt werden, und er, Z., möge dafür sorgen, als womit derselbe auch sein Einverständniß erklärt habe — Kläger sich am 9. Februar 1862 nach K. begeben, um irgend welche Deckung zu erlangen, daß ihm auch an diesem Tage dort Z. die in der Beifuge R. Bl. — aufgeführten Papiere nach Ballen bezüglich Centnern um den in der Klage ausgeworfenen Preis verkauft, indem Z. mit ihm verabredet, daß diese Papiere zur antheiligen Deckung der ihm an Z. und K.'s Nachlaß zustehenden fälligen Wechselforderungen dienen und der Kaufpreis als durch Nachlassung einer entsprechenden Summe von diesen Forderungen gewährt betrachtet werden und deshalb die Wechsel über 500 Thlr. —„ —„, resp. 700 Thlr. —„ —„ gegen Uebergabe der ihm verkauften Papiere von ihm zurückgegeben werden sollten, daß er auf die Aufforderung Z.'s, die Papiere zu übernehmen, so daß es dieser gesehen, jeden einzelnen Haufen und jede einzelne Rolle des ihm verkauften Papieres übernommen, berührt und zum Zeichen seiner Besitzergreifung daran, für welche diese Handlung nach ausdrücklicher Erklärung Z.'s gelten sollen, jeden Haufen, beziehentlich jede Rolle des Papiers mit dem Buchstaben S., resp. mit einem Strich durch Kreide bezeichnet habe, daß darauf die Räumlichkeiten, worin das Papier sich befunden, zugeschlossen, und ihm der Schlüssel dazu übergeben worden, daß er aber sodann diesen dem Z. mit der Erklärung zurückgegeben habe, er möge den Schlüssel einstweilen für ihn aufheben, er besitze denselben in seinem Namen, das Papier sei nun sein, und daß Z. den Schlüssel unter der ausdrücklichen Erklärung, ihn für Klägern aufheben zu wollen, an sich genommen habe, daß darauf der Wittwe K.'s das Vorgegangene mitgetheilt, das Document unter U. Bl. — aufgesetzt, von Z. unterschrieben und ihm übergeben, auch dabei von Z. erklärt worden, daß dem Kläger das übergebene Papier von ihm als Associé des verstorbenen K. für dessen und seine, Z.'s, gemeinschaftliche Firma für die dem Kläger zustehenden Wechselforderungen verkauft und übergeben sein solle, daß sich die verw. K. mit dieser Erklärung und mit dem Verkaufe und der Uebergabe ausdrücklich einverstanden erklärt und daß er, Kläger, mit dieser und Z. besprochen, daß nächster Tage das verkaufte Papier behufs der Ausmittlung der Gesammthöhe des Kaufpreises verwogen werden und das sich dabei ergebende Gewicht dafür maaßgebend sein solle, daß auch in den nächsten 6 Tagen darauf diese Verwiegung stattgefunden, wobei sich ein auch von ihm verwilligter Kaufpreis von 1835 Thlrn. 4 Ngr. 2 Pf. herausgestellt und daß dabei das Papier wiederum mit Kreide durch Buchstaben S. bezeichnet worden.

Hieran ist die Bemerkung geknüpft, daß jener erste Vorgang geschehen sei, ehe das vom Gericht erlassene allgemeine Veräußerungsverbot vom 9. Februar 1862 dem Z. oder der verw. K. behändigt worden sei.

Von vorstehendem Anführen steht die im Eingange erwähnte angebliche Erklärung K.'s, ferner die Ermittlung des Gewichts des Papiers und die erfolgte Quittirung der letzterwähnten Wechsel auf Eid, wogegen im Uebrigen die Klage zum Beweis ausgesetzt ist. Beklagter hat dagegen alle Thatumstände bei Einl.-Punkt 76 a — 83. 294 — 444. mit Nichtwissen beantwortet.

Diese selbst hat Beklagter zum Gegenstand besonderer Angriffe gemacht, indem behauptet wird, einmal, daß Z. zur Zeit jenes Vertrags bereits materiell insolvent gewesen, daher dem Kläger die exceptio Pauliana entgegenstehe (Anmerk. zum Einl.-Pkt. 328.), sodann, daß der erwähnte Act der Uebergabe zu Uebertragung des Besitzes nicht geeignet sei (Anmerk. zu Einl.-Pkt. 340. 356. 360. 371. 378. 393.).

Bei Prüfung der Rechtsbeständigkeit des geschehenen Veräußerungsactes ist von Folgendem auszugehen:

Es entsteht zunächst die Frage, ob eine einfache datio in solutum oder ein Kauf vorliege. Jene würde es sein, wenn es sich um die Ueberlassung der Papierquantitäten für die fragliche Schuld, ohne daß über den Preis, zu welchem jene an Zahlungsstatt, zu Tilgung der Schuld angenommen werden sollen, etwas ausgemacht worden wäre, wobei eine Verwandtschaft mit dem Kaufe nur insofern hervortritt, als die an Zahlungsstatt gegebene Sache für einen Preis, nämlich den Betrag der Forderung, die dadurch abgemacht werden soll, überlassen wird. Dagegen liegt dann, wenn zwar in der Absicht, eine Schuld zu tilgen, eine Sache dem Gläubiger übergeben, jedoch über den Preis der Sache ein Abkommen getroffen worden ist, keine datio in solutum im eigentlichen Sinne des Worts, sondern ein zu dem Ende, daß der für die Sache bestimmte Kaufpreis auf die vorhandene Schuld abgerechnet werden soll, geschlossener Kauf vor.

Zeitschrift für Rechtspfl. u. Verw., Bd. XIV. S. 81. Bd. XIX. S. 537.

Wochenblatt für merkwürdige Rechtsfälle, 1861. S. 28.

Dieser letztere Fall ist nach Inhalt der Klage Bl. — hier vorhanden. Durch die Einigung der Interessenten über den Gegenstand und den Preis ist der Vertrag, der Kauf, selbst perfect geworden, indem die später erfolgte Verwiegung nur die von der Perfection wohl zu unterscheidende Consumation des Kaufvertrags betrifft. Wollte man sogar nach Inhalt des Bekenntnisses unter U. Bl. — einen nur nach Zahl, Maaß und Gewicht abgeschlossenen Kauf substituiren, so würde auch dadurch an der Perfection nichts geändert werden, da dann der Vertrag nur hinsichtlich der Uebertragung der Gefahr als ein suspensiv bedingtes Geschäft zu betrachten wäre.

Zeitschrift für Rechtspfl. u. Verw., Bd. XIX. S. 477.

Annalen, Bd. IV. S. 116.

Demnächst ist das Vorhandensein der zum Kaufe erforderlichen weiteren Handlung, des tradere rem emtori, mit Grund Rechtens nicht zu bezweifeln. Selbst abgesehen von dem Bekenntnisse Z.'s Bl. —, wenn man dies als ein unbeschwornes Privatzeugniß für einflußlos bezeichnen wollte, liegen für die Annahme einer wirklich erfolgten Uebergabe verschiedene thatsächliche Momente, deren Erweis vorausgesetzt, vor. Vor Allem nämlich ist, der Erweis des Punktes A. vorausgesetzt, daran festzuhalten, daß der Tradent Z. handlungsfähig und zur Uebergabe berechtigt erschienen, daß jener und der Empfänger im Zwecke der Uebergabe übereingestimmt, und ein an sich gesetzlich erlaubtes Geschäft vorausgegangen ist.

Die einfachste Art der Uebergabe ist nun die, wodurch die Waare aus dem körperlichen Besitze des Verkäufers sofort in den des Käufers übergeht, sei es, daß Verkäufer kleine Gegenstände dem Käufer in die Hände gebe, oder daß er ihm gestatte, größere aus seinem Gewahrsam in den des Käufers zu schaffen. Zu der Empfangnahme ist Käufer verpflichtet und kümmert Verkäufern es nicht, auf welche Weise Käufer diese Empfangnahme bewerkstelligen wolle.

Glück, Erläut. der Pand., Bd. VIII. §. 582.

Zeitschrift für Rechtspfl. u. Verw., Bd. XX. S. 201.

Treitschke, der Kaufcontract, §. 58.

Im vorliegenden Rechtsstreite ist nun zwar speciell Jenes nicht behauptet, wohl aber angeführt worden, daß Kläger das verkaufte Papier übernommen habe, welcher Ausdruck jedenfalls darauf schließen läßt, daß Käufer das Papier von dem Tradenten vor sich hinlegen lassen (traditio longa manu) und in Besitz genommen. Weiter liegt aber auch die Behauptung vor, daß Kläger die bez. Papierquantitäten berührt und mit Zeichen versehen habe. Das Letztere ist nach Handelsgebrauch eine besondere symbolische Besitznahme, und wenn sie auch nicht als wesentlich zu betrachten, so kann sie doch als Beweis der Uebertragung sehr nützlich sein, sobald die Absicht deutlich erkennbar, daß die Bezeichnung an die Stelle der Tradition treten sollen. Oft geschieht jene Bezeichnung beim Verkaufe bestimmter Sachen, nur um Vertauschung zu verhüten, allein, wo, wie hier, sämmtliches in der Fabrik vorhandene Papier verkauft sein soll, ist die Absicht der Tradition, und daß die Bezeichnung als Uebergabe gelten solle, um deswillen unverkennbar, weil eine Verwechselung nicht denkbar. Dies ist analog den auch von

Treitschke, a. a. O. §. 61.

ausgesprochenen Principien. Jene Bezeichnung erhebt sich aber namentlich dann zu einem juristisch entscheidenden Moment, wenn, wie in der Klage ebenfalls angeführt, das Zeichen mit Willen des Verkäufers, und daß damit tradirt werde, geschieht.

Thöl, Handelsrecht, §. 79.

Im Uebrigen ist aber zur Besitzergreifung eine unmittelbare Berührung des Gegenstandes nicht erforderlich, sondern geschieht, sobald man nur in ein solches Verhältniß zu demselben tritt, in welchem man durch körperliche Macht sofort beliebig auf denselben einwirken kann. Deshalb kann der Besitz auch durch bloßen Willen, durch das s. g. constitutum possessorium, übertragen werden, vermöge dessen der bisherige Besitzer in Folge Vertrags mit einem Andern im Namen desselben zu besitzen fortfährt.

Glück, a. a. O. Bd. VIII. §. 580. 581.

Vangerow, Lehrbuch der Pandecten, Bd. I. §. 204. 205.

Sintenis, prakt. gem. Civilrecht, Bd. I. §. 44.

Hier genügt die bloße gegenseitige Erklärung zu Uebertragung des Besitzes, es besitze hier Verkäufer im Namen Käufers. Auch hierfür giebt die Klage hinlängliches Anhalten, allein es ist gerade darauf um so weniger Gewicht zu legen, als sich dieses Rechtsverhältniß hier nur auf die Innebehaltung der Schlüssel, deren vorherige Tradition übrigens behauptet ist und welche diejenigen des verschlossenen Behältnisses unbezweifelt gewesen, beziehen könnte, da nur insoweit dem Z. eine Disposition — sogar aus leicht erklärlichem Grunde — übertragen worden. Wenn Z. sich einer besonderen Dienstleistung unterzogen, indem er Klägern durch Ansichnahme der Schlüssel unterstützt, so ist zu dem geschehenen Kaufe ein besonderes, aus der Natur des Mandats oder der negotiorum gestio zu beurtheilendes Rechtsgeschäft hinzugetreten. Hiernach allenthalben sind, da es sich immer nur um die Frage handelt, ob die betreffenden Gegenstände speciell factisch übergeben worden, die behaupteten Besitzacte wohlgeeignet, um Klägern zu deren Erweis zu lassen und im Fall des Gelingens die Eigenthumsübertragung anzunehmen. Da übrigens bei dem in Rede stehenden Verkauf des Papiers eine Verabredung dahin getroffen worden, daß Kläger diejenigen auf K. und Z. gezogenen Wechsel an 500 Thaler und 700 Thaler, welche letztere acceptirt, zurückzugeben habe (Einl.-Punkt 310—328.), so ist dem Kläger der Beweis dieser in Einl.-Punkt 445. 446. 451—459. behaupteten Zurückgabe, da Beklagter sich hierunter mit Nichtwissen eingelassen, allerdings aufzuerlegen, wobei übrigens zu bemerken, daß die Erwähnung der Einl.-Punkte 445. 446., über die an sich der Eid deferirt ist, nur in so weit zu geschehen hatte, weil diese zum Verständnisse des auf Beweis stehenden Klaganführens dienen.

Bei Erwägung des weiteren Punktes der unerlaubten Begünstigung kommt es hauptsächlich darauf an, ob und inwieweit der also befriedigte oder sichergestellte Gläubiger seine bessere Stellung wirklich der bloßen Gunst des Schuldners oder seiner eignen Vigilanz, eignen Thätigkeit in Geltendmachung seines Rechts verdanke.

Wochenblatt v. J. 1850. S. 341.

Annalen, Bd. I. S. 166.

Für diesen letzteren Fall ist auch schon in

L. 6. §. 6. 7. L. 24. D. quae in fraud. cred.

L. 21. D. de peculio.

klar verordnet, daß der wachsame Gläubiger seine erhaltene Befriedigung der Regel nach gegen alle Ansprüche der übrigen Gläubiger sicher behaupten könne, wenn er gleich das Unvermögen des Schuldners, und daß die übrigen Gläubiger darunter leiden würden, recht gut gewußt hätte, wenn nur nicht zum Schaden eines andern gleichfalls vigilanten Gläubigers, welcher bereits rechtliche Mittel zu seiner Befriedigung angewandt, gezahlt sein sollte.

L. 6. §. 2. D. de reb. auct. jud. possid.

L. 24. D. quae in fraud. cred.

Struben, rechtliche Bedenken, Thl. I. no. 105.

(Schluß folgt in der nächsten Nummer.)

Miscellen.

Orden. Seine Königliche Majestät haben zu genehmigen geruht, daß der Bürgermeister Streit zu Zwickau den ihm von des Königs von Preußen Majestät verliehenen Kronen-Orden 4. Classe annehme und trage.

Seine Königliche Majestät haben dem Vorstande des Gerichtsamts Döbeln, Gerichtsamtmann August Ferdinand Fleck, in Anerkennung seiner langjährigen verdienstlichen Wirksamkeit in öffentlichen Aemtern das Ritterkreuz des Verdienstordens zu verleihen huldreichst geruht.

Immatriculation von Advocaten. Vom Justizministerium ist der Rechtscandidat Herr Dr. Adolph Oskar Stein in Dresden zum Advocaten ernannt und als solcher verpflichtet worden.

Redacteur: Dr. Theodor Tauchnitz. Officin der Verlagshandlung.

Von diesem Wochenblatte erscheinen jährlich 64 Nummern zu 1 Quartbogen und außerdem am Jahresschluße ein ausführliches Register.

Wochenblatt für merkwürdige Rechtsfälle,

in actenmäßigen Darstellungen

aus dem Gebiete der Justizpflege und Verwaltung

zunächst für das

Königreich Sachsen.

Alle Postämter u. Buchhandlungen übernehmen Bestellungen und liefern das Quartal zu dem praenumerando zu entrichtenden Preise von 1 Thaler.

Verlag von Bernhard Tauchnitz in Leipzig.

№ 20. Neue Folge Zwölfter Jahrgang. 1864.

(Schluß des S. 152. abgebrochenen Rechtsfalles.)

Ganz verschieden hiervon, von einer geschehenen Bezahlung, ist der Fall eines vor Ausbruch des Concurses erst errichteten Pfandrechts, sobald es in fraudem creditorum ertheilt ist.

Weber, Beiträge zu der Lehre über Klagen und Einreden, ed. III. S. 79.

Dafür aber, daß Letzteres zu unterlegen, daß das Geschäft fraudationis causa geschehen sei, also nicht blos mit dem Erfolge, sondern auch mit dem Willen, die übrigen Gläubiger zu verkürzen, liegt nach den Acten kein Grund vor, es fehlt sogar ein Anhalt, daß zur Zeit der in Rede stehenden Deckung ein Andrang von Gläubigern oder überhaupt solche vorhanden gewesen. Die allgemeine Verwendung der exceptio Pauliana Seiten Beklagtens entbehrt jeder und aller Begründung. Wenn daher bewiesen wird, daß zur Zeit der Ueberlassung des Papiers dem Z. die Disposition noch nicht genommen gewesen, so ist auch damit nach den vorstehenden und früher erwähnten Grundsätzen an der Rechtsbeständigkeit des Actes selbst nicht zu zweifeln. Man könnte in der Klage eine zu große Unbestimmtheit um deswillen finden, weil darin eine Angabe der Zeit zu vermissen, zu welcher der Concursproceß eröffnet worden, um zu beurtheilen, ob noch vor Eintritt der Verfallzeit der Wechsel jener ausgebrochen, allein dies findet Erledigung, indem erst am 9. Februar 1862 das allgemeine Veräußerungsverbot ergangen sein soll und dies im Fall der Erlassung überhaupt bekannten Rechtsregeln nach der Eröffnung des Concursprocesses vorauszugehen hat.

Nach allem diesem unterliegt es keinem gegründeten Zweifel, daß dem Kläger der Beweis des im Einl.-Punkt 296—371. 376—385. 394—398. 400—411. 413—416. 422—438. Angeführten, was Beklagter in Abrede gestellt, obliege.

Zu D.

ist, inwieweit die verw. K. verbindliche Erklärungen abgegeben haben solle, bereits bei Punkt C. hervorgehoben worden. Kläger folgert aber ferner daraus, daß von ihr das unter Y. Bl. — befindliche, von ihrem Ehemanne errichtete Testament keiner Anfechtung unterlegen und daraus, daß sie zu dem Papierverkaufe ihre Zustimmung gegeben, den Antritt des Nachlasses ihres Ehemannes Seiten derselben und will in der Veräußerung der Papiere an ihn wegen seiner Forderungen an Z. und K.'s Erben, für welche auch letztere in solidum zu haften hätten, zu einer Zeit, wo noch kein Veräußerungsverbot in Kraft gewesen, eine gültige negotiorum gestio für den K.'schen Nachlaß, namentlich im Verhältniß des Resultats der Verwiegung und Tare der Papiere, finden und überdem, da er sich im titulirten Besitze des letzteren befunden, das Eigenthum daran erlangt haben.

Wenn nun auch diese Folgerungen, namentlich was den Nachlaßantritt durch die verw. K. angeht, nach Inhalt der Klagbeilage Bl. — nicht zu theilen sind, so kann dieser Punkt überhaupt nach Obigem auf sich beruhen und von einer Beweiserforderung darüber, ob und inwieweit die verw. K. bei dem Verkaufe concurrirt, abgesehen werden, indem zur Entscheidung der Sache lediglich und zunächst das Verhältniß, welches zwischen K. und Z. bestanden, von Einfluß erscheint, und wenn dieses in der oben zu A. gedachten Richtung erwiesen worden, hiernach Letzterer als Bevollmächtigter der Societät eine Schuld dieser gedeckt hat.

Schließlich bedarf es hinsichtlich der formellen Seite der Entscheidung nur noch der Bemerkung, daß der in dieser unter a. auferlegte Eid, da er präjudicieller Natur, indem von der Vorfrage über den Bestand einer firmirten Handelsgesellschaft das Weitere abhängig ist, zunächst abzuleisten, wogegen die Nothwendigkeit des Eides unter b. von dem Beweise über die von K. und Z. geschehene Einhebung der Wechselvaluten bedingt, und endlich die Frage, ob der Eid über Einl.-Punkt 417—420. 439—444. 445—450. annoch geboten, mit dem Resultate des Beweissatzes unter C. eng verbunden ist."

Auf die von beiden Theilen eingewendeten Berufungen wurde am 9. Juli 1863 folgendes Urthel des Königl. Appellationsgerichts zu Dresden publicirt:

„Daß es bei der Bl. — zu lesenden, Bl. — am 23. Januar 1862 bekannt gemachten Entscheidung, insoweit darin dem Kläger die Leistung der Bl. — unter a. und b. zu lesenden Eide unbedingt auferlegt worden, nicht zu lassen, es ist vielmehr demselben unbenommen, in dem ihm auferlegten Beweise auch die den Inhalt der Einlassungsabschnitte 9—12. 21 a. 21 b. und 22. bildenden Thatsachen, dem Beklagten auch in dieser Beziehung den Gegenbeweis und die Gewissensrührung, sowie beiden Theilen andere Rechtszuständigkeiten vorbehältlich, mit auszuführen und ergehet sodann auch wegen Förmelung und Leistung der obgedachten Eide in der Sache weiter, was Recht ist. Dahingegen ist die angefochtene Entscheidung im Uebrigen, wie hiermit geschieht, zu bestätigen."

Diese Entscheidung beruht auf folgenden Gründen:

„I. Zur Berufung des Beklagten.

Die vom Beklagten gegen die Schlüssigkeit der erhobenen Klage im rechtlichen Verfahren vorgebrachten Einwendungen, welche in Verfolg des von ihm Bl. — eingewendeten Rechtsmittels einer nochmaligen Prüfung zu unterziehen waren, hat Man auch in jetziger Instanz nicht für begründet erachten können. Soviel zunächst

1.

diejenigen Thatsachen anlangt, welche sich auf die Uebergabe der Papiervorräthe beziehen, die Kläger vor dem Ausbruche des zu dem Vermögen Z.'s und zum Nachlasse K.'s anhängigen Schuldenwesens von dem Ersteren erkauft haben will, und deren Vindication den ursprünglichen Gegenstand des jetzigen Rechtsstreites bildet, so sind dieselben zur Begründung der Behauptung, daß das Eigenthum auf den Kläger übergegangen sei, völlig ausreichend. Denn wenn auch, wie Beklagter Bl. — einwendet, das vom Kläger Bl. — erwähnte Berühren und Bezeichnen der einzelnen erkauften Papierquantitäten, welche aus Rollen und Hausen bestanden, nur als symbolische, an sich allein der rechtlichen Wirkung entbehrende Handlungen zu betrachten sind,

vergl. l. 1. §. 2. D. de per. et commod. r. v. (XVIII. 6.)

Thöl, Handelsrecht, §. 79. und not. 1. S. 467. der 4. Aufl.

so hat Kläger doch Bl. — angeführt, daß dieselben unter der ausdrücklichen Erklärung der Contrahenten, daß sie als Zeichen der Besitzergreifung gelten sollten, vorgenommen worden seien, und solchenfalls kann ihnen eine rechtliche Bedeutung nicht abgesprochen werden,

vgl. l. 14. §. 1. D. tit. cit.

da zu Uebertragung des Besitzes schon die bloße Willenserklärung der Parteien in unmittelbarer Gegenwart der Sache genügt, ohne daß es einer wirklichen Apprehension Seiten des Erwerbers bedarf.

vgl. l. 1. §. 21. D. de acquir. vel amitt. poss. (XLI. 2.)

Außerdem hat sich Kläger Bl. — noch darauf bezogen, daß der Raum, in welchem sich das ihm verkaufte Papier befunden, zu dem ausdrücklich vorher erklärten Zwecke der Uebergabe desselben verschlossen und ihm der Schlüssel dazu übergeben worden sei, als worin ebenfalls ein Act, durch den der Besitz in der Nähe befindlicher Gegenstände rechtsgültig übertragen werden kann, enthalten sein würde.

l. 1. §. 21. D. cit.

l. 9. §. 6. D. de acquir. rer. domin. (XLI. 1.)

§. 25. J. de rer. divis. (II. 1.)

Der vom Beklagten hiergegen geltend gemachte und vom Kläger Bl. — eingeräumte Umstand, daß die nach Klägers Behauptung verschlossene Thür nicht der einzige Zugang zu dem erwähnten Vorrathsraume gewesen sei, ist um deswillen einflußlos, weil die rechtliche Wirkung dieser Art von Uebergabe auf der sich dadurch zu erkennen gebenden Willenserklärung in Verbindung mit der dem Empfänger zugleich verschafften Möglichkeit der sofortigen körperlichen Apprehension oder sonstigen Einwirkung auf die Sache beruht,

vgl. l. 74. D. de contr. emt. vend. (XVIII. 1.)

v. Savigny, Besitz, S. 250. 252. der 6. Aufl.

deren rechtliche Folgen aber durch Thatsachen der vom Beklagten angeführten Art, aus welchen sich lediglich die Möglichkeit ergeben würde, daß auch noch die Einwirkung eines Dritten auf die übergebene Sache eintreten könne, offenbar nicht aufgehoben werden.

Es ist auch Beklagter in seiner Deductionsschrift auf die hier berührten Einwendungen nicht wieder zurückgekommen, wohl aber hat derselbe

2.
Bl. — hauptsächlich geltend gemacht, daß zur Zeit des in Rede stehenden Kaufsabschlusses das zwischen K. und Z. bestehende Societätsverhältniß durch den Tod des Ersteren bereits aufgelöst und daher der Letztere nicht mehr berechtigt gewesen sei, derartige Veräußerungsverträge mit rechtsverbindlicher Wirkung für die K.'schen Rechtsnachfolger abzuschließen, eine Einwendung, welche jedoch nur der Statthaftigkeit der Klage den K.'schen Gläubigern gegenüber, mithin in Betreff der Hälfte der veräußerten Papiervorräthe, entgegenstehen würde, da mehrere Gesellschaftsmitglieder präsumtiv Miteigenthümer des Gesellschaftsvermögens zu gleichen Theilen sind.

vgl. Zeitschrift für Rechtspfl. u. Verw., N. F. Bd. XIII. S. 463.

und deshalb höchstens angenommen werden könnte, daß Z. nicht zur Veräußerung des K.'schen Antheils befugt gewesen sei. Allein auch in dieser Beziehung hat Man dem Beklagten nicht beitreten können. Denn wenn es auch unzweifelhaft ist, daß durch das Ableben K.'s die Auflösung des bisherigen Societätsverhältnisses herbeigeführt worden war, und daß auch die nach Klägers Behauptung Bl. — von dem Verstorbenen in Bezug auf die Fortführung des gemeinschaftlichen Geschäfts durch Z. abgegebenen Erklärungen ohne rechtliche Bedeutung sind, da das Societätsverhältniß selbst nicht auf die Erben übergeht, selbst wenn dies bestimmt worden sein sollte,

vgl. l. 35. l. 52. §. 9. l. 59. pr. l. 65. §. 11. D. pro socio. (XVII. 2.)
Thöl, a. a. O. §. 39. S. 227.

so gehen doch diejenigen Rechte und Verbindlichkeiten, welche in Folge des Societätsverhältnisses zur Zeit des Todes eines Gesellschafters bereits entstanden waren, auf die Erben über,

l. 35. 36. l. 63. §. 8. eod.

und es sind besonders die bereits fälligen Societätsschulden gemeinschaftlich zu bezahlen, sowie auch wegen der noch nicht fälligen Sicherheit auch den Erben gegenüber nach deren Antheil verlangt werden kann.

l. 27. l. 28. eod.

Es kann daher keinem Zweifel unterliegen, daß auch nach aufgelöster Societät ein früherer Gesellschafter die von einem andern bewirkte Zahlung von Societätsschulden gegen sich gelten lassen muß, zumal eine solche auch außerhalb eines Societätsverhältnisses in den Gesetzen als eine den Schuldner zum Ersatz verpflichtende negotiorum gestio angesehen wird.

vgl. l. 43. D. de negot. gest. (III. 5.)
l. 16. C. eod. (II. 19.)

Nun besteht zwar das hier in Frage befangene Rechtsgeschäft nicht lediglich aus einer Zahlung, sondern zunächst aus einem Kaufvertrage über Vorräthe, welche sich im gemeinschaftlichen Eigenthume befanden, allein aus der Darstellung in der Klage Bl. — geht mit Bestimmtheit hervor, daß — die Wahrheit derselben vorausgesetzt — der gedachte Kaufvertrag lediglich zu dem Zwecke abgeschlossen worden ist, um mittelst des Kaufpreises eine Societätsschuld zu decken, und kann es daher, besonders im Hinblick auf das vom Kläger Bl. — in Betreff der Höhe des Kaufpreises Angeführte auch keinem Bedenken unterliegen, auf dieses Kaufgeschäft die obigen in Betreff von Zahlungen geltenden Grundsätze zur Anwendung zu bringen.

Beklagter hat jedoch ferner

3.
die Rechtsbeständigkeit dieser Veräußerung Bl. — deshalb bestritten, weil dem Kläger zur Zeit des Kaufabschlusses eine bereits fällige Forderung an K., beziehentlich dessen Nachlaß und Z. nicht zugestanden habe, wohl aber dieselben damals bereits insolvent gewesen seien. Letzteres kann allerdings nicht bezweifelt werden, da nach dem eignen Anführen Klägers Bl. — noch am nämlichen Tage ein allgemeines Veräußerungsverbot wider sie erlassen und alsdann zum Nachlasse K.'s und zum Vermögen Z.'s der Concursproceß eröffnet worden ist,

vgl. Wochenblatt für merkw. Rechtsfälle v. J. 1856. S. 196.

es äußert dieser Umstand jedoch gegenwärtig nur die Wirkung, daß dem Kläger, wie bereits Bl. — von der vorigen Instanz bemerkt worden, obliegt, die Existenz und die Fälligkeit seiner Forderung darzuthun. In ersterer Hinsicht hat Kläger Bl. — angeführt, daß er für K. und Z., ohne daß er denselben etwas geschuldet, verschiedene Wechsel im Gesammtbetrage von 3200 Thlrn. —, —, acceptirt und in Folge dessen eingelöst habe, daß ihm dieselben zu seiner Deckung wiederum verschiedene, auf sie gezogene, beziehentlich am 15. und 29. Januar, sowie am 5. und 8. Februar 1862 fällig gewordene Wechsel im nämlichen Gesammtbetrage, mit ihrem Accept versehen, ausgehändigt, aber nicht eingelöst hätten, und daß deshalb nach der mit Z. am 9. Februar 1862 getroffenen Uebereinkunft die Kaufsumme für das ihm überlassene Papier auf jene Forderung des Klägers an 3200 Thlr. —, —, habe abgerechnet werden sollen. Daß hiernach dem Kläger an K. und Z. eine Forderung von 3200 Thlrn. —, —, zugestanden habe, läßt sich weder in formeller, noch in materieller Hinsicht im Mindesten bezweifeln, und es konnte nur mit Rücksicht auf dasjenige, was vom Kläger über die Entstehung jener Wechselforderung gesagt worden ist, hinsichtlich der Fälligkeit derselben in Frage kommen, ob die letztere schon durch die vom Kläger bewirkte Annahme der von K. und Z. auf ihn gezogenen Wechsel, oder — wie Beklagter Bl. — behauptet — erst durch deren Einlösung begründet worden sei. Wenn nun auch die Acceptation eines Wechsels keineswegs, wie Beklagter Bl. — anscheinend behaupten will, die Vermuthung begründet, daß der Acceptant Deckung bereits erhalten habe,

vgl. Thöl, Handelsrecht, Bd. II. §. 194.
Renaud, Wechselrecht, §. 39. n. 3. S. 100.
Goldschmid, Zeitschrift für das gesammte Handelsrecht, Bd. II. S. 166.

so ist es doch andererseits richtig, daß die Forderung des Trassaten, welcher einen auf ihn gezogenen Wechsel eingelöst hat, in der Regel erst durch die geleistete Zahlung begründet wird,

vgl. Treitschke, Encyclopädie des Wechselrechts, Bd. I. S. 218. 329.
Hofmann, Erläuterung der Allgem. Deutschen Wechselordnung, §. 32. S. 316.

und es würde daher, wenn diese Grundsätze im vorliegenden Falle zur Anwendung zu gelangen hätten, die Forderung des Klägers nur, soweit sie auf den von ihm nach seiner Behauptung Bl. — bereits im Januar 1862 eingelösten Wechseln im Betrage von 1200 Thlrn. —, —, beruht, als am 9. Februar 1862 bereits fällig haben angesehen werden können, nicht aber in Betreff der weiteren 2100 Thlr. —, —, da er in Ansehung der hierauf bezüglichen, von K. und Z. auf ihn gezogenen Wechsel sich Bl. — nicht mit der erforderlichen Bestimmtheit darauf zu berufen vermocht hat, daß er dieselben vor dem angegebenen Tage bereits eingelöst gehabt habe. Indessen war dessenungeachtet zu einer theilweisen Abweisung der Klage deshalb nicht zu gelangen, weil Kläger Bl. — angeführt hat, daß er sich mit K. und Z. zur Zeit der Acceptation jener Wechsel ausdrücklich dahin vereinbart habe, daß dieselben zu seiner Deckung eine den 8. Februar 1862 zahlbare Tratte acceptiren sollten, hierin aber eine ausdrückliche Zusage, daß die dem Kläger zu gewährende Deckung bis zu dem obgedachten Tage beschafft werden solle, gefunden werden muß. Es wird daher bei der aus den weiter unten zu erwähnenden Gründen dem Enderkenntnisse zu überlassenden Förmelung des dem Kläger über die vorerwähnten Thatsachen zurückgegebenen Eides in Erwägung zu ziehen sein, inwieweit derselbe mit hierauf zu richten sein werde.

Endlich hat Man auch

4.

die vom Beklagten Bl. — unter III. erhobene Beschwerde nicht für gerechtfertigt erachten können. Denn an und für sich würde zur Begründung des den Streitgegenstand bildenden Vindicationsanspruchs nur die Bezugnahme auf den Kaufsabschluß und die erfolgte Uebergabe des erkauften Papiers erforderlich gewesen sein; es ist mithin dasjenige Sach- und Rechtsverhältniß, welches der vom Beklagten Bl. — vorgeschützten exceptio Pauliana zum Grunde liegt, insofern bereits vollständig berücksichtigt worden, als im Hinblick darauf, daß das Vorhandensein materieller Insolvenz zur Zeit des fraglichen Kaufsabschlusses auf Seiten Z.'s und des K.'schen Nachlasses als liquid anzunehmen gewesen, sowohl in voriger Instanz Bl. — als vorstehend unter 3. ausdrücklich ausgesprochen worden ist, daß dem Kläger außer dem Beweise der Eigenthumsübertragung auch der Beweis der Existenz und der Fälligkeit seiner dem Kaufpreise gegenüber als Compensationspost benutzten Forderung obliege. Das, was vom Beklagten hiergegen Bl. — vorgebracht worden, stellt sich lediglich als ein Ableugnen der vom Kläger zu beweisenden, in materieller Hinsicht als ein replicatorisches Vorbringen zu betrachtenden Thatsachen dar, und kann nur Gegenstand des directen Gegenbeweises sein, weshalb es in dieser Beziehung eines besonderen Vorbehaltes im Erkenntnisse nicht bedurfte. Auf die Berufung des Beklagten war daher die vorige Entscheidung lediglich zu bestätigen.

II. Zur Berufung des Klägers.

Von formellen Mängeln der Klagbeantwortung, welche die vom Kläger bei grav. III. Bl. — beantragte unbedingte Verurtheilung des Beklagten nach sich zu ziehen vermöchten, kann nicht die Rede sein, da sich aus der Klagbeantwortung überall mit ausreichender Deutlichkeit erkennen läßt, welche Thatsachen vom Beklagten geleugnet und welche eingeräumt worden sind. Da aber bei allen für die Klagbegründung wesentlichen Punkten unzweifelhaft das Erstere der Fall ist, so kann auf das Rechtsmittel des Klägers nur in Frage gelangen, ob die die Förmelung der Bl. — ihm zuerkannten Eide und den Umfang des Bl. — vorgeschriebenen Beweisthema's betreffende IV. Beschwerde für gerechtfertigt zu erachten sei.

1.

Im Eingange der Klage hat Kläger zunächst eine Reihe von Thatsachen angeführt, durch welche er seine Behauptung rechtfertigen will, daß der verstorbene K. und Z. die Anfertigung von Papier in der dazu eingerichteten Fabrik in K., sowie dessen Verkauf gemeinschaftlich betrieben haben, und diese Thatsachen theils auf den Eid, theils auf Beweis gestellt. Beklagter hat im Einl.-Punkt 4. lediglich den Umstand eingeräumt, daß K. und Z. die gedachte Fabrik gemeinschaftlich errichtet haben, dagegen die sich auf den Abschluß eines Societätsvertrags und die gemeinschaftliche Betreibung des Fabriks- und Verkaufsgeschäfts beziehenden Thatsachen weiterhin in Abrede gestellt, und die erste Instanz deshalb auf das Bl. — unter a. geförmelte Relatum erkannt. Die gegen die Fassung desselben vom Kläger Bl. — erhobenen Einwendungen hat Man nicht für unbegründet erachten können; es bedarf jedoch eines speciellen Eingehens auf die Frage, ob dem gedachten Eide eine andere und insbesondere eine alternative Fassung zu geben sei, um deswillen nicht, weil Kläger neben den auf Eid gestellten Thatsachen noch andere dergleichen angeführt hat, aus denen, wenn sie erwiesen werden sollten, zu folgern sein würde, daß zwischen K. und Z. in Bezug auf Papierfabrication und Papierhandel ein Societätsverhältniß bestanden habe, da nach den vor der Gültigkeit des Allgem. Deutschen Handelsgesetzbuchs in der Praxis befolgten Grundsätzen durch die Anzeige der Firma bei der Verwaltungsbehörde sogar die solidarische Verpflichtung der Handelsgesellschafter begründet wurde.

vgl. Zeitschrift für Rechtspfl. u. Verw., N. F. Bd. XV. S. 137 flg. no. 40.

Es war daher unter Abänderung der vorigen Entscheidung in diesem Punkte die Entscheidung über die Förmelung und Leistung des dem Kläger über die Bl. — unter a. ausgehobenen und die übrigen auf das Societätsverhältniß zwischen K. und Z. bezüglichen Einlassungsabschnitte zurückgegebenen Eides dem Enderkenntnisse vorzubehalten und dem Kläger zunächst der Beweis der bei Einl.-Punkt 9. 10. 21 a. 21 b. 22. vom Beklagten geleugneten Thatsachen nachzulassen.

In ähnlicher Weise verhält es sich mit dem dem Kläger Bl. — unter b. zuerkannten zweiten Eide, durch dessen Umfang derselbe Bl. — ebenfalls sich beschwert findet. Bei der Entscheidung darüber, welche von den vom Kläger bei Einl.-Punkt 18 flg. angeführten Thatsachen Behufs des Nachweises der Existenz und der Fälligkeit seiner Forderung in rechtliche Gewißheit zu setzen seien, müßte zunächst die Frage in Betracht kommen, ob nicht hierzu der Beweis des Umstandes, daß er am 9. Februar 1862 von K. und Z. acceptirte Wechsel als deren Inhaber in Händen hatte, genügt, da, wenn schon der Anspruch aus Wechseln an sich nur formeller Natur ist, derselbe doch auch, die Formrichtigkeit der Wechsel vorausgesetzt, sowohl im ordentlichen als im Urkundenprocesse verfolgt werden kann,

vgl. Annalen des Königl. Oberappellationsgerichts, Bd. III. S. 5.

in beiden Fällen aber den Beklagten hinsichtlich der gegen die Rechtsbeständigkeit der Forderung gerichteten Einreden die Beweislast treffen müßte. Wollte man aber dies im vorliegenden Falle nicht annehmen, so müßte doch wenigstens in Erwägung gezogen werden, ob der dem Kläger über die obgedachten Thatsachen aufzuerlegende Relateid, so viel die im Einl.-Punkt 263—271. erwähnten Wechsel anlangt, neben der Einlösung derselben alternativ auf das im Einl.-Punkt 272 flg. behauptete mündliche Uebereinkommen und im Hinblick auf das oben unter I. 3. Gesagte, in Betreff des im Einl.-Punkt 251 a. bezeichneten Wechsels, **lediglich** auf die im Einl.-Punkt 251—261. angeführte mündliche Vereinbarung zu richten sei. Da jedoch die Leistung dieses Eides überhaupt nur dann in Frage kommen kann, wenn Kläger den rechtsgültigen Abschluß des behaupteten Kaufvertrags und die erfolgte Uebergabe des angeblich erkauften Papiers darzuthun vermag, so erschien es angemessen, die Entscheidung nicht nur wegen der Leistung, sondern auch wegen der **Förmelung** des Eides unter b. dem Enderkenntnisse zu überlassen.

Soviel hiernächst

2.

den auf Beweis gestellten Theil der Klage anlangt, so hat Man die vom Kläger Bl. — gegen das Beweisinterlocut vorgebrachten Beschwerden nicht für erheblich befinden können. Denn wenn in demselben auch gewisse Einlassungsabschnitte speciell aufgeführt und zum Beweise ausgesetzt worden sind, so hat dies doch nicht den Sinn, daß der Kläger, um eine günstige Endentscheidung zu erlangen, auch dann die sämmtlichen, in diesen Abschnitten angeführten Thatsachen beweisen müsse, wenn der geklagte Anspruch schon durch den Beweis der einen oder der anderen hinlänglich begründet werden sollte, sondern es bleibt der Definitivsentenz vollständig die Entscheidung darüber überlassen, ob der Kläger von den zu Begründung seines Anspruchs vorgebrachten Thatsachen so viel, als zu derselben erforderlich, in rechtliche Gewißheit gesetzt habe. Er hat daher auch keine Veranlassung, sich darüber zu beschweren, daß ihm hierunter die freie Wahl überlassen worden ist, weshalb in diesem Punkte zu einer Abänderung der vorigen Entscheidung keine Veranlassung vorlag."

Der Kläger sowohl, als auch der Beklagte remedirten gegen dieses Urthel, und es bestätigte hierauf das **Königl. Oberappellationsgericht** in dem am 29. October 1863 abgefaßten Erkenntnisse mit einer Erläuterung in Bezug auf den dem Kläger auferlegten Beweis die Entscheidung der zweiten Instanz unter Beifügung folgender **Entscheidungsgründe**:

„Indem Man den Gründen Bl. — im Wesentlichen beizustimmen hat, ist gegen die Deductionen der Parteien Folgendes zu bemerken:

A. Zu Beklagtens Deduction Bl. —.

1. Nicht gerechtfertigt ist der Satz des Beklagten Bl. —, daß die Besitzübertragung einer Sache, wenn solche sich in dem Besitz und der Detention eines Andern befand, nur dann für geschehen erachtet werden könne, wenn der neue Erwerber diese Sache nicht blos in seine Macht bekommt, sondern insbesondere dem früheren Besitzer die Möglichkeit der Disposition über dieselbe entzogen wird.

Schon der Fall des constitutum possessorium zeigt, daß dieser Satz nicht haltbar ist, indem in diesem der frühere Besitzer die Füglichkeit der körperlichen Disposition über die Sache mit Ausschluß des neuen Erwerbers behält, gleichwohl aber nunmehr jener nicht weiter juristisch für sich besitzt, sondern den von ihm anerkannten juristischen Besitz des Letzteren für diesen corpore ausübt.

Es ist aber auch das Gegentheil in ausdrücklichen Gesetzen, z. B. in der l. 79. D. de solution. (46. 3.) ausgesprochen, indem nach deren klarem Wortlaute:

> „Pecuniam quam mihi debes, aut aliam rem, si in conspectu meo ponere te jubeam, efficitur, ut et tu statim libereris et mea esse incipiat; nam tum quod a nullo corporaliter ejus rei possessio detineretur, acquisita mihi et quodammodo manu longa tradita existimanda est."

das Eigenthum der zu übergebenden Sache erworben ist, sobald nur der frühere Eigenthümer solche auf Anweisung des mit seinem Einverständnisse Erwerbenden, diesem in dessen Gegenwart zur Disposition gestellt hat. Ist dies aber der Fall, so würde eine weitere Disposition des Tradenten gegen den Willen des neuen Erwerbers eine fehlerhafte, beziehentlich eine contrectatio fraudulosa sein.

Im Uebrigen sind, wie für jetzt nur beiläufig zu gedenken, diese Grundsätze über das constitutum possessorium und die s. g. traditio longa manu auch in dem bürgerlichen Gesetzbuche vom 2. Januar 1863, und zwar der letztere in §. 194., der erstere in §. 195. anerkannt.

Dies erledigt zugleich die Auslegung, welche Beklagter Bl. — der l. 1. §. 21. D. de acquir. rer. dom. (42. 2.) zu geben versucht, indem, will man nicht etwa annehmen, daß das Beispiel von den Sachen, quae propter magnitudinem ponderis moveri non possunt, ein schiefes sei, das „argumentum" nicht in der physischen Schwierigkeit, daß ungeachtet der Uebergabeerklärung der Tradent auch nicht anderweit darüber verfügen könne, sondern nur darin zu suchen ist, daß auch bei beweglichen Gegenständen jene Erklärung in praesentia rei aus Rücksichten der Nützlichkeit genügen müsse, wenn deren Unhandlichkeit die ursprünglichste Form der Uebergabe von Hand zu Hand behindern. Ob diese Erklärung der Entstehung der s. g. traditio longa manu die einzige richtige sei, kann aber dahin gestellt bleiben, da theils der durch dieselbe erläuterte Rechtssatz in der l. 79. cit. eine von diesem Zweifel freie Bestätigung findet, wie denn auch die l. 1. §. 21. cit. für den vorliegenden Fall ein unmittelbares Anhalten bietet, da allerdings 163 Centner Papier ein Quantum bilden, hinsichtlich dessen für zwei Personen eine Uebergabe von Hand zu Hand immerhin eine nicht unerhebliche Schwierigkeit bieten würde.

Was dem entgegen Beklagter Bl. — im Hinblick auf einen im Wochenblatt für merkwürdige Rechtsfälle v. J. 1852. S. 240. behandelten Fall auszuführen sucht, ist unerheblich, da, wie die betreffende species facti an die Hand giebt, hier gar nicht von der s. g. traditio longa manu in dem obenentwickelten Sinne, sondern von der allerdings unzulässigen und wirkungslosen Modalität der Aufsetzung, resp. Aushändigung einer Urkunde, wornach die Uebergabe als erfolgt erklärt wird, die Rede ist. Ebenso erledigt sich das Bl. — Bemerkte, wenn man den nun einmal in den Rechten anerkannten Unterschied zwischen der s. g. traditio longa manu, wobei die zu übergebende Sache in conspectu sein muß, und dem nackten Pactum, daß die Uebergabe der nicht in conspectu befindlichen Sache für erfolgt gelten solle (nicht etwa, daß Tradent von nun an für den neuen Erwerber besitzen wolle), ins Auge faßt.

Von letzteren völlig verschieden ist die Bl. — berührte s. g. traditio symbolica, d. i. diejenige Form, wo die thatsächliche Uebergabe durch die Uebergabe eines Zeichens der Sache ersetzt werden soll. Allein wenn schon man für eine solche Modalität der Tradition eine Analogie aus der alten Form der vindicatio

> Gajus, Comment., IV. §. 17.

ableiten zu dürfen geneigt sein könnte, so kommt doch dagegen in Betracht, daß in dem neuern römischen Rechte eine gesetzliche Anerkennung einer solchen Besitzübertragung nicht existirt,

> Schweppe, Röm. Privatrecht, Bd. II. §. 219. ad b. S. 29.

und kann endlich, wie die Uebergabe des Schlüssels zu einem Behältnisse, worin sich die zu übergebenden Sachen befinden, nicht unter dem Gesichtspunkte der s. g. traditio symbolica aufzufassen ist,

> Schweppe, a. a. O.

das Bl. — Bemerkte um so gewisser dahin gestellt bleiben, wenn — was der Definitive zu überlassen — schon durch die früheren Handlungen und Erklärungen

Z.'s und des Klägers die Uebergabe als erfolgt zu gelten hat; wogegen man ebenso die Bl. — berührte Frage offen hält, ob die factische Apprehension dann die Qualification des Besitzerwerbes verliere, wenn die ergriffenen Gegenstände alsbald wieder aus der Hand gelegt werden.

Nur das ist noch zu Bl. — einzuhalten, daß, kommt es auf die Uebergabe des Schlüssels zu einer der mehreren zu dem Behältniß führenden Thüren überhaupt an, dann allerdings, wie Bl. — vergeblich zu verneinen versucht wird, die Lage des Erwerbers durch den Besitz eines solchen Schlüssels doch immer insofern eine gesichertere ist, als er zu dem erworbenen Gute auch ohne weitere Mitwirkung des Tradenten jeder Zeit gelangen kann.

Endlich sprechen die Bl. — berührten Vorgänge

Wochenblatt für merkw. Rechtsfälle v. J. 1863. S. 145.

Zeitschrift für Rechtspfl. und Verwalt., N. F. Bd. XXIII. S. 448.

zwar gegen die Annahme eines constituti possessorii in dem Falle, wenn von Uebergabe und Rückübergabe die Rede ist, nicht aber dagegen, daß, ist die Uebergabe einmal erfolgt, eine factische Rückübergabe zu dem Zwecke eintreten könne, daß der frühere juristische Besitzer nunmehr den auf den Erwerber übergegangenen juristischen Besitz, in dessen Namen ausübe und für solchen detinire (das s. g. alieno nomine possidere des Commodatars, Depositars u. s. w.).

Mackeldey, Lehrbuch, §. 211. ad not. b.

2. Beklagter schlägt sich selbst, wenn er Bl. — anerkennt, daß der überlebende Gesellschafter „Geld, welches zum Societätsvermögen gehört", ohne Weiteres zu Bezahlung von Gesellschaftsschulden verwenden dürfe. Denn zwischen Geld und andern fungiblen Sachen ist im Wesentlichen kein, zwischen Geld aber und nicht fungiblen Sachen in der vorliegenden Beziehung nur der Unterschied, daß bei Zahlungen aus der Gesellschaftskasse eine Verfolgung des ideellen Antheils des verstorbenen Socius an den Münzstücken nicht denkbar ist, bei nicht fungiblen aber denkbar wäre.

Läßt man nun im concreten Falle dahin gestellt, ob datio in solutum oder venditio mit pactum de compensando vorliege, so kommt es doch eben nur darauf an, ob, wie die vorige Instanz ausgeführt hat, auf Grund der Gesetze

l. 27. D. pro socio. (17. 2.)

l. 43. D. negot. gest. (3. 5.)

l. 16. C. eod. (II. 19.)

das Weggeben von dem verstorbenen Socius antheilig zugehörig gewesenen Gesellschaftsvermögensstücken Behufs Deckung von Gesellschaftsschulden als eine solche Disposition anzusehen sei, welche der Rechtsnachfolger des Verstorbenen als für ihn bindend anerkennen müsse.

Dies ist aber allerdings anzunehmen, da der Stellvertreter den Besitz des dominus — welcher übrigens bei einer hereditas an sich nicht existirt, l. 1. §. 15. D. si is, qui etc. (47. 4.) — auf einen andern übertragen kann,

l. 33. §. 4. D. de usurp. (41. 3.)

und durch die bezogenen Gesetze eine Berechtigung des Tradenten zu Vornahme einer titulirten Besitzübertragung insofern indicirt ist, als sein Gebahren nicht ihm, also auch nicht dem dritten Erwerber gegenüber als eine fraudulosa contrectatio angefochten werden kann, folglich als negotiorum gestio ratihabirt werden muß.

Im Uebrigen hat das, an sich auf den vorliegenden Fall nicht anwendbare Handelsgesetzbuch dieses Dispositionsrecht des „verbleibenden Gesellschafters" in Art. 130. a linea 3. mit der ausdrücklichen Bestimmung in Art. 131. anerkannt, daß der ausscheidende Socius kein Recht auf einen verhältnißmäßigen Antheil an Waaren oder andern Vermögensstücken der Gesellschaft habe.

3. Auch in Betreff der Fälligkeit derjenigen Wechselforderung, mit welcher Kläger auf das Kaufgeld für das Papier im behaupteten Einverständnisse Z.'s compensirt hat, vermag man in der Deduction Bl. — etwas, was die Rationen der vorigen Instanz zu entkräften geeignet wäre, nicht zu befinden.

Der Wechsel Bl. — war nach dem Wortlaute zweifellos am 8. Februar 1862 fällig, und es kommt darauf etwas nicht an, ob er blos zur Sicherstellung wegen der von Klägern gegebenen Accepte, sondern, was ebensowohl denkbar, darum ausgestellt war, um dem Kläger wegen letzterer Deckungsmittel zu geben, und kann in einem solchen Falle etwas Außergewöhnliches durchaus nicht erblickt werden. Es handelt sich aber auch keineswegs, wie Beklagter Bl. — meint, um eine bloße Erklärung von K. und Z., acceptiren zu wollen, sondern es liegt ja dieses Accept selbst vor.

War daher nach alledem zu einer Abweisung der Klage nicht zu gelangen, so bedarf es auch

B. zu Klägers Berufung

eines Eingehens auf dessen gegen gewisse Theile der Rationen voriger Instanz gerichtete Gravamina nicht, wenn man, wie andurch geschieht, die einschlagenden Fragen für die Definitive offen hält, und, was auch aus andern Gründen zweckmäßig erscheint, die Dispositionen der vorigen Instanzen, wie per declaratoriam geschehen, generalisirt."

32.

Können Frauenspersonen Andere vor Gericht vertreten?

Mitgetheilt von

Herrn T. in D.

In einer vor dem Gerichtsamte im Bezirksgerichte D. nach §. 27. der Proceßnovelle vom 30. December 1861 im Bagatellprocesse verhandelten Miethstreitigkeit erschien im Verhandlungstermine für den Beklagten dessen Ehefrau und überreichte zu ihrer Legitimation eine Vollmacht. Die erste Instanz hielt die Klage für schlüssig begründet, die Vollmacht aber nach den Bestimmungen des Gesetzes vom 16. Mai 1839. §. 8. für unzureichend und demgemäß den Beklagten für ungehorsam ausgeblieben und verurtheilt Beklagten der Klagbitte gemäß.

Auf eingewendete Berufung bestätigte das Königliche Appellationsgericht zu Dresden im Jahre 1863 den Bescheid der ersten Instanz aus folgenden Gründen:

„Weil, wennschon die Beschränkungen, denen Frauenspersonen nach älterem Rechte

vgl. const. 15. P. II. v. J. 1572.
A. und Erl. Proc.-Ordn. zu Tit. VIII.

rücksichtlich der selbstständigen Vertretung ihrer eignen Angelegenheiten vor Gericht im Allgemeinen, nämlich abgesehen von den rücksichtlich der Ehefrauen auf Grund der ehelichen Vormundschaft nach §. 3. des Gesetzes, die Aufhebung der Geschlechtsvormundschaft betr., vom 8. Januar 1838 auch dermalen noch geltenden Ausnahmen, früherhin unterworfen gewesen, durch die neuere Gesetzgebung

vgl. §. 1. und 2. des angez. Gesetzes vom 8. Januar 1838, verb. mit §. 3. unter 5. des Mandats, die Geschlechtsvormundschaft betr., vom 10. November 1828.

in Wegfall gekommen sind, doch hieraus noch keineswegs folgt, daß nunmehr auch der auf dem gemeinen Proceßrechte beruhende Grundsatz, daß Frauenspersonen von der Fähigkeit zur Vertretung fremder Angelegenheiten vor Gericht ausgeschlossen seien,

vgl. l. 41. 54. D. de procur. (3. 3.)
c. 4. 18. C. de procur. (2. 13.)
Kind, quaest. for., T. III. c. VIII. p. 34 sq.

für aufgehoben zu achten sei, dieser Grundsatz vielmehr, insoweit nicht der auf der Vorschrift in

l. 41. D. de procur. (3. 3.)

beruhende feststehende Gerichtsbrauch eine Ausnahme zu Gunsten Angehöriger der Frauensperson für den Fall der Noth zuläßt,

Wernher, obs. for., P. IX. obs. 81.

auch gegenwärtig noch im Allgemeinen Anspruch auf Gültigkeit, und daher, da das Gesetz, das gerichtliche Verfahren in Streitigkeiten über ganz geringfügige Civilansprüche betr., vom 16. Mai 1839 etwas Anderes hierüber nicht enthält, in der durch das zuletzt gedachte Gesetz eingeführten Proceßart ebenso Anwendung zu leiden hat, wie in allen übrigen Proceßarten, nun aber die in §. 7. dieses Gesetzes enthaltene Vorschrift, daß das Erscheinen durch einen nicht oder nicht gehörig legitimirten Bevollmächtigten ebenso zu beurtheilen sei, wie das gänzliche Außenbleiben der betreffenden Partei im Termine, zweifellos auch auf den Fall bezogen werden muß, wenn behufs Vertretung der Letzteren eine Person erscheint, welche im Allgemeinen zur Vertretung Dritter in rechtlichen Angelegenheiten unfähig ist, da die von der zu vertretenden Partei hierzu ertheilte Vollmacht aus diesem Grunde für ungültig und unwirksam geachtet werden muß, und hiernach allenthalben der Bescheid voriger Instanz u. s. w."

Miscellen.

Immatriculation von Advocaten. Vom Justizministerium ist der Rechtscandidat Herr Karl August Ludwig Große in Glauchau zum Advocaten ernannt und als solcher verpflichtet worden.

Vom Justizministerium ist der Rechtscandidat Herr Dr. Bernhard Junghans in Leipzig zum Advocaten ernannt und als solcher verpflichtet worden.

Todesfälle. Gestorben: am 14. März 1864 der vormalige ordentliche Professor der Rechte, Appellationsrath Dr. Wilhelm Ferdinand Steinacker in Leipzig; am 15. März 1864 der Ober-Postrath Carl Friedrich Bruno Keßler in Leipzig; am 16. März 1864 der Advocat Robert Zenker in Leipzig.

Redacteur: Dr. Theodor Tauchnitz. Officin der Verlagshandlung.

Von diesem Wochenblatte erscheinen jährlich 64 Nummern zu 1 Quartbogen und außerdem am Jahresschlusse ein ausführliches Register.

Wochenblatt

für

merkwürdige Rechtsfälle,

in actenmäßigen Darstellungen

aus dem Gebiete der Justizpflege und Verwaltung

zunächst für das

Königreich Sachsen.

Alle Postämter u. Buchhandlungen übernehmen Bestellungen und liefern das Quartal zu dem praenumerando zu entrichtenden Preise von 1 Thaler.

Verlag von **Bernhard Tauchnitz** in Leipzig.

№ 21. Neue Folge Zwölfter Jahrgang. **1864.**

33.

Die von einem Intestaterben an seinen Miterben erfolgte Cession einer hypothekarischen Forderung ist den Gläubigern des später eröffneten Concurses des Cedenten gegenüber auch dann wirkungslos, wenn die cedirte Forderung noch auf den Erblasser des Cedenten eingetragen steht.

Mitgetheilt von
Herrn Adv. **Hanns K. Hermann** zu Dresden.

In dem Rechtsfalle, welcher zu den nachstehend mitgetheilten Entscheidungen die Veranlassung gab, war der Inhaber von Hypotheken mit Hinterlassung zweier mündiger Kinder, als Intestaterben, gestorben, die sich bezüglich der väterlichen Verlassenschaft dahin einigten, daß der Bruder B. seiner Schwester, der verehel. B., deren Erbtheil durch Uebereignung von auf den Erblasser eingetragenen Hypotheken gewährte, ohne daß hierüber ein förmlicher Erbreceß abgeschlossen und auf Grund eines solchen die verehel. B. in den betreffenden Grund- und Hypothekenbüchern wegen der ihr auf ihr Erbtheil zukommenden Forderungen eingetragen worden war. Eine geraume Zeit später wurde zu dem Vermögen des Cedenten und Miterben Concurs eröffnet.

Der Vertreter dieses Concurses weigerte sich mit Bezugnahme auf die in diesem Wochenblatt, Jahrg. 1852. S. 417 flg. und in den Annalen des Oberappellationsgerichts, Thl. III. S. 223. mitgetheilten Entscheidungen dem Verlangen der verehel. B. auf Anerkennung der fraglichen Erbregulirung zu entsprechen und geschehen zu lassen, daß auf Grund derselben die fraglichen Hypotheken auf sie übertragen würden, er legte vielmehr gegen jede Verfügung über die fraglichen Hypotheken, und zwar auch der Hälfte derselben, welche der B. nach dem gesetzlichen Erbrechte zugefallen war, Protestationen ein und veranlaßte dadurch die verehel. B. zur Anstellung einer Klage, die von ihr im April 1862 vor dem Königl. Gerichtsamte Pulsnitz erhoben ward.

Der thatsächliche Inhalt dieser Klage ist nachstehend in den Entscheidungsgründen zu dem Erkenntnisse der ersten Instanz specieller referirt, über denselben, soweit er sich nicht aus liquiden Urkunden ergab, trug Klägerin den Eid an, welcher vom Beklagten zurückgegeben ward, die Schlußbitte der Klage richtete sie aber hauptsächlich dahin, daß Beklagter verbunden,

1) sie als alleinige Inhaberin der libellirten Forderungen c. a. anzuerkennen,
2) die Löschung seiner auf den betreffenden Folien eingetragenen Protestationen
3) den Eintrag der Klägerin als alleiniger Eigenthümerin der kraft Erbrechts und Vertrags auf sie übergegangenen Forderungen c. a. geschehen zu lassen.

Die erste Entscheidung des **Bezirksgerichts** zu **Bautzen** vom 27. September 1862 war eine der Klägerin durchaus günstige, dieselbe verurtheilte den Beklagten, geschehen zu lassen, daß im Grund- und Hypothekenbuche betreffenden Orts, wie von den Bl. — unter nr. — aufgeführten Forderungen je die Hälfte auf Klägerin durch Erbfall übergegangen sei, eingetragen und die entgegenstehenden Protestationen demgemäß beschränkt werden, nicht minder aber unter der Voraussetzung der Leistung des der Klägerin über die in der Klage zum Grunde gelegten Thatsachen zurückgegebenen Eides geschehen zu lassen, daß im

Grund- und Hypothekenbuche gehörigen Orts, wie von oben erwähnten drei Forderungen je die Hälfte durch Erbfall auf B. (den Gemeinschuldner) übergegangen und von Letzterem an die Klägerin abgetreten worden sei, verlautbart und die entgegenstehenden Protestationen gänzlich gelöscht werden.

Unter der Voraussetzung der Leistung gedachten Eides sollte endlich Beklagter aus der durch ihn vertretenen Concursmasse der Klägerin auch die erwachsenen Proceßkosten erstatten.

Dieses Erkenntniß fand folgende Begründung:

„Für den Schuhmachermeister J. G. B. zu P. stehen noch jetzt auf verschiedenen Grundstücken in den Grund- und Hypothekenbüchern für B. und P. die Bl. — unter nr. 1—3. näher bezeichneten hypothekarischen Forderungen im Betrage von beziehentlich 154 Thlrn. 5 Ngr. —, 308 Thlrn. 10 Ngr. — und 400 Thlrn. — — sammt Zinsen zu beziehentlich 4, 3 und 3½ vom Hundert eingetragen. Genannter B. ist im Jahre 1851 verstorben und hat als alleinige Intestaterben die Klägerin und deren Bruder B. G. B. hinterlassen, welche den väterlichen Nachlaß angetreten haben.

Weiter behauptet Klägerin: bei der Theilung des väterlichen Nachlasses habe sie mit ihrem nurgenannten Bruder sich dahin geeinigt, daß sie auf ihr väterliches Erbtheil die in der Klage unter nr. 1. und 2. gedachten Forderungen an beziehentlich 154 Thlrn. 5 Ngr. — und 308 Thlrn. 10 Ngr. — sammt den bei dem Ableben des Erblassers rückständigen Zinsen erhalten und annehmen solle, auch habe ihr genannter Bruder, nachdem sich durch gemeinschaftliche Berechnung herausgestellt, daß sie von demselben auf ihr väterliches Erbtheil noch die Summe von 1850 Thlrn. — — zu erhalten habe, in Abrechnung hierauf an Zahlungsstatt die in der Klage sub 3. erwähnte Forderung von 400 Thlrn. — — ihr zur alleinigen Verfügung überwiesen.

Diese Behauptungen hat Beklagter beim 8—16. Einlassungspunkte mit Nichtwissen beantwortet und den darüber in der Klage Bl. — angetragenen Eid Bl. — zurückgegeben.

Wie ferner nach dem Zugeständnisse beim 17. Einlassungspunkte in Gewißheit beruht, ist zu dem Vermögen B. G. B.'s im Jahre 1861 der Concursproceß eröffnet und in demselben Beklagter, was auch Bl. — Gerichtswegen bestätigt wird, als Gütervertreter bestellt worden, welcher hierauf gegen die Eintragung der Klägerin, als Inhaberin der Hälfte oberwähnter drei Nachlaßforderungen, sowie gegen Veräußerung und Verpfändung derselben protestirt und den Eintrag dieser Protestationen in die betreffenden Grund- und Hypothekenbücher in der Bl. — ersichtlichen Maaße erlangt hat.

Deshalb fordert Klägerin, daß Beklagter sie als alleinige Inhaberin oder wenigstens als Inhaberin der Hälfte der mehrerwähnten drei Forderungen anerkenne und geschehen lasse, daß nach vorgängiger Löschung der nurgedachten Protestationen Klägerin als alleinige Inhaberin oder wenigstens als Inhaberin der Hälfte dieser Forderungen in das Grund- und Hypothekenbuch eingetragen werde.

Beklagter hat Bl. — die Schlüssigkeit der Klage bestritten, weil

a) daraus nicht erhelle, daß der Klägerin alles Eigenthum an den fraglichen Forderungen und insbesondere das Recht auf die Hälfte derselben abgesprochen worden sei, und

b) in Ansehung der anderen Hälfte die Bestimmung in §. 84. des Hypothekengesetzes vom 6. November 1843, wonach die Abtretung einer hypothekarischen Forderung erst durch Eintragung in das Grund- und Hypothekenbuch Gültigkeit gegen dritte Personen, welchen nach der Ansicht des Königlichen Oberappellationsgerichts

Annalen, Bd. III. S. 223.

auch die Gläubigerschaft des vor dem Eintrag insolvent gewordenen Cedenten beizuzählen ist, sowie auch gegen den Schuldner selbst erlangt, dem Anspruche insofern entgegenstehe, als Klägerin auf den erfolgten Eintrag der von ihr behaupteten Cessionen nicht Bezug nehme.

Diese Einwendungen hat jedoch das Bezirksgericht als gegründet anzuerkennen nicht vermocht.

Denn

ad a.

die Fassung der Einträge, mittelst welcher die erwähnte Protestation des Gütervertreters im Grund- und Hypothekenbuche verlautbart worden, ist so unbeschränkt, daß in deren Folge Klägerin auch nicht einmal zur Hälfte als Inhaberin der fraglichen Forderungen eingetragen werden kann und an der Verfügung über dieselben nach ihrem ganzen Umfange behindert ist. In solcher Ausdehnung steht aber Beklagtem, selbst wenn seiner Argumentation ad b. beizutreten wäre, ein Widerspruchsrecht nicht zu, da bei dem Eingangs geschilderten Sachverhalte und nach dem Grundsatze: nomina ipso jure sunt divisa, Klägerin die Hälfte jener Forderungen durch Erbgangsrecht erworben hat und die Eintragung dieser Erwerbung in das Grund- und Hypothekenbuch nach der bestimmten Vorschrift in §. 187. des Hypothekengesetzes zu verlangen berechtigt ist. Hieraus folgt, daß, insoweit das Klaggesuch die eine Hälfte der fraglichen Forderungen betrifft, Beklagter, welcher die in dieser Begrenzung dem Anspruche zum Grunde liegenden Thatsachen nach Obigem zugestanden hat, schlechterdings zu verurtheilen war.

Aber auch in Ansehung der andern Hälfte

ad b.

läßt sich dem Anspruche der Klägerin durch Bezugnahme auf §. 84. des Hypothekengesetzes nicht mit Erfolg begegnen, weil es sich im gegebenen Falle gar nicht um Cession hypothekarischer Forderungen handelt. Der angezogene §. 84. setzt voraus, daß der Cedent Inhaber der abgetretenen hypothekarischen Forderung sei. Als Inhaber einer hypothekarischen Forderung wird aber nach §. 5. des nämlichen Gesetzes jedesmal derjenige angesehen, welcher als solcher im Grund- und Hypothekenbuche eingetragen ist. Der Gemeinschuldner ist als Inhaber der ihm vermöge Erbrechts zugefallenen Hälfte der ofterwähnten Forderungen in das Grund- und Hypothekenbuch nicht eingetragen worden und konnte daher diesen Antheil in der Eigenschaft hypothekarischer Forderungen auch nicht cediren. Nun giebt es zwar einen Fall, in welchem auch ein nicht eingetragener Forderungsberechtigter eine hypothekarische Forderung cediren kann, indem nach §. 186. des angezogenen Gesetzes die Cession eingetragener Forderungen, welche durch Erbfall, ohne Dazwischentreten einer Cession, auf andere Personen übergehen, auch ohne vorherige besondere Eintragung der Erben als nunmehrigen Inhaber der Forderung in das Grund- und Hypothekenbuch, dann zugelassen wird, wenn sie von den Erben insgesammt vorgenommen wird. Diese Vorschrift bezieht sich aber, wie aus ihrem klaren Wortlaute hervorgeht, auf den speciellen Fall, daß das Gesammterbe in Repräsentation des Nachlasses cedirt. Die Berechtigung einzelner Miterben, ihren Antheil an ererbten Forderungen zu cediren, ist nach §. 187. des angezogenen Gesetzes zu beurtheilen. Hiernach besitzt der einzelne Miterbe, so lange er nicht als Inhaber der durch Erbfall übergegangenen Forderung nach Höhe seines Erbantheils in das Grund- und Hypothekenbuch eingetragen ist, nur einen Rechtstitel zu antheiliger Erwerbung der Hypothek, mit welcher die vererbte Forderung versehen ist, in Gemäßheit §. 4., was das Gesetz mit den Worten ausdrückt, daß derselbe für seinen Antheil die Eintragung dieser Erwerbung in das Grund- und Hypothekenbuch zu verlangen berechtigt sei. Wie nun im Allgemeinen nach §. 82. des Hypothekengesetzes auch der Rechtstitel zu Erlangung einer Hypothek, die gleichzeitige Uebertragung der Forderung selbst vorausgesetzt, von dem Gläubiger nach dem Betrage der ganzen Forderung oder eines Theils derselben an Andere abgetreten werden kann, so ist insbesondere auch die Uebertragung des miterwähnten speciellen Rechtstitels, wenigstens an Miterben, zulässig.

Dieser Annahme stehen die Schlußworte des §. 187.: „und es muß diese Eintragung (nämlich der Erwerbung des Antheils an der durch Erbfall übergegangenen Forderung) erfolgen, wenn ein solcher (nämlich ein einzelner Miterbe) seinen Antheil an der Forderung besonders cediren oder verpfänden will", nur scheinbar entgegen. Denn die letztere Vorschrift bezieht sich, wie von

Siegmann, das königl. sächs. Grund- und Hypothekenrecht, S. 318.

ausgeführt worden ist, nur auf den Fall, wenn ein einzelner Miterbe seinen Antheil an der vererbten hypothekarischen Forderung an dritte Personen cedirt, nicht aber auch solche Cessionen, deren Zweck nur die Vertheilung des Nachlasses ist. Cessionen der letzteren Art können erfolgen, ohne daß es eines Zwischeneintrags der antheilig cedirenden Erben bedarf.

Nach diesen Grundsätzen war der Gemeinschuldner nicht behindert, den ihm zugefallenen Rechtstitel auf antheilige Erwerbung der im väterlichen Nachlasse enthaltenen, in Frage stehenden hypothekarischen Forderungen an die Klägerin, als Miterbin, zu übertragen, und es muß in den von der Klägerin behaupteten antheiligen Ueberweisungen jener Forderungen, wenn man sie nicht als Cessionen hypothekarischer Forderungen gelten läßt, wenigstens die Uebertragung des dem Gemeinschuldner zuständigen Rechtstitels auf Erlangung der fraglichen Hypotheken gefunden werden.

Hat nun demgemäß der Gemeinschuldner noch vor der Concurseröffnung sich das ihm in Betreff der in Streit befangenen hypothekarischen Forderungen zustehenden Rechts gänzlich begeben, so konnte auch irgend welcher Anspruch auf dieselben nach dem in l. 54. D. de div. reg. juris ausgesprochenen Rechtsgrundsatze: nemo plus juris ad alium transferre potest, quam ipse haberet, auf die Gläubigerschaft nicht übergehen.

Diese Beurtheilung führt zu dem Ergebnisse, daß auf das relatum über die nach Obigem behaupteten Cessionen zu erkennen war."

Auf die vom Beklagten gegen die gedachte Entscheidung der ersten Instanz eingewendete Berufung erkannte aber das Königl. Appellationsgericht zu Budissin am 20. März 1863 reformatorisch:

„Daß es bei diesem Erkenntnisse (1. Instanz), soviel die auf den Gemeinschuldner B. vererbte Hälfte der in der Klage erwähnten drei hypothekarischen Forderungen und die für den Fall, daß Klägerin den ihr zurückgegebenen Eid leistet, dem Beklagten auferlegte Kostenerstattung betrifft, nicht zu lassen, es hat vielmehr der Klägerin Suchen hinsichtlich der gedachten Hälfte der erwähnten Forderungen in der angebrachten Maaße nicht Statt und sind die erwachsenen Proceßkosten ebenso, wie die durch das ergriffene Rechtsmittel veranlaßten, unter den Parteien gegenseitig aufzuheben."

Die Gründe dieser Entscheidung sind folgende:

„Man kann den dem Erkenntnisse erster Instanz Bl. — flg. ad b. beigefügten Entscheidungsgründen vollständig beitreten und dennoch zu einem anderen Ergebnisse gelangen, weil darin auf den Umstand, daß zu B.'s Vermögen Concurs entstanden, nicht das erforderliche Gewicht gelegt worden ist. Dieser Umstand ändert die ganze Sachlage.

Wäre derselbe nicht eingetreten, so hätte Klägerin ihren genannten Bruder, als Miterben ihres Vaters, vermöge der zu ihren Gunsten bewirkten Cession der auf ihn vererbten Hälfte der in der Klage erwähnten Forderungen rechtlich belangen können, damit er ihre Eintragung im Grund- und Hypothekenbuche als Cessionarin geschehen lasse.

Durch den ausgebrochenen Concurs hat aber der Cedent alles Verfügungsrecht über sein Vermögen verloren und ist solches auf seine Gläubiger übergegangen, und es sind dadurch die ihm zugehörig gewesenen Antheile an den erwähnten Forderungen Bestandtheile der Concursmasse geworden, wogegen Klägerin, welche den Eintrag der Cession im Grund- und Hypothekenbuche nicht für sich hat, ohne Erfolg streitet.

Der Grund davon liegt in den Bestimmungen der einschlagenden positiven Gesetze, und zwar schon der älteren, vor dem Gesetze vom 6. November 1843 vorhandenen.

Schon das Gesetz vom 25. Januar 1838 bestimmte §. 10. (Ges.- u. V.-Bl. 1836. S. 16.):

„Cessionen consentirter — Forderungen dürfen nur mittels Confirmation und Consenses der Hypothekenbehörde — geschehen, sonst sind sie gegen die Gläubiger des Cedenten — ohne Wirkung."

Hierdurch wurde das, was die Erl. Proceßordnung ad Tit. XLVI. §. 2. in den Erblanden verordnet hatte, auch in der Oberlausitz eingeführt, und es unterliegt daher keinem Zweifel, daß von da eine der richterlichen Bestätigung und Consenses entbehrende Cession einer hypothekarischen Forderung gegen die Gläubiger des Cedenten wirkungslos war.

vergl. die in dem Wochenblatte für merkw. Rechtsf., 1852. S. 421. angezogenen Entscheidungen und Schriftsteller.

Ganz dasselbe, nur in etwas erweiterter Fassung und mit Anwendung auf die an die Stelle der Bestätigung und des Consenses getretene Eintragung in das Grund- und Hypothekenbuch, bestimmt das Gesetz vom 6. November 1843. §. 84. mit den Worten:

„die Abtretung einer hypothekarischen Forderung erlangt erst durch die Eintragung in das Grund- und Hypothekenbuch Gültigkeit gegen dritte Personen, wie auch gegen den Schuldner selbst."

Eine Analogie der Rechtsgrundsätze, welche für den Fall gelten, daß ein Grundstück vor Ausbruch des Concurses verkauft und außergerichtlich übergeben worden ist, erscheint unstatthaft.

Annalen des Königl. Oberappellationsgerichts, Bd. III. S. 223 flg.

Hierin kann auch dadurch nichts geändert werden, daß der Cedent selbst noch nicht als Inhaber der auf ihn vererbten Hälfte eingetragen war, und er daher nur den Rechtstitel zu Erlangung der Hypothek an seine Schwester, die Klägerin, abgetreten hatte; denn es kann daraus, daß der Cedent selbst noch nicht das volle Recht der Hypothek erlangt hatte, kein stärkeres Recht für die Cessionarin abgeleitet werden, als wenn jener zuvor bereits eingetragener Inhaber der Forderung gewesen wäre.

Zuvor bedarf es nach §. 186. des Gesetzes vom 6. November 1843, wenn eingetragene Forderungen durch Erbfall auf andere Personen übergehen, der besonderen Eintragung der Erben weder an sich, noch bei einer Cession oder Verpfändung, welche später von den Erben insgesammt vorgenommen wird.

Allein nach §. 187. muß diese Eintragung vorausgehen, wenn ein Erbe seinen Antheil an der Forderung besonders cediren oder verpfänden will.

Wenn nun auch der Bl. — angezogene Schriftsteller hiervon eine Ausnahme bei solchen Cessionen für zulässig hält, deren Zweck nur die Vertheilung des Nachlasses ist, so hatte er doch dabei unzweifelhaft einen Fall vor Augen gehabt, wo nicht durch den zum Vermögen des cedirenden Miterben entstandenen Concurs die Lage der Sache wesentlich geändert worden ist.

Denn wenn auch ein Erbe zu seinem Antheile als Inhaber der Forderung legitimirt ist und, ohne zuvor als solcher eingetragen zu sein, dieselbe quittiren oder an einen Miterben abtreten kann, so erlangt doch Letzterer, so lange seine Eintragung noch nicht erfolgt ist, nach der klaren und ausdrücklichen Vorschrift des §. 186. kein Recht gegen dritte Personen, namentlich gegen die Gläubiger des Cedenten, welche mit dem Augenblicke der Concurseröffnung an dessen Stelle treten und somit nicht gebunden sind, die Cession, sei es auch nur die des Rechtstitels, zu Erlangung der Hypothek anzuerkennen.

Es ist daher die dem Gemeinschuldner zugefallene Hälfte der in der Klage erwähnten Forderungen als ein zur Concursmasse gehöriger Gegenstand anzusehen und Klägerin hatte ihren Anspruch bei dem Concurse zu liquidiren.

Der in der Klage angeführte Umstand, daß die Schuldner von dem Cedenten selbst angewiesen worden sind, die Zinsen an die Klägerin zu bezahlen und solche bis zum 1. April 1861 an dieselbe bezahlt haben, kann auf die Entscheidung keinen Einfluß äußern.

Es war demnach das Erkenntniß erster Instanz, soweit dagegen von dem Beklagten appellirt worden, abzuändern und die Klage, so viel die auf den Gemeinschuldner ererbte Hälfte der mehrgedachten Forderungen betrifft, in der angebrachten Maaße abzuweisen, wogegen die Proceßkosten, in Betracht, daß die Klage zugleich auf Anerkennung der Klägerin als Eigenthümerin der einen Hälfte gerichtet und hierin zu deren Gunsten Bl. — erkannt worden ist, ebenso, wie die Kosten des Rechtsmittels gegenseitig aufzuheben waren."

Gegen den reformatorischen Theil dieser Entscheidung appellirte nun Klägerin, worauf das Königl. Oberappellationsgericht am 25. Juni 1863 erkannte:

„Daß das Urthel der zweiten Instanz aus den demselben beigegebenen erschöpfenden Gründen, welchen lediglich beizupflichten ist und in welchen dasjenige, was Klägerin zur Begründung ihrer entgegenlaufenden Ansicht in der Deductionsschrift Bl. — vorgebracht, bereits genügende Widerlegung gefunden hat, wie hiermit geschieht, zu bestätigen; es werden aber wegen des Wechsels der früheren Erkenntnisse auch die Kosten der jetzigen Instanz unter den Parteien billig gegen einander aufgehoben."

34.

Beitrag zur Lehre von der exceptio ob turpem causam.

Mitgetheilt von

Herrn W. in M.

Bei dem Gerichtsamte M. erhob C. F. P. gegen J. G. R. Klage auf Bezahlung von 25 Thalern, welche ihm Beklagter dafür versprochen habe, daß Kläger eine wegen Beleidigungen erhobene Privatanklage wieder zurücknehme.

Das Proceßgericht ertheilte folgenden, am 1. October 1863 publicirten Bescheid:

„Daß die erhobene Klage, weil sie auf Bezahlung von Fünf und Zwanzig Thalern, als eine versprochene Gegenleistung dafür, daß ein auf Bestrafung der Tochter des verklagten R. wegen Ehrverletzungen vom klagenden P.'s Ehefrau gestellter Antrag von Letzterem zurückgenommen, beziehentlich ein solcher von ihm nicht erhoben werde, gerichtet ist, nun aber der Grund der Gegenleistung als eine turpis causa angesehen werden muß, da

nach positiven gesetzlichen Bestimmungen, wie
fr. 4. §. 4. Dig. (XII, 5.)

es anerkannter Grundsatz ist, daß das Annehmen einer Gabe zu dem Zwecke, damit der Empfangende eine unerlaubte Handlung nicht anzeige, ein turpe factum sei;

dieser Grundsatz aber nicht allein auf Verbrechen, die von Amtswegen, sondern auch auf solche, die auf Antrag zur Bestrafung zu ziehen sind, Anwendung leiden muß, da das vaterländische Strafgesetz bei letzteren, abweichend vom römischen und verschiedenen neueren Rechten, nicht eine Privatstrafe, sondern allein eine Abschrift des Strafbescheides, sowie Veröffentlichung desselben als Privatgenugthuung kennt, die etwa erkannte Buße aber dem Inhaber des Gerichts zufällt;

außerdem aber bei dem weiten Begriffe der turpitudo, nach welchem nicht allein solche Handlungen als turpes zu bezeichnen sind, die dem Strafgesetz anheim fallen, sondern auch solche, die gegen die guten Sitten überhaupt verstoßen,

cfr. Zeitschrift für Rechtspflege und Verwaltung, Neue Folge Bd. XXII. S. 165.

es an sich geboten erscheint, vorliegenden Forderungsgrund als turpis causa anzusehen, bei welchem das von dem Staate dem Einzelnen zum Schutze eines so edlen als unschätzbaren Gutes, wie das der Ehre verliehene Recht, den Verletzer zur Verantwortung und Strafe ziehen zu lassen, nur aus dem Grunde nicht geltend gemacht, beziehentlich auf solches verzichtet wird, um einen materiellen Gewinn zu erlangen; — schlechterdings abzuweisen, und ist daher klagender P. die gerichtlichen wie außergerichtlichen Kosten des Rechtsstreites ab-, beziehentlich zu erstatten schuldig."

Auf von Klägerm eingewendete Appellation erkannte das Königliche Appellationsgericht zu Leipzig im Monat Januar 1864 confirmatorisch und ertheilte dazu folgende Entscheidungsgründe:

„Der Regel nach steht dem, welcher dem Anderen Etwas gegeben hat, wegen der dem Empfänger bei der Annahme zur Last fallenden turpitudo ein Rückforderungsrecht wider den letzteren dann zu, wenn sich derselbe entweder

a) dafür, daß er eine verbotene Handlung nicht thue, oder

b) dafür, daß er Etwas thue, wozu er schon an sich rechtlich verbunden war, Etwas hat geben lassen.

(zu vergl. Glück, Commentar zu den Pandecten, Bd. XIII. §. 826. S. 61 flg.)

Diesen Fällen steht es zwar in Hinsicht auf die dem Empfänger zur Last fallende turpitudo offenbar gleich, wenn derselbe

c) sich Etwas dafür hat geben lassen, daß er eine ihm rechtlich gebotene Handlung nicht thue. Es erscheint jedoch in einem Falle dieser Art die condictio ob turpem causam um deswillen ausgeschlossen, weil sich in selbigem der andere Theil, welcher von dem Empfänger die Unterlassung einer demselben rechtlich obliegenden Handlung fordert, der Natur der Sache nach in pari turpitudine befindet.

(zu vergl. Glück, a. a. O. §. 825. sub 2.)

Dagegen trägt im Zweifel die Annahme einer Belohnung

d) für die Vornahme oder Unterlassung einer an sich nicht unerlaubten, jedoch ebensowenig durch eine rechtliche Zwangsverbindlichkeit anbefohlenen Handlung die Merkmale einer turpis causa nicht an sich. Wenn gleichwohl einige Gesetzstellen

(zu vergl. l. 4. §. 4., l. 5. D. cond. ob turp. caus. XII, 5.)

jedoch selbstverständlich immer unter der Voraussetzung, daß der Gegentheil nicht in pari turpitudine versirt habe,

(vergl. l. 4. §. 1. cit.)

auch in Fällen dieser Art die condictio ob turpem causam für zuläßig erklären, so liegt dem unzweifelhaft der Gedanke zu Grunde, daß es Verhältnisse geben könne, in welchen es gegen die Ehrbarkeit und gegen die guten Sitten verstößt, sich das Thun oder Unterlassen einer Handlung überhaupt bezahlen zu lassen.

Bekannten Rechten nach haben die vorstehenden Grundsätze auch dann zu gelten, wenn das zu dem tadelnswerthen Zwecke Ausbedungene nicht bereits gegeben worden ist, sondern der Promittent der auf Gewährung des Versprochenen gerichteten Klage mit der Berufung auf die Ungültigkeit seines Versprechens entgegentritt. Denn augenscheinlich enthält der diesfallsige Einwand nichts Anderes, als die auf Annullirung des eingegangenen Obligationsverhältnisses gerichtete, der vorgedachten Condiction analoge exceptio ob turpem causam.

Ja es machen sich hier insoweit noch strengere Grundsätze geltend, als zwar aus dem Rechte auf die condictio überall das Recht auf die entsprechende exceptio folgt, dagegen in dem zuletzt gedachten Falle dem erhobenen Einwande von Seiten des Klägers nicht, wie in dem Falle der Zurückforderung des bereits Gegebenen von Seiten des Beklagten, mit der Berufung auf die gleiche turpitudo des Promittenten entgegengetreten werden kann.

l. 3. D. eod.

vergl. von Savigny, System, Bd. III. §. 122. not. n. S. 178.

Wendet man diese Grundsätze auf den vorliegenden Fall an, so macht zwar die Sächsische Strafgesetzgebung die Anzeige einer criminalrechtlich strafbaren Handlung dem Unterthanen nur in den in Artikel 70. und 71. des Strafgesetzbuchs von dem 13. August 1855 namhaft gemachten Fällen zur unbedingten Pflicht. Nur in diesen schlägt daher bei Annahme einer Belohnung für die Unterlassung der Anzeige der oben sub c. gedachte Gesichtspunkt ein.

Wie jedoch bereits in dem von der ersten Instanz Bl. — angezogenen Präjudize des Königlichen Oberappellationsgerichts (Zeitschrift für Rechtspflege und Verwaltung, Bd. XII. Seite 167 flg.) näher nachgewiesen worden, ist nach den angezogenen Stellen der Digesten die Zulässigkeit der Condiction, dafern ein bei der Begehung des Delictes selbst unbetheiligter Dritter für die Unterlassung einer nicht schlechterdings gebotenen Anzeige sich Etwas hat bezahlen lassen, auf den oben sub d. gedachten Fall wenigstens dann zu extendiren, wenn es sich um ein Delict handelt, welches der Staat in dem öffentlichen Interesse bestraft. Der für die Richtigkeit dieser Auffassung in dem angezogenen Präjudize geltend gemachte, unzweifelhaft ganz richtige Grund, es sei die Annahme einer Belohnung dafür, daß einem Verbrecher die Möglichkeit gewährt werde, sich der drohenden Strafe zu entziehen, deshalb als verwerflich anzusehen, weil dem Staate daran gelegen sein müsse, daß Handlungen der gedachten Art nicht unentdeckt blieben, schlägt allerdings hier, wo es sich um die Zurücknahme einer Anzeige eines unter die Bestimmungen in Capitel 6. Theil II. des Strafgesetzbuchs fallenden Delictes und demgemäß um die Zurücknahme einer Privatanklage im Sinne des Artikels 31. der Strafproceßordnung vom 13. August 1855 handelt, offenbar nicht ein. Einerseits erscheint jedoch jene Beschränkung schon deshalb zu eng, weil das an den angezogenen Gesetzstellen beispielsweise erwähnte Verbrechen (das furtum) nach der Auffassung des Römischen Rechts zu den delictis privatis nicht, oder doch nicht schlechterdings zu denjenigen Delicten gehörte, welche einer öffentlichen Strafe zu unterliegen hätten;

l. 1. D. de publicis judiciis. (XLVIII, 1.)
l. 2. D. de abigeis. (XLVII, 2.)
l. ult. D. de furtis. (XLVII, 2.)
Glück, a. a. O. Band III. S. 117 flg.

andererseits sind bei Beantwortung der Frage, ob eine Handlung contra bonos mores verstoße und demgemäß als ein turpe factum anzusehen sei, nicht allein positive Gesetzesvorschriften, sondern es ist solchenfalls auch das sich in der Gegenwart geltend machende sittliche und Rechtsgefühl maaßgebend. In dieser Hinsicht hatte man nun allenthalben der bereits von dem Richter erster Instanz aufgestellten Ansicht, daß es nach den sittlichen Anschauungen der Jetztzeit schlechterdings wider die guten Sitten verstoße, wenn auf die dem Einzelnen von dem Staate zu dem Schutze seiner Ehre verliehenen Rechte aus dem Grunde verzichtet wird, um dadurch einen materiellen Gewinn zu erlangen, lediglich beizupflichten.

Es erscheint hierbei auch vollkommen irrelevant, ob das Versprechen zunächst nur von dem Beleidiger ausgegangen ist, ohne von dem Beleidigten als Bedingung der Rücknahme seines Strafantrags gefordert worden zu sein. Denn der Verstoß gegen die Ehrbarkeit, dessen sich der Beleidigte schuldig macht, muß schon darin gefunden werden, daß er das Aufgeben seines diesfallsigen Rechtes überhaupt zu der Erlangung eines mit der Sache selbst in keinem **unmittelbaren** Zusammenhange stehenden Vortheils benutzt hat, oder, wie er durch Anstellung der gegenwärtigen Klage an den Tag gelegt hat, benutzen will.

Daß endlich das, was nach Vorstehendem für die Beleidigte selbst zu gelten hat, auch auf deren Ehemann Anwendung leiden muß, folgt aus der Bestimmung in dem zweiten Absatze von Artikel 246. des Strafgesetzbuchs.

Aus diesen Gründen war der Instanzbescheid allenthalben zu bestätigen. Da die einschlagenden Rechtsfragen jedoch als völlig zweifellos nicht angesehen, demnach dem Kläger, wenn er auf anderweite Entscheidung provocirt hat, eine muthwillige Streitsucht nicht beigemessen werden mögen, erschien es sachentsprechend, die Kosten der Appellationsinstanz zu compensiren."

35.

Ueber die Sachlegitimation beim Mahnverfahren.

Mitgetheilt von
Herrn Adv. Dr. S. in D.

Der Wagnermeister H. in B. hatte im Juli 1860 von einem gewissen Hippner und dessen Schwager Kaden je 10 Thaler dargeliehen erhalten und versprochen, diese Darlehne binnen 14 Tagen zurückzuzahlen. Er war jedoch seiner Verbindlichkeit nicht nachgekommen und es beantragten deshalb, nachdem Hippner mittlerweile gestorben war und als alleinige Erben seine beiden Eltern hinterlassen hatte, diese im Verein mit Kaden im März dieses Jahres beim Gerichtsamte zu L. den Erlaß eines Zahlungsgebotes an H., indem die Eltern Hippners in ihrem bezüglich schriftlichen Gesuch sich darauf bezogen, daß der ursprünglich ihrem Sohn zuständig gewesene Theil der betreffenden Forderung auf sie, als dessen Erben übergegangen sei.

Das Gerichtsamt zu L. beschied jedoch hierauf die Petenten, daß es, so lange die Eltern Hippners sich nicht als Erben ihres Sohnes legitimirt hätten, Bedenken trage, dem Gesuch zu deferiren.

Auf die von den Antragstellern gegen diese abfällige Resolution geführte und durch Bezugnahme auf die einschlagenden Bestimmungen des Gesetzes, die Abkürzung und Vereinfachung des bürgerlichen Proceßverfahrens vom 30. December 1861 und dessen Motiven, begründete Beschwerde reformirte das **Königliche Appellationsgericht zu Dresden** und wies das Gerichtsamt an, das beantragte Zahlungsgebot zu erlassen, indem es sich in einer Verordnung vom 27. März 1862, aus welcher zugleich die von dem Gerichtsamte zu L. für seine Resolution geltend gemachten Gründe ersichtlich sind, dahin aussprach:

„Wenn nun nach Bl. — und Inhalts des Anher erstatteten Berichts das Gerichtsamt diesem Gesuche Statt zu geben um deswillen Bedenken getragen hat, weil die genannten Hippner'schen Eheleute, als Erben des ursprünglichen Mitinhabers der gedachten Forderung Ernst Moritz Hippners, sich nicht legitimirt haben und daher der genannte H., wenn er in Folge des Zahlungsgebotes und in der Meinung, daß das Gericht vor dessen Erlaß sich von der Berechtigung der Hippner'schen Eheleute überzeugt habe, an dieselben, ohne daß sie wirklich forderungsberechtigt seien, Zahlung leiste, einen Vermögensnachtheil erleiden könne, den das Gerichtsamt nicht verursacht haben wolle, so hat man dieser Ansicht des Letztern beizutreten nicht vermocht.

Nach §. 28. des Gesetzes, die Abkürzung und Vereinfachung des bürgerlichen Proceßverfahrens betreffend, vom 30. December 1861 steht unter den dort angegebenen Voraussetzungen jedem Gläubiger das Recht zu, auf Erlaß eines Zahlungsgebots an seinen Schuldner anzutragen, und ist hierbei weder ein Unterschied zwischen dem ursprünglichen Forderungsinhaber und dessen Universal- oder Singularsuccessor gemacht, noch etwas Weiteres als die Angabe des Betrags der Forderung und des Grundes derselben gefordert. Die vom Gerichtsamte befolgte Ansicht, daß der Gläubiger, welcher den Erlaß eines Zahlungsgebotes beantragt, sich dem Richter gegenüber zur Sache zu legitimiren habe, würde sich daher schon an und für sich mit der angezogenen gesetzlichen Vorschrift nicht vereinigen lassen, auch deren Zwecke, dem Gläubiger für den Fall, daß über die Existenz der Forderung und über seine Berechtigung zu deren Geltendmachung kein Streit obwaltet, eine möglichst schnelle Rechtshülfe zu verschaffen, um so mehr zuwiderlaufen, als in vielen Fällen, z. B. im Fall einer außergerichtlich bewirkten Cession, die Feststellung des Legitimationspunktes durch den Richter ohne Gehör und bezügliche Auslassung der Gegenpartei gar nicht erfolgen kann, und würde im Uebrigen durch ein derartiges Verfahren auch gegen den im Allgemeinen geltenden Grundsatz verstoßen werden, daß der Richter über die Sachlegitimation von Amtswegen nicht zu cognosciren habe, dieselbe vielmehr nur der Gegenpartei gegenüber zu erbringen ist.

vergl. Kind, Quaest. for., III. p. 317.
Biener, Syst. proc., §. 34.
Kori, Theorie, §. 10.
Osterloh, ordentl. bürgerlicher Proceß, §. 167. Anm. 2.
Wochenblatt für merkwürdige Rechtsfälle, 1842. S. 159.

Hiernach kann auch durch den sofortigen Erlaß des erbetenen Zahlungsgebots das Gerichtsamt die von ihm angedeutete Verantwortlichkeit in keiner Weise treffen, vielmehr muß, da der Schuldner seinerseits verpflichtet ist, dafern nach Eintritt der Fälligkeit seiner Schuld derjenige, in dessen Person die entsprechende Forderung entstanden war, verstorben ist, nach dessen Erben sich zu erkundigen, H.'n auch im vorliegenden Falle überlassen bleiben, die Berechtigung der Hippner'schen Eheleute zu Einziehung der Forderung zu prüfen und beziehentlich für den Fall, daß er diese als seine nunmehrigen Gläubiger nicht anerkennen sollte, dem Zahlungsgebote rechtzeitig den ihm gesetzlich nachgelassenen Widerspruch entgegenzusetzen. Dem Gerichte liegt lediglich ob, in das Zahlungsgebot Behufs der in §. 30. unter 1. des angezogenen Gesetzes vorgeschriebenen Bezeichnung des Gläubigers die Angabe des Successionstitels der derzeitigen Forderungsinhaber aufzunehmen und den Schuldner dadurch von dem behaupteten Uebergange der Forderung auf dieselben zu benachrichtigen und zur Prüfung der Wahrheit der von ihnen hierunter gemachten Angaben zu veranlassen.

An das Gerichtsamt ergeht daher andurch Anweisung, die Beschwerdeführer demgemäß zu bescheiden und mit Erlaß des erbetenen Zahlungsgebots in der beantragten Maaße und unter Berücksichtigung des im Vorstehenden zuletzt Bemerkten zu verfahren, als wodurch sich die erhobene Beschwerde erledigt, auch dieselben mit Tragung der durch gegenwärtige Differenz und das eingewendete Rechtsmittel entstandenen Gerichtskosten, welche Gerichtswegen zu übertragen sind, zu verschonen."

Redacteur: Dr. Theodor Tauchnitz. — Officin der Verlagshandlung.

Von diesem Wochenblatte erscheinen jährlich 64 Nummern zu 1 Quartbogen und außerdem am Jahresschlusse ein ausführliches Register.

Wochenblatt für merkwürdige Rechtsfälle,

in actenmäßigen Darstellungen
aus dem Gebiete der Justizpflege und Verwaltung
zunächst für das
Königreich Sachsen.

Alle Postämter u. Buchhandlungen übernehmen Bestellungen und liefern das Quartal zu dem praenumerando zu entrichtenden Preise von 1 Thaler.

Verlag von Bernhard Tauchnitz in Leipzig.

№ 22. Neue Folge Zwölfter Jahrgang. 1864.

36.

Ueber die Voraussetzungen, unter welchen eine Spolienklage, insbesondere gegenüber den Mitgliedern einer Verwaltungsbehörde, als rechtlich begründet erscheint. — Spoliatus ante omnia est restituendus. — Zur Interpretation der Vorschrift in §. 7. sub 3. des Competenzgesetzes vom 28. Januar 1835.

Mitgetheilt von
Herrn H. in E.

Die thatsächlichen Unterlagen eines zwischen der Creditanstalt für Handel und Industrie in Dessau, als Klägerin, Albert M. und Gen., als Beklagten, und dem Stadtrath zu E., als Litisdenunciatem, geführten Processes, aus welchem diese Mittheilung entnommen, ergeben sich, soweit sie zum Verständniß nothwendig sind, aus den Erkenntnissen der ersten und zweiten Instanz und den denselben beigefügten Entscheidungsgründen, weshalb eine einleitungsweise Darstellung derselben umgangen werden kann.

Das erste, vom Königl. Bezirksgericht zu Annaberg gesprochene und den Parteien am 7. Januar 1862 publicirte Urthel lautet folgendermaaßen:

„Daß die erhobene Klage in der angebrachten Maaße nicht Statt hat, es ist auch die Klägerin den Beklagten die Proceßkosten, jedoch ausschließlich der durch die Litisdenunciation erwachsenen, zu erstatten verbunden.

Hiernächst ist die Litisdenunciation für unzulässig zu achten, es werden jedoch die durch selbige entstandenen Kosten zwischen den Beklagten und den Litisdenunciaten compensirt.

Entscheidungsgründe:

A. den Hauptproceß anlangend.

Durch die Zugeständnisse, welche die Beklagten bei den Einlassungsabschnitten — — flg. abgelegt haben, ist in rechtliche Gewißheit gesetzt worden,

a) daß der sogenannte Röhrgraben im Flurbuch und Steuerkataster von E. auf die Bergknappschaft als Besitzerin eingetragen ist,

b) daß der Markscheider Friedrich Julius W. zu M. in den auf der Bl. — befindlichen Klagbeilage D mit blauer Farbe markirten Graben, und zwar an der daselbst mit F. bezeichneten Stelle, ungefähr 19 Ellen unterhalb des zum Rothen Pochwerk gehörigen Weichfluthers, auf Kosten des Berggebäudes „E.'r Vereinigt Feld Fundgrube" und mit Genehmigung des Königl. Bergamtes M. eine Schütze eingebaut, dieselbe am 31. Mai 1860 zum Gebrauch fertig gemacht, vollendet und durch Verschluß gesichert hat,

c) daß am 1. Juni 1860 die Beklagten an der Schütze sich eingefunden, dieselbe in der in der Klage Bl. — flg. beschriebenen Weise entfernt und in das Rathhaus zu E. haben schaffen lassen.

Ferner beruht mit Rücksicht darauf, daß die Beklagten der an sie nach Bl. — ergangenen peremtorischen Ladung ungeachtet auf die bezüglichen Stellen der Klage sich nicht eingelassen haben und deshalb insoweit derselben für geständig und überführt zu achten sind, in rechtlicher Gewißheit:

d) daß, wie in der Klage Bl. — angeführt ist, dem obengenannten W. von der Klägerin die Verwaltung des Berggebäudes „E.'r Vereinigt Feld Fundgrube" seit dem Jahre 1857 übertragen und daß derselbe überhaupt der Bevollmächtigte der Klägerin ist,

e) daß Hieronymus O. seit 1857 als Steiger bei der gedachten Grube angestellt ist und in Arbeit steht, sowie daß unter dessen Aufsicht die Einbauung der Schütze erfolgt ist, cfr. Bl. —.

Nicht minder ist wegen der fehlerhaften Einlassung bei pct. l. c. — für eingeräumt zu achten:

f) daß das mehrerwähnte Berggebäude der Klägerin gehört und

g) daß die Schütze und deren Geviere in der in der Klage Bl. — flg. angegebenen Weise eingerichtet gewesen ist.

Dahingegen hat die Annahme eines Zugeständnisses bezüglich der übrigen in den Einlassungsabschnitten — enthaltenen Behauptungen wegen fehlerhafter Einlassung mit Rücksicht auf pct. l. c. — und — flg. nicht eintreten können.

Durch jene ausdrücklichen und fingirten Zugeständnisse erscheint aber auch der Klaggrund vollständig eingeräumt, so daß an sich einer Verurtheilung der Beklagten etwas nicht entgegenstehen würde, und die Negata derselben in der Einlassung als völlig irrelevant sich darstellen.

Denn wenn es zunächst zur Begründung der Spolienklage ausreicht, daß derjenige, der ein Spolium erlitten, in der Detention der spoliirten Sache sich befunden habe,

cfr. Dr. Ernst Gottfried Schmidt, Commentar zu Schmidt's Lehrbuch von Klagen und Einreden, I. Bd. §. 213. S. 378. ed. II.

Curtius, Handbuch des im Königr. Sachsen gelt. Civilrechts, Bd. II. 1. Abthl. §. 493. ed. III.

so ist diesem Erfordernisse in der vorliegenden Klage genügt worden. Denn Klägerin hatte offenbar die Detention der Schütze erlangt, da nicht allein der Markscheider W. sie in ihrem Auftrage an der in der Klage bezeichneten Stelle aufgerichtet, fertig gemacht und durch Verschluß gesichert hatte, sondern auch sie noch am 1. Juni 1860 in der Lage war, darüber nach ihrem Belieben verfügen zu können, indem an diesem Tage bei der Ankunft der Beklagten nach dem zugestandenen Inhalt der Klage Bl. — ein Beamter der Klägerin, der Steiger O., unmittelbar an der Stelle, wo die Schütze eingebaut war, sich befand, und also nach Belieben jederzeit unmittelbar auf dieselbe einwirken konnte.

Es erledigt sich deshalb die verneinende Beantwortung des Umstandes bei pct. l. c. —, daß die Klägerin in dem Besitze der Schützenvorrichtung sich befunden habe.

Ebenso irrelevant erscheint es, ob, wie von Klägerin behauptet, von den Beklagten aber bei pct. l. c. — mit Nichtwissen beantwortet worden ist, die Parcelle —, welche nach Ausweis der Zeichnung Bl. — die Stelle des Grabens, wo die Schütze eingebaut war, umgiebt, im Besitze der Bergknappschaft sich befindet und von dieser der Klägerin zum beliebigen bergmännischen Gebrauch überlassen worden ist, da dieser Umstand nur geeignet ist, darzuthun, daß die Klägerin ein Recht zur Benutzung jener Parcelle gehabt habe, und folglich auch berechtigt gewesen ist, ihre Beamte dahin zu senden, hierauf aber im vorliegenden Falle, wo es sich lediglich darum handelt, ob der Klägerin die factische Möglichkeit, über die Schütze jederzeit verfügen zu können, zur Seite gestanden habe, nach dem Obigen etwas nicht ankommt, und eben daraus, daß ein Beamter der Klägerin am 1. Juni 1860 bei der Ankunft der Beklagten bei der Schützenvorrichtung sich befunden hat, hervorgeht, daß dieselbe wenigstens bis zu diesem Tage jene factische Möglichkeit wirklich gehabt hat.

Kommt mithin lediglich diese factische Möglichkeit der Verfügung über die Schütze in Frage, so gelangt man ferner zu dem Resultate, daß man auch des Beweises der bei den Einlassungspunkten — — angeführten Thatsachen für die Entscheidung nicht bedarf. Denn auch die an diesen Stellen verneinten, beziehentlich mit Nichtwissen beantworteten Behauptungen der Klägerin sind nur geeignet, das Verfahren derselben als ein solches, zu welchem sie berechtigt gewesen, erscheinen zu lassen. Sollten dieselben nicht in Wahrheit beruhen, so würde zwar nach Befinden derjenige, welcher durch die Einsetzung der Schütze in einem Rechte verletzt worden ist, die Klägerin deshalb rechtlich in Anspruch nehmen und von ihr die Beseitigung der Schütze verlangen dürfen. Keinesfalls aber würde dieser Umstand geeignet sein, Einfluß auf die Beantwortung der Frage zu äußern, ob Klägerin in der Detention der Schütze sich befunden habe. Unter diesen Umständen kann auch von Beantwortung der Frage: ob jene Thatsachen durch das Bl. — beigefügte Zeugniß des Königl. Bergamtes M. nicht wenigstens insoweit als ihrer darin Erwähnung geschehen und insoweit als sie obrigkeitliche Handlungen der genannten Behörde betreffen, auch in dem jetzigen Stadium der vorliegenden, in den Formen des ordentlichen Processes behandelten Rechtssache für bewiesen zu achten seien, abgesehen werden.

Weiter stellt sich die Handlungsweise der Beklagten, durch welche die Klägerin aus der Detention der Schütze entsetzt worden ist, als eine schon an sich ihrer Form nach widerrechtliche dar, als welche nach der Praxis

cfr. Zeitschrift für Rechtspfl. u. Verw., N. F. XIV. S. 237. XIX. S. 57.

Wochenblatt für merkw. Rechtsfälle von 1849. S. 315 flg., von 1850. S. 65 flg. 343 flg.
Annalen des Königl. Oberappellationsgerichts, III. Bd. S. 473.

zur Begründung eines Spoliums erfordert wird. Es haben nämlich die Beklagten die Wegnahme der Schütze gegen den erklärten Willen des von ihnen daselbst angetroffenen Beamten der Klägerin, des Steigers O., und unter Anwendung von Drohungen Seiten des Mitbeklagten M. gegen denselben, sowie durch gewaltsame Beseitigung ihres Verschlusses bewirkt. Diese Handlungen, welche, wie nach Lage der Sache anzunehmen und überdies von den Beklagten bei pct. l. c. — flg. ausdrücklich eingeräumt worden ist, unter Zustimmung aller Beklagten vorgenommen worden sind, sind offenbar an sich und ihrer Form nach widerrechtliche und tragen den Charakter von offenen Gewaltthätigkeiten an sich, durch welche die Beklagten sämmtlich solidarisch zur Rückgabe der Schützenvorrichtung und Wiederherstellung des vorigen Zustandes, sowie zum Ersatz aller Schäden verbindlich geworden sind, ohne daß es einen Unterschied macht, ob einzelne von ihnen nur auf Geheiß und im Auftrage der Andern gehandelt haben, da die Widerrechtlichkeit der Handlung diesen Einwand nicht aufkommen läßt und sie sämmtlich gedachter Maaßen über die Vornahme derselben einverstanden gewesen sind.

cfr. l. 1. §. 12. 13. D. (43. 16.), l. 152. §. 1. 2. D. (50. 17.), l. 6. §. 3. D. (17. 1.), l. 157. pr. D. (50. 17.), l. 11. §. 7. D. (43. 24.)

Unter diesen Umständen bedarf es nur noch der Bemerkung, daß auch der von den Beklagten Bl. — unter b. gegen die Schlüssigkeit der Klage erhobene Einwand unbegründet ist. Denn wenn auch nach Inhalt derselben der Graben an der Stelle, an welcher die Schütze eingebaut gewesen ist, zu dem s. g. Röhrgraben gehören und dieser in der That eine nach §. 158. des Gesetzes vom 2. Mai 1851, den Regalbergbau betreffend, von dem Königl. Bergamte M. unter Concurrenz des Revierausschusses zu verwaltende Revieranstalt sein sollte, so würde doch im vorliegenden Falle immerhin die Klägerin und nicht der Revierausschuß zur Klaganstellung berechtigt sein. Denn nach §. 144. des angezogenen Gesetzes haben die Revierausschüsse die gemeinschaftlichen Rechte und Interessen sämmtlicher Bergwerkseigenthümer einer Revier oder gewisser Classen derselben wahrzunehmen und repräsentiren die Gesammtheit der Bergwerkseigenthümer, beziehentlich gewisser Classen derselben. Demgemäß ist auch in der den Geschäftskreis der Revierausschüsse normirenden Beilage D. des Berggesetzes bei R. und m. bestimmt, daß dieselben die allgemeinen Interessen der Revier wahrzunehmen, sie nach außenhin zu vertreten und insbesondere bei allen und jeden Rechtsangelegenheiten die Gesammtheit der Bergwerkseigenthümer der Revier oder der betreffenden Classen derselben activ und passiv zu vertreten haben. Nun handelt es sich im vorliegenden Falle gar nicht um Rechte und Interessen der Gesammtheit der Bergwerkseigenthümer der Revier oder einer Classe derselben, ebensowenig betrifft der vorliegende Proceß eine Rechtsangelegenheit einer Revierbetriebsanstalt, in welcher nach §. 107. der Ausführungsverordnung vom 16. December 1851 die Vertretung durch den Revierausschuß einzutreten haben würde, sondern es ist gegenwärtig lediglich eine Vorrichtung in Frage, welche die Klägerin als Besitzerin eines Berggebäudes getroffen hat. Es kann deshalb keinem Zweifel unterliegen, daß sie auch berechtigt ist, eine lediglich diese Vorrichtung betreffende Rechtsangelegenheit allein zu führen.

Wenn man nun gleichwohl in dem Erkenntnisse zu einem den vorstehenden Erwägungen entgegengesetzten Resultate gelangt ist, so beruht dies auf folgenden Gründen:

Die Beklagten haben nämlich Bl. — unter a. vorgeschützt, daß sie bei der Entfernung der Schütze nicht aus eigner Bewegung, sondern in Ausführung eines Beschlusses, welchen der Stadtrath zu E. als Sicherheitspolizeibehörde gefaßt habe, und zwar die Bl. — zuerst genannten drei Beklagten als Mitglieder des Stadtraths, die übrigen Beklagten aber im Auftrag und auf Anordnung dieser Behörde gehandelt haben. Aus den weiteren Ausführungen der Beklagten Bl. — ergiebt sich, daß das in dem nach der Zeichnung Bl. — die Parcelle bildenden Graben fließende Wasser in einer gewölbten Schleuße durch die Stadt E. zum Betriebe der dortigen Mühlen und Fabriken geleitet ist und insbesondere auch durch den s. g. Feuergraben bei Feuersgefahr in den obern Theil der Stadt geführt wird, daß diese Wasserleitung durch die Einsetzung der Schütze Seiten der Klägerin gestört werden sollte und daß daher der Stadtrath zu E. aus sicherheitspolizeilichen Gründen ihre Beseitigung angeordnet hat. Nun haben die Beklagten an den angezogenen Stellen allerdings wiederholt auch darauf Bezug genommen, daß der Wasserlauf in dem bezeichneten Graben, welchen sie Bl. — und wiederholt in der Einlassung selbst auf den Parcellen — und — als den s. g. Wassergraben im Gegensatz zu dem angeblich nur die Parcelle — umfassenden Röhrgraben bezeichnet haben, seit undenklichen Zeiten derselbe gewesen sei und daß in Folge dessen der Stadtgemeinde E. auf das unveränderte Fortbestehen dieses Laufs ein Recht zustehe, in dessen Besitze dieselbe von der Klägerin durch die Einsetzung der Schütze gestört worden sei.

Wenn nun mit Rücksicht hierauf die Beklagten Bl. — die Einsetzung der Schütze Seiten der Klägerin als eine unrechtmäßige Handlung bezeichnen und die vom Stadtrath zu E. angeordnete Beseitigung derselben als eine Vertheidigungshandlung gegen ein Spolium der Klägerin auffassen, so ist ihnen zunächst einzuhalten, daß nach dem Grundsatze: spoliatus ante omnia est restituendus, in dem Spolienprocesse die Frage, ob dem Spolianten ein Recht, welchem gegenüber der durch den Spoliirten herbeigeführte factische Zustand als eine Besitzstörung sich darstellt und vermöge dessen der Erstere die Beseitigung dieses factischen Zustandes zu verlangen berechtigt ist, nicht entschieden werden kann, daß vielmehr vor allen Dingen der von dem Spolianten gestörte Zustand wieder herzustellen ist, und diesem weiter nichts übrig bleibt, als sein Recht, beziehentlich seinen gestörten Besitz im geeigneten Rechtswege wider den Spoliirten geltend zu machen. Es würde sogar, wenn es bei jenem Beschlusse des Stadtraths sich darum gehandelt hätte, ein der Stadtgemeinde E. zuständiges Privatrecht geltend zu machen, dadurch die Handlungsweise der Beklagten, obschon sie hierbei nur im Auftrage des Stadtraths und in Ausführung eines Beschlusses desselben handelnd aufgetreten sind, den Charakter eines Spoliums nicht verloren haben, da der Stadtrath alsdann nur in seiner Eigenschaft als Vertreter der Stadtgemeinde aufgetreten wäre und als solcher zur eigenmächtigen Geltendmachung der der letztern zustehenden Privatrechte nicht befugt ist, sondern dieselben lediglich durch Beschreiten des Rechtsweges geltend zu machen hat, also durch den gedachten Beschluß lediglich die Ausführung eines Spoliums angeordnet und an die Beklagten den Auftrag zu einem solchen ertheilt haben würde, diese letztern aber als diejenigen, welche die das Spolium begründenden gewaltthätigen Handlungen verübt haben, jedenfalls für ihre Person mit der Spolienklage belangt werden könnten.

f. Osterloh, summar. Proc., §. 57. und die oben angezogenen Gesetzstellen.

Ferner kann weder in der Art und Weise, wie nach Inhalt der Klage und insbesondere nach den ausdrücklichen und den zu fingiren gewesenen Zugeständnissen der Beklagten die Klägerin den Einbau der Schütze bewirkt und vollendet hat, eine an sich und ihrer Form nach widerrechtliche Handlung der Klägerin oder ihres Bevollmächtigten erblickt, noch auch die Handlungsweise der Beklagten als eine Vertheidigung des Besitzstandes der Stadtgemeinde E. angesehen werden. Der Einbau der Schütze ist selbst nach den Zugeständnissen der Beklagten mit Genehmigung der Bergbehörde, also offenbar öffentlich erfolgt, und wenn selbst, wie Beklagte Bl. — behaupten, das Eigenthumsrecht an dem Röhrgraben zwischen dem Revierausschuß zu M. und der Stadtgemeinde E. bestritten sein sollte, indem beide dasselbe für sich, bez. für den Bergbau in Anspruch nehmen und mithin in Frage kommen kann, ob die Bergbehörde überhaupt in der Lage sich befunden hat, mit Grund Rechtens eine derartige Genehmigung zu ertheilen, so würde zwar in dem Einbau der Schütze nach Befinden eine von der Klägerin ausgegangene Besitzstörung und Rechtsverletzung für die Stadtgemeinde E. liegen, keineswegs aber ohne Weiteres dadurch von ihr ein Spolium begangen worden sein. Es haben auch die Beklagten Thatsachen, woraus ein solches sich ergeben würde, nicht vorgebracht.

Ferner war, wie in rechtlicher Gewißheit beruht, der Einbau der Schütze bereits am 31. Mai 1860 vollendet und dieselbe durch Verschluß gesichert worden. Es war mithin, falls die Stadtgemeinde E. bisher im Besitze des Rechts auf die Erhaltung des zeitherigen Wasserlaufs in dem Graben sich befunden haben und dieser durch die Einsetzung der Schütze gestört worden sein sollte, dieselbe durch die Vollendung des Einbaues aus dem Besitze bereits entsetzt, als die Beklagten am 1. Juni 1860 bei der Schütze sich einfanden. Es konnte mithin die von ihnen vorgenommene Beseitigung der Schütze nur den Zweck haben, einen verlorenen Besitz wieder zu erlangen. Nun ist aber die Verübung von Gewalt nach den Gesetzen

cfr. l. 1. §. 27. l. 17. l. 3. §. 9. D. (43. 16.)

nur dann erlaubt, wenn sie darauf berechnet ist, den Besitzstand gegen einen widerrechtlichen Angriff zu erhalten oder wenn sie zur Wiedererlangung des durch einen solchen augenblicklich verlornen Besitzes sofort und unmittelbar nach der Entsetzung confestim, in ipso congressu verübt wird. Hiernach kann die Handlungsweise der Beklagten schon deshalb keinesfalls als eine erlaubte angesehen werden, da ihre Thätigkeit nicht unmittelbar nach der Besitzentsetzung, sondern erst später, ex intervallo eingetreten ist, somit den Charakter eines widerrechtlichen Angriffs an sich tragen würde.

Dagegen hat der Einrede, daß der Stadtrath zu E. die Beseitigung der Schütze in seiner Eigenschaft als Sicherheitspolizeibehörde aus polizeilichen Gründen angeordnet und ausgeführt habe, Beachtung nicht versagt werden können. In dieser Beziehung ist in Hinblick auf die Bestimmung in l. 167. §. 1. D. (50. 17.):

qui jussu judicis aliquid facit, non videtur dolo malo facere, quia parere necesse habet,

davon auszugehen, daß derjenige, welcher auf Anordnung einer Behörde, der er Folge zu leisten vermöge seiner Stellung verpflichtet ist, oder im Auftrage derselben als ihr Organ zur Ausführung eines von ihr vermöge ihrer obrigkeitlichen Machtvollkommenheit gefaßten Beschlusses mitgewirkt hat, dadurch, wenn er sich in den Grenzen des ihm ertheilten Auftrags gehalten hat, in keiner Weise einem Dritten civilrechtlich verantwortlich werden kann. Der Grund hiervon liegt darin, daß in dem angegebenen Fall ihm der Vorwurf einer dolosen Handlungsweise nicht gemacht werden kann, seiner Thätigkeit vielmehr unter den angegebenen Umständen der ihr nach Befinden außerdem aufgedrückte Charakter einer strafbaren Widerrechtlichkeit genommen wird.

cfr. auch Schmidt, a. a. O. §. 217. S. 392. nr. 12.

Haben daher der Beklagte und die Mitbeklagten St. und Sch. bei der fraglichen Gelegenheit als Mitglieder des Stadtraths zu E. in Ausführung eines von diesem gefaßten polizeilichen Beschlusses, die übrigen Mitbeklagten nur in Auftrag und auf Anordnung dieser Behörde gehandelt, so würde ihr Verfahren ihnen auch nicht als ein Spolium angerechnet und wider sie eine Spolienklage nicht durchgeführt werden können.

Daß dies aber der Fall gewesen sei, hat man als in rechtliche Gewißheit gesetzt anzunehmen gehabt. Es haben nämlich die Beklagten nach Bl. — dem Stadtrath zu E. litem denuncirt und es ist darauf von dem Proceßgericht anderweiter Güte- und Rechtstermin anberaumt, auch hierzu nach Bl. — der genannte Stadtrath vorgeladen worden. Im Termine ist nach Bl. — in Vertretung des Stadtraths zu E. der Beklagte M. erschienen und hat zu seiner Legitimation die Bl. — ersichtliche Vollmacht, sowie in dieser Eigenschaft den Bl. — ersichtlichen Satz überreicht. Die Vollmacht ist mit dem Rathssiegel versehen und trägt die Unterschrift des Stadtraths zu E., sowie unter dieser die dreier Personen, deren Eigenschaft als Rathsmitglieder hiernach nicht zu bezweifeln ist. In dem erwähnten Satz tritt nach der Ueberschrift der Stadtrath zu E. selbst auf. Es wird hierdurch die Annahme gerechtfertigt und sie findet in den Auslassungen der Beklagten und des Litisdenunciaten Unterstützung, daß nicht allein die Ersteren dem Stadtrath, als einem bestehenden Collegium, welches in seiner Eigenschaft als obrigkeitliche Behörde den in Frage seienden Beschluß gefaßt hat, haben litem denunciren wollen, sondern auch, daß der Stadtrath selbst in seiner angegebenen Eigenschaft in diesen Proceß sich eingemischt und Erklärungen abgegeben hat. Derselbe hat nun aber in dem Bl. — ersichtlichen Satz durch seinen Vorstand, den beklagten Bürgermeister M., erklärt, daß die Schützenvorrichtung lediglich auf seine Anordnung entfernt worden sei, daß bei dem fraglichen Vorfalle der Beklagte und die Mitbeklagten St. und Sch. als Mitglieder des Stadtraths, die übrigen Mitbeklagten aber nur auf Anordnung und Geheiß des Stadtraths gehandelt haben, sowie daß er hierbei selbst als Verwaltungs- und Sicherheitspolizeibehörde thätig gewesen sei. Es kann keinem Zweifel unterliegen, daß die Einrede der Beklagten durch diese Erklärung in rechtliche Gewißheit gesetzt worden ist, da dieselbe, wie nachgewiesen worden, von einer öffentlichen Behörde abgegeben worden ist und eine von dieser selbst ausgegangene amtliche Thätigkeit betrifft.

Es stellt sich deshalb jene Einrede mit Rücksicht auf ihre Liquidität als eine proceßhindernde dar, weshalb es sich nur noch fragen konnte, ob von der Klägerin eine Replik vorgeschützt und sofort liquid gemacht worden ist, durch welche die jener Einrede nach der Erl. Proc.-Ordn. ad tit. XI. §. 1. zukommende Wirkung beseitigt und die Möglichkeit gegeben worden ist, annoch in die merita causae einzugehen und eine in diese selbst eingreifende Entscheidung zu geben.

Die Klägerin hat allerdings zunächst Bl. — behauptet, daß auch, wenn die Beklagten theils als Mitglieder des Stadtraths zu E., theils auf dessen Geheiß die Beseitigung der Schütze ausgeführt haben, ihrer Handlungsweise der Charakter eines Spolii nicht genommen werde, indem solchenfalls der Stadtrath zu E. eines Mißbrauchs seiner Amtsgewalt sich schuldig gemacht habe und dann neben den Beklagten deshalb in Anspruch genommen werden könne. Nun ist der Klägerin zwar darin beizustimmen, daß, wenn diese letztere Voraussetzung hier vorhanden wäre, dem Beklagten, welchem als Bürgermeister von E. nach §. 24. des Gesetzes: die künftige Einrichtung der Behörden erster Instanz ꝛc. betreffend, vom 11. August 1855 die Verwaltung der dortigen Polizei sogar unter persönlicher Leitung und Verantwortlichkeit obliegt, nicht minder den Mitbeklagten St. und Sch. als Mitgliedern des Stadtraths jene Einrede keinesfalls zu Statten kommen, sie vielmehr ungeachtet dessen für ihre Person der Klägerin wegen des derselben durch ihre Thätigkeit hervorgerufenen Schadens civilrechtlich verantwortlich sein würden. Denn in diesem Falle würde ihre Thätigkeit als eine widerrechtliche anzusehen und deren Folgen von ihnen als den Urhebern unzweifelhaft zu tragen sein.

cfr. Schmidt, a. a. O. S. 392. nr. 12.

Es ist auch nach §. 7. nr. 3. des Gesetzes A. vom 28. Januar 1835 nicht ausgeschlossen, daß die Mitglieder einer Verwaltungsbehörde, welche durch eine Ueberschreitung oder einen Mißbrauch ihrer Amtsgewalt einem Dritten Schaden zugefügt haben, von diesem auf Entschädigung in Anspruch genommen werden können. Die erkennende Justizbehörde ist in einem solchen Fall allerdings auch für befugt anzusehen, darüber zu cognosciren, ob das Verfahren der Verwaltungsbehörde eine Ueberschreitung oder einen Mißbrauch der Amtsgewalt in sich schließt, da dies eben den Grund und die Voraussetzung bildet, unter welcher wider die Verwaltungsbehörden ein Schädenanspruch erhoben werden kann. Sie ist jedoch nach fernerem Inhalt jener Gesetzesstelle hierbei in doppelter Beziehung beschränkt, indem sie über die Nothwendigkeit und Zweckmäßigkeit einer dabei zur Sprache kommenden Verwaltungsmaaßregel in Bezug auf das allgemeine Beste, soweit eine rechtliche Erörterung darüber in den Gesetzen nicht ausdrücklich nachgelassen worden ist, nicht urtheilen und Verordnungen der Verwaltungsbehörden nicht für ungültig erklären darf.

Es mangelt jedoch zur Zeit an allen factischen Unterlagen, um beurtheilen zu können, ob Seiten des Stadtraths zu E. bei der Fassung und Ausführung des mehrerwähnten Beschlusses wirklich eine Ueberschreitung oder ein Mißbrauch seiner Amtsgewalt verhangen worden sei. Die Klage selbst enthält Thatsachen, welche eine solche Annahme rechtfertigen, keineswegs und ebensowenig sind von der Klägerin im Verfahren dergleichen angeführt, weniger liquid gemacht worden. Daraus aber, daß nach Inhalt der Klage die Art und Weise, in welcher die Beseitigung der Schütze erfolgt ist, als eine an sich und ihrer Form nach widerrechtliche sich darstellt, folgt noch keineswegs, daß dieselbe, wenn sie durch eine Behörde in Ausführung eines von dieser aus polizeilichen Gründen gefaßten Beschlusses vorgenommen worden ist, eine Ueberschreitung oder einen Mißbrauch der Amtsgewalt Seiten dieser Behörde enthalte, da derselben zur Durchführung der von ihr innerhalb ihrer Amtsgewalt beschlossenen Maaßregeln die Anwendung von Zwangsmitteln zukommt.

Erscheint hiernach schon aus diesen Gründen jene Behauptung der Klägerin ungeeignet, die Wirkung der von den Beklagten vorgeschützten Einrede zu beseitigen, so steht derselben auch noch die Erwägung entgegen, daß die Klägerin ausdrücklich die Wiederherstellung des vorigen Zustandes und die Androhung von Geldstrafe für jeden Fall einer späteren Besitzstörung fordert, ein hierauf lautendes Erkenntniß aber dem Beschlusse des Stadtraths zu E. geradezu entgegenlaufen und mithin den unzulässigen Ausspruch der Ungültigkeit des letztern in sich fassen würde, daß aber, insoweit in der Klage der Ersatz der erweislichen Schäden gefordert worden ist, dieselbe in dieser Beziehung allein als Schädenklage nicht aufrecht erhalten werden kann, weil darin die Schäden nicht specialisirt worden sind und nur, dafern dies geschehen ist, eine nur auf Erstattung von Schäden gerichtete Klage aufrecht erhalten werden kann.

Hierdurch rechtfertigt sich die Abweisung der Klage gegenüber dem Beklagten und den Mitbeklagten St. und Sch. unbedingt. Es konnte aber auch den übrigen Mitbeklagten gegenüber, wenn schon bezüglich ihrer als der Untergebenen einer Behörde, welchen eine Prüfung des von dieser als solcher gefaßten Beschlusses nicht zukommt und nicht zugemuthet werden kann, nicht einmal das replicatorische Vorbringen der Klägerin einschlägt, sondern unbedingt die vorher entwickelten Grundsätze über die Wirkungen der Ausführung eines von einer Behörde gefaßten obrigkeitlichen Beschlusses maaßgebend sind, doch zu einem günstigeren Resultate, der völligen Entbindung und Loszählung von der Klage, nicht gelangt werden, da die Bescheinigung der Einrede immer nur eine einseitige gewesen, der Klägerin hiergegen der Gegenbeweis nicht unbedingt abgeschnitten werden kann und es nicht ausgeschlossen ist, daß dieselbe in einer andern Klage durch Aufnahme einer passenden Replik auch bezüglich dieser Mitbeklagten den Einfluß jener Einrede beseitigen kann.

Durch die Sachfälligkeit der Klägerin rechtfertigt sich auch ihre Verurtheilung zur Kostenerstattung.

Anlangend

B.

die Litisdenunciation, so ist bereits bemerkt worden, wie nach Lage der Sache davon auszugehen ist, daß die Beklagten dem Stadtrath zu E. selbst in seiner Eigenschaft als obrigkeitliche Behörde litem denuncirt haben und daß derselbe auch in dieser Eigenschaft in diesem Proceß aufgetreten ist. Es liegt jedoch auf der Hand, daß dieses von den Beklagten eingeschlagene Verfahren ein völlig unzulässiges ist. Denn nach der Städteordnung vom 2. Februar 1832, für deren Anwendbarkeit in E. als einer in dem dem Wahlgesetz vom 24. September 1831 sub ⊙ angefügten Verzeichnisse genannten Stadt, nach dem Gesetz, die Publication und Einführung der Städteordnung vom 2. Februar 1832 betreffend, die Vermuthung streitet, bildet der Stadtrath keineswegs ein mit den Rechten einer juristischen Person versehenes Collegium, sondern eine politische Körperschaft, welche nach §. 178. als Verwalter der städtischen Gemeindeangelegenheiten, als kraft des Gesetzes bestehende obrigkeitliche Behörde und als Organ der Staatsgewalt auftritt. Der Stadtrath als solcher kann daher weder Vermögensrechte erwerben, noch privatrechtliche Verbindlichkeiten übernehmen, noch in Processen als Partei auftreten. In dieser Weise kann er nur für die Stadtgemeinde, welche das allein rechtsfähige Subject bildet und deren Vertretung ihm obliegt, handeln. Hat der Stadtrath in seiner Eigenschaft als Behörde in irgend einer Weise durch Ueberschreitung oder Mißbrauch der Amtsgewalt dritte Personen lädirt, so können diese ihre Ansprüche aus den obigen Gründen keinesfalls gegen ihn als Collegium, sondern lediglich gegen die einzelnen Mitglieder desselben, falls dieselben überhaupt ersatzpflichtig erscheinen, geltend machen. Es wäre deshalb auch im vorliegenden Fall die von den Beklagten angebrachte Litisdenunciation nicht gegen den Stadtrath selbst, sondern gegen dessen Mitglieder zu richten und nicht der erstere, sondern die letzteren vorzuladen gewesen. Deshalb war im Erkenntniß die Unzulässigkeit der Litisdenunciation auszusprechen, wobei man nur noch bemerken will, daß, auch wenn diese formell richtig gewesen wäre, sie als eine nothwendige nicht angesehen werden könnte, da ein wahrer Evictionsfall nicht vorliegt.

Es konnte aus den obigen Gründen auch nicht der Stadtrath zu C. als Litisdenunciat, vielmehr mußten in dieser Eigenschaft diejenigen Personen, welche die Bl. — ersichtliche Vollmacht als Rathsmitglieder unterzeichnet haben, im Erkenntnisse aufgeführt werden.

Was endlich die Kosten der Litisdenunciation anlangt, so schien es, wenn schon dieselbe als unzulässig sich darstellt, doch angemessen, dieselben zwischen den Beklagten und den für den Stadtrath aufgetretenen Litisdenunciaten zu compensiren, da es der Einmischung der letztern in den Proceß gar nicht bedurft hätte."

Gegen dieses Urthel wendete die Klägerin Appellation ein, und es wurde darauf in einem den Parteien unterm 16. Januar 1863 publicirten Urthel des **Königlichen Appellationsgerichts zu Zwickau** entschieden:

„Daß es bei dem Urthel erster Instanz nicht so allenthalben zu lassen, sondern es sind die Beklagten am andern Theile die in der Klage gedachte Schützenvorrichtung, so wie solche Bl. — in Verbindung mit Bl. — beschrieben ist, an dem Orte, wo sich dieselbe vor ihrer gewaltsamen Entfernung befunden, wieder herzustellen, der Klägerin auch alle durch diese Entfernung verursachten erweislichen Schäden zu ersetzen solidarisch, jedoch dergestalt, daß durch die Leistung des Einen von ihnen die Andern befreit werden, verbunden, nicht minder die Kosten der ersten Instanz — soweit solche an sich zur Restitution geeignet, als worüber, da nöthig, von dem Proceßgerichte bei der künftigen Execution Entschließung zu fassen sein wird — der Klägerin zu ihren Antheilen zu erstatten schuldig.

Dahingegen wird besagtes Urthel im Uebrigen und insbesondere, so viel Mitbeklagte am dritten Theile anlangt, hierdurch bestätigt, es ist auch Klägerin die Kosten des Rechtsmittels den Mitbeklagten zu deren Antheilen zu erstatten gehalten, wogegen diese Kosten im Uebrigen zwischen der Klägerin und den Beklagten am andern Theile compensirt werden."

Dazu waren folgende **Gründe** beigegeben:

„Wenn die vorige Instanz von der Annahme ausgeht, daß eine an sich zur Begründung der Spolienklage geeignete Besitzentsetzung vorliege, und die Einwendungen, daß nur dem Revierausschusse ein Klagrecht zustehen würde und daß Klägerin selbst durch den Einbau des fraglichen Schützen eines Spoliums sich schuldig gemacht habe, unbeachtlich seien, so tritt Man dem vollständig bei. Es genügt hierunter die Bezugnahme auf die Bl. — entwickelten Gründe um so gewisser, als Beklagte dieselben anzufechten nirgends versucht haben, Klägerin aber, welche allein remedirt hat, **insoweit** selbstverständlich keine Ursache zur Beschwerde hatte. Demnach kommt es lediglich darauf an, zu untersuchen, ob die im vorigen Urthel — welches in Betreff dessen, was Bl. — der Litisdenunciation halber erkannt, von keiner Partei angefochten worden ist — für die gleichwohl ausgesprochene Abweisung der Klage in der angebrachten Maaße geltend gemachten Bedenken als begründet sich darstellen. Diese Bedenken beruhen, besage Bl. —

a.

was die Mitbeklagten am dritten Theile anlangt, darauf, daß dieselben auf Befehl einer öffentlichen Behörde — des Stadtraths zu C. — gehandelt und daher für ihre Personen nicht verantwortlich seien, was aber

b.

die Beklagten am andern Theile betrifft, welche selbst Mitglieder des gedachten Stadtraths sind, auf der Erwägung, daß die Entfernung des Schützens als eine vom polizeilichen Standpunkte aus getroffene Maaßnahme einer Verwaltungsbehörde sich darstelle und daß zwar hierdurch die richterliche Competenz im Falle eines Mißbrauchs oder einer Ueberschreitung der Amtsgewalt nicht ausgeschlossen werde, daß aber dieselbe nach §. 7. unter 3. des Competenzgesetzes vom 28. Januar 1835 insofern beschränkt sei, als der Richter weder über die Nothwendigkeit oder

Zweckmäßigkeit von Verwaltungsmaaßregeln in Bezug auf das allgemeine Beste urtheilen, noch Verordnungen der Verwaltungsbehörden für ungültig erklären dürfe und daß nun im vorliegenden Falle einestheils die Klage specielle Anführungen vermissen lasse, aus denen entnommen werden könne, ob wirklich ein Amtsmißbrauch oder eine Ueberschreitung der Amtsgewalt vorliege, anderntheils die Verurtheilung des Stadtrathes zu Wiederherstellung des vorigen Zustandes factisch auf eine Ungültigkeitserklärung der betreffenden Verwaltungsmaaßregel hinauskommen würde.

Zu a.

hat man der vorigen Instanz gleichfalls beizutreten gehabt. Zunächst ist nämlich durch die Bl. — abgegebene Erklärung des Stadtraths zu E. — der als solcher, d. h. in seiner Eigenschaft als öffentliche Behörde, intervenirt hat — allerdings als liquid anzusehen, daß die Mitbeklagten lediglich auf Anordnung des Stadtrathes gehandelt haben. Dies vorausgesetzt, verliert ihre Handlungsweise offenbar den Charakter der Widerrechtlichkeit, wie solche zur Begründung der Spolienklage erforderlich sein würde. Denn neben der Bl. — angezogenen Vorschrift des römischen Rechtes steht ihnen auch Art. 94. des Strafgesetzbuches zur Seite. An sich lag es unbestritten in der Competenz des Stadtrathes als Polizeibehörde, einen aus polizeilichen Gründen unstatthaften Bau beseitigen zu lassen, wie dies z. B. dann, wenn ohne die erforderliche polizeiliche Genehmigung gebaut oder gegen baupolizeiliche Vorschriften gefehlt worden, nothwendig werden kann. Auch läßt sich nicht sagen, daß die Gesetzwidrigkeit des Befehles unter den vorliegenden Umständen sofort in das Auge hätte fallen müssen, zumal den Mitbeklagten nicht angesonnen werden konnte, zu untersuchen, inwiefern dem Stadtrathe bezuglich der Wassernutzung des Röhrgrabens irgend ein Befugniß zustehe oder nicht. Es würde daher, wenn man Art. 94 des Strafgesetzbuches nur auf untergeordnete **Beamte** beziehen wollte, den Mitbeklagten, soweit sie diese Eigenschaft nicht haben, mindestens Art. 95 des Strafgesetzbuchs zu Statten kommen. Denn sie konnten und mußten wohl annehmen, daß sie von einer öffentlichen Behörde nicht zu einer widerrechtlichen und unerlaubten Handlung würden aufgefordert werden. Sonach würde es allerdings ungerechtfertigt sein, die Mitbeklagten der Klagbitte gemäß zu verurtheilen, zumal ihnen — könnten sie, was damit ausgesprochen wäre, als Miturheber eines Delictes betrachtet werden — nicht einmal der Regreß gegen die Beklagten offen bliebe.

Vgl. Sintenis, das prakt. gem. Civilrecht, §. 89. bei not. 52. Bd. II. S. 144. der II. Ausg.

Auch über den Kostenpunkt kann sich Klägerin hierunter nicht beschweren, schon der ganze Hergang der Sache, wie er in der Klage dargestellt wird, konnte Klägerin darüber nicht in Zweifel lassen, daß die Anordnung zum Herausreißen des Schützens von dem Stadtrathe zu E., beziehentlich von dessen Vorstande, ausging. Sie konnte sich also von vorn herein darüber klar werden, an wen sie sich lediglich zu halten habe.

Dagegen ist Man

zu b.

in jetziger Instanz zu einer anderen Auffassung gelangt.

Zunächst ist zu bemerken, daß, wie die Verfasser des vorigen Urtheils Bl. — selbst annehmen, das gewaltsame Herausreißen des von der Klägerin eingebauten Schützen schon seiner äußeren Form und Erscheinung nach als ein Eingriff in den Besitz der Klägerin und somit in die Privatrechte derselben sich darstellt. Es kann daher auch der Klägerin nicht angesonnen werden, ihrerseits in der Klage specielle Umstände anzuführen, aus denen hervorginge, daß sich der Stadtrath dabei eines Amtsmißbrauchs, oder doch einer Ueberschreitung seiner Amtsgewalt schuldig gemacht habe. Dies um so weniger, als Klägerin natürlich nicht wissen konnte, von welchen Erwägungen dabei Seiten des Stadtrathes ausgegangen worden, weshalb sie von ihrem Standpunkte aus lediglich auf die allgemeine Negation eines Rechtes der Beklagten, beziehentlich des Stadtrathes, sich hätte beschränken müssen (eine Negation, die schon in der erhobenen Klage und deren Schlußbitte von selbst liegt), man müßte ihr denn ansinnen wollen, alle überhaupt denkbaren Motive des Stadtrathes in der Klage zu erwägen und im Voraus zu widerlegen. Es war daher vielmehr Sache der Beklagten am andern Theile, ihrerseits zu excipiren und mithin auch zu bescheinigen oder doch näher zu begründen, inwiefern ihnen ein Recht, die gewaltsame Beseitigung des Schützens anzuordnen, zugestanden habe.

(Schluß in der gleichzeitig erscheinenden Nummer 23.)

Redacteur: Dr. Theodor Tauchnitz. Officin der Verlagshandlung.

Von diesem Wochenblatte erscheinen jährlich 64 Nummern zu 1 Quartbogen und außerdem am Jahresschlusse ein ausführliches Register.

Wochenblatt
für
merkwürdige Rechtsfälle,
in actenmäßigen Darstellungen
aus dem Gebiete der Justizpflege und Verwaltung
zunächst für das
Königreich Sachsen.

Alle Postämter u. Buchhandlungen übernehmen Bestellungen und liefern das Quartal zu dem praenumerando zu entrichtenden Preise von 1 Thaler.

Verlag von Bernhard Tauchnitz in Leipzig.

№ 23. Neue Folge Zwölfter Jahrgang. 1864.

(Schluß aus No. 22.)

Demnächst kann Man sich mit der obenerwähnten Interpretation der Vorschrift in

§. 7. sub 3. des Competenzgesetzes vom 28. Januar 1835.

nicht allenthalben einverstanden erklären. Aus dem ersten Abschnitte dieser Vorschrift geht hervor, daß unter den dort gedachten Voraussetzungen eine Klage auf Wiederherstellung des vorigen Zustandes nicht ausgeschlossen ist. Eine dem entsprechende Verurtheilung wird nun allerdings thatsächlich die Folge haben, daß die betreffende Maaßnahme der Verwaltungsbehörde ihrer Wirkung nach wieder aufgehoben wird. Hatte man aber diese Folge unter dem Verbote, die Verordnungen der Verwaltungsbehörden für ungültig zu erklären, inbegriffen wissen wollen, so hätte Man offenbar eine Klage auf Herstellung des vorigen Standes der Sache überhaupt ausschließen müssen. Jenes Verbot läßt sich daher theils nur seinem Wortlaute nach auf die ausdrückliche, formelle Ungültigkeitserklärung beziehen, theils nur dahin verstehen, daß Verordnungen der Verwaltungsbehörden nicht im Allgemeinen ihrer Legalität nach von dem Richter zu prüfen sind, sondern dieser lediglich zu untersuchen hat, ob in dem vorliegenden speciellen Falle eine Rechtsverletzung, wie sie das Gesetz erwähnt, dadurch herbeigeführt worden sei, noch ganz zu geschweigen übrigens, daß von Verordnungen des Stadtrathes zu E., als einer unteren Verwaltungsbehörde, überhaupt nicht die Rede sein könnte. Was aber das Verbot des richterlichen Urtheils über die Nothwendigkeit und Zweckmäßigkeit von Verwaltungsmaaßregeln in Bezug auf das allgemeine Beste betrifft, so führt dies nicht dazu, daß die Klage schon durch die bloße Berufung auf eine solche Nothwendigkeit ausgeschlossen würde, sondern es hat vielmehr nach §. 14. desselben Gesetzes der Richter solchenfalls mit der zuständigen Verwaltungsbehörde sich zu vernehmen und dieser insoweit die Cognition zu überlassen.

Demgemäß ist denn nun auch der gegenwärtig erkennende Gerichtshof mit der Königl. Kreisdirection allhier in Communication getreten. Die Königl. Kreisdirection aber hat besage des in beglaubigter Abschrift beigefügten Recommunicates sub ⊙ nach vorgängiger Erörterung der Sache durch die Amtshauptmannschaft Annaberg sich dahin ausgesprochen, daß, obwohl im Allgemeinen die Befugniß der Polizeibehörden aus feuer- oder nahrungspolizeilichen Gründen Maaßnahmen der hier fraglichen Art zu treffen, anzuerkennen sei, dazu doch im vorliegenden Falle eine ausreichende Veranlassung nicht vorgelegen, der Stadtrath daher die seiner Amtsgewalt gezogenen Grenzen allerdings überschritten habe. Hiernach ist jedenfalls festgestellt, daß einestheils der gebetenen Verurtheilung zur Wiederherstellung des vorigen Zustandes aus dem Gesichtspunkte des öffentlichen Rechtes ein Bedenken nicht entgegensteht, anderntheils die Berufung des Stadtrathes, beziehentlich der in Anspruch genommenen Mitglieder desselben, auf die polizeiliche Nothwendigkeit der getroffenen Maaßnahme als unbeachtlich sich darstellt, wobei noch unerörtert bleiben kann, inwiefern ein wirklicher Amtsmißbrauch vorliege. Man will daher nur noch bemerken, daß die Vorschriften in §. 35. verbunden mit §. 31. des Gewerbegesetzes vom 15. October 1861, auf welche sich übrigens Beklagte nicht bezogen haben, hier schon um deswillen nicht in Betracht kommen können, weil die Zerstörung der fraglichen

Schützenvorrichtung längst vor Erlaß des gedachten Gesetzes erfolgt war, übrigens die in §. 33. gedachte rückwirkende Kraft des letzteren, soweit sie überhaupt hier in Frage käme, auf die nach §. 35. zu beurtheilenden Fälle nicht erstreckt ist, ganz zu geschweigen noch, ob §. 35. auf künstliche Wasserläufe, welche als bergmännische Revierbetriebsanstalten anzusehen, zu beziehen, oder richtiger, ob in solchem Falle unter der in §. 35. gedachten Verwaltungsbehörde nicht ausschließlich das Bergamt zu verstehen sei.

Erscheint nun hiernach die Klage den Beklagten gegenüber dergestalt begründet, daß letzteren auch die exceptio divisionis nicht zur Seite steht, sowohl wegen der Untheilbarkeit der Leistung, als deshalb, weil ihre Verpflichtung auf einer unerlaubten Handlung beruht,

vergl. Sintenis, a. a. O. §. 89. unter 1. und 2. Bd. II. S. 143. 144. der II. Ausg.

so konnte sich nur noch fragen, ob eine sofortige Verurtheilung einzutreten habe, oder zunächst auf Beweis der Klage zu interloquiren sei. Es entsteht diese Frage lediglich mit Rücksicht auf die Einlassung bei Punkt 31. 32., insofern die Feststellung der Beschaffenheit des Schützen allerdings für die Executionsfähigkeit der Verurtheilung nicht entbehrt werden kann, denn die zur Begründung der Klage an sich erforderlichen Thatsachen sind, wie bereits die vorige Instanz Bl. — dargelegt hat, genugsam eingeräumt worden. Ob nun die Einlassung zu Punkt 31. 32. zu allgemein sei, will Man dahingestellt lassen, gewiß ist aber, daß Beklagte, da sie nicht nur dem Herausreißen des Schützens beigewohnt, sondern die einzelnen Theile desselben sogar auf das Rathhaus bringen lassen und mithin von deren Beschaffenheit nothwendig genaue Kenntniß erlangt haben müssen, sich darüber bestimmt bejahend oder verneinend und nicht blos, wie geschehen, mit Nichtwissen zu erklären hatten.

vergl. Annalen des K. S. Oberappellationsgerichts, Bd. I. S. 449 flg.

Es erscheint daher um so unbedenklicher, sie hierunter der Klage für geständig zu achten, als sie gegen den gleichen Ausspruch der vorigen Instanz Bl. — sich nicht einmal geregt haben. Demnach waren Beklagte ohne Weiteres in der Hauptsache zu verurtheilen, wodurch zugleich der Kostenpunkt sich rechtfertigt. Inzwischen konnte diese Verurtheilung nicht, wie Bl. — gebeten worden, auf Untersagung fernerer Besitzstörungen bei Strafandrohung erstreckt werden, da die Spolienklage lediglich ein remedium recuperandae possessionis ist und das Petitum derselben daher nur auf Rückgabe der entzogenen Sache, beziehentlich Wiederherstellung des vorigen Zustandes, sowie Ersatz der Schäden gerichtet werden kann.

J. L. Schmidt, Lehrbuch von Klagen und Einreden, §. 216.

Osterloh, summ. bürg. Proc., III. Aufl. §. 56. 57. im Eingange.

Die Festhaltung dieses Unterschiedes erscheint aber auch deshalb nothwendig, weil im Spolienprocesse auf die Qualification des Besitzes irgend etwas nicht ankommt, vielmehr bloße Detention genügt, und der Grund, weshalb dieser ohne nähere Untersuchung ihrer Rechtmäßigkeit Schutz gewährt wird, in der offenbaren, schon äußerlich sich kundgebenden Widerrechtlichkeit der Entziehung gefunden werden muß,

vergl. Osterloh, a. a. O. §. 57. bei not. 9.

während bei den remediis retinendae possessionis mindestens wirklicher juristischer Besitz erfordert wird, die Erörterung der Frage, ob ein solcher Besitz vorhanden sei, aber nicht in den Spolienproceß gehört und daher der richterliche Ausspruch in letzterem keine Anerkennung des Rechtes, zu besitzen, enthalten, sondern den Spolianten nur zu Wiederherstellung der auf offenbar widerrechtliche Weise entzogenen Detention verpflichten kann.

Was endlich wegen der Kosten des Rechtsmittels erkannt worden, bedarf mit Rücksicht auf die theils reformatorische, theils confirmatorische Entscheidung in der Hauptsache keiner besonderen Begründung."

Das in den vorstehenden Entscheidungsgründen angezogene Recommunicat der Kreisdirection zu Z. vom 25. October 1862 (⊙) lautet:

rc. „Wenn auch die Königliche Kreisdirection nicht Bedenken tragen würde, den Stadtrath zu E. in Fällen der dringendsten Nothwendigkeit, zu Verhütung weitreichender Calamitäten für berechtigt zu halten, aus feuerpolizeilichen oder nahrungspolizeilichen Gründen die Benutzung eines im Privateigenthume befindlichen Rechtes, Seiten eines an sich privatrechtlich dazu befugten Interessenten, so lange jene Nothwendigkeit währt und insoweit die ergriffene Verwaltungsmaaßregel das zu erreichende Ziel nicht überschreitet, zu hindern, so sieht sie sich doch außer Stande, in Bezug auf den vorliegenden Fall, eine solche Billigung auszusprechen und den Inhalt des geehrten Communicats vom Stadtrathe zu E. gefaßten Beschluß als nothwendig oder auch nur zweckmäßig anzuerkennen.

Denn wenn von ihm die Behauptung aufgestellt worden, daß das Wegreißen des von der Klägerin in den Röhrgraben eingesetzten Schützen zum Schutze der E.'r Fabriken, Mühlen und andern Etablissements und der darin beschäftigten vielen Arbeiter aus nahrungspolizeilichen Gründen verfügt worden, so findet dies in den laut des unterm 16. laufenden Monats aufgenommenen und sub voto remiss. beiliegenden Protokolls veranstalteten amtshauptmannschaftlichen Erörterungen keinerlei Bestätigung, vielmehr ergiebt sich aus ihnen und dem dazu gehörigen Croquis, daß nur der St.'schen Fabrik, einem verhältnißmäßig unbedeutenden Etablissement, durch besagten Schützen Nachtheil drohen konnte, die übrigen Etablissements dagegen davon gar nicht betroffen wurden, indem zu ihnen das Wasser nach wie vor im Röhrgraben seinen Lauf behielt.

Aber auch der zweite vom Stadtrathe geltend gemachte Grund, daß sein Beschluß von feuerpolizeilichen Rücksichten geboten gewesen, verliert bei näherer Betrachtung der Umstände seine Haltbarkeit. Denn abgesehen davon, ob es nicht, was bis jetzt unermittelt geblieben, ohne zu große Beschwerde des städtischen Aerars, möglich war, vom Weichfluthgraben und dem Punkte E. nach dem Punkte B. ein Gefälle herzustellen, wodurch das Wasser in den Feuergraben und durch ihn in den Sammelteich der obern Stadt zu leiten war, sind es vorzüglich zwei Gründe, welche der unter andern Umständen als nothwendig sich darstellenden Fürsorge des Stadtraths die Eigenschaft einer völlig gerechtfertigten Handlung im gegebenen Falle entziehen.

Einmal nämlich muß, nach den bereits gedachten Erörterungen, angenommen werden, daß zu der Zeit, als der Schützen demolirt wurde, die Wasserleitung nach dem Feuergraben sich keineswegs in einem vollkommen und augenblicklich brauchbaren Zustand befand, vielmehr nach dem Einschlagen des Schützen die dazu erforderlichen Vorbereitungen getroffen worden sind. Dieser Mangel widerlegt von selbst die Annahme, daß der Schützen sofort und unter allen Umständen zu beseitigen war, wenn nicht die Stadt großer Gefahr ausgesetzt werden sollte, wenigstens durfte der Stadtrath sich nicht für berechtigt achten, die Entfernung von durch dritte Personen veranlaßten Hindernissen mittels Gewalt durchzusetzen, wenn ein gleiches Behinderniß von seiner Seite geduldet worden war. Sodann aber überschritt die von ihm verfügte Maaßregel die ihr gesteckten Grenzen und das mit Rücksicht auf die wohlerworbenen Rechte dritter Personen darin zu haltende Maaß.

Es ist als constatirt anzusehen, daß der mit einem Schlosse verwahrte, nicht fest eingesetzte, sondern zum Ziehen eingerichtete Schützen zu jeder Stunde geöffnet und dem Wasser der frühere Lauf gegeben werden konnte. Das vom abhibirten Sachverständigen abgegebene Gutachten besagt, die Wirkung sei dieselbe gewesen, der Schützen mochte beseitigt oder gezogen werden. Der Officiant der Klägerin behauptet, daß, um die Oeffnung des Schützen zu jeder Zeit möglich zu machen, der Schlüssel dazu einer in der Nähe wohnenden Person zur Aufbewahrung übergeben worden sei.

Diese Einrichtung war auslänglich zum Schutze der Stadt gegen Wassermangel in Brandfällen, denn in den wenigsten Fällen befinden sich dergleichen Wasserleitungen, dafern sie sonst in gutem und brauchbarem Zustande, in ununterbrochener Thätigkeit. Nun wird zwar Seiten des Stadtraths in Abrede gestellt, daß man ihn von dieser Verfügung in Kenntniß gesetzt habe, allein ist dies auch begründet, so stand es ihm frei und war an ihm, selbst auf Treffung einer solchen Einrichtung zu bestehen. Daß er dies berücksichtigt und gethan, hat von ihm nicht behauptet werden können. Gesetzt aber auch, es sei Seiten der Klägerin und ihrer Geschäftsführer ein derartiges an sie gerichtetes Anverlangen verweigert worden, was nicht ausschloß, sie durch gesetzliche Zwangsmittel zum Nachgeben zu nöthigen, so war es doch den Umständen nach nicht indicirt, zur sofortigen Demolirung des Schützens noch vor dem Eintritte eines Nothfalles überzugehen. Es ist laut der Erhebungen außer Zweifel, daß der Schützen mittels einiger Axthiebe sofort beseitigt worden ist. Diese leichte Zerstörbarkeit der nachtheiligen Anlage gestattet es, den damals noch nicht eingetretenen Augenblick abzuwarten, in welchem sie ohne Gefährdung der Stadt nicht länger geduldet werden durfte.

Die Königliche Kreisdirection ist daher der Ansicht, daß, wenn auch die vom Stadtrathe beschlossene Maaßregel, an sich und unter gewissen Umständen, als nothwendig und unabwendbar sich darstellen könnte, doch im vorliegenden Falle rücksichtlich der Ausführung, nach Art und Zeit, die seiner Amtsgewalt von den Rechten dritter Personen gezogenen Grenzen ohne dringende Veranlassung überschritten worden sind." rc.

Gegen das Urthel zweiter Instanz appellirten die Klägerin und die Beklagten, es wurde jedoch dasselbe vom Königlichen Oberappellationsgerichte in einem den Parteien am 17. September 1863 publicirten Urtheile bestätigt.

Die beigefügten Gründe lauten:

„A. Zur Appellation der Beklagten am andern Theile.

Die vorige Instanz hat die von ihr ausgesprochene Verurtheilung der Beklagten am andern Theile auf die Ansicht der Königlichen Kreisdirection zu Zwickau, mit welcher sie sich in Vernehmung gesetzt, gegründet, daß die von dem Stadtrathe zu E. angeordnete Beseitigung der in der Klage beschriebenen, im Besitze der Klägerin befindlich gewesenen Schutzvorrichtung am Röhrgraben sich als eine ungerechtfertigte, eine Ueberschreitung seiner Amtsgewalt involvirende polizeiliche Maaßregel darstelle (zu vergl. Bl. —). Da Beklagte am andern Theile in ihrer Appellationsdeductionsschrift Bl. — der Richtigkeit dieser Ansicht der Königlichen Kreisdirection zu Zwickau widersprochen und ihre Appellation lediglich auf diesen Widerspruch gestützt haben, so mußte sich das Oberappellationsgericht veranlaßt finden, in diesem Bezuge mit dem Königlichen Ministerium des Innern, als der der gedachten Kreisdirection vorgesetzten Verwaltungsbehörde, in Communication zu treten und Demselben die Cognition über den Widerspruch der Beklagten anheim zu geben.

Nachdem nun aber das Königliche Ministerium des Innern — wie die abschriftliche Beilage sub ⊙ des Näheren besagt — nach vorgängiger anderweiter Erörterung der Ansicht der Kreisdirection zu Zwickau beigetreten ist und die von dem Stadtrathe zu E. unternommene Zerstörung der fraglichen Schutzvorrichtung ebenfalls als eine vom polizeilichen Standpunkte aus unter den vorwaltenden Verhältnissen nicht gerechtfertigte Maaßregel erachtet hat, so konnte die Bestätigung der angefochtenen Entscheidung der vorigen Instanz, ungeachtet der von den Beklagten am andern Theile dagegen eingewendeten Appellation, keinem weiteren Bedenken unterliegen.

Denn darüber, daß die Entscheidung der Justizbehörde im vorliegenden Falle unmittelbar von der Vorfrage bedingt ist, ob die von dem Stadtrathe zu E., dessen Mitglieder Beklagte am andern Theile sind, angeordnete und ausgeführte Demolirung der klägerischen Schutzvorrichtung als eine in dessen Amtsbereiche und Amtsgewalt liegende Maaßregel zu betrachten und aufrecht zu erhalten war, läßt sich ein begründeter Zweifel nicht erheben; es ist dies von der vorigen Instanz zu b. Bl. — ausführlich nachgewiesen, von den Beklagten am andern Theile selbst auch nicht weiter bestriten worden.

B. Die Appellation der Klägerin betr., ist lediglich auf die Gründe der vorigen Instanz Bl. — und Bl. — zu verweisen, denen weiter etwas hinzuzufügen die unerheblichen Einwendungen der Klägerin Bl. — keine Veranlassung geben.“ 2c.

Das in den vorstehenden Entscheidungsgründen angeführte Recommunicat des K. Ministeriums des Innern vom 13. Juni 1863 (⊙) folgt nachstehend:

„Das Ministerium des Innern pflichtet, nachdem Es zuvörderst die betreffenden, vor der Amtshauptmannschaft zu Annaberg ergangenen Acten eingefordert und die Kreisdirection zur anderweiten Auslassung veranlaßt hat, der von der zuletztgenannten Behörde in dem Communicate an das Appellationsgericht zu Zwickau Bl. — ausgesprochenen Ansicht, daß von dem Stadtrathe zu E. in dem vorliegenden Falle die Grenzen seiner Amtsgewalt, der privatrechtlich betheiligten Klägerin gegenüber, ohne dringende Veranlassung, überschritten worden, Seinerseits ebenfalls bei.

Denn wenn die von dem genannten Stadtrathe aufgestellte Behauptung, daß die von ihm unternommene Beseitigung der im Mühlgraben bei E. von der Klägerin angebrachten Schützenvorrichtung aus gewerbs- und nahrungspolizeilichen Rücksichten zum Schutze der am Graben liegenden Mühlen und sonstigen gewerblichen Etablissements geboten gewesen sei, sich um deswillen als irrelevant darstellt, weil wie bei der amtshauptmannschaftlichen Localexpedition Bl. — sich herausgestellt hat, das Röhrwasser, selbst wenn die Schützenvorrichtung geschlossen ist, den erwähnten Etablissements durch den Flußgraben wieder zugeführt und lediglich der an sich nur unbedeutenden R.'schen Spinnerei das Wasser des Röhrgrabens entzogen wird, so erübrigt nur noch die Frage, ob, um bei entstehender Feuersgefahr der Stadt das benöthigte Wasser zuzuführen, für den Stadtrath die Nothwendigkeit vorgelegen hab'e, die Beseitigung der Schützenvorrichtung ohne Weiteres polizeilich vorzunehmen. Da jedoch das Wasser aus dem Röhrgraben, wie von der Amtshauptmannschaft zu Annaberg in ihrem an die Kreisdirection erstatteten Berichte ausdrücklich bemerkt wird und wie sich auch aus den Auslassungen der Beklagten Bl. — ergiebt, nicht fortwährend läuft, sondern nur bei entstehender Feuersgefahr in den sogenannten Feuergraben geleitet und durch diesen der Stadt zugeführt wird, so wird zwar, um den Feuergraben mit dem benöthigten Wasser speisen zu können, es sich nöthig machen und daher dem Stadtrathe das Recht zu wahren sein, die in den Röhrgraben eingebaute Schützenvorrichtung jedesmal bei Feuersgefahr insoweit zu beseitigen, als der Wasserzufluß zum Feuergraben dadurch behindert wird. Allein da der Schütze zu diesem Zwecke zum Aufziehen eingerichtet ist und überdies die diesfallsige Vorrichtung im Nothfalle sofort und ohne große Mühe, beziehentlich auf Anordnung des Stadtraths, als Polizeibehörde, geöffnet werden kann, so vermag Man auch diesseits eine unbedingte Unverträglichkeit des Vorhandenseins des Schützen mit dem vom Stadtrathe zu vertretenden öffentlichen wohlfahrtspolizeilichen Interesse nicht anzuerkennen, sonach aber auch die von dem Stadtrathe unternommene Zerstörung des Schützen, als eine polizeilich gebotene Maaßregel, nicht für gerechtfertigt zu erachten.“

37.

Die Ehefrau ist verbunden, dem Ehemanne über die von ihr während der Ehe eigenmächtig erhobenen Nutzungen ihres Vermögens, soweit es nicht die Eigenschaft von Receptitiengut hat, Rechnung abzulegen und dieselben zu erstatten. — Erfordernisse zur Begründung einer hierauf gerichteten Klage.

Mitgetheilt von

Herrn L. in B.

Carl Traugott B. zu Ober-O. erhob unter dem 9. Juli 1862 gegen Johanne Eleonore gesch. B. in G. eine Klage folgenden Inhalts:

„Kläger ist an Ostern 1856 — am 24. März 1856 — mit der Beklagten ehelich verbunden worden und bis zum 7. April 1862, wo diese Ehe durch richterliche, an diesem Tage mittelst Eidesleistung der Beklagten purificirte Entscheidung getrennt wurde, der Ehemann der Beklagten gewesen.

Während dieser ganzen Zeit des Bestehens dieser Ehe, vom 24. März 1856 bis zum 7. April 1862, hat die Beklagte die dem Kläger als ihrem Ehemanne zuständig gewesenen Nutzungen des ihr zugehörig gewesenen eheweiblichen, dem Kläger inferirten Vermögens:

a) die Zinsen von 600 Thlrn. —= —= gegen vierprocentige Jahreszinsen von ihr ausgeliehenen Capitalien,

b) die vierprocentigen Zinsen von 508 Thlrn. 15 Ngr. —= Capital, welches Beklagte aus dem ihrem ersten Ehemanne, weiland Carl Gottlieb W. zu G., gehörigen Bauergute no. 67. zu G. als Einbringen zu fordern gehabt, und welches nachgehends als Nachlaßschuld in dieser Höhe bei den Acten W. 35. Bl. — sub Cap. XXVII. aufgeführt worden ist, und ebenso

c) die Nutzungen von ihrem Erbantheile an dem von ihrem früheren Ehemanne, weiland Carl Gottlieb W. zu G., auf dieselbe nach Höhe eines Viertheils vererbten Bauergutes Cat. no. 67. zu G., zu welchem die Flurbuchsnummern — (hier folgt das Verzeichniß dieser Nummern) — gehörig, und auf welchem nur 40 Thlr. —= —= Hypothek eingetragen gewesen, welches Gut einen Nettowerth von mindestens 8000 Thlrn. —= —= gehabt hat und noch hat, dem Kläger nicht zukommen lassen und für sich zurückbehalten.

Während nun Kläger bereit ist, die von der Beklagten ihm als Heirathsgut wirklich gewährten Illaten an

1) 100 Thlrn. —= —= Baarvermögen,

2) 55 Thlrn. —= —=, den Werth von zwei Kalben, derselben ebenso wie

3) die aus dem Eheprocesse ihr zu erstattenden Kosten derselben zurückzugeben und gegen die ad a. b. c. ihm zukommenden Nutzungen zu compensiren — als wozu sich Kläger andurch ausdrücklich erbietet —, erhebt er wegen der sub a. b. c. gedachten Anforderungen aus der Zeit vom 24. März 1856 bis mit 7. April 1862, welche sich zu 4 Proc. jährlich auf diese Zeit zu mindestens

145 Thlr. — Ngr. — Pf. ad a. für 600 Thlr. à 4 Proc.
122 = 26 = 7 = ad b. für 508 Thlr. 15 Ngr. à 4 Proc.
460 = 11 = — = ad c. für 1965 Thlr. Erb-
728 Thlr. 7 Ngr. 7 Pf. theil à 4 Proc., als Viertheil von 8000 Thlrn., abzüglich 40 Thlrn. Grundschuld, dem Gutswerthe, berechnen, auf Grund des während des Bestehens der Ehe ihm gesetzlich zuständig gewesenen ehemännlichen Nießbrauchsrechts und wegen der von Beklagter darüber abzulegenden Berechnung gegen Beklagte diese Klage, fordert darauf, unter durchgängigem Eidesantrag, Einlassung und Antwort und bittet um ein Erkenntniß:

daß Beklagte über die von ihr während des Bestehens ihrer Ehe mit Klägerm in der Zeit vom 24. März 1856 bis zum 7. April 1862 von ihrem Vermögen an den sub a. b. c. gedachten Außenständen und Grundbesitz bezogenen und beziehentlich zu beziehen gewesenen Nutzungen dem Kläger Rechnung abzulegen und den sich ergebenden Reinertrag abzüglich ihrer Gegenforderungen dem Kläger herauszuzahlen, demselben auch die Proceßkosten ab- und zu erstatten schuldig."

Der Inhalt des rechtlichen Verfahrens ergiebt sich aus den nachfolgenden Erkenntnissen.

Das in erster Instanz von dem K. Bezirksgericht zu B. abgefaßte Erkenntniß (publicirt am 29. November 1862) lautete nämlich dahin:

„Weil zwar im Allgemeinen dem Ehemanne das Recht nicht abgesprochen werden mag, von der Ehefrau Rückerstattung der ihm von derselben entzogenen Nutzungen von Dotalgegenständen und zur Feststellung des Betrags vorherige Rechnungsablegung selbst nach getrennter Ehe zu verlangen, indem dieser Meinung die im Wochenbl. f. merkw. Rechtsf., Jahrg. 1852. S. 223. mitgetheilte Entscheidung deshalb nicht entgegensteht, weil es sich in dem dort vorgelegenen Falle um Nutzungen von Vermögensbestandtheilen handelte, welche dem Ehemanne eigenthümlich gehörten, deren Verwaltung aber von demselben der Ehefrau überlassen worden war;

weil ferner auch daraus, daß Kläger während der zwischen den Parteien bestandenen Ehe die Zurückbehaltung der Nutzungen des eheweiblichen Vermögens von Seiten der Ehefrau stillschweigend geduldet hat, ein Verlust des Rückforderungsrechts nicht gefolgert werden kann, da durch das bloße Stillschweigen des Ehemannes zu der von der Ehefrau sich angemaßten Erhebung der Nutzungen ihres Einbringens ein Verzicht auf das ehemännliche Nießbrauchsrecht und Bestellung von Receptitiengut nicht begründet wird;

vgl. Gottschalk, sel. disc. for. cap., tom. I. cap. VI. pag. 78. ed. II.

weil jedoch zur thatsächlichen Begründung eines Anspruchs der Eingangs gedachten Art vor Allem die genaue Bezeichnung der Vermögensgegenstände, deren erhobene Nutzungen zurückgefordert werden, und die Behauptung, daß und auf welche Weise diese Gegenstände dem Ehemanne ein- und zugebracht worden seien, erforderlich ist, in beiden Beziehungen aber das Klagvorbringen für den durchgängig gebrauchten Eidesantrag zu unbestimmt und allgemein sich darstellt, indem Kläger theils die Bl. — sub a. erwähnten, zusammen 600 Thlr. —- —- betragenden ausgeliehenen Capitalien im Einzelnen nach Summen und Schuldnern nicht näher bezeichnet, theils auf die Behauptung sich beschränkt hat, daß ihm Beklagte während der Dauer der zwischen ihnen bestandenen Ehe die Nutzungen des ihr zugehörigen eheweiblichen, dem Kläger inferirten Vermögens nicht zukommen lassen und für sich zurückbehalten habe, darüber aber, daß Etwas dem Ehemanne von der Ehefrau inferirt worden sei, wegen Allgemeinheit dieses Begriffs der Eidesantrag, zumal wenn verschiedenartige Vermögensbestandtheile, wie im vorliegenden Falle sowohl Außenstände, als ein ideeller Antheil an dem Eigenthum von Grundstücken in Frage stehen, nicht zugelassen werden kann, wenn man erwägt, daß die Illation der dos durch Vornahme einer zu Begründung der Schlußfolgerung, daß ein Vermögensstück dem Ehemanne von der Ehefrau als Heirathsgut überlassen worden sei, geeigneten Handlung bewirkt wird, welche nach Verschiedenheit der Vermögensobjecte verschieden ist und bald in einer körperlichen Uebergabe, bald in einer Willenserklärung, bald in anderen Uebertragungsacten besteht;

weil ferner dem hieraus sich ergebenden Mangel der Klage auch dadurch nicht abgeholfen wird, daß Beklagte bei Eingehung der Ehe mit dem Kläger im Besitze der Vermögensbestandtheile, deren von ihr erhobene Nutzungen Kläger fordert, sich befunden zu haben, theils beim 6. und 8. Einl.-Punkt, sowie Bl. — ausdrücklich, theils durch unterlassene Beantwortung des Klagabschnitts sub a. Bl. — stillschweigend eingeräumt hat, indem der bloße Besitz von Vermögensbestandtheilen auf Seiten der Ehefrau bei Eingehung der Ehe den Beweis der Illation derselben nicht ersetzt, wozu noch kommt, daß Kläger, indem er Bl. — gewisse Vermögensstücke als wirklich gewährte Illaten bezeichnet, welches Anführen eine Unterscheidung zwischen wirklich und nicht wirklich inferirtem Heirathsgut aufstellt, in eine Unklarheit verfällt, welche zu heben ihm auch durch die Erläuterung Bl. — nicht gelungen ist, vielmehr daraus der nurerwähnte Unterschied erst recht deutlich hervortritt, und die Bl. — angezogenen Rechtsgrundsätze, nach welchen Kläger das Nießbrauchsrecht auch an dem ihm nicht „factisch" oder „thatsächlich" oder „wirklich" in Besitz gegebenen Vermögen der Beklagten überkommen zu haben glaubt, immer nur unter der Voraussetzung gelten, daß eine Illation vorausgegangen ist:

so hat Klägers Suchen, immaaßen es angebracht, nicht Statt. Es ist auch derselbe der Beklagten die verursachten Proceßkosten zu erstatten verbunden."

Auf die hiergegen vom Kläger eingewendete Appellation erging von Seiten des K. Appellationsgerichts zu Budissin folgendes, am 21. März 1863 publicirtes Erkenntniß:

„Da nach sächsischem Rechte einem Ehemanne unbestritten das Recht der Benutzung des gesammten Vermögens seiner Ehefrau, mag es nun in Dotal- oder Paraphernalgütern bestehen, zukommt, und hiervon nur diejenigen Vermögensbestandtheile derselben ausgeschlossen sind, welche sie entweder bei Eingehung der Ehe sich als Receptitiengut zur eigenen Benutzung vorbehalten hat, oder welchen während der Ehe durch ausdrückliche oder stillschweigende Uebereinkunft beider Ehegatten die Eigenschaft des Receptitiengutes beigelegt worden ist, hierzu aber, wie auch von der vorigen Instanz Bl. — anerkannt worden, keineswegs ausreicht, daß der Ehemann während der Ehe die Zurückbehaltung des eheweiblichen Vermögens von Seiten der Ehefrau stillschweigend geduldet hat, indem durch das bloße Stillschweigen des Ehemannes zu der von der Ehefrau sich angemaßten Erhebung der Nutzungen ihres Vermögens ein Verzicht auf das ehemännliche Nießbrauchsrecht und Bestellung von Receptitiengut nicht begründet wird, woraus zugleich folgt, daß in Bezug auf das Nießbrauchsrecht des Ehemannes an sich ein Unterschied zwischen demjenigen Vermögen der Ehefrau, welches sie ihm wirklich eingebracht hat, und demjenigen, welches sie ihm hätte einbringen sollen, nicht besteht, dieser Unterschied vielmehr hauptsächlich erst dann hervortritt, wenn es sich um die Rückgabe des eheweiblichen Einbringens von Seiten des Ehemannes handelt, nun aber Beklagte in den Einlassungsabschnitten 1. 2. 6. und 8., sowie Bl. — genügend zugestanden, daß sie während der zwischen ihr und dem Kläger bestandenen Ehe an Vermögen

a) 500 Thlr. —„ —„ in zinsbar ausgeliehenen Capitalien,

b) 508 Thlr. 15 Ngr. —„ auf dem ihrem verstorbenen ersten Ehemanne Carl Traugott Gottlieb W. in G. gehörig gewesenen Bauergute no. 67. zu G. hypothekarisch haftendes zinsbares Capital, und

c) den vierten Theil des nurerwähnten, von ihrem ersten Ehemanne hinterlassenen Bauergutes zu G. besessen, die Nutzungen hiervon aber demselben nicht habe zukommen lassen, und daher in Betracht, daß zu präsumiren ist, Beklagte habe von den vorbemerkten Vermögensobjecten Nutzungen bezogen, welche während der Dauer der Ehe dem Kläger gebührt hätten, derselben die Verpflichtung obliegen würde, zu Feststellung des Betrags der von ihr gezogenen und sonach dem Kläger zu gewährenden Nutzungen Rechnung abzulegen, wenn nicht Beklagte Bl. — excipirt hätte,

1) daß Kläger wiederholt und mit ausdrücklichen Worten unter Acceptation der Beklagten erklärt habe, daß er auf ihr übriges Vermögen außer den baar ihm übergebenen 100 Thlrn. —„ —„ und zwei Kalben keinerlei Nutzungsansprüche mache, ingleichen

2) daß Kläger dessenungeachtet von den oben sub a. erwähnten 500 Thlrn. —„ —„ ausgeliehenen Capitalien einige Male die Zinsen eincassirt und an sich genommen habe, sowie, daß Kläger während der ganzen Dauer der Ehe der Beklagten nicht das Geringste zu Anschaffung von Kleidungsstücken gegeben, sie vielmehr alle ihre diesfallsigen Bedürfnisse aus eigenen Mitteln zu bestreiten gehabt habe, auch daß Beklagte, als sie wegen lebensgefährlicher, vom Kläger gegen sie verübter Mißhandlungen genöthigt gewesen, ein Jahr lang getrennt vom Kläger zu leben, sich selbst ihren Unterhalt habe verschaffen und hierzu zunächst die Zinsen von den gedachten 500 Thlrn. —„ —„ habe verwenden müssen, nicht minder

3) daß Beklagte noch vor Eingehung der Ehe mit Klägerm nicht nur auf die Zinsen von den oben sub b. aufgeführten 508 Thlrn. 15 Ngr. —„, sondern auch auf die Nutzungen des sub c. erwähnten vierten Theiles des von ihrem ersten Ehemanne hinterlassenen Bauergutes zu G. zu Gunsten ihres Sohnes erster Ehe verzichtet habe, was ihr so lange, als sie mit Klägerm noch nicht verheirathet gewesen, und sie sonach frei über ihr Vermögen verfügen können, offenbar frei gestanden, und was zur Folge haben mußte, daß Kläger auf jene Zinsen und Nutzungen, als zum Vermögen der Beklagten nicht mehr gehörig, keine Ansprüche würde machen können, selbst wenn er nach Eingehung der Ehe sich hiermit nicht einverstanden erklärt hätte, obwohl auch dies nach der Behauptung der Beklagten Bl. — geschehen sein soll, so daß die Beantwortung der Frage, ob und inwieweit Beklagte zur Rechnungsablegung verpflichtet sei, zunächst von dem Beweise der von derselben vorgeschützten Ausflüchte abhängt und daher hierauf zu erkennen gewesen: so ist es, anlangend die geforderte Rechnungsablegung wegen der Nutzungen von den oben unter a. b. und c. aufgeführten Vermögensgegenständen der Beklagten, bei dem vorigen Erkenntnisse nicht zu lassen, sondern dasselbe dahin abzuändern: daß Beklagte die vorstehend unter 1. 2. und 3. erwähnten Ausflüchte binnen dreiwöchiger Frist, Klägerm der Gegenbeweis, auch beiden Theilen die Gewissensrührung und andere Rechtszuständigkeiten vorbehältlich, wie Recht, zu erweisen schuldig, worauf in der Hauptsache sowohl, als der Kosten halber ferner ergehet, was Recht ist. Dagegen ist im Uebrigen und soviel die geforderte Rechnungsablegung wegen der Zinsen von einem angeblich noch zinsbar ausgeliehenen Capitale der Beklagten von 100 Thlrn. —„ —„ betrifft, in Betracht, daß die Behauptung Klägers, die Beklagte, welche nur 500 Thlr. —„ —„ in ausgeliehenen Capitalien besessen zu haben zugestanden hat, habe Capitalien im Betrage von 600 Thlrn. —„ —„ zinbar ausgeliehen gehabt, nicht nur jeder näheren Begründung und selbst der Bezeichnung des angeblichen Schuldners entbehrt, sondern daß auch Kläger im Widerspruch mit jener Behauptung Bl. — selbst sagt, „er fordere Zinsen von der Beklagten zu 4 Proc. ausgeliehener Capitalien an zusammen 500 Thlr. —„ —„", das vorige Erkenntniß, worin Kläger mit seinem Suchen in der angebrachten Maaße abgewiesen worden, wie hiermit geschieht, zu bestätigen, die durch das eingewendete Rechtsmittel entstandenen Kosten aber unter den Parteien gegenseitig aufzuheben."

Nachdem nunmehr Beklagte das Rechtsmittel der Appellation ergriffen hatte, stellte das K. Oberappellationsgericht mittelst Erkenntnisses vom 22. Mai 1863 die Entscheidung erster Instanz auf durchgängige Abweisung der Klage in der angebrachten Maaße unter Compensation der Kosten des Rechtsmittels wieder her, jedoch aus folgenden Gründen:

„Durch die Verehelichung erlangt der Ehemann zwar ohne Weiteres das Befugniß zur Verwaltung und Nutznießung des eheweiblichen Vermögens, insofern dieses nicht durch einen vor Eingehung der Ehe gemachten Vorbehalt oder durch eine später ausdrücklich oder stillschweigend getroffene Uebereinkunft die Eigenschaft von Receptitiengut erhält. Allein wie Derjenige, welcher von dem dem ehemännlichen Nießbrauchsrechte unterworfenen eheweiblichen Vermögen Capitalien gegen Verzinsung erborgt oder ein zu letterem gehöriges Grundstück zur Bewirthschaftung oder in Pacht übernommen hat, die während der Ehe entstandenen Zinsen und Nutzungen mit der Wirkung der Liberation nur an den Ehemann abentrichten kann, so steht auch dem Ehemanne an sich wegen dieser Ansprüche nur ein Klagrecht gegen Jenen, nicht aber gegen die Ehefrau selbst zu, und nur dann ist ihm dieserhalb gegen Letztere vorzuschreiten unbenommen, wenn und soweit sie, in seine ehemännlichen Befugnisse eingreifend, die ihm gebührenden Nutzungen und Zinsen eigenmächtig erhoben und an sich genommen hat.

Von diesem rechtlichen Gesichtspunkte aus betrachtet, erscheint nun die vorliegende Klage mangelhaft. Dieselbe verfolgt Ansprüche theils auf Zinsen von außenstehenden Capitalien der Beklagten, theils auf Nutzungen von einem der Letzteren antheilig zugehörigen Grundstück, welches, wie von der Beklagten ohne Widerspruch des Klägers Bl. — unter b. behauptet worden, und schon nach der von diesem selbst Bl. — gelieferten Darstellung anzunehmen ist, nicht von der Beklagten, sondern von einem Dritten bewirthschaftet wird. Es handelt sich sonach um Ansprüche, welche nur unter der vorerwähnten Voraussetzung von dem Kläger gegen die Beklagte geltend gemacht werden könnten.

Gleichwohl hat sich Kläger, diese Ansprüche formulirend, unter Eidesantrag Bl. — nur darauf bezogen, daß die Beklagte ihm, während des Bestehens der mit ihm am 24. März 1856 eingegangenen und am 7. April 1862 durch Rechtsspruch aufgelösten Ehe

a) die Zinsen von 600 Thlrn. —‚ —‚ gegen vierprocentige Jahreszinsen ausgeliehenen Capitalien,

b) die vierprocentigen Zinsen von einem mit 508 Thlrn. 15 Ngr. —‚ ihrem verstorbenen ersten Ehemanne Carl Traugott Gottlieb W. eingebrachten und auf dem von diesem hinterlassenen Bauergute haftenden Capitale, und

c) die Nutzungen von dem nurgedachten, ihr nach dem Tode ihres ersten Ehemannes zum vierten Theile angefallenen Gute

nicht zukommen lassen und für sich zurückbehalten habe. Abgesehen davon, daß, soviel den Klagpunkt unter b. betrifft, der Kläger ganz unaufgeklärt gelassen hat, worauf die Behauptung beruhe, daß das dort erwähnte Capital ein zu vier Procent zu verzinsendes sei, stellt sich sowohl rücksichtlich dieses Klagpunktes, als auch in Ansehung der Klagpunkte a. und c. das Anführen: „es habe die Beklagte dem Kläger Zinsen und Nutzungen nicht zukommen lassen und für sich zurückbehalten", namentlich für den gebrauchten Eidesantrag als viel zu allgemein und unbestimmt dar. Denn daraus, daß die Beklagte, wie Kläger angiebt, Letzterem zeither jene Zinsen und Nutzungen nicht hat zukommen lassen, folgt noch nicht mit Nothwendigkeit, daß die Beklagte solche selbst erhoben habe. Jene Worte können ebenso füglich auf einen bloßen Widerspruch bezogen werden, welchen die Beklagte dem Vorhaben des Klägers, gedachte Zinsen und Nutzungen von dem zu deren Abentrichtung verbundenen Schuldner einzufordern, entgegengesetzt hat, einen Widerspruch, welcher, wenn er wirklich stattgefunden haben sollte, den Kläger nicht ohne Weiteres dazu ermächtigen würde, seiner Befriedigung halber anstatt an den eigentlichen Zahlungspflichtigen an die Beklagte sich zu halten. Was aber die fernere Behauptung des Klägers betrifft, daß die Beklagte die fraglichen Zinsen und Nutzungen für sich zurückbehalten habe, so giebt auch diese über den Sinn, welchen Kläger damit hat verbinden wollen, keinen bestimmten Aufschluß; sie ersetzt nicht, sondern umgeht nur die Bezugnahme auf eine von Seiten der Beklagten wirklich vorgenommene Einziehung der fraglichen Emolumente. Man würde daher, wollte man gedachte Klaganführungen durch den darüber angetragenen Eid in Gewißheit setzen lassen, in völlig unzulässiger Weise die Entscheidung nicht von dem Urtheile des Richters, sondern von der völlig unaufgeklärten Vorstellung abhängig machen, welche dem Kläger bei jenen Ausdrücken vorgeschwebt hat. Nun hat zwar diese Lückenhaftigkeit in Betreff des Klagpunktes a. insofern theilweise Abhülfe erhalten, als die Auslassungen der Beklagten Bl. — das Geständniß derselben involviren, rücksichtlich eines Capitalbetrags von 500 Thlrn. —‚ —‚ zum Theil Zinsen erhoben zu haben. Allein, da es sich bei dem Klagpunkte a. um einen Anspruch handelt, welcher, selbst wenn er von der Beklagten im ganzen Umfange zugestanden worden wäre, nach der eigenen Angabe des Klägers Bl. — nur auf 145 Thlr. —‚ —‚ sich belaufen würde, dieser Betrag aber von den von dem Kläger Bl. — eingeräumten Gegenforderungen der Beklagten sogar noch überstiegen wird, so vermochte jenes Zugeständniß auch nicht einmal zu einer theilweisen Aufrechterhaltung der Klage zu führen, vielmehr war diese unter Verurtheilung des Klägers in Erstattung der Proceßkosten erster Instanz, durchgehends in der angebrachten Maaße abzuweisen und demzufolge das erstinstanzliche Erkenntniß, insoweit es in zweiter Instanz abgeändert worden, wiederherzustellen, mit Rücksicht auf den in den Entscheidungen eingetretenen Wechsel aber in gleicher Weise, wie dies in Ansehung der Kosten zweiter Instanz Bl. — geschehen, auch in Betreff der Expensen der gegenwärtigen Instanz Compensation auszusprechen."

Redacteur: Dr. Theodor Tauchnitz. Officin der Verlagshandlung.

Von diesem Wochenblatte erscheinen jährlich 64 Nummern zu 1 Quartbogen und außerdem am Jahresschlusse ein ausführliches Register.

Wochenblatt
für
merkwürdige Rechtsfälle,
in actenmäßigen Darstellungen
aus dem Gebiete der Justizpflege und Verwaltung
zunächst für das
Königreich Sachsen.

Alle Postämter u. Buchhandlungen übernehmen Bestellungen und liefern das Quartal zu dem praenumerando zu entrichtenden Preise von 1 Thaler.

Verlag von **Bernhard Tauchnitz** in Leipzig.

№ 24. Neue Folge Zwölfter Jahrgang. **1864.**

38.

Zu Begründung der Haftung des Geschäftsherrn aus den von dem Institor eingegangenen Geschäften genügt es, wenn aus den Umständen sich ergiebt, daß nach dem Willen der Contrahenten für Rechnung des Geschäftsherrn habe contrahirt werden sollen.

Mitgetheilt von
Herrn A. — in L.

Bei dem Handelsgerichte zu Leipzig klagten im Februar 1862 die Besitzer des Ritterguts Döllnitz gegen S., den in Leipzig wohnhaften Pachter der Restauration z. g. K. bei Leipzig wegen 56 Thlrn. 18 Ngr. —⸗ restirenden Kaufpreises für gelieferte Gose unter Eidesantrag wie folgt:

Beklagter, welcher seit mehreren Jahren die Restauration z. g. K. bei Leipzig pachtweise innehabe und derselben einen Geschäftsführer Namens H. vorgesetzt habe, mit dem Auftrage, die dieses Etablissement betreffenden Geschäfte für seine, Beklagtens, Rechnung zu besorgen und alle diesfallsige Bestellungen für ihn zu bewirken, habe zum Betriebe gedachter Restauration auf vorgängige Bestellung seines genannten Geschäftsführers von der zum Rittergute Döllnitz gehörigen Gosenbrauerei die auf der unter A. beiliegenden Rechnung näher bezeichneten Quantitäten Gose zu den beigesetzten Zeiten (November und December 1861) und Preisen, welche letztere dem genannten Geschäftsführer bei der Bestellung bekannt gewesen und von ihm genehmigt worden seien, übrigens auch mit den Preisen, welche die erwähnte Brauerei ihren übrigen Kunden und Beklagtem selbst bei den frühern Bestellungen zu berechnen pflege, übereinstimmten, käuflich geliefert erhalten, und es habe H. beregtes Bier für Beklagten an- und in Empfang genommen und insofern darüber verfügt, als dasselbe in Beklagtens obgedachter Restauration und folglich auch für Rechnung desselben consumirt und in den Nutzen desselben verwendet worden sei. Beklagter sei sonach ihnen dafür die sub A. specificirte Summe von 56 Thlrn. 18 Ngr. —⸗ schuldig geworden. Obschon nun Beklagter in seiner Eigenschaft als Pachter d. g. K. bereits zu wiederholten Malen diejenige Gose, welche sein Geschäftsführer bei mehrerwähnter Brauerei von den hier in Frage befangenen Lieferungen bestellt und geliefert erhalten, unweigerlich aus eigenen Mitteln an den mit der Eincassirung dieser Gelder betrauten Bierverleger R. vollständig bezahlt habe, weigere er sich doch, Mahnens ungeachtet, den obigen Saldo zu berichtigen.

Beklagter bestritt die Statthaftigkeit der Klage; er räumte zwar ein, daß er die Restauration z. g. K. bei Leipzig inne habe, der er seit Juli 1861 einen Geschäftsführer Namens H. mit dem Auftrage vorgesetzt, die dieses Etablissement betreffenden Geschäfte zu besorgen, wollte jedoch nicht wissen, ob H. die fraglichen Quantitäten Gose bestellt und erhalten, wie er denn auch demselben hierzu keinen Auftrag ertheilt habe. Auch wollte er nur einmal Geld an den Bierverleger R. bezahlt haben, jedoch nicht in seiner Eigenschaft als Pachter d. g. K., sondern um H. zu controliren; dies sei der Betrag der Rechnung für Monat Juli gewesen und diesen habe er nicht aus eignen Mitteln, sondern nur erst dann gezahlt, als er das Geld von H. erhalten. Die sonstigen Einwendungen gegen die Klage sind aus den nachstehenden Entscheidungen zu entnehmen.

Die erste Instanz, das Handelsgericht zu Leipzig, hielt mittelst Bescheids d. d. publ. 20. Mai 1862 die Klage aufrecht und machte, was die geleugneten Einlassungspunkte anlangt, die Entscheidung von mehrern alternativen Delatis über die an den Geschäftsführer des Beklagten erfolgte Ablieferung der in Rede stehenden Quantitäten Gose, ingleichen über die geforderten Preise abhängig. Die Entscheidung war also motivirt: der Beklagte habe zugestanden, die Restauration z. g. K. seit dem 1. Juli 1861 pachtweise inne zu haben und derselben einen Geschäftsführer Namens H. mit dem Auftrage, die dieses Etablissement betreffenden Geschäfte zu besorgen, vorgesetzt, selbigen auch (nach Bl. —) in dieser Eigenschaft bei Gericht angemeldet zu haben; unter solchen Umständen könne darauf, ob der Beklagte dem genannten H. auch noch eine besondere Anweisung zur Bestellung der auf der Klagbeifuge sub A. verzeichneten Quantitäten Gose ertheilt, oder doch zum Wenigsten denselben ausdrücklich angewiesen habe, für seine, des Beklagten, Rechnung der Besorgung der fraglichen Geschäfte sich zu unterziehen und alle diesfallsigen Bestellungen für ihn, den Beklagten, zu bewirken, wie solches von ihm ad pct. — geleugnet worden, weiter Etwas nicht an, indem vielmehr jene Eingangs erwähnte, von dem Beklagten zugestandene Auftragsertheilung im Allgemeinen die Ermächtigung zur Bestellung der in Rede stehenden Gose für die genannte Restauration in sich schließe und die Verpflichtung des Mandanten zur Erfüllung der von dem Mandatar in seinem, des Mandanten, Interesse abgeschlossenen Verträge nach allgemeinen Rechtsgrundsätzen so lange als begründet anzusehen sei, als nicht behauptet und dargethan worden, daß jenes allgemeine Mandat aus besondern Gründen auf den concreten Fall keine Anwendung finden könne; sonach könne der Beklagte der Bezahlung der geklagten 56 Thlr. 18 Ngr. —, sich nicht entbrechen, vorausgesetzt, daß der mehrerwähnte H. die auf der Beifuge A. verzeichneten Quantitäten Gose zu den daselbst angegebenen Zeiten und Preisen von dem Rittergute Döllnitz geliefert erhalten und in die Restauration z. g. K. verwendet habe ꝛc.; weiter habe zwar der Beklagte behauptet, daß er sich zu Anfange des Monats September 1861 mit dem Bierverleger des Klägers unter dem besonders erklärten Einverständniß H.'s dahin geeinigt, daß er, der Beklagte, mit Bezahlung der Gose gar nichts mehr zu thun haben wolle und vielmehr H. in Zukunft die Gose selbst bezahlen müsse; dieses als Exception zu betrachten und nach Befinden für den Beklagten günstige Anführen könne jedoch gegenwärtig um deswillen keine rechtliche Beachtung finden, weil der Beklagte einen Theil der Klage, nämlich die Bestellung und Lieferung der Gose mit negando beantwortet habe, ohne sich über Annahme oder Zurückschiebung des von dem Kläger als Beweismittel gebrauchten Eides zu erklären, weshalb zur Zeit lediglich auf das delatum zu erkennen sei.

Auf die von dem Beklagten eingewendete Berufung erkannte das Königl. Appellationsgericht zu Leipzig mittelst Urthels d. d. publ. 27. October 1862 reformatorisch auf Abweisung der Klage in der angebrachten Maaße, es wurden jedoch die Kosten beider Instanzen compensirt. Die beigefügten Entscheidungsgründe sind folgenden Inhalts:

ꝛc. „Die Hauptsache anlangend, stützt sich die erhobene Klage auf ein nicht mit dem Beklagten selbst, sondern mit einem angeblichen Stellvertreter desselben abgeschlossenes Kaufgeschäft. Eine nothwendige Voraussetzung der Verpflichtung des Auftraggebers gegen den Dritten ist bekannten Rechten nach die, daß sich der Stellvertreter bei dem Abschlusse des Vertrags und in Beziehung auf letzteren als Stellvertreter, d. h. seine Willensrichtung, daß er durch den Vertragsabschluß nicht sein eigenes, sondern das Vermögen des Mandanten zu vinculiren beabsichtige, in unzweideutiger Weise zu erkennen gegeben habe.

vergl. Sintenis, Civilrecht, Band 2. §. 102. S. 368. ed. II.

In dieser Hinsicht enthält die erhobene Klage folgende Behauptungen:

a) Der Beklagte habe zu der Zeit des Kaufabschlusses die Restauration z. g. K. bei Leipzig pachtweise innegehabt, und derselben in der Person des eigentlichen Contrahenten einen Geschäftsführer mit dem Auftrage vorgesetzt, die dieses Etablissement betreffenden Geschäfte für seine, Beklagtens, Rechnung zu besorgen und alle diesfallsigen Bestellungen für ihn zu bewirken, dieser aber die streitigen Bierquantitäten zu dem Betriebe der gedachten Restauration bestellt und geliefert erhalten, auch insofern über selbige verfügt, als dieselben in der vorgedachten Restauration consumirt worden seien, und

b) der Beklagte habe bereits früher zu wiederholten Malen Bier, welches der Geschäftsführer aus der Brauerei der Kläger erkauft und geliefert erhalten, unweigerlich und aus eigenen Mitteln an ihren, der Kläger, Mandatar bezahlt.

Nur in so weit enthält die erhobene Klage, in Bezug auf ein die Person des Beklagten bindendes Obligationsverhältniß, thatsächliches Material, wogegen sich die bei p. l. c. 31—34. zu lesenden Anführungen schon ihrer Fassung nach lediglich als Folgerungen darstellen.

Augenscheinlich geht

ad a.

die Tendenz der Kläger dahin, den von dem Beklagten seinem Mandatare ertheilten Auftrag, als eine allgemeine, zu Besorgung eines umfangreichen Geschäftes, in Bezug auf welches mannigfaltige, bei Ertheilung desselben noch nicht vollständig zu übersehende Verhandlungen mit Anderen, und mithin auch der Abschluß verschiedener, in ihrer Specialität nicht vorauszusehender Verträge nöthig werden können, ertheilte Bevollmächtigung darzustellen. Hierdurch allein wird jedoch an der Beurtheilung des vorliegenden Sachverhältnisses nichts geändert. Denn aus der Existenz eines solchen allgemeinen Auftrags folgt zwar, daß der Auftraggeber die von seinem Mandatare demgemäß in seinem Namen eingegangenen Verbindlichkeiten auch dann zu vertreten habe, wenn er einen speciellen Auftrag deshalb nicht ertheilt haben sollte; keineswegs kann jedoch daraus gefolgert werden, daß derselbe von allen Verbindlichkeiten, die aus Rechtsgeschäften herrühren, die sein Bevollmächtigter eingegangen ist, wenn sie nur überhaupt ihrer Natur nach möglicher Weise unter jenen allgemeinen Auftrag fallen können, ohne Weiteres und selbst dann getroffen werde, wenn diese Rechtsgeschäfte auch der Form ihres Abschlusses nach nicht als in Gemäßheit jenes Auftrags eingegangen anzusehen sind. Selbst angenommen daher, daß aus den sub a. gedachten Thatsachen ein solcher allgemeiner Auftrag, das gesammte Restaurationsgeschäft auf den Namen des Beklagten zu betreiben, gefolgert werden könnte, würde bei Beurtheilung der verbindlichen Wirkung eines concreten Vertrags nicht nur die Frage, ob derselbe seinem Wesen nach unter jenen allgemeinen Auftrag zu subsumiren sei, sondern auch die weitere Frage aufzuwerfen sein, ob derselbe in der Weise eingegangen worden sei, daß angenommen werden müsse, es habe in dem Willen der Contrahenten gelegen, die Person des Mandanten zu verpflichten. Ein Fall dieser Art würde, auch abgesehen von einer bei dem Geschäftsabschlusse selbst erfolgten ausdrücklichen Namhaftmachung des eigentlichen dominus negotii, z. B. dann vorliegen, wenn der Institor das ihm übertragene Geschäft unter der Firma seines Auftraggebers betrieben hätte. Derartige Thatumstände liegen jedoch in dem gegenwärtigen Falle nach Inhalt der Klage augenscheinlich nicht vor, und es kann in dieser Hinsicht namentlich auch aus dem Umstande, daß die der Klage beigefügte Rechnung auf den Namen des Beklagten gestellt ist, schon an sich, so wie deshalb etwas Gegentheiliges nicht gefolgert werden, weil die Kläger nicht behauptet haben, daß der Uebersendung der Waare eine mit der Klagebeifuge gleichlautende Factura beigelegen habe. Andererseits folgt aber auch aus demjenigen, was in der Klage über das Wesen jenes Auftrags vorgebracht worden, noch keineswegs, daß selbiger auf einen Betrieb der gesammten Wirthschaft in dem Namen des Beklagten gegangen sei. Denn wenn bei p. l. c. 6—10. behauptet wird, der Auftrag sei dahin ertheilt worden, die das Restaurationsetablissement betreffenden Geschäfte für seine, des Beklagten, Rechnung zu besorgen und alle diesfallsigen Bestellungen für ihn, den Beklagten, zu bewirken, so läßt diese Fassung offenbar auch die Auslegung zu, das Mandatsverhältniß sei in der Weise abgeschlossen worden, daß, wie immer die zwischen dem Mandatar und Mandanten bestehenden Rechte und Verbindlichkeiten beschaffen gewesen sein mögen, doch nach Außen hin und bei den mit Dritten abzuschließenden Verträgen der Mandatar nur in seinem eigenen Namen Verbindlichkeiten einzugehen befugt sein solle. Die Möglichkeit derartiger Verabredungen liegt auf der Hand und in der That kommen dieselben z. B. bei Bauaccorden nicht selten vor.

Andererseits kann auch in dem Wesen der hier vorliegenden Geschäftsübertragung kein Hinderniß dieser Annahme gefunden werden. Wie bereits erwähnt, haben die Kläger gar nicht behauptet, daß die Schankgerechtigkeit in dem Namen oder unter der Firma des Beklagten ausgeübt worden sei. Wenn letzterer dagegen Bl. — selbst einräumt, daß er nur die Schankconcession gehabt, und daß demgemäß die Uebertragung des Betriebes auf einen Geschäftsführer bei der Obrigkeit angemeldet worden sei, so kann zwar in dem Umstande, daß gleichwohl, wie Kläger Bl. — anführen, das durch die Concession erworbene Recht dem Mandatar zu selbstständiger Betreibung überlassen worden, möglicher Weise eine Uebertretung der deshalb bestehenden polizeilichen Vorschriften gefunden werden, es vermag dies aber an den civilrechtlichen Verhältnissen der Parteien um so weniger etwas zu ändern, als die Kläger darauf, daß sie die betreffende Anmeldung überhaupt gekannt und durch selbige zu Eingehung des streitigen Geschäfts veranlaßt worden seien, sich nicht bezogen haben.

Nach der Ansicht der gegenwärtigen Instanz erscheint namentlich aber schon der obengedachte Grund, daß Kläger auf einen in dem Namen des Beklagten erfolgten Geschäftsabschluß sich nicht bezogen, durchschlagend.

Eben so wenig erscheint auch

ad b.

der Umstand, daß Beklagter bei einer früheren Gelegenheit eine Schuld seines Mandatars, wenngleich, wie behauptet worden, aus eigenen Mitteln bezahlt habe, sowohl an sich, als in Verbindung mit dem sub a. erwähnten Sachverhältnisse geeignet, eine Haftverbindlichkeit des Beklagten rechtlich zu begründen. Offenbar kann ein derartiges Vorkommniß den Verkäufer nicht der Verbindlichkeit überheben, sich bei dem Abschlusse weiterer Lieferungsverträge darüber Gewißheit zu verschaffen, von welcher Beschaffenheit das zwischen dem Besteller und dessen Auftraggeber bestehende Auftragsverhältniß sei, und in wessen Namen die weitere Bestellung erfolgte. Einen in dieser Hinsicht verhangenen Irrthum hat der Verkäufer unzweifelhaft selbst zu vertreten.

Die erhobene Klage konnte daher, sofern sie gegen die Person des Beklagten gerichtet ist, als ausreichend substantiirt nicht angesehen werden. Bei der Zweifelhaftigkeit der einschlagenden Sach- und Rechtsverhältnisse und da dieselben allerdings nicht ungeeignet erscheinen, eine nicht unerhebliche, wenngleich für die erhobene Eidesklage nicht als durchschlagend anzusehende Wahrscheinlichkeit zu begründen, daß das streitige Kaufgeschäft allerdings in dem Namen und Auftrage des Beklagten abgeschlossen worden sei, schien es angemessen, die in erster Instanz entstandenen Unkosten, wie bei dem Wechsel der Erkenntnisse jedenfalls auch die Kosten der Appellationsinstanz unter den Parteien zu compensiren."

Auf die von den Klägern eingewendete Appellation stellte das Königl. Oberappellationsgericht die Entscheidung erster Instanz durch Urthel vom Jahre 1863 wieder her.

Diesem Urthel waren folgende Entscheidungsgründe beigefügt:

„Man ist mit der ersten Instanz darin einverstanden, daß nach den Bl. — ausgehobenen Zugeständnissen des Beklagten der in der Klage genannte H. als Geschäftsführer der von dem Beklagten pachtweise betriebenen Restauration z. g. K. in so allgemeiner und unbeschränkter Weise bestellt, und als solcher durch die dem Gerichte hierüber erstattete Anzeige zugleich nach Außen hin so bestimmt und unzweideutig bezeichnet worden ist, daß die von ihm für das gedachte Etablissement mit dritten Personen abgeschlossenen Verträge über Lieferung von solchen Artikeln, welche zu dem Betriebe desselben verwendet zu werden pflegen — und zu diesen gehören offenbar die streitigen Quantitäten Bier —, in den Bereich derjenigen Geschäfte fallen, zu deren Vornahme er mit rechtsverbindlicher Wirkung für und gegen den Beklagten ermächtigt gewesen ist. Welcher besondere Obligationsnexus in Bezug auf Geschäfte dieser Art zwischen dem Beklagten und H.'n, soviel ihr gegenseitiges Verhältniß und dessen innere Beziehung zu einander anlangt, vermöge specieller Vereinbarung bestanden und ob H. in Gemäßheit derselben in der That für eigene, nicht für des Beklagten Rechnung contrahirt habe, bleibt für die aus jenen Geschäftsabschlüssen entspringenden Rechte Dritter selbstverständlich einflußlos. H. stellt sich nach Außen hin als institor des Beklagten bezüglich des im Eingange erwähnten Etablissements dar, für dessen Wirkungskreis die in der gerichtlichen Anzeige liegende lex praepositionis maaßgebend ist, und wie er daher selbst unbezweifelt berechtigt gewesen ist, innerhalb des ihm zugewiesenen Geschäftskreises für Rechnung und im Namen des Beklagten oder der unter dessen Namen betriebenen Restauration zu contrahiren, so bedarf es auch Seiten derjenigen, welche mit ihm in dieser Maaße contrahirt haben, nicht noch des besonderen Nachweises, daß ihnen jene lex praepositionis bekannt geworden sei, und daß sie eben auf Grund derselben nicht den factisch contrahirenden Geschäftsführer, sondern den Beklagten als Geschäftsherrn zu verpflichten beabsichtigt haben. Damit ist nicht gesagt, daß alle von dem Geschäftsführer eingegangene Geschäfte, welche an und für sich dahin zu rechnen sein würden, schlechthin und ohne Unterschied als solche gelten müssen, die er als Institor, folglich für Rechnung seines Präponenten, gemacht hat. Im Gegentheile ist der zweiten Instanz darin vollkommen beizustimmen, daß zu Begründung diesfallsiger Haftung des Geschäftsherrn der Nachweis gehört, es habe der Institor in Beziehung auf seine Stellung als solcher und mit der Absicht, den Geschäftsherrn verbindlich zu machen, contrahirt, da ihm durch sein Vertretungsverhältniß zu dem Letzteren die Befähigung, auch für eigene Rechnung zu contrahiren, in der Regel und abgesehen von besonderen vertragsmäßigen oder gesetzlichen Beschränkungen, nicht entzogen ist. Um aber jene Beziehung eines Geschäfts auf den Geschäftsherrn herzustellen, muß nicht gerade ausdrücklich im Namen des Letzteren contrahirt worden sein, es genügt dazu, wenn aus den Umständen sich ergiebt, daß nach dem Willen der Contrahenten für Rechnung des Geschäftsherrn habe contrahirt sein sollen. Im vorliegenden Falle ist nun nach der Ansicht des Oberappellationsgerichts, ganz abgesehen davon, ob das Anführen in Klagabschnitt 12. und 13. die zum Eidesantrage geeignete Berufung darauf enthalte, daß ausdrücklich für die vom Beklagten pachtweise betriebene Restauration bestellt worden sei, wenigstens aus dem Umstande die hierauf gerichtete Absicht der Betheiligten zur Genüge zu entnehmen. Denn, wie in Klagabschnitt 44—53. behauptet wird, hat H. schon vor den im Streite befangenen Bierlieferungen andere dergleichen für die Restauration z. g. K. bestellt und empfangen, und daß hierbei allerseits Betheiligte darüber einverstanden gewesen seien, es sei nicht für eigene Rechnung H.'s, sondern für Rechnung der von ihm als Geschäftsführer vertretenen Restauration, mithin unter Verpflichtung des Beklagten, bestellt und geliefert worden, geht aus den Zugeständnissen in der Anmerkung zu Einl.-Punkt 44—53. Bl. — verbunden mit Bl. —, Inhalts deren Kläger die Bezahlung derselben von dem Beklagten selbst gefordert und erhalten haben, sattsam hervor, während die weitere Behauptung des Beklagten, die Zahlung mit dem von H. erhaltenen Gelde geleistet zu haben, um so gewisser einflußlos bleibt, als er nicht einmal zu behaupten vermocht hat, daß Kläger damit bekannt oder einverstanden gewesen seien, daß die Zahlung von ihm blos im Auftrage H.'s, nicht vermöge eigener Verbindlichkeit geleistet werde. Sind aber hierauf unter denselben Interessenten ohne irgend eine erkennbare Veränderung der Umstände weitere Geschäfte gleicher Art, wie die vorausgegangenen, gemacht worden, so ist nicht anzunehmen, daß dies unter anderen, das Rechtsverhältniß unter den Contrahenten und die daraus entspringende Verbindlichkeit wesentlich umgestaltenden Umstände geschehen sei, so lange nicht ein Anhalt dafür in besonderen thatsächlichen Verhältnissen gegeben ist. Abgesehen zunächst von der exceptivischen Behauptung Bl. —, daß Beklagter den Klägern durch deren Bl. — genannten Beauftragten ausdrücklich erklärt habe, für fernere Bierlieferungen an H. nicht zu haften — eine Behauptung, welche aus dem Bl. — angegebenen processualischen Grunde nach der gegenwärtigen Lage der Sache für jetzt unberücksichtigt bleiben muß —, liegt keinerlei thatsächliches Moment dafür vor, daß H. in Ansehung der jetzt streitigen Biere nicht in seiner Eigenschaft als Geschäftsführer der mehrerwähnten Restauration, sondern selbstständig und für eigene Rechnung contrahirt habe. Im Hinblicke auf die beträchtliche Quantität des nach Bl. — in der Zeit vom 24. November bis 14. December 1861 bezogenen Bieres kann die Entnahme desselben zu H.'s oder der Seinigen persönlichem Verbrauche nicht wohl in Frage kommen, ebensowenig ist ferner aus den Acten zu ersehen, daß H. neben seiner Stellung in Beklagtens Restauration noch in anderer Eigenschaft in die Lage gekommen sein könne, jene Quantitäten Bier gewerbmäßig zu beziehen; endlich hat Beklagter selbst weder darauf, daß besondere Verhältnisse der gedachten Art obgewaltet haben, sich berufen, noch überhaupt (vergl. die Anmerkung zu Einl.-Punkt 11—17.) mit Bestimmtheit in Abrede gestellt, daß H. mit der ausgesprochenen Bestimmung für die oftgedachte Restauration das Bier bestellt habe, vielmehr allenthalben nur seine Haftung dafür mit rechtlich unhaltbaren Einwänden gegen die Geltung des institorischen Verhältnisses, beziehentlich mit Rücksicht auf das obgedachte exceptivische Vorbringen, bestritten.

Hat unter diesen Umständen die erste Instanz nach Bl. — die Entscheidung der Sache noch von dem delatum darüber, daß H. das streitige Bier auch wirklich in der Restauration z. g. K. verwendet habe, mit abhängig gemacht, so darf sich Beklagter dadurch um so weniger für beschwert erachten, als, die Wahrheit der Verwendung vorausgesetzt, nicht der mindeste Grund vorliegt, die gleich anfänglich von dem Contrahenten beabsichtigte Bestimmung des Bieres für jene Restauration in Zweifel zu ziehen.

Aus diesen Gründen hat Man sich veranlaßt gefunden, das Erkenntniß erster Instanz, und zwar durchgängig, wieder herzustellen, da die hierdurch wieder auflebenden Beschwerden des Beklagten Bl. — offenbar unerheblich sind. Die Bl. — versuchte Ausführung, daß für den Umfang und die rechtliche Wirkung des institorischen Verhältnisses H.'s das zwischen dem Letzteren und dem Beklagten bestehende besondere Abkommen maaßgebend sei, widerstreitet bekannten Rechtsgrundsätzen (l. 13. §. 3 sqq. D. d. institt. act.) und bedarf nach dem schon oben hierüber Bemerkten keiner weiteren Widerlegung, wie sich denn auch die Bl. — angeregte Frage, ob die Berufung auf jenes Abkommen mindestens aus dem Gesichtspunkte einer Ausflucht eventuell Beachtung verdiene, hierdurch von selbst erledigt.

Der wiederholte Wechsel der Entscheidung rechtfertigt die Compensation der Kosten voriger und jetziger Instanz."

39.

Ueber die Zulässigkeit und Erfordernisse der Eidesleistung vor einer anderen Behörde, als dem Proceßgericht, insbesondere vor überseeischen Behörden.

Mitgetheilt von
Herrn —r in D.

Die verehel. S. hatte in dem zu dem Vermögen ihres Ehemannes beim Gerichtsamte im Bezirksgerichte Dresden anhängigen Schuldenwesen ihr aus mehrern tausend Thalern bestehendes Einbringen liquidirt und es waren ihr, auf Grund des von ihr unternommenen Beweises, verschiedene Eide rechtskräftig zuerkannt worden. Sie beantragte später beim Concursgerichte, daß ihr die Ableistung dieser Eide vor der Behörde ihres Wohnortes gestattet werden möge, indem sie anführte, sie sei bereits im Jahre 1858 mit ihren Familienangehörigen nach Amerika ausgewandert, habe ihren wesentlichen Wohnsitz in New-York genommen, woselbst sie noch wohne und mit ihrem Ehemanne die Schankwirthschaft gemeinschaftlich betreibe; sie könne ihr Geschäft ebensowenig wie ihre Kinder verlassen, ferner die bedeutenden Kosten der Her- und Hinreise nicht aufbringen und möge sich auch den Gefahren einer solchen nicht aussetzen.

Das Concursgericht ertheilte (am 26. September 1862) der verehel. S. abfällige Bescheidung, und zwar aus folgenden Gründen:

„Zwar ist die Entfernung der juratura vom Sitze des Proceßgerichts eine bedeutende; allein dieser Umstand wird dadurch aufgewogen, daß auch gegenwärtig ein bedeutendes Object Gegenstand der Eidesleistung ist. Hierzu kommt, daß der verehel. S. beziehentlich auf Grund der in der Untersuchung gegen den Ehemann abgelegten Zugeständnisse vor der Eidesleistung umfangreiche Vorhalte zu machen sind. Wenn nun auch der fremden Behörde die Acten nicht communicirt werden können, so bleibt zwar noch übrig, einen Auszug aus den Acten mitzutheilen. Allein abgesehen von der Frage, ob auf diese Weise dem Interesse der S.'schen Gläubigerschaft vollständig genügt wird, so deutet der Bl. — gestellte Antrag auf Mittheilung der Schriftstücke in deutscher und englischer Sprache die Annahme an, daß entweder die verehel. S. der englischen Sprache, oder die dortigen Richter der deutschen Sprache unkundig sind — Rücksichten, welche das Verlangen der S. als ungerechtfertigt erscheinen lassen."

Gegen diese Entschließung wendete die Klägerin, verehel. S., im Monat August 1863 Appellation ein (der Beklagte, der verordnete Curator litis specialis, hatte nämlich inzwischen noch ein Rechtsmittel gegen ein Erkenntniß eingewendet, welches zur vorgesetzten Behörde einberichtet worden war); allein das Königl. Appellationsgericht zu Dresden verwarf unterm 24. September 1863 ihre Berufung aus folgenden Gründen:

„Was zunächst den formellen Einwand betrifft, welchen Beklagter Bl. — gegenüber der Berufung der Klägerin daraus hergeleitet hat, daß die letztere diese Berufung erst nach Ablauf fast eines Jahres nach der Bl. — erfolgten Eröffnung der dermalen von ihr angefochtenen erstinstanzlichen Entschließung erhoben hat, so erscheint jener Einwand unbeachtlich, da bekanntlich die proceßleitenden Entschließungen der Untergerichte der Rechtskraft nicht fähig sind.

vgl. Wochenblatt f. m. R., Jahrg. 1841. S. 232.

Dahingegen ist in Betreff der für die Entscheidung des vorliegenden Streitpunktes maaßgebenden Grundsätze Folgendes zu bemerken:

Hinsichtlich der Abnahme von Eiden, welche in anhängigen Rechtsstreitigkeiten Seiten der Parteien abzuleisten sind, muß in Gemäßheit der Vorschrift in §. 1. des Rescripts vom 21. März 1820 als Regel festgehalten werden, daß die Eidesabnahme vor demjenigen Richter stattzufinden hat, vor welchem der Rechtsstreit anhängig ist. Nun erscheint es zwar, unter Berücksichtigung der Vorschriften in Nov. 124. cap. I. und in §. 2. des obgedachten Rescripts, sowie einem in der Sächsischen Spruchpraxis feststehenden Gerichtsbrauche zufolge unter Umständen nicht unzulässig, unter der Voraussetzung, daß die schwörungspflichtige Partei an einem vom Sitz des Proceßgerichts zu entfernten Ort wohnt und die Abnahme des Eides vor dem Proceßgericht mit unverhältnißmäßigem Zeit- und Kostenaufwande für dieselbe verbunden sein würde, unter gewissen, hier nicht näher zu erörternden Bedingungen die Leistung eines zuerkannten Eides ausnahmsweise vor der Behörde des Wohnortes der schwurpflichtigen Partei zu gestatten. Die Entschließung darüber, ob dem hierauf gerichteten Anverlangen eines Schwörungspflichtigen zu entsprechen sei, beruht jedoch lediglich jederzeit auf richterlichem Ermessen und hat sich daher stets nach den besonderen Umständen des einzelnen Falles zu bestimmen.

vgl. Wochenblatt für merkw. Rechtsf., Jahrg. 1855. S. 31., Jahrg. 1863. S. 206.

Das Hauptaugenmerk ist hierbei darauf zu richten, daß die auf mehr äußerlichen Gründen beruhende Rücksicht auf die Interessen des Schwurpflichtigen nicht zu einer Verletzung der materiellen Rechte und Interessen seines Proceßgegners führe.

Wenn schon nun im vorliegenden Falle nicht nur die große Entfernung des angeblich gegenwärtigen Aufenthaltsorts der Klägerin — New-York — vom Sitz des Proceßgerichts, als der mit einer Reise von dort nach Dresden verbundene bedeutende Zeit- und Kostenaufwand außer Zweifel beruht und auch die Bl. — von der Klägerin in Bezug genommenen persönlichen Verhältnisse derselben einige Berücksichtigung verdienen, so ist doch auf der anderen Seite zu berücksichtigen, daß aus der besonderen Beschaffenheit des gegenwärtigen Rechtsstreites sich in der Sache selbst liegende gewichtige Bedenken gegen die Bewilligung der Abnahme der von der Klägerin zu leistenden Eide Seiten ihres gegenwärtigen persönlichen Richters ergeben. In dieser Beziehung ist insbesondere darauf hinzuweisen, daß gemäß der rechtskräftigen Entscheidungen Bl. — und Bl. — der Klägerin vor Abnahme der von ihr abzuleistenden Eide noch gewisse,

Bl. — und Bl. — näher angegebene Vorhalte zu machen sind, welche offenbar nur von einem Richter in zweckdienlicher Weise vorgenommen werden können, welcher das thatsächliche Material des vorliegenden Rechtsstreits, wie nicht minder die in demselben zur Anwendung gelangten Rechtsgrundsätze vollständig kennt, sowie daß nach Bl. — von der Klägerin mit Leistung des Bl. — unter V. geformelten Eides eine bestimmte eidliche Specification der einzelnen ihr Seiten ihres Ehemannes auf ihr Einbringen zurückgewährten Beträge zu verbinden ist, und bei diesen unter Umständen eine eingehende Verständigung der Klägerin erfordernden Verhandlungen möglicher Weise die Nothwendigkeit der Sistirung der Eidesleistung und einer sofortigen Entschließung des proceßleitenden Richters über das fernere Verfahren hervortreten kann. Daß ein mit den hierländischen Verhältnissen und gesetzlichen Bestimmungen nicht vertrauter überseeischer Richter, welchem jedenfalls nur Auszüge aus den Proceßacten, unter keinen Umständen aber diese selbst mitgetheilt werden könnten, diesen Erfordernissen zu entsprechen im Stande sein werde, läßt sich bei der großen Verschiedenheit der Verhältnisse und des proceßrechtlichen Verfahrens, welche hinsichtlich des Inlandes und des dermaligen Wohnortes der Klägerin obwaltet, nicht ohne Weiteres annehmen.

Das gleiche Bedenken tritt aber im vorliegenden Falle auch hinsichtlich des Stellvertreters des Beklagten hervor, welcher in Fällen der hier fraglichen Art von dem schwurpflichtigen Theile auf seine Kosten zur Vertretung der Rechte des Proceßgegners bei der Eidesleistung zu bestellen ist. Wenn schon nämlich in Rechtsstreitigkeiten einfacherer Art durch einen solchen Stellvertreter die Rechte der Gegenpartei genügend gewahrt werden können, so würde doch bei der nicht zu verkennenden verwickelteren Natur des vorliegenden Rechtsstreits und der Verschiedenheit der Verhältnisse auch der für Beklagten in New-York zu bestellende Stellvertreter nicht wohl in der Lage sein, die Interessen des Beklagten allenthalben in der Weise zu vertreten, wie diesem bei eigener Gegenwart bei der Verhandlung die Füglichkeit geboten sein würde.

Ueberdies kommt in Betracht, daß Klägerin vollständig unterlassen hat, das bestimmte, im vorliegenden Fall zu requirirende ausländische Gericht, dem sie für ihre Person zur Zeit unterworfen ist, näher zu bezeichnen, was um so nothwendiger war,

> vgl. Blätter für Rechtspflege in Thüringen und Anhalt, Bd. VI. S. 117. Bd. IX. S. 353.

als sich bei dem hierländischen Richter die Kenntniß der in New-York bestehenden Gerichtsverfassung nicht voraussetzen läßt und einem Gericht nicht zugemuthet werden kann, sich auf umfängliche Proceßhandlungen, wie im vorliegenden Fall die beantragte Requisition sein würde, aufs Gerathewohl und ohne irgend welche Gewähr des Erfolgs, einzulassen, im gegenwärtigen Fall aber sich nicht einmal ohne Weiteres annehmen läßt, daß an dem Wohnort der Klägerin sich ein zu Abnahme von Eiden verfassungsmäßig befugtes und in den hierländischen Institutionen entsprechender Weise zur Verwaltung der Rechtspflege organisirtes Civilgericht befinde, welches sich auf Erfordern der Abnahme der gegenwärtig in Frage befangenen Eide unterziehen würde. Wenn nun schließlich auch der durch eine Reise der Klägerin nach Dresden entstehende Kosten- und Zeitaufwand bei der Größe des in Frage befangenen Proceßobjects als ein unverhältnißmäßiger nicht einmal schlechterdings angesehen werden kann, so hat das Königliche Appellationsgericht die von der Klägerin erhobene Berufung, wie hiermit geschieht, zu verwerfen beschlossen." rc.

Das Königl. Oberappellationsgericht, auf dessen Entschließung die verehel. S. weiter provocirt hatte, erachtete es indessen bedenklich, ihre Berufung zu verwerfen und verordnete unterm 16. Januar 1864 wie folgt:

„Das Oberappellationsgericht hat den Ansichten der vorigen Instanzen, von welchen die Klägerin auf ihr Gesuch um Abnahme der ihr rechtskräftig zuerkannten Eide vor der Behörde ihres Wohnorts New-York abfällig beschieden worden ist, nicht beitreten können und bemerkt Folgendes:

Auf Grund der in Cap. I. der 124sten Novelle Justinians enthaltenen Bestimmung:

> „Si vero partes vel unam ex illis aliis in locis esse contigerit, jubemus, absentem in provincia, in qua degit, juramenta secundum dictum a nobis modum actis intervenientibus apud provinciae praesidem vel apud defensorem locorum praestare",

hat sich, zugleich in Anerkennung einer durch die Verhältnisse gebotenen Nothwendigkeit, in der Praxis der Grundsatz gebildet, daß eine schwurpflichtige Proceßpartei, welche von dem Orte des Gerichts so entfernt wohnt, daß ihr die Reise nach demselben nicht wohl zuzumuthen ist, verlangen kann, daß ihr die Eidesleistung im Orte ihres Domicils nachgelassen werde.

> vgl. Biener, Syst. proc. judic., Tom. I. §. 111. not. 4.

Dieser Grundsatz hat auch in der Bl. — angezogenen Verordnung der vormaligen Landesregierung vom 21. März 1820. §. 1. und 2. Bestätigung gefunden. Zwar ist bezüglich der Frage, ob einem derartigen Verlangen stattzugeben sei, die richterliche Erwägung nicht ausgeschlossen, allein eine abfällige Entschließung des Richters wird, wenn nicht ganz besonders überwiegende Gründe dafür vorliegen, nicht leicht gerechtfertigt erscheinen.

Was den vorliegenden Fall betrifft, so erkennen auch die vorigen Instanzen an, daß eine Reise der jetzt in New-York domicilirenden Klägerin für diese mit einem bedeutenden Aufwande an Zeit und Kosten verbunden sein und für die Klägerin als Ehefrau und Mutter doppelt schwierig sein möge; sie haben aber nach Bl. — und Bl. — aus der Beschaffenheit des Falles die gewichtigsten Bedenken gegen die Bewilligung der Leistung der der Klägerin zuerkannten Eide in Amerika entnehmen zu müssen geglaubt. Diese Bedenken hat man in jetziger Instanz nicht für erheblich genug achten können; denn

a) ist nicht abzusehen, warum nicht auch der amerikanische Richter sollte in den Stand gesetzt werden können, nach Befinden unter Zuziehung eines Dolmetschers, der Klägerin vor der Eidesabnahme die etwa erforderlichen Vorhaltungen zu machen und sie über den Sinn und die Bedeutung der zu schwörenden Eide ausreichend zu verständigen. Allerdings wird es nothwendig sein, daß das Requisitionsschreiben eine ausführliche Darlegung des Falles und derjenigen Momente, auf welche der den Eid abnehmende Richter sein besonderes Augenmerk zu richten haben werde, enthalte und daß ihm aus den einschlagenden Acten Abschriften derjenigen Stellen, welche der Klägerin vorzuhalten seien, mitgetheilt werden; die möglicher Weise hiermit für den Richter verbundene größere Arbeit kann aber keinesfalls einen Grund abgeben, die zu dem fraglichen Zwecke beantragte Requisition der entfernten, ausländischen Behörde abzuschlagen;

b) daß auch in den Nordamerikanischen Freistaaten wie in anderen civilisirten Staaten gehörig organisirte, verfassungsmäßig zur Abnahme von Eiden befugte Behörden bestehen und auch dort die Rechtspflege in geordneter Weise durch Beamte, welche in den Rechten bewandert, verwaltet werden, mag mit Grund nicht bezweifelt werden, vielmehr ist man nach den gemachten Erfahrungen zu der Annahme berechtigt, daß die im concreten Falle zur Anwendung kommenden Rechtssätze, da sie auf Rechtsgeschäfte sich beziehen, welche präsumtiv in jedem geordneten Staate vorkommen und durch Gesetze geregelt sind, auch dem amerikanischen Richter genügend bekannt seien. Ebenso ist

c) nicht abzusehen, warum zu bezweifeln sein sollte, daß der für den Beklagten, den zu dem gedachten Schuldenwesen geordneten Curator litis specialis, zu bestellende Stellvertreter in der Lage sein werde, die Interessen des Beklagten allenthalben genügend vertreten zu können, denn auch in dieser Hinsicht spricht die Vermuthung dafür, daß der requirirte Richter, dafern Beklagter die Wahl seines Stellvertreters ihm überlassen sollte, diese Function nur einem tüchtigen, der Rechte ausreichend kundigen Manne übertragen werde.

d) Das fernere Bedenken Bl. —, daß von der Klägerin mit der Leistung des Bl. — unter V. geformelten Eides eine bestimmte eidliche Specification der einzelnen ihr von ihrem Ehemanne auf ihr Einbringen zurückgewährten Beträge zu verbinden sei, hat sich dadurch erledigt, daß Klägerin diese Specification bereits Bl. — flg. bewirkt hat. Mit Rücksicht auf dieselbe kann dem erwähnten Eide schon jetzt eine entsprechende veränderte Fassung gegeben werden.

Nach dem Allen hat das Oberappellationsgericht Bedenken tragen müssen, die Eingangs gedachte Berufung der Klägerin als unbegründet zu verwerfen, vielmehr hat dasselbe beschlossen, die richterliche Entschließung Bl. — wiederum aufzuheben und anzuordnen, daß dem mehrerwähnten Antrage der Klägerin, ihr die Eidesleistung vor der Behörde ihres Wohnorts nachzulassen, stattgegeben und demzufolge, wenn Klägerin zuvörderst, wo ihre Wohnung in New-York sich befinde, näher angezeigt, auch Behufs der Bestellung eines dortigen Stellvertreters des Beklagten Zehn Thaler erlegt haben wird, mit Requisition der dortigen competenten Behörde durch Vermittelung des Königlich Sächsischen Ministeriums der Justiz und nach Befinden des der auswärtigen Angelegenheiten verfahren werde. Es hat aber das Concursgericht darauf Bedacht zu nehmen,

1) daß das zu erlassende Requisitionsschreiben eine sachgemäße Instruction für den zu requirirenden Richter enthalte und daß dieser für den Nothfall um Zuziehung eines der deutschen wie der englischen Sprache gleich mächtigen Dolmetschers ersucht werde,

2) daß jenem Schreiben, außer den Formeln der von der Klägerin zu leistenden Eide, auch noch unter Hinweisung auf die betreffenden Acten und Folien Abschriften von denjenigen Actenstellen beigefügt werden, die nach Ansicht des Gerichts und des Beklagten — welchem Letztern eine binnen dreiwöchentlicher Präclusivfrist zu bewirkende specielle Bezeichnung aufzugeben ist — zu einem Vorhalte vor der Eidesleistung dienen sollen, endlich

3) daß von dem Requisitionsschreiben und sämmtlichen Beilagen desselben auch eine Uebersetzung in die englische Sprache beigefügt werde.

Im Uebrigen sind die durch die vorgedachten Maaßnahmen erwachsenden Kosten von der Klägerin zu tragen und einzubringen."

Redacteur: Dr. Theodor Tauchnitz. Officin der Verlagshandlung.

Wochenblatt

für

merkwürdige Rechtsfälle,

in actenmäßigen Darstellungen

aus dem Gebiete der Justizpflege und Verwaltung

zunächst für das

Königreich Sachsen.

Von diesem Wochenblatte erscheinen jährlich 64 Nummern zu 1 Quartbogen und außerdem am Jahresschlusse ein ausführliches Register.

Alle Postämter u. Buchhandlungen übernehmen Bestellungen und liefern das Quartal zu dem praenumerando zu entrichtenden Preise von 1 Thaler.

Verlag von **Bernhard Tauchnitz** in Leipzig.

№ 25. Neue Folge Zwölfter Jahrgang. **1864.**

40.

Beginn des Laufes der kurzen Verjährung. Derselben gegenüber kommt der Grundsatz: agere non valenti non currit praescriptio, nicht zur Anwendung. — Spatium deliberandi. Anfang desselben. — Grundsätze über die Extinctivverjährung von Rechten, welche einer hereditas jacens zustehen. — Was ist der Besitzer eines mit einem Auszuge belasteten Gutes nach eingetretener Verjährung einzelner Leistungen, resp. nach dem Tode des Auszüglers, Behufs Herbeiführung der entsprechenden Einträge im Grund- und Hypothekenbuche von dem Auszügler, beziehentlich dessen Erben, zu verlangen berechtigt?

Mitgetheilt von

Herrn **W.** in L.

Auf einem Bauergut in R. haftete laut Kauf vom 7. März 1833 ein Naturalauszug für Johann Friedrich B. Letzterer hatte über die bis Weihnachten 1844 gefällig gewordenen Leistungen am 27. December 1844 gerichtlich quittirt. Er starb am 3. November 1858, indem er als Intestaterbberechtigte vier unmündige Kinder eines vor ihm verstorbenen Bruders hinterließ. Eines der letzteren, Friederike Pauline B., starb bald darauf am 8. April 1860, ohne daß von ihr oder für dieselbe eine Erklärung über Antritt oder Ausschlagung des ihr antheilig angefallenen Nachlasses ihres Oheims abgegeben worden war.

Unter Bezugnahme auf diese Thatsachen verklagte nun am 22. März 1862 der Besitzer des gedachten Bauergutes die Mutter und angebliche alleinige Intestaterbin jener Friederike Pauline B. auf antheilige Quittirung und Willigung in Löschung des vorgedachten Auszugsrechtes, indem er in der Klage noch anführte, daß er bei Lebzeiten des Auszüglers sämmtliche Auszugspräſtationen an denselben richtig abgeführt habe, daß aber, selbst abgesehen hiervon, den Erben desselben nach Maaßgabe des Gesetzes vom 23. Juli 1846 ein Anspruch des fraglichen Auszuges halber nicht zustehe, da seit dem Tode ihres Erblassers (3. November 1858) bereits drei Jahre verflossen seien; daß ferner die Beklagte selbst der Beerdigung des gedachten Auszüglers beigewohnt habe, und daher ihr jetzt nicht mehr das Recht zustehe, von dem ihr als Erbin ihrer Tochter Friederike Pauline deferirten Antheile des Nachlasses desselben sich loszusagen, vielmehr wider die Beklagte angenommen werden müsse, daß sie die ihr antheilig deferirte Erbschaft stillschweigend angetreten habe; gleichwohl aber dieselbe sich sowohl weigere, Quittung über den Auszug zu geben, als auch von dem betreffenden Nachlasse sich loszusagen. Das Petitum der Klage lautete dahin: „daß Beklagte als theilweise gesetzliche Erbin weiland Johann Friedrich B.'s, dafern sie eine von ihr früher oder doch im Jahre 1861 erklärte Lossagung von dessen Nachlasse nachzuweisen nicht vermag, zu ihrem Antheil an dessen Hinterlassenschaft über den gedachten Auszug gerichtlich zu quittiren und in Löschung der dafür bestellten Hypothek zu willigen, auch die durch verzögerte Einwilligung in diese Löschung dem Kläger entstandenen erweislichen Schäden ꝛc. zu ersetzen schuldig".

Beklagte bestritt die erfolgte Lieferung des Auszugs an Johann Friedrich B., setzte ferner durch die betreffenden Nachlaßacten in Liquidität, daß sie nur zum vierten Theile Erbin ihrer Tochter Friederike Pauline geworden sei, und machte hauptsächlich geltend, wie die Verjährung nicht gegen sie angezogen werden könne, weil

a) ihre Kinder, und namentlich auch ihre verstorbene Tochter Friederike Pauline B., als Unmündige zu Erhebung einer Klage nicht berechtigt gewesen und seit dem Tode ihres Onkels, des Auszüglers B., der zugleich ihr Vormund gewesen, bis zum 7. December 1861 keinen Vormund gehabt hätten, weshalb in Bezug auf sie der Grundsatz: „agere non valenti non currit praescriptio“ zur Anwendung komme,

b) weil weder die Beklagte, noch ihre Kinder von ihrem Rechte eine Wissenschaft gehabt hätten, was ihnen insofern nütze, als die dreijährige Verjährung erst von der Zeit der erlangten Wissenschaft an zu laufen beginne.

Das K. Bezirksgericht schenkte jedoch diesen Einwendungen keine Beachtung, verurtheilte vielmehr — ohne die Behauptungen des Klägers wegen der angeblich erfolgten Abführung der Auszugsprästationen weiter zu berücksichtigen — lediglich auf Grund der Verjährung die Beklagte dahin, „daß sie als theilweise Erbin Johann Friedrich B.'s zu ihrem Antheile in Löschung des für denselben haftenden Auszugs zu willigen, auch die durch die verzögerte Einwilligung in diese Löschung dem Kläger erwachsenen Schäden dem Kläger zu ersetzen und die Kosten zu erstatten schuldig“. In den Rationen ward darauf hingewiesen, „daß Beklagte, da sie das in den Gesetzen geordnete einjährige spatium deliberandi rücksichtlich des ihrer Tochter angefallenen und auf sie übergegangenen antheiligen Erbrechts an dem Nachlaß Johann Friedrich B.'s (welches spatium, angenommen, es habe für die unmündige Friederike Pauline B. nicht laufen können, doch unbezweifelt für die Beklagte, welche vorlängst Kenntniß von dem Tode Johann Friedrich B.'s gehabt, von dem Anfall des Nachlasses ihrer Tochter, also vom 8. April 1860, zu laufen begonnen habe) hätte vorübergehen lassen, ohne sich vom Nachlasse Johann Friedrich B.'s loszusagen, antheilige Erbin desselben geworden sei“, sowie „daß auch diejenigen Auszugsleistungen, wegen deren behaupteter Nichtleistung möglicherweise die Löschungserklärung zurückgehalten werden könnte, d. i. die Leistungen aus den Jahren 1855, 1856, 1857 und 1858 — die früheren seien schon bei Lebzeiten Johann Friedrich B.'s verjährt — durch Verjährung erloschen seien, da der oben unter b. hervorgehobenen Behauptung des Beklagten nicht beizupflichten sei, indem das Gesetz vom 23. Juli 1846 ausdrücklich den Schluß des Jahres, in welchem die Forderung erwachsen, als den Anfangspunkt der Verjährung bezeichne, auch in §. 13. leg. cit. die Wiedereinsetzung in den vorigen Stand gegen die Folgen dieses Gesetzes für unstatthaft erkläre, und eine Anwendung der allgemeinen Grundsätze auf dieses exceptionelle Gesetz die Absicht des Gesetzgebers, die Forderungsberechtigten zu unverzögerter Geltendmachung ihrer Rechte anzuhalten und dadurch die Schuldner vor der Nothwendigkeit eines nach Verfluß längerer Zeit rücksichtlich der vom Gesetze betroffenen Gattungen von Forderungen mitunter sehr schwer zu führenden Beweises der Zahlung zu schützen, vereiteln würde“.

Das K. Appellationsgericht zu Leipzig confirmirte auf Appellation der Beklagten im Mai 1863 in folgender Weise:

„Dieweil die Bl. — eingewendete Berufung allenthalben als unbeachtlich sich darstellt, wenn man erwägt, wie

1) darüber, daß Johann Friedrich B. bei seinem am 3. November 1858 erfolgten Ableben die vier Kinder seines vor ihm verstorbenen Bruders, Johann Gottfried B., als alleinige Intestaterbberechtigte hinterlassen habe, nach der Erklärung des Beklagten ad p. l. c. — Einverständniß zwischen den Parteien obwaltet,

2) ꝛc.

3) daß demzufolge, wenn und so lange die zu der successio ab intestato in den Nachlaß ihres Oheims berufenen Geschwister B. diesen Nachlaß nicht angetreten hatten, der letztere als eine hereditas jacens anzusehen und nach den von der letzteren geltenden Rechtsgrundsätzen zu behandeln war,

4) aus dem Satze unter 3. sich ergiebt, daß, falls zu der gedachten Verlassenschaft Rückstände des Bl. — näher bezeichneten Auszugs gehört haben sollten, bezüglich dieser Rückstände weder der Beginn der auf dem Gesetze vom 23. Juli 1846. §. 1. sub 9. und §. 2. beruhenden kurzen Verjährungsfrist, noch deren Fortlauf irgend welchen besonderen Beschränkungen unterworfen war, da bekanntlich im Allgemeinen die hereditas jacens als juristische Person (repräsentirend die Person des Verstorbenen) betrachtet wird, und namentlich sowohl Rechte erwirbt, als obligirt wird, soweit dies ohne eine eigene Handlung des Erwerbers, beziehentlich des zu Verpflichtenden geschehen kann,

zu vergl. Arndts, in Weiske's Rechtslexicon, Bd. IV. S. 2.

Puchta, Pandecten, §. 447.

Ihering, Abhandlungen aus dem R. Rechte, S. 189. 190.

Sintenis, Civilrecht, III. §. 159.

Mühlenbruch, Fortsetzung von Glück's Commentar, Bd. 43. S. 40 flg., insbes. S. 75.

demgemäß aber eine liegende Erbschaft rücksichtlich der wider dieselbe laufenden, beziehentlich anfangenden Klagenverjährung besondere Vergünstigungen um so weniger beanspruchen kann, als bekanntlich derselben, so weit sie bei der Fortsetzung des von dem Erblasser begonnenen Usucapionsbesitzes activ betheiligt ist, vermöge eines jus singulare

zu vergl. l. 44. §. 3. l. 40. D. de usurp. et usuc. (41. 3.)
Arndts, l. c. S. 3. not. 18.
Mühlenbruch, l. c. S. 71.

das Recht zusteht, die angefangene Ersitzung zu vollenden, obwohl Besitz als etwas Factisches, wobei ein natürlicher Wille vorausgesetzt wird, der hereditas nicht zugeschrieben wird,

zu vergl. l. 1. §. 15. D. si is qui test. (47. 4.)
Ihering, l. c. S. 247 flg.

und dem zu Folge es eine doppelte Unbilligkeit sein würde, einerseits zu Gunsten der hereditas jacens die gewöhnlichen Regeln der Acquisitivverjährung gelten zu lassen, obschon sie an sich nicht auf dieselbe Anwendung leiden können, andererseits aber die allgemeinen Sätze der Extinctivverjährung zu Gunsten der liegenden Erbschaft zu beschränken, trotzdem, daß diese Sätze nach den generellen, von der hereditas jacens geltenden Principien gegen dieselbe Platz greifen,

5) daß, da die unter 4. gedachte Verjährung rücksichtlich aller fraglichen Rückstände, soviel deren bei dem Tode des Erblassers etwa vorhanden gewesen, mindestens mit dem 1. Januar 1859 zu laufen begonnen hat, dieselbe in Ermangelung eines nach §. 5. leg. cit. zu der Unterbrechung geeigneten Vorganges bereits am 31. December 1861 vollendet worden ist, auch der sonach mit Ablauf dieses Tages eingetretene Verlust des Klagerechtes dadurch nicht abgewendet wird, daß die successionsberechtigten Geschwister B. während der Verjährungszeit unmündig und nicht bevormundet gewesen sind, weil, so lange von Seiten oder im Namen der letzteren eine Erklärung über den Antritt des Nachlasses nicht abgegeben worden war, nicht diese Unmündigen, sondern die hereditas jacens dem Auszugspflichtigen als Gläubiger gegenüberstand, mithin das besondere Privilegium der Minorennen, soweit ein solches überhaupt dermalen noch rücksichtlich der Verjährung anzuerkennen ist,

zu vergl. Zeitschrift für Rechtspfl. u. Verw., N. F. Bd. 6. S. 305., Bd. 8. S. 191.

zu jener Zeit nicht in Frage kommen konnte, vielmehr die Verlassenschaft (eben so, wie in dem durch die

l. 21. §. 1. D. de neg. gest. (3. 5.)

entschiedenen Falle der für eine hereditas jacens geführten negotiorum gestio die gegen den negotiorum gestor zu erfüllenden Verbindlichkeiten auf den antretenden Erben mit übertragen werden) bei der späteren Antretung nicht anders, als belastet mit der Einrede der inzwischen abgelaufenen Verjährung auf die Erben überging, zu geschweigen, daß eine Wiedereinsetzung in den vorigen Stand gegen den Ablauf der kurzen Verjährungszeit und deren Folgen nach §. 13. des oben gedachten Sächsischen Gesetzes überhaupt nicht Statt findet;

6) wenn die Beklagte Bl. — behauptet, daß aus den Acten sich nicht ergebe, daß bezüglich des von ihrer Tochter auf sie transmittirten Erbrechtes an J. F. B.'s Nachlasse das spatium deliberandi abgelaufen sei, der Beklagten hierunter nicht beigepflichtet werden mag, da — will Man auch dahin gestellt sein lassen, ob jene Deliberationsfrist schon bei Lebzeiten der genannten Tochter dieser gegenüber verstrichen sei, und ferner davon absehen, daß die Beklagte, welche geständiger Maaßen nach Bl. — zu Anfang des Jahres 1862 „Kenntniß von dem Nachlasse B.'s erhalten", auch in dem Laufe des vorliegenden Rechtsstreites von dieser Verlassenschaft sich nicht losgesagt hat — in jedem Falle ihr die Erwägung entgegensteht, daß

a) das spatium deliberandi bekanntlich von dem Zeitpunkte zu laufen beginnt, wo der Erbe die Delation des Erbrechtes erfahren hat,

zu vergl. Curtius, Handbuch, II. §. 888.
Wochenblatt für merkwürdige Rechtsfälle, 1847. S. 21.

b) der Regel nach vorausgesetzt werden darf, daß, wenn ein Erblasser ab intestato verstirbt, die in dessen Nähe wohnenden, zu der Intestatsuccession berufenen Verwandten mit dem Tode oder mindestens alsbald nach demselben ausreichende Wissenschaft darüber besitzen, daß ihnen ein Erbrecht an dem Nachlasse des defunctus zustehe,

c) die Beklagte dem Begräbnisse des Oheims ihrer Tochter nach ihrem Zugeständnisse ad p. l. c. 43. selbst beigewohnt, und präsumtiv das ab intestato erfolgte Ableben ihrer in dem Wohnorte der Beklagten, R., verstorbenen Tochter bei oder sofort nach dessen Eintritt erfahren hat, dem zu Folge aber auch

d) angenommen werden muß, daß die Beklagte mindestens zu dem zuletzt angegebenen Zeitpunkte darüber nicht in Ungewißheit gewesen sei, daß ihrer Tochter ein Erbrecht an den Nachlaß ihres Oheims deferirt, und dieses Recht auf sie transmittirt worden sei,

hiernach allenthalben aber

e) nicht sich bezweifeln läßt, daß die Beklagte bereits vor länger als Jahresfrist, von der Behändigung der Klage an zurückgerechnet, Wissenschaft von dem Anfalle des betreffenden Erbrechtes gehabt habe;

7) obgleich die Beklagte von dem Kläger in der Klageschrift als alleinige Erbin ihrer Tochter bezeichnet worden ist, in Wahrheit dagegen diese Tochter nach Bl. — der Beilagsacten Lit. B. No. 21. nur zu einem Viertheile beerbt hat, doch eine zu einer Compensation der Kosten führende Pluspetition dem Kläger nicht zur Last gelegt werden darf, da er von der Beklagten die verlangte Quittung nur „nach ihrem Antheile an der Hinterlassenschaft B.'s" gefordert hat,

endlich

8) die an dem Schlusse der Deductionsschrift Bl. — enthaltenen Bemerkungen lediglich die Frage betreffen, wieweit einzelne der von dem Kläger berechneten Extrajudicialien zu der Restitution geeignet sind, und mithin, da diese Frage mit vollem Rechte in dem Erkenntnisse Bl. — nicht berührt worden ist, nicht zu dem Gegenstande der jetzigen Entscheidung zu machen, sondern eventuell erst in der Executionsinstanz zu der Erledigung zu bringen sind,

so ist das Bl. — zu lesende, am 29. November 1862 publicirte Erkenntniß der eingewendeten Berufung ungeachtet zu bestätigen, es ist auch die Beklagte bei der Unerheblichkeit des von ihr eingewendeten Rechtsmittels die Kosten desselben dem Kläger zu erstatten verbunden."

Auf anderweite Appellation der Beklagten erkannte das K. Oberappellationsgericht im Januar 1864 theilweise reformatorisch, indem es an Stelle der oben wörtlich wiedergegebenen condemnatoria, wie sie von der ersten Instanz ausgesprochen worden war, die Beklagte nur verurtheilte, „die Löschung des für Johann Friedrich B. ꝛc. eingetragenen Naturalauszuges, soviel die bis zu dessen Tode — den 3. November 1858 — fällig gewordenen Prästationen betrifft, geschehen zu lassen", auch die Kosten beider Appellationsinstanzen compensirte, im Uebrigen aber bestätigte. Hierzu waren folgende Rationen gegeben:

„Daß hinsichtlich der bis zum Ableben Johann Friedrich B.'s fällig gewordenen Auszugsgebührnisse jedes Forderungsrecht gegen die Kläger als Auszugsträger durch Verjährung verloren gegangen sei, hat man auch in gegenwärtiger Instanz nicht als zweifelhaft anzusehen vermocht. Es bedarf dieserhalb keines nähern Eingehens auf die von der vorigen Instanz Bl. — unter 4. entwickelten Grundsätze von der hereditas jacens und die von der Beklagten gegen deren Anwendbarkeit im vorliegenden Falle Bl. — vorgebrachten Bemerkungen, da das Gesetz vom 23. Juli 1846 wegen Einführung einer kurzen Verjährungsfrist für gewisse Forderungen hierunter allenthalben klare Maaße giebt. Denn es sind in diesem Gesetze §. 1. sub 9. Auszugsprästationen unter denjenigen Forderungen, welche der eingeführten dreijährigen Verjährung unterliegen sollen, ausdrücklich mit aufgeführt, und wenn in §. 2. bestimmt werde, daß der Anfang dieser Verjährung von dem Schlusse des Jahres an zu berechnen, in welchem die betreffenden Ansprüche gefordert werden konnten, so ist dies schon dem Wortlaute nach nicht anders zu verstehen, als daß die Verjährung von Ablauf des Jahres an beginnen solle, wo die derselben unterliegenden Forderungen fällig geworden, keineswegs aber auf die Abwesenheit von Hindernissen der Geltendmachung des Anspruchs in der Person des Forderungsberechtigten zu beziehen, deren Vorhandensein an sich immer nur als Grund zu einer Wiedereinsetzung in den vorigen Stand gegen den Ablauf der Frist und deren Folgen in Betracht kommen könnte, welche gleichwohl nach §. 13. des Gesetzes ausdrücklich ausgeschlossen worden. Hiernach erscheint der Umstand, daß die minderjährige Tochter der Beklagten, F. P. B., welche vom Kläger als Mitintestaterbin des Auszüglers B. bezeichnet worden, bis zu ihrem am 8. April 1860 eingetretenen Tode unbevormundet geblieben und somit zur Klagerhebung nicht im Stande gewesen, irrelevant, vielmehr muß die Verjährung der etwaigen Auszugsrückstände als mit Schluß des Jahres 1861 eingetreten erachtet werden, da der Auszügler gedachtermaaßen bereits im November 1858 verstorben ist und eine Unterbrechung der Verjährung in Gemäßheit §. 5. des mehrgedachten Gesetzes nicht stattgefunden, Beklagte wenigstens auf eine solche sich zu beziehen nicht vermocht hat.

Eben so wenig ließ sich mit Grund bezweifeln, daß Beklagte, welche unbestrittenermaaßen nach einer gewissen Quote Erbin ihrer schon genannten Tochter F. P. B. geworden, insoweit, als dieser der Nachlaß des Auszüglers B. ab intestato angefallen, antheilig auch zur Vertretung des letztern verbunden ist. Denn wenn man auch nicht annehmen will, daß das spatium deliberandi rücksichtlich des Antritts der Erbschaft des Auszüglers B. schon bei Lebzeiten der Friederike Pauline B. dieser gegenüber verstrichen gewesen, da dieselbe noch während ihrer Unmündigkeit verstorben und ihr seit dem Tode des Auszüglers B., welcher zugleich ihr Altersvormund gewesen, kein neuerer Altersvormund zugeordnet worden, und wenn man ferner selbst zugeben wollte, daß nicht liquid vorliegt, Beklagte habe bei Ableben ihrer genannten Tochter — am 8. April 1860 — von einem dieser deferirten und mithin auf sie selbst transmittirten Erbrechte an den Nachlaß des Auszüglers B. Wissenschaft gehabt, so ist doch so viel gewiß, daß der Beklagten das spatium deliberandi rücksichtlich der Verlassenschaft des Auszüglers B. mindestens von Anfang des Jahres 1862 zu laufen begonnen haben würde, weil nach Bl. — von ihr zugestanden worden ist, zu diesem Zeitpunkte Kenntniß von einem Nachlasse B.'s und einem ihrer verstorbenen Tochter Friederike Pauline daran antheilig zuständigen Intestaterbrechte erlangt zu haben, und es muß daher, da seitdem mehr als Jahresfrist verstrichen, ohne daß sie sich von dem Nachlasse des Auszüglers B. losgesagt, der immittelst eingetretene Rechtsstreit aber selbstverständlich zu einer Suspendirung ihrer desfallsigen Erklärung sie nicht berechtigen konnte, allerdings angenommen werden, daß Beklagte als antheilige Repräsentantin des Auszügler „B.'schen" Nachlasses in activer, sowohl wie passiver Beziehung — wenn auch in letzterer im Zweifel nicht ultra vires hereditatis — zu betrachten sei.

(Decis. 57. de ao. 1661.
Kind, quaest., II. 56. pag. 229 sq., II. 57. pag. 237. edit. 2.)

Daß übrigens bei Feststellung dieses Anfangstermins für den Lauf des annus deliberationis die nach Bl. — am 22. März 1862 bei Gericht eingereichte Klage vorzeitig erhoben erscheint, würde jedenfalls nunmehr, nachdem immittelst die Deliberationsfrist abgelaufen, ohne daß Beklagte die fragliche Erbschaft repudiirt, nicht noch zur Zurückweisung der Klage führen können.

Wenn indessen auch in den bisherigen Beziehungen gegen die Bestätigung der vorigen Entscheidung kein Bedenken sich ergab, so hat man doch nicht in gleicher Maaße mit dem sich einzuverstehen vermocht, was als Folge davon Bl. — ausgesprochen worden ist.

Zwar ist das von dem Kläger Bl. — gestellte Verlangen einer von der Beklagten ihr zu ertheilenden gerichtlichen Quittung in die Formel der condemnatoria ganz richtig nicht mit aufgenommen worden, da dasselbe nur in Hinsicht auf die gleichzeitig vom Kläger, wiewohl allerdings nicht mit der für das dabei gebrauchte Beweismittel des Eidesantrags erforderlichen Specialität, vorgebrachte Behauptung der wirklich erfolgten Abentrichtung sämmtlicher Auszugsgebührnisse bis zum Tode des Auszüglers sich gerechtfertigt haben würde, welche in den vorigen Instanzen ganz mit Stillschweigen übergangen worden, ohne daß Kläger hiergegen Widerspruch erhoben hat. Allein auch die Bl. — erfolgte Verurtheilung der Beklagten dahin: daß sie in Löschung des für den Auszügler B. auf Klägers Grundstück haftenden Naturalauszugs zu willigen verbunden sei, hat man insofern nicht für begründet zu erachten vermocht, als damit ausgedrückt gefunden werden könnte, daß Beklagte, um die Löschung jenes Auszugs zu ermöglichen, eine eigne Thätigkeit, und zwar unter Aufwendung sogar von Kosten, zu entwickeln gehalten und einem desfallsigen Zwangsverfahren (zu vergl. §. 70. des Executionsgesetzes vom 28. Februar 1838) unterworfen sein solle. Hierzu liegt kein Grund vor, denn die zum Vortheile des Schuldners eingetretene Verjährung eines an ihn zu erhebenden Anspruchs gewährt demselben doch nur eine Einrede, womit er dem dennoch erhobenen Anspruche entgegen treten kann,

(Unterholzner, Verjährungslehre, II. Bd. §. 258. und 309.
Curtius, Handbuch, II. §. 573.)

höchstens einen Grund zu Anstellung einer Provocationsklage für den Fall einer vom Gläubiger der eingetretenen Verjährung ungeachtet erfolgten Anspruchsberühmung, keineswegs aber ein Klagrecht, um den Gläubiger zu einer Thätigkeit Behufs der vom Schuldner für nöthig erachteten ausdrücklichen Liberation, bezüglich zu einer besonderen Erklärung darüber, daß sein Anspruch durch Verjährung verloren sei, zu nöthigen. Ein weiterer Nachtheil, als der Verlust seiner Forderung, kann den Gläubiger in Folge seiner desidia nicht treffen und nur ein passives Verhalten wird ihm durch letztere vorgezeichnet.

Nach diesem Gesichtspunkte würde daher Klägers Suchen, soweit solches auf der behaupteten Verjährung beruht und auf Einwilligungserklärung der Beklagten in Löschung der des Auszugs halber bestellten Hypothek gerichtet worden, sogar gänzlich zurückzuweisen gewesen sein, wenn nicht Beklagte im Laufe des Processes dem Eintritte der Verjährung widersprochen und hierdurch die Nothwendigkeit einer Entscheidung über diesen Punkt selbst hervorgerufen hätte. Allein als Folge der Anerkennung der Behauptung Klägers, daß ein Anspruch auf die betreffenden Auszugspräftationen durch Verjährung erloschen sei, in Verbindung mit dem Umstande, daß Beklagte zur antheiligen Vertretung des Nachlasses des Auszüglers B. für verbunden zu erachten gewesen, konnte sich immer nur so viel ergeben, daß Beklagte zu einem Geschehenlassen der Löschung der desfallsigen Hypothek zu verurtheilen sei — was übrigens auch für die Zwecke des Klägers völlig ausreicht.

Wie in dieser Hinsicht, so machte sich eine Abänderung der Bl. — enthaltenen condemnatorischen Formel aber auch noch in anderer Beziehung erforderlich.

Denn einerseits kann selbst das bloße Geschehenlassen der Cassation des Eintrags im Hypothekenbuche der Beklagten blos insoweit zugemuthet werden, als es sich um rückständige Auszugspräſtationen handelt, nicht wegen des Auszugsrechtes im Allgemeinen, da dieses durch Verjährung gar nicht würde haben erlöschen können (vergl. §. 28. des Hypothekengesetzes), sondern das Erlöschen desselben ganz unabhängig von einer Willenserklärung der Beklagten, lediglich durch den Ablauf der Zeit, auf welche es bestellt worden — hier die Lebenszeit des Auszüglers —, bedingt erscheint (vergl. §. 100. dict. leg. sub 1.), andererseits kann von einem Anspruche auf erweisliche Schäden wegen verzögerter Einwilligung der Beklagten in Löschung der Hypothek wegen rückständiger Auszugsgebührnisse dann nicht wohl die Rede sein, wenn Beklagte zur Erklärung einer solchen Einwilligung, wie gezeigt worden, gar nicht verbunden war. Auf einen erklärten Widerspruch der Beklagten gegen eine diesfalls von ihr bei der Hypothekenbehörde bereits beantragte und von dieser beabsichtigte Löschung hat aber Kläger sich nicht zu beziehen vermocht.

Die nach dem Allen nöthig gewordene Abänderung in der Formel der condemnatoria rechtfertigt zugleich die theilweise abändernde Entscheidung wegen des Kostenpunktes und die Vergleichung der Kosten jetziger Instanz, wogegen, was das wiederholte Zurückkommen der Beklagten Bl. — sub 8. auf die Behauptung betrifft, daß einige Extrajudicialien des klägerischen Sachwalters nicht restituabel und beziehentlich in Wegfall zu bringen seien, man sich dem diesfalls Bl. — von der vorigen Instanz Bemerkten anschließt."

41.

Zu Feststellung des Todes einer Person, deren Nachlaß obervormundschaftswegen zu reguliren ist, genügt für die aus dem obervormundschaftlichen Gesichtspunkte zu fassenden Resolutionen eine relative Gewißheit, d. i. eine solche, welche nach vernünftigem Ermessen keinen erheblichen Zweifel über den erfolgten Tod übrig läßt.

Mitgetheilt von

Herrn S. in E.

Der verehelichte A. war aus seiner Wohnung weggegangen, ohne daß die Seinigen wußten, wohin; als derselbe nach einiger Zeit nicht zurückgekehrt war, erstattete die Ehefrau A.'s dem Gerichtsamte zu E. Anzeige hierüber. Dasselbe stellte bezüglich A.'s, für den ein Abwesenheitsvormund bestellt wurde, Erörterungen an, welche dem Gerichtsamte die Ueberzeugung gaben, daß A., und zwar in der Neiße, seinen Tod gefunden habe, und da A. außer seiner Ehefrau auch minderjährige Kinder hinterließ, so wurde obervormundschaftswegen beschlossen, den Nachlaß A.'s gerichtlich zu reguliren und mit Bestellung von Altersvormündern für die Unmündigen unter Aufhebung der Abwesenheitsvormundschaft zu verfahren. Gegen diese Entschließung wendete die Ehefrau A.'s „Appellation" ein, in welcher sie zur Beschwerde erhob, daß die angestellten Erörterungen für ausreichend befunden worden waren, um auf Grund derselben den Tod ihres Ehemannes als erwiesen anzusehen und demzufolge den gedachten Beschluß zu fassen. Auf dieses Rechtsmittel erließ das Königl. Appellationsgericht zu Budissin folgende Verordnung:

„Wenn nun auch die bezüglich der Identität der nach Bl. — am 6. April 1863 in dem Mühlgraben zu X. vorgefundenen Leiche mit dem genannten A.'s — insbesondere mit Hinblick auf die Bl. — in Betreff des Lebensalters und der vorgefundenen Zahnlücken hervorgetretenen Thatumstände — entstandenen Zweifel nicht für unerheblich zu erachten sind, so liegt doch in Berücksichtigung der sonstigen Ergebnisse der stattgehabten Erörterungen und namentlich um deswillen, weil die Bl. — unter 1. bis mit 9., sowie unter 11. genannten Personen die gedachte Leiche für diejenige ihres Bruders und resp. Schwagers A. mit Bestimmtheit anerkannt, diese ihre Aussagen auch Bl. — eidlich bestärkt haben, ein sehr hoher Grad von Wahrscheinlichkeit für die Annahme der Identität der Leiche vor, und trägt man deshalb kein Bedenken, den Tod des genannten A. für erwiesen und die angefochtene Resolution für gerechtfertigt anzusehen, dafern der Bl. — abgehörte Schuhmacher M. die von ihm erstattete Aussage annoch eidlich bekräftigt.

An das Gerichtsamt E. aber ergeht hierdurch Verordnung, die Interessenten demgemäß zu bescheiden, die Beschwerdeführerin, deren Rechtsmittel, die gedachte Eidesleistung vorausgesetzt, andurch als unbegründet verworfen wird, und dessen Kosten sie allein zu tragen verbunden ist, mit demselben abzuweisen und das weiter in der Sache Erforderliche zu besorgen."

Gegen diese Verordnung wendete die Ehefrau A.'s anderweit Appellation, eventuell Beschwerde ein, worauf folgende Verordnung des Königl. Justizministerii vom 15. März 1864 erging:

„Die Competenzfrage betreffend, so handelt es sich für jetzt nur darum, ob die über A. eingeleitete Abwesenheitsvormundschaft wieder aufzuheben und mit der Regulirung seines Nachlasses, sowie mit Bestellung von Vormündern für seine unmündigen Kinder zu verfahren sei. Dies sind Fragen, welche zu den Justizverwaltungssachen gehören, in welchen nach §. 36. des Gesetzes, die höheren Justizbehörden und den Instanzenzug in Justizsachen betr., vom 28. Januar 1835 keine Appellationen, sondern nur Beschwerden stattfinden. Sollten bei der Regulirung des A.'schen Nachlasses Parteien hervortreten, von welchen, sei es aus dem Leben, oder aus dem Tode A.'s, Rechte hergeleitet werden, die von anderer Seite bestritten werden, so würden solche Ansprüche zur rechtlichen Ausführung zu verweisen sein, und wenn sodann durch die zwischen solchen Parteien getroffenen richterlichen Entscheidungen sich der eine oder der andere Theil beschwert fände, so würde alsdann dem Beschwerten das Rechtsmittel der Appellation zustehen, über welches im geordneten Instanzenzuge zu erkennen wäre.

In diesem Stadium befindet sich aber die vorliegende Sache, wenigstens zur Zeit, noch nicht und das Justizministerium hat daher das eingewendete Rechtsmittel nur als Beschwerde zu betrachten und darüber als über eine solche zu cognosciren gehabt.

Hierbei kommt aber in Betracht, daß, da A. nicht in seiner Wohnung und in der Umgebung seiner Angehörigen und Bekannten verstorben ist, eine absolute materielle Gewißheit über seinen Tod gar nicht erlangt werden kann. Formell würde derselbe durch Todeserklärung festgestellt werden können, wozu es jedoch eines Antrages und des Ablaufes der gesetzlichen Zeit bedürfen würde.

Dagegen muß für die aus dem obervormundschaftlichen Gesichtspunkte zu fassenden Resolutionen, wobei namentlich das Interesse der Kinder, und zwar in erster Linie, in Betracht kommt, eine relative Gewißheit des Todes, d. i. eine solche, welche nach vernünftigem Ermessen keinen erheblichen Zweifel übrig läßt, genügen. Eine solche aber darf in dem vorliegenden Falle allerdings angenommen werden.

Die verehelicht gewesene A. selbst hat Bl. — die bei dem nach Bl. — in der Nähe von Görlitz, wohin A. sich nach Bl. — begeben hatte, aus dem Wasser gezogenen Leichnam gefundenen Effecten und Kleider als solche, wie sie ihr Ehemann getragen habe, und das dabei befindliche Taschentuch als ein solches, wie sie deren selbst besitze, anerkannt; das Alter ihres Ehemannes hat bei der Aufhebung, der Natur der Sache nach, nur ungefähr geschätzt werden können, ihre Angabe der bei demselben vorhandenen Zahnlücken beruht, wie sie selbst sagt, keineswegs auf genauer Zählung, das Format der Brieftasche nur auf subjectiver Schätzung, während deren Inhalt nach Bl. — entschieden auf A. deutet, endlich kann die Farbe des Mützenfutters, abgesehen von der Möglichkeit, daß A. sich unterwegs eine neue Mütze gekauft habe, sich durch das dreiwöchige Liegen im Wasser verändert haben. Ebenso hat der Bl. — abgehörte Schuhmacher die dem Leichnam abgenommenen Stiefeln als seine für A. gefertigte Arbeit recognoscirt.

Dagegen haben die Bl. — sub 1—9. und sub 11. eidlich abgehörten Geschwister und Schwäger A.'s den gefundenen Leichnam als den ihres Bruders, resp. Schwagers mit voller Bestimmtheit anerkannt, und es hat nach der Anzeige des Ortsrichters Bl. — das von diesen nächsten Verwandten zum Voraus angegebene sehr specielle Kennzeichen an dem Körper desselben sich vorgefunden.

Das Justizministerium trägt nach dem Allen, zugleich im Hinblick auf den Bl. — ersichtlichen Todtenschein, kein Bedenken, den Tod A.'s für den vorliegenden Zweck als genugsam constatirt zu betrachten und es daher bei der Bl. — ersichtlichen Verordnung des Appellationsgerichts zu Budissin bewenden zu lassen, zumal in derselben noch die Vereidung des obgedachten Schuhmachers angeordnet worden ist und Man sich von der beantragten Abhörung der Bl. — benannten Zeugen, welche nach dem eigenen Anführen in der dortigen Eingabe der Aufhebung des Leichnams nur aus Neugierde beigewohnt haben, und von denen daher eine größere Aufmerksamkeit, als von den zugezogenen Verwandten nicht zu erwarten ist, einen entscheidenden Einfluß nicht versprechen kann.

Das Appellationsgericht zu Budissin hat daher, wie hiermit verordnet wird, durch das Gerichtsamt E. die verw. A. mit der erhobenen Beschwerde abzuweisen." ꝛc.

42.

Der §. 27. der Civilproceßnovelle vom 30. December 1861 findet nur in denjenigen Fällen Anwendung, in welchen der Vermiether gegen seinen Abmiether auf sofortige Räumung der Miethlocalitäten klagt.

Mitgetheilt von
Herrn Kl. in Dr.

In einem mit dem oben S. 127. unter nr. 26. mitgetheilten ganz gleichartigen Rechtsfalle ist auf eine über das Königl. Appellationsgericht zu D. geführte Beschwerde unterm 15. Februar 1864 an den Beschwerdeführer folgende Verordnung des Königl. Justizministeriums ergangen:

„Das Justizministerium hat Sich einer Cognition über diese Beschwerde nicht in dem Sinne unterzogen, als ob bei Ihm gegen die von den genannten Behörden (Bezirksgerichtsamt Dresden und Appellationsgericht Dresden) auf Zurückweisung Ihres (des Beschwerdeführers) Klaganbringens gefaßte richterliche Entschließung Abhülfe gesucht werden könne. Wohl aber hat Es Sich einer Prüfung der streitigen Frage insofern zugewendet, als Ihm in dem Gesetze vom 30. December 1861, die Abkürzung und Vereinfachung des bürgerlichen Proceßverfahrens betr., auf welchem die von Ihnen getroffene Wahl jener Proceßart zunächst beruht, §. 34. Ermächtigung zu Entscheidung der bei Ausführung dieses Gesetzes sich ergebenden Zweifel ertheilt worden ist.

Bei dieser Prüfung hat Man jedoch die von Ihnen bestrittene Auffassung der genannten Behörden nicht mißbilligen können.

Wie aus Ihrem von dem Justizministerium nebst den übrigen einschlagenden Acten eingeforderten Klaganbringen hervorgeht, verfolgt letzteres den Zweck, schon jetzt R.'s Verbindlichkeit dazu festgestellt zu sehen, daß derselbe die von Ihnen ermiethete Wohnung am 1. April dieses Jahres verlasse. Es handelt sich also nicht um eine schon fällige Miethräumung, sondern um die vorläufige Anerkennung der Verpflichtung zu einer erst später vorzunehmenden solchen Räumung, und es ist in dieser Beziehung der von dem Appellationsgerichte in Sachen M. ./. L. und Gen. hervorgehobene materiellrechtliche Unterschied zwischen der Klage auf Erfüllung einer bereits fälligen Verbindlichkeit und der Anerkennung des Verbundenseins zu einer späteren Leistung auch nach der Ansicht des Justizministeriums für die Entscheidung der vorliegenden Frage nicht unerheblich. Das Gesetz vom 30. December 1861 bezeichnet in §. 27. nur die Klage auf Räumung der Miethlocale als in der Proceßart des Gesetzes von 1839 verfolgbar, und es muß schon aus dieser Wortfassung geschlossen werden, daß damit allein der Anspruch auf Erfüllung der schon existent gewordenen Räumungspflicht, nicht auch die anticipirte Klage auf Feststellung einer erst später fällig werdenden Leistung gemeint sei.

Noch deutlicher aber wird dies aus der in demselben Paragraphen weiter getroffenen Verfügung, nach welcher die Ladungsfrist gegen den deshalb in dem Gesetze von 1839 bestimmten Zeitraum erheblich verkürzt werden kann, indem hieraus klar hervorgeht, daß der Gesetzgeber Fälle im Auge gehabt habe, in denen eine solche Beschleunigung wünschenswerth ist, welche selbst noch den ohnehin raschen Gang des Bagatellprocesses übertrifft.

Das Bedürfniß einer solchen Beschleunigung wird aber regelmäßig nur dann vorhanden sein, wenn es sich um sofortiges Freiwerden einer Miethwohnung, also um eine Verbindlichkeit handelt, deren Erfüllung sofort verlangt werden kann, nicht auch da, wo die Pflicht zur Räumung nach der eigenen Angabe des Klägers erst zu einem späteren Zeitpunkte eintritt.

Kann sonach der Gebrauch des Bagatellprocesses nach dem jetzigen Stande der Gesetzgebung für Ansprüche, wie der von Ihnen erhobene einer ist, nicht eingeräumt werden, so ist doch nicht zu verkennen, daß für dieselben unter Umständen ein beschleunigter Proceßgang eben so erwünscht sein kann, wie für die im Gesetze vom 30. December 1861 ausdrücklich bezeichneten Klagen, und es ist daher bei Abfassung des den dermalen versammelten Landständen vorgelegten Entwurfes einer bürgerlichen Proceßordnung darauf Bedacht genommen worden — zu vergl. §. 919. sub 5. dieses Entwurfes —, daß künftig alle Ansprüche aus Miethverhältnissen, so lange der Miether noch nicht geräumt hat, im abgekürzten Verfahren geltend gemacht werden können."

Miscellen.

Ernennungen, Anstellungen ꝛc. Seine Königliche Majestät haben dem Assessor beim Gerichtsamte Dresden, Woldemar Mühlmann, den Charakter eines Commissionsrathes in der V. Classe der Hofrangordnung beizulegen gnädigst geruht.

Mit Allerhöchster Genehmigung sind die Gerichtsräthe Gustav Edmund Jungnickel beim Bezirksgerichte Zwickau und Dr. Theodor Wolf beim Bezirksgerichte Leipzig in gleicher Dienststellung — Ersterer zum Bezirksgerichte Dresden, Letzterer zum Bezirksgerichte Zwickau, versetzt worden.

Redacteur: Dr. Theodor Tauchnitz. Officin der Verlagshandlung.

Wochenblatt
für
merkwürdige Rechtsfälle,
in actenmäßigen Darstellungen
aus dem Gebiete der Justizpflege und Verwaltung
zunächst für das
Königreich Sachsen.

Von diesem Wochenblatte erscheinen jährlich 61 Nummern zu 1 Quartbogen und außerdem am Jahresschlusse ein ausführliches Register.

Alle Postämter u. Buchhandlungen übernehmen Bestellungen und liefern das Quartal zu dem praenumerando zu entrichtenden Preise von 1 Thaler.

Verlag von **Bernhard Tauchnitz** in Leipzig.

№ 26. Neue Folge Zwölfter Jahrgang. **1864.**

43.

Ueber den Begriff: „Handelssache". — Vorbehaltloses Compromiß über Verlängerung der Frist zum rechtlichen Verfahren enthält eine tacita prorogatio fori. — Prorogatio fori ist in Handelsgerichtssachen zulässig.

Mitgetheilt von

Herrn O. — in D.

Unter dem 7. Juni 1862 reichte Rudolph E. gegen Robert H—l, mit welchem er seit dem März 1858 gemeinschaftlich ein Manufacturwaaren-Fabrications- und Handelsgeschäft betrieben, bei dem **Gerichtsamte** im Bezirksgerichte Ch. eine Klage ein, in welcher er darauf sich bezog, daß die zwischen ihm und Beklagtem bestandene Societät übereinkünftlich im März 1859 wiederum aufgelöst worden sei und auf Grund des über diese Separation schriftlich abgefaßten Vertrags einen Anspruch auf gewisse Spinnmaschinen und eine Summe von 796 Thalern geltend machte. Es sei nämlich hinsichtlich einiger zu dem früher gemeinschaftlich betriebenen, in Folge des Separationsvertrags aber von Klägerm für seine alleinige Rechnung übernommenen Spinnereiwerke gehöriger Spinnmaschinen (sogen. Selfactors) bedungen worden, daß unter gewissen, später eingetretenen Voraussetzungen Kläger dieselben nicht zu dem in der Inventur dafür angesetzten Werthe zu behalten und sich anrechnen zu lassen brauche, vielmehr eine Privatlicitation derselben unter beiden Contrahenten innerhalb einer dieserhalb besonders bestimmten Präclusivfrist veranstaltet werden und deren Ergebniß für die Werthsbestimmung dieser Maschinen maaßgebend sein solle. Binnen dieser Frist habe nun er, Kläger, das höchste oder vielmehr, da Beklagter innerhalb der gestellten Frist sich gar nicht erklärt, das alleinige Gebot, welches nicht unbeträchtlich hinter dem in der Inventur angenommenen Preise zurückstehe, auf gedachte Maschinen gethan, sie seien mithin zu diesem minderen Preise sein Eigenthum geworden und Beklagter verbunden, nicht nur sein desfallsiges Eigenthumsrecht anzuerkennen, sondern auch die in den geforderten 798 Thalern zu Beklagtens Antheile bestehende Differenz zwischen dem Inventur- und den durch die Privatlicitation festgestellten Preise dem Separationsantrage gemäß durch Baarzahlung auszugleichen.

Im anberaumten Gütetermine compromittirten die beiderseitigen Sachwalter auf doppelte Fristen für das Verfahren, der Sachwalter des Beklagten erklärte aber bei anderweitem Erscheinen im Rechtstermine — welcher auf den nämlichen Tag anberaumt war —, daß er das forum um deswillen deprecire, weil der Proceß vor das **Handelsgericht** gehöre. An dieser forideclinatorischen Exception hielt er auch im schriftlichen Verfahren fest.

Das **Bezirksgericht** zu Ch. ging auch auf diesen Einwand ein und erkannte unterm 8. November 1862 folgendermaaßen:

„Da der gegenwärtige Rechtsstreit ein aus einem Handelsgesellschaftsvertrage, welcher, worüber die Parteien ad pct. lit. cont. 1. und 3. einverstanden sind, früherhin zwischen denselben bestanden gehabt, im Monat März 1858 aber wiederum aufgehoben worden ist, hervorgegangenes Rechtsverhältniß betrifft, ein solches aber nach der ausdrücklichen Vorschrift in §. 8. 3. a. der Ausführungsverordnung zum allgem. deutschen Handelsgesetze vom 30. December

1861 auch nach Auflösung der Gesellschaft lediglich vor das Handelsgericht gehört, wie denn überhaupt die Bestimmungen in Art. 273. und Art. 274. des angezogenen Handelsgesetzes selbst, nach welchen auch die Anschaffung von Geräthen und sonstigen beweglichen Sachen, welche bei dem Gewerbsbetriebe unmittelbar benutzt werden, als Handelsgeschäfte, nicht minder die von einem Kaufmanne geschlossenen Verträge im Zweifel als zum Betriebe des Handelsgewerbes gehörige angesehen werden sollen, keinen Zweifel darüber gestatten würden, daß im vorliegenden Falle, in welchem es sich zunächst um einen zwischen Kaufleuten, Behufs der Regulirung ihrer beiderseitigen, aus der früher bestandenen Handelsgesellschaft resultirenden Ansprüche und Verbindlichkeiten, abgeschlossenen Vertrag, sodann im Speciellen um das Eigenthum mehrerer bei dem Betriebe des frühern, gemeinschaftlich betriebenen Fabricationsgeschäfts verwendeten Maschinen handelt, die Competenz des Civilrichters ausgeschlossen erscheint — so hat des Klägers Suchen vor dem Gerichtsamte im Bezirksgerichte nicht Statt."

Auf die hiergegen von dem Kläger eingewendete Appellation reformirte jedoch das Königl. Appellationsgericht zu Zwickau mittels eines am 8. September 1863 publicirten Urthels und erkannte sofort hauptsächlich auf den vom Kläger deferirten, theils acceptirten, theils referirten Eid, was näher anzuführen im gegenwärtigen Zusammenhange nicht interessirt.

Diesem Urthel waren folgende, die Competenzfrage ausführlich behandelnde Entscheidungsgründe beigefügt:

„1.

Der gegenwärtig erkennende Gerichtshof theilt mit der vorigen Instanz die Ansicht, daß die vorliegende Rechtssache an sich zur Competenz des Handelsgerichts gehört hätte. Zwar würde man Bedenken tragen, die in Frage befangene eigenthümliche Stipulation wegen eventueller Privatlicitation von Maschinen als ein Handelsgeschäft im Sinne des Art. 271, 1. verb. mit Art. 273. Abs. 2. zu betrachten, da der Zweck der Stipulation keineswegs die Anschaffung von Maschinen, sondern vielmehr die Auseinandersetzung der Miteigenthümer einer wenigstens im gewissen Sinne gemeinschaftlich gebliebenen Sache war. Dagegen läßt sich das streitige Rechtsverhältniß allerdings unter §. 8. sub 3. a. der Verordnung vom 30. December 1861 subsumiren. Nach dieser Bestimmung gehören nämlich vor die Handelsgerichte unter andern auch diejenigen Streitigkeiten, welche die Eingehung eines Handelsgesellschaftsvertrags und das hieraus hervorgehende Rechtsverhältniß der Gesellschafter zu einander betreffen, und zwar sowohl während des Bestehens, als auch nach Auflösung der Gesellschaft. Unzweifelhaft werden hierdurch auch Differenzen getroffen, welche durch Liquidation eines gemeinschaftlichen Geschäfts oder durch die sonstige Auflösung und Theilung desselben veranlaßt werden; denn mag auch die nächste und unmittelbare Veranlassung derselben sein, welche sie wolle, ihr Ursprung läßt sich immerhin auf das Societätsverhältniß als solches zurückführen. Deshalb kann es auch nach Ansicht der jetzigen Instanz keinen Unterschied machen, daß von den Parteien nach beschlossener Auflösung ihres Societätsgeschäfts ein besonderer Separationsvertrag abgeschlossen worden, und eine Bestimmung dieses Vertrags es ist, welche die entstandene Differenz zunächst veranlaßt hat, und für deren Entscheidung die Norm giebt. Immerhin ist es das aus dem Gesellschaftsvertrage hervorgegangene Rechtsverhältniß — dessen Erledigung durch den Separationsvertrag zwar vorbereitet, aber in der hier fraglichen Beziehung nicht definitiv geregelt war —, in dessen Bereich auch der vorliegende Streit fällt, und zwar um so gewisser, als die Bestimmung in §. 8. des Separationsvertrags Bl. — im Grunde auf ein Fortbestehen des gemeinschaftlichen Eigenthums an den dort erwähnten Maschinen bis zum Ablaufe des geschlossenen Auflösungsvertrags hinauskommt, insofern Kläger nur bei nicht erfolgender Kündigung des Vertrags die Maschinen zu übernehmen, andernfalls aber die Wahl hatte, im Wege der eventuell vereinbarten Privatlicitation eine Theilung herbeizuführen. In dieser Beziehung also wenigstens dauerte das aus dem Gesellschaftsvertrage hervorgegangene Rechtsverhältniß noch fort — oder, was auf dasselbe hinauskommt, es lebte unter gewissen, thatsächlich eingetretenen Eventualitäten wieder auf —, und insofern läßt sich allerdings sagen, daß die gegenwärtige Differenz dieses Rechtsverhältniß betreffe. Wenn dabei die Bestimmung in §. 8. unter 3 a. der Verordnung vom 30. December 1861 in dem oben angedeuteten weiteren Sinne verstanden worden ist, so kommt dies noch keineswegs auf analoge Anwendung hinaus (welche Man mit Rücksicht darauf, daß die zur Regelung der Competenz der Handelsgerichte ertheilten Vorschriften an sich die Natur von Ausnahmebestimmungen haben, nicht für zulässig achten würde) und rechtfertigt sich durch die Erwägung, daß offenbar durch jene Disposition das ganze Gebiet der actio pro socio, welche bekanntlich unter Umständen auch auf Theilung des gemeinschaftlichen Eigenthums geht, hat getroffen werden sollen, und daß, wollte man jene Disposition etwa blos auf diejenigen Fälle beschränken, in welchen es sich um Ausführung oder Interpretation einzelner Bestimmungen eines Gesellschaftsvertrags handelt, damit eine große Anzahl von Rechtsverhältnissen der Competenz der Handelsgerichte entzogen werden würden, welche ihrer inneren Natur nach dahin gehören und auf Grund der Vorschriften des Handelsgesetzbuchs zu entscheiden sein würden.

Man kann hiernach davon absehen, zu erörtern, ob sich die vorliegende Streitigkeit nicht auch unter §. 8, 5. der Verordnung vom 30. December 1861 bringen lasse, da der Separationsvertrag im Wesentlichen darauf hinauskommt, daß die verschiedenen, den Parteien gemeinschaftlichen Handelsniederlassungen (worunter zweifellos auch Fabriketablissements zu verstehen) von dem einen oder anderen der zeitherigen Gesellschafter übernommen, mithin antheilig veräußert wurden, die entstandene Differenz aber die Ausführung dieses Veräußerungsvertrags betrifft.

2.

Nach Vorstehendem ist Man also auch in jetziger Instanz der Ansicht, daß die von Beklagtem vorgeschützte Ausflucht der Incompetenz des Proceßgerichts an sich begründet sein würde. Allein nach Bl. — war Beklagter durch seinen Bl. — legitimirten Sachwalter im Gütetermine erschienen und hatte, ohne gegen die Competenz des Proceßgerichts Ausstellungen zu machen, mit Klägerm wegen des abzusetzenden Verfahrens auf doppelte Fristen compromittirt. Erst nachdem dies geschehen, hat sich Beklagter nach Bl. — anderweit zum Rechtstermine angegeben und die Behauptung aufgestellt, daß die Sache vor das Handelsgericht gehöre, eine Behauptung, welche er in seinem Einlassungssatze Bl. — näher auszuführen versucht. Allein das erwähnte Compromiß enthält, wie in der Praxis angenommen wird,

vergl. Kritz, Sammlung von Rechtsfällen (Leipzig, 1845.), Bd. V. no. V. S. 133 flg.
Zeitschrift für Rechtspfl. u. Verw., N. F. Bd. XVI. Präj. no. 118. S. 143.

einen stillschweigenden Verzicht auf die Einrede der Incompetenz, oder mit andern Worten, eine tacita prorogatio fori; denn indem Kläger über die Fristen eines Verfahrens, dessen es, wenn sein Einwand begründet war, gar nicht bedürfte, mit Klägerm sich einigte, gab er zu erkennen, daß er dem von Klägerm gewählten Richter sich unterwerfen wolle. Hätte er nur eine eventuelle Absetzung des Verfahrens beabsichtigt, so hätte er solches sogleich erklären und daher das Compromiß nur mit Vorbehalt seiner erwähnten Ausflucht eingehen müssen. Mit letzterer ist daher Beklagter nicht zu hören, wenn anders eine prorogatio fori überhaupt möglich und statthaft war, was sogleich näher erörtert werden soll.

3.

Die jetzige Instanz will nicht verkennen, daß die Beantwortung der Frage, ob eine an sich zur Competenz der Handelsgerichte gehörige Sache durch ausdrückliches oder stillschweigendes Compromiß bei einem anderen, in Handelssachen an sich nicht competenten Gerichte anhängig gemacht werden könne, nicht unerheblichem Zweifel unterliegt. Die Verordnung vom 30. December 1861 enthält darüber ebensowenig, wie das Einführungsgesetz vom 30. December 1861 und das Handelsgesetzbuch selbst eine ausdrückliche Vorschrift. Wenn letzteres in Art. 3. bestimmt, daß in Ermangelung eines besonderen Handelsgerichts das gewöhnliche Gericht an dessen Stelle trete, wenn §. 5. des Einführungsgesetzes sagt, daß an Orten, wo ein Bedürfniß sich herausstellt, Handelsgerichte aus rechtskundigen und kaufmännischen Mitgliedern errichtet werden sollen, wenn endlich §. 8. der Verordnung vom 30. December 1861 die Feststellung der Competenz der Handelsgerichte mit den Worten einleitet: „vor die Handelsgerichte gehören“ rc., so läßt sich daraus allenthalben nur so viel folgern, daß die Competenz der Handelsgerichte in dem Sinne eine ausschließliche ist, wie die eines jeden anderen, von dem Staate eingesetzten Gerichts innerhalb des ihm zugewiesenen Wirkungskreises, mit anderen Worten, daß der Kläger nicht zwischen dem Handelsgerichte und dem gewöhnlichen Civilgerichte die Wahl hat und der Beklagte verlangen kann, in Handelssachen vor dem Handelsgerichte Recht zu leiden. Damit ist offenbar noch nicht unbedingt ausgeschlossen, daß durch Einverständniß der Parteien im einzelnen Falle ein anderes, an sich incompetentes Gericht an die Stelle des Handelsgerichts gesetzt werde. Eben so wenig läßt sich letzteres aus der in der

Zeitschrift für Rechtspfl. u. Verw., N.F. Bd. XXII. S. 189 flg.

abgedruckten Verordnung des Königlichen Ministeriums der Justiz vom 1. März 1862 ableiten. Daß nämlich bei Aenderungen in der Organisation der Gerichte auch die bereits anhängigen Rechtssachen bei denjenigen neuen Behörden, welche an die Stelle der zeither competenten getreten sind, fortzustellen seien, kann, wenn letztere gänzlich aufgehoben worden, überhaupt gar nicht in Zweifel gezogen werden. Dasselbe muß daher consequenter Weise gelten, wenn nur eine theilweise Aufhebung stattfindet, d. h. die Competenz des an sich fortbestehenden Gerichts in Beziehung auf eine gewisse Gattung von Rechtssachen aufhört. Darin, daß letztere bei der bis dahin competenten Behörde anhängig geworden sind, kann natürlich ein Compromiß der Parteien nicht gefunden werden, denn der Kläger hatte, als er die Klage erhob, hierunter nicht die Möglichkeit einer Wahl und ebensowenig der Beklagte damals ein Recht, die Competenz des gewählten Gerichts zu bestreiten. Im Zweifelsfalle ist vielmehr anzunehmen, daß die Fortstellung der Sache vor dem nach den neueren organisatorischen Gesetzen zuständigen Gerichte der Willensmeinungen der Parteien entsprechen werde, indem, hätte jenes Gericht schon bei Beginn des Rechtsstreites existirt, der Kläger präsumtiv eben bei diesem Gerichte geklagt, der Beklagte dagegen dasselbe als die competente Behörde anzuerkennen gehabt hätte. Dies schließt wiederum an sich nicht aus, daß die Parteien ausdrücklich oder stillschweigend übereinkommen, die Sache bei demjenigen Richter, vor welchem sie anhängig geworden, auch zu Ende zu führen. Wie es in solchem Falle zu halten sei, darüber wird in der Verordnung vom 1. März 1862 etwas nicht gesagt; sie kann also nicht als Beweis dafür angesehen werden, daß nach Ansicht des Königlichen Ministeriums der Justiz in Handelssachen eine prorogatio fori ausgeschlossen sei, ganz zu geschweigen noch, daß eine derartige Rechtsansicht als solche für den Richter wenigstens nicht so schlechterdings maaßgebend sein würde. Inwiefern endlich aus der Bestimmung in §. 12. Abs. 3. der Verordnung vom 30. December 1861 ein argumentum e contrario nicht abgeleitet werden könne, wird weiter unten Erwähnung finden. Man ist sonach hinsichtlich der berührten Frage im Wesentlichen auf die allgemeinen Grundsätze verwiesen.

Bezüglich der letzteren ist vor Allem daran festzuhalten, daß jede prorogatio fori, geschehe sie ausdrücklich oder stillschweigend, auf ein vertragsmäßiges Verhältniß hinauskommt, und daher in dem Satze: jus publicum privatorum pactis mutari nequit, ihre nothwendige Begrenzung findet, daß sie aber in jeder Beziehung dem Compromisse auf einen Schiedsrichter (nicht) gleichsteht und daher auch an andere Bedingungen gebunden ist. Ein gewählter Schiedsrichter nämlich ist eine bloße Vertrauensperson der Parteien, welcher durch das Compromiß der letzteren keine öffentliche Autorität erlangt und daher namentlich seinem Schiedsspruche ebensowenig selbst die erforderliche Vollstreckung geben kann, als gegen letzteren die gewöhnlichen Rechtsmittel stattfinden. Der in Folge der prorogatio fori angegangene Richter dagegen nimmt keineswegs die Stelle eines bloßen Schiedsrichters ein, sondern handelt allenthalben vermöge seiner Autorität gerade so, als wenn er der an sich competente Richter wäre.

Vergl. Bayer, Vorträge über den gem. ordentl. Civilproceß, VIII. Aufl. §. 77. S. 233. u. 238.

Osterloh, ordentl. bürgerl. Proceß, III. Aufl. §. 187. bei not. 16.

Hieraus folgt, daß, während im Allgemeinen jede beliebige Privatperson zum Schiedsrichter gewählt werden kann, die Möglichkeit der prorogatio fori voraussetzt, daß der gewählte Richter nicht nur überhaupt richterliche Competenz habe, sondern auch speciell als Richter für diejenige Art von Rechtssachen installirt sei, welche durch Prorogation vor sein forum gebracht werden soll. Denn durch den vertragsmäßigen Willen der Parteien kann er nicht Eigenschaften erlangen, welche zu verleihen nur die Staatsgewalt berechtigt ist. Deshalb kann z. B. eine Civilsache nicht durch Compromiß der Parteien vor einer Verwaltungsbehörde oder vor einem bloßen Criminalgerichte anhängig gemacht werden, obwohl der Vorstand oder ein Mitglied dieser Behörde als bloßer Schiedsrichter fungiren können.

Vergl. Bayer, a. a. O. S. 237.

Osterloh, a. a. O. bei not. 11.

Mit anderen Worten: die Incompetenz des Richters kann durch prorogatio fori nur den Personen der Parteien, nicht aber der Sache gegenüber sanirt werden, oder: es kann sich Jemand zwar einem Richter unterwerfen, welcher nicht sein ordentlicher Richter ist, aber Niemanden durch Compromiß zu einem Richter im engern Sinne erheben, welchem die richterliche Function nicht im Allgemeinen von der Staatsgewalt verliehen worden ist.

Deshalb steht auch ein privilegium causae in der Regel oder doch wenigstens dann, wenn es auf Gründen des öffentlichen Rechts beruht, der prorogatio fori entgegen,

Bayer, a. a. O. S. 236. sub 1.

Osterloh, a. a. O. bei not. 12.

Biener, syst. proc. judic., §. 23.

Busch, im Archive für die civilistische Praxis, Bd. XIX. S. 26 flg., insbes. S. 37. 48.

und es könnte dann nur das eine Clausalgericht dem andern, nicht aber diesem Clausalgerichte ein für die fragliche Gattung von Rechtssachen nicht competentes Gericht durch Prorogation substituirt werden, während, wenn die ausschließliche Competenz des Richters auf einem privilegium personae beruht, die prorogatio fori ausnahmsweise nur dann nicht zugelassen werden kann, wenn dem an sich nach allgemeinen Grundsätzen jederzeit möglichen Verzichte auf persönliche Vorrechte ein öffentliches Interesse entgegensteht.

Vergl. Busch, a. a. O. S. 41.

Für den ersteren Fall — das privilegium causae — bietet nach sächsischem Rechte die Competenz der Ehegerichte ein Beispiel, vergl. Annalen des K. S. Oberappellationsgerichts, Bd. V. S. 216. no. 23.

für den letzterwähnten Ausnahmefall der privilegirte Gerichtsstand der Militairpersonen, bei welchem das disciplinelle Interesse der Prorogation entgegensteht,

Osterloh, a. a. O. not. 13.

während z. B. angenommen wurde, daß diese Prorogation bei Staatsdienern in Bezug auf das ihnen durch §. 11. des Gesetzes sub C. vom 28. Januar 1835 zugewiesene forum nur in amtlichen und dienstlichen Angelegenheiten ausgeschlossen sei,

Wochenblatt für merkw. Rechtsfälle v. J. 1842. S. 116.

und wohl Niemand die Zulässigkeit derselben bei den §. 6. 11. 2. 3. und 4. des nämlichen Gesetzes erwähnten Personen und Corporationen bezweifeln oder bezweifelt haben dürfte.

In Bezug auf Handelsgerichtssachen im Sinne der Verordnung vom 30. December 1861 nun ist vor Allem zu bemerken, daß ein solcher Zweifel überhaupt nur gegenüber den Gerichtsämtern in den Bezirksgerichten entstehen kann. Denn die übrigen Gerichtsämter (bez. in den schönburgschen Receßherrschaften die dortigen Gerichte) haben innerhalb ihrer Bezirke ebenfalls die Competenz von Handelsgerichten (§. 12. der angez. Verordn.), und wenn daher eine Handelssache, welche an sich vor einem Handelsgerichte im Bezirksgerichte zu verhandeln wäre, compromißweise bei einem solchen Gerichte anhängig gemacht würde, so ginge letzteres in keiner Hinsicht über seine sachliche Competenz hinaus. Hiergegen läßt sich, wie schon beiläufig erwähnt, ein argumentum e contrario aus §. 12. Abs. 3. der mehrerwähnten Verordnung nicht ableiten. Die Zulässigkeit des dort erwähnten Compromisses würde nämlich auch ohne besondere Bestimmung selbstverständlich gewesen sein; allein da der an sich incompetente Richter nicht verpflichtet ist, im Falle einer prorogatio fori die fragliche Streitsache zu verhandeln,

vergl. Bayer, a. a. O. S. 235. unter 3.

Osterloh, a. a. O. bei not. 9.

so würde es ohne die Vorschrift in §. 12. Abs. 3. cit. in der Willkür des Handelsgerichts im Bezirksgerichte gelegen haben, die etwa compromißweise bei ihm anhängig zu machenden, an sich nicht zu seiner Zuständigkeit gehörigen Rechtssachen zurückzuweisen. Diese Eventualität ist es daher, welcher vorzubeugen jene besondere Vorschrift bezweckt, und insofern war sie auch nothwendig. Ebendeshalb aber kann daraus nicht geschlossen werden, daß der Gesetzgeber von der Annahme ausgegangen sei, es wäre ohne dieselbe die prorogatio fori überhaupt für unzulässig zu achten gewesen.

Anders steht die Sache im Verhältnisse zu den Gerichtsämtern in den Bezirksgerichten. Diese haben innerhalb ihrer Bezirke in Handelssachen an sich keine Jurisdiction, indem insoweit die besonders organisirten Handelsgerichte in den Bezirksgerichten an ihre Stelle getreten sind. Es könnte daher auf den ersten Anblick erscheinen, als sei dem Obigen zufolge insoweit auch die prorogatio fori für ausgeschlossen zu achten. Wenn man gleichwohl diese Frage zu verneinen hatte, so beruht dies auf folgenden Erwägungen:

Nach Obigem kommt es vor Allem darauf an, ob man die — wenn auch, worauf zurückzukommen ist, nicht streng durchgeführte — Competenz besonderer Gerichte in Handelssachen als eigentliches privilegium causae oder vielmehr als privilegium personae, nämlich des Handelsstandes, ansehen könne, und beziehentlich, ob ein Interesse des Staates obwaltet, mit welchem ein Verzicht auf dieses privilegium unvereinbar wäre. Prüft man von diesen Gesichtspunkten aus die organisatorischen Bestimmungen der Verordnung vom 30. December 1861, so findet man die Competenz der Handelsgerichte, als solcher, soweit sie nicht dem Gebiete der sogenannten gemischt freiwilligen Gerichtsbarkeit anheimfällt (§. 8. no. 11.), in einer doppelten Richtung abgegrenzt, nämlich nicht blos gegenüber den Sachen, welche vor ihr forum gehören sollen, sondern auch in Bezug auf die Personen, zwischen denen diese Sachen zu verhandeln sind. Denn während bei den unter no. 3. 4. 5. 6. erwähnten Streitigkeiten der Beklagte schon der Natur der Sache nach dem Handelsstande im Sinne des Handelsgesetzbuchs angehören muß und dies bei no. 9. wenigstens thatsächlich fast ausnahmslos der Fall sein wird, richtet sich bei no. 1. und 8. die Competenz des Handelsgerichts nicht blos nach der Beschaffenheit der Sache, sondern auch nach dem Stande des Beklagten, und nur bei no. 2. und 7. kommt lediglich die erstere in Betracht, wobei auch hier wieder zu bemerken ist, daß wenigstens in den meisten der hierher zu rechnenden Fälle beide Parteien oder doch eine derselben dem Handelsstande angehören werden. Man hat es sonach nicht mit einem reinen privilegium causae zu thun, sondern es liegt vielmehr ein gemischtes Verhältniß vor, welches theils als privilegium causae, theils als privilegium personae sich darstellt. Fragt man nun weiter, welcher dieser beiden Gesichtspunkte prävalire, so wird man sich schon nach dem zeither Bemerkten für das Letztere zu entscheiden haben; denn man findet, daß gerade die am häufigsten vorkommenden Streitsachen (§. 8. unter 1.) nur insoweit vor die Handelsgerichte gewiesen sind, als der Beklagte dem Handelsstande (im weiteren Sinne des Handelsgesetzbuchs) angehört, und daß über die nämlichen Streitigkeiten, wenn der Beklagte anderen Standes ist, die gewöhnlichen Civilgerichte als solche zu urtheilen haben, während in den meisten andern Fällen der Stand des Beklagten wenigstens thatsächliche Voraussetzung der Competenz des Handelsgerichts bildet. Man gelangt also auf diesem Wege zu dem Ergebnisse, daß es nicht sowohl die objective Beschaffenheit der Streitigkeiten an sich war, welche den Gesetzgeber veranlaßte, solche vor besondere Gerichte zu weisen, nicht das Interesse, welches der Staat an der Sache als solcher zu nehmen hatte, sondern daß man vielmehr dem Handelsstande ein Privilegium einräumen wollte, welches im Wesentlichen darauf hinauskommt, die ihn betreffenden Rechtsangelegenheiten durch Gerichte entschieden zu sehen, welche zum Theil mit Personen aus seiner eignen Mitte besetzt sind. Diese Annahme bestätigt sich, wenn man erwägt, daß der Staat an der Art und Weise, wie Handelssachen behandelt und entschieden werden, ein anderes Interesse nicht wohl haben kann, als dasjenige, welches er an einer gedeihlichen Rechtspflege überhaupt nimmt. Wollte man einwenden, daß dem Staate an Förderung des Handels und der Industrie besonders gelegen sein müsse, so würde dem entgegen zu halten sein, daß er ein gleiches Interesse auch an dem Gedeihen anderer Erwerbszweige, z. B. der Landwirthschaft, hat. Rücksichten, wie sie unter anderen in Ansehung der Ehedifferenzen stattfinden oder auch z. B. in Folge des Bergregales wegen der Bergsachen früher maaßgebend erachtet wurden, lassen sich daher hier kaum denken. Man sieht also auch nicht ein, daß durch Verhandlung einer Handelssache vor einem anderen, als dem Handelsgerichte, das öffentliche Interesse beeinträchtigt werden sollte. Noch weniger kann, soweit ein privilegium personae in Frage kommt, von einem disciplinellen oder sonstigen Interesse des Staates die Rede sein, welches dem wirklichen Verzichte auf dasselbe entgegenstünde.

Dazu kommt noch, wollte man ein solches Interesse in der einen oder andern Richtung denkbar finden, dann wenigstens vorausgesetzt werden müßte, daß die einmal für nothwendig erkannte Einsetzung organisirter Gerichte auch consequent durchgeführt worden wäre. Wie wenig dies der Fall, lehrt der erste Blick auf die Verordnung vom 30. December 1861. Nur für die gerichtsamtlichen Bezirksgerichte, also nur für den kleinsten Theil des Landes, sind Handelsgerichte im engeren Sinne des Wortes eingesetzt worden; im Uebrigen vertreten die gewöhnlichen Gerichte deren Stelle, welche in keiner Beziehung anders, als die Gerichtsämter in den Bezirksgerichten organisirt sind. Nur hat der Gesetzgeber durch §. 12. Abs. 2. und 3. den Parteien die Möglichkeit geboten, im Fall beide dies wollen, Handelssachen aus allen Landestheilen vor die Handelsgerichte im engern Sinne zu bringen, oder doch, sobald auch nur eine Partei dies wünscht, wenigstens durch diese Gerichte entscheiden zu lassen. Nichts zeigt deutlicher, als gerade diese Bestimmungen, daß man lediglich einem Wunsche des Handelsstandes entspreche, daß man demselben die Füglichkeit, von Personen aus seiner eigenen Mitte gerichtet zu werden, darbieten, nicht aber ihn hierzu aus Gründen des öffentlichen Interesses nöthigen wollte. Wäre letzteres die Absicht des Gesetzgebers gewesen, so würde es — selbst wenn die Organisation besondere Handelsgerichte durch das ganze Land nicht durchführbar oder doch bedenklich erschienen wäre, den Handelsstand nach Umständen vor örtlich entfernte Gerichte zu weisen — doch in der That wenigstens sehr nahe gelegen haben, anstatt des §. 12. Abs. 2. vielmehr vorzuschreiben, daß alle, vor den Gerichtsämtern anhängige Handelssachen (etwa mit Ausnahme der Wechselsachen) unbedingt an die eigentlichen Handelsgerichte zum Verspruche einzusenden seien. Wenn daher die Verordnung vom 30. December 1861 keine Bestimmung enthält, durch welche ausdrücklich untersagt würde, Handelssachen auch vor den gewöhnlichen Civilgerichten (als welche hier eben nur die Gerichtsämter in den Bezirksgerichten in Betracht kommen) anhängig zu machen, falls beide Parteien damit einverstanden sind, so kann der Grund nicht darin gesucht werden, daß man ein solches Verbot für selbstverständlich geachtet hätte, sondern vielmehr nur darin, daß man es nicht beabsichtigte.

In der That ist der Unterschied, welcher in dem einen oder anderen Falle hinsichtlich der Behandlung der Sache eintritt, nicht einmal ein nothwendiger. Das in §. 12. Abs. 1. der oftgedachten Verordnung den dort erwähnten, die Stelle der Handelsgerichte vertretenden Gerichtsämtern eingeräumte Befugniß, kaufmännische Sachverständige zu ihrer Instruction von Amtswegen zuzuziehen, soll ja ohnehin nur insoweit stattfinden, als es nach den bürgerlichen Proceßgesetzen dem Richter erster Instanz gestattet ist. Folglich würden die Gerichtsämter in den Bezirksgerichten, wenn bei ihnen compromißweise Handelssachen anhängig werden, hiervon ganz in derselben Maaße Gebrauch machen können, wie die übrigen Gerichtsämter. Entscheidet mithin das Proceßgericht selbst, so würde der Gang des Processes ganz der nämliche sein. Nur wenn Actenversendung von dem Gerichtsamte im Bezirksgerichte beschlossen werden sollte, würde sich der Unterschied herausstellen, daß dann in alle Wege nicht das Handelsgericht im Bezirksgerichte, sondern das Bezirksgericht selbst zu entscheiden haben würde, da der Ausdruck „Gerichtsämter" in §. 12. Abs. 2. nur auf die im Abs. 1. erwähnten Gerichtsämter bezogen werden kann. Allein auch das Bezirksgericht würde nicht behindert sein, zu seiner Instruction das Gutachten kaufmännischer Sachverständiger Amtswegen zu hören.

Nach alledem ist nicht abzusehen, daß der prorogatio fori in dem hier fraglichen Falle ein öffentliches Interesse entgegenstünde. Es läßt sich aber auch mit Grund nicht einwenden, daß hier einer Behörde durch Compromiß der Parteien eine richterliche Gewalt beigelegt werden würde, welche ihr nicht vom Staate ertheilt worden wäre, also das an die Spitze dieses Theiles der Nationen gestellte Princip verletzt werde. Denn den Gerichtsämtern in den Bezirksgerichten ist ihre Eigenschaft als Civilgerichte im Allgemeinen durch §. 8 flg. der Verordnung vom 30. December 1861 so wenig entzogen worden, als die handelsrechtlichen Streitigkeiten dadurch aufgehört haben, im Allgemeinen Civilrechtssachen zu sein. Wenn also das Gerichtsamt im Bezirksgerichte eine bei ihm compromißweise anhängig gemachte, an sich zur handelsgerichtlichen Competenz gehörige Rechtssache verhandelt und entscheidet, so geht es über seine Function als Civilgericht an sich nicht hinaus, sondern macht solche nur in einem Falle geltend, wo sie der Beklagte hätte ablehnen **können**.

vgl. Bayer, a.a.O.S.237. verb. „wenn jedoch" 2c.
Busch, a. a. O. S. 34. unter III. 1.

Dazu kommt noch, daß die oberen Instanzen für beiderlei Gerichte die nämlichen und insbesondere für Handelsgerichtssachen nicht anders, als für die übrigen Civilsachen zusammengesetzt sind. Ein wesentliches Gewicht würde übrigens auf die Praxis zu legen sein, welche in Beziehung auf die bereits erörterte Frage im Verhältnisse des bereits früher bestandenen Handelsgerichts zu Leipzig zu den übrigen Civilgerichten beobachtet worden ist. Der gegenwärtig erkennende Gerichtshof hat keine Gelegenheit gehabt, mit dieser Praxis speciell bekannt zu werden, doch scheint nach demjenigen, was von

Hänsel, der Handelsgerichtsproceß (im Anfang zu dessen Verfahren in geringf. Rechtsf., Leipzig, 1844. Th. II.), §. 5. not. 26.

bemerkt wird, auch in diesem Verhältnisse die prorogatio fori durch ausdrückliches oder stillschweigendes Compromiß keineswegs für unzulässig erachtet worden zu sein. Zwar spricht der erwähnte Schriftsteller nur von Fällen, in welchen vermöge eines solchen Compromisses die Competenz des Handelsgerichts begründet werden sollte (und es dürfte vielleicht auch die Frage kaum in anderer Richtung aufgetaucht sein, da der vor dem Civilgerichte belangte Beklagte es wohl selten in seinem Interesse gefunden haben mag, die Zuständigkeit des Handelsgerichts geltend zu machen); gewiß unterliegt es aber zufolge der obigen allgemeinen Grundsätze bei weitem geringeren Bedenken, die prorogatio fori von einem Specialgerichte für gewisse Classen von Civilsachen auf ein im Allgemeinen competentes Gericht zu gestatten, als umgekehrt.

Endlich mag nur noch beiläufig angedeutet werden, daß die von der gegenwärtigen Instanz gewonnene Rechtsansicht vom praktischen Standpunkte aus sicher den Vorzug verdienen dürfte. Die Ausschließung der tacita prorogatio fori würde wenigstens bei strenger Verfolgung ihrer Consequenzen dazu führen, daß eine zur Competenz des Handelsgerichts gehörige, aber ohne Widerspruch des Beklagten vor dem Gerichtsamte im Bezirksgerichte verhandelte Sache selbst nach formell eingetretener Rechtskraft der Entscheidung als nichtig cassirt, beziehentlich jede Klage, wenn gegen die Entscheidung remedirt worden wäre, auch ohne darauf gerichtete Beschwerde des Beklagten von Amtswegen zurückgewiesen werden müßte. Erwägt man, daß die Competenz nicht so genau abgegrenzt ist, um nicht im einzelnen Falle zu Zweifeln Anlaß zu geben — wie dies unter andern auch der vorliegende Fall beweist —, so wird man nicht verkennen, daß hierdurch oft genug den Parteien gegen ihren beiderseitigen Willen und ohne ihr Verschulden nutzlose Kosten und Weiterungen verursacht werden würden, was doch in der That zur Förderung der Rechtspflege nicht beitragen könnte, während im umgekehrten Falle ein Nachtheil für die letztere nicht abzusehen ist."

Beide Theile appellirten gegen diese Entscheidung, und zwar namentlich auch der Kläger deshalb, weil die Sache überhaupt als eine Handelsgerichtssache angesehen und nur mit Rücksicht auf eine stillschweigende prorogatio fori die Competenz des Civilgerichts für begründet erachtet worden sei. Es wurde aber insoweit von dem **Königl. Oberappellationsgericht** im Februar 1864 confirmatorisch entschieden und in den **Entscheidungsgründen** diesfalls Folgendes bemerkt:

„In Bezug auf die Competenz des Gerichtsstandes und die Zulässigkeit der im Güte- und Rechtstermine Bl. — durch ein vorbehaltloses Compromiß auf eine Verdoppelung der zum Verfahren bestimmten gesetzlichen Fristen thatsächlich erfolgten Prorogation des Gerichtsstandes hat man den Gründen der vorigen Instanz im Wesentlichen beipflichten müssen, obwohl man der Ansicht derselben sich auch darin anschließt, daß nach §. 8. sub 3 a. der Verordnung, die Ausführung des allgemeinen deutschen Handelsgesetzbuchs 2c. betr., vom 30. December 1861 die vorliegende Rechtssache als eine zur Competenz der Handelsgerichte gehörige anzusehen sei, da sie die endliche und vollständige Auseinandersetzung der Gesellschafter betrifft, und der Umstand, daß in Bezug auf diese und insbesondere in Bezug auf die zum Gesellschaftsvermögen gehörigen Selfactors vertragsmäßige Bestimmungen getroffen worden sind, der angestellten Klage, zumal unter Berücksichtigung der Bl. — bemerklich gemachten Verhältnisse, den Charakter einer actio pro socio nicht entzieht. Im Uebrigen ist bei der Ausführlichkeit jener Rationen nur Folgendes noch hervorzuheben:

Als Regel ist festzuhalten, daß die Prorogation des Gerichtsstandes im Civilprocesse zuläßig ist, wenn

1) der willkürlich gewählte Richter ein solcher ist, der im Allgemeinen die für bürgerliche Rechtsstreitigkeiten erforderliche richterliche Competenz besitzt, und

2) daß nicht die Parteien für ihre Person oder der Streitgegenstand aus politischen Rücksichten ausdrücklich und ausschließlich an gewisse Gerichte gewiesen worden sind.

Daß die Gerichtsämter nach Maaßgabe des Organisationsgesetzes vom 11. August 1855 an sich und in ihrer amtlichen Stellung diese allgemeine richterliche Competenz haben, ist nicht zu bezweifeln und es mag dabei nur darauf hingewiesen werden, daß nach Art. 3. des Handelsgesetzbuchs und nach §. 12. der Ausführungsverordnung da, wo noch keine Handelsgerichte bestehen, die Gerichtsämter an deren Stelle treten und nach §. 3. ibid. die Mitglieder der Bezirksgerichte, von welchen die Geschäfte des Gerichtsamtes im Bezirksgerichte besorgt werden, zur Bildung der Handelsgerichte zu verwenden sind. Hiernach enthält weder das Handelsgesetzbuch selbst, noch das Einführungsgesetz irgend eine ausdrückliche Bestimmung, daß da, wo Handelsgerichte bestehen, eine Prorogation des Gerichtsstandes, vermöge deren eine der in §. 8. gedachten Rechtssachen vor einem andern Gerichte zu verhandeln und zu entscheiden sein würde, unzuläßig sei. Auch in der angezogenen Ausführungsverordnung ist keine derartige Bestimmung und nicht einmal eine solche Disposition getroffen worden, welche darauf schließen ließe, daß man sich bei deren Abfassung eine solche Prorogation des Gerichtsstandes in Handelssachen als unstatthaft vorgestellt habe. Die Bestimmung in §. 11. am Schlusse, daß den Handelsgerichten nicht gestattet sein soll, die Acten zum Verspruch an das Bezirksgericht einzusenden, betrifft nur die beim Handelsgerichte anhängig gewordenen Sachen, in denen sich, wie auch in gewissen andern gesetzlich bestimmten Fällen, das Proceßgericht dem eignen Verspruche der Sache nicht entziehen soll; der zweite und dritte Absatz des §. 12. dagegen erkennt zwar das Recht der Parteien an, auch in solchen Handelssachen, welche nach §. 12. Absatz 1. zur Competenz eines der dort gedachten Gerichtsämter gehören, eine Entscheidung erster Instanz vom Handelsgerichte zu erfordern oder dahin zu compromittiren, daß die Sache vor dem Handelsgerichte im Bezirksgerichte anhängig gemacht werde, sie verbieten aber nicht, daß die Parteien ein Compromiß abschließen, nach welchem eine der an die Handelsgerichte gewiesenen Streitsachen von Anfang an vor einem Gerichtsamte, welches dabei nicht die Eigenschaft eines Handelsgerichts hat, bei welchem also auch die Vorschrift in §. 12. Absatz 2. nicht anwendbar ist, verhandelt werden soll.

Die Bl. — angezogene Justizministerialverordnung über die Fortstellung der vor dem 1. März 1862 bei den Gerichtsämtern in den Bezirksgerichten anhängig gewordenen Handelssachen bei den betreffenden Handelsgerichten geht zwar von der an sich richtigen Prämisse aus, daß die Gerichtsämter in den Bezirksgerichten von diesem Tage an keine Competenz als Handelsgerichte haben, daraus folgt aber nicht, daß die processualische Verhandlung einer Handelssache ausschließlich vor einem Handelsgerichte oder einem für Handelssachen competent erklärten Gerichtsamte erfolgen dürfe. Auch hat das K. Oberappellationsgericht seinerseits die Ansicht festgehalten, daß die Abgabe der vor dem 1. März bei den Gerichtsämtern in den Bezirksgerichten anhängig gewordenen Handelssachen an die Handelsgerichte nur mit Zustimmung der Betheiligten erfolgen könne, entgegengesetzten Falls also das Gerichtsamt zu deren Feststellung competent und geeignet sei.

Betrachtet man die Errichtung und die Verhältnisse der Handelsgerichte überhaupt etwas näher, so gelangt man zu der Ueberzeugung, daß dieselben nicht sowohl aus Rücksichten des öffentlichen Rechtes, als im Interesse der zum Handelsstande gehörigen Privaten ins Leben gerufen worden sind. Das Handelsgesetzbuch erfordert sie, wie aus Art. 3. hervorgeht, nicht als ein Institut, welches für den Handelsverkehr unentbehrlich sei, und wenn man diese Ansicht bei der Einführung des Handelsgesetzbuchs in Sachsen nicht ebenfalls gehabt hätte, so würde man sich nicht auf eine gewisse Anzahl von Handelsgerichten, deren Bezirke nur einen verhältnißmäßig geringen Theil der Bevölkerung umfassen, beschränkt haben. Die Begünstigung, welche dabei dem Einzelnen zukommen sollte, besteht in einer Behandlung seiner Rechtsangelegenheiten, bei welcher ihm, nächst einer etwa möglichen besonderen Beschleunigung des Geschäftsganges, durch die Concurrenz der kaufmännischen Mitglieder des Handelsgerichts eine Garantie geboten werden soll, daß auch in solchen Rechtsverhältnissen, bei denen es einer besonderen, bei dem Civilrichter nicht vorauszusetzenden Fachkenntniß bedarf, eine zweckmäßige und erschöpfende Beurtheilung ermöglicht werde, während in anderer Beziehung, mit Ausnahme des Handelsgerichts zu Leipzig, in der Regel und soweit nicht das Handelsgesetzbuch etwas Anderes vorschreibt, das Verfahren bei den Handelsgerichten sich nach den allgemeinen Proceßgesetzen richtet. Der ebengedachte Vortheil würde auch bei der Verhandlung vor dem Gerichtsamte eines Bezirksgerichts den Parteien durch Zuziehung und Befragung eines kaufmännisch gebildeten Sachverständigen in gewissem Umfange gewährt werden können, jedenfalls aber ist eine Verzichtleistung auf denselben zuläßig, da er nicht im Interesse des Staates, sondern nur in dem Interesse des einzelnen Privaten und der einzelnen Rechtssache einzutreten hat."

Redacteur: Dr. Theodor Tauchnitz. Officin der Verlagshandlung.

Von diesem Wochenblatte erscheinen jährlich 64 Nummern zu 1 Quartbogen und außerdem am Jahresschlusse ein ausführliches Register.

Wochenblatt

für

merkwürdige Rechtsfälle,

in actenmäßigen Darstellungen

aus dem Gebiete der Justizpflege und Verwaltung

zunächst für das

Königreich Sachsen.

Alle Postämter u. Buchhandlungen übernehmen Bestellungen und liefern das Quartal zu dem praenumerando zu entrichtenden Preise von 1 Thaler.

Verlag von Bernhard Tauchnitz in Leipzig.

№ 27. Neue Folge Zwölfter Jahrgang. 1864.

44.

Bei Ansprüchen eines auswärtigen Staates an Sächsische Staatsangehörige haben die Gerichtsbehörden des Inlandes sich der Entscheidung und aller Rechtshülfe zu enthalten.

Mitgetheilt von

Herrn Advocat H. A. H. in D.

Das Königliche Appellationsgericht zu Dresden hatte in einem im Jahre 1854 gesprochenen, in Rechtskraft übergegangenen Erkenntnisse in Sachen des Actors der Preuß. Regierung, Klägers ./. Sommerbrodt, Beklagten, entschieden,

daß bei Ansprüchen einer Verwaltungsbehörde des Auslandes gegen einen Sächsischen Staatsangehörigen auf dasjenige zurückzugehen sei, was nach gemeinem Proceßrechte über das Object des Civilprocesses gelte, die bewährtesten Lehrer des gemeinen Civilprocesses aber

> Görner, Handbuch des deutsch. gem. Processes, Bd. 2. No. XXVI. §. 21. a. E. S. 48.
>
> Mittermaier, im Archiv für civ. Praxis, Bd. 4. S. 316 flg. unter c.
>
> Pfeiffer, prakt. Ausführungen, Bd. 3. S. 304 flg. 493 flg. 561 flg.

der Ansicht wären, daß in Fragen der hier vorliegenden Art (die erhobene Klage betraf eine Preußische Einkommensteuer und war gegen einen Sachsen gerichtet) gemeinrechtlich die Competenz des Civilgerichts begründet sei.

Nachdem nun in einem andern Falle das Königlich Preußische Kreisgericht zu G. wegen eines Anspruchs auf Erbschaftsstempel bei dem Stadtgericht zu D. 2208 Thlr. — — (nach 8 Procent von 27,600 Thlrn. — —), die sich im Depositum des letzteren befanden, inhibirt hatte, stellten die dabei betheiligten hauptsächlich Preußischen und Sächsischen G.'schen Fideicommißerben, gestützt auf obgedachte Entscheidung, gegen den Actor des Preußischen Staatsfiscus im September 1854 Provocationsklage an. Nach derselben war im Jahre 1838 Frau Christiane Friederike G. geb. von M., eine Preußin, mit Hinterlassung eines Testaments, wonach sie ihrem Gemahl von ihrem Vermögen die lebenslängliche Nutznießung, dessen Familie 27,600 Thlr. — — und den Rest ihrer Schwester, der verehel. Adv. G., bestimmt hatte, in Dresden gestorben, deren Gemahl G. aber nach Antritt des Nachlasses seiner Gattin nach Sachsen übergesiedelt. Nach Ableben des letzteren forderten ferner aus dessen Nachlasse Provocanten die ihnen von der G. geb. von M. bestimmten 27,600 Thlr. — —, wovon das K. Preuß. Kreisgericht zu G. die gedachte Erbschaftssteuer in Anspruch nahm und den entsprechenden Betrag mit Arrest belegt hatte. Die Berechtigung hierzu erkannten Provocanten jedoch nicht an, weshalb sie baten,

daß Provocat wegen des gerühmten Anspruchs binnen Sächsischer Frist die Hauptklage bei dem Königlichen Stadtgericht D. (als derjenigen Behörde, bei welcher der G.'sche Nachlaß anhängig und das fragliche Fideicommiß deponirt sei) einzureichen, widrigenfalls ihm deshalb ewiges Stillschweigen werde auferlegt werden, auch die erwachsenen Proceßkosten ab- und zu erstatten verbunden.

Provocat schützte dagegen die Einrede der Incompetenz des Stadtgerichts zu D. vor, weil

1.

die Entscheidung von Irrungen über Verbindlichkeiten zu Staatsabgaben nach §. 8. des A.-Gesetzes vom 28. Januar 1835 den Justizbehörden überhaupt nicht zustehe,

2.

nach der Convention zwischen Sachsen und Preußen von 1839. Art. 7. Provocationsklagen nur vor dem Gerichte, vor welches die rechtliche Ausführung des Hauptanspruchs gehöre, anzustellen wären, im vorliegenden Falle aber der Anspruch ein rein persönlicher sei und die Provocanten meistens Preußische Unterthanen wären, weshalb die Provocationsklage vor einem Sächsischen Gerichte nicht Statt habe;

3.

rücksichtlich der Sächsischen Provocanten sei ferner das genannte Gericht incompetent, weil die Bestimmung, nach welcher Provocanten ihrem inzwischen verstorbenen Erblasser (dem heres institutus) substituirt worden, ein integrirender Theil des Testaments der Erblasserin des Letzteren sei. Hiernach gehöre die Ausführung dieser Bestimmung vor die nämliche Behörde, welche das Testament selbst auszuführen und darnach den Nachlaß zu reguliren gehabt habe, also vor das Königlich Preußische Kreisgericht zu G.

Dagegen bestritten Provocanten

zu 1.

die Anwendbarkeit des gedachten Gesetzes vom Jahre 1835 auf den vorliegenden Fall, weil dasselbe nur auf sächsische Verhältnisse und Behörden anwendbar sei, also nicht mit auf Ansprüche eines ausländischen Staates an sächsische Objecte.

Das

zu 2.

Ausgeführte erledige sich dadurch, daß im vorliegenden Falle das forum arresti, zu welchem übrigens auch noch das forum hereditatis trete, weil die im Stadtgericht D. für die G.'schen Intestaterben deponirten und mit Beschlag belegten Gelder eine noch ungetheilte Masse des G.'schen Nachlasses seien, den Grund der Provocation abgebe.

Zu 3.

endlich beriefen sich Provocanten darauf, daß, wie auch das Appellationsgericht zu Dresden entschieden habe, die Erbschaft von ihnen lediglich aus dem Nachlasse des institutus zu fordern gewesen sei, woraus, da dieser als sächsischer Unterthan gestorben, von selbst folge, daß die Regulirung dieser Angelegenheit lediglich vor das forum domicilii des verstorbenen G. gehöre.

Hierauf entschied das Stadtgericht zu D. im Juni 1855:

„Die Hauptsache anlangend, so hat es bei der vom Provocaten Bl. — abgegebenen Erklärung, daß er nur von dem aus dem Nachlasse der verstorbenen Hauptmann G. herrührenden Fideicommißcapital der 25,000 Thlr. —. —. die Stempelabgabe beanspruche, sein Bewenden;

hiernächst ist Provocat gegen die Bl. — aufgeführten Mitprovocanten Reinhold Theodor G. und Amalie geb. G., jetzt verehel. H. wegen des nach Verhältniß ihrer Perceptionsberechtigung an obgedachtem Fideicommißcapitale auf sie fallenden Antheils der vorerwähnten Stempelabgabe mit der Hauptklage binnen sächsischer Frist bei Verlust seines Klagrechts einzukommen schuldig, worauf zwischen den beiden nurgenannten Mitprovocanten und Provocaten in der Hauptsache sowohl, als der Proceßkosten halber ferner ergehet, was Recht ist,

dagegen hat das Bl. — ersichtliche Suchen der übrigen Provocanten allhier nicht Statt, es sind auch dieselben dem Provocaten die verursachten Proceßkosten antheilig zu erstatten verbunden",

und stützte sich deshalb auf folgende Gründe:

„A. Zur Verurtheilung.

In Ansehung der beiden Mitprovocanten Reinhold Theodor G. und Amalie H. geb. G. tritt keiner der vom Provocaten für die beantragte Abweisung der Provocationsklage geltend gemachten Gründe ein, denn

a.

das aus der Natur des den Gegenstand der Diffamation bildenden Anspruchs als einer öffentlichen Abgabe, sowie aus der Bestimmung in §. 8. des Gesetzes vom 28. Januar 1835 unter A. entlehnte Bedenken, hat Betreffs der Ebengenannten, welche beide, nach ihren Bl. — angegebenen Wohnorten zu schließen, dem Königlich Sächsischen Unterthanenverbande angehören und für welche es sich also um eine von einem auswärtigen Staate prätendirte Abgabe handelt, nicht getheilt werden können, da die obige Gesetzesvorschrift der Sache nach nur auf Irrungen wegen der von Sächsischen Staatsangehörigen zu erhebenden inländischen Staats- oder sonstigen öffentlichen Abgaben Anwendung leidet, wogegen bei Ansprüchen dieser Art, welche von einem fremden Staate gegen einen diesseitigen Staatsangehörigen verfolgt werden, wie auch das Königliche Appellationsgericht zu Dresden in Sachen des Actors der Königlich Preußischen Regierung zu Breslau, Klägers, gegen Louis Friedrich Sommerbrodt, Beklagten, ausgesprochen hat, nach den insoweit geltenden Grundsätzen des gemeinen Proceßrechts die Competenz des Civilrechts begründet erscheint.

Rücksichtlich der verehel. H., welche ihren ordentlichen Gerichtsstand bei dem Königlichen Stadtgericht zu D. hat, bedarf es daher auch keines weiteren

Nachweises, daß sie den Königlich Preußischen Steuerfiscus hier zur Anstellung der Hauptklage habe provociren dürfen, um so weniger, als Provocat selbst die streitige Stempelsteuer als eine von den einzelnen Fideicommißinteressenten zu entrichtende persönliche Abgabe dargestellt hat. Nur in Ansehung des Mitprovocanten Reinhold Theodor G. hat man nöthig,

b.

das durch die Verfügung des Königlichen Kreisgerichts zu G. und die in dessen Folge angeordnete Zurückhaltung eines zur Deckung der prätendirten Stempelabgabe ausreichenden Betrages bei dem diesseitigen Deposito begründete forum arresti diesfalls zu Hülfe zu nehmen.

Die Richtigkeit dessen, was in dieser Beziehung vom Provocaten Bl. — gegen die Anwendbarkeit des Art. 27. der dort erwähnten Convention vom Jahre 1839 bemerkt worden ist, kann hier ganz dahingestellt bleiben, da diese Ausführung sich im Wesentlichen auf die Voraussetzung stützt, daß dem Provocaten ausschließlich Bürger des eigenen Staats gegenüberständen, eine Voraussetzung, welche, wie gedacht, bei diesem Mitprovocanten nicht eintritt. Sonach, und da die der Klage zu Grunde liegende Diffamation vom Provocaten nicht nur nicht bestritten, sondern im Laufe des vorliegenden Processes mehrfach, wenn auch mit der Bl. — ersichtlichen Beschränkung, wiederholt wird, hat der Verurtheilung der Provocaten betreffs dieser beiden Provocanten nichts entgegengestanden und man hat nur noch zur Widerlegung des Bl. — Entwickelten auf die auch bereits von den Provocanten zu den Acten gebrachte Verordnung des Königlichen Appellationsgerichts zu Dresden zu verweisen.

B. Zur Abweisung.

Anders verhält es sich dagegen mit den übrigen Mitprovocanten. Dieselben sind sämmtlich Königlich Preußische Staatsangehörige, wie man wenigstens nach ihren respectiven Wohnorten annehmen muß, in welcher Beziehung auf das Rubrum der Klage hinzuweisen, und kann hierbei namentlich der von dem Bl. — unter I. 1. b. als in Liegnitz wohnhaft aufgeführten Rudolph Ferdinand G. nach Bl. — anscheinend erst im Laufe des Processes vorgenommene Wohnortswechsel selbstverständlich nicht und zwar um so weniger in Betracht kommen, als nicht einmal zu ersehen, ob sein Aufenthalt in Mastricht bleibend und mit der Aufgabe seiner Staatsangehörigkeit in Preußen verbunden sein werde.

Sonach macht sich diesem Theile der Provocanten gegenüber das bereits oben bei A. a. berührte Bedenken allerdings insofern geltend, als es sich bei ihnen um eine von dem Steuerfiscus des eigenen Staats beanspruchte Stempelabgabe und somit um eine präsumtiv auch nach der Königlich Preußischen Gesetzgebung zu dem Ressort der Verwaltungsbehörden gehörige Frage handelt, zu deren Erörterung und Entscheidung sich das Königliche Stadtgericht nicht für competent erachten kann.

Der von dem Kreisgericht zu G. an einem Theile der G.'schen Verlassenschaft ausgebrachte Arrest vermag hierbei deshalb keinen Unterschied zu machen, weil hierdurch der Anspruch selbst, zu dessen Sicherung die Beschlagnahme erfolgte, seine rechtliche Natur nicht ändert und namentlich nunmehr keineswegs ausschließlich auf das arrestirte Object gerichtet erscheint. Vielmehr ist derselbe ein rein persönlicher Anspruch gegen die einzelnen Fideicommißberechtigten, welche die fragliche Stempelsteuer, nachdem das ihr unterworfene Fideicommißcapital von den Erben zu dem Depositum der Nachlaßbehörde eingezahlt worden, nach Verhältniß ihrer jedesmaligen Perceptionsrate allein noch zu vertreten haben würden, nach wie vor geblieben, und am wenigsten läßt sich behaupten, es stehe die zur Cognition des Civilrichters gehörige Frage über die Anlegung und Fortdauer des Arrests mit der Entscheidung über die Rechtsbeständigkeit des Anspruchs selbst, zu dessen Sicherung jener verfügt wurde, in so untrennbarem Zusammenhange, daß der Richter nunmehr auch die nach den Grundsätzen des öffentlichen Rechts seiner Beurtheilung an sich entzogene Hauptforderung dennoch vor sein forum zu ziehen sich für ermächtigt achten dürfte. Nur beiläufig mag bemerkt werden, daß auch auf den Gerichtsstand der Erbschaft hier deshalb nicht zurückgegangen werden konnte, weil die streitige Abgabe eben nicht als ein gegen den Nachlaß verfolgbarer, aus der Person des Erblassers herrührender Anspruch, sondern als eine erst nach dem Tode des Letzteren in der Person des Honorirten zur Entstehung gelangte und daher auch nur gegen diesen gerichtete Forderung sich darstellt, während die für Verhandlung der Hauptsache bei dem Stadtgericht zu D. aus den Bl. — jct. Bl. — flg. angedeuteten Verhältnissen entlehnten Zweckmäßigkeitsgründe offenbar da nicht von Gewicht sein würden, wo es sich um eine Nöthigung des Provocaten zu der Wahl gerade dieses fori handelt.

Endlich folgt auch aus dem oben erörterten Gesichtspunkte von selbst, daß die Provocanten aus der von dem Provocaten Bl. — noch vor dem Termine erklärten Bereitwilligkeit zur Einreichung der Hauptklage bei dem Königlichen Stadtgericht keinen Gewinn ziehen können. Denn wenn auch den Provocanten unbedenklich darin beizutreten ist, daß die Erklärung eines Beklagten, sich der Klage unterwersen zu wollen, die Annahme Seiten des Gegners nicht erst noch bedürfe, um für Ersteren bindend zu werden, und die beliebige Rücknahme jener einmal abgegebenen Erklärung vor erfolgter Acceptation dem Beklagten keineswegs offen stehe, so würde doch eine compromissarische Einigung der Parteien, eine an sich nicht zu dem Ressort des Civilrichters gehörige Differenz vor demselben zum Austrag bringen zu wollen, diesen selbstverständlich zu der Verhandlung der Sache weder zu berechtigen, noch zu verpflichten im Stande sein, und es kann daher der Provocat, seinem obigen wirkungslosen Erbieten nachzukommen, consequenter Weise nicht erst noch genöthigt werden."

Auf die von beiden Theilen eingewendeten Appellationen erkannte das K. Appellationsgericht zu Dresden in einem am 25. April 1856 publicirten Erkenntnisse:

„Die Hauptsache anlangend, ist es auf des Provocaten Berufung bei gedachtem Bescheide (der ersten Instanz) nicht zu lassen, sondern es hat auch der Mitprovocanten Reinhold Theodor Ehrenfried G.'s und Amalien verehelichte H. geb. G. Suchen allhier nicht Statt und sind dieselben die in erster Instanz aufgelaufenen Proceßkosten zu ihren Antheilen dem Provocaten zu erstatten schuldig. Dahingegen wird im Uebrigen auf der Provocanten Berufung der gedachte Bescheid hiermit bestätigt. Die durch die gebrauchten Rechtsmittel verursachten Kosten werden unter den Parteien gegen einander aufgehoben",

aus folgenden Gründen:

„Die Entscheidung der Sache hängt, was die Hauptsache betrifft, von Prüfung der Frage ab, ob über den Anspruch des Königlich Preußischen Steuerfiscus auf Entrichtung der in der Klage gedachten Stempelabgabe überhaupt von Sächsischen Gerichten im Civilprocesse entschieden werden kann. Denn ist diese Frage zu verneinen, so versteht es sich von selbst, daß der Provocat zu Geltendmachung eines solchen Anspruchs vor demselben auch nicht provocirt werden kann, die Provocationsklage vielmehr als unstatthaft angesehen werden muß.

Das Appellationsgericht ist nun allerdings in der in den Entscheidungsgründen voriger Instanz Bl. — angezogenen Rechtssache, in welcher übrigens von den Parteien selbst die Competenz des hiesigen Stadtgerichts gar nicht bestritten worden war, von der Ansicht ausgegangen, daß Forderungen eines auswärtigen Staats, gegen einen diesseitigen Staatsangehörigen, wenn sie auch eine nach den Gesetzen jenes Staats zu entrichtende öffentliche Abgabe betreffen, Gegenstand einer Klage im Civilproceßwege sein könnten.

Allein jene unter andern Parteien ergangene rechtskräftige Entscheidung kann für den vorliegenden Fall an sich nicht maaßgebend sein, bei nochmaliger Berathung aber hat man sich davon überzeugen müssen, daß die dort festgehaltene Ansicht auf unzureichenden Gründen beruht.

Mag es nämlich auch richtig sein, daß das Gesetz vom 28. Januar 1835 unter A. zunächst nur den Zweck hat, die Competenzverhältnisse zwischen den Justiz- und Verwaltungsbehörden des Inlandes festzustellen, und erscheinen daher namentlich auch die Bestimmungen desselben in §. 3. 4. und 5. wegen unweigerlicher Leistung der Rechtshülfe auf die Requisitionen ausländischer Verwaltungsbehörden ohne Zweifel nicht anwendbar, so würde man doch zu weit gehen, wenn man die Ansprüche ausländischer Verwaltungsbehörden an Sächsische Staatsangehörige oder im Inlande aufhältliche Ausländer, wo sie eine nach den Gesetzen des Auslandes zu entrichtende öffentliche Abgabe betreffen, als Object des Civilprocesses und zur Verhandlung in diesen geeignet betrachten wollte.

Das Grundprincip, welches dem angezogenen Sächsischen Gesetze unterliegt, ist, daß der Rechtsweg nur stattfinde in Fragen über privatrechtliche Verhältnisse, daß also eine Civilproceßsache nur vorliegt, wo es sich um Geltendmachung eines aus einem Privatrechtsverhältnisse entstandenen Anspruchs handelt.

Dieses Princip ist als ein aus der Natur der Sache folgendes, allgemein gültiges anzusehen, und wird auch von angesehenen Schriftstellern als richtig anerkannt.

vergl. Pfeiffer, praktische Ausführungen, Bd. III. S. 189 flg.

Klüber, öffentliches Recht des deutschen Bundes, §. 295.

Maurenbrecher, deutsches Staatsrecht, §. 181. §. 186.

Weiß, deutsches Staatsrecht, §. 336.

Nur herrscht allerdings in der Ausführung desselben nach gemeinem Rechte Streit, und es wird insbesondere für den Fall, wenn der wegen einer Staats- oder andern öffentlichen Abgabe auf Grund gesetzlicher Bestimmungen in Anspruch Genommene das Recht des Staates oder der ihm gegenüberstehenden öffentlichen Corporation, diese Abgabe zu fordern oder seine Steuerpflichtigkeit bestreitet, von manchen Schriftstellern, vorzüglich aus älterer Zeit, vergl. Gönner, Handbuch des gemeinen deutschen Rechts, Bd. II. No. XXVI. §. 21.

und die übrigen Bl. — der Sommerbrodt'schen Acten angezogenen Schriftstellen,

einer solchen Differenz unter mehr oder weniger Modification der Charakter einer Justizsache beigelegt. Indessen kann bei einer consequenten Durchführung jenes obersten Grundsatzes, wie sie außer in Sachsen in neuerer Zeit in der Gesetzgebung und Praxis wohl fast aller andern deutschen Staaten Anerkennung gefunden hat,

vergl. z. B. Entscheidung des Baier'schen Oberappellationsgerichts in Betreff der Grenzen zwischen civilgerichtlichen und administrativen Zuständen. Nördlingen, 1853. (Aus dem Beilagsheft zu den Blättern für administrative Praxis, Jahrg. 1853.) no. 1. 2. 3.

in Wahrheit nicht zweifelhaft sein, daß es sich auch in einem solchen Falle lediglich um ein Verhältniß des öffentlichen Rechts, nicht um ein auf einem Privatreichstitel beruhendes Recht oder ein Privatrechtsverhältniß handelt, und der Staat nicht als Privatperson die Stelle der Gegenpartei vor dem Richterstuhle einzunehmen hat, sondern in seiner öffentlich-rechtlichen Bedeutung als Staatsgewalt aufgefaßt werden muß, folglich darüber nur die zur Ausübung dieser Staatsgewalt berufenen competenten Verwaltungsbehörden zu entscheiden haben.

Hierin macht es keinen Unterschied, ob ein ausländischer Staat auf Grund des in seinem Gebiete geltenden öffentlichen Rechts eine solche Abgabe fordert, oder ob der Staat, welchem der Richter selbst angehört, als Impetrant auftritt. Denn die Verhältnisse des öffentlichen Rechts überhaupt, nicht blos das Gebiet des einheimischen öffentlichen Rechts ist dem Richterstuhle entzogen, und die Vorschriften des ersteren ändern ihren Charakter dadurch nicht, daß sie in einem auswärtigen Staate zur Anwendung kommen sollen. Nur darin ist ein Unterschied zu machen, daß der inländischen Verwaltungsbehörde der Richter, wenn er zur Vollstreckung ihrer Verfügungen gegen das Vermögen des Pflichtigen aufgefordert wird, die Rechtshülfe zu leisten, verpflichtet ist, dagegen einer auswärtigen Verwaltungsbehörde gegenüber eine solche Verbindlichkeit — in Ermangelung von Staatsverträgen — nicht besteht. Die Frage aber, ob demungeachtet im letzteren Falle eine solche Rechtshülfe der fremden Behörde zu leisten und die von ihr erlassenen Verfügungen im Inlande zu vollstrecken seien, gehört weder dem Civil-, noch dem Proceßgericht an, sondern fällt in das Gebiet des Staatsrechts.

Sie kann daher nicht der Entscheidung der Gerichtsbehörde, als solcher, sondern wegen der hier einschlagenden staatsrechtlichen und internationellen Rücksichten, nach Analogie der in der Verordnung vom 31. März 1821 (Gesetzsamml. S. 43.) wegen der Requisitionen ausländischer Behörden in Abgabedefraudationssachen gegebenen Bestimmung, sowie der Vorschriften in §. 10. unter 3. und 4. des Gesetzes unter B., die höheren Justizbehörden betreffend, vom 28. Januar 1835 und der Verordnung zu Ausführung dieses Gesetzes vom 28. März 1835, §. 12., ingleichen der Verordnung vom 6. Februar 1840 (Gesetz- und Verordnungsblatt S. 12.) lediglich dem Ermessen des Königlichen Justizministeriums, als der obersten Justizverwaltungsbehörde, unterliegen. Daß bei der von Letzterem anzustellenden Prüfung nach Befinden auch die Frage über die Rechtmäßigkeit der geforderten Abgabe mit in Erwägung zu ziehen sein wird, ändert nichts in der Sache. Denn es führt dies nicht dazu, der zu fassenden Entschließung den Charakter einer richterlichen Entscheidung beizulegen, sondern beruht nur auf der allgemeinen, dem Staate obliegenden Fürsorge, Rechtsverletzungen oder Beeinträchtigungen der Interessen jeder Art von seinen Einwohnern abzuwenden oder wenigstens dazu nicht die Hand zu bieten.

Hieraus folgt für den vorliegenden Fall, daß über die Verbindlichkeit der Provocanten zur Entrichtung einer Stempelabgabe an den Preußischen Steuerfiscus wegen des in dem Testamente Christianen Friederiken G. geb. von M. ihnen ausgesetzten Vermächtnisses zunächst nur die Königlich Preußischen Steuerbehörden zu cognosciren haben, und daß, wenn gegen deren Ausspruch von den Interessenten Widerspruch erhoben wird, dieser im verfassungsmäßigen Wege vor den dort dazu bestellten Behörden zur Erledigung zu bringen ist. Sind die Preußischen Behörden in der Lage, sich zur Ausführung ihrer Beschlüsse und zu Einziehung der betreffenden Abgabe der Hülfe Sächsischer Gerichtsbehörden bedienen zu müssen, so wird dadurch für Letztere doch nicht die Befugniß begründet, über die Rechtmäßigkeit jener Abgabenforderung im einzelnen Falle zu entscheiden, sondern sie haben lediglich, bevor sie einer solchen Requisition nachgehen, möge dieselbe übrigens auf eine bloße provisorische Beschlagnahme von Nachlaßgegenständen zu Sicherung der Abgabe oder auf Vollstreckung der Hülfe gerichtet sein, die Genehmigung des Königlichen Justizministeriums einzuholen, indem der im Jahre 1839 wegen Leistung gegenseitiger Rechtshülfe zwischen der Krone Sachsen und der Krone Preußen geschlossene, durch die Verordnung vom 21. December 1839 bekannt gemachte Staatsvertrag auf Requisitionen Preußischer Gerichtsbehörden in Civil- oder Criminalsachen sich beschränkt, also auf Forderungen öffentlicher Abgaben keine Anwendung leidet. Befindet das Justizministerium, daß der Requisition Folge zu leisten sei, so kann von den Sächsischen Justizbehörden nur über solche Widersprüche, welche die Form des etwa eingeleiteten Executionsverfahrens betreffen, oder im letzteren selbst, z. B. durch Interventionen, erst neu entstehen, noch eine Entscheidung ertheilt werden; materielle Einwendungen dagegen gegen die Verpflichtung zu Entrichtung der den Betheiligten angesonnene Abgabe würden zur Cognition der requirirenden Behörde und nach Befinden der ihr vorgesetzten Verwaltungsbehörde zu bringen sein. Entscheidet sich dagegen das Justizministerium dafür, daß die Requisition der Preußischen Behörde zurückzuweisen sei, so ist damit ohnedem jede weitere Veranlassung zu einer Cognition Sächsischer Gerichtsbehörden in dieser Angelegenheit beseitigt.

In keinem Falle also ist die Möglichkeit gegeben, daß der Preußische Steuerfiscus das Recht auf die Erhebung der geforderten Stempelabgabe vor den Sächsischen Justizbehörden klagend zu verfolgen habe, weil dieser Anspruch nicht auf einem Privatrechtsverhältnisse beruht, sondern lediglich öffentlich rechtlicher Natur ist und im Civilproceßwege nicht geltend gemacht werden kann.

Aus diesen Gründen war dem Verlangen des Provocaten Bl. — entsprechend auch das Suchen der beiden in Sachsen wohnhaften Provocanten, Reinhold Theodor Ehrenfried G.'s und Amalien verehel. H., in Betreff deren die vorige Instanz die Klage für zulässig erachtet hatte, als allhier unstatthaft abzuweisen, während die Frage, ob es nicht vielleicht formell richtiger sein würde, ihr Suchen als schlechterdings unstatthaft zu bezeichnen, nach Lage der Sache dahin gestellt bleiben konnte. In Folge ihrer Sachfälligkeit mußten die gedachten beiden Mitprovocanten auch die Proceßkosten erster Instanz zu ihrem Antheile dem Provocaten zu erstatten für schuldig erachtet werden.

Dagegen war auf der Provocanten Berufung der Bescheid voriger Instanz im Uebrigen, insoweit darin nämlich das Suchen der übrigen Provocanten bereits als allhier unstatthaft abgewiesen worden ist, und die Letzteren zur Kostenerstattung verurtheilt worden sind, zu bestätigen."

Mittelst Inserats hatte aber das Appellationsgericht zu Dresden das Stadtgericht zu D. zugleich angewiesen, bevor es auf die Bl. — der Proceßacten erwähnte Requisition des Königl. Preußischen Kreisgerichts oder sonstige in Betreff der Einziehung oder Sicherstellung der dort gedachten Erbschaftsstempelabgabe von Königl. Preußischen Behörden erlassene Requisitionen etwas Weiteres verfüge, Bericht zu erstatten.

Darauf stützten nun Provocanten — von denen Mitprovocanten noch überdies gegen die Entscheidung der zweiten Instanz appellirt hatten — einen Antrag ans Stadtgericht auf Aufhebung der Inhibition unter Bezugnahme darauf, daß nach den Entscheidungsgründen zu dem Erkenntnisse des Appellationsgerichts,

> einer Requisition ausländischer Verwaltungsbehörden, möge dieselbe übrigens auf eine bloße provisorische Beschlagnahme von Nachlaßgegenständen zu Sicherung einer Abgabe oder auf Vollstreckung der Hülfe gerichtet sein, ohne Genehmigung des Justizministeriums nicht Statt zu geben sei,

sowie auf die obengedachte Inseratverordnung.

Das Stadtgericht zu D. resolvirte Berichtserstattung. Die G.'schen Erben stellten nunmehr das Erforderliche zur Unterstützung ihres Widerspruchs gegen die Ansprüche des Königl. Preußischen Steuerfiscus vor, worauf das Königl. Appellationsgericht zu Dresden am 2. October 1856 verordnete:

„Dasselbe habe auf den Bericht, welchen das vormalige Stadtgericht zu D. unter dem 22./28. Juli laufenden Jahres in Verfolg des von den Intestaterben G.'s gegen den Fortbestand der von genanntem Stadtgerichte wegen eines von der Königl. Preuß. Steuerbehörde geltend gemachten, neuerdings nach Bl. — flg. der Acten unter G. auf 2000 Thlr. —, —, herabgesetzten Stempelsteueranspruchs verfügten Inhibition erhobenen Widerspruchs erstattet, die Sache mittelst Vertrags zur Kenntniß des Königlichen Justizministeriums gebracht, Letzteres aber hierauf mittelst Verordnung vom $\frac{\text{24. vorigen}}{\text{4. laufenden}}$ Monats Seine Entschließung in Folgendem zu erkennen gegeben:

Das Königliche Ministerium habe den gedachten Widerspruch für unbegründet befunden. — Daß die 25,000 Thlr. —, —, um deren Versteuerung es sich gegenwärtig nur noch handele, aus dem Vermögen der im Jahre 1838 verstorbenen Ehegattin des genannten G., gebornen von M., herrühren, daß diese noch zur Zeit ihres Ablebens und bei Errichtung des Bl. — Actor. in beglaubigter Abschrift ersichtlichen Testaments Preußische Unterthanin gewesen und ihren Wohnsitz in Preußen gehabt habe, werde nicht bestritten, und gehe aus den so eben gedachten Acten Bl. — hervor.

Nun habe aber die verstorbene G. in §. 2. des gedachten Testaments ihren Ehemann zwar zum Universalerben ernannt, dabei aber ausdrücklich hinzugefügt, daß derselbe bis zu seinem Tode im Besitz und in der Nutznießung ihres Vermögens verbleiben und dasselbe nach dessen Tode anderen Personen, insonderheit was die fraglichen 25,000 Thlr. —, — betreffe, den gegenwärtigen Impetranten, den Intestaterben G.'s, zufallen solle.

Ob G., als Pflichttheilberechtigter, sich diese beschränkte Einsetzung gefallen zu lassen gebraucht, könne dahin gestellt bleiben. Es liege nicht vor, daß er derselben irgend widersprochen habe; vielmehr habe er den Nachlaß seiner Ehegattin in Gemäßheit des gedachten Testaments angetreten, habe, nach dem eigenen Anführen der Impetranten Bl. — Act., die Erbschaftssteuer davon nur als Nutznießer entrichtet, und habe in dem seinerseits im Jahre 1851 errichteten Testamente die obgedachte Verfügung zu Gunsten seiner Intestaterben nicht nur ausdrücklich genehmigt, sondern auch noch vervollständigt. Er habe sich daher die etwaige Beschränkung seiner Rechte, welche darin liegen möchte, gefallen lassen.

Die gegenwärtigen Impetranten hätten auf die fraglichen 25,000 Thlr. —, — überhaupt keinen andern Anspruch, als aus der gedachten, von G. genehmigten, testamentarischen Verfügung der Ehefrau des Letztern. Sie müßten sich daher, abgesehen von den gesetzlichen Bestimmungen des Preußischen Rechts, welche die testatrix präsumtiv bei der Errichtung ihres Testaments im Auge gehabt habe, gefallen lassen, daß sie in Gemäßheit jener Verfügung als die eigentlichen Eigenthumserben angesehen, und mithin zur Versteuerung der fraglichen 25,000 Thlr. —, — als solche angehalten würden. Sie succedirten in dieselben nicht als G.'s, sondern als der G.'in Erben.

Da nun nach Obigem die letztere als Preußische Unterthanin verstorben sei, und aus diesem Grunde von dem Königlich Sächsischen Finanzministerium nach Bl. — Act. ein Anspruch auf Entrichtung des Erbschaftsstempels von den fraglichen 25,000 Thlrn. —, — nicht gemacht werde, im Uebrigen aber die verstorbene G. bis zu ihrem Tode auch ihren Wohnsitz in Preußen gehabt habe, und mithin die fraglichen 25,000 Thlr. —, — nach dem Grundsatze: mobilia — wozu auch Schuldforderungen gehörig — ossibus inhaerent, auch als ein Preußisches Nachlaßobject zu betrachten seien, so könne auch dem Königlich Preußischen Staatsfiscus ein Anspruch auf Erhebung der Erbschaftsstempelsteuer von demselben nicht abgesprochen werden. Etwaige Einwendungen gegen die materielle Begründung dieses Anspruchs nach Preußischen Gesetzen würden lediglich vor den Königlich Preußischen Verwaltungsbehörden geltend gemacht werden müssen.

Es werde daher das Bezirksgericht zu D., der angezogenen Verordnung des Königlichen Justizministerii gemäß, angewiesen, den von der Königlich Preußischen Behörde berechneten Stempelbetrag von den fraglichen 25,000 Thlrn. —, — auf deren Requisition auszuantworten.

Schließlich habe das Königliche Justizministerium in gedachter Seiner Verordnung noch bemerkt: durch diese Ausantwortung werde zwar sowohl die inzwischen verfügte Inhibition, als auch der Widerspruch gegen dieselbe Erledigung finden; allein ein Grund zu letzterem liege nach dem Obigen, abgesehen davon, daß von den Impetranten nicht blos auf Widerruf, sondern bis zur definitiven Entscheidung über den Anspruch, welche nunmehr erfolgt sei, die Genehmigung zur Innebehaltung eines entsprechenden Geldbetrags ertheilt worden, nicht vor."

Das Ministerium der Justiz erachtete sonach die Inhibition der fraglichen 2000 Thlr. —, — nicht nur formell für begründet, sondern es ging auch noch weiter, indem es die Ausantwortung des von Preußischer Behörde beanspruchten Stempelbetrags auf deren Requisition anordnete, welcher Anordnung auch auf Antrag des Preußischen Steuerfiscus rücksichtlich

der Betheiligten Königl. Preußischen Staatsuntergebenen

gefügt ward.

Die Sächsischen Fideicommißinteressenten lehnten dagegen unter Berufung darauf, daß ihnen gegenüber die obgedachte Entscheidung der zweiten Instanz die Rechtskraft noch nicht beschritten habe, die Ausführung der Ministerialverordnung wegen des von ihnen beanspruchten Antheils an den fraglichen 2000 Thlrn. —, — ab, dieselbe ward auch in dessen Folge sistirt und von dem Königl. Oberappellationsgericht zu Dresden in einem am 30. Januar 1857 publicirten Erkenntnisse

die Entscheidung der zweiten Instanz unter Compensation der Kosten der dritten Instanz

bestätigt, weshalb sich dasselbe auf folgende Gründe stützte:

(Schluß folgt in der nächsten Nummer.)

Miscellen.

Anzeige neu ergangener Gesetze und Verordnungen. Das 3. und 4. Stück des Gesetz- und Verordnungsblattes für das Königreich Sachsen (vom Jahre 1864) enthält: No. 16. Allerhöchste Verordnung, die Publication des von der deutschen Bundesversammlung wegen Einführung eines provisorischen Bundes-Verpflegsreglements am 31. December 1863 gefaßten Beschlusses betreffend, vom 27. Februar 1864. No. 17. Bekanntmachung, den Schillerverein zu Leipzig betreffend, vom 1. Februar 1864. No. 18. Decret wegen Bestätigung der Statuten der Sächsischen Gußstahlfabrik in Döhlen bei Dresden, vom 12. Februar 1864. No. 19. Gesetz, einige Abänderungen des Gesetzes über Erfüllung der Militairpflicht vom 1. September 1858 betreffend, vom 23. Februar 1864. No. 20. Ausführungsverordnung hierzu von demselben Tage. No. 21. Allerhöchstes Decret wegen Bestätigung eines Nachtrags zu den Statuten der landständischen Bank des Königlich Sächsischen Markgrafthums Oberlausitz, vom 8. Februar 1864. No. 22. Decret wegen Bestätigung der Statuten für die Braugenossenschaft zu Großenhain, vom 9. Februar 1864. No. 23. Bekanntmachung, eine Anleihe der Stadt Annaberg betreffend, vom 1. März 1864. No. 24. Gesetz zur Erläuterung der Bestimmung im §. 69, 3. des Militairstrafgesetzbuchs vom 11. August 1855, vom 1. März 1864. No. 25. Gesetz, einige Erläuterungen der allgemeinen deutschen Wechselordnung betreffend, vom 10. März 1864. — Letzte Absendung: am 24. März 1864.

Ernennungen, Anstellungen, Versetzung in den Ruhestand rc. Seine Königliche Majestät haben den zeitherigen Vorstand des Gerichtsamts Dresden, Gerichtsamtmann Hofrath Eduard Moritz Thiemann zum Geheimen Justizrathe bei dem Justiz-Ministerium zu ernennen und dem Gerichtsamtmann beim Gerichtsamte Schirgiswalde Felix Bernhard Lucian Heink bei seiner Versetzung in gleicher Eigenschaft zum Gerichtsamte Dresden den Charakter eines Hofraths in der IV. Klasse der Hofrangordnung beizulegen gnädigst geruht.

Seine Majestät der König haben den ersten Secretair bei der Kreisdirection zu Leipzig, Referendar Freiherrn von Seckendorf, zum Regierungsassessor, den Gendarmerie-Secretair beim Ministerium des Innern, Berndt, den zweiten Secretair bei der Kreisdirection zu Budissin, von Tümpling, und den Accessisten bei der Kreisdirection zu Dresden, von Hartmann, zugleich zu Referendaren bei den genannten Behörden zu ernennen geruht.

Seine Majestät der König haben dem Geheimen Finanzrath Edeln von der Planitz die nachgesuchte Versetzung in Ruhestand mit der gesetzlichen Pension, unter besonderer Anerkennung seiner langjährigen treuen und vorzüglichen Dienstleistung, allergnädigst zu bewilligen geruht.

Orden. Seine Majestät der König haben dem Appellationsrathe, Polizeidirector Metzler zu Leipzig die Annahme und das Tragen des ihm von des Königs von Preußen Majestät verliehenen Kronenordens 3. Classe zu gestatten allergnädigst geruht.

Seine Majestät der König haben geruht, dem Kriegs-Ministerial-Secretair Walther, in Anerkennung seiner langen und vorzüglichen Dienstleistung, bei Gelegenheit seines 50jährigen Dienstjubiläums, das Ehrenkreuz vom Verdienstorden allergnädigst zu verleihen.

Seine Majestät der König haben allergnädigst geruht, dem stellvertretenden Vorsitzenden im Directorium der Leipzig-Dresdner Eisenbahncompagnie, Advocat Dr. Einert, und dem Vorsitzenden des Ausschusses derselben, Stadtrath Dr. Vollsack, beide in Leipzig, das Ritterkreuz vom Verdienstorden zu verleihen.

Seine Majestät der König haben dem Staatsminister Freiherrn von Beust die Annahme und Anlegung des demselben von Seiner Kaiserlichen Majestät dem Sultan verliehenen Mejidjié-Ordens I. Classe zu gestatten geruht.

Todesfälle. Gestorben: am 25. März 1864 der Finanzprocurator, Advocat August Friedrich Kuhn in Chemnitz.

Redacteur: Dr. Theodor Tauchnitz. Officin der Verlagshandlung.

Von diesem Wochenblatte erscheinen jährlich 64 Nummern zu 1 Quartbogen und außerdem am Jahresschlusse ein ausführliches Register.

Wochenblatt

für

merkwürdige Rechtsfälle,

in actenmäßigen Darstellungen

aus dem Gebiete der Justizpflege und Verwaltung

zunächst für das

Königreich Sachsen.

Alle Postämter u. Buchhandlungen übernehmen Bestellungen und liefern das Quartal zu dem praenumerando zu entrichtenden Preise von 1 Thaler.

Verlag von Bernhard Tauchnitz in Leipzig.

№ 28. Neue Folge Zwölfter Jahrgang. 1864.

(Schluß des S. 215. abgebrochenen Rechtsfalles.)

„1.

Zwar läßt sich nicht in Abrede stellen, daß das Gesetz unter A. vom 28. Januar 1835 zunächst nur die Competenzverhältnisse der Justiz- und Verwaltungsbehörden des Inlandes betrifft, dessen ungeachtet sind die darin enthaltenen Bestimmungen auch insofern, als bei den zur Frage kommenden Rechtsangelegenheiten Unterthanen auswärtiger Staaten concurriren, für die Bestimmung des Wirkungskreises der Behörden maaßgebend, weil diese letzteren bei Ausübung ihrer amtlichen Functionen an die organischen Einrichtungen ihres Staates gebunden sind und die Grenzen, welche für ihre amtliche Thätigkeit bestehen, nicht überschreiten dürfen. Sind nun nach §. 8. des gedachten Gesetzes Streitigkeiten über die Verbindlichkeiten zu Staatsabgaben, zu welchen die Stempelsteuer, so weit sie von einem Staate erhoben wird, ihrer Natur nach unzweifelhaft gehört, der Cognition der Justizbehörden entzogen und den Verwaltungsbehörden zur Entscheidung überlassen, so folgt, daß auch dann, wenn ein auswärtiger Staat einen Anspruch wegen einer Stempelabgabe geltend macht, die Justizbehörden sich zur Entscheidung über diese außerhalb ihres Wirkungskreises liegende Angelegenheit nicht für competent halten können.

2.

Nach dem oben angezogenen Gesetze unter A. vom 28. Januar 1835 beschränkt sich die Competenz der Justizbehörden im Wesentlichen auf die Verhältnisse, welche Privatrechte betreffen. Privatrechte sind die Rechte und Verbindlichkeiten der einzelnen Bürger, ohne Rücksicht auf die Rechte des Staates und die der höchsten Gewalt. Hervorgehen können diese Rechte theils aus Normen des Privatrechtes, theils aus Normen des öffentlichen Rechtes, wenn schon das erstere vorzugsweise die Bestimmungen über die Begründung dieser Rechte umfaßt, das letztere dagegen hauptsächlich die Beziehungen auf den Staat berücksichtigt. Zur Competenz der Justizbehörden gehören aber blos die Privatrechtsverhältnisse, sei es, daß solche blos zwischen den Bürgern des Inlandes unter sich bestehen, sei es, daß dabei auch Bürger eines auswärtigen Staates betheiligt sind.

Um ein solches Privatrecht, wie es vorauszusetzen ist, wenn die Justizbehörde zur Cognition sich für berechtigt halten soll, handelt es sich aber nicht, wenn ein auswärtiger Staat eine Stempelabgabe fordert, die ihm vermöge seiner eigenen Verfassungsgesetze zukommt. Denn der Berechtigte ist hier nicht ein Privatmann, sondern der auswärtige Staat, als solcher; das Recht, welches geltend gemacht wird, besteht hier nicht in einem Privatrechte, sondern einem Hoheitsrechte; die Quelle des Anspruchs endlich bildet hier nicht ein Gesetz, durch welches der Rechtszustand der einzelnen Bürger regulirt oder gesichert werden soll, sondern eine Verwaltungsanordnung, welche eine feste und bestimmte sein, eben so gut aber auch auf besonderen Instructionen und einzelnen für den concreten Fall ertheilten Vorschriften beruhen kann.

3.

Wollte man die Entscheidung über eine von einem auswärtigen Staate verlangte Stempelabgabe vor das forum der Justizbehörden des Inlandes ziehen, so würde es an allen und jeden Normen fehlen, welche dabei zur Anwendung zu bringen wären.

Die Gesetze des Inlandes über die Stempelsteuer könnten nicht maaßgebend sein, weil sie blos für das Inland gelten.

Auf die Gesetze des Staates, welcher auf die Abgabe Anspruch macht, könnte nicht zurückgegangen werden, weil solche als bloße Verwaltungsgesetze für den inländischen Richter nicht bindend sein könnten. Allgemeine Grundsätze über die Stempelabgabe bestehen nicht, und können nicht bestehen, weil es dabei blos auf Gründe der Zweckmäßigkeit ankommt, über welche die oberste Staatsgewalt zu urtheilen und durch die Verwaltungsbehörden, als ihre unmittelbaren Organe, zu disponiren hat. Von einem Einverständnisse der Interessenten über die Anwendbarkeit der ausländischen Gesetze über die Stempelabgabe kann endlich wegen der Unterscheidungsmerkmale, welche das eigenthümliche Wesen des öffentlichen Rechtes im Gegensatze zu dem Privatrechte bilden, keine Rede sein.

4.

Ein Bedürfniß, die Rechte der Inländer gegen Ansprüche auswärtiger Staaten wegen der Stempelabgabe durch Gestattung einer Provocationsklage wegen letzterer zu sichern, liegt ebenfalls nicht vor. Denn die Vorschriften, welche das öfters gedachte Gesetz unter A. vom 28. Januar 1835 über die Verbindlichkeit der Justizbehörden zur Vollstreckung der Entscheidungen der Verwaltungsbehörden enthält, beziehen sich blos auf das Inland. Eben so wenig leidet der im Jahre 1839 wegen Leistung gegenseitiger Rechtshülfe zwischen der Krone Sachsen und der Krone Preußen geschlossene, durch die Verordnung vom 20. December 1839 bekannt gemachte Staatsvertrag auf öffentliche Abgaben Anwendung. Es ist daher der Fall ganz ausgeschlossen, daß auf Requisitionen Preußischer Steuerbehörden von Seiten der inländischen Justizbehörden irgend eine Verfügung getroffen werden könnte, zu deren Erledigung es einer Provocation des Preußischen Steuerfiscus bedürfen sollte.

5.

Eine Justizbehörde kann zur Entscheidung in einer gewissen Angelegenheit nicht berechtigt sein, entweder, weil ihr die Rechtspflege in der fraglichen Art von Sachen nicht zusteht, oder, weil ihr die Ausübung der ihr zuständigen Gerichtsbarkeit in dem gerade vorliegenden concreten Falle nicht zukommt. Im letzteren Falle kann der Mangel der Competenz durch ein Compromiß der Parteien, wenigstens der Regel nach, gehoben werden. In dem ersteren Falle ist ein solches Compromiß ausgeschlossen. So viel den vorliegenden Fall betrifft, so liegt der Grund der Incompetenz darin, daß die Justizbehörden über die zur Sprache gebrachte Rechtsstreitigkeit keine Gerichtsbarkeit haben. Es kann daher auf die Erklärung des Provocaten Bl. —*) aus diesem Grunde kein entschiedenes Gewicht gelegt werden.

6.

Ob die inländische Steuerbehörde, wenn sie von der ausländischen Steuerbehörde wegen Einziehung einer Stempelsteuer requirirt wird, dieser Requisition sich gemäß zu bezeigen habe, dies ist eine Frage, deren Beantwortung nicht hierher gehört. Eben so wenig liegt eine Veranlassung vor, sich schon jetzt darüber auszusprechen, ob, wenn der Preußische Steuerfiscus beim Königl. Sächsischen Justizministerium auf Einziehung der fraglichen Stempelabgabe antragen und letzteres diesem Antrage mit Rücksicht auf die Analogie der von der vorigen Instanz Bl.— angegebenen Gesetze fügen sollte, die Justizbehörde der Hülfsvollstreckung sich unweigerlich zu unterziehen haben würde.

Aus diesen Gründen hat man die vorige Entscheidung bestätigt. Da jedoch die Beurtheilung der Sache zweifelhaft war, auch die Entscheidungen gewechselt hatten, so mußten die Kosten der gegenwärtigen Instanz compensirt werden."

*) wonach derselbe sich zur Anstellung der Hauptklage bereit erklärt hatte.

45.

Vertragsabschluß durch Stellvertreter, Intercession, Creditauftrag. — Unstatthaftigkeit des Eidesantrags über das Anführen, es habe Jemand mit einer Firma contrahirt, oder Waaren an eine Firma rc. geliefert. — Ueber die Bezeichnung „Werkführer einer Fabrik".

Mitgetheilt von

Herrn Dr. L. in L.

Der Inhalt der in erster Instanz theilweise aufrecht erhaltenen, in den höhern Instanzen jedoch durchgängig unschlüssig befundenen Klage, sowie des abgesetzten Verfahrens ergiebt sich, soweit es von Interesse ist, aus den nachstehend mitgetheilten Erkenntnissen zweiter und dritter Instanz. Einsender theilt dieselben daher ohne Weiteres mit:

I. Urthel des Königl. Appellationsgerichts zu Leipzig (Juli 1862):

„Dieweil der zweiten und dritten, auf Abweisung der bei dem zweiten Klagepunkte ex jure cesso der verw. P., verw. gewesene H—l, geltend gemachten actio venditi gerichteten Beschwerde des Beklagten

Bl. — rechtliche Beachtung nicht zu versagen gewesen, da

1.

nach der Sachdarstellung in der Klageschrift Bl. — angenommen werden muß, daß der behauptete Kaufabschluß, sowohl was die in der Rechnung sub B. sub no. 1. 2. 2b. und 3., als auch die in der nämlichen Rechnung sub no. 4—15. verzeichneten Quantitäten Cigarren anlangt, durch mündliche Beredung des Beklagten und des Bl. — genannten Carl H. erfolgt sein soll,

2.

die Klage eben sowohl die Behauptung, daß H. bei der Vereinbarung dieser Kaufgeschäfte dem Beklagten ausdrücklich, er contrahire im Auftrage und für Rechnung der verw. H—l, erklärt, als auch die Bezugnahme auf sonstige Vorgänge vermissen läßt, welche, deren Verität vorausgesetzt, als geeignet betrachtet werden dürften, die Folgerung zu rechtfertigen, es habe dem Beklagten ein Zweifel darüber nicht beigehen können, daß nicht das Vermögen H.'s, sondern das Vermögen der verw. H—l dasjenige sei, welches ihm mit der actio emti haften, und dem er seinerseits mit der actio venditi verhaftet sein solle,

3.

die Klage zwar folgende Anführungen enthält:

a) H. sei zur Zeit der Kaufabschlüsse Werkführer der verw. H—l, und diese Inhaberin derjenigen Cigarrenfabrik gewesen, welche damals unter der Firma J. F. H—l zu N. mit obrigkeitlicher Concession bestanden habe (p. l. c. 72. 73. und 67—69.),

b) die H—l habe die bei den Kaufabschlüssen von H. angenommenen Bestellungen genehmigt (p. l. c. 70. 71. 74. und 90. 92.),

c) die Bestellung der in der Rechnung B. sub 4—15. aufgeführten Quantitäten Cigarren habe H. für die Firma J. F. H—l angenommen (p. l. c. 90. und 91.),

d) die Rechnungsposten sub no. 1. 2. 2b. und 3. habe Beklagter von der verw. gewesenen H—l empfangen (p. l. c. 63. 75. 76.) und

e) Beklagter habe auf seine Gesammtschuld an 1429 Thlr. 7 Ngr. —, den Betrag von 366 Thlrn. 8 Ngr. —, zu den unter C. verzeichneten Zeiten, „für Rechnung der Frau H—l und nach deren Verordnung à Conto" bezahlt (p. l. c. 117. 119. 120. 121. und 122.);

keine dieser Anführungen jedoch geeignet erscheint, das sub 2. hervorgehobene Bedenken gegen die Statthaftigkeit der Klage zu beseitigen und die Entstehung eines Obligationsnexus zwischen der verw. H—l und dem Beklagten, welche der letztere allenthalben, und mit dem besonderen Zusatze geleugnet hat, daß er niemals mit der verw. H—l oder deren Fabrikgeschäfte, sondern stets nur mit dem Cigarrenfabrikanten H. auf die vorgängige ausdrückliche Mittheilung desselben, „er habe sich selbst etablirt und bitte ihn mit einem größeren Auftrage zu beehren", contrahirt habe (Bl. —), in schlüssiger Weise darzulegen, und zwar das Anführen

sub a. aus dem zweifachen Grunde, einmal weil die Bezeichnung „Werkführer" nicht ausreicht, eine Präsumtion für die Existenz einer lex praepositionis zu rechtfertigen, welche dem mehrernannten H. zu dem Abschlusse von Lieferungsgeschäften für seine Dienstherrschaft ermächtigt habe, und sodann, weil die Berufung darauf mangelt, daß der Beklagte — welcher dies Bl. — ausdrücklich verneint — bei der Vereinbarung der streitigen Kaufgeschäfte von der gedachten Stellung H.'s als Werkführer der H—l'schen Fabrik Kenntniß gehabt, und auf welche Weise er selbige erlangt habe;

das Anführen

sub b., weil es als Schlußfolgerung aus unerwähnt gebliebenen factischen Specialitäten sich für den gebrauchten Eidesantrag nicht eignet, und überdies in materiell-rechtlicher Hinsicht irrelevant ist, da, wäre von H. in eignem Namen, und nicht in erklärtem Auftrage der verw. H—l mit dem Beklagten contrahirt worden, eine Genehmigung der ernannten H—l für sich allein und ohne den Hinzutritt einer Cession der von H. erworbenen Klagerechte oder anderer contractlicher Vorgänge in keiner Weise die Wirkung hätte äußern können, für die H—l ein Klagerecht gegen den Beklagten zu schaffen;

das Anführen

sub c., weil es nicht mit Sicherheit erkennen läßt, ob damit eine ausdrückliche Erklärung H.'s, „er nehme die Bestellung für die Firma J. F. H—l an", bezeichnet sein solle, oder ob es nur eine einseitige Schlußfolgerung des Klägers enthalte, mithin auch bei diesem Satze den bekannten Requisiten einer Gewissensklage nicht genügt worden ist;

das Anführen

sub d., weil ohne den Nachweis, daß die betreffenden Kaufgeschäfte von H. in erklärtem Auftrage der verw. H—l vereinbart worden seien, und daß daher der Beklagte lediglich die letztere als seine Mitcontrahentin zu betrachten gehabt habe, der Umstand, daß die Lieferung der erkauften Waare nicht von H. selbst, sondern von einer dritten Person bewirkt worden, selbst wenn er in Wahrheit beruhte, nicht qualificirt sein würde, ein zu Geltendmachung der actio venditi berechtigendes Obligationsverhältniß zwischen dieser dritten Person und dem Beklagten zu erzeugen, zu geschweigen, daß nähere Angaben darüber, ob die Zusendung mit einer Factura der Firma J. F. H—l begleitet gewesen sei, oder ob die verw. H—l sich hierbei dem Beklagten sonst als diejenige Person, welche die Lieferung bewirke, zu erkennen gegeben habe, fehlen, und daher der nöthige Aufschluß darüber mangelt, ob das Vorbringen sub d. nicht ebenfalls nur eine einseitige Schlußfolgerung des Klägers enthalte;

endlich das Anführen

sub e., weil dasselbe, da die dabei einschlagenden thatsächlichen Vorgänge gänzlich verschwiegen geblieben sind, unzweifelhaft für den gebrauchten Eidesantrag ungeeignet ist, als weshalb die Frage dahin gestellt bleiben kann, ob dieses Anführen bei einer speciellen Fassung, und angenommen, es beruhte in Wahrheit, die Folgerung rechtfertigen könnte, der Beklagte habe durch die an die H—l, beziehentlich nach deren Anweisung geleisteten Zahlungen factisch anerkannt, daß die letztere in Betreff aller in der Klagebeilage B. erwähnten Kaufgeschäfte diejenige Person sei, welcher er mit der actio venditi obligirt worden;

im Uebrigen

4.

in Betreff der Bemerkungen Bl. — annoch besonders hervorgehoben werden mag, daß, wenn H. die fraglichen Lieferungsgeschäfte wirklich in der Absicht, die verw. H—l verbindlich zu machen, beziehentlich für dieselbe die actio venditi zu erwerben, abgeschlossen, und die H—l diese Geschäftsführung genehmigt, H. aber verabsäumt hätte, bei dem Vertragsabschlusse dem Beklagten zu erklären, daß er nicht in eigenem Namen, sondern als Stellvertreter der H—l und für deren Rechnung contrahire, der Beklagte sich einen nachträglichen Eintritt in die zwischen ihm und H. entstandene obligatio nicht würde gefallen zu lassen brauchen, da für seine Willensbestimmung bei dem Abschlusse der streitigen Kaufgeschäfte, mit Rücksicht auf Gegenansprüche und sonst in verschiedenen Beziehungen, die Frage von wesentlichem Einflusse sein könnte, ob er mit der actio venditi der H—l oder dem angeblichen Stellvertreter derselben, H., verhaftet werde, solchenfalls es vielmehr einer besonderen Cession dieser Klage Seiten H.'s an die H—l bedurft haben würde, um der letzteren ein Klagerecht gegen den Beklagten zu verschaffen, eine Cession, die, wäre sie erfolgt, die Rechtslage des letzteren um deswillen nicht ungünstiger hätte gestalten können, weil demselben einerseits das Befugniß, gegen die von der H—l, und nunmehr dem Kläger als deren Cessionar, erhobene actio venditi aus der Person H.'s zu excipiren, anderer Seits das Recht verblieben sein würde, mit der actio emti nach wie vor unmittelbar gegen H. vorzugehen;

so ist es bei dem Bl. — zu lesenden, am 12. Februar 1862 publicirten Erkenntnisse, insoweit darin der bei dem zweiten Klagepunkte geltend gemachte Anspruch für schlüssig begründet erachtet, demgemäß die Entscheidung von Ableistung des einen oder anderen der Bl. — geförmelten delata unter Vorbehalte der Eidesrelation oder Gewissensvertretung abhängig gemacht und der Kläger nur für den Fall der Leistung des einen oder anderen der vorerwähnten Eide zu Erstattung der Proceßkosten verurtheilt worden ist, auf das zweite und dritte Gravamen des Beklagten Bl. — nicht zu lassen, sondern es hat Klägers Suchen auch rücksichtlich des zweiten Klagepunktes in der angebrachten Maaße nicht statt, und ist der Kläger dem Beklagten die in erster Instanz aufgelaufenen Kosten schlechterdings zu erstatten schuldig.

Dahingegen ist sothanes Erkenntniß, insoweit darin die Klage bei dem ersten Klagepunkte als unstatthaft begründet zurückgewiesen worden, mit dem Bemerken, daß

aa.

nach Ansicht der gegenwärtigen Instanz das Bl. — vorgetragene Abkommen, so weit es überhaupt verständlich ist, und so viel die nach dem 28. Mai 1856 angeblich gelieferten Tabake anlangt, bei dem der Kläger günstigsten Auslegung sich lediglich als ein zwischen den Parteien vereinbarter, auf eine obligatio futura gerichteter Intercessionsvertrag auffassen läßt, d. h. als ein Vertrag, wonach sich der Beklagte anheischig gemacht haben soll, als Intercedent für diejenige Kaufgelderschuld zu haften, welche zur Entstehung gelangen würde, wenn über die Bl. — näher bezeichneten Quantitäten Tabak (18 Centner Ambalema und 37—40 Centner Brasiltabak) zu den fol. — cit. gedachten Preisen und daselbst erwähnten Bedingungen ein Kaufgeschäft zwischen der verw. H—l und dem Kläger zur Perfection und Ausführung kommen sollte, in welcher Beziehung es genügt, darauf zu verweisen, daß der Kläger selbst Bl. — die Firma J. F. H—l, als deren Inhaberin er Bl. — die Wittwe H—l angiebt, als die Schuldnerin des Kaufpreises für die nach dem Abschlusse jener Uebereinkunft in der Zeit vom 31. Mai bis 15. September 1856 angeblich gelieferten Quantitäten Tabak, und den Beklagten Bl. — als den Garanten dieser Lieferungsgeschäfte bezeichnet, der Satz: „er ersuche den ernannten H. für die Firma J. F. H—l rc. abzulassen", Bl. — im Zweifel von der Aufforderung, ein Kaufgeschäft mit dieser Firma zu vereinbaren und zu realisiren, zu verstehen ist, und die unklaren Worte: „nach Höhe des bedungenen Preises", ferner: „die bedungene Zahlungsfrist", Bl. —, deren sich der Beklagte der Darstellung nach bei der Vertragsofferte bedient hat, sollen sie dem Zusammenhange nach einen Sinn gewähren, eben nur auf diejenige Preishöhe und diejenige Zahlungsfrist bezogen werden können, welche er, der Beklagte, sich als die der Wittwe H—l zu verwilligende bedinge, und welche zwischen dem Kläger und der letzteren zu vereinbaren sei, solle sein, Beklagtens, Intercessionsversprechen wirksam werden,

bb.

zwar von einem Eingehen auf die Frage, ob die sub aa. gedachte Intercession als eine cumulative Principalintercession, oder nur als Bürgschaft, oder als mandatum qualificatum zu betrachten sei, abgesehen werden kann, weil, selbst wenn man Bürgschaft oder qualificirtes Mandat annehmen wollte, der Beklagte, da er den behaupteten Intercessionsvertrag ad p. l. c. 5 flg. Bl. — geleugnet hat, nicht berechtigt sein würde, die Bl. — sub c. hervorgehobene exceptio excussionis mit Erfolge geltend zu machen (zu vergl. die in dem durch die Zeitschr. für Rechtspfl. u. Verw., N. F. Bd. 11. p. 275 flg. veröffentlichten Erkenntnisse des Königl. Oberappellationsgerichts dargelegten, auch von der gegenwärtigen Instanz befolgten Grundsätze), jedoch

cc.

die auf Erfüllung des Intercessionsversprechens gerichtete Klage in Betreff der sub aa. gedachten Rechnungsposten, auch abgesehen von dem in erster Instanz hervorgehobenen Grunde, schon deshalb als unschlüssig fundirt erscheint, weil nach der in der Klage enthaltenen Sachdarstellung jenes Versprechen des Beklagten, angenommen, es wäre ertheilt worden, nur unter der Voraussetzung ein klagbares werden konnte, daß die obligatio principalis, auf welche sich der Intercessionsvertrag bezog, wirklich zwischen dem Kläger und der verw. H—l, als Inhaberin der Firma J. F. H—l, zur Perfection und Realisirung gelangte, und überdies der Kläger die ad p. l. c. — Bl. — erwähnte Bedingung*), von welcher nach der eigenen Angabe desselben der Beklagte die Verbindlichkeit seines Intercessionsversprechens abhängig gemacht hat, erfüllte, nun aber

α) das Anführen ad p. l. c. —,

„Kläger lieferte an die Firma J. F. H—l auf deren Ersuchen die in der Rechnung sub A. verzeichneten Quantitäten Tabake zu den daselbst angegebenen Zeiten und Preisen",

im Unklaren läßt, mit welcher physischen Person die behaupteten Kaufgeschäfte vereinbart, und ob der Consens über Waare und Preishöhe durch ausdrückliche Beredung, oder ob er factisch durch Zusendung mit gleichlautender Factura und Annahme, oder durch Verbrauch der auf Bestellung gelieferten, und nachträglich zu den geschäftsüblichen Preisen berechneten Waare erzielt worden sein soll, ein derartiges mehrdeutiges, unbestimmtes und lediglich als eine Schlußfolgerung aus unerwähnt gebliebenen thatsächlichen Vorgängen sich darstellendes Vorbringen sich bekanntlich für den gebrauchten Eidesantrag nicht eignet und dieser Mangel in dem gegenwärtigen Falle um so bedeutsamer hervortritt, als nach Beschaffenheit der aus den Parteiverhandlungen sich ergebenden Streitpunkte die Aufgabe des Klägers wesentlich darin bestand, speciell und klar darzulegen, daß der Beklagte rücksichtlich der in der Rechnung A. erwähnten Kaufgeschäfte mit der als Inhaberin der Firma J. F. H—l bezeichneten verw. H—l, nicht aber mit dem in der Klage vielfach genannten Carl H. in einen Obligationsnexus getreten sei,

weiter

β) die Bezugnahme darauf, daß der Kläger dem Beklagten nach jedesmaligem Ablaufe der viermonatlichen, von den Bl. — angegebenen einzelnen Lieferungstagen zu berechnenden Frist angezeigt, die Wittwe H—l habe die betreffende Post unberichtigt gelassen, gänzlich fehlt, und von selbst einleuchtet, daß die allgemein gehaltene und für den Eidesantrag ebenfalls ungeeignete Bemerkung ad p. l. c. 50—56.**) Bl. — diesen Mangel nicht ersetzen kann;

dd.

was die drei ersten Posten der Rechnung sub A. Bl. — anlangt, die vorstehend sub cc. α. hervorgehobene Unzulänglichkeit der Begründung der Klage hier ebenfalls einschlägt und überdies die Klageschrift einen sichern thatsächlichen Anhalt vermissen läßt, um das behauptete Intercessionsversprechen auch auf jene drei Posten beziehen zu können;

endlich

ee.

da die vorstehend hervorgehobenen Erwägungen genügen, um die erfolgte Abweisung der Klage bei dem ersten Klagepunkte zu rechtfertigen, es nicht einer Aufzählung der übrigen Mängel bedarf, an denen die letztere leidet, und die sich bei einem Eingehen auf Einzelheiten und aus dem Inhalte der Replikschrift ergeben,

*) daß Beklagtem angezeigt werden müsse, wenn die verw. H—l mit ihren Ratenzahlungen innehalte.

**) daß Kläger von diesem Umstande (daß die Empfängerin keine Zahlung geleistet) den Beklagten in Kenntniß gesetzt, ihm auch bereits unter dem 1. October und 22. November 1856 Rechnung gesendet und kurz vor Weihnachten desselben Jahres wiederholt um Ausgleichung seines Guthabens ersucht habe.

der von dem Kläger eingewendeten Berufung ungeachtet zu bestätigen, und erledigt sich hierdurch zugleich das erste Gravamen des Beklagten Bl. — ꝛc."

II. Entscheidungsgründe zu dem confirmatorischen Urthel des Königl. Oberappellationsgerichts zu Dresden (December 1862):

„I.

Den ersten Klagpunkt betreffend.

Der Kläger hat sich in seiner Deductionsschrift Bl. — zunächst damit beschäftigt, die Gründe zu widerlegen, aus welchen in erster Instanz sein Suchen bei diesem Klagpunkte in der angebrachten Maaße abgewiesen worden ist. Das Königliche Oberappellationsgericht befolgt nun allerdings die Ansicht, daß bei dem Handel nach Probe der Verkäufer zur Begründung der actio venditi die probemäßige Lieferung in schlüssiger Weise zu behaupten und eintretenden Falls nachzuweisen hat.

Annalen des Königlichen Oberappellationsgerichts, Bd. I. S. 555. Bd. IV. S. 111.

Die Behauptung des Klägers aber, daß dieser Nachweis im vorliegenden Falle entbehrlich gewesen sein würde, weil er sich darauf bezogen, daß die Empfängerin die Waare ohne Ausstellung angenommen, und der Beklagte selbst erst im Jahre 1857, nachdem die gelieferten Blättertabake zu Cigarren verarbeitet worden, gegen diese Ausstellungen erhoben habe, beruht auf der Vorstellung, daß der Beklagte die Tabakblätter von dem Kläger erkauft und der letztere sie nur, auf Veranlassung des Beklagten selbst, an die Firma J. F. H—l in R. abgeliefert habe, während sich ein ganz anderer Standpunkt für die Beantwortung dieser Frage ergiebt, wenn man das in der Klage sub I. geschilderte Rechtsgeschäft nicht als einen zwischen dem Beklagten als Käufer und dem Kläger als Verkäufer der in der Klagbeifuge A. Bl. — in Verbindung mit Bl. — specificirten Quantitäten Tabak abgeschlossenen Kauf, sondern, mit der vorigen Instanz, als einen Intercessionsvertrag auffaßt. Und diese Auffassung hat man auch in gegenwärtiger Instanz nach den eigenen Angaben des Klägers Bl. — über den Inhalt der am 28. Mai 1856 zwischen dem Kläger und dem Beklagten im Beisein H.'s, dessen Eigenschaft als Werkführer der verwittwet gewesenen H—l (anderweit verwittwete P.) hier allerdings von keinem wesentlichen Einfluß ist, stattgefundenen Verabredung für die richtige anerkennen müssen. Der Beklagte soll nämlich bei dieser Gelegenheit dem Kläger eröffnet haben, daß er diesem H. für die unter der Firma J. F. H—l bestehende Cigarrenfabrik eine Bestellung von 300,000 Stück Cigarren gegeben habe; um sich nicht nur die ununterbrochene Lieferung, sondern auch die gleichmäßige Beschaffenheit des Materials thunlichst zu sichern, habe Beklagter den Kläger ersucht, an ernannten H. für die Firma J. F. H—l zu dem angegebenen Zwecke die Bl. — gedachten Quantitäten Ambalema- und Brasiltabak zu den dort gedachten Preisen abzulassen; er mache sich dagegen verbindlich, für die richtige und pünktliche Bezahlung der Preise aufzukommen, indem er verspreche, selbst die Zahlung zu leisten, wenn die Wittwe H—l die bedungene Zahlungsfrist, vier Monate nach Empfang der Waare, nicht einhalten sollte. Schon die Behauptung, daß der Beklagte den Kläger ersucht habe, einer dritten Person, nämlich der Inhaberin der Firma H—l, eine Quantität Tabak für bestimmte Preise zu liefern, schließt die Annahme, daß er diesen Tabak für seine Person von dem Kläger zu kaufen beabsichtigt habe, deshalb aus, weil sie nicht den Willen, als Selbstkäufer aufzutreten, sondern nur die Aufforderung, einen Kauf über eine gewisse Gattung von Waaren nach bestimmten Quantitäten und Preisen mit einer dritten Person abzuschließen, diese Aufforderung aber nach der Meinung des Königlichen Oberappellationsgerichts ganz deutlich enthält. Hat der Beklagte dem Kläger hierbei eröffnet, daß er bereits eine Bestellung von 300,000 Stück Cigarren bei der Firma H—l gemacht habe, und daß ihm daran gelegen sei, daß die Lieferung ununterbrochen und mit thunlichst gleichmäßiger Beschaffenheit des — zur Fabrication der bestellten Cigarren zu verwendenden — Materials erfolge, so ist damit nur, wie auch die Klage selbst Bl. — bezeichnet, das Motiv jener Aufforderung und der dabei nach Bl. — ausdrücklich übernommenen Haftung für die richtige Bezahlung der Kaufpreise angegeben und zugleich das Interesse nachgewiesen, welches der Beklagte daran hatte, daß der Kläger die gewünschte Lieferung an die verwittwete H—l übernahm.

Eben so bestimmt, als die Aufforderung, mit einer dritten Person zu contrahiren, den Willen, diesen Vertrag selbst einzugehen, ausschließt, würde die Zusage, für die richtige und pünktliche Bezahlung der Kaufpreise aufzukommen und ein zu diesem Behufe abgegebenes Versprechen, die Zahlung selbst zu leisten, wenn die verwittwete H—l die bedungenen Zahlungsfristen nicht innehalte, darauf hinweisen, daß nur ein Intercessionsvertrag beabsichtigt worden sei. Man kann diese Intercession als eine solche betrachten, welche in der Form eines Mandates erfolgt ist,

vergl. Puchta, Pandecten, §. 326.

denn das mandatum qualificatum (der Creditauftrag) besteht eben darin, daß Jemand in seinem Interesse den Andern auffordert, ein Rechtsgeschäft mit einer dritten Person einzugehen und dieser dabei Credit zu geben.

l. 6. §. 4., l. 12. §. 13. 14., l. 32. D. mand. (17. 1.)

§§. 5. 6. J. de mand. (3. 26.)

von Keller, Pandecten, §. 316.

Es kann aber auch, wenn man das entscheidende Gewicht auf das ebenerwähnte Versprechen legt, und berücksichtigt, daß allem Anscheine nach die verwittwete H—l mit dem Kläger wegen der betreffenden Tabakslieferungen bereits in Unterhandlung gestanden haben mag, das Bl. — behauptete Rechtsgeschäft zwischen dem Beklagten und dem Kläger in seiner Gesammtheit als ein gewöhnlicher Intercessionsvertrag des heutigen Rechtes aufgefaßt werden, bei welchem sich der Beklagte verpflichtet haben würde, für eine zukünftige Verbindlichkeit der verwittweten H—l gegen den Kläger einzustehen. Daß auch, außer dem Falle eines Creditmandats, wegen einer noch nicht vorhandenen, sondern erst noch in Aussicht stehenden Verpflichtung intercedirt werden könne, ist nicht zu bezweifeln,

l. 41. pr. D. de fideijuss. (46. 1.)

l. 3. §. 4. D. de administrat. rer. (50. 8.)

von Keller, l. c. §. 288.

nur versteht es sich, wie bereits in voriger Instanz bemerklich gemacht worden ist, von selbst, daß die Verbindlichkeit der Intercedenten solchenfalls erst mit dem Entstehen der künftigen Obligation in Wirksamkeit tritt.

An dieser Auffassung des in der Klage vorgetragenen Rechtsgeschäfts vermögen auch die an sich etwas ungenauen Worte: „wenn die verwittwete H—l die bedungenen Zahlungsfristen nicht innehalten sollte", etwas nicht zu ändern. In dem Zusammenhange, in welchem dieselben gebraucht worden, und bei der Verbindung, in welche sie mit der verwittweten H—l, an welche der Tabak abgelassen werden sollte, gebracht worden sind, unterliegt wenigstens die Annahme gar keinem Zweifel, daß sie nur auf eine der H—l zur Bezahlung der Kaufpreise für die an sie zu liefernden Quantitäten Tabak, aber in keinem Falle auf eine dem Beklagten zur Bezahlung der von ihm bei der Firma H—l (angeblich) bestellten Cigarren ertheilte Zahlungsfrist bezogen werden dürfen. Das Ungenaue der Darstellung und beziehentlich der Ausdrucksweise liegt nur darin, daß in der Klage der Lieferungsvertrag zwischen H. als Stellvertreter der verwittwet gewesenen H—l und dem Kläger noch nicht als ein perfect zu Stande gekommener, sondern als ein noch abzuschließender dargestellt wird. Indessen läßt sich nach der schon oben erfolgten Andeutung und mit Berücksichtigung der Bl. — mitgetheilten, vom Kläger nicht bestrittenen Niederschrift dieser anscheinende Widerspruch durch die sehr nahe liegende Voraussetzung erklären, daß zwischen der verwittweten H—l, welche nach Bl. — noch vor dem 28. Mai 1856 eine Quantität Tabak vom Kläger zur Probe empfangen und zu Cigarren verarbeitet haben soll, und dem Kläger über die Lieferung einer größern Quantität davon, den Preis und die Zahlungsfristen bereits eine vorläufige, dem Abschlusse nahe Verabredung stattgefunden habe. Im Wesen das Nämliche gilt auch von der gleich darauf folgenden Stelle der Klage, wo es heißt, der Beklagte habe sich die Bedingung gestellt, daß H.'n gestattet werde, die erkaufte Partie (Tabak) in monatlichen Raten zu entnehmen, wobei hinwiederum Bl. — die H—l als Empfängerin und diejenige Person bezeichnet wird, welche „ihre Ratenzahlungen" an Klägern zu leisten habe. Auch der Umstand, daß nach Bl. — bei der am 28. Mai 1856 zwischen dem Kläger und dem Beklagten getroffenen Uebereinkunft die Quantität, der Preis des zu liefernden Tabaks und die Lieferungszeiten bestimmt worden sein sollen, steht mit der Auffassung dieser Uebereinkunft als eines Intercessionsvertrags durchaus nicht im Widerspruch, wenn man nur erwägen will, daß der Beklagte als Intercedent ein sehr nahes Interesse daran hatte, den Umfang und die Voraussetzungen seiner Haftverbindlichkeit genau bezeichnet und beziehentlich begrenzt zu sehen.

Weshalb aber der Beklagte seinen Zweck, „sich die ununterbrochene Lieferung der bei der Firma H—l bestellten Cigarren in thunlichst gleicher Beschaffenheit des Materials zu sichern", nur dadurch hätte erreichen können, daß er den Tabak selbst einkaufte, und nicht auch dadurch, daß er den Kläger zur Lieferung an die H—l unter seiner Garantie für die richtige und pünktliche Abtragung des Kaufpreises veranlaßte, ist nicht abzusehen. Hätte er das Erstere wirklich beabsichtigt, so würde er voraussetzlich bei der Firma H—l nicht die Lieferung fertiger Cigarren für einen zum Voraus bestimmten Kaufpreis — wie gleichwohl nach Bl. — geschehen sein soll —, sondern nur die Anfertigung der letzteren aus den hierzu von ihm selbst herzugebenden Tabaksblättern gegen ein gewisses Arbeitslohn bestellt haben.

Endlich hat aber auch der Kläger selbst in der Klagschrift Bl. — die unmittelbar vorher geschilderte Verabredung nicht als einen Lieferungskauf, sondern lediglich als einen Intercessionsvertrag aufgefaßt, denn er behauptet (Bl. —), daß er der Firma H—l auf deren Ersuchen und infolge der ihm von dem Beklagten ertheilten Zusicherung die in der Beifuge A. gedachten Quantitäten Ambalema- und Brasiltabak zu den ebendaselbst angegebenen Zeiten und Preisen geliefert habe, und daß ihm dieselbe — die Firma H—l — dafür 1084 Thlr. 3 Ngr. 5 Pf. schuldig geworden sei. Er bezeichnet also die Firma H—l selbst als die Käuferin, und die von dem Beklagten übernommene Verpflichtung, den Kaufpreis zu bezahlen, wenn die verwittwet gewesene H—l die ihr gesetzten Zahlungsfristen nicht innehalte, als das Motiv, welches ihn bewogen, der H—l Tabak auf Credit zu liefern. Gleichermaaßen wird auch Bl. — gesagt, daß der Kläger auf Beklagtens Veranlassung und unter dessen Garantie die fraglichen Tabake an die Firma H—l, und nicht, daß er diese Tabake an den Beklagten als Käufer geliefert habe. Die in der letzteren Beziehung von dem Kläger Bl. — erhobenen Einwendungen sind theils unklar, theils unerheblich. Unklar ist es, wie aus dem Anführen, Kläger habe infolge der ihm ertheilten Zusicherung des Beklagten, nämlich des Bl. — gedachten Versprechens, die Zahlung selbst zu leisten, wenn die H—l die ihr bedungenen Zahlungsfristen nicht innehalte, irgend etwas gegen die Annahme eines Intercessions- und für die Annahme eines Kaufvertrags zwischen dem Kläger und dem Beklagten soll gefolgert werden können. Zu rügen ist dabei nur die ganz willkürliche Unterstellung, daß die hierbei erwähnten Zahlungsfristen solche seien, welche dem Beklagten von der Firma H—l gestellt worden. Unerheblich ist es ferner, daß in der Klagbeifuge A. der Beklagte als Käufer der Firma H—l als diejenige bezeichnet wird, an welche der Verkäufer nach Ordre des Käufers abgeliefert habe. Diese Fassung der Beilage steht mit den oben referirten, über das Sachverhältniß in der Klagschrift selbst enthaltenen Anführungen im Widerspruch, und jene müssen, wie selbstverständlich, allein als maaßgebend betrachtet werden. Daß der Beklagte eine mit der gedachten Klagbeifuge gleichlautende Rechnung bei der Ablieferung selbst vom Kläger empfangen habe, ist in der Klage, welche bemerkter Maaßen den Beklagten gar nicht als Selbstkäufer bezeichnet, nicht behauptet worden; es ist also nicht zu erörtern, ob in der stillschweigenden Annahme solcher Rechnung das Anerkenntniß des Beklagten, daß er als Käufer zu betrachten sei, zu finden sein würde. Daß auf die Fassung des Petitums dem factischen Inhalte der Klage gegenüber keine Rücksicht genommen, insbesondere bei einer Eidesklage nur die dem Petitum vorangeschickten thatsächlichen Angaben zu berücksichtigen und hiernach zu prüfen ist, ob diese das Petitum rechtfertigen, ist bekannt.

Aus dem bisher Angeführten dürfte zur Genüge erhellen, daß die von dem Kläger Bl. — aufgestellten, das eigentliche Sachverhältniß betreffenden Behauptungen, insofern sie darauf hinauskommen, daß der Beklagte die in der Beifuge A. specificirten Tabake selbst vom Kläger erkauft und als Käufer zu bezahlen versprochen, die H—l aber diese Kaufpreise innerhalb der Frist, welche dem Beklagten für die Bezahlung der bei der Firma H—l bestellten Cigarren verstattet worden, habe herbeischaffen wollen, dem Inhalte der vorliegenden Klage zuwiderläuft, sowie denn auch Bl. — die in der Klage nicht mit enthaltene Behauptung eingeflochten worden ist, daß Beklagter am 28. Mai 1856 erklärt habe, daß die Lieferung einer Quantität Ambalema- und Brasiltabak zur Probe ein für ihn gemachtes Geschäft sei.

Geht man nun, wie, beiläufig bemerkt, der Kläger im Verfahren Bl. — selbst gethan, davon aus, daß der Bl. — geschilderte Vertrag nur ein Intercessionsvertrag, nach Befinden in der Form eines Creditauftrags, gewesen sei, wobei es auf sich beruhen kann, ob der Beklagte mit dem Bl. — gedachten Versprechen nicht eine principale, sondern blos eine subsidiäre Haftung übernommen habe, so würde man weiter auch zugeben müssen, daß, wenn sich der Beklagte, wie ihm zu thun jedenfalls freigestanden hätte, für die seinerseits übernommene Haftung die probemäßige Lieferung der fraglichen Tabake zur Bedingung — im eigentlichen Sinne — gemacht hätte, die Handlungen der verwittweten H—l und die von der letzteren widerspruchslos erfolgte Annahme und Verarbeitung einer unprobemäßigen Waare dem Beklagten nicht ohne Weiteres präjudicirt, und daß selbst die Annahme der aus dieser unprobemäßigen Waare gefertigten Cigarren dem Kläger gegenüber nicht ohne Weiteres als ein Verzicht auf jene Bedingung geltend gemacht werden könnte. Allein, obschon der Kläger Bl. — selbst von einer Probemäßigkeit der an die Firma H—l gelieferten Ambalema- und Brasilblätter spricht, vermißt man doch in der Klage das directe Zugeständniß, daß sich der Beklagte die Probemäßigkeit der Lieferung ausdrücklich bedungen, oder daß zwischen dem Kläger und der H—l bereits ein Handel nach Probe abgeschlossen gewesen, und die Intercession des Beklagten sich auf einen fertigen Handel nach Probe bezogen habe.

(Schluß in der gleichzeitig erscheinenden Nummer 29.)

Redacteur: Dr. Theodor Tauchnitz. Officin der Verlagshandlung.

Von diesem Wochenblatte erscheinen jährlich 64 Nummern zu 1 Quartbogen und außerdem am Jahresschlusse ein ausführliches Register.

Wochenblatt für merkwürdige Rechtsfälle,

in actenmäßigen Darstellungen

aus dem Gebiete der Justizpflege und Verwaltung

zunächst für das

Königreich Sachsen.

Alle Postämter u. Buchhandlungen übernehmen Bestellungen und liefern das Quartal zu dem praenumerando zu entrichtenden Preise von 1 Thaler.

Verlag von Bernhard Tauchnitz in Leipzig.

№ 29. Neue Folge Zwölfter Jahrgang. 1864.

(Schluß aus No. 28.)

Die Eröffnungen, welche der Beklagte dem Kläger über die Verarbeitung des zur Probe bereits an die Firma H—l abgelieferten Tabaks und das Motiv seiner Intercession gemacht haben soll, weisen wohl darauf hin, daß der Beklagte eine dieser Probe entsprechende Lieferung gewünscht und erwartet habe, sprechen aber doch nicht gerade aus, daß er diese Lieferung verlange und zur Bedingung seiner Zahlungspflicht mache. Indessen konnte von einem decisiven Ausspruch über diese Zweifelsfrage ebenso, wie in der vorigen Instanz abgesehen werden, da schon aus dem Bl. — an erster Stelle erörterten Grunde die Klage beim ersten Klagpunkte unschlüssig war.

In dem hierauf bezüglichen Theile der Deduction Bl. — ist der Kläger abermals auf die schon zur Genüge besprochene und widerlegte Behauptung zurückkommen, daß kein Intercessions-, sondern ein Kaufvertrag vorliege. Bleibt man bei der richtigen, dem dermaligen Inhalte der Klage entsprechenden Auffassung der vorigen Instanz stehen, so ist es ganz consequent, daß die Verbindlichkeit des Beklagten aus dem libellirten Intercessionsvertrage erst in Wirksamkeit treten konnte, sobald die obligatio principalis, wegen deren das Intercessionsversprechen ertheilt worden, vorhanden war, es gehörte mithin zur Begründung des vorliegenden Anspruchs das, mit Rücksicht auf den gebrauchten Eidesantrag, schlüssige Anführen, daß der Kläger die in der Rechnung sub A. vom 28. Mai 1856 ab verzeichneten Quantitäten Ambalema- und Brasiltabak an die Inhaberin der Firma H—l zu den beigesetzten Preisen käuflich abgeliefert habe.

Mit Recht bemerkt die vorige Instanz unter Hinweisung auf die besondere Beschaffenheit der vorliegenden Differenz, daß das Anführen Bl. —,

„der Kläger habe der Firma H—l (der Cigarrenfabrikant J. F. H.) die in der Rechnung sub A. verzeichneten Quantitäten Tabak zu den daselbst angegebenen Zeiten und Preisen geliefert",

sich für den gebrauchten Eidesantrag nicht eigne, weil sich daraus nicht ersehen läßt, mit welcher die Firma vertretenden Person der Kläger den Lieferungsvertrag abgeschlossen haben, an welche Person die Ablieferung bewirkt und auf welche Weise der Kaufpreis festgestellt worden sein soll. Ohne diese factischen Unterlagen ist jene Behauptung allerdings nur ein Urtheil, eine Schlußfolgerung, deren Richtigkeit nicht bemessen werden und die unter allen Umständen nicht den Gegenstand der Eidesleistung abgeben kann. Die hiergegen von dem Kläger Bl. — vorgebrachten Einwendungen sind nicht erheblich. Wie man daraus, daß der Kläger seiner Klage die beiden Rechnungen sub A. und B. beigefügt hat, folgern könnte, daß zwischen ihm und der Inhaberin der gedachten Cigarrenfabrik oder einer sonst hierzu ermächtigten Person ein Vertrag über die Lieferung der fraglichen Tabake und der für dieselben zu berichtigenden Kaufpreise abgeschlossen und demzufolge die Ablieferung der Waare an die erwähnte Firma geschehen sei, ist um so weniger zu begreifen, als in der Rechnung sub A. die Firma H—l nicht einmal als die Verkäuferin bezeichnet worden ist. Der Kläger scheint die Angaben, welche er in seinen Klagbeifugen gemacht hat, mit den Thatsachen zu verwechseln, welche er in der Klagschrift selbst in schlüssiger Weise vorzutragen gehabt hätte. Eben so wenig kann daraus, daß bei der Verhandlung vom 28. Mai 1856 H. als die Person bezeichnet worden sein soll, an welche der Kläger die für die Firma H—l bestimmten Tabake liefern sollte, die Folgerung gezogen werden, daß H. auch wirklich Namens der Firma H—l den Lieferungskauf abgeschlossen und Kläger an diesen für die Firma J. F. H—l abgeliefert habe. Am wenigsten kann die Möglichkeit, daß Kläger bei seiner Angabe Bl. — dies behaupten wollen, die für den Eidesantrag unentbehrliche Behauptung der Thatsache, daß es wirklich geschehen sei, ersetzen. Wenn endlich auch nach den auf den vorliegenden Fall übrigens nicht anwendbaren Vorschriften des Handelsgesetzbuchs der kaufmännischen Firma in gewissen Beziehungen eine Persönlichkeit beigelegt worden ist, so kommt dieselbe doch bei der rein processualischen Frage, ob der Eidesantrag über die Behauptung, es sei mit einer Firma contrahirt worden, nicht in Betracht. Auch bei Vereinen, welche die juristische Persönlichkeit besitzen, und durch ein statutenmäßiges Directorium vertreten werden, läßt das Königliche Oberappellationsgericht den Eidesantrag nicht über das Anführen zu, daß mit dem Vereine oder mit dem Directorium desselben ein Vertrag abgeschlossen worden sei.

Annalen des Königlichen Oberappellationsgerichts, Band II. Seite 511.

Die von der vorigen Instanz mit Recht vermißten factischen Angaben sind daher im 12.—21. Einlassungspunkte nicht enthalten, denn diese beziehen sich nur auf die Verhandlungen vom 28. Mai 1856 und die Garantie des Beklagten für eine noch bevorstehende Lieferung. Uebrigens ist hier nur noch zu gedenken, daß, wenn selbst Beklagter die fraglichen Tabake für seine Person als Käufer bestellt und nur die Ablieferung an H. für die Firma H—l veranlaßt hätte, die Klage doch immer aus dem Grunde unschlüssig sein würde, weil auch in diesem Falle die richtig an die gedachte Firma, d. h. an H. oder eine andere zu deren Vertretung befähigte Person und für die Firma darzuthun gewesen wäre.

Hiernächst hat Kläger selbst Bl. — angeführt, daß sich Beklagter bei der Verhandlung vom 28. Mai 1856 die Bedingung gestellt habe, daß ihm angezeigt werden müsse, wenn die Empfängerin mit ihren Ratenzahlungen nicht innehalte. Wörtlich so soll nach der Erklärung Bl. — die Aeußerung des Beklagten gelautet haben.

Der äußern Form nach würde man nicht behindert sein, diese Benachrichtigung allerdings für eine wahre Bedingung der übernommenen Haftung, und nicht blos für eine Nebenverpflichtung des Klägers anzusehen. Es würde sich auch der Zweck dieser Bedingung unschwer erkennen lassen, wenn man bedenkt, daß der Beklagte die aus den von Klägerm zu liefernden Tabake von der H—l zu fertigenden Cigarren als fertige Waare, mithin Material und Arbeit zu bezahlen hatte, und es ihm, um sich der angeblich gegen den Kläger übernommenen Verpflichtung halber sicher zu stellen, wohl von Interesse sein mußte, zu wissen, ob die H—l ihre Obliegenheiten als Principalschuldnerin erfüllt habe. Indessen bleibt es doch, abgesehen noch davon, daß eine Frist für die Notification nicht bestimmt worden sein soll, ungewiß, ob hier eine conditio, oder nur eine Zusage beabsichtigt worden sei; es mag daher dieser Grund der Abweisung auf sich beruhen, und der Erwägung Klägers anheim fallen, bei Anstellung einer anderweiten Klage den Bedenken der vorigen Instanz in diesem Punkte vorsorglich abzuhelfen.

Schließlich bedarf es keiner besonderen Auseinandersetzung, daß sich das Zahlungsversprechen des Beklagten nach der eignen Geschichtserzählung des Klägers nur auf die Bezahlung der Kaufpreise beziehen könnte, welche für die noch zu liefernden Quantitäten Tabak zu entrichten gewesen wären.

II.

Den zweiten Klagpunkt betreffend.

Die Unschlüssigkeit des klägerischen Anführens bei diesem Theile der Klage ist von der vorigen Instanz Satz für Satz so treffend nachgewiesen worden, daß es hierbei nur noch weniger Bemerkungen bedarf.

Zu a. Bl. —.

Die Bezeichnung „Werkführer“ läßt allerdings den Umfang der Berechtigungen und den Wirkungskreis, welchen H. in der Cigarrenfabrik J. F. H—l gehabt haben soll, nicht mit Bestimmtheit erkennen. Es ist bekannt, daß dieser Ausdruck nicht blos bei Fabrik-, sondern auch bei gewöhnlichen Handwerksgeschäften vorkommt und in der Regel damit die Person bezeichnet wird, welche den technischen Geschäftsbetrieb unmittelbar zu leiten und zu beaufsichtigen hat. In diesem Sinne kann der Werkführer ein „praepositus“ sein, es darf aber dieses Verhältniß mit dem eines Institor und der bei diesem für die Verpflichtung des Geschäftsherrn aus den Verträgen des ersteren maaßgebenden lex praepositionis nicht verwechselt werden. Der Werkführer kann, braucht aber nicht zugleich der Institor des Geschäfts zu sein. Daß H. in der Klage einmal Geschäftsführer, das andere Mal Werkführer genannt wird, trägt mindestens nichts zur Aufklärung bei; es würde übrigens auch, wenn man von diesem Mangel an Genauigkeit absehen wollte, die Behauptung, daß H. Geschäfts- oder Werkführer gewesen sei, für den gebrauchten Eidesantrag kaum bestimmt genug sein.

Zu b. Bl. —.

Die vorige Instanz hat die Behauptung Klägers, daß die H—l die bei H. gemachte Bestellung des Beklagten auf 300,000 Stück Cigarren „genehmigt" habe, als eine aus unerwähnten Thatsachen gezogene Schlußfolgerung bezeichnet und deshalb den Eidesantrag über diese Behauptung für unstatthaft erklärt. Dieser Ausspruch ist an sich richtig, denn die Genehmigung dessen, was ein Anderer gethan, besteht in einer innern Willensrichtung, deren Dasein erst aus thatsächlichen Erscheinungen, ausdrücklicher Erklärung oder concludenten Handlungen erkennbar wird und rechtliche Wirksamkeit empfängt. Der Kläger hat aber nicht angeführt, wie die H—l ihre Genehmigung zu erkennen gegeben habe. Wie hierbei der vorigen Instanz Bl. — der Vorwurf einer Actenwidrigkeit gemacht werden konnte, ist nicht abzusehen, denn die im 5. und 6. Einlassungspunkte erwähnte Eröffnung des Beklagten gegen den Kläger, „daß er bei H. für die Firma H—l eine Bestellung auf 300,000 Stück Cigarren gemacht habe", auf welche sich der Beklagte zu Begründung dieses Vorwurfs berufen hat, kann mit der Frage, ob die Genehmigung dieser Bestellung Seiten der H—l in einer für den Eidesantrag geeigneten Maaße angeführt worden sei, offenbar in gar keinen logischen Zusammenhang gebracht werden. Eher hätte man die Frage stellen können, ob in der Klage die Behauptung, daß die H—l ihre Genehmigung gegen H. ausdrücklich erklärt habe, zu finden sei? Allein eine dem Kläger beifällige Beantwortung dieser Frage würde nicht einmal genügt haben, der Klage aufzuhelfen, weil sich, wie bereits Bl. — bemerkt worden ist, durch eine solche einseitige Erklärung die H—l kein Klagrecht gegen den Beklagten verschaffen konnte, wenn H. in eignem Namen mit dem letzteren contrahirt hatte.

Selbst wenn H. der Werkführer der H—l gewesen wäre, hätte sich nicht ohne Weiteres annehmen lassen, daß der Beklagte die Bestellung bei der Firma H—l machen und H. sie nur für diese habe annehmen wollen. Um hierüber mit Sicherheit urtheilen zu können, hätte es eben der von der vorigen Instanz Bl. — vermißten speciellen Angabe über die Art und Weise der Bestellung und die bei demselben obgewalteten Verhältnisse bedurft. Bloße Wahrscheinlichkeitsgründe, wie sie der Kläger daraus herzuleiten sucht, daß nach dem Atteſtate Bl. — die Wittwe H—l ihrerseits Concession zur Cigarrenfabrication besitze, H. aber, „der sich Geschäftsführer der Cigarrenfabrik der Wittwe H—l genannt", vergeblich um eine solche Concession nachgesucht habe, können, da sich der Kläger des Eidesantrags über die Klage bedient hat, nicht in Berücksichtigung gezogen werden und noch weniger zu einer Abweichung von den über den Eidesantrag geltenden proceßrechtlichen Grundsätzen führen.

Zu d. Bl. —.

Der Kläger hat nur in Ansehung der in der Rechnung B. sub 1. 2. 2b. 3. gedachten Cigarrenposten behauptet, daß sie dem Beklagten von der damaligen Inhaberin der Firma J. F. H—l bestehenden Cigarrenfabrik geliefert worden seien; hinsichtlich der Posten sub No. 4—15. ist Bl. — nur gesagt worden, daß auf Grund einer neuen Bestellung, welche von dem ernannten H. für die Firma J. F. H—l angenommen und von gedachter Frau H—l genehmigt worden, der Beklagte anderweit die in der obgedachten Rechnung sub 4—15. aufgeführten 450 Viertelkistchen Cigarren empfangen habe. Daß diese Lieferung von der Wittwe H—l an den Beklagten bewirkt worden sei, ist an dieser Stelle nicht ausdrücklich gesagt, es läßt sich auch nicht annehmen, daß die Worte „und unter beständiger Ueberwachung des Beklagten ausgeführt" so zu verstehen seien, daß die H—l selbst die Fabrication ausgeführt hatte.

Uebrigens würde die Behauptung, daß Beklagter diese Cigarren von der verw. H—l geliefert erhalten, aus denselben Gründen, welche von der vorigen Instanz in Bezug auf das Anführen über die Posten 1. 2. 2b. 3. geltend gemacht worden sind, unschlüssig erscheinen. Durch die Bezugnahme auf die gleichzeitig erwähnte Bestellung kann dieser Mangel nicht beseitigt werden, weil eben auch eine bei der H—l erfolgte Bestellung nicht in schlüssiger Weise behauptet worden ist. Wollte man aber in dem Anführen Klägers Bl. — wenigstens die bestimmte Behauptung finden, daß die fraglichen Cigarren in dem Fabriklocale der H—l und von den in ihren Diensten stehenden Arbeitern verfertigt worden seien, so würde doch weder dieser Umstand, noch die Ueberwachung der Arbeit an und für sich allein eine actio venditi der H—l gegen den Beklagten begründen, wenn der letztere nicht mit ihr, sondern mit H. und für dessen Rechnung contrahirt hätte.

Nun hat zwar der Kläger, und dies ist auch im zweiten Theile seiner Deduction wiederholt von ihm geltend gemacht worden, Bl. — behauptet, daß der Beklagte am 28. Mai 1856 gegen den Kläger selbst erklärt habe, daß er bei H. eine Bestellung auf 300,000 Stück Cigarren für die Firma H—l gemacht habe. Aber auch dieses Anführen ist nicht geeignet, die Klage aufrecht zu erhalten. Zuvörderst nämlich bleibt es, wenn man zumal den Bl. — von dem Kläger nicht bestrittenen Inhalt der Urkunde Bl. — berücksichtigt, ungewiß, ob Beklagter bei dieser Eröffnung H. oder die H—l als den Inhaber der

Firma J. F. H—l sich vorgestellt hat, auch würde es, wenn man selbst von diesem Bedenken absehen wollte, jedenfalls noch der schlüssigen Behauptung, daß die H—l die Bestellung ausgeführt und die fraglichen Cigarren dem Beklagten von dieser geliefert worden seien, bedurft haben. Sodann erscheint aber auch die gedachte Mittheilung in Ansehung des beim zweiten Klagpunkte behaupteten Rechtsgeschäfts nur als ein außergerichtliches Zugeständniß, nicht als ein obligatorischer Act. Auf dieses Zugeständniß, welches nur als Beweisgrund in Betracht kommen könnte, und von dem Beklagten überdies noch geleugnet worden ist, kann, da sich der Kläger über das behauptete Lieferungsgeschäft selbst des Eidesantrags bedient hat, dermalen keine Rücksicht genommen werden.

Zu c. Bl. —.

Was endlich noch die eingeräumten Zahlungen anbetrifft, so könnte darin, daß solche an die H—l geleistet worden sein sollen, nach Befinden ein thatsächliches Anerkenntniß des Umstandes liegen, daß die fraglichen Cigarren bei der H—l bestellt und von dieser dem Beklagten geliefert worden seien. Um dies aber mit Sicherheit zu beurtheilen, wäre zu wissen nöthig, unter welchen speciellen Verhältnissen die Zahlung erfolgt ist.

Das Anführen Bl. —, „Beklagter habe auf seine Schuld die Summe von 366 Thlrn. 8 Ngr. — Pf. für Rechnung und nach Verordnung der Frau H—l a conto bezahlt, auch die in der Beifuge D. angegebene Forderung von 39 Thlrn. 27 Ngr. 3 Pf. durch Gegenrechnung getilgt", giebt hierüber keinen zuverlässigen Aufschluß. Die meisten der in der Beifuge C. angegebenen Zahlungen sollen an H., eine einzige an einen gewissen L. „für Rechnung" der Firma J. F. H—l geschehen sein. Hierin liegt abermals ein Urtheil, und die in der Klage hinzugefügten Worte „nach Verordnung" lassen nicht einmal erkennen, ob die H—l den Beklagten ausdrücklich angewiesen haben soll, Zahlungen auf die Kaufpreise der in der Rechnung B. verzeichneten Cigarren für ihre Rechnung an genannten Empfänger zu leisten, ob sich also dieselbe bei dieser Gelegenheit als die Forderungsberechtigte gegen den Beklagten gerirt habe? Die Beifuge D. enthält Forderungen des Beklagten an die H—l; daß sich der Kläger als Cessionar der H—l diese Forderungen anrechnen lassen will, beweist noch keineswegs, daß der Beklagte hinsichtlich der sub II. libellirten Forderung Schuldner der Ersteren gewesen sei, und auf eine ausdrückliche Erklärung des Beklagten, daß er diese Kaufgelder der H—l schulde und seine Forderungen an diese auf jene in Abrechnung bringen wolle, hat sich der Kläger nicht berufen. Uebrigens würde man, wenn auch der Beklagte einen Theil der Kaufgelder an die H—l selbst oder auf deren ausdrückliches Begehr und in ihrem Namen an eine dritte Person bezahlt hätte, darin noch kein Anerkenntniß, daß er auch die übrigen Zahlungen an dieselbe zu leisten schuldig sei, sondern nur ein Wahrscheinlichkeitsmoment dafür erblicken können, daß er in der That wegen dieser Cigarren in Geschäftsverbindung mit der Firmeninhaberin gestanden haben möge."

46.

Ueber die rechtliche Natur von Steinbruchsabbaurechten. — Einrede der enormen Verletzung bei Verträgen über dieselben.

Mitgetheilt von

Herrn —r in D.

A. hatte das zeitweilige Abbaurecht an einem Steinbruche unter gleichzeitiger Ueberlassung des von ihm darin gefällten Steines und des im Bruche vorhandenen und benutzten Handwerkszeuges für die Kaufs- oder Abfindungssumme von 400 Thlrn. —- —- an B. überlassen, und klagte von Letzterem den Rest dieser Summe im Betrage von 300 Thlrn. —- —- ein. Der Beklagte behauptete, die eigentliche Kaufsumme sei nur 100 Thlr. —- —- gewesen und es liege demnächst ein Scheingeschäft insofern vor, als in der von den Contrahenten auf Grund der mündlichen Verhandlungen aufgesetzten schriftlichen Vertragsurkunde die Kaufsumme anstatt ihres eigentlichen Betrags von 100 Thlrn. —- —- aus gewissen (hier nicht in Betracht gelangenden) Gründen als auf 400 Thlr. —- —- sich belaufend angegeben worden sei. Im Uebrigen schützte Beklagter die Einrede der laesio enormis vor, welche er durch das Anführen zu begründen versuchte, daß das ihm vom Kläger käuflich überlassene Abbaurecht ortskundig einen Werth von 100 Thlrn. bis 130 Thlrn. —- —- habe.

Das Bezirksgericht Pirna verwarf in seiner am 4. Januar 1863 publicirten Entscheidung die Einrede der enormen Verletzung, „indem, abgesehen von dem allgemeinen Anführen, daß das in Rede stehende Abbaurecht ortskundig einen Werth von höchstens 100—130 Thlrn. —- —- gehabt, die querela laesionis enormis bei einem Scheingeschäfte, welches Beklagter behaupte, füglich nicht zulässig, im Uebrigen aber die Grundsätze jener bei Abbauberechtigungen, als Sachen von ungewissem Ertrage und Werthe, wie bei der emtio spei, worunter das jetzige Object unbedenklich zu rechnen sei, keine Anwendung fänden". Es wurde sich hierbei von der prima auf

fr. 8. §. 1. D. (18. 1.)
fr. 11. §. 18. D. (19. 1.)
fr. 10. und 12. D. (18. 4.)
Treitschke, Kaufcontract, §. 15.
Glück, Erläuterung der Pandecten, Theil 17. Seite 85.

bezogen.

Das K. Appellationsgericht zu Dresden bestätigte auf Beklagtens Berufung diese Entscheidung unter dem 30. April 1863, indem es Folgendes ausführte:

„Dagegen hat

Beklagtens sechste Beschwerde

für ungegründet erachtet werden müssen.

Obgleich man nämlich der vorigen Instanz nicht beipflichten kann, wenn dieselbe Bl. — die von dem Beklagten vorgebrachte Einrede der Verletzung über die Hälfte um deswillen hat für unstatthaft ansehen wollen, weil Letzterer das fragliche Geschäft für ein Scheingeschäft erklärt habe, da, auch angenommen, daß die eine dieser Einreden die andere an sich ausschließe, Beklagtem dennoch, nach der im Sächsischen Proceßrechte geltenden Eventualmaxime, freigestanden haben würde, beide gleichzeitig vorzuschützen, so hat man doch auch in jetziger Instanz ein Kaufsgeschäft über ein Steinbruchsabbaurecht als ein solches ansehen müssen, auf welches die in Betreff der Verletzung über die Hälfte geltenden Grundsätze keine Anwendung leiden können, da, wie nicht zu bezweifeln,

vergl. Sintenis, prakt. gem. Civilrecht, §. 116. unter V. 3.

diese Grundsätze — abgesehen noch von der nicht ganz zweifellosen Frage, ob auch der Käufer sich auf solche berufen könne — doch nur auf Käufe über solche Gegenstände anzuwenden sind, die einen bestimmten, sofort durch Abschätzung zu ermittelnden Werth haben, wohin aber ein Steinbruchsabbaurecht nicht gerechnet werden kann. Denn der Werth eines solchen Rechtes — wollte man auch hierbei die Frage, ob solches ein widerrufliches oder ein unwiderrufliches sei, ganz bei Seite setzen — würde doch jedenfalls nur nach dem Werthe der in dem Bruche noch zur Ausnutzung vorhandenen Steinmasse zu bemessen sein. Angenommen nun aber auch, es sollte der Umfang und cubische Inhalt dieser Masse sich mit Bestimmtheit ermitteln lassen, so ist doch als erfahrungsmäßig feststehend zu betrachten, daß eine solche Steinmasse keineswegs immer von durchgängig gleicher Beschaffenheit ist, und liegt es in der Natur der Sache, daß, inwieweit dies der Fall, und wieviel daher die Steinmasse nach Maaßgabe ihrer Brauchbarkeit werth sei, sich nicht im Voraus bestimmen läßt, sondern erst bei dem allmäligen, weiteren Abbrechen der Masse sich ergeben kann. Immer wird daher ein Kauf über ein Steinbruchsabbaurecht als ein Geschäft zu betrachten sein, von welchem

Treitschke, Kaufcontract, §. 15.

sagt, daß es aus dem Sachkaufe und Hoffnungskaufe gemischt sei. Da nun aber außer Zweifel beruht, daß eine Wiederaufhebung des Kaufs wegen behaupteter Verletzung über die Hälfte bei gewagten Kaufsgeschäften, bei Hoffnungskäufen, nicht verlangt werden kann;

Sintenis, a. a. O.
Treitschke, a. a. O. §. 109.

so folgt aus dem Allen, daß die hier vom Beklagten auf eine angebliche Verletzung gestützte Ausflucht zur Beachtung nicht geeignet ist."

Das K. Oberappellationsgericht ließ jedoch in seiner am 28. September 1863 publicirten Entscheidung dem Beklagten auch den Beweis der von ihm vorgeschützten Einrede der enormen Verletzung nach, und zwar aus folgenden Gründen:

„Insofern Beklagter wegen der auch im vorigen Urthel conform mit der ersten Instanz angenommenen Unbeachtlichkeit der von ihm Bl. — vorgeschützten Ausflucht der laesio enormis sich beschwert erachtet hat, ist dessen Appellation nicht unbegründet erschienen.

Daß die bemerkte Einrede processualisch nicht durch die gleichzeitig vorgebrachte Exception des Scheingeschäfts ausgeschlossen war, wie die erste Instanz Bl. — ausgesprochen hatte, ist von der zweiten Instanz Bl. — bereits richtig bemerkt worden; allein man hat in Letzterer der Ansicht Beifall gegeben, daß die Grundsätze von der rescindirenden Wirkung einer vorgekommenen Verletzung über die Hälfte auf den vorliegenden Fall um deswillen keine Anwendung litten, weil der Gegenstand des in Frage stehenden Kaufgeschäfts ein Steinbruchsabbaurecht sei und letzteres seiner Natur nach sich nicht zu einem bestimmten Werthe abschätzen lasse, vielmehr in die Kategorie der gewagten Kaufsgeschäfte falle. Dem hat man jedoch beizutreten nicht vermocht. Der Steinbruch, um dessen Ausbeutung es sich im vorliegenden Falle handelt, ist nach dem eigenen Anführen des Klägers Bl. — räumlich genau begrenzt und es läßt sich a priori wenigstens nicht annehmen, daß es sachkundigen Personen unmöglich sein werde, ein eben so bestimmtes Urtheil darüber, welcher Werth dem darin anstehenden und zum Abbruche geeigneten Gestein beizulegen und wie hoch demnach unter Berücksichtigung des nothwendig auf die Gewinnung des Steines zu verwendenden Aufwandes der Werth des diesfallsigen Abbaurechtes zu veranschlagen sei, abzugeben, wie solches unbedenklich in Betreff des Werthes und resp. der Ertragsfähigkeit anderer Grundstücke ertheilt zu werden pflegt. Notorisch sind auch, wie Beklagter Bl. — mit Recht bemerkt, sachverständige Taxationen von Steinbrüchen (namentlich Sandsteinbrüchen in der oberen Elbgegend) zeither häufig und unbeanstandet vorgekommen.

Wenn die vorige Instanz es als erfahrungsmäßig feststehend betrachten zu können glaubt, daß die in einem Steinbruche zum Abbruche oder Abbaue vorhandene Steinmasse nicht immer von durchgängig gleicher Beschaffenheit sei, so ist hiergegen nur zu bemerken, daß eine solche Erfahrung dem Richter als solchem nicht wohl beiwohnen kann, und daß es vielmehr lediglich den Sachverständigen zu überlassen sein möchte, im gegebenen einzelnen Falle sich darüber, ob eine Verschiedenheit des Gesteins anzunehmen und welcher Einfluß einer solchen auf die Möglichkeit einer Abschätzung überhaupt beizulegen, auszusprechen. Auch auf die vom Kläger Bl. — bemerkten Zufälligkeiten, deren ähnliche auf die Benutzung anderer Grundstücke bald mehr, bald weniger lucrativ machen können, läßt sich bei Beantwortung der Frage der Taxabilität überhaupt kein entscheidendes Gewicht legen, vielmehr ist auch nach dieser Richtung hin die Bemerkung zu wiederholen, daß es lediglich Sache der Experten selbst sein kann, zu beurtheilen, einerseits ob im concreten Falle dergleichen Zufälligkeiten zu befürchten, andererseits ob und welchen Einfluß dieselben auf eine hinreichend bestimmte Werthsermittelung nach dem gewöhnlichen Laufe der Dinge auszuüben geeignet sind. Mit einem Kohlenabbaurechte, insofern es sich bei diesem um ein der Beaugenscheinigung in der Regel nicht zugängliches, unter der Erde befindliches Object handelt, ist übrigens das Abbaurecht in Betreff eines zu Tage liegenden Steinbruchs jedenfalls nicht in Parallele zu stellen, und es ist daher daraus, daß vielleicht in einzelnen Fällen ersteres als seinem Werthe nach genau bestimmbar nicht angesehen worden, keine Analogie herzuleiten.

Eine andere Frage war die, ob die Einrede der enormen Verletzung von dem Beklagten in genugsam schlüssiger Weise vorgebracht worden, um auf deren Beweis erkennen zu können. Nicht ohne einigen Anschein sind hiergegen von der ersten Instanz (Bl. —), sowie vom Kläger (Bl. —) Bedenken erhoben worden; denn allerdings hat Beklagter zu Begründung der gedachten Ausflucht Bl. — sich lediglich darauf bezogen, daß das vom Kläger ihm überlassene Abbaurecht ortskundigermaaßen höchstens einen Werth von 100 bis 130 Thalern habe, während doch nach Inhalt der Klage außer dem Abbaurechte auch noch der im Steinbruche vorhandene, bereits gefällte Stein und das darin vorhandene und benutzte Handwerkszeug als Gegenstände des abgeschlossenen Kaufes in Betracht gelangen und daher es darauf ankommen würde, ob der Gesammtwerth aller dieser drei Objecte unter der Hälfte des behaupteten Kaufpreises der 400 Thlr. —‚ —‚ zurückgeblieben. Wie indessen schon die vorige Instanz aus diesem Umstande keinen Grund gegen die Berücksichtigung der fraglichen Ausflucht hergeleitet, dieselbe vielmehr lediglich wegen der angenommenen aleatorischen Beschaffenheit des betreffenden Geschäfts für ausgeschlossen erachtet hat, so hat man auch in jetziger Instanz Bedenken getragen, dieserhalb jene connere Ausflucht zurückzuweisen, indem doch immer die Behauptung vorliegt, daß das in der Klage behauptete Geschäft eine enorme Verletzung des Beklagten enthalten würde und bei Beurtheilung von Ausflüchten, namentlich connerer, der der Beklagte außerdem verlustig gehen würde, die Praxis bekanntlich von milderen Grundsätzen ausgeht.

Dem Allen zufolge hat man dem Beklagten neben der ihm bereits zum Beweise ausgesetzten Ausflucht des Scheingeschäfts auch die bisher besprochene Ausflucht der enormen Verletzung zu beweisen nachzulassen gehabt, wobei derselbe, wie sich von selbst versteht, darauf Bedacht zu nehmen haben wird, das vorbemerkte, aus der Pluralität der Kaufsobjecte entstehende Bedenken zu beseitigen."

Diese Entscheidung wurde auch in vierter Instanz unter dem 23. Januar 1864 bestätigt, und zwar aus folgenden Gründen:

„Inhalts der Bl. — flg. ersichtlichen Klage und des Nachtrags Bl. — hat Kläger an den Beklagten für eine Kaufsumme von 400 Thalern das zeitweilige Abbaurecht an einem vom Kläger auf — Grund und Boden mit Genehmigung der Gemeinde — angeräumten Steinbruche unter gleichzeitiger Ueberlassung des darin vom Kläger gefällten Steines und des im Bruche vorhandenen und benutzten Handwerkszeuges käuflich abgetreten. Die vom Beklagten Bl. — vorgeschützte Ausflucht der enormen Verletzung ist von der ersten und zweiten Instanz als unbeachtlich zurückgewiesen, von der dritten Instanz aber zum Beweise ausgesetzt worden. Das Königliche Oberappellationsgericht ist der zuletzt gedachten Entscheidung und den dafür Bl. — angeführten Gründen bei anderweiter Erwägung allenthalben beigetreten und bemerkt zu Widerlegung des vom Kläger Bl. — flg. Vorgebrachten Folgendes:

Der hier in Rede stehende Kaufvertrag über ein Sandsteinabbaurecht kann zu den gewagten Kaufgeschäften, welche eine Wiederaufhebung des Kaufes wegen enormer Verletzung ausschließen, nicht gerechnet werden, da das Kaufsobject in dem Befugnisse besteht, einen bereits eröffneten und Bl. — räumlich abgegrenzten Sandsteinbruch abzubauen. Die erste Instanz hat Bl. — angenommen, daß Abbauberechtigungen der vorliegenden Art von ungewissem Ertrage und Werthe seien, und deshalb der emtio spei gleich ständen. Nun rechnet zwar

Treitschke, Kaufcontract, §. 13. pag. 17.

Käufe über das Recht, auf dem Grund und Boden des Verkäufers nach Fossilien zu graben, deren Vorhandensein nur vermuthet wird, zu den Hoffnungskäufen (emtiones spei s. aleae). Allein im vorliegenden Falle handelt es sich nicht um das Recht, in fremdem Grund und Boden Fossilien aufzusuchen, von deren Vorhandensein man nicht überzeugt ist (dem sogenannten Schürfen), sondern um den Abbau von Sandstein in einem dem Umfange nach genau bestimmten Steinbruche. Ferner hat die Unterscheidung des römischen Rechts zwischen nachwachsendem und nicht nachwachsendem Gestein, sowie die Ansicht, daß das nachwachsende Gestein zu den Früchten zu zählen sei,

cfr. Glück, Commentar, Theil 25. Seite 111 flg.

Heimbach, die Lehre von der Frucht, S. 21 flg.

bei dem heutigen Stande der Naturwissenschaft jeden Werth verloren,

cfr. Keil, im Archive für civilistische Praxis, Band 35. Seite 375.

so daß Abbauverträge unter die Käufe einer gehofften Sache (emtiones rei speratae), in deren Begriff die Bedingung, ut res emta nascatur, enthalten ist,

cfr. Sintenis, Civilrecht, §. 97. not. 69. Th. 2. S. 294. Ed. 2.

nicht subsumirt werden können. Die zweite Instanz Bl. — rechnet die Kaufverträge über Abbaurechte unter die von

Treitschke, a. a. O. §. 15.

aufgeführten, aus dem Sachkaufe und dem Hoffnungskaufe gemischten Geschäfte, bei welchen eine Sache zwar der davon gehofften Nutzungen wegen gekauft wird, aber doch ungewiß ist, ob und wieviel sie davon hergeben werde. Allein abgesehen davon, daß das Abbaurecht sich unmittelbar auf die abzubauenden Fossilien bezieht, ist der angezogene Rechtslehrer weit entfernt, bei dem Verkaufe einer Sache von ungewissem Ertrage die Anfechtung des Kaufvertrags wegen enormer Verletzung ohne Weiteres auszuschließen, indem derselbe in Uebereinstimmung mit

Vangerow, Leitfaden, §. 611. Anmerk. II.

zwar eine Rescission wegen laesio enormis bei einem Hoffnungskaufe für unstatthaft erklärt, hierbei jedoch ausdrücklich hervorhebt, daß Käufe über solche Sachen, deren Werth wenigstens nach einer auf Erfahrung gegründeten Wahrscheinlichkeit sich bestimmen lasse, unter die Hoffnungskäufe, deren Natur die Rescission ausschließe, nicht gerechnet werden dürfen.

cfr. Treitschke, Kaufcontract, §. 109. S. 261.

Von voriger Instanz ist Bl. — mit Recht darauf hingewiesen worden, daß notorisch sachverständige Taxationen von Steinbrüchen und namentlich Sandsteinbrüchen in der oberen Elbgegend, zeither häufig und unbeanstandet vorgekommen sind. Die Bedenken, welche Kläger Bl. — gegen die größere oder geringere Zuverlässigkeit von dergleichen Abschätzungen vorbringt, kommen nicht in Betracht, da es genügt, wenn nur der wahrscheinliche Werth des Gesteins, welches den Gegenstand des in Rede stehenden Abbaurechts bildet, vermittelt werden kann, die Frage aber, ob diese Ermittelung möglich sei, dem Ermessen der Sachverständigen zu überlassen ist. Endlich legt Kläger Bl. — darauf Gewicht, daß das zwischen den Parteien abgeschlossene Kaufgeschäft sich lediglich auf ein zeitweiliges Abbaurecht, welches einem zeitweiligen Pachtrechte gleichstehe, beziehe. Nach römischem Rechte konnte das Abbaurecht (jus lapidis eximendi) sowohl durch Kauf- als durch Pachtvertrag erworben werden.

cfr. l. 6. D. de donat. (39. 5.) verbis:

„Sed si is, qui a me emerat, sive mercede conduxerat, ut pateretur eum sibi (lapides) jure eximere".

Eines Eingehens auf die Frage, ob Abbaurechte an Fossilien, welche in fremdem Grund und Boden lagern, mit Rücksicht darauf, daß diese Fossilien nicht als Früchte, sondern als ein Theil des fremden Grundstücks selbst anzusehen sind, Gegenstand eines Pachtvertrags sein können, und ob insbesondere das Rechtsverhältniß, in welchem Kläger nach der Darstellung Bl. — zu der Gemeinde — in Betreff des in Rede stehenden Steinbruchs steht, aus dem Gesichtspunkte eines Kauf- oder Pachtvertrags aufzufassen sei, bedarf es nicht, da die Grundsätze über Anfechtung wegen laesio enormis in der Regel auch bei Mieth- und Pachtverträgen Anwendung leiden.

cfr. Vangerow, Leitfaden, §. 611. Theil 3. pag. 331.

Die Bl. — flg. wiederholten Einwendungen des Klägers gegen die Schlüssigkeit des exceptivischen Vorbringens sind bereits von voriger Instanz Bl. — ausreichend widerlegt worden."

47.

Zur Lehre vom Beweise zum ewigen Gedächtniß.

Mitgetheilt von

Herrn H. in E.

Die Creditanstalt für Industrie und Handel zu Dessau hatte zum Zwecke der rechtlichen Geltendmachung ihres Eigenthumsrechtes an dem sogenannten Hüttengraben in E. gegenüber dem Fabrikbesitzer Christian Friedrich B. daselbst einen Beweis zum ewigen Gedächtnisse unternommen und denselben theils auf Urkunden, theils auf einen Zeugen gestützt. Der Impetrat B. protestirte sowohl im Productionstermine als auch im Verfahren wider die Edition der Beweisurkunden und Abhörung des benannten Zeugen, wurde aber damit Seiten des Proceßgerichts mittelst folgender Resolution zurückgewiesen:

„Weil nach bekannten proceßrechtlichen Bestimmungen derjenige, der ein Gesuch um Gestattung der Beweisführung zum ewigen Gedächtniß überreicht, die Gefahr des Verlustes der von ihm inducirten Beweismittel nicht einmal zu bescheinigen nöthig hat,

vergl. Osterloh, ordentl. Proceß, 2. Aufl. §. 251. not. 14. und 15.

wie denn überhaupt ein dergleichen Gesuch nicht leicht zurückgewiesen werden soll,

ferner der als Beweiszeuge benannte Bergschreiber Karl Wilhelm O—r nach Ausweis des Bl. — in beglaubigter Abschrift ersichtlichen Bestallungsdecrets bereits am 26. November 1799 geboren ist, demnach im Greisenalter steht, und die Gefahr, denselben durch den Tod zu verlieren, für den Beweisführer sehr nahe liegt,

weiter die beiden Beweisurkunden sub I. und II., die übrigens als öffentliche einer Recognition nicht bedürfen, wenn auch nicht gerade ihr Verlust zu befürchten steht, doch mit dem Inhalte des von dem benannten Beweiszeugen zu erstattenden Zeugnisses im genauen Zusammenhange stehen, und gewissermaaßen als Unterlage für die künftige Abhörung dienen sollen,

endlich in dem nach Einreichung des Beweises zum ewigen Gedächtniß stattfindenden Productionsverfahren über die Zulässigkeit der gebrauchten Beweismittel gar nicht gestritten werden darf,

vergl. Osterloh, ordentl. Proceß, 2. Aufl. §. 151. not. 31.

so ist die Bl. — beantragte Befragung des benannten Beweiszeugen salvo jure des Gegentheils, und zwar — da das Proceßgericht der in der

Zeitschrift für Rechtspflege und Verwalt., N. F. Bd. XXIII. S. 234 flg.

vertheidigten Ansicht, daß die in der oben angezogenen Civilproceßnovelle enthaltenen Vorschriften über Theilnahme der Parteien am Zeugenverhör auf die Beweisführung zum ewigen Gedächtniß keine Anwendung erleiden sollen, nicht beitreten kann — in Gemäßheit der in der Civilproceßnovelle §§. 17. 18. 19. 20. und 21. ertheilten Vorschriften vorzunehmen, und ist diese Resolution beiden Parteien abschriftlich zuzustellen."

Diese Resolution wurde auf die von B. eingewendete Appellation durch Verordnung des Königl. Appellationsgerichts zu Zwickau vom 3. März 1864 bestätigt. In dieser Verordnung heißt es:

„Die alte Proceßordnung machte tit. XXVII. in Betreff des Befugnisses, Zeugen zum ewigen Gedächtnisse abhören zu lassen, einen Unterschied zwischen dem Kläger und dem Beklagten. Von ersterem wurde verlangt, daß er die Gefahr des Verlustes oder doch seine Behinderung an sofortiger Klagerhebung bescheinige, dem letzteren dagegen wurde jenes Befugniß außerhalb eines bereits anhängigen Processes ohne eine solche Beschränkung eingeräumt. Die Erl. Proc.-Ordn. ad tit. XXVII. beseitigte diesen Unterschied und gestattete dem Kläger die probatio in perpetuam rei memoriam in demselben Umfange, in welchem sie seither dem Beklagten zugestanden hatte, dehnte auch deren Zulässigkeit auf Urkunden aus, „da ein Theil sonst an dem nöthigen Beweis oder Gegenbeweis periclitiren möchte". Es ergiebt sich hieraus, daß im vorliegenden Falle der Creditanstalt nicht einmal der von ihr Bl. — zum Ueberflusse beigebrachte Nachweis, daß sie in Gefahr sei, den Zeugen zu verlieren, anzusinnen war, während in Betreff der Urkunden zwar an sich diese Gefahr wenigstens zum Theil fraglich sein könnte, dieser Umstand aber deshalb nicht entscheidend ist, weil die Urkunden mit dem Zeugenbeweise in so engem und nothwendigem Zusammenhange stehen, daß ohne Vorlegung der ersteren die Abhörung des Zeugen in der beantragten Maaße gar nicht möglich sein würde.

Das Königliche Appellationsgericht hat daher die eingewendete Berufung, wie hierdurch geschieht, zu verwerfen beschlossen ꝛc."

Redacteur: Dr. Theodor Tauchnitz. Officin der Verlagshandlung.

Wochenblatt

für

merkwürdige Rechtsfälle,

in actenmäßigen Darstellungen

aus dem Gebiete der Justizpflege und Verwaltung

zunächst für das

Königreich Sachsen.

Von diesem Wochenblatte erscheinen jährlich 64 Nummern zu 1 Quartbogen und außerdem am Jahresschlusse ein ausführliches Register.

Alle Postämter u. Buchhandlungen übernehmen Bestellungen und liefern das Quartal zu dem pränumerando zu entrichtenden Preise von 1 Thaler.

Verlag von **Bernhard Tauchnitz** in Leipzig.

№ 30. Neue Folge Zwölfter Jahrgang. **1864.**

48.

Ueber das Wesen der testamenta reciproca und correspectiva.

Mitgetheilt von

Herrn S. in D.

Bei dem Gerichtsamte zu Mügeln erhoben im Mai 1862 Johann Christian B. und Genossen gegen Johann August H., als Zustandsvormund des geisteskranken Carl August W., Klage, deren wesentlicher, den Entscheidungsgründen zu dem Erkenntnisse dritter Instanz vorausgeschickte thatsächliche Inhalt folgender ist:

Johann Andreas B. und dessen Ehefrau, Marie Rosine geb. W., haben am 12. April 1843 ein gemeinschaftliches Testament dahin errichtet, daß zuvörderst B. seine nurgedachte Ehefrau und seine vier Kinder dergestalt als Erben eingesetzt hat, daß die Ehefrau seinen gesammten Nachlaß allein erhalten, seine Kinder aber mit demjenigen, was sie von ihrem Vater bei dessen Lebzeiten erhalten, abgefunden sein sollen; hierauf die verehel. B. ihren genannten Ehemann und ihren geisteskranken Sohn erster Ehe, Carl August W., dergestalt als Erben eingesetzt hat, daß ihr Sohn nur den Pflichttheil, den übrigen Nachlaß aber der Ehemann erhalten solle, wobei die verehel. B. für den Fall, daß sie ihren Mann überlebe, ihren gedachten Sohn erster Ehe und ihre vier Stiefkinder dergestalt als Erben ernannt hat, daß ihr Sohn ein Drittheil, die vier Stiefkinder aber zwei Drittheile ihres Nachlasses bekommen sollen.

Nachdem Johann Andreas B. am 17. April 1843 verstorben war und die Ehefrau desselben als Universalerbin sich des ehemännlichen Nachlasses angemaaßt hatte, ist von Letzterer am 6. Juni 1855 ein anderweites Testament errichtet worden, in welchem sie unter Uebergehung der Stiefkinder ihren Sohn Carl August W. als alleinigen Erben eingesetzt und verschiedene Legate dritten Personen vermacht hat. Die verw. B. ist am 22. December 1861 verstorben und das zuletzterwähnte Testament derselben am 30. Januar 1862 dem Beklagten, als Vormund des geisteskranken leiblichen Sohnes der Testatrix, publicirt worden. Die Kläger, als die in dem früheren Testamente als Miterben eingesetzten Stiefkinder, beziehentlich die Erben der letzteren, fordern in der Klage, daß das Testament der verw. B. vom 6. Juni 1855 für ungültig erklärt und Beklagter verurtheilt werde, zwei Drittheile des Nachlasses der Mutter seines Tuenden den Klägern zu überlassen.

Der nach abgesetztem Verfahren von dem **Bezirksgerichte** zu Oschatz ertheilte, am 19. Februar 1863 publicirte Bescheid lautet folgendermaaßen:

„Daß das von Marien Rosinen verw. B. unter dem 6. Juni 1855 errichtete Testament zu Recht nicht beständig, vielmehr das unter dem 12. April 1843 von derselben mit ihrem am 17. April desselben Jahres verstorbenen Ehemann Johann Andreas B. errichtete gegenseitige Testament als in Kraft stehend anzusehen, deshalb auch Beklagter auf Grund des zuletzt gedachten Testaments zwei Drittheile des Nachlasses der verstorbenen Mutter seines Tuenden den Klägern zu überlassen, auch die Proceßkosten zu erstatten schuldig.

Entscheidungsgründe:

Die Entscheidung in gegenwärtiger Sache hängt von der Beantwortung der Frage ab, ob die in der Beifuge A. Bl. — abschriftlich enthaltenen gemeinschaftlichen und gegenseitigen Testamente Johann Andreas B.'s und dessen Ehefrau Marien Rosinen B. geb. W. als correspectiv zu betrachten.

Zunächst ist allerdings

vergl. Göschen, Vorlesungen über das gemeine Civilrecht, II. Aufl. §. 905.

davon auszugehen, daß, wenn auch mehrere Testamente in einem und demselben Aufsatze enthalten, doch die Gültigkeit und Rechtsbeständigkeit eines jeden einzelnen Testaments abgesondert für sich zu betrachten. Daher steht es in der Regel Jedem der mehreren Testatoren frei, einseitig das von ihm errichtete Testament durch Errichtung eines neuen oder auf andere Weise aufzuheben, ohne daß dadurch die Gültigkeit oder die Rechtsbeständigkeit der übrigen im Mindesten gefährdet wird.

Diese Regel gilt im Allgemeinen selbst dann, wenn die mehreren Testatoren einander gegenseitig zu Erben eingesetzt haben, in welchem Falle man das gemeinschaftliche Testament ein testamentum reciprocum nennt. Nur wenn die gemeinschaftlich errichteten Testamente correspective sind, verhält es sich anders.

Das Wesen der s. g. Correspectivität

vergl. Zeitschrift für Rechtspflege u. Verwaltung, Bd. XIX. S. 352 flg.

Annalen des K. S. Oberappellationsgerichts, Bd. II. S. 163 flg.

besteht aber darin, daß die Gültigkeit und Wirksamkeit des einen Testaments von der Gültigkeit und Wirksamkeit des andern abhängt, so daß anzunehmen ist, keiner der Testirer würde so, wie geschehen, testirt haben, wenn er nicht vorausgesetzt hätte, daß es bei der correspondirenden Verfügung des andern Testirers sein Verbleiben haben solle. Insoweit tritt, um der Gültigkeit solcher correspectiven Verfügungen, auch wenn sie in der Form eines Testaments eingekleidet sind, die Wirksamkeit zu sichern, die Natur der dem deutschen Rechte eigenthümlichen Erbverträge vermittelnd ein, und es ist in consequenter Anwendung dessen, was von Erbverträgen überhaupt und insonderheit von Verträgen zu Gunsten Dritter gilt, davon auszugehen, daß in Fällen der nurgedachten Art der überlebende Testator, zumal wenn er nach dem Ableben des zuerst Verstorbenen dessen Erbschaft auf Grund des correspectiven Testaments angetreten, zur Erfüllung der Dispositionen des Letzteren auch in Beziehung auf sein eignes Vermögen gehalten sei.

Ob nun aber im concreten Falle ein gemeinschaftliches und gegenseitiges Testament auch ein correspectives sei, dafür kann nach dem Obigen nicht dessen Form, sondern nur der Inhalt und die aus solchem zu entnehmende Absicht der Testamentserrichter entscheidend sein.

Es handelt sich also, wie auch an den oben angezogenen Stellen der Zeitschrift für Rechtspflege und Verwaltung und der Annalen des Königl. Sächs. Oberappellationsgerichts ausdrücklich hervorgehoben wird, um eine quaestio facti, wobei die vorhandenen letztwilligen Verfügungen um die Willensmeinung der Testamentserrichter zu erkennen, ihrem ganzen Zusammenhange nach aufzufassen sind.

Betrachtet man aber nun von diesem Gesichtspunkte aus die Bl. — in Abschrift ersichtlichen testamentarischen Bestimmungen in ihrem Zusammenhange und ihrem gegenseitigen Verhältnisse, so gelangt man allerdings zu der Ueberzeugung, daß Johann Andreas B. nicht so, wie Bl. — im §. 1. und §. 2. geschehen, testirt haben würde, wenn er nicht vorausgesetzt hätte, daß es bei den Verfügungen seiner Ehefrau, namentlich den zu Gunsten der Bl. — genannten Stiefkinder und deren nachgelassenen Kinder getroffenen Dispositionen, sein Verbleiben haben und diese unwiderruflich sein sollten. Denn nur unter dieser Voraussetzung und Annahme läßt es sich erklären, daß B. nach Bl. — mit Ausschluß seiner leiblichen Kinder seine genannte Ehefrau als Erbin seines gesammten Nachlasses und Vermögens eingesetzt. Wollte man zur Entkräftung und Widerlegung dieser Ansicht auf die Bl. — zu lesende Erklärung des Testators:

„seine Kinder seien bei ihrer Verheirathung und Anlegung eigner Wirthschaft von ihm wegen ihres väterlichen Erbtheils im Voraus vollkommen anständig abgefunden worden",

ferner:

„außer einer Naturalausstattung hätte Jedes derselben mindestens die Summe von Eintausend Thalern —, —, bereits empfangen, und da seine eigenen Mittel hierzu nicht ausreichend gewesen, so habe er für sie das ihm von seiner Ehefrau mit Fünf Tausend Thalern —, —, baar ein- und zugebrachte Vermögen zum Theil mit verwendet, so daß er fürchte, daß nach Abzug und Berichtigung des Einbringens seiner Ehefrau von seinem Nachlasse Etwas nicht übrig bleiben werde",

sich berufen, so ist hiergegen zu bemerken, daß B. ja keineswegs mit voller Bestimmtheit ausgesprochen, wie von seinem Nachlasse Etwas nicht übrig bleiben werde und von einer specielleren und genauen Erwägung in dieser Beziehung gewiß nur deshalb abgesehen hat, weil ihm durch die von seiner Ehefrau getroffenen, Bl. — ersichtlichen Bestimmungen dem Interesse seiner Kinder und Nachkommen genügend Rechnung getragen schien.

Die vorstehenden Erwägungen führen mit innerer Nothwendigkeit zu der Annahme, daß die hier fraglichen Testamente als correspective zu betrachten, und kann demgemäß daran, daß die Bl. — von Marie Rosine B. geb. W. getroffenen testamentarischen Bestimmungen annoch zu Recht und in voller Kraft bestehen und die verehel. B. in keiner Weise berechtigt war, dieselben durch das später unter dem 6. Juni 1855 errichtete Testament wieder umzustoßen, um so weniger ein gegründeter Zweifel obwalten, als sie nach Inhalt der Beifuge B. Bl. — auf Grund des mehrgedachten, Bl. — ersichtlichen correspectiven Testaments ihres Ehemannes dessen Nachlaß angetreten hat.

Auf die Bemerkung Beklagtens in der Anmerkung zum 5ten Einlassungspunkte Bl. —, daß die verw. B. die in dem Protokolle Bl. — bemerkten 3370 Thlr. —, —, nicht als Erbschaft B.'s in Empfang genommen, vielmehr lediglich zu ihrer theilweisen Befriedigung wegen ihres Einbringens erhoben habe, kann aber um so weniger ein Gewicht gelegt werden, als nach klarem Inhalte des nurgedachten, von der B. genehmigten und unterzeichneten Protokolls dieselbe ganz ausdrücklich als Testamentserbin ihres verstorbenen Ehemannes den Empfang der dort bemerkten 3370 Thlr. —, —, Kaufgelder bekannt hat.

Im Hinblick auf dasjenige, was vorstehend erörtert und erwogen worden, sowie im Hinblick auf die Zugeständnisse des Beklagten ad p. l. c. 1. 2. 4. 16. 17. 20. erschien die Verurtheilung des letzteren in Gemäßheit des Bl. — gestellten Petitums als allenthalben durchaus begründet."

Beklagter appellirte dagegen, worauf das Königl. Appellationsgericht zu Leipzig folgendes, am 5. October 1863 eröffnetes Erkenntniß ertheilte:

„Dieweil bei Beurtheilung des von dem Beklagten eingewendeten Rechtsmittels von folgenden Erwägungen auszugehen gewesen ist:

1.

daß für die Beantwortung der Frage,

> ob Marie Rosine verw. B. diejenigen letztwilligen Verfügungen, welche sie in dem mit ihrem Ehemanne Johann Andreas B. gemeinschaftlich errichteten, der Klage unter A. in Abschrift beigegebenen Testamente Bl. — zu Gunsten ihrer dort gedachten vier Stiefkinder getroffen hat, nach dem Tode ihres Ehemannes, und nachdem sie auf Grund dieses Testaments des ehemännlichen Nachlasses sich angemaaßt gehabt, mit Erfolge Rechtens in dem von ihr später errichteten, Bl. — in Abschrift ersichtlichen Testamente widerrufen können?

lediglich der Inhalt jenes gegenseitigen Testaments zum Anhalte zu nehmen ist, da die Kläger sonstige Vorgänge, aus denen sich Aufschluß über die Willensmeinung der erwähnten Testirer erlangen ließe, in der Klage nicht angeführt haben,

2.

daß gegenseitige Testamente, auch wenn sie durch einen und denselben Solennitätsact errichtet worden, mithin sogenannte testamenta simultanea sind, den Erbverträgen nicht gleichstehen, vielmehr einseitig widerrufen werden dürfen, dafern nicht entweder

a) die Testirenden die Unwiderruflichkeit ihrer gegenseitigen testamentarischen Verfügungen vereinbart haben, oder

b) diesen Verfügungen der Charakter der Correspectivität beiwohnt,

> vergl. Mühlenbruch, in der Fortsetzung von Glück's Pandecten, §. 1428. Band 38. Seite 220 flg.
>
> Gottschalk, disc. for., tom. II. c. 1. p. 16. ed. 2.
>
> Zeitschrift für Rechtspflege und Verwaltung, N. F. Bd. 12. S. 365., Bd. 14. S. 269., Bd. 19. S. 352.

3.

daß ein Fall der unter Nr. 2. a. erwähnten Art gegenwärtig nicht vorliegt, da in dem gegenwärtigen Testamente der B.'schen Eheleute weder ein pactum de non mutando, noch eine derogatorische Clausel, noch sonst eine Bestimmung Aufnahme gefunden hat, durch welche sich die Testirenden vertragsweise des Rechtes begeben hätten, einseitig von ihren letztwilligen Verfügungen wieder zurücktreten zu dürfen,

4.

daß das Testament der B.'schen Eheleute auch für ein correspectives nicht gehalten werden kann, wenn man berücksichtigt,

a) daß der Testirer, wie es mit seinem oder seiner Ehefrau Nachlasse dann gehalten werden solle, wenn letztere verstürbe, nachdem sie bereits seine Erbin geworden sein würde, nicht berührt, vielweniger für den Eintritt dieser Eventualität irgend etwas disponirt hat, und daß mithin keine Veranlassung vorliegt, auf die Frage einzugehen, ob dann, wenn die in einem gegenseitigen Testamente getroffenen Dispositionen des Vorverstorbenen sich auch auf das dem Ueberlebenden zugehörige Vermögen beziehen, der Ueberlebende diese Dispositionen anerkennen müsse, nachdem er das gegenseitige Testament anerkannt und demselben gemäß die Erbschaft des Vorverstorbenen angetreten hat,

b) daß zwar der Testirer in §§. 1—3. des gegenseitigen Testaments in Bezug auf seine vier Kinder erster Ehe, welche er neben seiner Frau als Erben eingesetzt, die Erklärung abgegeben hat, wie dieselben schon bei seinen Lebzeiten ihrer Erbansprüche halber vollständig befriedigt worden seien und deswegen ihrer Stiefmutter seinen gesammten Nachlaß zu überlassen haben, in dem Weigerungsfalle aber auf den Pflichttheil beschränkt, auch verbunden sein sollten, auf diesen sich alles Dasjenige anrechnen zu lassen, was sie von ihm als Ausstattung, beziehentlich zu Anlegung eigener Wirthschaft bereits erhalten hätten — daß jedoch der ersten Instanz nicht beigetreten werden kann, wenn dieselbe Bl. — lediglich aus dieser eben hervorgehobenen Verfügung die Correspectivität des vorliegenden gegenseitigen Testaments hergeleitet hat, weil, abgesehen von dem gleich zu erwähnenden Bedenken, welches der Annahme einer Correspectivität entgegensteht, zu einem Urtheile darüber, ob überhaupt jene Verfügung exorbitanter Natur sei und in ganz augenfälliger Weise zum Nachtheile der Kinder des Testirers gereiche, nur nach einer Darlegung derjenigen Vermögensverhältnisse zu gelangen sein würde, in welchen sich derselbe zur Zeit seines Todes befunden hat, und weil, da in Bezug hierauf die Klage keinerlei Auskunft giebt, es an einer jeden thatsächlichen Unterlage für die in dem Instanzurthel hingestellte Annahme gebricht, der Testator werde zu jener Verfügung sich nicht veranlaßt gefunden haben, wenn seine Ehefrau sich nicht herbeigelassen hätte, eventuell auch seine Kinder mit zu Erben ihres dereinstigen Nachlasses einzusetzen, als weshalb denn auch ganz dahin gestellt bleiben kann, ob überhaupt aus dem Umstande, daß in einem reciprocirlichen Testamente der eine von mehreren Honorirten vorzüglich bedacht worden, sich ohne Weiteres folgern ließe, es sei dies lediglich um deswillen geschehen, weil der so Bevorzugte seinerseits letztwillige Verfügungen getroffen habe, welche den weniger begünstigten Mithonorirten zum Vortheile gereichen, endlich

c) daß die Ehefrau des Testirers in dem gemeinschaftlich mit diesem Letzteren errichteten Testamente auch ihrerseits nirgends angedeutet hat, daß sie nur mit Rücksicht auf das Testament ihres Ehemannes ihre Stiefkinder so, wie geschehen, bedacht habe;

so ist es auf die eingewendete Berufung bei dem Bl. — ersichtlichen, am 19. Februar 1863 publicirten Erkenntnisse allenthalben nicht zu lassen, sondern es hat das Suchen der Kläger in der angebrachten Maaße nicht Statt, es sind auch dieselben dem Beklagten die in erster Instanz erwachsenen Kosten zu erstatten schuldig, wogegen die Kosten des Rechtsmittels, mit Rücksicht auf den Wechsel der Entscheidungen, zwischen den Parteien compensirt werden."

Das Königl. Oberappellationsgericht bestätigte mittelst Erkenntniß vom 29. Januar 1864 diese Entscheidung aus folgenden Gründen:

„1.

Das von den Klägern Bl. — in Abschrift beigebrachte Testament der B.'schen Eheleute stellt sich als ein uno actu ausgesprochener und niedergeschriebener letzter Wille der genannten Eheleute dar, welcher seinem Inhalte nach zwei Testamente über zwei Erbschaften dergestalt enthält, daß die von den beiden Testatoren getroffenen letztwilligen Bestimmungen unabhängig nebeneinander bestehen und in Betreff ihrer Gültigkeit und Rechtsbeständigkeit abgesondert für sich nach Maaßgabe der für widerrufliche Testamente bestehenden gesetzlichen Vorschriften zu beurtheilen sind. Hierbei kommt darauf, daß die B.'schen Eheleute sich gegenseitig als Erben eingesetzt haben, und daher das von ihnen errichtete Testament als ein wechselseitiges (testamentum reciprocum) anzusehen ist, etwas nicht an, da wechselseitige Testamente, ohne Unterschied, ob sie von Eheleuten oder anderen Personen herrühren, im Zweifel weder den unwiderruflichen letztwilligen Verfügungen, den Erbeinsetzungs- oder Erbverträgen gleichgestellt werden dürfen, noch bei ihnen die Absicht eines jeden der Testatoren, daß sein Testament nur dann gelten solle, wenn der letzte Wille des andern Testators bei Kraft bleibe — die sogenannte Correspectivität — ohne Weiteres vermuthet werden kann. Vielmehr treten die für correspective Testamente geltenden Grundsätze nur dann ein, wenn die Testatoren in dem wechselseitigen Testamente solche Anordnungen getroffen haben, aus welchen mit Bestimmtheit zu ersehen ist, daß nach ihren Willensmeinungen die ausgesprochenen letztwilligen Verfügungen sich gegenseitig bedingen und von einander abhängig sein sollen, z. B. indem sie sich ausdrücklich des Rechts, das Testament einseitig zu widerrufen, begeben oder über den gemeinschaftlichen Nachlaß, als ein Ganzes, zum Besten dritter Personen verfügt haben u. s. w.

vergl. Mühlenbruch, in der Fortsetzung von Glück's Commentar, Bd. 38. S. 214 flg.

Hartmann, die Lehre von den Erbverträgen und von gemeinschaftlichen Testamenten, 1860. S. 121 flg. 134 flg.

Auch sind diese Grundsätze zeither von den sächsischen Spruchbehörden beim Rechtsprechen befolgt worden.

vergl. Biener, quaest., cap. 40. 41. in opusc. Tom. II. pag. 182 sq.

Zeitschrift für Rechtspflege u. Verwalt., N. F. Bd. XIV. S. 269 flg.

Annalen des Königl. Oberappellationsgerichts, Bd. II. S. 53 flg.

Nicht minder ist in §. 2199. des publicirten, wiewohl noch nicht in Kraft getretenen Königl. Sächs. bürgerlichen Gesetzbuchs bei der Lehre von dem gemeinschaftlichen letzten Willen die Vorschrift an die Spitze gestellt worden, daß die Verfügungen der mehreren Erblasser, selbst wenn sie sich gegenseitig auf den Todesfall bedenken, in der Regel als unabhängig von einander zu betrachten sind, die eine Verfügung daher wegfallen kann, ohne daß dies auf die andere Einfluß hat.

In dem vorliegenden Testamente ist nun keine Bestimmung enthalten, aus welcher die Absicht der Testatoren, daß die Wirksamkeit des einen letzten Willens von der Gültigkeit und Wirksamkeit des von dem andern Theile ausgesprochenen letzten Willens abhängig sein solle, sich erkennen läßt. Denn der Ehemann V. hat Bl. — ausdrücklich angeordnet, daß seine Ehefrau sich seines gesammten Nachlasses ganz allein anmaaßen soll. Keineswegs aber hat er dieselbe in der Gebahrung mit diesem Nachlasse beschränkt oder dahin eine Verfügung getroffen, daß das von ihm zu hinterlassende Vermögen der verehel. V. ganz oder theilweise nach dem Tode seiner nurgenannten Ehefrau auf die Kläger oder sonstige dritte Personen übergehe. Die verehel. V. hat aber zunächst ihre Notherben, ihren Ehemann und ihren leiblichen Sohn, und hierauf für den Fall, daß sie ihren Mann überleben würde, ihre vier Stiefkinder und ihren leiblichen Sohn, und zwar erstere zu zwei Drittheilen, letzteren zu einem Drittheil, als ihre Erben eingesetzt. Die letztere Bestimmung enthält jedoch eine bloße Vulgarsubstitution, welche mit dem Augenblicke, wo die verehel. V. ein anderweites Testament, in welchem sie ihren leiblichen Sohn als Universalerben eingesetzt, jede Wirkung verloren hat, da die Testatrix in dem am 12. April 1843 errichteten Testamente dem ihr gesetzlich zustehenden Befugnisse, den erwähnten letzten Willen beliebig zu widerrufen, nicht entsagt hat.

2.

Die Kläger behaupten Bl. —, daß das vorliegende Testament deshalb als ein correspectives anzusehen sei, weil

a) die V.'schen Eheleute zu Folge des Eingangs des von ihnen gemeinschaftlich errichteten Testaments Bl. — dem Gerichte gegenüber erklärt haben, daß sie sich entschlossen hätten, ihren gegenseitigen letzten Willen zu errichten, daher bäten, denselben anzuhören, niederzuschreiben, in eine Urkunde zu bringen und solche verwahrlich im Amte niederzulegen,

b) im Testamente, nachdem der letzte Wille des Ehemannes niedergeschrieben worden, Bl. — bemerkt sei: „worauf dessen Ehefrau also testirte", ingleichen beide Ehegatten Bl. — gemeinschaftlich auf den Todesfall eines jeden von ihnen die daselbst gedachten kleinen Legate milden Stiftungen vermacht, und gemeinschaftlich dem Testamente die s. g. Codicillarclausel beigefügt, endlich der Schluß des Testaments dahin laute, daß die Testamentserrichter diesen uno actu ausgesprochenen letzten Willen auf Vorlesen durchgängig genehmigt, und daß sie daran weder etwas abzuändern, noch etwas hinzuzusetzen hätten, frei, wohlbedächtig und ungezwungen erklärt, darüber auch den Handschlag abgelegt haben.

Die nurgedachten Momente sind jedoch nicht geeignet, die Ansicht der Kläger zu begründen, daß die Testatoren die in dem gegenseitigen Testamente getroffenen Bestimmungen nicht als einzelne, sondern als zusammen bestehend und gegenseitig einander correspondirend angesehen haben.

Ad a.

Der Errichtung eines gemeinschaftlichen oder gegenseitigen Testaments geht in der Regel eine Verabredung der Testatoren, ihren letzten Willen gleichzeitig und gemeinschaftlich zu errichten, voraus, weshalb fast in allen reciproken Testamenten im Eingange sich die oben sub a. gedachte Bemerkung findet, daß die Testatoren gesonnen seien, u. s. w.

Das nurgedachte präparatorische Uebereinkommen enthält jedoch keinen die Parteien verpflichtenden Contract, sondern lediglich die Verabredung der Testatoren, daß sie sich gegenseitig als Erben einsetzen und mithin der Ueberlebende den Nachlaß des zuerst Versterbenden erhalten solle. Dieses Abkommen findet durch die Errichtung des Testaments seine Erledigung, so daß die Frage, ob von den Testatoren die Errichtung einer widerruflichen letztwilligen Verfügung oder eines Erbvertrags beabsichtigt worden sei, lediglich mit Rücksicht auf die letztwillig getroffenen Bestimmungen beantwortet werden kann, mithin eine quaestio facti ist.

vergl. Hasse, im rheinischen Museum für Jurisprudenz, Bd. VI. S. 260.

Beseler, Lehre von den Erbverträgen, Th. 2. Bd. 1. S. 331.

Mühlenbruch, a. a. O. Bd. 38. S. 219. Anmerk. 77 a.

Biener, l. c. Opusc. Tom. II. p. 183. 184.

Im vorliegenden Testamente sind jedoch Ausdrücke, welche auf die Errichtung eines Erbvertrags bezogen werden können, nicht zu finden, vielmehr deuten die wiederholt gebrauchten Worte: „letzter

Wille" Bl. —, „letztwillige Disposition" Bl. —, „testator" und „testiren" Bl. — und „Testamentserrichter" Bl. — zunächst nur auf die Absicht der Testatoren, widerrufliche letztwillige Bestimmungen zu treffen.

Ad b.

Die reciproken Testamente werden in der Regel dergestalt abgefaßt, daß jeder der mehreren Testatoren die Erbeinsetzung und die sonstigen von ihm beabsichtigten letztwilligen Verfügungen getrennt erklärt und hierauf die Testatoren die übrigen etwaigen gemeinschaftlichen Dispositionen gleichsam als eine Person in verbundener Rede treffen.

cfr. Biener, l. c. p. 183.

Diese Form, welche auch im vorliegenden Falle beobachtet worden ist, erscheint für die Beurtheilung der Frage, ob das Testament aus dem Gesichtspunkte eines correspectiven letzten Willens aufzufassen sei, einflußlos, da in dieser Beziehung nicht die Form, sondern der Inhalt des Testaments entscheidet. Nicht minder unerheblich ist, daß die Testatoren am Schlusse des Testaments den uno actu ausgesprochenen letzten Willen genehmigt haben, da wechselseitige Testamente sich eben dadurch von andern Testamenten unterscheiden, daß die Testatoren durch einen Solennitätsact testiren, und einander gegenseitig zu Erben einsetzen, gleichwohl aber die Verfügungen der einzelnen Testatoren, soweit nicht das Gegentheil aus dem Testamente hervorgeht, unabhängig von einander bestehen.

vergl. Mühlenbruch, a. a. O. Band 38. S. 215.

Endlich enthält die am Schlusse des Testaments erwähnte Genehmigung beim Vorlesen lediglich die Erklärung der Testamentserrichter, daß ihr letzter Wille richtig niedergeschrieben sei, wogegen eine Erklärung des Ehemannes, durch welche er diejenige Verfügung, die von seiner Ehefrau zu Gunsten der Kläger, seiner leiblichen Kinder, getroffen worden ist, acceptirt habe, gänzlich zu vermissen ist, weshalb von der Frage, welche rechtliche Wirkungen einer solchen Acceptation beizulegen seien,

vergl. Hartmann, a. a. O. S. 121. verb. mit Bl. —

abgesehen werden kann.

3.

Die erste Instanz ist nach Bl. — zu einer abweichenden Ansicht gelangt, weil es ihr auffällig erschienen ist, daß der Ehemann B. seine Ehefrau als Universalerbin seines gesammten Nachlasses eingesetzt, seine leiblichen Kinder aber bis auf den Pflichttheil, in welchen sie das bei Lebzeiten Erhaltene sich einrechnen lassen sollen, enterbt hat. Nun hat aber der Testator die nurgedachte Disposition in §. 2. des Testaments selbst dadurch motivirt, daß jedes seiner leiblichen Kinder von ihm außer einer Naturalausstattung die Summe von 1000 Thlrn. —, —, erhalten habe, und daß er, der Testator, zu Gewährung dieser Gelder zum Theil das Einbringen seiner Ehefrau von 5000 Thlrn. —, —, mit verwendet habe, so daß er fürchte, daß nach Berichtigung des Einbringens der Ehefrau von seinem Nachlasse Etwas nicht übrig bleiben werde. Für die vorliegende Entscheidung ist die Bl. — berührte Frage, welches Vermögen der Ehemann zur Zeit seines Todes hinterlassen habe, völlig einflußlos, indem selbst in dem Falle, daß der Vater der Kläger beabsichtigt haben sollte, seine Ehefrau mehr, als seine Kinder letztwillig zu begünstigen, zwar nach Befinden den Klägern eine Klage auf Gewährung, beziehentlich Ergänzung ihres Pflichttheils zusteht, in der Annahme aber, daß die Beschränkung der Kläger auf den Pflichttheil lediglich mit Rücksicht auf die Einsetzung derselben als substituirte Erben Seiten der Ehefrau erfolgt sei, alle factischen Unterlagen fehlen würden.

Aus diesen Gründen ist die Entscheidung der vorigen Instanz in der Hauptsache und in Betreff des Kostenpunktes bestätigt worden, wogegen die durch das neuere Rechtsmittel entstandenen Kosten wegen des in den früheren Instanzen eingetretenen Wechsels der Erkenntnisse gegen einander aufgehoben worden sind."

49.

Die Verordnung, die Abwartung gerichtlicher Termine durch Rechtscandidaten in Nachvollmacht der in der Sache beauftragten legitimirten Sachwalter betreffend, vom 24. Juli 1845 findet auf removirte Advocaten keine Anwendung.

Mitgetheilt von

Herrn A. — in L.

Am 7. December 1863 erließ das Königl. Appellationsgericht zu Leipzig an das Gerichtsamt L. eine Verordnung folgenden Inhalts:

„Nach Ausweis der rc. Acten hat in Nachvollmacht des Adv. X., als Sachwalters des Beklagten, der removirte Adv. Y. für diesen letztern den Schwörungstermin abgewartet. Da die Verordnung vom 24. Juli 1845 (Ges.- u. Verordn.-Bl. v. J. 1845. S. 105.) die advocatorische Vertretung einer Partei in gerichtlichen Terminen ausnahmsweise nur solchen dem Sachwalterstande nicht angehörigen Personen gestattet, welche durch Approbation der gefertigten Probeschriften eine Anwartschaft auf Erlangung der Advocatur erworben haben und Behufs der Vorbildung zu diesem Amte auf der Expedition des von der betreffenden Partei mit Vollmacht versehenen Sachwalters arbeiten, die von dem letztern ausgestellte Nachvollmacht mithin nur dann eine von dem Gericht zu beachtende Legitimation gewährt, wenn der Substitut zu den vorbezeichneten Personen gehört, bei removirten Advocaten aber die Voraussetzung einer Anwartschaft auf das Amt der Advocatur und der Ausbildung zu demselben nicht einschlägt, so hätte ernannter Y. von dem Proceßgerichte zu Abwartung des Schwörungstermins nicht zugelassen, der Adv. X. aber der Nachbevollmächtigung Y.'s sich enthalten sollen. Der Vorgang veranlaßt das K. Appellationsgericht, dem Gerichtsamte L., wie hiermit geschieht, die Weisung zu ertheilen:

a) den Adv. X. und Y. zu bedeuten, den ersteren, daß er in Zukunft von einer Nachbevollmächtigung Y.'s zu Abwartung gerichtlicher Termine Abstand zu nehmen, den letztern, daß er sich der Annahme derartiger Nachvollmachten zu enthalten habe,

b) die von dem Adv. X. für die Nachvollmacht, für die Abwartung des Schwörungstermins und die in demselben erfolgte Anzeige einer Appellation Bl. — liquidirte Gebühr als unpassirlich in Wegfall zu stellen und den ernannten Sachwalter unter Verweisung auf die Bestimmungen der obenerwähnten Verordnung hiervon in Kenntniß zu setzen,

c) Y.'n aber in's Künftige die Zulassung zu Abwartung gerichtlicher Termine auf Grund einer ihm von einem Sachwalter ertheilten Nachvollmacht nicht zu gestatten."

Gegen diese dem Y. mitgetheilte Weisung wendete derselbe Recurs ein, auf welchen nach vorgängiger Berichts- und Vortragserstattung das Königl. Justizministerium unterm 7. März 1864 folgende Verordnung erließ:

„Das Justizministerium hat die Beschwerde, welche der vormalige Advocat Y. in L. wider die ihm von dem Appellationsgerichte zu Leipzig ertheilte Weisung eingewendet und Bl. — weiter ausgeführt hat, für unbegründet erachtet.

Wenn Y. in seiner Ausführungsschrift von dem Satze ausgeht, daß zum Bevollmächtigten, mithin auch zum Nachbevollmächtigten jeder bestellt werden könne, welcher die Berechtigung habe, vor Gericht erscheinen zu können, daß ihm dieses Recht nicht verloren gegangen sei, und daß ihm daher auch das Befugniß nicht entzogen werden dürfe, als Nachbevollmächtigter des Adv. X. daselbst, oder eines andern Sachwalters vor Gericht thätig zu sein, so hat er den Unterschied unberücksichtigt gelassen, welcher zwischen einem gewöhnlichen Bevollmächtigten und einem Rechtsbeistande besteht. Während nämlich allerdings die Vertretung einer Partei in denjenigen Angelegenheiten, deren Besorgung juristische Bildung nicht erfordert, jeder übernehmen kann, welcher in seinen eignen Angelegenheiten gerichtsfähig ist, so ist doch die Partei in Ansehung solcher Geschäfte, zu deren zweckmäßiger Behandlung Rechtskenntnisse erforderlich sind, mag nun die Vertretung, oder die Assistenz bei mündlichen Verhandlungen, oder die Fertigung juristischer Schriften in Frage sein, in der Regel an den Beistand eines im Besitze der Fähigkeit zur Ausübung der juristischen Praxis befindlichen Sachwalters gewiesen. Eine Ausnahme von dieser Regel, welche hier nicht in Frage kommt, besteht zunächst rücksichtlich der Vertretung in Streitigkeiten über ganz geringfügige Civilansprüche. Die weitere Ausnahme aber, welche durch die Verordnung vom 24. Juli 1845 (Gesetzsammlung von 1845, S. 105.) in Ansehung einer gewissen Kategorie von Rechtscandidaten festgesetzt worden ist, kann der Beschwerdeführer zu Begründung des von ihm in Anspruch genommenen Befugnisses nicht für sich anführen. Diese Verordnung spricht von der Abwartung gerichtlicher Termine durch solche Rechtscandidaten, welche die zu Ausübung der juristischen Praxis erforderlichen Probeschriften bereits gefertigt haben, jedoch zur Praxis noch nicht admittirt sind, und kann daher schon ihrem Wortlaute nach auf solche, wenn auch juristisch gebildete Personen, nicht bezogen werden, welche dieses Stadium der Candidatur längst hinter sich haben, zur juristischen Praxis zugelassen, jedoch der Advocatur später wieder entsetzt worden sind. Hauptsächlich geben aber auch die dieser Verordnung vorausgegangenen ständigen Anträge und Verhandlungen

(vergl. Landtagsacten von 1843, Beilagen zu den Protokollen der II. Kammer, 3. Sammlung S. 476., Beilagen zu den Protokollen der I. Kammer, 2. Sammlung S. 490 flg. und Landtagsacten I. Abtheil. 2. Sammlung S. 1605.)

deutlich an die Hand, daß diese Verordnung im Interesse der Ausbildung der Candidaten für ihren künftigen Beruf, und damit sie sich, wie die Verordnung selbst sich ausdrückt, in diesem Theile ihres Berufes (der Terminsabwartung) Haltung und Uebung aneignen können, erlassen worden ist, und daß, wenn dabei auch das Interesse der Sachwalter, bei denen die Candidaten arbeiten, erwähnt wird, diese Rücksicht doch eine untergeordnete gewesen ist, wie denn deren Erwähnung überhaupt nicht geeignet sein kann, eine Anwendung der Verordnung auf andere Personen, als die darin ausdrücklich genannten Candidaten zu rechtfertigen. Auf die Vorschrift der Advocatenordnung §. 18. kann der Recurrent mit Erfolg um deswillen nicht Bezug nehmen, weil hier nur von Nachbevollmächtigung solcher Personen die Rede ist, welche nach den Gesetzen zur Annahme von Nachvollmachten geeignet sind, während im Uebrigen auf die am Schlusse der Deductionsschrift geltend gemachten Billigkeitsrücksichten zu Gunsten des Beschwerdeführers, den einschlagenden proceßrechtlichen Grundsätzen gegenüber, keine Rücksicht genommen werden kann.

Das Justizministerium hat daher die Y.'sche Beschwerde verworfen, und veranlaßt das Appellationsgericht zu Leipzig, Y.'n mit dem ergriffenen Rechtsmittel abweisen zu lassen ꝛc."

Miscellen.

Anzeige neu ergangener Gesetze und Verordnungen. Das 5. Stück des Gesetz- und Verordnungsblattes für das Königreich Sachsen (vom Jahre 1864) enthält: No. 26. Decret wegen Bestätigung der Statuten für die Braugenossenschaft zu Zwickau, vom 27. Februar 1864. No. 27. Decret wegen Bestätigung der Statuten der Sächsischen Rückversicherungsgesellschaft, vom 2. März 1864. No. 28. Verordnung, die Notizen bei Einliefrung von Sträflingen betreffend, vom 9. März 1864. No. 29. Verordnung, die Publication der mit der Regierung des Herzogthums Sachsen-Coburg-Gotha wegen gegenseitigen Schutzes der Waarenbezeichnungen geschlossenen Uebereinkunft betreffend, vom 9. März 1864. No. 30. Decret wegen Bestätigung der revidirten Statuten des Vorschußvereins zu Frankenberg, vom 11. März 1864. No. 31. Bekanntmachung, den Verzicht des Vorschußvereins zu Frankenberg auf die ihm bewilligte Stempelbefreiung betreffend, vom 22. März 1864. No. 32. Allerhöchste Verordnung, eine Ernennung in die erste Kammer der Ständeversammlung betreffend, vom 23. März 1864. No. 33. Bekanntmachung, die Besorgung der Brandversicherungsangelegenheiten bei den Hofgebäuden, den unter landbauamtlicher Aufsicht stehenden Staats-, sowie den Berg- und Eisenbahngebäuden betreffend, vom 1. April 1864. — Letzte Absendung: am 13. April 1864.

Ernennungen, Anstellungen ꝛc. Seine Königliche Majestät haben den Amtshauptmann Rudolph von Sandersleben zum Geheimen Finanzrath zu ernennen geruht.

Seine Königliche Majestät haben dem Vorstande des Gerichtsamts Schwarzenberg, Gerichtsamtmann Karl Richard Hebrich, unter Genehmigung dessen zeitweiliger aushülfsweiser Verwendung bei dem Justiz-Ministerium den Charakter eines Justizraths mit dem Range eines Appellationsraths in der IV. Klasse der Hofrangordnung zu verleihen in Gnaden geruht.

Immatriculation von Advocaten. Vom Justizministerium ist der Universitätsgerichtsactuar Dr. Friedrich Gotthelf Moritz Meltzer in Leipzig zum Advocaten ernannt und als solcher verpflichtet worden.

Todesfälle. Gestorben: am 19. April 1864 der Gerichtsdirector und Advocat Carl August Ehrig in Bautzen; am 20. April 1864 der Bezirksgerichtsactuar Edward Ernst Wolff in Dresden; am 24. April 1864 der Bezirksgerichtsrath Julius Schneider in Dresden; am 29. April 1864 der Geheimrath a. D. Gustav von Flotow, Comthur des Verdienst-Ordens, in Dresden.

Redacteur: Dr. Theodor Tauchnitz. Officin der Verlagshandlung.

Wochenblatt

für

merkwürdige Rechtsfälle,

in actenmäßigen Darstellungen

aus dem Gebiete der Justizpflege und Verwaltung

zunächst für das

Königreich Sachsen.

Von diesem Wochenblatte erscheinen jährlich 64 Nummern zu 1 Quartbogen und außerdem am Jahresschlusse ein ausführliches Register.

Alle Postämter u. Buchhandlungen übernehmen Bestellungen und liefern das Quartal zu dem praenumerando zu entrichtenden Preise von 1 Thaler.

Verlag von Bernhard Tauchnitz in Leipzig.

№ 31. Neue Folge Zwölfter Jahrgang. 1864.

50.

Inwieweit ist eine wegen des Einbringens der Ehefrau des Verkäufers auf dem veräußerten Grundstücke haftende Cautionshypothek als ein Hinderniß anzusehen, welches die wirkliche Erfüllung des Kaufes ohne freiwillige Mitwirkung der Ehefrau unmöglich macht, und der auf Erfüllung gerichteten actio emti des Käufers entgegensteht? — Die Verurtheilung des auf Ueberlassung des Civileigenthums beklagten Verkäufers wird durch Differenzen, welche zwischen den Kaufsinteressenten über einzelne Punkte des von dem Verkäufer reservirten Auszuges obwalten, nicht aufgehalten, und hat der Verkäufer eventuell seine diesfallsigen Ansprüche mittelst besonderer Klage geltend zu machen.

Mitgetheilt von

Herrn W. in L.

S. klagte im Jahre 1863 wider Schn. bei dem Gerichtsamte zu R. auf Erfüllung eines Hauskaufes. Die Parteien waren darüber einverstanden, daß

1) Beklagter im September 1862 sein Haus für 890 Thlr. —, —, an Klägern verkauft, dabei aber für sich und seine Ehefrau freie Herberge in dem veräußerten Grundstücke sich vorbehalten habe,

2) daß weiter stipulirt worden sei, daß die Uebergabe am 16. September 1862 stattfinden und die Zahlung des Kaufpreises durch Uebernahme einer Hypothek von 500 Thlrn. —, —, und Baarzahlung von 390 Thlrn. —, —, erfolgen solle,

3) daß die Naturalübergabe des Hauses an dem bestimmten Tage geschehen, auch die Zahlung der 390 Thlr. —, —, bewirkt worden sei.

Kläger behauptete noch weiter,

4) daß Beklagter ausdrücklich sich verpflichtet habe, eine auf dem verkauften Hausgrundstück für seine Ehefrau wegen des Einbringens derselben zur Höhe von 195 Thlrn. —, —, haftende Cautionshypothek löschen zu lassen,

5) daß zwei Tage nach dem Abschlusse von dem Beklagten dem Kläger ein der Klage unter A. abschriftlich beigefügter Kaufaufsatz vorgelegt, und letzterer von den Parteien genehmigt und vollzogen worden sei,

auch

6) er, Kläger, der von ihm übernommenen Verpflichtung gemäß alsbald nach seinem Einzug in das erkaufte Haus die Auszugswohnung für Beklagten hergestellt und eingerichtet, und Letzterer dieselbe bezogen habe.

Das Petitum der Klage war auf Erfüllung des in derselben nebst Beifuge A. beschriebenen Kaufes, Verschaffung des Civileigenthums an dem Hause, Leistung von Quittung über die geschehenen Zahlungen und Herbeiführung der Löschung jener Cautionshypothek, sowie Erstattung der erweislichen Schäden gerichtet.

Der Beklagte stellte das Versprechen ad 4. durchaus in Abrede, gab zu 5. zu, daß er dem Kläger einen Kaufaufsatz vorgelegt habe, bemerkte jedoch, daß Kläger einige Zusätze hinzugefügt habe, eine Genehmigung oder Vollziehung dieses Aufsatzes aber seinerseits (d. i. Seiten des Beklagten) nicht erfolgt sei, er, Beklagter, vielmehr dem Kläger nur Quittungen über die bewirkten Zahlungen ausgestellt habe.

Zu 6. erklärte Beklagter, daß er die neue Auszugswohnung nur gezwungen bezogen habe, obwohl sie noch nicht fertig hergestellt sei, indem der Kläger aus seiner frühern Wohnung die Läden weggenommen und so die erstere unbewohnbar gemacht habe. Unter mehrfachen Ausstellungen wider die Construction der Auszugswohnung und Negation einzelner minderwesentlicher Bestimmungen der Klagbeifuge A. in Betreff des dem Beklagten reservirten Auszuges machte aber letzterer hauptsächlich geltend, wie Klägers Verlangen, daß Beklagter die für seine Ehefrau auf dem verkauften Grundstück haftende Illatenforderung zur Löschung bringen lasse, unstatthaft sei, da Beklagter dies nicht ohne freiwillige Mitwirkung seiner Ehefrau thun könne, diese aber die Löschung so lange verweigere, als Kläger nicht seinen contractlichen Quittungen allenthalben nachgekommen sei und bei dem sonach vorliegenden Falle der Unmöglichkeit directer Vertragserfüllung die Klage nur auf das id quod interest hätte gerichtet werden können.

In der Replik widersprach Kläger dem Vorbringen des Beklagten, gab aber zu, daß er von dem Beklagten Quittungen über die gezahlten Kaufgelder erhalten habe, „doch befänden sich diese auf einem von der Urschrift der Klagbeifuge A. verschiedenen Bogen“.

Das Königl. Bezirksgericht zu Mittweida ließ es zunächst bei dieser Erklärung des Klägers in Betreff der Quittungen bewenden, durch welche sich das auf nochmalige Quittungsleistung bezügliche Klaggesuch erledige, da Kläger keinen rechtlichen Anspruch darauf habe, daß die fraglichen Quittungen auf dem nämlichen Bogen ausgestellt würden, auf welchem sich die Klagbeifuge A. befinde, verurtheilte aber sonst den Beklagten ad petita libelli, indem es dessen Einwendungen für unerheblich erachtete, weil

„a) Beklagter, daß er die von dem Kläger hergerichtete Auszugswohnung wirklich bezogen, zugestanden habe, übrigens auch die Herstellung der Auszugsräume durch den Käufer der ihm von dem Verkäufer zu gewährenden Einräumung des Civileigenthums nicht vorauszugehen, sondern nachzufolgen habe, und, selbst hiervon abgesehen, das Vorbringen des Beklagten, welches nicht die essentialia des Kaufcontractes, sondern lediglich Nebenpunkte desselben betreffe, nur auf eine exceptio non rite adimpleti contractus hinauslaufe, die unter Umständen zu Formirung von Schädenansprüchen führen, gegenwärtig aber um so mehr auf sich beruhen könne, als Beklagter sich deren Geltendmachung zu besonderer Ausführung vorbehalten habe,

weiter,

b) insofern von Beklagtem verneint worden sei, daß er bei dem Abschlusse dem Kläger gegenüber die Verpflichtung übernommen habe, die Hypothek wegen des Einbringens der Ehefrau löschen zu lassen, zur Zuerkennung des delati über diesen Theil der Klage darum nicht zu gelangen sei, weil Beklagter schon an sich als Verkäufer für die Löschung dieser in die Kaufsumme nicht mit eingerechneten und deshalb dem Kläger als dem Käufer nicht mit überwiesenen Hypothek Sorge zu tragen verbunden sei,

Annalen des K. Oberappellationsgerichts, Bd. V. S. 268.

und die Erfüllung dieser ihm schon ohnehin obliegenden und eines besonderen diesfallsigen Versprechens nicht erst bedürfenden Verpflichtung auch für den Fall, daß die Ehefrau des Beklagten die Aufgebung der fraglichen Hypothek zur Zeit noch verweigern sollte, unter den vorliegenden Umständen darum keineswegs als eine rechtlich unmögliche Forderung bezeichnet werden könne, weil es sich hier um die Hypothek für eine gewöhnliche Geldforderung handele, deren Löschung durch Rückzahlung des Schuldbetrags an die Forderungsberechtigte in der Gewalt des Beklagten liege und daher für ihn erzwingbar sei.

Annalen, IV. S. 469. V. S. 49.“

Das Königl. Appellationsgericht zu Leipzig erkannte im November 1863 reformatorisch auf Abweisung der Klage in der angebrachten Maaße. Die Rationen lauten:

„Der Kläger hat sein Sachgesuch nach Bl. — wörtlich dahin gerichtet,

> daß Beklagter den in der Klage nebst Beifuge A. beschriebenen Kauf zu erfüllen, daher aber Klägerm das Civileigenthum an dem — Hausgrundstücke zu verschaffen, ihm auch über die angegebenen Zahlungen Quittung zu leisten, nicht minder das eheweibliche Einbringen der 195 Thlr. —, —, auf dem betreffenden Folium zu Löschung zu bringen, sowohl die erwachsenen Schäden, ingleichen die Proceßkosten zu erstatten schuldig.

Nach den von der vorigen Instanz Bl. — zusammengestellten Zugeständnissen des Beklagten, Inhalts deren der erfolgte Abschluß eines Kaufgeschäfts, das Object desselben, der bedungene Preis, die Modalität der Zahlung desselben, die Zeit und der Erfolg der Uebergabe, mithin das Wesentliche der getroffenen Verabredungen feststeht, ist an sich die Verbindlichkeit des Beklagten, dem Kläger das Civileigenthum an dem verkauften Hause zu verschaffen, nicht zweifelhaft und würde es daher, Behufs der allseitigen Feststellung des zwischen den Parteien vereinbarten Rechtsgeschäfts, lediglich der Constatirung einzelner Nebenpunkte, bezüglich deren die Angaben der Parteien von einander abweichen, durch Ableistung der deshalb wechselseitig angetragenen Eide bedürfen.

Hiernächst würde, wenn auch auf dem erkauften Grundstücke liquider Maaßen wegen des Einbringens der Ehefrau des Beklagten nach Höhe von 195 Thlrn. —, —, eine Cautionshypothek haftet, deren Seiten des Klägers zu bewirkende Uebernahme zwischen den Parteien nicht stipulirt ist, in der Existenz dieser Hypothek an sich nicht ein unüberwindliches Hinderniß der Realisirung des Kaufgeschäfts, d. i. der Uebertragung des Civilbesitzes an den Kläger, liegen. Denn abgesehen davon, daß dem Kläger es freistehen würde, das gedachte Pfandrecht einstweilen unter Vorbehalt des Regresses wider den Beklagten mit zu übernehmen und für den Fall, daß er später aus dem Pfandrechte in Anspruch genommen würde, diesen Regreß geltend zu machen, könnte sogar in Frage kommen, ob nicht der Kläger in der Kaufsklage unter dem Erbieten zu Uebernahme jener Hypothek zugleich die Bestellung geeigneter Caution wegen der hieraus ihm entstehenden Vertretung zu verlangen berechtigt sein würde.

Vergl. L. 12. §. 1. D. de peric. et comm. (18. 6.)

L. 1. C. de evict. (8. 45.)

Treitschke, Kaufcontract, §. 46. in fin.

Allein der Kläger hat keinen dieser Auswege gewählt, vielmehr von dem Beklagten die Gewährung des, von der ernannten Hypothek freien, Civilbesitzes gefordert. In dieser Beziehung vermag nun die gegenwärtige Instanz der Bemerkung der vorigen Richter Bl. —, wonach

„es sich hier um eine gewöhnliche Geldschuld handele, deren Löschung durch Rückzahlung des Schuldbetrags an die Forderungsberechtigte in der Gewalt des Beklagten liege und für ihn erzwingbar sei",

nicht beizupflichten. Denn offenbar kann das eheweibliche Einbringen, wegen dessen eine Hypothek an dem Grundstücke des Ehemannes annotirt worden ist, mit anderen hypothekarischen Forderungen und namentlich den gewöhnlichsten Arten derselben, mit den auf Kündigung stehenden Darlehnscapitalien, weder überhaupt, noch insbesondere in der hier in Frage stehenden Beziehung, d. i. in Betreff der dem Schuldner jederzeit gebotenen Möglichkeit, den Gläubiger zu Rücknahme des Capitals zu zwingen, nicht identificirt werden. Vielmehr ist durch das Gesetz vom 6. November 1843. §. 38. No. 1. der Ehefrau im Allgemeinen die Berechtigung zugesprochen worden, an den Immobilien des Ehemannes wegen ihres Mobiliareinbringens eine Hypothek, kraft des Gesetzes und ohne daß es dazu der Willenserklärung des Schuldners bedarf, zu erwerben. Dem Ehemanne ist dagegen (abgesehen von der in §. 42. l. c. nachgelassenen besonderen rechtlichen Ausführung etwaiger Einwendungen, für deren Existenz und Begründung in dem vorliegenden Falle es an jeder Andeutung fehlt) bezüglich der Modalität der Sicherstellung und der Füglichkeit, eine Löschung des Pfandrechtes einseitig herbeizuführen, nach §. 43. leg. cit. nur das Befugniß eingeräumt worden, bei erfolgter Intabulation der Hypothek auf mehreren Immobilien nach Befinden die Löschung des Eintrags auf einzelnen derselben zu verlangen. Es ergiebt sich hieraus, daß, so wenig wie ein anderer Pfandgläubiger zu Aufgabe seines Pfandrechts gegen ihm zu gewährende andere Sicherheit rechtlich gezwungen werden kann, eben so wenig ein derartiges Zwangsrecht in dem vorliegenden Falle als ein dem Beklagten wider seine Ehefrau zuständiges bezeichnet werden darf. Der Ehemann ist aber auch die Einwilligung in Löschung der Hypothek nicht einmal gegen die Rückgewährung des Einbringens zu fordern berechtigt, weil nach erfolgter Auszahlung er wiederum die Illation des Gezahlten von seiner Ehefrau zu verlangen befugt sein, und somit die Auszahlung augenscheinlich der Ehefrau keine Sicherung ihrer Dotalforderung bieten würde. Nun würde zwar der Anspruch des Ehemannes auf wiederholte Illation des der Ehefrau ausgezahlten Dotalvermögens dann hinwegfallen, wenn bei der Auszahlung dem letzteren Receptitieneigenschaft gegeben würde. Allein dies könnte während der Dauer der Ehe nur durch freie beiderseitige Einigung der Ehegatten bewirkt werden, und würde daher der Ehemann auch selbst dann, wenn er auf sein Verwaltungs- und Nießbrauchsrecht verzichtete, die Ehefrau zu Rücknahme des inferirten Vermögens und Verwilligung der Hypothekenlöschung zu zwingen sich außer Stande befinden.

zu vergl. Heyne, Commentar, Bd. 1. S. 234.

Annalen des K. Oberappellationsgerichts, Bd. 2. S. 44.

Siegmann, Grund- und Hypothekenrecht, S. 148. und 230 flg.

Hiernach liegt allerdings der Fall vor, daß der Beklagte, so viel die Tilgung des fraglichen Pfandrechtes anlangt, den dem Kläger gegenüber eingegangenen Verpflichtungen ohne freiwillige Mitwirkung eines Dritten nicht zu genügen vermag. Unter diesen Umständen haben die Bl. — Seiten des Beklagten angezogenen, auch von der gegenwärtigen Instanz befolgten Grundsätze Platz zu greisen, und ist daher dem Kläger nicht die Klage auf Erfüllung der eigentlichen vertragsmäßigen Leistung, sondern nur ein Anspruch auf das id quod interest zu gestatten. Wenn aber Kläger Bl. — bemerkt,

> daß die fragliche Hypothekenlöschung sich sehr leicht dadurch bewerkstelligen lasse, daß Beklagter von der Kaufsumme eine dem eheweiblichen Einbringen entsprechende Summe an ihn, den Kläger, zurückzahle, indem in diesem Falle er
>
> a) entweder das Einbringen in Anrechnung auf den Kaufpreis mit übernehmen, oder
>
> b) auch solches zur Auszahlung bringen könne,

so würde, ganz abgesehen davon, daß der Fall sub a. eben nicht zu der Löschung der Hypothek führen, die Eventualität sub b. aber wiederum nicht ohne Zustimmung der Ehefrau des Beklagten realisirt werden könnte, diese Art und Weise der Erledigung der entstandenen Differenz, welche sich den in dem Eingange als möglich bezeichneten Modalitäten annähern würde, doch in keinem Falle dem auf Gewährung des hypothekenfreien Civilbesitzes gerichteten Klaggesuch entsprechen, mithin jedenfalls in dem gegenwärtigen Processe nicht sich realisiren lassen.

Es könnte noch in Frage kommen, ob nicht mindestens eine theilweise Aufrechterhaltung der Klage in so fern statthaft sei, als in dem Gesuche auf Erfüllung eines Kaufes über ein Immobile zugleich das Verlangen der Vollziehung einer den Vorschriften von §. 143. des Hypothekengesetzes entsprechenden Urkunde, mindestens das Verlangen des Anerkenntnisses der aus dem abgeschlossenen Kaufgeschäfte abzuleitenden Verbindlichkeiten enthalten ist, überdies auch der Kläger von dem Beklagten ausdrücklich Quittung über die geleisteten Kaufgelderzahlungen gefordert hat, und diesen sämmtlichen Verpflichtungen nachzukommen, der Beklagte auch bei der jetzigen Sachlage unbehindert sein würde. Allein will Man auch darauf kein Gewicht legen, daß der Kläger die aus §. 143. leg. cit. sich ergebende Verpflichtung des Verkäufers in der Klageschrift und dem Sachgesuche nicht besonders hervorgehoben hat, so ist doch diese Verbindlichkeit, wenn nicht deshalb ausdrückliche Verabredung getroffen worden war, nur ein Theil und eine nothwendige Folge der hauptsächlichen Obliegenheit des Verkäufers, dem Käufer den Civilbesitz des Grundstücks zu gewähren. Kann also die letztere in dem concreten Falle nicht zur Geltung gebracht werden, so findet eben so auch die erstere ihre Erledigung, oder es gewinnt zum Mindesten das auf Vollziehung einer Kaufurkunde gerichtete Suchen des Klägers lediglich die Eigenschaft einer Klage auf Anerkenntniß des betreffenden Forderungsrechtes des Klägers. Eine solche aber darf bekanntlich dann nicht zugelassen werden, wenn das Recht selbst, dessen Anerkenntniß verlangt wird, bereits klagbar gemacht werden kann.

zu vergl. Zeitschrift für Rechtspfl. u. Verw., N. F. Bd. 20. S. 20.

Eine solche Klage ist daher auch in dem vorliegenden Falle nicht statthaft, da die Anstellung der actio emti, welche unter den vorliegenden Umständen aus einer Klage auf Erfüllung des Kaufes in einen Anspruch auf Erstattung der gehörig zu specificirenden Schäden sich verwandelt, dem Kläger jederzeit unbenommen bleibt. Soviel dagegen den Anspruch des Klägers auf Quittungsleistung betrifft, bezüglich dessen wider ihn, den Kläger, die Disposition Bl. — Rechtskraft erlangt hat, so hat derselbe Bl. — bereits zugegeben, daß er außergerichtliche Quittung des Beklagten erhalten habe. Nun würde zwar mit Rücksicht auf die mehrerwähnte Disposition des §. 143. des Hypothekengesetzes dieser Umstand das Befugniß des Klägers nicht ausschließen, die Aufnahme einer wiederholten, der eidlichen Ablehnung nicht unterworfenen Quittung in die auszufertigende gerichtliche Kaufsurkunde zu verlangen, und insoweit der Ansicht der vorigen Instanz Bl. — nicht beigepflichtet werden können. Da inzwischen, wie oben ausgeführt worden ist, nach den Verhältnissen des concreten Falles nicht einmal ein Recht des Klägers auf Ausfertigung einer gerichtlich vollzogenen Kaufurkunde zu klagen, anerkannt werden mag, so muß das Suchen des Klägers, welcher Privatquittung geständiger Maaßen erhalten, auf eine besondere Zusage gerichtlicher Quittung aber sich nicht bezogen hat, auch in dieser Rücksicht bei der jetzigen Sachlage als unstatthaft bezeichnet werden.

Ungeachtet der völligen Abweisung der Klage sind die Kosten beider Instanzen compensirt worden, weil aus der Klagbeantwortung sich ergiebt, daß dem Kläger an sich ein Kaufrecht wider den Beklagten zustehe, der Grund, aus welchem das letztere mittelst einer auf das tradere gerichteten actio emti nicht verfolgt werden kann, ein von dem Kläger nicht verschuldeter ist, vielmehr den Beklagten mindestens der Vorwurf trifft, daß er ein Kaufgeschäft abgeschlossen hat, ohne sich vergewissert zu haben, ob er dasselbe auszuführen im Stande sei, endlich die Beurtheilung des Falles von Beantwortung verschiedener zweifelhafter Rechtsfragen abhängt, beziehentlich, soviel die Kosten des Rechtsmittels anlangt, weil reformatorisch erkannt worden."

Auf eingewendete Appellation des Klägers ward von dem Königl. Oberappellationsgericht im Anfang des Jahres 1864 das Erkenntniß der ersten Instanz wieder hergestellt, aus folgenden Gründen:

„Das Königliche Oberappellationsgericht pflichtet zwar der Ansicht der vorigen Instanz in Betreff der Frage, ob eine Klage auf directe Vertragserfüllung zulässig sei, wenn der Beklagte sich außer Stande befindet, die schuldige Leistung selbst zu gewähren, im Allgemeinen bei, und hat dieselben in ähnlichen Fällen

vergl. Annalen, Band I. Seite 19., Band IV. Seite 102. 469., Band V. Seite 49.

wiederholt ausgesprochen; allein mit der Anwendung des Grundsatzes, daß bei liquider Unmöglichkeit dieser Leistung an die Stelle der Klage, auf directe Erfüllung des Vertrags, der Anspruch auf das id quod interest trete, auf den vorliegenden Fall hat man sich nicht einzuverstehen vermocht.

Eine Unmöglichkeit der directen Vertragserfüllung kann nämlich nur dann angenommen werden, wenn die schuldige Leistung entweder der Natur der Dinge zufolge nicht vollzogen werden kann — absolute Unmöglichkeit — oder wenn es dazu der freiwilligen, nicht erzwingbaren Mitwirkung einer dritten Person bedarf.

Annalen, Band V. Seite 49.

Die Löschung einer gewöhnlichen Hypothek zu beschaffen, ist in diesem Sinne keine für den Schuldner unmögliche Handlung, weil diese Hypothek voraussetzlich gegen Zahlung der Schuld freiwillig aufgegeben wird, beziehentlich deren Aufgabe dadurch erzwungen werden kann. Nun ist man zwar nach dem Anführen Klägers Bl. — anzunehmen berechtigt, daß die für die Ehefrau des Beklagten auf dem verkauften Grundstücke haftende Hypothek auf Grund des gesetzlichen Rechtstitels zum Eintrag gelangt sei, und es ist richtig, daß, nach der Meinung des Oberappellationsgerichts, die Ehefrau außer dem Falle einer wirklichen Restitution des Einbringens oder eines Receptitienvertrags, selbst durch Auszahlung der eingetragenen Summe, zur Aufgabe einer solchen Hypothek nicht gezwungen werden kann. Zu berücksichtigen ist aber auch, daß die auf Grund des gesetzlichen Rechtstitels eingetragene Hypothek der Ehefrau nur die Eigenschaft einer Cautionshypothek wegen ihren erweislichen Illaten besitzt, und daß durch den auf einseitigen Antrag der Ehefrau bewirkten Eintrag der ihrerseits angezeigten Summe noch kein Beweis für die Existenz und Höhe dieser Illaten geführt wird. Diesen Beweis hat die Ehefrau selbst zu führen und der Ehemann ist, nach der Bestimmung in §. 42. des Hypothekengesetzes vom 6. November 1843, auch während der Ehe noch berechtigt, eine Löschung der Hypothek zu verlangen, wenn die Ehefrau ihm nichts inferirt hat. Zu diesem Ende kann er sich der negatorischen Klage, nach Befinden auch zunächst der Provocation ex lege diffamari bedienen.

Annalen, Band VIII. Seite 309.

Besondere Schwierigkeiten bei der Vollstreckung des Erkenntnisses lassen sich unter den hier obwaltenden Verhältnissen, mit Rücksicht auf Beklagtens Aeußerung Bl. — sub 1.*), nicht befürchten, es läßt sich sogar annehmen, daß es demselben gelingen werde, seine Ehefrau zu Aufgabe ihres Pfandrechts, nach Befinden, gegen andere genugsame Sicherstellung zu vermögen. Uebrigens würde es auch eintretenden Falls Sache der weiteren Erwägung und Resolution des Proceßrichters sein, zu bestimmen, ob dasjenige, was der Beklagte in Gemäßheit der rechtskräftigen Entscheidung: „die Hypothek zur Löschung zu bringen", bereits gethan hat, ausreiche, um die Einleitung oder Fortstellung des executivischen Verfahrens, wenigstens auf Zeit, zu beanstanden.

Nach diesen Prämissen hat man kein Bedenken getragen, die unbedingte Verurtheilung des Beklagten herzustellen. Der Beklagte hat pct. lit. cont. 1. 2., in der Anmerkung zu pct. lit. cont. 4. und pct. lit. cont. 5. 6. 12. 18. 22. 26. den Abschluß des betreffenden Kaufes in seinen wesentlichen Punkten, die Berichtigung der baar zu erlegenden Kaufgelder und die Uebergabe des erkauften Grundstücks eingeräumt. Seine von dem Inhalte der Klage und der Klagbeifuge abweichenden Angaben betreffen nur das Versprechen, die eheweibliche Illatenhypothek zur Löschung zu bringen, und den Umfang der einzelnen Verpflichtungen, welche der Kläger in Ansehung des vorbehaltenen Wohnungsauszugs übernommen hat, woran sich zugleich die Behauptung schließt, daß der Kläger seinen Verpflichtungen wegen Herstellung der Auszugswohnung nicht genügt habe. Das Versprechen, die Hypothek zur Löschung zu bringen, war nicht erforderlich, um Klägers diesfallsigen Anspruch zu begründen; denn da, wie sich aus Beklagtens obigen Zugeständnissen ergiebt, der Kläger diese Hypothek nicht in Anrechnung auf die Kaufsumme übernommen, die letztere vielmehr theils baar, theils durch Uebernahme einer ihm zur Berichtigung überwiesenen anderen Hypothekenschuld an 500 Thalern

*) Der Beklagte hatte an der citirten Actenstelle erklärt, daß seine Ehefrau in Löschung ihres Einbringens nur dann einwilligen wolle, wenn der Kläger die Auszugswohnung der Verabredung gemäß herstelle.

—, —, vollständig gedeckt hat, so war Beklagter schon in Folge des Kaufcontractes selbst verbunden, dem Kläger die hypothekenfreie Uebergabe zu gewähren.

vergl. Annalen, Band V. Seite 268.

Anlangend die den Auszug betreffende Differenz, so brauchte dieselbe für die Zwecke des gegenwärtigen Processes nicht erörtert zu werden. Sollte Kläger den ihm diesfalls obliegenden Verpflichtungen nicht genügt haben, so bleibt es zwar dem Beklagten unbenommen, seinen Anspruch auf Anerkennung, beziehentlich Erfüllung dieser Verpflichtungen gegen den Kläger mittelst besonderer Klage geltend zu machen; der im Uebrigen durch Zahlung der Kaufgelder, Uebergabe des Grundstücks und Beziehung der Auszugswohnung bereits ausgeführte Kaufvertrag kann aber durch diese Differenz in seiner rechtlichen Wirksamkeit nicht alterirt, und die Verbindlichkeit des Beklagten, dem Kläger das Eigenthum durch Eintragung in das Grundbuch zu verschaffen, um so weniger aufgehoben oder beanstandet werden, als dem Käufer nicht zugemuthet werden kann, Baulichkeiten, die sich der Auszügler vorbehalten hat, eher vollziehen zu lassen, als bis er das Eigenthum an dem erkauften Grundstücke erlangt hat. Ein schriftlicher Vertrag ist nach dermaligen Rechten nicht nöthig, um in Gemäßheit der rechtskräftigen Entscheidung den Eintrag des Kaufes zu bewirken; denn die Vorschriften in §. 142 flg. des Hypothekengesetzes vom 6. November 1843 besagen nicht, daß der Rechtstitel der nachgesuchten Eintragung unbedingt durch eine das betreffende Rechtsgeschäft selbst enthaltende Urkunde bei der Grund- und Hypothekenbehörde nachgewiesen werden müsse, und wenn auch das gedachte Gesetz die rechtskräftige Entscheidung als Rechtsgrund oder Rechtstitel zur Eintragung nicht ausdrücklich anerkennt, so ist es doch nicht zweifelhaft, daß die zur Vollstreckung eines solchen Erkenntnisses erforderlichen Eintragungen auf Requisition des Proceßrichters von der Grund- und Hypothekenbehörde vorzunehmen sind. Die den Umfang des Auszugs betreffende Differenz aber würde, da der Eintrag eines solchen ohne speciellere Angabe der einzelnen Berechtigungen und Verpflichtungen erfolgt, den Beklagten ebenfalls nicht behindern, nach §. 41. des angezogenen Gesetzes die Eintragung des ihm wenigstens im Allgemeinen gar nicht bestrittenen Auszugsrechts für sich, seine Ehefrau und seine Kinder zu verlangen. Der weiteren Erörterung der obgedachten, über die einzelnen Auszugsgegenstände und damit in Verbindung stehenden besonderen Verpflichtungen des Auszugsträgers entstandenen Differenz, ist auch durch die Entscheidung der ersten Instanz, welche nach Bl. — diesen Streit der besonderen Ausführung überlassen und die Verurtheilung Bl. — im Allgemeinen auf Erfüllung des „zwischen den Parteien abgeschlossenen" Kaufes gerichtet hat, nicht vorgegriffen worden.

Aus diesen Gründen ist das Erkenntniß erster Instanz wieder hergestellt worden. Dagegen konnte dem Antrage Klägers, den Beklagten auch zur Ausstellung einer Quittung über die geständlich bezahlten Kaufgelder zu verurtheilen, schon deshalb nicht entsprochen werden, weil denselben insoweit die Rechtskraft der ebengedachten Entscheidung, gegen welche er kein Rechtsmittel eingewendet hat, entgegensteht.

Hinsichtlich der Kosten bedarf die Entscheidung keiner besonderen Rechtfertigung."

51.

Processualische Bedeutung des Grundsatzes: reus negans non excipit jurejurando delato et acceptato, in dem Falle, wenn die Klage auf zwei besonderen Klagfundamenten beruht, von denen das eine zugestanden, das andere geleugnet ist. — Anwendbarkeit jener Rechtsregel auf den Kläger, welcher eine auf dem delatum stehende Ausflucht leugnet.

Mitgetheilt von

Herrn —r in D.

A. klagte gegen B. auf Bezahlung einer Restschuld von 138 Thlrn. 27 Ngr. 5 Pf., und stützte seinen Anspruch theils auf einen mit B. über verschiedene Quantitäten Getreide abgeschlossenen Kauf, theils auf die Behauptung, daß am 7. August 1862 von den Parteien eine gegenseitige Berechnung über den vom Beklagten geschuldeten Kaufpreis für das bis zu diesem Tage erkaufte Getreide einerseits und die von dem Beklagten bis zu dem nämlichen Tage geleisteten Zahlungen andererseits vorgenommen worden sei, und daß bei dieser Gelegenheit der Beklagte dem Kläger ausdrücklich bekannt habe, daß er ihm annoch den Betrag von — Thlrn. — Ngr. — Pf. schulde, auch ihm die Bezahlung dieses Restes ausdrücklich zugesagt habe.

Der Beklagte räumte in der Einlassung den ersten, auf dem Kaufsgeschäfte selbst beruhenden Klaggrund ein, während er unter ausdrücklicher Annahme des ihm angetragenen Eides das auf das behauptete Schuldanerkenntniß bezügliche Klaganführen (beim 9ten bis 13ten Einlassungsabschnitt) in

Abrede stellte und im Uebrigen seinerseits unter Eidesantrag excipirte, daß er dem Kläger außer denjenigen Abschlagszahlungen, welche ihm der Letztere in der Klagschrift selbst bereits zugestanden hatte, noch eine weitere Baarzahlung von 40 Thlrn. —• —• geleistet und außerdem die Summe von 7 Thlrn. 17 Ngr. 6 Pf. durch käufliche Ueberlassung von Brod, Pflaumen und Weintrauben in gleich hohem Werthe gewährt habe.

Die erste Instanz erkannte in Ansehung des unter den Parteien im Verfahren streitig gebliebenen Betrages von 47 Thlrn. 17 Ngr. 6 Pf. auf das delatum über die Ausflucht.

Hiergegen appellirte Kläger, welcher verlangte, daß zunächst auf das delatum über die Klage zu erkennen und, nur die Leistung desselben vorausgesetzt, ihm das delatum über die Ausflucht nachzulassen sei.

Das Königl. Appellationsgericht zu Dresden bestätigte den Bescheid des Proceßgerichts, jedoch mit einer die Eidesnotul betreffenden Verbesserung, indem es seiner Entscheidung vom 29. September 1863 folgende Gründe beifügte:

„Es ist dem Kläger zwar darin beizupflichten, daß (beim 9ten bis 13ten Einlassungsabschnitt) in schlüssiger Weise auf ein von dem Beklagten vor der Klaganstellung dem Kläger gegenüber erklärtes Schuldanerkenntniß und Zahlungsversprechen an sich als auf einen zweiten Klaggrund Bezug genommen worden ist. Denn nach der vom Kläger hierunter gemachten Sachdarstellung handelt es sich bei den in den nurerwähnten Einlassungsabschnitten behaupteten Thatsachen nicht blos um ein außergerichtliches Zugeständniß eines Rechtsverhältnisses von Seiten des Verpflichteten gegen den Berechtigten, welches nur als Beweisgrund für das Dasein des ursprünglich begründeten Rechtsverhältnisses in Betracht gelangen könnte, sondern das in der Klage behauptete Anerkenntniß fällt in das Gebiet des Anerkennungsvertrags, welcher mit dem Willen, sich durch das Anerkenntniß selbstständig zu verpflichten, verbunden ist.

vgl. Bähr, die Anerkennung als Verpflichtungsgrund, §. 44. Seite 164 flg. Seite 169.

Allein unrichtig sind die Folgerungen, welche Kläger Bl. — und Bl. — hieraus für den vorliegenden Fall herleitet, und insbesondere entbehrt der Bl. — und Bl. — gestellte Antrag, daß in Ansehung des gegenwärtig unter den Parteien noch streitigen Theiles der geklagten Forderung im Betrage von 47 Thlrn. 17 Ngr. 6 Pf. zuvörderst auf den über die vom Beklagten beim 9ten bis 14ten Einlassungspunkte geleugneten Klagbehauptungen angenommenen Eid und nur erst unter vorausgesetzter Leistung dieses letzteren Eides auf den über das ausfluchtsweise Vorbringen Bl. — angetragenen Eid zu erkennen gewesen sei, der rechtlichen Begründung. Denn als Klaggrund kann das Vorbringen des Klägers bei den nurgedachten Klagabschnitten nach einem von dem Königlichen Appellationsgerichte bisher festgehaltenen Grundsatze unter den Verhältnissen der gegenwärtigen Sache um deswillen nicht geltend gemacht werden, weil das auf dem Eide stehende, vom Beklagten Bl. — verneinte Schuldanerkenntniß und Zahlungsversprechen hier mit einem anderen, genau dasselbe verfolgenden und rechtlich gleich wirksamen Klaggrunde zusammentrifft, dieser aber durch das Zugeständniß des Beklagten (vergleiche Einlassungspunkt — Bl. — flg.) bereits in rechtliche Gewißheit gesetzt und nur noch durch Ausflüchte bestritten ist. Beklagter hat nämlich an der zuletzt gedachten Stelle der Einlassung die von dem Kläger über das ursprünglich zwischen ihnen bestandene Rechtsverhältniß gemachten Angaben und insbesondere den Umstand, daß er für die in der Klagbeifuge A. Bl. — aufgeführten Quantitäten Getreide, welche er vom Kläger erkauft, sowie für das vom Letzteren in seinem Auftrage besorgte Mahlen dieses Getreides dem Kläger den Betrag von — schuldig geworden sei, unumwunden eingeräumt und dabei Bl. — nur vorgeschützt, daß er dem Kläger außer den in jener Klagbeifuge eingeräumten Zahlungen im Gesammtbetrage von — noch weitere Beträge von beziehentlich 40 Thlrn. —• —• und 7 Thlrn. 17 Ngr. 6 Pf. auf die geklagte Forderung entrichtet habe. Der eigentliche Zweck der Klage ist demnach für sich bereits durch die Zugeständnisse beim — bis — Einlassungspunkte erreicht und nur des Beklagten Gegenangriff steht materiell noch in Frage. Wenn aber materiell bei der Entscheidung auf das fragliche Anerkenntniß und Zahlungsversprechen als Klaggrund keine weitere Rücksicht zu nehmen ist, so kann dies auch aus der blos formellen Rücksicht nicht geschehen, daß das hier in Betracht gelangende Klagvorbringen auf dem Eide steht und Beklagter den ihm darüber angetragenen Eid ausdrücklich angenommen hat. Die in der Erläuterten Proceß-Ordnung ad Tit. XVI. §. 3. enthaltene Vorschrift, daß in dem Falle, wenn der Beklagte den Klaggrund, über welchen ihm der Eid angetragen ist, geleugnet und den Eid ausdrücklich oder stillschweigend angenommen hat, die Vorschütung peremtorischer Ausflüchte unstatthaft ist, kann in Verhältnissen der hier fraglichen Art nicht zur Anwendung gebracht werden, und man darf nicht in Befolgung jener formellen Vorschrift auf den angenommenen Eid erkennen wollen, um die gegen den anderen Klaggrund erhobenen Ausflüchte abzuschneiden, insoweit sie materiell auch dem geleugneten Anerkenntnisse und Zahlungsversprechen entgegenstehen. Denn der Proceß hat lediglich den Zweck, das Rechtsverhältniß wieder herzustellen, welches nach den Parteibehauptungen gestört worden sein soll. Für diesen Zweck sind die Formen des Processes blos Mittel, deren es nach erreichtem Zwecke, wie dies im gegenwärtigen Falle beim ersten Klaggrunde nach dessen Zugeständnisse liquid vorliegt, weiter nicht bedarf.

Hiernächst konnte aber das Klagvorbringen beim 9ten bis 13ten Einlassungspunkte auch nicht als Replik gegen die von dem Beklagten, dem oben Gesagten zufolge, vorgeschützte Ausflucht der Zahlung in Betracht gelangen, da Beklagter (Bl. —) zur Bescheinigung derselben dem Kläger den Eid angetragen und Kläger diesen Eid stillschweigend angenommen hat. Denn es ist hier der schon erwähnte, in der Erläuterten Proceß-Ordnung ad Tit. XVI. §. 3. enthaltene Grundsatz: negans non excipit, jurejurando delato et acceptato, welcher nach der vom Königlichen Appellationsgericht festgehaltenen Rechtsansicht auch auf den Kläger, der die auf den angenommenen Eid gestellte Ausflucht leugnet, insofern zu beziehen ist, als er nur schwören, nicht aber repliciren kann, zur Anwendung zu bringen. Demgemäß kann von einer Beachtung des Anführens Bl. — auch in der Eigenschaft einer Replik nicht die Rede sein, vielmehr war der angefochtene Bescheid, in welchem auf den vom Kläger über die Ausflucht der Zahlung angenommenen Eid erkannt worden ist, zu bestätigen. Soviel aber den Bl. — unter a. geförmelten Eid anlangt, so „hat Man, obschon Kläger seinerseits eine besondere Ausstellung in dieser Beziehung nicht erhoben, doch — mit Rücksicht darauf rc.*) — es angemessen gefunden, den hierauf bezüglichen Eid richterlichem Amtshalber zu Vermeidung sonst möglicher Mentalreservationen, sowie im vorstehenden Erkenntnisse geschehen ist, zu verbessern. Dieser Verbesserung ungeachtet war jedoch die Verurtheilung des Klägers in Erstattung der durch sein unerhebliches Rechtsmittel entstandenen Kosten auszusprechen."

*) Dieser Theil der Entscheidungsgründe betrifft die in der Ueberschrift bezeichneten Fragen nicht.

Anmerk. des Eins.

Miscellen.

Orden. Seine Königliche Majestät haben zu genehmigen geruht, daß der ordentliche Professor der Rechte an der Universität Leipzig, Geheimrath Dr. von Wächter, und der ordentliche Professor der praktischen Staats- und Cameralwissenschaften, Hofrath Dr. Roscher ebendaselbst, die ihnen von Seiner Majestät dem Kaiser von Rußland verliehenen Orden, und zwar ersterer den St. Stanislausorden erster Classe, Dr. Roscher denselben Orden zweiter Classe, annehmen und tragen.

Von diesem Wochenblatte erscheinen jährlich 64 Nummern zu 1 Quartbogen und außerdem am Jahresschlusse ein ausführliches Register.

Wochenblatt für merkwürdige Rechtsfälle,

in actenmäßigen Darstellungen

aus dem Gebiete der Justizpflege und Verwaltung

zunächst für das

Königreich Sachsen.

Alle Postämter u. Buchhandlungen übernehmen Bestellungen und liefern das Quartal zu dem praenumerando zu entrichtenden Preise von 1 Thaler.

Verlag von Bernhard Tauchnitz in Leipzig.

№ 32. Neue Folge Zwölfter Jahrgang. 1864.

52.

I. Mit welchem Zeitpunkte ist der formelle Concursproceß als beendigt anzusehen, dergestalt, daß das nach §. 20. des Gesetzes vom 7. Juni 1849 suspendirte Recht auf Inwechselhaftnahme des Schuldners wieder auflebt? — II. Berücksichtigung des zukünftigen Erwerbes eines Gemeinschuldners bei Abfassung des Hauptdistributionsabschiedes.

Mitgetheilt von

Herrn —r in D.

Die unter I. bezeichnete Frage ist zwar bereits in dem Aufsatze in No. 25. sub 43. des Wochenblatts f. m. R. vom Jahre 1861 (S. 197 flg.) besprochen worden, in dem damals vorliegenden concreten Falle jedoch nicht zur Entscheidung in dritter Instanz gelangt. Auch weicht der gegenwärtig vorliegende Fall von dem früheren in mehreren Beziehungen ab, weshalb die Mittheilung desselben nicht uninteressant sein möchte. Der status causae ist kurz folgender:

Der Maurermeister Carl Eduard S. war mittels rechtskräftigen Bescheides vom 27. April 1861 zu Bezahlung einer eingeklagten Schuld nach Wechselrecht verurtheilt worden und hatte auch im Jahre 1862 einige Zeit Wechselarrest verbüßt, war jedoch aus letzterem am 16. Mai 1862, als an welchem Tage zu seinem Vermögen der Concursproceß eröffnet wurde, entlassen worden. Im September 1863 beantragte der betreffende Wechselkläger die Fortstellung des Hülfsverfahrens gegen S. und insbesondere dessen anderweite Inhaftnahme, indem er sich darauf bezog, daß S.'s Creditwesen beendigt sei. Auf Anfrage des Proceßgerichts — Handelsgericht Dresden — theilte das Concursgericht mit, daß nach seiner — des Concursgerichts — Ansicht das fragliche Creditwesen am 30. Juli 1863 seine Endschaft erreicht habe, weil an diesem Tage der Hauptvertheilungsbescheid rechtskräftig geworden sei. Das Handelsgericht fügte hierauf den Executionsanträgen des Wechselklägers.

Gegen diese Entschließung appellirte der Beklagte, indem er, unter Bezugnahme auf die Concursacten, bestritt, daß der zu seinem Vermögen eröffnete Concursproceß bereits beendigt sei und in dieser Beziehung insbesondere Folgendes hervorhob: Zur Masse seien, außer den ihm gehörig gewesenen Mobilien, die vorhandenen baaren Gelder, die Zinsen zweier Capitalien im Gesammtbetrage von circa 4000 Thlrn. —, —, welche des Cridars verstorbener Vater den Kindern des Ersteren mit der Bestimmung, daß der Cridar auf seine Lebenszeit den Nießbrauch haben solle, legirt gehabt, und endlich die sogenannten Zeuggelder, d. h. die Gelder, welche ein Maurermeister für die Benutzung des von ihm zu haltenden Handwerkszeuges und für Leitung der ihm übertragenen Baue von seinen Gesellen, Handlangern und Lehrlingen zu beziehen pflege, gezogen worden. Es sei ihm die Verpflichtung auferlegt worden, über diese seinen persönlichen Erwerb bildenden Zeuggelder von Zeit zu Zeit Rechnung abzulegen und den dritten Theil derselben zur Masse abzulassen. Im Concursverhöre sei es zu einem Hauptvergleiche gekommen, wobei man sich in Betracht, daß die Activmasse nicht ein- für allemal festgestanden habe, sondern durch Einzahlung der Zinsen von den obengedachten Capitalien und des Drittheils der Zeuggelder immer wieder vergrößert werde, sich dahin geeinigt habe, daß die Vertheilung der eingehenden Gelder alljährlich stattfinden solle. Auf Grund der publicirten Locatoria sei nun auch ein Distributionsabschied abgefaßt und den Betheiligten bekannt gemacht, demgemäß auch die im Deposito befindlichen Gelder bis auf einen kleinen Rest ausgezahlt worden. Am Schlusse des Distributionsbescheides heiße es ausdrücklich: „Mit dieser Auszahlung ist die erste Massevertheilung erfolgt"; daraus erhelle, daß dieser Abschied nicht ein Hauptdistributionsabschied, sondern nur ein Interimsabschied sein solle. Es sei aber auch nicht die ganze vorhandene Masse vertheilt, sondern noch ein Rest im Concursdepositum zurückbehalten worden. Hierzu kämen noch die Zinsen jener Capitalien und der dritte Theil der Zeuggelder, bezüglich welcher die Einzahlungspflicht des Cridars fortdauere.

Der Kläger, welchem diese Vorstellung des Beklagten vorgelegt wurde, zog hierauf zwar seinen Antrag auf Mobiliarexecution einstweilen zurück, inhärirte dagegen seinem Verlangen auf Verfügung der Wechselhaft gegen den Beklagten, in welcher Beziehung das Handelsgericht bei seiner früheren, dem Kläger beifälligen Entschließung beharrte.

Von Seiten des Königl. Appellationsgerichts zu Dresden erging hierauf unter dem 27. October 1863 folgende Verordnung:

rc. „Nach Inhalt der Acten unter — hat der Beklagte bei dem Gerichtsamte im hiesigen Bezirksgerichte unterm 4./5. März 1862 unter dem Anführen, daß er von verschiedenen Gläubigern, welche sich bei dem zu seinem Vermögen früherhin anhängig gewesenen und durch die einige Monate zuvor erfolgte Ausschüttung der Masse beendigten Concurse nicht gemeldet gehabt, wegen Bezahlung ihrer Forderungen gedrängt werde, um die Abhaltung eines Verhörs zwischen ihm und diesen Gläubigern nachgesucht, am 14. desselben Monats aber von diesem Antrage absehen zu wollen erklärt, unter Ueberreichung eines sein Vermögen betreffenden Status anderweit seine Insolvenz angezeigt, und um Eröffnung des Concurses zu seinem Vermögen gebeten. Bei den Seiten des Gerichts über das Vermögen des Beklagten, zu welchem nach dessen Angabe Bl. — auch die Zinsen von einem zufolge testamentarischer Bestimmung seines Vaters seinem (des Beklagten) Nießbrauche unterworfenen Capitals gehören sollten, angestellten Erörterungen hat Clara Marie S. die Zinsen von dem ihr aus dem Nachlasse ihres Großvaters, Carl Adolph S.'s, auf Grund eines von diesem bei Gericht niedergelegten und angeblich am 10. Mai 1858 eröffneten Testaments zugefallenen, nach Inhalt der Mittheilung der dritten Abtheilung des Gerichtsamts im hiesigen Bezirksgerichte Bl. — in 2544 Thlrn. 5 Ngr. 7 Pf. bestehenden Vermächtnisse an ihren Vater, den Beklagten, auf dessen Lebenszeit abgetreten (vergl. die Registratur Bl. —), und es ist, nachdem Letzterer, der sich zuvor schon damit, daß diese Zinsen zur Befriedigung seiner Gläubiger verwendet werden sollten, einverstanden erklärt gehabt (Bl. —), die Erklärungen seiner Tochter ausdrücklich angenommen hatte, die Eröffnung des Concurses zu dessen Vermögen von dem Gerichtsamte am 16. Mai 1862 beschlossen worden (vergl. Bl. —). In diesem Concursprocesse nun sind, nachdem Clara Marie S. sich damit einverstanden erklärt hatte, daß zur Sicherstellung des Concurses wegen der erwähnten Zinsen das ihr als Vermächtniß zugefallene Capital durch Ankauf von Staatspapieren einstweilen zinsbar angelegt und Gerichtswegen verwaltet werde (Bl. —), die für sie im Depositum der Nachlaßbehörde aufbewahrten 2544 Thlr. 5 Ngr. 4 Pf. dem Concursgericht überwiesen und nach Höhe von 2534 Thlrn. 24 Ngr. —, in Königlich Sächsischen Landrentenbriefen zinsbar angelegt worden (Bl. — und Bl. —). Nachdem nun auch noch der Gemeinschuldner den dritten Theil von seinem persönlichen Erwerbe, welcher in der Hauptsache in dem von den durch ihn beschäftigten Gesellen und Lehrlingen an ihn zu entrichtenden sogenannten Zeuggelde besteht, an seine Gläubiger mit dem Versprechen abgetreten hatte, den betreffenden Betrag allwöchentlich unter specieller Angabe des Bestandes seiner Leute an den Gütervertreter einzuzahlen (Bl. —), haben die laut Bl. — in dem am 12. Januar 1863 angestandenen Verhörstermine erschienenen Concursgläubiger die angemeldeten Forderungen unter Erlaß jedweder Bescheinigung in der Bl. — unter No. — bemerkten Höhe anerkannt und in deren antheilige gleichmäßige Befriedigung aus der Masse gewilligt, hierüber aber noch beschlossen, daß die künftig eingehenden Zinsen und Arbeitsgelder jährlich einmal unter die Gläubigerschaft vertheilt werden sollten (Bl. —). Nachdem der hierauf abgefaßte, laut Bl. — am 28. Februar 1863 bekannt gemachte Locationsbescheid ohne Anfechtung in Rechtskraft übergegangen war, ist von dem Concursgericht mit Abfassung des Bl. — anzutreffenden, laut Bl. — am 20. Juli 1863 bekannt gemachten, ebenfalls rechtskräftig gewordenen Distributionsbescheides verfahren, in demselben aber der Betrag sowohl derjenigen Zinsen, welche von dem vorhin erwähnten Capitale bis dahin aufgelaufen und zum Concursdepositum gekommen sind, als auch des nach Bl. — von dem Gemeinschuldner nach und nach zum Concursdepositum eingezahlten Zeuggeldes sammt den sonstigen Bestandtheilen der verfügbaren Masse unter die in dem Locationsbescheide genannten

Gläubiger, jedoch laut Bl. — dergestalt vertheilt worden, daß auf deren Forderungen nur 14 Procent zur Auszahlung gebracht, die darnach von dem gegenwärtigen Depositalbestande übrig gebliebenen 9 Thlr. 11 Ngr. 1 Pf. aber im Gerichtsdepositum behalten worden sind, und es ist am Schlusse des fraglichen Bescheides ausdrücklich bemerkt worden, daß mit der Auszahlung der hiernach auf die Gläubiger ausfallenden Raten die erste Masservertheilung beendigt sei.

Bei dem in Vorstehendem dargelegten dermaligen Stande des am 16. Mai 1862 zu S.'s Vermögen eröffneten Creditwesens hat nun das Königliche Appellationsgericht die der zur Beschwerde gezogenen Resolution — zu Grunde liegende Annahme, daß dieser Concursproceß schon gegenwärtig als beendigt anzusehen sei, für begründet zu achten nicht vermocht.

Soll in einem Concursprocesse, bei welchem die Masse noch gewisse künftige Zuflüsse zu erwarten hat, ein vor Eingang dieser Zuflüsse abgefaßter und bekannt gemachter Distributionsbescheid nicht blos als ein interimistischer, sondern als ein Hauptdistributionsabschied, welcher den Concurs abschließt, angesehen werden, so müssen in demselben nach der von dem Königlichen Appellationsgerichte befolgten, von Demselben auch in der in dem

Wochenblatte für merkw. Rechtsfälle, Jahrgang 1861. S. 199.

zum Abdruck gelangten Verordnung ausgesprochenen Ansicht nicht nur die sämmtlichen Gläubiger, welche an der Masse zu participiren haben, nach Namen und Forderungsbeträgen aufgeführt worden sein, sondern Man muß auch aus demselben ersehen, nach welchem Maaßstab die eventuellen künftigen Zuflüsse unter die Gläubiger vertheilt werden sollen, und es müssen die Letzteren auf jene Zuflüsse angewiesen worden sein.

Aus dem Distributionsbescheide Bl. — flg. geht nun aber — ganz abgesehen von dem etwaigen zukünftigen Erwerb des Gemeinschuldners, rücksichtlich dessen auf die Frage, ob er überhaupt als Theil der Concursmasse behandelt und als solcher unter die beim Concurse betheiligten Gläubiger vertheilt werden können, weiter unten zurückzukommen sein wird — in Betreff der künftig fällig werdenden Zinsen von dem großväterlichen Vermächtniß der Clara Marie S., welche unzweifelhaft als ein Theil der Concursmasse betrachtet werden müssen, nicht hervor, nach welchem Quotalverhältniß dieselben in Zukunft unter die Gläubiger vertheilt werden sollen, und wenn Man selbst mit der vorigen Instanz einen Maaßstab hierfür in derjenigen Vertheilung, welche in dem Distributionsbescheide unter — enthalten ist (Bl. —), finden wollte, so würde es doch immerhin noch an dem Ausspruche gebrechen, daß die darin genannten Gläubiger wegen der ohne Deckung verbliebenen Rechte ihrer Forderungen nach deren Verhältniß auf jene zukünftig fällig werdenden Zinsen angewiesen sein sollten. Was zur Ausführung der Theilung jener Zinsen noch zu thun ist, erheischt mithin keineswegs allein die Thätigkeit eines Rechnungsverständigen, sondern auch um deswillen noch diejenige des Concursrichters, weil der wirklichen Vertheilung der richterliche Ausspruch der Anweisung der Gläubiger vorauszugehen hat. Hierzu kommt aber noch, daß, als worauf Beklagter Bl. — mit Recht aufmerksam macht, nicht einmal die zur Zeit der Abfassung jenes Distributionsbescheids vorhanden gewesene baare Masse darin vollständig zur Vertheilung gebracht und am Schlusse dieses Bescheides ausdrücklich bemerkt worden ist, daß mit der dort gedachten Auszahlung die erste Massevertheilung beendigt sei; denn hiernach kann nicht anders angenommen werden, als daß bei der Abfassung jenes Bescheides das Absehen nur auf eine vorläufige Vertheilung des bis dahin baar angesammelten Theils der Concursmasse gerichtet gewesen sei.

Wenn nun zwar mit Rücksicht darauf, daß hiernach der in Rede stehende Concursproceß zur Zeit als definitiv beendigt noch nicht gelten, demzufolge aber, da derjenige Anspruch, welchen Kläger gegen Beklagten im Executionswege durch Anlegung der Wechselhaft weiter verfolgen will, bereits vor der Eröffnung des Concurses entstanden gewesen, dieses Executionsmittel nach der Bestimmung in §. 20. des Gesetzes über den Schuldarrest und Wechselproceß vom 7. Juni 1849 für jetzt noch nicht als zulässig angesehen werden kann, die vorliegende Berufung für begründet befunden werden mußte, so hat doch damit keineswegs anerkannt werden sollen, daß die Concursgläubiger und der Cridar durch ein dahingehendes Abkommen, daß das von Letzterem mit der Zeit zu erwerbende neue Vermögen fortdauernd zur Masse gezogen und nach und nach unter die Ersteren zur Vertheilung gebracht werde, das Ende des Concursprocesses beliebig hinausschieben könnten.

Zur Concursmasse ist in der Regel, und abgesehen von Demjenigen, was der Cridar während der Dauer des Concurses sich erwirbt und vor dessen Beendigung noch nachträglich zur Masse gelangen läßt, nur dasjenige Vermögen des Cridars zu rechnen, welches von der Gläubigerschaft bei Eröffnung des Concurses erworben wird und bis zu dessen Beendigung durch den Gebrauch der dem Gemeinschuldner zustehenden Rechte erworben werden kann, vergl. Dabelow, Lehre vom Concurse der Gläubiger, S. 538. und 713.

und es ist nur eine Consequenz dieses Grundsatzes, wenn nach einer von den Rechtslehrern vertheidigten und in der Praxis anerkannten Ansicht auch Forderungen des Cridars, welche beim Ausbruche des Concurses zwar schon zur Existenz gekommen, jedoch noch nicht fällig waren, als zur Concursmasse gehörig gelten, weil das, wenn auch künftige Forderungsrecht auch schon, bevor es geltend gemacht werden kann, als ein Bestandtheil des gemeinschuldnerischen Vermögens betrachtet werden muß. Gleiches gilt von solchen Forderungen, auf deren Entstehung für den Fall des Eintritts einer Bedingung der Cridar beim Ausbruche des Concurses bereits ein Recht erworben gehabt.

Vergl. Günther, Concurs der Gläubiger, S. 69.
Wochenblatt f. m. R., Jahrg. 1863. S. 389.

Wenn es nun auch im vorliegenden Falle im Hinblick auf die Erklärungen des Beklagten und seiner Tochter Clara Marie S. (Bl. — und Bl. —), sowie nach Bl. — wenigstens nach den vorliegenden Acten zweifelhaft bleibt, in welchem Umfange der Beklagte das Nießbrauchsrecht an dem laut Bl. — zum Depositum des Concursgerichts gelangten großväterlichen Vermächtnisse der Clara Marie S. kraft testamentarischer Bestimmung schon vor dem Ausbruch des jetzt noch nicht beendigten Concurses erworben haben mag, und inwieweit also schon aus diesem Grunde die Zinsen von jenem Legat als zur Concursmasse gehörig betrachtet werden müssen, so ist doch der Anspruch auf diese Zinsen unzweifelhaft dadurch ein Bestandtheil der Masse geworden, daß derselbe von Clara Marie S. noch vor der Concurseröffnung an den Beklagten auf dessen Lebenszeit abgetreten und diese Cession von Letzterem ausdrücklich angenommen worden ist (vergl. Bl. —).

Wenn gleich nun aber in Folge dessen diese Zinsen auch insoweit, als dieselben erst in der Zukunft fällig werden, als Bestandtheil der Masse anzusehen und im Hauptdistributionsbescheide im Voraus zu vertheilen sind, so kann doch das Gleiche von dem dritten Theile des persönlichen Erwerbes, welchen der Beklagte möglicher Weise künftig noch machen kann und welchen er an die Concursgläubiger mit dem Versprechen abtreten zu wollen erklärt hat, den betreffenden Betrag allwöchentlich an den Concursvertreter abzuführen, offenbar nicht gelten. Denn die Aussicht des Gemeinschuldners auf Erwerb durch eine von ihm erst zu entfaltende Thätigkeit bildet kein Vermögensobject; dasjenige aber, was er möglicher Weise in Zukunft sich verdienen wird, bildet auf alle Fälle keinen Bestandtheil seines gegenwärtigen Vermögens und kann daher weder als solches behandelt und zur Concursmasse, zu welcher nach dem oben Ausgeführten nur das gegenwärtige Vermögen des Cridars gehört, gezogen, noch überhaupt zum Gegenstand einer Cession gemacht werden, da Letztere eine bestehende Forderung voraussetzt. Dem zwischen dem Cridar und der Gläubigerschaft wegen Ablieferung eines Drittheils des noch zu erwerbenden Arbeitsverdienstes getroffenen Abkommen kann daher jedenfalls (und zwar auch nur dieser Gläubigerschaft gegenüber, unbeschadet also der etwaigen Ansprüche dritter, bei gegenwärtigem Concurse nicht betheiligter Personen, die erst während dessen Dauer Forderungen an den Cridar erworben haben) rechtliche Gültigkeit und Wirksamkeit nur etwa in Betreff desjenigen Erwerbes beigelegt werden, welchen der Gemeinschuldner während der Dauer des Concursprocesses wirklich macht, keineswegs dagegen kann das Ende eines Concursprocesses, wenn man das dadurch für den Cridar für dessen Dauer begründete Verhältniß, gegen den Zweck des Concurses und zur offenbaren Benachtheiligung aller Personen, die mit dem Cridar nach dem Ausbruch des Concurses sich in Schuldverhältnisse einlassen, zu einem dauernden, möglicher Weise bis an sein Lebensende bleibenden persönlichen Zustand machen will, nicht davon abhängen, ob der Gemeinschuldner noch Aussicht auf künftigen Erwerb hat; der Concursproceß hat vielmehr seine Endschaft mit der Beendigung des für denselben gesetzlich vorgeschriebenen Verfahrens, mithin mit dem Eintritt der Rechtskraft desjenigen rechtlichen Erkenntnisses zu erreichen, welches nach den Gesetzen bestimmt ist, die vorhandene Concursmasse an die einzelnen perceptionsberechtigten Gläubiger zu vertheilen,

vergl. Wochenblatt f. m. R., Jahrgang 1863. S. 389.

und dieses Erkenntniß oder der sogenannte Hauptdistributionsabschied ist jederzeit von Amtswegen zu ertheilen, sobald es nach Feststellung der angemeldeten Forderungen und erlangter Uebersicht über den Activbestand des bei der Concurseröffnung der Gläubigerschaft abgetretenen Vermögens, beziehentlich soweit dasselbe nicht erst in künftig fällig werdenden Außenständen besteht, nach dessen Versilberung geschehen kann. Eine jede Abrede zwischen der Gläubigerschaft und dem Cridar, welche die willkürliche Hinausschiebung des Endes des Concursprocesses bezweckt und etwa in der Hoffnung, daß der Cridar noch Etwas erwerben werde, was alsdann zur Concursmasse gezogen werden könnte, oder etwa in der Absicht getroffen wird, andern, beim Concurse nicht betheiligten Gläubigern zum Nachtheil den

Cridar für die Zukunft vor Vollstreckung der Hülfe in das von ihm später zu erwerbende Vermögen oder gegen Anlegung der Wechselhaft sicher zu stellen, ist für den Concursrichter, der, wie schon bemerkt, durch das Gesetz verpflichtet ist, von Amtswegen für den ordnungsmäßigen Verlauf der Concurse und für deren schleunige Beendigung zu sorgen, in alle Wege unverbindlich, und er hat solche ungültige Verabredungen, da sie sich eben auf etwas ganz Anderes, als die Concursmasse beziehen, bei der Leitung des Concursprocesses ohne Weiteres unbeachtet zu lassen.

Wenn nun hieraus für den vorliegenden Fall folgt, daß die Beendigung des hier in Rede stehenden Concursprocesses dadurch, daß der Cridar sich bereit erklärt hat, zur Befriedigung der Concursgläubiger einen Theil seines zukünftigen Erwerbes dem Gütervertreter regelmäßig zu überliefern, in keiner Weise aufgehalten werden darf, so spricht man dem Gerichtsamt im hiesigen Bezirksgericht gegenüber hiermit die Erwartung aus, daß dasselbe den fraglichen, bei ihm anhängigen Concursproceß durch Abfassung eines Hauptdistributionsbescheids, in welchem zwar die zukünftigen Zinsen des Vermächtnisses der Clara Marie S. unter die Gläubiger zu vertheilen sind, der zukünftige Erwerb des Gemeinschuldners jedoch nicht zu berücksichtigen ist, nunmehr mit thunlichster Beschleunigung seinem Ende zuführen werde.

An das Handelsgericht im hiesigen Bezirksgericht aber ergeht hiermit die Anweisung, das genannte Gerichtsamt von dem Inhalte gegenwärtiger Verordnung in Kenntniß zu setzen, mit der Vollstreckung der Bl. — wider Beklagten verfügten Wechselhaft jedoch bis zu der auf dem angegebenen Wege demnächst zu erwartenden Beendigung des zum Vermögen des Beklagten dermalen noch anhängigen Concursprocesses Anstand zu nehmen. Hierdurch erledigt sich die Berufung Bl. —, und werden die Kosten des Rechtsmittels wegen des eingetretenen Wechsels der Entschließungen zwischen den Parteien gegen einander aufgehoben."

Die hiergegen nunmehr von dem Beklagten eingewendete Berufung wurde vom Königl. Oberappellationsgericht unterm 20. Februar 1864 aus nachstehenden Gründen verworfen:

„Das Gesetz vom 7. Juni 1849 über den Schuldarrest und Wechselproceß schreibt in §. 20. vor, daß wider einen Gemeinschuldner während des Concurses auf die bei dessen Eintritt bereits bestandenen Schuldansprüche der Schuldarrest nicht zu verfügen, und wenn er bei Ausbruch des Concurses bereits in Wechselhaft ist, nicht fortzusetzen sei, auch die Verjährung der Wechselklagen, so lange der Concurs dauere, schlafe. In Sachsen wird bekanntlich die Zeit der Eröffnung eines Concurses, nicht aber der Zeitpunkt, zu welchem derselbe beendigt ist, öffentlich bekannt gemacht, da gesetzliche Bestimmungen, welche dem Concursrichter in ähnlicher Weise, wie z. B. die preußische Concursordnung vom 8. Mai 1855. §. 277. die Verpflichtung auferlegen, durch einen Beschluß, die Beendigung des Concurses auszusprechen, und letztere öffentlich bekannt zu machen, fehlen. Ebensowenig schreiben die sächsischen Gesetze mit Bestimmtheit vor, mit welchem Zeitpunkte das Ende eines Concurses anzunehmen sei. Die Nachtheile, welche aus diesem Mangel bestimmter gesetzlicher Vorschriften in dieser Beziehung für einen Wechselgläubiger bei Verfolgung seiner Ansprüche gegen einen Wechselschuldner, zu dessen Vermögen der Concursproceß eröffnet worden ist, entstehen können, sind von

> Mothes, im Archive für deutsches Wechselrecht, Th. 1. S. 267 flg.

näher entwickelt worden.

Nun stimmt zwar das Oberappellationsgericht der von voriger Instanz im

> Wochenblatt für merkwürdige Rechtsfälle, Jahrg. 1861. S. 197 flg.

ausgesprochenen, nach Bl. — wiederholten Ansicht bei, daß die Beendigung des formellen Concurses und der Wiedereintritt des nach §. 20. vom 7. Juni 1849 suspendirten Rechts auf Wechselarretur des Schuldners nicht auf die wirklich erfolgte Ausschüttung der Masse zu verlegen, sondern auf die Rechtskraft des Hauptdistributionsabschieds zu beschränken, und in Concursen, bei welcher die Masse noch gewisse künftige Zuflüsse zu erwarten hat, ein zwar vor Eingang dieser Zuflüsse, jedoch zu einer Zeit, zu welcher das Locationsurthel in allen seinen Punkten Rechtskraft erlangt hat, und purificirt worden ist, abgefaßter und bekannt gemachter Distributionsabschied nicht blos als ein interimistischer, sondern als ein Hauptvertheilungsbescheid dann anzusehen sei, wenn in demselben nicht nur die sämmtlichen Gläubiger, welche an der Masse zu participiren haben, nach Namen und Forderungsbeträgen aufgeführt worden sind, sondern auch aus demselben ersehen werden kann, nach welchem Maaßstabe die eventuellen künftigen Zuflüsse unter die Gläubiger vertheilt werden sollen. Dagegen hat Man der Ansicht Bl. —, daß außerdem noch erforderlich sei, daß der Vertheilungsbescheid den richterlichen Ausspruch enthalte, daß die darin genannten Gläubiger wegen der nicht voll befriedigten Forderungen nach deren Verhältniß auf jene künftigen Zuflüsse angewiesen sein sollten, nicht beizutreten vermocht. Denn abgesehen davon, daß eine solche Anweisung weder gesetzlich vorgeschrieben, noch, mit Ausnahme der außenstehenden Licitationsgelderraten für versteigerte Grundstücke, üblich, ja selbst, zumal in größeren Concursen, eine Zutheilung und Zusprechung von Activen, deren Eingang erst künftig erwartet wird, an einzelne oder mehrere Gläubiger zur eigenen Einziehung nicht ausführbar ist,

cfr. Mothes, a. a. O. S. 268.

kann der zufällige Umstand, daß der Distributionsabschied eine Anweisung der Außenstände nicht enthält, ein entscheidendes Merkmal bei Beantwortung der Frage, ob eine Haupt- oder bloße Interimsvertheilung vorliegt, nicht abgeben.

Denn die Grundlage für die Distributoria bildet das Locations- oder Designationsurthel, da letzteres die Bestimmung hat, festzustellen, welche Gläubiger und nach welchen Beträgen und in welcher Reihenfolge dieselben aus der Concursmasse zu befriedigen sind. Sobald das Locationsurthel allenthalben purificirt und rechtskräftig geworden ist, ist durch dasselbe die Norm für die Art und Weise, wie die Concursmasse unter die einzelnen Gläubiger zu vertheilen ist, gegeben. Nun genügt zwar die Rechtskraft der Locatoria für sich allein noch keineswegs, um sofort eine Hauptvertheilung der Masse vornehmen zu können, da letztere außerdem voraussetzt, daß nicht nur die Ermittelung derjenigen Vermögenstheile des Gemeinschuldners, welche die Concursmasse ausmachen, sondern auch deren Beschlagnahme, Einziehung, beziehentlich Versilberung vorausgegangen und überhaupt die Concursmasse in eine Lage gesetzt worden sei, welche deren Vertheilung gestattet. Wenn jedoch zu einem Concurse Forderungen gehören, welche eine sofortige Vertheilung nicht zulassen, z. B. weil über dieselben Rechtsstreitigkeiten anhängig sind, oder weil sie in jährlichen, erst künftig betagten Renten oder in jährlichen fortlaufenden Nutzungen von Lehn- und Fideicommißgütern u. s. w. bestehen, so ist der Concursrichter nicht behindert, in einer zu ertheilenden Distributoria die Masse zu berechnen, deren Bestand zu ermitteln, unter die Gläubiger nach Maaßgabe des Locationsurthels zu vertheilen, und die erst künftig eingehenden Zuflüsse einer späteren Vertheilung vorzubehalten. Der Concurs ist in dem nurgedachten Falle als beendigt anzusehen, wenn die gefällte Distributoria die rechtskräftige Norm für die Art und Weise, in welcher die künftigen Zuflüsse zu vertheilen sind, enthält, indem solchenfalls die nicht voll befriedigten Gläubiger als Miteigenthümer anzusehen sind, unter welche jene Zuflüsse nach deren Einhebung nach Höhe ihrer Forderungen zu vertheilen sind.

In dem zu Beklagtens Vermögen eröffneten Creditwesen bildeten unter Anderm die Bl. — näher bezeichneten Zinsen von einem der Tochter des Cridars, Clara Marie S., zustehenden Capitale an 2544 Thlrn. 5 Ngr. 2 Pf., welche die genannte S. auf Lebenszeit ihres Vaters den Gläubigern desselben zur Befriedigung cedirt hat, sowie der dritte Theil des Arbeitsverdienstes des Cridars, welcher von letzterem seinen Gläubigern mit dem Versprechen, den Betrag allwöchentlich zu berechnen und einzuzahlen, abgetreten worden ist, einen Theil der Concursmasse. Nachdem nun die Concursgläubiger nach Bl. — (der Beilagsacten) einen Vergleich dahin abgeschlossen haben, daß die angemeldeten Forderungen unter Erlaß jeder Bescheinigung in der Bl. — ibid. angegebenen Höhe als richtig anerkannt, und antheilig gleichmäßig aus der Masse befriedigt, die künftig eingehenden Zinsen und Arbeitsgelder aber jährlich ein Mal unter die Gläubiger vertheilt werden sollten, ist sowohl ein Locationsbescheid Bl. —, als auch ein Distributionsabschied Bl. — flg. der Concursacten publicirt worden und in Rechtskraft übergegangen. In der zuletzt erwähnten Distributoria ist der zur Zeit der Abfassung derselben zum gerichtlichen Depositum eingezahlte Massenbestand auf 890 Thlr. 16 Ngr. 5 Pf. berechnet, hiervon 152 Thlr. 27 Ngr. 9 Pf. Concurskosten berichtigt, und die übrigen 737 Thlr. 18 Ngr. 6 Pf. unter die Gläubiger, deren Forderungen zusammen auf 5201 Thlr. 23 Ngr. 4 Pf. festgestellt werden, dergestalt vertheilt worden, daß den Gläubigern 14 Procent, mithin zusammen 728 Thlr. 7 Ngr. 5 Pf. gewährt, 9 Thlr. 11 Ngr. 1 Pf. aber im Depositum zurück- und künftiger Vertheilung vorbehalten worden sind. Da in dem jetzt vorliegenden rechtskräftigen Vertheilungsbescheid die Gläubiger, welche auf den geringfügigen Depositalbestand und die künftig eingehenden Zuflüsse einen Anspruch haben, nach ihren Namen und Forderungsbeträgen aufgeführt sind, so war hierdurch nach der Ansicht des Oberappellationsgerichts der Maaßstab gegeben, nach welchem die anderweite Distribution unter die Gläubiger zu erfolgen hat.

Aus diesen Gründen würde Man, falls Kläger gegen die vorige Entscheidung remedirt hätte, kein Bedenken getragen haben, die Entschließung erster Instanz Bl. — wieder herzustellen. Dagegen erscheint die Berufung des Beklagten Bl. — als völlig unerheblich. Denn derselbe hat sich Bl. — durch die vorige Entscheidung für beschwert erachtet, weil durch letztere der zu seinem Vermögen anhängige Concurs lediglich aus dem formellen Grunde, daß das Concursgericht eine definitive Distributoria noch nicht abgefaßt und publicirt habe, als nicht beendigt angesehen worden sei, während doch der materielle Grund, daß durch die Abtretung der Zinsen von den der Tochter des Cridars gehörigen Capitalien und des Drittheils des Arbeitsverdienstes der Masse noch fortwährend Gelder zufließen, zu berücksichtigen gewesen wäre. Da die gedachten Zinsen und der dritte Theil des Arbeitsverdienstes den Gläubigern des Beklagten auf dessen Lebenszeit abgetreten worden sind, so läuft die obige Beschwerde des Beklagten auf das Verlangen hinaus, daß der Concurs, so lange er, Beklagter, am Leben sich befinde, als anhängig angesehen und erst mit seinem Tode, mithin zu einem Zeitpunkte beendet werde, zu welchem die Möglichkeit einer Geltendmachung des Wechsels mittelst Personalarrests aufhört. Dieses Verlangen aber ist völlig ungerechtfertigt, da nach Obigem der Concursproceß mit der Hauptvertheilung, und nicht mit den später eintretenden nachträglichen Vertheilungen der erst nach der Hauptdistribution gefälligen lebenslänglichen Renten oder anderer künftiger Zuflüsse sein Ende nimmt. Nicht minder gereicht die Entscheidung voriger Instanz Bl. —, daß zunächst ein Hauptdistributionsbescheid abzufassen und mit Vollstreckung der Bl. — wider Beklagten verfügten Wechselhaft bis zur Rechtskraft des gedachten Hauptvertheilungsbescheides anzusehen sei, aus den Eingangs erwähnten Gründen zum Vortheil des Beklagten. Auch hat letzterer gegen die Anweisung der zweiten Instanz Bl. über die Art und Weise, wie die nurgedachte Hauptdistribution vorzunehmen sei, eine besondere Beschwerde nicht gerichtet, so daß für das Oberappellationsgericht eine Veranlassung nicht vorliegt, sich über die Ansicht Bl. —, daß bei der Abfassung des Hauptdistributionsbescheides der zukünftige Erwerb des Gemeinschuldners nicht zu berücksichtigen sei, auszusprechen, zumal einerseits diese Ansicht mit der Meinung Bl. —, daß die Hauptvertheilung eine Anweisung der Gläubiger auf die zur Zeit der Vornahme derselben noch nicht eingegangenen zukünftigen Zuflüsse der Masse enthalten müsse, im Zusammenhange steht, anderer Seits es aber bedenklich fallen muß, in Betreff der Gültigkeit und Wirksamkeit der Cession des Arbeitsverdienstes Seiten des Beklagten an die Concursgläubiger, soweit der Erwerb des Beklagten nach beendigtem Concurse in Frage gelangt, ohne vorgängiges Gehör der betheiligten Gläubiger, und zu einer Zeit, wo in dieser Beziehung eine Entschließung der ersten Instanz nicht gefaßt worden ist, eine Entscheidung zu fällen.

Bei der Unerheblichkeit des gebrauchten Rechtsmittels ist Beklagter zu Erstattung der durch dasselbe verursachten Unkosten verurtheilt worden."

53.

Auch dann, wenn rechtskräftig auf einen Schiedseid bezüglich der legitimatio ad causam activa erkannt ist, steht es dem Kläger frei, erstere durch andere Beweismittel darzuthun.

Mitgetheilt von

Herrn K. in D.

In einem ganz geringfügigen Rechtsstreite war die Verurtheilung der Beklagten B. mittels Bescheids, welcher demnächst in Rechtskraft überging, davon abhängig gemacht worden, daß der Kläger A. den von ihm darüber: daß ihm die den Streitgegenstand bildende Geldforderung von X. und Y. abgetreten worden sei, angetragenen und ihm von der Beklagten zurückgegebenen Eid leiste.

Vor Anberaumung des Schwörungstermins überreichte jedoch der Kläger eine gerichtliche Urkunde, worin X. und Y., unter Acceptation des Klägers A., bekannten: daß sie die gedachte Forderung bereits am 23. Juni 1862 (d. i. noch vor Anstellung der Klage) mit allen ihnen hierunter zustehenden Rechten an den Kläger abgetreten haben und diese Cession, soweit nöthig, hiermit auch nochmals ausdrücklich und wiederholt ausgesprochen haben wollten.

Der Kläger bat, ihn mit Rücksicht auf den Inhalt dieser Urkunde mit der Leistung des gedachten Eides zu verschonen, welchem Verlangen jedoch Beklagte widersprach, indem sie auf Leistung des erkannten Eides Seiten des Klägers bestehen zu wollen erklärte.

In dem zu Erörterung dieser Differenz anberaumten Verhandlungstermine ertheilte nun das Proceßgericht schließlich den Bescheid: „daß Kläger mit Ableistung des ihm Bl. — auferlegten Eides zu verschonen und es, unter Compensation der durch den Incidentstreit verursachten Kosten, nunmehr unbedingt bei Demjenigen zu bewenden habe, was Bl. — für den Fall der Leistung des gedachten Eides erkannt worden".

Und diese Entscheidung wurde dann auch auf Berufung des Beklagten vom Königl. Appellationsgericht zu Dresden, unter Verurtheilung der Beklagten zu Erstattung der dem Kläger durch das eingewendete Rechtsmittel verursachten Kosten, bestätigt. Aus den diesem Erkenntnisse zweiter Instanz beigefügten Entscheidungsgründen entnehmen wir Folgendes:

„Wenn in einem rechtlichen Erkenntnisse die darin ausgesprochene Verurtheilung der verklagten Partei von der Leistung eines Eides Seiten des Klägers als von einer Bedingung abhängig gemacht worden, so ist dabei mit Rücksicht darauf, daß unnöthige Eidesleistungen, wie jede andere entbehrliche Proceßhandlung, möglichst zu vermeiden sind, jederzeit als etwas Selbstverständliches zu subintelligiren, daß es der Eidesleistung nur dann bedürfe, wenn sich nicht die Lage der Sache nachträglich noch dergestalt ändern sollte, daß die Annahme des Eides völlig überflüssig wird, und es wird daher niemals zweifelhaft erscheinen, daß, dafern z. B. der Beklagte nachträglich die durch den erkannten Eid betroffene Thatsache einräumt und dadurch deren Beweis entbehrlich macht, alsdann die Eidesleistung nicht stattzufinden, bei der im Erkenntniß daran geknüpften Verurtheilung des Beklagten aber es nichtsdestoweniger zu bewenden habe. Wenn nun nach einem feststehenden sächsischen Gerichtsbrauch die Sachlegitimation, insofern es sich dabei um die Anwendung der für die Erweisung der des Beweises bedürftigen Parteivorträge im Allgemeinen geltenden proceßrechtlichen Normen handelt, dem Klaggrunde im engeren Sinne des Wortes, in welchem man nur diejenigen Klagbehauptungen darunter versteht, aus denen die Existenz des dem geklagten Anspruch zu Grunde liegenden Schuldverhältnisses in objectiver Hinsicht gefolgert werden soll, nicht allenthalben gleichzustellen ist und namentlich in dieser Beziehung die Regel gilt, daß die Beibringung der Sachlegitimation in jedem Stadium des Processes, und zwar selbst nach dessen rechtskräftiger Entscheidung noch mit rechtlichem Erfolge bewirkt werden kann,

vergl. Kind, quaest., Tom. III. c. XLVII. S. 317. (Ausg. 2.) und die in der Note d. daselbst angezogenen älteren Rechtslehrer.

Biener, syst. proc., T. I. §. 34. S. 60. (Ausg. v. J. 1834.)

Zeitschrift für Rechtspflege und Verwalt., N. F. Bd. XIX. S. 234.

Wochenblatt für merkw. Rechtsf., Jahrg. 1852. S. 162 flg.

hieraus aber von selbst folgt, daß auch die wegen der Unzulässigkeit einer Veränderung der Beweismittel nach rechtskräftiger Entscheidung über die Eidesdelation in der erläuterten Proceßordnung zu Tit. V. §. 9. enthaltene Vorschrift auf den Theil einer auf den Eid gestellten Klage, der sich auf die Sachlegitimation des Klägers bezieht, nicht Anwendung leidet, und daher dem Kläger, der sich in der Klage oder, wie im vorliegenden Fall Bl. — geschehen, bei Begründung seines Klagrechts im Verhandlungstermin zur Bescheinigung des seine Sachlegitimation betreffenden Anführens der Gewissensrührung bedient hat, durch die Auferlegung des Schiedseides darüber auf Grund der erfolgten Relation desselben die Befugniß, zur Vermeidung der Eidesleistung den Uebergang des geklagten Forderungsrechtes auf ihn durch ein anderes Beweismittel darzuthun, nicht entzogen werden kann,

vergl. Annalen des Königl. Oberappellationsgerichts, Bd. VI. S. 421.

so läßt sich auch das Bl. — anzutreffende, in diesem Punkte mit dem Bescheide erster Instanz übereinstimmende rechtliche Erkenntniß insoweit, als in demselben die Leistung des daselbst gedachten Eides als eine Bedingung der Bl. — ausgesprochenen Verurtheilung der Beklagten hingestellt worden ist, nicht so verstehen, als habe dadurch zugleich festgestellt werden sollen, daß diese Eidesleistung in jedem Falle, also auch dann Platz zu greifen habe, wenn Kläger, wie ihm nach dem Obigen freigestanden, die in Rede stehende Cession auf anderem Wege in rechtliche Gewißheit setzen und dadurch die Nothwendigkeit der Eidesleistung beseitigen sollte. Die Bedingung, von deren Eintritt in dem gedachten Erkenntniß die Verurtheilung der Beklagten abhängig gemacht worden, liegt darin, daß Kläger den behaupteten Uebergang des libellirten Anspruchs auf ihn annoch darthue, nicht aber darin, daß dies gerade durch Leistung des Bl. — gedachten Relatums geschehe, auf welches bei damaliger Sachlage nur um deswillen zu erkennen war, weil sich Kläger bis dahin eines anderen Bescheinigungsmittels als des Eidesantrags in Betreff seiner Legitimation eben nicht bedient gehabt, auch nicht vorausgesehen werden konnte, daß er im ferneren Laufe des Processes von seinem Rechte, hierfür ein anderes Bescheinigungsmittel beizubringen, Gebrauch machen werde. Aus der Rechtskraft der Entscheidung Bl. — kann daher die Nothwendigkeit einer Leistung des fraglichen Eides zur Herbeiführung der Sachfälligkeit der Beklagten nicht hergeleitet werden, sofern die vom Kläger neuerdings Bl. — beigebrachte, an und für sich für ihren Inhalt vollkommen beweiskräftige öffentliche Urkunde zur Sachlegitimation des Ersteren ausreicht.

Dies Letztere ist nun aber wenigstens für die Gegenwart in keiner Weise zu bezweifeln, da ꝛc. und es stellt sich somit die Leistung des oftgedachten Eides als völlig entbehrlich, deshalb aber als unstatthaft dar."

Redacteur: Dr. Theodor Tauchnitz. Officin der Verlagshandlung.

Von diesem Wochenblatte erscheinen jährlich 64 Nummern zu 1 Quartbogen und außerdem am Jahresschlusse ein ausführliches Register.

Wochenblatt
für
merkwürdige Rechtsfälle,
in actenmäßigen Darstellungen
aus dem Gebiete der Justizpflege und Verwaltung
zunächst für das
Königreich Sachsen.

Alle Postämter u. Buchhandlungen übernehmen Bestellungen und liefern das Quartal zu dem praenumerando zu entrichtenden Preise von 1 Thaler.

Verlag von Bernhard Tauchnitz in Leipzig.

№ 33. Neue Folge Zwölfter Jahrgang. 1864.

54.

Zur Lehre von der Provocation ex lege Diffamari.

Mitgetheilt von
Herrn D. in S.

Unter dem 2. August 1862 reichte Karl Friedrich Michael D. aus St. gegen Johanne Eleonore R. aus P. bei dem Gerichtsamt zu St. eine Provocationsklage ein und führte darin an: er sei Civilbesitzer der in St. gelegenen — Grundstücke und habe diese von dem Ehemanne der Provocatin erkauft; während der Besitzzeit des Letzteren habe die Provocatin eine Einbringensforderung von 200 Thlrn. —, —, auf diesen Grundstücken eintragen lassen, da aber die Provocatin ihrem Ehemanne nichts eingebracht habe, so sehe er sich zur Erhebung der gegenwärtigen Provocationsklage veranlaßt. Auf Provocantens Antrag bestätigte das Proceßgericht, daß D. als Civilbesitzer der fraglichen Grundstücke eingetragen und daß auf deren Hypothekenbuchsfolien für die Provocatin eine Einbringensforderung von 200 Thlrn. —, —, verlautbart sei.

Auf erlassene dilatorische Vorladung erschienen zwar die Parteien in dem Verhörstermine, es unterließ aber die Provocatin, sich über die Provocationsklage zu erklären. Das Proceßgericht ertheilte unter dem 31. October 1862 folgenden Bescheid:

ꝛc. „Und weil, die Hauptsache anlangend, die von dem klagenden Karl Friedrich Michael D. erhobene Klage für begründet zu erachten, indem eine Diffamation, im Sinne der gegenwärtigen Proceßart, darin zu erblicken gewesen ist, daß Provocatin Johanne Eleonore R. Inhalts des Bl. — zu lesenden gerichtlichen Attestes eine Einbringensforderung nach Höhe von zweihundert Thalern auf den Grundbuchsfolien der zur Zeit von deren Verlautbarung ihrem Ehemanne zugehörigen Grundstücken hat eintragen lassen und nun Provocatin in dem anberaumten Verhörstermine zwar erschienen, sich aber nicht über die wider sie erhobene Klage und die derselben zu Grunde liegenden Urkunden erklärt hat,

so ist Provocatin die aufgelaufenen Gerichts- und Anwaltkosten zu bezahlen schuldig und ergeht auf Provocantens ferneren Antrag weiter in der Sache, was Rechtens ist."

Auf Provocantens weiteren Antrag ladete das Proceßgericht die Parteien peremtorisch zu einem Verhörstermine vor. In diesem erschienen wiederum beide Parteien, die Provocation widersprach der Klage und versäumte sich an der Einreichung des Einlassungssatzes.

In erster Instanz wies darauf das Königl. Bezirksgericht zu P. durch Erkenntniß vom 27. Mai 1863 die Klage aus folgenden Gründen angebrachtermaaßen ab:

„Die Klage, welche den jetzt zu entscheidenden Rechtsstreit einleitet, ist auf eine angebliche Diffamation gestützt, welche der Provocant Seiten der Provocatin erlitten zu haben vermeint.

Nachdem die bei der vorliegenden Proceßgattung gesetzliche monitorische Ladung Seiten der Provocatin unberücksichtigt geblieben, erschien dieselbe der hierauf erlassenen peremtorischen Ladung zu Folge gehörig vertreten in dem anberaumten Verhörstermine, ohne jedoch in solchem einen Vergleich mit dem Provocanten zu schließen, dahingegen hat sie sich, wie bereits vom Provocanten Bl. — richtig hervorgehoben worden ist, an dem nach Bl. — erst am Tage nach dem Fristablaufe eingegangenen Einlassungssatze versäumt.

Dieser Contumazfall verpflichtet zu um so sorgfältigerer Prüfung der Schlüssigkeit und Statthaftigkeit der erhobenen Klage.

In dieser Beziehung ergeben sich nun auch sehr erhebliche Bedenken, welche zum Theil aus den über den Provocationsproceß geltenden gesetzlichen Bestimmungen zum Theil aus dem Wesen und der rechtlichen Bedeutung des den Ehefrauen in §. 38. unter 1. des Hypothekengesetzes vom 6. November 1843 wegen ihres beweglichen Einbringens eingeräumten Befugnisses herzuleiten sind.

Der Provocant gründet nämlich seine Klage darauf, daß auf Anlangen der Provocatin für dieselbe 200 Thlr. —, —, eheweibliches Einbringen auf drei in der Klage näher bezeichnete, dermalen dem Provocanten zugehörige Grundstücke, als Letztere noch der Ehemann der Provocatin besessen habe, eingetragen worden und auf solchen noch verhaftet sei, während doch Provocatin ihrem Ehemanne nicht das Geringste eingebracht habe.

In wie weit hiermit den an eine schlüssige Provocationsklage ex lege diffamari zu machenden Erfordernissen genügt worden, wird die Anwendung folgender allgemeiner rechtlicher Gesichtspunkte ergeben:

Unter Diffamation versteht man bekanntlich jede Aeußerung, welche dahin geht, daß jemand eines im Civilprocesse klagbaren Anspruches an des Anderen Person oder Vermögen sich rühmt, ohne daß es einen Unterschied macht, ob jene Aeußerung vor Gericht oder außergerichtlich, mündlich oder schriftlich, gegen den Anderen selbst oder gegen Dritte, unbetheiligte Personen gethan, und ob ihr eine bedingte oder unbedingte Fassung gegeben worden.

Provocationsklage anzustellen aber ist nur derjenige berechtigt, welchem der erfolgten Diffamation zu Folge eine dem gerühmten Anspruche entsprechende Verbindlichkeit obliegen soll, welcher also, sollte der gerühmte Anspruch klagend verfolgt werden, in dem diesfalls anzustrengenden Processe die Parteirolle des Beklagten zu führen und den Beweis nicht zu übernehmen haben würde.

Was dagegen das eheweibliche Einbringen und die demselben nach Sächs. Rechte verliehene Sicherstellung anlangt, so ist zunächst soviel außer allem Zweifel, daß durch die Illation beweglicher Vermögensgegenstände, von denen im gegenwärtigen Falle blos die Frage, lediglich zwischen den beiden betheiligten Ehegatten ein Obligationenverhältniß entsteht.

Der Ehemann, welcher jene Illaten vermöge des ihm zustehenden Nutznießungs- und Verwaltungsrechtes in Bezug auf das eheweibliche Vermögen, zu seiner Disposition gestellt verlangen kann, hat lediglich die Verpflichtung, seiner Ehefrau nach Auflösung der Ehe oder in den sonst den Gesetzen nach die Rückgabe bedingenden Fällen die ihm eingebrachten Gegenstände und bez., soweit sie vertretbare waren, blos ebensoviel von derselben Gattung zurück zu geben, und lediglich auf dieses Rückforderungsrecht beschränkt sich das Befugniß der Ehefrau.

Namentlich tritt dieselbe in keinerlei Rechtsverhältniß zu Dritten, mit denen ihr Ehemann bezüglich der Illaten ein gültiges Rechtsgeschäft, z. B. einen Kauf über vertretbare Einbringensbestandtheile abgeschlossen hat, diese Personen werden niemals ihre Schuldner, vielmehr beschränkt sich ihr Recht auf ihren Ehemann.

Diese offenbar weit gehenden Befugnisse des Ehemanns ließen es dem Sächs. Gesetzgeber von jeher und zwar mit Recht und schon aus politischen Gründen angemessen erscheinen, andererseits auch den Ehefrauen Sicherstellung ihres Einbringens halber zu gewähren.

Diesem praktischen Bedürfnisse wurde zu verschiedenen Zeiten auf verschiedene Weise Rechnung getragen und zuletzt bei der auf das Hypothekenwesen bezüglichen neuen Gesetzgebung durch die in §. 38. des Gesetzes vom 6. November 1843 unter 1. aufgenommene Bestimmung, Inhalts deren die Ehefrau zu Erwerbung einer Hypothek kraft des Gesetzes und ohne daß es dazu einer Willenserklärung des Ehemanns bedarf, an des Letzteren Immobilien wegen ihres demselben bei Eingehung der Ehe oder während der Ehe ein- und zugebrachten beweglichen Vermögens berechtigt ist.

Was das Wesen einer so bestellten Hypothek betrifft, so leuchtet es, wenn man nur festhält, daß die Ehefrau zur Rückforderung ihres Einbringens während des Bestehens der Ehe, abgesehen von einigen hier nicht einschlagenden Fällen, in der Regel nicht berechtigt ist, ein, daß dieselbe schon um deswillen den definitiven Hypotheken nicht gleich zu stellen; denn wollte man selbst den übrigen nicht gerechtfertigten Satz annehmen, daß eine solche Hypothek an die Stelle der ursprünglichen Einbringensforderung trete, so würde doch die Ehefrau durch den obenerwähnten rechtlichen Grundsatz, über jene Hypothek während des Bestehens der Ehe zu verfügen, nicht berechtigt sein.

Dazu kommt ferner, daß nicht nur nach der Stellung, welche die oberwähnte Bestimmung in dem Hypothekengesetze gefunden, sondern auch nach der rechtshistorischen Entwickelung des fraglichen Instituts, in welcher letzteren Beziehung namentlich auf das Mandat vom 4. Juni 1829 hinzuweisen, eine solche eines eheweiblichen Einbringens halber eingetragene Hypothek offenbar den Charakter einer Cautionshypothek an sich trägt, denn sie ist in dem Hypothekengesetze in demselben Paragraphen aufgeführt, in welchem noch andere gesetzliche Hypotheken, welche ausdrücklich als Cautionshypotheken bezeichnet worden, genannt und aus dem Umstande, daß sich unter Letzteren nicht auch die für die Ehefrauen wegen ihres Einbringens gesetzlich bestimmte Hypothek mit befindet, wird dieser der gleiche Charakter nicht abgesprochen werden können, da der Zweck des bezüglichen Instituts eben nur der ist, der Ehefrau wegen der künftigen Restitution ihres beweglichen eheweiblichen Einbringens, welches ja, und hierin liegen fernere Gründe für die behauptete Cautionsqualität, zur Zeit seiner Eintragung weder bereits fällig, noch für den Fall, daß darunter sich unvertretbare Sachen, welche der Ehemann zunächst in Natur zurück zu geben und nur für den Fall ihres Untergangs mit Geld zu entschädigen hat, sich befinden, ein bereits bestimmter und unbedingter Anspruch ist, Sicherheit zu gewähren.

Wollte man aber von der gegentheiligen Ansicht ausgehen, so führte dies in der That dazu, daß man den Ehefrauen mit der Execution anzufangen gestattete, denn dann wäre ihre Forderung bezüglich ihres beweglichen Einbringens, wäre nur einmal die ihnen deshalb vom Gesetze zugebilligte Hypothek eingetragen, eine allseitig unanfechtbare.

Dies hat aber das Hypothekengesetz eben gar nicht beabsichtigt, wie aus den in dem schon erwähnten §. 38. und in §. 42. enthaltenen Bestimmungen hervorgeht, denen zu Folge der Eintrag eines eheweiblichen Einbringens nicht unter allen Umständen und ganz gewiß dann nicht, wenn er ohne zuvor erklärte Einwilligung des Ehemanns erfolgt ist, den Beweis für die Existenz des eingetragenen Einbringens liefert, wozu er auch der Natur der Sache nach nicht bestimmt sein konnte, und es dem Ehemanne auch ausdrücklich vorbehalten worden, seine etwaigen Widersprüche gegen den erfolgten Eintrag rechtlich auszuführen und sodann dessen Löschung suchen zu können.

Hieran knüpft sich die fernere, für den vorliegenden Fall insbesondere wichtige Frage, wie sich das Verhältniß gestaltet, wenn ein Grundstück, auf welchem ein eheweibliches Einbringen eingetragen ist, von dem dasselbe bisher besitzenden Ehemanne weiter veräußert wird.

Das zunächst der Ehemann an dem Verkaufe seines Grundstücks durch jenen Eintrag nicht verhindert werden kann, folgt schon aus dem allgemeinen Grundsatze, daß jeder über sein Eigenthum frei zu verfügen befugt ist, soweit dies ohne Benachtheiligung Dritter geschehen kann.

Durch die bloße Veräußerung des ihr ihres Einbringens halber verpfändeten ehemännlichen Grundstücks, durch den bloßen Wechsel in der Person des Besitzers desselben leidet aber die Ehefrau ebensowenig Nachtheil als jeder andere Hypothekengläubiger.

Aber eben weil sie durch Veräußerung des ihr verpfändeten ehemännlichen Grundstücks nicht benachtheiligt werden darf, erlischt auch ihr an demselben erlangtes Pfandrecht nicht durch dieselbe, denn wenn auch zugegeben werden mag, daß sie dasselbe lediglich durch das besondere Verhältniß, in welches sie die Ehe zu dem bisherigen Besitzer des fraglichen Grundstücks gebracht, erworben hat, so steht doch unbestritten die Dinglichkeit auch eines solchen Pfandrechts der Annahme der etwa aufzustellenden Ansicht, daß mit dem Augenblicke, wo ihr Ehemann aufhörte Besitzer des fraglichen Grundstücks zu sein, auch ihr Pfandrecht erlöschen müsse, weil sich dasselbe lediglich auf das eheliche Verhältniß gründe, entgegen.

Es würde dies auch, abgesehen von der angeführten Dinglichkeit des Rechts, geradezu dem wohlmeinenden Zwecke des Gesetzes, welches eben den Ehefrauen auch ohne Zuthun ihrer Ehemänner wegen des demselben eingebrachten beweglichen Vermögens Sicherstellung gewähren will, zuwiderlaufen, denn dann brauchte ja nur ein böswilliger Ehemann sein Grundstück, an dem seine Ehefrau ihres beweglichen Einbringens halber sich hatte Hypothek bestellen lassen, veräußern, und seine Ehefrau verlöre ihre Sicherstellung und die Absicht des Gesetzgebers wäre vereitelt.

Sonach bleibt eine einmal für eheweibliches Einbringen bestellte Hypothek bestehen, bis der Anspruch auf ihre Löschung im Rechtswege ausgeführt und erlangt worden.

Hieran kann selbstverständlich der Umstand etwas nicht ändern, ob im Veräußerungsfalle die fragliche Hypothek auf das Kaufgeld mit in Anrechnung gebracht worden oder nicht.

Es entsteht nunmehr die fernere Frage, ob der dritte Besitzer des verpfändeten Grundstücks von der Ehefrau seines Vorbesitzers, welche an jenem ihres Einbringens halber eine Hypothek erlangt hat, die Löschung derselben verlangen kann gegen Bestellung einer gleich guten Sicherstellung oder Ausbezahlung der eingetragenen Einbringensforderung.

Es ist ein bekannter Rechtsgrundsatz, daß Niemand mehr Rechte auf einen Andern übertragen kann, als er selbst hat; gewährt nun aber das Hypothekengesetz der Ehefrau das Recht, ihr bewegliches Einbringen auf dem Grundstücke ihres Ehemannes eintragen zu lassen, ohne dies Befugniß etwa an die Bedingung zu knüpfen, daß der Ehemann nicht auf andere Weise genügende Sicherstellung zu leisten vermöge, schließt dasselbe vielmehr in §. 42. jeden Widerspruch gegen den Eintrag aus, und behält in §. 43. dem Ehemanne lediglich das Recht vor, wenn das Einbringen auf mehrere ihm gehörige Grundstücke eingetragen worden, verlangen zu können, den Eintrag auf die zur Sicherstellung seiner Ehefrau nöthigen Grundstücke beschränkt zu sehen und im Uebrigen dessen Löschung zu beanspruchen, so erhellt, daß so viel auch nur der dritte Besitzer des oder der verpfändeten Grundstücke verlangen kann.

Wollte man ihm aber das Recht einräumen, die Löschung eines eheweiblichen Einbringens der Ehefrau seines Vorbesitzers selbst gegen Bezahlung der fraglichen Summe in baarem Gelde erzwingen zu können, so würde dadurch eben wieder der gute Zweck des Gesetzes vereitelt werden, denn nach der so ausgezahlten Summe würde der Ehemann kraft seines Verwaltungs- und Nutznießungsrechtes am eheweiblichen Vermögen greifen und die Ehefrau wäre abermals ohne Sicherstellung.

Wäre aber im Falle der Veräußerung eines Grundstücks eines auf demselben eingetragenen eheweiblichen Einbringens gar keine Erwähnung geschehen, weit entfernt, daß dasselbe auf die vereinbarte Kaufsumme angerechnet worden, so würde dem Käufer einerseits die in §. 21. des Hypothekengesetzes ihm eingeräumte Befugniß, von den ihn angehenden und interessirenden Stellen des fraglichen Hypothekenbuchs Einsicht zu nehmen und beglaubigte Auszüge verlangen zu können, entgegenstehen, andererseits eine, vielleicht auch auf dolus zu gründende Klage gegen seinen Verkäufer zustehen, in alle Wege aber könnte dadurch das Recht der betheiligten Ehefrau nicht alterirt werden.

Wendet man nunmehr die im Vorstehenden entwickelten rechtlichen Grundsätze auf den zur Entscheidung vorliegenden Fall an, so ergiebt sich Folgendes.

Provocant hat zu Begründung seiner Klage angeführt, Provocatin behaupte, ihrem Ehemanne 200 Thlr. —, —, theils in baarem Gelde, theils in Effecten ein- und zugebracht zu haben, und sei diese ihre Forderung auf drei in der Klage näher bezeichneten Grundstücken, welche früher ihrem Ehemanne gehört hätten, deren jetziger Civilbesitzer aber er, der Provocant, sei, auf der Provocatin Anmeldung eingetragen worden; dieselbe habe aber in der That ihrem Ehemanne nicht das Geringste eingebracht.

Nach dem stylistischen Zusammenhange, in welchem der Behauptung der Provocatin, ihrem Ehemanne 200 Thlr. —, —, ein- und zugebracht zu haben, in der Klage Erwähnung geschehen, ist zuvörderst keine andere Auslegung wohl möglich, als daß die gedachte Behauptung von der Provocatin bei der Gelegenheit ihrer Anmeldung ihres Einbringens zum Behufe des Eintrags desselben auf die damals ihrem Ehemanne zugehörig gewesenen Grundstücke aufgestellt worden, hierin aber liegt offenbar nicht eine Berühmung dem Provocanten gegenüber, welcher ja damals noch in keinerlei Beziehung weder zu den verpfändeten Grundstücken, noch zu der auf solchen eingetragenen Einbringensforderung stand.

Wollte man aber aus der vom Provocanten gewählten Satzconstruction, welche mit dem Präsens bewirkt worden, den Schluß ziehen, daß Provocatin noch neuerdings und in der Gegenwart und — um noch einen Schritt weiter zu gehen — sogar dem Provocanten gegenüber die fragliche Behauptung, in welcher allein eine Berühmung gefunden werden könnte, aufgestellt habe, so würde dieser Umstand doch noch immer nicht den Provocanten zu Anstellung einer Provocationsklage gegen die jetzige Provocatin berechtigen, denn da, wie oben bereits erwähnt worden, durch Illation eheweiblichen Vermögens nur zwischen dem Ehemanne und der Ehefrau ein Schuld- und bez. Forderungsverhältniß erzeugt wird, so kann es offenbar nicht eine einen Dritten zu Anstellung einer Provocationsklage ermächtigende Berühmung eines Vermögensrechtes genannt werden, wenn eine Ehefrau jenem Dritten gegenüber behauptet, ihr Ehemann stehe in Folge einer solchen Illation zu ihr in einem solchen Schuldverhältnisse, denn sie rühmt sich ja nicht eines Rechtes, welches ihr diesem Dritten gegenüber zustünde.

Hieran wird auch dann nichts geändert, wenn, wie gegenwärtig der Fall, jene Einbringensforderung mit einem an den jetzt jenem Dritten zugehörigen Grundstücken bestellten Pfandrechte versehen ist, denn da die Forderung der Ehefrau zunächst nur gegen ihren Ehemann gerichtet ist, und ihr Genüge geschieht, wenn von diesem ihre Forderung zur Zeit der Fälligkeit der letzteren befriedigt wird, dahingegen sie nicht berechtigt ist, das ihr verpfändete Grundstück so ohne Weiteres in Anspruch zu nehmen und aus demselben Deckung zu verlangen — dies schon deshalb nicht, weil sich ja noch gar nicht übersehen läßt, ob die Einbringensforderung überhaupt existire und worin das Einbringen bestanden habe, und ob sich darunter nicht namentlich unvertretbare Gegenstände befunden, durch deren Rückgabe in Natur der Ehemann in so weit liberirt wird, und ob diese Gegenstände noch vorhanden — vielmehr sie der Cautionsqualität der ihr bestellten Hypothek halber nur erst dann, wenn sie von ihrem Hauptschuldner — d. i. ihrem Ehemanne — vergeblich Befriedigung gefordert hat, sich an das ihr verpfändete Grundstück halten kann, so rühmt sich eine Ehefrau zunächst nicht eines Rechtes gegenüber dem Besitzer des ihr für ihr Einbringen verpfändeten Grundstücks, sondern nur eines Rechtes gegen ihren Ehemann, welches jedoch mit einer Cautionshypothek an dem Grundstücke eines Andern versehen ist.

Wollte man nun in dem letzteren hier vorliegenden Falle einhalten, die Provocatin habe sich mit der Behauptung, ihrem Ehemanne 200 Thlr. —‚ —‚ ein- und zugebracht zu haben, mindestens eines eventuellen Rechtes dem Provocanten gegenüber implicite insofern gerühmt, als sie gleichzeitig behauptet habe, sie könne sich, wenn ihr Ehemann seiner Zeit ihre Einbringensforderung nicht befriedige, subsidiarisch deshalb an dem ihr verpfändeten Grundstücke erholen, so würde dieser Einwand — abgesehen davon, daß in der Klage nicht einmal behauptet, weniger noch bescheinigt worden, daß die Provocatin auf dieses ihr Pfandrecht nur entfernt dem Provocanten gegenüber Bezug genommen — sofort durch die Bemerkung erledigt werden, daß ja der Provocant nicht nur selbst behauptet hat, sondern auf seinen Antrag Bl. — auch amtlich bezeugt worden ist, daß der Provocatin 200 Thlr. —‚ —‚ als Einbringensforderung auf den jetzt dem Provocanten gehörigen Grundstücken eingetragen worden sind, dieses formell bestehende Recht aber keines Beweises bedarf und die Provocatin nicht genöthigt werden kann, die Rechtmäßigkeit desselben klagend auszuführen, vielmehr dem Provocanten es überlassen bleiben muß, wie und gegen wen er im ordentlichen Processe ein ihm etwa zustehendes Recht auf Löschung der fraglichen Hypothek auszuführen und die Verwilligung derselben Seiten der hierbei Betheiligten erzwingen zu können gedenkt.

Dem steht auch der Umstand nicht entgegen, daß, wie aus dem der Klage in beglaubigter Abschrift beigegebenen Kaufcontracte, Inhalts dessen Provocant die der Provocatin wegen ihres Einbringens verpfändeten Grundstücke von dem Ehemanne der Provocatin — und zwar, wie aus dem Datum dieses Kaufcontracts sowohl, als der zu solchem gehörigen Recognitionsregistratur in Verbindung mit dem gerichtlichen Atteste Bl. — hervorgeht, zu einer Zeit, zu welcher das Einbringen der Provocatin bereits auf denselben eingetragen war — erkauft hat, allerdings erhellt, die bezügliche Einbringensforderung nicht auf das Kaufgeld in Anrechnung gebracht worden, somit es den Anschein gewinnt, als sei die Leistung des Provocanten eine höhere, als die vereinbarte; denn abgesehen davon, daß die Möglichkeit eines hierunter zwischen ihm und seinem Verkäufer abgeschlossenen mündlichen Abkommens wenigstens nicht ausgeschlossen ist, und Provocant sich durch Einsicht der bezüglichen Grundbuchsfolien sehr bald Kenntniß von den Hypothekenverhältnissen derjenigen Grundstücke verschaffen konnte, deren Ankauf er beabsichtigte; so kann unter dieser Nachlässigkeit Seiten des Provocanten oder dem vielleicht vorgekommenen dolus Seiten des Ehemanns der Provocatin gewiß nicht die Letztere leiden und zu rechtlicher Ausführung eines Rechtes genöthigt werden, dessen Existenz bereits liquid ist.

Ganz das Nämliche aber würde gelten, wollte man der oben begründeten Ansicht zuwider die eines Einbringens halber eingetragene Hypothek als eine ganz definitive ansehen, denn dann wäre ja auch deren unbedingte Existenz auch erwiesen, und dem Provocanten würde es, wollte er Löschung der bezüglichen Hypothek erreichen, obliegen, im ordentlichen Rechtswege Thatsachen an- und auszuführen, welche ihn zu jenem Verlangen berechtigten, nicht aber könnte der Inhaberin einer solchen Hypothek angemuthet werden, nach vorausgegangener Provocation ihr bereits erwiesenes Recht noch einmal zu beweisen oder dessen Fortbestehen, für welches bekanntlich die Vermuthung streitet, darzuthun.

Die letztere Betrachtung führt auf ein ferneres Bedenken, welches der Statthaftigkeit der erhobenen Klage entgegen steht.

Jedem Provocationsprocesse muß ein Hauptproceß entsprechen, und es kann der erstere nur gegen denjenigen angestellt werden, welcher im letzteren den Beweis des gerühmten Anspruchs zu führen hat, es kann aber, wie im Vorstehenden gezeigt worden, die Provocatin zur Uebernahme der klägerischen Parteirolle in einem der jetzigen Provocation entsprechenden Hauptprocesse nicht genöthigt werden und würde derselbe im Gegentheil, da das Ergebniß, welches er herbeiführen könnte, schon jetzt erreicht ist, ebenso wie die der Provocatin in diesem Hauptprocesse etwa in denkbarer Weise aufzuerlegende Beweisführung ein geradezu nutzloser sein, so folgt hieraus von selbst, daß auch die vorgängige Provocation unstatthaft ist.

Nimmt man hierzu endlich noch, daß Provocant die nach seinem Dafürhalten erlittene Diffamation durch nichts bescheinigt hat — denn die allerdings bescheinigte Existenz einer noch ungelöschten, für die

Provocatin bestellten Hypothek kann man keinesfalls unter den Begriff der Diffamation bringen —, so ist die erfolgte Abweisung der erhobenen Provocationsklage gewiß gerechtfertigt.

Daß man dieselbe nur in der angebrachten Maaße ausgesprochen hat, ist um deswillen geschehen, weil Provocant möglicher Weise nach Umständen, z. B. daß sich die Provocatin der Fälligkeit ihrer Einbringensforderung und daß sie deren Befriedigung schon jetzt aus den Grundstücken des Provocanten fordern könne, gerühmt habe, anzuführen und zu bescheinigen im Stande ist, welche ihn zu Anstellung einer Provocationsklage auch gegen die jetzige Provocatin berechtigen könnten.

Nur beiläufig und zu kürzlicher Widerlegung der Bl. — vom Provocanten aufgestellten Behauptung möge bemerkt sein, daß die in dem Bescheide Bl. — ausgesprochene Ansicht, daß die erhobene Provocationsklage begründet sei, den gegenwärtigen Urthelsverfassern schon um deswillen nicht präjudiciren konnte, weil es in dem Proceßstadium, in welchem jener Bescheid ertheilt worden, noch gar nicht an der Zeit war, über das Materielle zu erkennen und, da Provocatin noch nicht peremtorisch geladen war, in der Hauptsache auch nicht Ungehorsams halber gegen sie erkannt werden konnte."

Gegen diese Entscheidung appellirten beide Parteien, Provocant, weil seine Klage angebrachtermaaßen abgewiesen und er zur Bezahlung der Proceßkosten verurtheilt worden, Provocatin, weil die Klage nur angebrachtermaaßen und nicht schlechterdings abgewiesen worden war.

Das Königl. Appellationsgericht zu Dresden erkannte unter dem 24. October 1863.

„Daß es bei der Bl. — zu lesenden am 17. Juni 1863 bekannt gemachten Entscheidung nicht zu lassen; sondern es ist Provocatin wegen der in der Klage gedachten, von ihr in den Anmerkungen zum 4. und 5. Einlassungspunkte Bl. — sich zugeschriebenen Hypothek an den Grundstücken des Provocanten zu Sicherstellung ihres angeblichen Einbringens im Betrage von 200 Thlr. — , — , die Hauptklage binnen dreiwöchentlicher Frist bei Vermeidung ewigen Stillschweigens, gegen den Provocanten anzustellen schuldig, worauf in der Sache, sowie auch der Kosten dieses Provocationsprocesses halber, so weit darüber nicht bereits Bl. — rechtskräftig erkannt worden, ferner ergeht, was Recht ist.

Entscheidungsgründe:

I. Zu Provocatens Berufung.

Bei Prüfung der Statthaftigkeit der vorliegenden Provocationsklage entsteht zunächst die Frage, ob der in den Gründen des ersten vom Proceßgericht selbst in dieser Sache abgefaßten Bescheides Bl. — enthaltene Ausspruch, daß die erhobene Klage für begründet zu achten, der Rechtskraft fähig und deshalb für die gegenwärtige Entscheidung als maaßgebend zu betrachten sei, weil Provocatin gegen diesen ihr auf vorgängige, Bl. — erlassene Ladung Bl. — bekannt gemachten Bescheid ein Rechtsmittel nicht eingewendet hat. Indessen hat man der vorigen Instanz zu Bl. — darin beizupflichten, daß dies nicht der Fall sei. Der decisive Inhalt des gedachten Bescheids ging nach Bl. — nur dahin, daß Provocatin die aufgelaufenen Kosten zu bezahlen schuldig sei und auf Provocantens ferneren Antrag weiter in der Sache ergehe, was Recht sei. Eine Entscheidung über das materielle Rechtsverhältniß der Parteien (die merita causae) hat hiernach ganz außer dem Bereiche der eigentlichen richterlichen Cognition gelegen, und es war auch in der That eine solche Entscheidung damals, wo es sich nur um die Folgen des Ungehorsams des Beklagten im ersten — monitorisch anberaumten — Termine und um die Frage über die Fortstellung des Processes durch anderweite peremtorische Ladung handelte, die Provocatin aber in der Hauptsache noch gar nicht rechtliches Gehör gefunden hatte, und eben so wenig, in Ermangelung peremtorischer Ladung, dessen für verlustig erachtet werden konnte, gar nicht zu ertheilen. Der beiläufige Ausspruch über die Schlüssigkeit der Klage in den dem Bescheide einverleibten Gründen bildet also nicht die nothwendige Unterlage des Bescheides selbst und daher auch keinen integrirenden Theil der Entscheidung, sondern gehört zu den sogen. subjectiven Entscheidungsgründen, welche nur den Gedankengang des erkennenden Richters bezeichnen, aber nicht in Rechtskraft übergehen.

v. Savigny, Syst. des heut. Röm. Rechts, Th. VI. §. 291. S. 361.

Zeitschr. f. Rechtspfl., N. F., Bd. V. S. 385. f. Bd. VI. S. 201.

Mit Recht ist sonach das Bezirksgericht davon ausgegangen, daß die Beurtheilung der Statthaftigkeit der Klage bei der gegenwärtig nach anderweiter, peremtorischer Ladung der Provocatin in der Sache zu ertheilenden Entscheidung dem erkennenden Richter noch offen stehe. Die Bedenken jedoch, welche in der angefochtenen Entscheidung gegen die Klage erhoben worden sind und zu deren Abweisung in der angebrachten Maaße geführt haben, hat man in gegenwärtiger Instanz theilweise für nicht begründet, im Uebrigen aber für durch die Zugeständnisse der Provocatin erledigt befunden.

Wenn nämlich die vorige Instanz Bl. — geltend macht, daß durch Illation eheweiblichen Vermögens nur zwischen dem Ehemanne und der Ehefrau ein Schuldverhältniß begründet werde, und hieran dadurch nichts geändert werde, wenn die Einbringensforderung mit einem Pfandrechte an einem nachher von einem Dritten, hier dem Provocanten, erworbenen Grundstücke versehen sei, weil die Ehefrau nicht berechtigt erscheine, das ihr verpfändete Grundstück so ohne Weiteres in Anspruch zu nehmen, vielmehr sie sich zunächst an ihren Ehemann halten und von diesem zur Zeit der Fälligkeit ihrer Forderung Befriedigung verlangen könne, erst dann aber, wenn dies vergeblich geschehen, sie sich an das ihr cautionsweise verpfändete Grundstück halten könne, diese Cautionshypothek aber formell durch den Eintrag in das Grund- und Hypothekenbuch zu Recht bestehe und keines Beweises bedürfe, die Ehefrau also auch nicht genöthigt werden könne, dem dritten Erwerber gegenüber die Rechtmäßigkeit der Cautionshypothek klagend auszuführen, vielmehr dem Provocanten überlassen bleiben müsse, wie und gegen wen er im ordentlichen Processe ein ihm etwa zustehendes Recht auf Löschung der Hypothek auszuführen sich getraue, so vermag man dieser Schlußfolgerung allerdings nicht beizupflichten.

Die Provocationsklage findet überall statt, wo sich Jemand eines gegen die Person eines Andern oder an einer demselben gehörigen Sache ihm zustehenden Anspruchs berühmt hat. Sie ist kein subsidiarisches Rechtsmittel, sondern concurrirt electiv mit andern aus demselben Rechtsverhältnisse entspringenden Klagen, insbesondere auch mit der Negatorienklage, durch welche sich der Eigenthümer eines Grundstücks gegen eine von einem Dritten ausgegangene Anmaaßung eines dinglichen Rechts, und darunter auch eines Pfandrechts, an diesem Grundstücke vertheidigen kann.

Gottschalk, Diss. for. t. II. c. VII. p. 73 sq. ed. 2.

Sie ist ferner auch dann zulässig, wenn der Diffamant sich eines noch von Eventualitäten abhängigen, an eine Bedingung oder Zeitbestimmung geknüpften Rechtes berühmt hat,

Gottschalk, Diss. for. t. III. c. XII. p. 170 sq. ed. 2.

und setzt nur voraus, daß den Provocaten die Beweislast rücksichtlich des von ihm sich zugeschriebenen Rechtes treffe.

Aus der Natur einer Cationshypothek folgt hiernächst auch keineswegs, daß die Ausführung der Ansprüche, zu deren Sicherstellung die Hypothek dient, lediglich oder doch zunächst nur gegen den ursprünglichen Schuldner, nicht gegen den Nachbesitzer des verpfändeten Grundstücks zu erfolgen habe. Vielmehr schreibt das Hypothekengesetz vom 6. November 1843. §. 79. 80. ganz allgemein für alle Hypotheken, also auch für die in §. 38. des Gesetzes erwähnten, auf gesetzlichem Rechtstitel beruhenden vor, daß der hypothekarische Gläubiger gegen einen dritten Besitzer des verpfändeten Grundstücks sich sogleich, unbeschadet seiner Ansprüche an den persönlichen Schuldner, der hypothekarischen Klage bedienen und Befriedigung aus dem Grundstücke suchen könne. Er muß folglich auch zu Anstellung dieser hypothekarischen Klage, oder, wenn die gerühmte hypothekarische Forderung noch nicht fällig ist, zu der Klage auf Anerkenntniß dieses Pfandrechts von dem Besitzer provocirt werden können. Inwieweit dagegen die Klage auf wirkliche Befriedigung aus dem Pfandgrundstücke, wenn es sich um eine Cautionshypothek für inferirte Mobilien handelt, um den Anspruch auf Ersatz des Werthes der letzteren zu begründen, die Anführung besonderer thatsächlicher Momente voraussetzen möchte, braucht hier nicht untersucht zu werden, da zur Zeit ein solches Verlangen der Provocatin nicht vorliegt.

Endlich wird durch den Eintrag des Einbringens in das Hypothekenbuch an und für sich allein nur die formelle Existenz der Hypothek in Gewißheit gesetzt. Das Gesetz vom 6. November 1843 bestimmt aber in §. 38. ausdrücklich, daß, welchen Einfluß diese Eintragung auf den Beweis des Einbringens — von welchem die materielle Rechtsbeständigkeit der Hypothek abhängt — habe, nach den Umständen, unter denen sie geschehen, zu beurtheilen sei, und läßt zugleich in §. 42. demjenigen, welcher einem solchen Eintrage widerspricht, nach, seine Einwendungen rechtlich auszuführen, um sodann die Löschung suchen zu können. Es folgt also hieraus, daß die Ehefrau, sobald die Richtigkeit des von ihr angemeldeten Einbringens und damit ihr Recht auf die Cautionshypothek bestritten wird, die Beweislast trifft und sie den ihr diesfalls obliegenden Beweis nicht durch die bloße Berufung auf den — für die Beweislast einflußlosen — Eintrag, sondern nur nach Befinden, auf die Umstände, welche diesen Eintrag begleitet und ihn hervorgerufen haben, z. B. ein dabei erklärtes Anerkenntniß ihres Ehemannes, stützen kann.

Sobald also der Fall vorliegt, daß eine Ehefrau sich eines für sie wegen ihres angemeldeten Einbringens eingetragenen Pfandrechts an einem, früher ihrem Ehemanne zugehörigen, von diesem aber, ohne daß eine Ueberweisung dieser Hypothek an den Käufer als unbezahltes Kaufgeld stattgefunden, veräußerten Grundstücke berühmt hat, erscheint der dritte Besitzer dieses Grundstücks, wenn er die Richtigkeit des Einbringens bestreiten zu können glaubt, wohl berechtigt, nicht nur mit der Negatorienklage Löschung des Einbringens zu verlangen, sondern nach seiner Wahl die Ehefrau zu Geltendmachung ihrer Ansprüche auch vor der Zeit, wo sie Restitution des Einbringens fordern könnte, d. h. zu Anstellung einer Klage auf Anerkenntniß ihres Pfandrechts zu provociren.

Dagegen ist, wenn man den Inhalt der gegenwärtigen Provocationsklage in das Auge faßt, nicht zu bestreiten, daß der Provocant, wie die vorige Instanz Bl. — und Bl. — angedeutet hat, auf eine direct gegen ihn oder gegen sein Grundstück gerichtete Berühmung sich in geeigneter Weise eigentlich nicht bezogen hat. Denn der Umstand, daß die Provocatin, wie Bl. — angeführt, ihrem Ehemanne 200 Thlr. —, —, zugebracht zu haben behauptet, und dieses Einbringen zum Eintrag angemeldet hat, erhellt nicht einmal mit Bestimmtheit aus den zum Beweise der Diffamation und zur Begründung der Klage auf Antrag Provocantens Bl. — zu den Acten gebrachten gerichtlichen Zeugnisse, da das letztere nur den erfolgten Eintrag des Einbringens bestätigt, über die Grundlage dieses Eintrags aber und ob ein Antrag der Provocatin dazu Veranlassung gegeben habe, keine Auskunft giebt. Es würde aber auch selbst, wenn die Anmeldung des Einbringens durch Provocatin beigebracht wäre, sich immer noch bezweifeln lassen, ob aus dieser Erklärung, welche zunächst nur die Behauptung eines derselben an ihren Ehemann zustehenden persönlichen Anspruchs und eines gesetzlichen Rechtstitels auf Erlangung einer Hypothek an des Ehemannes damaligem Grundstücke in sich schließt, der Nachbesitzer des Ehemannes eine Provocationsklage gegen die Ehefrau erheben könne, wenn der Eintrag durch die Grund- und Hypothekenbehörde erfolgt ist. Denn das blos passive Verhalten der Ehefrau, daß sie die Hypothek hat fortbestehen lassen, ungeachtet ein Dritter das Eigenthum des Pfandgrundstücks erworben hat, würde als eine Berühmung nicht behandelt werden können.

Indessen erledigt sich dieses Bedenken, welches an sich die Abweisung der Provocationsklage in der angebrachten Maaße bedingen würde, nach der Ansicht des Appellationsgerichts durch die in dem Einlassungssatze Bl. — und insonderheit in den Anmerkungen zu Einlassungs-Abschnitt 4. und 5. Bl. — und Bl. — von der Provocatin abgelegten Zugeständnisse. Denn diese Auslassungen geben deutlich zu erkennen, daß sich die Letztere das vom Provocanten bestrittene Pfandrecht an den Grundstücken des Letzteren noch gegenwärtig wirklich zuschreibt. Sie hat sich also wenigstens jetzt der vom Provocanten urgirten Berühmung wirklich schuldig gemacht und kann sich daher auch nicht beschweren, wenn sie auf Grund derselben zur Anstellung der Hauptklage für verbunden erachtet wird. Zwar ist dieser Einlassungssatz verspätet; Zugeständnisse des Beklagten sind jedoch in jedem Stande des Processes zu beachten, und es würde offenbar nur zu ganz nutzlosen processualischen Weiterungen führen, wenn man die Klage jetzt noch als unstatthaft abweisen und den Provocanten erst nöthigen wollte, auf Grund der nunmehr unumwunden erklärten Berühmung anderweit Diffamationsklage zu erheben.

Es versteht sich aber von selbst, daß, wenn mit Hülfe dieses Zugeständnisses die an sich unstatthafte Klage aufrecht erhalten wird, gegen die Provocatin nicht zugleich die nachtheiligen Folgen des Ungehorsams eintreten können, ihr also nicht ewiges Stillschweigen auferlegt werden darf, sondern ihr lediglich die Anstellung der Hauptklage binnen der gesetzlichen Frist aufzugeben ist. Ohne dies würde, selbst wenn die Klage schlüssig wäre, der Provocatin die ihr als Ehefrau wegen ihres Einbringens nach Vorschrift der 4ten Decision vom Jahre 1661 zustehende Rechtswohlthat der Wiedereinsetzung in den vorigen Stand, welche dem Gerichtsbrauche zufolge bei allen processualischen Versäumnissen anzuwenden ist,

Gottschalk, Disc. for. t. I. c. XXII. p. 227 sq. ed. 2.

zu Statten kommen, und, der Bestimmung der angezogenen Decision zufolge, ihr, zu Vermeidung von Weiterungen, auch von Amtswegen ertheilt werden können.

Vorstehendem gemäß war auf des Provocanten Berufung die angefochtene Entscheidung so, wie im gegenwärtigen Erkenntniß geschehen, abzuändern.

II. Zur Berufung der Provocatin.

Aus dem zur Berufung des Provocanten Ausgeführten und der daran geknüpften Abänderung der angefochtenen Entscheidung zu seinen Gunsten ergiebt sich von selbst, daß das Verlangen der Provocatin Bl. —, die Klage solle schlechterdings abgewiesen werden, für völlig ungerechtfertigt zu achten ist."

Provocatin appellirte gegen diese Entscheidung und verlangte, daß die Klage schlechterdings abgewiesen oder doch wenigstens das Erkenntniß I. Instanz wiederhergestellt werde.

(Schluß folgt in der nächsten Nummer.)

Redacteur: Dr. Theodor Tauchnitz. Officin der Verlagshandlung

Von diesem Wochenblatte erscheinen jährlich 64 Nummern zu 1 Quartbogen und außerdem am Jahresschluße ein ausführliches Register.

Wochenblatt für merkwürdige Rechtsfälle,

in actenmäßigen Darstellungen

aus dem Gebiete der Justizpflege und Verwaltung

zunächst für das

Königreich Sachsen.

Alle Postämter u. Buchhandlungen übernehmen Bestellungen und liefern das Quartal zu dem praenumerando zu entrichtenden Preise von 1 Thaler.

Verlag von Bernhard Tauchnitz in Leipzig.

№ 34. Neue Folge Zwölfter Jahrgang. 1864.

(Schluß des S. 264. abgebrochenen Rechtsfalles.)

Das Königl. Oberappellationsgericht erkannte unter dem 10. März 1864 reformatorisch und stellte die Entscheidung erster Instanz aus folgenden Gründen wieder her.

„Wenn das Oberappellationsgericht unter Abänderung des Erkenntnisses voriger Instanz die in erster Instanz ertheilte Entscheidung wieder hergestellt hat, so findet dies seine Berechtigung vom formalen Standpunkte aus. Man ist nämlich mit der vorigen Instanz darin nicht einverstanden, daß eine zu Erhebung einer Provocationsklage berechtigende Diffamation vorliege. Die Behauptung eines Rechts erscheint als Diffamation nur unter der Voraussetzung, daß derjenige, gegen welchen ein Recht behauptet worden ist, die Existenz dieses Rechtes verneint. Hätte nun Beklagte den Antrag auf Eintragung einer Illatenhypothek auf den Folien der damals ihrem Ehemanne angehörigen Grundstücke gestellt und somit ein nach Befinden auch nur eventuelles Forderungsrecht gegen ihren Ehemann behauptet, so würde diesem, wenn er die Illatenforderung nicht zugestehen wollte, mit Rücksicht auf die Bestimmung §. 30. des Mandats, die Aufhebung der stillschweigenden Hypotheken betreffend, vom 4. Juni 1829, verbunden mit §. 42. des Gesetzes, die Grund- und Hypothekenbücher ꝛc. betreffend, vom 6. November 1843, das Recht zustehen, seinen Widerspruch auf dem Rechtswege zur Geltung zu bringen und seine Ehefrau zum Beweise der behaupteten Forderung auf dem Wege des Provocationsprocesses zu nöthigen. Ob dieses sein Recht auch auf seinen Nachfolger im Besitze des verpfändeten Grundstücks ohne Weiteres und ohne Unterschied übergehe, oder ob diesem vielmehr nicht blos eine Contractsklage gegen seinen Verkäufer auf Beseitigung der von ihm nicht in Abrechnung auf das Kaufgeld übernommenen Hypothek, oder aber eine Pfandklage gegen die Inhaberin der Hypothek zustehe, kann zu Zweifeln Veranlassung bieten, im gegenwärtigen Falle aber kommt dies Alles schon darum nicht in Betracht, weil aus dem gerichtlichen Zeugnisse Bl. — sub 2., auf welches Provocant zur Herstellung der gesetzlich erforderten Bescheinigung der behaupteten Diffamation sich bezogen hat, so wenig als aus dem beim 2. und 3. Einlassungspunkte eingeräumten Theile der Klage hervorgeht, daß Provocatin den Antrag auf Verlautbarung ihres Illatenanspruchs im Grund- und Hypothekenbuche ohne Wissen oder gegen den Willen ihres Ehemannes gestellt hat, so daß gar nicht beurtheilt werden kann, ob der Ehemann, der durch den Eintrag als Schuldner seiner Ehefrau bezeichnet worden ist, die Richtigkeit der angemeldeten Forderung zu bestreiten oder zuzugestehen gemeint gewesen sein würde.

Es hat daher auch das Erkenntniß voriger Instanz in jenem Eintrage in das Grund- und Hypothekenbuch eine gegen den Provocanten gerichtete Diffamation nicht erblickt, wohl aber das Vorhandensein einer solchen aus den Anmerkungen zum 4. und 5. Abschnitte der Klagbeantwortung abgeleitet.

Nun könnte es allerdings kaum einem Zweifel unterliegen, daß, wenn die in den gedachten Anmerkungen enthaltenen Aeußerungen nicht erst in Folge der processualischen Aufforderung zur Beantwortung der erhobenen Klage, sondern vor deren Anstellung vorgelegen hätten, in ihnen eine Diffamation, welche zur Erhebung einer Provocationsklage hinreicht, zu finden sein würde. Allein aus der Art der Beantwortung der Klage läßt sich nicht rückwärts ein Argument für ihre Schlüssigkeit nehmen, nicht dasjenige ergänzen, worauf die Klage selbst hätte müssen Bezug nehmen können, um fundirt zu sein. Eine Analogie dessen aber, was in Negatorienklagsachen über die in der Klagbeantwortung enthaltene Verbalturbation angenommen zu werden pflegt, läßt für den Provocationsproceß sich um so gewisser nicht statuiren, als nach der Erläuterten Proceßordnung §. 5. ad tit. V. sogar die Bescheinigung der behaupteten Diffamation der Vorladung auf die erhobene Provocationsklage vorauszugehen hat, und der Provocationsproceß, der an sich eine Anomalie enthält, am Allerwenigsten in solchen Fällen eine Begünstigung zu beanspruchen hat, wo dem Provocanten andere gesetzliche Wege zu Wahrung, beziehentlich Erlangung seines Rechts zu Gebote stehen.

Man hat demzufolge der Ansicht der ersten Instanz über die Unstatthaftigkeit der erhobenen Provocationsklage beitreten müssen, und hat in Folge des Wechsels der Entscheidungen Compensation der Kosten des Rechtsmittels einzutreten."

55.

Zur Lehre von der nominatio auctoris.*)

Mitgetheilt von

Herrn A. — in L.

Die verehel. Z. in K. vindicirte mittelst einer beim Gerichtsamte im Bezirksgerichte Leipzig eingereichten Klage von S. ein Floß, mit dem Bemerken, daß der inzwischen in Concurs verfallene Holzhändler C. T. dasselbe widerrechtlicher Weise von ihrem Elbgrundstücke hinweggenommen und sodann in Beklagtens Besitz gebracht, letzterer auch dieses Flosses sich angemaaßt und solches in seinen einzelnen Bestandtheilen in seiner Niederlage untergebracht habe. Drei Tage vor dem anberaumten Verhörstermine kam der Beklagte mit einer nominatio auctoris ein, indem er anführte, daß C. T. das Floß ihm zwar zum Kaufe angeboten, er jedoch dasselbe käuflich nicht übernommen, und nur erst später, nachdem T. es zur Sicherstellung für Forderungen, die ihm, S., an T. zugestanden, zurückgelassen, allerdings, wiewohl lediglich in der Absicht, dasselbe vor drohender Fäulniß zu schützen, der es im Wasser ausgesetzt gewesen, aufs Lager genommen habe. Sonach besitze er das Floß nicht in eignem Namen, sondern im Namen seines Schuldners T., weshalb die Klägerin wegen weiterer Ausführung ihres Anspruchs an den Curator bonorum des T.'schen Creditwesens zu verweisen sei.

Im Termine widersprach die Klägerin dem Inhalte der ihr vorgelegten Eingabe und es wurde unter Aussetzung des Verfahrens über die Hauptsache behufs künftiger Bescheidsertheilung über diesen Incidentpunkt ein Inrotulationstermin anberaumt. Später bestritt in einer besondern Eingabe die Klägerin die Statthaftigkeit der nominatio auctoris aus Gründen, deren besonderer Anführung es hier nicht bedarf, da sie aus den nachfolgenden Entscheidungen sich zur Genüge werden erkennen lassen, auch kam der Gütervertreter im T.'schen Creditwesen mit einer Schrift zu den Acten ein, in welcher er das streitige Floß für die T.'sche Concursmasse in Anspruch nahm.

Das Proceßgericht entschied, daß der von Beklagtem bewirkten auctoris nominatio, da dieselbe noch vor dem ersten Termine angezeigt worden, der nominatus aber laut Bl. —, daß Beklagter die den Gegenstand der Klage bildenden Hölzer und Breter nur in seinem, des nominatus, Namen besitze, eingeräumt habe, in Gemäßheit §. 3. ad Tit. IV. der Erl. Proc.-Ordn. Folge zu geben, Klägerin daher mit der erhobenen Klage an das forum domicilii zu verweisen und dem Beklagten, wie dem auctor nominatus die Kosten der Differenz zu erstatten schuldig sei.

Auf die Berufung der Klägerin entschied das Königl. Appellationsgericht zu Leipzig:

„Dieweil auch bei anderweiter Erwägung der Sache die von dem Beklagten Bl. — unternommene nominatio auctoris weder als verspätet, noch sonst als unstatthaft hat betrachtet werden mögen, indem

1) die Bl. — fortdauernd behauptete Gleichstellung der auctoris nominatio und der Litisdenunciation in Bezug auf die für sie geordneten Fristen und die Folgen einer Versäumniß an letzteren mit der Wortfassung der einschlagenden Bestimmungen der Erl. Proc.-Ordn. ad Tit. IV. in so fern unvereinbar erscheint, als

a) die generische Verwandtschaft beider Institute zwar recht füglich Veranlassung geben konnte, dieselben gemeinschaftlich in einem Titel unter der Rubrik: „von der Litisdenunciation" zu behandeln, in den einzelnen Paragraphen dieses Titels aber die auf die Litisdenunciation bezüglichen Bestimmungen (§. 1. und 2.), von denen die nominatio auctoris betreffenden (§. 3.) streng gesondert, und die letzteren noch überdem mit den hinreichend bezeichnenden Worten:

„und wie hiernächst von der Litisdenunciation die nominatio auctoris gar wirklich unterschieden ꝛc."

eingeleitet worden sind,

*) Zu vergl. Wochenbl. f. m. R., Jahrg. 1863. S. 444.

b) insbesondere darüber, daß die Vorschrift in §. 1., wonach „die Litisdenunciation bei deren Verluste wenigstens acht Tage ante terminum bewerkstelligt werden soll", nur für die Streitankündigung im Gegensatze zu der auctoris nominatio berechnet sei, nach dem sonstigen Inhalte dieses Paragraphen, welcher auf die auctoris nominatio in keiner Weise passen würde, ein begründeter Zweifel nicht obwalten kann, ein Herüberziehen jener Disposition in die Lehre von der auctoris nominatio aber um so bedenklicher erscheinen müßte, als Formvorschriften der gedachten Art bekanntlich eine analoge Anwendung nicht gestatten, übrigens es auch in §. 3. cit. an einer Bestimmung über die Zeit der Anbringung der auctoris nominatio keineswegs fehlt, vielmehr in dieser Beziehung dort ausdrücklich verordnet wird, daß dieselbe „bald Anfangs und noch vor dem ersten termino bei 5 Thlrn. —ʒ —ʒ oder 10 Thlrn. —ʒ —ʒ zu bewerkstelligen" sei, und die Annahme der Klägerin Bl. —, es habe hierdurch nur das zuvor in §. 1. gestellte Präjudiz („bei deren Verluste) durch Androhung einer Geldstrafe verstärkt werden sollen, als völlig willkürlich bezeichnet werden muß,

c) die zu weiterer Unterstützung ihrer Ansicht von ihr Bl. — geltend gemachte Gleichheit der ratio legis nicht vorhanden ist, da die dem Litisdenuncianten zur Pflicht gemachte Einhaltung einer achttägigen Frist hauptsächlich den Zweck hat, dem Proceßgericht die nach erfolgter Streitankündigung von Amtswegen zu bewirkende Aufhebung des bereits angesetzten und die damit zu verbindende Anberaumung eines anderweiten Güte- und Rechtstermins möglich zu machen, während bei der auctoris nominatio (mit Ausnahme vielleicht des hier nicht vorliegenden Falles, wenn der nominatus der Gerichtsbarkeit des Proceßgerichts gleichfalls unterliegt) ähnliche Rücksichten nicht eintreten, und der von der Klägerin Bl. — angedeutete Grund, daß sie bei früherer Anmeldung der auctoris nominatio die Kosten der Terminsabwartung Bl. — würde haben ersparen können, sich schon durch die Erwägung erledigt, daß, da sie dem Anbringen des Beklagten überhaupt als unstatthaft widersprochen, jener Termin ohnehin in keinem Falle entbehrlich geworden sein würde,

2) in so weit die Klägerin die Zulässigkeit der auctoris nominatio gegenwärtig deshalb für ausgeschlossen angesehen wissen will, weil der Beklagte durch die eigenmächtige Anmaaßung der libellirten Hölzer sich eines spolii schuldig gemacht habe, es genügt, darauf hinzuweisen, daß die Klage nirgends eine Andeutung darüber enthält, daß der Beklagte bei der dem nachmaligen Gemeinschuldner C. T. zur Last gelegten heimlichen Wegführung des Flosses aus dem Besitze der Klägerin irgendwie concurrirt, oder auch nur um dieselbe, oder daß T. die fraglichen Hölzer sine jure besitze, gewußt habe, und eben so die von der Klägerin Bl. — aufgestellte Schlußfolgerung, mittelst deren sie darzulegen versucht hat, daß die streitigen Holzwaaren, bevor sie in die Hände des Beklagten gelangt seien, von mehrernanntem T. lediglich in ihrem Namen besessen worden, jedes thatsächlichen Anhaltes in der Klageschrift entbehrt, wenn aber nach den dortigen Anführungen das Widerrechtliche des Gebahrens des Beklagten darin zu suchen sein soll, daß er nach dem Ausbruche des Concurses zu T.'s Vermögen die fraglichen Hölzer zu seiner Sicherstellung auf sein Lager genommen habe, solches eines Theils nur das Rechtsverhältniß des Beklagten zu der T.'schen Gläubigerschaft berühren würde, anderen Theils in der von dem Concursvertreter Bl. — allenthalben bestätigten Sachdarstellung des Beklagten Bl. —, nach welcher die Hölzer von T.'n selbst bereits früher zu seiner Deckung bei ihm zurückgelassen worden seien, seine vollständige Erledigung findet, und der Einwand der Klägerin Bl. —, daß das diesfallsige Vorbringen als unbescheinigt zur Zeit keinen Anspruch auf rechtliche Beachtung zu machen habe, schon durch die Worte der Erl. Proc.-Ordn. l. c.:

> „und hierauf ohne ferneren Beweis — der Kläger an des nominati ordentliches Forum verwiesen werden soll",

zur Genüge widerlegt wird, wobei nur noch zu bemerken, daß die von ihr Bl. — versuchte Auslegung dieser Gesetzesstelle außer dem von ihr selbst citirten

> Osterloh, ordentl. bürgerl. Proceß, §. 194. Bd. I. S. 339. (Ausg. III.)

auch die Autorität

> Erlebner's, Discurs S. 173. s. v. „Bewerkstelliget" (ed. II.)

und

> Biener's, syst. §. 328. ad not. 4. pag. 308. ed. III.

gegen sich hat, so viel aber hiernächst

3) die weit zweifelhaftere, übrigens bisher von keiner Seite angeregte Frage anlangt, ob der Beklagte in seiner Eigenschaft als Pfandbesitzer (vergl. Bl. — in Verbindung mit Bl. —) zu denjenigen Personen, welche die streitige Sache „nicht für sich selbst, sondern von eines anderen wegen innehaben", zu rechnen, und somit überhaupt mit der auctoris nominatio zu hören sei? man der bejahenden Meinung vor der von

> Hommel, Flavius, S. 525. no. III. (Ausg. 3.)
> Biener, l. c.

vertheidigten verneinenden deshalb den Vorzug gegeben hat, weil auch in den Fällen des sogenannten abgeleiteten Besitzes, zu welchen der des Faustpfandgläubigers gehört,

Savigny, Besitz, §. 9. S. 126 flg.
Mühlenbruch, Lehrb. der Pand., Th. II. §. 233. S. 48. Ausg. 3.
Schweppe, röm. Privatrecht, Bd. II. §. 215. S. 13. Ausg. 4.

von einem Besitze in eigenem Namen, d. h. also von einem mit dem animus domini, oder rem sibi habendi verbundenen nicht eigentlich die Rede sein kann, vielmehr der Sache nach auch hier nur eine bloße Detention, welcher jedoch ausnahmsweise vermöge positivrechtlicher Bestimmung der Vortheil der Besitzrechtsmittel zu Gute kommt, vorliegt, und wenn man das Recht der nominatio auctoris überall da cessiren lassen wollte, wo der jeweilige Besitzer an dem eine gewisse Zeit lang fortgesetzten Innehaben der Sache ein eigenes vermögensrechtliches Interesse habe, man sehr bald dahin gelangen würde, dasselbe in den bei weitem meisten Fällen bloßer factischer Detention, namentlich auch bei dem Pachter, Commodatar ꝛc., denen es doch im Allgemeinen zugestanden wird, ausschließen zu müssen, weshalb denn auch der Sequester und der precario accipiens (gleichfalls Fälle des abgeleiteten Besitzes) schon von

Martini, Analect. for., p. 409. ad not. 30.

unter diejenigen gerechnet werden, welchen das Recht zu nominiren nicht zu versagen sei, und eben so

Bayer, Vortr. über den gem. Civilpr., S. 61. Aufl. 7.
Mittermaier, Archiv für civil. Praxis, Bd. III. S. 404.

das Gleiche speciell von dem Faustgläubiger als ausgemacht annehmen,

4) die Frage, ob schon jetzt über den Kostenpunkt definitiv zu entscheiden und beziehentlich auch die Klägerin zu Erstattung der auf Seiten des nominatus erwachsenen anzuhalten gewesen sei, gegenwärtig dahingestellt bleiben kann, da in dieser Beziehung specielle, von der Beantwortung der Hauptfrage unabhängige Einwendungen der Klägerin nicht erhoben worden,

so ist der Bl. — zu lesende, am 27. Juni 1859 publicirte Bescheid (erster Instanz), der eingewendeten Appellation ungeachtet, zu bestätigen ꝛc."

Auch in dritter Instanz wurde confirmatorisch erkannt. Die Rationen des am 21. Januar 1861 publicirten Urtheils des K. Oberappellationsgerichts lauten also:

„Den von der vorigen Instanz für die Rechtzeitigkeit und Zulässigkeit der vom Beklagten Bl. — bewirkten nominatio auctoris Bl. — angeführten Gründen hat Man beizutreten gehabt und daher gegenwärtig nur zur Widerlegung desjenigen, was von der Klägerin neuerlich Bl. — dagegen vorgebracht worden ist, Folgendes zu bemerken:

1. Daß der nominatio auctoris die Natur einer proceßhindernden Einrede zuzuschreiben sei, ist auch nach sächsischem Rechte anzunehmen.

Biener, syst. proc. jud., §. 319.

Allein aus diesem Umstande kann die Klägerin eine Einwendung gegen das vorige Erkenntniß deshalb nicht ableiten, weil es nach der Bl. — angezogenen speciellen Bestimmung der erläuterten Proceßordnung dann, wenn der nominatus die Behauptung des Beklagten, daß er in dessen Namen besitze, bestätigt, keines weitern Nachweises derselben bedarf, eine Vorschrift, deren Auslegung nach dem Zeugnisse der Bl. — bereits angeführten Schriftsteller in der sächsischen Praxis zu Zweifeln niemals Veranlassung gegeben hat. Im vorliegenden Falle hat aber der im T.'schen Schuldenwesen bestellte Gütervertreter nach der Bl. — von ihm abgegebenen Erklärung das Eigenthum an den in der Klage beschriebenen Hölzern für die Masse des von ihm vertretenen T.'schen Schuldenwesens in Anspruch genommen und hierdurch das Anführen des Beklagten, daß er dieselben nicht in eignem Namen, oder doch nicht animo domini besitze, genugsame Bestätigung erhalten. Hierdurch wird derselbe aller weitern Betheiligung an dem gegenwärtigen Rechtsstreite überhoben, und es ist daher auch nicht abzusehen, inwiefern er sich an dem Beweise seiner proceßhindernden Einrede versäumt haben sollte.

2. Die Behauptung, daß der Beklagte sich nach dem Inhalte der Klage eines Spoliums schuldig gemacht habe, sucht Klägerin neuerlich Bl. — dadurch zu begründen, daß das in der Klage erwähnte eigenmächtige Wegführen der fraglichen Hölzer Seiten des Gemeinschuldners T. eine Besitzentsetzung nicht involvire. Allein da sich der genannte T. nach ihrem eignen Anführen Bl. — jener Hölzer ohne ihr Vorwissen und ihre Genehmigung bemächtigt und dieselben ohne ihre Einwilligung zu verkaufen versucht hat, so kann auch nach den über den Verlust des Besitzes einer beweglichen Sache geltenden Rechtsgrundsätzen nicht bezweifelt werden, daß er sie dadurch aus dem Besitze der ihrem Gewahrsam entzogenen Hölzer gesetzt habe.

cfr. l. 15. Dig. de acquir. v. amitt. possess. (XLI. 2.)

Sollte daher auch die Aneignung derselben durch den Beklagten auf rechtswidrige Weise erfolgt sein, so würde doch, wie bereits Bl. — bemerkt worden, dies nur von den T.'schen Gläubigern geltend gemacht werden können, während die Klägerin sich nach dem bisherigen Stande der Sache wegen ihrer Ansprüche nur an diese als die Rechtsnachfolger T.'s und die eigentlichen Besitzer zu halten gehabt haben würde." rc.

56.

In wie weit kann nach bereits erfolgter Berichtigung von Advocatenkosten deren Feststellung, beziehentlich Restitution verlangt werden?

Mitgetheilt von

Herrn H. in W.

Im Juni 1863 klagte der Rentier E. A. E. in D. bei dem Gerichtsamte W. gegen den dasigen Advocaten B. auf Rückerstattung von 46 Thlrn. 2 Ngr. 8 Pf. Kosten, die er ihm für Dienste in verschiedenen außergerichtlichen Rechtssachen aus den Jahren letztverflossenen Decenniums, jedoch vor dem Jahre 1859, nach und nach bezahlt hatte. Nach Höhe von 40 Thlrn. —„ —„ begründete er seinen Anspruch so:

Für verschiedene Bemühungen nach St. und H., mehrtägige Anwesenheit daselbst, Verhandlung bei einem Kaufe, Fertigung, Bemühung bei der Uebergabe, Fortkommen, Diäten, Meilengebühr rc. beim Verkaufe seiner Immobilien habe ihm Beklagter ein nicht weiter specialisirtes Bauschquantum von 60 Thlrn. —„ —„ abgefordert. Es sei dies aber zuviel gefordert, namentlich deshalb, weil die Anwesenheit des Beklagten in St. und H. der fraglichen Angelegenheit halber nicht eine mehrtägige, sondern nur eine einen und einen halben Tag andauernde gewesen und weil Beklagter zum Fortkommen den Wagen des Klägers benutzt habe. Weil die Mühwaltungen des Beklagten mit 20 Thlrn. —„ —„ verhältnißmäßig bezahlt gewesen wären, fordere er 40 Thlr. —„ —„ als indebite gezahlt zurück.

Wegen des Restes der Klagsumme producirte Kläger mehrere Liquidationen des Beklagten, welche er nach erfolgter Bezahlung hatte feststellen lassen. Die ihnen beigefügten Feststellungsdecrete ergaben theils mit Rücksicht auf die unangemessene Höhe einzelner Ansätze theils wegen einzelner Ueberschreitungen der gesetzlichen Taxe für Mundum und Bestellgebühr einen Abstrich dieser Liquidationen in der Summe von 6 Thlr. 2 Ngr. 8 Pf. Diese Summe fordert Kläger gleichfalls als indebite solutum von dem Beklagten zurück.

Zur Rechtfertigung seiner Klage nahm Kläger allenthalben auf das in dem Wochenblatt für merkwürdige Rechtsfälle, 1863. in No. 1. unter 2, II. S. 3 flg. mitgetheilte Präjudiz Bezug.

Beklagter widersprach der Klage in factischer Beziehung nur, insoweit ihm darin gewisse falsche thatsächliche Angaben bei der Liquidation obgedachter 60 Thlr. —„ —„ untergelegt waren, bestritt aber ihre Statthaftigkeit und schützte compensationsweise Gegenansprüche vor, die der Gegner in der aus nachstehendem Erkenntnisse ersichtlichen Höhe anerkannte.

Das Gerichtsamt W. wies den Kläger mit seinem Suchen schlechterdings ab, verurtheilte ihn auch in die Kosten aus nachstehenden Gründen:

„Nach Bl. — sind die Parteien darüber einverstanden, daß diejenigen Advocatenkosten, welche Kläger Bl. — jct. Bl. — als indebita von dem Beklagten zurückfordert, von letzterem für Mühwaltungen in nicht streitigen Rechtssachen angesetzt worden sind. Gleichergestalt herrscht nach Bl. — darüber unter den Parteien Einverständniß, daß die Mühwaltungen beim Verkaufe der Immobilien des Klägers, für welche Beklagter diesem nach Bl. — jct. Bl. — einen Kostenbetrag von 60 Thlrn. —„ —„ abgefordert, im Jahre 1858 Statt gehabt haben, während aus denjenigen Liquidationen, welche mit zehn Blatt sub I. No. 1—10. dem Fascikel des Königlichen Gerichtsamts W. von 1862. ad No. 223. I. beiliegen, sich ergiebt, daß die in nurgedachtem Fascikel Bl. — und Bl. — gerichtlich festgestellten Kosten sämmtlich wegen Mühewaltungen vor dem Jahre 1858 entstanden sind. Da nun von diesen Kosten nach Bl. — und Bl. — Kläger einen Betrag von 46 Thlr. 2 Ngr. 8 Pf. als indebite solutum von dem Beklagten zurückverlangt, so erhellet, daß die Frage, ob dies Verlangen statthaft sei, nach den bis Ende des Jahres 1858 bestandenen gesetzlichen Bestimmungen, vornehmlich also nach der unter dem 26. November 1840 erschienenen Taxordnung, nach welcher die Gerichts-, Advocaten- auch Notariatsgebühren gefordert und gezahlt werden sollen (Gesetz- und Verordnungsblatt vom Jahre 1840. S. 373 flg.), zu entscheiden ist.

Diese Taxordnung enthält nun in Cap. II. sub. No. 38. S. 413. folgende Bestimmung:

„In Ansehung der außergerichtlichen Geschäfte und Bemühungen, als wegen Entwerfung eines Testamentes, Kauf-, Pacht- oder andern Contracts, einer Donations-, Cessions- und anderen Urkunde, eines Erbtheilungs- und anderen Recesses, ingleichen eines Ehestiftungs-, Successions- und anderen Vertrages, wegen Treffung eines außergerichtlichen Vergleiches oder Accords u. s. w. mag es in Betreff der Gebühren also gehalten werden, daß, dafern zwischen dem Advocaten und seinem Constituenten über die von Ersterem liquidirten Gebühren ein Privatabkommen nicht Statt findet, vielmehr eine Moderation derselben verlangt oder sonst nöthig wird, bei dem sodann eintretenden richterlichen Ermessen und der Moderation selbst auf die Wichtigkeit und Weitläufigkeit des Geschäftes, ingleichen auf den Fleiß, die Mühe und Zeit, die darauf zu verwenden gewesen ist, insoweit solches aus den Privatacten oder sonst sich ergiebt, Rücksicht genommen und darnach die Bestimmung der Gebühren ermessen werden soll."

Wenn aber — was aus dem eigenen Anführen des Klägers Bl. — und den Eingangs gedachten Liquidationen sub I. No. 1—10. hervorgeht, — sämmtliche in Streit befangene Kosten für außergerichtliche Geschäfte und Bemühungen des Beklagten aufgelaufen, so folgt aus vorstehends wörtlich referirter Vorschrift der Taxordnung vom 26. November 1840, daß über deren Angemessenheit zunächst das Privatabkommen der Parteien und nur in dessen Entstehen richterliches Ermessen zu entscheiden hatte. Es folgt weiter, daß von einem indebite solutum nicht die Rede sein kann, wenn in Folge eines solchen Privatabkommens für außergerichtliche Geschäfte und Bemühungen Kläger dem Beklagten einen Betrag gezahlt hat, dessen Höhe ihm nachgehends unangemessen erscheint, ohne daß jedoch — ein Fall, welcher die condictio indebiti rechtfertigen würde — Kläger dem Beklagten unwahre Angaben über die thatsächlichen Unterlagen seiner Kostenforderung nachweisen kann.

Nun ist an dem Zustandekommen eines solchen Privatabkommens unter den Parteien nach den eigenen Behauptungen des Klägers nicht zu zweifeln, um so weniger, als nach dem Wortlaute der angezogenen Vorschrift der Taxordnung der Fall eines Privatabkommens unter den Parteien als der gewöhnliche und daher zu vermuthende bezeichnet wird. Nach Bl. — jct. Bl. — hat Kläger die in Streit befangenen Liquidationsposten an 40 Thlrn. —₰ —₰, 5 Thlrn. 7 Ngr. 8 Pf., — Thlr. 15 Ngr. —₰, — Thlr. 4 Ngr. —₰, — Thlr. 6 Ngr. —₰ ohne Einwand auf die bezüglichen Liquidationen an den Beklagten bezahlt, und er hat damit ebenso, wie durch sein jahrelanges Stillschweigen, als durch concludende Handlungen sein Einverständniß mit der Höhe dieser Liquidationen um so gewisser an den Tag gelegt, je weniger die nach Bl. — wenigstens in Ansehung des klagbar gemachten Postens von 40 Thlrn. —₰ —₰ von ihm gehegte Voraussetzung, daß der betreffende Ansatz den Vorschriften der Taxordnung entspreche, ihn gegen diese Auslegung seines Benehmens schützen kann, anerwogen nach der angezogenen Bestimmung der Taxordnung vom 26. November 1840 eigentliche Vorschriften über die Höhe der für die in Frage befangenen Geschäfte zu fordernden Gebühren nicht bestanden, sondern die Bestimmung über solche der Einigung der Interessenten, in zweiter Reihe aber richterlichem Ermessen überlassen blieb, so daß nun diese Voraussetzung, dafern Kläger sie wirklich gehabt, auf einer ignorantia juris beruht, deren Folgen er sich zuzuschreiben hat.

Hat man auf Grund dieser Erwägungen den Bl. — jct. Bl. — klagbar gemachten Anspruch des Klägers wenigstens insoweit für unstatthaft anzusehen, als zu seiner Begründung nur die unangemessene Höhe, nicht auch die Unwahrheit der den bezüglichen Liquidationen zu Grunde liegenden factischen Angaben zur Beschwerde gezogen worden ist, so kann man sich in dieser Auffassung auch durch das Bl. — von dem Kläger allegirte Präjudiz des Königlichen Appellationsgerichts zu Leipzig nicht beirren lassen. Es läßt nämlich das Referat der betreffenden Entscheidung in dem

Wochenblatte für merkw. Rechtsfälle, 1863. S. 3.

die Frage offen, ob bei dieser Entscheidung es sich um Rückerstattung für außergerichtliche Bemühungen aufgelaufener Kosten, oder nicht vielmehr um Rückerstattung von in streitigen Rechtssachen entstandenen Kosten gehandelt.

Für die letztere Meinung aber darf man sich schon um deswillen unbedenklich entscheiden, weil in dem Erkenntnisse von „dem Rückforderungsrechte des Clienten, der von dem Sachwalter über den Inhalt der Taxordnung beschwert worden", die Rede ist, nun aber über die Ansätze der hier in Frage befangenen Kosten für außergerichtliche Bemühungen der Inhalt der Taxordnung positive Bestimmungen nicht enthält, weshalb von einer Beschwerung über den Inhalt der Taxordnung in dieser Beziehung füglich nicht gesprochen werden kann, hierüber aber noch außerdem die nach dem allegirten Präjudiz durch die revidirte Taxordnung vom 26. November 1840 nicht aufgehobene Bestimmung des Mandats vom 12. September 1812 über das taxmäßige Liquidiren der Kosten und folgerecht auch die über das im Falle der Zuwiderhandlung begründete Rückforderungsrecht des Clienten rücksichtlich der außergerichtlichen Geschäfte des Advocaten schon nach demselben Mandate, aus welchem erst

vergl. C. A. C. III. Abthl. I. pag. 339.

die oben angezogene Bestimmung der Taxordnung vom 26. November 1840 in letztere wörtlich wieder aufgenommen worden, genau dieselbe Modification erlitten gehabt.

Ist aber in der Bl. — allegirten Entscheidung die hier vorliegende Frage wegen Rückerstattung bereits bezahlter Kosten für außergerichtliche Geschäfte nicht berührt, so kann man auch im gegenwärtigen

Falle die dort zu Gunsten des Clienten aufgestellte Vermuthung nicht anwenden, daß dieser nämlich in dem durch die öffentliche Stellung des Sachwalters gerechtfertigten Vertrauen, derselbe werde seine Kostenliquidation den bestehenden Taxvorschriften und dem Umfange seiner Mühwaltungen entsprechend eingerichtet haben, zu dessen Befriedigung verschritten sei; man muß vielmehr aus der Seiten des Clienten erfolgten Zahlung und seinem nachherigen jahrelangen Stillschweigen auf den den Worten der Taxordnung nach gewöhnlichen Fall eines Privatabkommens zwischen den Interessenten schließen.

Nach einem solchen Privatabkommen kann aber, wie schon gezeigt, dem Kläger nur dann die condictio indebiti zukommen, wenn er von dem Beklagten über die factischen Unterlagen seiner Kostenforderung getäuscht war. Demnach mußten durchaus unstatthaft erscheinen

a) die Bl. — von dem Kläger aufgestellten Ansprüche von je 15, 4, und 6 Ngr. —, da, wie sich aus dem Feststellungsdecrete Bl. — des Fascikels ad No. 233. I. ergiebt, diese Posten allein der Höhe der bezüglichen Liquidationssätze halber für passirlich nicht geachtet worden sind,

b) die in dem Bl. — zurückgeforderten Betrage von 5 Thlrn. 7 Ngr. 8 Pf. laut Feststellungsdecrets Bl. — sub b. des Fascikels ad No. 233. I. mitenthaltene Post von 1 Thlr. 6 Ngr. — aus gleichem Grunde,

c) der Bl. — klagbar gemachte Anspruch auf 40 Thlr. — — einerseits deshalb, weil nur in einigen Stücken Kläger dessen thatsächliche Unterlagen bestreitet, im Uebrigen aber auch unzulässiger Weise auf die Höhe des betreffenden Liquidationsansatzes seinen Anspruch auf Rückerstattung nach Bl. — gründet, andererseits schon deshalb, weil dem Anspruche des Klägers, soweit er solchen Bl. — und Bl. — auf die angeblich unrichtigen Angaben des Beklagten über gewisse factische Verhältnisse gründet, die Rechtsregel in

const. 9. pr. de condict. indeb. (11, 1.): „Indebitum solutum sciens non recte repetit",

entgegensteht. Wenn nämlich, wie Kläger l. l. behauptet, des Beklagten Anwesenheit in St. und H. nicht, wie in der in Frage befangenen Liquidation nach Bl. — zu lesen gewesen, eine mehrtägige gewesen, sondern nur einen und einen halben Tag gedauert hat, wenn ferner Beklagter zur Beförderung nach H. und St. des Klägers ihm zur Verfügung gestelltes Geschirr benutzt hat, so sind das Dinge, die dem Kläger nicht unbekannt geblieben sein können, so daß er in der That, als er den Beklagten für mehrtägige Anwesenheit in St. und Fortkommen bezahlt, gewußt haben muß, daß er eine Nichtschuld bezahle.

Hat man aber auch, wie geschehen, ein Privatabkommen über die Höhe der in Frage befangenen Gebühren zwischen dem Kläger und dem Beklagten anzunehmen, so schließt doch dies Privatabkommen den Anspruch auf Rückerstattung derjenigen Gebühren nicht aus, welche Beklagter dem Kläger unter dem Vorgeben von Mühwaltungen abgefordert, deren er in der That sich gar nicht für ihn unterzogen. Dies ist, wie sich aus dem Feststellungsdecrete Bl. — sub a. und c. des Fascikels ad No. 233. I. beziehentlich durch Berechnung ergiebt, mit der Bl. — zurückgeforderten Summe von 5 Thlrn. 7 Ngr. 8 Pf. nach Höhe von 4 Thlrn. 1 Ngr. 8 Pf. der Fall.

Es würde daher die Verurtheilung des Beklagten zur Rückerstattung dieses Betrages zu erfolgen gehabt haben; allein diese Verurtheilung schließt der Umstand aus, daß Kläger dem Beklagten folgende Gegenansprüche zugestanden:

— Thlr. 12 Ngr. 7 Pf.	vgl. Bl. —	sub 1. jct. Bl. —
— „ 26 „ 8 „	vgl. Bl. —	sub 5. jct. Bl. —
— „ 14 „ 5 „	vgl. Bl. —	sub 7. jct. Bl. —
2 „ 24 „ 8 „	vgl. Bl. —	sub 11. jct. Bl. —
4 Thlr. 18 Ngr. 8 Pf. Summa,		

wobei nur noch bemerkt werden mag, daß man dem Bl. — gestellten Verlangen der Parteien nach gerichtlicher Feststellung der Bl. — des Fascikels Y. (vergl. Bl. — hor. act.) liquidirten Kosten durch deren Prüfung entsprochen, aber keinen Grund gefunden hat, davon etwas abzustreichen.

Da hiernach die Gegenansprüche des Beklagten die dem Kläger zuzubilligende Summe um — Thlr. 17 Ngr. — übersteigen, so konnte bekannten Rechten nach von einem zu Recht bestehenden Anspruche des Klägers nicht mehr die Rede sein, und war deshalb sowohl in der Hauptsache als der Kosten halber, wie geschehen, zu entscheiden."

Auf von dem Kläger eingewendete Appellation erkannte das Königl. Appellationsgericht zu Leipzig im Jahre 1864 reformatorisch also:

„Dieweil Klägers Beschwerden rechtliche Beachtung nicht hat geschenkt werden können, da, anlangend

a) die Bl. — und — flg. näher bezeichneten 40 Thlr. — —, den Abweisungsgründen voriger Instanz Bl. — flg. lediglich beizustimmen gewesen ist, die Bl. — und — wiederholt für eine entgegengesetzte Ansicht angerufene, von dem Königlichen Appellationsgerichte zu Leipzig ertheilte, im Wochenblatt für merkw. Rechtsfälle, Jahrgang 1863. No. 1. S. 3. zum Abdrucke gebrachte Entscheidung aber für eine dem Kläger günstigere Auffassung schon darum nicht maaßgebend werden kann, weil es sich in jener

Rechtssache ausweislich der darüber ergangenen Acten sub No. 1891, 61. Bl. — um Rückerstattung von in einer streitigen Verwaltungssache für Abfassung einer Beschwerde-, sowie einer Recursschrift entstandenen Advocatenkosten gehandelt hat, auf welche die in jener Entscheidung angezogenen gesetzlichen Vorschriften in Anwendung zu bringen waren, während gegenwärtig ein von dem Beklagten für außergerichtliche Geschäfte und Bemühungen gefordertes und bezahlt erhaltenes Bauschquantum in Frage steht, bezüglich dessen nach Vorschrift der Taxordnung vom 26. November 1840. Cap. II. No. 38. (Gesetz- und Verordn.-Blatt S. 413.) eine Privatvereinigung zulässig war, deren Zustandekommen nach den übereinstimmenden Anführungen der Parteien Bl. — flg. und — flg. nicht bezweifelt werden kann, weiter,

b) was die Bl. — i. f. näher bezeichneten vier Posten im Hauptbetrage von 6 Thlrn. 2 Ngr. 8 Pf., deren Rückforderung dermalen streitig geworden ist, anlangt, zwar die jetzt erkennende Behörde

aa) der Ansicht der vorigen Instanz Bl. —, daß Beklagter 4 Thlr. 1 Ngr. 8 Pf. aus dem Grunde zurückzugeben verpflichtet sei, weil dieser Betrag aus Gebühren und Verlägen bestehe, welchen derselbe dem Kläger unter dem Vorgeben von Mühwaltungen abgefordert, deren er in der That sich nicht unterzogen habe, beizupflichten gehabt hat, und was

bb) die übrigen, lediglich aus abgeminderten Gebühren bestehenden 2 Thlr. 1 Ngr. —, betrifft, die Thatsache der Bezahlung speciell zuliquidirter Kostenbeträge, wären auch solche in außergerichtlichen Angelegenheiten entstanden, den Antrag auf Moderation und das Recht der Zurückforderung der nach dem Feststellungsdecrete zuviel angesetzten Kosten nicht ausschließen würde, und Beklagter selbst nicht zu behaupten vermocht hat, daß der Bezahlung der in Rede stehenden Liquidationen eine Verhandlung vorausgegangen sei, woraus sich das Zustandekommen einer Privatvereinigung im Sinne der Taxordnung erkennen lasse, folglich nach Ansicht des Königlichen Appellationsgerichts die Verurtheilung Beklagtens auch in Betreff der obgedachten 2 Thlr. 1 Ngr. —, an sich gerechtfertigt sein würde,

einer Condemnatoria in Ansehung dieser beiden Posten aber die Erwägung entgegentritt, daß nach den Bl. — angezogenen Zugeständnissen Klägers dem Beklagten nicht blos die hier zusammengestellten Gegenansprüche von 4 Thlrn. 18 Ngr. 8 Pf. an denselben zustehen, sondern sogar die Bl. — sub 1. und Bl. — in Bezug genommene, den Acten in dem Originale sub G. beigefügte, amtlich festgestellte Kostenberechnung in Sachen des Klägers ./. Kästner für den Beklagten ein den Restbetrag der Restitutionssumme an 1 Thlr. 14 Ngr. —, übersteigendes Guthaben nachweist,

so ist der Bl. — ersichtliche, am 23. September 1863 publicirte Bescheid (erster Instanz) der eingewendeten Berufung ungeachtet zu bestätigen, es ist auch Kläger, da sein Rechtsmittel ohne Erfolg geblieben, dem Beklagten die durch solches verursachten Kosten zu erstatten schuldig."

Miscellen.

Anzeige neu ergangener Gesetze und Verordnungen. Das 6. Stück des Gesetz- und Verordnungsblattes für das Königreich Sachsen (vom Jahre 1864) enthält: No. 34. Decret wegen Bestätigung des ersten Nachtrags zu den Statuten der Zweigeisenbahngesellschaft zu Großenhain, vom 15. März 1864. No. 35. Decret wegen Bestätigung der Statuten des Vorschußvereins zu Neustadt bei Stolpen, vom 23. März 1864. No. 36. Decret wegen Bestätigung der Statuten für die Männer-Kranken-, Hülfs- und Unterstützungscasse zu Oederan, vom 23. März 1864. No. 37. Verordnung, die Erläuterung von Art. 49. der mit der Königl. Preußischen Regierung abgeschlossenen Uebereinkunft über die Leistung gegenseitiger Rechtshülfe vom $\frac{\text{14. October}}{\text{30. November}}$ 1839 betreffend, vom 2. April 1864. No. 38. Bekanntmachung, die Anleihe der Stadt Leipzig betreffend, vom 9. April 1864. No. 39. Gesetz, das Hazardspiel, andere Spiele und Wetten betreffend, vom 11. April 1864. No. 40. Decret wegen Bestätigung des Regulativs für die Sparcasse zu Elsterberg, vom 14. April 1864. No. 41. Verordnung, die Aichung und Stempelung von Tafelwaagen betreffend, vom 15. April 1864. No. 42. Decret wegen Bestätigung eines Nachtrags zu dem Statut der Weber-Innung zu Meerane, vom 15. April 1864. No. 43. Decret wegen Bestätigung des Regulativs für die Sparcasse zu Eisenberg mit Moritzburg, vom 18. April 1864. No. 44. Verordnung, die Aufhebung des §. 26. der die Aufnahme der Inventarien rc. betreffenden Verordnung vom 18. November 1833 betreffend, vom 21. April 1864. No. 45. Bekanntmachung, den Bezirks-Armenverein zu Voigtsberg betreffend, vom 30. April 1864. No. 46. Decret wegen Bestätigung der Statuten der Zöblitzer Serpentinstein-Actien-Gesellschaft in Hamburg, vom 7. Mai 1864 — Letzte Absendung: am 21. Mai 1864.

Redacteur: Dr. Theodor Tauchnitz. Officin der Verlagshandlung.

Von diesem Wochenblatte erscheinen jährlich 64 Nummern zu 1 Quartbogen und außerdem am Jahresschlusse ein ausführliches Register.

Wochenblatt

für

merkwürdige Rechtsfälle,

in actenmäßigen Darstellungen

aus dem Gebiete der Justizpflege und Verwaltung

zunächst für das

Königreich Sachsen.

Alle Postämter u. Buchhandlungen übernehmen Bestellungen und liefern das Quartal zu dem praenumerando zu entrichtenden Preise von 1 Thaler.

Verlag von Bernhard Tauchnitz in Leipzig.

№ 35. Neue Folge Zwölfter Jahrgang. 1864.

57.

Locatio conductio operis. — Ist in dem Einziehen des Bauherren in das neuerbaute Wohnhaus, resp. in der miethweisen Ueberlassung einzelner Theile desselben an Abmiether unter allen Umständen eine tacita approbatio operis zu finden? — Rechtliche Folgen der tacita approbatio.

Mitgetheilt von

Herrn W. in L.

Die factischen Verhältnisse des Rechtsfalles, in welchem die in der Ueberschrift angedeuteten Fragen zur Beantwortung gelangten, ergeben sich aus den nachstehend abgedruckten Erkenntnissen von selbst. Das K. Bezirksgericht zu Leipzig entschied in erster Instanz im Jahre 1863 in folgender Weise:

„Weil Beklagter bei dem ersten Einlassungspunkte zugegeben hat, unter dem 7. April 1862 den in der Klagbeifuge sub A. enthaltenen Bauverdingungsvertrag mit dem Kläger abgeschlossen zu haben, und der Letztere des Beweises der Behauptung, daß er seinerseits diesen Vertrag erfüllt, d. i. das von demselben neu aufzuführende Wohngebäude in der bedungenen Weise aufgeführt und zu Johannis 1862 in vollkommen bewohnbarem Zustande dem Beklagten übergeben habe, dadurch, daß der Letztere bei dem 12. Einl.-Punkte zugestanden hat, dieses vom Kläger neu aufzuführen gewesene Wohngebäude zu der nurangegebenen Zeit theils selbst in Gebrauch genommen, theils Andern miethweise überlassen zu haben, überhoben worden ist, indem in dieser vorbehaltlosen Besitz-, sowie Gebrauchsnahme des betreffenden opus eine tacita approbatio desselben Seiten Beklagtens, welche denselben zu Bezahlung der versprochenen Accordsumme verpflichtet, erblickt werden muß, bei dieser Sachlage aber das Anführen Beklagtens Bl. —, daß Kläger den fraglichen Bauverdingungsvertrag nicht gehörig erfüllt, namentlich das betreffende opus nicht vollendet und in einzelnen Theilen dasselbe mangel- und fehlerhaft hergestellt habe, nur als sogenannte exceptio non rite adimpleti contractus sich darstellt, welche bekanntlich auf einen bloßen Schädenanspruch, also eine Compensationseinrede, hinausläuft, mithin Beklagter, wenn er dieser seiner Einrede hätte Berücksichtigung verschaffen wollen, den Schaden, den er durch die behauptete mangelhafte und fehlerhafte Herstellung des betreffenden opus erlitten, nicht allein quantificiren, sondern auch in der erforderlichen Maaße thatsächlich begründen hätte sollen, so ist Beklagter — zu bezahlen schuldig."

Auf Appellation des Beklagten erkannte das K. Appellationsgericht zu Leipzig im Herbst 1863 reformatorisch, indem es dem Beklagten den Beweis seines Bl. — flg. jct. Bl. — zu lesenden exceptivischen Anführens nachließ. Die Gründe lauten:

„Die Approbation eines opus Seiten des locator operis kann bekanntlich, wie jede andere Willensäußerung, sowohl mit ausdrücklichen Worten, als auch stillschweigend bewirkt werden. Eine tacita approbatio setzt jedoch in gleicher Weise, wie überhaupt alle stillschweigenden Willenserklärungen, voraus, daß von der Handlung, aus welcher die Genehmigung des opus abgeleitet werden soll, mit Sicherheit auf das Dasein des Willens der Genehmigung zu schließen sei,

von Savigny, System rc. III. S. 245.

und es folgt hieraus, daß die Frage, ob in dem einzelnen Falle eine derartige approbatio angenommen werden könne, nicht anders, als unter Berücksichtigung aller einschlagenden factischen Verhältnisse sich beantworten läßt. Insbesondere hat dieser Gesichtspunkt auch in solchen Fällen Geltung zu beanspruchen, wo es sich darum handelt, ob in dem Beziehen oder Vermiethen eines neuen Gebäudes Seiten des Bauherrn eine Approbation des Baues zu finden sei oder nicht. Der Regel nach wird allerdings davon ausgegangen werden müssen, daß der locator operis, zieht er selbst in das Haus ein, oder vermiethet er dasselbe, hiermit anerkenne: es sei dasselbe geeignet, dem Zwecke, zu dem es erbaut worden, zu genügen, und es sei der redemtor seinen contractlichen Verpflichtungen nachgekommen. Denn es entspricht im Zweifel nicht dem Verfahren eines bonus paterfamilias, eine unvollendete Wohnung zu beziehen oder Anderen zur Bewohnung zu überlassen. Ueberdies sagt es schon das natürliche Rechtsgefühl, daß, wer eine von einem Dritten gelieferte Sache vorbehaltlos in Gebrauch nimmt, dieselbe präsumtiv hierdurch als brauchbar und acceptabel genehmige. Allein ebensowenig läßt sich verkennen, daß es Fälle giebt, in denen es unstatthaft sein und zu der größten Prägravation des Bauherrn führen würde, wenn man aus der von ihm begonnenen Benutzung des Hauses ohne Weiteres eine ausnahmelose Approbation des opus folgern wollte. Wenn ein Kaufmann, der bei dem Neubau eines Hauses beabsichtigt, sein Geschäft in die Parterrelocale desselben zu verlegen und deshalb die früher innegehabten Räume gekündigt hat, bei Eintritt dieser Kündigungszeit mit seinen Waaren das in dem Neubau befindliche Gewölbe bezieht, oder ein Hausbesitzer, dessen Baumeister wegen örtlicher polizeilicher Bestimmungen (wie z. B. in Leipzig während der Messe) den Fortbau sistiren muß, die in dem Neubau bereits fertig hergestellten Gewölbe für die Zeit der Messe vermiethet, obwohl in beiden Fällen das letzte Stockwerk des Hauses noch nicht aufgebaut oder das Aufsetzen des Daches noch nicht beendet worden ist, so wird von einer approbatio der universitas consummationis im Sinne der l. 51. §. 1. D. loc. cond. (19. 2.) nicht die Rede sein können. Dies schon um deswillen nicht, weil in Fällen der gedachten Art es dem Baumeister gar nicht in den Sinn kommen konnte, das Werk als ein fertiges zu bezeichnen und die Approbation desselben von dem Bauherrn zu fordern. Aehnliche Verhältnisse werden namentlich auch eintreten, wenn blos einzelne Arbeiten an einem Hause verdungen worden sind, insbesondere solche, deren Vollendung nicht unbedingte Voraussetzung der Bewohnbarkeit ist, z. B. das Abputzen des neuen Gebäudes, die Renovation eines Treppenhauses u. dergl. m.

Aus dem Gesagten ergiebt sich die wichtige processualische Folge, daß zwar einerseits wider denjenigen Bauherrn, welcher das opus in Gebrauch nimmt, ohne schon vorher in dem Besitze einer besonderen weitergehenden Garantie des conductor operis zu sein, oder einen Vorbehalt seiner Ansprüche ausdrücklich dem redemtor operis zu erklären, die Vermuthung gilt, daß er das opus approbirt habe, daß aber andererseits demselben nicht die Füglichkeit entzogen werden darf, die Existenz besonderer Umstände an- und auszuführen, welche geeignet sind, die Annahme eines tacitus consensus auszuschließen. Als Umstände der fraglichen Art werden theils solche Momente gelten müssen, aus denen sich ergiebt, daß überhaupt von einem vollendeten opus, dessen Approbation der conductor habe verlangen mögen, nicht habe die Rede sein können, wie z. B. in dem oben erwähnten Falle, wo das Dach noch nicht aufgesetzt war und gleichwohl der Bauherr die Parterrelocale bezog oder vermiethete, theils aber auch andere Verhältnisse, welche klar an den Tag legen, daß die Benutzung des Bauwerkes von dem Bauherrn aus anderen Gründen, nicht aber in der Absicht der Approbation unternommen worden sei. Ein Beispiel der letzteren Art giebt der Fall, wo der locator nach Abschluß des Bauvertrages einzelne Theile des neuen Gebäudes in dem Vertrauen auf die Pünktlichkeit des conductor im Voraus vermiethet, oder in der nämlichen Zuversicht seine eigene frühere Wohnung gekündigt hat, und also für ihn ein Zwang vorlag, ungeachtet der mangelnden Vollendung des Werkes die Benutzung desselben, so weit sie möglich war, zu beginnen. Es mag nicht behauptet werden, daß in Fällen dieser Art es eines ausdrücklich von dem conductor erklärten Vorbehaltes zu Wahrung fernerer Ansprüche bedürfe. Denn der Baumeister ist nicht befugt, aus der Benutzung des Bauwerkes durch den locator mehr für sich abzuleiten, als nach den Regeln des vernünftigen Denkens unter den concreten Umständen abgeleitet werden konnte. Diese können aber in dem einzelnen Falle, insbesondere an Orten, wo Mangel an Wohnungen herrscht, sehr wohl dazu führen, daß der Bauherr es seinem Interesse mehr entsprechend erachtet, die Unbequemlichkeiten und Nachtheile, welche mit dem Beziehen einer noch nicht fertigen Wohnung oder der Einräumung einer solchen an Miethsleute verbunden sind, auf sich zu nehmen, als sich den Kosten und Weiterungen eines doppelten Umzuges oder den Schädenansprüchen auszusetzen, welche aus abgeschlossenen Miethverträgen in dem Falle der nicht erfolgenden Gebrauchsüberlassung wider ihn geltend gemacht werden könnten. Daß hier, wie überhaupt in dem wechselseitigen Rechtsverhältnisse zwischen locator und conductor, vorzugsweise der Richter an das arbitrium boni viri gewiesen ist, versteht sich von selbst; insbesondere werden auch Fälle vorkommen, wo das weitere Benehmen des locator, z. B. wenn der Baumeister nach dem Einzuge des Bauherrn den Bau weiter der Vollendung zuführt und der letztere sodann ohne Widerspruch den Gebrauch Jahre lang fortsetzt, die Benutzung auf die anfänglich nicht fertig gewordenen Räume ausdehnt u. dergl. m., spätere Ausstellungen des Bauherrn an dem opus geradezu dolos erscheinen lassen müßte, wo also in der Fortsetzung des Gebrauchs eine approbatio gefunden werden muß, welche aus dem Beginne der Benutzung noch nicht zu folgern war.

Soviel den vorliegenden Rechtsstreit anlangt, so hat der Beklagte, nachdem er am 24. März 1863 von dem Kläger auf Zahlung des Restes des Accordquantums verklagt worden, zugestanden, daß er das contractgemäß zu Johannis 1862 herzustellen gewesene Haus theils selbst in Gebrauch genommen, theils Anderen miethweise überlassen habe. Wenn Kläger Bl. — ein noch weiter gehendes Zugeständniß des Beklagten daraus abzuleiten gesucht hat, daß der letztere den l. c. herausgehobenen passus der Klage in der Einlassung nicht beantwortet hat, so ist hierin dem Kläger nicht beizupflichten. Denn der Beklagte hat an anderer Stelle des Einlassungssatzes bei Ausführung seiner Ausflucht Bl. — die betreffende Behauptung des Klägers,

> „daß er allen in §. 2. des Contractes festgesetzten Bedingungen nachgekommen sei",

ausdrücklich bestritten.

Irrelevant erscheint ebenso das Anführen des Klägers Bl. —,

> „daß er das Haus dem Beklagten in vollkommen bewohnbarem Zustande zu Johannis 1862 übergeben habe".

Denn von einer eigentlichen Uebergabe des Besitzes an dem Neubau Seiten des conductor an den locator kann, da der letztere Besitz und Eigenthum schon vorher hatte,

> zu vergl. l. 33. §. 1. D. de usurp. et usuc. (41. 3.)
> l. 9. D. de rei vind. (6. 1.)
> Weiske, Skept. prakt. Behandlung einiger civilrechtlicher Gegenstände, S. 38.

nicht die Rede sein. Die fragliche Behauptung enthält daher entweder eine rechtliche Unmöglichkeit oder eine unklare Verweisung auf besondere, nicht angeführte, factische Vorgänge und eignet sich dem zu Folge nicht zu dem gebrauchten Eidesantrage. Wie daher die Begründung der Klage lediglich in der darin auf die Vollendung des Baues und eine stillschweigende Approbation desselben genommenen Beziehung gefunden werden kann, so hängt (da der Beklagte in dem ersten Verfahren auf einen bei dem Beginne der Benutzung gegen den Kläger erklärten Vorbehalt seiner Ansprüche sich nicht berufen hat) nach dem oben Bemerkten die Entscheidung des Rechtsstreites zunächst von der Frage ab, ob der Beklagte mit dem erwähnten Zugeständnisse ad p. l. c. 12. Anführungen solcher Art verbunden habe, welche der eingeräumten Benutzung des Hauses die Eigenschaft eines die Approbation involvirenden factum concludens zu entziehen geeignet sind. In dieser Beziehung ist der Inhalt der Anmerkung zu p. l. c. 12.*) jedenfalls unzureichend. Denn wenn der Beklagte im Vertrauen auf die Reellität des Klägers einzelne Theile des neu zu erbauenden Hauses im Voraus vermiethet hatte, so konnte wohl hieraus ein gewisser Zwang für ihn entstehen, den Miethsleuten den Einzug in das noch nicht fertige oder in einzelnen Theilen fehlerhaft ausgeführte Haus zu verstatten; allein in welcher Weise der Beklagte durch den früheren Abschluß jener Miethcontracte genöthigt gewesen sei, selbst das unvollendete oder fehlerhaft ausgeführte Haus zu beziehen, ist nicht zu ergründen, das Bl. — zu lesende exceptivische Anführen daher unschlüssig. Inzwischen ist diesem Mangel in der rechtzeitig eingebrachten Duplik noch tempestiv

> vergl. Osterloh, ordentl. bürgerl. Proc., §. 239. Note 11.

in nothdürftiger Weise insofern abgeholfen worden, als der Beklagte Bl. — behauptet hat, daß,

> „wenn Beklagter sowohl als auch mehrere Miethsbewohner das Haus bezogen haben, dies um deswillen geschehen sei, weil sie im Vertrauen auf Klägers Versprechen ihre früheren Logis gekündigt hätten".

Hierin liegt das Anführen, daß der Beklagte

a) die an Miethsleute überlassenen Wohnungen den letzteren um deswillen eingeräumt habe, weil er diesen gegenüber vorher sich rechtlich vinculirt hatte,

b) selbst aber das Haus bezogen habe, weil

*) Der Beklagte hatte l. c. bemerkt, daß er das Haus theils selbst in Gebrauch nehmen, theils andern Miethsleuten habe überlassen müssen, „da er auf die Reellität Klägers sich verlassen und deshalb das Haus im Voraus vermiethet gehabt habe".

Anmerk. des Eins.

er seine Wohnung für Johannis 1862 gekündigt hatte.

Es wird Sache des Beklagten sein, in dem Beweise auszuführen, daß auf diese Weise beide Verfügungen unter a. und b. nur in Folge des von ihm, dem Beklagten, nicht verschuldeten Zwanges der Verhältnisse von ihm unternommen worden seien.

Inzwischen würde selbstverständlich der Nachweis dieser Umstände allein nicht ausreichen, um eine Entbindung des Beklagten von der erhobenen Klage herbeizuführen. Denn ein Benutzen eines Hauses durch den Besitzer und mehrere Miethsleute wird der Regel nach nur dann stattfinden können, wenn das Haus selbst mindestens in der Hauptsache ein bewohnbares ist. Schon hieraus folgt, daß in einem Falle dieser Art aus dem Zugeständnisse der erfolgten Benutzung zu Gunsten des Baumeisters wenigstens so viel abgeleitet werden darf, daß nicht sowohl ihm der Beweis der Erfüllung seiner contractlichen Verpflichtungen, als dem Bauherrn der Beweis seiner Ausstellungen obliegt, mit anderen Worten: daß die letzteren nicht als geleugneter Klaggrund, sondern als exceptio non rite adimpleti contractus aufzufassen sind, und der Anspruch des Bauherrn auf eine Schädenforderung sich reducirt, welche er nach Höhe des Minderwerthes, den das gelieferte opus der Unvollständigkeit und der Fehlerhaftigkeit halber nach Verhältniß der auf Vollständigkeit und Fehlerfreiheit berechneten Accordsumme gehabt hat, zu quantificiren hat und an der letzteren zu kürzen befugt ist. Von der vorigen Instanz ist in dieser Beziehung der Mangel einer solchen Quantificirung als hauptsächlicher Grund für die Zurückweisung der Ausflucht Bl. — hervorgehoben worden. Inzwischen hat der Beklagte Bl. — mindestens so viel angeführt, daß der Schaden, welchen Kläger ihm durch die accordwidrige Ausführung des Baues zugefügt hat, bei Weitem mehr betrage, als die Summe, welche Kläger mittelst der Klage von dem Beklagten fordere, und es mag daher, nach den bekanntlich über die mildere Beurtheilung der Schlüssigkeit von Ausflüchten geltenden Grundsätzen, und da, wenn auch das Bl. — beigebrachte Gutachten erst längst nach geschehener Absetzung des ersten Verfahrens, mithin an sich zu spät, zu den Acten gebracht worden ist, doch schon in den Auslassungen Bl. — eine ausreichende Bezugnahme auf speciell gerügte Mängel des Hauses enthalten ist, dem Beklagten die Füglichkeit, unter gleichzeitigem Nachweise der oben unter a. und b. hervorgehobenen Momente, den fraglichen Schädenanspruch näher zu detailliren und zur Ziffer zu bringen, nicht versagt werden. Im Uebrigen steht der Umstand, daß die von dem Beklagten gerügten Mängel des Baues mindestens in der Hauptsache sofort bei der Prüfung erkennbar waren, der Nachlassung des Beweises nicht entgegen. Denn vermag der Beklagte darzuthun, daß in seiner Handlungsweise eine Approbation nicht enthalten sei, so kann auch der sonst geltende Grundsatz, daß nach geschehener vorbehaltloser Approbation lediglich die verborgenen, dem dolus des conductor zur Last fallenden Mängel in Anschlag zu bringen sind, nicht zur Anwendung gelangen.

Die Compensation der Kosten des Rechtsmittels bedarf keiner besonderen Rechtfertigung."

Auf Klägers Appellation bestätigte das Königl. Oberappellationsgericht im März 1864 mit folgenden Gründen:

„Kläger hat keine Veranlassung, sich durch die Entscheidung voriger Instanz für beschwert zu achten.

Uebernahme, beziehentlich generelle Approbation eines Bauwerkes schließt nämlich in der Regel zwar die exceptio non adimpleti contractus, nicht aber ohne Weiteres die exceptio non rite adimpleti contractus, namentlich nicht insoweit aus, als es sich um Fehler handelt, welche nicht zu Tage liegen.

Wird daher dem an sich als Zeichen der Approbation geltend gemachten Einzuge des Beklagten in das vom Kläger in Accord gebaute Haus diese Qualification durch den Nachweis der Bl. — unter a. und b. ausgehobenen Thatsachen entzogen, so hätte sich wohl fragen mögen, inwiefern Beklagtem ein weiterer Beweis des ihm durch Klägers angebliche Vertragswidrigkeit zugezogenen Schadens anzusinnen gewesen, oder Klägerm der Beweis der Vertragserfüllung obgelegen, wogegen Kläger selbst Bl. — anerkennt, daß die aus der Ingebrauchnahme des opus gefolgerte Approbation nicht ausschließt, daß der Bauherr nach Befinden wegen einzelner Theile des opus noch Ansprüche an den Baumeister haben und geltend machen könne, was der Forderung der Accordsummen gegenüber aber auf einen Beweis der Exception hinführt.

Ist hiernach das Bl. — Bemerkte unerheblich, so gereicht es unter diesem Gesichtspunkte dem Kläger lediglich zum Vortheile, daß die vorige Instanz den Beklagten zu Compensation der von ihm auszuführenden Schäden auf die Accordsumme nur bei vorausgesetztem Nachweise der Bl. — unter a. und b. ausgehobenen Momente zugelassen hat.

Allein auch abgesehen hiervon, können die Einwendungen Klägers gegen die Relevanz jener Momente nicht als gelungen gelten, da einem Bauherrn offenbar nicht zuzumuthen ist, sich der Benutzung seines Eigenthums im Hinblick darauf zu entschlagen, daß der Baumeister durch Vertragswidrigkeiten und Verzug in der Erfüllung ihm schadensersatzpflichtig wird. Eine strenge Durchführung des vom Kläger Bl. —*) empfohlenen Weges müßte z. B. zu den empfindlichsten Verlusten für den Baumeister führen, dafern bei endlichem Austrage des Rechtsstreites constatirt würde, daß derselbe auch nur in einem Punkte den Vertrag nicht erfüllt habe, wogegen durch factische Uebernahme des Werkes Seiten des Bauherrn dem Baumeister unter allen Umständen kein Schaden erwächst, vielmehr im Zweifel dessen Interesse nur gefördert wird.

In Betreff der gegen die Exception in quantitativer Hinsicht Bl. — anderweit vorgebrachten Einwendungen endlich genügt eine Verweisung auf das von voriger Instanz Bl. — in dieser Beziehung völlig sachgemäß Bemerkte, dessen Widerlegung dem Kläger in alle Wege nicht gelungen ist."

*) Kläger hatte l. c. darauf hingewiesen, daß Beklagter jeder Verfügung über das opus sich hätte enthalten sollen, da ihm eventuell ein Anspruch wegen Erstattung aller Schäden an den Kläger zugestanden hätte, und dieser auch wegen der Kosten eines doppelten Umzuges des Beklagten, sowie seiner Abmiether hätte vorkommenden Falls aufkommen müssen.

Anmerk. des Einf.

58.

Zu §§. 8. 9. 10. 15. und 19. des Heimathsgesetzes vom 26. November 1834 in Verbindung mit §. 2. des Erläuterungsgesetzes vom 12. October 1840, mit dem Mandate vom 13. Mai 1831 und mit §§. 43. b. 48. der Allgemeinen Städteordnung. — Folgen der Cassation eines irrthümlicher Weise ertheilten Heimathscheines.

Mitgetheilt von

Herrn Adv. S. in W.

In einer Verwaltungsstreitigkeit, welche zwischen den Heimathsbezirken L., M. und W. wegen der Heimathsangehörigkeit des im Auslande geborenen, im Jahre 1836 in M. mit einem Hausgrundstücke, jedoch ohne persönliche Wohnsitznahme daselbst, ansässig gewordenen und als Bürger verpflichteten, vom Jahre 1836 bis zum Jahre 1861, ohne Gewinnung des Bürgerrechtes, in L. als Sachwalter thätig und wohnhaft gewesenen, am 26. October 1861 aber in die Strafanstalt zu W. eingelieferten und aus derselben am 26. Januar 1863 entlassenen X. bei dem Gerichtsamte M. anhängig geworden war, wurde in erster und zweiter Instanz die Gemeinde W., in dritter Instanz die Gemeinde M. für heimathspflichtig erachtet. Die Gründe der in dieser mehrfach interessanten Verwaltungsstreitigkeit ergangenen Entscheidungen — deren Ausführlichkeit eine nähere Geschichtserzählung als überflüssig erscheinen läßt — sind folgende:

I. Entscheidung der Kreisdirection Leipzig vom 8. August 1863:

„Soviel sich aus den Acten Bl. — flg. und Bl. — ergiebt, stammt der in Rede stehende X. aus T. im Großherzogthume Sachsen-Weimar und ist somit von Geburt Ausländer. Derselbe ist aber nachmals der hierländischen Staatsangehörigkeit dadurch theilhaftig geworden, daß er sich im Jahre 1836 in M. ansässig machte und bei dieser Gelegenheit als Unterthan und in dem genannten Orte als Bürger in Pflicht genommen wurde.

In M. hat er jedoch niemals gewohnt, vielmehr hat er sich fortwährend in L. aufgehalten und daselbst, nach Approbation seiner Probeschriften, advocatorische Praxis betrieben, und zwar bis zum Jahre 1861, wo er in Criminaluntersuchung kam und in die Strafanstalt zu Waldheim eingeliefert wurde.

Es ist nun dem X. Seiten des Stadtrathes zu M. ein auf den dortigen Heimathsbezirk lautender Heimathsschein ausgestellt worden, in welchem auf die Bestimmung in §. 8. a. 2. des Heimathsgesetzes Bezug genommen wird.

Allein auf Grund dieser heimathsrechtlichen Bestimmung würde für X. ein Heimathsrecht in M. nur dann begründet worden sein, wenn er daselbst — was jedoch dem Obigen zufolge nicht der Fall gewesen — während eines Zeitraums von fünf Jahren nach Erlangung der Ansässigkeit gewohnt hätte.

Es beruht daher jener Heimathsschein auf irrigen Voraussetzungen und ist daher insofern als unwirksam und nichtig zu betrachten.

Es wird sich aber weiter fragen, ob dem X. in M. nach den Bestimmungen des Mandats vom 13. Mai 1831 Aufnahme zu Theil geworden ist, da er, wenn solches der Fall wäre, nach Maaßgabe von §. 9. des Heimathsgesetzes in M. die Heimath zu beanspruchen hätte.

Diese Frage ist jedoch nach den Auslassungen desselben Bl. — zu verneinen und finden diese Auslassungen dadurch Bestätigung, daß bei dem Stadtrathe zu M. über eine etwaige Aufnahme des X. Acten nicht angelegt und gehalten worden sind.

Sonach wird davon auszugehen sein, daß eine mandatmäßige Aufnahme des X. bei Gelegenheit seiner Ansässigmachung in M. nicht stattgefunden hat, sowie denn auch das angezogene Mandat sich sowohl seiner Ueberschrift nach als seiner im Eingange bezeichneten Tendenz zufolge nur auf solche Ausländer, welche in hiesigen Landen Gewerbe und Handarbeit treiben wollen, nicht aber auf solche bezog, welche sich lediglich ansässig machten, ohne sich in der einen oder der anderen Qualität niederzulassen.

Unter diesen Umständen bleibt kein anderer Ausweg übrig, als der: die Heimath des X. nach der Schlußbestimmung in §. 9. des Heimathsgesetzes festzustellen und ihn demjenigen Orte als heimathsangehörig zuzuweisen, an welchem er sich zuletzt — von demjenigen Zeitpunkte an, wo seine Heimathsangehörigkeit zuerst amtlich in Frage kam, zurückgerechnet — ein Jahr lang aufgehalten hat.

Als dieser Ort war aber Waldheim zu betrachten, woselbst X. nach Bl. — vom 26. October 1861 bis zum 26. Januar 1863, also über Jahresfrist, detinirt gewesen ist."

II. Entscheidung der Kreisdirection Leipzig vom 12. November 1863:

„Zur Rechtfertigung dieser Entscheidung ist in der Hauptsache auf die der erstinstanzlichen Entscheidung untergelegten Gründe, denen allenthalben beizutreten gewesen, Bezug zu nehmen und nur zur Widerlegung der Einwendungen der Recursschrift Folgendes zu bemerken:

Es ist in heimathrechtlicher Beziehung einflußlos, ob X. in L. ein zur Gewinnung des Bürgerrechts verpflichtendes Gewerbe betrieben hat, da nach §. 8. a. 2. des Heimathsgesetzes nur die Gewinnung des Bürgerrechts selbst hierunter maaßgebend ist.

Hiernächst kommt auch darauf, ob X. in Waldheim sich freiwillig aufgehalten hat, oder zwangsweise detinirt gewesen ist, etwas nicht an, indem laut der ausdrücklichen Bestimmung in §. 2. des Erläuterungsgesetzes vom 12. October 1840 in den Fällen, wo die Heimathsangehörigkeit einer Person nach dem letzten Aufenthalte derselben innerhalb Landes festzustellen ist, die Beschaffenheit desselben und die Veranlassung dazu auf die in Frage befangene heimathliche Verbindlichkeit keinen Einfluß hat."

III. Entscheidung des Ministeriums des Innern vom 13. Mai 1864:

„Während den vorigen Entscheidungen darin, daß der von dem Stadtrathe zu M. unter dem 9. September 1836 für X. ausgestellte Heimathsschein zu cassiren und im vorliegenden Falle auf Grund der Bestimmungen in §. 9. des Heimathsgesetzes zu entscheiden sei, in Berücksichtigung der aus den Acten sich ergebenden Verhältnisse und Umstände nur beizupflichten gewesen ist, hat man sich in dritter Instanz der auf die vorgedachten Annahmen gestützten Ansicht, daß X. in Folge des siebenvierteljährigen, mit dem 26. Januar vorigen Jahres beendigten Aufenthaltes im Zuchthause zu Waldheim in der dortigen Stadt Heimathsrechte erworben habe, nicht anzuschließen vermocht.

Zu dessen Motivirung mag hier zum betreffenden Theile eine Entscheidung wörtliche Aufnahme finden, die von dem Ministerium in dritter Instanz vor einiger Zeit in einem dem vorliegenden gleichen Falle ertheilt worden ist.

Es ist damals Folgendes ausgesprochen worden:

„Ein Heimathsschein kann zwar, sobald nachgewiesen wird, daß seine Ausstellung auf unrichtigen factischen Voraussetzungen beruht, wieder außer Kraft gesetzt werden.

Allein da der Heimathsschein ein amtliches Zeugniß über das ausgemittelte oder als unzweifelhaft anerkannte Vorhandensein derjenigen Thatsachen enthält, welche nach den gesetzlichen Bestimmungen die §. 4. des Heimathsgesetzes bemerkte Verbindlichkeit begründen und ebendeshalb jedesmal vor dessen Ertheilung die Heimathsangehörigkeit desjenigen festgestellt werden muß, für welchen der Heimathsschein ausgestellt werden soll, so hat nicht nur jeder formell ausgestellte Heimathsschein die Präsumtion der materiellen Richtigkeit für sich und muß bis dahin, wo er wieder außer Kraft gesetzt worden, als richtig anerkannt werden, sondern es hat auch sowohl das Heimathsgesetz in den §§. 15. und 17. als die Ausführungsverordnung dazu unter No. 9. dem Vorhandensein eines formell gültigen Heimathsscheines ohne Weiteres alle die Wirkungen beilegt, für welche der Heimathsschein theils im Interesse desjenigen, dem er ertheilt ist, theils im Interesse dritter Heimathsgemeinden überhaupt bestimmt sein soll und zu welchen namentlich auch die gehört, daß jede Gemeinde, in der sich ein Fremder niederläßt und aufhält, dadurch, daß er sich im Besitze eines formell gültigen Heimathsscheines befindet, gegen die mit der Aufenthaltsgestattung möglicher Weise in heimathsrechtlicher Beziehung verbundenen nachtheiligen Consequenzen geschützt wird.

Diese zum Zwecke der Freizügigkeit nothwendige Wirkung kann aber schon darum lediglich von der formellen Gültigkeit bedingt sein, weil die materielle Richtigkeit oder Unrichtigkeit derselben der betreffenden dritten Behörde oder Gemeinde nicht erkennbar und für sie keine Veranlassung vorhanden ist, die Richtigkeit eines in der vorgeschriebenen Form ausgestellten amtlichen Zeugnisses in Zweifel zu stellen, und weil, wenn es nothwendig oder auch nur gestattet wäre, die gesetzliche Wirksamkeit der Heimathsscheine in jedem Falle von dem vorherigen Nachweise ihrer materiellen Richtigkeit abhängig zu machen, und ihre Anerkennung bis dahin zu verweigern, der ihrer Einführung unterliegende Zweck in der Hauptsache vollständig vereitelt werden würde.

Diese Rücksichten und Erwägungen haben vornehmlich für die Fälle besondere Bedeutung, wenn es sich um die Bestimmung des Heimathsrechtes nach dem letzten, respective einjährigen Aufenthalte bei einer Person handelt, welcher der Aufenthalt zeither auf Grund eines seiner Form nach richtigen Heimathsscheines gestattet worden war, und fallen namentlich dann mit entscheidendem Gewichte in die Wagschale, wenn dabei die Zeit der Detention in einer Straf- und Versorgungsanstalt in Frage kommt.

Ist daher — heißt es in der angezogenen Entscheidung, nach erfolgter Verweisung auf die das Erforderniß von Heimathsscheinen bei den Einlieferungen in Strafanstalten ꝛc. angehenden Vorschriften und auf den damit namentlich auch bezweckten Schutz derjenigen Heimathsbezirke, in welchen sich derartige öffentliche Anstalten befinden, weiter — dieser Vorschrift insofern Genüge geschehen, als dem fraglichen Subjecte ein formell gültiger Heimathsschein ausgestellt worden ist, und daher für die Polizeibehörde keine Veranlassung vorlag, über dessen Heimathsangehörigkeit Erörterungen anzustellen, hat auch die Direction der Anstalt, in welche die Einlieferung erfolgt ist, keinen Grund, diese Erörterungen zu veranlassen, wenn sich der Eingelieferte im Besitze eines in legaler Form ausgestellten Heimathsscheines befindet, und sind somit die Voraussetzungen erfüllt, unter welchen die Einlieferung erfolgen konnte, so kann es dem Heimathsbezirke, zu welchem die Anstalt gehört, nicht zum Nachtheile gereichen, wenn sich ergeben sollte, daß der Heimathsschein auf Grund mangelhafter Erörterungen oder unrichtiger Ansichten ausgestellt worden ist.

Die Folge davon kann vielmehr nur die sein, daß die Erörterungen darüber, wo das fragliche Subject, beziehentlich in Gemäßheit der Schlußbestimmung von §. 9. des Heimathsgesetzes zur Zeit, als sein Ansuchen in Frage kam und durch Ertheilung des Heimathsscheines anerkannt wurde, Heimathsrecht zu beanspruchen gehabt habe, wieder aufgenommen und vervollständigt werden."

Wendet man nun dasjenige, was dem Vorstehenden nach in jener früheren Entscheidung ausgesprochen worden ist, auf den vorliegenden Fall an, so ergiebt sich zunächst, daß der dem vormaligen Advocaten X. von dem Stadtrathe zu M. unter dem 9. September 1836 ausgestellte, Jenem bei seiner Einlieferung in die Strafanstalt zu Waldheim beigegeben gewesene und damals als gültiges Document über die Heimathsangehörigkeit des Inhabers anerkannte Heimathsschein, wennschon derselbe jetzt zu cassiren gewesen, doch dergestalt rückwirkende Kraft zu äußern habe, daß die Stadtgemeinde Waldheim, als denjenigen Heimathsbezirk, zu welchem die dortige Strafanstalt gehört, aus dem thatsächlichen Aufenthalte des X. in der genannten Anstalt keinerlei Nachtheil auf Grund der Bestimmungen des §. 9. des Heimathsgesetzes treffen kann.

Denn zur Zeit der Einlieferung des X. in das Zuchthaus zu Waldheim und während der Detention desselben in jenem war der gedachte Heimathsschein unzweifelhaft eine formell richtige, in dieser Eigenschaft von keiner Seite angezweifelte, öffentliche Urkunde.

Dieselbe Wirkung muß aber dem beregten Scheine bis zu dem Datum seiner Ausstellung zurückgerechnet auch in Betreff des zwischen diesem Zeitpunkte und der Einlieferung X.'s in das Zuchthaus innenliegenden Zeitraumes beigemessen werden, indem in dieser Beziehung namentlich in Betracht kommt, daß, wenn auch X. mit seiner Immatriculation als Advocat das Bürgerrecht der Stadt L. zu erwerben verbunden war und diese Ertheilung des Bürgerrechts, wenn sie stattgefunden hätte, in Verbindung mit dem langjährigen Aufenthalte des X. in L. die Erwerbung einer anderweiten Heimath Seiten desselben in L. zur Folge gehabt haben würde, doch die Aufnahme des Genannten als Bürger von L. in den dortigen Gemeindeverband zu keiner Zeit erfolgt ist.

Unter so bewandten Umständen bleibt nun etwas Anderes nicht übrig, als mit Rücksicht auf die im vorliegenden Falle, wie schon gedacht worden, maaßgebende Bestimmung von §. 9. des Heimathsgesetzes auf denjenigen Aufenthalt zurückzugehen, welchen X. von der am 9. September 1836 erfolgten Ausstellung des mehrberegten Heimathsscheines an zurückgerechnet hatte, denn die Erörterungen und Erwägungen, welche dem nurgedachten obrigkeitlichen Acte über die Frage wegen X.'s Heimathsangehörigkeit vorauszugehen hatten, sind nach Lage der Sache als der eigentliche Anfang der nach dem Sinne des §. 9. in der beregten Beziehung maaßgebenden amtlichen Verhandlung über die Heimathsfrage zu betrachten, wogegen der Bl. — ersichtliche, vom 16. Februar 1863 datirende Antrag des Stadtrathes zu M. eben nur als eine Fortsetzung jener Verhandlung sich charakterisirt.

Bei Bemessung jenes Aufenthaltes ist aber über denjenigen Zeitpunkt, mit welchem X. in den hierländischen Unterthanenverband aufgenommen wurde, nicht zurückzugreifen, da er bis zu dieser Aufnahme den einem andern Staate mit Erfolg nicht zurückzuweisenden Individuen nicht zugehörte, vielmehr seine Ausweisung in seinen Geburtsstaat, wenn sie vor X.'s Aufnahme in den hierländischen Unterthanenverband erfolgt wäre, zweifellos zu effectuiren gewesen sein würde und daher bei X. erst von dem Zeitpunkte an, zu welchem er als Unterthan des Königreichs Sachsen aufgenommen wurde, diejenige Voraussetzung eintrat, von welcher die Anwendung des §. 9. auf die Feststellung seiner Heimath überhaupt abhängig erscheint.

Hieraus folgt, daß im vorliegenden Falle derjenige Aufenthalt des X. der maaßgebende ist, welchen derselbe zwischen seiner nach Bl. — der Acten unter dem 9. September erfolgten Aufnahme und Verpflichtung als hierländischer Unterthan und Bürger von M. und der an demselben Tage noch, der Natur der Sache nach aber erst nach jenem Aufnahmeacte, bewirkten Ausstellung des bisher gültig gewesenen Heimathsscheines, als dem Schlußsteine der Erörterungen und Erwägungen über die fragliche Heimathsangehörigkeit, hatte.

Der Ort dieses, wenn auch aller Wahrscheinlichkeit nach nur äußerst kurzen, Aufenthaltes war aber zweifellos M. und war daher auch gegen die dortige Stadtgemeinde zu entscheiden.

Unter so bewandten Umständen kann die Frage, ob dem X. vor seiner am 9. September 1836 stattgehabten Verpflichtung als Bürger von M. eine förmliche Aufnahme daselbst auf Grund des Mandats vom 13. Mai 1831 zu Theil geworden sei, aus dem schon von der Kreisdirection Bl. — in ihrer erstinstanzlichen Entscheidung ausgesprochenen Grunde um so mehr auf sich beruhen, als auch in dem Falle, daß jene Frage zu bejahen wäre, die Stadt M. auf Grund von §. 9. des Heimathsgesetzes als die dermalige Heimath X.'s anzusehen sein würde, wogegen die Frage, ob nicht die Ausstellung des mehrberegten Heimathsscheines auf einer vorherigen ausdrücklichen Ertheilung der Heimathsangehörigkeit zu M., wie sie §. 8. a. sub 1. des Gesetzes im Sinne hat, beruht habe, in dem Umstande verneinende Beantwortung findet, daß der Heimathsschein ausdrücklich auf §. 8. a. sub 2. des Gesetzes, also auf Ansässigkeit und Bürgerrecht, als die neben der ausdrücklichen Ertheilung und neben der Geburt gesetzlichen Arten der Erwerbung einer Heimathsangehörigkeit, lautet."

Miscellen.

Ernennungen, Versetzungen ꝛc. Seine Königliche Majestät haben die Versetzung des Vorstands des Gerichtsamtes Königswartha, Gerichtsamtmanns Franz Hugo Seyfert in gleicher Stellung zum Gerichtsamte Schirgiswalde zu genehmigen, und den Assessor beim Gerichtsamte Oschatz Franz Robert Otto Hoffmann zum Gerichtsamtmann bei dem Gerichtsamte Königswartha zu ernennen gnädigst geruht.

Immatriculation von Advocaten. Vom Justizministerium ist der Bürgermeister Herr Bernhard Klotz in Penig zum Advocaten ernannt und als solcher verpflichtet worden.

Todesfälle. Gestorben: am 20. Mai 1864 der Geh. Archivar Dr. Friedrich Wilhelm Tittmann, Ritter des K. S. V.-O., in Dresden; am 21. Mai 1864 der vormalige Ordinarius der Juristenfacultät zu Leipzig, Geheimerath Dr. Carl Friedrich Günther, Großcomthur, Comthur und Ritter hoher Orden, in Leipzig; am 24. Mai 1864 der Amtsactuar Friedrich Wolfram in Lichtenstein; am 29. Mai 1864 der Bürgermeister Christian Eduard Baumgärtel in Aue; am 1. Juni 1864 der Criminaldirector und Stadtrichter a. D. August Rögner in Dresden; am 4. Juni 1864 der Advocat Friedrich Moritz Winkler in Leipzig.

Redacteur: Dr. Theodor Tauchnitz. Officin der Verlagshandlung.

Von diesem Wochenblatte erscheinen jährlich 64 Nummern zu 1 Quartbogen und außerdem am Jahresschlusse ein ausführliches Register.

Wochenblatt für merkwürdige Rechtsfälle,

in actenmäßigen Darstellungen

aus dem Gebiete der Justizpflege und Verwaltung

zunächst für das

Königreich Sachsen.

Alle Postämter u. Buchhandlungen übernehmen Bestellungen und liefern das Quartal zu dem praenumerando zu entrichtenden Preise von 1 Thaler.

Verlag von Bernhard Tauchnitz in Leipzig.

№ 36. Neue Folge Zwölfter Jahrgang. 1864.

59.

Zur Lehre vom Nachdrucke.

Mitgetheilt von
Herrn A. — in L.

Im Jahre 1858 hatte die Buchhandlung W. & Comp. in H. eine mit schwedischem Texte versehene Ausgabe des in der „Literarischen Anstalt" in Frankfurt am Main damals bereits in 25ster Auflage erschienenen Hoffmann'schen Bilderbuchs: „Der Struwwelpeter, oder lustige Geschichten und drollige Bilder" veranstaltet und in Leipzig bei X. drucken lassen. Im Juli 1862 traten die Inhaber der Frankfurter Verlagshandlung unter Bezugnahme auf den mit dem Verfasser abgeschlossenen Verlagscontract vor dem K. Handelsgericht zu Leipzig gegen den Drucker wegen Theilnahme am widerrechtlichen Nachdruck bezüglich der in der schwedischen Ausgabe befindlichen Bildertafeln klagend auf. Sie verlangten Schadenersatz und nahmen als solchen, da der Nachdruck bereits seit dem Jahre 1858 erschienen und also seit vier Jahren ungestört vertrieben worden, somit aber bei der großen Beliebtheit des qu. Werks anzunehmen sei, daß in diesem Zeitraume mindestens im Ganzen 1000 Exemplare des Nachdrucks abgesetzt worden, die Summe von 450 Thlrn. —„ —„ als den Nettopreis (à 13 Ngr. 6 Pf.) von eben so vielen Exemplaren ihres Verlagswerkes in Anspruch, überließen jedoch die definitive Festsetzung desselben nach Art. XVIII. des Gesetzes vom 22. Februar 1844 eventuell der Beurtheilung des dazu berufenen Sachverständigenvereins, überdem beantragten sie eine Entscheidung des Inhalts, daß aus den bei Beklagtem und sonst in Leipzig sich vorfindenden Exemplaren der schwedischen Ausgabe des Struwwelpeter die darin befindlichen Bildertafeln herauszunehmen und diese sowohl als die zur Herstellung des Nachdrucks gebrauchten Vorrichtungen an Platten u. dergl. mehr zu vernichten seien.

Beklagter räumte ein, daß er für W. & Comp. in Folge empfangenen Auftrags 1000 Exemplare der schwedischen Ausgabe des Buchs gedruckt, behauptete aber, daß er sich dabei durchaus in gutem Glauben befunden habe. Der Drucker habe den ihn beauftragenden Verlagsbuchhändler nicht nach dessen Berechtigung zu fragen; dies gelte eben so von der ursprünglichen Berechtigung, wie von derjenigen, welche den Abdruck des bereits anderwärts Gedruckten betreffe, was am häufigsten bei illustrirten Journalen vorkomme, und da auf dem schwedischen Titel des Buchs der Verfasser Dr. Heinrich Hoffmann ausdrücklich genannt sei, so habe er, Beklagter, um so zuversichtlicher annehmen dürfen, daß W. & Comp. ihrer Berechtigung hätten gewiß sein müssen. Weiter sprach Beklagter dem Druckwerke den Werth eines Kunstwerks ab und bestritt überhaupt die Anwendbarkeit des angezogenen Gesetzes auf den vorliegenden Fall.

Am Schlusse des Verfahrens legte das Proceßgericht der dritten Abtheilung des Sachverständigenvereins zu gutachtlicher Beantwortung folgende Fragen vor:

1) Sind die in der Klage erwähnten Bildertafeln der Schrift B. — Originalausgabe — als Werke der Kunst im Sinne §. 1. und 2. leg. cit. zu betrachten?
2) Erscheinen die Bildertafeln der Schrift sub E. — schwedische Ausgabe — als Nachdruck der Bildertafeln sub B. und ist durch diese Ver-

vielfältigung der Urheber der Tafeln sub B., beziehentlich sein Rechtsnachfolger in Hinsicht auf den dadurch zu erlangenden Gewinn als beeinträchtigt anzusehen?

3) Genügen die in der Klage gebotenen Unterlagen unter Benutzung der §. 7. leg. cit. vorgezeichneten Annahmen, um diesen Vermögensverlust zu quantificiren?

4) Auf wie hoch beläuft er sich und ist die Seiten Klägers nach Maaßgabe der Klage bewirkte Schätzung eine angemessene?

Die dritte Section des Vereins sprach sich zu den vorgelegten Fragen dahin aus:

Ad 1. Die in der Klage erwähnten Bildertafeln der Schrift B. sind vom Dr. med. H. Hoffmann erfundene, lebendig humoristische Zeichnungen, in einfachen karrikirten Formen lustige Kindergeschichten darstellend und sind durch schöpferische Thätigkeit entstandene Kunstwerke im Sinne §. 1. und 2. des Gesetzes vom 22. Februar 1844.

Ad 2. Sämmtliche Bildertafeln der Schrift E. stimmen in allen wesentlichen Theilen vollkommen mit den Bildertafeln B. überein. Eine solche Uebereinstimmung konnte nur durch Copierung der Originalbilder entstehen und würde selbst dem Urheber von Originalwerken bei Wiederholung derselben nur durch Copierung möglich sein. Ganz unwesentlich aber sind die kleinen Veränderungen, die sich in den Bildertafeln der Schrift E. finden, sie beschränken sich nur auf Umgestaltung einzelner Formen und geben keinem einzigen Bilde originalen Charakter. Nach den entwickelten Gründen erkennen wir, da beide Werke in buchhändlerischem Vertriebe sich befinden, sämmtliche Bildertafeln der Schrift E. als widerrechtliche Nachbildungen der Bilder in Schrift B. im Sinne des Gesetzes.

Die Schätzung des Vermögensverlustes betreffend, der durch diese widerrechtliche Nachbildung der liter. Anstalt zu Frankfurt entstanden sein mag, finden wir, daß

ad 3. die in der Klage gebotenen Unterlagen ihre Berechtigung haben. Da es Thatsache ist, daß seit dem Erscheinen dieses beliebten Kinderbuchs im Jahre 1846 bis zum Jahre 1858 die 25ste Auflage ausgegeben wurde, so ist anzunehmen, daß in Schweden, mit schwedischem Texte, dieses Buch auch viel Verbreitung gefunden haben werde und daß die Annahme von 1000 verkauften Exemplaren seit dessen Erscheinen im Jahre 1858 nicht zu hoch angesetzt sein mag. Da aber die liter. Anstalt in Frankfurt bis jetzt, so viel uns bekannt, keine Ausgabe dieses Buchs mit schwedischem Texte gedruckt hat und mit deutschem Texte wohl schwerlich von demselben 1000 Exemplare während des angegebenen Zeitraums in Schweden verkauft worden wären, so sprechen wir

ad 4. unser Gutachten dahin aus, daß die in der Klage bewirkte Schätzung des Vermögensverlustes mit 450 Thalern zu hoch angesetzt sei und wohl nur zur Hälfte bis zu zwei Dritttheil berechnet werden dürfe.

Am 13. Januar 1863 publicirte das Königl. Handelsgericht einen Bescheid folgenden Inhalts:

„Weil nach den Geständnissen des Beklagten ad pct. — liquid vorliegt,

1) daß den Klägern das Verlagsrecht an dem von dem Dr. med. Heinrich Hoffmann verfaßten und, was die dazu gehörigen Bildertafeln anlangt, selbst entworfenen und gezeichneten, der Klage in einem Exemplar 25ster Auflage beiliegenden Bilderbuchs unter dem Titel:

„Der Struwwelpeter, oder lustige Geschichten und drollige Bilder"

contractlich zusteht, nicht minder,

2) daß Kläger dieses Verlagswerk zeither zu dem Ladenpreise von — 18 Sgr. — Netto, — 13 Ngr. 6 Pf. für Süddeutschland von 57 Kr. Netto, $42\frac{3}{4}$ Kr. im Wege des Buchhandels vertrieben haben, endlich

3) daß der Beklagte den Druck eines mit schwedischem Texte versehenen Bilderwerks, von welchem ein Exemplar sub E. anliegt, unter dem Titel:

Drummel Petter etc.

im Jahre 1858 in der ihm zugehörigen Druckerei — nach Beklagtens eigener Angabe im Umfange von 1000 Exemplaren — veranstaltet hat,

Kläger aber ferner behauptet haben, daß die in dem Druckwerke sub 3. befindlichen Bildertafeln als unbefugte Vervielfältigungen der betreffenden Bildertafeln des Druckwerks sub 1. sich darstellen, dagegen der Beklagte eben so die dem unter 3. bezeichneten Druckwerke beigelegte Nachdrucksqualität geleugnet, als jede ihm diesfalls angesonnene Verantwortung von sich abgelehnt ꝛc., hiernächst die von dem Beklagten gegen die Statthaftigkeit der erhobenen Klage Bl. — geltend gemachten Einwendungen als unbegründet sich darstellen, insbesondere

a) das Bl. — sub D. Vorgebrachte nicht geeignet erscheint, um den Bildern des Druckwerks sub 1. die Eigenschaft von Kunstwerken im Sinne §. 1. des Gesetzes vom 22. Februar 1844 mit Grund absprechen zu können, da denselben, wie von dem Sachverständigenverein Bl. — bestätigt worden, allenthalben eine schöpferische, künstlerische Idee zu Grunde liegt, sonach, wollte man auch dem Begriff eines Kunstwerks so enge Grenzen stecken, wie dies

Jolly, die Lehre vom Nachdruck, S. 129.

— jedoch im Gegensatz von

Wächter, das Verlagsrecht, S. 117., insbes. S. 140. —

gethan, die Voraussetzung, unter welcher der erstgenannte Schriftsteller den Bilderbüchern der Regel nach den Schutz gegen Nachdruck absprechen zu müssen glaubt, der Mangel künstlerischer Beschaffenheit nämlich, im vorliegenden Falle mit Rücksicht auf den den fraglichen Bildern zukommenden höhern Werth als beseitigt sich darstellen würde, hiernächst

b) nach dem, was in dem Sachverständigengutachten Bl. — ad 1. in Uebereinstimmung mit dem sich darbietenden Augenscheine bemerkt worden, der Umstand, daß die Bildertafeln in dem Werke sub 3. als mechanische Vervielfältigungen der entsprechenden Vorlagen des Werks sub 1. sich charakterisiren, weiterer Begründung nicht bedarf,

überdem

c) die Voraussetzung einer unbefugten Vervielfältigung rücksichtlich der erwähnten Bildwerke auch dadurch nicht ausgeschlossen werden mögen, daß Letztere — worauf Beklagter Bl. — ferner hinweist — in unzertrennlicher Verbindung mit dem in der vorliegenden Uebersetzung dem Nachdrucksverbote nicht unterworfenen Texte stehen, da das Wiedergeben eines fremden Erzeugnisses dadurch nicht zu einer erlaubten Handlung wird, so wenig andererseits zur Construirung des Begriffes unerlaubten Nachdrucks es erforderlich ist, daß die wiedergegebenen Bestandtheile schon für sich ein selbstständiges literarisches oder artistisches Erzeugniß bilden können,

Wächter, a. a. O. S. 505. jct. S. 530.

weiter

d) die von dem Beklagten Bl. — in Abrede gestellte Existenz einer Vermögensbeeinträchtigung im Sinne des §. 16. leg. cit. nach den einschlagenden Verhältnissen um so weniger einem begründeten Zweifel unterliegt, als, steht den Klägern das alleinige Recht der Vervielfältigung rücksichtlich der mehrerwähnten Bilder zu, jede Vervielfältigung von Seiten eines Dritten, dieselbe mag für das Inland oder Ausland bestimmt sein, ihnen die vermögensrechtliche Ausnutzung dieses Befugnisses wenigstens theilweise entzieht, indem auch das Ausland ohne das Dazwischentreten eines Nachdrucks seinen Bedarf präsumtiv nur durch das Beziehen des Originalwerks hätte decken können,

im Uebrigen

e) das Bl. — sub C. Bemerkte den Beklagten der persönlichen Verantwortlichkeit wegen des vorliegenden Nachdrucks keineswegs entheben kann, da Beklagter, wenn er seinem Zugeständnisse Bl. — gemäß nach den ihm von der Handlung W. & Comp. in H. vorgelegten Holzschnitten den Druck der Bilder bewerkstelligt hat, zwar nicht als Urheber oder auch Miturheber des Nachdrucks, sondern nur als Theilnehmer an demselben sich darstellt — denn die Urheberschaft wird im Sinne der Nachdrucksgesetzgebung nur dem zugeschrieben, für dessen Rechnung das Unternehmen des Nachdrucks geht, während die Eigenschaft eines Theilnehmers oder Gehülfen denjenigen beigemessen wird, welche, ohne Interesse an der Vervielfältigung selbst, nur als Lohnarbeiter concurrirt haben,

Jolly, a. a. O. S. 270. 271.

Haubold, Sächs. Priv.-Recht, §. 427. not. k. ed. 3.

vergl. auch das Gesetz vom 14. März 1851, die Angelegenheiten der Presse betreffend, §. 26. sub b. —

sonach zufolge §. 6. des mehrgedachten Gesetzes vom 22. Februar 1844 die Wissenschaft des Beklagten um den Nachdruck — dessen dolus — allerdings als die nothwendige Voraussetzung der ihm angesonnenen Haftpflicht sich geltend macht, gleichwohl nach den liquid vorliegenden Umständen der Nachweis dieses dolus als genügend erbracht zu erachten, wenn man erwägt,

daß bei der allgemeinen Bekanntschaft des in Frage stehenden, bereits in 25ster Auflage erschienenen Kinderwerks in Verbindung damit, daß Beklagter notorisch zugleich den Buchhandel betreibt, nicht angenommen werden kann, die Verlagsberechtigung der Kläger zur Zeit des ihm übertragenen Drucks sei dem Beklagten unbekannt gewesen, zumal derselbe überhaupt selbst nirgends mit Bestimmtheit behauptet hat, daß diese Verhältnisse damals seiner Wissenschaft sich entzogen gehabt, oder daß er das Werk für Gemeingut gehalten habe, somit bei der Ausschließlichkeit jedes Verlagsrechts ihm nicht entgehen konnte, daß der ihm übertragene Druck, so lange nicht besondere, an sich nicht zu vermuthende Verhältnisse eingetreten waren, den Gesetzen nach, deren Bekanntschaft selbstverständlich bei dem Beklagten vorauszusetzen, einen unbefugten Eingriff in die Vermögenssphäre des Verlagsberechtigten involviren müsse,

was aber die ebenerwähnten besondern Verhältnisse anlangt, es an und für sich zwar nicht unmöglich war, daß die bestellende ausländische Buchhandlung das Recht der Vervielfältigung der Bilder durch besonderen Rechtstitel erworben gehabt, dem Beklagten jedoch zur Begründung einer solchen Annahme in dem speciellen Falle bestimmte thatsächliche Momente der Wahrscheinlichkeit nicht vorlagen, die allgemeine Möglichkeit aber unter Umständen, wo das Eine eben so gut als das Andere begründet sein kann, und gleichwohl die zu Gebote stehenden Mittel, zuvörderst über die einschlagenden Verhältnisse die erforderliche Gewißheit zu erlangen, unbenutzt gelassen werden, dem Handelnden mindestens nicht den Vorwurf des dolus indirectus ersparen kann, insofern er durch sein Gebahren zur Genüge beweist, daß es ihm im Wesentlichen gleichviel gelte, ob er durch sein Thun das Rechtsgebiet Anderer verletze oder nicht,

solchemnach also dem Bl. — zu Gunsten des Druckers, der eine Bestellung des Verlagsbuchhändlers effectuirt, aufgestellten Grundsatz, wornach dem Ersteren jederzeit bona fides zu vindiciren, wenigstens in dieser Allgemeinheit nicht beizutreten, jedenfalls aber demselben auf den vorliegenden Fall Anwendung nicht gegeben werden kann, dermalen vielmehr als ausreichend dargethan zu achten ist, daß Beklagter von denjenigen Thatumständen, welche das beabsichtigte Unternehmen als eine unerlaubte Vervielfältigung des Werks der Kläger erscheinen ließen, bei der Ausführung des Drucks der Bilder Wissenschaft gehabt,

und, sollte dies in der That nicht der Fall gewesen sein, derselbe mindestens eine solche Unachtsamkeit — culpa lata — an den Tag gelegt habe, welche civilrechtlich bekannten Rechtsgrundsätzen zufolge

l. 226. D. de V. S. (50, 16.)
l. 1. D. si mensor. (11, 16.)
l. 32. D. depositi. (16, 3.)

in ihren Wirkungen dem dolus gleichgeachtet wird,

unter solchen Umständen nun zwar

f) kein Bedenken obwalten kann, die Verurtheilung des Beklagten im Allgemeinen dem Petitum der Kläger gemäß im Nachstehenden auszusprechen, dagegen, so viel die Höhe des geforderten Schadenersatzes anlangt, nicht unberücksichtigt bleiben darf, daß das sachverständige Gutachten Bl. —, welches nach dieser Seite hin vorzugsweise Einfluß auf die richterliche Entscheidung gewinnen muß, in seiner dermaligen Fassung nicht geeignet erscheint, alle hierbei einschlagenden Fragen erschöpfend zu erledigen, insofern dasselbe einestheils in seinen Ausgangspunkten zu unbestimmt sich gestaltet, um ohne Weiteres eine in Bezug auf die Entschädigungshöhe abgeschlossene Entscheidung darauf zu stützen, andererseits in seiner Begründung bei dem hier in Frage stehenden Punkte zum Theil der für den Richter wünschenswerthen Motivirung entbehrt, insbesondere dem höchst wesentlichen — in den Parteivorträgen allerdings unberücksichtigt gebliebenen — Umstand, daß nach der Richtung der Klage nur ein Theil des Verlagswerks der Kläger, die Bilder, als Nachdruck verfolgt worden, und sonach selbstverständlich

vergl. Wächter, a. a. O. S. 684.

nicht der volle Preis des Werks als Unterlage der Ersatzberechnung dienen kann, die nothwendige Beachtung zur Zeit noch nicht hat zu Theil werden lassen, — Mängel, welche zwar das nochmalige Gehör des Sachverständigenvereins als unentbehrlich erscheinen lassen, jedoch, da dies füglich dem Executionsstadium vorbehalten bleiben kann, die Entscheidung selbst nicht aufhalten mögen, in Bezug auf deren Umfang nur zu bemerken, daß die außer dem unmittelbaren Entschädigungsanspruche selbst geltend gemachten Nebenansprüche in der Vorschrift §. 8. des mehrgedachten Gesetzes vom 22. Februar 1844 ausreichende Begründung finden,

so ist der von dem Beklagten veranstaltete Abdruck sämmtlicher Bildertafeln in dem oben sub 3. bezeichneten, mit schwedischem Texte versehenen Werke für Nachdruck zu achten und ist deshalb

a) Beklagter den durch diesen Nachdruck den Klägern zugefügten Schaden in der nach Maaßgabe des §. 7. und 18. des Gesetzes vom 22. Februar 1844 durch den Sachverständigenverein in Leipzig — wiewohl nicht über die von Klägern diesfalls geforderten 450 Thaler hinaus — annoch zu bestimmenden Höhe zu ersetzen, denselben auch die Proceßkosten zu erstatten schuldig und hierzu, da nöthig, nach Handelsgerichtsbrauch anzuhalten, nicht minder sind Kläger

b) für wohl befugt zu achten, die Herausgabe und Vernichtung der nachgedruckten Bildertafeln aus denjenigen Exemplaren, welche in Leipzig vorgefunden werden, ingleichen die Vernichtung der sich vorfindenden, zur Herstellung des Nachdrucks gebrauchten Vorrichtungen zu beantragen."

Auf Beklagtens Berufung erkannte unterm 13. November 1863 das K. Appellationsgericht zu Leipzig confirmatorisch ref. exp. unter Beifügung folgender Rationen:

„Beklagter bestreitet die rechtliche Haltbarkeit des Klaganspruchs hauptsächlich aus dem dreifachen Grunde,

1) weil die in dem Bl. — aufgeführten Verlagswerke der Kläger enthaltenen Bildertafeln als Werke der Kunst in dem Sinne des Gesetzes vom 22. Februar 1844 nicht anzusehen, mithin auch des in diesem Gesetze geordneten Rechtsschutzes nicht theilhaftig seien,

2) weil sich nicht annehmen lasse, daß durch die in der Officin des Beklagten veranstaltete mechanische

Vervielfältigung der gedachten Bildertafeln ein den Klägern vermöge ihres Verlagsrechtes zukommender Vermögenserwerb geschmälert werde, sonach aber es hier an der in §. 16. des angezogenen Gesetzes für jede Rechtsverfolgung wegen Nachdrucks aufgestellten absoluten Voraussetzung fehle, und

3) weil Kläger nicht zu behaupten im Stande gewesen seien, daß dem Beklagten bei Veranstaltung des Nachdrucks ein wirklicher dolus zur Last falle, wie solchen §. 6. jenes Gesetzes zu dem Thatbestande des Nachdrucksdelicts erheische.

Die vorige Instanz hat keiner von diesen Einwendungen einige Beachtung geschenkt, und es ist ihr nach anderweiter Erwägung der hier einschlagenden factischen und rechtlichen Momente allenthalben beizutreten gewesen.

Zuvörderst würde es

zu 1.

mit der ganzen Tendenz des vorbemerkten Gesetzes unvereinbar sein, wollte man an den Begriff eines Kunstwerkes, welcher weder im Gesetze selbst, noch in dessen Motiven näher erläutert und begrenzt worden ist, einen ganz strengen Maaßstab anlegen. Denn dadurch würde unbezweifelt der Schutz, welchen nach der Absicht des Gesetzgebers die Urheber artistischer Erzeugnisse, sofern die letzteren überhaupt zum Gelderwerbe bestimmt sind, gegen jede ihr Vermögensinteresse verletzende unbefugte Vervielfältigung genießen sollen, in vielen Fällen ausgeschlossen werden, in denen das Bedürfniß eines derartigen Schutzes vollkommen begründet erscheint. Bei einer mehr extensiven als restrictiven Auslegung des in dem Gesetze gebrauchten Ausdrucks „Werke der Kunst", wie solche dem Obigen zufolge als ausreichend gerechtfertigt angesehen werden darf, lassen sich aber die hier in Frage befangenen Bildertafeln denjenigen Producten, welche dem Kunstgebiete im Allgemeinen angehören, unbedenklich beizählen, da dieselben, wenn schon sie nicht eigentlich ästhetischen Zwecken dienen, sondern zunächst auf eine angemessene Beschäftigung und Anregung des kindlichen Sinnes berechnet sind, dennoch in der letzten Richtung eine gewisse selbstständige Auffassung und Idee bekunden, welche durch das Mittel der Zeichnenkunst zur Ausführung und Anschauung gebracht worden ist. Damit stimmt auch das Gutachten des Sachverständigenvereins Bl. — überein, welches bei der vorliegenden Frage, deren Beantwortung vorzugsweise eine dem entscheidenden Richter nicht beiwohnende specielle Vorbildung und Fachkenntniß erfordert, ohne zwingende Gründe nicht unbeachtet gelassen werden kann und in ganz entschiedener Weise jenen Bildertafeln die Eigenschaft eines durch schöpferische Thätigkeit entstandenen Kunstwerkes im Sinne des Gesetzes vom 22. Februar 1844 beilegt. Daß diese Eigenschaft aber lediglich auf der Zeichnung, nicht dagegen, wie Beklagter geltend zu machen versucht, erst auf der den Bildern gegebenen Coloratur beruhe, leuchtet von selbst ein und ergiebt sich völlig unzweideutig aus der Motivirung des vorgedachten Gutachtens der Sachverständigen.

Wenn hiernächst

zu 2.

nach der Meinung des Beklagten die in seiner Druckerei ausgeführte Vervielfältigung der erwähnten Bildertafeln den Erwerb der Kläger deshalb nicht beeinträchtigt haben soll, weil die Nachdrucksbilder lediglich einer schwedischen Uebersetzung des in deutscher Sprache verfaßten Orginalwerkes einverleibt worden seien, so steht dieser Meinung das eingeholte Gutachten des Sachverständigenvereins gleichfalls entgegen. Denn obschon die Sachverständigen auf den hierher gehörigen zweiten Theil der ihnen Bl. — vorgelegten Frage nicht näher eingegangen sind, so haben dieselben doch einer Beantwortung der ebendaselbst sub 3. und 4. aufgeworfenen Fragen, welche die Quantificirung des den Klägern zugefügten Schadens betreffen, ohne Weiteres sich unterzogen und somit die Existenz eines von Klägern erlittenen Vermögensverlustes voraussetzlich auf Grund ihrer gesellschaftlichen Erfahrungen als völlig zweifellos betrachtet. In der That läßt sich auch bei der notorischen ausgedehnten Verbreitung des hier in Rede stehenden Verlagswerkes, welches, wie die Acten ergeben, bereits in fünfundzwanzig Auflagen erschienen ist und dessen hauptsächlichen Werth die darin enthaltenen Bildertafeln ausmachen, nicht füglich in Zweifel ziehen, daß dasselbe ungeachtet seines deutschen Textes in den Kreisen, für welche die schwedische Uebersetzung bearbeitet worden, ohne das Vorhandensein dieser mit den nachgedruckten Bildern des Originalwerkes versehenen Uebersetzung in einer wenn schon beschränkteren Anzahl von Exemplaren Absatz gefunden haben würde, daß also ein vermögensrechtlicher Nachtheil aus der unbefugten Vervielfältigung für die Kläger wirklich erwachsen sei.

Wegen der Feststellung der Höhe des diesfallsigen Schadens ist aber in der vorigen Entscheidung zu allseitiger Wahrung der Rechte des Beklagten ganz sachgemäß die Einholung eines anderweiten sachverständigen Gutachtens vorbehalten worden, von dessen Verfassern nicht nur die hier maaßgebenden factischen Verhältnisse vollständiger, als seither geschehen, zu berücksichtigen, sondern auch die darauf zu gründenden Schätzungen in genügender Weise zu motiviren sein werden.

Endlich bedarf es

zu 3.

keiner besonderen Ausführung, daß die in §. 6. Absatz 1. des Gesetzes vom 22. Februar 1844 gebrauchten Worte: „oder wissentlich daran Theil genommen haben", nach dem ganzen Zusammenhange dieser Gesetzstelle von denjenigen Personen verstanden werden müssen, welche bei der Herstellung des Nachdrucks als Gehülfen thätig gewesen sind, im Gegensatze einerseits zu den unmittelbar vorher erwähnten Urhebern des Delictes, andererseits zu den im Absatz 2. gedachten Theilnehmern an dem Vertriebe der widerrechtlichen Vervielfältigung. Die Bl. — vom Beklagten zugestaudene Thätigkeit fällt objectiv ganz zweifellos unter den Begriff der geleisteten Beihülfe, und begründet daher in Gemäßheit der obigen Gesetzstelle die volle Ersatzpflicht des Beklagten, dafern noch das subjective Moment hinzutritt, daß derselbe bei jener Thätigkeit von der Nachdrucksqualität des unter seiner Mitwirkung herzustellenden Werkes Wissenschaft hatte, also nicht blos fahrlässig, sondern mit Absicht handelte. Nach der allgemeinen Fassung des Gesetzes kann nun hier, wie die erste Instanz mit Recht angenommen hat, zwischen bestimmter und unbestimmter Absicht nicht unterschieden werden, vielmehr muß es gleich gelten, ob derjenige, von welchem zu Ausführung des Nachdrucks Beistand gewährt worden ist, dabei eine Vermögensverletzung des Verlagsberechtigten direct bezweckt oder solche nur als den nothwendigen oder wahrscheinlichen Erfolg seiner Thätigkeit vorausgesehen hat. Ein dolus in der zuletzt gedachten Richtung ist aber auch nach Ansicht der jetzigen Instanz dem Beklagten unter den von ihm selbst eingeräumten und in der Klage angegebenen Umständen insofern beizumessen, als ihm bei Betreibung seines buchhändlerischen Geschäfts das Verlagsrecht der Kläger von dem bezeichneten Werke keinesfalls fremd geblieben war, als von ihm ferner bei dem Empfange des betreffenden Auftrags sofort erkannt werden mußte, daß es sich um eine in seiner Officin zu bewerkstelligende einfache mechanische Vervielfältigung der Bildertafeln jenes Werkes handle und er deshalb es nicht darauf ankommen lassen durfte, ob seinem Auftraggeber eine Berechtigung zu dieser Vervielfältigung zustehe, sondern bei der nahe liegenden Vermuthung der beabsichtigten Verletzung eines fremden Vermögensrechtes unbedingt die Verpflichtung hatte, vor Uebernahme des Auftrags über das Sachverhältniß sich die nöthige Gewißheit zu verschaffen. Einen Entschuldigungsgrund für die Verabsäumung dieser Verpflichtung kann Beklagter aus den von ihm angeregten Zweifeln, ob den Originalbildern an sich ein Rechtsschutz überhaupt zu verleihen, und der Drucker, welcher nur in dem Auftrage eines Dritten thätig gewesen, als Theilnehmer an einer unbefugten Vervielfältigung zu behandeln sei, um deswillen nicht ableiten, weil diese Zweifel, wenn sie wirklich bereits zur Zeit der Bestellung des Druckes in ihm aufgetaucht sein sollten, bei ihrer Unerheblichkeit alsbald durch eine nähere Prüfung der hier in Betracht kommenden gesetzlichen Bestimmungen und dem Kunstfache angehörigen Fragen zu beseitigen waren.

Auf Grund der vorstehenden Erwägungen hat man die angefochtene Entscheidung lediglich zu bestätigen gehabt, auch keinen ausreichenden Anlaß finden können, den Appellanten mit der Erstattung der durch sein Rechtsmittel erwachsenen Kosten zu verschonen."

Das K. Oberappellationsgericht, an welches demnächst diese Sache auf anderweite Berufung des Beklagten gelangte, erkannte unterm 17. März 1864 dahin:

„Daß es bei nurgedachtem Urthel (2ter Instanz), soviel die darin ausgesprochene Verurtheilung des Beklagten in Erstattung der Kosten sowohl voriger als erster Instanz betrifft, nicht zu lassen, sothane Kosten vielmehr gegenseitig unter den Parteien aufzuheben.

Dahingegen ist, die Hauptsache anlangend, sothanes Urthel zwar, wie hiermit geschieht, zu bestätigen, jedoch mit der Erklärung, daß bei künftiger Feststellung der Höhe des den Klägern durch den Nachdruck der Bildertafeln des in ihrem Verlage erschienenen Bilderbuchs „der Struwwelpeter oder lustige Geschichten und drollige Bilder" verursachten Schadens die Bl. — bezeichnete buchhändlerische Section des Sachverständigenvereins zuzuziehen, und werden die Kosten gegenwärtiger Instanz unter den Parteien compensirt."

Die beigefügten Entscheidungsgründe sind nachstehenden Inhalts:

„In der Hauptsache ist der vorigen Entscheidung auch gegenwärtig beizutreten gewesen.

Denn

a.

im Sinne des Gesetzes vom 22. Februar 1844 sind die Bildertafeln zu dem im Verlage der Kläger erschienenen „Struwwelpeter" als Kunstwerke allerdings anzusehen. Producte der Zeichnenkunst sind sie jedenfalls, darauf aber, ob sie vom ästhetischen oder künstlerischen Standpunkte aus Anspruch auf Kunstwerth haben, kommt nach dem gedachten Gesetze nichts an, sondern nur, ob sie zum Gelderwerbe benutzt werden können und bestimmt sind, was hier außer aller Frage steht. In diesem Maaße haben sich auch Bl. — die Sachverständigen, deren Urtheil insoweit für entscheidend zu achten, ausgesprochen.

b.

Die Verbindung der Bildertafeln mit einem denselben in schwedischer Sprache beigegebenen Texte — in Beziehung auf welchen letzteren gegenwärtig die Frage, ob er als Nachdruck zu betrachten, allerdings nicht vorliegt — benimmt ihrer dem Beklagten als Drucker zur Last gelegten mechanischen Vervielfältigung nicht den Charakter des Unerlaubten.

Man kann dahin gestellt sein lassen, ob nicht die Bilder für den Zweck, dem fraglichen Verlagswerke einen ausgebreiteten Absatz zu verschaffen, geradehin als die Hauptsache zu betrachten seien, neben welcher der zur Erläuterung beigefügte Text nicht in besonderen Anschlag zu bringen, denn jedenfalls kann ihnen die Eigenschaft eines selbstständigen Productes nicht abgesprochen werden, wie schon daraus sich ergiebt, daß sie einen, wenigstens in der Form, wesentlich verschiedenen Text zu ihrer Erläuterung zulassen, und es läßt sich dem Beklagten nicht zugeben, daß ohne den beigegebenen Text jene Bilder gar keinen Gegenstand des Gelderwerbes hätten bilden können.

Unbegründet ist übrigens der dem Sachverständigengutachten gemachte Vorwurf, auch den schwedischen Text der Nachbildung als Nachdruck behandelt zu haben, denn die Beantwortung der Frage unter 3. Bl. — bezieht sich nur auf die Quantificirung des Schadens, die zur Zeit ohnehin noch nicht als definitiv feststehend erachtet worden.

c.

Daß der Drucker eines in unerlaubter Weise mechanisch vervielfältigten literarischen oder Kunsterzeugnisses als Theilnehmer am Vergehen des Nachdrucks anzusehen, kann nach allgemeinen Grundsätzen keinem begründeten Zweifel unterliegen.

Nur wird, insofern die solidarische Verpflichtung zum Schadenersatze (§. 6. des Gesetzes) in Frage kommt, der Drucker blos dann verhaftet erscheinen, wenn er wissentlich durch seine Thätigkeit zu der unerlaubten Vervielfältigung beigetragen, also gewußt hat, daß, was er drucke, ohne Einwilligung des Berechtigten und zum Zwecke der Beeinträchtigung dessen Erwerbes ihm zu drucken aufgetragen worden sei.

In dieser — der subjectiven — Beziehung kann aber nach dem, was hierüber bereits Bl. — und Bl. — erschöpfend dargelegt worden, füglich nicht bezweifelt werden, daß dem Beklagten, wo nicht dolus, doch mindestens eine in civilrechtlicher Hinsicht gleichstehende culpa lata allerdings beizumessen sei.

Dessenungeachtet hat Man sich in Betreff des Kostenpunktes zu einer abändernden Entscheidung veranlaßt finden müssen.

Die von den Klägern als Schadenersatz geforderte Summe von 450 Thalern, welche den Verkaufspreis von 1000 Exemplaren des „Struwwelpeters" repräsentiren soll, ist jedenfalls zu hoch gegriffen. Nun läßt sich zwar dieserhalb den Klägern der Einwand der Zuvielforderung aus dem Grunde nicht so geradehin entgegenhalten, weil sie die obige Summe nicht unbedingt beansprucht, sondern eventuell der Beurtheilung des Sachverständigenvereins unterstellt haben, allein immerhin hätte es in einem Falle so eigenthümlicher Art, wie der vorliegende, wo die von dem Beklagten im Auftrage einer ausländischen Buchhandlung gedruckten Bilder des „Struwwelpeter", nachdem ihnen zuvor noch ein Text in einer fremden, in Deutschland wenig bekannten Sprache beigegeben worden, voraussetzlich nur zum Vertriebe in einem Lande bestimmt sein und ihren Absatz finden konnten, wo das mit deutschem Text versehene Verlagswerk der Kläger, wenn überhaupt, doch schwerlich eine zahlreiche Abnahme gefunden haben würde, speciellerer Unterlagen für die zur Begutachtung des Entschädigungsanspruchs angerufenen Sachverständigen bedurft, als in der Klagschrift gegeben zu finden. In der That sind denn auch die Sachverständigen nicht im Stande gewesen, mit genügender Sicherheit über den den Klägern durch den Nachdruck der qu. Bildertafeln verursachten Vermögensverlust sich zu äußern, obwohl sie darüber einverstanden sind, daß jedenfalls die geforderten 450 Thaler zu viel seien, und es hat dies zur Folge gehabt, daß man in den vorigen Instanzen sich über die Höhe des den Klägern zuzubilligenden Schadenersatzes noch gar nicht auszusprechen vermocht, vielmehr eine anderweite Schätzung zu erfordern für nöthig erachtet hat. Ganz richtig ist aber Bl. — und Bl. — an dem Gutachten Bl. — der Mangel einer eingehenden Motivirung und der vollständigen Berücksichtigung der maaßgebenden factischen Verhältnisse, insbesondere auch die Nichtbeachtung des Umstandes, daß nur ein Theil des klägerischen Verlagswerkes — die Bilder — als Nachdruck verfolgt werden, ausgestellt und auf die Nothwendigkeit, diesen Mängeln bei der anderweiten Begutachtung abzuhelfen, hingewiesen worden, und es muß unter diesen Umständen sogar noch als problematisch angesehen werden, ob sich überhaupt zu einer geeigneten Quantificirung des erhobenen Schädenanspruchs durch die Sachverständigen, falls diese, wie ihnen obliegt, die in den vorigen Instanzen ihnen gegebenen Fingerzeige für ihre anderweite Arbitrirung befolgen, gelangen lassen werde.

Uebrigens hat man allerdings noch — dem Antrage des Beklagten Bl. — entsprechend — die Zuziehung der buchhändlerischen Mitglieder des Sachverständigenvereins zu Leipzig bei der künftig vorzunehmenden Begutachtung der Entschädigungsfrage anzuordnen, für angemessen zu erachten gehabt, da das betreffende Verlagswerk der Kläger offenbar nicht sowohl als ein Gegenstand der Kunst, als vielmehr des Buchhandels sich darstellt und im Wege des letzteren seinen Vertrieb zu finden gehabt und gefunden hat, wie denn auch die Kläger selbst nicht als Inhaber einer Kunsthandlung, sondern als Inhaber einer Verlagsbuchhandlung ihren Anspruch gegen Beklagten verfolgt haben.

Die Compensation der Instanzkosten bedarf nach der Lage der Sache keiner besonderen Begründung."

60.

Grundsätze über die Kündigungs- und Umzugszeit in der Stadt Leipzig.

Mitgetheilt von

Herrn Dr. L. in L.

Bei dem Königl. Appellationsgerichte zu Leipzig hatte ein dasiger Sachwalter behufs der Durchführung einer Klage auf rückständigen Miethzins gegen einen auswärts lebenden frühern Abmiether um Ausstellung eines Zeugnisses über die Grundsätze gebeten, von welchen bei den dasigen Behörden bei Entscheidung von Miethstreitigkeiten der gedachten Art ausgegangen wird. Auf Grund der dem gedachten Appellationsgerichte hierzu von dem Königl. Ministerium der Justiz besonders ertheilten Ermächtigung hat dasselbe unterm 29. März 1864 ein Zeugniß über die Grundsätze, „welche bei Entscheidung von in der Stadt Leipzig vorkommenden Miethdifferenzen, als auf Ortsobservanz beruhend, befolgt werden", ausgestellt, worin Folgendes bemerkt wird:

„I. Im Zweifel ist jede Miethe ohne Unterschied auf die Dauer eines Vierteljahres geschlossen. Der Umstand allein, daß der Miethzins nach seiner Jahreshöhe bezeichnet ist, ändert die rechtliche Vermuthung nicht.

II. Die Umzugszeit fällt auf die Quartale Ostern, Johannis, Michaelis und Weihnachten. Der Umzug beginnt spätestens mit dem ersten Tage nach dem Quartale und muß binnen acht Tagen beendet sein.

III. Jede Kündigung muß ein volles Vierteljahr, den Tag der Behändigung abgerechnet, enthalten und auf eine der nach II. üblichen Umzugszeiten fallen, also spätestens am letzten Tage vor dem Anfange des nächsten Quartals dem Miether bekannt werden. Nur ausnahmsweise reicht bei Miethen bis zu 20 Thalern eine sechswöchentliche Frist, übrigens unter gleichen Bedingungen, aus.

IV. Hierbei sind als die Anfangstermine der Quartale der erste Osterfeiertag, der 24. Juni, der 29. September und der 25. December anzusehen und eine Kündigung muß, um als rechtzeitig zu gelten, spätestens an dem Tage vor diesem Anfangstermine erfolgen, indem unter einem Vierteljahr in dem Sinne des Grundsatzes unter III. nicht eine Frist von drei Kalendermonaten, sondern die Frist von einem dieser vier Quartale bis zum nächsten zu verstehen ist."

Miscellen.

Orden. Seine Königliche Majestät haben dem Kirchen- und Schulrath Dr. Ewald Friedrich Hoffmann zu Leipzig das Ritterkreuz des Verdienstordens zu verleihen geruht.

Seine Königliche Majestät haben zu genehmigen geruht, daß der Amtshauptmann Graf zu Münster zu Rochlitz das ihm von Seiner Hoheit dem Herzoge von Sachsen-Altenburg verliehene Ritterkreuz I. Classe des Herzogl. Sachsen-Ernestinischen Hausordens annehme und trage.

Redacteur: Dr. Theodor Tauchnitz. Officin der Verlagshandlung.

Von diesem Wochenblatte erscheinen jährlich 64 Nummern zu 1 Quartbogen und außerdem am Jahresschlusse ein ausführliches Register.

Wochenblatt
für
merkwürdige Rechtsfälle,
in actenmäßigen Darstellungen
aus dem Gebiete der Justizpflege und Verwaltung
zunächst für das
Königreich Sachsen.

Alle Postämter u. Buchhandlungen übernehmen Bestellungen und liefern das Quartal zu dem praenumerando zu entrichtenden Preise von 1 Thaler.

Verlag von Bernhard Tauchnitz in Leipzig.

№ 37. Neue Folge Zwölfter Jahrgang. 1864.

61.

Genehmigung der unzeitigen Kündigung eines Dienstvertrags durch concludente Handlungen von Seiten des Dienstboten. — Inwieweit kann ein unmündiger Dienstbote in Bezug auf die aus dem Dienstvertrage für ihn begründeten Rechte selbstständig verfügen? — Zu §. 97. der Gesindeordnung.

Mitgetheilt von
Herrn K. in D.

Karoline Juliane verw. Fr. in Dr. hatte die im 17ten Lebensjahre stehende Henriette G., mit Genehmigung deren Vaters, am 1. Februar 1863 gegen „18 Thlr. —ꞏ —ꞏ Lohn und 6 Thlr. —ꞏ —ꞏ Wäschgeld jährlich neben freier Wohnung und Kost" als Schänkmädchen zu sich genommen, am 25. November 1863 aber plötzlich aus dem Dienste fortgeschickt.

Mit Bezug hierauf erhob der Vater der gedachten Unmündigen, Friedrich Wilhelm G., bereits am 25. November 1863 wider die verw. Fr. Klage auf Bezahlung von a) 4 Thlrn. —ꞏ —ꞏ Lohn auf die Monate November und December 1863 und b) des gesetzlichen Kostgeldes nach Höhe von —ꞏ 26 Ngr. 3 Pf. wöchentlich auf die Zeit vom 25. November bis 31. December 1863.

Im Verhandlungstermine räumte Beklagte, nachdem Kläger angezeigt hatte, daß Beklagte nach der Klaganstellung 2 Thlr. —ꞏ —ꞏ, wodurch das Lohn auf den Monat November 1863 gedeckt werde, abschläglich bezahlt habe, die oberwähnten Anführungen des Klägers ein, machte aber ihrerseits geltend:

1) habe sie der Tochter Klägers am 12. November 1863 den Dienst dergestalt, daß solche den 15. December 1863 abziehe, gekündigt und die Tochter Klägers habe diese Kündigung in der aus dem nachstehenden Erkenntnisse II. Instanz näher erkennbaren Weise angenommen, weshalb höchstens Lohn und Kostgeld bis zum 15. December 1863 gefordert werden könne,

2) habe die erwähnte Tochter Klägers, als sie Bier aus dem Keller geholt, dabei in der sicheren Voraussetzung, daß es ihr, der Beklagten, zu Ohren kommen werde, kurz vor ihrer deshalb gerechtfertigten Entlassung auf sie gröblich geschimpft,

3) habe dieselbe am 26. November 1863, also am Tage nach der Entlassung und als sie bereits wieder im älterlichen Hause gewesen, das ihr mit der Entlassungsbemerkung versehene Gesindezeugnißbuch nebst 2 Thlrn. —ꞏ —ꞏ, welche ihr ausdrücklich als Lohn auf den November 1863 hingegeben worden, ohne Widerrede angenommen, dadurch aber auf alle weitergehenden Ansprüche verzichtet.

Kläger gestand die von der Beklagten zu 1. und 3. gemachten Angaben, unter Widerspruch jedoch gegen die von derselben daraus zu ihren Gunsten gezogenen Schlußfolgerungen, zu; das Vorbringen zu 2. dagegen stellte er unter Annahme des ihm darüber angetragenen Eides in Abrede, indem er gleichzeitig bat, seiner Tochter, soweit nöthig, wegen etwa vorgekommener, ihr schädlicher Handlungen und Unterlassungen auf Grund ihrer Unmündigkeit die Wiedereinsetzung in den vorigen Stand zu gewähren, welchem Anverlangen indessen Beklagte als gänzlich unstatthaft widersprach.

Das Proceßgericht ertheilte darauf folgenden Bescheid:

„Daß es zunächst bei der Anzeige des Klägers Friedrich Wilhelm G. Bl. —, daß die Beklagte Karoline Juliane verw. Fr. nach der Klaganstellung 2 Thlr. —, —, abschläglich bezahlt habe, bewendet.

Und weil im Uebrigen der Grund der Klage mit Rücksicht darauf, daß rc., nach Bl. — als allenthalben eingeräumt zu befinden ist,

andererseits aber, soviel hiernächst die von der Beklagten Bl. — flg. unter 1. 2. 3. geltend gemachten Ausflüchte anlangt, zwar die unter 1. und 3., in Betracht, daß, wennschon nach Ansicht des Proceßgerichts unmündige Dienstboten, sobald einmal deren Väter oder Vormünder darein, daß dieselben sich in Gesindedienst begeben, gewilligt haben, bezüglich der aus dem Dienstvertragsverhältnisse für sie entspringenden Rechte und Verbindlichkeiten, ohne daß ihnen jedoch deswegen zugleich die Fähigkeit, ihre diesfallsigen Rechte selbstständig vor Gericht wahrzunehmen (die sog. persona standi in judicio) einzuräumen, auch ohne weitere Betheiligung ihrer Väter und Vormünder mit rechtlichem Erfolge Verfügung treffen dürfen, und wennschon weiter denselben ebendeshalb, dafern nicht etwa ein sonstiger in den Rechten vorgesehener Grund hierzu im einzelnen Falle einschlägt, lediglich aus Rücksicht auf ihre Minderjährigkeit die Wiedereinsetzung in den vorigen Stand gegen materielle Rechtsverluste nicht zu ertheilen ist, dennoch insofern unbeachtlich erscheinen, als (zu 1.) in dem Bl. — geschilderten Verfahren der hier fraglichen unmündigen Tochter Klägers eine unzweideutige Einwilligung darein, daß das Dienstverhältniß in Folge der am 12. November 1863 erfolgten Kündigung, welche nach den Bl. — bemerkten Miethbedingungen an und für sich nur die Wirkung, daß das Dienstverhältniß allererst am 31. December 1863 beendigt werde, haben konnte, bereits mit dem 15. December 1863 seine Erledigung finde, um so weniger erblickt werden mag, als gegen Verzichte auf Rechtszuständigkeiten stets die Vermuthung streitet, während (zu 3.) die durch §. 97. der Gesindeordnung vom 10. Januar 1835 geschaffene Vermuthung, daß der Dienstbote, wenn er bei oder nach einer ungerechtfertigten Entlassung das mit der Bestätigung der letzteren versehene Gesindezeugnißbuch von der Herrschaft annimmt, in die an sich unzeitige Entlassung aus dem Dienste gewilligt habe, im vorliegenden Falle, wie sie denn überhaupt den Beweis des Gegentheils zuläßt, um deswillen nicht Platz greifen kann, weil nach Bl. — zu der Zeit, als die unmündige Tochter des Klägers das Gesindezeugnißbuch annahm, die Klage Bl. —, welche demnächst weiter verfolgt worden, bei Gericht erhoben war und hieraus mit hinreichender Bestimmtheit, daß Kläger und dessen von ihm vertretene oberwähnte Tochter mit der erfolgten Dienstentlassung keineswegs einverstanden gewesen, erhellt, wogegen allerdings dem Einwande der Beklagten unter 2. Bl. — die Beachtung nicht zu versagen ist, wenn man erwägt, daß in der daselbst wiedergegebenen Aeußerung der Tochter Klägers offenbar eine grobe Beleidigung enthalten ist, welche die Dienstherrschaft nach §. 96. unter 1. der angezogenen Gesindeordnung zur sofortigen Entlassung des Gesindes, ohne vorherige Aufkündigung, berechtigt und gegen deren nurgedachte Folge der Tochter Klägers die Bl. — erbetene Wiedereinsetzung in den vorigen Stand um so weniger ertheilt werden kann, als es sich ja hier um eine unerlaubte Handlung, bei welcher Jene, nach dem Anführen der Beklagten, dolos verfuhr, handelt;

cfr. l. 9. §. 2. Dig. de minor. (IV. 4.)

hiernach allenthalben also, nachdem Kläger den Grund dieser Ausflucht unter 2. geleugnet und den ihm von der Beklagten darüber angetragenen Eid Bl. — ausdrücklich angenommen hat, die Entscheidung dieses Rechtsstreites, soweit er nicht bereits durch die eingangsgedachte Erklärung Klägers seine Erledigung gefunden hat, lediglich von Leistung oder Nichtleistung dieses Eides abhängig erscheint, wobei jedoch noch zu bemerken ist, daß letzterer schon im Hinblicke darauf in der nacherſichtlichen Maaße alternativ zu fassen war, daß, wenn die Tochter Klägers sich bei dem Aussprechen der Bl. — erwähnten Worte allein und unbeachtet glaubte und glauben konnte, es an der nöthigen Absicht, zu beleidigen, fehlen würde;

so ist Beklagte dem Kläger, als dem Vertreter seiner Bl. — genannten unmündigen Tochter, dafern derselbe, nach seiner Wahl,

entweder:

1) daß, wie er nicht anders wisse, auch glaube und dafür halte, seine Tochter Henriette G. am 12. November 1863 in dem Keller der Beklagten keineswegs die auf der ersten Seite des sechsten Actenblattes von der Beklagten angegebene, ihm so eben nochmals vorgehaltene Aeußerung gethan habe,

oder:

2) daß, wie er nicht anders wisse, auch glaube und dafür halte, seine Tochter Henriette G., als sie am 12. November 1863 in dem Keller der Beklagten die auf der ersten Seite des sechsten Actenblattes von der Beklagten angegebene Aeußerung gethan, hierbei keineswegs Kenntniß davon gehabt habe, daß der Sohn der Beklagten, Namens Theodor, in diesem Keller sich befinde,

schwört, die geforderten 4 Thlr. —, —, Lohn und überdies 4 Thlr. 14 Ngr. 3 Pf. Kostgeldentschädigung, abzüglich jedoch der neuerdings bereits gezahlten 2 Thlr. —, —, zu bezahlen, sowohl, wegen ihrer dann eintretenden vollen Sachfälligkeit, die Proceßkosten zu erstatten schuldig, wogegen Beklagte im Falle des Nichteintritts dieser Eidesleistung mit Rücksicht auf die vom Kläger Bl. — angezeigte nachträgliche Zahlung, wodurch das Lohn und Kostgeld auf die Zeit bis mit dem 26. November 1863 jedenfalls gedeckt worden ist, bezüglich des Mehrgeforderten von der erhobenen Klage zu entbinden und loszuzählen, es werden aber, da die gedachte Zahlung erst nach der Klaganstellung erfolgt ist und Beklagte sich darauf, daß sie dieselbe dem Kläger oder dessen Tochter bereits vor der Klaganstellung vergeblich angeboten habe, zu beziehen nicht vermocht hat, die Klage also insoweit völlig gerechtfertigt war, die Proceßkosten zwischen den Parteien, welche dann beiderseits theilweise sachfällig werden, verglichen." rc.

Auf Berufung der Beklagten wurde dieser Bescheid im Jahre 1864 auch in zweiter Instanz, vom Königl. Appellationsgericht zu Dresden, unter Verurtheilung der Beklagten in Erstattung der durch das Rechtsmittel verursachten Kosten, jedoch mit der Erläuterung bestätigt, daß in den erkannten Eiden anstatt der Worte und beziehentlich Ziffern.

„am 12. November 1863"

vielmehr folgende Worte und Ziffern:

„am 22. November 1863"

zu setzen seien.

Dieser Entscheidung waren folgende Gründe beigegeben:

„Der Ansicht der vorigen Instanz, daß die von der Beklagten Bl. — unter 1. und Bl. — unter 3. vorgeschützten Ausflüchte rechtliche Beachtung nicht verdienen, hatte Man auch bei nochmaliger Prüfung beizupflichten.

Beklagte hat, ihrer Behauptung zufolge (Bl. —), welche Bl. — vom Kläger als richtig zugegeben worden ist, der unmündigen Tochter des Letzteren auf ein von derselben verhangenes dienstliches Ungebührniß am Vormittage des 12. November 1863 den Dienst mit dem ausdrücklichen Bemerken aufgekündigt, daß sie den 15. December abziehen müsse. Nach dem weiteren Anführen der Beklagten hat die Tochter des Klägers zunächst hierauf eine Erwiderung nicht gegeben, dagegen am Nachmittage des 12. November zu ihr gesagt:

„Nu, Madame, da muß ich wohl morgen nach einem anderen Dienste gehen?"

was von der Beklagten bejaht worden ist. Hierauf ist die Tochter Klägers am 13. November 1863 früh mit den gegen die Beklagte ausgesprochenen Worten:

„ich will jetzt gehen!"

ausgegangen und erst gegen Mittag wieder zurückgekehrt.

Aus diesen Vorgängen folgert nun Beklagte Bl. — und wiederholt Bl. — in ihrer Deductionsschrift, daß in jener Erklärung der Tochter Klägers vom 12. November 1863, zumal da dieselbe am nächstfolgenden Tage nach einem anderen Dienste gegangen sei, eine Acceptation der Dienstkündigung für den 15. December 1863 enthalten sei. Allein diese Folgerung ist nicht zutreffend. Im Allgemeinen muß nämlich zuvörderst hier davon ausgegangen werden, daß im Hinblick auf den Inhalt des zwischen der Tochter Klägers und der Beklagten abgeschlossenen Vertrages (vergl. Bl. —) die von der Letzteren dem Obigen zufolge bewirkte Kündigung des Dienstverhältnisses an und für sich in Gemäßheit der Vorschrift in §. 90. der Gesindeordnung vom 10. Januar 1835, nach welcher bei monatsweise gemietheten Dienstboten, zu denen Klägers Tochter im vorliegenden Falle gehört, die Aufkündigung am ersten jedes Monats erfolgen muß, die Beendigung jenes Dienstverhältnisses lediglich für den 31. December 1863 hätte herbeiführen können. Nun konnte zwar die Tochter Klägers, da dieselbe sich mit Genehmigung ihres Vaters an die Beklagte vermiethet hatte, über die aus diesem Dienstvertrage für sie begründeten Rechte selbstständig verfügen, ohne daß es hierbei des Beistandes oder der Genehmigung ihres Vaters bedurfte (vergl. die angef. Gesindeordnung §. 10.), und insbesondere konnte dieselbe auf diese Rechte ganz oder zum Theil verzichten. Es läßt sich jedoch aus den von der Beklagten Bl. — behaupteten Vorgängen eine unzweideutige Einwilligung der Tochter Klägers darein, daß das Dienstverhältniß bereits mit dem 15. des zuletztgedachten Monats sich endigen solle, nicht herleiten. Wie bei anderen Verträgen ist zwar auch beim Verzichte eine stillschweigende Willenserklärung zulässig.

vergl. fr. 2. §. Dig. (2, 14.)
fr. 17. §. 1. Dig. (22, 1.)
fr. 26. Dig. (22, 3.)

Allein es gilt auch hier der allgemeine Rechtsgrundsatz, daß das bloße Stillschweigen auf die Erklärung oder Aufforderung des Einen nur dann als Einwilligung betrachtet werden kann, wenn sich aus besonderen Rücksichten eine Verpflichtung des Schweigenden zur Abgabe seiner Erklärung und insbesondere zum positiven Widerspruch annehmen läßt. Wo derartige besondere Verhältnisse, deren das Römische Recht mehrere erwähnt,

f. v. Savigny, System des heutigen Römischen Rechts, III. Bd. §. 132. S. 249 flg.

nicht vorhanden sind, kann das bloße Stillschweigen zu der Handlung oder Erklärung des Einen in der Regel nicht als Einwilligung oder Zugeständniß betrachtet werden, weil an sich Niemand berechtigt ist, in die Freiheit der Willensbestimmung des Anderen einzugreifen und den Anderen durch einseitige Handlungen oder Aufforderungen zu einer Willenserklärung und beziehentlich zum positiven Widerspruche zu nöthigen.

vergl. auch Annalen des K. Oberappellationsgerichts, II. Bd. S. 212.

Wendet man diese Grundsätze auf den vorliegenden Fall an, so kann das Stillschweigen der Tochter des Klägers auf die am Vormittage des 12. November 1863 von Seiten ihrer Dienstherrin an sie gerichtete Aeußerung: „daß sie am 15. December 1863 abziehen müsse", als Einverständniß der Ersteren damit, daß ihr Dienstverhältniß mit diesem Tage beendigt sein solle, schon um deswillen nicht aufgefaßt werden, weil, wie bereits erwähnt wurde, die Aufkündigung in gesetzlicher Weise nur am 1. des Monats erfolgen konnte und daher Beklagte, indem sie diese Kündigungsfrist nicht beobachtete, auch nicht berechtigt war, von der Tochter des Klägers eine Erklärung darüber, ob dieselbe mit der solchergestalt bewirkten Auflösung ihres gegenseitigen Vertragsverhältnisses einverstanden sei, zu verlangen, und es kann mithin auch der Tuendin des Klägers nicht zum Nachtheile gereichen, daß sie auf die mehrfach erwähnte Aeußerung der Beklagten stillgeschwiegen hat. Ebensowenig liegt aber auch in dem sonstigen Verhalten der Tochter des Klägers, wie dasselbe von Letzterem Bl. — eingeräumt worden ist, Etwas, was derselben präjudicirlich sein könnte. Denn wenn Beklagte zur Begründung ihrer Behauptung, daß der Dienst im beiderseitigen Einverständnisse mit dem 15. December 1863 als aufgehoben zu betrachten sei, sich auf die oben wörtlich ausgehobene Aeußerung ihres Dienstboten am Nachmittage des 12. November 1863, sowie auf dessen Verhalten am folgenden Tage und somit auf eine durch concludente Handlungen zu erkennen gegebene Willenserklärung bezieht, so ist ihr einzuhalten, daß die stillschweigende Einwilligung sich stets auf schlüssige Worte oder Handlungen gründen muß und daß die Folgerung aus diesen die Grenzen strenger Auslegung nicht überschreiten darf. Soll insbesondere aus Handlungen eine stillschweigende Willenserklärung gefolgert werden, so müssen dieselben so beschaffen sein, daß sie vernünftiger Weise nicht anders erklärt werden können, als daß die Intention, von welcher die Rede ist, dabei obgewaltet habe. Läßt sich dabei noch eine andere Absicht denken, so tritt der allgemeine Rechtsgrundsatz ein: „optimus quisque verborum suorum est interpres", und es ist im Zweifel diejenige Deutung vorzuziehen, welche denjenigen, von welchem die Handlung ausgeht, am wenigsten belästigt.

vergl. fr. 9. Dig. de R. J. (50, 17.)

Hat nun Klägers Tochter am Nachmittag des 12. November zu ihrer Dienstherrin geäußert:

„Nu, Madame, da muß ich wohl morgen nach einem anderen Dienste gehen?"

und ist dieselbe am folgenden Tage mit den Worten:

„ich will jetzt gehen!"

ausgegangen, gegen Mittag des nämlichen Tages aber zurückgekehrt, um den Dienst wieder fortzusetzen, so hat sie auf diese Weise nicht nothwendig die Gültigkeit der ihr bewirkten Dienstkündigung anerkannt, es läßt vielmehr sowohl jene, ohnedies nur als Anfrage sich darstellende Aeußerung, als auch ihr nachheriges Verhalten eine verschiedene Auslegung zu, und es hat auch bereits Kläger selbst Bl. — eine solche Auslegung, welche keineswegs so ohne Weiteres als unwahrscheinlich erscheint, versucht*).

Hiernächst ist aber auch das Vorbringen der Beklagten Bl. — unter 3. nicht geeignet, eine schlüssige Ausflucht zu begründen. Daß einem Dienstboten der ausdrückliche Vorbehalt seiner Rechte bei Rückgabe und Annahme des Dienstzeugnißbuches gegen die im zweiten Abschnitte von §. 97. der Gesindeordnung aufgestellte Präsumtion zu Statten kommen müsse, unterliegt keinem erheblichen Zweifel; einem solchen ausdrücklichen Vorbehalte steht aber in rechtlicher Beziehung der Fall gleich, wenn der Dienstbote zu der Zeit, wo er das Dienstzeugnißbuch, in welches die Entlassung eingetragen worden, annimmt, seine Ansprüche wegen Aufhebung des Vertrags gegen die Dienstherrschaft bereits durch Klaganstellung geltend gemacht hatte, und es kann in einem solchen Falle lediglich aus der Annahme des Gesindezeugnißbuches ein wirksamer Verzicht von Seiten des Dienstboten auf die durch die bereits erfolgte Anhängigmachung seiner Ansprüche erworbenen Rechte um so weniger gefolgert werden, als bekannten Rechtsgrundsätzen zufolge Verzichte überhaupt so eng wie möglich zu verstehen und auszulegen sind,

*) Kläger hatte nämlich Bl. — angeführt, daß seine hier fragliche Tochter mit der Aeußerung: „nu, Madame, da muß ich wohl ꝛc." nur die Ernstlichkeit der ihr früh von Seiten der Beklagten bewirkten Kündigung habe prüfen wollen und am nächstfolgenden Tag lediglich ausgegangen sei, um sich mit ihren Eltern über ihr ferneres Verhalten u. s. w. zu berathen.

Anmerk. des Eins.

vergl. fr. 47. §. 1. D. (2, 14.)
c. 24. Cod. (2, 4.)

weil im Zweifel angenommen werden muß, daß ein Berechtigter so wenig wie möglich von seinem Rechte habe schwinden lassen wollen, im vorliegenden Falle aber insbesondere noch der Umstand hinzutritt, daß die Tochter Klägers bei ihrem Abgange von der Beklagten ohnehin die Rückgabe des Dienstbuches zu verlangen berechtigt war.

vergl. Gesindeordnung vom 10. Januar 1835. §. 113. in Verbindung mit
Verordnung, die nach Vorschrift der Gesindeordnung über die Dienstboten zu führende polizeiliche Aufsicht betr., vom 10. Januar 1835. §. 11.

Was endlich das Bl. — unter 2. zu lesende ausfluchtsweise Vorbringen der Beklagten anlangt, so erscheint auch dieses nach dem Dafürhalten des Königlichen Appellationsgerichts als unschlüssig, da aus der eigenen Sachdarstellung der Beklagten nicht bestimmt genug hervorgeht, daß die Tochter des Klägers die Bl. — ihr in den Mund gelegte Aeußerung auf ihre Dienstherrschaft, die Beklagte, bezogen habe, und das Bl. — ersichtliche weitere Anführen der Letzteren, daß jene bei dieser Aeußerung gewußt habe, es befinde sich der Sohn der Beklagten in der Nähe, für den Bl. — darüber gebrauchten Eidesantrag zu allgemein und deshalb ungeeignet ist. Wenn nun die vorige Instanz (Bl. —) gleichwohl dieses Vorbringen der Beklagten als schlüssig angesehen und auf die Bl. — unter 1. und 2. geförmelten, vom Kläger wahlweise zu leistenden Eide erkannt hat, so gereicht dieser Ausspruch der vorigen Instanz nur zum Vortheile der Beklagten und eine Abänderung desselben in Gemäßheit des von der Letzteren Bl. — gestellten Antrages*) erscheint nach dem formellen Standpunkte des Rechtsmittels unzuläßig; es würde sich vielmehr, dafern Kläger seinerseits Berufung eingewendet hätte, mit Rücksicht auf das zuletzt Gesagte allerdings haben fragen können, ob nicht Beklagte unbedingt in Gemäßheit der Klagbitte zu verurtheilen gewesen wäre. In gleicher Weise ist aber auch die Entscheidung der vorigen Instanz in Betreff des Kostenpunktes, gegen welche Beklagte Bl. — eine besondere Beschwerde gerichtet hat, derselben nur günstig, und es erledigt sich hierdurch allenthalben ein näheres Eingehen auf dasjenige, was die Appellantin Bl. — zur Begründung ihrer diesfallsigen Beschwerden vorgebracht hat. Nur darin hat man derselben Recht geben müssen, daß die Bl. — erkannten Eide eine unrichtige, mit den Acten Bl. — im Widerspruche stehende Zeitangabe enthalten, da der Vorgang, auf welchen sich jene Eide beziehen, nicht auf den 12. November, sondern vielmehr auf den 22. November 1863 fällt. Insoweit war daher der angefochtene Bescheid so, wie im vorstehenden Erkenntnisse geschehen ist, zu verbessern. Dessenungeachtet hat Man die Beklagte von der Verbindlichkeit, dem Kläger die durch das Rechtsmittel entstandenen Kosten zu erstatten, nicht freisprechen können, da die gedachte Verbesserung der Eidesnotul, auch ohne daß es der Einwendung eines besonderen Rechtsmittels deshalb bedurfte, schon von richterlichen Amtswegen zu erfolgen gehabt hätte, das Rechtsmittel der Beklagten aber, dem Obigen zufolge, im Uebrigen als materiell unerheblich anzusehen war."

*) Beklagte hatte nämlich die Beseitigung des Eides unter 2. beantragt, da, im besonderen Hinblicke auf die Bestimmung in §. 34. der Gesindeordnung, nicht sowohl der animus injuriandi, als vielmehr die von Seiten des Dienstboten kundgegebene gehässige und achtungswidrige Gesinnung für die Anwendung der Bestimmung in §. 96. unter 1. der Gesindeordnung maaßgebend sei.

Anmerk. des Eins.

62.

Ueber die condictio causa data causa non secuta, actio mandati contraria und actio doli. — Rathsertheilung. — Unanwendbarkeit des Grundsatzes: culpa lata dolo comparatur in Fällen, wo außerhalb des contractlichen Verbandes der dolus als eine besondere Delictsgattung in Betracht kommt.

Mitgetheilt von

Herrn —e in L.

Gegen den frühern Actuar X. trat die verw. Y. mit einer Klage auf Ersatz einer Summe von 4318 Thlrn. 18 Ngr. 5 Pf. sammt Verzugszinsen vom 25. December 1861 unter folgenden Anführungen hervor:

Am ersten Weihnachtsfeiertage 1861 Morgens wurde der Schwiegersohn der Klägerin, der vormalige Rendant W. in Z., vom Beklagten, der damals Actuar im Amte Z. war, abgerufen, und zwar, wie der Beklagte sagte, zu einer Auszahlung, wozu er nöthig sei. Nach einiger Zeit kehrte W. in seine Wohnung zurück; an der Blässe seines Gesichts erkannte seine Frau, daß ihm etwas zugestoßen sei. Auf ihre Frage gab er an, es fehle Geld, er habe es verloren, es müßten sofort 4318 Thlr. —, — gedeckt werden. Darauf rufte er den Beklagten und den Controleur U., die zwar mit ihm gekommen waren, inzwischen aber vor der Thüre gewartet hatten, in die Stube herein. Beide bestätigten, daß das Geld fehle, und durchsuchten W.'s Schreibtisch und Kleiderschrank. Da wendete sich W.'s Frau an den Beklagten mit den Worten: Sagen Sie mir Alles, Sie kommen heute gewiß als Richter zu uns, worauf der Beklagte erwiderte:

„Nein, hier haben Sie meine Hand; ich komme als Freund, wie sollte ich hierzu berechtigt sein; was denken Sie von mir; bis jetzt weiß kein Mensch außer dem Herrn Amtmann und uns Beiden etwas davon, und wenn Sie den Defect sogleich decken, so ist Alles gut und hat keine Folgen weiter, als einen tüchtigen Verweis von der Oberbehörde und im allerschlimmsten Falle Versetzung; — Ihr Mann hat ja noch nie etwas sich zu Schulden kommen lassen, und darauf wird doch auch Rücksicht genommen; der Herr Amtmann ist allerdings sehr aufgebracht gewesen, er hat sogar davon gesprochen, Ihren Mann arretiren zu lassen, aber meine Vermittelung hat dies abgewendet; rc. W. hat sich vorhin auf dem Gericht zur Deckung bereit erklärt und ich bin nun im Auftrage des Herrn Amtmanns gekommen, das Geld in Empfang zu nehmen."

Darauf wurde mit Beklagtem besprochen, wie die Deckung beschafft werden könne. W. schlug vor, er wolle seine Schwiegermutter, die Klägerin, die damals im nämlichen Hause im zweiten Stocke wohnte, hierum angehen. Als seine Frau dagegen auf das hohe Alter der Mutter rc. hinwies, stellte Beklagter vor:

es müsse ein Entschluß gefaßt werden, es sei ein Glück, daß letztere sich in Verhältnissen befinde, das Fehlende zu decken; es bleibe kein Ausweg übrig, W. verliere außerdem seine Stelle.

Auf weitere Bitte der verehel. W., ihr in einer solchen Lage, in diesem kritischen Falle seinen guten Rath zu geben, entgegnete Beklagter:

sie möge bedenken, daß es sich um ihre künftige Existenz, um eine Stellung von circa 600 Thalern handele, welcher W. verlustig werde, wenn das Geld nicht geschafft werden solle; es sei schrecklich für sie, aber er rathe ihr dennoch dazu, die Mutter darum zu bitten.

Darauf ging W. zur Klägerin, die bis dahin von dem ganzen Vorfalle nichts erfahren hatte, theilte ihr den Verlust mit und erhielt von ihr, mit der er seit einem halben Jahre in Unfrieden gelebt, die Weisung, das Geld zu suchen, wo er es verloren habe.

Nachdem W. dies dem Beklagten und dem Controleur U. mitgetheilt, gingen diese beiden zu der Klägerin in ihre Wohnung und Beklagter rufte ihr sogleich beim Eintritte entgegen:

„das Geld muß geschafft werden, Sie müssen es schaffen, bestimmen Sie sich, Sie müssen es schaffen, aber sogleich."

Auf die Frage der Klägerin, von was für Geld die Rede sei, antwortete der Beklagte:

„Ihr Schwiegersohn hat das Brandcassengeld verlegt oder verloren; Sie müssen es schaffen; wenn es sich wieder findet, bekommen Sie es wieder; die Zeit drängt."

Die Klägerin bemerkte auf diese in barschem Tone gesprochene Aufforderung Beklagtens, das fehlende Geld für ihren Schwiegersohn zu beschaffen, daß sie ihr Geld zum Lebensunterhalte brauche und mithin nicht hergeben könne. Beklagter fragte sie nun: Kann ich aufrichtig mit Ihnen sprechen, und als sie solches bejahte, sagte er zu ihr:

„Sie müssen das Geld schaffen; wenn Sie es schaffen, behält er seinen Posten; retten Sie Ihre Kinder; es muß geschafft werden; bedenken Sie, wenn Ihr Schwiegersohn von seiner Stelle kommt, es ist doch ein schöner Gehalt 600 Thlr. —, —, die er einbüßt, wenn das Geld nicht sofort geschafft wird; entschließen Sie sich."

Als Klägerin doch noch zögerte, sich zu entschließen, und darauf hinwies, daß sie auf ihre alten Tage nicht mehr auf Arbeit gehen könne, erwiderte Beklagter:

„Ich bitte Sie aber um Gottes Willen, wenn Sie es nicht sogleich geben, daß es gedeckt wird, kommt er gleich von seiner Stelle."

Die Klägerin äußerte darauf: „wenn sich nur Alles so verhält", worauf der Beklagte sagte, „er bestätige solches mit seinem Ehrenwort". Klägerin entschloß sich nunmehr, das Verlangte zu gewähren, und übergab dem Beklagten 4400 Thlr. —, —, in K. Preuß. Staatspapieren (in der Klage speciell aufgeführt) sammt Talons und Coupons, letztere vom 1. April 1862 bis 1. October 1863.

Beklagter nahm diese Werthpapiere in Empfang und kehrte mit dem Controleur U. wieder in die Wohnung W.'s zurück, setzte letztern und dessen Ehefrau von dem Empfange der Papiere in Kenntniß und sagte zu ihnen:

„wenn sich das Geld binnen 24 Stunden nicht findet, ist das, was ich erhalten habe, verloren; die Hauptsache ist, die Stellung ist doch gerettet",

und zu W. gewendet, fügte er hinzu:

„Rendant, es geschieht nichts, hier haben Sie meine Hand, der Amtmann hat die größte Verschwiegenheit angewendet. Controleur U. weiß es. Weiß es aber der liebe Gott, wer gestern Abend im goldnen Löwen davon geredet hat. Höchstens könnten Sie in Disciplinaruntersuchung kommen; das wäre der allerschlimmste Fall. Aber ich versichere Ihnen, es geschieht gewiß nichts; die Sache ist abgemacht, da alles gedeckt ist."

Das Protokoll über die erfolgte Einhändigung der Papiere ist der Klägerin erst drei Tage nachher auf dem Amte vorgelegt, nicht vorgelesen worden, und Beklagter hat nur die Unterschrift der Klägerin verlangt. Der Schwiegersohn der Klägerin ist aber trotzdem bereits am 7. Januar 1862 verhaftet, in Untersuchung genommen, wegen Unterschlagung zu sechsjähriger Zuchthausstrafe verurtheilt und seiner Stelle als Sportel- und Depositenrendant und Brandcassengeldereinnehmer entsetzt worden. Der Beklagte aber hat zu der Zeit, wo er die Klägerin so, wie oben dargestellt, zur Hingabe der 4400 Thaler in Staatspapieren bestimmte, gewußt oder doch wissen und sich sagen müssen, daß ihr Schwiegersohn seine Stelle nicht behalten werde, mindestens daß dies höchst ungewiß und zweifelhaft sei.

Denn am 24. December 1861 war eine Verordnung der Brandversicherungscommission beim Gerichtsamte Z. eingegangen, in welcher unter der Mittheilung, daß von W. die zu Michaelis 1861 fällig gewesenen Brandcassengelder im Betrage von 4376 Thlrn. 25 Ngr. 6 Pf. noch nicht eingegangen seien, die sofortige Erörterung des Grundes und die Einsendung des Geldes angeordnet war, und am nämlichen oder folgenden Tage hatte Beklagter vom Vorstande des Gerichtsamtes Auftrag und Anweisung erhalten, den Rendanten W. an Amtsstelle zu sistiren und in dessen Wohnung Aussuchung zu halten, unter Assistenz des Controleurs U. und unter Nachfolge des Amtswachtmeisters.

Beklagter war somit als Beamter zu Vornahme einer Amtshandlung, nicht „als Freund" in die Wohnung W.'s und der Klägerin gekommen; er wußte, daß der Defect bereits dem Gerichtsamte angezeigt, nicht blos „dem Amtmann, ihm und dem Controleur U." bekannt und daher ein amtliches Einschreiten nicht zu vermeiden war. Er hat ebenso, was sich aus der obigen Sachdarstellung ergiebt, erkennen und sich sagen müssen, daß die Klägerin jene so beträchtliche Summe, fast ihr ganzes Vermögen, nicht hergeben würde, wenn sie den Verlust der Stelle ihres Schwiegersohnes auch nur für möglich oder doch wahrscheinlich gehalten hätte.

Der Beklagte hat sowohl dadurch, daß er diese Möglichkeit und Wahrscheinlichkeit verschwiegen und sogar das Gegentheil als gewiß dargestellt, auf diese Weise aber die Klägerin zur Hingabe des Geldes veranlaßt hat, als auch dadurch, daß er dieses **nur unter der Voraussetzung**, daß der Schwiegersohn der Klägerin seine Stelle behalten werde, von ihr ihm übergebene Geld angenommen hat, obschon er gewußt, daß die Erfüllung dieser Voraussetzung nicht eintreten werde, oder doch sehr unwahrscheinlich, mindestens aber ungewiß sei, — eines dolus gegen die Klägerin sich schuldig gemacht, der ihn zum Ersatz des verlangten und empfangenen Geldes und zwar nachdem vom Erlöse für die Staatspapiere 4318 Thlr. 18 Ngr. 5 Pf. vom Gerichtsamte zurückbehalten und der übrige Betrag der Klägerin zurückgegeben worden ist, zum Ersatz der Summe von 4318 Thlrn. 18 Ngr. 5 Pf. sammt Verzugszinsen seit dem 25. December 1861 verpflichtet, wozu derselbe aber in Güte nicht zu vermögen ist.

Des Eidesantrages bediente sich die Klägerin über die Klage

a) vom Anfange derselben bis „die Zeit drängt",
b) von den Worten „Klägerin entschloß sich nunmehr" bis „Unterschrift der Klägerin verlangt",
c) von den Worten „nachdem vom Erlöse" bis „zurückgegeben worden ist".

Der Beklagte bestritt die Statthaftigkeit der Klage und stellte den Hergang der Sache als einen wesentlich andern und von den Angaben der Klägerin verschiedenen dar. Namentlich führte er unter Bezugnahme auf die später beigebrachten Acten der Staatsanwaltschaft, welche letztere erst am 7. Januar 1862 in Z. Erörterungen angestellt und die Verhaftung W.'s angeordnet habe, ingleichen der Acten der Untersuchungsbehörde aus, daß er am 25. December 1861 weder mit Gewißheit, noch mit Wahrscheinlichkeit habe voraussehen können, daß W. einer Unterschlagung sich schuldig gemacht habe und in Folge dessen seine Stelle verlieren werde, vielmehr sei er vollkommen berechtigt gewesen, bei jenem Vorfalle gegen die Klägerin seine Privatansicht dahin auszusprechen, daß, dafern das fehlende Geld von W. wirklich nur verlegt sei und Ersatz geleistet werde, zu hoffen stehe, daß W., wenn er auch seine damalige Stellung nicht behalten könne, doch aus dem Staatsdienste nicht werde entlassen werden. Uebrigens habe er die Klägerin, als sie ihm die in Rede stehenden Staatspapiere übergeben, noch besonders darauf aufmerksam gemacht, daß sie möglicher Weise ihr Geld einbüßen könne, indem, wenn sich der fehlende Betrag binnen 24 Stunden nicht vorfinde, zur Versilberung der Papiere verschritten und aus dem Erlöse der Defect gedeckt werden würde.

Die vorliegende Klage wurde vom **Bezirksgerichte zu Mittweida** in der angebrachten Maaße abgewiesen, Klägerin auch in Erstattung der Kosten verurtheilt, dieses Erkenntniß aber in den höhern

Instanzen, und zwar in zweiter compensatis, in dritter hingegen refusis expensis, bestätigt.

Die eingegangenen Urthel, resp. deren Entscheidungsgründe sind folgenden Inhalts:

1. Entscheidung I. Instanz (Mai 1863):

rc. „Weil hiernächst, die Hauptsache anlangend, nach dem eignen Anführen der Klägerin ad pct. — Beklagter diejenigen Aeußerungen, wodurch sie zu Bezahlung der von ihrem Schwiegersohne W. unterschlagenen Brandcassengelder im Betrage von 4318 Thlrn. 18 Ngr. 5 Pf. bestimmt worden sein und woraus sie einen Verpflichtungsgrund gegen den Beklagten zur Ersatzleistung herleiten will, — nur in Verbindung mit der Mittheilung ad pct. —, daß ihr Schwiegersohn die von ihm vereinnahmten Brandcassengelder verlegt oder verloren habe, gethan hat,

die behaupteten Zusicherungen des Beklagten aber, daß, wenn Klägerin Ersatz leiste, deren Schwiegersohn seine Dienststellung behalten werde, dann nicht mehr zutreffend sein können, wenn ernannter W. wegen Unterschlagung der gedachten Cassengelder in Untersuchung gekommen und mit einer Criminalstrafe belegt worden, indem solchenfalls die Voraussetzung, unter welcher Beklagter der Klägerin das Verbleiben W.'s in seiner Dienststellung in Aussicht gestellt haben soll, gänzlich in Wegfall gekommen ist,

ferner darin, daß Beklagter den Fall, daß W. die Brandcassengelder verlegt oder verloren, bei dem in der Klage referirten Gespräche mit der Klägerin als möglich oder wahrscheinlich angenommen, weder ein dolus, noch eine dem dolus gleichstehende culpa erblickt werden kann, insofern in ersterer Richtung Klägerin nicht einmal zu behaupten vermocht hat, daß Beklagter wider besseres Wissen das Verbleiben W.'s in seiner Dienststellung für den Fall der Ersatzleistung vorgespiegelt habe, wogegen in letzterer Richtung zu bemerken ist, daß jene Annahme nach dem, was Beklagter Bl. — rücksichtlich der günstigen Vermögensverhältnisse, in welchen sich W. nach einer ziemlich allgemein verbreiteten Ansicht befunden haben soll, angeführt hat und was auch in den auf Antrag des Beklagten herbeigezogenen Acten des Gerichtsamtes Z. und in den ebenfalls beigelegten Acten des K. Bezirksgerichts — einige Bestätigung gefunden hat, keineswegs so schlechterdings ungerechtfertigt und unglaubhaft erscheint,

überdies auch die Aeußerung des Beklagten, daß W. für den Fall der Ersatzleistung — wiewohl immer in der Voraussetzung, daß er die oftgedachten Brandcassengelder nur verlegt oder verloren habe — im Staatsdienste werde belassen werden, sich recht wohl auch nur als die Aeußerung einer subjectiven Ansicht auffassen läßt,

endlich auch Klägerin gewußt oder doch wissen müsse, daß nicht Beklagter oder der Gerichtsbeamte zu Z., sondern lediglich die Anstellungsbehörde W.'s über dessen Verbleiben in seiner Dienststellung Bestimmung zu treffen berechtigt war,

hiernach allenthalben aber die erhobene Klage als unschlüssig sich darstellt und es deshalb eines weitern Eingehens auf dieselbe nicht bedarf,

so hat der Klägerin Suchen, immaaßen es angebracht, nicht Statt, es ist auch dieselbe die Kosten dieses Processes dem Beklagten zu erstatten schuldig."

2. Entscheidungsgründe zu dem Urthel des Königl. Appellationsgerichts zu Leipzig (Januar 1864):

„Das factische Material, welches die Klagschrift liefert, ist auch nach Ansicht der gegenwärtigen Instanz unzulänglich, um den klagbar gemachten Ersatzanspruch zu begründen. Der Gesichtspunkt der condictio causa data causa non secuta, welchen der Kläger Bl. — hervorhebt, erscheint schon deshalb ausgeschlossen, weil aus dem vorgetragenen Sachverhalte eine Bereicherung des Vermögens des Beklagten als Folge des Hingebens der Bl. — bezeichneten Staatspapiere nicht zu entnehmen ist. Eine gemeinschaftliche Voraussetzung derjenigen Gattung von Condictionen, zu welcher die condictio ob causam datorum gehört, besteht aber bekanntlich darin, daß der Empfänger bei einem längeren Behalten des Gegebenen zum Nachtheile des Condicirenden in nicht zu rechtfertigender Weise bereichert werden würde (zu vergl. Unterholzner, die Lehre des Röm. Rechts von den Schuldverhältnissen, Bd. 2. §. 207.).

Lediglich die Frage liegt zur Beantwortung vor, ob die Klage als Delictsklage und zwar als die subsidiäre actio doli (zu vergl. Unterholzner, l. c. p. 75 flg. und p. 174., und Sintenis, das prakt. gem. Civilrecht, Bd. 2. §. 124. sub II. p. 730 flg. 2. Aufl.) aufrecht erhalten werden könne. Denn daß der Beklagte mit der Klägerin in einem Vertragsverhältnisse gestanden habe oder in ein solches getreten sei, dafür gewährt der in der Klage geschilderte

(Schluß in der gleichzeitig erscheinenden Nummer 38.)

Redacteur: Dr. Theodor Tauchnitz. Officin der Verlagshandlung.

Von diesem Wochenblatte erscheinen jährlich 64 Nummern zu 1 Quartbogen und außerdem am Jahresschlusse ein ausführliches Register.

Alle Postämter u. Buchhandlungen übernehmen Bestellungen und liefern das Quartal zu dem praenumerando zu entrichtenden Preise von 1 Thaler.

Wochenblatt

für

merkwürdige Rechtsfälle,

in actenmäßigen Darstellungen

aus dem Gebiete der Justizpflege und Verwaltung

zunächst für das

Königreich Sachsen.

Verlag von **Bernhard Tauchnitz** in Leipzig.

№ 38. **Neue Folge Zwölfter Jahrgang.** **1864.**

(Schluß aus No. 37.)

Sachverlauf keinerlei Anhalt, und die Grundsätze, welche von dem damnum injuria datum gelten, müssen in dem vorliegenden Falle außer Berücksichtigung bleiben, weil ungeachtet der allgemeinen Fassung der Schlußbestimmung des §. 16. J. de lege Aquilia, 4, 3. (verba: si neque corpus laesum fuerit, sed alio modo alicui damnum contigerit) die actio legis Aquiliae und die ihr nachgebildete actio in factum nach der von der jetzigen Instanz festgehaltenen Ansicht in ihrer Anwendung auf Sachbeschädigungen beschränkt ist (zu vergl. v. Vangerow, Lehrbuch der Pandecten, Bd. 3. §. 681. p. 605. 6. Aufl.).

Bei der Bl. — erwähnten Gelegenheit soll der Beklagte der Klägerin, und zwar in amtlicher Function, mit der Ansprache entgegengetreten sein,

„das Geld muß geschafft werden, Sie müssen es schaffen, aber sogleich; Ihr Schwiegersohn hat das Brandcassengeld verloren oder verlegt, Sie müssen es schaffen; wenn es sich wieder findet, bekommen Sie es wieder; die Zeit drängt."

Dieses Anführen darf unzweifelhaft als rechtlich irrelevant bezeichnet werden. Denn die ablehnende Antwort, welche die Klägerin ihrer eigenen Angabe nach Bl. — auf die nurerwähnte Ansprache ertheilt hat, giebt klare Maaße, daß die letztere, deren Verität angenommen, eine Einwirkung auf die Willensbestimmung der Klägerin nicht geäußert und somit einen für dieselbe nachtheiligen Erfolg nicht gehabt hat.

Gewichtiger erscheint zwar an sich der bei den Einlassungspunkten 51—72. Bl. — geleugnete Theil der in der Klageschrift vorgetragenen Verhandlung. Denn beruheten die hierauf bezüglichen Angaben in Wahrheit, so würde man, wenigstens bis zu dem Nachweise besonderer, eine abweichende Beurtheilung rechtfertigender Zwischenreden und Umstände, unbedenklich annehmen dürfen, die Klägerin habe zu dem Zwecke und in der Erwartung des Erfolges, daß ihr Schwiegersohn W. seine amtliche Stellung nicht verlieren und deshalb sein Diensteinkommen der Familie erhalten bleiben werde, das Ersatzquantum hergegeben, und sie habe dies gethan lediglich im Vertrauen auf die Versicherungen des Beklagten und bestimmt durch deren Einwirkung. Als entscheidend tritt jedoch hierbei der Schlüssigkeit der Klage der Mangel einer ausreichenden factischen Begründung für die Behauptung der Bethätigung eines dolosen Verhaltens des Beklagten entgegen. Die Vorstellungen nämlich, die der letztere der Klägerin gemacht haben soll, enthalten eine Aufforderung zu einer negotiorum gestio, d. h. die Aufforderung zu einer Liberation W.'s von denjenigen Ansprüchen ex mandato, die entweder dem Staatsfiscus unmittelbar oder dem Dirigenten des Gerichtsamtes Z., wenn dieser W.'n mit der Vereinnahmung und Ablieferung der Brandcassengelder beauftragt hatte, gegen den Schwiegersohn der Klägerin zustanden. Diese Aufforderung ist nach der Form und unter den Umständen, in welcher und unter welchen sie erfolgt sein soll, als ein Rathschlag aufzufassen. Ausnahmen von der Regel, daß das consilium nicht obligatorium sei („cum liberum cuique sit, apud se explorare, an sibi expediat consilium", §. 6. J. de mandato, 3. 27., L. 2. §. 6. D. mandati, 17. 1.), giebt es der Sache nach nicht. Denn in denjenigen Ausnahmefällen, welche gewöhnlich aufgestellt werden — dem Falle des dolosen Rathes, dem Falle der Rathsertheilung bei amtlicher oder sonstiger beruflicher Verpflichtung, und dem Falle vertragsweiser Uebernahme der Garantie für die Folgen des Rathes —, wird der Berathende im ersten Falle aus dem Delict, in den beiden anderen Fällen aus dem Vertrage oder Quasicontracte verbindlich (zu vergl. Gesterding, alte und neue Irrthümer, p. 198 flg., Neustättel, über die Verbindlichkeit des Rathgebers, im Archive für civilistische Praxis, Bd. 2. p. 39 flg., und v. Vangerow, Pandecten, Bd. 3. §. 659. p. 508 flg.). Eine amtliche Verpflichtung zur Rathsertheilung hatte der Beklagte nach der Sachdarstellung der Klagschrift nicht; ebensowenig ist hiernach von ihm ein Garantieversprechen geleistet worden. Es bleibt demnach eben nur der Gesichtspunkt eines dolosen Rathschlages übrig. Die Klägerin folgert den dolus des Beklagten daraus, daß der letztere zu der Zeit, zu welcher er ihr den Rath ertheilt habe, von dem Cassendefecte, dem Eingange der Bl. — erwähnten Verordnung der Königl. Brandversicherungscommission, der amtlichen Constituirung W.'s und der Beschaffenheit der in sich unwahrscheinlichen und von dem Constitenten selbst als ungewiß bezeichneten Angabe, „er, W., müsse das Geld entweder auf einer Reise nach Dresden verloren oder zu Haus verlegt haben", unterrichtet gewesen sei; der Beklagte habe daher, zumal als Rechtskundiger und Beamter, der Klägerin nur wider bessere Ueberzeugung die Versicherung geben und mit seinem Ehrenworte bekräftigen können, daß W. seinen Posten und sein Diensteinkommen behalte, wenn sie, die Klägerin, das Geld schaffe. Für die Darlegung einer Arglist sind jedoch diese Prämissen nicht geeignet. Zugegeben werden kann, daß die Absicht des Handelnden, einen eigenen Vortheil zu erlangen, nicht ein nothwendiges Requisit des dolus bilde. Wohl aber erheischt der letztere eine wissentliche, d. h. auf objectiven Gründen des Fürwahrhaltens beruhende Verfälschung der Wahrheit und eine wissentliche Erzeugung desjenigen Irrthums, durch welchen der Irrende zu dem nachtheiligen Entschlusse bestimmt wird, und mit Recht wird von Rechtslehrern, um die Grenzlinie zwischen dolus und culpa zu bezeichnen, hervorgehoben, daß die letztere das Bewußtsein der Gefahr, der Schade werde für den Anderen eintreten, der dolus dagegen eine im Augenblicke der Handlung vorhandene Kenntniß des gewiß bevorstehenden schädlichen Erfolges verlange (zu vergl. Hasse, die culpa des Röm. Rechts, §. 20. p. 110. Kiel 1815.). Ueberdies erfordern die Gesetze, daß der dolus evident sei, wenn eine actio doli zur Entstehung gelangen solle (L. 7. §. 10. D. de dolo malo, 4. 3.) Hätte der Beklagte zu der Zeit, wo er die Klägerin zu dem Hergeben der Deckungsmittel veranlaßte, auf Grund eigener Beobachtung des Gebahrens W.'s oder auf Grund eines von ihm vernommenen gerichtlichen Geständnisses des letzteren davon Wissenschaft gehabt, daß derselbe die in Frage befangenen Geldsummen unterschlagen habe, und hätte er diese Versicherung auf die Frage der Klägerin, ob sich dies Alles so verhalte, auf sein Ehrenwort wiederholt, so würde die Frage entstehen können, ob nicht die Bethätigung eines dolus indicirt sei. Die obenerwähnten Vorgänge gestatten jedoch keineswegs, eine solche Wissenschaft mit Nothwendigkeit zu folgern; sie schließen nicht aus, daß zu der fraglichen Zeit der Beklagte die auf subjectiven Gründen beruhende Ueberzeugung festgehalten haben könne, eine Unterschlagung sei nicht verübt worden, sie sei W.'n nach seinem bisherigen Verhalten, bei seiner Vermögenslage, nicht zuzutrauen, und bei sofortiger Deckung des Defectes werde einer Enthebung desselben von seinem Amte vorgebeugt werden können, wie denn auch der Beklagte selbst Bl. — und Bl. — derartige subjective Gründe für die Ablehnung des Verdachtes eines verbrecherischen Gebahrens W.'s für sich geltend gemacht hat. Wenn dagegen die Klägerin ferner Bl. — darauf hinweist,

> Beklagter habe sich dem Sachstande nach sagen müssen, daß es mindestens ungewiß und höchst zweifelhaft sei, ob W. seine Stelle auch dann behalten werde, wenn der Cassendefect gedeckt werde; es sei daher jedenfalls ein unbedachtsames und gewissenloses Bezeigen, wenn er diese Zweifelhaftigkeit des Ersatzerfolges ihr, der Klägerin, nicht nur verschwiegen, sondern ihr sogar den ungewissen Erfolg auf ihre besondere Anfrage als gewiß bezeichnet habe,

so mag nicht bestritten werden, daß, entsprächen die Angaben der Klagschrift der Wahrheit, das Verhalten des Beklagten als eine Unbedachtsamkeit betrachtet werden dürfte, welche in das Bereich der culpa lata falle. Mit dieser Erwägung ist jedoch für die Statthaftigkeit der Klage Etwas nicht gewonnen. Denn der Grundsatz: „lata culpa plane dolo comparabitur" (zu vergl. L. 1. §. 1. D. si mensor falsum modum dix., 11. 6. — L. 226. D. de verb. signif., 50. 16. — L. 29. pr. D. mand., 17. 1.) leidet wohl Anwendung, wenn die praestatio culpae bei Vertragsverhältnissen in Frage steht, und der dolus oder die culpa lata als eine besondere Eigenschaft einer anderen rechtswidrigen Handlung erscheint (zu vergl. Fritz, in der 13. Ausgabe des Lehrb. des Röm. Rechts von Mackeldey, §. 343. sub c., Wien 1851. und Schweppe, das Röm. Privatrecht, Bd. 1. §. 98.), nicht aber in Fällen der vorliegenden Art, wo außerhalb eines contractlichen Verbandes der dolus als eine besondere Delictsgattung in Betracht kommt, welche die Verpflichtung zu dem Schadenersatze selbstständig erzeugt.

Eines näheren Eingehens endlich auf die Frage, ob der thatsächliche Stoff, den die Klagschrift darbiete, einen geeigneten Anhalt gewähre, um mit Rücksicht auf den Inhalt der L. 6. §. 5. D. mand. vel contra (17. 1.):

„plane si tibi mandavero, quod tua intererat, nulla erit mandati actio; nisi mea quoque interfuit, aut si non esses facturus, nisi ego mandassem, etsi mea non interfuit, tamen erit mandati actio",

deren Auslegung in Verbindung mit der das mandatum tua gratia behandelnden L. 2. §. 6. l. c.:

„cujus generis mandatum magis consilium est, quam mandatum, et ob id non est obligatorium",

bekanntlich eine Mehrzahl von Controversen veranlaßt hat (zu vergl. die Zusammenstellung der einschlagenden Literatur bei Sintenis, das praktische gemeine Civilrecht, Bd. 2. §. 113. p. 566 flg. 16. 2. Aufl.), die Klage als actio mandati contraria auffassen und den Ersatzanspruch von diesem Gesichtspunkte aus als zulässig betrachten zu können, bedarf es nicht.

Denn was die zweite, in der L. 6. §. 5. D. mandati bezeichnete Ausnahme betrifft („wenn der Mandatar ohne den Auftrag die Handlung nicht vorgenommen haben würde"), so befolgt die gegenwärtige Instanz die von v. Vangerow, Pandecten, Bd. 3. §. 659. p. 510. sub no. 3. vertheidigte Ansicht, daß aus der L. 2. §. 6. l. c. eine Identität des mandati tua gratia mit dem consilium nicht abzuleiten sei, und daß es namentlich bedenklich fallen müsse, Ausnahmen, in denen diese Gattung des Mandates verbindliche Wirkungen für den Mandanten äußern solle, ohne Weiteres für das consilium in Anwendung zu bringen.

Soviel dagegen die erste, in der L. 6. §. 5. l. c. erwähnte Ausnahme anlangt, so würde, abgesehen von der Frage, ob die Worte: „nisi mea quoque interfuit" nicht die Concurrenz eines vermögensrechtlichen Interesses des Mandanten erfordern, in dem vorliegenden Falle von den fünf verschiedenen Formen des Mandates, welche die Gesetze auszeichnen (zu vergl. L. 2. pr. D. mandati, 17. 1. und pr. J. de mandato, 3. 27.), nicht sowohl das mandatum mea gratia, als vielmehr das mandatum tua et aliena gratia in Berücksichtigung kommen können, da der Beklagte nach der Sachdarstellung der Klage theils im Interesse W.'s und der Angehörigen desselben, theils im Interesse der Klägerin, nicht aber in seinem, Beklagtens, Interesse gehandelt hat. Die Bedenken gegen die Gleichstellung des consilium mit dem mandatum tua gratia finden übrigens auch in der Auffassung der sächsischen Gesetzgebung insofern eine naheliegende Unterstützung, als die Decis. 42. v. J. 1746 bei einer Species des Rathschlages, bei der Empfehlung die Ausnahmen, in welchen der Empfehlende aus dem Rathschlage verpflichtet werden soll, auf zwei Fälle, den des dolus und den der ausdrücklichen Uebernahme einer Haftverbindlichkeit, beschränkt. Daß aber die Zusprache des Beklagten, deren die Klage dem Wortlaute nach gedenkt, hätte sie in der behaupteten Weise stattgefunden, als eine solche bezeichnet werden müßte, welche der gewählten Form nach dem Begriffe des Rathschlages, nicht aber dem des Auftrages zuzuweisen sei, erscheint nach der Ansicht der gegenwärtigen Instanz nicht zweifelhaft.

Was den Kostenpunkt anlangt, so konnte die Beurtheilung der Statthaftigkeit der Klage nicht für völlig zweifellos angesehen werden; auch beruht die Bestätigung des vorigen Erkenntnisses zum Theil auf anderen Gründen, als den in dem letzteren geltend gemachten. Man hat daher der Klägerin die Beschreitung des Instanzenzuges nicht als die Bezeigung einer unbedachten Streitsucht zur Last legen dürfen, und deshalb die Compensation der Kosten des Rechtsmittels für angemessen erachtet."

3. Entscheidungsgründe zu dem Urthel des K. Oberappellationsgerichts (Mai 1864):

„Die in den vorigen Instanzen ausgesprochene Abweisung des Suchens der Klägerin erscheint auch nach der Ansicht des Königlichen Oberappellationsgerichts vollständig gerechtfertigt. Die Gründe, aus denen diese Abweisung zu erfolgen hatte, sind schon in den Bl. — zu lesenden Motiven ausführlich dargelegt worden und Man konnte Sich daher zu Widerlegung des von der Klägerin Vorgestellten gegenwärtig auf folgende Bemerkungen beschränken:

Es ist eine unbegründete Meinung der Klägerin, daß die condictio causa data causa non secuta zu ihrer Begründung nichts weiter bedürfe, als die Thatsache, daß die causa des Gebens nicht eingetreten sei. Es beruht vielmehr diese Condiction wesentlich darauf, daß Uebertragung eines Vermögensrechts um eines künftigen Erfolgs willen geschah, durch dessen Ausbleiben bei dem Empfänger ein Haben ohne Grund herbeigeführt wurde. Daß die von der Klägerin Bl. — allegirten Gesetzesstellen etwas Anderes nicht besagen, lehrt eine Vergleichung derselben und eben so wenig stehen der Klägerin die ebenda angerufenen Rechtslehrer zur Seite, welche ebenfalls nur denjenigen Empfänger als zur Zurückgabe verpflichtet erachten, welcher das um eines künftigen

Erfolgs willen ihm Gegebene nach dem Wegfallen der causa ohne Grund inne hat.

Für das Vorhandensein eines Contractsverhältnisses zwischen den Parteien liegt, wie schon Bl. — bemerkt worden, ein genügender Anhalt nicht vor, und es kann sich daher und da es sich im vorliegenden Falle auch nicht um die Beschädigung einer der Klägerin gehörigen Sache handelt, nur fragen, ob der Beklagte der Klägerin gegenüber eines dolus sich schuldig gemacht habe und ob er von diesem Gesichtspunkte aus zu einem Ersatz des der Klägerin angeblich erwachsenen Schadens angehalten werden könne. Allein auch in dieser Beziehung enthält die erhobene Klage die erforderlichen factischen Unterlagen nicht. Denn daß der Beklagte bei dem Bl. — referirten Vorgange wirklich bereits gewußt habe, der vormalige Rendant W. habe sich der Unterschlagung von eingenommenen Brandversicherungsgeldern schuldig gemacht, und es stehe ihm deshalb der Verlust seiner amtlichen Stellung mit Wahrscheinlichkeit bevor, findet in dem von der Klägerin Vorgebrachten keine ausreichende Begründung. War nämlich auch, wie Klägerin Bl. — behauptet und Beklagter bei Einlassungspunkt 106. und 108. zugestanden hat, schon am 24. December 1861 eine Verordnung der Brandversicherungscommission bei dem Gerichtsamte Z. eingegangen und in dieser die Erörterung darüber, weshalb die Einsendung der dort gedachten Brandcassengelder Seiten W.'s unterlassen worden, angeordnet gewesen und hatte in Folge dessen auch Beklagter vom Vorstande des genannten Gerichtsamts Auftrag erhalten gehabt, W.'n an Amtsstelle zu sistiren und in dessen Wohnung Aussuchung zu halten, so folgt doch hieraus immer noch nicht ohne Weiteres, daß Beklagter, als er die Wohnung der Klägerin betrat, wirklich die Ueberzeugung einer von W. begangenen Unterschlagung gehabt habe, oder auch nur, daß er eine solche Ueberzeugung bei gehöriger Ueberlegung hätte fassen müssen. Denn um das Letztere anzunehmen, hätten zu der angegebenen Zeit wenigstens einige, auf die Verübung einer Unterschlagung mit Bestimmtheit hinweisende Inzichten vorhanden und solche dem Beklagten bekannt sein müssen, und dafür, daß solches der Fall gewesen, enthält die erhobene Klage keinen genügenden Anhalt. Wenn aber Beklagter in der ersten Zeit nach dem Bekanntwerden des Fehlens der Brandcassengelder der Versicherung, die W. nach Bl. — sowohl gegen seine Ehefrau, als auch gegen die Klägerin selbst ausgesprochen, daß er nämlich das fehlende Geld verloren, beziehentlich verlegt habe, füglicher Weise noch Glauben beimessen konnte, so läßt sich auch in dessen angeblicher Versicherung, daß W. bei sofortiger Deckung des Defects aus seiner amtlichen Stellung nicht werde entfernt werden, eine arglistige und wider sein besseres Wissen bewirkte Induction der Klägerin zur Herausgabe des erforderlichen Geldes ohne Weiteres nicht finden, und eben so wenig erhellt sofort, daß Beklagter doloser Weise einen Irrthum, in dem sich etwa Klägerin über die von ihr vorausgesetzte günstige Wirkung einer Deckung der fehlenden Gelder aus ihren Mitteln befunden, unaufgeklärt gelassen habe. Höchstens ließe sich, wie auch schon die vorige Instanz Bl. — bemerkt hat, auf Grund der von der Klägerin in ihrer Klage gemachten Angaben zu der Ansicht gelangen, daß der Beklagte bei seiner mit der Klägerin gepflogenen Unterredung nicht mit der nöthigen Umsicht und Bedachtsamkeit verfahren sei. Allein ginge man auch hiervon aus und wollte man auch dem Beklagten in gedachter Beziehung eine culpa lata beimessen, so würde doch damit immer noch nicht der jetzt geltend gemachte Anspruch als genügend begründet erscheinen. Denn wie schon von der vorigen Instanz Bl. — gezeigt worden, läßt sich eine solche culpa dem dolus in Bezug auf die Vertretungsverbindlichkeit da nicht gleichstellen, wo der dolus als besondere Delictsgattung eine Verpflichtung zum Schadenersatz begründen soll, indem die blos culpose Erregung eines Irrthums in der Seele eines Dritten nicht ohne Weiteres die Verbindlichkeit zum Ersatz des dem Dritten durch einen solchen Irrthum erwachsenen Verlusts zur Folge hat. Namentlich gilt dies im Allgemeinen da, wo Jemand nicht in arglistiger Absicht, sondern nur culposer Weise einen schädlichen Rath giebt,

vergl. l. 47. pr. D. de R. J. (50. 17.)
§. 6. J. de mand. (3. 27.)
l. 2. §. 6. D. mand. vel contra. (17. 1.)

und wenn auch andere Grundsätze da Platz ergreifen, wo Jemand in seiner amtlichen Stellung zu Abgabe eines rechtlichen Gutachtens oder Raths verbunden war oder er in seiner Eigenschaft als Kunst- oder Sachverständiger um Rath gefragt wurde, und er sich dessen Ertheilung freiwillig unterzog, indem in derartigen Fällen der Rathgeber in Verfolg des zwischen ihm und dem Anfragenden entstehenden obligatorischen Verhältnisses zur Anwendung vertragsmäßiger Diligenz verpflichtet, deshalb auch schon wegen bloßer culpa verantwortlich ist,

vergl. v. Vangerow, Leitfaden, Band 3. §. 659. Anmerk. 2.

so liegt doch hier ein Fall solcher Art nicht vor. Denn der Beklagte, welcher nach der Angabe der Klägerin in der W.'schen Behausung kraft seiner amtlichen Stellung zu dem Zweck erschienen war, um W. an Amtsstelle zu sistiren und in dessen Wohnung Aussuchung vorzunehmen, hatte in seiner amtlichen Stellung nicht die Obliegenheit, der Klägerin einen juristischen Rath zu ertheilen, und eben so wenig erhellt aus der Klägerin eigner Darstellung des Hergangs der Sache, daß Klägerin den Beklagten als Sachverständigen um seinen Rath angegangen sei und Letzterer freiwillig die Verbindlichkeit zur Rathsertheilung übernommen habe. Vielmehr sprach Beklagter nur seine subjective Ansicht über die günstige Wirkung einer sofortigen Deckung des vorhandenen Defects aus und involvirte sie auch zugleich einen Rathschlag insofern, als Beklagter damit der Klägerin die Deckung des Deficits als den Weg andeutete, auf welchem W.'n sein Posten erhalten bleiben könne, so erscheint seine diesfallsige Auslassung doch immer nicht als ein Rath der obgedachten Art.

Kann nun endlich auch, was einer weiteren Darlegung nicht bedarf, die erhobene Klage von dem Gesichtspunkt einer actio quod metus causa nicht aufrecht erhalten werden, so war das vorige Urthel nur zu bestätigen, Klägerin auch nunmehr, nachdem sie über die Mangelhaftigkeit ihrer Klage schon hinreichend belehrt worden war, in Erstattung der durch ihr anderweites Rechtsmittel verursachten Kosten an Beklagten zu verurtheilen."

63.

Ist in dem nach §. 26. des Gesetzes vom 16. Mai 1839 zur Abhörung benannter Zeugen, sowie zur gleichzeitigen Wiederaufnahme der Verhandlung anberaumten Termine das Vorschützen von früher nicht vorgebrachten Einreden gestattet?

Mitgetheilt von

Herrn —r in D.

Diese Frage wurde in einem concreten Falle, in welchem Beklagter in dem nach §. 26. des Bagatellgesetzes anberaumten Termine eine bei den früheren in der Sache stattgehabten Verhandlungsterminen nicht zur Sprache gebrachte Einrede der Zahlung vorgebracht hatte, von dem Proceßgerichte verneint. Der Beklagte remedirte gegen diese Auffassung und beantragte Beachtung seiner Einrede. Allein das Königl. Appellationsgericht zu Dresden trat der Rechtsansicht der vorigen Instanz bei (unterm 5. December 1863), indem es Folgendes ausführte:

„Weil, wenn schon zufolge der in dem Gesetze, das gerichtliche Verfahren in Streitigkeiten über ganz geringe Civilansprüche betreffend, vom 16. Mai 1839. §. 26. in Verbindung mit §. 24. enthaltenen Vorschrift das Proceßgericht in dem Falle, wenn von einer beweispflichtigen Partei Zeugen angegeben werden, zu Abhörung derselben und zur gleichzeitigen Wiederaufnahme der Verhandlung einen anderen Tag zu bestimmen hat, doch die Anberaumung eines solchen in Folge des Antritts der Bescheinigung eintretenden anderweiten Termins nicht zum Behufe der Feststellung des streitigen Rechtsverhältnisses durch das Vorbringen von Thatsachen in Gemäßheit von §. 18—21. des gedachten Gesetzes stattfindet, sondern vielmehr nur den Zweck hat, daß über die Zulässigkeit und Ergebnisse der Bescheinigung und beziehentlich Gegenbescheinigung unter den Parteien verhandelt werde, und daher das nachträgliche Vorbringen von Einreden, welche bei der früheren Erörterung und Feststellung des Streitverhältnisses nicht vorgeschützt worden, in einem Termine der zuletzt gedachten Art, abgesehen von den Fällen, in welchen es sich um neu entstandene oder neu bekannt gewordene Thatsachen handelt, von Seiten der beklagten Partei nicht statthaft erscheint, da den Bestimmungen des angezogenen Gesetzes über das durch dasselbe eingeführte Verfahren augenscheinlich der Gedanke zum Grunde liegt, daß, bevor zur Bescheinigung verschritten werden könne, alle erheblichen, nach Befinden einer solchen bedürftigen Thatumstände schon vorgebracht sein müssen, was sich, abgesehen von allgemeinen, aus der Natur eines processualischen Verfahrens überhaupt zu entnehmenden Gründen, insbesondere aus der Vorschrift in §. 23. und deren Verhältniß zu den vorhergegangenen und den nachfolgenden Bestimmungen, sowie daraus ergiebt, daß nach dem, was am Schluß von §. 24. vorgeschrieben ist, das Ausbleiben der beweispflichtigen Partei in dem nach Maaßgabe dieses Paragraphen anzuberaumenden anderweiten Termin oder die Nichtbeibringung der von ihr in Bezug genommenen Urkunde in diesem Termine nur den Verlust des Beweismittels zur Folge haben soll, während doch außerdem auch der Verlust der Thatsachen, welche noch hätten vorgebracht werden können, hätte eintreten müssen, ferner nach der Schlußbestimmung von §. 25. in dem Falle, daß eine Urkunde, deren Herausgabe die beweispflichtige Partei nicht fordern darf, von Seiten derselben bis zum anderweiten Termin nicht herbeigeschafft wird, ohne Rücksicht auf dieses Beweismittel sofort hauptsächlich entschieden werden soll, während doch außerdem auch noch über die etwa neu vorgebrachten Thatsachen zu verhandeln und erst dann zu entscheiden gewesen wäre, endlich nach der Vorschrift am Ende von §. 26. das Proceßgericht nach Eingang des Protokolls über die von einem anderen Gericht vorgenommene Zeugenabhörung die Parteien zur weiteren Verhandlung ohne besondere Verwarnung vorladen soll, während sie doch außerdem bei Verlust der von ihnen etwa noch vorzubringenden Thatsachen zu laden sein würden, wie denn allerdings die in Gemäßheit der Vorschrift in §. 13. unter 5. b. an den Beklagten zu erlassende Vorladung zum ersten Verhandlungstermine die Aufforderung an denselben enthalten muß, sich in dem Verhandlungstermine über das Klagvorbringen bestimmt zu erklären, unter der Verwarnung, daß er außerdem des letzteren für geständig und seiner mit dem Klaganspruche in Verbindung stehenden Einreden für verlustig werde geachtet werden, und in §. 21. des gedachten Gesetzes weiter bestimmt ist, daß der Beklagte in dem anberaumten (ersten) Verhandlungstermine sich darüber, was er an dem thatsächlichen Vorbringen des Gegners zugestehe oder leugne, bestimmt zu erklären und seine etwanigen Einreden unter genauer Angabe derjenigen thatsächlichen Verhältnisse, auf welchen dieselben beruhen, vorzubringen habe, und zu diesem Allen noch kommt, daß die Befolgung der von dem Appellanten Bl. — aufgestellten Ansicht, nach welcher der Beklagte auch in einem nach der Vorschrift in §. 26. jenes Gesetzes zu beurtheilenden Termine noch früher nicht vorgeschützte Einreden soll vorbringen können, zu einem für die praktische Handhabung des für ganz geringe Rechtssachen eingeführten Verfahrens höchst bedenklichen Ergebnisse, nämlich dahin führen würde, daß nicht blos in dem nach §. 24. und 26. zuerst anberaumten anderweiten Verhandlungstermine auch dem Kläger das nachträgliche Aufstellen von etwanigen Repliken, sowie beiden Parteien die Antretung einer auf die von ihnen neu vorgebrachten Thatsachen bezüglichen anderweiten Bescheinigung und Gegenbescheinigung gestattet werden müßte, sondern auch in dem zur Erledigung dieser nochmaligen Beweisführung anzuberaumenden neuen Termine beide Parteien wiederum mit früher noch nicht vorgebrachten Thatsachen hervortreten und deren Erweislichmachung in einem abermaligen Termine verlangen und dies ins Unbestimmte fortsetzen könnten, indem es an einer sicheren und bestimmten Unterlage bei Beurtheilung der Frage, zu welchem Zeitpunkte die Verhandlung über das streitige Rechtsverhältniß als geschlossen zu betrachten sei, gänzlich fehlen würde, so daß in Folge dessen der in §. 1. des Gesetzes ausgedrückte Zweck desselben, ein einfacheres und kürzeres Verfahren einzuführen, unter Umständen ganz unerreicht bleiben müßte;

im Uebrigen eine Abweichung von dem aus dem Vorstehenden sich ergebenden Grundsatz im vorliegenden Falle auch nicht dadurch gerechtfertigt werden könnte, daß nach Inhalt des Bl. — ersichtlichen, auf Vorlesen genehmigten und mitunterschriebenen Protokolls vom — die Parteien durch ihre Sachwalter der Abhörung der von dem Kläger benannten Zeugen und Sachverständigen beigewohnt und, nachdem diese Abhörung geschlossen, sowie Beklagter auf den Bl. — von ihm gestellten Antrag auf Abhörung seiner Ehefrau als Zeugin von Seiten des Proceßgerichts in der Bl. — ersichtlichen Weise abfällig beschieden worden, beide Theile sich dahin, „daß die Verhandlung hier abgebrochen und ein anderweiter Termin von Gerichtswegen ausgeschrieben werde", geeinigt haben, indem dieses Compromiß der Parteien nur den Sinn hat, daß diejenige Verhandlung, welche im Hinblick auf die oben gedachte Vorschrift in §. 26. des Gesetzes vom 16. Mai 1839 eigentlich in dem damals anstehenden Termine zu erfolgen hatte, und, wie gezeigt, nicht die Vorbringung neuer Thatsachen, sondern nur die Statthaftigkeit und die Ergebnisse der Beweisführung zum Gegenstande haben sollte, an einem anderen Tage vorzunehmen sei; nach alledem die der Entscheidung der vorigen Instanz zum Grunde liegende Rechtsansicht, daß die Bl. — von dem Beklagten nachträglich vorgeschützte Einrede der Zahlung rechtliche Beachtung nicht verdiene, allerdings als begründet sich darstellt;

so ist der Bl. — flg. ersichtliche 2c. Bescheid, wie hiermit geschieht, zu bestätigen."

64.

Einem inländischen Juden kann die Vormundschaft über christliche Unmündige übertragen werden.

Mitgetheilt von

Herrn Adv. L. in D.

Das Gerichtsamt im Bezirksgericht D. hatte es bedenklich gefunden, den von der verw. Dr. L. als Vormund für ihre minderjährigen Kinder präsentirten Vormund zu bestätigen, weil jene Kinder der evangelischen Confession, dieser Vormund dem jüdischen Glauben zugehöre. Dagegen erhob der letztere Beschwerde, in der er ausführte, daß

1) kein positives Verbot der Vormundschaft von Juden über Christen bestehe,

2) die frühere, auf die Vormundschaftsordnung gegründete Uebung durch die gesetzliche Gleichstellung der inländischen Juden mit den Christen aufgehoben sei,

3) der klare Wortlaut des bürgerlichen Gesetzbuchs jenen Bedenken entgegenstehe.

Zu 1. Das römische Recht gestatte diese Vormundschaft ausdrücklich,

l. 15. §. 6. D. (XXVII. 1.)

das kanonische Recht enthalte gleichfalls kein positives Verbot. Erst im Mittelalter habe man durch Einmischung staatsrechtlicher Anschauungen auf Grund der nicht einschlagenden

l. 19. pr. Cod. (1. 9.)
l. 8. Cod. eod.

und aus confessionellem Widerwillen durch Anwendung des kanonischrechtlichen Verbots ex indignitate

c. 18. (X. 5. 6.)

diese Scheidewand zu ziehen gesucht, „ne periclitetur anima pupilli“,

P. Montanus, de jure tutelae 1656. cap. 4. no. 37.

weil die Juden „saluti aeternae insidiari creduntur“,

Stryck, usus modernus Pandect. ad lib. 26. de tut. §. 20.

und weil sie „ad scelera perpetranda quaevis proclives praesumuntur et promti“.

Joh. Henr. Berger, Oecon. jur. 1719. lit. I. tit. IV. de statu famil. p. 165. 166.

Hierauf gründe sich der Gerichtsbrauch. Das Verbot in der Vormundschaftsordnung Cap. 8. §. 4., ein Privileg der evangelischen Confession, sei längst aufgehoben, sowohl für nichtevangelische Christen,

Weber, system. Darstellung des im Königreich Sachsen geltenden Kirchenrechts. (Leipzig 1843.) I. S. 212.

als auch aus dem gleichen, dort citirten Grunde, seit Geltung der

Ausführungsverordnung vom 20. April 1849. §. VI.

und des

Gesetzes vom 12. Mai 1857. §. 3.

für die inländischen Juden. Das bürgerliche Gesetzbuch endlich habe, nachdem der entgegenstehende §. 1918. des Entwurfs von den Kammern unter Beistimmung der Regierung abgeändert worden, in §. 1885. derartige Vormundschaften nachgelassen.

In Gemäßheit dieser Beschwerde hat das Königl. Appellationsgericht zu Dresden im Jahre 1864 Folgendes verordnet:

„Nach Bl. — der Acten, sowie nach Ausweis des obenerwähnten Berichts hat das Gerichtsamt im Bezirksgericht im Hinblick auf §. 1. unter no. 4. Cap. VIII. der Allgem. Vormundschaftsordnung deshalb Bedenken getragen, den von der Mutter der bei obigem Gericht zu bevormundenden, unmündigen drei Geschwister L. als Altersvormund in Vorschlag gebrachten Beschwerdeführer als Vormund zu bestätigen, weil derselbe zur israelitischen Religion sich bekenne, während die zu bevormundenden Geschwister L. nach Bl. — der christlichen Religion zugethan seien. Man hat aber die erwähnte Entschließung durch diesen Grund allerdings nicht für gerechtfertigt ansehen können.

In Art. 5. (§. 16.) der durch die Verordnung, die Publication des Reichsgesetzes über die Grundrechte des deutschen Volkes betreffend, vom 2. März 1849 verkündeten Grundrechte war bestimmt worden, daß durch das religiöse Bekenntniß der Genuß der bürgerlichen und staatsbürgerlichen Rechte weder bedingt, noch beschränkt werde, und diese Bestimmung, welche nach Art. 1. unter no. 9. des durch dieselbe Verordnung bekannt gemachten Einführungsgesetzes sofort in Kraft trat, wurde durch die Verordnung, die Ausführung einiger Bestimmungen der Grundrechte des deutschen Volks betreffend, vom 20. April 1849 unter no. VI. folgender Maaßen erläutert: „Durch §. 16. der Grundrechte rc. ist die völlige Gleichstellung der Sächsischen Juden mit den Christen hinsichtlich des Genusses bürgerlicher und staatsbürgerlicher Rechte ausgesprochen und alle entgegenstehenden Bestimmungen sind aufgehoben. Zugleich treten aber auch die inländischen Juden in alle staatsbürgerlichen Pflichten ein und dürfen sich der Erfüllung keiner derselben auf Grund ihres Glaubens entziehen." Jene Vorschrift und diese Erläuterung derselben wurden aber rücksichtlich derjenigen Juden, welche Sächsische Unterthanen sind, auch in dem die Aufhebung der zu Publication der deutschen Grundrechte ergangenen Verordnung vom 2. März 1849 betreffenden Gesetze vom 12. Mai 1851 bis zu einer allgemeinen gesetzlichen Regulirung der Verhältnisse der Juden aufrecht erhalten. Da nun eine solche Regulirung der Verhältnisse der Juden zur Zeit noch nicht erfolgt ist, so ist die obige Vorschrift, wie sie in der angezogenen Ausführungsverordnung erläutert worden, in Betreff der inländischen Juden auch als noch gegenwärtig maaßgebend zu betrachtend.

Nach dieser Vorschrift, deren Inhalt die Königliche Staatsregierung in den Motiven zu dem angeführten Gesetz vom 12. Mai 1851 kurz dahin angegeben hat, daß sie die Emancipation der inländischen Juden ausgesprochen habe, vergl. Landtagsacten von 1850/51. I. Abtheil. S. 694.

kann aber aus der oben erwähnten Vorschrift der Allgem. Vormundschaftsordnung (Cap. VIII. §. 1. unter 4.), welche übrigens, seitdem in Art. 16. der deutschen Bundesacte vom 8. Juni 1815 bestimmt worden, daß die Verschiedenheit der christlichen Religionsparteien in den Ländern und Gebieten des deutschen Bundes keinen Unterschied in dem Genusse der bürgerlichen und politischen Rechte begründen könne, und zuvor schon in Sachsen durch verschiedene Gesetze die Gleichstellung der Bekenner anderer christlicher Confessionen mit den Bekennern der evangelisch-lutherischen Religion erfolgt ist, anlangend die Bekenner verschiedener christlicher Confessionen unter einander, ebenfalls keine Anwendung weiter leidet,

vergl. v. Weber, system. Darstellung des im Königreich Sachsen geltenden Kirchenrechts, 1. Aufl. §. 26. Bd. 1. S. 212 flg., 2. Aufl. §. 17. Bd. 1. S. 64.

Haubold, Sächs. Privatrecht, 3. Aufl. §. 108. bei not. h. S. 113. 114.

auch gegen die Bestätigung eines Juden zum Altersvormunde für einen Bekenner der christlichen Religion ein Grund nicht mehr hergeleitet werden, vielmehr ist anzunehmen, daß auch ein Jude, wenn er nur, wie im vorliegenden Fall rücksichtlich des Beschwerdeführers nicht zu bezweifeln, Sächsischer Unterthan ist, und auch sonst — als wogegen im vorliegenden Fall nirgends ein Bedenken erhoben — zum Vormund geeignet erscheint, fähig sei, die Altersvormundschaft über Unmündige, welche in der christlichen Religion zu erziehen sind, zu übernehmen.

Das ꝛc. ꝛc. erhält daher hierdurch Anweisung, den ꝛc. ꝛc., seinem in der Beschwerdeschrift ausgesprochenen Gesuche gemäß und dafern nicht anderweite, bisher nicht zur Sprache gebrachte Bedenken, welche vor allen Dingen mittelst Berichts dem unterzeichneten Appellationsgericht anzuzeigen sein würden, diesfalls vorliegen sollten, als Altersvormund der unmündigen drei Geschwister L. in Pflicht zu nehmen.

Man versieht Sich jedoch zu dem Gerichtsamt, daß Letzteres, sobald die zwischen dem zu bestätigenden Altersvormunde und den genannten Minorennen stattfindende Verschiedenheit der Religion einen nachtheiligen Einfluß auf die religiöse Erziehung dieser Minorennen erkennen lassen sollte, für Bestätigung eines geeigneten Nebenvormundes ungesäumt Sorge tragen werde."

Miscellen.

Anzeige neu ergangener Gesetze und Verordnungen. Das 7. und 8. Stück des Gesetz- und Verordnungsblattes für das Königreich Sachsen (vom Jahre 1864) enthält: No. 47. Decret wegen Bestätigung der Statuten des Creditvereins zu Groitzsch, vom 25. April 1864. No. 48. Verordnung, den Hufbeschlag betreffend, vom 17. Mai 1864. No. 49. Verordnung, die polizeilichen Einträge in die Arbeitsbücher des gewerblichen Hilfspersonals betreffend, vom 20. Mai 1864. No. 50. Gesetz wegen Erweiterung der Wirksamkeit der Altersrentenbank, vom 23. Mai 1864. No. 51. Bekanntmachung, die Eröffnung der Telegraphenstationen Zschopau und Wolkenstein betreffend, vom 25. Mai 1864. No. 52. Decret wegen Bestätigung der Statuten für die Societätsbrauerei zu Zittau, vom 25. Mai 1864. No. 53. Allerhöchste Verordnung, die von den Zollvereinsstaaten wegen der Gewerbelegitimation der Handelsreisenden getroffene anderweite Vereinbarung betreffend, vom 6. Mai 1864. No. 54. Verordnung, die Berechnung und Abentrichtung der Brandversicherungs-Stückbeiträge betreffend, vom 22. Mai 1864. No. 55. Decret wegen Bestätigung der Statuten der Sächsischen Hypothekenbank zu Leipzig, vom 25. Mai 1864. No. 56. Decret wegen Bestätigung der Brauordnung für die Braugenossenschaft zu Pausa, vom 25. Mai 1864. No. 57. Verordnung, die Zuschlagsbeiträge zum Brandversicherungs-Schuldentilgungsfonds der Oberlausitz betreffend, vom 1. Juni 1864. — Letzte Absendung: am 13. Juni 1864.

Todesfälle. Gestorben: am 13. Juni 1864 der Bezirksgerichtsactuar Gustav Moritz Oelschlägel in Chemnitz.

Redacteur: Dr. Theodor Tauchnitz. Officin der Verlagshandlung.

Von diesem Wochenblatte erscheinen jährlich 64 Nummern zu 1 Quartbogen und außerdem am Jahresschlusse ein ausführliches Register.

Wochenblatt für merkwürdige Rechtsfälle,

in actenmäßigen Darstellungen

aus dem Gebiete der Justizpflege und Verwaltung

zunächst für das

Königreich Sachsen.

Alle Postämter u. Buchhandlungen übernehmen Bestellungen und liefern das Quartal zu dem praenumerando zu entrichtenden Preise von 1 Thaler.

Verlag von Bernhard Tauchnitz in Leipzig.

№ 39. Neue Folge Zwölfter Jahrgang. 1864.

65.

Begründung der actio de recepto gegen einen Gastwirth, in dessen Gasthofe die daselbst von dem Eigenthümer eingestallten Thiere verbrannt sind. — Es ist ohne Einfluß, ob der Gastwirth selbst oder dessen Leute die Thiere aufgenommen haben und der Eigenthümer selbst gleichzeitig im Gasthofe eingekehrt ist oder nicht. — Nur ein ganz unvermeidlicher und unabwendbarer Zufall befreit, außer der eignen Verschuldung des Fremden, den Gastwirth von der Haftverbindlichkeit.

Mitgetheilt von
Herrn S. in D.

Bei dem Gerichtsamte zu Schandau erhob im December 1862 die Gutsbesitzerin Johanne Caroline verehel. S. in H. gegen den Gasthofspachter Johann St. in L. Klage auf Ersatz des durch den Verlust zweier bei einem Schadenfeuer mit verbrannten, ihr zugehörigen Pferde und trug ihm über den Grund der Klage den Eid an. Die der Klage zu Grunde liegenden thatsächlichen Umstände ergeben sich aus nachstehenden Erkenntnissen, beziehentlich aus deren Entscheidungsgründen.

I.

Erkenntniß des Bezirksgerichts zu Pirna (publ. den 14. April 1863):

rc. „Würde hiernächst Klägerin den über die Einl.-Punkte 13—43. 283—300. Bl. — angetragenen, ihr von dem Beklagten zurückgegebenen Eid dahin:

daß sie am 12. October 1862 vor dem Gasthofe im Erbgerichte zu L. auf einem mit zwei Pferden, einem Braunen und einem Schimmel, bespannten Wagen mit ihrem Ehemanne, Ernst Traugott S., vorgefahren und der Letztere mit ihrer ausdrücklichen Beistimmung, so viel sie wisse, glaube und dafür halte, dem hinzugetretenen Hausknechte, Andreas R., bemerkt habe, er wolle ein paar Tage bei ihrem Schwager P. in L. bleiben, die vorgefahrenen Pferde aber im Gasthofe einstallen, und solle ihm der Hausknecht die beiden Pferde währenddem gut abwarten, der Hausknecht dies auch ihrem Ehemann ausdrücklich versprochen, jener darauf obgedachte beide Pferde ausgeschirrt und solche in den zum Gasthofe des Erbgerichts gehörigen einzigen Stall, welcher sich in dem Bl. — beschriebenen Seitengebäude befunden, geführt habe, die gedachten beiden Pferde dagegen in dem Bl. — bezeichneten Raume des Seitengebäudes in Folge des in der Nacht des 13. October 1862 in letzterem ausgebrochenen Schadenfeuers vom Rauche und Feuer getödtet worden und mit dem Seitengebäude verbrannt seien,

schwören, so ist der Beklagte der Klägerin den zuvor von ihr noch eidlich anzugebenden oder durch sachverständiges Ermessen festzustellenden Werth der in der Klage beschriebenen Pferde, wie solcher zum 13. October 1862 bestanden, der jedoch 280 Thlr. —ₛ—ₛ nicht übersteigen darf, sammt Zinsen des Verzugs von Zeit erhobener Klage an gerechnet, zu ersetzen, auch derselben die verursachten Proceßkosten zu erstatten verbunden.

Entscheidungsgründe:

In der vorliegenden Rechtssache beruht nach den

Einl.-Punkten 1. 2. 4. 5. und in der Anmerkung zum Einl.-Punkte 108. auf Zugeständniß des Beklagten, daß er seit einigen Jahren, namentlich auch 1862 Pachter der auf dem Erbgericht zu L. haftenden Gasthofsgerechtsame, wohin unter andern auch die Aufnahme und Einstallung von Wagen und Pferden, sei es durch ihn selbst oder durch seine Leute, gehörig, gewesen und noch sei, daß im October 1862 bei ihm in der Wirthschaft Andreas R. als Hausknecht sich befunden habe, und daß in der Nacht vom 13. zum 14. October 1862 in seinem Seitengebäude Feuer ausgebrochen sei. Dagegen sind die übrigen Klaganführungen, insonderheit

a) daß Klägerin durch ihren Ehemann am 12. October 1862 die Bl. — erwähnten beiden Pferde dem genannten Hausknecht zur Einstallung übergeben und dieser sie in das Bl. — beschriebene Seitengebäude untergebracht habe,

b) daß der Klägerin Ehemann sofort nach Ausbruch des Feuers sich selbst um die Pferde zu bemühen gesucht, daß der Hausknecht R., der nicht anzutreffen gewesen, die beiden Pferde am Abend des 13. October aus dem Seitengebäude unter a. in ein gegenüberliegendes dergleichen, das in Feuer aufgegangen, geführt und den betreffenden Raum verschlossen, R. selbst aber einige Stunden vor Ausbruch des Feuers sich im ganz berauschten Zustande befunden, auch um die Rettung der Pferde sich nicht gekümmert, und ebensowenig Beklagter sich veranlaßt gesehen habe, die Pferde aus dem betreffenden Raume zu ziehen,

c) daß die Pferde im letzteren in Folge des Schadenfeuers getödtet worden und verbrannt seien, und daß das braune Pferd, ein Däne, am 13. October 1862 einen Werth von 100 Thlrn. —, —, der Schimmel dagegen zu derselben Zeit einen Werth von 180 Thlrn. —, —, gehabt — als worunter der Erweis auf Sachverständiger Ermessen, bezüglich Schätzungseid gestellt —

von Beklagtem verneint worden.

Zu Firirung der Entscheidung ist vor allen Dingen die Frage zu beantworten, nach welchen Rechtsgeschäften sich die Klage charakterisire. Die Parteien sind hierunter verschiedener Ansicht, indem Beklagter den Bestand der Klage als einer actio de recepto, wie solche Kläger aufgefaßt wissen will, nach Bl. — bestreitet, und zwar um deswillen, weil weder Klägerin, noch deren Ehemann im Erbgerichte zu L. als Gäste eingekehrt, noch dort gewohnt und übernachtet hätten.

Die durch das Prätorische Edict für die Gastwirthe geordnete schärfere Haftungsverbindlichkeit findet bekanntlich nicht blos auf diese (caupones), sondern auch auf Stallwirthe (stabularii), d. h. welche Pferde und anderes Vieh der Fremden in ihren Stall aufnehmen, Anwendung,

Glück, Erläuterung der Pandecten, Band VI. §. 486.

und daß hier der Beklagte auch den letzteren Personen beizuzählen, bedarf nach dem Anführen in der Klage und dem, was jener nach Obigem eingeräumt, keiner besonderen Auseinandersetzung. Jene Haftpflicht tritt nun für Gastwirthe ohne Weiteres nach geschehener Aufnahme des Fremden mit seinen Effecten, für Stallwirthe dagegen mit der Aufnahme oder Einstallung des betreffenden Viehes ein, und der Wirth ist zum Ersatz jedes an den aufgenommenen Gegenständen entstehenden Schadens verbindlich, sofern er nicht zu beweisen vermag, daß dieser durch eigne Fahrlässigkeit des Eigenthümers der Sache oder durch einen ganz unvermeidlichen Zufall, der selbst bei der größten Sorgfalt unabwendbar, verursacht worden sei. Zur Begründung der actio de recepto genügt daher der Beweis, einmal der Illation der bezüglichen Sache, mag diese auch dem Wirth unbekannt geblieben oder um Preis geschehen sein oder nicht, und sodann des erlittenen Verlustes, ohne daß der Verlustträger den Urheber des Schadens ausfindig zu machen oder nachzuweisen hätte, daß der Schade durch die Schuld des Wirths geschehen sei; es bleibt auch in ersterer Beziehung gleichgültig, ob der Wirth selbst oder seine Leute die Einbringung und Aufnahme der Sache besorgt, beziehentlich geschehen lassen, indem jener seine Dienstleute, natürlich mit Regreßvorbehalt, zu vertreten und für deren facta zu stehen hat, und gehören insonderheit zu diesen Personen, die zu Aufnahme von Fremden, von Pferden und Wagen bestellt sind, Hausknechte.

Thibaut, System des Pandectenrechts, §. 570 flg.
Glück, Commentar, Bd. VI. §. 486. 487. 494.
Sintenis, prakt. gem. Civilrecht, Bd. II. §. 120.
Emminghaus, Pandecten des S. R. S. 571.
Wochenblatt f. m. Rechtsf., 1841. S. 303, 1854. S. 263, 1855. S. 449 flg.

Die gegenwärtige Klage ist nach solcher Richtung hin und sogar mit der Replik fundirt, daß der Klägerin Ehemann bei dem eingetretenen Brandunglück wegen Rettung der Pferde nicht unthätig geblieben, mithin die Bedingung eingetreten sei, unter welcher der Wirth um so mehr zum Schadenersatz verpflichtet worden. Wie in letzterer Beziehung bereits angedeutet worden, kann die betreffenden Wirthe nur ein Zufall entschuldigen, den sie nicht verschuldet, wohin unter anderen der in eines Nachbars Hause entstandene Brand zu rechnen, keineswegs aber befreien casus fortuiti, die jene physische Unmöglichkeit der Abwendung nicht mit sich führen, den Wirth, selbst wenn er beweisen sollte, daß sie sich ohne seine Schuld ereignet, und hierher würde ein Feuer, das im Gasthofe selbst ausgekommen ist, zu rechnen sein.

Glück, a. a. O. Bd. VI. §. 490., Bd. IV. §. 327. b. Bei solchen Grundsätzen finden die Einwendungen des Beklagten Bl. —, ohne daß im Speciellen darauf einzugehen wäre, durchgängige Widerlegung, und ist im Uebrigen noch darauf hinzuweisen, wie nach solcher Auffassung der Klage auch die darin enthaltenen Behauptungen, daß der Hausknecht R. für Unterbringung der von Einkehrenden mitgebrachten Pferde von Beklagtem mit Weisung versehen gewesen (Einl.-Pkt. 7—12.), daß R. eine Garantie erklärt (Einl.-Pkt. 39—41.), daß Beklagter ausdrücklich Kenntniß gehabt, daß im brennenden Seitengebäude Vieh gestanden (Einl.-Pkt. 149—151.), daß R. von der Einstallung der Pferde den Beklagten benachrichtigt (Einl.-Pkt. 227—233.), sowie daß Letzterer von dem berauschten Zustande Jenes Kenntniß gehabt (Einl.-Pkt. 236—241.), eines Beweises nicht bedürftig erscheinen, ebenso aber auch endlich das als Exception hingestellte Vorbringen Bl. — als irrelevant zu bezeichnen ist.

Somit ist die Entscheidung der Sache lediglich von dem über die Einlassungsabschnitte 13—34. 283—300. Bl. — angetragenen, Bl. — der Klägerin zurückgegebenen und Bl. — acceptirten Eide abhängig zu machen. Wenn hiernach der Verlust erweislich gemacht worden, fällt es auch unbedenklich, die Höhe desselben durch einen Schätzungseid, wozu sich Klägerin erboten, oder durch das Ermessen Sachverständiger in rechtliche Gewißheit setzen zu lassen, jenes um so mehr, als für die Beurtheilung der Angemessenheit der klägerischen Forderung nach Inhalt der Klage einiges Anhalten gegeben ist. Selbstverständlich wird aber dieser Werth, mag er auf die eine oder die andere Art ermittelt werden, nicht auf eine höhere Summe anlaufen, als nach der Klage gefordert worden."

Gegen diese Entscheidung haben beide Theile Berufung eingewendet und es ist hierauf von dem Königl. Appellationsgericht zu Dresden folgendes am 16. November 1863 publicirte Erkenntniß gesprochen worden:

„Daß der in der Bl. — zu lesenden Entscheidung erkannte Eid von der Klägerin nicht in der Bl. — ersichtlichen, sondern in folgender Maaße:

daß sie am 12. October 1862 vor dem Gasthofe im Erbgerichte zu L. in einem mit zwei Pferden, einem Braunen und einem Schimmel, bespannten Wagen mit ihrem Ehemanne, Ernst Traugott S., vorgefahren, und daß ferner, wie sie nicht anders wisse, auch glaube und dafür halte, ihr genannter Ehemann dem hinzugetretenen Hausknecht Andreas R. bemerkt habe, er wolle die vorgefahrenen Pferde im Gasthofe einstallen, auch Letzterer hierauf die erwähnten beiden Pferde ausgeschirrt und in den zum Gasthofe des Erbgerichts gehörigen Stall, welcher sich in dem Bl. — beschriebenen Seitengebäude befunden, geführt habe, diese beiden Pferde aber in dem Bl. — bezeichneten Raume des dem vorbesagten Seitengebäude gegenüber liegenden Seitengebäudes in Folge des in der Nacht des 13. October 1862 im letzteren ausgebrochenen Schadenfeuers vom Rauche und Feuer getödtet worden und mit diesem Seitengebäude verbrannt seien,

zu schwören, und statt der Bl. — auf der 9—19. Zeile stehenden Worte „so ist" bis mit „verbunden" vielmehr folgende:

„hiernächst aber, daß die in der Klage beschriebenen Pferde einen Werth von 280 Thlrn. —, —, am 12. October 1862 wirklich gehabt haben, binnen 3 Wochen, Beklagtem der Gegenbeweis und die Gewissensrührung vorbehältlich, wie Recht beweisen, so ergehet alsdann in der Hauptsache sowohl als der Kosten halber, was Recht ist",

zu setzen, im Uebrigen aber jene Entscheidung, wie hiermit geschieht, zu bestätigen.

Entscheidungsgründe:

I. Die Appellation des Beklagten betr.

Beklagter hat zuvörderst

1.

bestritten, daß die Bestimmungen des römischen Rechts über die besondere Haftungspflicht der caupones und stabularii auf den vorliegenden Fall, wie von der vorigen Instanz angenommen worden sei, Anwendung leiden können und hat deshalb in seiner zweiten Beschwerde Bl. — beantragt, es solle die erhobene Klage zurück- oder wenigstens in der angebrachten Maaße abgewiesen werden.

Man hat jedoch auch bei anderweiter Erwägung in jetziger Instanz diesen Antrag und die gegen jene Annahme von dem Beklagten vorgebrachten Einwendungen nicht begründet finden können.

Denn wollte man auch zuerst zugeben, daß es, wie Beklagter Bl. — behauptet hat, besondere Stallwirthe (stabularii) im Sinne des Prätorischen Edicts, auf welchem bekanntlich die oberwähnten Bestimmungen ursprünglich beruhen, jetzt nicht mehr gebe, so besteht doch ohne Zweifel das Verhältniß, welches damals zwischen jenen Stallwirthen und denen, welche ihr Vieh bei denselben einstallten, obwaltete, der Sache nach ohne Zweifel noch immer. Denn, wie allgemein bekannt, dienen die jetzigen Wirthshäuser allenthalben mit dazu, und werden dazu auch häufig benutzt, Vieh in denselben auf kürzere oder längere Zeit unterzubringen, auch ohne daß der Besitzer der so mitgebrachten Thiere zugleich selbst in das Wirthshaus einkehrt. In einem solchen Falle ist dann ohne Zweifel der Wirth, welcher das Thier in seinem Stalle aufgenommen hat, als stabularius zu betrachten und übernimmt somit die Haftungspflicht, welcher nach den hier einschlagenden gesetzlichen Bestimmungen die caupones und stabularii in gleicher Maaße unterworfen sind, daher denn auch hier auf den von dem Beklagten Bl. — hervorgehobenen Umstand, daß nicht auch Klägerin selbst in den von ihm bewirthschafteten Gasthof eingekehrt ist, etwas nicht ankommen kann.

Nach dem Vorbemerkten läßt sich auch von der Aufnahme der Pferde der Klägerin in den Stall des in Rede stehenden Gasthofs nicht sagen, daß sie extra negotium des Beklagten erfolgt sei, und darum ist die von Letzterem Bl. — angezogene l. 3. §. 2. Dig. (IV. 9.) auf den vorliegenden Fall nicht anwendbar.

Daß die Aufnahme der Pferde Inhalts der Klage durch den Hausknecht R., welcher damals als solcher in Beklagtens Diensten gestanden hat, erfolgt sein soll, kann in der Sache etwas nicht ändern. Denn die Gast- und Stallwirthe haben auch für diejenigen Sachen der Fremden zu stehen, welche durch ihre Leute aufgenommen worden sind,

l. 1. §. 5. D. nautae, caupones etc. (IV. 9.)

und namentlich sind zu den Leuten, für welche Jene zu stehen haben, auch die Hausknechte zu rechnen.

Glück, Erläuterung der Pand., Bd. VI. §. 488. S. 114.

Sintenis, prakt. gem. Civilrecht, Bd. 2. §. 120. Anm. 8. S. 689. der 2. Aufl.

Daß R. während des Monats October 1862, in welchem die in der Klage dargestellten Ereignisse stattgefunden, bei ihm in seiner Gasthofswirthschaft zu L. als Hausknecht gedient habe, ist vom Beklagten im 5. Einlassungsabschnitte zugestanden worden. Wenn aber Letzterer sich damit zu schützen gesucht hat, daß R. von ihm nicht beauftragt gewesen sei, Pferde für die Gasthofsstallung aufzunehmen, deren Besitzer nicht zugleich als Gäste im Gasthofe einkehren, so ist er mit diesen Ausreden nicht zu hören. Denn da es an sich, wie obbemerkt, etwas ganz Gewöhnliches ist, daß in einem Gasthofe Pferde auch solcher Fremder aufgenommen werden, welche nicht zugleich selbst als Gäste in demselben einkehren, so durfte Klägerin und deren Ehemann, als sie mit ihren Pferden vor dem fraglichen Gasthofe ankamen und der hinzugetretene Hausknecht R. auf Anlangen des Ehemannes der Klägerin die Pferde zur Einstallung und Besorgung in der Gasthofsstallung übernahm, ohne Zweifel annehmen, daß derselbe auch hierzu von dem Inhaber der Gasthofswirthschaft ermächtigt sei, und Letzterer, der Beklagte, kann sich daher nicht entbrechen, Jenen in Ansehung der mehrerwähnten Haftungspflicht zu vertreten.

vgl. Sintenis, a. a. O.

Die Klage erscheint daher in der bisher besprochenen Beziehung schlüssig und der diesfalls von dem Beklagten gestellte Antrag auf deren Abweisung ungerechtfertigt. Derselbe hat aber für den Fall, daß letztere nicht erfolgen sollte,

2.

Bl. — noch als Beschwerde aufgestellt, daß nicht wenigstens die von ihm vorgeschützten Ausflüchte Berücksichtigung gefunden oder doch dahin erkannt worden, daß durch das in der Klage erwähnte Schadenfeuer, in Folge dessen nach der Behauptung der Klägerin die beiden Pferde verbrannt seien, alle und jede Haftungspflicht seiner, des Beklagten, aufgehoben worden sei, wobei sich derselbe auf das Vorbringen im ersten Verfahren zurückbezogen hat. Darüber ist nun, soweit die von demselben Bl. — vorgebrachten Einreden nicht die Schlüssigkeit der Klage betreffen, und im Vorstehenden bereits Widerlegung gefunden haben, Folgendes zu bemerken:

In dem von dem Beklagten Bl. — unter 2. hervorgehobenen Klaganführen kann ein Zugeständniß der Klägerin, daß ihr Ehemann mit R. für dessen Person einen besonderen Vertrag über die Unterbringung und Abwartung der Pferde geschlossen habe, keineswegs gefunden, vielmehr kann in der in der Klage Bl. — gegebenen Darstellung nur angenommen werden, daß der Ehemann der Klägerin mit R., als mit Einem, den er für einen in der Gasthofswirthschaft Angestellten und somit von dem Inhaber der letzteren zur Aufnahme von Fremden, sowie von Pferden Beauftragten halten müssen, verhandelt habe, und daß das Versprechen eines Trinkgeldes auch nichts Anderes gewesen sei, als ein ganz gewöhnliches Mittel, einem in einem Gasthofe Dienenden zu dessen besserer Erfüllung seiner Obliegenheiten aufzumuntern.

Dem von Beklagtem Bl. — unter 3. Vorgebrachten ist entgegenzuhalten, daß das zwischen den Parteien bestehende Rechtsverhältniß nicht nach den allgemeinen Bestimmungen der Gesindeordnung, sondern, wie oben gezeigt worden, nach den besonderen gesetzlichen Bestimmungen über das receptum zu beurtheilen und Beklagter in Folge der durch seinen

Beauftragten bewirkten Aufnahme der Pferde der Klägerin, als der in jenen Bestimmungen bestehenden Haftungspflicht der Gast- und Stallwirthe unterliegend zu betrachten ist.

Die Einwendungen Beklagtens unter 4. und 5. Bl. — stellen sich als unbegründet dar, wenn man erwägt, daß bei der Verantwortlichkeit der Gastwirthe darauf, ob sie selbst den eingetretenen Schaden verschuldet haben, etwas nicht ankommt, vielmehr jene Verantwortlichkeit, abgesehen von einer eignen Verschuldung des Fremden, nur dann wegfallen soll, wenn die Vernichtung oder Beschädigung der Sache als damnum fatale oder als Wirkung einer vis major angesehen werden kann.

l. 3. §. 1. D. tit. cit.

Glück, a. a. O. §. 490. S. 119.

Sintenis, a. a. O. bei Anm. 10. a. u. Anm. 12. S. 692. d. 2. Aufl.

Unter vorstehenden Ausdrücken ist aber nicht jeder Zufall, den der Gastwirth nicht verschuldet hat, sondern nur ein Ereigniß zu verstehen, welches man auf keine Weise abwenden oder dem man durchaus nicht zu widerstehen vermag. Dahin ist jedoch, soviel den durch Feuer entstandenen Schaden betrifft, zwar ein im Nachbarhause, nicht aber ein im Gasthofe selbst ausgekommenes Feuer zu rechnen.

Glück, a. a. O. S. 120.

Curtius, Handbuch rc., Thl. IV. §. 1480. S. 167.

Wernher, obs. for., Tom. II. P. VIII. obs. 322. §. 10—12.

Lauterbach, dissert., Vol. III. disp. 105. p. 189.

Kaestner, dissert. de damno fatali in caupona contingente, §. 28.

Pufendorf, observ. jur. univ., T. IV. obs. 150. §. 6.

Chr. Fr. Müller, über die de recepto actio. (Leipzig 1835.) S. 23. Anm. 7.

Nun hat zwar Beklagter sich Bl. — darauf berufen wollen, daß dasjenige zum Erbgericht gehörige Seitengebäude, welches abgebrannt sei, nicht mit zu den ihm übergebenen Pachtobjecten gehört habe. Allein er hat doch Bl. — zugeben müssen, daß auch in diesem Gebäude ausnahmsweise Vieh eingestallt worden sei, und muß dasselbe daher, wenigstens in Bezug auf die Zeiten, zu welchen letzteres geschehen ist, als mit zum Gasthofe gehörig betrachtet werden. Dies würde daher auch von der Zeit gelten, zu welcher das Feuer in diesem Gebäude ausgebrochen ist, wenn sich damals die Pferde der Klägerin in demselben eingestallt befunden haben, was vom Beklagten Bl. — zur Genüge zugestanden worden ist, jedenfalls aber auch dann anzunehmen sein würde, wenn festgestellt wird, daß diese vorher Beklagtens Hausknecht N. übergebenen Pferde in Folge des in dem in Rede stehenden Seitengebäude ausgebrochenen Feuers getödtet worden und mit verbrannt seien.

Was Beklagter Bl. — unter 6. und 7. vorgebracht hat, kommt nur auf ein Leugnen des Klaggrundes hinaus, und kann daher zu einer besonderen Erörterung keinen Anlaß geben.

In dem Vorbringen Bl. — unter 8. und 9. dagegen sucht Jener auszuführen, daß, wenn die Pferde der Klägerin in dem mehrbesagten Seitengebäude mit verbrannt sein sollten, der Letzteren entgegenstehen würde, daß in der Klage nicht nachgewiesen sei, daß deren Ehemann, welcher die Pferde dem Hausknecht N. zur Besorgung übergeben haben solle, beim Ausbruche des Feuers die geeigneten Schritte zur Rettung der Pferde gethan, obgleich er durch seinen Sohn davon, daß dieselben in dem nachher abgebrannten Seitengebäude eingestallt worden seien, Kenntniß gehabt habe. Allein auch mit diesem Einwande ist Beklagter, wie die vorige Instanz Bl. — mit Recht angenommen hat, nicht zu hören. Denn war einmal die Aufnahme der Pferde in der Gasthofsstallung durch den Hausknecht erfolgt, so brauchte sich der Klägerin Ehemann, welcher solche dem letzteren übergeben hatte, selbst wenn er zur Zeit des Ausbruchs des Feuers davon unterrichtet war, daß die Pferde in das in Brand gerathene Seitengebäude eingestallt worden seien, um dieselben nicht weiter zu kümmern, sondern konnte erwarten, daß Beklagter sie ihm unbeschadet wieder zurückgeben — recipit salvum fore, sagt Ulpian

l. 1. §. 8. D. tit. cit.

— und daher auch, um dies zu können, das Nöthige thun werde, um sie vor dem Untergange durch Feuer zu retten.

3.

hat Beklagter der Richtigkeit des in der vorigen Entscheidung geförmelten Eides widersprochen, ohne jedoch anzugeben, was er in demselben auszustellen finde. Es ist aber in dem erkannten Eide etwas nicht zu finden, wodurch er, Beklagter, sich für beschwert erachten könnte, wogegen von den von der Klägerin wider solchen erhobenen Einwendungen unten die Rede sein wird.

Wenn aber

4.

von dem Beklagten ebendaselbst gegen den der Klägerin nachgelassenen Schätzungseid Widerspruch erhoben worden, so ist dies der einzige Punkt, in welchem ihm beizupflichten gewesen. Wenn nämlich die vorige Entscheidung insofern mangelhaft erscheint, als sie Bl. — die eidliche Werthsangabe der Klägerin und sachverständiges Ermessen neben einander stellt, ohne zu bestimmen, wem die Wahl einer von diesen beiden Werthsermittlungsarten zustehen soll, so kann nicht angenommen werden, daß hier ein Fall vorliege, in welchem die Erfordernisse zu einem der Klägerin nachzulassenden Schätzungseide vorhanden seien, indem Beklagtem in der Klage gar nicht Schuld gegeben wird, daß der in Frage befangene Schaden der Klägerin durch eine ihm zur Last fallende widerrechtliche Handlung oder Unterlassung zugezogen worden sei. Es ist daher der Klägerin der Beweis des behaupteten Werthes der Pferde annoch aufzuerlegen und in dieser Maaße die vorige Entscheidung abzuändern gewesen, wobei sich übrigens von selbst versteht, daß, wenn Jene auch nur einen geringeren Werth der Pferde nachzuweisen vermöchte, ihr dann wenigstens der Betrag dieses erwiesenen geringeren Werthes im Falle der Eidesleistung zuzusprechen sein würde.

II. Die Appellation der Klägerin betr.

Klägerin hat sich besage Bl. — und Bl. — durch die vorige Entscheidung darum für beschwert erachtet, weil in dem ihr zuerkannten Eide verschiedene thatsächliche Umstände mit aufgenommen worden, welche als unerheblich zu betrachten seien. Nun hat zwar dieselbe dazu, daß Letzteres geschehen ist, selbst Veranlassung gegeben, indem sie in ihrer Klage eine weitläufige Erzählung einer Menge von Thatsachen aufgenommen hat, welche einen Einfluß auf die Entscheidung nicht haben können, da vielmehr zur Begründung ihrer Klage das einfache Anführen ausgereicht haben würde, daß bei der angegebenen Gelegenheit Beklagter, bezüglich durch seinen Hausknecht die fraglichen Pferde zur Einstellung in den Stall des von dem Beklagten bewirthschafteten Gasthofes und zur Besorgung in selbigem übernommen habe. Denn Klägerin würde dann, die Wahrheit dieser Behauptung vorausgesetzt, vermöge der schon oben angedeuteten Natur der actio de recepto berechtigt gewesen sein, von dem Beklagten die Zurückgabe der in seiner Gasthofswirthschaft eingestallten Pferde im unversehrten Zustande zu verlangen, wogegen Letzterer, um sich hiervon zu befreien, seinerseits ausfluchtsweise an- und auszuführen gehabt haben würde, daß die Pferde durch vis major oder durch der Klägerin oder der Ihrigen Schuld untergegangen seien.

Glück, a. a. O. §. 494. S. 137.

Puchta, Vorlesungen über das römische Recht, Bd. 2. §. 314. S. 163 flg.

Sintenis, a. a. O. Anm. 12. S. 692. der 2. Aufl.

Enthält aber gleich in der gedachten Beziehung die Klagschrift viel Ueberflüssiges, so mag doch deshalb der Klägerin das Recht nicht abgesprochen werden, zu verlangen, daß in den von ihr zu leistenden Eid nichts aufgenommen werde, als was nothwendig zur Entscheidung der Sache gehört, und allerdings erscheint mindestens alles Dasjenige, was sie nach dem in ihrer Bl. — nachträglich aufgestellten dritten Beschwerde gemachten Vorschlage aus der Bl. — ersichtlichen Eidesformel entfernt wissen will, für die Entscheidung einflußlos, wie nach dem oben Bemerkten einer weiteren Auseinandersetzung nicht bedürfen wird. Ja es hätte darnach Klägerin mit ihrem diesfallsigen Antrage wohl noch weiter gehen können, man hat jedoch, da deren Rechtsmittel eben nicht weiter geht, als auf Abänderung des Eides in der von ihr Bl. — beantragten Maaße, hierbei stehen zu bleiben und den Eid insoweit abzuändern, von einer noch weiteren Abkürzung desselben aber abzusehen gehabt."

Auf die von den Parteien anderweit eingewendeten Berufungen wurde das zweitinstanzliche Erkenntniß durch das von dem Königl. Oberappellationsgericht am 18. Februar 1864 abgefaßte Urthel aus folgenden Gründen bestätigt:

„Durch die Sentenz zweiter Instanz sich für beschwert zu erachten, hat keine der Parteien eine begründete Veranlassung gehabt.

Anlangend zuvörderst die Appellation des Beklagten, so ist bereits in den Gründen zu den beiden vorigen Entscheidungen Bl. — und Bl. — ausführlich nachgewiesen, daß und warum er nach den Grundsätzen des Römischen Rechts über das receptum, welche dermalen auch noch in Sachsen in fortdauernder Geltung bestehen und ihrem vollen Umfange nach neuerlich im Civilgesetzbuche §. 1280 flg. sogar gesetzlichen Ausdruck gefunden haben, für die in dem von ihm erpachteten Gasthofe zu L. von dem Ehemann der Klägerin der Behauptung der Letzteren zufolge eingestallten zwei Wagenpferde, gleichviel ob dieselben von ihm selbst oder von seinem Hausknechte R. übernommen worden sind und zwar ohne Rücksicht auf eine ihm selbst zur Last fallende culpa an dem behaupteten Untergange derselben zu haften und einzustehen hat, er müßte denn, was lediglich Sache der Ausflucht gewesen sein würde,

l. 3. §. 1. extr. D. nautae, caupones etc. (IV. 9.)

im Stande gewesen sein, zu behaupten, daß der der Klägerin durch den Verlust der Pferde zugezogene Schade durch ein rein casuelles Ereigniß (höherer Gewalt) oder durch eigne Schuld der Klägerin oder deren Ehemannes veranlaßt worden sei.

Es folgt diese Verpflichtung des Beklagten, um dieses hier nur kürzlich zu wiederholen, ohne Weiteres schon aus seiner Eigenschaft als Gastwirth, welche, wie auf dessen Einwand Bl. — zu bemerken ist, nach dem in der Klage angegebenen und von ihm zu den Einl.-Pkt. 1. und 2. eingeräumten Umfange seines Geschäftsbetriebs, insoweit als die Einstallung von Pferden in Frage gelangt, zugleich die Qualität eines Stallwirths (stabularius) in sich faßt,

vgl. auch §. 1290. des angezogenen Civilgesetzbuchs,

verbunden mit der von Seiten der Klägerin in schlüssiger Weise behaupteten Reception der fraglichen Pferde in die Gasthofsstallung durch den genannten Hausknecht des Beklagten.

l. 1. pr. und §. 6. 7. 8., l. 3. §. 1. 2., l. 5. pr. und §. 1., l. 7. pr. D. eod.

Dagegen befindet sich Beklagter im Irrthume, wenn er nach Bl. — glaubt, die ihm hierunter treffende Haftungsverbindlichkeit schon zur Genüge abgelehnt zu haben durch den Einwand Bl. —, Klägerin habe in der Klage nur so viel behauptet, daß sein Hausknecht die Weisung gehabt, für Unterbringung der von Einkehrenden mitgebrachten Pferde in der Gasthofsstallung zu sorgen, nicht aber zugleich auf eine vorausgegangene Beauftragung des Hausknechts sich bezogen, fremde Pferde, wie es hier der Fall gewesen sein solle, ohne gleichzeitige Einkehr der Gäste selbst zu übernehmen, indem eine derartige Beschränkung der von ihm dem Hausknechte ertheilten Instruction, wenn sie wirklich bestanden hätte, nicht vorauszusetzen ist, und nur dann zu Gunsten Beklagtens Einfluß äußern könnte, wenn sie für den Ehemann der Klägerin bei Einstallung der Pferde erkennbar gewesen wäre.

vgl. Sintenis, das prakt. gem. Civilrecht, Bd. 2. §. 120. Anmerk. 8. S. 695 flg. 2. Ausg.

Wie hiernach allenthalben ein beachtlicher Grund zu einer Klagabweisung im Sinne der ersten und zweiten Beschwerde des Beklagten nicht abzusehen ist, so konnte Letzterer ebensowenig die Zuerkennung eines Ausflüchtsbeweises erwarten, wie ein solcher eventuell zur dritten und vierten Beschwerde von ihm jetzt verlangt wird.

In dieser Beziehung könnte überhaupt, da alles Uebrige von ihm im Verfahren Bl. — Vorgebrachte, so weit es nicht, wie dieses bei no. 1. 2. 3. 5. 8. der Fall, ein Bestreiten der Schlüssigkeit der Klage enthält, auf ein bloßes Leugnen des Klaggrundes hinausläuft (no. 6. und 7.), nach Befinden nur noch der Einwand unter 4. Bl. —, daß das in dem Seitengebäude, in welchem die Pferde der Klägerin verbrannt sein sollen, ausgebrochene Schadenfeuer als solches schon unter den Begriff eines casus falle, verbunden mit der Behauptung unter 9. Bl. —, daß der Ehemann der Klägerin von der Entfernung der Pferde aus dem Gasthofsstalle und deren Einstallung in das gedachte Seitengebäude noch vor Entstehung des Feuers in dem Letzteren Kenntniß gehabt und folglich, wie er angenommen wissen will, an deren späterem Verluste selbst Schuld trage, in Betracht gelangen. Indessen, wie die vorige Instanz mit Recht ihm schon eingehalten hat, ist in der Beziehung auf die dem Gastwirthe obliegende Haftungspflicht nicht jeder ohne directe persönliche Verschuldung des Gastwirths durch ein Naturereigniß entstandene Schaden, welchen der Wirth abzuwenden nicht im Stande war, als damnum fatale und beziehentlich als Wirkung höherer Gewalt zu betrachten, sondern in der hier fraglichen Richtung fallen unter diese Kategorie nur rein casuelle oder solche Ereignisse, welche, wie in der schon angezogenen L. 3. §. 1. für das Verhältniß der nautae angegebenen Beispiele des naufragii und der vis piratarum an die Hand geben, schon ihrer Natur und Entstehung nach unabwendbar genannt werden müssen.

vgl. Glück, Erl. der Pand., Bd. VI. §. 490. S. 116 flg.

Dahin aber kann der Fall des Untergangs oder der Beschädigung inferirter Sachen in dem Gasthofe durch Brand wenigstens dann, wenn derselbe, wie dieses hier der Fall gewesen ist, im Gasthofe oder in den für dessen Zweck benutzten Räumen selbst entstanden ist, so ohne Weiteres um so weniger gerechnet werden, je näher gerade solchenfalls die Möglichkeit der Entstehung des Feuers durch eine Verwahrlosung Seiten des Hausgesindes oder Seiten anderer Personen liegt, für deren doloses oder culposes Gebahren ebenso, wie für Diebstähle und Beschädigungen anderer Art,

L. 5. §. 1. D. l. cit.

der Gastwirth ohne Unterschied — auch bei dem Mangel jeder culpa seinerseits — haften muß. Am wenigsten ist abzusehen, wie Beklagter hierunter durch den übrigens erst in zweiter Instanz Bl. — vorgebrachten Einwand, das Seitengebäude, in welchem das Feuer entstanden, gehöre eigentlich nicht zum Pachtobjecte, d. h. zu dem von ihm erpachteten Gasthofe selbst, gegen seine Haftungspflicht sich schützen zu können glaubt. Denn so viel wenigstens, daß jenes Seitengebäude, ehe es durch das Feuer zerstört ward, thatsächlich für die Zwecke des Gasthofs benutzt worden sei, ist von ihm eingeräumt worden, und wenn es wahr ist, was von der Klägerin behauptet wird, daß der Hausknecht R. die Pferde der Klägerin, anstatt solche in dem einzigen vorhandenen Stalle, in welchem sie im Beisein des Ehemannes der Klägerin am 12. October 1862 eingestallt worden, zu belassen, vor Entstehung des Feuers von da entfernt und in dem zu Aufnahme von Pferden nicht einmal bestimmt gewesenen Seitengebäude, in welchem nachmals das Feuer ausbrach, untergebracht hat und dieselben in diesem verbrannt sind, so würde gerade hierin um so mehr noch ein ganz besonderer Grund liegen, warum Beklagter für den das Eigenthum der Klägerin betroffenen Brandschaden aufkommen muß, er hätte denn, was nicht einmal von ihm versucht worden ist, auf solche Umstände sich beziehen können, welche die Annahme rechtfertigten, daß das betreffende Feuer einem reinen Zufalle seine Entstehung verdanke. Ist aber dieses nicht der Fall gewesen, und liegt ihm an sich hierunter eine Vertretungspflicht ob, so kommt auch nichts darauf an, ob der Ehemann der Klägerin von der Einstallung der Pferde im Seitengebäude vor Entstehung des Brandes Kenntniß gehabt habe oder nicht, und ob und in wie weit derselbe selbst Rettungsversuche gemacht oder solche unterlassen habe, in welcher Beziehung es genügt, auf die desfalls schon in voriger Instanz Bl. — angegebenen Gründe Bezug zu nehmen.

Vermag daher Klägerin, wie ihr bei der insoweit verneinenden Einlassung des Beklagten obliegt, einerseits die Thatsache der am 12. October 1862 erfolgten Einstallung beider Pferde in dem Gasthofe und beziehentlich deren Uebernahme durch den Hausknecht N. und andererseits, daß dieselben Tags darauf in dem Seitengebäude bei Gelegenheit des damals dort stattgehabten Feuers getödtet worden und verbrannt sind, durch Ableistung des ihr insoweit Bl. — zurückgegebenen Eides in rechtliche Gewißheit zu setzen, welcher Eid übrigens, wie auf Beklagtens fünfte und letzte Beschwerde Bl. — zu bemerken ist, in voriger Instanz nach Bl. — in ganz angemessener Weise auf das wirklich Relevante beschränkt worden ist, so erscheint Beklagter unbedingt zur Ersatzleistung gehalten in so weit, als Klägerin, von welcher der Werth der ihr verloren gegangenen Pferde zur Zeit des Todes derselben in der Klage auf zusammen 280 Thlr. —, —, veranschlagt worden ist, diesen Werth beweisen kann. Andererseits fehlt es aber auch, wie der Klägerin auf deren Appellationsvorbringen Bl. — einzuhalten ist, an ausreichendem Grunde, sie mit diesem Beweise zu verschonen und ohne Weiteres, ihrem Verlangen gemäß, zu eidlicher Bestärkung hierunter zuzulassen, wie, noch überdies in ziemlich unklarer Maaße, in erster Instanz Bl. — geschehen war. Denn wie bereits Bl. — mit Recht hervorgehoben worden ist, liegt der Fall eines jusjurandum in litem streng genommen überhaupt nicht vor, und selbst angenommen, es enthielte die Stelle der Klage, auf welche die Einlassungspunkte 234—241. sich beziehen, eine ausreichende Berufung der Klägerin auf eine dem Beklagten zur Last fallende culpa lata, so setzt bekanntlich die Zuerkennung eines solchen Eides auch in den sonst dazu geeigneten Fällen immer einen gewissen Nachweis über die Beschaffenheit und den Umfang des Schadens voraus, um dessen Ersatz es sich handelt, damit der Richter im Stande sei, von dem ihm desfalls jederzeit zuständigen Moderationsrechte Gebrauch zu machen und kann hierunter das willkürliche Ermessen des Schwörenden nicht allein entscheiden.

vgl. Zeitschrift für Rechtspflege und Verwaltung, N. F. Bd. 19. S. 451.

An einem derartigen Anhalte fehlt es aber, wie Klägerin sich selbst bescheiden wird, gänzlich, und je weniger sie der Verpflichtung, das noch Fehlende durch förmliche Beweisführung zu ergänzen, selbst dann überhoben werden würde, wenn, wie von ihr Bl. — eventuell verlangt worden ist, ihr annoch ein Beweis ihres Vorbringens bei vorangezogenen Einlassungspunkten auferlegt worden wäre, um so gewisser gereicht ihr der ihr ohne Weiteres auferlegte Werthbeweis nicht zum Nachtheile, welcher Letztere übrigens die Zulässigkeit eines künftighin nach Befinden immer noch in der Definitivsentenz ihr aufzuerlegenden Würderungseides selbstverständlich nicht ausschließt.

Es ist daher die vorige Sentenz lediglich zu bestätigen gewesen, und zwar, weil über Rechtsmittel beider Theile zu erkennen war, unter Compensation auch der neueren Kosten."

Miscellen.

Todesfälle. Gestorben: am 7. Juni 1864 der Advocat Friedrich Wilhelm Ziesler in Sebnitz; am 23. Juni 1864 der Finanzprocurator G. L. Brenig in Dresden; am 26. Juni 1864 der Justizamtmann Ernst Victor Ficker in Lößnitz.

Redacteur: Dr. Theodor Tauchnitz. Officin der Verlagshandlung.

Von diesem Wochenblatte erscheinen jährlich 64 Nummern zu 1 Quartbogen und außerdem am Jahresschlusse ein ausführliches Register.

Wochenblatt
für
merkwürdige Rechtsfälle,
in actenmäßigen Darstellungen
aus dem Gebiete der Justizpflege und Verwaltung
zunächst für das
Königreich Sachsen.

Alle Postämter u. Buchhandlungen übernehmen Bestellungen und liefern das Quartal zu dem praenumerando zu entrichtenden Preise von 1 Thaler.

Verlag von Bernhard Tauchnitz in Leipzig.

№ 40. Neue Folge Zwölfter Jahrgang. 1864.

Bitte an die Herren Mitarbeiter.

Die Herren Mitarbeiter werden ergebenst ersucht, bei gleichzeitiger Einsendung mehrerer Aufsätze dieselben gesondert schreiben zu lassen, damit jeder einzeln der Druckerei übergeben werden kann. Zugleich wird die bereits früher wiederholt (vergl. dieses Wochenbl. Jahrg. 1860. S. 161.) ausgesprochene Bitte, sowohl die Behörden, von denen die einzusendenden Entscheidungen abgefaßt worden sind, als auch die Zeit der Abfassung oder Publication der letzteren gefälligst anzugeben, nochmals in Erinnerung gebracht.

Die Redaction des W. f. m. R.

66.

Ueber Statthaftigkeit des Eidesantrags über die legitimatio ad causam activa und das Befugniß des Richters, in jedem einzelnen Falle zu ermessen, ob eine Klage wegen unvollständiger Begründung der Sachlegitimation in der angebrachten Maaße abzuweisen oder auf Beibringung besserer Legitimation zu erkennen sei.

Mitgetheilt von
Herrn —e in L.

Die thatsächlichen Unterlagen eines zwischen R., als Klägerm, und X., als Beklagtem, geführten, die Restitution mehrerer Darlehnssummen sammt Zinsen betreffenden Processes ergeben sich, so weit sie zum Verständnisse der nachstehenden Erkenntnisse zweiter und dritter Instanz dienen, aus den denselben beigefügten Rationen, weshalb die Vorausssendung eines status causae nicht erforderlich erscheint.

I. Urthel des K. Appellationsgerichts zu Leipzig vom 27. October 1863:

„Daß es bei dem Bl. — zu lesenden, am 29. Juni 1863 bekannt gemachten Bescheide, insoweit darin

1) das auf Zahlung der Bl. — bezeichneten Capitalbeträge gerichtete Suchen des Klägers als in der angebrachten Maaße unstatthaft zurückgewiesen, und
2) der Kläger in Erstattung der in erster Instanz aufgelaufenen Kosten verurtheilt worden ist,

in theilweiser Berücksichtigung der 1sten und 5ten Beschwerde Klägers Bl. — nicht zu lassen, sondern es ist

ad 1. der letztere, wie ihm vor allen Dingen obliegt, die ad p. l. c. — — behauptete Cession glaubhaft beizubringen und solchergestalt zur Sache sich zu rechtfertigen verbunden;

würde hiernächst derselbe, die Hauptsache anlangend, den über den Inhalt der Einlassungsabschnitte ꝛc. angetragenen, Bl. — zurückgegebenen Eid in folgender Fassung:

daß, wie er nicht anders wisse, auch glaube und dafür halte, der Beklagte seinen, Klägers, Bruder, C. W. R., im Jahre 1850 um Darleihung von 275 Thlrn. —, —, im Jahre 1851 um Darleihung der Beträge von 100 Thlrn. —, — und 200 Thlrn. —, — und im Jahre 1854 um Darleihung von 700 Thlrn. —, — gebeten, sein genannter Bruder auf diese Gesuche die gedachten Summen vorgestreckt, und zwar im Jahre 1850 die Summe von 275 Thlrn. —, —, dem Beklagten selbst in N. ausgehändigt, am 21. Februar 1851 die Summe von 100 Thlrn. —, —, und am 31. Juli 1851 die Summe von 200 Thlrn. —, —, an den Beklagten mittelst Post nach A. gesendet, ferner in der Zeit vom 1. Juni bis 9. August 1854 die Summe von 680 Thlrn. —, —, der Ehefrau des Beklagten ausgeantwortet, den Betrag von 20 Thlrn. —, —, aber am 2. October 1854 an den Beklagten mittelst Post nach A—g gesendet, auch der Beklagte die nurerwähnten, der Post übergebenen Beträge an 100 Thlrn. —, —, 200 Thlrn. —, —, und 20 Thlrn. —, —, empfangen, und die Summe von 680 Thlrn. —, —, von seiner Ehefrau ausgehändigt erhalten habe,

schwören, so ist ihm der Beklagte die geforderten Stammbeträge an 275 Thlrn. —, —, 100 Thlrn. —, —, 200 Thlrn. —, —, 680 Thlrn. —, —, und 20 Thlrn. —, —, zu bezahlen schuldig, und sind solchenfalls die

ad 2. bezeichneten Proceßkosten zwischen den Parteien aufzuheben.

Dagegen ist im Uebrigen der vorige Bescheid der von dem Kläger Bl. — eingewendeten Berufung ungeachtet zu bestätigen, und findet durch die vorstehenden Dispositionen zugleich die von dem Beklagten Bl. — eingelegte Appellation ihre Erledigung.

Die in zweiter Instanz erwachsenen Kosten werden compensirt.

Entscheidungsgründe:

Zu Rechtfertigung des vorstehenden Erkenntnisses genügen folgende Bemerkungen:

1.

Den Sachlegitimationspunkt betreffend.

Die gegenwärtige Instanz hält an derjenigen Rechtsansicht fest, die den Eidesantrag über die legitimatio ad causam activa, beruht sie auf Vorgängen, bei denen der Proceßgegner nicht concurrirte, für unstatthaft erachtet, und dieselbe als einen für sich bestehenden Incidentpunkt behandelt, welcher die Purification wie die Vollstreckung des die Hauptsache betreffenden Theiles der richterlichen Entscheidung bedingt, bis dahin aber in jedem Proceßstadium durch schlüssige Begründung und geeigneten Nachweis berichtigt werden kann. In theilweiser Berücksichtigung der 4ten und 5ten Beschwerde des Klägers Bl. — ist daher auf glaubhafte Beibringung der in der Klagschrift Bl. — der Sache nach behaupteten Cession in der gewöhnlichen präjudiciellen Fassung erkannt worden, und mag nur noch in Bezug auf die Ausstellungen Bl. — sub 1. und 4. darauf verwiesen werden, daß die Beschaffenheit der causa cessionis im Zweifel nur das Obligationsverhältniß zwischen dem Cedenten und dem Cessionar, beziehentlich deren Erben, nicht aber das Verhältniß zwischen dem Cessionar und dem debitor cessus berührt. Die Füglichkeit der Herbeischaffung eines urkundlichen Nachweises der Bl. — geltend gemachten Cession läßt sich übrigens, obschon der Kläger nach der Bemerkung in der Deductionsschrift Bl. — alleiniger Erbe des Cedenten geworden sein will, um so weniger bezweifeln, als derselbe Bl. — behauptet, die Schenkung der cedirten Forderungsrechte sei gerichtlich insinuirt worden.

2.

Die Stammforderungen angehend.

Die Angaben, welche die Klagschrift bei den in dem gegenwärtigen Erkenntnisse ad 1. bezeichneten Einlassungspunkten enthält, sind deutlich und speciell genug, um in schlüssiger und für den Eidesantrag geeigneter Weise den Abschluß der pacta de mutuo dando und die Realisirung der Darlehnscontracte darzulegen. Der erstere soll durch die Gesuche des Beklagten und deren factische Verwilligung mittelst Auszahlung der erbetenen Darlehnsbeträge, die letztere durch die baare Gewährung dieser Summen Seiten des Cedenten des Klägers und die Empfangnahme Seiten des Beklagten bewirkt worden sein. Dabei ist der einschlagenden Einzelheiten in Betreff der Zeit der Aushändigung, beziehentlich der Absendung mittelst Post und Ablieferung durch die Ehefrau des Beklagten ausdrückliche Erwähnung geschehen. Beizupflichten ist zwar dem letzteren darin, daß die Klage eine den Erfordernissen einer Gewissensklage entsprechende Einrichtung rücksichtlich des Rückzahlungsversprechens, der Stipulation einvierteljähriger Aufkündigung und der behaupteten außergerichtlichen Mahnung (zu vergl. p. I. c. 69—80. und 128—131.), nicht minder die Bezugnahme auf eine vor oder bei dieser Kündigung bewirkte Cessionsdenunciation vermissen läßt. Diese Mängel sind jedoch sämmtlich für die Entscheidung über den auf die Capitalbeträge gerichteten Anspruch irrelevant. Denn die Verbindlichkeit des Darlehnsempfängers, das Darlehen auf Verlangen des Darleihers zu jeder Zeit, wenn auch unter Gestattung einer mäßigen Anschaffungsfrist, zurückzuzahlen, liegt bekanntlich in der rechtlichen Natur des Darlehnscontractes. Sonach bedurfte es der Beziehung auf ein ausdrückliches Rückzahlungsversprechen ebensowenig, wie des Nachweises einer Verabredung einvierteljähriger Kündigungsfrist. Die Erwähnung der letzteren enthält vielmehr ein dem Beklagten günstiges Zugeständniß.

Seit der Behändigung der Klage aber, mit welcher Kündigung wie Certioration der Cession bewirkt worden, ist eine dreimonatliche Frist vorlängst abgelaufen, und Verzugszinsen sind von dem Kläger nicht gefordert worden. Unbedenklich erschien es demnach, die Verpflichtung des Beklagten zu Berichtigung der libellirten Hauptstämme von der Ableistung des in dem gegenwärtigen Erkenntnisse geförmelten Relati abhängig zu machen, welche jedoch der Kläger nach dem oben sub 1. Bemerkten erst nach der Berichtigung des Sachlegitimationspunktes zu beanspruchen haben wird.

Was demnächst

3.

die Zinsenforderung

anlangt, so gewährt das Anführen in der Klage Bl. —,

der Beklagte habe seinem Gläubiger versprochen, die Darlehnscapitale bis zu der Rückzahlung mit 4½ Procent zu verzinsen,

keinen Aufschluß über die Zeit, zu welcher diese Zusicherung gegeben worden sein soll, ebensowenig über die rechtzeitige Annahme derselben Seiten des Darleihers, am wenigsten darüber, daß der Beklagte eine solche Zusage, wie Bl. — angenommen worden, bei jedem einzelnen Darlehne mit dem Gesuche um dessen Vorstreckung verbunden, und daß deshalb eine factische Acceptation durch das Hingeben der erbetenen Summe Seiten des Cedenten des Klägers habe bewirkt werden können. Die Pflicht der Verzinsung bedarf bekanntlich besonderer Begründung durch Bezugnahme auf ein desfallsiges pactum adjectum, da der Darlehnscontract den Darlehnsempfänger zu Gewährung von Zinsen nicht verbindet (zu vergl. Kind, Quaest., Tom. IV. cap. 54. p. 282. ed. II.). Die schlüssige Darlegung eines solchen Nebenvertrags ist gezeigter Maaßen in der Klage nicht enthalten, die letztere steht durchgängig auf den Eid, und der Antrag des Klägers, es möge in dieser Beziehung, bei der Höhe der geforderten Zinsenbeträge — 582 Thlr. 29 Ngr. 1 Pf. — auf Beweis interloquirt werden (Bl. — grav. VI.), widerstreitet den bekanntesten Proceßregeln. Die in voriger Instanz ausgesprochene Abweisung der Klage ist daher rücksichtlich des Zinsenanspruchs lediglich zu bestätigen gewesen.

4.

Den Kostenpunkt anlangend ꝛc."

II. Entscheidungsgründe zu dem reformatorischen Urthel des K. Oberappellationsgerichts vom 19. Februar 1864:

„Kläger hat sich zu dem Nachweise, daß die in der Klage gedachten Darlehnsforderungen C. W. R.'s an Beklagten auf ihn, den Kläger, übergegangen seien, Bl. — unter Eidesantrag darauf bezogen, daß die geklagten Darlehne an 275 Thlrn. —, —, 100 Thlrn. —, —, 680 Thlr. —, — und 20 Thlrn. —, — ihm, dem Kläger, von seinem Bruder, dem Darleiher C. W. R., in der Zeit vom 1. December 1857 bis 1. Februar 1858 erb- wie eigenthümlich mit allen Rechten und Klagbefugnissen ohne Gegenleistung und als Geschenk überlassen worden seien, und Kläger die nurgedachten Capitalien als Geschenk von seinem Bruder nützlichst angenommen habe.

Die erste Instanz Bl. — hat die Klage in der angebrachten Maaße abgewiesen, weil das nurgedachte, auf die Sachlegitimation des Klägers beziehende Klaganführen sich für den Eidesantrag nicht eigne, indem es nicht Thatsachen, sondern bloße Urtheile und Folgerungen enthalte. Dagegen hat die zweite Instanz Bl. — dem Kläger auferlegt, vor allen Dingen die in der Klage behauptete Cession glaubhaft beizubringen, und solchergestalt zur Sache sich zu rechtfertigen, indem sie nach Bl. — von der Ansicht ausgeht, daß der Eidesantrag über die active Sachlegitimation, wenn sie auf Vorgängen, bei welchen der Proceßgegner nicht concurrirt hat, beruhe, nicht Statt habe, vielmehr die legitimatio ad causam activa als ein Incidentpunkt zu behandeln sei, welcher die Purification, sowie die Vollstreckung des die Hauptsache betreffenden Theils der richterlichen Entscheidung bedinge, bis dahin aber in jedem Proceßstadium durch schlüssige Begründung und geeigneten Nachweis berichtigt werden könne. Man hat sich aus folgenden Gründen veranlaßt gefunden, die Entscheidung erster Instanz wieder herzustellen.

1.

Das Oberappellationsgericht pflichtet der Ansicht der vorigen Instanz, daß man sich des Eidesantrags zum Nachweise der activen Legitimation zur Sache nicht bedienen könne, aus Gründen, welche von

Kind, Quaest. for., tom. III. c. 67.

angeführt und sowohl vom vormaligen Appellationsgerichte, als auch vom Oberappellationsgerichte beim Rechtsprechen constant befolgt worden sind,

cfr. Wochenblatt für merkw. Rechtsfälle, Jahrg. 1841. Seite 110. unter III.

nicht bei, dessen ungeachtet kann auf den über das Klaganführen bei pct. lit. cont. 82—91. angetragenen und Bl. — angenommenen Eid nicht erkannt werden, weil aus der Klage nicht zu ersehen ist, in welcher Weise die angebliche Schenkung Seiten des ursprünglichen Gläubigers des Beklagten erfolgt, und zu welcher Zeit und in welcher Maaße vom Kläger diese Schenkung acceptirt worden sein soll. Namentlich kommt hierbei in Betracht, daß Kläger selbst Bl. — zugiebt, daß sein Bruder, der angebliche

Schenkgeber, vor Anstellung der Klage verstorben sei, mithin völlig ungewiß bleibt, ob Kläger behufs seiner Rechtfertigung auf eine Schenkung unter Lebenden oder auf den Todesfall Bezug nimmt, und ob das Schenkungsversprechen bei Lebzeiten oder nach dem Tode des Schenkers acceptirt worden ist.

Eben so wenig ist dem Antrage des Klägers Bl. —, daß auf solennen Beweis des die Sachlegitimation betreffenden Klaganführens erkannt werde, stattzugeben, da Kläger sich des Eidesantrags bedient und nicht erklärt hat, daß er eine Aenderung der Klage in modo probandi vornehmen wolle.

2.

Das Oberappellationsgericht theilt zwar die Ansicht, daß die active Sachlegitimation nicht eigentlich zum Klaggrund gehört und daher in solchen Fällen, wo das die active Sachlegitimation betreffende Anführen in einer Klage an Undeutlichkeit oder Mangelhaftigkeit leidet, oder wenigstens für den gebrauchten Eidesantrag zu allgemein erscheint, die erhobene Klage in der Regel nicht abzuweisen, sondern entweder auf Beibringung genügender Sachlegitimation zu sprechen, oder, wie Bl. — geschehen, das in der Hauptsache Erkannte von der gleichzeitig dem Kläger auferlegten Beibringung der Sachlegitimation abhängig zu machen sei,

cfr. Zeitschrift für Rechtspflege und Verwaltung, N. F. Band 19. S. 234.

Annalen des Oberappellationsgerichts, Band 6. S. 421.

trägt jedoch Bedenken, die gedachte Regel bei der eigenthümlichen, später zu erwähnenden Sachlage im vorliegenden Processe in Anwendung zu bringen. Denn der von den meisten neuern Proceßrechtslehrern

cfr. Bethmann-Hollweg, Versuche über einzelne Theile der Theorie des Civilrechts, S. 78 flg.

Bayer, Vorträge über den gem. ordentl. Civilproceß, S. 40. ed. 7.

Wetzel, System des ordentlichen Civilprocesses, §. 16. S. 95.

bestrittene Grundsatz, daß die Behauptung eines Klägers, daß die geklagte Forderung auf ihn von dem ursprünglich Berechtigten durch Cession oder Erbgangsrecht übergegangen sei (die sogenannte legitimatio ad causam) und der Nachweis derselben von dem übrigen, den eigentlichen Klaggrund bildenden Klaganführen und deren Beweise zu trennen, und in einem besonderen Incidentverfahren auszuführen sei, beruht auf einer allgemeinen, in Sachsen durch die Erl. Proceßordnung ad Tit. XI. §. 2. anerkannten Praxis, welche den Richter ermächtigt, behufs der Abkürzung der Processe die active Sachlegitimation, von welcher der Fortgang des Processes abhängt, vor allen Dingen der Prüfung zu unterwerfen, um dadurch eine weitläufige, für den Fall des Mißlingens des Nachweises der Sachlegitimation unnütze Verhandlung über andere streitige Punkte abzuschneiden. Diese Praxis ist völlig gerechtfertigt, da in den meisten Fällen der Legitimationspunkt sofort und mit leichter Mühe durch Urkunden erbracht und vom Richter über dieselben nach kurzer und einfacher Untersuchung entschieden werden kann.

cfr. Bethmann-Hollweg, a. a. O. S. 133 flg.

Ein anderes Verhältniß tritt jedoch ein, wenn die in der Klage enthaltenen Angaben in Betreff der Sachlegitimation so ungenügend und mangelhaft sind, daß nicht ersehen werden kann, ob Kläger im Stande sei, dieselben in schlüssiger Weise zu begründen und in rechtliche Gewißheit zu setzen. Wollte Man in Fällen dieser Art auf Beibringung besserer Legitimation erkennen, so würde nicht nur häufig der Zweck der Vereinfachung und Abkürzung des Processes vereitelt, sondern auch die Rechtsvertheidigung des Beklagten um so mehr erschwert werden, als bestimmte processualische Vorschriften über das Verfahren, welches einzuschlagen ist, wenn der Kläger in Folge eines solchen Erkenntnisses seine Berechtigung zu Geltendmachung des Anspruchs nachträglich zu begründen und nachzuweisen versucht, fehlen.

Zeitschrift für Rechtspflege und Verwaltung, N. F. Band 15. S. 413.

Auch steht dem Befugnisse des Richters, in jedem einzelnen Falle zu ermessen, ob er eine Klage wegen unvollständiger Begründung der Sachlegitimation in der angebrachten Maaße abweisen oder auf Beibringung besserer Legitimation erkennen wolle, die Bestimmung der Erl. Proceßordnung ad Tit. XI. §. 2. nicht entgegen, da durch diese Vorschrift jenes Ermessen des Richters nicht beschränkt, sondern nur angeordnet worden ist, daß, sobald vor allen Dingen auf die legitimatio ad causam erkannt worden sei, mit weiterem Verfahren in der Hauptsache auf so lange, bis dieser Punkt erörtert worden, angestanden werden solle, mithin die obige Gesetzesstelle nur für den Fall, daß der Richter das Klaganführen in Betreff der Legitimation für ausreichend angesehen und auf Beibringung derselben rechtskräftig erkannt hat, Anwendung leidet.

3.

Gegen die Berechtigung Klägers, für sich die in der Klage erwähnten, ursprünglich seinem Bruder C. W. R. zugestandenen Darlehnsforderungen einzuklagen, entstehen bei Einsicht der auf Antrag des Beklagten Bl. — herbeigezogenen Beilagsacten sub rc., welche nach Bl. — der zweiten Instanz vorgelegen haben, nicht unerhebliche Zweifel. Denn Inhalts der gedachten Acten ist der angebliche Cedent des Klägers C. W. R., nachdem derselbe am 8. August 1857 nach angeblich erfolgter Auspfändung einen Manifestationseid dahin, daß er an beweglichen und unbeweglichen Gütern und Außenständen nichts im Vermögen habe, geleistet hatte, wegen Meineids in Untersuchung gekommen.

In dieser Criminalsache hat nun der Angeklagte am 24. November 1857, sowie in der am 23. Februar 1858 abgehaltenen Hauptverhandlung nach Bl. — versichert, daß er außer der ihm laut des Kaufes Bl. — zustehenden Benutzung eines Gutes Vermögen nicht besitze, indem er mehr als 4000 Thlr. —, — als Unterstützungen für die Bl. — genannten Kinder des Klägers, unter denen sich die Ehefrau des Beklagten befindet, verwendet habe. Diese Angabe ist von dem jetzigen Kläger nach Bl. — am 1. December 1857 mit dem Bemerken bestätigt worden, daß sein genannter Bruder ihm zwar 1500 Thlr. —, — unbezahlte Kaufgelder, welche er, der Kläger, demselben geschuldet, erlassen, die 4000 Thlr. —, — und darüber aber, welche er zuletzt noch im Vermögen besessen, lediglich auf seine, Klägers, Kinder, also weder auf ihn selbst, noch auf fremde Leute, verwendet habe (cfr. fol. — der Beilagsacten).

Mit den nurgedachten Auslassungen des Klägers und seines Bruders, des Darleihers, ist die Angabe in der Klage, daß an ihn die Cession der jetzt in Frage stehenden Darlehnsforderungen in der Zeit vom 1. December 1857 bis 23. Februar 1858, also während des Laufs jener Criminaluntersuchung und zu einer Zeit, wo der angebliche Cedent und der Cessionar die übrigen Erklärungen abgegeben haben, erfolgt sei, nicht zu vereinigen. Hierzu kommt, daß nach Ausweis des vom Kläger der Klage beigelegten Briefs Bl. — der Proceßacten Beklagter sich erboten hat, das über das Darlehn von 700 Thlrn. —, — auszufertigende Document dem Wunsche des Darleihers gemäß auf die Namen der Kinder des Klägers als Gläubiger zu stellen, ferner Kläger die erst in der Replik Bl. — aufgestellte Behauptung, daß die Schenkung an ihn gerichtlich insinuirt worden sei, nicht näher begründet hat, die Bemerkung des Klägers Bl. — aber, daß er alleiniger Erbe des Cedenten geworden sei, als verspätet um so weniger Berücksichtigung finden kann, als er sein Befugniß, die geforderten Capitalien einzuklagen und für sich zu erheben, nicht auf Erbgangsrecht, sondern auf Cession gestützt hat. Unter diesen Umständen läßt sich zur Zeit nicht ersehen, ob Kläger künftig im Stande sein werde, die geltend gemachte Schenkung urkundlich nachzuweisen, oder durch andere Beweismittel in rechtliche Gewißheit zu setzen.

Da die Entscheidungen gewechselt haben, so sind die durch die Rechtsmittel in zweiter und dritter Instanz entstandenen Kosten zwischen den Parteien aufgehoben worden."

67.

Das Versprechen eines Kaufscontrahenten, die durch den Kauf verursachten Gerichtskosten zu übernehmen, ist nicht auf die Berichtigung des noch nicht verwendeten Contractsstempels zu beziehen.

Mitgetheilt von

Herrn K. in D.

Am 14. April 1863 wurde bei der competenten Hypothekenbehörde ein bereits gerichtlich recognoscirter Kaufcontract eingereicht, wonach T. ein ihm gehöriges Hausgrundstück um den Preis von 15,600 Thlrn. —, — an die verehel. S., mit Genehmigung deren Ehemannes, verkaufte.

Zu diesem Vertrage war der Contractsstempel annoch zu verwenden.

Noch bevor indessen die verehel. S. als nunmehrige Civileigenthümerin des gedachten Hausgrundstücks im Grund- und Hypothekenbuche betreffenden Orts eingetragen wurde, erschienen die beiden Contrahenten vor dem Hypothekenrichter und schlossen einen Vergleich ab, wonach das erwähnte Kaufsgeschäft im beiderseitigen Einverständniß wieder rückgängig gemacht und wobei, laut der bezüglichen gerichtlichen Niederschrift, unter Anderm wörtlich Folgendes bestimmt wurde: „die Gerichtskosten übernimmt T., der Verkäufer, zur alleinigen Berichtigung, und jede Partei honorirt ihren Sachwalter aus eigenen Mitteln".

Es liquidirte dann auch der Verfasser des erwähnten Protokolls den ganzen Contractsstempel an 26 Thlr. —, —, nebst Gerichtskosten, dem Verkäufer T. zu, und Letzterer suchte hiernächst beim Königl. Finanzministerium um Erlaß oder doch Ermäßigung dieser Stempelabgabe nach.

Derselbe wurde jedoch hierauf abfällig beschieden und hierbei vom Königl. Finanzministerium gleichzeitig der Hypothekenbehörde zu erkennen gegeben: „daß gemäß der Vorschrift in §. 25. des Stempelmandats vom 11. Januar 1819 von dem Verkäufer nur die Hälfte dieses Stempels, die andere Hälfte aber von der Käuferin einzuheben sei, indem, wenn auch bei der zwischen den Contrahenten bei Auflösung des Contractes Bl. — getroffenen Bestimmung unter den Gerichtskosten auch der Stempel mit verstanden worden sein sollte, ein solches Uebereinkommen doch bei Einhebung des Stempels nach §. 26. des angezogenen Mandats nicht zu berücksichtigen sei".

Darauf ward nun auch, mittels schriftlicher Auflage, welche auf Seiten der Käuferin, verehel. S., einen Kostenaufwand im Betrage von —, 19 Ngr. 3 Pf. verursachte, der Contractsstempel je zur Hälfte mit 13 Thlrn. —, —, von T. und der verehel. S. eingefordert.

Letztere zahlte in Gemäßheit dieser Auflage, brachte aber wegen Rückerstattung der gezahlten 13 Thlr. 19 Ngr. 3 Pf. Zahlungsgebot nach Maaßgabe von §. 28. des Gesetzes vom 30. December 1861 wider T. aus, der jedoch diesem Zahlungsgebote rechtzeitig widersprach, worauf die verehel. S. wider denselben den gewöhnlichen Bagatellproceß einleiten ließ.

Im demgemäß anberaumten Verhandlungstermine bezog sich die Klägerin S. zu Begründung ihres Anspruchs lediglich auf die oben wörtlich wiedergegebene Stelle des Vergleichsprotokolls, indem sie darauf hinwies, daß daraus und aus dem hiernächst eingetretenen, oben geschilderten Verhalten des Verfassers desselben und des Beklagten T. selbst zur Genüge erhelle, daß bei Abschluß des gedachten Vergleichs alle Betheiligten davon ausgegangen seien, daß Beklagter auch den ganzen Contractsstempel, der ja in Ansehung des Kostenpunktes, insofern die übrigen Gerichtskosten nur etwa 3 Thlr. —, —, betrugen, die Hauptsache gewesen, zur alleinigen Berichtigung übernehmen solle und wolle.

Beklagter T. räumte die sämmtlichen Klagunterlagen ein, bestritt jedoch die Richtigkeit der von der Klägerin daraus zu ihren Gunsten gezogenen Schlußfolgerung.

Das Proceßgericht ertheilte hierauf folgenden Bescheid:

„In Erwägung, daß der Contractsstempel an und für sich zu den Gerichtskosten nicht zu rechnen, und daß ferner nach §. 25. des Mandats, die Einrichtung der Stempelsteuer betr., vom 11. Januar 1819 bei zweiseitigen Verträgen — und ein solcher liegt hier vor — in der Regel der zu der Vertragsurkunde zu verwendende Stempel von jedem der Contrahenten zur Hälfte zu entrichten ist, hiernach nun aber, wenn Beklagter T. sich nach Bl. — der Beilagsacten unter Rep. I. G. no. 70. zu der alleinigen Berichtigung und beziehentlich Erstattung der durch die hier fragliche Kaufsangelegenheit erwachsenen „Gerichtskosten" der Klägerin S. gegenüber verpflichtet hat, zunächst nicht angenommen werden kann, daß derselbe sich auch zu Vergütung des nach der obenangezogenen Vorschrift des Stempelmandats zur Hälfte, d. i. hier nach Höhe von 13 Thlrn. —, —, von der Klägerin zu der Vertragsurkunde Bl. — der angezogenen Beilagsacten zu berichtigenden Contractsstempels habe verbindlich machen wollen, hiernächst auch, daß dies bei Abschluß des gedachten Vergleichs im Willen des Beklagten selbst gelegen habe, daraus, daß er später, nach Bl. — der nurgedachten Acten, um Erlaß des ganzen Contractsstempels eingekommen ist, mit hinreichender Gewißheit um deswillen nicht gefolgert werden darf, weil er dies, soviel die andere, die Klägerin betreffende Hälfte dieses Stempels anbelangt, ebensogut in der Absicht, zugleich, ohne hierzu verpflichtet zu sein, das Interesse seiner Mitcontrahentin, der Klägerin, aus freien Stücken wahrzunehmen, gethan haben und derselbe überdies durch die amtliche Zufertigung des Bl. — der angezogenen Beilagsacten erwähnten Sportelzettels in den entschuldbaren Irrthum, daß er den ganzen Contractsstempel wenigstens verlagsweise an das Gericht abzuführen und diesem gegenüber zu vertreten habe, versetzt worden sein kann, vielmehr es Sache der Klägerin, als desjenigen Theils, welcher hierdurch eine ihm nach dem oberwähnten Gesetze an und für sich obliegende Verbindlichkeit von sich abwenden wollte, gewesen wäre, dies deutlich als eine Bedingung des wegen Rückgängigmachung des hier fraglichen Kaufgeschäfts mit dem Beklagten abzuschließenden Vergleichs auf- und festzustellen, während, im Mangel hiervon, davon auszugehen ist, daß bezüglich des gedachten Stempels gar keine Vereinbarung vorliege und es deshalb bei der allegirten Vorschrift des Stempelmandats im concreten Falle bewenden sollen, endlich auch, was die außer der Vergütung der Hälfte des Contractsstempels von der Klägerin geforderten —, 19 Ngr. 3 Pf. Gerichtskosten betrifft, selbst dann, wenn man der Klägerin bezüglich des Contractsstempels beistimmen könnte, ein Gleiches doch nicht bezüglich der gedachten Gerichtskosten geschehen dürfte, da es Klägerin zu der gerichtlichen Mahnung, durch welche dieselben erst hervorgerufen worden sind, im Hinblick auf jene Bestimmung in §. 25. des oben mehrfach angezogenen Mandats, welches für den Richter bei der Einziehung der Stempelgebühr, ohne alles Absehen auf ein etwa entgegenstehendes Parteiabkommen, die Verpflichtung, von jedem der Contrahenten die antheilige Berichtigung des Stempels zu fordern, festsetzt, gar nicht hätte kommen lassen sollen,

hiernach allenthalben also der Klaganspruch in seinem ganzen Umfange unbegründet erscheint;

so hat der Klägerin Suchen in Bezug auf das angezeigte und erörterte Rechtsverhältniß schlechterdings nicht Statt, es ist dieselbe auch dem Beklagten die durch diesen Rechtsstreit sowohl, als die durch das demselben vorausgeschickte Mahnverfahren verursachten Kosten zu erstatten verbunden."

Gegen diesen Bescheid wendete nun zwar Klägerin Berufung ein, es erkannte aber das Königliche Appellationsgericht zu Dresden im Jahre 1864:

„Daß der Bl. — zu lesende, am 11. December 1863 bekannt gemachte Bescheid (erster Instanz) aus den demselben einverleibten Gründen, welchen beizupflichten gewesen, und weil Stempelbeträge nur insoweit zu den Gerichtskosten gerechnet werden können, als dergleichen von den Gerichtsbehörden zu den von ihnen auszufertigenden Schriften verwendet worden sind, nicht aber, insoweit diese Behörden nur darüber zu wachen haben, daß der gesetzlich vorgeschriebene Werthstempel allenthalben gehörig verwendet werde, im Uebrigen aber die von der Klägerin Bl. — bemerkten Umstände keineswegs so beschaffen sind, daß daraus ein für den von ihr erhobenen Anspruch günstiger Schluß gezogen werden könnte, vielmehr diese Umstände zum Theil nur darauf hinweisen, daß darüber, wie es mit dem Contractsstempel gehalten werden solle, in dem Protokolle Bl. — der Beilagsacten unter Rep. I. G. no. 70. überhaupt Etwas nicht bestimmt worden sei, zum Theil eine Schlußfolgerung auf die Wahrheit der von der Klägerin aufgestellten Behauptung nicht rechtfertigen, was insbesondere von den Anführungen Bl. — gilt, indem das Erlaßgesuch Bl. — der angezogenen Acten offenbar durch das Liquidum Bl. — hervorgerufen, dieses aber in dem betreffenden Punkte aus einem Irrthum des Beamten, welcher dasselbe aufgestellt, hervorgegangen ist, wie hiermit geschieht, zu bestätigen, und Klägerin die durch das eingewendete unerhebliche Rechtsmittel verursachten Kosten Beklagtem zu erstatten verbunden ist." rc.

68.

Das Circular der vormaligen Landesregierung vom 6. Februar 1804 ist durch das Gewerbegesetz aufgehoben worden.

Mitgetheilt von

Herrn H. in E.

Nach §. 1. des Circulars der vormaligen Landesregierung vom 6. Februar 1804 (C. A. C. III. T. I. S. 203.) durften Spitzen- oder Klöppelherren keine Klöpplerin ohne ein Zeugniß, daß ihr voriger Klöppelherr von ihr befriedigt sei, annehmen, außerdem hafteten sie bis zu 20 Thlrn. —, — für dessen Anforderungen.

Auf Grund dieser Bestimmung, sowie unter dem Anführen, daß die Klöpplerinnen St. und Sch. in T. seit zehn Jahren bei ihm gearbeitet und erstere am 11. Mai 1862 einen Vorschuß von 9 Thlrn. 1 Ngr. —, und letztere am 4. April 1863 einen Vorschuß von 3 Thlrn. 15 Ngr. 3 Pf. von ihm inne gehabt, ohne daß dieselben seit gedachten Tagen fernere Arbeiten an ihn abgeliefert, erhob der Spitzenhändler H. in G. wider den Fabrikant W. in T., bei welchen beide Klöpplerinnen ohne das nach dem obenerwähnten Circular erforderliche Zeugniß in Arbeit genommen worden waren, Bagatellklage, indem er eine Entscheidung dahin beantragte, daß Beklagter W. die beregten Vorschüsse von 9 Thlrn. 1 Ngr. —, und 3 Thlrn. 15 Ngr. 3 Pf. nebst Verzugszinsen refusis expensis an ihn zu bezahlen schuldig sei.

Das Königl. Gerichtsamt E., als Proceßgericht, beschied indessen Klägern, daß, da das Circular, auf Grund dessen Klage erhoben worden, durch das neue Gewerbegesetz §§. 59. und 126., sowie durch §. 91. der Ausführungsverordnung dazu als aufgehoben anzusehen sei, der geklagte Anspruch als schlechterdings unstatthaft zurückzuweisen sei.

Auf eingewendete Appellation bestätigte das Königl. Appellationsgericht zu Zwickau diese Resolution durch Verordnung vom 29. Februar 1864 aus folgenden Gründen:

„Das Circular der Landesregierung vom 6. Februar 1804, auf welches der geklagte, ganz geringfügige Anspruch im Wesentlichen sich stützt, enthält neben der von der Klägerin für sich angezogenen, allerdings civilrechtlichen Vorschrift in §. 1. ebendaselbst und in den folgenden Paragraphen unzweifelhaft gewerbrechtliche Bestimmungen, welche theils eine Beschränkung der Arbeitsgeber in der Wahl ihres Arbeitspersonals und beziehentlich des letzteren in der Wahl ihrer Arbeitsgeber befassen, theils auf die Ordnung und den Schutz des Klöppelgewerbes abzwecken, wie daraus hervorgeht, daß bei Strafandrohung die Klöppelmägde ihre Herren nicht ohne deren Einwilligung verlassen, die erhaltenen Muster Anderen nicht mittheilen, und die Spitzen- und Klöppelherren ihre Arbeiter nicht mit Waaren auslohnen sollen.

Nun ist aber nach §. 59. des Gewerbegesetzes vom 15. October 1861 jeder Gewerbtreibende in der Wahl seines Arbeits- und Hülfspersonals unbeschränkt und zufolge §. 47. der Ausführungsverordnung findet ebenso jede Art zwangsweiser Beschränkung fremder Gewerbsgehülfen in der Wahl und im Wechsel der Werkstätten nicht weiter statt.

Vielmehr ertheilt die Verordnung vom 15. October 1861 durch Einführung der Arbeitsbücher hierunter neue und selbstständige Vorschriften, namentlich unter Anderem in §. 12. dahin, daß Arbeiter oder Gehülfen ohne Vorzeigung eines in Ordnung befindlichen Arbeitsbuches nicht in Arbeit genommen werden dürfen.

Gleichergestalt regelt §. 67. des Gewerbegesetzes die Folgen eigenmächtigen Verlassens der Arbeit durch das Arbeitspersonal, während §. 69. die Modalität der Auslohnung und §. 72. den Musterschutz bestimmt.

Es würde also schon hieraus die indirecte Aufhebung der älteren Anordnungen auch des gedachten Circulars zu folgern sein.

Nicht der mindeste Zweifel aber kann desfalls übrig bleiben, wenn man weiter berücksichtigt, daß in §. 126. des Gewerbegesetzes alle mit dessen Inhalt im Widerspruch stehenden älteren Gesetze und Verordnungen, Statuten u. s. w. aufgehoben und darunter nach §. 91. der Ausführungsverordnung alle diejenigen zu verstehen sind, deren in letzterer als noch geltend nicht besonders gedacht wird.

Das mehrerwähnte Circular findet sich darunter nicht und wie dasselbe deshalb für ausdrücklich beseitigt zu gelten hat, so sind damit auch die in ihm ertheilten civilrechtlichen Bestimmungen um so gewisser außer Kraft getreten, als es anderen Falles eines Vorbehaltes derselben im Gesetze bedurft haben würde, während im Gegentheil gemäß §. 59. des letzteren von nun an die Rechtsverhältnisse zwischen den Gewerbtreibenden und ihren Arbeitern, lediglich nach dem allgemeinen bürgerlichen Rechte und soweit nicht ausdrückliche Beschränkungen angeordnet worden, sich richten sollen.

Hierzu kommt endlich, daß, da das Gewerbegesetz bereits mit dem 1. Januar 1862 seine Wirksamkeit begonnen hat, nach dem eignen Anführen der Klägerin aber Bl. — die daselbst genannten beiden Arbeiterinnen erst nach dem 11. Mai 1862 und beziehentlich nach dem 4. April 1863 von ihr weg und zu dem Beklagten sich gewendet haben sollen, die Klägerin auch auf vorher erworbene, nach §. 92. der Ausführungsverordnung in ihrem Fortbestande anerkannte Rechte sich nicht beziehen könnte.

Ist somit schon jetzt zu übersehen, daß es für die geltend gemachte Verbindlichkeit des Beklagten an geeigneten Unterlagen gänzlich gebricht, so hat, wenn schon in der Regel besage §. 11. unter b. und §. 18. des Gesetzes vom 16. Mai 1839 die Abweisung der Klage erst in dem nach §. 17. anzuberaumenden Verhandlungstermine erfolgen soll, vorliegend doch die Bl. — verfügte Abweisung a limine nicht gemißbilligt werden mögen." ꝛc.

Miscellen.

Immatriculation von Advocaten. Vom Justizministerium ist der Bürgermeister in Zwönitz, Herr Johann Friedrich August Pfennigwerth, zum Advocaten ernannt und als solcher verpflichtet worden.

Todesfälle. Gestorben: am 1. Juli 1864 der Staatsanwalt a. D. Gustav Wilhelm Hammer in Leipzig; am 5. Juli 1864 der Advocat Julius Schirmer in Dresden, und am 8. Juli 1864 der Stadtrichter, Advocat Heinrich Adolph Hering in Schandau.

Redacteur: Dr. Theodor Tauchnitz. Officin der Verlagshandlung.

Von diesem Wochenblatte erscheinen jährlich 64 Nummern zu 1 Quartbogen und außerdem am Jahresschlusse ein ausführliches Register.

Wochenblatt
für
merkwürdige Rechtsfälle,
in actenmäßigen Darstellungen
aus dem Gebiete der Justizpflege und Verwaltung
zunächst für das
Königreich Sachsen.

Alle Postämter u. Buchhandlungen übernehmen Bestellungen und liefern das Quartal zu dem praenumerando zu entrichtenden Preise von 1 Thaler.

Verlag von Bernhard Tauchnitz in Leipzig.

№ 41. Neue Folge Zwölfter Jahrgang. 1864.

69.

Ueber das Wesen kaufmännischer Anweisungen. — Wechsel und Anweisungen sind im kaufmännischen Verkehre dem baaren Gelde gleichstehende Zahlungsmittel. — Die Ausstellung oder Begebung einer kaufmännischen Anweisung Behufs der Tilgung einer früheren Schuld enthält eine privative Novation.

Mitgetheilt von
Herrn S. in D.

Eine von dem Garnhändler B. in M. gegen den Rechtsvertreter in dem zu dem Vermögen des Fabrikanten K. in G. entstandenen Creditwesen im April 1863 bei dem Justizamte zu Forderglauchau erhobene Vindicationsklage beruhte auf der Angabe folgender factischer Umstände:

Der Fabrikant K. habe zur Berichtigung einer Schuld von 916 Thlrn. —ℊ —₰ an den Kläger für von demselben erkaufte, am 23. August 1862 an ihn abgelieferte 1100 Pfund 60r Zwirn zwei auf 416 Thlr. —ℊ —₰ und 500 Thlr. —ℊ —₰ lautende Anweisungen dem Kläger behändigt, Letzterer auch diese Anweisungen angenommen und weiter begeben; es seien jedoch diese Anweisungen, nachdem sie rechtzeitig den Bezogenen zur Zahlung vorgelegt worden, diese aber die Zahlung verweigert hatten, Mangel Zahlung protestirt worden. Nach der am 18. October 1862 erfolgten Eröffnung des Concurses zu dem Vermögen des Fabrikanten K. habe Kläger eine in der Concursmasse annoch in natura vorhandene, von ihm, Klägerm, als Theil der an genannten K. gelieferten Zwirnwaare recognoscirte Quantität derselben an 433 Pfund, da der Abschluß des Kaufes über die fragliche Waare und deren Ablieferung innerhalb eines Zeitraums von zwei Monaten, von Eröffnung des Concurses zurückgerechnet, geschehen, auf Grund der Bestimmungen in §. 20. des geschärften Banqueroutirmandats vom 20. December 1766 bei dem Concursgerichte vindicirt, inmaaßen für die gedachte Waare Baarzahlung nicht erlangt worden sei, die von K. zur Berichtigung des schuldigen Kaufgeldes an 916 Thlrn. —ℊ —₰ erhaltenen zwei Anweisungen aber, sowie überhaupt Sächsische Anweisungen der im Gesetze über kaufmännische Anweisungen vom 7. Juni 1849. §. 1. bis mit 4. gedachten Art im Verhältnisse zum ersten Nehmer schon aus dem Grunde nicht als Zahlung angesehen werden könnten, weil sie nicht acceptfähig seien und genau genommen weiter nichts als ein Zahlungsversprechen des Ausstellers und eine Zahlungsgestundung des Nehmers enthielten. Beklagter habe jedoch in seiner Eigenschaft als Gütervertreter im K.'schen Creditwesen der Herausgabe der gedachten 433 Pfund Zwirn aus der Concursmasse widersprochen.

Die erste Instanz ertheilte folgenden, am 23. Juli 1863 publicirten Bescheid:

„Weil nach dem von dem Oberappellationsgerichte constant befolgten und von dieser höchsten Spruchbehörde in mehrfachen Entscheidungen

vgl. z. B. Annalen des Königl. Oberappellationsgerichts, Bd. I. S. 24. 28. 75.

Zeitschrift für Rechtspfl. und Verwalt., N. F. Bd. XIII. S. 336. Bd. XVI. S. 452.

ausgesprochenen, übrigens dem Wesen des Verkehrs mit Wechseln entsprechenden Grundsatze durch die zum Zwecke der Erfüllung einer Verbindlichkeit erfolgte Ausstellung, Begebung oder Acceptation eines Wechsels jene frühere Verbindlichkeit völlig erlischt, wenn nicht ausdrücklich eine dieser Annahme entgegengesetzte Vereinbarung der contrahirenden Parteien vorliegt, demnach eine privative Novation in einem solchen Falle anzunehmen ist, da der Wechsel nicht bloßes Beweismittel, sondern eine zu Vertretung baarer Zahlung zwischen dem Geber und dem Empfänger geeignete Urkunde ist, also als Zahlungsmittel erscheint,

hiernächst weiter nach §. 1. des Gesetzes vom 7. Juni 1849, „die kaufmännischen Anweisungen betr.", kaufmännische Anweisungen den gezogenen Wechseln allenthalben gleichstehen,

und nun bei Anwendung dieser durch die Spruchpraxis und die Gesetze feststehenden Grundsätze auf den vorliegenden Rechtsfall die vom Kläger wider den Beklagten Bl. — erhobene Vindicationsklage ihrer Abweisung nicht entgehen kann, da der Kläger, wenn man auch im Uebrigen demselben rücksichtlich der zur Begründung seiner Vindication aufgestellten Behauptungen und Rechtsansichten beizutreten gehabt hat, Bl. — einräumen müssen, daß er zur Berichtigung der ihm an den Cridar K. aus dem in der Klage beschriebenen Kaufsgeschäfte zustehenden Forderung zwei auf 416 Thlr. —, —, und 500 Thlr. —, —, lautende Anweisungen angenommen, dieselben auch weiter begeben habe,

nach alledem aber klar zu Tage liegt, daß hierdurch die zwischen dem Cridar und dem Kläger bestandene, aus dem Kaufgeschäfte herrührende Verbindlichkeit des Ersteren erloschen und mittelst privativer Novation eine neue, der früheren zwar ihrem Umfange nach gleichstehende, jedoch auf einem anderen Rechtsgrunde beruhende, auch rücksichtlich ihrer Rechtsverfolgung heterogene entstanden ist, der Kläger auch sich zur Beseitigung dieser Vermuthung auf eine derselben entgegenstehende Vereinbarung zu beziehen nicht vermocht hat,

so hat des Klägers auf Herausgabe der in der Klage näher bezeichneten 433 Pfund 60r Zwirn gerichtetes Suchen, in Maaßen es angebracht, nicht Statt, es ist auch derselbe dem Beklagten die durch diesen Proceß entstandenen Kosten zu erstatten schuldig."

Dieser Bescheid wurde sowohl in zweiter als auch in dritter Instanz unter Vergleichung der Kosten der Rechtsmittel aus den den Erkenntnissen beigegebenen nachstehenden Gründen bestätigt.

Entscheidungsgründe zu dem Erkenntnisse des Königl. Appellationsgerichts zu Zwickau (publ. den 10. März 1864):

„Die Ansicht der vorigen Instanz, daß kaufmännische Anweisungen im Sinne des Gesetzes vom 7. Juni 1849 den gezogenen Wechseln allenthalben gleichstehen, kann allerdings in dieser Allgemeinheit nicht für richtig angesehen werden. Denn entsprechen die ausgestellten Anweisungen den im §. 6. des angeführten Gesetzes erwähnten Erfordernissen, d. h. lauten sie auf eine Summe von mindestens funfzig Thalern und überschreitet ihr Ziel drei Monate nicht, so können sie nach §. 4. nicht zur Annahme präsentirt werden, und geschieht es dennoch, so ist der Bezogene nicht verpflichtet, sich darauf zu erklären, der Inhaber aber nicht befugt, wegen Verweigerung der Annahme oder einer Erklärung darüber Protest zu erheben und Regreß zu nehmen.

Dies bedingt also eine wesentliche innere Verschiedenheit der kaufmännischen Anweisungen und der Wechseltratten. Die Tratte kann dem Bezogenen sofort zur Annahme vorgelegt werden, der Bezogene muß sich erklären, ob er acceptiren will oder nicht, hat er aber einmal angenommen, so wird er unwiderruflich verpflichtet, da er sein Accept nicht zurücknehmen kann. Ist also der Acceptant einer Tratte sicher und zahlungsfähig, so erhält der Inhaber schon durch das Accept die Sicherheit, daß zur gesetzten Zeit Zahlung erfolgen werde. Wird aber bei der Tratte die Annahme verweigert, oder eine Erklärung über die Annahme nicht gegeben, so kann der Inhaber Protest erheben, Regreß nehmen und die im §. 25 flg. der deutschen allgemeinen Wechselordnung bestimmte Sicherstellung dafür, daß die Zahlung der verschriebenen Summe wirklich erfolge, verlangen, nach Befinden auch desfalls im Wechselprocesse gegen den Aussteller und die übrigen Vormänner vorgehen.

Dies Alles fällt bei den kaufmännischen Anweisungen, wenn sie der §. 6. des Gesetzes vom 7. Juni 1849 entsprechen, weg. Eben weil sie nicht zur Annahme präsentirt werden, und der Bezogene nicht verpflichtet ist, sich über die Annahme zu erklären, erhält der Inhaber der Anweisung mit dem Papiere keine Garantie der Annahme, sondern blos eine Zusicherung der Zahlung am Verfalltage. Der Gläubiger kann also erst zur Verfallzeit Gewißheit darüber erlangen, ob er vom Bezogenen Bezahlung erhalten werde oder nicht. Erst dann kann er Regreß an den Aussteller oder an seine übrigen Vormänner nehmen.

Eine weitere Folge des Grundsatzes, daß bei Anweisungen Acceptation nicht verlangt werden kann, ist die, daß der Aussteller das in der Anweisung liegende Mandat an den Assignatar sowohl als auch an den Assignaten jederzeit widerrufen kann, was bei Wechseltratten, wenn das Accept einmal erfolgt ist, unmöglich und wirkungslos ist.

Bei diesen nicht unwichtigen Unterschieden zwischen den Anweisungen und Wechseltratten kann allerdings noch in Frage kommen, ob der in dem Mandate vom 23. December 1699 (Beilage XXVIII. zur Erl. Proceßordnung) ausgesprochene Grundsatz: Anweisung ist (der Regel nach) keine Zahlung, auch jetzt noch und trotz der im §. 8. des Gesetzes vom 7. Juni 1849 ausgesprochenen Aufhebung aller dermalen gültigen, die kaufmännischen Anweisungen betreffenden Gesetze anwendbar sei, wie

Curtius, Handbuch des sächs. Civilrechts, Th. IV. §. 1509. not. e. Abs. 2. 3. Ausg.

annimmt, oder ob man die neuerdings in vielfältigen Rechtssprüchen geltend gemachte Marime, daß, weil Wechsel Zahlung sei, durch Annahme von Tratten oder auch Properwechseln das ursprüngliche Rechtsverhältniß gelöst werde und an dessen Stelle die Wechselverbindlichkeit trete, auch auf die Annahme von kaufmännischen Anweisungen ausdehnen könne.

Die Consequenz für den vorliegenden Rechtsstreit liegt nahe. Wäre durch die Annahme der von dem Gemeinschuldner ausgestellten beiden Anweisungen das ursprüngliche Rechtsgeschäft gelöst worden, so könnte nicht die Rede davon sein, daß ein Creditgeschäft vorliege und der Kläger die an den Gemeinschuldner kurz vor Ausbruch des Concurses verkauften, in dessen Concursmasse theilweise noch in Natur vorhandenen Waaren in Gemäßheit der §. 20. des geschärften Banquerottirmandats vindiciren könnte.

Allein der Entscheidung dieser immerhin nicht zweifellosen Frage bedarf es in dem vorliegenden Falle nicht, aus folgender Erwägung:

Der Kläger hat beide ihm eingehändigte Anweisungen nach Bl. — weiter begeben. Er hat sich also voraussetzlich durch die Veräußerung der erhaltenen Papiere baares Geld verschafft oder die Anweisungen sonst zur Zahlung und zur Vertretung der Stelle des baaren Geldes Behufs der Tilgung eigner Schulden verwendet. Insoweit muß man also von der Voraussetzung ausgehen, daß er durch die Weiterbegebung der Anweisungen sich, **wenigstens vorläufig**, Geld für seine Garnlieferungen geschafft habe, und daß er selbst die Anweisungen nicht als Verbriefungsurkunden für seine Kaufgelderforderung und für seine dereinstige Befriedigung behandelt, sondern ihnen einen effectiven Werth beigelegt hat.

Schon insofern kann es zweifelhaft sein, ob man das in Rede stehende Garngeschäft unter solchen Umständen als ein Creditgeschäft im Sinne der §. 20. des Banquerottirmandats ansehen könne.

Es kommt aber noch dazu, daß Kläger, obschon die Anweisungen zur Verfallzeit nicht eingelöst und deshalb protestirt worden sind, dennoch in keiner Weise die ausdrückliche Behauptung aufgestellt hat, daß er seinen Nachmännern Rembours habe gewähren müssen und dadurch wieder in den Besitz der Originalanweisungen und der dazu gehörigen Proteste gelangt sei. Die auf der Rückseite der einen Anweisung Bl. — befindlichen Quittungen: „pr. acquit J. B. L. jun.“ und „pr. acquit allgem. deutsche Creditanstalt“ scheinen zwar darauf hinzudeuten, genügen aber namentlich bei dem gebrauchten Eidesantrage nicht, diesen Punkt völlig außer Zweifel zu setzen, zumal J. B. L. jun. nicht der unmittelbare Nachmann des jetzigen Klägers ist. Hätte nun der Kläger seine Nachmänner aus irgend einem Grunde nicht befriedigt, so würde er dann doch die Valuta, welche er bei der Weiterbegebung der Anweisungen voraussetzlich erhalten hat, noch inne haben und sicherlich nicht vindiciren können, da er nicht Zahlung haben und zugleich die Waare zurückfordern darf.

Aus diesen Erwägungen war mithin der angefochtene Bescheid, wiewohl aus theilweis abweichenden Gründen, zu bestätigen und bei der Zurückweisung der erhobenen Klage in der angebrachten Maaße es zu belassen.

Die Compensation der Appellationskosten ist Folge der Zweifelhaftigkeit der einschlagenden Rechtsfragen.“

Entscheidungsgründe zu dem Erkenntnisse des Königlichen Oberappellationsgerichts (vom 2. Juni 1864):

„Der an die Spitze der Entscheidung der ersten Instanz Bl. — gestellte Satz, daß die zum Zwecke der Erfüllung einer Verbindlichkeit geschehene Ausstellung, Begebung oder Acceptation eines Wechsels **im Zweifel** jene Verbindlichkeit aufhebt, mithin das Forderungsrecht aus dem Wechsel an die Stelle des Forderungsrechtes aus der ursprünglichen Obligation tritt, ist von dem Oberappellationsgerichte bekanntlich seit geraumer Zeit consequent befolgt und namentlich auch auf die Ausstellung und Begebung von kaufmännischen Anweisungen schon vor dem Erscheinen des die Letzteren betreffenden Gesetzes vom 7. Juni 1849 angewendet worden.

vgl. Wochenblatt für merkw. Rechtsf., Jahrg. 1848. S. 335.

Was bis zu dem gedachten Zeitpunkte nach Maaßgabe des Mandats vom 23. December 1829 und des Gesetzes, einige wechselrechtliche Bestimmungen betr., vom 18. Juli 1840. sub IX. und XI. bereits Rechtens war, daß die im Handel und bei dem Geschäftsbetriebe der Fabrikanten gebräuchlichen Anweisungen in Beziehung auf die Regreßnahme bei verweigerter Zahlung gegen Indossanten und Aussteller, sowie hinsichtlich der Verjährung den gezogenen Wechseln völlig gleichstehen, ist durch das vorangezogene neuere Gesetz in der Bestimmung sub 1. unzweideutig bestätigt worden. Denn hiernach stehen kaufmännische Anweisungen, soweit nicht in den folgenden Bestimmungen etwas Abweichendes festgesetzt ist, den gezogenen Wechseln allenthalben gleich und es folgt hieraus von selbst, daß daraus allein, weil, wie das Gesetz sub 4. ausdrücklich sagt, dergleichen Anweisungen der Verlegung zur Acceptation nicht bedürfen, auch der Assignat auf das Verlangen der Letzteren sich zu erklären nicht verbunden ist, nicht eine principielle Verschiedenheit zwischen kaufmännischer Anweisung und Tratte gesetzt werden kann, da hierdurch die vom Gesetze als Regel ausgesprochene Gleichstellung beider Arten von Papieren von vornherein ausgeschlossen gewesen wäre. Nach der Ansicht des Oberappellationsgerichts ist auch auf die Nichtacceptabilität der Anweisungen für deren materielle Bedeutung, ihre Betrachtung und Behandlung im Verkehrsleben, nicht das Gewicht zu setzen, welches Beklagter Bl. — theilweise unter Beistimmung der zweiten Instanz ihm beigelegt wissen will. Auch die Tratte mit festem Zahltage ist bekanntlich ein Papier, welches zwar von dem Bezogenen, der es nicht zurückweisen will, auf Vorlegen acceptirt, nicht aber vom Inhaber zur Acceptation vorgelegt werden muß, und die Erfahrung lehrt, daß im Handelsverkehre oft Tratten von Hand zu Hand gehen, welche die Nehmer im Vertrauen auf die Solidität der Aussteller oder des einen oder anderen Indossanten, von der Person des Bezogenen und von der Verlegung zum Accepte ganz absehend, erst bei Verfall zur Zahlung präsentiren.

So wenig nun des mangelnden Acceptes willen derartige Tratten aufhören, kaufmännische Papiere in dem Sinne zu sein, daß sie als wirkliches Zahlungsmittel zu gelten und der Beurtheilung nach dem im Eingange aufgestellten Satze zu unterliegen haben, ebensowenig mag der kaufmännischen Anweisung um ihrer Nichtacceptabilität willen ein von dem gezogenen Wechsel in der vorerwähnten Beziehung abweichender Charakter zugeschrieben werden. Der in dem Mandate vom 23. December 1699 ad 3. ausgesprochene Grundsatz, daß Anweisung (in der Regel) keine Zahlung sei, kann für das Gegentheil nicht angezogen werden. Er paßt, seiner sonstigen Gültigkeit unbeschadet, nicht mehr auf kaufmännische Anweisungen, nachdem dieselben seit dem vorgedachten Mandate im Handelsverkehre sich zu einem neben dem gezogenen Wechsel und in gleicher Weise wie dieser üblichen Zahlungsmittel ausgebildet haben und gesetzlich mit demselben Regreßbefugnisse gegen Indossanten und Aussteller, wie der gezogene Wechsel ausgestattet worden sind. Mit der Vorschrift des Mandats vom 23. December 1829, wonach der Inhaber einer solchen Anweisung nach gebührend erfolgtem Proteste gegen Indossanten und Aussteller zu regrediren und sie mit der Strenge des Wechselrechts zur Zahlung anhalten zu lassen berechtigt sein soll, ist die Voraussetzung, daß die Anweisung nur per modum mandati und zu dem Ende geschehen sei, daß der Gläubiger das Geld erheben und sich hierdurch bezahlt machen solle, unvereinbar, wie denn auch offenbar aus diesem Grunde das Gesetz vom 18. Juli 1840 sub IX. die Bestimmungen des mehrangezogenen Mandats, soweit sie sich bei Beantwortung der dritten und vierten Frage auf die kaufmännischen Anweisungen beziehen, ausdrücklich für aufgehoben erklärt hat, so daß von einem Zurückgehen auf die Grundsätze jenes älteren Mandats selbst dann nicht die Rede sein könnte, wenn das Gesetz vom 7. Juni 1849 sub 8. nicht noch besonders alle dermalen in Sachsen gültigen, die kaufmännischen Anweisungen betreffenden Gesetze, soweit sie nicht durch gegenwärtiges Gesetz wiederholt worden, aufgehoben hätte. Eher ließe sich aus der Bestimmung des letztgedachten Gesetzes sub 7., daß im Wechselhandel unter Wechseln, ohne besondere Vereinbarung, Anweisungen nicht zu verstehen seien, ein Bedenken gegen die Gleichstellung der Anweisung und der Tratte in Bezug auf die Geeignetheit als Zahlungsmittel zu dienen, ableiten. Es genügt jedoch, zur Beseitigung dieses Bedenkens daran zu erinnern, daß die kaufmännische Anweisung dem eigentlichen Wechsel gegenüber nur im territorial beschränkteren Kreise als sogenanntes kaufmännisches Papiergeld vorzukommen pflegt und insbesondere, wie die Berathungen der allgemeinen Deutschen Wechselordnung (vgl. Protokoll No. XXXI. S. 220 flg. der Hirschfeld'schen Ausgabe) ergeben, lediglich als particularrechtliches Institut seine Existenz neben dem eigentlichen Wechsel zu behaupten vermocht hat, daß daher folgerecht für das Interesse des Käufers, welcher einen Wechsel als Waare erhandelt, in der That es nicht für gleichgültig erachtet werden mag, ob ihm vom Verkäufer statt eines im ganzen Bereiche der Herrschaft der allgemeinen Deutschen Wechselordnung als Zahlungsmittel gültigen und gebräuchlichen Papieres ein anderes Papier gewährt wird, das seines particularen Charakters halber eine gleich umfassende und allgemeine Geltung nicht beanspruchen kann. Dies rechtfertigt aber keineswegs den Schluß, daß die Anweisung, soweit ihre (particulare) Geltung reicht, außerhalb des Wechselhandels, der Bestimmung zur Circulation weniger als der gezogene Wechsel genüge. Im Gegentheil hat gerade der Umstand, daß namentlich in Sachsen, im kleineren Verkehre der Industrie und des Fabrikstandes, der Gebrauch der Anweisung den des gezogenen Wechsels Behufs der Benutzung des Credits zu ersetzen pflegt, die Erhaltung des Instituts der Anweisungen veranlaßt, und es liegt daher kein ausreichender Grund vor, für die Frage, ob die Betheiligten, indem sie zu Erfüllung einer Verbindlichkeit ein zur Circulation im Handelsverkehre geeignetes Papier gegeben und angenommen, damit die Tilgung dieser Verbindlichkeit beabsichtigt haben oder nicht, einen Unterschied darauf zu setzen, ob dieses Papier ein gezogener Wechsel oder eine kaufmännische Anweisung im Sinne des Gesetzes vom 7. Juni 1849 sub 1. ist. Beide sind ihrer Beschaffenheit nach geeignet, als Zahlungsmittel im Handelsverkehre zu dienen, und es läßt sich nicht nachweisen, daß in dieser Beziehung in der Ansicht und dem Brauche des Handels- oder Fabrikstandes eine verschiedenartige Auffassung beider sich ausgebildet habe.

Nach dem Allen hat Man von der Voraussetzung auszugehen, daß die Bl. — in Abschrift ersichtlichen, in der durch das Gesetz vom 7. Juni 1849 sub 1. vorgeschriebenen Form ausgestellten Anweisungen von dem Gemeinschuldner Behufs der Tilgung seiner Verbindlichkeit aus dem abgeschlossenen Kaufcontracte dem Kläger gegeben und von diesem angenommen worden sind. Diese Voraussetzung wird im vorliegenden Falle durch besondere Umstände, aus welchen eine andere Willensmeinung der Contrahenten abgenommen werden könnte, nicht ausgeschlossen: in Klagabschnitt 5. ist vielmehr zugegeben, daß der Gemeinschuldner zu Berichtigung seiner (Kaufgelder-) Schuld die fraglichen Anweisungen gegeben und Kläger sie angenommen und weiter begeben habe. Kläger hat also die gedachten Anweisungen in der That, wie schon die zweite Instanz Bl. — bemerkt hat, als Zahlungsmittel, als sogenanntes kaufmännisches Papiergeld behandelt und in Circulation gesetzt, und wenn es dessen nach dem oben über das Wesen der kaufmännischen Anweisungen Bemerkten überhaupt noch bedürfte, so würde auch dieser Umstand für die Ansicht sprechen, daß nicht ein bloßes Mandat zu Erhebung des assignirten Betrags, sondern eine wirkliche Zahlung der Kaufgeldschuld in der Absicht der Betheiligten gelegen habe. Daß dadurch die Anwendung der Vorschrift im §. 20. des geschärften Banquerouttirmandats vom 20. December 1766, auf welche Kläger seine Reclamation der an den Gemeinschuldner verkauften Waare stützt, ausgeschlossen werde, bedarf keiner weiteren Ausführung. In seiner entgegengesetzten Deduction Bl. — wendet Kläger die an sich richtige Ansicht, daß jene Vorschrift des Banquerouttirmandats den Verkäufer der Waare vor den Nachtheilen des von dem Käufer voraussetzlich erlangten Credits zu schützen bezwecke, offenbar unrichtig an, wenn er die in Frage befangenen kaufmännischen Anweisungen einem bloßen schriftlichen Zahlungsversprechen gleichstellt und damit zu dem Schlusse gelangt, daß dem Gemeinschuldner der Kaufpreis creditirt worden sei, während in Wahrheit nicht eine Creditirung, sondern eine Bezahlung des Letzteren stattgefunden hat.

Obschon daher die Entscheidung zweiter Instanz lediglich zu bestätigen gewesen ist, so hat Man sich doch zu Compensation der Kosten des anderweiten Rechtsmittels veranlaßt gefunden, da die rechtliche Beurtheilung der Sache, wie die zum Theil differirenden Argumentationen der vorigen Instanzen ergeben, nicht völlig zweifellos ist."

70.

Ist eine Executivklage als solche statthaft, wenn darin irrelevante Thatsachen unzulässiger Weise auf Eid gestellt sind?

Mitgetheilt von

Herrn —e in L.

N. erhob gegen X. folgende Klage:

„Beklagter war Anfangs der fünfziger Jahre bei dem Patrimonialgerichte — angestellt, machte dort die Bekanntschaft der Tochter Klägers, N. N., und verheirathete sich mit derselben. Nach seiner gedachten Verehelichung ging er Klägern zu öfteren Malen behufs Tilgung seiner Schulden um Darlehne an und erhielt zu Folge dessen von Klägerm verschiedene Capitalien vorgestreckt, die er richtig ausgezahlt erhalten und in Empfang genommen hat; unter Anderm erhielt er von Klägerm auf sein Ansuchen die Summe von 750 Thlrn. —, —, geliehen und hat dieselbe richtig in Empfang genommen und ausbezahlt erhalten. Er bekannte auch den richtigen Empfang dieses Capitals, quittirte darüber unter Begebung der Ausflucht des nicht, nicht baar oder gar nicht zugezählten Geldes, verpflichtete sich, dasselbe nach vorausgegangener einvierteljährlicher, beiden Theilen freistehender Aufkündigung zurückzuzahlen, inzwischen aber mit $4\frac{1}{2}$ v. H. alljährlich zu verzinsen, und stellte Klägerm darüber sodann den in Abschrift sub ⊙ beigehenden Schuldschein d. d. Z. den 14. Juli 1859 eigenhändig aus.

Beklagter schuldet Klägerm hiernach besage dieses Schulddocumentes mindestens seit dem 14. Juli 1859 ein Darlehnscapital von 750 Thlrn. —, —, nebst jährlichen, von da ab bis zum 1. April 1863 zu berechnenden Capitalzinsen zu $4\frac{1}{2}$ v. H., deren Betrag sich mithin laut Berechnung auf 125 Thlr. 4 Ngr. 7 Pf. beläuft. Kläger hat seit länger denn einem Vierteljahre qu. Forderung Beklagtem gekündigt und die Rückzahlung dieses Darlehns von 750 Thlrn. —, —, nebst rückständigen Zinsen von Beklagtem gefordert, allein es trifft derselbe zu Klägers Befriedigung keine Anstalt.

Kläger trägt Beklagtem über den Inhalt der Klage von deren Anfang bis zu den Worten: „und ausbezahlt erhalten", ingleichen von und mit den Worten: „Kläger hat seit länger denn einem Vierteljahre" bis zu und mit den Worten: „keine Anstalt" den Eid an, fordert von ihm sub poena confessi et convicti Einlassung und Antwort darauf, so wie sub poena recogniti Anerkenntniß der in Abschrift beigehenden Urkunde sub ⊙ und beantragte zu erkennen,

> daß Beklagter dem Kläger das geforderte Darlehn von 750 Thlrn. —, —, nebst rückständigen, zu $4\frac{1}{2}$ v. H. auf die Zeit vom 14. Juli 1859 bis 1. April 1863 zu berechnenden jährlichen Zinsen von 125 Thlrn. 4 Ngr. 7 Pf. dafür zu bezahlen, sowohl die erwachsenen Proceßkosten zu erstatten schuldig."

Dieser Klage war sub ⊙ in Abschrift ein von Beklagtem vollzogenes Schulddocument vom 14. Juli 1859 beigefügt, Inhalts dessen derselbe bekennt, vom Kläger auf sein Ansuchen die Summe von 750 Thlrn. —, —, dargeliehen und ausgezahlt erhalten zu haben, darüber rc. quittirt und sich verpflichtet, das Capital nach einvierteljährlicher, beiden Theilen freistehender Aufkündigung zurückzuzahlen, inzwischen aber mit $4\frac{1}{2}$ v. H. zu verzinsen.

Nachdem Beklagter im Termine die Recognition der von dem Kläger im Originale producirte Schuldurkunde ⊙ abgelehnt, die auf Eid gestellten Punkte aber im Wesentlichen geleugnet und den Eid referirt hatte, erklärte Kläger, er wolle den bis zu den Worten „ausbezahlt erhalten" angetragenen Eid fallen lassen, und erbot sich im Uebrigen zu Leistung des Eides.

Das Proceßgericht ließ es in dem abgefaßten Bescheide bei der Erklärung des Klägers, den beim 1.—11. Einl.-Abschn. gebrauchten Eidesantrag fallen zu lassen, bewenden, wies aber die Klage ref. exp. in der angebrachten Maaße ab, und bemerkte, daß außer dem — hier nicht vorliegenden — Falle des gemischten Executivprocesses dem Kläger nicht gestattet sei, auf einen Theil der Klage unter Eidesantrag Einlassung und Antwort und rücksichtlich des andern Recognition der dem Anspruche zu Grunde gelegten Urkunden zu fordern; wenn Kläger den hierunter sich zu Schulden gebrachten Fehler der Klage durch Fallenlassen des Eidesantrags bei den obengedachten Einlassungsabschnitten verbessern wollen, so würde zwar diese mutatio libelli in modo probandi nicht nothwendig zu einer Abweisung der Klage führen, solchenfalls vielmehr nur auf Anberaumung eines anderweiten Rechtstermins zu interloquiren gewesen sein, es eigne sich jedoch der die Kündigung des Darlehnscapitals betreffende Klagpassus, über welchen Kläger auch im Executivprocesse des Eidesantrags sich zu bedienen berechtigt sei, hierzu nicht, weil das diesfallsige Anführen ad pct. 13., daß die Aufkündigung seit länger als einem Vierteljahre erfolgt sei, für das gebrauchte Beweismittel als zu allgemein sich darstelle, insofern es an der Angabe bestimmter Grenzen, innerhalb welches Zeitraums die Aufkündigung erfolgt sein solle, um so gewisser fehle, als die Klage nicht einmal ein Anhalten dafür biete, zu welcher Zeit zwischen den Parteien das fragliche Darlehngeschäft abgeschlossen und das Capital der 750 Thlr. —, —, an Beklagten ausgezahlt worden sein solle.

Auf Appellation des Klägers erkannte das Königl. Appellationsgericht zu Leipzig am 23. October 1863:

„Dieweil dem 5ten und 6ten Gravamen des Klägers rechtliche Beachtung nicht hat versagt werden mögen, da

a) der Inhalt der der Klage zu Grunde gelegten Urkunde Bl. — sub ⊙, bis zu dem Nachweise beachtlicher Exceptionen, über die Verbindlichkeit des Beklagten, an den Kläger nach vorgängiger vierteljähriger Kündigung einen als Darlehnschuld bezeichneten Capitalbetrag von 750 Thlrn. —, —, zu bezahlen und diese Schuld vom 14. Juli 1859 an bis zu deren Tilgung mit $4\frac{1}{2}$ Procent jährlich zu verzinsen, klare Maaße giebt,

b) der Beweis der Aechtheit des nurgedachten Schriftstücks dadurch für erbracht zu achten ist, daß der Kläger dasselbe in dem Termine Bl. — in dem Originale producirt, der Beklagte aber der in die Ladung Bl. — aufgenommenen Verwarnung ungeachtet jede Erklärung über Recognition oder Diffession dieses Documents verweigert hat, mithin die unter dem letzteren befindliche Unterschrift für anerkannt zu achten ist,

c) die von der vorigen Instanz verneinte Frage, ob das den Kündigungspassus betreffende Anführen in der Klagschrift Bl. — mit der für den Eidesantrag geeigneten Bestimmtheit und Deutlichkeit vorgetragen worden sei oder nicht, dahingestellt bleiben kann, weil seit der eine erneute Mahnung enthaltenden Insinuation der Klage eine Vierteljahresfrist vorlängst abgelaufen ist, der Kläger das Petitum auf Verzugszinsen nicht gerichtet und, den Kostenpunkt anlangend, der Beklagte dadurch, daß von ihm auch nach dem Ablaufe jener Frist die Tilgung der klagbar gemachten Schuld nicht bewirkt worden ist, ein Verhalten an den Tag gelegt hat, welches zur Genüge darauf hinweist, der Kläger würde auch dann, wenn er zur Zeit der Anstellung der gegenwärtigen Klage sich auf eine gerichtliche Kündigung beschränkt hätte, nach dem Ablaufe der dreimonatlichen Frist zu der Anrufung richterlicher Hülfe Behufs seiner Befriedigung und zu dem nämlichen Kostenaufwande genöthigt gewesen sein, der für ihn durch den Beginn des gegenwärtigen Rechtsstreites in erster Instanz entstanden ist,

d) der Umstand, daß der Kläger in dem Eingange der Klagschrift bis zu den Worten „ausbezahlt erhalten" Bl. — eine Reihe von Thatsachen angeführt und auf den Eid gestellt hat, rücksichtlich deren der s. g. gemischte Executivproceß weder den Eidesantrag, noch solenne Beweisführung gestattet, zwar einen auffälligen Mangel juristischer Umsicht darlegt, nicht aber die Füglichkeit ausschließt, die Klage als Executivklage aufrecht zu erhalten und auf Grund der Urkunde, auf welche sie sich stützt, wie in Berücksichtigung der oben sub c. hervorgehobenen Momente eine provisorische Condemnatoria, auf welche sich die Verurtheilung des Beklagten in dem Urkundenprocesse nach dessen rechtlicher Bedeutung und Eigenthümlichkeit jederzeit zu beschränken hat, auszusprechen, da jene auf Eid gestellten Thatsachen theils für die Begründung des klagbar gemachten Anspruchs völlig irrelevant, theils solche sind, deren Verificirung es neben der durch die Urkunde Bl. — gelieferten Bescheinigung nicht bedarf, während der formelle Einwand,

> die der Klage gegebene Einlassung lasse unaufgeklärt, welche Proceßgattung der Kläger habe wählen wollen, ob den Ordinarproceß oder den Executivproceß, der Beklagte habe keine processualische Verpflichtung gehabt, seine Vertheidigung cumulativ auf beide Proceßgattungen einzurichten, die Klage sei daher, um den Beklagten nicht in seinem rechtlichen Gehöre zu verkürzen, in der angebrachten Maaße abzuweisen, da bekanntlich eine Verbindung des Executiv- mit dem Ordinarprocesse, außer in den gesetzlichen Ausnahmefällen des s. g. gemischten Executivprocesses, unzulässig sei,

sich durch die Erwägung erledigt, daß — abgesehen davon, daß in dem Präsentationsschreiben Bl. — die Klage ausdrücklich als Executivklage bezeichnet worden ist — nicht nur der Kläger in der Klagschrift durch die Bemerkung Bl. —,

> der Beklagte schulde ihm das Libellat besage des in Abschrift beigefügten Schuldscheines,

und durch die Erklärung Bl. —,

> er fordere Anerkenntniß dieses Documentes, dessen Original er im Termine produciren werde, sub poena recogniti,

die Absicht, den Executivproceß anzustellen, deutlich zu erkennen gegeben, sondern auch das Proceßgericht in der Vorladung Bl. — die Klage als eine Executivklage behandelt, und demgemäß in diese Ladung die Bedeutung, Beklagter habe sich über Recognition der Klagurkunde sub ⊙ sub poena recogniti zu erklären, aufgenommen hat, eine Bedeutung, die, wäre die Einleitung des Ordinarprocesses beabsichtigt worden, nicht hätte aufgenommen werden können und dürfen, sonach der Beklagte darüber, welcher Proceßgattung entsprechend er seine Vertheidigung einzurichten habe, nicht füglich in Zweifel sein können, selbstverständlich aber es demselben freigestanden haben würde, die Einlassung auf die Bl. — ad pct. 1. c. 1—11. geleugneten Behauptungen zu unterlassen, da keine derselben sich auf Thatsachen bezieht, über welche auch in dem Executivprocesse ausnahmsweise der Eid angetragen werden darf, der Beklagte mithin nicht zu besorgen gehabt hätte, daß der entscheidende Richter, bei einer Verweigerung der Beantwortung dieses Theiles der Klage, der Vorladung Bl. — rechtliche Wirkung zugestehen würde,

endlich

e) dem Beklagten es unbenommen sein wird, die Bl. — sub 4. vorgeschützte exceptio non numeratae pecuniae, getraut er sich damit fortzukommen, in der Widerklage auszuführen,

so ist es bei dem ꝛc. Bescheide auf die eingewendete Berufung nicht zu lassen, sondern es ist die der Klage zu Grunde gelegte, in dem Termine Bl. — im Originale producirte Urkunde für anerkannt zu achten, und demgemäß der Beklagte dem Kläger die libellirten 750 Thlr. —ₓ —ₓ Hauptstamm sammt den Bl. — für die Zeit vom 14. Juli 1859 bis 1. April 1863 mitgeforderten vertragsmäßigen Zinsen zu 4½ Procent auf das Jahr gerechnet zu bezahlen, auch die in erster Instanz aufgelaufenen Kosten zu erstatten schuldig." ꝛc.

Auf Beklagtens Berufung wurde Seiten des Königlichen Oberappellationsgerichts mittelst Urthels vom 28. Januar 1864 der Bescheid erster

Instanz wieder hergestellt, und zwar aus folgenden Gründen:

„Man hat, bei wiederholter Erwägung, der vorigen Instanz in der Ansicht, daß die Bl. — erhobene Klage als Executivklage aufrecht zu erhalten sei, beizupflichten nicht vermocht, vielmehr die in erster Instanz ausgesprochene Abweisung des klägerischen Suchens in der angebrachten Maaße für gerechtfertigt erachtet.

Ob Kläger die Absicht gehabt, den Executivproceß anzustellen, ließ sich weder daraus, daß derselbe in dem Präsentschreiben Bl. — die Klage als Executivklage bezeichnet hatte, noch daraus, daß er in seinem Klagvorbringen eine Bemerkung dahin: daß der Beklagte besage des in Abschrift beigefügten Schuldscheines ihm das Libellat schulde, einfließen lassen, noch endlich aus der gleichzeitig sub poena recogniti geforderten Recognition der qu. Schuldurkunde mit Sicherheit folgern; denn abgesehen davon, daß nicht sowohl die Absicht Klägers, als die Beschaffenheit der Sache selbst entscheidend sein würde, hatte andererseits Kläger in der Ueberschrift Bl. — die Klage als „Darlehnsklage" bezeichnet, sodann unter näherer Specialisirung des zwischen ihm und dem Beklagten angeblich verhandelten Darlehnsgeschäfts über dessen Bedingungen und Abschluß, sowie die darüber erfolgte Ausstellung einer Schuldurkunde sich des Eidesantrags bedient und in allen diesen Beziehungen auch Einlassung und Antwort sub poena confessi et convicti gefordert. Es ließ sich daher wenigstens mit eben so viel Grund annehmen, daß Kläger den Ordinarproceß anzustellen bezweckt habe, wofür auch ein zureichender Grund insofern gar wohl denkbar war, als, während der Executivproceß seiner Eigenthümlichkeit nach nur zu einer provisorischen Verurtheilung führen kann, welche der Beklagte möglicherweise mittelst der Widerklage zu beseitigen im Stande, im Ordinarprocesse durch An- und Ausführung der eigentlichen causa debendi — hier des Darlehnsvertrages — und Berücksichtigung der gegnerischer Seits etwa vorgebrachten peremtorischen Exceptionen, zu einer definitiven Entscheidung gelangt wird. Auch die Bl. — vom Proceßgerichte erlassene Ladung erschien nicht geeignet, die Ungewißheit über die gewählte Proceßgattung, welche gleichwohl für die processuale Vertheidigung des Beklagten maaßgebend war, für den letztern zu beseitigen, da Beklagter in selbiger eben sowohl zur Einlassung und Antwort auf den „ins Gewissen gestellten Theil der Klage", als zur Recognition der der Klage abschriftlich beigefügten Urkunde sub ⊙ präjudiciell aufgefordert worden.

Die Einwendungen des Beklagten gegen die Statthaftigkeit der Klage waren daher nicht unbegründet, und es darf demselben folglich auch nicht zum Nachtheile gereichen, wenn er seine Vertheidigung den Regeln des Executivprocesses gemäß gegen diese Klage zu bewirken unterlassen, oder abgelehnt, vielmehr — was er bei deren Fehlerhaftigkeit nicht einmal nöthig hatte — vorsorglich sich auf dieselbe einlassen und auf den über den Klaggrund angetragenen Eid erklären zu müssen geglaubt hat.

Allerdings hat nun zwar Kläger in der Replik Bl. — über seine Intention, executive zu klagen, sich bestimmt ausgesprochen, auch den gebrauchten Eidesantrag, so weit derselbe die Begründung seiner Forderung und nicht blos die Kündigung betraf, zurückgezogen, allein für die Aufrechthaltung der Klage kam dies offenbar zu spät und es hat vielmehr diese Erklärung in der Replik die Wirkung, daß nunmehr die Klage auch nicht mehr als Ordinarklage behandelt und auf den Bl. — referirten Eid erkannt werden kann, was außerdem nicht ausgeschlossen gewesen wäre."

Redacteur: Dr. Theodor **Tauchnitz**. Officin der Verlagshandlung.

Von diesem Wochenblatte erscheinen jährlich 64 Nummern zu 1 Quartbogen und außerdem am Jahresschlusse ein ausführliches Register.

Wochenblatt für merkwürdige Rechtsfälle,

in actenmäßigen Darstellungen aus dem Gebiete der Justizpflege und Verwaltung zunächst für das Königreich Sachsen.

Alle Postämter u. Buchhandlungen übernehmen Bestellungen und liefern das Quartal zu dem praenumerando zu entrichtenden Preise von 1 Thaler.

Verlag von Bernhard Tauchnitz in Leipzig.

№ 42. Neue Folge Zwölfter Jahrgang. 1864.

71.

Zur Lehre von dem forum contractus und dem vollen Landsassiat. — Klage gegen den Eigenthümer eines Berggebäudes aus einem Vertrage, welchen der für den Betrieb des Berggebäudes bestellte Bevollmächtigte über Lieferung einer zu diesem Betriebe bestimmten Maschine abgeschlossen hat.

Mitgetheilt von Herrn H. in E.

Die thatsächlichen Unterlagen des Processes, aus welchem diese Mittheilung entnommen, ergeben sich, soweit sie zum Verständniß nothwendig sind, aus den Entscheidungen der ersten und zweiten Instanz und denselben beigefügten Entscheidungsgründen, weshalb eine einleitungsweise Darstellung derselben umgangen werden kann.

Bescheid des Königl. Gerichtsamts E., publicirt den 20. April 1863:

„Würde Kläger den Grund der erhobenen Klage, insoweit solche nicht auf Eid gestellt und soviel ihm daran von der Beklagten verneint worden ist, binnen dreiwöchiger Frist, der Beklagten der Gegenbeweis, in welcher ihr auch die Bl. — unter V. behauptete Einrede weiter an- und auszuführen unbenommen bleibt, und Eidesantrag, beiden Theilen sonstige Rechtszuständigkeiten vorbehältlich, wie Recht erweisen, so ergeht in der Hauptsache, namentlich auch wegen des nach Bl. — Seiten Klägers der Beklagten angetragenen, von dieser dem Kläger Bl. — zurückgegebenen Eides fernerweit, was Recht ist.

Entscheidungsgründe:

Die Beklagte hat der erhobenen Klage

A.

zunächst Bl. — die Ausflucht des incompetenten Gerichtsstandes entgegengesetzt und zugleich mit darauf hingewiesen, daß in der bei Zufertigung der Klage unterm 22. October 1862 an sie erlassenen Vorladung ein Grund, warum das Proceßgericht sich der Verhandlung der Sache, welche doch eine rein persönliche Forderung betreffe, unterzogen, sich gar nicht angeführt befindet.

Diese Ausstellungen erscheinen jedoch aus zweierlei Gründen unhaltbar.

Einmal nämlich ist — wie Kläger Bl. — mit Recht hervorgehoben hat — die Beklagte als Ausländerin, weil sie im hiesigen Gerichtsbezirke nach Bl. — mit Grundstücken angesessen, vermöge des in Sachsen geltenden vollen Landsassiats verbunden, auch wegen rein persönlicher Ansprüche vor dem Proceßgericht, als dem Gerichtsstand der gelegenen Sache, Recht zu leiden.

vergl. Osterloh, ordentl. Proceß, 2. Ausg. §. 139. not. 11.

Dann aber ist das Proceßgericht auch als Gericht des angelegten Arrests zur Leitung und Entscheidung des gegenwärtigen Rechtsstrites competent.

Der Arrestschlag, durch welchen der Gerichtsstand in dieser Sache begründet wurde, war durch die Bl. — angezogene richterliche Resolution, vermöge deren auf den Antrag Klägers eine Protestation wider Weiterveräußerung und Weiterverpfändung der im hiesigen Gerichtsbezirke gelegenen Immobilien der Beklagten auf den betreffenden Grund- und Hypothekenbuchsfolien eingetragen und dies mittelst besonderer Verfügung dem Markscheider W., als dem

Bevollmächtigten und Schichtmeister der Beklagten, notificirt worden war, verfügt worden.

Es war daher, nachdem der procurator der Beklagten von dem erfolgten Arrestschlag ausdrücklich Kenntniß erlangt hatte, durchaus nicht nöthig, der Beklagten in der Zufertigung auf die Klage nochmals die Gründe, aus denen sich das Proceßgericht zur Verhandlung und Entscheidung der gegenwärtigen Differenz für competent erachten müßte, besonders namhaft zu machen.

Daß Seiten der Beklagten nach Bl. — wider diesen Arrestschlag Widerspruch erhoben und gegen eine Zurückweisung dieses Widerspruchs eventuell Appellation eingewendet worden, ändert an der Sachlage Nichts, da der Arrestschlag, über dessen Rechtsbeständigkeit in dem gegenwärtigen Rechtsstreite gar nicht zu entscheiden ist, zu Zeit der Anstellung der Hauptklage factisch bestand und noch jetzt fortbesteht, als wodurch allein schon die Competenz des Proceßgerichts in dieser Sache vollkommen begründet wird.

vergl. Gesetz vom 26. October 1834. §. VI.

Konnte demnach die exceptio fori incompetentis nicht als begründet erachtet werden und war folglich auf das Materielle der Sache einzugehen, so hat auf Beweis der Klage

B.

aus folgenden Gründen erkannt werden müssen:

Die Parteien sind über folgende Punkte einverstanden:

Die Beklagte, welche im Gerichtsbezirke des Proceßgerichts mit den unter Fol. 623. 624. 666. und 667. des Grund- und Hypothekenbuchs für die Stadt E. eingetragenen Immobilien angesessen ist und Zinnbergbau betreibt, hatte dem Markscheider W. die Bl. — unter A. ersichtliche Vollmacht ertheilt und diesen darin unter Anderem ermächtigt, Verträge aller Art rechtsverbindlich abzuschließen, Hypotheken anstatt ihrer zu bestellen, auch Geld in Empfang zu nehmen und darüber zu quittiren.

Vergl. Bl. —, sowie die Zugeständnisse der Beklagten bei den Einlassungsabschnitten 1. 3. 4 b. 6. 272. 274. 276. 278. 279. 281. Bl. —.

Hierauf hat der genannte ꝛc. W. am 22. April 1861 mit dem Kläger einen Maschinenlieferungsvertrag abgeschlossen, nach welchem Kläger an die Beklagte

a) eine horizontale Hochdruckdampfmaschine von 14 Pferdekraft in der laut Klagbeilage B. sub a. beschriebenen Ausführung, und zwar die eigentliche Dampfmaschine für den Preis von 1400 Thlrn. —, — im 30 Thaler-Fuße,

b) einen Dampfkessel von 16 Pferdekraft in der laut Klagbeilage B. sub b. beschriebenen Ausführung, und zwar den Kessel in einem Gewicht von circa 75 Centnern, die Kessel- und Ofenarmatur in einem Gewicht von circa 18 Zollcentnern für den Preis von 10 Thlrn. —, — im 30 Thaler-Fuße per Centner,

c) die sämmtlichen Dampf- und Wasserröhren, soweit solche zur Verbindung zwischen Dampfkessel und Maschine erforderlich sind, für den Preis von 200 Thlrn. —, — im 30 Thaler-Fuße,

d) ein Förderzeug aus den laut Klagbeilage B. sub d. bezeichneten Gegenständen bestehend, für den Preis von 10 Thlrn. —, — im 30 Thaler-Fuße per Centner,

frei ab Werkstatt in Ch., ausschließlich der Emballage, zu liefern sich verbindlich gemacht hat.

vergl. die Klage Bl. —, die Klagbeilage B. Bl. —, sowie die Zugeständnisse der Beklagten bei den Einlassungsabschnitten 283. 286. 287. 288. 290. 292. 294. 296. Bl. —,

Darauf, daß Beklagte dieses Abkommen in den Einlassungsabschnitten 8. 9. 11. 13—22. 24—31. geleugnet hat, ist um deswillen kein Gewicht zu legen, weil dieses Leugnen nur mit Rücksicht auf die Anmerkung zum Einlassungsabschnitt 284. Bl. — und auf das Bl. — sub I. und Bl. — sub II. von der Beklagten Vorgebrachte erfolgt ist.

Weiter hatte sich Kläger, gegenüber dem Markscheider W., noch verpflichtet, einen Monteur zur Aufstellung dieser Maschinen zu stellen, während letzterer demselben währenddem Kost und Logis entweder in Natur oder durch angemessene Entschädigung zu gewähren, auch die zur Aufstellung nöthigen Hülfsarbeiter, Materialien, Gebäude, Fundament der Art zu beschaffen übernommen hatte, daß der Monteur an der ununterbrochenen Aufstellung der Maschinen nicht behindert werde.

Vergl. den Inhalt der Klage Bl. —, der Klagbeifuge B. Bl. — und das Zugeständniß der Beklagten beim 294sten Einlassungsabschnitt Bl. —.

Dagegen hatte sich der Markscheider W. verpflichtet, die Preise für die Maschinen im 30 Thaler-Fuße, und zwar

1200 Thlr. —, — den 1. Mai 1861,

1200 Thlr. —, — bei Ingangsetzung der Maschinen und den Rest ein Jahr nachher,

an Klägern zu berichtigen.

Vergl. den Inhalt der Klage Bl. —, der Klagbeilage B. Bl. — und das Zugeständniß der Beklagten beim 294sten Einlassungsabschnitt Bl. —.

Daß sodann am 28. April 1861 die Beklagte durch den Markscheider W. die den 1. Mai 1862 fällige Rate der 1200 Thlr. —‚ —‚ an den Kläger durch die Post bezahlt, daß Kläger solche in Empfang genommen und nun die bestellten Maschinen habe anfertigen lassen, daß ferner der Markscheider W. in einem Briefe vom 21. Mai 1861 eine Dampfesse von Blech zu der mehrerwähnten Dampfmaschinenanlage bestellt habe, daß Kläger die bestellten Maschinen, wie sie in der Klagbeilage B. verzeichnet seien, nebst Wasserstand und Manometer, ingleichen die Blechesse mit Fundamentalplatte bis zum 10. August 1861 in seiner Fabrik habe fertig herstellen lassen und dies dem Markscheider W. am 10. August 1861 brieflich angezeigt, auch dabei mit, ob ihm die Zusendung genehm sei, angefragt habe, daß er jedoch eine Ordre der Zusendung weder Seiten der Beklagten, noch Seiten des Markscheiders W. erhalten habe, dies Alles ist Seiten der Beklagten theils verneint, theils mit Nichtwissen beantwortet worden.

Vergl. die bei den Punkten 61. bis 130. 132. 133. bewirkte Einlassung Bl. —.

Dabei hat die Beklagte noch folgende Einwendungen gegen die Schlüssigkeit der Klage und die Rechtmäßigkeit des Anspruchs erhoben:

A.

Der Markscheider W. habe allerdings in gewisser Beziehung Vollmacht von der Beklagten erhalten, doch erstrecke sich diese Vollmacht weder auf den libellirten Maschinenlieferungsvertrag, noch sei letzterer im Namen und Vollmacht der Beklagten abgeschlossen worden.

Habe daher ꝛc. W. eine Dampfmaschine bei Klägerm bestellt, so sei dies ohne Instruction und Auftrag Seiten der Beklagten geschehen. Selbst wenn Kläger behaupten wolle, daß der in der Klagbeilage B. referirte Vertrag verbindlich für Beklagte und im Interesse der derselben gehörigen Grube „E—er Vereinigt Feld Fundgrube" eingegangen sei und daß ebenfalls für diese Grube eine Esse bestellt worden, so würde er doch zugleich mit zu behaupten und zu beweisen gehabt haben, daß hierbei dem für besagtes Berggebäude bergamtlich festgestellten Betriebs- und beziehentlich dem vorgeschriebenen Oekonomieplane nicht entgegengehandelt worden sei.

Vergl. Bl. —.

B.

Weiter habe aber auch Kläger den in Rede stehenden Lieferungsvertrag nicht erfüllt, da er sich die Bl. — unter a. bis d. speciell hervorgehobenen Abweichungen von dem ursprünglichen Lieferungsvertrage erlaubt und andere Preise angesetzt habe.

Ferner sei Beklagte,

C.

wenn sie wirklich sonst die von Klägerm hergestellte Dampfmaschine nebst übrigen Gegenständen diesem abzunehmen und aufzustellen gehalten wäre, doch zur Bezahlung der jenseits geforderten Stammbeträge höchstens nur unter der Bedingung verpflichtet, **wenn** die fragliche Dampfmaschine **zuvor** bei der gesetzlich vorgeschriebenen Kesselprobe und Localrevision, die zur Zeit noch gar nicht erfolgt, den polizeilichen Vorschriften und in ihrer Gesammtheit dem Zwecke entsprechend befunden und bei ihrer Ingangsetzung sich als brauchbar bewährt habe.

Vergl. Bl. —.

Sodann habe

D.

Kläger zu viel gefordert, da im ungünstigsten Falle Beklagte nach dem unter B. Angeführten höchstens nur

930 Thlr. —‚ —‚ für den Dampfkessel nebst Kessel- und Ofenarmatur, einschließlich des Wasserstandes und Manometers, und höchstens nur

216 Thlr. —‚ —‚ für die Dampfesse

zu zahlen verbunden sei.

Vergl. Bl. —.

Schließlich habe

E.

Kläger im Spätherbste 1861 unter ausdrücklicher Acceptation des Markscheiders W. dem letzteren versprochen, die Dampfesse nebst Fundamentalplatte, als welche beide Gegenstände er, Kläger, schon anderweit an den Mann bringen würde, zurückzubehalten und eine Bezahlung dafür Seiten des Markscheiders W., beziehentlich Seiten der Beklagten nicht zu fordern.

Vergl. Bl. —.

Soviel nun zunächst die Einwendung

unter A.

betrifft, so erscheint dieselbe aus folgenden Gründen unbeachtlich.

Nach der Vollmacht Bl. —, deren Inhalt, soweit er hierher gehörig, beim 276sten Einlassungsabschnitte Bl. — ausdrücklich zugestanden worden, hat die Beklagte durch ihre Directoren den Markscheider W. bevollmächtigt:

> Verträge aller Art, namentlich Kauf-, Tauschverträge, rechtsverbindlich abzuschließen, zu dem Ende Eigenthum und sonstige Rechte zu erwerben, sich zu vergleichen, Kaufgelder zu bezahlen u. s. w.

Nach dieser Vollmacht erscheint der Markscheider W. zur Vornahme aller derjenigen Geschäfte und Rechtshandlungen, welche mit dem Betriebe des von der Beklagten unternommenen Zinnbergbauunternehmens in Verbindung stehen, mithin auch zum Ankauf der Materialien für die Grube, der Maschinen und Maschinentheile u. s. w., und zwar um so mehr berechtigt, als, wie dem Proceßgericht notorisch und wie die Beklagte Bl. — ausdrücklich zugegeben, er Seiten der Beklagten vornehmlich als Betriebsschichtmeister für das mehrerwähnte Bergbauunternehmen angestellt worden ist.

Es würde in der That den öffentlichen Credit, wie die Sicherheit des Publikums ernstlich gefährden, wenn der Bergbauunternehmer als Principal diejenigen Geschäfte nicht anzuerkennen brauchte, welche Dritte im Vertrauen auf das mit seinem Betriebsschichtmeister thatsächlich bestehende Mandatsverhältniß abgeschlossen haben.

Daß, wie die Beklagte Bl. — hervorhebt, die dem Markscheider W. ertheilte Vollmacht nur auf Handlungen, welche vor dem Grund- und Hypothekenbuche zu erfolgen hätten, beziehentlich in letzterem verlautbart werden sollten oder sonst direct Grundstücke beträfen, zu beziehen sei, kann um deswillen nicht angenommen werden, weil die in Rede stehende Vollmacht ganz allgemein und unbeschränkt lautet.

Auch dürfte es fraglich sein, ob eine solche Beschränkung des Umfangs der Vollmacht dritten Personen gegenüber rechtliche Wirkung zu äußern vermöchte.

Angenommen aber selbst, daß die mehrerwähnte Vollmacht nur auf Acte der freiwilligen Gerichtsbarkeit zu beziehen sei, würde dies doch für die Beklagte ein günstigeres Resultat deshalb herzustellen nicht im Stande sein, als, wie Kläger Bl. — mit Recht bemerkt, die Ausdehnung der Vollmacht auf Verträge über Grundeigenthum und damit zusammenhängende Dinge — das majus — ohnehin die Ermächtigung zum Abschluß von Verträgen auch rücksichtlich beweglicher Sachen — das minus — in sich schließen würde.

Darum, ob der Markscheider W. bei Abschließung des in Rede stehenden Maschinenlieferungsvertrags dem für das Berggebäude der Beklagten bergamtlich festgestellten und beziehentlich vorgeschriebenen Oekonomieplane entgegengehandelt, hatte sich Kläger nicht zu kümmern; hat der Markscheider W. in dieser Hinsicht eigenmächtig gehandelt, so kann er nach Befinden deshalb disciplinell von der Bergbehörde zur Rechenschaft gezogen oder seiner Mandantin, der Beklagten, gegenüber zum Schadenersatz verpflichtet werden, nicht aber kann dies dem in gutem Glauben handelnden Kläger, als dritter Person, nachtheilig sein.

Ebenso konnte

zu B.

den auf mangelhafte Contractserfüllung Seiten Klägers Bl. — und Bl. — gestützten Einwendungen der Beklagten ein rechtlicher Erfolg zugestanden werden.

Der Inhalt der Klage Bl. —, sowie der Inhalt des Contracts sub B. Bl. — weisen auf die Verabredung und den Abschluß eines Kaufvertrages hin, der im vorliegenden Falle auch um deswillen anzunehmen sein würde, weil Kläger das zu den bestellten Maschinen erforderliche Material hergegeben hatte.

Faßt man nun die von dem Kläger angestellte Klage als actio venditi auf, so erledigen sich die von dem Beklagten gegen die Statthaftigkeit derselben erhobenen Einwendungen durch die Erwägung, daß

vergl. Ackermann, Rechtssätze, Neue Folge Bd. VII. Seite 308 flg.

die der actio venditi entgegengesetzte exceptio non adimpleti contractus der Regel nach, und dafern sich nicht von dem Käufer beim Abschlusse des Kaufvertrages die vorgängige oder gleichzeitige Erfüllung des Contractes Seiten des Verkäufers ausdrücklich vorbehalten worden ist, ihre Wirkung verliert, sobald, wie im vorliegenden Falle geschehen, die Contrahenten für die Zahlung der Kaufgelder bestimmte Zahlungstermine festgesetzt haben.

Nicht minder erledigen sich die

zu C.

Seiten der Beklagten Bl. — erhobenen Einwendungen dadurch, daß die Zahlbarkeit der in §. 2. der Klagbeilage B. Bl. — stipulirten Kaufsummen gar nicht davon abhängig gemacht worden ist, daß erst die polizeilich vorgeschriebene Localrevision und Festigkeitsprobe voranzugehen habe und daß sich die zu liefernde Dampfmaschine erst nach ihrer Ingangsetzung als brauchbar bewähren müsse, sondern daß vielmehr die Bezahlung des Kaufgeldes ganz unabhängig von der Ablieferung der Maschine an im Voraus bestimmten Tagen zu erfolgen hatte.

Bei allen Verträgen muß auch natürlich zunächst die Absicht der Contrahenten, die lex contractus, als Richtschnur angesehen werden, nach welcher dieselben zu beurtheilen und zu erklären sind.

Enthält nun die Klagbeifuge B. Bl. — darüber, daß die Ablieferung der Maschine und deren Approbation der Bezahlung vorausgehen soll, Etwas nicht, so hat die gegenseitige Leistung in der Bl. — stipulirten Weise zu erfolgen, am wenigsten aber läßt sich behaupten, daß die Genehmigung, Approbation der Arbeit ein Bestandtheil der Contractserfüllung sei, da vielmehr letztere durch die bedungene Ausführung des Werkes selbst schon bewirkt wird.

Hätte sich die Maschine nicht bewährt, wäre sie fehlerhaft construirt gewesen, dazu kein tüchtiges Material verwendet worden, so würde allerdings die Beklagte berechtigt gewesen sein, nicht nur ihre diesfallsigen Schädenansprüche an Klägern, als Verkäufern, geltend zu machen, und resp. vom Kläger das, was aus ihren Mitteln zu Berichtigung des Kaufpreises bereits an Klägern bezahlt worden, mit der actio emti oder condictio sine causa zurückzufordern, für jetzt sind aber ihre Einwendungen lediglich gravamina de futuro, worüber gegenwärtig zu entscheiden, um so weniger an der Zeit, als die einschlagenden Verhältnisse sich zur Zeit noch gar nicht übersehen lassen.

Endlich ist der Beklagten auf ihr Vorbringen Bl. —,

> daß wenigstens ein Jahr hindurch nach der Ingangsetzung der Maschine letztere noch brauchbar geblieben sein müsse, wenn die Bezahlung des Restes des Facturenbetrags dafür gefordert werden dürfe,

entgegenzuhalten, daß, da sie die Annahme der bestellten Maschine und Maschinentheile verweigert, mithin den Eintritt der Voraussetzung, von welcher die Zahlbarkeit des Restes der klägerischen Forderung abhing, verhindert hat, wider sie die gesetzliche Vorschrift

C. 24. D. de cond. et demonstr. (35, 1.)

wirksam wird und sie hiernach nicht weiter berechtigt ist, auf jenen zu ihrem Gunsten gemachten Vorbehalt sich zu berufen.

Die

unter D.

vorgeschützte Einrede der Zuvielforderung erledigt sich durch dasjenige, was oben wider die Einwendungen der Beklagten unter B. gesagt worden ist.

Wenn endlich die Beklagte

unter E.

noch vorstellig gemacht hat, daß der zwischen Klägern und dem Markscheider W. über die Dampfesse und Fundamentplatte abgeschlossene Lieferungsvertrag dadurch, daß Kläger diese Gegenstände zurückbehalten, anderweit verkaufen und eine Bezahlung dafür von ꝛc. W.'n, beziehentlich von der Beklagten nicht fordern wolle, wieder aufgehoben worden sei, so ist diese Behauptung Seiten der Beklagten bis jetzt unbescheinigt gelassen worden und bleibt es ihr nachgelassen, solche in dem ihr vorbehaltenen Gegenbeweise weiter auszuführen.

Wie nun nach dem so eben Angeführten die erhobene Klage nicht für unstatthaft zu halten war, so war dem Kläger der Beweis seiner Klage, soweit dieselbe nicht auf den Eid gestellt worden, aufzuerlegen und der Beklagten der Gegenbeweis vorzubehalten.

Da jedoch in der Regel dann, wenn eine Klage zum Theil auf Beweis, zum Theil auf Eid gestellt ist, zunächst auf Beweis interloquirt und die Entscheidung über den Eid dem nach geführtem Beweise zu sprechenden Definitiverkenntnisse vorbehalten zu werden pflegt, so war die Entscheidung der auf dem, dem Kläger übrigens Bl. — zurückgegebenen Eide beruhenden Punkte einstweilen noch auszusetzen.

Ueber die Proceßkosten war, da blos interlocutorisch erkannt worden, jetzt nicht zu entscheiden."

Erkenntniß des Königlichen Appellationsgerichts zu Zwickau, publ. den 30. November 1863:

„Daß es bei nurgedachtem Bescheide (1. Instanz) insoweit, als in solchem

a.

die Klage auch wegen der Bl. — unter c. erwähnten acht und vierzig Thaler für Wasserstand und Manometer aufrecht erhalten und

b.

nur die Bl. — unter V. vorgeschützte Ausflucht zur Ausführung im Gegenbeweise nachgelassen worden ist, auf Beklagtens zweite und sechste Beschwerde nicht zu lassen, sondern es hat

zu a.

Klägers Suchen betreffs der erwähnten acht und vierzig Thaler —, —, immaaßen es angebracht, nicht Statt, während

zu b.

Beklagter unbenommen bleibt, den ihr vorbehaltenen Gegenbeweis auch auf die Bl. — unter c. behauptete Vereinbarung hinsichtlich der Dampfesse und auf das Bl. — erwähnte Abkommen bezüglich der Kesselprobe und des darüber beizubringenden Certificats mit zu richten.

Dagegen ist der nurgedachte Bescheid im Uebrigen, wie hierdurch geschieht, zu bestätigen und werden die Kosten jetziger Instanz unter den Parteien aufgehoben.

Entscheidungsgründe:

1.

Beklagte hatte bereits Bl. — ihre Einwendungen gegen die Competenz des Proceßgerichts sich vorbehalten, dies auch im Gütetermine Bl. — wiederholt und im Einlassungssatze selbst Bl. — die exceptio fori incompetentis vorgeschützt. Nicht minder hat sie dagegen, daß diese Einrede von der ersten Instanz nicht beachtet worden, auf Grund des Bl. —

gemachten Vorbehalts in der rechtzeitigen Deductionsschrift Bl. — eine besondere Beschwerde (grav. IV.) gerichtet, so daß mithin die Beurtheilung der Competenzfrage für die jetzige Instanz vollkommen offen steht und namentlich von einem stillschweigenden Verzichte auf den gedachten Einwand nicht die Rede sein kann.

Im Bescheide ist die Zuständigkeit des Proceßgerichts aus zwei Gründen angenommen worden, einmal nämlich, weil dasselbe als forum arresti zu betrachten und sodann, weil Beklagte im Gerichtsbezirke mit Immobilien angesessen sei und gegen sie, als Ausländerin, in foro rei sitae rein persönliche Ansprüche klagbar gemacht werden könnten. Auf den ersten Grund ist jedoch gegenwärtig nicht mehr zuzukommen, da, wie Allhier genugsam bekannt, die Bl. — erwähnte Protestation des Klägers in zweiter und dritter Instanz als unstatthaft zurückgewiesen worden ist. Was den zweiten Grund anlangt, so stützt sich die erwähnte Ausdehnung des fori rei sitae — soweit nicht solcher Staatsverträge entgegenstehen — auf das sogenannte volle Landsassiat, vermöge dessen wenigstens früher jeder Ausländer, welcher in Sachsen Grundeigenthum erwarb, auch rücksichtlich seiner persönlichen Angelegenheiten als sächsischer Unterthan behandelt wurde.

Vergl. Weiße, Lehrbuch des K. S. Staatsrechts, §. 46. Seite 87 flg.

Es ließe sich jedoch die Frage aufwerfen, ob dieses volle Landsassiat gegenwärtig noch bestehe, nachdem durch §. 10. des Gesetzes über Erwerbung und Verlust des Unterthanenrechts im Königreiche Sachsen vom 2. Juli 1852 bestimmt worden, daß ein Ausländer durch den Erwerb eines inländischen Grundstücks weder von selbst sächsischer Unterthan, noch zu Gewinnung des Unterthanenrechts verpflichtet wird, und ob daher jene Ausdehnung des fori rei sitae auf rein persönliche Klagen auch den Angehörigen solcher Staaten gegenüber, mit welchen keine speciellen Conventionen über die Leistung gegenseitiger Rechtshülfe bestehen, dermalen noch sich rechtfertigen lasse. Inzwischen kann dies dahin gestellt bleiben, da nach Ansicht der jetzigen Instanz die Competenz des Proceßgerichts schon aus folgenden Gesichtspunkten begründet erscheint.

Wie nämlich aus

L. 19. §. 2. D. de judic. (V. 1.)

L. 27. §. 1. D. ad munic. (L. 1.)

erhellt, ist derjenige, welcher an einem von seinem gewöhnlichen Wohnorte verschiedenen Orte ein Erwerbsgeschäft betreibt, verpflichtet, an diesem Orte wegen derjenigen Verträge Recht zu leiden, welche er bezüglich jenes Erwerbsgeschäfts oder bei dem Betriebe desselben abgeschlossen hat. Es ist dies insofern als eine Unterart des forum domicilii anzusehen, als

vergl. L. 27. §. 1. D. ad munic.

der Betrieb eines Geschäftsetablissements, auch wenn der Inhaber an dem Orte, wo dasselbe besteht, für gewöhnlich nicht wohnt, dem wirklichen Domicile gleichgeachtet wird, auch bekanntlich

vergl. L. 6. §. 2., L. 27. §. 2. D. ad munic.

an sich nicht unmöglich ist, daß eine und dieselbe Person als an zwei verschiedenen Orten gleichzeitig domicilirend angesehen werden müsse. Es ist auch der so eben erwähnte Gerichtsstand in den von der Königl. Sächs. Staatsregierung mit auswärtigen Regierungen abgeschlossenen Justizconventionen

(vergl. Art. 16. der Conventionen mit Preußen, Altenburg, Reuß und Gotha, publicirt durch die Verordnungen vom 21. December 1839, 20. Juni 1840, 21. Juli 1845 und 27. Juli 1848, sowie Art. 10. der Convention mit Baden, publicirt durch Verordnung vom 31. Juli 1855.)

stets anerkannt und vorbehalten worden, wie denn auch an sich kein Grund vorliegt, die Anwendbarkeit jener Vorschriften des römischen Rechts auf die heutigen Verhältnisse zu bezweifeln.

Besitzt nun Beklagte, wie sie Bl. — zu Einl.-Abschn. 1. und 3. geständig gewesen, im Bezirke des Gerichtsamts E. ein Bergwerk und ist der den Gegenstand des Processes bildende Maschinenlieferungsvertrag, wie wenigstens behauptet wird,

(vergl. den Eingang des Vertrags Bl. —)

insofern zum Zwecke des Betriebes jenes Bergwerks abgeschlossen, als die zu liefernde Maschine dort aufgestellt und verwendet werden sollte, so kann sich Beklagte nach Obigem auch nicht weigern, in dieser Angelegenheit vor dem Gerichtsamte E. Recht zu nehmen.

2.

Was die von der Beklagten gegen die Schlüssigkeit der erhobenen Klage vorgebrachten Einwendungen betrifft, so hat Man bei deren Beurtheilung vor Allem festzuhalten, daß die Klage zum größten Theile auf Beweis gestellt ist, und bekanntlich an eine Beweisklage nicht so strenge Ansprüche, als an eine Eidesklage, bezüglich der Specialität der vorgetragenen Thatsachen gemacht werden, vielmehr hier in der Regel die bestimmte Behauptung des Klägers genügt und deren nähere Ausführung eben Sache des künftigen Beweises ist. Diesen Standpunkt hat Beklagte nicht selten verkannt. Namentlich ist solches

a.

insofern der Fall, als Beklagte die Zurückweisung der Klage um deswillen verlangt, weil aus dem schriftlichen Vertrage Bl. — nicht mit Bestimmtheit erhelle, ob solcher von dem Markscheider W. für seine Person oder für Beklagte abgeschlossen worden sei. Gesetzt nämlich, die Vertragsurkunde ließe hierüber wirklich im Unklaren, so hat doch Kläger Letzteres (Einl.-Abschn. 8.) bestimmt behauptet und würde daher nicht behindert gewesen sein, diese Behauptung nöthigenfalls noch durch andere Beweismittel, als jene Urkunde, darzuthun. Inzwischen ist auch die gegenwärtige Instanz der Meinung, daß die Vertragsurkunde selbst eine andere, als die ihr von Klägerm gegebene Auslegung nicht gestatte, denn im Eingange derselben ist W. ausdrücklich als Bevollmächtigter der Beklagten aufgeführt und schon hierdurch jeder Zweifel darüber ausgeschlossen, daß er eben nur in dieser Eigenschaft mit Klägerm contrahirt habe.

Die von der Beklagten Bl. — versuchte Auslegung ist offenbar gezwungen und hätte höchstens dann einigen Anspruch auf Beachtung, wenn W. — was inzwischen Beklagte nirgends behauptet hat — in der Lage gewesen wäre, eine Dampfmaschine für sich zu brauchen. Ebensowenig kann die ungenaue Bezeichnung der Beklagten und des ihr gehörigen Berggebäudes in Betracht kommen, da nirgends erhellt, daß in D. eine andere Creditanstalt existire, welche gleichfalls ein Bergwerk zu E. unter ähnlichem Namen besitze, und gleichfalls den Markscheider W. in M. bevollmächtigt habe. Wenn vor dem Worte „Bevollmächtigter" Bl. — das Wörtchen „als" — anscheinend zur Vermeidung von Wiederholungen, weil solches gleich weiterhin vor dem Worte „Besitzerin" steht — weggelassen worden ist, so kann dies die Bedeutung des fraglichen Zusatzes um so weniger zweifelhaft machen, als, wie Kläger Bl. — mit Recht einhält, der Vertrag von E. (dem hier in Frage kommenden Sitze der Beklagten) datirt, W. aber im Eingange als in M. wohnhaft aufgeführt ist.

Ueberhaupt sind, wie von

Sintenis, das prakt. gem. Civilrecht, §. 102. not. 15. (Bd. II. S. 361. der II. Ausg.)

ganz richtig bemerkt wird, in dergleichen Fällen nicht die gebrauchten Worte, sondern vielmehr die Willensmeinung der Contrahenten entscheidend, das heißt, es kommt darauf an, ob beabsichtigt wurde, durch den Vertrag den unmittelbar contrahirenden Stellvertreter oder vielmehr dessen Auftraggeber zu verpflichten. Wenn daher auch in der Klage nicht besonders gesagt wird, daß die spätere Nachbestellung der Dampfesse ebenfalls ausdrücklich im Namen der Beklagten oder unter Berufung auf deren allgemeines Mandat von W. bewirkt worden sei, so kommt darauf um deswillen nichts an, weil diese Esse eben für die Dampfmaschine der Beklagten bestimmt war und daher von Klägerm als selbstverständlich angesehen werden konnte und mußte, daß W. solche nicht für sich, sondern für Beklagte erwerben wolle.

Nicht minder ist Man

b.

der Ansicht, daß W. durch die Bl. — in Abschrift anzutreffende Generalvollmacht Klägerm gegenüber ausreichend legitimirt gewesen, den fraglichen Vertrag mit rechtsverbindlicher Wirkung für Beklagte abzuschließen. Ob derselbe, wie Bl. — als gerichtsnotorisch bezeichnet wird, Betriebsschichtmeister der Beklagten und in dieser Eigenschaft befugt war, in der erwähnten Maaße für Beklagte zu contrahiren, ist allerdings um so gewisser gleichgültig, als dieses etwa von ihm bekleidete Amt im Vertrage gar nicht erwähnt wird. Aus eben diesem Grunde kommt aber auch darauf nichts an, ob die Anschaffung einer Dampfmaschine in dem bergamtlich genehmigten Betriebsplane für das fragliche Berggebäude vorgesehen worden war oder nicht, da es auf der Hand liegt, daß die etwaige Ueberschreitung dieses Betriebsplanes den betreffenden Beamten oder Bergwerksbesitzer nach Befinden dem Bergamte gegenüber verantwortlich machen, niemals aber den Rechten Dritter präjudiciren könnte. Mag dagegen auch die Vollmacht Bl. — zunächst darauf berechnet gewesen sein, den Schichtmeister W. zum Erwerb von Grundeigenthum, besonders an Berggebäuden, zu legitimiren, so ermächtigt sie denselben doch im Eingange ganz allgemein zum Abschluß von Verträgen aller Art, namentlich auch von Kaufverträgen, und wie einerseits Beklagte hier offenbar diejenige Person ist, welche deutlicher hätte reden müssen und gegen welche daher im Zweifelsfalle die Interpretation zu geschehen haben würde, so könnte auch Kläger, wenn er im Vertrauen auf die allgemeine Fassung der Vollmacht mit W. contrahirt, dem etwaigen Nachweise der Beklagten, daß dieser Fassung nur ein beschränkter Sinn untergelegt gewesen, mit vollem Rechte durch die replica doli begegnen. Sollte daher wirklich Seiten des rc. W. eine Ueberschreitung des ertheilten Auftrages stattgefunden haben, so würde Beklagte — da diese Ueberschreitung nach außen hin nicht erkennbar war, Kläger vielmehr W.'n als legitimirt ansehen konnte und mußte — lediglich gegen letzteren ihren Regreß zu nehmen haben.

Wenn demnächst

c.

Beklagte einwendet, daß die Bezahlung des noch rückständigen Theiles der Kaufsumme für die bestellte Maschine rc. erst nach Ingangsetzung derselben dem

Vertrage zufolge würde gefordert werden können, diese Ingangsetzung aber noch gar nicht bewirkt worden sei, so kann zwar dem nach Ansicht der jetzigen Instanz nicht durch die im Bescheide Bl. — zu lesende Argumentation begegnet werden. Denn es handelt sich hier nicht um eine Bedingung im eigentlichen Sinne des Wortes, sondern um eine vertragsmäßige Gegenleistung und die mora accipiendi der Beklagten kommt zwar in gewissen, sogleich zu erwähnenden Richtungen in Betracht, kann aber jedenfalls nicht ohne Weiteres die Wirkung haben, den Kläger dieser Gegenleistung zu überheben. Vielmehr mußte letzterer, wie er auch Bl. — gethan, sich zu solcher erbieten, falls er nicht behaupten konnte, daß er dieselbe schon bewirkt habe, oder daß ihm die Leistung nunmehr ohne sein Verschulden unmöglich geworden sei.

Vergl. Sintenis, a. a. O. §. 97. Bd. II. S. 288. 289.

Eben so klar aber ist es auf der anderen Seite, daß Beklagte sich nicht so ohne Weiteres von den ihrerseits übernommenen Verbindlichkeiten befreien kann, indem sie die Abnahme der Maschine verweigert, und dem Kläger die sonstige Vertragserfüllung unthunlich macht. Nach Ansicht der jetzigen Instanz würde sich vielmehr das Sachverhältniß folgendermaaßen zu gestalten haben:

aa.

An sich würde Kläger nicht eher befugt sein, die Zahlung der Kaufsumme, soweit sie rückständig, zu verlangen, als bis er die Maschine wirklich geliefert, und die Aufstellung durch den Monteur besorgt hat. Sollte jedoch bei dem etwaigen künftigen Executionsverfahren Beklagte die Zusendung der Maschine depreciren oder nicht diejenigen baulichen Vorbereitungen treffen, welche erforderlich sind, um die Aufstellung zu ermöglichen, so würde insoweit — d. h. was die von Klägerm übernommene Mühwaltung der Aufstellung betrifft — der in

L. 19. §. 9. 38. D. loc. cond. (XIX. 2.)

erwähnte Grundsatz Platz ergreifen. Im Allgemeinen nämlich ist der abgeschlossene Vertrag nach

L. 20. D. de contr. emt. (XVIII. 1.)
L. 2. §. 1. D. loc. cond. (XIX. 2.)

als Kaufcontract anzusehen, während die übernommene Mühwaltung bei Aufstellung der Maschine unter den Begriff der locatio conductio operarum fällt und daher — sobald Beklagte selbst deren wirkliche Leistung hindert — als geschehen zu gelten hat, ohne daß Beklagte deshalb einen Abzug an der bedungenen Kaufsumme zu machen berechtigt wäre.

bb.

Da nach dem Vertrage (Bl. —) die bestellte Maschine „in kürzester Frist" zu liefern war, so ist Beklagte offenbar in mora accipiendi gewesen, sobald erwiesen wird, daß Kläger die Maschine wirklich bis zum 10. August 1861 fertig hergestellt und zu dieser Zeit der Beklagten, beziehentlich deren Bevollmächtigtem angeboten hat. Diese mora influirt zunächst auf die bedungenen Zahlungstermine, bei denen im Zweifel die Absicht der Contrahenten auf Gewährung einer Creditfrist gegangen ist.

Wird daher die fernere Behauptung des Klägers, daß die Aufstellung der Maschine binnen zwei Monaten, von Zeit der Ablieferung an, hätte bewirkt werden können, falls Beklagte zu deren Annahme bereit gewesen wäre, erwiesen, so ist offenbar diejenige Gestundung der Kaufsumme, auf welche Beklagte nach dem Vertrage Anspruch zu machen hatte, ihr bereits thatsächlich gewährt worden, was zur Folge hat, daß sie nunmehr sofort nach Aufstellung (eventuell, wenn sie diese ablehnt, sofort nach Ablieferung oder Realoblation) der Maschine Zahlung leisten muß, ohne weitere Fristen in Anspruch nehmen zu können.

cc.

Da, wie erwähnt, die beiderseitigen Leistungen Zug für Zug zu erfolgen hatten, die Kaufsumme daher, soweit nicht Vorauszahlung verabredet, und auch beiderseits erfolgt ist, erst gegen Ablieferung, beziehentlich Aufstellung der Maschine zahlbar war, so kann davon, daß sich Beklagte mit Zahlung dieser Kaufsumme im Verzuge befunden, im eigentlichen Sinne nicht die Rede sein.

Wohl aber ist Beklagte wegen der ihr zur Last fallenden mora accipiendi verpflichtet, dem Kläger jeden ihm dadurch verursachten Nachtheil zu ersetzen,

vergl. Sintenis, a. a. O. §. 93. B. 1. 2. Bd. II. S. 212.

und dieser Nachtheil bestand hier zunächst darin, daß Kläger das auf Herstellung der Maschine verwendete Capital, welches, wenn Beklagte dieselbe rechtzeitig abgenommen hätte, ihm binnen der im Vertrage erwähnten Fristen wieder zugeflossen wäre, auf so lange nicht nutzen konnte und nutzen kann, als Beklagte ihn an der Erfüllung gehindert hat, und noch hindert.

(Schluß in der gleichzeitig erscheinenden Nummer 43.)

Redacteur: Dr. Theodor Tauchnitz. Officin der Verlagshandlung.

Wochenblatt

für

merkwürdige Rechtsfälle,

in actenmäßigen Darstellungen

aus dem Gebiete der Justizpflege und Verwaltung

zunächst für das

Königreich Sachsen.

Von diesem Wochenblatte erscheinen jährlich 64 Nummern zu 1 Quartbogen und außerdem am Jahresschlusse ein ausführliches Register.

Alle Postämter u. Buchhandlungen übernehmen Bestellungen und liefern das Quartal zu dem praenumerando zu entrichtenden Preise von 1 Thaler.

Verlag von **Bernhard Tauchnitz** in Leipzig.

№ 43. Neue Folge Zwölfter Jahrgang. **1864.**

(Schluß aus No. 42.)

Die in der Klage geforderten Verzugszinsen erscheinen daher zwar nicht als solche, wohl aber aus dem Gesichtspunkte eines Schädenanspruchs gerechtfertigt, dessen gleichzeitige Ausführung mit der Hauptklage dem Kläger freisteht, und welcher, da er sich eben auf den Betrag der Verzugszinsen beschränkt, bezüglich der Quantificirung nicht erst noch eines besonderen Nachweises bedarf.

vergl. Haubold, Lehrbuch des K. S. Privatrechts, §. 270.

d.

Wenn der Dampfkessel und die Armatur desselben etwas schwerer ausgefallen, als im Vertrage Bl. — vorgesehen war, resp. derselbe mehr Heizfläche hat, als dort berechnet worden, so kann weder angenommen werden, noch wird dies von Beklagter behauptet, daß dieser Umstand an sich der Beklagten zum Nachtheile gereiche, d. h. daß ein Dampfkessel nebst Armatur von geringem Gewichte, beziehentlich Heizfläche, falls er sonst den im Vertrage erwähnten Bedingungen entsprechend wäre, für Beklagte von größerem Werthe sein würde, als der in der Factur Bl. — aufgeführte, von Klägerm für Beklagte wirklich hergestellte. Vielmehr entsteht nur die Frage, ob Beklagte nach dem Vertrage in alle Wege, der Kessel nebst Armatur möge wiegen, so viel er wolle, nur den Bl. — gedachten Gesammtpreis von 930 Thlrn. —, —, oder aber den ebendaselbst angegebenen Centnerpreis nach dem wirklich zu liefernden Gewichte zu gewähren verbunden sei. Die Fassung des Vertrags giebt allerdings über die diesfallsige Willensmeinung der Parteien nicht völlig klare Maaße, indem der Beisatz „ca." (circa) bei Angabe des Gesammtgewichts und die Erwähnung des Centnerpreises hierunter für Klägern, die Beisetzung eines Gesammtpreises dagegen für Beklagte spricht. Eben deshalb aber erscheint es angemessen, die Entscheidung dieser Frage der künftigen Definitive zu überlassen, um beiden Parteien Gelegenheit zu geben, dasjenige, was sie im Verfahren zur Unterstützung ihrer Auffassung bereits vorgebracht, im Beweise und Gegenbeweise näher auszuführen und durch den Ausspruch Sachverständiger oder sonst auf geeignete Weise zu bescheinigen. Thunlich ist diese Aussetzung der Entscheidung deshalb, weil, wie erwähnt, nicht sowohl die Statthaftigkeit der Klage auf Erfüllung des Vertrags an sich, sondern nur die Modalität dieser Erfüllung in Frage kommt, und es für Beklagte jedenfalls nicht beschwerlich sein kann, wenn ihr die Möglichkeit der Entbindung und Loszählung von der erhobenen Klage insoweit offen gehalten wird, als sich künftig herausstellen sollte, daß Kläger etwa zu viel gefordert habe. Dem Grunde, aus welchem die erste Instanz Bl. — den hier fraglichen Einwand der Beklagten schlechterdings für unbeachtlich ansieht, hat Man schon deshalb nicht beizupflichten vermocht, weil — abgesehen von der bereits erfolgten Theilzahlung — bestimmte Zahlungstermine der Kaufsumme im Vertrage gar nicht verabredet, vielmehr deren Fälligkeit von der Vertragserfüllung des Klägers abhängig gemacht worden ist.

e.

Daß mit der Dampfesse zugleich die Bl. — mit angesetzte Fundamentplatte ausdrücklich bestellt worden sei, wird in der Klage nicht gesagt. Kläger könnte daher Beklagte zu Annahme dieser Platte nur dann nöthigen, wenn dieselbe dergestalt als nothwendige Zubehörung der Blechesse anzusehen wäre, daß solche in der Bestellung dieser Esse schon an sich als inbegriffen betrachtet werden müßte. Es wird daher dem Kläger obliegen, dies im künftigen Beweise des Näheren mit auszuführen.

f.

Anders dagegen verhält es sich mit dem in der Rechnung Bl. — unter 2. zu dem Preise von 48 Thlrn. —, —, angesetzten Wasserstand und Manometer. Beides wird weder im Vertrage Bl. — erwähnt, noch wird sonst dessen Bestellung Seiten der Beklagten, beziehentlich deren Bevollmächtigten behauptet. Hier ist offenbar nur zweierlei möglich. Entweder nämlich, es sind jene Gegenstände als nothwendiger Zubehör des Dampfkessels, beziehentlich der Armatur anzusehen; in diesem Falle würden sie — mag man nun den Vertrag in der zu d. erwähnten Richtung verstehen, wie man will — unter dem Gesammtpreise, beziehentlich unter dem nach dem Gewichte zu berechnenden Preise mit inbegriffen sein und daher nicht besonders, vielmehr äußersten Falles nach dem Gewichte berechnet werden können. Oder sie sind kein nothwendiger Zubehör des Kessels (wie Kläger in der Klage selbst sagt und Beklagte auch nicht geradezu bestreitet): in diesem Falle hätte sie Kläger zwar nicht mit unter dem bedungenen Gesammtpreise, beziehentlich nach dem Gewichtspreise zu liefern, er könnte aber auch Beklagte nicht zu deren Annahme nöthigen, da letztere diese Gegenstände nicht besonders bei ihm bestellt hat. Denn daß Wasserstand und Manometer polizeilich vorgeschrieben sind, schließt doch nicht aus, daß sich Beklagte diese Gegenstände anderswoher käuflich verschaffen könne, und verpflichtet sie offenbar nicht, solche gerade bei Klägerm käuflich zu entnehmen.

Insoweit mußte daher dem Antrage des Klägers auf Abweisung der Klage in der angebrachten Maaße allerdings stattgegeben werden.

3.

Wenn Beklagte (vergl. grav. 5. Bl. —) sich darüber beschwert, daß sie in den Rationen der ersten Instanz eines Mehreren für geständig geachtet worden sei, als sie wirklich an der Klage eingeräumt habe, so bedarf diese Beschwerde hier eines näheren Eingehens nur insoweit, als solche von der Beklagten Bl. — deducirt worden ist, indem ohne nähere Begründung nicht übersehen werden kann, in welcher Beziehung Beklagte die Auffassung des Bescheids für eine irrige halte. Was aber die Bl. — hervorgehobenen Einlassungsabschnitte betrifft, so kann es im Hinblick auf pct. l. c. 283. 286 flg. nicht zweifelhaft sein, daß Beklagte im Allgemeinen und mit Ausnahme einzelner, zum Theil nur auf Berichtigung bloßer Schreibfehler beruhender negata zugeben wollen, daß der Markscheider W. mit Klägerm einen der Klagbeifuge B. gleichlautenden Vertrag abgeschlossen habe, und nur bestreiten will, daß sich W. dabei als ihr Bevollmächtigter gerirt und dazu berechtigt gewesen. Die negata bei Einl.-Abschn. 8. 9. 11. 13 flg. sind daher allerdings insofern nur formelle, als dadurch nicht sowohl der Vertragsabschluß an sich, sondern vielmehr nur dessen Verbindlichkeit für Beklagte bestritten werden soll. Materieller Natur sind die diesfallsigen Verneinungen nur insoweit, als Beklagte bestreitet, daß der Vertrag wirklich so laute, wie die Klagbeifuge sub B., und hierher gehört namentlich auch Einl.-Abschn. 289., wo Beklagte ausdrücklich leugnet, daß in der Vertragsurkunde vor der Bezeichnung des Gewichts der Kesselarmatur der Beisatz „ca." (circa) stehe, während sie denselben Beisatz vor der Angabe des Gesammtgewichts des Dampfkessels im Einl.-Abschn. 287. ausdrücklich einräumt. Insoweit daher hiernach wirklich die Existenz einzelner Bestimmungen, beziehentlich Worte des Vertrags geleugnet werden, namentlich also bezüglich des Einl.-Abschn. 289. wird Klägern allerdings die Beweislast treffen, welcher indeß durch Production des Originalcontracts auch unschwer wird genügt werden können.

4.

Anlangend endlich grav. VI. der Beklagten bezüglich der Beschränkung des (indirecten) Gegenbeweises auf die Ausflucht Bl. — unter V., so hat dasselbe nicht für völlig unbegründet erachtet werden können. Denn obschon das Bl. — unter I—IV. Vorgestellte zum bei weitem größten Theile auf Einwendungen gegen die Schlüssigkeit der Klage, beziehentlich auf ein bloßes Ableugnen des Klaggrundes hinauskommt (in welcher letzteren Beziehung die Zulässigkeit der weiteren Ausführung im Gegenbeweise auch ohne besonderen Vorhalt sich von selbst versteht), so ist dies doch wenigstens nicht allenthalben der Fall. Wenn nämlich Beklagte Bl. — behauptet, Kläger habe sich gegen den oftgenannten W. ausdrücklich verpflichtet, die Festigkeitsprobe des Dampfkessels vor Aufstellung der Maschine vornehmen zu lassen und ihm das darüber auszufertigende Certificat zu behändigen, so fällt diese Behauptung insofern unter den Begriff einer Ausflucht, als von dieser Leistung im Vertrage nicht die Rede ist, mithin die Intention der Beklagten dahin geht, von Klägerm eine weitere Gegenleistung, als die in der Klage offerirte, eventuell zu erlangen. Auch ist diese Behauptung nicht schlechthin als irrelevant zu betrachten, vielmehr würde ein solches Abkommen, falls es wirklich getroffen worden, bei der Fassung der eventuellen

Verurtheilung der Beklagten berücksichtigt werden müssen.

Aehnlich verhält es sich mit dem Bl. — unter II. c. Erwähnten. Die Behauptungen der Parteien weichen hier insofern von einander ab, als nach Klägers Darstellung W. eine Blechesse ohne alle nähere Bestimmung bezüglich der Stärke, Weite, des Gewichtes und namentlich des Preises bestellt haben soll, und deshalb auch die geforderten Preise auf die s. g. Kundenüblichkeit gestützt werden, während nach dem Anführen der Beklagten eine specielle Offerte des Klägers vorausgegangen sein soll, welche W. sodann acceptirt habe. Wenn daher auch die nach letzterer Behauptung für vereinbart zu achtende Höhe und Weite der Esse die nämliche ist, welche Kläger Bl. — in der Factur angiebt, und auch der Preisansatz pro Centner zutrifft, so würden doch die Bl. — erwähnten Thatsachen möglicherweise auf die zu 2. c. berührte Frage von Einfluß werden und nicht weniger zu der Erwägung Anlaß geben können, ob Kläger, auch soweit das Gewicht der Esse 18 Centner übersteigt, mehr als die Bl. — gedachte Kaufsumme zu fordern berechtigt sei, auch dieses Anführen läßt sich daher zur Zeit nicht schlechthin als irrelevant bezeichnen und ebensowenig verkennen, daß dessen Auffassung als einer wirklichen Ausflucht sich mindestens vertheidigen lasse, weshalb es zur Vermeidung späterer Zweifel angemessen erschien, auch hier die Ausführung im Gegenbeweise ausdrücklich vorzubehalten.

Da sonach der Bescheid erster Instanz, wenn er schon in der Hauptsache zu bestätigen war, einige Abänderungen erfahren mußte, so bedarf die Vergleichung der Kosten des Rechtsmittels keiner weiteren Begründung."

Erkenntniß des Königl. Oberappellationsgerichts, publicirt den 11. Mai 1864:

„Daß nurgedachtes Urthel (zweiter Instanz) unter Compensation der Kosten jetziger Instanz, wie hierdurch geschieht, zu bestätigen.

Entscheidungsgründe:

Die thatsächlichen Unterlagen des vorliegenden Rechtsstreites sowohl, als die dabei einschlagenden Rechtsfragen sind schon von den vorigen Instanzen einer eingehenden Erörterung unterworfen worden. Soweit die vorigen Entscheidungen hierbei zu verschiedenen Resultaten gelangt sind, hat das Oberappellationsgericht durchgängig den Ansichten der zweiten Instanz sich anzuschließen gehabt, und da auch die Bl. — entwickelten ausführlichen Entscheidungsgründe im Hauptwerke und mit geringen Modificationen zu billigen gewesen sind, so genügt es zu Widerlegung der von beiden Theilen gegen das zweitinstanzliche Erkenntniß aufgestellten Beschwerden Nachstehendes zu bemerken:

Die Appellation der Beklagten betreffend.

Zu Beschwerde I. Bl. —.

Man ist mit der zweiten Instanz darüber einverstanden, daß nach Lage der Sache anzunehmen ist, es beziehe sich der streitige Vertrag auf solche Maschinenanlagen, welche für das der Beklagten zugehörige, im Bezirke des Gerichtsamts E. gelegene Berggebäude „E.'r Vereinigt Feld Fdgr." bestimmt und dort aufzustellen gewesen sind.

Dafür spricht der Umstand, daß im Eingange des Vertrags (Klagbeifuge B. Bl. —) die Beklagte in der Eigenschaft der Besitzerin des vorgenannten Berggebäudes als Contrahentin bezeichnet ist, daß am Schlusse als Ort der Vollziehung der Vertragsurkunde neben Ch., dem Wohnsitze Klägers, nicht M., wo der für die Beklagte aufgetretene Bevollmächtigte, Markscheider W., wohnhaft ist (vergl. Bl. —), sondern E. angegeben wird, und daß die von dem Kläger Bl. — übernommene Aufstellung der frei ab Werkstatt Ch. abzusendenden Maschinen rc. auf einen andern Ort, als E., nicht wohl bezogen werden kann, zumal da die Beschaffenheit der Vertragsgegenstände mit der Bestimmung derselben für den Betrieb des gedachten Berggebäudes gar wohl vereinbar ist, während andererseits die Vertragsbestimmung in Betreff der Aufstellung in Ermangelung jeder Angabe eines sonstigen Orts, wo dieselbe zu bewirken, wirkungslos und unausführbar sein würde. Specielle, auf das Vorhandensein eines entgegenstehenden Sachverhältnisses gegründete Einwendungen gegen die Richtigkeit dieser Auffassung hat Beklagte vorzubringen, und zu bescheinigen nicht vermocht, vielmehr mit allgemeinen Verneinungen (vergl. Bl. —) sich begnügt, welche die aus den liquiden, actenmäßigen Unterlagen sich ergebende rechtliche Folgerung zu beseitigen ungeeignet sind, und als dilatorische Exception gegen das Forum im Sinne der Erl. Proceßordnung ad Tit. XI. §. 1. nicht angesehen werden können, und es kann daher dahingestellt bleiben, ob und inwieweit die in Klagbeifuge C. bis I. enthaltene Correspondenz der Parteien, aus welcher noch überdies die Rechtfertigung der oben entwickelten Auffassung des Vertrags zur Genüge hervorgeht, von der Beklagten in der Einlassung Bl. — für geleugnet, beziehentlich der Verificirung annoch bedürftig zu achten sein würde.

Geht man aber von dem in Vorstehendem nachgewiesenen Sachverhalte aus, so erscheint das Gerichtsamt E. für die vorliegende Streitsache competent, auch wenn man Bedenken tragen wollte, dabei mit der zweiten Instanz Bl. — den Gesichtspunkt eines forum domicilii der Beklagten für alle von derselben in Bezug auf ihr E.'r Berggebäude eingegangenen Verträge als den leitenden anzusehen. Denn in der Sache selbst ist Man mit der vorigen Instanz darin einverstanden, daß für den gegenwärtigen Proceß der Kläger die Beklagte auf Erfüllung des abgeschlossenen Vertrags vor dem Gerichtsamte E. ganz eben so, wie vor dem forum commune domicilii zu belangen, befugt gewesen sei, obschon Man hierbei ein entscheidendes Gewicht nicht sowohl auf den in Beziehung auf das E.'r Erwerbsgeschäft der Beklagten erfolgten Vertragsabschluß, als vielmehr darauf setzt, daß E. als Ort der Erfüllung des abgeschlossenen Vertrags sich darstellt. Das Letztere um deswillen, weil an dem nurgedachten Orte der im Vertrage ausgesprochenen Willensmeinung der Contrahenten zufolge die Uebergabe und Aufstellung der vertragsmäßigen Lieferungsobjecte, auf deren Bezahlung Kläger jetzt unter dem Erbieten zu der contractlichen Aufstellung klagt, zu erfolgen hat und bei dem innern Zusammenhange, in welchem die Zahlungspflicht der Beklagten und die Lieferungspflicht Klägers ihrem Verhältnisse als Leistung und Gegenleistung gemäß steht, die beiderseitigen Vertragsleistungen als ein in dieser Hinsicht unzertrennliches Ganzes um so unbedenklicher betrachtet werden mögen, als die sämmtlichen, von der Beklagten zu leistenden Zahlungen dem Klagvorbringen zufolge schon vor der Insinuation der Klage (Bl. —) verfallen waren.

Das Gerichtsamt E. erscheint hiernach als dasjenige Forum, das im Allgemeinen als Gerichtsstand der Obligation und mit besonderer Rücksicht auf die hier fragliche Gattung von Obligationen als forum contractus bezeichnet zu werden pflegt.

Savigny, System des heutigen römischen Rechts, Band VIII. §. 370. Seite 209 flg.

Der Einwand der Beklagten Bl. —, daß das forum contractus hier nicht eintrete, weil die Behändigung der Klage nicht am Orte des Vertrags, sondern durch Requisition der ordentlichen Obrigkeit der Beklagten, des Herzoglich Anhaltischen Kreisgerichts zu D. erfolgt sei, ist zwar factisch begründet, allein rechtlich irrelevant.

Ganz abgesehen davon, ob die Vorschriften des Canonischen Rechts in Cap. 1. §. 3. d. for. comp. in VIto (II. 2.), welche für den gemeinen Proceß die hauptsächliche Quelle der Lehre vom forum contractus bilden, so weit reichen und unbeschränkt sind, daß, wie manche Rechtslehrer

Linde, im Archiv für civil. Praxis, Band VII. Seite 69 flg.

Bayer, Vorträge über den gem. ordentl. Proceß, Seite 200 flg.

behaupten, die Anwesenheit des Beklagten im Bezirke des betreffenden Gerichts zur Zeit der Klaganstellung überhaupt für unwesentlich zu achten sei, ist nach der Ansicht der Mehrzahl der Rechtslehrer, denen auch der Gerichtsbrauch folgt, die Anwendung des forum contractus nur dadurch bedingt, daß der Beklagte im Bezirke desjenigen Gerichts, welches vermöge des abgeschlossenen Vertrags competent sein würde, entweder zur Zeit der Klaganstellung dergestalt anwesend getroffen worden ist, daß ihm die Ladung auf die Klage unmittelbar hat insinuirt werden können, oder Güter daselbst besitzt.

Glück, Erläuterung der Pandecten, Band VI. Seite 304 flg.

Martin, Lehrbuch des gemeinen Processes, §. 53.

Reinhardt, Handbuch des gemeinen Processes, Band I. S. 41.

Savigny, System, Band VIII. S. 244.

Biener, syst. proc., §. 22. pag. 35.

Osterloh, ordentl. bürgerl. Proceß, Bd. I. §. 141.

Zwar nicht der erstere, wohl aber der zuletztgedachte Fall tritt hier ein, da Beklagte ihrem Geständnisse zu Einl.-Punkt 1. und 3. Bl. — zufolge nicht blos das mehrerwähnte Berggebäude, sondern auch andere Immobilien unter der Gerichtsbarkeit des Gerichtsamts E. besitzt und zur Zeit des Vertragsabschlusses bereits besessen hat.

Inwiefern die Anwendung der particularrechtlichen Grundsätze über den vollen Landsassiat, welche zu demselben Resultate führen würden, den Bl. — angeregten Bedenken unterliege, bedarf hiernach keiner weiteren Erörterung.

Zu Beschwerde II. bis IV. Bl. —.

Es ist nicht richtig, wie sub aa. Bl. — behauptet worden, daß in der Klage der im Namen und für Rechnung der Beklagten erfolgte Vertragsabschluß lediglich als Folgerung aus der Fassung der Klagbeifuge B. aufgestellt sei, das Vorbringen in Klagabschnitt 7—12. rechtfertigt diese Behauptung keineswegs, sie bliebe aber auch, selbst wenn sie richtig wäre, einflußlos. Denn daß bei unbefangener Betrachtung der Klagbeifuge B. darüber kein Zweifel obwalten kann, der Markscheider W. habe nicht im eigenen Namen und für eigene Rechnung, sondern in der dabei ausdrücklich angezogenen Eigenschaft eines Bevollmächtigten der Beklagten contrahirt, haben die vorigen Instanzen mit Recht angenommen und die bestimmte, thatsächlich begründete Behauptung des Gegentheils ist von der Beklagten weder überhaupt, noch in der Maaße aufgestellt worden, daß sie als Ausflucht zu betrachten und zu weiterer Ausführung nachzulassen gewesen wäre.

Die Zulänglichkeit der in der Klagbeifuge A. enthaltenen Vollmacht für die Legitimation des Markscheiders W. zum Abschlusse des fraglichen Vertrags anlangend, verweist Man auf die Rationen Bl. —, denen nur noch (zu Bl. —) die Bemerkung hinzuzufügen ist, daß es einer weiteren Beziehung Klägers auf seine Kenntniß von dem bestehenden Auftragsverhältniß nicht bedurfte, wenn er erwiesener Maaßen mit dem Bevollmächtigten als solchem in dem Bereiche des auftragsmäßigen Wirkungskreises contrahirt hat.

Zu Widerlegung der Ausstellung sub bb. ist auf das im Eingange der gegenwärtigen Rationen Bemerkte, und soviel das Vorbringen sub cc. Bl. — anlangt, auf die erschöpfende Ausführung Bl. — zu verweisen, gegen welche Beklagte, abgesehen von dem unpassenden Gleichnisse Bl. —, etwas Erhebliches vorzubringen nicht vermocht hat. Man hat in dieser Beziehung, wie zu dem Bl. — sub d. Gesagten zu erinnern, davon auszugehen, daß, wenn die Contrahenten in Betreff der Dimensionen und des Gewichts der in Klagbeifuge B. sub b. bezeichneten Lieferungsgegenstände wirklich in der dort angegebenen Maaße sich geeinigt haben, die dabei angegebenen Größen- und Gewichtsverhältnisse nur als approximative und ungefähre anzusehen sind, dergestalt, daß dem vernünftigen Ermessen des Fabrikanten ein nach der Beschaffenheit des Gegenstandes unter Berücksichtigung aller einschlagenden Umstände zu bestimmender Spielraum gelassen ist.

Daß Kläger als Sachkundiger das ihm eingeräumte Ermessen in unzulässiger oder ungehöriger Weise ausgeübt und dadurch der bezüglichen Vertragsdisposition zuwidergehandelt habe, läßt sich offenbar nicht voraussetzen, und wie daher bis zu dem der Beklagten obliegenden Beweise des Gegentheils davon auszugehen, daß Kläger der Bl. — hervorgehobenen Gewichtsdifferenzen ungeachtet die Bl. — facturirten Beträge zu fordern berechtigt sei, so gereicht es mindestens der Beklagten keineswegs zum Nachtheile, wenn die zweite Instanz die Auslegung der betreffenden Vertragsdisposition je nach dem Ergebnisse des Beweis-, beziehentlich Gegenbeweisverfahrens der Definitiventscheidung überlassen und der Beklagten die Möglichkeit offen gehalten hat, eine Minderung des Libellats und in dessen Folge ihre theilweise absolutoria zum Belaufe des Zuvielgeforderten zu erlangen. Keinesfalls aber ist Man in jetziger Instanz veranlaßt, hierin noch weiter zu gehen und dem bezüglichen Vorbringen der Beklagten die Bl. — verlangte Bedeutung beizulegen. Beklagte hat im Laufe des ersten Verfahrens eine dahingehende Behauptung, daß in Folge der Bl. — bemerkten Abweichungen von den Zahlungsbestimmungen in Klagbeifuge B. das Lieferungsobject ein anderes als das bedungene, ein für sie unbrauchbares sei, oder daß, und welche den Anspruch Klägers mindernde, quantificirte Schäden für sie erwachsen seien, mit Bestimmtheit und Deutlichkeit nirgends aufgestellt, vielmehr die Differenzen der Klagbeifuge B. und K. nur als formelle Gründe der Unstatthaftigkeit und Unschlüssigkeit der Klage geltend gemacht, folgerecht kann von einem hierunter nachzulassenden Ausfluchtsbeweise nicht die Rede sein, wodurch jedoch selbstverständlich dem etwaigen Ergebnisse des directen Gegenbeweises in der Bl. — angedeuteten Richtung, auf welche beide Parteien im Hinblick auf das zu beschaffende Beweismaterial noch besonders aufmerksam gemacht worden sind, nicht präjudicirt ist.

Von selbst erledigt sich hiernach der Bl. — sub dd. erhobene Einwand gegen den Zinsenpassus, rücksichtlich dessen im Uebrigen der Argumentation Bl. — vollkommen beizupflichten gewesen ist.

Zu Beschwerde V. Bl. —.

Der Annahme erster Instanz Bl. —, daß Beklagte den Abschluß des in Klagbeifuge B. enthaltenen Vertrags nur mit Rücksicht auf die gegen die Legitimation ihres Vertreters erhobenen Einwendungen geleugnet, mithin abgesehen von den letzteren zugegeben habe, ist im Allgemeinen beizupflichten. Jene Einwendungen sind nun aber, wie bereits von den vorigen Instanzen ausgeführt, beziehentlich oben dargelegt worden, unerheblich, und wenn daher die Ausstellung gegen die vorgedachte Annahme erster Instanz, auf welche Beklagte Bl. — zurückkommt, lediglich auf diejenigen Punkte des Vertrags bezogen werden können, welche Bl. — verbunden mit Einl.-Punkt 289. 291. und 293. mit Bestimmtheit und unumwunden geleugnet erscheinen, so bedarf es in dieser Hinsicht nur der Bemerkung, daß die erste Instanz darüber, ob sie auch diese Punkte für zugestanden erachte, Bl. — ausdrücklich und unzweideutig sich nicht ausgesprochen, vielmehr auf den Beweis des Grundes der Klage, soviel davon von der Beklagten verneint worden, erkannt und daneben die Entscheidung in Betreff des über einen Theil der Klage referirten Eides ganz sachgemäß zur Definitive ausgesetzt hat, mithin der künftigen Beurtheilung der Sache in der hier fraglichen Beziehung in keiner Weise zum Nachtheile der Beklagten vorgegriffen ist.

Was endlich Bl. — sub B. bemerkt ist, bedarf als bloße Consequenz der vorausgegangenen, für unerheblich befundenen Beschwerden keiner besonderen Widerlegung, und ist, soviel die angebliche Beschränkung der Befugnisse W.'s, welche aus dessen Stellung als Schichtmeister der Beklagten sich ergeben soll, nur noch zu gedenken, daß die etwaige Ueberschreitung seiner instructionsmäßigen Befugnisse, welche W.'n in seiner Stellung als Schichtmeister der Beklagten zur Last fallen könnte, dem Kläger am wenigsten in dem vorliegenden Falle zum Nachtheile gereichen kann, in welchem W. gar nicht in seiner vorbezeichneten Eigenschaft, sondern als der mit den umfassendsten Befugnissen bekleidete Bevollmächtigte der Beklagten mit dem Kläger contrahirt hat.

Die Appellation Klägers betreffend.

Kläger hat die Bl. — aufgestellten, wider den reformatorischen Theil des zweitinstanzlichen Erkenntnisses gerichteten Beschwerden ohne alle Begründung und Ausführung gelassen, und es erscheint daher ein nochmaliges Eingehen auf die Materialien der Sache in der hier fraglichen Richtung um so unnöthiger, als den Gründen Bl. — unbedenklich beizutreten war.

Die ausgesprochene Compensation der Kosten jetziger Instanz rechtfertigt sich durch die Erwägung, daß von beiden Theilen wider die vorige Entscheidung remedirt worden ist."

72.

Begründung der Klage gegen einen Unmündigen, der sich bei Abschluß des Vertrags für mündig ausgegeben.

Mitgetheilt von

Herrn T. in D.

Im Jahre 1863 meldete W. bei dem Gerichtsamte im Bezirksgericht D. gegen Gustav E. unter Ueberreichung folgenden Wechsels:*)

Dresden, d. 5. Mai 1860. Für 37 Thlr. 15 Ngr. —.
Am 1. Juli 1860 zahle ich für diesen meinen Sola-Wechsel an die Ordre des Herrn Instrumentmacher W. die Summe von
Sieben und Dreißig Thalern 15 Ngr. —.
Valuta baar empfangen und leiste zur Verfallzeit prompte Zahlung nach Wechselrecht.
Auf mich selbst — Traugott E.
hier und aller Orten. — Gustav E., als Bürge.

Bagatellklage an auf Bezahlung von 37 Thlrn. 15 Ngr. — nebst Zinsen des Verzugs von erhobener Klage an, unter dem Anführen, daß Beklagter während seiner Unmündigkeit unter dem unwahren Vorgeben, daß er mündig sei, ihm einen — den obgedachten — Wechsel über jenen Betrag ausgestellt, und ihn dadurch veranlaßt habe, eine ihm von dem Vater des Beklagten, Traugott E., zur Sicherstellung wegen einer Schuld desselben übergebenen Gehaltsquittung zurückzugeben, hierdurch aber wegen der sonstigen Zahlungsunfähigkeit des Vaters des Beklagten der Verlust dieser Forderung ebenfalls im Betrage von 37 Thlrn. 15 Ngr. — herbeigeführt worden sei.

Die in den Verhandlungsterminen aufgenommenen Protokolle lauten betreffs der in der Ueberschrift berührten Frage folgendermaaßen:

„Bei Vortrag des bisherigen Acteninhalts wurde zweifelhaft, ob die angestellte Klage als eine Schädenklage aus dem Betruge oder als eine Klage auf Erfüllung des zwischen den Parteien im Mai 1860 behauptlich abgeschlossenen Bürgschaftsvertrags auf Grund der Bestimmungen in Cap. 13. §. 5. 7. 8. der Vormundschaftsordnung anzusehen sei, und erklärte Kläger auf Befragen ausdrücklich, daß er gegenwärtig auf Erfüllung dieses Vertrags auf Grund der Vormundschaftsordnung, nicht aber auf Schadenersatz auf Grund des Betrugs klage, und willigte Beklagter ein, daß hierunter trotz des Textes der Bestellzettel sofort und ohne daß dies als eine Klagänderung angesehen werde, verhandelt werde.

Was die Klagbegründung anlangt, so erklärte Kläger:

Er habe dem Traugott E. auf dessen Verlangen am 18. December 1857 ein baares Darlehn von 36 Thlrn. — — gewährt, derselbe habe sie in Empfang genommen und darüber quittirt. Beklagter gestand dies zu.

Kläger fuhr fort: Traugott E. habe ihm zu Anfang Mai 1860 dieses Darlehn von 36 Thlrn. — —, und außer diesem mehrere kleine Darlehne von zusammen 1 Thlr. 15 Ngr. — geschuldet und ihm dafür eine gleich hohe Gehaltsquittung verpfändet gehabt. Derselbe habe diese Quittung zurückhaben wollen und ihm dafür Anfangs Mai 1860 die Ausstellung eines Wechsels über eine gleich hohe Summe und die Bürgschaft seines Sohnes Gustav E., des Beklagten, angeboten, auch auf Befragen ihm versichert, sein Sohn sei mündig und wechselfähig, er bekleide einen öffentlichen Posten, dies sei nicht möglich, wenn er nicht mündig wäre. Einige Tage darauf, ebenfalls Anfangs Mai 1860, sei Beklagter zu ihm gekommen, habe ihm den dem Gericht überreichten Wechsel übergeben, ihn gebeten, ihm dagegen die Gehaltsquittung seines Vaters auszuhändigen und ihm versprochen, daß er als Bürge für richtige Einlösung des Wechsels und Zahlung der 37 Thlr. 15 Ngr. — zum 1. Juli 1860 einstehen wolle. Er habe nun den Beklagten gefragt, ob er auch mündig und wechselfähig sei, derselbe ihm

*) der Wechsel selbst war wegen einer Rasur im Datum formell ungültig.

aber hierauf ganz so, wie sein Vater es gethan, versichert, daß er mündig und selbstständig sei, er könne seine Stelle gar nicht bekleiden, wenn er nicht wirklich mündig sei. Darauf hin habe er dem Beklagten die fragliche Gehaltsquittung ausgehändigt.

Beklagter gestand hieran nur zu, daß er zu der angegebenen Zeit zu Klägerm gekommen sei, und zwar auf Veranlassung seines Vaters, und demselben den dem Gericht überreichten Wechsel gegen Rückgabe einer Gehaltsquittung seines Vaters überreicht, auch auf Befragen Klägers, ob er mündig sei, dies bejaht habe, jedoch nicht betrüglicherweise, sondern weil sein Vater ihm gesagt habe, daß er mündig und diese wechselrechtliche Verbindlichkeit zu übernehmen fähig sei, da er als Beamter vereidet sei, dies aber nicht möglich sein würde, wenn er nicht verpflichtungsfähig wäre.

Daß er im Jahre 1860 noch unmündig gewesen, gestand Beklagter zu, er leugnete aber das übrige Vorbringen des Klägers, besonders, daß er sich in anderer Weise, als durch Unterzeichnung des Wechsels als Bürge, verbürgt habe und gab dem Kläger den ihm über das klägerische Anführen angetragenen Eid zurück." ꝛc.

In einem spätern Verhandlungstermine war noch Folgendes zu Protokoll genommen worden:

„Kläger erklärte auf Befragen, ob er behaupten und nachweisen könne, daß Beklagter, als er die behauptete Bürgschaft ausgesprochen, gewußt habe, er sei unmündig, und sich wider die Wahrheit und betrüglicherweise für volljährig ausgegeben habe; daß er das factum internum, daß Beklagter gewußt, daß er unmündig sei, zwar behaupte, aber als factum internum zu erweisen nicht im Stande sei, sowie daß er das Betrügliche in der Handlungsweise Beklagtens gleichfalls behaupte und wegen des Beweises auf den Zusammenhang der Verhältnisse sich berufe, aus denen es hervorgehe.

Ferner erklärte er, daß er auch durch die Angabe Beklagtens, er sei mündig, verleitet worden sei, mit ihm jenen Vertrag abzuschließen, und daß er sich zu dessen Erweise gleichfalls auf den Zusammenhang der Thatsachen beziehe, nicht minder, daß er bereit sei, den in der Vormundschaftsordnung Cap. 13. §. 7. geforderten Eid zu leisten.

Beklagter verneinte dies, und besonders, daß die vorstehend behaupteten Thatsachen durch den Zusammenhang der Verhältnisse erwiesen würden".

Der übrige Inhalt der Protokolle bezieht sich auf Punkte, welche die vorliegende Frage nicht berühren.

In erster Instanz wurde die Klage schlechterdings abgewiesen, und in den Entscheidungsgründen hierüber Folgendes bemerkt:

ꝛc. „Bei Beantwortung der dritten Frage hat man davon auszugehen, daß die angezogene Bestimmung der Vormundschaftsordnung einen doppelten Zweck verfolgt. Einmal nämlich setzt sie den Verlust der Wiedereinsetzung in den vorigen Stand als Strafe für diejenigen Unmündigen fest, welche betrüglicher Weise ihrem Mitcontrahenten gegenüber sich für mündig ausgegeben, und ihn dadurch zum Vertragsschlusse verleitet haben, auf der andern Seite aber dient diese Bestimmung auch dazu, den Irrthum, in welchen der Mitcontrahent durch das betrügliche Gebahren des Unmündigen versetzt worden ist und die durch denselben für den Gläubiger hervorgerufenen Nachtheile wieder auszugleichen.

Dagegen kann es keinesfalls in der Absicht des Gesetzgebers gelegen haben, daß der volljährige Mitcontrahent des Unmündigen durch diese Bestimmung berechtigt werde, weniger Sorgfalt bei Ermittelung der persönlichen und sonstigen Verhältnisse des Unmündigen anzuwenden, als dies bei Abschluß eines Vertrags mit einem Dritten seine Schuldigkeit gewesen sein würde. Es ist deshalb bei Beurtheilung von dergleichen Verträgen auch hier die in

l. 19. D. de R. J. (50. 17.)

ausgesprochene allgemeine Regel zum Grunde zu legen, daß Jeder mit den persönlichen und sonstigen Verhältnissen desjenigen, mit welchem er einen Vertrag abschließt, sich bekannt machen muß, und daß ihn der Nachtheil trifft, wenn er hierbei nicht sorgfältig zu Werke gegangen. Es muß also durch irgend welche betrügerische Veranstaltungen des Unmündigen dessen Mitcontrahent der von ihm angewendeten gehörigen Vorsicht ungeachtet getäuscht und in einen entschuldbaren Irrthum, justus error, versetzt worden sein, wenn die angezogene Vorschrift der Vormundschaftsordnung soll angewendet werden können.

vgl. Kind, quaest. for., ed. 2. t. IV. c. 12. p. 54.

Hier nun läßt sich allerdings dem Kläger nach seiner eigenen Sachdarstellung der Vorwurf machen, daß er im vorliegenden Falle durch Befragung des verstorbenen Hauptschuldners, wie des Beklagten selbst, also zweier bei der Sache hauptsächlich interessirter Personen, nicht die geeigneten Maaßregeln ergriffen habe, um sich über das Alter und die Verfügungsfähigkeit des Beklagten, nachdem sein Mißtrauen nach seinen eigenen Angaben hierüber wach gerufen war, Gewißheit zu verschaffen, vielmehr wäre es seine Pflicht gewesen, die Herbeischaffung obrigkeitlicher Zeugnisse über das Alter des Beklagten zu verlangen oder sonst unverdächtige Personen zu befragen.

Da diese Vorschrift der Vormundschaftsordnung aber auch zugleich eine Strafe für die Unmündigen enthalten soll, und zwar eine Strafe für ihr betrügerisches Gebahren bei Abschluß des Vertrags, quum malitia suppleat aetatem,

c. 3. Cod. si minor se maj. (2. 43.)

so ist zu Begründung der Klage des Mitcontrahenten unbedingt die Behauptung und der Beweis der malitia nothwendig, weil nur erst deren Existenz ihn zur Anstellung der Klage auf Erfüllung berechtigt,

vgl. Kind, l. c. pag. 54.

Gottschalk, disc. for., ed. 2. t. I. c. 9. pag. 105. 112.

und das Vorhandensein einer solchen Arglist schon nach allgemeinen Grundsätzen nicht vermuthet wird.

Ob und inwieweit nun Kläger im vorliegenden Falle auch hinsichtlich dieses Punktes den Erfordernissen genügt hat, kann dahin gestellt bleiben, da die Abweisung der Klage schon durch das oben Ausgeführte gerechtfertigt wird." rc.

Das Königl. Appellationsgericht zu Dresden dagegen reformirte den vorstehenden Bescheid und verurtheilte den Beklagten, dafern Kläger annoch mittelst folgenden Eides versichern und

> daß, als ihm zu Anfang des Monats Mai des Jahres 1860 Beklagter den auf der zweiten Seite des dritten Blattes der Acten in Abschrift befindlichen Wechsel überbracht, und auf seine, Klägers, Frage, ob er, der Beklagte, auch mündig sei, ihm versichert habe, daß er mündig sei, er Beklagten damals wirklich für mündig gehalten habe,

schwören würde.

In den Entscheidungsgründen war über diese Frage gesagt:

rc. „Wenn nun Beklagter bei dem erwähnten Geschäfte, wie er gedachtermaaßen zugestanden, der Wahrheit zuwider gegen den Kläger für mündig sich ausgegeben hat, so kann man kein Bedenken tragen, auf diesen Fall die Bestimmung der

allgem. Vorm.-Ordn. Cap. 13. §. 7.

anzuwenden. Denn wenn Beklagter Bl. — hat behaupten wollen, daß er sich bei der fraglichen Gelegenheit nicht betrüglicherweise für mündig ausgegeben, so ist er damit um deswillen nicht zu hören, weil der Natur der Sache nach vorauszusetzen ist, daß er zur damaligen Zeit, wo er nach Ausweis der Beilagsacten bereits in seinem 19ten Jahre gestanden, auch, wie er Bl. — selbst angegeben, eine öffentliche Anstellung gehabt hat, sowohl sein Alter, als auch, was unter Mündigkeit zu verstehen sei, gekannt habe, zumal derselbe auch, daß er hierüber in Unkenntniß gewesen sei, gar nicht behauptet und noch weniger Umstände angeführt hat, aus welchen geschlossen werden könnte, daß er sich in einem diesfallsigen entschuldbaren Irrthume befunden habe. Hiernächst ist aber auch der vorigen Instanz nicht beizustimmen, wenn dieselbe Bl. — angenommen hat, Kläger könne sich auf die oberwähnte Bestimmung der Vormundschaftsordnung um deswillen nicht berufen, weil er nach seiner eigenen Sachdarstellung sich mit dem ihm von seinem Hauptschuldner, dem Vater des Beklagten, und von Letzterem selbst gegebenen Versicherungen begnügt und unterlassen habe, sich noch durch Herbeischaffung obrigkeitlicher Zeugnisse oder Befragung anderer unverdächtiger Personen Gewißheit über Beklagtens Alter zu verschaffen. Denn in der mehrangezogenen Gesetzesstelle ist gesagt, daß, wenn ein Unmündiger sich betrüglicherweise für mündig ausgegeben, und dadurch den Andern, mit ihm zu contrahiren, verleitet hätte, dieser aber hierüber noch, daß er ihn wirklich für mündig gehalten habe, vermittelst Eides bestärke, der Handel für zu Recht beständig erachtet werden soll. Zum Eintritt dieser Wirkung wird also hier nicht einmal erfordert, daß der Unmündige bei einem solchen Geschäfte vorher über sein Alter befragt worden sei, noch weniger kann daher erforderlich sein, daß der Mitcontrahent noch auf andere Weise über das Alter des Unmündigen sich Gewißheit zu verschaffen bemüht gewesen sein müsse.

Wie nun nach Vorstehendem die mehrerwähnte Gesetzesstelle allerdings als auf den vorliegenden Fall anwendbar zu betrachten und darnach der Bürgschaftsvertrag, auf welchen Kläger seine Klage gestützt hat, den Erweis seines Abschlusses vorausgesetzt, für zu Recht beständig zu achten ist, so rc."

Miscellen.

Ernennungen, Anstellungen rc. Seine Königliche Majestät haben den zeitherigen Bürgermeister zu Großenhain, Paul Wilhelm Schickert, zum Ober-Postrath und Mitglied der Ober-Postdirection allergnädigst zu ernennen geruht.

Redacteur: Dr. Theodor Tauchnitz. Officin der Verlagshandlung.

Von diesem Wochenblatte erscheinen jährlich 64 Nummern zu 1 Quartbogen und außerdem am Jahresschlusse ein ausführliches Register.

Wochenblatt

für

merkwürdige Rechtsfälle,

in actenmäßigen Darstellungen

aus dem Gebiete der Justizpflege und Verwaltung

zunächst für das

Königreich Sachsen.

Alle Postämter u. Buchhandlungen übernehmen Bestellungen und liefern das Quartal zu dem praenumerando zu entrichtenden Preise von 1 Thaler.

Verlag von **Bernhard Tauchnitz** in Leipzig.

№ 44. Neue Folge Zwölfter Jahrgang. **1864.**

73.

Actio de pauperie. — Auslegung des Art. 40. Buch II. des Sachsenspiegels. — Schmerzensgeld nach Altenburgischem Rechte.

Mitgetheilt von

Herrn Appellationsrath Dr. Haase in Altenburg.

Die ledige Christine B. von R. überreichte beim H. Gerichtsamt II. zu A. am 25. Juli 1863 eine Klage, welche wesentlich Folgendes vorstellte:

Sie habe sich am 15. September v. J. auf dem Jahrmarkte zu S., und zwar auf dem von der dortigen Post aus nach der Kirche zu gelegenen freien Platze, inmitten im Menschengedränge befunden, denn der Markt sei stark besucht gewesen. Da sei in der von A. her nach der Post zu führenden Straße der Mühlenbesitzer Julius G. von S. mit seinem zweispännigen Geschirr daher gefahren gekommen. An der Ecke des K.'schen Hauses seien die G.'schen Pferde plötzlich scheu geworden und hätten um die Ecke herum nach der Stelle zu gedrängt, an der sie sich befunden habe. Sie habe vergebens versucht zu entfliehen, sei durch einen heftigen Stoß der Wagendeichsel zu Boden geworfen worden und habe mehrere Verwundungen erlitten, wegen deren sie den Arzt habe brauchen müssen und 52 Tage arbeitsunfähig geworden sei. Sie beanspruche deshalb 21 Thlr. 15 Ngr. — Schadensersatz (die auch genauer specificirt wurden) und ein nach richterlichem Ermessen zu bestimmendes Schmerzengeld.

Der Beklagte versuchte die factischen Behauptungen der Klage zu leugnen, indessen wurden sie durch die vernommenen Zeugen mit Ausnahme der Höhe der Schäden, über welche Klägerin den Eid antrug, den Beklagter annahm, allenthalben erwiesen. Dabei stellten die Aussagen der Zeugen jedoch zugleich noch fest, daß die Zügel der Pferde nicht von G. selbst, sondern von seinem auf dem Bocke sitzenden Dienstknecht K. geführt worden waren, und daß das Scheuwerden der Pferde höchst wahrscheinlich nur durch das Erschrecken derselben über einen starken Schlag auf die große Trommel einer in der Nähe spielenden Musikbande und durch das damit zusammenfallende Klirren der Becken veranlaßt worden war.

Mit Bezug auf Letzteres opponirte Beklagter der Klage, daß nicht er, sondern nur die Musikbande als Urheberin des Schadens zum Ersatz verpflichtet sei, zumal es in der Natur des Pferdes liege, daß es sich bäume, wenn es Trommelschlag höre. Ueberdies wurde auch auf den Umstand hingewiesen, daß der Dienstknecht K. die Pferde regiert habe.

Der letztere Umstand veranlaßte die erste Instanz, die Klage mittelst Bescheides vom 2. Mai 1864 abzuweisen. In den Gründen wurde dafür angegeben:

„Der vorliegende, nach den Grundsätzen der römischen actio de pauperie geltend gemachte Klaganspruch leidet an dem für denselben durchaus entscheidenden Fehler, daß er gegen einen falschen Beklagten gerichtet ist. Denn die actio de pauperie kann nach Buch II. Art. 40. §. 4. des Sachsenspiegels in Fällen, wie der vorliegende ist, nicht an erster Stelle gegen den Eigenthümer der beschädigenden Thiere, sondern vielmehr nur gegen denjenigen angestellt werden, unter dessen Obhut zur Zeit der Beschädigung die Thiere sich befanden. Aus der Aussage des Zeugen K. geht nämlich, in Uebereinstimmung mit den Behauptungen der Parteien selbst hervor, daß, als das G.'sche Geschirr an dem fraglichen Tage in S. einfuhr und der den Grund der Klage bildende Unfall sich ereignete, Gottfried K. die Zügel der Pferde geführt hat. Es befand sich also das Gespann nicht in der Obhut des Beklagten selbst, und es ist daher nach jener praktisch gültigen Gesetzesstelle Julius G. der falsche Beklagte. Eine Verschuldung des Beklagten ist von der Klägerin in der Klagschrift nicht behauptet worden, sondern es ist letztere nur darauf gestützt, daß der Beklagte Eigenthümer des beschädigenden Pferdegespanns war. Auch konnte G. weder vorhersehen, daß ein derartiger Unfall geschehen werde, noch war er in den entscheidenden Augenblicken im Stande, denselben abzuwehren. Die Aquilische Klage findet nur gegen den Statt, der durch ein positives Verschulden die Beschädigung, sei es unmittelbar oder mittelbar, veranlaßt hat; bei einem durch bloße Unterlassung aber herbeigeführten Schaden greift die Klage nicht Platz. Die Klägerin hat sich schließlich auf den im

Wochenblatt für merkw. Rechtsfälle, Jahrg. 1862. S. 394 flg.

besprochenen, angeblich dem vorliegenden analogen Fall bezogen, der mit Verurtheilung des Eigenthümers des beschädigenden Thieres endigt; es besteht indessen ein Unterschied zwischen diesem und jenem Falle, und zwar liegt derselbe darin, daß dort das beschädigende Thier sich, ehe es die Verletzungen anrichtete, ohne nachweisbare Verschuldung des mit dem Hüten des Viehes betrauten Hirten der Gewalt des letztern entzogen hatte, sich also nicht mehr unter der Obhut des Letzteren befand, während hier K. die Pferde nach seiner eigenen Angabe immer fest im Zügel gehalten hat. Bei Beurtheilung des vorliegenden Streitfalles glaubte man vielmehr in dem S. 499 flg. des Jahrgangs 1856, so wie in dem S. 399 flg. Jahrgang 1846 des cit. Wochenblatts aufgeführten und besprochenen Falle ein Analogon finden zu müssen."

Auf dawider von Seiten der Klägerin eingewendete Appellation erkannte das H. Appellationsgericht zu Altenburg wesentlich reformirend, indem es vielmehr durch einen unterm 10. Juni 1864 ertheilten Bescheid Beklagten, Einwendens ungeachtet, für schuldig erachtete, der Klägerin die libellirten Ersatzansprüche mit 21 Thlrn. 15 Ngr. —, zu gewähren, insofern nicht Beklagter deren behauptete Höhe mittelst des von ihm acceptirten Schiedseides abzulehnen vermöchte, und nur den Anspruch auf Schmerzensgeld als in jedem Falle hier unstatthaft aberkannte. Dies geschah unter Beifügung folgender Gründe:

„Man hat der vorigen Instanz darin beipflichten müssen, daß die erhobene Klage sich nur als eine actio de pauperie auffassen läßt; allein als solche erscheint sie auch statthaft, und insbesondere kann die Vorschrift in Buch II. Art. 40. §. 4. des Sachsenspiegels als ein Hinderniß dessen, daß der Beklagte wegen der fraglichen Schädensansprüche tenent sei, nicht angesehen werden.

Der Gesichtspunkt der actio de pauperie ergiebt sich aus dem Grunde als der einzig zulässige, weil die Klage sich nirgends auf eine dem Beklagten zur Last fallende Verschuldung berufen hat; auch läßt die über den Vorfall vorgenommene Beweiserörterung eine solche Verschuldung in der Person des Beklagten nicht erkennen. Zwar hat die Klägerin in dieser Hinsicht wiederholt geltend zu machen gesucht, daß der angerichtete Schaden vom Beklagten wohl hätte vermieden werden können, wenn er den Ort des Jahrmarkts noch vor dem Beginne des eigentlichen Getümmels zu erreichen gesucht, oder wenn er einen Umweg eingeschlagen hätte, oder wenn er beim Unruhigwerden der Pferde sofort abgestiegen wäre, und selbst die Zügel der Pferde ergriffen oder Jemand aus der Menge aufgerufen hätte, um die Pferde zu führen. Allein so wenig in Abrede genommen werden soll, daß unter gewissen Umständen hierauf eine culpa und damit die Verpflichtung ex lege Aquilia begründet werden kann, zumal diesfalls schon der geringste Grad der Verschuldung ausreicht, um eine solche Haftpflicht herzustellen (l. 44. pr. Dig. ad leg. Aqu., IX. 2.), so läßt sich dies doch nach Allem, was hier vorliegt, nicht annehmen. Ein ländlicher Gutsbesitzer, der ruhig — denn daß der Beklagte etwa schneller als gewöhnlich gefahren wäre, ist nirgends behauptet worden — mit seinem Geschirr zum Jahrmarkt fährt und dabei auf eine von Menschen stark besuchte Straße kommt, kann um deswillen allein, daß er nicht vom Wagen steigt oder die Pferde führen läßt, noch nicht als culpose handelnd betrachtet werden. Der Fall ist ganz demjenigen ähnlich zu behandeln, welchen

l. 1. §. 5. Dig. h. t. (IX. 1.)

entscheidet. Wie nach dieser Stelle für den Schaden, den ein besonders bösartiger, von einem Andern, als dem Eigenthümer geführter Hund angerichtet hat, nur für den Fall, den Bestimmungen der lex Aquilia gemäß, derjenige, qui canem tenebat, und nicht der Eigenthümer verhaftlich erklärt wird, si (canis) contineri firmius ab alio potuit, vel si per eum locum induci non debuit, so hätte sich die Klägerin, um ihre Klage ex lege Aquilia zu fundiren, mindestens noch darauf berufen müssen, daß die Pferde des Beklagten besonders wild gewesen seien und daß hiernach ein Absteigen vom Wagen oder ein Führen der Pferde durch herbeigerufene Leute geboten gewesen sei, oder etwa daß ein Verbot bestanden habe, während des Jahrmarktes diese Straße nicht oder nur unter ganz besonderen Vorsichtsmaaßregeln zu befahren. Die Klägerin hat sich aber weder auf eine besondere Wildheit der Pferde, noch auf ein solches Verbot berufen können. Im Gegentheil ergiebt sich aus der Klagschrift, daß der Beklagte die von A. nach der Post, also einem Orte zu, wo immer Pferdeverkehr ist, führende Straße gefahren ist. Ebensowenig brauchte die angebliche Nähe einer Musikbande den Beklagten zu besondern Vorsichtsmaaßregeln zu veranlassen, da nicht anzunehmen ist, daß gewöhnliche Wagenpferde durch den Lärm einer solchen ohne Weiteres so irritirt werden, daß sie in die Höhe gehen, auch nicht einmal feststeht, daß Beklagter die Nähe dieser Musikbande schon vor dem Unglücke bemerkt habe oder hätte bemerken können.

Wenn also hiernach der Gesichtspunkt der actio de pauperie nach den Umständen hier als der einzig zutreffende erscheint, so reicht aber dieser Gesichtspunkt auch vollständig aus, die Haftpflicht des Beklagten zu begründen. Diese Haftpflicht setzt nicht mehr voraus, als daß der qu. Schaden durch ein gezähmtes Thier vermöge einer bei seiner Gattung sonst nicht gewöhnlichen Wildheit (contra naturam sui generis) und ohne Zuthun eines Andern verursacht worden, und daß der Betreffende im Augenblicke der Schadenstiftung Eigenthümer dieses Thieres gewesen sei, auch desselben nach erlangter Kenntniß von dem angestifteten Schaden sich nicht entäußert habe. Daß nun ein Pferd, welches zum Gebrauch als Wagenpferd eingerichtet ist, contra naturam sui generis handelt, wenn es bei einem stärkeren Geräusch in der Weise bäumt, daß es Menschen umreißt und Verkaufsstände zerbricht, kann nicht bezweifelt werden,

vgl. Zeitschrift für Rechtspfl. u. Verw., N. F. Bd. IV. S. 333.

auch muß jedenfalls, wenn schon die Klage dies nicht ausdrücklich behauptet hat, doch bei dem Mangel jeglichen, vom Beklagten in dieser Hinsicht erhobenen Widerspruchs angenommen werden, daß der Beklagte das Eigenthum an dem gedachten Pferde nach dem angerichteten Schaden nicht aufgegeben hat. Ebenso ist nach den Umständen nicht als erwiesen zu erachten, als womit Beklagter und Appellat sich seiner Haftpflicht entbrechen zu können vermeint hat, daß eben hier ein Zuthun eines Andern vorliege, indem nach den Aussagen der Zeugen das Scheuwerden des Pferdes seinen Grund in dem Lärm der nahen Musikbande gehabt habe. Denn immerhin muß doch, wenn durch ein solches Zuthun als eine instigatio alterius (l. 1. §. 6. Dig. h. t.) die actio de pauperie ausgeschlossen werden soll, ein solches Thun des Andern vorausgesetzt werden, welches dem Andern auch zur Last gelegt werden kann und eine seinerseitige Haftpflicht hervorzubringen im Stande ist, mithin, da dies wiederum nur bei vorhandener culpa anzunehmen ist, ein solches, welches sich als ein culposes Verhalten darstellt. Allein eine solche culpa kann der Musikbande wiederum offenbar nicht ohne Weiteres beigemessen werden. Denn dergleichen Banden machen nur von einer ihnen ertheilten Erlaubniß Gebrauch, wenn sie auf Jahrmärkten an öffentlichen Orten aufspielen, und es ist nicht vorauszusetzen, daß sie bei jedem Nahen eines Wagens aufhören müßten, weil möglicher Weise unter den Pferden desselben sich eins befinden könnte, das wider die Regel solche Jahrmarktsmusik nicht vertragen kann.

Nur aus der Bestimmung in Buch II. Art. 40. §. 4. des Sachsenspiegels könnte daher etwa noch ein Einwand entnommen werden, der allenfalls geeignet wäre, diese Haftpflicht von dem Beklagten hinweg zunächst auf seinen Knecht zu wälzen. Allein man hat auch diesen Einwand für untriftig erachten müssen, weil nach den Worten der citirten Stelle der Verfasser des Sachsenspiegels offenbar ganz andere Fälle im Auge gehabt hat, als wie er hier vorliegt. Die Stelle macht nur alsdann den Knecht oder das Gesinde vor dem Eigenthümer des Viehes verantwortlich, wenn das Vieh „binnen des Knechtes oder Gesindes Hude" gewesen ist. Dies kann schon nach der sprachlichen Bedeutung von „Hut" und „Hüten" doch nur von solchen Fällen verstanden werden, in denen das Vieh dem Knecht oder Gesinde selbstständig zur Aufsicht übergeben worden ist. Eine solche „Hude" ist daher allerdings wohl da anzunehmen, wo Dienstknechte beauftragt worden sind, allein mit den Pferden auswärts zu fahren, und aus dieser Rücksicht hat in dem im

Wochenblatt für merkw. Rechtsf., Jahrg. 1856. Nr. 84. S. 499 flg.

mitgetheilten Falle erkannt werden müssen, daß die betreffende Schädenklage zunächst gegen die Dienstknechte des Eigenthümers und nicht sofort gegen den Eigenthümer selbst zu richten sei, so wie dies auch in mehreren ähnlichen Fällen von Königl. Sächsischen Spruchbehörden

vgl. Wochenblatt für merkw. Rechtsf., Jahrg. 1846. S. 399., Jahrg. 1849. S. 279., Jahrg. 1854. S. 325.

geschehen ist. Dagegen läßt sich von einer solchen Hut des Gesindes oder Knechtes da nicht sprechen, wo die Dienstherrschaft selbst sich im Wagen befindet und der Knecht unter unmittelbarer Aufsicht und Präsenz derselben nur die Zügel führt. In einem derartigen Falle fällt selbst der Grund, welcher zu der Ausnahme des Art. 40. cit. die Veranlassung gegeben hat, daß nämlich die Dienstherrschaft, wenn das Vieh unter des Gesindes Hut ist, genöthigt ist, sich auf die ordentliche Aufsichtsführung des Gesindes zu verlassen, hinweg. Insbesondere muß dies dann angenommen werden, wenn aus den Umständen zu entnehmen ist, daß die Dienstherrschaft auch selbst mit der Aufsicht über solches Vieh vertraut und daher, beispielsweise beim Fahren mit den eigenen Pferden, im Stande ist, nöthigenfalls auch selbst Anweisung über die Art und Weise, wie der Kutscher die Pferde zu lenken habe, zu ertheilen oder wohl gar selbst die Zügel zu ergreifen. Dies ist aber hier der Fall. Der Beklagte, ein Mühlenbesitzer, ist selbst im Wagen gewesen; der Schaden ist daher in unmittelbarer Gegenwart des Eigenthümers des Geschirrs, und da der Beklagte als ländlicher Grundbesitzer offenbar auch mit Pferden umzugehen weiß, unter Umständen geschehen, unter welchen die Leitung der Pferde durch den Knecht nicht als eine selbstständige Aufsicht desselben, sondern nur als eine Hülfe für den Dienstherrn betrachtet werden kann. Die Klage drückt sich daher auch ganz bezeichnend darüber dahin aus, daß — nicht der Knecht des Beklagten, sondern — daß der Beklagte mit seinem Geschirr daher gefahren gekommen sei, und es kann deshalb auch nur der Beklagte als der eigentlich und unmittelbar zum Ersatz des Schadens Verpflichtete angesehen werden.

Aus diesen Gründen ist daher, unter Wiederaufhebung des vorigen Bescheides, der Beklagte zu verurtheilen gewesen, insofern er nicht, was ihm nach der Acceptation des darüber deferirten Schiedseides freizulassen war, eidlich abzulehnen vermöchte, daß der Klägerin die von ihr libellirten Schäden überhaupt nicht erwachsen seien.

Von diesen Ansprüchen der Klägerin hatte man nur den beiläufig in unbestimmter, dem richterlichen Ermessen überlassener Summe geforderten Anspruch auf Schmerzensgeld unberücksichtigt zu lassen. Die Klage ist, wie schon erwähnt, nur als eine actio de pauperie aufzufassen. Haben nun auch manche Rechtslehrer, wie z. B.

Curtius, Handbuch des Königl. Sächs. Civilr., Th. III. §. 1162.

die Zulässigkeit eines solchen Schmerzensgeldes bei der actio de pauperie angenommen, so hat doch die neuere sächsische Praxis,

vgl. Wochenblatt für merkw. Rechtsf., Jahrg. 1855. S. 263., Jahrg. 1862. S. 400.

ausgehend von der Ansicht, daß der diesfallsige Anspruch nicht sowohl eine Entschädigung bezweckt, als vielmehr den Charakter einer besondern Privatstrafe hat,

Gaudlitz, in Bd. IV. der Zeitschrift f. Rechtspfl. u. Verw., N. F. S. 353 flg.

vgl. auch Glück, Commentar zu d. Pand., Th. X. S. 301. u. 388.

Puchta, Lehrbuch der Pand., §. 388.

Sintenis, prakt. Civilrecht, Bd. II. §. 125. Note 21.

Arndts, Lehrbuch der Pand., §. 314. Anm. 2.

Seuffert, Archiv für Entscheidungen, Bd. IV. Nr. 227. S. 364.

sich mit mehr Grund gegen diese Zulässigkeit erklärt und die Zuerkennung des Schmerzengeldes auf den Fall doloser oder culposer Körperbeschädigungen eingeschränkt. Dies ist für Altenburg um so mehr als das Richtige anzunehmen, als auch die einzige Stelle, welche in der Particulargesetzgebung für das Herzogthum des Schmerzengeldes gedenkt (Art. 140—142. des Criminalgesetzbuches vom 3. Mai 1841), desselben nur für die mit einer absichtlich oder aus Fahrlässigkeit zugefügten körperlichen Verletzung verbundenen Schmerzen Erwähnung thut; s. auch

Heimbach, Lehrbuch des particulären Privatrechts, §. 259. Note 7."

74.

Zur Lehre von den Erbverträgen.

Mitgetheilt von

Herrn L. in P.

Beim Gerichtsamte P. erhob W. E. verehel. K. geb. L. in S. am 6. Februar 1863 gegen den Gutsbesitzer F. W. L. in B. folgende Klage:

Besage des sub A. in Abschrift beigefügten, am 2. October 1860 notariell aufgenommenen, unterm 3. October 1860 ausgefertigten und künftig im Originale zu producirenden Kaufcontracts hat Beklagter von seinem Vater S. L. das im Dorfe B. unter No. 1. des Brandversicherungskatasters und Fol. 1. des Grund- und Hypothekenbuchs für B. eingetragene, in der diesem Contracte unter ⊙ beigefügten Consignation näher beschriebene Bauergut nebst den pertinentialiter dazu gehörigen Grundstücken, ingleichen verschiedenen walzenden Feld-, Holz- und Wiesengrundstücken in B.'r, E.'r und L.'r Flur, resp. nebst dem vorhandenen Inventarium und den Vorräthen für die Summe von 7787 Thlrn. 21 Ngr. 2 Pf. erkauft, und zur Berichtigung der

Kaufgelder unter andern 1200 Thlr. —, —, welche zur Zeit des Kaufsabschlusses auf dem verkauften Gute für den Verkäufer S. L. und dessen Ehefrau J. R. geb. W. hypothekarisch hafteten, zur Bezahlung und Verzinsung nach Maaßgabe des diesfallsigen Vertrags übernommenen, ferner aber sich verpflichtet, 1000 Thlr. —, — von diesen Kaufgeldern an seine beiden Eltern, den Verkäufer S. L. und dessen Ehefrau Johanne Rosine geb. W., auf vorgängige, beiden Theilen freistehende einvierteljährliche Aufkündigung auszuzahlen, immittelst aber diese 1000 Thlr. —, —, sowie die vorgedachten, dem Verkäufer und seiner Ehefrau vorbehaltenen 1200 Thlr. —, — mit $4\frac{1}{2}$ Procent alljährlich zu verzinsen und diese Zinsen allvierteljährlich pünktlich am 1. Januar, 1. April, 1. Juli und 1. October eines jeden Jahres abzuführen, überdies aber sich noch anheischig gemacht, wegen dieser 1000 Thlr. —, — sammt Zinsen an den verkauften Grundstücken auf Verlangen seiner Eltern eine Hypothek zu bestellen, auch dieselben ermächtigt, sich deshalb ohne sein weiteres Hinzuthun ein Unterpfandsrecht an dem erkauften Gute bestellen zu lassen.

Weiter ist in §. 6. dieses Contracts von den Contrahenten bestimmt worden, daß die vorgedachten, dem Verkäufer und seiner Ehefrau vorbehaltenen 2200 Thlr. —, — unbezahlte Kaufgelder nach dem Ableben des einen der L.'schen Eheleute auf den überlebenden Theil übergehen, nach dem Tode des Letzten derselben aber diese 2200 Thlr. —, — oder soviel davon noch vorhanden, d. h. insofern nicht von dem Eigenthümer darüber disponirt worden, dem Käufer F. W. L. zufallen sollen.

Verkäufer S. L. ist am 8. Januar 1861 mit Tode abgegangen, ohne seiner Seits über die beim Käufer, dem Beklagten, außenstehenden vorgedachten 2200 Thlr. —, — eine Disposition getroffen zu haben, mithin sind dieselben nach obigen Bestimmungen nach dem Tode des Verkäufers auf dessen Ehefrau J. R. geb. W. übergegangen.

Auch letztere ist am 21. November 1862 verstorben, sie hat jedoch laut des unter B. ebenfalls in Abschrift beigefügten und künftig im Originale zu producirenden, am 9. September 1862 notariell aufgenommenen Erbvertrags ihre Tochter W. E. verehel. K. geb. L., die Klägerin, zur Universalerbin ihres Nachlasses eingesetzt und sie ganz besonders ermächtigt, von den ihr nach Vorstehendem nach dem Tode des Ehemannes eigenthümlich zugehörigen, bei dem Beklagten noch außenstehenden 2200 Thlr. —, — unbezahlten Kaufgeldern die Summe von Ein Tausend Thalern sofort zu kündigen und einzuheben, sie hat auch zu diesem Behufe an demselben Tage dem Ehemanne der Klägerin, dem Gutsbesitzer K. F. W. K. zu S., die sub C. im Originale beigefügte, notariell recognoscirte Generalvollmacht ertheilt, der letztere hat, auf Grund dieser Vollmacht, unterm 11. September 1862 dem Beklagten diejenigen Ein Tausend-Thaler gekündigt, welche seine Schwiegermutter, J. R. verw. L. geb. W., nach dem Tode ihres Ehemannes von dem Beklagten nach dem Kaufcontracte vom 2. October 1860 zu fordern und nach dem Erbvertrage vom 9. September 1862 an ihre Tochter, die Klägerin, eigenthümlich überlassen hatte, und es hat in Folge dieser Kündigung das Königliche Gerichtsamt zu P. auch am 11. September 1862 noch dem Beklagten aufgegeben, diejenigen 1000 Thlr. —, —, welche er laut der Kaufsverhandlung d. d. B., den 2. October 1860 an seine Eltern und nach dem Tode des Vaters an dessen hinterlassene Wittwe, seine Mutter, zu zahlen hat sammt sämmtlichen bis dahin fälligen Zinsen zu $4\frac{1}{2}$ Procent, binnen drei Monaten und spätestens bis zum 15. December 1862 an den Generalbevollmächtigten seiner Mutter, den Ehemann der Klägerin, zu bezahlen, wie solches aus der sub D. in Abschrift beigefügten und künftig ebenfalls im Originale zu producirenden Verfügung hervorgeht.

Wenn nun Beklagter dieser Verfügung bis jetzt nicht nachgekommen ist und die laut der Urkunde sub B. auf die Klägerin nach dem Ableben der Mutter derselben übergegangenen 1000 Thlr. —, — nebst Zinsen weder an sie, die Klägerin selbst, noch an deren Ehemann und frühern Bevollmächtigten der Mutter der Klägerin bezahlt hat, so erhebt Klägerin darauf andurch Klage, fordert vom Beklagten Recognition der Urkunden sub A., B., C. und D., bei Strafe des Anerkenntnisses, sowie, unter Eidesantrag, auf die Worte der Klage: „Verkäufer, S. L., ist am 8. Januar 1861 mit Tode abgegangen, ohne seiner Seits über die beim Käufer, dem Beklagten, außenstehenden vorgedachten 2200 Thlr. —, — eine Disposition getroffen zu haben", sowie über die Worte: „Auch letztere — J. R. verw. L. geb. W., die Mutter der Klägerin und des Beklagten — ist am 21. November 1862 verstorben", richtige Einlassung und Antwort bei Strafe des Eingeständnisses und der Ueberführung, und bittet endlich um die Entscheidung:

> daß Beklagter die libellirten 1000 Thlr. —, — nebst versprochenen Zinsen davon zu $4\frac{1}{2}$ Procent alljährlich und vom 2. October 1860 bis 15. December 1862, von da an aber nebst gesetzlichen Verzugszinsen zu 5 Procent alljährlich gerechnet, soviel er allenthalben daran durch richtige Quittung etwas zu mindern nicht ver-

mag, der Klägerin binnen 14 Tagen bei Vermeidung der Hülfe zu bezahlen ꝛc.

Nach abgesetztem ersten Verfahren wurde hierauf von dem Königl. Bezirksgericht zu Borna unterm 11. April 1863 eine Entscheidung ertheilt, wodurch die Klägerin mit ihrer Klage abgewiesen und in die Kosten des Processes verurtheilt wurde. Dieser Entscheidung waren folgende Gründe beigegeben:

„Wenn in dem zwischen dem Vater der Parteien, dem ehemaligen Gutsbesitzer und späterm Auszügler S. L., als Verkäuferm einerseits, und dem jetzigen Beklagten, als Käuferm andererseits, am 2. October 1860 über des erstern Gut zu B. abgeschlossenen Kaufe — Urkunde A. — §. 6. von den Contrahenten bezüglich der den Eltern L. vorbehaltenen unbezahlten Kaufgelder im Betrage von 2200 Thlrn. —, —, folgende wörtliche Bestimmung getroffen wurde:

„Diese 2200 Thlr. —, —, sollen nach dem Tode des einen der L.'schen Ehegatten ganz und ungetheilt auf den überlebenden Theil übergehen.

Nach dem Tode des letzten der beiden L.'schen Eheleute sollen diese 2200 Thlr. —, —, oder soviel davon noch vorhanden, dem Käufer F. W. L. ganz anheim und zufallen, und soll derselbe nicht verbunden sein, davon an seine Geschwister etwas herauszugeben oder zu zahlen",

so kann man hierin nur einen von ihnen unter einander abgeschlossenen partiellen Erbvertrag oder ein sogenanntes pactum successorium acquisitivum erblicken, dessen Gegenstand die fraglichen 2200 Thlr. —, —, oder dasjenige, was davon nach dem Tode des letzten der L.'schen Eheleute noch vorhanden sein würde, bildeten und der, wie überhaupt Erbverträge, unwiderruflich war und, von allem Uebrigen abgesehen, schon hierdurch von einer donatio mortis causa und zwar selbst in dem Falle sich unterschied, daß er als vom Beklagten nur titulo lucrativo eingegangen zu betrachten sein sollte,

Curtius, Handbuch des im Königreiche Sachsen gelt. Civilrechts, 2. Thl. §. 835. b. 4. Ausg.

und daß man auf die übrigen, in demselben Kaufcontracte enthaltenen, damit im Zusammenhange stehenden und für den Beklagten, als Käufern, onereusen Bestimmungen keine Rücksicht nehmen wollte.

Bringt es nun aber schon an sich die Unwiderruflichkeit solcher Erbverträge mit sich, daß demjenigen, welcher auf diese Weise ein Erbrecht erlangt hat, wider seinen Willen dasselbe durch kein Testament, Codicill, Schenkung auf den Todesfall oder auch einen andern Erbvertrag entzogen werden kann,

Curtius, l. c. §. 834.

Haubold, Lehrbuch des Königl. Sächs. Privatrechts, §. 334. 3. Ausg.

Decis. 13. vom Jahre 1746.

so durften die L.'schen Eheleute dies in dem vorliegenden Falle um so weniger, als nicht nur die Mutter des Beklagten J. R. verehel. L. in §. 8. desselben Vertrags mit den im Vorstehenden — also auch in §. 6. — enthaltenen Vertragsbestimmungen ausdrücklich einverstanden, sondern auch in Gemeinschaft mit ihrem Ehemanne, dem Verkäufer, im §. 11. mit allen vorersichtlichen Vertragsbestimmungen einig und zufrieden sich erklärt, sowie allerseits Contrahenten und Interessenten deren unverbrüchliche Festhaltung sich ausdrücklich zugesichert und allen dagegen zu machenden Ausflüchten entsagt hatten.

Enthielt auch die oben wörtlich angeführte, im §. 6. festgesetzte Bestimmung noch die Causel: „oder so viel davon noch vorhanden", nach dem Tode des letzten der L.'schen Eheleute nämlich, so war doch damit nicht etwa, wie Klägerin annehmen zu wollen scheint, den L.'schen Eheleuten eine unbeschränkte Disposition, sowohl unter den Lebenden, als auch auf den Todesfall, über die fraglichen 2200 Thlr. —, —, eingeräumt, vielmehr, wie aus dem Zusammenhange klar hervorgeht, damit nur angedeutet, daß, was darauf von ihnen bei ihren Lebzeiten nicht erhoben worden sein würde, dem Beklagten ganz allein und ausschließlich zufallen solle. Möge man also die mehrerwähnte Stipulation als pactum successorium acquisitivum oder als durch Vertrag festgesetztes fideicommissum ejus, quod supererit, und daher dem Beklagten bezüglich dieser 2200 Thlr. —, —, als Vertragserben oder nur als Fideicommissar, sowie den zuletzt verstorbenen L.'schen Ehegatten als Fiduciar betrachten, in keinem Falle stand dem Letztern das Recht zu, über die ganzen 2200 Thlr. —, —, oder nur über einen Theil derselben, auf seinen Todesfall zu verfügen, am wenigsten aber und selbst wenn die fragliche Stipulation als donatio mortis causa anzusehen sein sollte, als was sie jedoch, von dem Mangel der bei deren Errichtung erforderlichen Förmlichkeiten ganz abgesehen, schon ihres materiellen Inhalts wegen, und mit Rücksicht auf die Umstände, unter denen, und die Art und Weise, wie sie zu Stande kam, in alle Wege nicht gelten kann,

conf. Curtius, Th. III. §. 1344. 3. Ausg.

Zeitschrift für Rechtspflege und Verwaltung, N. F. Bd. 17. Präj. 196. S. 433 flg.

würde, wie Klägerin Bl. — meint, ihre Mutter, die verehelicht und später verwittwet gewesene L. zum Widerrufe dieser angeblichen Schenkung auf den Todesfall berechtigt gewesen sein, da bekanntlich nur der Schenkgeber selbst, nicht aber dessen Erbe zu einem solchen Widerrufe befugt ist, dieses Recht aber auch für den Schenkenden cessirt, sowie überhaupt die Schenkung selbst eine solche zu sein aufhört, auch wenn ihr der Namen einer donatio mortis causa beigelegt worden sein sollte, sobald er, der Schenkende, der Befugniß, sie willkürlich widerrufen zu können, sich — wie im vorliegenden Falle nach §. 11. des Contractes unzweifelhaft anzunehmen — ausdrücklich begeben hat.

Curtius, l. c. §. 1347.

Waren nun auch die fraglichen 2200 Thlr. —ſ —ſ bei dem am 8. Januar 1861 erfolgten Tode des Verkäufers S. L., ohne daß dieser bei Lebzeiten davon etwas eingezogen, noch vorhanden und daher nach der Bestimmung im §. 6. des Kaufcontracts in folle auf dessen Wittwe übergegangen, so war doch die letztere keineswegs berechtigt, darüber, oder nur über einen Theil derselben, so lange solche noch beim Beklagten außen standen, wie sie dies nach der Urkunde sub B. am 9. September 1862 dennoch gethan, auf den Todesfall zu verfügen. Es kann daher die Klägerin auf diesen von ihr mit ihrer Mutter unterm 9. September 1862 abgeschlossenen Erbvertrag ihre gegen Beklagten auf Bezahlung der von ihrem Ehemanne im Auftrage ihrer am 21. November 1862 ebenfalls verstorbenen Mutter unterm 11. September desselben Jahres gekündigten 1000 Thlr. —ſ —ſ cum annexis geltend gemachten Ansprüche nicht gründen und erscheint die vorliegende Klage schon aus diesem Grunde unschlüssig.

Ganz irrelevant für die Entscheidung des gegenwärtigen Rechtsstreites bleibt daher auch der von der Klägerin geltend gemachte Umstand, daß die quaest. 1000 Thlr. —ſ —ſ noch bei Lebzeiten ihrer Mutter und in deren Auftrage dem Beklagten dergestalt gekündigt worden, daß er solche binnen 3 Monaten von Behändigung der diesfallsigen amtlichen Verfügung Bl. — an und spätestens bis zum 15. December 1862 an den Generalbevollmächtigten ihrer Mutter, ihren, der Klägerin, Ehemann, zu zahlen gehabt, solche aber weder an diesen — dessen Mandat übrigens durch den inmittelst erfolgten Tod der verw. L. erloschen war —, noch an sie, die Klägerin, bisher gezahlt habe, und es bedarf deshalb auch keines weitern Eingehens auf das von der Klägerin in dieser Beziehung Bl. — Vorgebrachte.

Nur so viel soll bemerkt werden, daß, da in Folge der beschehenen Aufkündigung die Zahlung der fraglichen 1000 Thlr. —ſ —ſ erst am 15. December 1862 Seiten Beklagtens zu erfolgen hatte, solche mithin nicht früher als an diesem Tage fällig wurden, inmittelst aber, und zwar am 21. November 1862, die Mutter der Klägerin verstorben war, zur Zeit des Ablebens und also auch nach dem Tode derselben die ganzen 2200 Thlr. —ſ —ſ noch vorhanden waren, d. h. daß davon noch nichts wirklich eingezogen und darüber inter vivos in rechtsgültiger Weise nicht verfügt worden war, sie sich vielmehr noch ganz im rechtlichen Besitze des Beklagten befanden, und daß deshalb nach der ausdrücklichen, im §. 6. des Vertrags vom 2. October 1860 — Urkunde A. — enthaltenen Stipulation dieselben ganz allein dem Beklagten anheim und zufielen und er nicht verbunden ist, davon an seine Geschwister — zu denen auch Klägerin gehört — etwas herauszugeben.

Daß aber der angezogenen Vertragsbestimmung — wenn überhaupt deren Sinn zweifelhaft wäre, was er jedoch nach Ansicht des Bezirksgerichts nicht ist — zu Gunsten des Beklagten nur die so eben bemerkte Auslegung gegeben werden könnte, dafür würde schon die allgemeine Regel sprechen, daß im Zweifel gegen denjenigen, welcher nach der Natur der Verhältnisse die Bedingungen zu stellen pflegt und die zweifelhafte Vertragsbestimmung festgesetzt hat, daher deutlicher hätte reden sollen — also beim Kaufvertrage gegen den Verkäufer und in gegenwärtiger Rechtssache gegen die ihre vermeintlichen Ansprüche aus den vom Verkäufer für sich und seine Ehefrau getroffenen Stipulationen ableitende Klägerin — die Auslegung zu erfolgen hat.

L. 26. D. de rebus dub. (34. 5.)

L. 38. §. 18. D. de verb. oblig. (45. 1.)

Wochenblatt für merkw. Rechtsfälle, Jahrgang 1858. Seite 478.

Es hat daher, wie geschehen, auf Abweisung der Klage erkannt werden müssen, wodurch zugleich die Verurtheilung der Klägerin in die Ab- und Erstattung der Proceßkosten sich rechtfertigt."

Auf gegen dieses Erkenntniß eingewendete Appellation der Klägerin bestätigte das Königl. Appellationsgericht zu Leipzig diese erste Entscheidung mittelst Erkenntniß vom 22. August 1863 und fügte diesem folgende Gründe bei:

„Aus den Stipulationen in §. 6. des der Klage sub A. beigefügten Kaufcontracts*) erhellt ganz unzweideutig, daß die Eltern des jetzigen Beklagten eine letztwillige Verfügung über die dort gedachten, ihnen zukommenden rückständigen Kaufgelder im Belaufe

*) Den oben S. 350. angeführten Worten des §. 6. waren noch folgende beigefügt:

„Auf den Fall aber, daß der Käufer F. W. L. vor seinen Eltern mit Tode abgehen sollte, ohne Leibeserben zu hinterlassen, sollen von diesen 2200 Thlrn. —ſ —ſ nur 1000 Thlr. —ſ —ſ als zum Erbe desselben gehörig betrachtet werden, während die L.'schen Eheleute sich über die noch übrigen 1200 Thlr. —ſ —ſ die freie Disposition auf den Todesfall vorbehalten."

von 2200 Thlrn. —— nur für den Fall, daß Beklagter vor ihnen ohne Leibeserben versterben, und auch lediglich für diesen Fall wegen eines Betrages dieser Kaufgelder von 1200 Thlrn. ——, sich vorbehalten, im Uebrigen dagegen auf eine solche Verfügung zu Gunsten des Beklagten, beziehentlich seiner Erben vollständig Verzicht geleistet haben. Wenn daher Klägerin mit gegenwärtiger Klage die Summe von 1000 Thlrn. —— von den eben gedachten Kaufgeldern unter der Behauptung in Anspruch nimmt, daß ihr die betreffende Forderung insoweit aus dem Nachlasse der Mutter des Beklagten vermöge des von der letztern in der Klagbeifuge B. errichteten Erbvertrags zugefallen sei, so stehen ihr die vorbemerkten Contractsbestimmungen direct entgegen. Einen ausreichenden Grund aber, aus welchem diese Bestimmungen formell oder materiell für unwirksam zu achten wären, hat Klägerin geltend zu machen nicht vermocht.

Zwar ist von ihr Bl. — die Ansicht aufgestellt worden, daß das Rechtsgeschäft, welches durch die in §. 6. des angezogenen Kaufcontracts enthaltenen Vereinbarungen zu Stande gekommen, als Schenkung auf den Todesfall jederzeit widerruflich gewesen, und ein solcher Widerruf in dem erwähnten Erbvertrage sub B. zu finden sei. Allein die Annahme einer derartigen, erst mit dem Tode des Schenkers zu vollem Rechtsbestande gelangenden Zuwendung wird hier ohne Weiteres schon durch die oben angeführte Verabredung der Paciscenten, daß die Schenkung auch in dem Falle, wenn der Beschenkte vor den Schenkgebern mit Tode abgehen würde, nach Höhe von 1000 Thlrn. —— schlechterdings und nach Höhe der übrigen 1200 Thlr. —— mindestens bei dem Vorhandensein von Leibeserben des Beschenkten aufrecht erhalten bleiben solle, unbezweifelt ausgeschlossen. Denn diese Verabredung ist bekanntlich mit dem Wesen der Schenkung Todes halber unvereinbar,

zu vergl. von Vangerow, Pandecten, Bd. 2. S. 660. Aufl. 6.

Puchta, Vorlesungen, Bd. 1. S. 151.

und muß, dafern man der Auffassung der vorigen Instanz, daß in dem fraglichen Uebereinkommen ein Erbvertrag über ein einzelnes Vermögensobject zu erblicken sei, mit Rücksicht auf die Doctrin, welche die Zulässigkeit der sogenannten pacta successoria acquisitiva de re singulari verneint,

zu vergl. Beseler, Lehrs. von den Erbverträgen, Bd. II. S. 22 flg. und 213 flg.

nicht beizutreten hätte, nothwendig zu der Annahme einer hier vorliegenden, theils betagten, theils von gewissen Voraussetzungen abhängig gemachten Schenkung unter den Lebenden führen.

Die Frage, welche von den letztern beiden Auffassungen Platz zu ergreifen habe, bedarf jedoch keiner nähern Erörterung, da die eine wie die andere Auffassung einen einseitigen Widerruf der stipulirten Zuwendung als unstatthaft erscheinen läßt.

Ebensowenig gewährt die Inhalts der Klagbeifuge D. dem Beklagten auf Antrag seiner Mutter zugegangene gerichtliche Kündigung für den in der Klage erhobenen Anspruch eine genügende Unterlage. Daß die Mutter des Beklagten vollkommen befugt war, die bezeichneten Kaufgelder, nachdem sie auch die ihrem Ehemanne gebührende Hälfte mit dessen Tode erworben, ganz oder theilweise von dem Beklagten einzuheben und darüber nach Belieben unter den Lebenden zu disponiren, geht aus §. 5. des Kaufcontracts sub A., ingleichen aus der Bestimmung in §. 6. dieses Contracts, nach welcher jene Kaufgelder dem Beklagten, beziehentlich seinen Erben nach dem Ableben der beiden Forderungsinhaber ganz, oder soviel davon noch vorhanden, anheim und zufallen sollen, klar hervor. Nun hat aber des Beklagten Mutter, wie Klägerin selbst anführt, den Ablauf der vertragsmäßigen Kündigungsfrist nicht erlebt. Mithin war es von ihrer Seite bei einer bloßen Aeußerung des Verlangens, daß die bezügliche Obligation von dem Beklagten ihr gegenüber theilweise erfüllt werde, verblieben, und zu einer Aufhebung dieser Obligation noch nicht gekommen.

Der gekündigte Betrag von 1000 Thlrn. —— bildete vielmehr bei ihrem Tode gleich den übrigen Kaufgeldern einen noch ungetilgten Außenstand, er war in dem Sinne der obigen Contractsbestimmung noch vorhanden, und nach Maaßgabe des getroffenen Uebereinkommens trat mit dem Momente des Ablebens der Forderungsberechtigten für den Beklagten der schenkungsweise Erlaß des Außenstandes in Wirksamkeit, so daß letzterer in den Nachlaß, dessen Erbin Klägerin durch Vertrag geworden, gar nicht mit übergegangen ist.

Aus diesen Erwägungen hatte es bei der von der ersten Instanz ausgesprochenen Abweisung der Klage zu bewenden, und mußte die Unerheblichkeit des Rechtsmittels der Klägerin zugleich die Verurtheilung derselben zur Erstattung der neuerlich erwachsenen Kosten nach sich ziehen."

(Schluß folgt in der nächsten Nummer.)

Redacteur: Dr. Theodor Tauchnitz. Officin der Verlagshandlung.

Von diesem Wochenblatte erscheinen jährlich 64 Nummern zu 1 Quartbogen und außerdem am Jahresschlusse ein ausführliches Register.

Wochenblatt

für

merkwürdige Rechtsfälle,

in actenmäßigen Darstellungen

aus dem Gebiete der Justizpflege und Verwaltung

zunächst für das

Königreich Sachsen.

Alle Postämter u. Buchhandlungen übernehmen Bestellungen und liefern das Quartal zu dem praenumerando zu entrichtenden Preise von 1 Thaler.

Verlag von **Bernhard Tauchnitz** in Leipzig.

№ 45. Neue Folge Zwölfter Jahrgang. **1864.**

(Schluß des S. 352. abgebrochenen Rechtsfalles.)

Auf anderweite Appellation der Klägerin ging von dem Königl. Oberappellationsgericht folgendes reformatorisches Urthel vom 31. December 1863 ein:

„Daß es bei nurgedachtem Urthel (2ter Instanz) und dem dadurch bestätigten Erkenntnisse Bl. — nicht zu lassen. Vielmehr ist Beklagter der Klägerin die geklagten 1000 Thlr. —‚ —‚ nebst Vertragszinsen zu 4½ Procent vom 2. October 1860 an bis zum 15. December 1862, von da an aber nebst Zinsen des Verzugs zu 5 Procent, soviel er daran durch richtige Quittung zu mindern nicht vermag, zu bezahlen schuldig, und sind die Kosten des Processes, sowohl des vorigen und gegenwärtigen Rechtsmittels, zu compensiren.

Entscheidungsgründe:

Wennschon Man mit der vorigen Instanz darin einverstanden ist, daß durch die Urkunde sub A. Bl. — flg. insbesondere deren Bestimmungen in §. 5. und 6. die Mutter der Parteien berechtigt war, die Bl. — gedachten 1000 Thlr. —‚ —‚ dem Beklagten zu kündigen und von ihm einzuheben, so vermag man der Ansicht Bl. — nicht beizutreten, daß die Wirkung dieser Kündigung dadurch erledigt sei, daß jene den Zahlungstermin nicht erlebt habe.

Es ist jedoch, ehe Man zu Rechtfertigung dieses Dissenses schreitet, über den Punkt des Einverständnisses noch Folgendes zu bemerken, als wodurch sich zugleich die Frage erledigt, ob nicht, da nach Bl. — und beziehentlich — der gegen eine solche Annahme gerichtete Einwand Beklagtens Bl. — ausdrücklich reprobirt war, hierunter bereits gegen letzteren Rechtskraft vorliege.

1.

Es ist in §. 5. (Bl. —) ausdrücklich stipulirt, daß Beklagter die Bl. — erwähnten 1000 Thlr. —‚ —‚ auf vorgängige, beiden Theilen freistehende einvierteljährige Aufkündigung an seine Eltern, beziehentlich nach Bl. — und Bl. — an seine Mutter auszuzahlen hatte. Von einer Beschränkung dieses Kündigungsrechts, etwa auf den Fall des eigenen Lebensbedarfs, ist nirgends die Rede, und kann daher auch die Clausel Bl. —: diese 2200 Thlr. —‚ —‚ oder soviel davon noch vorhanden — nämlich „nach dem Tode der beiden L.'schen Eheleute" — eben nur so verstanden werden, insofern von dem Kündigungsrechte bis zum Tode des überlebenden Ehegatten kein Gebrauch gemacht worden ist.

Gegen diese Auslegung ist auch aus den Bestimmungen:

a) nach dem Tode des letzten der beiden L.'schen Eheleute sollen diese 2200 Thlr. —‚ —‚ dem rc. (Beklagten) ganz anheim und zufallen,

oder

b) und soll derselbe nicht verbunden sein, davon an seine Geschwister etwas herauszugeben oder zu zahlen,

oder

c) auf den Fall aber, daß der Käufer rc. vor seinen Eltern mit Tode abgehen sollte, ohne Leibeserben zu hinterlassen, sollen von diesen 2200 Thlrn. —‚ —‚ nur 1000 Thlr. —‚ —‚ als zum Erbe desselben gehörig betrachtet werden, während die L.'schen Eheleute sich über die noch übrigen 1200 Thlr. —‚ —‚ die freie Disposition auf den Todesfall vorbehalten,

etwas nicht zu entnehmen.

Denn der Passus sub a. ist eben durch die Clausel:

„oder soviel davon noch vorhanden"

in der oben angegebenen Weise dahin limitirt, daß als Gegenstand des Erbvertrags — als welchen, wenn schon auf einen einzelnen Vermögensgegenstand gerichtet, in Conformität mit dem hierüber schon in einem früheren Falle

Annalen des Oberappellationsgerichts, Band IV. Seite 284.

Bemerkten, anzunehmen, gegenwärtig um so unbedenklicher fällt, als diese Ansicht auch in dem bürgerlichen Gesetzbuche vom 2. Januar 1863. §. 2543. ausdrücklich Anerkennung gefunden hat — eben nur derjenige Forderungsbetrag verstanden werden kann, hinsichtlich dessen beim Tode des überlebenden Ehegatten noch res integra vorhanden ist.

Ebenso ist es klar, daß der sub b. nur im engen Anschluß an den vorigen zu erklären ist und also derselben Clausel unterliegt.

Der Passus sub c. endlich enthält eine eventuelle Schenkung an die Erben Beklagtens, zu denen dessen Eltern übrigens immer wieder gehört hätten, nach Höhe von 1000 Thlrn. —, —, für den erledigten Fall, daß Letzterer vor seinen Eltern kinderlos verstorben wäre, hiernächst aber eine unklare Bestimmung, welche höchstens den Sinn zu Gunsten von Beklagtens Erben gehabt hätte, daß der ad a. erwähnte Erbvertrag nach einem Betrage von 1200 Thlrn. —, — mit der weitern Beschränkung gelten solle, „insofern nicht die Eltern darüber, nicht blos wie ad a., inter vivos, sondern auch mortis causa zu verfügen gemeint gewesen".

2.

Hat nun also der Parteien Mutter mindestens über 1000 Thlr. —, — freie Disposition inter vivos dergestalt gehabt, daß sie solche jederzeit zu kündigen berechtigt war, so ist die Wirkung dieser Kündigung angehend Folgendes zu bemerken:

Es wird an sich nicht bezweifelt werden, daß, wenn die Clausel wegen vierteljähriger Kündigung nicht vorläge, vielmehr der Fall der Art wäre, daß Beklagter ohne Kündigungsfrist auf jedesmaliges Verlangen zu zahlen gehabt hätte,

Annalen, Band V. Seite 232.

dann Beklagter aus seiner etwaigen mora irgend welchen Vortheil zu ziehen nicht berechtigt gewesen wäre. Auch ist hier vor Allem noch darauf aufmerksam zu machen, daß es sich nicht etwa um einen Fall handelt, welcher beim nomen legatum nach L. 11. §. 13., L. 64. D. de legat. (III. 32.), L. 31. §. 3. D. de adim. leg. (34. 4.) zu Gunsten des Legatars dahin Beantwortung findet, daß der Legatar das eingehobene Nomen zu erhalten hat, dafern das Geld noch in Natur oder in Aequivalenten vorhanden. Denn diese Beantwortung beruht, wie die bemerkten Stellen an die Hand geben, auf einer Berücksichtigung der Absicht des Testators, welche nach selbiger dahin gehend interpretirt wird, daß die Zurücklegung die Fortdauer der Absicht der Zuwendung an den Legatar erkennen lasse. Im vorliegenden Falle handelt es sich nun auf Seiten Beklagtens nicht um ein nomen legatum, sondern um eine liberatio legata (oder pacta), und zwar sub conditione resolutiva, „dafern der Gläubiger nicht bis zu seinem Tode andern Sinnes wird, nämlich die Schuld einfordert". Hinsichtlich der liberatio legata gelten aber ganz allgemein die Grundsätze, welche bei der Aufhebung der Vermächtnisse maaßgebend sind und dahinaus laufen, daß ein Vermächtniß als aufgehoben gilt, sobald der Wille des Testators, das Legat aufzuheben, ausgesprochen ist, oder sonst klar vorliegt.

vergl. Arndts Pandecten, §. 551. ad not. d. e. f.

Daß aber darin, daß die Mutter der Parteien die in Streit befangenen 1000 Thlr. —, — kündigen lassen und zu Gunsten Dritter verfügt hat, eine unzweideutige Willenserklärung, die liberatio legata (sub conditione pacta) nach diesem Betrage zurückzuziehen, liege, wird nicht bezweifelt werden mögen.

3.

Es erübrigt also hier nur die Frage, ob in dem Sinne der liberatio legata sub conditione pacta die Mutter der Parteien in dieser Sinnesänderung unbeschränkt, oder an die Kündigungsfrist mit der Wirkung gebunden war, daß jene nur dann im rechtlichen Sinne als Eintritt der Resolutivbedingung (des Widerrufs) zu gelten hatte, wenn sie mindestens ein Vierteljahr vor ihrem Tode zu Ausspruch durch Kündigung gelangte.

Der letzteren Annahme ist jedoch nach der Ansicht des Oberappellationsgerichts Folgendes entgegenzuhalten:

a. Es fehlt offenbar an einem klaren Vertragsausspruche nach dieser Richtung, und es ist auch einiger Grund von Wahrscheinlichkeit nicht vorhanden, daß dies in der Absicht der Erblasserin gelegen habe.

b. Die Stipulation vierteljährlicher Kündigung hat zwar den Zweck, dem Beklagten eine Begünstigung angedeihen zu lassen; diese beruht jedoch zunächst nur in der Meinung, daß demselben, wenn die Zahlungsforderung ausgesprochen ist, billiger Weise ein Zeitraum zu Beschaffung der Zahlungsmittel gelassen werden solle. Es hat daher etwas Unnatürliches an sich, wenn man an diese zunächst liegende Absicht eine weitere Folge knüpfen wollte, welche nicht in den Worten und präsumtiv auch nicht in der Absicht des Gläubigers liegt.

c. Die Kündigungsclausel enthält auch nicht etwa eine **Bedingung** oder einen dies der Schuldexistenz im eigentlichen Sinne, sondern die Schuld ist im Principe unbedingt und unbetagt,

Annalen, Band V. Seite 232.

und nur das Klagrecht, die actio, ist nur insofern eine beschränkte, daß es in der Regel erst mit Ablauf der Kündigungsfrist geltend gemacht werden kann, weil eine mora des Schuldners nicht eher als mit diesem Termine eintritt. In diesem Sinne werden in der Praxis auch nicht selten, namentlich im Executionsprocesse, Klagen zugelassen, worin zunächst Kündigung und eventuelle Hülfsauflage gebeten wird, in welchen Fällen sich der Schuldner zwar durch pünktliche Innehaltung des in dem Kündigungsinjuncte gesetzten Zahlungstages der mora und der Kosten der eventuellen Klaganstellung entschlagen kann, jedoch bei verhangener mora in Bezug auf letztere ganz wie ein morosus debitor zu behandeln ist.

d. War daher mit der Insinuation der Kündigung die Resolutivbedingung des Singularerbvertrags als eingetreten zu erachten, so hatte mit diesem Momente auch die eventuell durch Erbvertrag bestrickte Forderung als ein Vermögenstheil der Gläubigerin zu gelten, worüber ihr die unbeschränkte Disposition inter vivos wie mortis causa zustand.

Im Uebrigen kann hier noch auf die Analogie des §. 1060. des bürgerlichen Gesetzbuchs Bezug genommen werden, wo im Fall des Widerrufs einer Schenkung dieser schon mit der ernstlichen Willenserklärung des Schenkers als vollzogen gilt.

4.

Wendet man sich nun zu Beleuchtung der activen Sachlegitimation der Klägerin, so ist der Vertrag sub B. Bl. — flg. ausdrücklich charakterisirt.

Er enthält aber nicht blos einen solchen im Allgemeinen, also ein Geschäft auf den Todesfall, sondern in Bezug auf die hier in Streit befangenen 1000 Thlr. —, —, auch noch ein Geschäft inter vivos, nämlich eine Schenkung unter den Lebenden. Wie nämlich die Mutter der Parteien, bei von ihr, wie anzunehmen, gekannter Existenz des resolutivbedingten Singularerbvertrags mit dem Beklagten die von ihr beabsichtigte Zuwendung dieser 1000 Thlr. —, — an Klägerin nur dadurch einleitbar befinden mußte, daß die Resolutivbedingung noch bei ihren Lebzeiten eintrete, so hat sie, obschon der Wortlaut Bl. — in einer Hinsicht scheinbar dafür spricht, daß Klägerin erst mit dem Tode der Mutter in den Besitz dieser 1000 Thlr. —, — durch Kündigung und Einhebung kommen solle, doch der Klägerin ein procuratorium in rem suam — welches bekanntlich durch den Tod des mandans nicht wirkungslos wird,

Arndts Pandecten, §. 254. ad not 4.

— diese 1000 Thlr. —, —, so einzuheben ertheilt, daß sie davon den ihrer Schwester bestimmten Antheil entweder nach Empfang des Geldes **sofort**, oder drei Monate nach dem Tode der Mutter auszahlen solle, was, abgesehen davon, daß Letzteres nicht füglich möglich gewesen wäre, wenn sie erst mit deren Tode kündigungs- und klagberechtigt werden sollte, die entsprechendste Auslegung dahin findet, daß Klägerin berechtigt sein solle, noch bei Lebzeiten der Mutter sich in den Besitz des Geldes zu setzen, welches ihr auf ihr vertragsmäßiges Erbe beziehentlich zur Auszahlung der Schwester angewiesen wurde.

Für diese Auslegung spricht aber ferner auch der Umstand, daß die Mutter der Parteien, welche formell forderungsberechtigt blieb, so lange nicht etwa eine Cession im Grund- und Hypothekenbuche verlautbart worden, nach Bl. — gleichzeitig dem Ehemanne der Klägerin Vollmacht ertheilte, jene 1000 Thlr. —, — zu kündigen und einzuziehen, in Folge dessen nach Bl. — wenige Tage darauf das Kündigungsinjunct expedirt wurde.

Wollte man aber auch annehmen, daß das Geschäft lediglich mortis causa celebrirt worden, so würde doch nach dem ad 1. und 3. Bemerkten der **gekündigte** Betrag der 1000 Thlr. —, — Theil des Nachlasses geblieben sein, zu dem sie als Universalerbin vertragsmäßig berufen war.

5.

Unter dem letzteren Gesichtspunkte könnte in Frage kommen, inwiefern nicht Beklagter als Notherbe seiner Mutter einen Theil jener 1000 Thlr. —, — beanspruchen könne. Allein wie darauf unter dem ersteren nicht ohne Weiteres zuzukommen ist, so ist in Betracht zu ziehen, daß Beklagter nach dieser Richtung gar nicht excipirt, übrigens nach der actenkundigen Lage in den ihm verbleibenden 1200 Thlrn. —, — weit mehr innen hat, als was der Pflichttheil, oder auch selbst der Erbtheil betragen würde.

6.

Angehend den Zinspassus, so würde, abgesehen von allem zeither Bemerkten, der bis zum Tode der Mutter der Parteien verstandene Betrag, im Zweifel von dem Singularerbvertrage mit Beklagtem nicht getroffen gewesen sein, und daher auf jenen die Abweisungsgründe der vorigen Instanzen nicht anwendbar gewesen sein, wenn man sie auch in der Hauptsache approbirt hätte. Unter der vom Oberappellationsgerichte genommenen Auffassung erledigt sich jedoch jeder Zweifel hierunter von selbst, und nur das ist noch zu bemerken, daß man ultra petita zu gehen fürchten mußte, hätte man bei der Verurtheilung von der den jetzigen Executionsgesetzen nicht mehr angemessenen Clausel: „soviel er daran durch richtige Quittung zu mindern nicht vermag", Umgang nehmen wollen.

7.

Es bedurfte eines ausdrücklichen Reservates der Wiederklage, für den Fall, daß Beklagtem materielle Exceptionen oder besondere factische Interpretationsmittel zu einer ihm günstigeren Auffassung des zwischen den Parteien streitigen Verhältnisses zu Gebote stehen, um so weniger, als, daß eines oder das andere der Fall, noch nicht in Frage gekommen ist.

8.

Ungeachtet der Condemnatoria in der Hauptsache, hat Man sich doch zu Compensation der Kosten erster Instanz veranlaßt gesehen, weil die einschlagenden Rechtsfragen allerdings nicht so zweifellos sind, daß dem Beklagten ohne Weiteres muthwillige Streitsucht beizumessen wäre, wogegen die Compensation der Kosten voriger und gegenwärtiger Instanz nothwendige Folge des Wechsels der Entscheidungen ist."

Auf eingewendete Appellation des Beklagten ging im Monat Juni 1864 folgende letzte Entscheidung des Königl. Oberappellationsgerichts ein, welche also lautet:

„Daß es, die Hauptsache anlangend, bei dem gedachten Urthel (3ter Instanz) nicht zu lassen; sondern insoweit das Bl. — befindliche Urthel, durch welches das Erkenntniß erster Instanz bestätigt worden, wieder herzustellen; dahingegen ist das vorige, Bl. — ersichtliche Urthel rücksichtlich des Kostenpunkts zu bestätigen, und werden auch die Kosten der gegenwärtigen Instanz zwischen den Parteien gegen einander aufgehoben.

Entscheidungsgründe:

Die in Bl. — flg. in beglaubigter Abschrift zu den Acten gebrachte, der erhobenen Klage mit zu Grunde gelegte, über den von dem Beklagten als Käufer und dessen am 8. Januar 1861 verstorbenen Vater, Samuel L., als Verkäufern am 2. October 1860 abgeschlossenen Gutskauf ausgefertigte Urkunde enthält §. 6. (cfr. Bl. — flg.) die ausdrückliche Bestimmung, daß die vorher erwähnten, den Eltern Käufers gemeinschaftlich vorbehaltenen unbezahlten Kaufgelder im Betrage von 2200 Thalern nach dem Tode des einen der L.'schen Eheleute — der Eltern des Käufers — zunächst ganz und ungetheilt auf den überlebenden Theil übergehen, nach dem Tode des letzteren aber ganz oder „soviel davon noch vorhanden" dem Käufer Friedrich Wilhelm L., dem gegenwärtigen Beklagten, anheim und zufallen sollen, und daß derselbe nicht verbunden sein soll, davon an seine Geschwister etwas herauszugeben oder zu zahlen.

Daß die L.'schen Eheleute an diese vertragsmäßige Bestimmung, wenn sie auch durch dieselbe in der freien Verfügung über die fraglichen Gelder unter den Lebenden nicht behindert wurden und jederzeit berechtigt waren, dieselben ganz oder theilweise nach vorgängiger einvierteljähriger Aufkündigung (vergl. Bl. —) einzuziehen und für sich zu verwenden, doch insoweit gebunden waren, daß sie über den nach ihrem beiderseitigen Ableben noch vorhandenen Betrag jener Kaufgelderforderung keine dem Käufer nachtheilige letztwillige Verfügung treffen durften, darüber sind alle drei Instanzen, welche bis jetzt in der Sache erkannt haben, einverstanden, dagegen hat die dritte Instanz — abweichend von der in den beiden frühern Erkenntnissen Bl. — und Bl. — hierüber ausgesprochenen Ansicht — angenommen, daß die oben hervorgehobenen Worte „soviel davon noch vorhanden" gleichbedeutend mit den Worten seien: „insoweit von dem Kündigungsrechte bis zum Tode des überlebenden Ehegatten kein Gebrauch gemacht worden", und daß daher auch der nach dem Tode des Vaters des Beklagten von dessen Mutter Johanne Rosine L. nach Inhalt der Urkunden sub C. und D. gekündigte Betrag der fraglichen Kaufgelder zur Zeit des, wenn schon noch vor Eintritt des Zahlungstermins erfolgten, Ablebens der verwittweten L. dem Beklagten gegenüber nicht mehr vorhanden gewesen sei, die gekündigten, von der Klägerin, der Schwester des Beklagten, jetzt geforderten 1000 Thaler vielmehr zu dieser Zeit bereits einen Theil des Nachlasses der verw. L. gebildet hätten, zu welchem die Klägerin durch den der Klage ferner beigefügten Erbvertrag sub B. als Universalerbin berufen worden sei.

Gegen die Richtigkeit der vorgedachten Interpretation der angezogenen Worte des Kaufcontracts machen sich jedoch sehr erhebliche Bedenken geltend, und nach der Ansicht der jetzigen Instanz sprechen mindestens ebenso gewichtige Gründe für die dem Beklagten günstige Auslegung, welche den Worten „soviel davon noch vorhanden" in den beiden frühern Instanzen gegeben worden ist, und nach welcher die betreffende Bestimmung des Kaufvertrags sub A. §. 6. nur so zu verstehen sein würde, daß dem Beklagten die fraglichen unbezahlten Kaufgelder nach dem Tode der Eltern insoweit haben zufallen sollen, als dieselben nicht bereits vorher wirklich erhoben worden, oder mit andern Worten, insoweit als die Kaufgelderforderung selbst, an deren Fortbestehen durch die Kündigung allein nichts geändert wird, zur

Zeit des Todes des überlebenden Ehegatten noch nicht getilgt war, sondern noch bestand.

Unter diesen Umständen läßt sich nicht behaupten, daß der Anspruch der Klägerin durch den Inhalt der verschiedenen von ihr beigebrachten Urkunden dergestalt in Liquidität gesetzt werde, daß im Wege der von ihr gewählten Proceßart eine sofortige Verurtheilung des Beklagten lediglich auf Grund dieser Urkunden und ohne Rücksichtnahme auf die von ihm vorgebrachten, auf weiterer Erörterung beruhenden Einwendungen gerechtfertigt erscheinen könnte; denn wenn schon die Urkundeninterpretation an sich auch in dem Executivprocesse nicht ausgeschlossen ist,

vergl. Annalen, Band II. pag. 518. sub 86.

so kann doch eine Urkunde, deren Fassung zu Zweifeln über ihren Sinn Gelegenheit giebt, offenbar nur dann dessenungeachtet für den Executivproceß oder Executionsproceß benutzt werden, wenn sich diese Zweifel nach den gewöhnlichen Grundsätzen der juristischen Auslegekunst in einer der Tendenz des Klägers entsprechenden Weise erledigen lassen, außerdem aber, und wenn im Wege der Interpretation allein zu Lösung der entstandenen Zweifel nicht zu gelangen ist, zum Gebrauche im Urkundenprocesse nicht für geeignet erachtet werden.

Nun ist sich zwar in dem Erkenntnisse dritter Instanz Bl. flg. sub 4. auch noch darauf bezogen worden, daß der Vertrag sub B. Bl. — flg. nicht blos im Allgemeinen ein Geschäft auf den Todesfall, sondern in Bezug auf die streitigen 1000 Thaler auch noch zugleich eine Schenkung unter den Lebenden enthalte; es gebricht jedoch, abgesehen von der Frage, ob einer solchen Schenkung ohne Weiteres dem Beklagten gegenüber die ihr beigelegte Wirkung würde zugestanden werden können, der betreffenden Urkunde auch in dieser Beziehung offenbar an der erforderlichen Klarheit, denn, wenn auch einige Bl. — angezogene einzelne Bestimmungen des Vertrags darauf hinzuweisen scheinen, daß es in der Absicht der verw. L. gelegen, ihrer Tochter, der Klägerin, diese 1000 Thaler noch bei Lebzeiten zuzuwenden, so ist dies doch dabei nirgends deutlich und bestimmt ausgesprochen worden, und es muß hiernach um so bedenklicher fallen, eine von der Klägerin selbst (vergl. Bl. —) gar nicht behauptete donatio inter vivos rücksichtlich der gedachten Summe einzig durch den Inhalt der Urkunde B. für erwiesen anzusehen, als die betreffenden Bestimmungen mit den gleichzeitig getroffenen Dispositionen auf den Todesfall im engsten Zusammenhange stehen, das ganze Geschäft ausdrücklich als Erbvertrag bezeichnet worden ist, und die verw. L. sich auch späterhin noch, wie sich aus der von ihr ausgegangenen Kündigung ergiebt, als Inhaberin der Forderung gerirt hat.

Aus vorstehenden Gründen hat das Oberappellationsgericht nach anderweiter genauer Erwägung der Sache, wie geschehen, reformatorisch auf Wiederherstellung der Bl. — und Bl. — befindlichen Erkenntnisse, in denen das Suchen der Klägerin in der angebrachten Maaße abgewiesen worden, erkannt.

Dahingegen war das vorige Urthel, insoweit als darin sowohl die Kosten der ersten Instanz, als auch die durch die eingewendeten Rechtsmittel veranlaßten Kosten compensirt worden, bewandten Umständen nach und aus den Bl. — angegebenen Gründen zu bestätigen, wie denn auch die Kosten der gegenwärtigen Instanz in Hinsicht auf den stattgefundenen Wechsel der Entscheidungen gegen einander aufzuheben waren."

75.

Die Stempelverwendung zu den Schriften im Mahnverfahren und die hierauf bezügliche Verordnung des K. Finanzministeriums vom 18. November 1862. — Cognition der Justizbehörden über Verordnungen der Verwaltungsbehörden. — Ueber das Verfahren und die Rechtsmittel, sowie über Stempelverwendung und Liquidiren in Stempelstrafsachen.

Mitgetheilt von
Herrn T. in D.

Im Februar 1863 beantragte der Advocat G. bei dem Gerichtsamte im Bezirksgericht D. in einer Eingabe, zu welcher er keinen Stempel verwendet hatte, die Einziehung einer Kostenforderung von 14 Thlrn. 17 Ngr. 9 Pf. von einem seiner Clienten im Wege des Mahnverfahrens. Das Gericht fertigte in der vorgeschriebenen Weise auf diesen Antrag aus, notirte aber —, 2 Ngr. 5 Pf. Stempelnachtrag und —, 10 Ngr. —, Stempelstrafe zur gedachten Eingabe und forderte die Stempelstrafe ohne weiteres Verfahren nur mittelst Sportelzettels vom Antragsteller ein.

Der Advocat G. remonstrirte jedoch hiergegen, indem er sich darauf berief, daß die Vorschriften über Stempelverwendung in §. 39. des Bagatellgesetzes auch auf die Schriften im Mahnverfahren angewendet werden müßten, da dieses Verfahren überhaupt nur bei Ansprüchen bis zu 50 Thlrn. —, —, also nur bei ganz geringfügigen, gesetzlich zulässig sei. Der Antrag auf Erlaß eines Zahlungsgebotes und

Letzteres selbst vertrete lediglich die Stelle der Klage, des Verhandlungstermins und des Urthels, und es werde das Zahlungsgebot, ebenso wie das Erkenntniß, rechtskräftig. Nun finde sich allerdings im Gesetz- und Verordnungsblatt vom Jahre 1862. Seite 631. eine Verordnung des K. Finanzministeriums vom 18. Nov. 1862, in der gesagt werde, es sei wahrzunehmen gewesen, daß über die fragliche Stempelverwendung in Mahnsachen Zweifel entstanden seien, und in welcher angeordnet werde, daß derjenige Stempel verwendet werden solle, der in causis minutis zu verwenden sei.

Allein diese Verordnung habe keine Gültigkeit, sondern widerspreche der klaren Vorschrift in §. 86. der Verfassungsurkunde, nach welcher kein Gesetz ohne Zustimmung der Stände authentisch interpretirt werden dürfe. Der Schlußparagraph 37. der Proceßnovelle lasse nun zwar dem K. Ministerium der Justiz nach, Zweifel, welche bei Ausführung des Gesetzes entständen, zu entscheiden. Selbstredend müsse aber diese Bekanntmachung durch das K. Ministerium der Justiz erfolgen, nicht durch ein anderes Departement. Wenn es nun auch heiße, daß die Verordnung vom 18. November 1862 in Uebereinstimmung mit dem K. Ministerium der Justiz erlassen worden, so genüge dies doch nicht, sondern das K. Ministerium der Justiz habe den angeblichen Zweifel selbst zu entscheiden, und daß und wie es geschehen, im Gesetz- und Verordnungsblatte bekannt zu machen.

So lange dies noch nicht geschehen, verstoße die Verordnung vom 18. November 1862 zweifellos gegen die Verfassungsurkunde x.

Advocat G. beantragte auf Grund dieser Ausführung Wiederaufhebung der vom Gerichtsamt beschlossenen Stempelverwendung und Strafverfügung, und wendete eventuell, dafern das Gericht dies ablehnen sollte, Recurs ein mit dem Bemerken, daß derselbe nach §. 28. des Gesetzes vom 14. December 1837 als Appellation anzusehen und daher dem K. Appellationsgericht einzuberichten sein werde.

Letzteres geschah denn auch, nachdem Berichtsabgangstermin angesetzt worden war. Das Königl. Appellationsgericht zu Dresden gab jedoch mittelst Communicats vom 10. März 1863 die Sache zur Beschlußfassung an die K. Zoll- und Steuerdirection ab. In diesem Communicate war gesagt:

x. „Das K. Appellationsgericht vermag sich jedoch zur Beschlußfassung über das Rechtsmittel in keiner Beziehung für zuständig zu erachten. Soweit es nämlich gegen die Stempelpflichtigkeit der Eingabe Bl. — gerichtet ist, liegt eine reine, zur Competenz des K. Ministeriums der Finanzen gehörige Verwaltungssache vor, soweit es aber die verhängte Stempelstrafe betrifft, fehlt es nach dem Dafürhalten des Appellationsgerichts an den Voraussetzungen, unter denen ausnahmsweise die Competenz der obern Justizbehörde in dergleichen Strafsachen einzutreten hat. Wollte man nämlich auch in der Erklärung des Recurrenten Bl. —, daß sein Rechtsmittel als Appellation anzusehen und daher dem K. Appellationsgericht einzuberichten sein werde, eine Provocation desselben auf die Entscheidung der höhern Justizbehörde erblicken, was immerhin noch zweifelhaft ist, so liegt zur Zeit ein Erkenntniß oder ein Zahlungspräcept im Sinne von §§. 28. 24. des Gesetzes vom 14. December 1837 nicht vor, nur aber über Rechtsmittel gegen Erkenntnisse und Zahlungsauflagen, welche Stempelstrafen betreffen, steht nach den angezogenen und nach §§. 137. 149. des Gesetzes vom 27. December 1833 der obern Justizbehörde, wenn deren Entschließung ausdrücklich angerufen worden ist, in allen andern Fällen aber über Rechtsmittel in dergleichen Strafsachen der obern Verwaltungsbehörde die Entschließung zu." x.

Die K. Zoll- und Steuerdirection verordnete hierauf unter dem 16. April 1863 unter abschriftlicher Mittheilung des vorstehend im Auszuge wiedergegebenen Communicates des K. Appellationsgerichts an das Gerichtsamt im Bezirksgericht D. wie folgt:

x. „Da jedoch gegen den Advocat G. wegen der ihm Schuld gegebenen Stempelsteuerhinterziehung das in §. 24. des Gesetzes vom 14. December 1837 vorgeschriebene Verfahren noch nicht eingeleitet worden ist, so wird genanntes Gerichtsamt hiermit veranlaßt, dies nachträglich zu thun, und findet hierdurch gedachtes Rechtsmittel vorläufig seine Erledigung."

Hierauf erließ das Gerichtsamt wegen der verwirkten Stempelstrafe an —‧ 10 Ngr. —‧ Zahlungsauflage an Advocat G., verwendete zu derselben —‧ 2 Ngr. 5 Pf. Stempel und liquidirte dem Advocat G. unter Anderm auch die Gebühr für Reinschrift der Auflage zu. Die Auflage selbst wurde am 22. Mai 1863 behändigt.

Der Advocat G. remedirte hiergegen in einer Eingabe vom 28. Mai 1863, zu welcher kein Stempel verwendet und in welcher gesagt war: „er wende gegen diese Auflage Recurs zum K. Appellationsgericht ein", erläuterte dies auch auf Befragen des Gerichts laut eines Protokolls vom 8. Juni 1863 dahin, daß er seinen Recurs als Appellation zur höhern Justizbehörde angesehen wissen wolle. Nachdem ihm der Berichtsabgangstermin bekannt gemacht worden war, erstattete das Gericht nunmehr Bericht an das K. Appellationsgericht zu Dresden, verwendete zu demselben —ꞏ 5 Ngr. —ꞏ Stempelpapier und liquidirte im Uebrigen allenthalben wie in Bagatellsachen.

Das K. Appellationsgericht erließ nun nach angehörtem Vortrage der Sache unter dem 14. Juli 1863 folgende Verordnung:

ꝛc. „Es konnte zunächst die Frage entstehen, ob das K. Appellationsgericht zur Beschlußfassung auf gegenwärtiges Rechtsmittel competent sei, da nach den hier einschlagenden Vorschriften des Gesetzes vom 14. December 1837. §. 28. verb. mit §. 137. und §. 148. unter a. des Gesetzes vom 27. December 1833 in Fällen der vorliegenden Art nur dann, wenn der Angeschuldigte noch innerhalb der bis zur Rechtskraft des Erkenntnisses, beziehentlich Zahlungspräcepts laufenden zehntägigen Frist bestimmt und unzweideutig erklärt, daß er zur höhern Justizbehörde appellire, die Zuständigkeit der letztern zur Cognition über das Rechtsmittel begründet ist, während Appellationen, welche ohne die bestimmte Erklärung, daß sie an die höhere Justizbehörde gerichtet sein sollen, eingelegt worden sind, wie Recurse angesehen und von der obern Verwaltungsbehörde zur Erledigung gebracht werden sollen, und nun hier es nicht zweifellos erscheint, ob eine derartige bestimmte und unzweideutige Erklärung darin erblickt werden könne, daß Appellant, auf dessen erst nach Ablauf der zehntägigen Frist Bl. — zu Protokoll gegebene Erläuterung nach dem Schlußsatze der angezogenen §. 137. Etwas nicht ankommen kann, innerhalb jener Frist Bl. — „Recurs — nicht Appellation — zum K. Appellationsgericht" eingewendet hat. Mit Rücksicht indessen darauf, daß nach allgemeinen Grundsätzen die Bezeichnung des Rechtsmittels für Bestimmung der Competenz zur Entscheidung über dasselbe ohne Bedeutung ist, und nach der Fassung der aufgeführten §. 148. unter a. noch nicht nothwendig angenommen werden muß, daß es in der Absicht des Gesetzgebers gelegen habe, hiervon in Steuerstrafsachen eine Ausnahme zu machen, das entscheidende Gewicht vielmehr darauf zu legen ist, ob sich der Angeschuldigte innerhalb des decendium ausdrücklich auf die Entscheidung der höhern Justizbehörde berufen, also unzweideutig zu erkennen gegeben hat, wie er sein Rechtsmittel der Beschlußfassung nicht der höhern Verwaltungs-, sondern der höhern Justizbehörde unterstellt wissen wolle, dies aber von Seiten des Advocat G. Bl. —, wiewohl unter der unrichtigen Bezeichnung seines Rechtsmittels als Recurs, bestimmt und unzweideutig durch Provocation an das K. Appellationsgericht geschehen ist, hat Man sich für Bejahung der obigen Frage entschieden, und demnach das vorliegende Rechtsmittel als Appellation an die obere Justizbehörde zu behandeln nicht Anstand genommen.

In materieller Beziehung erscheint der Widerspruch des Appellanten, soviel die Hauptsache betrifft, durchaus unbegründet. Die gesetzliche Vorschrift, wonach in ganz geringfügigen Civilsachen die Verfügungen des Gerichts und Eingaben der Parteien bis zur Ertheilung eines Vergleichs oder Abschließung eines Vergleichs stempelfrei sind (Gesetz vom 16. Mai 1839. §. 39.), bezieht sich lediglich auf das durch das nurangezogene Gesetz vorgeschriebene Proceßverfahren. Für das von diesem durchaus verschiedene, durch das Gesetz vom 30. December 1861 für contractliche Forderungen bis zu 50 Thlrn. —ꞏ —ꞏ nachgelassene Mahnverfahren ist eine gleiche Bestimmung nicht gegeben und eine Ausnahme von der allgemeinen in dem Stempelmandate vom 11. Januar 1819. §. 13. ausgedrückten Regel über den Gebrauch des Stempelpapiers bei gerichtlichen Eingaben nicht gemacht. Konnte es nun auch vielleicht wegen der in gewisser Beziehung vorhandenen innern Verwandtschaft beider Fälle und weil die ratio legis auf beide gleiche Anwendung litt, den Anschein gewinnen, als liege es im Sinne des Gesetzes, daß zu den Schriften im Mahnverfahren Stempel ebenfalls nicht zu verwenden sei, so sind doch diese Zweifel durch die Verordnung des K. Ministeriums der Finanzen vom 18. November 1862, welche zur Zeit der Einreichung des Gesuchs Bl. — schon in Kraft getreten war, vollständig beseitigt. Zur Erlassung dieser Verordnung war das gedachte K. Ministerium nach der Verordnung vom 7. November 1831 unter 4. 2. und B. 5. unzweifelhaft competent, und nach der ausdrücklichen Vorschrift in §. 7. letzter Absatz des Gesetzes unter A. vom 28. Januar 1835 dürfen Justizbehörden die von den Verwaltungsbehörden innerhalb der Grenzen ihrer Zuständigkeit erlassenen Verordnungen nicht für ungültig erklären. Der Appellant ist demnach lediglich auf die Vorschriften dieser Verordnung zu verweisen, welche es außer Zweifel stellen, daß zu der Eingabe Bl. — ein Stempel von —ꞏ 2 Ngr. 5 Pf. zu verwenden war, und wegen Nichtverwendung desselben Appellant der gesetzlichen Hinterziehungsstrafe verfallen ist.

Die von ihm Bl. — mit zum Gegenstand seines Rechtsmittels gemachten Kosten der Auflage Bl. — anlangend, so ist er zwar selbstverständlich zu Bezahlung derselben, soweit sie überhaupt gefordert werden können, verbunden. Allein nach §. 20. des schon citirten Gesetzes vom 14. December 1837 passiren in Straffällen der vorliegenden Art den Untergerichten, welche hierbei (vergl. §. 2. daselbst) in der Eigenschaft einer Verwaltungsbehörde thätig werden, und daher die Vorschrift jener §. 20. unter b. für sich nicht geltend machen können, abgesehen von den Separatgebühren, die Verläge nur mit Ausnahme der Copialien, und es hätten demnach die Bl. — liquidirten —• 3 Ngr. 8 Pf. für Reinschrift der Auflage dem Appellanten nicht mit abgefordert werden sollen.

Das Gerichtsamt erhält hiermit Anweisung, mit diesem Kostenbetrage den Appellanten zu verschonen, soweit sich aber hierdurch das Eingangs gedachte Rechtsmittel nicht erledigt, wird dasselbe andurch verworfen, es ist auch Appellant, da solches in der Hauptsache unbegründet war, zu Bezahlung der dadurch erwachsenen Kosten, soweit dergleichen in gegenwärtiger Angelegenheit überhaupt passiren, verbunden. Dem Vorstehenden gemäß ist, wie andurch verordnet wird, derselbe zu bescheiden und das weiter Erforderliche zu besorgen.

Von den Copialien Bl. — sind in Gemäßheit der vorhin entwickelten Grundsätze sämmtliche Gebühren und Copialverläge in Wegfall zu stellen, dahingegen, da hier die in geringfügigen Untersuchungssachen bezüglich der Stempelverwendung geltenden Vorschriften zur Anwendung zu bringen sind, weshalb auch von sofortiger Verwendung von Stempel zu der Auflage Bl. — und zu dem Anher erstatteten Berichte abzusehen gewesen wäre, nach Maaßgabe von §. 13. des Stempelmandats vom 11. Januar 1819 verbunden mit §. 2. c. des Erläuterungsmandats vom 4. September 1822, sowie mit dem Gesetz vom 13. September 1850 und der Verordnung vom 14. Juni 1859 zu Erfüllung des Bl. — (Auflage) verwendeten Stempels annoch ein solcher von —• 1 Ngr. 5 Pf., ferner zu der Appellationsschrift Bl. — ein solcher von —• 7 Ngr. 5 Pf. und zur Erfüllung des zum Bericht verwendeten, noch ein Stempelbetrag von —• 2 Ngr. 5 Pf. in Nachtrag zu notiren und sind diese Beträge nach vorgängiger Einbringung von dem Appellanten in Stempelpapier zu den Acten nachzucassiren."

Miscellen.

Anzeige neu ergangener Gesetze und Verordnungen. Das 9. Stück des Gesetz- und Verordnungsblattes für das Königreich Sachsen (vom Jahre 1864) enthält: No. 58. Decret wegen Genehmigung einer öffentlichen Anleihe des Erzgebirgischen Steinkohlenactienvereins, vom 15. December 1863. No. 59. Decret wegen Bestätigung des „Gesetzes für die Familie von Egidy-Kreinitz-Naunhof", vom 27. April 1864. No. 60. Decret wegen Bestätigung der Statuten der Weberinnung zu Mülsen St. Jacob, vom 4. Mai 1864. No. 61. Decret wegen Bestätigung der Statuten des Darlehnsvereins zu Freiberg, vom 9. Mai 1864. No. 62. Decret wegen Bestätigung der Statuten des Vereins von Freunden der Erdkunde zu Leipzig, vom 20. Mai 1864. No. 63. Decret wegen Bestätigung der Statuten des Begräbnißvereins der Stadt Neustädtel und Umgegend, vom 23. Mai 1864. No. 64. Decret wegen Bestätigung der Statuten des Krankenunterstützungsvereins zu Neuhausen, vom 27. Mai 1864. No. 65. Decret wegen Bestätigung der Statuten der Wittwen- und Waisencasse der Bürgerschullehrer Zwickaus, vom 2. Juni 1864. No. 66. Verordnung, die Bekanntmachung einer mit der Kaiserlich Russischen Regierung abgeschlossenen Uebereinkunft über die Behandlung der Mobiliarnachlässe der im Königreiche Polen verstorbenen Sächsischen und beziehentlich im Königreiche Sachsen verstorbenen Polnischen Unterthanen betreffend, vom 6. Juni 1864. No. 67. Verordnung, die Bekanntmachung einer mit der Regierung des Kaiserreichs Rußland und des Großfürstenthums Finland abgeschlossenen Uebereinkunft über die Behandlung der Mobiliarnachlässe der beiderseitigen, in dem anderen Staate verstorbenen Unterthanen betreffend, vom 6. Juni 1864. No. 68. Decret wegen Bestätigung der Statuten der Maschinenbauarbeiter-Compagnie zu Chemnitz, vom 11. Juni 1864. No. 69. Verordnung, den Beitritt der freien und Hansestadt Bremen zu dem von den Zollvereinsstaaten wegen Einführung von Gewerbelegitimationskarten für die Handelsreisenden getroffenen Abkommen betreffend, vom 30. Juni 1864. No. 70. Bekanntmachung, die Anleihe der Stadt Zwickau betreffend, vom 2. Juli 1864. No. 71. Verordnung, das Verbot der Ausfuhr von Schießpulver und anderer Kriegsmunition aus den Seehäfen des Vereinsgebiets betreffend, vom 6. Juli 1864. — Letzte Absendung: am 14. Juli 1864.

Immatriculation von Advocaten. Vom Justizministerium ist der vormalige Actuar beim Gerichtsamte Leipzig II. Herr Dr. Karl Ludwig Erdmann in Leipzig zum Advocaten ernannt und als solcher verpflichtet worden.

Redacteur: Dr. Theodor Tauchnitz. Officin der Verlagshandlung.

Wochenblatt
für
merkwürdige Rechtsfälle,
in actenmäßigen Darstellungen
aus dem Gebiete der Justizpflege und Verwaltung
zunächst für das
Königreich Sachsen.

Von diesem Wochenblatte erscheinen jährlich 84 Nummern zu 1 Quartbogen und außerdem am Jahresschlusse ein ausführliches Register.

Alle Postämter u. Buchhandlungen übernehmen Bestellungen und liefern das Quartal zu dem praenumerando zu entrichtenden Preise von 1 Thaler.

Verlag von **Bernhard Tauchnitz** in Leipzig.

№ 46. Neue Folge Zwölfter Jahrgang. **1864.**

76.

Zur Lehre von der provocatio ex lege Diffamari.

Mitgetheilt von
Herrn H. in E.

Die thatsächlichen Unterlagen des Processes, aus welchen diese Mittheilung entnommen, ergeben sich, soweit sie zum Verständniß der letztern nothwendig sind, aus den Erkenntnissen der ersten und zweiten Instanz und den denselben beigefügten Entscheidungsgründen, weshalb eine einleitungsweise Darstellung derselben umgangen werden kann.

Das Gerichtsamt E. als Proceßgericht erkannte folgendermaaßen:

„Daß Provocaten den von ihnen gegen den Provocanten berühmten Anspruch auf Wiederherstellung des in den nachstehenden Entscheidungsgründen näher bezeichneten, in den Th.'r Bach eingebauten Wehres, mittelst dessen das Wasser aus genanntem Bach nach Provocantens Fabrik und Wiesen abgeleitet wird, in den frühern Zustand dergestalt, daß die Veränderung, wodurch die von ihnen beanspruchte Hälfte des Wassers zu Bewässerung ihrer unterhalb dieses Wehres an genanntem Bach liegenden Wiesen angeblich jetzt entzogen worden, wiederum beseitigt und der ihnen zukommende Wasserantheil ihnen wieder zugeführt werde, gegen den Provocanten bei Vermeidung ewigen Stillschweigens mittelst Anstellung der Hauptklage binnen dreiwöchentlicher Frist auszuführen verbunden, worauf sodann in der Hauptsache sowohl, als der Kosten halber, insbesondere auch des gegenwärtigen Processes ferner ergeht, was Recht ist."

Diesem den Parteien am 12. Mai 1863 publicirten Bescheid waren folgende **Gründe** beigegeben:

„Durch die Zugeständnisse der Parteien, sowie durch die auf Antrag Provocantens Seiten des Proceßgerichts veranstaltete Localbesichtigung, ingleichen durch die Aussagen der auf Provocantens Antrag abgehörten Zeugen ist Folgendes in rechtliche Gewißheit gesetzt worden:

Zwischen der Stadt Th. und dem obern Theile des Dorfes H., an dessen Grenze die Spinnfabrik des Provocanten steht, zieht sich eine Thalschlucht fort, auf deren Sohle hin der sogenannte Th.'r Bach von Stadt Th. nach H. zu läuft.

In dieses Th.'r Wasser sind vier Wehre, das Sch.'sche Mühlwehr, das Rittergutswehr, das H.'sche Wehr und das A.'r Wiesenbewässerungswehr eingebaut.

Vergl. Bl. — der Acten.

Das unterhalb des Sch.'schen Mühlwehrs, welches letztere in gegenwärtiger Sache nicht weiter in Frage kommt, gelegene Rittergutswehr theilt den Th.'r Bach in zwei Theile, von denen der eine links abgeht und die Th.'r Rittergutswiesen bewässert, während der andere rechts als wilder Th.'r Bach fortläuft.

Unterhalb dieses Rittergutswehrs, und zwar in einer Entfernung von 90 bis 100 Schritt von demselben, befindet sich das H.'sche Wehr und ist zwischen diesen beiden zuletzt genannten Wehren ein drittes Wehr nicht vorhanden.

Mittelst dieses H.'schen Wehres wird der Th.'r Bach zu einem Theile und bei niedrigem Wasserstande ganz zur Bewässerung der Wiesen und zum Umtrieb der Fabrik Provocantens fortgeleitet.

Das mittelst des H.'schen Wehres fortgeleitete Wasser läuft rechts am Bergabhange hin, während — was natürlich nur bei hohem Wasserstand vorkommen kann — der wilde Bach als Abfall des H.'schen Wehres links in der Thalsohle fortgeht.

Unterhalb des H.'schen Wehres, und ohne daß ein weiteres Wehr dazwischen liegt, ist an den Wiesen der Provocaten das A.'r Wiesenbewässerungswehr eingebaut, mittelst dessen die Provocaten das vorhandene Wasser des wilden Baches auf ihre Wiesen leiten.

Vergl. Bl. —.

Veranlassung zum Streit hat nun die Bl. — von den Provocaten dem Inhalt und der Unterschrift nach recognoscirte Klagbeilage A. Bl. — (— eine an den Provocanten gerichtete Zuschrift —) gegeben, in welcher die Provocaten dem Provocanten erklären, daß sie in Folge einer am Wehre vorgenommenen Veränderung eine Beeinträchtigung ihrer Wasserbenutzungsrechte erlitten hätten und in welcher sie unter Hinweis darauf, daß sie das halbe Wasser vom Rittergutswehr ab schon einmal erstritten hätten, den Provocanten auffordern, ihnen binnen drei Tagen Nachricht zu geben, ob das Wehr geändert werden würde, damit sie das Wasser wieder bekämen.

Auf Grund dieser Zuschrift hat der Provocant wider die Provocaten Klage erhoben.

Die Provocaten haben nun folgende Einwendungen erhoben, die der Statthaftigkeit der angestellten Klage entgegenstehen sollen:

1) Die Klagbeilage A., welche Provocant seiner Klage zu Grunde gelegt habe, enthalte keine Diffamation, außerdem lasse sich

2) nach der Klage keine executionsfähige Entscheidung ertheilen, weil oberhalb der Wiesen der Provocaten mehrere Wehre vorhanden seien und nach der Klage es ungewiß bleibe, welches Wehr gemeint sei, ferner gehe

3) aus der Klagbeilage A. nicht hervor, ob Jemand überhaupt und wer eine Veränderung am Wehre vorgenommen habe oder ob eine solche durch Naturereignisse entstanden sei, und

4) hätten die Provocaten in der Klagbeilage A. nicht verlangt, daß Provocant irgend ein Wehr wieder herstelle, sondern sie hätten nur den Wunsch gegen den Provocanten ausgesprochen, daß dieser irgend ein Wehr herstellen möge.

Vergl. Bl. —.

Keine dieser Einwendungen kann jedoch für stichhaltig angesehen werden, denn

zu 1.

enthält der Seiten der Provocaten an den Provocanten gerichtete Brief Bl. — allerdings eine Diffamation.

Bekanntlich ist die provocatio ex lege Diffamari gegen Jeden zulässig, welcher aus was immer für einem Grunde einen Civilanspruch gegen einen Andern behauptet, und genügt es zur Anstellung der Diffamationsklage schon, wenn Jemand — wie im vorliegenden Falle Seiten der Provocaten geschehen — in einem Privatbrief einen Civilanspruch an den Andern zu haben behauptet.

Vergl. Osterloh, summar. Proc., 3. Aufl. §. 100. not. 11.

Die Sache, die die Provocaten in der Klagbeilage A. in Anspruch nehmen, ist, wie die Provocaten selbst Bl. — ausdrücklich zugestanden haben, das halbe Wasser vom Rittergutswehr ab, das ihnen angeblich durch eine Veränderung am Wehre entzogen worden sei und das sie zur Wässerung ihrer Wiesen wieder erlangen wollen.

Der Umstand aber, daß die Provocaten dem Provocanten gegenüber auf dieses Wasserquantum Anspruch erheben, das ihnen angeblich durch eine Wehrveränderung entzogen worden, begründet eben die Diffamation.

Weiter erledigt sich die Einwendung

zu 2.

dadurch, daß die Provocaten Bl. — ausdrücklich zugestanden haben,

„wie das auf das H.'sche Wehr laufende Wasser dasjenige sei, von dem sie vom Rittergutswehre aus abwärts die Hälfte beanspruchen".

Da es nämlich unterhalb des Rittergutswehrs nur noch zwei Wehre — das H.'sche und das den Provocaten gehörige A.'sche Wiesenbewässerungswehr — giebt, so kann das in der Klagbeilage A. erwähnte Wehr, das nach der Angabe der Provocaten verändert worden und dessen Wiederherstellung sie in dem an den Provocanten gerichteten Briefe fordern, eben kein anderes, als das H.'sche sein.

Hiermit stimmen denn auch die Aussagen der Bl. — abgehörten Zeugen überein, welche beide auf die Frage:

„ob, wenn die Provocaten von einer Wehrveränderung in Bezug auf das Wasser unterhalb des Rittergutswehres Nachtheil erleiden wollen, sie kein anderes, als das H.'sche Wehr meinen können?"

antworten:

„Sie können kein anderes meinen, als dieses H.'sche Wehr!"

Daß die Provocaten nach Befinden auch durch eine Veränderung des Sch.'schen Mühlwehres, oder des Rittergutswehres hätten benachtheiligt werden können, soll hier zwar nicht bestritten werden, indessen ist es auf die Entscheidung der gegenwärtigen Differenz insofern einflußlos, als die Provocaten eine Veränderung der ober- oder unterhalb des H.'schen Wehres gelegenen Wehre weder behauptet oder nachgewiesen haben, mithin unter dem Wehre, durch dessen Veränderung ihnen das Wasser für ihre Wiesen angeblich entzogen worden, nur das H.'sche Wehr verstanden haben können.

Es ist wohl auch anzunehmen, daß, wenn die Provocaten ein anderes Wehr in ihrer Zuschrift Bl. — im Sinne gehabt hätten, sie sich an den Besitzer des betreffenden Wehres, also z. B. hinsichtlich des Rittergutswehres an den Besitzer des Th.'r Rittergutes, und nicht an den Provocanten gewendet haben würden.

Zu 3.

ist allerdings zuzugeben, daß in dem Briefe Bl. — nicht mit ausdrücklichen Worten gesagt worden ist, ob überhaupt Jemand und wer die behauptete Wehrveränderung vorgenommen habe, oder ob die letztere durch ein Naturereigniß herbeigeführt worden sei.

Damit geschieht jedoch der Schlüssigkeit der Klage kein Eintrag.

Denn wenn die Provocaten in dem Briefe Bl. — dem Provocanten erklären, daß sie „wegen der Veränderung in dem Wehre um ihr Wasser gekommen seien", und wenn sie von dem Provocanten mit bestimmten Worten binnen 3 Tagen Nachricht darüber verlangen, „ob das Wehr geändert werde", damit sie ihr Wasser wieder bekommen sollen, so bezüchtigen sie gewissermaaßen Provocanten nicht nur der eigenmächtigen Wehrveränderung, sondern sie erklären auch, daß sie den Provocanten für verpflichtet halten, für Wiederherstellung des Wehres, mag nun solches durch menschliche Einwirkung oder durch Naturereignisse verändert worden sein, aus eignen Mitteln Sorge zu tragen.

Zu 4.

ist endlich noch zu bemerken, daß, wenn Provocaten Bl. — behaupten, daß sie in der Klagbeilage A. nur den Wunsch, daß Provocant das Wehr ändern möge, ausgesprochen hätten, oder daß sie Erkundigung hätten einziehen wollen, ob das Wehr geändert werde, dies mit der Fassung der Klagbeilage A. durchaus im Widerspruch steht.

Schon das an den Provocanten gestellte peremtorische Verlangen, binnen 3 Tagen die Provocaten zu benachrichtigen, ob das Wehr geändert werden würde, enthält, wie schon oben erwähnt worden, als das Aussprechen der subjectiven Ansicht, einen Anspruch auf Aenderung des Wehres an den Provocanten zu haben, eine Diffamation und berechtig den Andern zur Klaganstellung.

Ob die betreffende Aeußerung in der Absicht zu diffamiren, oder ohne diese aus Irrthum gethan worden ist, ist ganz gleichgültig.

Vergl. Osterloh, a. a. O. §. 100. not. 10.

Aus allen diesen Gründen hat daher die erhobene Provocation für begründet angesehen und haben Provocaten zum Nachweise ihrer vermeintlichen Ansprüche angehalten werden müssen.

Die wegen des Kostenpunktes getroffene Entscheidung bedarf keiner besondern Rechtfertigung.

Die Bl. — angesetzten Kosten für Reinschrift der Replik sind um deswillen in Wegfall gebracht worden, weil

vergl. Zeitschrift für Rechtspflege und Verwaltung, N. F. Bd. XXII. S. 204.

das rechtliche Verfahren seiner Natur nach vom Mund aus in die Feder zu geschehen hat, mithin Ansätze für die Reinschriften der Sätze nicht passiren."

Dagegen wurde in einem den Parteien am 30. November 1863 publicirten Urthel des Königlichen Appellationsgerichts zu Zwickau erkannt:

„Daß es bei dem Eingangs gedachten Bescheide (erster Instanz), mit alleiniger Ausnahme desjenigen, was darin der Feststellung der Kosten halber erkannt worden, als wobei es bewendet, nicht zu lassen, vielmehr hat das Suchen des Klägers in der angebrachten Maaße nicht Statt, und ist auch derselbe den Beklagten die aufgelaufenen, restitutionsfähigen Proceßkosten zu erstatten gehalten.

Die Kosten der Appellationsinstanz werden compensirt.

Entscheidungsgründe:

Der Kläger gründet seine Provocationsklage auf das Bl. — ersichtliche, von den Beklagten Bl. — recognoscirte Schreiben.

Die vorige Instanz hat in solchem eine Berühmung Seiten der Letzteren dem Kläger gegenüber, die Behauptung, daß Kläger ihnen zu Wiederherstellung des fraglichen Wehres in den frühern Zustand verbunden sei, erblickt

Dieser Ansicht kann Man jedoch in der gegenwärtigen Instanz nicht beipflichten.

Zu Eingang jenes Schreibens setzen die Beklagten den Kläger davon in Kenntniß, daß eine Veränderung an dem Wehr stattgefunden habe, in Folge dessen sie jetzt öfters gar kein Wasser hätten, während sie sonst das halbe Wasser gehabt.

Allein sie verlangen in dessen weiterem Fortgange nicht, daß Kläger das Wehr wieder herstelle, sondern sie sprechen nur den Wunsch, selbiges wieder herzustellen, aus, indem sie zugleich bemerken, daß sie schon einmal das halbe Wasser vom Rittergutswehre ab erstritten hätten. Sie schließen mit den Worten: „Nun möchten wir binnen 3 Tagen Nachricht haben, ob das Wehr geändert wird, daß wir das halbe Wasser auch wieder bekommen"; der Schluß des Briefes enthält also auch nur den Wunsch, daß Kläger sich binnen 3 Tagen darüber erklären möge, ob eine Aenderung des Wehres eintreten solle.

Es ist deshalb sehr wohl möglich, daß die Beklagten mit dem obigen Schreiben nicht einen Anspruch auf Herstellung des Wehres in den früheren Zustand dem Kläger gegenüber haben geltend machen, sondern sich nur darüber haben vergewissern wollen, ob derselbe geneigt sei, eine desfallsige Abänderung entweder selbst vorzunehmen, oder ihnen doch eine solche zu gestatten, indem sie widrigenfalls, und bei einer ablehnenden oder unterbleibenden Erklärung hierauf, sich hierbei zu beruhigen, oder doch gütliche Vereinbarungen mit dem Kläger anzubahnen, gemeint waren.

Der Umstand allein, daß die Beklagten in dem mehrberegten Schreiben anführen, wie sie schon einmal das halbe Wasser von dem Rittergutswehre ab erstritten hätten, besaßt noch keine Diffamation.

Denn daraus folgt noch nicht, daß dieselben dem Kläger das Befugniß absprechen wollen, sein Wehr beliebig abzuändern, und noch weniger, daß, worauf es hier hauptsächlich ankommt, sie Letztere für verbunden erachtet, das Wehr wiederum in den früheren Zustand herzustellen, oder doch zu dulden, daß dies von ihnen bewirkt werde.

Gesetzt daher auch, daß unter den obwaltenden Umständen unter dem in der Urkunde sub A. Bl. — bezeichneten Wehre kein anderes, als das Wehr des Klägers verstanden werden könne, so würde es doch immerhin an den nöthigen Voraussetzungen für eine Diffamationsklage fehlen.

Die von den Beklagten bei der abgehaltenen Localbesichtigung nach Bl. — auf die Anfrage des Sachwalters des Klägers: „ob das auf das Wehr des Klägers laufende Wasser dasjenige sei, an dem sie von dem Rittergutswehre aus die Hälfte beanspruchten?" ertheilte bejahende Antwort würde, selbst wenn man in solcher eine Diffamation finden wollte, doch schon um deswillen nicht zu einer Verurtheilung der Beklagten in Anstellung der Hauptklage bei Vermeidung ewigen Stillschweigens führen können, weil hierauf die Klage gar nicht gestützt worden.

Man kann daher zur Zeit ganz dahin gestellt sein lassen, ob und inwiefern auf jene Aeußerung eine Provocationsklage würde gegründet werden können.

Zu dem vorstehend Bemerkten kommt nun noch Folgendes:

Der Brief Bl. — giebt unbezweifelt für sich allein darüber, welches Wehr die Beklagten unter dem dort gedachten verstanden, keinen bestimmten Aufschluß.

Denn daraus allein, daß dieselben das Schreiben an den Kläger gerichtet haben, läßt sich mit einiger Gewißheit nicht herleiten, daß sie dabei eben das Wehr des Klägers im Sinne gehabt haben müssen.

Um diesen Zweifel zu beseitigen und nachzuweisen, daß die Beklagten in der That mit dem in dem Briefe erwähnten Wehre sein, Klägers, Wehr gemeint, hat sich der Letztere im Verfahren auf Zeugen berufen und um deren Abhörung, sowie um Abhaltung einer Localbesichtigung gebeten, welchem Antrage auch von dem Proceßgerichte gefügt worden.

Nun schreibt aber die Alte und Erl. Proceßordnung ausdrücklich vor, daß der Provocationsklage die Bescheinigung der Diffamation sofort beigefügt werden solle, indem die Alte Proc.-Ordn. Tit. I. §. 4. bestimmt, daß der Richter ex lege Diffamari keinen Proceß decerniren solle, es habe denn Kläger zuvor gebührlichen Schein der Diffamation seiner Supplication pro decernenda citatione beigelegt, und die Erl. Proc.-Ordn. Tit. V. §. 5. disponirt, daß der Provocant die behauptete Diffamation bei Eingabe der Klage entweder durch beigebrachte Urkunden, oder durch die beigefügte eidliche Aussage mindestens eines Zeugen darzuthun habe, während sie, falls dies nicht für ausreichend geachtet werden sollte, ihm im Laufe des ersten Verfahrens noch ein eidliches Zeugniß beizubringen, oder in supplementum zu schwören gestattet.

Nun läßt zwar die Praxis zu, daß der Provocant der Klage nicht sofort das Protokoll über die Zeugenabhörung beilegt, sondern in selbiger erst die Zeugen benennt und um deren Abhörung bittet,

vergl. Griebner's Discurse zu Tit. I. §. 4. der Alt. Proc.-Ordn., sub voce: „beigelegt".
Volkmann, System der sächs. Civil- und Administrat.-Processe, Bd. III. §. 279. not. e.
Osterloh, summar. Processe, §. 103. S. 333. der 3. Ausg.
Biener, syst. proc., §. 310. not. 5. der 37. Ausg.
Schweitzer, über den Provocat.-Proceß, Cap. II. §. 2. S. 109 flg.

und würde dem analog der Provocant wohl auch in der Klage um die Abhaltung einer Localbesichtigung nachsuchen dürfen.

Allein eine weitere Ausdehnung der obigen Gesetzesvorschriften dahin, daß der Provocant befugt wäre, erst im Laufe des Verfahrens Zeugen, Behufs der Bescheinigung der Diffamation, namhaft zu machen, oder zu dem Ende eine Localbesichtigung zu beantragen, ist durch den Gerichtsbrauch in keiner Weise sanctionirt worden, und würde auch ein solches Verfahren mit der Natur des Provocationsprocesses, als eines nur vorbereitenden Processes, in welchem ein weitläufiges Verfahren nicht stattfinden soll und der Richter sogar ermächtigt ist, die Citation auf die Klage so lange zu verschieben, bis er sich durch Abhörung der in der Klage benannten Zeugen, beziehentlich durch Vornahme der beantragten Localbesichtigung von dem Vorhandensein einer Diffamation überzeugt hat,

vergl. Schweitzer, l. cit. not. 10.

mit den desfallsigen gesetzlichen Dispositionen nicht wohl vereinbar sein.

Es sind mithin die Aussagen der abgehörten Zeugen, gleich dem Resultate der abgehaltenen Localbesichtigung, bei der Entscheidung außer Berücksichtigung zu lassen; die Urkunde sub A. Bl. — reicht aber, wie bereits oben hervorgehoben, für sich allein zu Bescheinigung der angeblichen Diffamation nicht aus.

Aus diesen Gründen war, auf die Appellation der Beklagten, die erhobene Provocationsklage in der angebrachten Maaße abzuweisen.

Unter diesen Umständen kann man ganz von der Frage absehen, ob nicht, die Schlüssigkeit der Klage vorausgesetzt, mit Rücksicht auf die Erklärung der Beklagten Bl. — sowohl die Letzteren in Anstellung der Hauptklage binnen dreiwöchentlicher Frist, bei Vermeidung des ewigen Stillschweigens, zu verurtheilen, als vielmehr auf Bewenden bei jener Erklärung zu erkennen gewesen wäre.

Die Kosten der Appellationsinstanz mußten wegen des Wechsels der Entscheidungen unter den Parteien aufgehoben werden.

Schließlich mag bezüglich der Auslassung der Beklagten Bl. — nur noch bemerkt werden, daß das Bl. — erfolgte Abstreichen des Ansatzes für Abschrift der Replik höchstens dem Sachwalter Klägers einen Anlaß zur Beschwerde würde haben geben können."

Gegen dieses Urthel appellirte wieder Kläger, indessen erkannte das Königliche Oberappellationsgericht in einem den Parteien unterm 12. April 1864 publicirten Erkenntniß bestätigend und fügte diesem Erkenntniß folgende Gründe bei:

„Der Ansicht zweiter Instanz, daß in dem Bl. — ersichtlichen Briefe der Provocaten eine die erhobene Provocationsklage begründende Diffamation nicht zu erblicken sei, ist in jetziger Instanz bei anderweiter Erwägung der Sache durchgängig beizupflichten gewesen. In den Rationen Bl. — ist bereits erschöpfend ausgeführt worden, daß der Inhalt dieses Briefs die Behauptung des Rechts der Provocaten auf eine Veränderung oder Wiederherstellung des dem Provocanten zugehörigen Wehres nicht erkennen lasse, und daß es daher an den erforderlichen Unterlagen fehle, um den Gegenstand der angeblichen Diffamation zu fixiren und darauf eine executionsfähige Sentenz zu gründen. Indirect spricht für die Richtigkeit dieser Auffassung schon der Umstand, daß in dem Klaggesuche Bl. — als der von den Provocaten berühmte Anspruch das Recht auf Wiederherstellung des in der Klage beschriebenen Wehres bezeichnet, dagegen in der Replik Bl. — dieses Gesuch durch Hereinziehung eines den Provocaten zuständigen Rechts auf die Hälfte des Wassers der Th.'r Bach nicht unwesentlich und in einer durch die Klagbeifuge Bl. — nicht gerechtfertigten Weise modificirt wird. Denn wenn in Letzterer gesagt wird, „Provocanten hätten schon das halbe Wasser einmal erstritten vom Rittergut Th.'r Wehr ab", so ist damit noch keineswegs ausgesprochen, daß Provocaten das Recht auf diesen Wassertheil dem Provocanten oder dessen Vorbesitzern gegenüber erstritten haben, und noch weniger, daß die Entziehung dieses Wassertheils durch eine von dem Provocanten an seinem Wehre vorgenommene Veränderung verursacht worden sei. Ob durch die erst im Laufe des Verfahrens auf Provocantens Antrag Bl. — veranstaltete Localbesichtigung und Zeugenbefragung jeder diesfallsige Zweifel in rechtlich zulässiger Weise habe beseitigt werden können, kann dahingestellt bleiben, da nach den Aussagen der Zeugen S. und H. Bl. — eine Schmälerung des fraglichen Wassertheils durch Veränderung des vorbezeichneten Rittergutswehres, nicht des dem Provocanten zugehörigen Wehres, allerdings denkbar ist, überhaupt aber durch die veranstalteten Erörterungen dasjenige, worauf es hier allein ankommt, die subjective Meinung und Absicht der Briefsteller Bl. — nicht in rechtliche Gewißheit gesetzt werden kann, wenn solche aus dem Briefe selbst mit Sicherheit nicht abzunehmen ist.

Was in dieser Beziehung Bl. — über die Form des gedachten Briefs bemerkt wird, reicht nicht aus, demselben die Tendenz einer Diffamation unterzulegen, im Gegentheil erscheint durch die Fassung der Schrift Bl. — die Deutung der Provocaten Bl. —, sie hätten bei dem Provocanten nur eine Erkundigung einzuziehen beabsichtigt, um nach Befinden in Gemeinschaft mit ihm das Erforderliche thun zu können, nicht ausgeschlossen. Als Ausnahme von der Regel, daß Niemand wider seinen Willen zu der Klaganstellung zu nöthigen ist, darf der Provocationsproceß nicht über die gesetzlich bestimmten Grenzen ausgedehnt werden, und wie daher das Vorhandensein der wirklichen, unzweideutigen Berühmung eines Rechts oder Anspruchs zu der Begründung des Provocationsprocesses ex lege Diffamari unerläßlich ist, so sind auch folgerecht diejenigen Aeußerungen, in welchen eine solche liegen soll, strict auszulegen und im Zweifelsfalle gegen das Vorhandensein einer Diffamation zu entscheiden.

Reicht aber der der Provocationsklage zu Grunde gelegte Brief Bl. — zu deren Begründung nicht aus, so kann diesem Mangel auch durch die erst im Besichtigungstermine Bl. — von dem Sachwalter des Provocanten hervorgerufene Aeußerung der Provocaten schon aus dem Bl. — angeführten formellen Grunde nicht abgeholfen werden, und es bedarf mithin keines nähern Eingehens auf die aus dem oben Bemerkten sich ergebenden materiellen Bedenken, welche, auch abgesehen von jenem Grunde, der Auffassung der fraglichen Aeußerung aus dem Gesichtspunkte einer Diffamation entgegenstehen.

Das Erkenntniß zweiter Instanz war hiernach lediglich zu bestätigen, jedoch mit Rücksicht auf den vorausgegangenen Wechsel der Entscheidung die Compensation der Kosten jetziger Instanz auszusprechen."

77.

Zweck des Rechnungsprocesses und insbesondere des Nachlaßdefecturverfahrens. — Die Erörterung und Entscheidung über die Existenz und den Betrag der im Nachlaßverzeichnisse aufgeführten Außenstände und Schulden des Erblassers gehört nicht in das Defecturverfahren.

Mitgetheilt von

Herrn L. in B.

Der Auszügler Michael M. zu E. war am 30. März 1862 mit Hinterlassung seiner Ehefrau und eines Bruders ab intestato verstorben, so daß nach §. 66. des Erbfolgemandats vom 31. Januar 1829 der Nachlaß des Verstorbenen der Wittwe zu einem Drittheil und dem Bruder zu zwei Drittheilen zufiel. Zum Behuf der Erbregulirung überreichte die Wittwe dem K. Gerichtsamte zu K. ein Verzeichniß des ehemännlichen Nachlasses mit dem Gesuche um Anberaumung eines Erbregulirungstermins. In diesem Termine erhob der Bruder des Verstorbenen Einwendungen gegen das Nachlaßverzeichniß, welche zu einem Compromiß auf Absetzung des Defecturverfahrens führten. Hierbei stellten sich als hauptsächliche Streitpunkte heraus, daß die Wittwe

a) unter den Passiven des Nachlasses 1700 Thlr. —„ —„ eheweibliches Einbringen,

b) unter den Activen aber 300 Thlr. —„ —„ mütterliches Erbtheil, welches Defectant dem Verstorbenen vorenthalten habe, in Ansatz brachte, wogegen

c) Defectant die Nachtragung einer Reihe von Auslagen, welche er für den Verstorbenen bestritten habe, unter den Passiven verlangte.

Die erste Instanz erkannte

ad a.

auf Beweis, erachtete die Erinnerung gegen die Rechtsbeständigkeit der

ad b.

gedachten Forderung für schlechterdings abgelehnt, da Defectatin den Beweis der zu ihrer Begründung dienenden Behauptungen für das vor der competenten Behörde einzuleitende Nachlaßdefecturverfahren sich vorbehalten habe, und nach den hierüber angenommenen Grundsätzen,

Zeitschrift für Rechtspflege und Verwaltung, N. F. Bd. 13. S. 75., Bd. 16. S. 273.

Wochenblatt für merkwürdige Rechtsfälle, 1852. S. 265.

damit Streitigkeiten über Außenstände des Nachlasses im Defecturverfahren erörtert werden können, vor Allem das Einverständniß der Interessenten vorausgesetzt werde, an welchem es von Seiten der Defectatin obiger Erklärung zufolge fehle, und machte die Nachtragung der

ad c.

erwähnten Anforderungen des Defectanten an den Nachlaß seines verstorbenen Bruders unter den Passiven von Recognition einiger Quittungen, sowie von der Leistung eines dem Defectanten auferlegten Bestärkungseides abhängig.

In zweiter und dritter Instanz wurden jedoch alle diese unter a. b. und c. gedachten Posten aus dem Defecturverfahren ausgewiesen, mit der Bestimmung, daß es den Parteien unbenommen bleibe, ihre desfallsigen Ansprüche besonders an- und auszuführen.

Das Königl. Appellationsgericht zu Budissin bemerkte hierzu in den seinem am 18. März 1864 publicirten Erkenntnisse beigegebenen Entscheidungsgründen Folgendes:

„Faßt man den Zweck des Rechnungsprocesses ins Auge, so ist derselbe der: die Richtigkeit einer abgelegten Rechnung oder eines herausgegebenen

Vermögensverzeichnisses durch richterliche Entscheidung feststellen zu lassen,

Weiske's Rechtslexicon, Bd. 9. S. 135. s. v. Rechnungsproceß.

Osterloh, der summarische Proceß, 2. Aufl. §. 11. not. 6. S. 19.

und da die von der Defectatin überreichte Specification nichts Anderes als ein Verzeichniß derjenigen Sachen enthält, so sie aus dem Nachlasse ihres verstorbenen Ehemannes sich angemaßt, also lediglich diese Anmaßung und Occupation die Verpflichtung zur Anfertigung eines solchen Inventariums begründet,

Hommel, Rhapsod. observ., CCLV.

v. Hartitzsch, Entscheidungen, CCLXXIX.

Haubold, sächsisches Privatrecht, 3. Aufl. §. 352.

so handelt es sich dermalen einzig und allein um Feststellung der Richtigkeit dieses Verzeichnisses und der Statthaftigkeit der dagegen gemachten Einwendungen.

Hält man diesen Grundsatz fest, so gelangt man zu dem Resultate, daß Forderungen und Schulden des Erblassers ein Gegenstand der Specification nicht sind; denn es kann nicht behauptet werden, daß derjenige, welcher den in beweglichen und unbeweglichen Sachen bestehenden Nachlaß inne hat, auch die nach der Rechtsregel: nomina sunt ipso jure divisa nicht erst noch besonders zu theilenden Forderungen des Erblassers ganz besitze, während rücksichtlich der vom Erblasser contrahirten Schulden jeder Erbe nur nach seinem Erbtheile verhaftet ist und seine Rechte eintretenden Falls selbstständig gegen die Gläubiger zu vertheidigen hat.

Zeitschrift für Rechtspflege und Verwaltung, N. F. Bd. 16. S. 274.

Wochenblatt für merkwürdige Rechtsfälle, 1862. S. 267.

Deshalb gilt als Regel, daß Streitigkeiten über Außenstände und Passivschulden des Nachlasses von dem Defecturverfahren ausgeschlossen sind,

Zeitschrift für Rechtspflege und Verwaltung, N. F. Bd. 13. S. 75.

Annalen des K. S. Oberappellationsgerichts, Bd. 2. S. 147.

und war deshalb auf das Rechtsmittel des Defectanten nicht nur die angebliche Anforderung des Erblassers an den Defectanten wegen des Bl. — erwähnten mütterlichen Erbtheils im Betrage von 300 Thlrn. —, —, sondern auch die nach Höhe von 1700 Thlrn. —, — in Ansatz gebrachte Illatenforderung der Defectatin von den Passiven aus dem Defecturverfahren auszuweisen und der Defectatin die besondere An- und Ausführung dieser Ansprüche gegen den Defectanten anheim zu geben.

Wie in dem in der

Zeitschrift für Rechtspflege und Verwaltung, N. F. Bd. 13. S. 75.

mitgetheilten Präjudize hervorgehoben worden, kann eine Ausnahme allerdings dann eintreten, wenn die als verpflichtet in Anspruch genommenen Interessenten sich mit der Verhandlung derartiger Posten im Defecturverfahren einverstehen; allein während Defectant das Hineinziehen der gedachten 300 Thlr. —, — mütterliches Erbtheil in den gegenwärtigen Proceß nach Bl. — abgelehnt hat, ist von demselben sein Einverständniß damit, daß über die von der Defectatin in Ansatz gebrachte Illatenforderung im Defecturverfahren mit entschieden werden solle, nicht erklärt worden. Defectatin habe sich zwar — heißt es dann weiterhin — bezüglich der mehrberegten Activpost von 300 Thlrn. —, — schon Bl. — beschieden, daß sie diesen Anspruch gegen den Defectanten besonders auszuführen habe, und es würde aus der hierauf bezüglichen Entscheidung der vorigen Instanz die Ausschließung dieser Post von dem Defecturverfahren zu folgern sein; allein es sei solches der Vollständigkeit halber und zu Vermeidung von Mißverständnissen noch besonders auszusprechen gewesen. Nach den oben entwickelten Grundsätzen seien endlich auch die ad c. gedachten Passivposten aus dem Defecturverfahren auszuweisen und dem Defectanten zur besonderen An- und Ausführung zu überlassen gewesen."

Die Entscheidungsgründe zu dem Erkenntnisse des Königl. Oberappellationsgerichts vom 2. Juni 1864 lauteten wie folgt:

„Die Appellation der Defectatin ist nach dem Inhalt der zweiten Beschwerde Bl. — nur dagegen gerichtet: daß ihr nicht die weitere Ausführung und Beweisung ihrer Illatenforderung im gegenwärtigen Defecturproceß nachgelassen worden sei. In dieser Beziehung ist aber der Entscheidung der vorigen Instanz nur beizupflichten gewesen. Auf die Bestimmungen der Oberl. Vormundschaftsordnung Cap. XI. §. 4. kann sich die Defectatin hiergegen mit Erfolg nicht beziehen, weil dieselben nur eine ohngefähre Anweisung in Bezug auf die Form und den Inhalt der von dem Vormund nach Befinden unter Mitwirkung der volljährigen Miterben und zur Constatirung des seinem Mündel durch Erbschaft angefallenen Vermögens anzufertigenden Verzeichnisses enthalten, bei welchem natürlicher Weise ganz andere Rücksichten eintreten, als bei der von einem Erben an seine Miterben zu edirenden Nachlaßspecification.

Denn während es dem Vormund kraft seines Amtes und aus justizpolizeilichen Gründen obliegt, das Vermögen und die Schulden seines Pflegbefohlenen thunlichst zu ermitteln und der obervormundschaftlichen Behörde über den Zustand des seiner Verwaltung anvertrauten Vermögens vollständigen Nachweis zu liefern, beschränkt sich die civilrechtliche Verbindlichkeit des specificationspflichtigen Erben auf eine gewissenhafte, nach Befinden eidlich zu bestärkende Anzeige der in seinem Besitze befindlichen Nachlaßsachen. Ob unter besonderen Umständen der Specificant seinen Miterben auch über die Forderungen und Schulden des Nachlasses Auskunft zu ertheilen haben würde, kann hier auf sich beruhen, weil ein diesfallsiger Anspruch an die Appellantin dermalen nicht in Frage steht. Soviel ist aber gewiß, daß die Erörterung und Entscheidung über die Existenz und den Betrag der in dem Verlassenschaftsverzeichnisse bereits aufgeführten Außenstände und Schulden des Erblassers nicht in den Bereich des Defecturverfahrens gezogen werden kann. In Ansehung solcher Activen oder Passiven, bei welchen dritte Personen die Schuldner oder Gläubiger des Nachlasses sein sollen, ist es einleuchtend, daß eine zwischen dem Defectanten und dem Defectaten stattgefundene Erörterung und Entscheidung dem Gläubiger oder Schuldner nicht präjudiciren und deshalb mindestens überflüssig sein würde. Aber auch wenn der Specificant selbst eine Forderung an den Nachlaß prätendirt, oder umgekehrt, nach der Behauptung des Defectanten dem Nachlasse Etwas schulden soll, ist dem als Gläubiger auftretenden Erben die Ausführung seiner Ansprüche im ordentlichen Rechtswege zu überlassen. Die Edition eines Verlassenschaftsverzeichnisses und das Defecturverfahren bezwecken nämlich die Constatirung der zum Nachlasse gehörigen, einer besonderen Theilung bedürfenden Sachen und dessen, was der eine oder andere Erbe von diesen letzteren inne hat, während die Außenstände des Nachlasses einer solchen Theilung nicht erst bedürfen und von jedem Erben nach seinem Quotalantheile gegen den Schuldner geltend gemacht werden können, sowie denn auch jeder Erbe sich gegen die Ansprüche der Erbschaftsgläubiger selbstständig zu vertreten oder seine eigenen Forderungen an den Nachlaß gegen seine Miterben auszuführen hat. Die Defectatin ist also von einer irrigen Vorstellung ausgegangen, wenn sie gemeint hat, es könne durch die Herausgabe eines Verlassenschaftsverzeichnisses und im Wege des compromissarisch bestimmten Defecturverfahrens zu einer Entscheidung über ihre Illatenansprüche und in Folge derselben etwa auch zu dem Ausspruche gelangt werden, daß ihr der Defectant den gesammten Nachlaß zur theilweisen Deckung dieser Ansprüche zu überlassen habe. Die Defectatin scheint auch den Grundsatz: hereditas non intelligitur, nisi aere alieno deducto, mißzuverstehen, wenn sie meint, es könne derselbe dazu dienen, die Erörterung und Entscheidung streitiger Außenstände und Schulden des Nachlasses in das Defecturverfahren hereinzuziehen; denn wenn auch der Erbe nur insofern, als die Passiven des Nachlasses von den Activen überstiegen werden, einen vermögensrechtlichen Vortheil durch die Erbschaft erreicht, so erstreckt sich doch die Theilung des Nachlasses, welche durch die Herausgabe und Prüfung des Verlassenschaftsverzeichnisses vorbereitet werden soll, und die actio familiae erciscundae überhaupt nicht auf die Ausführung der Schuldforderungen, welche dritte Personen oder ein Miterbe als Gläubiger an den Erblasser erworben haben."

Miscellen.

Orden. Seine Majestät der König haben dem Geheimen Finanzrath Hanns v. Thümmel das Ritterkreuz des Verdienstordens Allergnädigst zu verleihen geruht.

Seine Majestät der König haben allergnädigst zu genehmigen geruht, daß der Appellationsrath a. D. Dr. Wilhelmi zu Reudnitz den ihm von des Königs von Preußen Majestät verliehenen Kronen-Orden III. Classe annehme und trage.

Todesfälle. Gestorben: am 17. Juli 1864 der Gerichtsamtmann Dr. Heinrich Julius Mannfeld zu Freiberg; am 26. Juli 1864 der Advocat Carl Heinrich Müller in Zwönitz; am 28. Juli 1864 der Gerichtsamtsactuar Arthur Treusch von Buttlar in Schandau; am 30. Juli 1864 der Kreissteuerrath Johann Albert Judeich in Dresden; am 6. August 1864 der Gerichtsamtsactuar Bernhard Gödel in Grimma.

Redacteur: Dr. Theodor Tauchnitz. Officin der Verlagshandlung

Von diesem Wochenblatte erscheinen jährlich 84 Nummern zu 1 Quartbogen und außerdem am Jahresschlusse ein ausführliches Register.

Wochenblatt
für
merkwürdige Rechtsfälle,
in actenmäßigen Darstellungen
aus dem Gebiete der Justizpflege und Verwaltung
zunächst für das
Königreich Sachsen.

Alle Postämter u. Buchhandlungen übernehmen Bestellungen und liefern das Quartal zu dem praenumerando zu entrichtenden Preise von 1 Thaler.

Verlag von Bernhard Tauchnitz in Leipzig.

№ 47. Neue Folge Zwölfter Jahrgang. 1864.

78.

Ueber die Erfordernisse zur Erlangung eines wirksamen Pfandrechts bei der Mobiliarhülfsvollstreckung. — Unzulässigkeit des constitutum possessorium bei Bestellung eines richterlichen Pfandrechts. — Zu §. 54. des Executionsgesetzes vom 28. Februar 1838.

Mitgetheilt von

Herrn —r in D.

Der Vorausschickung eines speciellen status causae bedarf es zum Verständnisse der nachstehends mitgetheilten Entscheidungen nicht, da die bei Beantwortung der oben ausgehobenen Rechtsfragen in dem hier vorliegenden Rechtsfalle in Betracht kommenden thatsächlichen Momente in den Entscheidungsgründen der zweiten Instanz entwickelt sind. Es genügt deshalb, auf diese zu verweisen. Die erste Instanz, das Bezirksgericht zu Meißen, erkannte also:

„Weil, wenn schon bei Executionen in das Mobiliarvermögen eines Schuldners bei der allgemeinen Fassung des §. 54. des Executionsgesetzes vom 28. Februar 1838 zur Bestellung eines richterlichen Pfandrechts nicht unbedingt erforderlich ist, daß die abgepfändeten Mobilien aus dem Gewahrsame des Schuldners fortgeschafft werden, sondern dieselben auch ohne Beeinträchtigung des durch den Hülfsact entstandenen nothwendigen Pfandnexus dem Schuldner zur Aufbewahrung überlassen werden können, doch eine solchergestalt erfolgte Auspfändung nur dann Anspruch auf Gültigkeit hat, wenn

a) ein äußerlich erkennbarer Act vorhanden ist, durch welchen das Gericht an Ort und Stelle die abgepfändeten Sachen mit der Absicht, sie zur Befriedigung des Gläubigers zu verwenden, in Beschlag genommen hat — Besitzergreifung —,

nächstdem hierzu aber auch

b) weiter noch eine gegenseitige ausdrückliche Erklärung des Gerichts und des Schuldners, nach welcher der Letztere die Pfandstücke fortab nicht mehr in seinem, sondern im Namen des Gerichts besitzen soll — also ein nach den Gesetzen bei Hülfsvollstreckungen in Mobilien zulässiges constitutum possessorium — hinzugetreten ist,

vergl. Zeitschrift für Rechtspfl. u. Verw., Neue Folge XVII. S. 450. XVIII. S. 154.
Annalen des K. S. Oberappellationsgerichts, I. S. 183.

nun aber die Frage, ob die nach Bl. — flg. des Fascikels — am 3. October 1862 auf Antrag und zu alleinigen Gunsten des Interventionsbeklagten Carl Bernhard E. in das Mobiliarvermögen Carl Wilhelm Z.'s vom Proceßgerichte vorgenommene Hülfsvollstreckung auch nach diesen Richtungen hin aufrecht zu erhalten sei? nach sorgfältiger Abwägung der einschlagenden Verhältnisse zu bejahen war, falls in Betracht gelangte,

ad a.

daß nach dem Protokolle Bl. — flg. Fasc. allegat., zumal bei dem Mangel jedwedes Widerspruchs des Interventionsklägers, gegen die Wahrheit der in diesem an sich und bis zur Bescheinigung des Gegentheils vollen Beweis liefernden Protokolle aufgeführten Thatsachen feststeht,

daß der Gerichtsamtsassessor — am 3. October 1862 in der Absicht und zu dem alleinigen

Zwecke, auf Antrag E.'s wider dessen Schuldner Z. die Hülfe zu vollstrecken, sich nach P. begeben, dort den Letzteren zur Bezahlung des auf 5023 Thlr. 27 Ngr. 7 Pf. berechneten Schuldbetrages, wegen dessen zur Auspfändung verschritten werden sollte, aufgefordert, und, als darauf Zahlung nicht erfolgte, der Schuldner vielmehr ausdrücklich in die Vornahme der Hülfshandlung zu Gunsten E.'s gewilligt hatte, die in dem gedachten Auspfändungsprotokolle speciell namhaft gemachten Semoventien und resp. Vorräthe des Schuldners dadurch in Beschlag genommen hat, daß er an jedes einzelne Pfandstück herangetreten ist und bei jedem Stücke zum Schuldner, daß dasselbe gerichtswegen in Beschlag genommen werde, gesagt, auch den Letzteren dabei bedeutet hat, daß er diese Pfandstücke, welche ihm nur anvertraut seien, nicht mehr im eigenen, sondern im Namen des Gerichts besitze,

und nun hiernach (— da es zur Besitzergreifung ausreicht, wenn der Besitzerwerber in der Absicht, Besitz zu erlangen (animus), sich zu der Sache, an welcher er Besitz haben will, in ein solches Gewaltverhältniß setzt, daß er willkürlich auf dieselbe einwirken kann (corpus), namentlich aber Berührung oder körperliche Detention keine wesentlichen Requisite der Besitzergreifung sind,

vergl. Sintenis, das gemeine prakt. Civilrecht, I. §. 44.

in gleicher Maaße auch zu Bestellung eines richterlichen Pfandes, welche wider Willen des Schuldners erfolgt, die nur bei Begründung eines freiwilligen Pfandrechts an Mobilien nicht zu entbehrende Uebergabe des Pfandes an den Gläubiger oder dessen Stellvertreter nicht erfordert wird, vielmehr das richterliche Pfandrecht nach sächsischem Rechte von dem Augenblicke an in Kraft tritt, in welchem die eigentliche Hülfshandlung, d. h. diejenige äußere, von den späteren, nur als Ausflüsse derselben zu betrachtenden und für die Beurtheilung der Gültigkeit jener einflußlosen Acten der Consignation, Taxation, Verwahrnißnahme u. s. w. wohl zu unterscheidende Handlung, durch welche das Gericht an Ort und Stelle seine Absicht, eine dem Schuldner gehörige Sache in Beschlag zu nehmen, zu erkennen gegeben hat,

vergl. Wochenblatt, Jahrg. 1851. S. 110 flg.

vorgenommen worden ist —) es einem begründeten Zweifel nicht unterliegen kann, daß das Proceßgericht bei der am 3. October 1862 vorgenommenen Hülfsvollstreckung in Z.'s Vermögen Besitz von den im Protokolle Bl. — Fasc. cit. aufgeführten Hülfsobjecten in der Absicht und zum Zwecke deren Abpfändung genommen hat, anerwogen aus diesem Protokolle nicht nur der Wille des Gerichts, diese Objecte auspfändungsweise in Beschlag zu nehmen, mit Deutlichkeit zu ersehen ist, sondern auch im Hinblick auf die in diesem Protokolle gerichtswegen bezeugten Thatsachen,

daß das Gericht an jedes einzelne Hülfsobject herangetreten und, nachdem es sich dadurch, daß es sich vom Schuldner selbst Farbe und Abzeichen jedes betreffenden Thieres, rücksichtlich Art und Quantität der Getreidevorräthe angeben lassen, überzeugt, daß dem Schuldner jedesmal bekannt gewesen, um welche Species es sich gehandelt, diesem bei jedem einzelnen Stücke dessen kraft dieser Erklärung gerichtswegen vollzogene Beschlagnahme ausdrücklich verkündigt, auch denselben bedeutet hat, daß er diese vom Gericht in Beschlag genommenen Gegenstände nur anvertraut erhalte und sie fortan nicht mehr im eigenen, sondern im Namen des Gerichts besitze,

solche äußerlich erkennbare Acte vorhanden sind, durch welche sich das Gericht die Fähigkeit jederzeitiger beliebiger und — abgesehen von den mit Rücksicht auf die Hülfsobjectqualität der fraglichen Gegenstände durch das Gesetz gezogenen Schranken — unbeschränkter Einwirkung gesichert hat, ingleichen

ad b.

daß es der am 3. October 1862 stattgefundenen Hülfshandlung auch an dem Erfordernisse eines zwischen Gericht und Schuldner abgeschlossenen constituti possessorii nicht gefehlt hat,

immaaßen gegenwärtig, nachdem das Proceßgericht, daß zwischen ihm und dem Schuldner Z. bei der am 3. October 1862 erfolgten Auspfändung des Letzteren bezüglich der in dessen Verwahrung belassenen Pfandstücke ausdrücklich ein solches constitutum possessorium in der Bl. — ibid. bezeichneten Maaße abgeschlossen worden sei, bezeugt und der Schuldner Z. Bl. — dies nicht nur bestätigt, sondern auch, daß er die obige, ihm vom Gericht ertheilte Bedeutung, deren Erfüllung er demselben zugesagt, nur in dem Sinne verstanden habe, daß sein Besitz der Pfandstücke im eigenen Namen aufgehört und er dieselben für die Zukunft nur im Namen des Gerichts besitzen und für dieses den Besitz ausüben sollen, versichert hat, um so weniger ein Grund vorhanden ist, die Wahrheit dieses Sachverhaltes zu bezweifeln, als die Wahrheit dieser Thatsachen auch vom Interventionskläger nirgends angefochten worden, derselbe vielmehr nur aus dem formellen Grunde, weil aus den Protokollen d. d. 3. October 1862 der Abschluß eines solchen constituti possessorii mit hinlänglicher Sicherheit nicht zu ersehen sei, die Wirksamkeit und Gültigkeit der Auspfändung Z.'s vom 3. October 1863 bestritten hat,

dieser Grund indessen, ganz abgesehen davon, inwiefern derselbe überhaupt durch das Protokoll bestätigt wird, und ob nicht gerade im Gegentheile schon in Z.'s widerspruchsloser Genehmigung und Mitvollziehung dieses Protokolls, inhalts dessen Letzterer bedeutet worden, daß ihm die vom Proceßgerichte als in Beschlag genommenen Pfandstücke bezeichneten Gegenstände fortan nur anvertraut werden sollten, und daß er dieselben künftig nicht weiter im eigenen Namen, sondern im Namen des Gerichts in Verwahrung und in Besitz haben solle, ein gültiger Abschluß eines solchen constituti possessorii, bei welchem Z. seine Einverständnißerklärung durch die Genehmigung und Mitvollziehung des Protokolls ausdrücklich zu erkennen gegeben hat, zu erblicken gewesen sein würde, durch die aus dem Gesichtspunkte einer declaratoria und authentischen Interpretation des Protokolls vom 3. October 1862 zu betrachtende, mithin aber auch keine Neuerung zur Aufrechterhaltung eines fehlerhaften Hülfsacts enthaltende und deshalb wiederum von der Protestation des Interventionsklägers B. Bl. — der Acten unter — nicht mit betroffene Niederschrift des Gerichts Bl. — Widerlegung findet, dieser Niederschrift auch Gültigkeit und Beachtung um so gewisser nicht versagt werden konnte, als einerseits, worauf bereits oben hingewiesen worden, ihr Inhalt mit dem Protokolle vom 3. October 1862 nicht nur nicht in Widerspruch steht, sondern das Letztere ein Verständniß der Sache im Sinne der Niederschrift Bl. — recht füglich zuläßt, wie denn auch der Schuldner Z. selbst versichert hat, daß er das bei Gelegenheit seiner Auspfändung am 3. October 1862 Verhandelte in einem anderen Sinne, als in dem vom Proceßgerichte allda Bl. — bezeugten, nicht aufgefaßt habe, anderer Seits aber auch nicht außer Acht zu lassen war, daß zur Bekundung erfolgter Hülfsvollstreckungen überhaupt und in der Regel förmliche Protokolle nicht erfordert werden, sondern auch einfache Relationen, deren Begriffe die Niederschrift Bl. — Fasc. cit. immerhin unterstellt werden kann, und welche, soweit sie unvollständig sind, durch nachträgliche Ergänzung des Relationspflichtigen jederzeit vervollständigt werden dürfen, genügen;

in Erwägung dessen Allen aber die am 3. October 1862 auf alleinigen Antrag des Interventionsbeklagten E. vom Proceßgerichte vollzogene Hülfsvollstreckung in das Mobiliarvermögen Z.'s als gültig aufrecht zu erhalten und in weiterer Folge hiervon der nach Bl. — der Acten — nur unbeschadet der für den Interventionsbeklagten E. entstandenen Rechte am 4. Mai 1863 anderweit stattgefundenen Executionshandlung in Gegenstände, auf welche jener erste Hülfsact sich ebenfalls erstreckt hatte, bei der Unzureichendheit des aus den Hülfsobjecten erzielten Erlöses zur vollständigen Befriedigung E.'s irgend welche rechtliche Wirkung nicht beizulegen war und mithin auch aus solcher ein Anspruch des Interventionsklägers B. auf antheilige Befriedigung seiner Forderung an den ausgepfändeten Schuldner aus dem Erlöse der entsprechenden Pfandstücke nicht hergeleitet werden konnte,

so ist die durch die nach Bl. — erfolgte Versteigerung der bei dem Beklagten Z. abpfändungsweise in Beschlag genommenen Hülfsobjecte nach Höhe von 946 Thlrn. —, —, gewonnene, gesammte Auctionsloosung nebst den etwa davon erlangten Zinsen unter Abzug der Auctionskosten, im Uebrigen aber unverkürzt dem Interventionsbeklagten E. zur antheiligen Befriedigung desselben wegen der nach Bl. — wider Z. ausgeklagten Forderung allein zu verabfolgen, Interventionskläger B. aber mit seinem, auf ebenmäßige antheilige Befriedigung wegen der nach Bl. — Act. — ihm wider ernannten Z. zuständig gebliebenen Restforderung aus demselben Auctionserlöse gerichteten Suchen ab- und zurückzuweisen; es werden indessen die in Folge des Antrags des Interventionsklägers B. Bl. — und der Einholung gegenwärtiger Entscheidung erwachsenen Kosten, soweit diesfalls nicht bereits Bl. — besondere Anordnung ergangen ist, mit Rücksichtnahme darauf, daß allerdings die Fassung des Protokolls vom 3. October 1862 die erforderliche Klarheit vermissen läßt, und hierdurch immerhin für B. Veranlassung geboten war, die an sich nicht ganz zweifellose Frage zur richterlichen Entscheidung zu bringen, mindestens den Letzteren deshalb, weil er dies gethan, nach Lage der Sache kein Vorwurf muthwilliger Streitsucht trifft, zwischen dem Interventionskläger und dem Interventionsbeklagten aufgehoben."

Gegen diese Entscheidung appellirte sowohl der Interventionskläger, als auch der Interventionsbeklagte, Letzterer jedoch nur wegen der erkannten Kostencompensation, und es erkannte hierauf das Königl. Appellationsgericht zu Dresden, welches übrigens in dem Rubrum seiner Entscheidung B. als Impetranten an einem, E. dagegen als Impetraten am anderen Theile aufführte, unter dem 30. Januar 1864 in der Hauptsache reformatorisch, dahin:

„Daß es bei der Bl. — ersichtlichen, nach Bl. — am 17. October 1863 bekannt gemachten Entscheidung (erster Instanz) insoweit, als in derselben ausgesprochen worden, daß die durch die nach Bl. — der Acten unter — erfolgte Versteigerung der bei dem Gutsbesitzer Carl Wilhelm Z. in P. mit Beschlag belegten Hülfsobjecte nach Höhe von 946 Thlrn. —, —, gewonnene Auctionsloosung nebst den davon etwa erlangten Zinsen unter Abzug der Auctionskosten, im Uebrigen aber unverkürzt an den Impetraten zur antheiligen Befriedigung desselben wegen der nach Bl. — der Acten unter — gegen den nurgedachten Z. ausgeklagten Forderung allein zu verabfolgen, Impetrant dagegen mit seinem, auf ebenmäßige antheilige Befriedigung wegen der nach Bl. — der Acten unter — ihm gegen den genannten Z. zuständig gebliebenen Restforderung aus dem nämlichen Auctionserlöse gerichteten Suchen zurückzuweisen sei, nicht zu lassen, sondern es ist vielmehr jener Auctionserlös zur antheiligen Befriedigung sowohl des Impetranten, als des Impetraten wegen der von ihnen nach Inhalt der Acten unter — gegen den genannten Z. ausgeklagten Forderungen, und zwar nach Verhältniß der Forderung eines Jeden, wie solche unter Hinzurechnung von Zinsen und Kosten zu dem Hauptstamme am 4. Mai 1863 bestanden hat, jedoch dergestalt, daß bei der auf diese Weise vorzunehmenden Feststellung der Forderung des Impetranten derjenige Betrag zu kürzen ist, nach welchem derselbe auf seine Forderung an Hauptstamm, Zinsen und Kosten bereits am 4. Mai 1863 durch die ihm antheilig zugefallenen Erstehungsgelder für die in den Acten unter — näher gedachten Grundstücke Z.'s Befriedigung erlangt gehabt, zu verwenden. Dagegen wird die im Eingange gedachte Entscheidung im Uebrigen, jedoch unter Compensation der durch die Rechtsmittel entstandenen Kosten zwischen dem Impetranten und dem Impetraten, wie hiermit geschieht, bestätigt.

Entscheidungsgründe:

Zur Berufung des Impetranten.

Laut Bl. — der Acten unter — erhob Carl Bernhard E. in D. unter dem 3. October 1862 auf Grund eines von dem Begüterten Carl Wilhelm Z. in P. acceptirten, sich auf 5000 Thlr. —, —, belaufenden Prima-Wechsels gegen den Letzteren bei dem Gerichtsamte G. Wechselklage und erlangte (vergl. Bl. —) die Verurtheilung seines Schuldners zu Bezahlung eines Schuldbetrages von 5014 Thlrn. 18 Ngr. 7 Pf. nebst ferneren Zinsen und Kosten. Der Beklagte Z. erklärte hierauf sofort nach Bekanntmachung dieses Bescheides, daß er denselben als rechtskräftig ansehe, und sowohl auf die ihm zur Einwendung eines Rechtsmittels zustehende zehntägige Frist, als auch auf vorherige Erlassung einer Zahlungsauflage an ihn, ingleichen auf die ihm in einer solchen Auflage zu verstattende achttägige Zahlungsfrist zu Gunsten Klägers verzichte. Letzterer stellte demnächst Bl. — den Antrag, daß sofort mit der Hülfsvollstreckung in das bewegliche Vermögen des Beklagten verfahren werden möge, und das Proceßgericht fügte diesem Antrage (vergl. Bl. —). Bei Vornahme der diesfallsigen Hülfshandlung wurden von dem mitanwesenden Kläger E. außer den Bl. — verzeichneten Quantitäten Getreide, welche bei Entscheidung der in dem gegenwärtigen Rechtsstreite zwischen dem Impetranten und Impetraten streitigen Fragen aus einem später zu erwähnenden Grunde nicht weiter in Betracht kommen, 18 Kühe in dem ermittelten Tarwerthe von zusammen 1500 Thlrn. —, —, sowie 4 Pferde im Tarwerthe von zusammen 500 Thlrn. —, —, als solche Gegenstände bezeichnet, in welche für ihn die Hülfe vollstreckt werden möge. Zufolge der in dem Protokolle Bl. — enthaltenen Bemerkung sind nun auch jene Gegenstände Gerichtswegen in Beschlag genommen worden. Diese Beschlagnahme erfolgte aber, als worüber jenes Protokoll weiteren Aufschluß giebt, „unter Einverständniß des Klägers E. nicht in der Weise, daß man die Pfandstücke aus Beklagtens Gehöfte fortgeschafft und in Gerichtsverwahrung genommen hätte", sondern vielmehr nur dergestalt, daß „man mit Beklagtem an jede einzelne Kuh, an jedes einzelne Pferd herangetreten ist, und der Beklagte selbst die Farbe und Abzeichen jedes einzelnen Stückes benannt hat, welches in entsprechender Beschaffenheit vor Augen stand". Ferner wird von dem Gerichte in jener Registratur Bl. — bemerkt, „es sei bei allen einzelnen dieser Gegenstände Beklagtem Gerichtswegen gesagt worden, daß sie kraft dieser Bedeutung Gerichtswegen in Beschlag genommen seien, und es sei Beklagter mit Rücksicht darauf, daß man die Pfandstücke in seinem Besitze belassen habe, bedeutet worden, daß er diese Gegenstände, welche ihm fortan anvertraut seien, weiter nicht in eigenem Namen, sondern im Namen des Gerichts besitze und an jeder Verfügung darüber bei Vermeidung strafrechtlicher Verfolgung behindert sei". Das Protokoll über den stattgehabten Hülfsact, welches übrigens nach Bl. — von den Betheiligten, und insbesondere auch von dem Beklagten Z. auf Vorlesen genehmigt und mitunterschrieben worden ist, enthält nun zwar keinen Aufschluß darüber, ob und in welcher Weise der genannte Z. sein Einverständniß mit der im Vorstehenden gedachten Maasregel erklärt habe. Es hat jedoch das Proceßgericht in Folge der von einem andern Hülfsgläubiger des Schuldners Z. Bl. — der Beilagsacten unter — gegen die Rechtsbeständigkeit der am 3. October 1862 bei Letzterem auf Antrag E.'s vorgenommenen Vollstreckungshandlung erhobenen Einwendungen jenes Protokoll in der Bl. — der Sachacten zu lesenden Weise mittels einer Nachtragsregistratur vom 14. März 1863 zu vervollständigen und beziehentlich zu erläutern gesucht. In dieser Nachtragsregistratur wird insbesondere bemerkt, es habe Z., nachdem die oben erwähnte Bedeutung, daß er die als Pfänder bezeichneten Gegenstände weiterhin nicht im eigenen Namen, sondern im Namen des Gerichts besitze, von Seiten des Gerichts ihm ertheilt worden, sofort mit ausdrücklichen Worten in entsprechender Weise sich damit, daß er fortan die abgepfändeten Stücke im Namen des Gerichts besitzen solle, einverstanden erklärt und zugesichert, daß er dies thun wolle. Unter demselben Tage hat dabei zugleich Z. selbst (vergl. Bl. —) auf Befragen sich zu Protokoll in folgender Weise ausgelassen:

„Bei der am 3. October 1862 in Rechtssachen E.'s gegen ihn vorgenommenen Auspfändung sei ihm in Beziehung auf die in seiner Innehabung belassenen Pfandstücke an Vieh und Getreidevorräthen vom Gerichte gesagt worden, daß er fortan die Pfandstücke nicht im eigenen Namen, sondern im Namen des Gerichts zu besitzen habe; er habe sich auch damit einverstanden erklärt, zugesagt, dies thun zu wollen, und seitdem auch nicht anders gewußt, als daß sein Besitz ein von ihm nur im Namen des Gerichts ausgeübter sei, er werde auch fernerhin die in Sachen E.'s wider ihn abgepfändeten, in seiner Innehabung belassenen Sachen nicht im eigenen Namen, sondern im Namen des Gerichts besitzen."

Inzwischen hatte Johann Gottlieb Traugott B., welcher bereits unter dem 23. October 1862 wegen einer ihm an Z. zustehenden hypothekarischen Forderung im Betrage von 17,000 Thlrn. —, — gegen Letzteren Executionsklage erhoben hatte, unter dem 13. März 1863 (vergl. Bl. —), wie bereits oben angedeutet worden ist, die Rechtsbeständigkeit der mehrfach erwähnten Vollstreckungshandlung vom 3. October 1862 bestritten und zugleich beantragt, daß wegen seiner immittels auf 17,966 Thlr. 9 Ngr. 5 Pf. angestiegenen Forderung die Hülfe in die von Bernhard E. in der obengedachten Wechselsache am 3. October 1862 als Hülfsobject bezeichneten Mobilien und Semoventien dergestalt vollstreckt werden möge, daß dieselben für seine, des Antragstellers, Forderung wirklich in Beschlag genommen und unter gerichtlichen Verschluß gelegt und die betreffenden Dienstleute des Beklagten Z. zur Abwartung der unter den Pfandobjecten begriffenen Viehstücke, unter Aufsichtsführung der Ortsgerichtspersonen in P., verpflichtet würden.

Das Proceßgericht trug (Bl. —) Bedenken, diesem Antrage Statt zu geben, es wurde dasselbe jedoch in Folge der von B. dagegen eingewendeten Rechtsmittel (vergl. Bl. — und — der Beilagsacten) durch die Bl. — ersichtliche Verordnung des Appellationsgerichts vom 25. April 1863 angewiesen, in die in dem Protokolle Bl. — der Sachacten aufgeführten Gegenstände, mit Vorbehalt der für E. an selbigen etwa bereits begründeten Rechte, die Hülfe für E. und B. zugleich zu vollstrecken. Es erfolgte auch laut Bl. — der Acten unter — die anderweite Hülfsvollstreckung in der angeordneten Maaße, wobei jedoch nur 15 Kühe und 4 Pferde, Getreidevorräthe aber gar nicht mehr vorgefunden wurden. Die erwähnten Viehstücke gelangten nach Bl. — zur öffentlichen Versteigerung und es wurde (Bl. —) ein Auctionserlös von 946 Thlrn. —, —, dadurch erzielt, welcher nach Abzug der Gerichtskosten zu dem Depositum des Gerichtsamts gebracht worden ist und dermalen sich auf 928 Thlrn. 27 Ngr. 1 Pf. beläuft.

Diesen Bestand nimmt (Bl. —) E. für sich ausschließlich in Anspruch, während B. jene Geldsumme nach Bl. — unter sich und E. nach Verhältniß ihrer beiderseitigen Forderungen zur Vertheilung gebracht wissen will. Nachdem hierauf das Gerichtsamt G. zur Entscheidung der Frage:

ob B.'n ein Recht auf einen Theil dieses Auctionserlöses zustehe und wieviel B. davon zu verlangen berechtigt sei?

einen Inrotulationstermin Bl. — anberaumt und hiervon die genannten beiden Gläubiger des Beklagten Z. in Kenntniß gesetzt, ist von dem Bezirksgerichte zu Meißen die Bl. — flg. ersichtliche Entscheidung abgefaßt worden, welche dahin geht, daß jener Auctionserlös beziehentlich unter Abzug der Versteigerungskosten unverkürzt an den Impetraten E. zu verabfolgen sei. Hiergegen hat der Impetrant B. Bl. — Berufung eingewendet und Man hat sein Rechtsmittel nicht für unbegründet anzusehen gehabt. Denn die Frage, ob durch die am 3. October 1862 auf Antrag und zu alleinigen Gunsten des Impetraten in das Mobiliarvermögen Z.'s vorgenommene Hülfsvollstreckungshandlung ein wirksames Pfandrecht für E. begründet worden sei, mußte gegenwärtig im Gegensatze zu der vorigen Instanz, welche Bl. — diese Frage bejahend beantwortet hat, verneint werden. Die Entscheidung der vorigen Instanz beruht im Wesentlichen auf der Ansicht, daß es zur Besitzergreifung im Allgemeinen ausreiche, wenn der Besitzerwerber in der Absicht, Besitz zu erlangen (animus), sich zu der Sache, an welcher er Besitz erwerben will, in ein solches Gewaltverhältniß setze, daß er willkürlich auf dieselbe einwirken könne (corpus), namentlich aber Berührung oder körperliche Detention keine wesentlichen Requisite der Besitzergreifung seien, und daß in gleicher Weise auch zur Bestellung eines richterlichen Pfandes die nur bei Begründung eines freiwilligen Pfandrechts an Mobilien nicht zu entbehrende Uebergabe des Pfandes an den Gläubiger oder dessen Stellvertreter nicht erfordert werde, vielmehr das richterliche Pfandrecht nach sächsischem Rechte von dem Augenblicke an in Kraft trete, in welchem die eigentliche Hülfshandlung, durch welche das Gericht an Ort und Stelle seine Absicht, eine dem Schuldner gehörige Sache in Beschlag zu nehmen, zu erkennen gegeben habe, vorgenommen worden sei. Auch wird von der vorigen Instanz Bl. — ferner bemerkt, daß das Proceßgericht, wie nicht bezweifelt werden könne, bei der am 3. October 1862 vorgenommenen Vollstreckungshandlung in Z.'s Vermögen Besitz von den im Protokolle Bl. — flg. aufgeführten Gegenständen in der Absicht und zum Zwecke der Abpfändung derselben genommen habe, hiernächst aber auch es diesem Hülfsacte an dem Erforderniße eines zwischen Gericht und Schuldner abgeschlossenen constituti possessorii nicht gefehlt habe. Allein dieser Ansicht der vorigen Instanz stehen folgende Erwägungen entgegen:

Nach den Bestimmungen des gemeinen Rechts erfolgt die Auspfändung des Schuldners — die pignoris capio — dadurch, daß dem Letzteren die zur Befriedigung des Gläubigers erforderlichen beweglichen Sachen weggenommen und diese entweder in gerichtlichen Gewahrsam gebracht oder dem Gläubiger in Besitz gegeben werden,

vergl. c. 2. et 3. Cod. qui potior. in pign. (VIII. 18.)

fr. 26. §. 1. D. de pign. act. (XIII. 7.)

Gesterding, Pfandrecht, §. 19. S. 121 flg.

Glück, Erläuterung der Pandecten, XVIII. Bd. §. 1080. S. 273.

Wetzell, System des Civilprocesses, §. 50. S. 479. not. 16.

Bayer, Vorträge über den gemeinen Civilproceß, S. 695. der 7. Aufl. (1842.)

Sintenis, Handbuch des gemeinen Pfandrechts, §. 38. S. 352.

und nur durch diese Wegnahme Seiten des Richters erlangt der Gläubiger ein Pfandrecht an den weggenommenen Sachen.

vergl. fr. 26. §. 1. D. de pign. act.:

„Sciendum tamen, ubi jussu Magistratus pignus constituitur, non alias constitui, nisi ventum fuerit in possessionem."

Im Wesentlichen werden diese Grundsätze des römischen Rechts auch noch heut zu Tage angewendet und insbesondere ist durch die sächsische Gesetzgebung an jenen Grundsätzen Etwas nicht geändert worden.

Die ältere Proceßordnung Tit. XXXIX. §. 3. bestimmt nur im Allgemeinen, daß, wenn der Schuldner zu Bezahlung einer bestimmten Summe verurtheilt worden, bei unterbleibender Zahlung die Hülfe gegen den Schuldner wirklich vollstreckt werden solle.

Die erläuterte Proceßordnung ad Tit. XXXIX. §. 8. schreibt dagegen vor, daß, wenn auf des Gläubigers Verlangen die Execution in die Mobilien geschieht, solche zugleich durch die Gerichte aufgeschrieben, tarirt und ins Gericht gebracht oder Jemand Gerichtswegen anvertraut, nach Ablauf einer vierzehntägigen Frist aber, binnen welcher dem Schuldner die Einlösung freistehe, dem Gläubiger sofort um den gesetzten Preis verabfolgt werden sollen. Es hat mithin die Erläuterte Proceßordnung an der angegebenen Stelle eine wirkliche Besitzentsetzung des Schuldners, eine Wegnahme der abgepfändeten Mobilien vor Augen. Es ergiebt sich dies ebensowohl aus den Worten: „ins Gericht gebracht oder Jemand anvertraut werden", als auch daraus, daß die Sachen nach Ablauf der gesetzten Frist dem Gläubiger ohne Weiteres verabfolgt werden sollen. Das letztere würde aber, wenn der Schuldner im Besitze der Sachen geblieben wäre, wenigstens dann, wenn er der Ueberlassung der abgepfändeten Sachen an den Gläubiger sich widersetzen sollte, nicht zu bewerkstelligen sein, indem solchenfalls immer wieder eine Wegnahme der Sachen und mithin eine neue Executionshandlung eintreten müßte. Die Annahme, daß unter dem „Jemand", welchem die Pfandstücke gerichtswegen anvertraut werden können, auch der Schuldner selbst mit zu verstehen sei, ist zwar in der sächsischen Praxis wiederholt vertheidigt worden.

vergl. Beck, Bemerkungen zum Executionsgesetze, S. 71.

Osterloh, der ordentliche bürgerliche Proceß, §. 361 der älteren Ausgabe.

Wochenblatt für merkw. Rechtsf., Jahrg. 1851. S. 110.

Allein andererseits sind auch dagegen gewichtige Bedenken erhoben worden,

vergl. Wochenblatt für merkw. Rechtsf., 1845. S. 414.

und jene Ansicht läßt sich auch nach dem Dafürhalten des K. Appellationsgerichts um so weniger rechtfertigen, als die Erläuterte Proceßordnung ad Tit. XLIV. §. 2. ferner vorschreibt, daß bei beweglichen Sachen allein derjenige, welchem ein Pfand zugleich übergeben worden, wenn er es wirklich in Händen hat, ein jus reale erlange. Denn wenn hiernach ein Pfandrecht an beweglichen Sachen nur durch die Uebergabe dieser Sachen an den Gläubiger, dessen Stelle bei gerichtlichen Abpfändungen der Richter vertritt, erlangt und selbiges nur durch den Besitz derselben behalten wird, so würde es mit diesen Grundsätzen sich nicht vereinigen lassen, wenn man annehmen wollte, es habe der Gläubiger in Gemäßheit obiger Bestimmungen selbst dann ein Pfandrecht erlangen können, wenn eine Besitzentsetzung des Schuldners überhaupt nicht stattgefunden hätte, oder daß ihm das Pfandrecht geblieben sei, wenn die abgepfändeten Sachen dem Schuldner zurückgegeben worden. Nun spricht zwar die Erläuterte Proceßordnung ad Tit. XLIV. §. 2. zunächst nur von dem vertragsmäßig bestellten Pfandrechte; allein dies ändert in der Sache Etwas nicht, da die nämlichen Grundsätze auch auf das pignus judiciale Anwendung leiden müssen.

Das Executionsgesetz vom 28. Februar 1838 bestimmt demnächst in §. 54., daß, so oft die Hülfe in Mobilien vollstreckt werde, die abgepfändeten Sachen jedesmal sogleich an Ort und Stelle aufzuzeichnen und in sicheren Gewahrsam zu bringen seien, wobei es noch bemerkt, daß dieselben entweder vom Gericht in öffentliche Verwahrung genommen, oder einer Privatperson zur Aufbewahrung übergeben, oder auch an dem Orte, wo sie sich befinden, unter gerichtliches Siegel gelegt werden können. Auch das Executionsgesetz stellt also das Unterbringen der abgepfändeten Sachen in sicheren Gewahrsam, mithin die Entsetzung des Schuldners aus dem Besitze derselben als unbedingtes Erforderniß einer wirklichen Hülfsvollstreckung an die Spitze, und der zweite Abschnitt der angezogenen Gesetzesparagraphe ist nur eine Erläuterung dieser ersten Vorschrift, indem dem exequirenden Richter die Wege angegeben werden sollen, auf denen er das Unterbringen in sicheren Gewahrsam erreichen könne. Obschon nun auch in dem Executionsgesetze §. 54. nicht ausdrücklich bestimmt ist, daß es unzulässig sei, eine abgepfändete Sache dem Schuldner wieder zur Aufbewahrung zu übergeben, so liegt doch eine Ausschließung des Letzteren von der Aufbewahrung nach dem Obigen in der Natur der Sache selbst. Das entgegengesetzte Verfahren würde auch zu Unzuträglichkeiten Veranlassung geben, welche mit dem Zwecke der Hülfsvollstreckung in geradem Widerspruche ständen, indem der Schuldner factisch in der Lage bliebe, über die ihm überlassene Sache nach seinem Gutdünken zu verfügen und dem Gläubiger, zu dessen Sicherstellung sie dienen soll, die Möglichkeit zu entziehen, seine Befriedigung aus der abgepfändeten Sache zu suchen. Läßt sich daher auch annehmen, daß der Richter nicht so unbedingt auf einen jener drei in §. 54. des Executionsgesetzes bezeichneten Wege gewiesen sei, sondern auch noch andere Maaßregeln ergreifen könne, um eine sichere Unterbringung der abgepfändeten Sachen herbeizuführen, so muß er doch jedenfalls solche Vorkehrungen treffen, welche dazu geeignet sind, dem Schuldner den Besitz der Pfandstücke zu entziehen. Als unumgängliches Erforderniß der Execution in Mobilien stellt sich daher eine wirkliche Besitzentsetzung des Schuldners und die Unterbringung der Sachen in sicheren Gewahrsam dar, und es reicht daher insbesondere die bloße Erklärung des exequirenden Richters, daß gewisse, dem Schuldner gehörige Mobilien mit Beschlag belegt sein sollen, und die gleichzeitig von ihm dem Schuldner ertheilte Bedeutung, daß er sich der Verfügung über diese Sachen bei Vermeidung irgend eines ihm angedrohten Rechtsnachtheils enthalten solle, — Handlungen, auf welche sich das Gerichtsamt G. bei der am 3. October 1862 vorgenommenen Auspfändung Z.'s lediglich beschränkt hat, — in keinem Falle aus, um die Hülfe in diese Sachen für wirklich vollstreckt anzusehen, sobald nicht noch das Unterbringen dieser Sachen in sicheren Gewahrsam hinzutritt.

Hiernächst leidet aber der Grundsatz des gemeinen Rechts, daß die Zurückgabe des Pfandes an den Schuldner, dafern sie nicht unter ausdrücklicher Verwahrung erfolgt, eine Entsagung des erlangten Pfandrechts vermuthen läßt,

vergl. Sintenis, a. a. O. §. 70. S. 672.

auch in Sachsen Anwendung, da nach sächsischem Rechte das Bestehen des Pfandrechts an einer beweglichen Sache von dem Besitze der letztern Seiten des Gläubigers abhängig gemacht ist, und es kann daher nicht angenommen werden, daß, wenn der Richter momentan durch eine äußere Handlung von den abgepfändeten Sachen wirklich thatsächlichen Besitz ergriff, später aber letzteren wieder aufgab und namentlich die Sachen dem Schuldner ohne Vorbehalt des erlangten Pfandrechts überließ, der Gläubiger ein gültiges Pfandrecht an den Sachen erworben und behalten habe.

Nach diesen von dem K. Appellationsgericht seither beim Rechtsprechen in ähnlichen Fällen constant befolgten Grundsätzen ist nun auch bei der Beurtheilung des gegenwärtig vorliegenden Falles davon auszugehen, daß der Impetrat E. durch die auf seinen Antrag am 3. October 1862 bei dem Beklagten Z. vorgenommene Vollstreckungshandlung, da, wie oben aus den Acten ausführlicher gezeigt worden ist, bei derselben eine wirkliche Entsetzung des Schuldners aus dem Besitze der mit Beschlag belegten Sachen nicht stattgefunden, ein Pfandrecht nicht erlangt hat, und daß daher, nachdem später in dieselben Gegenstände sowohl für ihn, als für den Impetranten B. zugleich die Hülfe von Neuem vollstreckt worden, der durch die Versteigerung der Pfandstücke gewonnene Erlös unter beide Gläubiger Z.'s nach Verhältniß ihrer beiderseitigen Forderungsansprüche zu vertheilen ist. Wenn aber Impetrant Bl. — der Sachacten behauptet, daß hierbei der volle Betrag seiner ursprünglichen Forderung an Capital, Zinsen und Kosten in Ansatz zu bringen sei, so kann demselben in dieser Ansicht nicht beigepflichtet werden, sondern es ist bei jener Vertheilung aus den bereits vom Impetraten Bl. — hervorgehobenen Gründen die Forderung des Impetranten nur insoweit zu berücksichtigen, als derselbe nicht bereits am 4. Mai 1863 durch die ihm selbst antheilig zugefallenen Erstehungsgelder für die von ihm erstandenen Grundstücke Z.'s theilweise Befriedigung erlangt hatte. Von Seiten des Proceßgerichts ist (vergl. Bl. — der Beilagsacten) am 4. Mai 1863 die Hülfsvollstreckung für den Impetranten auch nur nach Höhe eines Forderungsbetrags von ungefähr 10,000 Thlrn. —, —, vorgenommen worden, mit Rücksicht darauf, daß in den Acten der eigentliche Betrag der hiernach zu ermittelnden Restforderung B.'s noch nicht genau zur Ziffer gebracht worden, hat man es aber für angemessen erachtet, in dem vorstehenden Erkenntnisse nur im Allgemeinen das Verhältniß festzustellen, nach welchem die Vertheilung des für die versteigerten Mobilien gewonnenen Auctionserlöses unter die hierbei zu berücksichtigenden Gläubiger Z.'s zu erfolgen hat.

Hiernächst steht der von der ersten Instanz Bl. — unter b. entwickelten Ansicht, daß es der am 3. October 1863 vorgenommenen Hülfshandlung auch an dem Erfordernisse eines zwischen dem Gericht und dem Schuldner abgeschlossenen constitutum possessorium nicht gefehlt habe, der Umstand entgegen, daß in der

Erläut. Proceßordnung ad Tit. XLIV. §. 2.

das constitutum possessorium bei der Verpfändung beweglicher Sachen für unwirksam erklärt worden ist, — eine Vorschrift, welche nicht blos auf die Fälle einer freiwilligen Pfandbestellung, sondern auch auf die Erlangung eines Pfandes durch Hülfe des Richters anzuwenden ist, — und es erledigt sich durch diese Erwägung ein näheres Eingehen auf dasjenige, was der Impetrat in seiner Refutationsschrift Bl. — flg. über die Zulässigkeit und das Vorhandensein eines solchen Vertrags in dem gegenwärtigen Falle vorgebracht hat. Auch bedarf es andererseits unter den oben gezeigten Verhältnissen keiner Prüfung derjenigen Gründe, welche von dem Impetranten zur Unterstützung seiner Behauptung, daß die Hülfsvollstreckung vom 3. October 1862 der gesetzlichen Voraussetzungen entbehre, Bl. — unter — geltend gemacht worden sind.

II. Zur Berufung des Impetraten.

Diese ist dagegen gerichtet (Bl. —), daß die in Folge des Antrags des Impetranten Bl. — der Beilagsacten unter —, sowie durch die Entscheidung der zwischen den Parteien obwaltenden Differenz entstandenen Kosten zwischen ihm und dem Impetranten, beziehentlich unter der Bl. — der Sachacten ausgesprochenen Beschränkung compensirt worden sind. Allein es stellt sich diese Compensation mit Rücksicht auf dasjenige, was bezüglich der Hauptsache in dem vorstehenden Erkenntnisse ausgesprochen worden, jedenfalls nunmehr als völlig angemessen dar und es war daher, auf die Berufung des Impetraten, die Entscheidung der vorigen Instanz lediglich zu bestätigen.

Die Aufhebung der Kosten der jetzigen Instanz findet theils in dem Wechsel der Entscheidungen, theils in dem Umstande, daß beide Theile remedirt haben, ihre Rechtfertigung."

(Schluß folgt in der nächsten Nummer.)

Miscellen.

Ernennungen, Anstellungen rc. Mit Genehmigung Seiner Königlichen Majestät ist dem ersten geistlichen Consistorialrath und Königlichen Hofcaplan Joseph Aloys Stepanek die zweite geistliche Rathsstelle beim Vicariatsgericht, und dem Pfarrer an der katholischen Kirche zu Neustadt-Dresden, Anton Zeller, die zweite geistliche Rathsstelle im katholisch-geistlichen Consistorium übertragen worden.

Immatriculation von Advocaten. Der vormalige Advocat Herr Carl Bernhard Gruner, früher in Rochlitz, jetzt in Dresden, ist mit Allerhöchster Genehmigung zur Advocatur wieder zugelassen und als Advocat verpflichtet worden.

Redacteur: Dr. Theodor Tauchnitz. Officin der Verlagshandlung.

Von diesem Wochenblatte erscheinen jährlich 64 Nummern zu 1 Quartbogen und außerdem am Jahresschlusse ein ausführliches Register.

Wochenblatt

für

merkwürdige Rechtsfälle,

in actenmäßigen Darstellungen

aus dem Gebiete der Justizpflege und Verwaltung

zunächst für das

Königreich Sachsen.

Alle Postämter u. Buchhandlungen übernehmen Bestellungen und liefern das Quartal zu dem pränumerando zu entrichtenden Preise von 1 Thaler.

Verlag von **Bernhard Tauchnitz** in Leipzig.

№ 48. Neue Folge Zwölfter Jahrgang. **1864.**

(Schluß des S. 376. abgebrochenen Rechtsfalles.)

Gegen das Erkenntniß zweiter Instanz appellirten beide Theile, worauf das Königliche Oberappellationsgericht unterm 17. Juni 1864 also erkannte:

„Daß es bei nurgedachtem Urthel (2. Instanz), insoweit darin das Bl. — flg. enthaltene erstinstanzliche Erkenntniß abgeändert worden, nicht, sondern bei Letzterem zu lassen, dahingegen ist Eingangs gedachtes Urthel im Uebrigen; wie hiermit geschieht, zu bestätigen und werden auch die in gegenwärtiger Instanz erwachsenen Kosten unter den Parteien gegen einander aufgehoben.

Entscheidungsgründe:

Die vorige Instanz hat die Frage, ob durch die in Wechselsachen Carl Bernhard E.'s, Klägers an einem, Carl Wilhelm Z.'s, Beklagtens am anderen Theile, am 3. October 1862 auf Antrag und zu Gunsten des Klägers und gegenwärtigen Impetraten in das Mobiliarvermögen des Beklagten vorgenommene Hülfsvollstreckungshandlung ein wirksames Pfandrecht für den Impetraten begründet worden sei, im Gegensatze zu der ersten Instanz verneint, indem sie dabei davon ausgegangen ist, daß die in der Erläuterten Proceßordnung zu Tit. 44. §. 2. in Ansehung des constitutum possessorium enthaltene Vorschrift nicht blos auf die Fälle einer freiwilligen Pfandbestellung zu beschränken, sondern auch auf die Erlangung eines Pfandes durch Hülfe des Richters anzuwenden, überhaupt aber als ein wesentliches Erforderniß der Execution in einen beweglichen Gegenstand zu betrachten sei, daß der Schuldner aus dem Besitze des betreffenden Gegenstandes gesetzt werde, diesem Erfordernisse jedoch bei dem obgedachten Hülfsacte keineswegs Genüge geschehen sei. Nach der von dem Königlichen Oberappellationsgerichte in ähnlichen Fällen befolgten Rechtsansicht

Wochenblatt für merkw. Rechtsf., Jahrg. 1851. S. 109 flg.

Zeitschrift für Rechtspfl. u. Verwalt., N. F. Bd. XI. S. 287. u. 357.

Annalen des Königl. Oberappellationsgerichts, Bd. I. S. 183 flg.

ist jedoch zur Gültigkeit einer Execution in einen beweglichen Gegenstand die Wegschaffung des letzteren aus dem Gewahrsam des Schuldners nicht unbedingt erforderlich, vielmehr das Hülfsrecht auch dann als entstanden zu betrachten, wenn das Gericht an Ort und Stelle durch einen äußerlich erkennbaren Act die Absicht zu erkennen gegeben hat, die in Beschlag genommenen Sachen des Schuldners zur Befriedigung des Gläubigers desselben zu verwenden. Ebensowenig vermag man aber auch den von der vorigen Instanz aufgestellten Satz, daß die Bestimmung der Erläuterten Proceßordnung zu Tit. 44. §. 2. auch auf die Erlangung eines Pfandes durch Hülfsvollstreckung Anwendung leide, als richtig anzuerkennen; denn daß diese Disposition sich nur auf das durch Vertrag erlangte Pfand bezieht, ergiebt sich theils aus den Worten derselben:

„In rebus mobilibus ist weder eine gerichtliche, noch außergerichtliche Verschreibung von einiger Wirkung",

theils aus dem Nachsatze:

„jedoch hat derjenige, welcher ante motum concussum die Execution darauf erhalten, vor anderen Gläubigern sich einer Priorität billig zu erfreuen".

vergl. Wochenblatt a. a. O.

Nun giebt zwar das Bl. — befindliche, über den am 3. October 1862 stattgefundenen Hülfsact aufgenommene Protokoll insofern kein sicheres Anhalten für den wirklich erfolgten Abschluß eines constitutum possessorium ab, als daraus nicht zu ersehen ist, daß zu der Ueberlassung der abgepfändeten Gegenstände an Z. auch noch die ausdrückliche zustimmende Erklärung des Letzteren, diese Sachen im Namen des Gerichts besitzen zu wollen, hinzugetreten sei.

Annalen a. a. O. S. 184.

Auch würde man diesen Mangel durch dasjenige, was Bl. — flg. nachträglich gerichtlich attestirt und beziehentlich von Z. zu Protokoll erklärt worden ist, nicht als beseitigt ansehen können, weil jenes Attestat nicht den in der dec. III. vom Jahre 1661 aufgestellten Erfordernissen entspricht, die nachträgliche Auslassung Z.'s aber nur als ein unbeschwornes Privatzeugniß sich darstellt. Allein diese Erwägungen würden immer nur dahin führen können, den Impetraten, seinem eventuellen Erbieten Bl. — gemäß, zu dem Beweise der in Frage stehenden illiquiden thatsächlichen Behauptungen zuzulassen.

Einer desfallsigen Beweisauflage bedarf es jedoch nicht, weil schon nach dem übrigen Inhalt jenes Protokolls ein sicherer Stützpunkt für die Annahme geboten ist, daß Impetrat in anderer Weise an den in ersterem aufgeführten Gegenständen ein legales Hülfspfandrecht erlangt habe. Denn nach dem mehrerwähnten Protokolle ist zur Aufzeichnung der darin aufgeführten Gegenstände erst dann, nachdem Z. auf Vorhalten des Bl. — befindlichen Liquidums sein Unvermögen, solches sofort zu tilgen, erklärt und darauf die Eröffnung erhalten hatte, daß demnach zu Gunsten des Impetraten mit Auspfändung zu verfahren sei, verschritten worden; man ist nach erfolgter Consignation und Taxation mit Z. an die einzelnen Pfandstücke herangetreten, hat sich dabei von ihm jedes derselben nach deren Kennzeichen angeben lassen und ihn schließlich beschieden, daß dieses zum Zeichen der erfolgten Beschlagnahme geschehen sei. Ein äußerlich erkennbarer Act, durch welchen das Gericht die abgepfändeten Sachen mit der Absicht, sie zur Befriedigung des Gläubigers zu verwenden, in Beschlag genommen hat, liegt somit offenbar vor. Es kann diesem Acte die Wirkung einer zur Gültigkeit der Execution erforderlichen Besitzergreifung um so gewisser nicht abgesprochen werden, als letztere nicht nothwendig in einer unmittelbaren körperlichen Berührung der in Besitz zu nehmenden Sache bestehen muß, vielmehr hierzu unter Anderm ausreicht, wenn, wie hier, Angesichts der zu übergebenden Sache der eine Theil zu erkennen giebt, von letzterer Besitz ergreifen zu wollen, der andere Theil aber sein Einverständniß hiermit thatsächlich an den Tag legt.

l. 79. Dig. de solut. (46. 3.)

Glück, Erläuterung der Pandecten, Band 8. Seite 98.

von Savigny, das Recht des Besitzes, §. 16. Seite 240 flg.

Anlangend hiernächst diejenigen Einwendungen, welche von dem Impetranten gegen die Rechtsbeständigkeit des in Rede stehenden Hülfspfandrechts Bl. — flg. erhoben worden sind, so haben auch diese nicht für begründet angesehen werden können.

Der Umstand, daß in dem Bl. — abgehaltenen Wechselverhöre Z.'n von Seiten des Proceßgerichts nicht in Gemäßheit der Bestimmung in §. 39. des Gesetzes vom 7. Juni 1849 Vorhalt gethan worden ist, begreift einen Einwand, welcher lediglich das Interesse Z.'s berührt, im Uebrigen ist aber auch derselbe überhaupt nicht von der Art, um den Bl. — befindlichen Bescheid als einen solchen ansehen zu können, welcher seiner formellen Beschaffenheit nach Rechtskraft zu erlangen nicht vermocht habe.

Ferner läßt sich nach §. 3. des Executionsgesetzes auch die Wirksamkeit einer Erklärung, welcher zufolge sich eine Partei vor Ablauf der zehntägigen Frist dem Erkenntnisse unterwirft, nicht bestreiten.

Weiter ist nicht abzusehen, weshalb Impetrat nöthig gehabt haben soll, seinem Bl. — gestellten Gesuche um Hülfsvollstreckung in das Mobiliarvermögen Z.'s eine Berechnung seines Forderungsbetrages beizufügen, da er ja bereits seiner Wechselklage Bl. — ein vollständiges Liquidum beigefügt hatte und letzteres zufolge Bl. — lediglich in Ansehung der seitdem erwachsenen Gerichtskosten von Seiten des Proceßgerichts in Gemäßheit §. 9. des vorerwähnten Gesetzes zu ergänzen war.

Da endlich in der Regel derjenige, welchem ein Recht zusteht, dieses Rechtes sich zu begeben nicht gehindert ist, so kann auch daraus allein, daß in Folge der von Z. Bl. — erklärten Verzichtleistung ohne vorgängige Erlassung einer Zahlungsauflage an ihn zur Executionshandlung verschritten worden ist, ein Grund, welcher der Gültigkeit der letzteren entgegenstände, nicht abgeleitet werden.

Diesem Allen zufolge war zur 1sten, 2ten und 4ten Appellationsbeschwerde des Impetraten das erstinstanzliche Erkenntniß, insoweit solches in voriger Instanz abgeändert worden, wieder herzustellen, als wonach sich zugleich des Impetranten 1stes Gravamen als unerheblich darstellt. Dagegen lag, anlangend das 3te und 5te Gravamen des Impetraten und die 2te Appellationsbeschwerde des Impetranten, bei der nicht völlig zweifelsfreien Beurtheilung der vorliegenden Differenz keine ausreichende Veranlassung vor, in Ansehung des den Kostenpunkt betreffenden confirmatorischen Theiles des vorigen Urthels eine ebenmäßige Abänderung eintreten zu lassen.

Die ausgesprochene Compensation der Kosten gegenwärtiger Instanz endlich bedarf nach Lage der Sache keiner besonderen Rechtfertigung."

79.

Zulässigkeit der Vindication im Concurs, wenn über den Kaufpreis ein Wechsel ausgestellt worden ist. — Welche Personen sind den Kauf- und Handelsleuten im Sinne der §§. 20. und 22. des gesch. Banqueroutiermandats vom Jahre 1766 beizuzählen? — Ist das Färben der Wolle als Specification anzusehen? — Abweisung „in der angebrachten Maaße" und „schlechterdings".

Mitgetheilt von

Herrn Adv. R. in R.

Der Tuchmachermeister J. hatte von dem Wollhändler K. am 13. October 1862 eine Partie Wolle (30 Stein 2 Pfund) um 448 Thlr. 14 Ngr. — erkauft, die Wolle noch an demselben Tage übergeben erhalten, und über den Kaufpreis ein Ende April 1863 zahlbares Accept ertheilt.

Kurz darauf und noch innerhalb der zweimonatigen Frist verfiel der Käufer J. in Concurs. K. vindicirte daher die Wolle, welche noch vorhanden, jedoch zum Theil inzwischen gefärbt worden war, unter dem Anführen, daß er bei Annahme des gedachten Accepts dem Cridar ausdrücklich erklärt habe, daß er dieses Papier nur als Beweismittel für seine Forderung und zu seiner Sicherheit annehme.

Der Gütervertreter widersprach der Statthaftigkeit dieses Anspruchs. Da die von ihm geltend gemachten Einwendungen aus den Gründen zur erstinstanzlichen Entscheidung hervorgeben, so läßt man die in der Sache ergangene Entscheidung sub I. II. III. sofort folgen.

I. Entscheidung des Königl. Bezirksgerichts zu Oschatz (publ. 16. Juli 1863):

„Daß Impetrat die Ausantwortung des Erlöses der Bl. — bemerkten 30 Stein 2 Pfund Wolle an den Impetranten gegen Ersatz des durch das Waschen, Reinigen und Färben eines Theiles dieser Wolle verursachten Aufwands geschehen zu lassen, auch dem Impetranten die durch diese Differenz verursachten Kosten zu erstatten verbunden, es könnte und wollte denn Impetrat den über das Anführen Bl. — ebendaselbst angetragenen, für angenommen zu erachtenden Eid dahin,

> daß, so viel er wisse, auch glaube und dafür halte, es nicht in Wahrheit beruhe, daß Impetrant dem gegenwärtigen Cridar, Friedrich J., gegenüber bei Annahme des von dem Letztern ausgestellten, Bl. — in Abschrift ersichtlichen Wechsels ausdrücklich erklärt habe, daß er dies Papier nur als Beweismittel für seine Forderung und zu seiner Sicherheit annehme,

schwören,

solchenfalls hat des Impetranten Suchen nicht Statt, es ist auch Letzterer dem Impetraten die Kosten dieser Differenz zu erstatten verbunden.

Entscheidungsgründe:

Gegen das Bl. — ersichtliche, auf Herausgabe der Bl. — erwähnten 30 Stein 2 Pfd. Wolle, eventuell auf Ausantwortung des durch deren Versteigerung gewonnenen Erlöses gerichtete und auf die bekannten Bestimmungen in §. 20. des geschärften Banqueroutiermandats vom 20. December 1766 in Verbindung mit den beiden, vom Impetraten nicht geleugneten Thatsachen, daß der gegenwärtige Cridar, der Tuchmachermeister Friedrich J., vom Impetranten am 13. October 1862 die gedachte Wolle geliefert und übergeben erhalten, sowie daß am 20. November 1862 die Concurseröffnung zu J.'s Vermögen beschlossen worden, gegründete Gesuch des Impetranten hat Impetrat Bl. — flg. folgende Einwendungen erhoben:

1) Nach §. 1. des geschärften Banqueroutiermandats sei die Vindication nur bezüglich solcher Waaren zuläßig, welche ein Kauf- und Handelsmann auf Credit aufgenommen.

   Das Geschäft des Tuchmachermeisters J. sei jedoch kein kaufmännisches gewesen, habe niemals die Grenze des gewöhnlichen Handwerksbetriebs überschritten, überhaupt nur im geringsten Maaßstabe bestanden;
2) das Banqueroutiermandat setze einen creditirten Anspruch voraus. Ein solcher bestehe aber nicht, wenn sich der Forderungsberechtigte, wie dies Seiten des Impetranten geschehen, durch Wechsel gedeckt habe;
3) durch Ausstellung und Annahme eines Wechsels über eine Forderung trete bezüglich derselben eine privative Novation ein, so daß der ursprüngliche Anspruch gänzlich erlösche, und an dessen Stelle der Wechselanspruch trete;
4) der Vindication stände auch der (vom Impetranten Bl. — eingeräumte) Umstand entgegen, daß ein Theil der fraglichen Wolle gefärbt worden.

Wenn aber nun zu 1. nach Bl. — der Tuchmachermeister J. mit seinen Tuchen alljährlich die drei Messen zu Leipzig bezogen hat, so kann allerdings füglich darüber ein Bedenken nicht obwalten, daß das von ihm betriebene Geschäft, wenn es im Uebrigen auch nur von geringer Bedeutung gewesen sein mag, doch über den Umfang des Handwerks hinausgegangen und daher nach art. 272. 1. des allgemeinen deutschen Handelsgesetzbuchs — dessen Vorschriften, insofern es sich um Feststellung der Begriffe eines Kaufmanns und eines Handelsgeschäfts handelt, unstreitig auch bei Interpretation früher erschienener Gesetze zu berücksichtigen sind — zu den Handelsgeschäften, demnach aber auch J. nach Art. 4. des allegirten Gesetzbuchs zu den Kaufleuten zu rechnen gewesen.

Beachtungswerther erscheinen die unter 2. und 3. vom Impetraten geltend gemachten Bedenken, deren thatsächliche Unterlage, die Annahme eines von dem gegenwärtigen Cridar nach Höhe des Betrags der fraglichen Schuld nebst Zinsen dem Impetranten ausgestellten Wechsels, von Letzterem Bl. — eingeräumt worden.

Denn nach der vom Königlichen Oberappellationsgerichte angenommenen und constant befolgten Ansicht

vergl. Annalen des Königlichen Oberappellationsgerichts, I. Bd. S. 24.

Zeitschrift für Rechtspfl. u. Verw., N. F. 15. Bd. S. 142.

erlischt durch die zum Zwecke der Erfüllung einer frühern Verbindlichkeit erfolgte Ausstellung oder Begebung oder Acceptation eines Wechsels jene frühere Verbindlichkeit, wenn nicht etwas Anderes ausdrücklich zwischen den Parteien bestimmt worden, und liegt in einem solchen Falle bei dem Zwecke und der Eigenschaft des Wechsels als eines allgemein anerkannten Zahlungsmittels nicht sowohl eine Novation im eigentlichen Sinne, als vielmehr eine Modalität der Zahlung vor, wodurch, ohne daß es in dieser Hinsicht noch einer besondern Vereinigung bedürfte, die ursprüngliche Verpflichtung erfüllt werden soll. An sich würde also auch im gegenwärtigen Falle der Ausstellung des fraglichen Wechsels Seiten des Tuchmachermeisters J. und der Annahme des Papieres durch den Impetranten die Wirkung beizulegen sein, daß die auf dem Kaufsgeschäfte beruhende Forderung des Impetranten als durch Zahlung aufgehoben zu betrachten. Da aber Impetrant Bl. — sich darauf bezogen, daß er bei Annahme des mehrerwähnten Wechsels dem Tuchmachermeister J. ausdrücklich erklärt habe, daß er dies Papier nur als Beweismittel für seine Forderung und zu seiner Sicherheit angenommen, diese Thatsache aber, deren Wahrheit vorausgesetzt, allerdings geeignet sein würde, die im Zweifel mit der Ausstellung des Wechsels zu verbindende Bedeutung und Wirkung aufzuheben, so war — in fernerer Erwägung, daß der oben unter 4. erwähnte Einwand des Impetraten sich deshalb als unbeachtlich darstellt, weil

vergl. Haubold, Lehrbuch des Königl. Sächsischen Privatrechts, III. Aufl. §. 416. S. 59. not. f.

Veränderungen, welche mit der in der Masse vorhandenen Waare vorgenommen worden, das Separationsrecht nicht ausschließen und nur den Reclamanten zur Uebertragung der Behufs der Specification aufgewendeten Kosten verpflichten, die Entscheidung gegenwärtiger Sache von Leistung des über die erwähnte, Bl. — hervorgehobene Thatsache ebendaselbst angetragenen und in Ermangelung einer Erklärung des Gegners für angenommen zu erachtenden Eides abhängig zu machen."

II. Erkenntniß des K. Appellationsgerichts zu Leipzig (publ. am 8. Februar 1864):

„Daß der Beklagte durch Beibringung einer beglaubigten Abschrift des ihm ertheilten Pflichtscheins sich binnen 14 Tagen bei Vermeidung von Fünf Thalern —, —, Strafe zu dem Processe zu rechtfertigen verbunden.

Dieweil hiernächst, die Hauptsache anlangend, für die Entscheidung über das Bl. — (vom Concursvertreter) eingewendete Rechtsmittel folgende Erwägungen als maaßgebend zu betrachten gewesen sind:

1.

daß die Bestimmung des geschärften Banquerontiermandats vom 20. December 1766. §. 20. in jeder Beziehung restrictiv auszulegen ist, da dieselbe theils auf der von allgemeinen Grundsätzen abweichenden und wissenschaftlich unhaltbaren Ansicht, daß der dolus dans causam contractui den Uebergang des Eigenthums hindere, theils auf der Billigung einer praesumtio doli beruht, welche sich auf die in §. 12. des gedachten Gesetzes im Allgemeinen aufgestellte Annahme stützt, daß die vorhanden gewesene materielle Insolvenz des Gemeinschuldners und dessen Kenntniß von diesem Zustande als erwiesen gelten solle, sobald zwischen der Perfection des Kaufes und dem Ausbruche des Concurses kein längerer als ein zweimonatlicher Zeitraum verflossen sei,

(zu vergl. Gottschalk, Discept. for., Tom. III. c. 31. p. 425. Tom. 1. und die in dem Jur. Wochenbl. 1848. p. 170—174. und 1852. p. 308. abgedruckten Erkenntnisse des Königl. Appellationsgerichts zu Leipzig und des Königl. Oberappellationsgerichts),

2.

daß das Banqueroutiermandat vom Jahre 1766 das in §. 20. geordnete Condictionsrecht des Verkäufers auf den Fall beschränkt, wenn der Gemeinschuldner, der Käufer, „zu den Kauf- und Handelsleuten, ingleichen zu denjenigen, so sonst Handlung treiben", gezählt werden dürfe (zu vergl. die Eingangsworte des §. 20. und 22. dieses Gesetzes),

3.

daß der Grund dieser Beschränkung, wie von der gegenwärtigen Instanz bereits mehrfach und erst neuerdings in Sachen Beschorners ./. den Curator bonorum in Naumanns Creditwesen, Gerichtsamt Markranstädt, No. 512. der Registr. B. vom Jahre 1862, ausgesprochen worden ist, in der zwiefachen Erwägung gefunden werden darf,

a) daß sich bei dem kaufmännischen Betriebe eines Gewerbes eine jederzeitige genauere Uebersicht des Gewerbtreibenden über den Stand seines Vermögens erwarten lasse, und somit den sub 2. gedachten Personen die Ausnahme der Waare auf Credit kurz vor Ausbruch des Concurses unbedenklich als dolus angerechnet werden könne, und

b) daß bei Kaufleuten und den denselben rechtlich gleichzustellenden Personen wegen ihrer präsumtiv ausgebreiteten Verkehrsbeziehungen ein besonderes Bedürfniß vorliege, die Rechte der mit ihnen in geschäftliche Verbindung tretenden dritten Personen gegen ein dergleichen betrügliches Gebahren zu schützen,

4.

daß keine der nurerwähnten Erwägungen bei einem Geschäftsbetriebe einschlägt, wie ihn in dem gegenwärtigen Falle der Cridar Bl. — geschildert hat, da nach den Angaben des letzteren fol. cit., auf welche beide Parteien Bezug genommen haben, dieser Betrieb sich auf den Verkauf selbstgefertigter Waare und den des gewöhnlichen Handwerksbetriebes nicht überschritten hat, auch der Kläger weder darauf, daß der Cridar eine Firma und kaufmännische Bücher geführt habe, noch auf sonstige Umstände Bezug zu nehmen im Stande gewesen ist, welche als geeignet betrachtet werden könnten, den Betrieb als einen kaufmännischen in dem sub 3. gedachten Sinne zu kennzeichnen,

5.

daß selbstverständlich die Begriffsbestimmungen des mit dem 1. März 1862 in Kraft getretenen allgemeinen deutschen Handelsgesetzbuchs nicht für die Auslegung eines im Jahre 1766 erschienenen Gesetzes benutzt werden können, und

6.

daß das Anverlangen des Beklagten Bl. —, es möge das Suchen des Klägers nicht blos in der angebrachten Maaße, sondern „schlechterdings" abgewiesen werden, zu weit greift, da eine Abweisung „schlechterdings", abgesehen von dem processus causarum minutissimarum, nur dann ausgesprochen werden darf, wenn aus einer obligatio lege reprobata geklagt worden ist, oder ein die definitive Erledigung der Streitfrage bezweckendes Compromiß der Parteien vorliegt, oder die schlüssige Begründung des Klagvorbringens, wie dies z. B. das Executionsgesetz vom 28. Februar 1838. §. 55. vorschreibt, an eine Präclusivfrist gebunden ist,

so ist es bei dem Bl. — zu lesenden, am 16. Juli 1863 publicirten Erkenntnisse (2ter Instanz) in theilweiser Berücksichtigung der Bl. — aufgestellten Beschwerden nicht zu lassen, sondern es hat des Klägers Suchen in der angebrachten Maaße nicht statt; es werden jedoch die in erster Instanz aufgelaufenen ebenso, wie die in der Appellationsinstanz entstandenen Kosten compensirt, jene, weil die Entscheidung mit einer nicht völlig zweifellosen Auslegung der oben sub 1. und 2. bezeichneten Gesetzstellen zusammenhängt, diese, weil reformatorisch zu erkennen gewesen ist."

III. Erkenntniß des K. Oberappellationsgerichts vom 9. Juni 1864:

„Daß es mit Ausnahme dessen, was sich in Ansehung der Kosten voriger Instanz Bl. — ausgesprochen befindet, als wobei es bewendet, nicht bei dem nurgedachten Urthel, sondern bei dem Bl. — flg. enthaltenen Erkenntnisse erster Instanz, jedoch mit der Beschränkung zu lassen, daß anstatt der Worte:

„bei Annahme des von dem Letzteren ausgestellten, Bl. — ersichtlichen Wechsels"

die Worte:

„als er dem Letzteren den auf denselben gezogenen, Bl. — in Abschrift ersichtlichen Wechsel behufs dessen Acceptation vorgelegt",

zu setzen sind, und werden auch die in gegenwärtiger Instanz aufgelaufenen Kosten unter den Parteien gegen einander aufgehoben.

Von denjenigen Einwendungen, welche von dem Beklagten gegen den von dem Kläger auf Grund der Bestimmung in §. 20. des geschärften Banqueroutiermandats vom 20. December 1766. Bl. — geltend gemachten Vindicationsanspruch Bl. — flg. erhoben worden sind, hat die vorige Instanz dem Bl. — unter 1. aufgeführten, welcher auf der Behauptung beruht, daß das Geschäft des Cridars, eines Tuchmachers, kein kaufmännisches gewesen, nicht über die Grenzen des gewöhnlichen Handwerksbetriebes hinaus gegangen sei, Anerkennung zu Theil werden lassen, und darauf hin das Suchen des Klägers als in der angebrachten Maaße unstatthaft verworfen.

Ist es nun zwar richtig, daß nach den Bl. — angestellten Erörterungen der Geschäftsbetrieb des Gemeinschuldners sich auf den Verkauf selbstgefertigter Waare beschränkt hat, auch der Kläger darauf, daß der Cridar eine Firma und kaufmännische Bücher geführt habe, sich zu beziehen nicht vermocht hat, so kann doch auch andererseits nicht unerwogen bleiben, daß, wie sich namentlich aus §. 22. des angezogenen Mandats ergiebt und auch von dem Königlichen Oberappellationsgericht stets angenommen worden ist,

Zeitschrift für Rechtspflege und Verwaltung, N. F. Bd. 3. S. 204 flg.
Annalen des Königlichen Oberappellationsgerichts, Bd. 2. S. 272 flg.

die Eingangs gedachte Gesetzesbestimmung den eigentlichen Kauf- und Handelsleuten auch andere Handlung treibende Personen, obgleich der Geschäftsbetrieb derselben nicht alle den Begriff des Handels im engern Sinne bildende Merkmale darbietet, gleichstellt, dafern nur der von ihnen unternommene Einkauf und Verkauf von Waaren als ein gewerbmäßiger erscheint. Dafür, daß der Cridar den der nurgedachten Kategorie angehörigen Geschäftsleuten beizuzählen sei, spricht nun aber vornehmlich der Umstand, daß derselbe weder auf Bestellung gearbeitet, noch an seinem Wohnorte mit dem Ausschnitte der von ihm gefertigten Tuche sich abgegeben, vielmehr, um die letzteren abzusetzen, lediglich die Leipziger Messen bezogen hat; denn hiernach hat man es offenbar mit einem Geschäftsmanne zu thun, welcher bei seinem Gewerbe über den Umfang des gewöhnlichen Handwerksbetriebs hinausgegangen ist, und gewerbmäßig Handelsgeschäfte betrieben hat. Nicht weniger wesentlich für die Beurtheilung des Umfangs des von dem Cridar betriebenen Geschäfts ist aber auch der Umstand, daß Ersterer, wie aus dem zufolge Bl. — von ihm mit dem Kläger abgeschlossenen Kaufcontracte zu entnehmen ist, das zu Fertigung von Tuchen erforderliche Rohmaterial in großen Quantitäten eingekauft hat. Der Einwand, welchen der Beklagte aus dem Geschäftsbetriebe des Cridars gegen den Vindicationsanspruch des Klägers erhoben hat, ist daher nach der Ansicht der gegenwärtigen Instanz für begründet nicht zu erachten.

Was die von dem Beklagten gegen die Statthaftigkeit jenes Anspruchs des Klägers sonst noch vorgebrachten Ausstellungen betrifft, so hat auf diese schon die vorige Instanz kein Gewicht gelegt, und in der That erscheinen sie als unerheblich. Denn ließe sich, anlangend den Einwand unter 4. Bl. —, in Frage ziehen, ob wirklich, wie von einigen Rechtslehrern

Kritz, in der Zeitschrift für Rechtspfl. u. Verw., N. F. Bd. 5. S. 490.
Günther, Concurs der Gläubiger, S. 107.
Haubold, Lehrbuch des Privatrechts, Aufl. III. §. 416. not. f. S. 59.

angenommen wird, als nach dem Gerichtsbrauche feststehend zu betrachten sei, daß durch Specification der Waaren die Anwendbarkeit der Bestimmung in §. 20. des Mandats vom 20. December 1766 nicht ausgeschlossen werde, so würde doch hieraus zu Gunsten des Beklagten insofern Etwas nicht gefolgert werden können, als die Veränderung, welche mit einem Theile der von dem Cridar dem Kläger abgekauften, in Wolle bestehenden Waare vorgenommen worden ist, zufolge Bl. — lediglich in Färben derselben bestanden hat, eine solche Manipulation aber nach dem bestimmten Ausspruche der

l. 26. §. 3. Dig. de acquirendo rerum dominio (41. 1.)

„Si lanam feceris purpuram nihilominus meam esse Labeo ait, quia nihil interest inter purpuram et eam lanam, quae in lutum aut coenum cecidisset, atque ita pristinum colorem perdidisset“,

eine Specification im rechtlichen Sinne dieses Wortes hervorzubringen überhaupt gar nicht geeignet ist.

Was aber endlich den Umstand anlangt, daß der Kläger im Betreff seiner aus jenem Waarenverkauf originirenden Forderung einen Wechsel auf den Cridar gezogen, und dieser solchen acceptirt hat, so hat, wie bereits von der ersten Instanz richtig bemerkt worden ist, der Kläger dem aus diesem Vorkommnisse für das Fortbestehen der ursprünglichen Verbindlichkeit des Cridars zu entlehnenden Einwande durch das Anführen Bl. —, daß er jenen Wechsel nicht als Zahlung, sondern lediglich als Beweismittel für seine Kaufgelderforderung und zu seiner diesfallsigen Sicherheit angenommen und dies bei der behufs der Acceptation erfolgten Vorlegung des Wechsels gegen den Cidar ausdrücklich erklärt habe, in völlig ausreichender Weise begegnet.

Es war daher das vorige Urthel zu reformiren, und auf das erstinstanzliche Erkenntniß zurückzugehen, dem darin dem Beklagten Bl. — auferlegten Eide jedoch eine dem Sachverhältnisse entsprechendere Fassung zu geben.“

80.

Das Edictalverfahren wegen alter ungelöschter Hypotheken ist nicht anwendbar, wenn dergleichen Hypotheken zwar nach Ablauf der gesetzlichen Frist, jedoch noch vor dem Aufruf, wegen nothwendiger Subhastation des verpfändeten Grundstücks oder Wegfall des Foliums zur Löschung, und die entsprechenden Capitalbeträge zum gerichtlichen Depositum gelangt sind.

Mitgetheilt von

Herrn L. in B.

Das Gerichtsamt im Bezirksgericht B. beabsichtigte die Erlassung von Edictalien nach Vorschrift des Mandats vom 13. November 1779 wegen Cassation alter ungelöschter Hypotheken. Unter den hierzu notirten Forderungen waren jedoch mehrere theils in Folge nothwendiger Subhastation der verpfändeten Immobilien, theils durch Wegfall der mit Verbietungsrechten verbundenen Gewerbsberechtigungen, auf deren Folien sie eingetragen waren, zur Löschung gelangt, ohne daß ihre Tilgung erfolgen konnte, weil die Empfangsberechtigten nach Leben und Aufenthalt unbekannt waren, so daß die entsprechenden Capitalbeträge nach §. 111. des Gesetzes vom 6. November 1843 zum gerichtlichen Depositum genommen werden mußten.

Es entstand nun die Frage, in welcher Weise die gänzliche Erledigung dieser noch offen stehenden Forderungen herbeizuführen sei.

Das Gerichtsamt war der Ansicht, daß auch diese ursprünglich hypothekarischen, nunmehr aber zum gerichtlichen Depositum gekommenen Capitalien mit in die Edictalladung, jedoch unter Angabe der eingetretenen Veränderung, aufzunehmen seien, richtete aber zuvor an das K. Justizministerium die Anfrage, ob das beabsichtigte Verfahren dessen Billigung finden werde, und begründete in dem deshalb erstatteten Berichte seine nurgedachte Ansicht mit Folgendem:

„Die betreffenden Capitalbeträge lediglich als Deposita zu behandeln, kann nicht angemessen und richtig erscheinen. Denn ganz abgesehen davon, daß dann, um wegen derselben zum Edictalerlaß verschreiten zu können, erst noch der Ablauf eines Zeitraums von 44 Jahren von dem Tage an, wo die Deposition erfolgte, abgewartet werden müßte, ist der Zweck und die Wirkung der Edictalaufforderung wegen alter Depositen von dem der Edictalladung wegen alter ungelöschter Hypotheken völlig verschieden. Während bei der ersteren entweder, und zwar in den meisten Fällen, der ursprüngliche Empfangsberechtigte gleich von Anfang an, jedoch nur dem Namen nach, nicht aber nach Leben und Aufenthalt bekannt war, oder in Folge rechtlicher Entscheidung oder aus einem andern Grunde der Depositalbehörde in gleicher unvollständiger Weise später bekannt wurde, und wenn sich derselbe oder dessen Rechtsnachfolger nach der Edictalaufforderung meldet und legitimirt, das Depositum ihm zu verabfolgen ist, dann aber, wenn er oder ein Rechtsnachfolger sich nicht meldet und legitimirt, das Depositum in Ermangelung eines andern Berechtigten als ein bonum vacans dem Fiscus anheim zu fallen hat, — oder auch ein Empfangsberechtigter überhaupt und von Anfang an nicht bekannt ist, und das Depositum bei unterbliebener Anmeldung und Legitimation eines solchen ebenfalls dem Fiscus anheim fällt, kann die Edictalladung wegen alter Hypotheken nur den Erfolg haben, daß entweder der eingetragene Gläubiger oder dessen Rechtsnachfolger nach Leben und Aufenthalt ermittelt und von demselben sein Recht als noch bestehend nachgewiesen wird, so daß nunmehr die Forderung durch Zahlung oder durch Nachweis früher erfolgter Berichtigung zur Erledigung gelangen kann, oder wenn eine Anmeldung oder Legitimation des Gläubigers nicht erfolgt, der Hypothekenschuldner durch Präclusion des Gläubigers von dem betreffenden Anspruche gänzlich befreit wird.

Hiernach dürfte die Behandlung der fraglichen, zum Depositum gekommenen Capitalbeträge nach der Bestimmung des erwähnten Mandats sub I. 6. durch die Art der Entstehung dieser Depositen ausgeschlossen sein.

Wäre aber auch solches nicht der Fall, so würde doch durch diese Behandlung, wie bereits oben angedeutet, das Interesse der Beklagten im höchsten Grade beeinträchtigt werden, indem, wenn das Edictalverfahren auch wegen dieser Forderungen zum Fortgang gelangt wäre, spätestens nach einigen Jahren die Sache zum Ende gekommen sein müßte, wogegen bei der Behandlung der Capitalien als Depositen das Ende erst nach einem halben Jahrhundert zu erwarten steht, und die gegenwärtig Betheiligten in der Regel keine Aussicht haben würden, dieses Ende zu erleben, auch wegen dieses langen Zeitraums die Ermittlung der Berechtigten, wenigstens theilweise, völlig unmöglich werden würde.

Nun scheint zwar einer Edictalladung wegen der Eingangs gedachten Capitalien nach den Bestimmungen des Mandats vom 13. November 1779 sub I. 1. der Wortlaut der letztern entgegenzustehen; indessen dürfte dieses Hinderniß nicht für ein solches anzusehen sein, welches die Anwendbarkeit der angegebenen Bestimmungen auch auf solche Capitalien überhaupt auszuschließen vermöchte.

Die Bedingungen, welche nach diesen Bestimmungen bei einer derartigen Edictalladung erfordert werden, nämlich das in den ersteren näher bestimmte Alter der Forderungen und mithin die daraus fließende Vermuthung, daß selbige nicht mehr rechtlich bestehen, sowie daß die Inhaber der Forderungen nach Leben und Aufenthalt nicht bekannt, sind bei den Eingangs erwähnten Fällen vorhanden, und die einzige Abweichung besteht eben nur darin, daß die Capitalien nicht mehr auf den Grundstücken oder sonstigen Pfandobjecten haften, sondern sich im Depositum befinden. Diese Aenderung ist ein rein zufälliger Umstand; dieser kann denjenigen, welche die Sicherstellung der Inhaber der Forderungen zu bewirken hatten, nicht das Recht entziehen, welches ihnen die Gesetze zum Behuf der endlichen Erledigung dieser Forderungen in ihrem früheren Verhältniß gewährten."

Das K. Ministerium der Justiz stimmte jedoch der vorstehends entwickelten Ansicht des Eingangs genannten Gerichtsamts nicht bei und erließ an dasselbe unter dem **4. April 1864** folgende Verordnung:

„Das Gerichtsamt im Bezirksgericht B. hat in dem Berichte vom 14./17. vorigen Monats um Bescheidung gebeten, ob wegen solcher, vordem hypothekarisch versicherter Capitale, welche, nachdem die bestellten Hypotheken in Folge nothwendiger Subhastation der betreffenden Grundstücke, oder durch den Wegfall der mit Verbietungsrechten verbundenen Gewerbsberechtigungen, auf deren Folien sie eingetragen waren, zur Löschung gelangt sind, nach §. 111. des Gesetzes über die Grund- und Hypothekenbücher ꝛc. vom 6. November 1843 in gerichtliche Verwahrung gekommen, die Erlassung von Edictalladungen nach der Bestimmung unter I. no. 1. des Mandats, die Edictalcitationen in Civilsachen außerhalb des concursus creditorum betreffend, vom 13. November 1779 oder nach der Vorschrift unter I. no. 6. dieses Mandats zu erfolgen habe.

Wenn nun das genannte Gerichtsamt nach seinem Berichte sich der Ansicht zuneigt, daß auf die gedachten, in gerichtlicher Verwahrung befindlichen Capitale die zuerst erwähnte Bestimmung des angezogenen Mandats anwendbar sei, so kann man demselben hierin nicht beipflichten. Denn die hier vorgeschriebene Erlassung von Edictalladungen, welche den Zweck haben, die Cassation alter Hypotheken herbeizuführen, setzt das Bestehen von dergleichen Hypotheken voraus. Diese Voraussetzung ist aber bei jenen Capitalen nicht vorhanden, indem die wegen derselben bestellten Hypotheken theils durch nothwendige Subhastation, theils durch Untergang der Sache erloschen sind. Es bleibt hiernach allerdings nichts Anderes übrig, als die gedachten, beim Gericht deponirten Capitale als gerichtliche Deposita, was sie eben sind, zu behandeln und demnach mit dem Erlaß der Edictalladungen nach der Vorschrift unter I. no. 6. des Mandats vom 13. November 1779 zu verfahren. Die Art der Entstehung dieser Deposita steht dem nicht entgegen und ebensowenig kann hierbei darauf Etwas ankommen, daß die Behandlung der fraglichen Capitale als Deposita nicht so schnell zum Ziele führt, als wenn dieselben noch jetzt als hypothekarische Forderungen betrachtet und so behandelt werden könnten."

Miscellen.

Anzeige neu ergangener Gesetze und Verordnungen. Das 10. Stück des Gesetz- und Verordnungsblattes für das Königreich Sachsen (vom Jahre 1864) enthält: No. 72. Decret wegen Bestätigung der Statuten des Vorschußvereins zu Mülsen St. Jacob, vom 3. Juni 1864. No. 73. Decret wegen Bestätigung der Statuten des Credit- und Sparvereins für Aue und Umgegend, vom 23. Juni 1864. No. 74. Gesetz, einige Abänderungen an dem die Aufhebung des Bier- und Mahlzwanges betreffenden Gesetze vom 27. März 1838 betreffend, vom 11. Juli 1864. No. 75. Gesetz, die Wahlen in den Landgemeinden betreffend, vom 12. Juli 1864. No. 76. Ausführungsverordnung zu vorstehendem Gesetze, vom 12. Juli 1864. No. 77. Decret wegen Bestätigung der Statuten der Wildenfelser Begräbnißcasse, vom 13. Juli 1864. No. 78. Verordnung, die Aufhebung einer in der Verordnung der vormaligen Landesregierung vom 9. August 1822 enthaltenen Bestimmung betreffend, vom 20. Juli 1864. No. 79. Bekanntmachung, die Rinderpest betreffend, vom 25. Juli 1864. No. 80. Verordnung, die Aufhebung des §. 24. der die Ausführung des Schlachtsteuer- und Fleischuebergangsabgabe-Gesetzes betreffenden Verordnung vom 29. Mai 1852 betreffend, vom 26. Juli 1864. No. 81. Bekanntmachung, die Concessionirung der Feuerversicherungsanstalt der Bayerischen Hypotheken- und Wechselbank in München betreffend, vom 27. Juli 1864. No. 82. Decret wegen Bestätigung der Sparcassenordnung der Stadt Pausa, vom 28. Juli 1864. No. 83. Gesetz, eine Abänderung in §. 3. des Gesetzes über die Gehaltsverhältnisse der Lehrer an den Elementarschulen vom 28. October 1858 enthaltend, vom 2. August 1864. No. 84. Bekanntmachung, die dem Vorschußvereine zu Neustadt bei Stolpen, dem Creditvereine zu Groitzsch und dem Credit- und Sparvereine für Aue und Umgegend verwilligte Stempelbefreiung betreffend, vom 4. August 1864. No. 85. Gesetz, die Erhöhung der Pensionen aus der Prediger-Wittwen- und Waisencasse betreffend, vom 6. August 1864. — Letzte Absendung: am 17. August 1864.

Redacteur: Dr. Theodor Tauchnitz. Officin der Verlagshandlung.

Von diesem Wochenblatte erscheinen jährlich 64 Nummern zu 1 Quartbogen und außerdem am Jahresschlusse ein ausführliches Register.

Wochenblatt
für
merkwürdige Rechtsfälle,
in actenmäßigen Darstellungen
aus dem Gebiete der Justizpflege und Verwaltung
zunächst für das
Königreich Sachsen.

Alle Postämter u. Buchhandlungen übernehmen Bestellungen und liefern das Quartal zu dem praenumerando zu entrichtenden Preise von 1 Thaler.

Verlag von Bernhard Tauchnitz in Leipzig.

№ 49. Neue Folge Zwölfter Jahrgang. 1864.

81.

Zu §. 295. des allg. deutschen Handelsgesetzbuchs, die Beweiskraft der Quittungen betr.

Mitgetheilt von
Herrn R. in L.

Am 22. Mai 1863 erhob Edmund B. unter der Firma B. & Co. gegen Ernst R. bei dem Handelsgerichte zu Leipzig folgende Klage:

Beklagter habe am 8. Mai 1863 vom Kläger 4500 Mark Banco Wechsel per Hamburg zu dem Course von 151¼ gekauft, zu diesem vereinbarten Preise die gekauften Wechsel übergeben erhalten und in Empfang genommen und sei dafür dem Kläger 2268 Thlr. 22 Ngr. 5 Pf. schuldig geworden.

Auf diese Schuld habe Beklagter nicht mehr, als am 8. Mai 2168 Thlr. 22 Ngr. 5 Pf. bezahlt, und weigere sich, mit Bezugnahme auf eine von dem Procuristen des Klägers Wilhelm Heinrich B. ausgestellte, auf den Betrag von 2268 Thlrn. 22 Ngr. 5 Pf. lautende Quittung, die noch restirenden 100 Thlr. — = — = zu bezahlen.

Diese Quittung sei jedoch irrthümlich ausgestellt worden. Es sei nämlich am 8. Mai 1863 Nachmittags zwischen 4 und 5 Uhr Beklagtens Lehrling Paul M. auf Klägers Comptoir erschienen und habe daselbst dem an der Casse stehenden Markthelfer des Klägers Friedrich Christoph L.

1000 Thlr.	— Ngr.	— Pf.	in Leipz. Banknoten,
100 =	— =	— =	in 4 K. Preuß. Cassenanweisungen, à 25 Thlr. — = — =,
1100 Thlr.	— Ngr.	— Pf.	Latus.
1100 Thlr.	— Ngr.	— Pf.	Transport.
1000 =	— =	— =	in div. Banknoten auswärtiger Banken, welche in Leipzig eine Auswechselungscasse haben,
68 =	22 =	5 =	Courant,
2168 Thlr.	22 Ngr.	5 Pf.	Sa.

bezahlt.

Auch habe weder Beklagter, noch dessen oben erwähnter Lehrling, außer diesen 2168 Thlrn. 22 Ngr. 5 Pf., am 8. Mai oder später irgend etwas an den Procuristen Wilhelm Heinrich B. oder an den Kläger selbst, oder in dessen Comptoir an einen seiner Leute bezahlt.

Die gedachten, an den Markthelfer L. bezahlten 2168 Thlr. 22 Ngr. 5 Pf. habe L. in der Meinung, der ganze Betrag der betreffenden Rechnung laute nur auf 2168 Thlr. 22 Ngr. 5 Pf. Klägers Cassirer G. übergeben, letzterer aber nach Empfang und Notirung dieser 2168 Thlr. 22 Ngr. 5 Pf. die die Sendung begleitende, der Klagbeilage A. gleichlautende Rechnung über 2268 Thlr. 22 Ngr. 5 Pf. dem Procuristen B. zur Quittirung übergeben, und dieser, ebenfalls in der Meinung, der ganze Betrag der Rechnung sei an der Casse bezahlt worden, habe die in Beklagtens Händen befindliche Quittung über 2268 Thlr. 22 Ngr. 5 Pf. ausgestellt.

Eine halbe Stunde später habe Kläger den Beklagten durch den Markthelfer L. von diesem Irrthume in Kenntniß setzen lassen.

Demnach forderte Kläger unter Eidesantrag über die Klage 100 Thlr. — = — = sammt Zinsen zu 6 Procent vom Tage der erhobenen Klage.

Beklagter behauptete, Kläger habe in Wahrheit

durch den Lehrling Paul M. 2268 Thlr. 22 Ngr. 5 Pf. erhalten.

Das Handelsgericht zu L. erkannte am 10. October 1863:

„Weil der Beklagte das Klaganführen, insoweit darin behauptet worden, daß er von denjenigen 2268 Thlrn. 22 Ngr. 5 Pf., welche er als Kaufsumme für die in der Klage erwähnten Werthpapiere an den Kläger zu bezahlen gehabt, den Betrag von 100 Thlrn. —, —, in Rest gelassen, geleugnet, und vielmehr, daß er jene Summe voll bezahlt habe, behauptet hat, und dieses Vorbringen auch durch des Klägers eigne Angabe, wornach derselbe durch seinen in der Klage genannten Procuristen dem Beklagten eine auf den vollen Betrag jener Kaufsumme lautende Quittung ausgestellt hat, unterstützt wird, von dem Kläger jedoch die Gültigkeit dieser Quittung bestritten und unter durchgängigem Eidesantrag bemerkt worden, daß der Beklagte überhaupt nur 2168 Thlr. 22 Ngr. 5 Pf. in den in der Klage bezeichneten Sorten durch einen Lehrling an seinen, des Klägers, Markthelfer ausgezahlt, und der ermeldete Procurist lediglich in Folge eines Irrthums über den Empfang der ganzen Kaufsumme quittirt habe, und nun, was die Begründung dieses vermeintlichen, auf Nachzahlung jener 100 Thlr. —, —, gerichteten klägerischen Anspruchs betrifft,

1.

zwar nicht in Abrede gestellt werden mag, daß die Bl. — entwickelte Auffassung des Klägers dem auch im Königreiche Sachsen früher gültig gewesenen Rechte insofern entspricht, als einer Quittung, welche, wie solches dermalen geschehen ist, innerhalb 30 Tagen vom Aussteller widerrufen wurde, irgend welche rechtliche Beachtung nicht zu Theil werden sollte, dergestalt, daß solchenfalls denjenigen die Beweislast traf, welcher die Zahlung des in der Quittung bezeichneten Betrags behauptete, hiernach also auch der gegenwärtige Beklagte für beweispflichtig und seines nach der früheren Gesetzgebung als Ausflucht der Zahlung zu betrachtenden Vorbringens wegen unterlassener Angabe eines Beweismittels nach Maaßgabe der bezüglich der geringfügigen Rechtssachen bestehenden processualischen Vorschriften für verlustig zu achten, demzufolge aber in das Libellat zu verurtheilen gewesen wäre, dagegen

2.

das seitherige hierunter gültig gewesene Recht durch das allg. deutsche Handelsgesetzbuch eine wesentliche Umgestaltung erfahren hat, indem der art. 295. anordnet, daß die Beweiskraft einer Quittung an den Ablauf einer bestimmten Zeitfrist nicht weiter gebunden sein soll, und daher, wie der Kläger, ohne jedoch Gründe für seine gegentheilige Ansicht vorzubringen, Bl. — bestreitet, die fernere Anwendung der obgedachten Bestimmungen — obschon in dem Handelsgesetzbuche eine besondere Andeutung hierüber nicht enthalten ist — nicht weiter zulässig und vielmehr die Annahme gerechtfertigt erscheint, daß durch diese neuere Disposition, welche zur Beförderung und Hebung des Handelsverkehrs getroffen worden ist, und zugleich die Handhabung einer größern Vorsicht, als dies bisher bei Ausstellung von Quittungen der Fall gewesen, bezweckt, überdem aber das positive Recht mit dem natürlichen mehr, als dies bisher der Fall war, in Einklang bringt, eine in jeder Beziehung, also auch hinsichtlich der Wahl der Beweismittel und rücksichtlich der Beweislast neues Recht eingeführt worden ist, so daß gegenwärtig eine Quittung von dem Augenblicke der Ausstellung an wegen des darin enthaltenen Zugeständnisses, daß der Aussteller die darin quittirte Summe empfangen habe, so lange als Beweismittel für die geleistete Zahlung betrachtet werden soll, bis der Aussteller im Gegenbeweise dargethan hat, daß und warum diese Annahme eine unbegründete sei, hiernach aber auch im vorliegenden Falle die einfache, als litiscontestatio negativa anzusehende Behauptung der vollen Zahlung von Seiten des Beklagten den Kläger zum Beweise seiner, der Klage inserirten, gegen den Inhalt der Quittung gerichteten Replik verpflichtet, während dem Beklagten nicht angesonnen werden konnte, irgend etwas Weiteres in dieser Beziehung vorzubringen, und etwa diejenige Sorte zu bezeichnen, in welcher die angeblich fehlenden 100 Thlr. —, —, von ihm baar gezahlt worden seien, hiernächst

3.

was die Frage anlangt, welcher Beweismittel der Gegenbeweisführer sich hierbei zu bedienen habe, aus dem Grunde, weil eine allgemeine Vorschrift in dem Handelsgesetzbuche hierunter sich nicht vorfindet, den einschlägigen Proceßgesetzen nachzugehen ist,

vergl. Protokolle über die Nürnberger Conferenzverhandlungen, I. Thl. S. 425. zu Art. 226.

wie denn auch in den

Motiven des noch nicht in Kraft getretenen Sächs. Civilgesetzbuchs zu §. 1003. bis 1014. sub 4. S. 783.

ausdrücklich anerkannt wird, daß die bei dem Ablaufe von mehr als 30 Tagen seit Ausstellung der Quittung bisher bestandene Beschränkung des Gegenbeweises auf den Fall eines dolus specialis für die Zukunft in Wegfall zu gelangen habe, und nun, was die Bestimmungen des im Königreiche Sachsen gültigen Rechtes über die desfalls an einen Gegenbeweis zu stellenden formellen Erfordernisse angeht, dem Kläger zwar darin beizupflichten ist, daß dieser Beweis auch durch den Eidesantrag geführt werden könne, indem dieses Beweismittel nur gerichtlichen Urkunden gegenüber

vergl. l. 10. D. de prob. et praesumt. (22. 3.)
Kind, quaest. for., III. c. 69. ed. 2.

ausgeschlossen ist, hierbei aber

4.

als selbstverständlich anzunehmen, daß das auf Eid gestellte Anführen zur eidlichen Erhärtung geeignete thatsächliche Behauptungen enthalte, in dieser Beziehung jedoch die Klage für schlüssig nicht befunden werden kann, indem Alles dasjenige, was zur Widerlegung der Beweiskraft der fraglichen Quittung darin angeführt worden, entweder auf die bloße Negative, daß nämlich der Beklagte bei der angegebenen Gelegenheit 100 Thlr. —„ —„ weniger, als worüber er quittirt worden, bezahlt habe, hinausläuft, oder aber sogenannte facta interna — wie insbesondere das Anführen, daß der Markthelfer „in der Meinung gewesen", der Betrag der betreffenden Rechnung laute nur auf 2168 Thlr. 22 Ngr. 5 Pf., und daß der Procurist „in der Meinung", der ganze Betrag der Rechnung sei an der Casse bezahlt worden, die Quittung über den vollen Betrag ausgestellt habe — umfaßt, über welche bekannten Rechten nach nicht geschworen werden kann, hieraus aber folgt, daß wenn man auf das delatum über die Klage überhaupt noch erkennen wollte, dasselbe nur darauf gerichtet werden könnte, daß die klägerische Behauptung der nicht erfolgten Bezahlung der 2268 Thlr. 22 Ngr. 5 Pf. nicht in Wahrheit beruhe, ein Eid, dessen Leistung als überflüssig zu betrachten wäre und von einer besondern rechtlichen Wirkung deshalb nicht begleitet werden könnte, weil eben die Thatsache der Zahlung des vollen Betrags schon durch das von dem Kläger in der ofterwähnten Quittung enthaltene Zugeständniß des Empfangs dieser Summe bis zum Nachweise des Gegentheils constatirt wird,

So hat das Suchen des Klägers, immaaßen es angebracht, nicht statt." rc.

Auf die gegen diesen Bescheid vom Kläger eingewendete Appellation erkannte das Königl. Appellationsgericht zu Leipzig in einer am 26. April 1864 publicirten Entscheidung:

„Daß es bei dem Bescheide erster Instanz nicht zu lassen, sondern würde Beklagter den ihm Bl. — angetragenen, für angenommen zu achtenden Eid dahin:

daß, wie er nicht anders wisse, auch glaube und dafür halte, sein Lehrling Paul M. am Nachmittage des 8. Mai 1863 auf den in der Klage namhaft gemachten Schuldbetrag von 2268 Thlrn. 22 Ngr. 5 Pf. in Klägers Comptoir an den Markthelfer Klägers, welcher daselbst an der Casse gestanden, nicht blos die in der Klage Bl. — einzeln aufgeführten Posten im Gesammtbetrage von 2168 Thlrn. 22 Ngr. 5 Pf., sondern außerdem noch 100 Thlr. —„ —„ bezahlt habe,

schwören, so ist Beklagter von der erhobenen Klage zu entbinden und loszuzählen rc.

Entscheidungsgründe:

I.

Die vorige Instanz hat Bl. — mit Recht angenommen, daß die bisher im Königreich Sachsen über die Beweiskraft der Quittungen gegoltenen gemeinrechtlichen Vorschriften, wie solche in der lex 14. §. 2. Cod. de non numerata pecunia (4, 30.) enthalten sind, auf dem handelsrechtlichen Gebiete durch den Art. 295. des allgemeinen deutschen Handelsgesetzbuchs insofern eine wesentliche Abänderung erfahren haben, als nach der letztgedachten Bestimmung die Beweiskraft der Quittungen nicht mehr an den Ablauf einer Zeitfrist gebunden sein soll.

Nach Ausweis der auf den fraglichen Artikel bezüglichen legislativen Berathungen

(cf. Protokolle S. 425. und 1320.)

beruht der Zweck der darin aufgestellten Bestimmung hauptsächlich darin, die nach der Beweiskraft der hier genannten Empfangsbekenntnisse sich bemessende Sicherung, welche dem Leistenden dadurch zu Theil werden soll, von dem Verfluß des gemeinrechtlichen dreißigtägigen Zeitraumes unabhängig zu machen, und dieselbe sofort an die Aushändigung der Quittung anzuknüpfen.

Hieraus folgt, daß — wie sich übrigens Kläger Bl. — selbst bescheidet — die aus dem Besitz der Quittung für den Schuldner entspringende Präsumtion der eingetretenen Erfüllung nicht durch einen einfachen, wenn auch noch so kurze Zeit nach der Aushändigung geschehenen, wörtlichen Widerruf entkräftet werden könne, sondern daß es im Bestreitungsfalle zur klagrechtlichen Begründung eines solchen Widerrufes dem Besitzer der Quittung gegenüber der Bezugnahme auf Thatsachen und Beweismittel bedarf, wie solche nach den einschlagenden Grundsätzen des Proceßrechts zur Führung des Gegenbeweises zulässig und erforderlich sind.

Nun könnte es zwar in letzterer Hinsicht auf den ersten Anblick zweifelhaft sein, ob

1.

mit derjenigen Beweiskraft, welche der in Rede stehende Artikel des Handelsgesetzbuchs den in demselben bezeichneten Empfangsbekenntnissen ohne Rücksicht auf den römischrechtlich vorgeschrieben Zeitablauf beilegt, die erhöhte Beweiskraft habe gemeint sein sollen, welche nach dem bisherigen, auch im Königreiche Sachsen bestandenen Rechte für eine Privatquittung erst mit dem Ablauf der dreißigtägigen Frist in der Art eintrat, daß, abgesehen von einigen hier nicht weiter in Betracht kommenden Ausnahmefällen, der Gegenbeweis der nicht erfolgten Zahlung ausgeschlossen war, —

Curtius, Handbuch des Civilrechts, IV. §. 1634.

oder ob

2.

die Eigenthümlichkeit dieser bisher erst mit einem bestimmten Zeitpunkte begonnenen, einen Gegenbeweis in der Regel ausschließenden Beweiskraft durch den gedachten Artikel gänzlich habe außer Geltung gesetzt werden sollen.

Für die unter 2. aufgestellte Alternative spricht — ganz abgesehen davon, daß der in Art. 295. gebrauchte Ausdruck „Beweiskraft" nach dem gewöhnlichen Sprachgebrauche auf die processualische Wirksamkeit eines Beweismittels zu beziehen ist, insbesondere der Umstand, daß inhalts der aus den Protokollen S. 425. ersichtlichen Mittheilung ein bei der Berathung des Art. 295. eingebrachter Antrag, es möge die Singularität der nach Ablauf einer bestimmten Zeit eintretenden erhöhten Beweiskraft ausdrücklich aufgehoben werden, in Folge des Einwandes zurückgezogen wurde, daß diese erhöhte Beweiswirkung lediglich als Folge des Zeitablaufes anzusehen sei, mithin mit Beseitigung dieses Erfordernisses ganz von selbst wegfalle. Auch ist nur bei dieser Interpretation des Artikels 295. des Handelsgesetzbuchs zu einer voraussetzlich beabsichtigten Uebereinstimmung der bezüglichen Vorschriften des bürgerlichen Gesetzbuchs für das Königreich Sachsen mit ersterem zu gelangen.

(Vergl. §. 976 flg. des bürgerl. Gesetzbuchs, verbunden mit den Motiven zu §. 1003. bis 1014. des Entwurfes unter Nr. 4.)

Indessen kann die Frage unter 2. hier dahingestellt bleiben. Dagegen folgt aus dem Vorbemerkten wenigstens so viel mit Sicherheit, daß die Frage unter 1. zu verneinen ist, und daß also dem Aussteller, wenn er, wie dies im vorliegenden Falle geschehen, die Beweiskraft der Quittung noch vor Ablauf der dreißigtägigen Frist anficht, der Gegenbeweis der nicht erfolgten Zahlung gegen dieselbe in derselben Maaße zustehen müsse, in welcher er nach den Grundsätzen des Proceßrechts überhaupt stattfindet.

Im vorliegenden Falle hat nun

II.

Kläger sein Bl. — gestelltes Verlangen, daß Beklagter ihm die libellirten 100 Thaler sammt Verzugszinsen vom Tage der Klagerhebung zu bezahlen, für schuldig erkannt werde, durch folgenden, seinen Klagbehauptungen zu Grunde liegenden Syllogismus begründet.

Er behauptet, daß die dem Beklagten von seinem, des Klägers, Procuristen über den von jenem geschuldeten Vollbetrag an 2268 Thlrn. 22 Ngr. 5 Pf. ausgestellte Quittung um deswillen als eine nach L. 3. Cod. de condictione indebiti (IV, 5.) condicirbare scriptura quantitatis indebitae anzusehen sei, weil in Wirklichkeit von dem Beklagten zu der in der Klage angegebenen Zeit nicht der gedachte volle Betrag der Schuld, sondern auf diesen Betrag nur die in der Klage specificirten Posten gezahlt, mithin 100 Thlr. mehr quittirt, als wirklich bezahlt worden seien. Diese in tantum indebite erfolgte Quittungsleistung sei in der irrigen Voraussetzung erfolgt, daß wirklich so viel bezahlt als quittirt worden. Deshalb sei der Beklagte verpflichtet, die 100 Thaler, welche irrthümlich als wirklich bezahlt quittirt worden seien, annoch an Klägern nachzuzahlen, weil er sich sonst, wenn das Bekenntniß der erfolgten solutio auch hinsichtlich der nicht wirklich gezahlten 100 Thaler gegen Klägern gelten sollte, ohne rechtlichen Grund um so viel auf Unkosten des letzteren bereichern würde.

Beklagter hat in dem Termine Bl. — nur die Behauptung, daß die von ihm geleistete Zahlung weniger als 2268 Thlr. 22 Ngr. 5 Pf. betragen, in Abrede gestellt, also nur geleugnet, daß die ihm von Klägers Procuristen ausgestellte Quittung nach Höhe von 100 Thalern indebite ertheilt worden sei.

Da nun zur Begründung einer indebiti condictio die Behauptung gehört, daß der Kläger nicht nur irrthümlich, sondern auch indebite, also ohne das Bestehen einer rechtlichen Verbindlichkeit aus seinem Vermögen Etwas an den Empfänger geleistet, so lag es nach den über die Vertheilung der Beweislast bei der condictio indebiti geltenden Rechtsgrundsätzen

zu vergl. L. 25. pr. D. de probat. (22, 3.)
v. Vangerow, Leitfaden für Pandectenvorlesungen, Bd. 3. §. 625. Anm. 2.
Seuffert, prakt. Pand.-Recht, §. 436. Not. 22.
Sintenis, das prakt. gem. Civilrecht, §. 109. Not. 57.
Zeitschrift für Rechtspflege und Verwaltung, Bd. 15. S. 419. 437. Bd. 20. S. 233.

dem Kläger ob, darzuthun, daß die Ausstellung der vom Beklagten zum Beweis der erfolgten vollen solutio in Bezug genommenen Quittung, so weit dieselbe auf mehr als 2168 Thlr. 22 Ngr. 5 Pf. lautet, von seinem, Klägers, Procuristen B. zwar in der

Absicht, um ein die wirklich erfolgte Zahlung bezeugendes Empfangsbekenntniß zu geben, aber ohne eine bestehende rechtliche Verbindlichkeit, über 100 Thaler zuviel ausgestellt worden sei, weil besagter Procurist in der durch die Umstände gerechtfertigten irrthümlichen Meinung gestanden, daß so viel, als von ihm quittirt, vom Beklagten auch wirklich bezahlt worden sei, während Beklagter in Wirklichkeit 100 Thaler weniger bezahlt habe.

Wenn nun Kläger

1.

zu Darthuung der zu Begründung der Klage vor Allem erforderlichen Thatsache, daß vom Beklagten in Wahrheit 100 Thaler weniger, als worüber er von dem Procuristen quittirt sei, bezahlt worden, sich des Eidesantrags bedient hat, so entsteht zunächst die Frage, ob dieser Eid als ein zulässiges Beweismittel sich darstelle, und ob demselben in der Klage die erforderliche factische Begründung mit ausreichender Schlüssigkeit gegeben sei.

Die vorige Instanz hat diese Frage um deswillen verneint, weil alles Dasjenige, was in der Klage zur Widerlegung der Beweiskraft der Quittung vorgebracht sei, blos auf die Negative hinauslaufe, daß Beklagter 100 Thaler, als worüber er quittirt sei, bezahlt habe.

Dieser Auffassung hat man indessen nicht beitreten können. Vielmehr enthält die Behauptung des Klägers, daß sich die Zahlung des Beklagten auf die in der Klage angegebenen Posten und Beträge beschränkt, daß Beklagter nur diese bezahlt habe, keine reine Verneinung, sondern zugleich eine zum Eidesantrage geeignete factische Behauptung.

Anlangend sodann

2.

die weitere Behauptung, daß Klägers Procurist in der irrigen Voraussetzung, es sei die ganze quittirte Summe von Beklagtem bezahlt worden, die fragliche Quittung über 100 Thaler zuviel ausgestellt habe, so hat Kläger angeführt,

a) daß der die Zahlung überbringende Mandatar des Beklagten dem an der Casse stehenden Markthelfer L. eine der Beilage A. gleichlautende Rechnung mit übergeben;

b) daß L. das empfangene Geld und die Rechnung an den Cassirer G. ausgehändigt;

c) daß G. die Rechnung dem Procuristen übergeben und daß dieser es gewesen, welcher die Quittung ausgestellt habe.

Aus diesen thatsächlichen Momenten, deren Beklagter wegen unterbliebener Einlassung oder Erklärung darauf für geständig und überführt zu achten ist,

Art. XIII. der Handelsgerichtsordnung.

Hänsel, Handelsgerichtsproceß, §. 9. no. 10.

läßt sich so viel mit ausreichender Sicherheit entnehmen, daß der Quittungsleistung keine andere Absicht als die, ein Bekenntniß über den wirklich bezahlten Betrag auszustellen, zu Grunde gelegen, und daß, wenn der Cassirer dem Procuristen blos die Rechnung ohne den derselben beigefügt gewesenen Betrag zur Quittirung übergeben, dies völlig geeignet war, um den letzteren zu der Annahme zu bestimmen, es sei der Betrag, über welchen die Rechnung lautete, von Beklagtens Beauftragtem an der Casse auch voll bezahlt worden. Der Procurist war dann einerseits gar nicht in der Lage, sich hiervon durch eigene Anschauung Kenntniß verschaffen zu können, hatte auch andererseits hierzu keinen Anlaß, vielmehr nach dem Verhältnisse, wie die Geschäftsfunctionen unter dem Cassirer und Procuristen vertheilt zu sein pflegen, vorauszusetzen, daß sich der Cassirer, ehe er ihm die Rechnung zur Quittirung übergab, darüber vergewissert haben werde, daß die geleistete Zahlung mit dem Rechnungsbetrage übereinstimme.

Aus vorstehenden Gründen war die Klage für schlüssig zu erachten und die Entscheidung lediglich von der Leistung des angetragenen, für angenommen zu erachtenden Eides über die von Beklagtem Bl. — geleugnete Behauptung, daß die Zahlung 100 Thaler weniger als die Summe, worüber er quittirt worden, betragen habe, abhängig zu machen." rc.

82.

Gehören Klagen aus Handelsgeschäften gegen gewesene Kaufleute vor die Handelsgerichte?

Mitgetheilt von

Herrn —r in D.

A. klagte bei dem Handelsgerichte in Dresden gegen B. auf Bezahlung einer Geldschuld; noch ehe auf die Klage ausgefertigt wurde, zeigte Kläger aber an, daß er nicht behaupten könne, daß der Beklagte noch gegenwärtig ein Handelsgewerbe betreibe, und bat gleichzeitig um Abgabe der Sache an das Gerichtsamt im Bezirksgericht, welches nunmehr auch auf die Klage ausfertigte und das weitere Verfahren leitete. Beklagter schützte hierauf die Einrede des unzuständigen Gerichts vor und bemerkte zur Begründung derselben Folgendes: Abgesehen davon, daß er durch den (von ihm eingeräumten) Verkauf seines bisherigen Geschäfts nicht aufhöre, Kaufmann zu sein, so seien auch die geklagten Ansprüche durch Geschäfte entstanden, welche er, als Kaufmann, beim Betriebe seines Handelsgewerbes abgeschlossen habe, also durch Handelsgeschäfte nach art. 273. des allgemeinen deutschen Handelsgesetzbuchs; nach §. 8. der Ausführungsverordnung zu diesem Gesetze gehörten diese Ansprüche ohne Zweifel vor das Handelsgericht, und eine Prorogation dieses Gerichts sei um so weniger zulässig, als auf Handelssachen auch von den gewöhnlichen Proceßregeln abweichende Grundsätze Anwendung fänden. Zugleich bezog sich Beklagter zur Begründung seiner Behauptung, daß er in Folge des Verkaufs des bisher von ihm betriebenen Geschäfts nicht aufgehört habe, Kaufmann zu sein, sondern daß dies vielmehr erst beim Eintritte des Concurses angenommen werde, auf die in der

Zeitschrift für Rechtspfl. u. Verw., Neue Folge 22. Bd. S. 299.

mitgetheilte Verordnung des Königlichen Justizministeriums vom 24. März 1862.

Das Königl. Bezirksgericht zu Dresden sprach sich in dieser Beziehung in seiner vom 23. September 1863 datirten Entscheidung folgendermaaßen aus:

„Nach Art. 4. des deutschen Handelsgesetzbuchs ist als Kaufmann im Sinne dieses Gesetzbuchs nur derjenige anzusehen, welcher gewerbemäßig Handelsgeschäfte betreibt.

Hat nun Beklagter den Verkauf des von ihm früher betriebenen kaufmännischen Geschäfts Bl. — eingeräumt, aber, daß er ein dergleichen Geschäft anderweit begründet habe, und selbstständig für eigene Rechnung betreibe, zu behaupten nicht vermocht, und gehören nach §. 8. der Ausführungsverordnung zu jenem Gesetzbuch die aus Handelsgeschäften originirenden Ansprüche nur dann, wenn sie gegen Kaufleute geltend gemacht werden, vor die Handelsgerichte, so konnte der wider die Gerichtscompetenz Bl. — und Bl. — gerichtete Einwand für begründet nicht erachtet werden.

Denn wenn auch die in der Bl. — angezogenen Verordnung des Königl. Justizministerii enthaltene Bescheidung, daß kaufmännische Concurse nicht vor die Handelsgerichte gehören, damit, daß ein Kaufmann mit der Concurseröffnung aufhöre, Kaufmann zu sein, motivirt worden ist, so folgt doch daraus keineswegs, daß Jeder, welcher irgend einmal Handelsgeschäfte gewerbemäßig betrieben hat, nur mit der zu dessen Vermögen geschehenen Concurseröffnung die Eigenschaft eines Kaufmanns verliere.

Vielmehr hat Man, wie auch der übrige Inhalt jener Verordnung klar erkennen läßt, dabei lediglich den Fall, daß Jemand bis zur Concurseröffnung wirklich Handelsgeschäfte selbstständig betrieben, also Kaufmann im Sinne des Gesetzbuchs gewesen ist, im Auge gehabt und mehr nicht, als soviel aussprechen wollen, daß, wenn auch der Gemeinschuldner zur Zeit der Concurseröffnung die Eigenschaft eines Kaufmanns noch gehabt habe, gleichwohl dessen Concurs nicht vor dem Handelsgericht zu verhandeln sei."

Das Königliche Appellationsgericht zu Dresden führte (unterm 5. März 1864) Folgendes aus:

„Der von dem Beklagten Bl. — vertheidigten Ansicht, wonach die Competenz des Handelsgerichts nicht nach dem Zeitpunkte der Klaganstellung, sondern lediglich nach dem des Contractsabschlusses und also danach sich richten soll, ob das Handelsgeschäft, auf welchem ein im gegebenen einzelnen Falle von dem Gläubiger gegen den Schuldner im Rechtswege geltend gemachter Anspruch beruht, mit einem Kaufmann abgeschlossen worden, ohne Rücksicht darauf, ob diese Eigenschaft dem Schuldner auch zu der Zeit noch beiwohnt, wo die Klage gegen denselben anhängig wird, hat das Königliche Appellationsgericht nicht beipflichten können, vielmehr ist dasselbe der Ansicht, daß Ansprüche, welche aus einem mit einem Kaufmanne abgeschlossenen Handelsgeschäfte herrühren, sobald der Schuldner Kaufmann zu sein aufgehört hat, bei dem Handelsgerichte nicht mehr angebracht werden können. Zwar kann es mit Rücksicht auf die über die Zuständigkeit der Handelsgerichte überhaupt in der Ausführungsverordnung zum allgemeinen deutschen Handelsgesetzbuche vom 30. December 1861, und namentlich in §. 8. derselben enthaltenen Bestimmungen, nach welchen zumeist die Streitigkeiten über gewisse, dem Handelsrecht angehörige Rechtsverhältnisse jenen Gerichten zugewiesen sind, den Anschein gewinnen, als ob auch durch die Vorschrift der gedachten Ausführungsverordnung §. 8. unter e., deren Fassung eine solche Auslegung nicht schlechterdings ausschließt, ein Gerichtsstand nicht sowohl für Personen eines bestimmten Berufsstandes, als vielmehr für gewisse Rechtsverhältnisse, wiewohl unter Beschränkung auf die Fälle, wo es sich um Verfolgung von Ansprüchen handelt, welche Personen eines gewissen Berufsstandes gegenüber erworben worden sind, begründet worden sei, und es würde, dies angenommen, das spätere Ausscheiden des Schuldners aus dem bestimmten Stande auf das Forum, vor welchem derselbe in Ansehung des einmal begründeten Rechtsverhältnisses Recht zu leiden hätte, einen entscheidenden Einfluß nicht äußern können. Allein die entgegengesetzte Rechtsansicht findet nach dem Dafürhalten des Appellationsgerichts schon in dem Wortlaute der Vorschrift in §. 8. unter 1. der gedachten Ausführungsverordnung ausreichende Rechtfertigung. Denn wie es einerseits den hier gebrauchten Worten am meisten entspricht, wenn man die Competenz der Handelsgerichte nur denjenigen gegenüber für begründet ansieht, welche zu der Zeit, wo die Competenz in Frage kommt, also die Klage anhängig gemacht wird, Kaufleute sind, so folgt die Richtigkeit dieser Auslegung insbesondere auch noch aus der an der angeführten Stelle der Ausführungsverordnung gleichzeitig ausgesprochenen Hinweisung auf Artikel 4. des allgemeinen deutschen Handelsgesetzbuchs. Denn durch diese Verweisung hat der Gesetzgeber offenbar anzeigen wollen, welchen Begriff er in der ersteren Vorschrift mit dem in derselben von ihm gebrauchten Ausdrucke Kaufmann verbunden wissen wolle. Vergleicht man nun jene beiden gesetzlichen Vorschriften mit einander und setzt man die zur Bestimmung des Begriffs „Kaufmann" in Artikel 4. des Handelsgesetzbuchs gewählten Worte an Stelle des in §. 8. unter 1. der Ausführungsverordnung gewählten Ausdrucks Kaufmann, so lautet die hier in Frage stehende gesetzliche Bestimmung im Zusammenhange also:

„vor die Handelsgerichte gehören Ansprüche gegen Einen, welcher gewerbmäßig Handelsgeschäfte betreibt, aus Handelsgeschäften",

und durch diesen an sich völlig klaren Wortlaut werden Ansprüche gegen solche Personen, welche früher gewerbmäßig Handelsgeschäfte betrieben, diesen Betrieb aber aufgegeben haben, auch wenn sich diese Ansprüche aus einer Zeit, wo jener Geschäftsbetrieb noch stattfand, und aus Handelsgeschäften herschreiben, nicht mit betroffen, vielmehr besagt hiernach jene gesetzliche Vorschrift zunächst nur so viel, daß die Handelsgerichte zur Verhandlung von Ansprüchen aus Rechtsgeschäften gegen solche, welche Kaufleute sind, das zuständige Forum bilden, dergestalt, daß es wesentlich mit darauf ankommt, daß die Schuldner zu der Zeit, wo die Ansprüche rechtsanhängig gemacht werden, noch Kaufleute sind, woraus zugleich weiter folgt, daß Ansprüche, welche aus einem mit einem Kaufmann abgeschlossenen Handelsgeschäfte herrühren, bei einem Handelsgerichte dann nicht mehr angebracht werden können, wenn der Schuldner aufgehört hat, Kaufmann zu sein. Die Ansicht, daß Ansprüche aus Handelsgeschäften gegen gewesene Kaufleute nicht vor die Handelsgerichte gehören, hat übrigens auch das Königliche Justizministerium bereits anerkannt, indem es zur Widerlegung der Ansicht, als ob nach §. 8. unter 1. der Ausführungsverordnung zum Handelsgesetzbuche ꝛc. auch kaufmännische Concurse, soweit sie Ansprüche aus Handelsgeschäften betreffen, zu den Handelssachen zu rechnen seien, darauf Bezug genommen hat.

vergl. die in der Zeitschrift für Rechtspfl. u. Verw., N. F. 22. Bd. S. 299. unter no. 81. abgedruckte Verordnung.

In dem gegenwärtig vorliegenden Falle hat nun Beklagter Bl. — eingeräumt, daß er das früher von ihm betriebene kaufmännische Geschäft verkauft habe, er hat auch selbst, daß er ein solches Geschäft anderweit begründet habe und auf seine Rechnung selbstständig betreibe, nicht behauptet. Es erscheint daher unter diesen Umständen völlig gerechtfertigt, daß die Bl. — ursprünglich bei dem Handelsgericht erhobene Klage, noch bevor auf dieselbe ausgefertigt wurde (Bl. —), zur Fortstellung an das Gerichtsamt im Bezirksgericht abgegeben und von demselben verhandelt, sowie entschieden worden ist. Hiernach stellt sich die erste Beschwerde des Beklagten Bl. — als unerheblich dar."

Beklagter appellirte nochmals, allein auch das K. Oberappellationsgericht sah den Einwand der Unzuständigkeit des Gerichts für unbegründet an und bemerkte in seiner diesfalls confirmatorischen Entscheidung vom 27. Juni 1864 Folgendes:

„Den beiden vorigen, allenthalben conformen Entscheidungen hat Man auch in dritter Instanz, ungeachtet der anderweiten Berufung des Beklagten, beizutreten gehabt.

Anlangend zunächst die Zuständigkeit des Gerichtsamts im Bezirksgericht zu Leitung und Entscheidung des gegenwärtigen Processes, so ist auch dem Oberappellationsgerichte ein Bedenken desfalls nicht beigegangen, als weshalb der von dem Beklagten schon im Verhörstermine Bl. — vorgebrachten und auch jetzt noch festgehaltenen exceptio fori incompetentis nicht Statt zu geben war.

Zwar beruht der der Klage zu Grunde liegende Anspruch unzweifelhaft auf Handelsgeschäften im Sinne des art. 271. des allgemeinen deutschen Handelsgesetzbuchs, und da Beklagter zu der Zeit, wo solcher entstanden, ebenso gewiß Kaufmann im Sinne desselben Gesetzes gewesen ist, wie Kläger dies gegenwärtig noch sind, so würde der vorliegende Rechtsstreit vor das Handelsgericht im Dresdner Bezirksgerichte gehört haben, wenn die Competenz der Handelsgerichte, wie Beklagter Bl. — angenommen wissen will, unter allen Umständen nach der Zeit der Entstehung des klagbar gemachten Anspruchs sich richtete und beziehentlich eine rein causale wäre. Daß beides in gewisser Beziehung in Betreff der

Competenz der Handelsgerichte nach §. 8. der Ausführungsverordnung vom 30. December 1860 richtig ist, scheint auch in der That nicht bezweifelt werden zu können, indem, besage der nurangezogenen §. unter 2., Ansprüche aus Wechseln im Sinne der deutschen Wechselordnung, sowie aus kaufmännischen Anweisungen im Sinne des Gesetzes vom 7. Juni 1849 ohne Ausnahme vor die Handelsgerichte gehören, und so auch alle und jede Streitigkeiten und Ansprüche der unter 3—7. 9. 10. bezeichneten Kategorien, ebenso wie unter 11. die Führung der Handelsregister ꝛc. ohne Ausnahme dem Ressort der Handelsgerichte zugewiesen worden sind. Indessen unterliegt das nurangedeutete Princip andererseits auch wieder gewissen Ausnahmen. So fallen nach no. 8. Ansprüche aus der Vermittelung von Handelsgeschäften nicht schlechthin, sondern nur solche, welche von verpflichteten Mäklern gegen Kaufleute, oder von diesen gegen jene erhoben werden, unter den Begriff von Handelssachen, und hiermit steht es nur im Einklange, wenn der angezogene §. gleich im Eingange unter 1. vorschreibt, daß nur Ansprüche aus Handelsgeschäften (art. 271—276. des Handelsgesetzbuchs) gegen Kaufleute dahin gehören sollen, und zwar, was den Begriff der letzteren anlangt, unter ausdrücklicher Bezugnahme auf art. 4. des Handelsgesetzbuchs. Nun ist aber nach Maaßgabe der zuletzt angezogenen Gesetzesbestimmung als Kaufmann im Sinne des Handelsgesetzbuchs anzusehen nur der, welcher gewerbmäßig Handelsgeschäfte betreibt, und da sonach, wie hieraus von selbst folgt, derjenige, welcher Geschäfte der bezeichneten Art zu betreiben aufgehört hat, nicht mehr als Kaufmann angesehen werden kann, so scheint es nach den Worten der Ausführungsverordnung allerdings einem erheblichen Zweifel nicht zu unterliegen, daß zur Entscheidung über Ansprüche aus Handelsgeschäften Handelsgerichte anderergestalt nicht competent sind, als wenn der Beklagte zur Zeit der Klaganstellung wirklich noch Kaufmann ist. Hiernach gehören Ansprüche aus Handelsgeschäften gegen einen gewesenen Kaufmann, selbst wenn er zu dem Zeitpunkt, wo das Rechtsverhältniß begründet worden ist, diese Eigenschaft noch besessen, nur aber solche in der Zwischenzeit bis zur Klagerhebung verloren hat, nicht vor die Handelsgerichte, sind vielmehr vor dem gewöhnlichen Richter zu verfolgen; wenigstens läßt der Wortlaut der angezogenen Ausführungsverordnung eine andere Deutung nicht wohl zu und man hat um so mehr hierbei stehen zu bleiben, als auch bei den Grundsätzen über den Gerichtsstand Ausnahmebestimmungen von allgemeinen Rechtsnormen bekanntlich einer stricten Auslegung zu unterliegen haben.

Eine andere Frage freilich ist, was die in Ansehung der vorberührten Competenzfrage sehr wesentliche Eigenschaft eines Kaufmanns anlangt, immer noch die, ob jemand, welcher als Kaufmann rechtliche Verpflichtungen aus Handelsgeschäften übernommen hat, die an sich der handelsgerichtlichen Competenz unterliegen würden, einzig und allein schon durch eine zeitweilige Sistirung seines kaufmännischen Geschäftsbetriebs aufhört, Kaufmann im rechtlichen Sinne zu sein. Wie dieses indessen eine Frage ist, deren Beantwortung weniger nach allgemeinen Grundsätzen, als vielmehr im Einzelfalle von der besonderen Sachlage abhängig zu machen sein wird, so bedarf es in dem vorliegenden Falle in dieser Hinsicht keiner weiteren Erörterungen, da Beklagter Bl. — eingeräumt hat, das früher betriebene kaufmännische Geschäft verkauft zu haben, und so lange er nicht, was aber nicht geschehen ist, auf die Begründung eines neuen Geschäfts sich zu beziehen vermag, die Vermuthung allerdings Platz zu ergreifen hat, daß er gegenwärtig wenigstens Kaufmann nicht ist, wenn er auch nicht in Concurs verfallen ist, indem er, wie auf dessen Bemerkungen Bl. — verbunden mit Bl. — nur noch bemerkt werden mag, sich selbst bescheiden wird, daß ein Kaufmann auch auf andere Weise, als durch die Eröffnung des Concurses zu seinem Vermögen, die Eigenschaft als Kaufmann verlieren kann."

Miscellen.

Todesfälle. Gestorben: am 11. August 1864 der Gerichtsamtmann Gustav Adolph Fritzsche zu Sebnitz; am 15. August 1864 der Advocat Carl Moritz Bräuer in Bautzen; am 18. August 1864 der Gerichtsamtmann Georg Ludwig Wilhelm Flohr in Reichenau.

Redacteur: Dr. Theodor Tauchnitz. Officin der Verlagshandlung.

Von diesem Wochenblatte erscheinen jährlich 64 Nummern zu 1 Quartbogen und außerdem am Jahresschlusse ein ausführliches Register.

Wochenblatt

für

merkwürdige Rechtsfälle,

in actenmäßigen Darstellungen

aus dem Gebiete der Justizpflege und Verwaltung

zunächst für das

Königreich Sachsen.

Alle Postämter u. Buchhandlungen übernehmen Bestellungen und liefern das Quartal zu dem praenumerando zu entrichtenden Preise von 1 Thaler.

Verlag von **Bernhard Tauchnitz** in Leipzig.

№ 50. Neue Folge Zwölfter Jahrgang. 1864.

83.

Rescission eines Vertrags wegen Irrthums. — Wirkungslosigkeit eines Mandats, welches in Bezug auf Geschäfte ertheilt worden ist, die den Mandatar allein betreffen und an deren Erfüllung der Auftraggeber kein Interesse hat.

Mitgetheilt von

Herrn —e in L.

Im October 1862 trat der Kaufmann X. zu Leipzig gegen den Kaufmann Y. daselbst vor dem Gerichtsamte im dasigen Bezirksgericht mit einer Klage auf, welche im Wesentlichen folgenden Inhalts war:

Im Jahre 1855 wurde vor dem K. Hauptsteueramte zu Leipzig gegen eine größere Anzahl Leipziger Kaufleute wegen ihnen schuldgegebener Benutzung der ihnen verliehenen Zollconten die Untersuchung eröffnet. Unter den Angeklagten befanden sich Kläger und Beklagter, als Inhaber der in der Klage nambaft gemachten Firmen R. und M. In einem von der K. Zoll- und Steuerdirection verfaßten, für den Kläger dessen bevollmächtigtem Sachwalter H. am 6., dem Beklagten am 5. December 1855 eröffneten Erkenntnisse wurde dem letztern die Bezahlung von 1832 Thlrn. 19 Ngr. — ₰ an hinterzogenen Durchgangszöllen solidarisch mit dem Kläger auferlegt. Kläger empfing im Februar 1862 und spätestens am 22. ej. m. eine Verfügung des K. Hauptsteueramtes zu Leipzig vom 15. Februar 1862 (Beilage A.), Inhalts deren ihm mitgetheilt wurde, daß nach Ablauf einer Frist von wenigen Tagen mit Einziehung der betreffenden Gefällebeträge wider die Betheiligten insoweit verfahren werden solle, als den Zahlungsauflagen bis dahin nicht Folge geleistet sein werde. In derselben Zuschrift wurde ihm eröffnet, daß er solidarisch mit der Firma M. für den Betrag von 1520 Thlrn. 19 Ngr. 8 Pf. aufzukommen habe.

Sofort nach Empfang dieser Zufertigung beauftragte nun Kläger, von der Ansicht ausgehend, daß er, obwohl sein Bevollmächtigter gegen die Entscheidung der ersten Instanz appellirt hatte, dennoch endgültig mit Beklagtem in solidum verurtheilt worden sei, den fraglichen Betrag zu bezahlen, den Kaufmann C., damals Mitinhaber der Firma R., aus welcher Kläger inzwischen ausgeschieden war, mit dem Beklagten wegen gemeinsamer Bezahlung des zu berichtigenden Betrages in Verhandlung zu treten. C. begab sich demzufolge in das M.'sche Geschäftslocal und theilte dem Beklagten mit, daß er im Auftrage Klägers, der, wie er, Beklagter, wisse, mit ihm solidarisch zur Bezahlung von 1520 Thlrn. 19 Ngr. 8 Pf. verurtheilt sei, komme, um für Klägern die Hälfte der betreffenden Summe an Beklagten zu bezahlen, während alsdann Beklagter den gesammten, solidarisch Beiden zur Berichtigung auferlegten Betrag an die Steuerbehörde bezahlen möge. Hiermit erklärte sich Beklagter gegen C. ausdrücklich einverstanden, Beide gingen auf das Hauptsteueramt zu dem Actuar K., welchem sie erklärten, daß sie den Betrag, für welchen nach Abzug einer den Beklagten allein treffenden Summe Letzterer und Kläger solidarisch zu haften hätten, zu erfahren wünschten, um danach bemessen zu können, welchen Betrag Kläger dem Beklagten behufs gemeinsamer Berichtigung jener Summe zu bezahlen habe. Bei dieser Gelegenheit frug C. den Actuar K. nochmals, ob Kläger wirklich solidarisch, resp. subsidiarisch mit Beklagtem zu haften habe, was K. mit dem Bemerken bestätigte, daß dies allerdings der Fall sei und die Steuerbehörde sich an Einen von ihnen nach Gutdünken wegen Bezahlung des Ganzen würde halten müssen, daß daher ein gemeinsames Tragen dieses Letzteren für beide Theile als zweckmäßig erscheine, und erklärte hierauf denselben, daß

1520 Thlr. 19 Ngr. 8 Pf. überhaupt,
263 „ 21 „ 2 „ von M. privatim,

sonach 1256 Thlr. 28 Ngr. 6 Pf.
solidarisch von X. und Y. als die ihnen zuerkannten Gefällebeträge zu berichtigen seien.

Nun versprach C. dem Beklagten, ihm in Klägers Namen die Hälfte obiger 1256 Thlr. 28 Ngr. 6 Pf. zu bezahlen, Beklagter möge alsdann den gesammten Betrag der 1256 Thlr. 28 Ngr. 6 Pf. berichtigen, was Beklagter unter dem Versprechen, diesem Wunsche Klägers nachzukommen, ausdrücklich annahm und worauf C. die Summe von 628 Thlrn. 14 Ngr. 3 Pf. am 27. Februar 1862 an Y. richtig auszahlte und eine Quittung (Beilage B.) übergeben erhielt.

Allein die unter C. ebenfalls abschriftlich beifolgende, an Klägern unterm 17. Mai 1862 vom K. Hauptsteueramte erlassene Zufertigung belehrte denselben darüber, daß die gedachte Behörde ihn irrthümlich in der Zuschrift vom 15. Februar 1862 mit Beklagtem zu Bezahlung der mehrgedachten Gefälle solidarisch verbindlich gemacht, indem die zweite Instanz diese von der ersten ihm auferlegte solidarische Haftpflicht aberkannt habe. Hierdurch erfuhr erst Kläger, daß er, wie auch in der That der Fall, bereits durch Erkenntniß des K. Oberappellationsgerichts vom 24. April 1857 — welches zwar seinem Mandatar H. am 4. Juni 1857 eröffnet worden war, während er, X., weder durch H., noch sonst wie von dessen Eröffnung und Inhalte Mittheilung erhalten — von der solidarischen Haftung für die dem Y. auferlegten Gefällebeträge vollständig liberirt und letzterer zu deren alleiniger Tragung verurtheilt worden sei.

War nun Kläger, als er sich zur Bezahlung der Hälfte der mehrberegten 1256 Thlr. 28 Ngr. 6 Pf. bereit erklärte, offenbar lediglich von dem nach dem oben Ausgeführten sehr entschuldbaren Irrthum ausgegangen, daß er verbunden sei, für den Betrag von 1256 Thlrn. 28 Ngr. 6 Pf. solidarisch, resp. subsidiarisch mit Beklagtem zu haften, und hatte er lediglich mit der Bestimmung dem Beklagten einen Beitrag zu der letztgedachten Summe verwilligt, daß letzterer durch Bezahlung der letztern an die Steuerbehörde ihn, Klägern, von seiner Haftpflicht befreie, während diese Haftpflicht für ihn überhaupt nicht existirte, so muß er sich auch für berechtigt halten, diesen sine causa bezahlten Betrag von Beklagtem wieder zu fordern, Y. hat jedoch die Restitution desselben entschieden abgelehnt.

Ueber diese Klage (mit Ausnahme der Anführungen über den Inhalt der ergangenen Erkenntnisse, über die Inhaberschaft der Firma R. und M., über die Bevollmächtigung des H. und über die Beifugen A. B. C.) bediente sich Kläger des Eidesantrags und bat, daß Beklagter in Restitution der von dem Kläger condicirten 628 Thlr. 14 Ngr. 3 Pf. sammt Zinsen des Verzugs von erhobener Klage an, sowie in Erstattung der Proceßkosten verurtheilt werde.

Beilage A. ist eine an X. gerichtete Zufertigung des K. Hauptsteueramtes vom 15. Februar 1862 des in der Klage gedachten Inhalts. Es heißt darin unter Anderm: „Von den in Colonne 2. erwähnten 2098 Thlrn. 28 Ngr. —„ treffen Herrn X. nur 1835 Thlr. 6 Ngr. 8 Pf. solidarisch mit Herrn Y." rc.

Beilage B. lautet also: „Nachdem ich, der Endesunterzeichnete, mich in der anhängig gewordenen Zoll-Conten-Angelegenheit mit Herrn X. hier durch seinen Vertreter Herrn R. (Bezeichnung der Firma, aus welcher X. bereits ausgetreten und deren jetziger Inhaber C. ist) freundschaftlich dahin geeinigt, daß die condemnirten und jetzt zu bezahlenden Zollgefälle im Betrage von 1520 Thlrn. 19 Ngr. 8 Pf., abzüglich einer Summe von 263 Thlrn. 21 Ngr. 2 Pf., welche den Unterzeichneten privatim angehen, also 1256 Thlr. 28 Ngr. 6 Pf. betragen, von beiden Theilen gemeinschaftlich bezahlt werden sollen, so bekenne ich hiermit, die Hälfte dieser Summe im Betrage von 628 Thlrn. 14 Ngr. 3 Pf. für Rechnung des Herrn X. durch Herrn R. heute baar und richtig ausgezahlt erhalten zu haben, und quittire denselben hiermit vollständig und ohne Vorbehalt. Leipzig, den 27. Februar 1862. M." (Firma des Y.)

Beilage C. ist eine an X. gerichtete Notification des K. Hauptsteueramts zu Leipzig vom 17. Mai 1862, worin demselben berichtigungsweise angezeigt wird, es sei in der Zufertigung vom 15. Februar ein Irrthum insofern untergelaufen, als er, X., was die Untersuchung wider Y. (Firma M.) anlange, für 2098 Thlr. 28 Ngr. —„ solidarisch mit M. verbindlich gemacht worden, während diese in erster Instanz auferlegte Verbindlichkeit in zweiter Instanz aberkannt worden sei.

Welche Zugeständnisse Beklagter auf diese Klage gemacht und in wie weit er solche, unter Rückgabe des Eides, geleugnet, ingleichen welche Exceptionen er hiergegen vorgeschützt, ergiebt sich aus nachstehenden Entscheidungen:

A. Das K. Bezirksgericht zu Leipzig erkannte (Mai 1863) dahin:

„Würden die Kläger (die Erben des durante processu verstorbenen Klägers) annoch schwören:

daß nach ihrem Wissen, Glauben und Dafürhalten das Anführen im 26. Einl.-Abschnitt, daß das daselbst gedachte zweitinstanzliche Erkenntniß des K. Oberappellationsgerichts nicht ihrem Erblasser selbst, sondern für diesen dem rc. H. eröffnet worden sei, und ihr Erblasser bis zum Empfange der der Klage sub C. abschriftlich beigelegten Verfügung von der Eröffnung und dem Inhalte dieses Erkenntnisses weder durch nurgedachten H., noch auf andere Weise Mittheilung erhalten habe, in Wahrheit beruhe,

so ist Beklagter denselben die geforderten 628 Thlr. 14 Ngr. 3 Pf. nebst Zinsen des Verzugs davon zu 5 Procent von Zeit erhobener Klage an zu bezahlen, so wie die rc. Kosten dieses Rechtsstreites zu erstatten schuldig."

Die hier gehörigen Entscheidungsgründe lauten also:

rc. „Was die Sache selbst anlangt, so drängte sich zunächst bei Prüfung der rechtlichen Natur der erhobenen Klage die Frage auf, ob in derselben wirklich in Uebereinstimmung mit der Auffassung der Klägerin eine condictio indebiti zu erblicken sei. Allein die Verneinung dieser Frage konnte erheblichem Zweifel nicht unterworfen sein. Denn nach der eigenen Sachdarstellung der Kläger hat deren Erblasser die geforderten 628 Thlr. 14 Ngr. 3 Pf. an den Beklagten zu Erfüllung eines mit demselben abgeschlossenen Vergleichs gezahlt. In diesem Falle ist aber bekanntlich die condictio indebiti ausgeschlossen.

vergl. Puchta, Pand. (ed. IV.) §. 309. not. 9.

Wenn daher gleichwohl die erhobene Klage aufrecht erhalten worden ist, so hat dies darin seinen Grund, daß dieselbe wenigstens als actio rescissoria als begründet sich darstellt. Denn wenn es wahr wäre, daß der Erblasser der Kläger bei Abschluß des fraglichen Vergleichs in dem Glauben sich befunden hätte, daß er und der Beklagte zu Bezahlung der in der Klage gedachten Gefälle solidarisch verbunden seien, und diese Annahme, wie sich nachträglich ergeben, eine unrichtige gewesen wäre, so würden die Kläger allerdings die Rescission dieses Vergleichs zu erlangen berechtigt sein, was natürlich zur Folge hätte, daß der Beklagte das zu Erfüllung dieses Vergleichs von dem Erblasser der Kläger Erhaltene an letztere wieder zurückzahlen müßte.

vergl. Arndts Pandecten (ed. IV.) §. 269. not. m.

Zwar hätte die Schlüssigkeit der erhobenen Klage auch noch um deswillen in Zweifel gezogen werden können, weil nach derselben die Bezahlung der zurückgeforderten 628 Thlr. 14 Ngr. 3 Pf. gar nicht aus den Mitteln des Erblassers der Kläger, sondern aus denen des Bl. — gedachten C. erfolgt ist. Allein hierauf kommt offenbar gar nichts an, wenn man erwägt, daß, wenn auch nurerwähnter C. zu Bezahlung dieser 628 Thlr. 14 Ngr. 3 Pf. an den Beklagten für Rechnung des Erblassers der Kläger von diesem nicht ausdrücklich beauftragt gewesen wäre, in der Leistung dieser Zahlung nach Lage der Sache doch immerhin eine nützliche Geschäftsführung für den Erblasser der Kläger erblickt werden müßte, welche diesen gedachtem C. gegenüber zum Ersatz jener 628 Thlr. 14 Ngr. 3 Pf. verbindlich gemacht haben würde.

Nun hat Beklagter zwar in den Einl.-Abschnitten 1. 2. 3. 9. 24. und 27., sowie in den Anmerkungen zum 7. und 24. Einl.-Abschnitte, ingleichen durch das Bl. — von ihm ausgesprochene Anerkenntniß der Klagbeifugen A. B. und C. zugegeben, daß

1) im Jahre 1855 von dem K. Hauptsteueramte allhier gegen eine größere Anzahl hiesiger Kaufleute, unter denen sich auch der Erblasser der Kläger, welcher damals alleiniger Inhaber des Speditionshauses R. gewesen, sowie er selbst als Mitinhaber der Firma M. mitbefunden haben, wegen denselben schuldgegebener mißbräuchlicher Benutzung der ihnen verliehenen, unter den Namen ihrer entsprechenden Handlungsfirmen geführten Zollconten die Untersuchung eingeleitet und ihm, Beklagtem, in dem in letzterer ertheilten, von der K. Zoll- und Steuerdirection verfaßten Erkenntnisse erster Instanz, welches ihm, Beklagtem, am 5. December 1855 und für den Erblasser der Kläger dessen bevollmächtigtem Sachwalter H. am 6. desselben Monats eröffnet worden, solidarisch mit dem Erblasser der Kläger die Bezahlung von 1832 Thlrn. 19 Ngr. —, hinterzogener Eingangszölle auferlegt worden ist,

2) dem Erblasser der Kläger Seiten des K. Hauptsteueramtes allhier unter dem 15. Februar 1862 mittelst schriftlicher Verfügung eröffnet worden ist, daß er aus Anlaß der gedachten Untersuchung solidarisch mit ihm, dem Beklagten, für den bis auf 1520 Thlr. 19 Ngr. 8 Pf. moderirten Betrag aufzukommen habe, ferner daß die den Betheiligten gestellten Zahlungstermine mit dem 17. und beziehentlich 20. desselben Monats zu Ende gingen und daß nach deren Ablauf insoweit den Zahlungsauflagen keine Folge geleistet

werden sollte, sofort mit den gesetzlichen Zwangsmaaßregeln verfahren werden würde,

3) der obgedachte C. am 27. Februar 1862, nachdem er zuvor mit demselben dahin übereingekommen, daß die in der obgedachten Untersuchungssache laut Rechtsspruch nachzuzahlenden Zollgefälle im Betrage von 1520 Thlrn. 19 Ngr. 8 Pf., abzüglich der ihn, Beklagten, privatim angehenden Summe von 263 Thlrn. 21 Ngr. 2 Pf., mithin 1256 Thlr. 28 Ngr. 6 Pf. von ihm, Beklagtem, und dem Erblasser der Kläger gemeinschaftlich bezahlt werden sollten, zu diesem Zwecke für Rechnung des Letzteren die Hälfte dieser letzteren Summe mit 628 Thlrn. 14 Ngr. 3 Pf. baar und richtig an ihn ausgezahlt und er diesen Betrag angenommen hat,

4) der Erblasser der Kläger gedachten C. zuvor ausdrücklich beauftragt hat, wegen gemeinsamer Bezahlung jener Zölle mit ihm, Beklagtem, in Verhandlung zu treten,

5) dem Erblasser der Kläger Seiten des K. Hauptsteueramtes allhier unter dem 17. Mai 1862 mittelst schriftlicher Verfügung vom 15. Februar vorigen Jahres eröffnet worden ist, daß man bei Erlaß der letzteren im Irrthum sich befunden habe, indem die ihm, dem Erblasser der Kläger, in der obgedachten Untersuchungssache in erster Instanz auferlegte Verbindlichkeit, solidarisch mit ihm, dem Beklagten, für 2098 Thlr. 28 Ngr. —, hinterzogene Zölle aufzukommen, in zweiter Instanz gänzlich in Wegfall gelangt sei, und

6) in der That in der mehrberegten Untersuchungssache von dem K. Oberappellationsgerichte in seinem zweitinstanzlichen Erkenntnisse vom 24. April 1857 reformatorisch dahin erkannt worden ist, daß der Erblasser der Kläger mit der ihm angesonnenen solidarischen Vertretung der Eingangszölle, zu deren Nachzahlung er, Beklagter, verurtheilt worden, zu verschonen sei,

dagegen das klägerische Anführen, daß das nurgedachte Erkenntniß nicht dem Erblasser der Kläger selbst, sondern für diesen dessen Bevollmächtigtem, dem oberwähnten H., eröffnet worden sei und der Erblasser der Kläger bis zu dem Empfange der oben unter No. 5. gedachten Verfügung vom 17. Mai 1862 von der Eröffnung und dem Inhalte dieses Erkenntnisses weder durch seinen nurgedachten Bevollmächtigten, noch auf andere Weise Kenntniß erlangt habe, beim 26. Einl.-Abschnitte mit „nesciendo" beantwortet und überdies noch Bl. — ausflüchtsweise behauptet hat, daß

a) der Erblasser der Kläger, ganz abgesehen von dem abgeschlossenen Vergleiche, schon aus anderen Rechtsgründen zu Bezahlung der fraglichen 628 Thlr. 14 Ngr. 3 Pf. an ihn, Beklagten, verbunden gewesen sei,

und

b) der Erblasser der Kläger lediglich mit Rücksicht hierauf und nicht aus Anlaß jener demselben in erster Instanz angesonnenen solidarischen Vertretung den fraglichen Vergleich mit ihm abgeschlossen habe, und zwar nicht durch jenen C., sondern persönlich und lediglich in der Bl. — angegebenen Weise.

Allein will man auch zugeben, daß durch die erstere dieser beiden Einreden, angenommen, dieselbe würde bewiesen, der klägerische Anspruch, dessen Existenz vorausgesetzt, völlig beseitigt werden würde, so konnte doch auf dieselbe um deswillen keine Rücksicht genommen werden, weil die erforderliche thatsächliche Begründung derselben dem Beklagten nicht einmal insoweit gelungen ist, daß es gerechtfertigt gewesen sein würde, unter Nichtberücksichtigung des Bl. — jedenfalls unstatthafter Weise vom Beklagten über seine obgedachten Ausflüchte angetragenen Eides auf Beweis dieser Einrede zu erkennen. Was aber das andere, unter b. gedachte Anführen Beklagtens anlangt, so stellt sich dasselbe überhaupt nicht als Einrede, sondern lediglich als ein motivirtes Leugnen des Klaggrundes dar. Denn der Erblasser der Kläger konnte sich so lange, als er noch in dem Glauben stand, daß er mit dem Beklagten solidarisch für die fraglichen Zölle zu haften habe, gar nicht anders, als auf die in der Klage angegebene Weise mit demselben vergleichen, indem er doch die Eventualität vor Augen haben mußte, daß das K. Hauptsteueramt allhier möglicherweise diese Zölle nicht vom Beklagten, sondern von ihm einziehen würde, und er dieser Eventualität, woran ihm doch vor allen Dingen liegen mußte, dann, wenn er sich auf die Bl. — vom Beklagten behauptete Weise mit demselben verglichen hätte, wozu so lange, als es nach der Meinung des Erblassers der Kläger noch zweifelhaft war, ob die nurgedachte Behörde die fraglichen Zölle von ihm oder vom Beklagten einziehen werde, gar keine Veranlassung vorhanden gewesen wäre, gar nicht aus dem Wege gegangen sein würde. Und andererseits würde es, wenn die Behauptung, daß der Erblasser der Kläger bei Abschluß des fraglichen Vergleichs von dem Inhalte jener zweitinstanzlichen Entscheidung noch keine Kenntniß gehabt habe, unerwiesen bliebe, dem klagbar gemachten Anspruche überhaupt an einem ausreichenden Grunde gebrechen, welchen Falls darauf, welche anderen Motive den Erblasser der Kläger zum Abschluß des fraglichen Vergleichs bestimmt haben, gar nichts weiter ankäme.

Hierzu kommt aber auch noch, daß das oben unter b. gedachte Anführen Beklagtens schon um deswillen keine rechtliche Beachtung hätte finden können, weil dasselbe dadurch, daß derselbe, wie bereits oben gezeigt worden, Bl. — die Klagbeifuge sub B. anerkannt und beim 24. Einl.-Abschnitt zugegeben hat, nach Empfang der von jenem C. im Auftrag des Erblassers der Kläger baar an ihn ausgezahlten 628 Thlr. 14 Ngr. 3 Pf. das Original der nurgedachten Klagbeifuge mit dem Namen M. M., unter welchem er geständigermaaßen im Handel seine Geschäfte betreibt, unterschrieben und besagtem C. übergeben zu haben, von selbst seine Widerlegung gefunden hat, indem nach Inhalt dieser Klagbeifuge der Abschluß des fraglichen Vergleichs lediglich auf die in der Klage angegebenen Weise erfolgt ist.

Demgemäß war, da Beklagter den über die Klage angetragenen Eid Bl. — zurückgegeben hat und darauf, ob der mehrberegte C. bei Abschluß des fraglichen Vergleichs ebenfalls in dem irrigen Glauben sich befunden hat, daß der Erblasser der Kläger die fraglichen Zölle solidarisch mit dem Beklagten zu vertreten habe, gar nichts ankommt, mithin die von dem Beklagten in den Einl.-Abschnitten 10. 11. 12. 14. und 15 b. m. 22. in Abrede gestellten Behauptungen als völlig irrelevant sich darstellen, die Entscheidung der Sache lediglich von dem den Klägern zuerkannten Eide in der Maaße abhängig zu machen, daß für den Fall der Leistung dieses Eides der Beklagte ad petita libelli zu verurtheilen war, während entgegengesetzten Falls mittelst anderweiter Entscheidung der Beklagte von der erhobenen Klage entbunden und losgezählt und die Kläger zu Erstattung der von dem Gegner auf diesen Rechtsstreit verwendeten Kosten verurtheilt werden müßten."

B. Das K. Appellationsgericht zu Leipzig, welches über die von beiden Theilen gegen dieses Erkenntniß eingewendeten Berufungen zu cognosciren hatte, bestätigte das letztere (November 1863), und es sind die beigegebenen Entscheidungsgründe nachstehenden Inhalts:

„Nach der Sachdarstellung der Klage sind die Paciscenten bei Leistung der Zahlung, auf welche sich die der Klage sub B. beiliegende Quittung bezieht, nicht nur über den Zweck dieser Zahlung einverstanden gewesen, sondern es hat auch weder über das Object der Leistung, noch in Betreff der dabei betheiligten Personen ein Mißverständniß stattgefunden. Der Irrthum, in welchem sich der Erblasser der Kläger bei dem ganzen Vorgange befunden haben soll und auf welchen daher das Rückforderungsrecht im Wesentlichen gestützt erscheint, betrifft somit nicht den Inhalt der der erfolgten Leistung zu Grunde liegenden Willensrichtung, welcher unzweifelhaft und unbestritten dahin gegangen ist, der Person des Beklagten einen Beitrag von dem gewährten Betrage zu Tilgung des dem Steuerfiscus in Gemäßheit der in der Klage mitgetheilten Straferkenntnisse zustehenden Anspruchs zu gewähren, sondern derselbe bezieht sich lediglich auf solche Umstände, die blos auf die Entstehung dieses Willens und somit auf die Beweggründe, welche denselben zu der Zahlung bestimmt haben, von Einfluß gewesen sein sollen.

Die Rechtsquellen erkennen in Fällen dieser Art als Regel an, daß die Existenz irriger Beweggründe den Irrenden weder zu einer Rescission der eingegangenen Verbindlichkeit, noch zu der Zurückforderung des darauf bereits Geleisteten berechtige.

(zu vergl. v. Vangerow, Lehrbuch der Pandecten, Bd. III. §. 604. No. IV. S. 290 flg. ed. VI. und die daselbst angezogenen Gesetzstellen.)

Nur dann, wenn die Thatsache, deren irrthümliche Annahme für die Entstehung des Willens bestimmend gewesen ist, in einem juristischen Zusammenhange mit der Richtung des letzteren gestanden hat, also namentlich dann, wenn der, welcher einen Vertrag eingeht, hierbei erweislich in der irrigen Meinung einer ihm obliegenden rechtlichen Verbindlichkeit gehandelt hat, räumen demselben die Rechtsquellen nicht allein, dem Forderungsrechte seines Mitcontrahenten gegenüber, eine exceptio doli mali, sondern auch die condictio auf Wiederaufhebung der eingegangenen Verbindlichkeit ein.

zu vergl. l. 5. §. 1. D. de act. emti vend. (XIX. 1.)
v. Vangerow, a. a. O. S. 291.
Sintenis, das prakt. Civilrecht, §. 109. II. A. b. f. S. 526. ed. 2.

War aber eine zu Recht bestehende Obligation überhaupt nicht vorhanden oder war die beabsichtigte Obligation vom Anfange an nichtig, so steht dem, welcher in der irrigen Voraussetzung einer gleichwohl existirenden Schuldverbindlichkeit gezahlt hat, das Recht zu, das wirklich Gezahlte zu condiciren.

Ein Fall dieser Art liegt unzweifelhaft dann vor, wenn sich der Zahlende irriger Weise zu der Leistung für rechtskräftig verurtheilt hielt, in der That aber seine diesfallsige Verurtheilung die Rechtskraft nicht beschritten hat, vielmehr schon vor dem Eintritte der Leistung wieder außer Wirksamkeit gesetzt worden war.

Dieser Auffassung steht auch die Bestimmung der l. 36. famil. ercisc. (X. 3.): sed quamvis non sit judicium, tamen ad impediendam repetitionem sufficit, quod quis se putat condemnatum, nicht entgegen. Denn wie aus dem ganzen Zusammenhange dieser Gesetzstelle zweifellos hervorgeht, handelt dieselbe nicht von dem Falle eines Irrthums in Betreff der Existenz einer res judicata, sondern von dem Falle einer zwar in ihren materiellen Voraussetzungen unrichtigen, jedoch nicht nur thatsächlich vorhandenen, sondern auch formell zu Recht beständigen res judicata, und einer in Gemäßheit dieser letzteren erfolgten Leistung.

zu vergl. Sintenis, a. a. O. not. 46. S. 527.

Eben so wenig wird jenes Rückforderungsrecht durch den in l. 42. D. de condict. indeb. (XII. 6.) und im l. 46. D. de reg. jur. (L. 17.) aufgestellten Grundsatz: poenae non solent repeti, quum depensae sunt, und quod a quoquo poenae nomine exactum est, id eidem restituere nemo cogitur, ausgeschlossen oder auf den Fall civilrechtlicher Leistungen beschränkt. Denn, abgesehen von der Frage, ob die zuletzt gedachten Bestimmungen, als wesentlich mit dem öffentlichen Rechte angehörig, überhaupt in dem gegenwärtigen Rechte Geltung zu beanspruchen haben, beziehen sich dieselben nur auf den Fall, wenn zur Zeit der erfolgten Zahlung eine Strafverfügung wirklich existirte, und sich erst nach derselben die Umstände so geändert haben, daß die Forderung, falls sie nicht bereits durch die Zahlung getilgt wäre, nicht mehr geltend gemacht werden könnte.

zu vergl. v. Vangerow, a. a. O. §. 625. S. 407.

Alles Vorstehende gilt jedoch zunächst nur von dem Falle, in welchem derjenige, welcher das Rückforderungsrecht geltend macht, an denjenigen gezahlt hat, welchen er irrthümlich für den in Gemäßheit richterlicher Verfügung berechtigten Zahlungsempfänger angesehen hat.

In dem vorliegenden Falle hat jedoch Kläger nicht an diesen, den K. Steuerfiscus, sondern an einen Dritten, den Beklagten, gezahlt, auch nur wider diesen geklagt.

Unbestritten ist in dieser Hinsicht zunächst, daß diese Zahlung in der Absicht erfolgte, dem Beklagten einen Beitrag zu der demselben dem Fiscus gegenüber obliegenden Zahlung zu gewähren. Die Rücksicht auf die nach den Anführungen der Klage irrthümlich als existent angenommene eigene Haftverbindlichkeit Klägers erscheint hiernach nur als mittelbarer oder entfernter Beweggrund der Zahlung, der unmittelbare Bestimmungsgrund ist dagegen in dem zwischen den Parteien über gemeinsame Uebertragung der Schuld, resp. über Vertheilung der dazu erforderlichen Leistungen getroffenen Abkommen zu finden. Sofern es nach der eignen Sachdarstellung der Klage bei Eingehung dieses Abkommens einerseits zweifelhaft gewesen, und namentlich dem ursprünglichen Kläger zweifelhaft erschienen ist, an wen sich der von ihm als forderungsberechtigt angesehene Steuerfiscus wegen seiner Gesammtforderung halten werde, andererseits dem getroffenen Abkommen offenbar die Absicht zu Grunde gelegen hat, diesen Zweifel durch gemeinsame Uebernahme der betreffenden Kosten zu beseitigen, trägt jenes Abkommen in rechtlicher Beziehung augenscheinlich den Charakter eines Transactes. Es entsteht daher die Frage, ob und in wie weit hier der in l. 65. §. 1. D. de cond. indeb. aufgestellte Grundsatz einschlage: et quidem, quod transactionis nomine datur, licet res nulla media fuerit non repetitur; nam si lis fuit, hoc ipsum, quod a lite disceditur, causa videtur esse.

Die Beantwortung dieser Frage ergiebt sich aus den Worten des Gesetzes von selbst. Der Jurist setzt einen Fall voraus, wo die Zahlungsverbindlichkeit selbst unter den Paciscenten streitig ist, und von dem Einen derselben zu Beseitigung dieses Streitpunktes etwas gewährt worden ist. Ein Sachverhältniß dieser Art würde hier z. B. dann, wenn entweder die solidarische Haftverbindlichkeit beider Theile in Wahrheit begründet gewesen wäre und unter denselben über das dem Einen oder dem Anderen derselben für den Fall, daß er es sein sollte, welcher von dem Gläubiger wegen des Ganzen in Anspruch genommen werden würde, wider den Anderen etwa zustehende Regreßrecht Streit entstanden wäre, oder auch dann in Frage sein, wenn zwar beide Theile gewußt hätten, daß Kläger von der solidarischen Haftverbindlichkeit rechtskräftig entbunden sei, Seiten des Beklagten aber gleichwohl ein Anspruch auf Schadloshaltung behauptet worden wäre und in dem einen oder dem anderen Falle die Paciscenten sich dahin geeinigt hätten, unter Beilegung jener Differenzpunkte die Schuld zu gleichen Theilen zu übertragen. Einen Vergleich dieser Art würde der Kläger deshalb, weil er über die dem eigentlichen Gegenstande des Vergleichs (dem behaupteten Regreß- oder beziehentlich Entschädigungsanspruche des Beklagten) zu Grunde liegenden factischen oder rechtlichen Voraussetzungen sich im Irrthume befunden habe, nicht mit Beifall Rechtens anfechten können. Denn indem er diese Punkte als ungewiß und zweifelhaft annahm und gleichwohl auf den Vergleich einging, erklärte er sich zu der in dem Vergleiche stipulirten Leistung auch für den Fall verbindlich, daß dieser Zweifel dahin entschieden werden sollte, daß in dieser Hinsicht die Voraussetzungen einer ihn selbst treffenden Haftverbindlichkeit nicht vorhanden sein sollten. Ein wesentlich anderes Verhältniß liegt jedoch dann vor, wenn bei dem Abschlusse des Transactes solche Thatsachen, welche nachweislich oder präsumtiv für die Willensrichtung Eines oder des Anderen der Contrahenten von entscheidendem Einfluß gewesen sind, als gewiß und unzweifelhaft vorausgesetzt worden sind, namentlich von dem Promittenten anzunehmen ist, daß er dieselben seinerseits als unzweifelhaft feststehend angesehen habe, gleichwohl aber nachträglich constatirt wird, daß in dieser Hinsicht ein factischer Irrthum obgewaltet habe. Für Fälle dieser Art gilt recht eigentlich die bereits in Obigem angezogene Vorschrift der l. 5. §. 1. D. de act. emt. vend. (XIX. 1.), und es erscheint der Promittent wenigstens dann, wenn die den Beweggrund seiner Einwilligung in den Vergleich bildenden Voraussetzungen sich auf die irrige Annahme einer juristischen Verbindlichkeit zurückführen lassen, das Vertragsverhältniß selbst zu condiciren befugt (condicere potest, ut liberetur).

Nun ist zwar der Beklagte in dem vorliegenden Falle nach Bl. — mit der Behauptung hervorgetreten: „es habe zwischen ihm und Klägerm ein civilrechtliches obligatorisches Verhältniß bestanden, wonach letzterer unbedingt verpflichtet gewesen sei, ihm diejenigen Zollbeträge zu vergüten, zu deren Nachzahlung Beklagter von der Steuerbehörde um deswillen verurtheilt worden sei, weil er Klägers Waare über sein eigenes Steuerconto ein- oder ausgeführt habe". Eines Theiles aber fehlt es diesem Vorbringen an jeder factischen Begründung dergestalt, daß, wie Kläger augenscheinlich nicht in der Lage gewesen ist, beurtheilen zu können, in welcher Weise er dieser, ein reines Urtheil enthaltenden Behauptung gegenüber seine Rechtsvertheidigung zu führen habe, so auch der Richter, wollte er jene vage Behauptung zu dem Beweise aussetzen, offenbar nicht in der Lage sein würde, in Voraus beurtheilen zu können, was den Gegenstand desselben bilden, und ob und in wie weit die in dem Beweise etwa vorzutragenden Thatsachen überhaupt die aufgestellte Folgerung zu rechtfertigen geeignet sein würden; anderen Theiles würde, selbst angenommen, daß Beklagter ein solches specielles Obligationsverhältniß erweislich zu machen vermöchte, hieraus zwar möglicher Weise eine besondere Haftverbindlichkeit der Kläger hervorgehen, gleichwohl ein derartiger Nachweis nicht ohne Weiteres die Aufrechterhaltung des, die Leistung des erkannten Eides vorausgesetzt, unter dem Einflusse eines factischen Irrthums abgeschlossenen Vergleichs zur Folge haben können.

Dabei kann endlich auch die Frage, ob es in dieser Hinsicht annoch der Leistung des erkannten Eides bedurft habe, beziehentlich, ob zu der Begründung eines solchen Irrthums nicht schon der Hinweis auf den Bl. — zur Genüge eingeräumten Inhalt der Klagbeifuge A. und die Bezugnahme auf den in den Anmerkungen zu p. l. c. 18. und 24. zugestandenen Vorfall als hinreichend anzusehen gewesen sei, um so gewisser dahin gestellt bleiben, als Seiten der Kläger in dieser Beziehung nicht appellirt worden ist.

Wenn sich durch Vorstehendes die lediglich gegen die Motivirung des erstinstanzlichen Erkenntnisses eingelegte Berufung der Kläger erledigt, so ergiebt sich hieraus zugleich die Unerheblichkeit der von dem Beklagten erhobenen Beschwerden.

Die Compensation der Appellationskosten war dagegen um deswillen auszusprechen, weil von beiden Theilen appellirt worden ist."

C. Das K. Oberappellationsgericht reformirte mittelst Urthels vom 2. Juni 1864 insoweit, als es dem Beklagten den Beweis der Bl. — verb. mit Bl. — vorgeschützten Ausflucht nachließ. Dem Erkenntnisse waren nachstehende Rationen beigefügt:

„Beklagter hat sich durch das vorige 2c. Erkenntniß nach Bl. — aus einem doppelten Grunde für beschwert erachtet, und zwar

grav. 1. weil die erhobene Klage als genügend begründet angesehen und demgemäß auf das Relatum Bl. — erkannt worden, und

grav. 2. die von ihm, Beklagtem, dagegen vorgebrachten Ausflüchte unberücksichtigt geblieben seien.

Ad grav. 1.

Mit den beiden vorigen Instanzen stimmt Man überein, daß der Anspruch Klägers auf Rückforderung der in der Klage gedachten 628 Thlr. 14 Ngr. 3 Pf. durch die in der Klage angeführten Thatsachen ausreichend fundirt ist. Denn sobald durch Leistung des den Klägern zuerkannten Relati in rechtliche Gewißheit gesetzt wird, daß ihr Erblasser bis zum Empfang der Klagbeilage C. von der Publication und dem Inhalte des zweitinstanzlichen Erkenntnisses vom 24. April 1857, durch welches ihr Erblasser von der ihm im Erkenntnisse der Zoll- und Steuerdirection Bl. — auferlegten solidarischen Haftung für die daselbst erwähnten Zollbeträge liberirt, und Beklagter zu deren alleiniger Tragung verurtheilt worden ist, keine Kenntniß erlangt habe, so ist bis zum Beweise des Gegentheils anzunehmen, daß der Erblasser der Kläger in dem factischen Irrthume, daß er und Beklagter rechtskräftig zur solidarischen Haftung für 1256 Thlr. 28 Ngr. 6 Pf. Zollgefälle verurtheilt worden seien, das Bl. — näher bezeichnete Abkommen mit dem Beklagten abgeschlossen, und in dessen Folge sofort die Hälfte der obigen 1256 Thlr. 28 Ngr. 6 Pf. mit 628 Thlrn. 14 Ngr. 3 Pf. an den Beklagten Behufs der Ableistung an das Hauptsteueramt ausgezahlt hat. Dieses Abkommen selbst stellt sich als ein Auftrag zur Zahlung dar, indem der Erblasser der Kläger in der irrigen Voraussetzung, daß er zur Zahlung verpflichtet sei, Beklagtem Auftrag ertheilt hat, die fraglichen 628 Thlr. 14 Ngr. 3 Pf. an die Steuerbehörde abzuliefern, während doch nach Ausweis des Erkenntnisses zweiter Instanz Beklagtem allein die vollen 1256 Thlr. 28 Ngr. 6 Pf. zur Last fallen, mithin der Grundsatz eintritt, daß ein Mandat in Bezug auf Geschäfte, welche den Mandatar allein betreffen und an deren Erfüllung der Auftraggeber kein Interesse hat, wirkungslos sind.

cfr. l. 2. pr. D. mand. vel contr. (17. 1.)

„Quod si tua tantum gratia tibi mandem, supervacuum est mandatum, et ob id nulla ex eo obligatio nascitur.“

Es kann daher auch der Auftraggeber, welcher in der irrigen Meinung steht, daß er gemeinschaftlich mit dem Mandatar eine Zahlung zu leisten habe, die dem Beauftragten zu Berichtigung der vermeintlichen Schuld übergebenen und von diesem zur Zahlung einer ihn allein treffenden Post verwendeten Gelder zurückfordern. Die Ansicht Beklagtens Bl. —, daß der Nachweis, daß die Zahlung in einem factischen entschuldbaren Irrthume bewirkt, und durch einen solchen Irrthum veranlaßt worden sei, zur Begründung der erhobenen Klage nicht ausreiche, vielmehr den Klägern der Beweis obgelegen habe, daß ihm, dem Beklagten, als dem Empfänger der Zahlung, ein Recht auf letztere überhaupt nicht zugestanden habe, ist offenbar unrichtig, da den Klägern der Beweis einer reinen Negation, welche sogar die Nichtexistenz aller nur denkbaren Verpflichtungsgründe umfassen würde, nicht angesonnen werden kann.

Ad grav. 2.

Nicht minder tritt Man der Ansicht der beiden vorigen Instanzen Bl. — und Bl. — bei, daß die Behauptung Beklagtens Bl. —,

„es habe zwischen ihm und dem Erblasser der Kläger ein civilrechtliches obligatorisches Verhältniß bestanden, wonach Letzterer unbedingt verpflichtet gewesen sei, ihm diejenigen Zollbeträge zu vergüten, zu deren Nachzahlung Beklagter von der Steuerbehörde um deswillen verurtheilt worden sei, weil er die Waaren des ursprünglichen Klägers über sein eignes Steuerconto ein- oder ausgeführt habe“,

als eine selbstständige Ausflucht nicht angesehen und zum Beweise ausgesetzt werden kann, weshalb Man sich auf die erschöpfenden Rationen Bl. — und Bl. — bezieht. Dagegen ist nach der Ansicht des Oberappellationsgerichts die zweite, Bl. — vorgeschützte Ausflucht nicht ohne Weiteres zurückzuweisen. Denn Beklagter nimmt hierbei nicht auf die in der Klage gedachte, zwischen ihm und C. gepflogene Verhandlung, sondern auf eine derselben vorhergegangene Vereinigung mit dem Erblasser der Kläger selbst Bezug. Bei dieser Vereinigung soll letzterer sich bereit erklärt haben, die Hälfte derjenigen Zollbeträge an 1256 Thlr. 28 Ngr. 6 Pf., zu deren Rückzahlung Beklagter in Folge seiner bezüglichen Geschäftsverbindung mit ihm, Klägerm, verurtheilt worden sei, zu tragen, weil er an der Verurtheilung des Beklagten zu Nachzahlung der Zölle unzweifelhaft Schuld trage und aus diesem Grunde einen Civilrechtsstreit vermeiden wolle. Aus diesem exceptivischen Vorbringen glaubt Man so viel entnehmen zu können, daß Beklagter auf solche Thatsachen Bezug nimmt, aus denen hervorgehen soll, daß der Erblasser der Kläger bei den zwischen ihm und dem Beklagten gepflogenen Verhandlungen Erklärungen abgegeben hat, zufolge deren er nicht in dem Glauben, daß er zu solidarischer Haftung verpflichtet, sondern mit Rücksicht auf die zwischen ihm und Beklagtem bestandene Geschäftsverbindung oder aus Freundschaft für Beklagten sich freiwillig erboten habe, die Hälfte derjenigen Zollgefälle, zu deren Bezahlung Beklagter verurtheilt worden war, zu tragen. An und für sich ist zur Zeit die nurgedachte Ausflucht factisch höchst ungenügend substantiirt, zumal aus dem Vorbringen Beklagtens nicht einmal mit Bestimmtheit ersehen werden kann, welche Geschäftsverbindung zwischen ihm und dem Erblasser der Kläger stattgefunden und welche specielle Erklärungen letzterer bei der Bl. — gedachten Verhandlung abgegeben haben soll. Man hat jedoch mit Rücksicht auf die milden Grundsätze, welche in Betreff der Erfordernisse der Substantiirung von Ausflüchten im ersten Verfahren in der Praxis beobachtet zu werden pflegen, dem Beklagten den Beweis der Bl. — vorgeschützten Exception, welche er im künftigen Beweise annoch factisch gehörig zu begründen haben wird, nachgelassen, wobei ihm unbenommen ist, diesen Beweis zugleich auf das Vorbringen Bl. — flg. zu richten, dafern die zwischen ihm und dem Erblasser der Kläger bestandene und annoch speciell zu detaillirende Geschäftsverbindung bei dem Bl. — erwähnten Abkommen zur Sprache gekommen, und vom Erblasser der Kläger als Grund, weshalb er sich zu Gewährung eines Beitrags verpflichte, bezeichnet worden sein sollte.“ ꝛc.

Redacteur: Dr. Theodor Tauchnitz. Eigenthum der Verlagshandlung.

Von diesem Wochenblatte erscheinen jährlich 61 Nummern zu 1 Quartbogen und außerdem am Jahresschlusse ein ausführliches Register.

Wochenblatt
für
merkwürdige Rechtsfälle,
in actenmäßigen Darstellungen
aus dem Gebiete der Justizpflege und Verwaltung
zunächst für das
Königreich Sachsen.

Alle Postämter u. Buchhandlungen übernehmen Bestellungen und liefern das Quartal zu dem praenumerando zu entrichtenden Preise von 1 Thaler.

Verlag von Bernhard Tauchnitz in Leipzig.

№ 51. Neue Folge Zwölfter Jahrgang. 1864.

84.

Lebenslängliche und unwiderrufliche Anstellung eines fürstlichen Privatdieners. — Begründung der Lebenslänglichkeit des Dienstverhältnisses aus concludenten Handlungen. — Nichtanwendbarkeit eines speciellen Staatsdienergesetzes auf ein solches Verhältniß. — Unwiderruflichkeit der einmal erfolgten Versetzung des Dieners in den Ruhestand.

Mitgetheilt von
Herrn Appellationsrath Dr. Haase in Altenburg.

Der Rath Friedrich J. wurde im October 1810 als Fürstl. Reußischer Förster in W. angestellt und verpflichtet. Er bekleidete diese Staatsdienststelle bis zum Jahre 1846. Im Juli des letzteren Jahres wurde er von dem damaligen Inhaber des Paragiums Reuß-Köstritz, Fürst Heinrich LXIV., mit dem Titel eines Forstcommissärs für das gedachte Paragiat als dessen Forst- und Rentbeamter berufen. Das ihm dafür ausgeworfene Gehalt betrug jährlich 500 Thaler baar, ferner ein jährliches Holzdeputat von 6 Klaftern Scheitholz und 6 Haufen hartes Reißholz, freies Quartier und die sogenannten Forstanweisegelder, außerdem eine Auslösung bei nothwendigen Dienstreisen. Ueber Alles dies wurde ihm unterm 15. Juli 1846 ein förmliches Anstellungsdecret ausgefertigt.

J. bekleidete diese Stelle hierauf ununterbrochen bis Ende des Jahres 1856. Im Jahre 1847 erhielt die Stellung insofern eine weitere Bekräftigung, als im Auftrag des Fürstl. Paragiatbesitzers die Aufnahme J.'s in die allgemeine Beamten-Wittwenpensionsanstalt des Fürstenthums Reuß jüng. Linie bei der damaligen Fürstl. Landesregierung nachgesucht und, nachdem der Bevollmächtigte des Fürsten insbesondere die Versicherung abgegeben hatte, „daß die amtliche Stellung des J. ihrer Natur nach nie einem Wechsel unterworfen sein könne", gewährt wurde. Die zur Pension berechtigende Besoldung des J. wurde dabei zu 1000 Thalern veranschlagt und die Reception in die Anstalt mittelst eines Landesfürstlichen Rescriptes in diesem Betrage genehmigt.

Am 15. September 1856 starb Fürst Heinrich LXIV.; als Nachfolger im Paragium, wiewohl nur als Singularsuccessor, folgte ihm Heinrich LXIX. In dem Dienstverhältnisse des J. ging damit eine ihm nachtheilige Veränderung nicht vor. „In Anerkennung der schon seither dem Fürstlichen Hause Köstritz geleisteten treuen Dienste und in der Erwartung fernerer treuen Dienste nach bestem Wissen und Vermögen" ernannte ihn der neue Paragiatbesitzer vielmehr bald darauf mittelst besondern Decrets vom 8. November 1856 zu seinem Fürstlichen Rath, womit zugleich die Entschließung kundgegeben wurde, ihm unter Enthebung von der speciellen Forstaufsicht einen erweiterten Geschäftskreis für die Fürstlichen Verwaltungsangelegenheiten anzuweisen. Demgemäß erhielt der nunmehrige Rath J. bald darauf auch eine neue Geschäftsinstruction, durch welche ihm die obere Leitung der gesammten Paragiatsangelegenheiten übertragen und er ausdrücklich für den ersten Beamten, dem die übrigen sämmtlich unterworfen seien, erklärt wurde, so wie ein neues Besoldungsregulativ, wodurch seine Besoldung vom 1. Januar 1857 ab unter Wegfall der früheren Anweisegelder auf 950 Thaler baar und die bisherigen Emolumente an freier Wohnung und Holzdeputat (je zu 40 Thaler, in Summa also 1030 Thaler) festgestellt wurde.

Im September 1860 erhielt J. jedoch ganz unerwartet von seinem Fürstlichen Herrn die Eröffnung, daß er beschlossen habe, ihm von 1. Januar 1861 ab „in Ruhestand zu versetzen", daß er jedoch, um seine Existenz auch ferner zu sichern, Einleitung getroffen habe, daß er eine angemessene Pension erhalte, weshalb er sich mit dem Fürstlichen Bevollmächtigten in Verbindung setzen möge, der von den Intentionen Seren. unterrichtet sei. Auf diesfallsige Anfrage erhielt J. von Letzterem darauf die Mittheilung, daß ihm eine Pension von 500 Thlrn. —, —, zugedacht sei; doch wurde ihm bemerklich gemacht, daß auch dies nur ein Act der Liberalität sei.

Eine schriftliche Remonstration hiergegen bei Seren. selbst, in welchem von J. zwar die Eröffnung Seren., ihm eine angemessene Pension zu bewilligen, dankend angenommen, im Uebrigen aber vorgestellt wurde, daß die von dem Fürstl. Bevollmächtigten in Aussicht gestellte Höhe der Pension mit Rücksicht auf die für eine derartige dienstliche Stellung, wie sie hier in Frage, maaßgebenden Rechtsgrundsätze zu niedrig gegriffen, auch ebenso die Form der Bewilligung eine rechtlich nicht begründete und für den treuen Diener verletzende sei, hatte keinen Erfolg. Es sah sich daher der Rath J. genöthigt, bei der am 1. Januar 1861 erfolgten Uebergabe seines Amtes an seinen ernannten Dienstnachfolger sich seine diesfallsigen Rechtszuständigkeiten dem Fürsten gegenüber mittelst besonderer Eingabe ausdrücklich zu wahren.

Diese Rechtszuständigkeiten machte derselbe hierauf auch in einer am 21. Februar 1861 bei dem Fürstl. Appellationsgericht zu Gera überreichten Klage geltend. Außer den im Vorstehenden bereits mitgetheilten, zum größten Theil sofort mit den betreffenden Urkunden belegten Thatsachen bezog sich Kläger hierbei darauf, daß seine seither innegehabte Stellung jedenfalls als eine lebenslängliche, unwiderrufliche zu betrachten gewesen sei. Dies folge nicht blos aus den ebenerwähnten Thatsachen, sondern auch daraus, weil nicht anders angenommen werden könne, als daß sofort bei Beginn dieses Dienstverhältnisses sowohl des Klägers, als des damaligen Fürsten von Köstritz Intention lediglich darauf gerichtet gewesen sei, ihm eine eben so feste Stellung zu verschaffen, als er sie schon vorher gehabt habe, ferner daraus, daß nach allgemeinen staatsrechtlichen Grundsätzen (Zachariä, deutsches Staats- und Bundesrecht, Bd. II. §. 144.) die standesherrlichen Beamten juristisch wie die landesherrlichen zu beurtheilen seien, endlich auch noch aus der ausdrücklichen Interpretation, die der Generalbevollmächtigte des früheren Paragiatbesitzers bei der Aufnahme Klägers in die Staatsdienerwittwensocietät über die Natur des qu. Dienstverhältnisses ertheilt habe. In gleicher Weise habe der jetzige Paragiatbesitzer und nunmehrige Beklagte durch die von ihm ausgegangenen Acte die Dienststellung Klägers als eine unwiderrufliche und lebenslängliche anerkannt. Da nun weiter Klägers Dienstzeit nach Maaßgabe des hier eventuell zur Anwendung zu bringenden Fürstl. Reuß. Staatsdienergesetzes vom 16. Juni 1853. §. 38 flg. von seiner ersten Anstellung im Jahre 1810 und mithin als eine 50jährige zu berechnen sei, ihm mithin mindestens 80 Procent der zuletzt bezogenen Besoldung gebührten, so behauptete Kläger, daß ihm wenigstens eine Pension von 824 Thlrn. —, —, jährlich zu gewähren sei. Statt dessen habe er als erste Monatsrate seiner Pension Ende Januar 1861 aber nur 41 Thlr. 20 Ngr. —, (als den 12. Theil von 500 Thalern) erhalten. Kläger beanspruchte deshalb zunächst, daß ihm, nach Einleitung des summarischen Processes, zur Ergänzung seiner ersten Monatsrate die Summe von 27 Thlrn. —, —, (mithin im Ganzen 68 Thlr. 20 Ngr. —, als der 12. Theil von 824 Thlrn.) gewährt werde.

Seitens des Gerichts wurde Kläger darauf hingewiesen, daß die Entscheidung über den petirten Monatsrest von der über das Recht des Klägers auf die fortlaufende Pension untrennbar sei, daß also die Klage sich nicht für den summarischen Proceß eigne. Da er jedoch der Umleitung in den Ordinarproceß widersprach, so wurde das Klaglibell zuvörderst dem Beklagten mitgetheilt. Als aber auch dieser gegen die Verhandlung im summarischen Processe protestirte und der Gütetermin fruchtlos geblieben war, kam ein Compromiß zwischen beiden Parteien dahin zu Stande,

> daß von nun an nicht mehr der behauptete Pensionsrückstand auf den Monat Januar 1861, sondern das von dem Kläger beanspruchte Recht auf eine den gemeinrechtlichen, bezüglich den Bestimmungen des Fürstl. Reuß. Staatsdienergesetzes vom 16. Juni 1853 entsprechende Pension Gegenstand des von jetzt ab aus dem summarischen in den Ordinarproceß überzuleitenden Rechtsstreites sein solle,

wobei der Anwalt des Herrn Beklagten das Protokoll jedoch ausdrücklich mit dem Beisatz unterschrieb: „wiewohl ohne Zugeständniß dahin, daß der jenseitige Pensionsanspruch irgendwelchen gemeinrechtlichen Bestimmungen oder diesseitigen Landesgesetzen entspricht." Schon in der ablehnenden Antwort auf die vom Kläger versuchte Remonstration und Bitte um eine höhere Pension, als die in Aussicht gestellte von nur 500 Thlrn. —, —, hatte der Fürstliche Herr Beklagte gegen den Kläger sich dahin ausgesprochen:

„Glauben Sie zu größeren Ansprüchen berechtigt zu sein, so überlasse ich Ihnen, dieselben im Rechtswege geltend zu machen, würde aber in diesem Falle Ihnen Nichts weiter gewähren, als was Sie im Proceßwege erstreiten."

Im Zusammenhange damit wurde nun in der Exceptionsschrift nochmals ausdrücklich erklärt, daß der Herr Beklagte das Klägerm offerirte Beneficium hiermit zurückziehe, und demgemäß erhielt Kläger in der That außer der bereits gezahlten ersten und zweiten Monatsrate ein Weiteres an Pension nicht ausgezahlt. Im Uebrigen wurde nunmehr im Verfahren die lebenslängliche und unwiderrufliche Qualität des klägerischen Dienstverhältnisses Seitens des Herrn Beklagten durchaus bestritten. Es wurde namentlich hervorgehoben, daß das Haus Reuß-Köstritz den mediatisirten Regentenhäusern, von deren Dienern Zachariä a. a. O. allein rede, keineswegs gleich stehe, da die Besitzer des Paragiums zu keiner Zeit aus dem Privatrechtszustande herausgetreten seien. Nie sei aber der Nachfolger in einem dem Privatrecht angehörigen Familienfideicommisse verbunden gewesen, die Dienerschaft des Vorgängers beizubehalten, auch sei in keiner der vom Kläger angezogenen Urkunden über sein Dienstverhältniß gesagt, daß ihm die von Seren. übertragene Stelle bis an sein Lebensende gesichert sein sollte. Gesetzt aber, Kläger sei einem inamoviblen Staatsdiener gleich zu achten, so würde er nach dem alsdann anwendbaren Reuß. Staatsdienergesetze, weil er sein 70. Lebensjahr überschritten habe, ohne Weiteres haben in den Ruhestand versetzt werden können und alsdann sein Ruhegehalt doch nur, weil seine Dienstzeit erst von dem Antritt des Paragiatdienstes im Jahre 1846 an zu berechnen sei, bei 15 Dienstjahren auf 473 Thlr. 24 Ngr. —, — zu bemessen sein. Die Aufnahme in die Landesfürstliche Dienerwittwensocietät habe auf die Natur des zwischen den gegenwärtigen Streittheilen bestandenen rein privatrechtlichen Contractes, vermöge dessen Kläger vom Herrn Beklagten nicht anders in Dienste genommen worden sei, wie jeder andere Besitzer großer Güter seine Förster und Rentbeamten in Dienste nehme, ebensowenig einen Einfluß üben können, als der Bevollmächtigte des Vorbesitzers zugleich zum Interpretar der Gesinnungen des jetzigen Besitzers und Beklagten bei anderweiter Uebertragung der Stelle an den Kläger berufen gewesen sei. Auch bestehe zwischen der Annahme der ersten Pensionsrate von 41 Thlrn. 20 Ngr. —, — und der Erhebung der Klage auf eine gesetzliche Pension ein unerklärlicher Widerspruch.

Auf der andern Seite gab dagegen der Kläger in seiner Replikschrift in Folge des abgeschlossenen Compromisses seinem Anspruch eine weitere Ausdehnung. Während er sich für den Monat Januar 1861 mit dem ursprünglichen Petito begnügen zu wollen erklärte, forderte er von da ab nun principaliter den Fortbezug seines ganzen früheren Diensteinkommens, da dies gemeinrechtlich demjenigen zu gewähren sei, der, ohne sein Amt durch Delicte verwirkt zu haben, unfreiwillig von demselben entlassen werde. Nur eventualiter petirte er nach dem schon der Klage zu Grunde gelegten Maaßstabe des einheimischen Staatsdienergesetzes die Pension von 824 Thlrn. —, —, eventualissime aber den Fortbezug der bereits versprochenen Pension von 500 Thlrn. —, —. Uebrigens wurden auch noch von jeder einzelnen rückständig gebliebenen Pensionsrate Zinsen des Verzugs zu 5 Procent beansprucht.

I.

Das erste Erkenntniß, welches in dieser Sache hierauf erging und am 24. Februar 1862 zur Publication gelangte, ward nach beantragter Actenversendung von der Juristenfacultät der Universität Halle-Wittenberg dahin ertheilt:

„Daß Verklagter Einwendens ungeachtet auf die erhobene Klage sich einzulassen schuldig, und da er dies auf den Fall bereits gethan, so hat es hierbei sein Bewenden, und ist Verklagter, da er insoweit der Klage für geständig zu achten, schuldig, dem Kläger vom 1. Februar 1861 ab eine jährliche, am Ende jedes Monats pro rata fällige Pension von 500 Thlrn. —, —, und zwar die rückständigen Raten mit 5 Procent Verzugszinsen vom Verfalltage jeder einzelnen, bis an dessen Lebensende zu zahlen, wogegen Kläger mit seinen Mehrforderungen ab- und zur Ruhe verwiesen wird."

Als Gründe dieses Erkenntnisses waren beigefügt:

„Zunächst steht der in der Replik vorgenommenen Erweiterung der Klage unter den obwaltenden Umständen an sich Nichts entgegen. Das vom Gericht genehmigte Compromiß gestattet ausdrücklich dem Kläger nicht nur, statt einer Monatsrate das streitige Recht auf Pension zum Gegenstande des Processes zu machen, sondern auch dies Recht aus den gemeinrechtlichen, bezüglich den Bestimmungen des Staatsdieneredicts herzuleiten. Dagegen ist die nachträgliche Zurücknahme der dem Kläger vom Herrn Verklagten einmal verliehenen Pension von 500 Thlrn. —, — nicht für rechtsbeständig zu achten. Es muß als feststehend gelten, daß Kläger die ihm angebotenen 500 Thlr. angenommen, allerdings aber zugleich erklärt habe, daß er zu einer größern Pension berechtigt zu sein glaube und dies sein Recht weiter zu verfolgen gedenke. Stände der Leistung der Jahresgelder eine Gegenleistung des Klägers gegenüber, so würde gesagt werden müssen, der Consens sei nicht erreicht, wenn einerseits ein niederes Jahrgeld geboten, andererseits aber erwidert wäre, man wolle die Gegenleistung nur für ein höheres gewähren. Im vorliegenden Falle ist aber nur eine einseitige Leistung in Frage. Wenn nun der Kläger, der sich ein Recht auf dieselbe zuschreibt, sie in höherem Maaße verlangt, als sie ihm geboten wird, so schlägt er das Gebotene keineswegs aus. In den jährlichen 1030 Thlrn., eventuell 824 Thlrn., die er fordert, sind die 500 Thlr., die ihm geboten wurden, mit enthalten.

l. 9. §. 3. i. f. Dig. de hered. inst. (XXVIII. 5.)
l. 1. §. 4. Dig. de verb. obl. (XLV. 1.)

Hätte er es nicht schon früher gethan, so würde er sie dadurch acceptiren, daß er jenes Mehrere fordert. Ein Anderes ließe sich nur dann annehmen, wenn er im Unwillen über den geringen Betrag der angebotenen Pension erklärt hätte, falls Seren. sich nicht bereit fände, ihm mehr zu bewilligen, das ganze Jahrgeld zurückzuweisen. Eine solche Verzichtleistung wird aber nicht vermuthet, und behauptet ist ein solcher Hergang von Seiten des Herrn Verklagten durchaus nicht. Wenn also auch nicht mehr, so ist doch jedenfalls der von dem Kläger eventualissime gestellte Antrag der Verurtheilung in Fortgewähr der jährlichen 500 Thlr. —, — begründet.

Eine weitere Differenz betrifft die Berechnung des Pensionssatzes. Kläger datirt seine Dienstzeit vom October 1810, d. h. von der Zeit an, wo er als Förster in W. angestellt und verpflichtet wurde; Verklagter entgegnet darauf, Kläger sei in jener bis zum Jahre 1846 von ihm bekleideten Stellung nicht im Staats-, sondern im Privatdienste Seren. des im Jahre 1854 verstorbenen regierenden Herrn gewesen. Nun unterliegt es aber keinem Bedenken, daß auch ein regierender Herr Personen in solcher Weise in Dienst nehmen kann, daß dieselben nicht als Staatsdiener, sondern als gemiethetes Gesinde oder als Privatbeamte anzusehen sind. Demzufolge wäre es Sache des Klägers gewesen, diejenigen thatsächlichen Angaben zu machen, aus denen sich hätte entnehmen lassen, daß er nicht etwa nur auf einer Privatbesitzung des Landesherrn, sondern bei einem zum Staatsvermögen gehörenden Forst, daß er also als Staatsdiener jene Försterstelle bekleidet habe. Solche Anführungen hat er aber nicht einmal replicando nachgetragen. Es muß deshalb angenommen werden, daß er als Förster in W. nicht im Staatsdienste stand, weshalb ihm denn auch diese Dienstzeit beim späteren Eintritt in den wirklichen Staatsdienst nach §. 38. des Fürstl. Reuß. j. L. Staatsdienergesetzes nicht angerechnet werden kann. Hiernach rechtfertigt sich dem Princip nach die vom Herrn Verklagten nach §. 37. dieses Gesetzes aufgestellte Berechnung, der zufolge Kläger, auch wenn er im Verhältniß zu dem Fürstl. Reuß-Köstritzer Hause als Staatsdiener gelten könnte, nur 47½ Procent seines bisherigen Gehaltes oder 489 Thlr. 7½ Sgr. (nicht 473 Thlr. 24 Sgr., wie unrichtig berechnet) zu fordern haben würde.

Die präjudicirende Frage ist aber eben, ob die von dem Paragiatsherrn, wenn auch in höherer Stellung und mit dem Titel eines „Forstcommissärs" oder „Fürstlichen Raths" angenommenen Beamten als Staatsbeamte anzusehen sind. Wäre diese Frage zu bejahen, so würde, da die Geltung der Reuß. Gesetze j. L. auf dem Paragialgebiete keinem Zweifel unterliegen kann, der dem Kläger zustehende Anspruch unbedenklich nach den Bestimmungen des einheimischen Staatsdienergesetzes zu beurtheilen sein. Hieraus ergiebt sich aber, daß der vom Kläger nachträglich auf Grund des gemeinen Rechts gestellte Antrag, ihm sein volles Gehalt zuzuerkennen, auch abgesehen davon, daß der in Bezug genommene Grundsatz des gemeinen Rechtes keineswegs unbestritten ist, aus dem materiellen Grunde unhaltbar ist, daß im Fürstenthum Reuß-Schleitz ein dem gemeinen Rechte derogirendes Particulargesetz besteht.

Diesem gegenüber könnte man nur in der Art versuchen, den klägerischen Principalanspruch aufrecht zu erhalten, daß man mit dem Zugeständniß, Kläger sei im Sinne des Gesetzes vom 16. Juni 1853 nicht Staatsdiener, die Behauptung verbände, er sei es dennoch nach gemeinem Rechte, und sei daher ausschließlich nach den Grundsätzen dieses letzteren zu beurtheilen. Eine solche Behauptung ist jedoch nirgends aufgestellt worden, auch fehlt es an jedem Anhalt für sie, und das Resultat, zu dem sie führen würde — daß diejenigen Beamten, die von der einheimischen Gesetzgebung als Staatsdiener anerkannt sind, bei weitem schlechter gestellt wären, als diejenigen, die einer solchen Anerkennung entbehren — ist ein so befremdliches, daß sie schlechthin verworfen werden müßte.

Die Frage nun, ob Kläger in seiner Stellung als Paragialbeamter Staatsdiener im Sinne des mehrerwähnten Gesetzes gewesen sei, muß nach dessen klaren Worten nothwendig verneint werden. Der §. 1. dieses Gesetzes will nur denjenigen einen Staatsdiener genannt wissen, für den die drei Voraussetzungen zusammentreffen, 1) daß ihm sein Amt vom Landesfürsten oder durch eine von ihm dazu beauftragte Behörde übertragen sei; 2) daß dies Amt ein für Zwecke des Staats errichtetes beständiges öffentliches sei, und 3) daß ihm seinen amtlichen Obliegenheiten gegenüber ein Einkommen gebühre, welches aus der Staatscasse fließt oder vom Staate gewährleistet wird. An allen diesen drei Voraussetzungen fehlt es in dem vorliegenden Falle.

Kläger sucht indessen auszuführen, daß, da nach dem Zeugniß von ihm allegirten Schriftsteller die für die unfreiwillige Entlassung wirklicher Staatsdiener geltenden Grundsätze auch für die Diener der Standes- und Grundherren gälten, er derselben ebenfalls theilhaftig sei, weil die Köstritzer Paragialherren unter diese Kategorie fielen. Hiergegen ist vom Verklagten bereits erinnert worden, daß Standesherren nur solche seien, welche ihre frühere Reichsunmittelbarkeit und Landeshoheit in Folge der zu Anfang dieses Jahrhunderts eingetretenen Umwälzungen verloren haben, also mediatisirt sind. Obwohl sie nun dadurch Unterthanen des Landes geworden sind, ist ihnen doch ein Schattenbild ihrer früheren Stellung und ein Theil davon, insofern sie sich im Besitz einer Standesherrschaft befinden, namentlich auch das Recht der Gerichtsbarkeit und als Ausfluß desselben das Recht erhalten worden, richterliche Beamte anzustellen. Aber auch daran wird nicht gezweifelt, daß sie zur Verwaltung ihrer Standesherrschaft anderweitige Beamte einsetzen können, und daß auch diese nach dem Vorbilde der Staatsbeamten zu beurtheilen sind.

Zachariä, deutsches Staats- und Bundesrecht, Bd. I. S. 467 flg. S. 486. bes. Anm. 14.

Auch für die Grundherren galt, insofern ihnen Gerichtsbarkeit zustand, das Gleiche in Ansehung der von ihnen eingesetzten richterlichen Beamten (Patrimonialrichter, Justitiarien); da aber im heutigen Rechtszustande alle Rechtspflege vom Staate ausgeht, so sind, wo diese Patrimonialgerichtsbarkeit nicht ganz aufgehoben ist, dergleichen Beamte immer wenigstens mittelbare Staatsdiener.

K. Maurer, in Bluntschli und Brater's Staatswörterbuch, Bd. IV. S. 517—525. s. v. Grundherrschaft.

Es fragt sich nun, ob eine eben solche Stellung, wie für die Beamten der Standesherren, auch für die Inhaber eines Paragiums anzunehmen ist. Diese Frage wird einer allgemeinen Beantwortung deshalb nicht fähig sein, weil das Wort Paragium durchaus kein ein- für allemal feststehendes Verhältniß bezeichnet, kein eigentlich technisches ist, so daß in jedem einzelnen Falle die Natur des eben hier in Rede stehenden Paragiums besonders geprüft werden muß.

Zachariä, a. a. O. S. 454. Anm. 4.

Wenn nämlich Paragium im Gegensatz von Apanagium diejenige Abfindung eines nachgeborenen Sohnes des Landesherrn genannt zu werden pflegt, die nicht in Geld oder Einkünften, sondern in Land und Leuten besteht, so kann das Recht an diesem Landgebiete und dessen Bewohner ein sehr verschiedenes, bald ein rein privatrechtliches, bald auch Theile der Landeshoheit mit umfassendes sein. Beispiele solcher Verschiedenheiten finden sich bei

J. J. Mosen, Privatfürstenrecht, Cap. 3. §. 51. S. 487 flg.,

wobei er jedoch die Regel aufstellt, daß die Vermuthung für die ungetheilte Conservirung der Landeshoheit bei dem regierenden Herrn spreche. Im Zusammenhang hiermit wirft

Mosen, deutsches Staatsrecht, XIV. Cap. 71. §. 21. S. 441.

die Frage auf, ob ein nachgeborner Herr wahre Beamte anstellen, namentlich eine Hofcanzlei halten könne. Zu deren Beantwortung beruft er sich auf ein von der Facultät Halle in Betreff der Fürsten zu Anhalt-Bernburg-Hoym ertheiltes Gutachten, in welchem die Frage zwar in concreto, aber nicht als gemeine Regel, sondern lediglich deshalb bejaht wird, weil in dem „Primagenitur-Pacto expresse versehen sei, daß sowohl diejenigen, welche zur Administration der Justiz, als die zur Haushaltung und Oeconomie, auch zur Erhebung der Gefälle rc. zu bestellen seien, lediglich von dem nachgeborenen Fürsten dependiren, auch von demselben ganz allein — gerichtet werden und keiner andern Gerichtsbarkeit unterworfen sein sollten". Ein zweites Gutachten derselben Spruchstelle, die Cöthener (Plötzkauer) Nachgeborenen betreffend, referirt Mosen demnächst, und fügt S. 444. noch mehrere Beispiele von Paragien an, in denen Regierungen und Canzleien eingesetzt worden seien. In allen diesen Fällen wird aber die Statthaftigkeit der Bestellung solcher Behörden nicht etwa aus dem Wesen des Paragiums an sich, sondern lediglich aus den besondern Bestimmungen der dasselbe begründenden Urkunden hergeleitet. In ähnlicher Weise entschied die Göttinger Juristenfacultät einen die Gestattung öffentlicher Schauspiele betreffenden Streit nur deshalb zu Gunsten des Paragialherrn, Landgrafen zu Hessen-Rothenburg, weil in den Verträgen, auf welchen die Rothenburger Quart beruhte, welche „einzig in ihrer Art und beispiellos" seien, dem Nachgeborenen und seiner Linie das Polizeirecht innerhalb des zugetheilten Landestheils zugeeignet wurde.

Runde, rechtliche Beiträge, Th. I. Nr. XVII. S. 442—469.

Es wird also nothwendig sein, auf den Ursprung des Köstritzer Paragiums zurückzugehen. Wenn nun schon Graf Heinrich I. am 1. December 1679 eine Dispositio parentis inter liberos errichtet hat, in welcher er zur Nachfolge in Land und Leute nur den Erstgeborenen beruft, dem Nachgeborenen aber Geldeinkünfte zuweist, so beruht jenes Paragium doch nicht auf jener Urkunde, sondern auf eben dieses Herrn Testament vom 10. Mai 1690.

Vgl. Mosen, Familienstaatsrecht, Cap. 2. §. 87. S. 250—254.

Die erste jener Urkunden könnte in der That zu dem Bedenken Anlaß bieten, ob nicht dem Nachgeborenen ein Antheil an der Landeshoheit eingeräumt sei. Diese Disposition ist jedoch gar nicht in das Leben getreten, sondern nur das zuletzt erwähnte Testament, und in diesem heißt es mit aller Bestimmtheit, daß die „landesherrliche Hoheit" über die zum Paragium ausgesetzten Güter in der Herrschaft Schleitz und Pflege Reichenfels „nebenst allen daraus fließenden Juribus" des Seren. Testators „ältern Sohn und dessen Nachkommen, welche ihm in der Regierung folgen werden, wie in der übrigen gantzen Herrschaft Schleitz alleine verbleiben und hiermit ausdrücklich vorbehalten sein soll". Ueberhaupt ergiebt sich aber die privatrechtliche Stellung des Nachgeborenen daraus, daß dem Stifter der Köstritzer Linie nur Lehengüter überwiesen wurden, welche Seren. Testator „über die Geschlechtsherrschaft Schleitz inne hatte", weshalb ihm denn auch an denselben nur „diejenigen Rechte und Gerechtigkeiten, so zum Dominio utili gehörig", zugesprochen werden. Bezeichnend ist in dieser Hinsicht noch, daß die Rechte des Nachgeborenen an denjenigen Gütern, die in dem vom Testator regierten Territorium belegen waren, denen völlig gleichgestellt werden, die ihm an den Gütern eines fremden Territoriums, nämlich der zu jener Zeit von einem andern Zweige der jüngern Linie regierten Herrschaft Gera, zuständen.

Bei solcher Fassung der Fundationsurkunde können Rechte, die für Ausflüsse einer noch bestehenden oder doch einer früher bestanden habenden Landeshoheit gelten müssen, wie namentlich Beamte mit der Wirkung anzustellen, daß sie als Staatsdiener gelten, den Fürsten Köstritzer Linie nicht beigemessen werden. Die oben allegirten Schriftsteller räumten einzelne solche Rechte Paragialherren nur ausnahmsweise auf den Grund der Bestimmungen des Stiftungsbriefes ein. Wo der letztere also Nichts dergleichen enthält, vielmehr ausdrücklich bevorwortet, daß dem regierenden Herrn die Landeshoheit „nebst allen daraus fließenden Juribus" verbleiben soll, da müssen jene Rechte als nicht übertragen, also Acte, welche jene Rechte zu wesentlicher Voraussetzung haben, z. B. die Anstellung eines Beamten als Staatsdieners, als nicht geschehen gelten.

Hieraus ergiebt sich also, daß Kläger, so lange er in Diensten der beiden auf einander folgenden Herren zu Reuß-Köstritz stand, weder nach dem Particulargesetz des Landes, noch nach gemeinem Recht als Staatsdiener anzusehen war. Sein Verhältniß war vielmehr ein rein privatrechtliches, gleich dem eines Haus- oder Wirthschaftsbeamten auf einem größeren Gute, oder eines Betriebsdirectors in einem industriellen Etablissement. So wenig, als diese, kann er aus allgemeinen Principien einen Pensionsanspruch herleiten.

Es ließe sich indessen denken, daß eine solche Berechtigung dem Kläger im Wege des Privatvertrages erwachsen wäre. Wäre das Dienstverhältniß ausdrücklich auf eine bestimmte Zeit eingegangen, und der conductor operarum weigerte sich ohne ausreichenden Grund im Verlaufe dieser Zeit, die fernere Leistung dieser Dienste anzunehmen, so würde er, insofern nur der locator zu jener Leistung bereit war und seine Arbeitskraft nicht etwa anderweitig verwerthete, der durch ihn verschuldeten Nichtleistung der Dienste ungeachtet für die ganze Zeit das Miethgeld bezahlen müssen.

arg. l. 55. §. 2., l. 61. §. 1. Dig. locati cond. (XIX. 2.)

Wenn nun auch die Dienstmiethe regelmäßig auf bestimmte Zeitfristen geschlossen wird und auch die ohne eine solche Fristbestimmung eingegangene als zunächst für diejenige Frist vereinbart gilt, für welche das Miethgeld verabredet ist, so hindert doch Nichts, ein solches Dienstverhältniß auf Lebenszeit einzugehen, in welchem Falle für den locator, wenn der conductor willkürlich zurücktritt, für den Rest der Dienstzeit dieselben Grundsätze gelten werden, die so eben für die auf bestimmte Frist gemietheten Dienste entwickelt wurden. Da indessen im Zweifel die auf unbestimmte Zeit gemietheten Dienste als auf Kündigung vereinbart gelten, so wird eine solche Miethe auf Lebenszeit nur anzunehmen sein, wenn die Abrede entweder ausdrücklich dahin gerichtet wird, oder wenn doch jene Absicht anderweitig unzweifelhaft erhellt.

Kläger hat nun einige Umstände angeführt, aus denen eine solche Absicht hervorgehen soll. Hierher gehört die Bl. — zugestandene Behauptung, daß Kläger im Juli 1846 von Seren. Heinrich LXIV. mit dem Titel eines „Forstcommissärs" als Forst- und Rentbeamter des Paragiats unter Ausfertigung eines förmlichen Anstellungsdecretes angestellt sei; sodann die Bl. — mit Nichtwissen beantwortete Angabe, daß der Generalbevollmächtigte des gedachten

Fürsten bei der nachgesuchten Aufnahme Klägers in die allgemeine Wittwenpensionsanstalt des Fürstenthums in seinem diesfallsigen Berichte vom 5. November 1847 die Angemessenheit jener Aufnahme damit motivirt habe, „daß des Klägers amtliche Stellung ihrer Natur nach nie einem Wechsel unterworfen sein könne", worauf denn auch die Aufnahme in jene Pensionsanstalt verfügt worden sei, was Bl. — zugegeben wird.

Beide Momente sind jedoch, sobald es sich nur um das privatrechtlich mit dem Kläger eingegangene Dienstverhältniß handelt, völlig irrelevant. Sie beziehen sich blos auf Acte, die von dem frühern Besitzer des Paragiums, bezüglich von dessen Bevollmächtigten ausgegangen sind. Ließe sich nun aus ihnen entnehmen, daß Seren. LXIV. den Kläger wirklich auf Lebenszeit habe in Dienst nehmen wollen, so würde dadurch allerdings er selbst und sein Universalsuccessor gebunden sein. Der Herr Verklagte wird nun aber in der Klagschrift selbst nur als Singularsuccessor des Paragiums bezeichnet, ist mithin als solcher an die von seinem Vorbesitzer eingegangenen persönlichen Verbindlichkeiten nicht gebunden.

So kommen nur die eigenen Handlungen des jetzigen Inhabers des Paragiums (Ernennung zum Rath in Anerkennung der seither dem Fürstl. Hause Köstritz geleisteten treuen Dienste und in Erwartung fernerer Leistung derselben, Uebertragung der obern Leitung der gesammten Paragialangelegenheiten unter Ertheilung einer neuen Geschäftsinstruction und eines neuen Besoldungsanschlags, Entschließung, Klägern mit angemessener Pension in Ruhestand zu versetzen) in Betracht.

Es ist nun in der That nicht zu verkennen, daß diese Maaßregeln und Ausdrücke nicht anders gewählt werden könnten, wenn ein souveräner Fürst einen Beamten für den öffentlichen Dienst anstellte, beförderte oder pensionirte. Namentlich entfernen sie sich sehr wesentlich von denjenigen, die üblich sind, wenn ein Diener oder Hausbeamter privatrechtlich auf gewisse Zeit oder auf Kündigung angenommen werden soll. Wenn nun der äußere Schein von Souveränetät, mit dem mediatisirte, apanagirte oder paragiirte Fürsten oder Prinzen sich zu umgeben lieben, von dem, der dieser Sitten kundig in ein solches Verhältniß eintritt, als bloßer Schein erkannt werden muß, welcher ihn aller Redeformen und Titel ungeachtet doch nicht zum wirklichen Staatsdiener macht, so liegt wenigstens das sehr nahe, daß er voraussetzt, seine Stelle solle zum mindesten in Betreff ihrer Lebenslänglichkeit der eines Staatsdieners gleichen, daß er also im Vertrauen hierauf unterläßt, sich die Lebenslänglichkeit seines Engagements noch besonders zu bedingen. So sprechen denn gewiß sehr gewichtige Billigkeitsgründe zu Gunsten der Ansprüche des Klägers, und wenn schon ein begüterter Privatmann, in dessen Dienst ein Anderer bis in späte Lebensjahre seine Arbeitskräfte verwendet und erschöpft hat, schwerlich glauben würde es verantworten zu können, wenn er einen solchen nach zurückgelegtem 70. Lebensjahre aus seinem Dienst entließe, ohne vollgenügend für seine Subsistenz gesorgt zu haben, so ist eine solche Erwartung nach der Seite hin gewiß um so mehr gerechtfertigt, von welcher aus für die eigenen Diener, wo es sich um äußern Glanz, um Titel und Worte handelt, eine weit bevorzugtere, den Beamten des Landes ebenbürtige Stellung in Anspruch genommen wird. Wie dringend aber auch diese Mahnungen sein mögen, welche vom Standpunkt der Billigkeit aus auf die Entschließungen des Herrn Verklagten einzuwirken geeignet gewesen wären, so kann der Richter doch nicht ihnen, sondern nur den Bestimmungen des positiven Rechts Gehör geben. Dieses aber erkennt in der Verleihung eines Titels, in dem Gebrauch des Ausdrucks „Besoldung", in der Ertheilung einer „Geschäftsinstruction", in dem Worte „Versetzung in den Ruhestand" noch keine concludenten Acte, aus denen hervorginge, daß das Dienstverhältniß dem neuen Paragialherrn gegenüber nur unter der stillschweigenden Abrede lebenslänglicher Dauer eingegangen sei, es muß vielmehr auch hier der allgemeinen Regel gemäß angenommen werden, daß das ohne Angabe einer Zeitdauer eingegangene Verhältniß nur bis auf Kündigung binde; dieses Kündigen aber muß in der erklärten Absicht der „Versetzung in Ruhestand" gefunden werden.

Diesem zufolge ließen sich die über die verwilligten Jahrgelder von 500 Thlrn. —‚ —‚ hinausgehenden Pensionsansprüche des Klägers nicht aufrecht erhalten."

II.

Mit vorstehendem Erkenntniß erklärten sich beide Parteien nicht zufrieden. Sowohl der Kläger, als der Herr Verklagte wendeten dawider Leuterung ein, Ersterer, weil ihm nicht eine Pension von 1030 Thalern oder doch 824 Thalern zuerkannt, Letzterer, weil er in die Zahlung einer Pension von 500 Thalern verurtheilt worden war. Das Leuterungserkenntniß (publicirt den 20. October 1862) wurde von der Juristenfacultät zu Berlin eingeholt und erkannte in der That reformatorisch, aber nur zu Gunsten Klägers, indem es aussprach,

> daß — Verklagter schuldig sei, dem Kläger vom 1. Januar 1861 ab eine jährliche, am Ende jedes Monats pro rata fällige Pension von 1030 Thlrn. —‚ —‚, und zwar die rückständi-

gen Raten mit 5 Procent Verzugszinsen vom Verfalltag jeder einzelnen, jedoch unter Abzug der auf den Januar 1861 bereits mit 41⅔ Thalern geleisteten oder sonst erweislich gewährten Abschlagszahlung bis an sein Lebensende zu bezahlen rc.

Die Gründe dieses Erkenntnisses waren:

„1. Ueber die processualische Lage der Sache haben die Entscheidungsgründe zum ersten Erkenntniß die nöthigen Aufklärungen gegeben. Namentlich unterliegt es keinem Zweifel, daß nach dem zu Stande gekommenen Compromiß der Kläger berechtigt war, nicht blos die ursprünglich von ihm auf Grund des Staatsdienergesetzes berechnete Pension von 824 Thalern, sondern principaliter sein volles Gehalt von 1030 Thalern auf Lebenszeit in Anspruch zu nehmen, falls er diesen Anspruch zu begründen vermöchte.

2. Für die Beantwortung dieser Frage ist nun die Stellung entscheidend, welche der Kläger als Fürstlicher Paragiatsbeamter dem Staatsdienergesetz vom 16. Juni 1853 gegenüber einnahm. Denn war er als Staatsdiener zu beurtheilen, so konnte er auch auf Grund des Gesetzes die ihm zukommende Pension in Anspruch nehmen, aber auch nur diese, ohne einen höhern Betrag, der sich nach den Grundsätzen des gemeinen Rechts rechtfertigen ließe, fordern zu können. Das Particularrecht würde auch in dieser Beziehung dem gemeinen Rechte derogiren.

In den Entscheidungsgründen zum ersten Erkenntnisse ist nun überzeugend nachgewiesen worden, daß der Reuß-Köstritz'sche Paragiatsbeamte weder im Sinne des Staatsdienergesetzes, noch nach gemeinem Rechte als Staatsbeamter zu betrachten und auch in Beziehung auf seine Pensionsverhältnisse nicht als solcher zu beurtheilen ist. Dieser Ausführung ist in den weiteren Verhandlungen von keiner Seite entgegengetreten worden, und es kann daher als feststehend angenommen werden, daß der Anspruch auf eine Pension von 824 Thalern, für deren Berechnung auch die nothwendige Grundlage in den Acten fehlt, nicht begründet ist.

3. Es handelt sich demnach nur noch — was die vom Kläger eingewendete Leuterung betrifft — um dessen Principalanspruch, daß ihm nach den Grundsätzen des gemeinen Rechts eine Pension von 1030 Thalern zu gewähren sei — zwar nicht als Staatsbeamten, aber doch kraft seines Dienstverhältnisses, welches als ein unwiderrufliches, auf Lebenszeit übertragenes anzusehen. Die Verfasser des ersten Erkenntnisses haben nun freilich dringende Billigkeitsgründe für diese Auffassung in den Acten gefunden, aber sie haben doch nicht geglaubt, dieselben gegen das strenge Recht der Dienstmiethe zur Anwendung bringen zu dürfen.

4. Dieser Auffassung läßt sich aber nicht zustimmen. Der Grundfehler derselben besteht aber darin, daß jedes privatrechtliche Verhältniß schlechthin als Dienstmiethe, locatio conductio operarum, aufgefaßt und nach den für dieses Geschäft geltenden Rechtsregeln beurtheilt ist. Nun giebt es aber in unserem heutigen Rechtsleben mannichfach geartete Dienstverhältnisse, welche sowohl, was die Beschaffenheit der Dienste, als auch die Dauer des Verhältnisses betrifft, in ihrer selbstständigen Bedeutung gewürdigt werden müssen, und so wenig wie das Staatsamt, auf welches die ältere Theorie die Lehre von der Dienstmiethe gleichfalls anwandte, dieser Contractsform untergeordnet werden kann, so wenig kann dies von ähnlichen Privatdienstverhältnissen gelten. Was

Heffter, Beiträge zum deutschen Staats- und Fürstenrecht, Bd. I. S. 133.

von der rechtlichen Natur des Staatsamtes sagt: es sei ein Verhältniß auf Treu und Glauben, und jeder Theil müsse gewähren, quicquid ex bona fide est — das kommt auch für solche dem Staatsamt in mancher Hinsicht zu vergleichende Privatdienstverhältnisse zur Anwendung. Die Aufgabe des die bona fides in seiner wissenschaftlichen Consequenz entwickelnden richterlichen Ermessens ist es, diejenigen Verhältnisse zu bestimmen, welche ihrer allgemeinen Natur und den besondern Vereinbarungen gemäß eine solche, von der Dienstmiethe verschiedene Beurtheilung nöthig machen; aber daß sie vorkommen und in ihrer Eigenthümlichkeit anerkannt werden müssen, ist nicht in Abrede zu stellen. Es gehören hierher im Allgemeinen die Fälle, in denen ein gewisser Kreis amtlicher Verrichtungen übertragen worden, und zwar durch ein förmliches Anstellungsdecret und unter Festsetzung eines Gehaltes, so daß der Angestellte seine ganze Thätigkeit oder doch einen erheblichen Theil derselben dem ihm übertragenen Beruf widmet, dafür aber auch ohne besondere Zusicherung zu der Erwartung berechtigt ist, daß seine Stellung eine gesicherte ist und ihm nicht einseitig entzogen werden kann.

(Schluß folgt in der nächsten Nummer.)

Redacteur: Dr. Theodor Tauchnitz. Officin der Verlagshandlung.

Wochenblatt

für

merkwürdige Rechtsfälle,

in actenmäßigen Darstellungen

aus dem Gebiete der Justizpflege und Verwaltung

zunächst für das

Königreich Sachsen.

Von diesem Wochenblatte erscheinen jährlich 64 Nummern zu 1 Quartbogen und außerdem am Jahresschlusse ein ausführliches Register.

Alle Postämter u. Buchhandlungen übernehmen Bestellungen und liefern das Quartal zu dem praenumerando zu entrichtenden Preise von 1 Thaler.

Verlag von **Bernhard Tauchnitz** in Leipzig.

№ 52. Neue Folge Zwölfter Jahrgang. **1864.**

(Schluß des S. 408. abgebrochenen Rechtsfalles.)

Die Gründe und Modalitäten, unter denen dem nicht auf Kündigung angestellten Staatsbeamten sein Amt mit oder ohne Pension entzogen werden kann, bestimmen die einzelnen Staatsdienergesetze; bei Privatdienstverhältnissen ähnlicher Art hat aber gerade derjenige, welcher ein Anstellungsdecret ausfertigt, sich durch besondere Vereinbarung zu sichern, wenn er, ohne daß ein zur Auflösung des Verhältnisses führendes Verschulden des Angestellten vorliegt, ein einseitiges Kündigungsrecht sich sichern will.

S. das Erkenntniß des Oberappellationsgerichts zu München bei Seuffert, Archiv für Entscheid. der obersten Gerichte, Bd. VI. S. 44. und das. Bd. XIV. S. 219.

5. Prüft man nun von diesem Standpunkt aus das Dienstverhältniß, in welches der Kläger im Jahre 1846 zu dem Vorgänger des Herrn Verklagten getreten ist, so wird als unzweifelhaft angesehen werden müssen, daß dasselbe nicht als bloße Dienstmiethe zu betrachten, sondern als ein dauerndes, der einseitigen Kündigung entzogenes eingegangen ist. Kläger ward als Forst- und Rentbeamter des Paragiats Köstritz mit dem Titel eines Forstcommissärs berufen und ihm ein Gehalt von 500 Thalern als feste Besoldung und von Nebeneinnahmen zu demselben Betrage gesichert. Er ward auf die besondere Verwendung des damaligen Generalbevollmächtigten des Paragialherrn in die Beamtenwittwenpensionsanstalt des Landes nachträglich aufgenommen, indem der Generalbevollmächtigte dabei ausdrücklich bemerkte, daß die Stellung des Klägers ihrer Natur nach nie einem Wechsel unterworfen sein könne. Es ward, wie in dem dem Transmissionsschreiben beigegebenen Attestat amtlich bezeugt wird, zu diesem Behufe von dem Paragiatsherrn der Sustentationsbeitrag für die Wittwenkasse erhöht, welcher seitdem fortdauernd bezahlt ist. Wie nun auch das amtliche Verhältniß des Klägers als landesherrlichen Försters vor dieser Berufung beschaffen gewesen sein mag — es ist actenmäßig nicht festgestellt worden —, so darf doch angenommen werden, daß er seine neue Stellung als eine unkündbare, ihm eine lebenslängliche Versorgung gewährende ansehen mußte, und daß es nicht dem guten Glauben entsprochen haben würde, wenn sein Dienstherr ihm ohne einen bestimmten Rechtsgrund einseitig durch Kündigung sein Amt entziehen wollte. Hatte er auch auf dieses, d. h. auf die Amtsverrichtungen kein wohlerworbenes Privatrecht, so stand es ihm doch in Betreff der Nutzungen des Amtes zu, und diese konnten ihm nicht wider seinen Willen genommen oder unter dem Titel der Pensionirung verkürzt werden.

6. Unter dem Vorgänger des Herrn Verklagten ist der Kläger auch in seiner amtlichen Stellung belassen worden; eine Veränderung ist erst eingetreten, seitdem der Herr Verklagte in das Paragium succedirt ist. Nun ist aber diese Nachfolge nicht kraft des gemeinrechtlichen Erbganges, sondern auf Grund der successio ex pacto et providentia majorum geschehen. Der Herr Verklagte ist nicht Universalsuccessor seines Vorgängers geworden, und daher fragt sich, ob er verpflichtet sei, die Anstellung des Klägers, so wie sie geschehen, anzuerkennen und fortdauern zu lassen. Es könnte hier die Frage zur Erörterung gebracht werden, ob der Paragiatsnachfolger Handlungen, welche sich auf die Verwaltung des Paragiums beziehen, ähnlich wie ein Souverän die Regierungshandlungen seines Vorgängers anzuerkennen

verpflichtet sei. Allein im vorliegenden Falle bedarf es dieser heiklichen Untersuchung nicht, da sich actenmäßig nachweisen läßt, daß der Herr Verklagte nicht allein das frühere Dienstverhältniß des Klägers, wie es von seinem Vorgänger festgestellt worden, fortgesetzt, sondern auch zu Gunsten des Klägers erweitert hat. Entscheidend sind in dieser Beziehung folgende vom Beklagten anerkannte Urkunden:

7. Die erste Urkunde ist vom 8. November 1856 ausgestellt, also von demselben Jahre, in welchem die Nachfolge in das Paragium erfolgte. Sie lautet:

„Wir Heinrich LXIX. — urkunden und bekennen hiermit, daß Wir Unsern Forstcommissär Ernst Friedrich J. hierselbst, indem wir demselben, unter Enthebung von der speciellen Forstaufsicht, einen erweiterten Geschäftskreis für Unsere Verwaltungsangelegenheiten anzuweisen beabsichtigen, in Anerkennung seiner schon seither dem Fürstlichen Hause geleisteten treuen Dienste und in Erwartung, es werde Uns derselbe auch ferner nach bestem Wissen und Vermögen treu dienen, zu Unserm Fürstlichen Rath ernannt haben, und ist ihm hierüber dieses Decret — ausgestellt worden."

Also der Herr Verklagte hat „Unsern Forstcommissär E. F. J." zum Rath ernannt, indem er ihm einen erweiterten Geschäftskreis in Aussicht stellt und auf die Fortdauer seiner treuen Dienste rechnet. Daraus folgt unzweifelhaft, daß er in das von seinem Vorgänger begründete Rechtsverhältniß mit dem Kläger eingetreten ist, also in diesem Falle facta defuncti prästirt hat — mochte er dazu nun verpflichtet sein oder nicht.

8. In der zweiten Urkunde vom 11. November 1856 wird das Geschäftsverhältniß des Klägers geordnet. Der Herr Verklagte überträgt ihm die obere Leitung der gesammten Paragiatsangelegenheiten, soweit er dieselben nicht selbst behalte oder einem Bevollmächtigten übertrage; der Kläger soll sein erster Beamter sein. In der dritten Urkunde vom 28. April 1857 werden die Gehaltsverhältnisse des Klägers geordnet. Er soll vom 1. Januar 1857 ab ein Gehaltsfixum von 950 Thalern, Nutzungen zum Werth von 80 Thalern und für Dienstreisen ein Bauschquantum von 3 Thalern pr. Tag erhalten — also von Letzterem abgesehen die von ihm libellirte jährliche Einnahme von 1030 Thalern.

Erwägt man nun unbefangen diese Anordnungen, so stellt sich als unzweifelhaft heraus, daß das Rechtsverhältniß, welches durch sie näher festgestellt worden ist, dem Kläger noch günstiger erscheint, wie dasjenige war, in welches er zu dem Vorgänger des Herrn Verklagten getreten, und daß dasselbe als ein dauerndes Amtsverhältniß betrachtet werden muß.

9. Der Herr Verklagte hat sich nichtsdestoweniger für berechtigt gehalten, dies Verhältniß einseitig aufzuheben. In dem Bl. — anerkannten Schreiben an den Kläger vom 15. September 1860 hat derselbe erklärt:

„In der Erwägung, daß Sie Ihres vorgerückten Alters halber nicht mehr im Stande sind, meine Angelegenheiten so zu besorgen, wie es bei dem wachsenden Umfange derselben erforderlich ist, habe ich beschlossen, Sie vom 1. Januar 1861 ab in den Ruhestand zu versetzen. Um Ihnen Ihre Existenz jedoch auch ferner zu sichern, habe ich Einleitung getroffen, daß Sie eine angemessene Pension erhalten", u. s. w.

Als der Kläger sich mit dieser auf 500 Thaler festgesetzten Pension nicht befriedigt erklärte, hat der Herr Verklagte, weil sie nur aus Liberalität bewilligt worden, sie ganz zurückgezogen und jeden Ersatz für das entzogene Amt verweigert. In der That muß man auch, abgesehen davon, daß der Kläger nach den Ausführungen in den Entscheidungsgründen zu dem ersten Erkenntniß durch die bedingte Annahme jedenfalls auf eine Pension von diesem Betrage einen vertragsmäßigen Anspruch erworben hat, dem Herrn Verklagten zugeben, daß, wenn er beliebig zu einem von ihm normirten Pensionsbetrage dem Kläger sein Amt entziehen konnte, er es überhaupt wie bei einer Dienstmiethe zu kündigen befugt war. Aber es ist gezeigt worden, daß ein solches Rechtsverhältniß im vorliegenden Falle nicht vorlag; es fehlt ferner außer der ganz allgemeinen Berufung auf das vorgerückte Alter des Klägers die Angabe jedes Grundes für dessen Dienstentlassung, welche etwa als justa causa für die Auflösung des Rechtsverhältnisses angesehen werden könnte. Dem Kläger ist nicht gewährt worden, quicquid ex bona fide est; eine volle Entschädigung für die nicht blos unbillige, sondern auch rechtswidrige Behandlung, welche er erfahren hat, wird ihm vielmehr nur dadurch zu Theil werden, wenn ihm sein volles amtliches Einkommen — ohne die Reiseentschädigungsgelder, auf die er keinen Anspruch macht — bis zu seinem Lebensende gewährt wird.

10. Aus diesen Gründen hat, unter Abänderung der sententia contra quam, dem Principalantrage des Klägers entsprochen und demnach reformatorisch erkannt werden müssen — wobei natürlich festzustellen war, daß Alles, was ihm seit dem 1. Januar 1861 auf die ihm zugesprochene Pension bereits geleistet worden ist, in Abrechnung kommt. Die weitere Erörterung der eventuellen Anträge des Klägers und

der von dem Herrn Verklagten eingewendeten Leuterung erscheint hiernach als überflüssig."

III.

Je ungünstiger dies zweite Erkenntniß für den Beklagten lautete, um so mehr war derselbe provocirt, auch eine dritte Entscheidung in der Sache zu veranlassen. In Folge eingewendeter Oberappellation gedieh die Sache nunmehr an das Oberappellationsgericht zu Jena. Allein dieses Tribunal conformirte sich ganz den Ansichten der Berliner Facultät und bestätigte unter dem 5. Juni 1863 das zweite Erkenntniß durchgängig, nur mit der Erläuterung, daß die Pension der 1030 Thaler, einer vom Kläger selbst noch in der Oberappellationsinstanz abgegebenen Erklärung gemäß, erst vom 1. Februar 1861 an zu beginnen habe. Die Gründe dieses dritten Erkenntnisses widerlegen die Einwendungen des Oberappellanten wider das Leuterungserkenntniß mit Folgendem:

„Wenn (zu Nr. 4. der Gründe der vor. Instanz) vom Beklagten bemerkt wird, es sei nicht einzusehen, warum das qu. Dienstverhältniß nicht als ein Dienstmiethevertrag oder als ein Mandatsverhältniß sollte aufgefaßt werden können, selbst wenn dies nicht zulässig, vielmehr dem qu. Dienstverhältnisse der Charakter eines in seiner selbstständigen und eigenthümlichen Bedeutung zu würdigenden Verhältnisses beizulegen wäre, so werde dadurch an seiner precären Natur Nichts geändert, da es doch immer ein rein privatrechtliches Dienstverhältniß bleibe, alle privatrechtlichen Dienstverhältnisse, sie möchten nun auf einem der angegebenen Gründe beruhen, auf welchem sie wollten, hätten das jedem Theile zustehende Recht einseitiger Kündigung mit einander gemein, wenn nicht die Unwiderruflichkeit der Anstellung ausdrücklich ausgemacht sei — so ist dagegen zu erinnern, daß, wenn auch das Dienstverhältniß des Klägers als ein privatrechtliches aufzufassen ist, doch auch ein privatrechtliches Dienstverhältniß ein unwiderrufliches und lebenslängliches sein kann und die Unwiderruflichkeit desselben nicht gerade ausdrücklich stipulirt zu sein braucht, sondern auch durch concludente Handlungen erklärt sein kann. Es kommt daher lediglich darauf an, ob eine solche Unwiderruflichkeit in concreto aus den Handlungen und Erklärungen des Besitzvorgängers des Beklagten im Paragiat Köstritz und des Beklagten selbst zu entnehmen sei. Dies ist nun im vorigen Erkenntniß mit Recht angenommen worden, und die Ausführungen des Beklagten in jetziger Instanz dagegen haben nicht für erheblich erachtet werden können.

Zuvörderst ist nicht zu bezweifeln, daß die dienstliche Stellung Klägers, wie er solche seit 1846 in dem Paragiat als Forst- und Rentbeamter versah, eine Vorbereitung und Vorbildung, welche ihn zu diesen Functionen befähigte, erfordert hat. Diese Vorbildung, wenn sie auch nicht gerade durch Studiren auf Universitäten erworben war, hat doch ohne pecuniären Aufwand nicht erworben werden können, und nach den in einzelnen Thüringischen Staaten bekannten Erfahrungen ist dieser Aufwand bis zur förmlichen Anstellung der Adspiranten im Forst- und Rechnungsdienste des Staates kein unbedeutender. Beklagter will (zu Nr. 5. der Gründe zweiter Instanz) in dem von Seren. LXIV. ausgegangenen Anstellungsdecrete vom 15. Juli 1846 höchstens nur die Absicht seines gedachten Besitzvorgängers im Paragiat, sich auf seine Lebenszeit zu binden, so wie die Berechtigung Klägers zu dem Glauben, auf die Lebenszeit Seren. LXIV. dauernd angestellt zu sein finden, nicht aber eine lebenslängliche Anstellung Klägers. Daß dies aber unrichtig und in der That die Absicht Seren. LXIV. auf eine lebenslängliche, nicht blos auf seine Lebenszeit beschränkte Anstellung Klägers gerichtet gewesen ist, ergiebt sich augenscheinlich aus der ein Jahr später auf Betrieb Seren. LXIV. ausnahmsweise erfolgten Aufnahme Klägers in die Beamtenwittwenpensionsanstalt des Landes, zu welchem Behufe von dem Generalbevollmächtigten des Paragiatsherrn in dem Berichte vom 5. November 1847 ausdrücklich ausgesprochen worden ist, daß Klägers amtliche Stellung ihrer Natur nach nie einem Wechsel unterworfen sein könne. Es ist nun zwar richtig, daß Seren. LXIV. durch die von ihm bewirkte lebenslängliche Anstellung Klägers in seinem Dienste den Beklagten, seinen Nachfolger im Paragiat, als Singularsuccessor nicht verpflichten konnte, den Kläger in seinem Dienste zu behalten. Beklagter hat aber das frühere Dienstverhältniß Klägers, wie es von seinem Vorbesitzer im Paragiat festgestellt worden war, nicht nur fortgesetzt, sondern auch zu Gunsten des Klägers erweitert, wie dies Alles ausführlich in den Gründen des vorigen Erkenntnisses angeführt worden ist.

Beklagter kann nun diesen seinen Handlungen und Erklärungen auch nur die Deutung geben, daß dabei von ihm nur beabsichtigt worden sei, dem Kläger die fragliche Anstellung eben nur in seinem, Beklagtens, Dienste auf so lange, als er, Beklagter, lebe und sich im Besitze des Paragiats befinde, zu verleihen, da es ihm selbstverständlich gar nicht habe in den Sinn kommen können, auch über seine Lebens- und Besitzzeit hinaus zu disponiren, d. h. dem in der Wahl der Paragiatsdiener freien Singularsuccessor in das Paragiat einen bis an dessen Lebensende beizubehaltenden Diener im Voraus zu octroyiren, oder den Allodialerben des Beklagten, die das Paragiat nicht erben und daher eines Paragiatdieners nicht bedürfen, in der Person des Klägers einen bis an dessen Lebensende fortzubesoldenden Diener zu hinterlassen. Allein vermöge der bona fides, welche, wie das vorige Erkenntniß ganz richtig bemerkt, das ganze Verhältniß beherrscht, konnte nicht anders angenommen werden und Kläger nicht anders annehmen, als daß Beklagter, der ihn zu seinem ersten Beamten im Paragiat ernannte, ihm den höhern Titel Rath verlieh, seinen Geschäftskreis erweiterte und die Besoldung neu regulirte, die von seinem Vorbesitzer im Paragiat ausgegangene lebenslängliche Anstellung des Klägers genehmigt habe. Hätte Beklagter den Kläger blos auf so lange, als er, Beklagter, lebe und im Besitze des Paragiats sich befinde, in seine Dienste nehmen wollen, so hätte er dies ausdrücklich erklären müssen. Es ist daher auch kein Grund vorhanden, die Verurtheilung des Beklagten blos auf die Lebenszeit Beklagtens zu beschränken, da, wenn auch dessen Nachfolger im Paragiat die lebenslängliche Anstellung Klägers nicht anzuerkennen brauchte und nicht anerkennen würde, doch Beklagtens Allodialerben dem Kläger für diesen Fall wegen seiner Entschädigung gerecht werden müßten.

Beklagter erklärt es (zu Nr. 9. der Gründe vor. Instanz) für unrichtig, wenn das vorige Erkenntniß außer der ganz allgemein gehaltenen Berufung auf das vorgerückte Alter des Klägers die Angabe einer justa causa für die Dienstentlassung vermißt habe, da in dem Entlassungsdecrete vom 15. September 1860 auf den Umstand Bezug genommen sei, daß den Kläger sein vorgerücktes Alter außer Stand setze, die Fürstlichen Angelegenheiten so zu besorgen, wie es bei deren wachsendem Umfange nothwendig sei. Dieses Anführen erscheint aber unerheblich. Wenn Beklagter ein Recht zu Klägers Entlassung aus dessen vermeintlicher Dienstunfähigkeit hätte ableiten wollen, so mußte er dies im Wege der Einrede thun, was er aber nicht gethan hat. Daß in dem Pensionsdecrete auf Klägers vorgerücktes Alter Bezug genommen ist, kann selbstverständlich die Dienstunfähigkeit Klägers nicht beweisen.

Beklagter will ferner, falls Kläger hinsichtlich seiner Entlaßbarkeit einem unwiderruflich angestellten Staatsdiener gleich zu achten wäre, die Normen des Staatsdienergesetzes auf ihn angewendet wissen, wonach Kläger von 1030 Thalern Diensteinkommen bei vier Jahren Dienstzeit von 1856—60 (seit seiner Anstellung durch Beklagten selbst) nur 40 Procent, also 472 Thaler, und eventuell, wenn man des Klägers Dienstzeit bei Seren. LXIV. (von 1846—56) hinzurechnen wollte, nur $47\frac{1}{2}$ Procent, also nur 489 Thlr. $7\frac{1}{2}$ Sgr. als Pension beanspruchen könnte. Daß aber die Normen des Staatsdienergesetzes auf das Dienstverhältniß Klägers nicht anwendbar seien, haben beide vorige Erkenntnisse zur völligen Ueberzeugung dargethan. Wären die Normen des gedachten Gesetzes hier anwendbar, so müßten sie, wie Kläger und Oberappellat richtig bemerkt, auch in ihrer Totalität, nicht blos insoweit sie dem Interesse des Beklagten entsprechen, sondern auch insofern sie dem Kläger günstig sind, zur Anwendung gebracht werden. Nicht blos nach der Dienstzeit Klägers bei dem Beklagten oder auch dazu noch nach der Dienstzeit bei Seren. LXIV. würde die Pension dann zu bemessen sein, sondern es würde nach §. 38. lit. b. des Gesetzes auch Klägers ganze Dienstzeit als landesherrlicher Beamter in Anrechnung zu bringen sein, indem als eine sich von selbst verstehende Voraussetzung des Eintritts Klägers aus dem Staatsdienste in den Privatdienst des Paragiatsherrn die Gewährung derselben Vortheile rücksichtlich der Pensionirung, wie sie der Staatsdiener genießt, angesehen werden müßte.

Wenn Beklagter weiter in jetziger Instanz geltend macht, die Verpflichtung zur Fortzahlung des klägerischen Gehalts müsse jedenfalls dann wegfallen, wenn er des Klägers Dienste ferner zu fordern berechtigt sei, dies zu thun für gut befinde und Kläger dagegen sich der Dienstleistung weigere, oder wenn er, Beklagter, Klägers Entlassung von Neuem decretire, so ist dagegen zu erinnern, einestheils, daß das Dienstverhältniß Klägers nicht nach den Grundsätzen des Dienstmiethevertrags, nach welchen der conductor operarum, welcher den locator vor der bestimmten Zeit des Dienstes entlassen hat, durch dessen Wiederaufnahme in den Dienst dessen Entschädigungsansprüchen entgehen kann, zu beurtheilen ist, und andern Theils, daß dieses Verhältniß ein rechtliches, nicht von der Willkür des Dienstherrn abhängiges ist, daher es bei der einmal vom Dienstherrn ausgesprochenen Versetzung des Klägers in den Ruhestand bewenden muß, so daß dieselbe nicht wider den Willen des Klägers zurückgenommen und der Beamte wider seinen Willen nicht zum Wiedereintritt in den Dienst gezwungen werden kann."

Da hiermit die Rechtsmittel erschöpft waren, so endete damit der Proceß in für den Kläger günstigster Weise.

85.

Zur Lehre von dem documentum guarentigiatum. — Auslegung des Ausdrucks: „Bedingungen".

Mitgetheilt von

Herrn L. in B.

Gegen A. A. B. klagte bei dem K. Gerichtsamte zu B. im gemischten Executivprocesse C. O. auf Rückzahlung eines nach und nach gewährten Darlehns von 1180 Thlrn. sammt Zinsen, indem er über den Kündigungspassus den Eid antrug, den Anspruch selbst aber auf eine Reihe einzelner Schuldverschreibungen gründete, welche in unmittelbarer Aufeinanderfolge auf einen und denselben Papierbogen geschrieben waren und — unter Hinzufügung der fortlaufenden Buchstaben, nach welchen sie in den Erkenntnissen angezogen worden sind — wörtlich also lauteten:

A.

„Thlr. Ein Hundert fünfzig, in Zahlen Thlr. 150. —, —, bekenne heute von Herrn O. hier als Darlehn gegen 5 v. H. jährlicher Verzinsung und einvierteljährige Aufkündigung erhalten zu haben.

B., den 1. August 1857.

A. B."

B.

„Thlr. Drei Hundert, in Zahlen Thlr. 300. —, —, bekenne heute von Herrn O. hier als Darlehn gegen 5 v. H. jährlicher Verzinsung und einvierteljährige Aufkündigung erhalten zu haben.

B., den 23. September 1857.

A. B."

C.

„Thlr. Ein Hundert, in Zahlen Thlr. 100. —, —, unter obigen Bedingungen erhalten zu haben, bekennt

B., den 8. October 1857.

A. B."

D.

„Thlr. Drei Hundert, in Zahlen Thlr. 300. —, —, bekenne heute unter vorstehenden Bedingungen erhalten zu haben.

B., den 17. October 1857.

A. B."

E.

„Thlr. Drei Hundert, in Zahlen Thlr. 300. —, —, bekenne heute unter vorstehenden Bedingungen erhalten zu haben.

B., den 23. October 1857.

A. B."

F.

„Ferner Thlr. 30. —, —, sage Thlr. Dreißig, bekenne am 4. December 1857 erhalten zu haben.

A. B."

Das in erster Instanz vom K. Bezirksgericht zu B. abgefaßte Erkenntniß (publicirt am 1. September 1863) wies die Klage, insoweit sie auf die unter C. D. E. F. verschriebenen Summen gerichtet worden, in der angebrachten Maaße ab, und zwar aus folgenden Gründen:

„Die unter C. D. E. F. im Verhörstermine im Originale producirten Urkunden sind zur Anstellung des Urkundenprocesses ungeeignet. Denn wenn auch der Umstand allein, daß über die richtige Interpretation einer Urkunde im concreten Falle Zweifel entstehen können, mit dem Wesen besagter Proceßgattung nicht schlechterdings unvereinbar sein mag, so wird doch jedenfalls an dem Grundsatze festzuhalten sein, daß eine jede Urkunde, wenn sie zur Anstellung des Executivprocesses dienen, oder mit andern Worten, als ein documentum guarentigiatum gelten soll, außer der bestimmten Bezeichnung der Personen des Gläubigers und des Schuldners die Momente eines Rechtsgeschäfts, zu dessen Wesen die Verpflichtung zu einer gewissen Leistung nothwendig gehört, oder doch ein bestimmtes und ausdrückliches Zahlungsversprechen enthalte.

Osterloh, summarische Processe, S. 68. 3. Aufl.
Zeitschrift für Rechtspflege und Verwaltung, N. F. Bd. 21. S. 428.

Diesen Erfordernissen genügen die erwähnten vier Urkunden nicht. Es können die in den Inducten C. D. und E. befindlichen Worte: „unter obigen Bedingungen", welche das Induct F. nicht einmal enthält, füglich nicht auf das in den Urkunden A. und B. bezeichnete Rechtsgeschäft — das Darlehn — bezogen werden; denn dasselbe ist nie die Bedingung, unter welcher, sondern nur der Rechtsgrund, aus welchem die Zahlung an den Empfänger geleistet worden ist. Auch die Person, aus deren Händen die Zahlung in Empfang genommen wurde, wird dadurch nicht betroffen, und wenn man selbst dem Kläger soviel zugestehen wollte, daß sich vermuthen lasse, es habe der Beklagte in den betreffenden vier Urkunden nichts Anderes bekennen wollen, als die darin genannten Summen ebenfalls als Darlehn von dem Kläger ausgezahlt erhalten zu haben, so hält man sich doch nicht für berechtigt, dieser Muthmaaßung ein so erhebliches Gewicht einzuräumen, um sich über die unverkennbar formalen Mängel in den besagten vier Beweisinducten hinwegzusetzen.

Es war daher die Klage, insoweit sie auf den Urkunden C. bis F. basirte, in der angebrachten Maaße abzuweisen."

Das in zweiter Instanz erkennende Königl. Appellationsgericht zu Budissin (publ. 30. Januar 1864) confirmirte aus folgenden Gründen:

„Während aus den Inducten unter A. und B. die Zusage der Zahlung bestimmter Summen Seiten Beklagtens, und zwar durch Constatirung des diesfalls zwischen den Parteien abgeschlossenen Darlehnsgeschäfts, welches seinem Begriffe nach eine Rückzahlungsverbindlichkeit für den Empfänger involvirt, mit Bestimmtheit hervorgeht, läßt sich doch das Gleiche in Ansehung der weiter in Frage befangenen Urkunden C. D. E. F. nicht behaupten. Denn, wenn schon nach Ausweis der Bestimmung §. 5. des Anhangs zur Erl. Proc.-Ordn. für den Begriff eines documentum guarentigiatum die Aufnahme der causa debendi specialis nicht erforderlich ist, vielmehr das mit directen Worten gegebene Versprechen der Zahlung einer bestimmten Summe zu Anstellung des Executivprocesses genügt, so lassen doch die letztgedachten Urkunden in der Fassung Bl. — flg., wornach Beklagter die betreffenden Summen unter obigen Bedingungen, beziehentlich ferner erhalten zu haben bekennt, ein sehr wesentliches Erforderniß, die Bezeichnung der Person des Darleihers, vermissen, und man hat, den Ausführungen Klägers Bl. — entgegen, der vorigen Instanz darin beizupflichten gehabt, daß es, einer für die Behauptung des Letztern sprechenden Wahrscheinlichkeit ungeachtet, doch bedenklich erscheinen müsse, auf eine derartige Muthmaaßung hin jenen vier Inducten die mit Hinblick auf die gewählte Proceßart erforderliche formelle Gültigkeit beizulegen."

Das Königl. Oberappellationsgericht erkannte jedoch im April 1864 reformatorisch auf Verurtheilung des Beklagten in Bezahlung auch der in den Schuldverschreibungen sub C. bis F. gedachten Summen resp. sammt Zinsen und motivirte insoweit seine Entscheidung mit Folgendem:

„Die beiden vorigen Instanzen haben die in der Klagbeifuge A. Bl. — unter C. D. E. und F. zu lesenden Niederschriften nicht für sogenannte Guarentigiatdocumente gehalten, weil in denselben weder der Rechtsgrund der Forderung, noch der Name des Gläubigers ausdrücklich aufgeführt worden sei. Dieser Ansicht ist jedoch nicht beizupflichten gewesen. Wie das Original der Klagbeifuge A., welches in Klägers Besitz befindlich und von demselben producirt worden ist, nachweist, sind die einzelnen, an verschiedenen Tagen und über verschiedene Summen ausgestellten Schuld- und Empfangsbekenntnisse auf denselben Bogen, in unmittelbarer Aufeinanderfolge, gebracht und es ist schon auf diese Weise ein äußerer Zusammenhang hergestellt worden, welcher der Beifuge A. den Charakter einer dem Inhaber über mehrere gleichartige Rechtsgeschäfte ausgestellten Gesammturkunde verleiht. Es besteht aber zwischen den einzelnen Bekenntnissen auch ein innerer Zusammenhang. In den beiden ersten Niederschriften sub A. B. Bl. — ist nämlich ausdrücklich erwähnt worden, daß der Beklagte die verschriebenen Summen als Darlehn gegen 5 vom Hundert jährlicher Verzinsung und vierteljährige Aufkündigung vom Kläger erhalten habe. Es ist bekannt, daß selbst im römischen Rechte der Ausdruck: Bedingung (conditio) nicht ausschließlich in seiner engeren und eigentlichen Bedeutung vorkommt, und daß namentlich nach heutigem Sprachgebrauche unter den „Bedingungen" eines Rechtsgeschäfts die Nebenbestimmungen, welche man einem Vertrage beifügt, verstanden werden, und in diesem Sinne gehören zu den Bedingungen eines Darlehns zunächst die Bestimmungen, welche die Verzinsung und die Rückzahlung desselben angehen. Wenn also der Beklagte in den Empfangsbekenntnissen sub C. D. E. allenthalben gesagt hat, daß er die betreffenden Summen unter den „obigen" oder „vorstehenden Bedingungen" erhalten habe, so kann dies nur auf die fünfprocentige Verzinsung und die Rückzahlung nach einvierteljähriger Kündigung, zu welcher sich der Beklagte in den Schuldbekenntnissen sub A. B. verpflichtet hatte, bezogen werden. Schon dadurch wird das Rechtsgeschäft, vermöge dessen die Zahlung erfolgt ist, mit genügender Bestimmtheit als ein Darlehn bezeichnet, und erwägt man, daß die in den Bekenntnissen sub C. bis E. ausdrücklich in Bezug genommenen Bedingungen zwischen dem Kläger und dem Beklagten vereinbart worden sind, daß sie auf eine bereits in Klägers Besitz befindliche Schuldurkunde gebracht und dadurch mit dieser auch ausdrücklich vereinigt worden sind, so ist es unzweifelhaft, daß der Kläger als Gläubiger und Darleiher der bezüglichen Summen zu betrachten und der Mangel einer diesfallsigen speciellen Angabe in den Bekenntnissen sub C. bis E. durch den Inhalt der an die Spitze gestellten Schuldbekenntnisse sub A. B. gedeckt worden sei. Dies gilt auch in Bezug auf das Bekenntniß sub F. insoweit, als man die darin verschriebenen 30 Thlr. —, —, als ein dem Beklagten vom Kläger gewährtes Darlehn anzusehen hat. Nur kann, da in dieser Niederschrift eine Bestimmung über Zinsen und Kündigung nicht enthalten ist, dem Kläger aus dieser Urkunde zu vertragsmäßigen Zinsen nicht verholfen werden, wogegen der Mangel einer Vereinigung über die Zeit der Rückzahlung keine andere, als die Folge hat, daß der Kläger diese Post ohne vorherige Kündigung, und zwar sofort, jedenfalls aber zur Zeit der Klaganstellung zurückzufordern berechtigt war."

86.

Verpflichtung des Miethers beim Abhandenkommen eines ihm übergebenen Hausschlüssels.

Mitgetheilt von

Herrn S. in Z.

Bei dem Gerichtsamte im Bezirksgericht Z. erhob am 8. September 1863 der Hausbesitzer V. gegen seinen Miethsmann F. folgende Bagatellklage:

Beklagter wohne in seinem, Klägers, Hausgrundstück zur Miethe. Bei Eingehung dieses Miethverhältnisses habe er Beklagtem einen Hausschlüssel übergeben. Diesen Hausschlüssel habe derselbe vor etwa 8 Tagen verloren. Beklagter sei hiernach verpflichtet, nicht nur einen neuen Hausschlüssel machen zu lassen, sondern auch das Hausthürschloß und die 13 Stück übrigen Hausschlüssel, welche die andern Miethbewohner des Hauses zur Benutzung von Klägerm übergeben erhalten hätten, auf seine Kosten ändern zu lassen, resp. ihm den durch einen Sachverständigen aufgestellten Kostenverlag von zusammen 5 Thlrn. 15 Ngr. 5 Pf. — Kläger überreicht hierbei speciellen Anschlag — zu restituiren. Beklagter weigere sich dessen, und werde er deshalb klagbar.

In dem hierauf anberaumten Verhandlungstermine räumt Beklagter das behauptete Miethverhältniß, sowie daß er bei Beginn desselben vom Kläger einen Hausschlüssel zur Benutzung übergeben erhalten habe, ein.

Dagegen leugnet er das Abhandenkommen des Hausschlüssels, bestreitet selbst für den nicht zugestandenen Fall des Abhandenkommens des Hausschlüssels eine Verbindlichkeit seinerseits zu Aenderung des Hausschlosses und der sämmtlichen Hausschlüssel, und bemerkt, daß Kläger überhaupt dermalen kein Klagrecht habe, indem er etwas Weiteres, als daß Beklagter bei Auflösung des Miethverhältnisses den ihm übergebenen Hausschlüssel zurückgebe, nicht verlangen könne. Uebrigens stellt Beklagter den vom Kläger behaupteten Umstand, daß bei den Miethsleuten des Letzteren annoch 13 Hausschlüssel in Brauch seien, ins Nichtwissen und bestreitet die Höhe der in dem Kostenanschlag angenommenen Ansätze. Kläger stellt die Höhe dieser Ansätze in sachverständiges Ermessen und trägt dem Beklagten über den Klaginhalt den Eid an, welcher von diesem, soweit er für zulässig zu erachten, dem Kläger zurückgegeben wird.

Es wurde hierauf folgender Bescheid ertheilt:

„Würde Kläger annoch den von ihm dem Beklagten angetragenen, von diesem ihm zurückgegebenen Eid dahin,

> daß für sein Bl. — gedachtes Grundstück außer dem Hausschlüssel des Beklagten annoch dreizehn Hausschlüssel beständen,

schwören, so ist, da einem Hausbesitzer unzweifelhaft das Recht zugestanden werden muß, bei Abhandenkommen des Hausschlüssels eines Abmiethers von demselben neben seiner zeitigen Restitution eines Hausschlüssels auch sofortige Aenderung des Hausschlosses und der übrigen bestehenden Hausschlüssel des betreffenden Grundstücks zu verlangen, indem einerseits der Abmiether bei Empfang eines Hausschlüssels nach der Natur der Sache nicht nur die Verbindlichkeit übernimmt, den Hausschlüssel nach Beendigung der Miethzeit zurückzugeben, sondern auch für fortwährende sorgfältige Aufbewahrung desselben und dafür, daß Seiten eines unberufenen Dritten eine mißbräuchliche Benutzung dieses seines Hausschlüsses nicht stattfinden könne, Sorge zu tragen, dergestalt, daß, so lange vom Abmiether nicht das Gegentheil nachgewiesen wird, bei Abhandenkommen seines Hausschlüssels immer eine culpa seinerseits präsumirt werden muß, andererseits aber durch das Abhandenkommen eines Hausschlüssels der ordnungsmäßige Verschluß des Hauses, welchen der Hausbesitzer von seinen Abmiethern und diese vom Hausbesitzer nach den örtlichen und zeitlichen Verhältnissen unbestritten zu beanspruchen haben, insofern illusorisch wird, als die Möglichkeit einer mißbräuchlichen Benutzung des abhanden gekommenen Schlüssels durch einen unberufenen Dritten immer offen bleibt, und hieraus unzweifelhaft für das Eigenthum und die Sicherheit der Hausbewohner eine nicht unerhebliche Gefahr erwächst — Beklagter das Schloß der fraglichen Hausthüre, sowie die sämmtlichen dazu gehörigen dreizehn Hausschlüssel oder, dafern Kläger den ihm zuerkannten Eid nicht leisten sollte, diejenige Zahl Hausschlüssel, welche Kläger als zu der fraglichen Zeit vorhanden eidlich versichert, auf seine Kosten und unter Controle des Hausbesitzers V. sachgemäß ändern zu lassen, demselben auch nach Ablauf der Miethzeit an Stelle des abhanden gekommenen Hausschlüssels einen andern, in das geänderte Schloß passenden, zurückzugeben, oder aber dem Kläger den zu dem Allen erforderlichen, durch einen vom Gericht zu benennenden Sachverständigen festzustellenden Verlag zu gewähren, auch die in der Sache erwachsenen gerichtlichen wie außergerichtlichen Kosten ab und zu erstatten schuldig; er könnte und wollte denn den ihm Bl. — vom Kläger angetragenen Eid dahin,

> wie es nicht in Wahrheit beruhe, daß der ihm vom Kläger übergebene Hausschlüssel jemals aus seinem Besitze gekommen,

— als bezüglich welchen Eides um deswillen die Bl. — versuchte Zurückgabe an Klägern ausgeschlossen bleiben muß, weil es sich hier um ein factum referentis proprium handelt — schwören, solchenfalls ist Beklagter von der Klage allenthalben zu entbinden und loszuzählen, Kläger auch die erwachsenen sämmtlichen Kosten ab und zu erstatten schuldig, und erledigt sich diesfalls die Eidesleistung Klägers."

Gegen diesen Bescheid hat Beklagter unter weiterer Ausführung seiner Auslassungen auf die Klage, und mit dem Bemerken appellirt, einmal daß die Klage zur Zeit nicht Statt habe, und sodann daß bezüglich des Haupteides auf das Relatum zu erkennen gewesen wäre. In letzterer Beziehung führt er an: daß er in seinem Geschäfte mehrere Gehülfen habe, daß er den fraglichen Hausschlüssel, wie ihm dies jedenfalls freistehe, diesen zur Benutzung übergeben habe, und daß, wenn diese ihn wirklich verloren haben sollten, es sich nicht um ein factum referentis proprium, sondern um ein factum alienum handle.

Das Königl. Appellationsgericht zu Budissin erkannte hierauf im Jahre 1864:

„Da dasjenige, was Beklagter zu Unterstützung des Verlangens, daß die erhobene Klage als unbegründet oder doch mindestens als zur Zeit unstatthaft abgewiesen werden möge, vorgebracht hat, in keiner Weise geeignet erscheint, die dem angefochtenen Bescheide eingeschalteten, völlig sachgemäßen und erschöpfenden Motiven der eventuellen Verurtheilung Beklagtens zu widerlegen, und hiernach keine Veranlassung vorliegt, dem ergriffenen Rechtsmittel in dieser Richtung Folge zu geben, dagegen aber der Auffassung des Richters erster Instanz, insofern als derselbe angenommen und ausgesprochen hat, daß bezüglich der vom Beklagten geleugneten Behauptung Klägers, es habe Beklagter den ihm bei Ermiethung seines Logis eingehändigten Hausschlüssel verloren, die vom Beklagten unternommene Zurückgabe des ihm über den Klaginhalt angetragenen Eides ausgeschlossen bleiben müsse, weil es sich hier um ein factum referentis proprium handle, nicht beizupflichten ist, indem der Verlust des Hausschlüssels, dessen Folgen Beklagter zu vertreten hat, auch wenn dieser Verlust nicht durch seine eigene, sondern durch die Schuld seiner Geschäftsgehülfen oder Dienstleute herbeigeführt worden sein sollte, nicht unbedingt als ein factum proprium desselben angesehen werden kann, weshalb es bei der Zurückgabe des Eides, welcher processualischen Maaßregel von Seiten Klägers in keinerlei Beziehung widersprochen worden war, auch hierunter sein Bewenden hat, und daher anstatt des Delatums auf das Relatum zu erkennen gewesen wäre, dessen Ableistung es übrigens zu Herbeiführung der Verurtheilung Beklagtens nach Lage der Sache immerhin noch bedarf, obwohl daraus, daß Beklagter den fraglichen Schlüssel nicht producirt hat, eine dringende Vermuthung des wirklich eingetretenen Verlustes desselben entspringt,

so ist es bei dem eingangsgedachten Bescheide nicht allenthalben zu lassen, es ist vielmehr die am Schlusse desselben zu lesende, mit den Worten: „er könnte und wollte denn" beginnende, und mit den Worten: „dadurch die Eidesleistung des Klägers" sich endigende Stelle gänzlich in Wegfall zu bringen, dagegen aber im Eingang des Bescheids nach den Worten: „ihm zurückgegebenen Eid dahin" Folgendes:

„daß, wie er nicht anders wisse, glaube und dafür halte, der von ihm dem Beklagten übergebene Hausschlüssel verloren gegangen sei,

ingleichen sodann auch noch de veritate dahin",

ferner zwischen den Worten: „oder dafern Kläger den ihm" und „zuerkannten" Folgendes:

„bezüglich der Existenz von dreizehn Hausschlüsseln außer dem des Beklagten"

einzuschalten und anstatt der obgedachten, in Wegfall gelangenden Schlußstelle des Bescheids demselben nach dem Worte „schuldig" annoch Folgendes:

„Sollte Kläger den ihm bezüglich des Hausschlüssels des Beklagten zuerkannten Glaubenseid nicht leisten, so ist derselbe auch zu dem Eide über die Anzahl der vorhandenen Hausschlüssel nicht zu lassen, solchenfalls Beklagter vielmehr ohne Weiteres von der wider ihn erhobenen Klage zu entbinden und loszuzählen, auch Kläger ihm die in erster Instanz erwachsenen Kosten zu erstatten verbunden",

beizufügen,

im Uebrigen jedoch ist der beregte Bescheid, wie hiermit geschieht, zu bestätigen und werden die durch das eingewendete Rechtsmittel veranlaßten Kosten wegen des theilweisen Wechsels der Entscheidungen zwischen den Parteien aufgehoben."

Redacteur: Dr. Theodor Tauchnitz. Officin der Verlagshandlung

Von diesem Wochenblatte erscheinen jährlich 64 Nummern zu 1 Quartbogen und außerdem am Jahresschlusse ein ausführliches Register.

Wochenblatt

für

merkwürdige Rechtsfälle,

in actenmäßigen Darstellungen

aus dem Gebiete der Justizpflege und Verwaltung

zunächst für das

Königreich Sachsen.

Alle Postämter u. Buchhandlungen übernehmen Bestellungen und liefern das Quartal zu dem pränumerando zu entrichtenden Preise von 1 Thaler.

Verlag von Bernhard Tauchnitz in Leipzig.

№ 53. Neue Folge Zwölfter Jahrgang. 1864.

87.

Actio Pauliana bei im Allgemeinen onerosen, jedoch mit lucrativen Nebenstipulationen vermischten Geschäften auf nur theilweise Rescission des Geschäfts angestellt. — Voraussetzungen derselben. — Beweislast bei dieser Klage.

Mitgetheilt von

Herrn —r in D.

Der Gütervertreter im B.'schen Schuldenwesen klagte unterm 5. Mai 1863 gegen B. jun. auf Bezahlung von 1000 Thalern nebst Zinsen unter folgendem Anführen:

Der Cridar habe laut Kaufvertrags vom 22. November 1860 drei ihm gehörige Grundstücke an seinen Sohn, den Beklagten, für 4500 Thlr. —, — und unter Vorbehalt gewisser Auszugsleistungen verkauft, und Beklagter sei auch unter dem 28. Januar 1861 als Eigenthümer der erkauften drei Grundstücke auf den betreffenden Grundbuchsfolien eingetragen worden. In dem Kaufvertrage sei namentlich bestimmt worden, daß Beklagter die Grundstücke vom 1. Januar 1861 ab mit allen Nutzungen und Beschwerungen zu übernehmen habe, und er habe auch dieselben, wenn nicht sogar schon früher, doch mindestens mit diesem Zeitpunkte wirklich vom Verkäufer übergeben erhalten. Die Kaufsumme sei theilweise dadurch berichtigt worden, daß dem Beklagten vom Verkäufer 1000 Thaler als väterliche Mithülfe innengelassen worden sei, über welche Summe Beklagter ausdrücklich quittirt habe.

Zur Zeit des Abschlusses und der Beurkundung dieses Kaufes am 22. November 1860 sei aber der Verkäufer bereits insolvent gewesen, oder es doch durch diesen Grundstücksverkauf und die damit vorgenommene, unvergeltliche Entäußerung der Mithülfe an den Beklagten dergestalt geworden, daß er weit über 1000 Thaler mehr geschuldet, als er im Vermögen gehabt. Er habe jedoch seine Insolvenz noch bis zum 9. December 1862 zu verbergen gewußt und erst an diesem Tage bei Gericht angezeigt.

Jene lucrative Zuwendung an Beklagten im Betrage von 1000 Thalern sei somit zum Nachtheile der Gläubigerschaft des nunmehrigen Gemeinschuldners geschehen und demnach ungültig.

Der Gütervertreter klagte deshalb wider B. jun. auf Herauszahlung der mehrgedachten Mithülfe an 1000 Thalern nebst Verzugszinsen seit dem 1. Januar 1861 und weiteren Verzugszinsen von Zeit erhobener Klage an.

Das Königl. Bezirksgericht zu Freiberg wies in seiner am 22. September 1863 publicirten Entscheidung die Klage in der angebrachten Maaße ab, und zwar aus folgenden Gründen:

„Weil zur Statthaftigkeit der Paulianischen Klage, wie sie gegenwärtig vom Kläger gegen den Sohn des obgenannten Gemeinschuldners auf Grund eines zwischen beiden Letzteren im Jahre 1860 abgeschlossenen Immobiliarkaufs um deswillen erhoben worden, weil der Gemeinschuldner hierbei, obwohl schon damals insolvent, seinem Sohne als Käufer in partem pretii soluti die Summe von 1000 Thlrn. —, — als väterliche Mithülfe innengelassen und hierdurch seinen Gläubigern einen von dem Beklagten als Käufer ihnen zu ersetzenden Nachtheil zugefügt habe, gehört, daß das von dem Gemeinschuldner abgeschlossene Geschäft eine Verminderung seines Vermögens und zugleich eine Bereicherung des Mitcontrahenten, auf welche derselbe kein Recht hatte, zur Folge gehabt habe,

f. Günther, in Weiske's Rechtslexicon, s. v. Concurs, S. 782.

eine derartige Vermögensminderung auf Seiten des Gemeinschuldners und Bereicherung auf Seiten des Beklagten aber aus dem bloßen Umstande, daß Ersterer dem Letzteren einen Theil der Kaufsumme als väterliche Mithülfe innengelassen, sich nicht ohne Weiteres annehmen läßt, vielmehr eine solche Annahme nur unter der in der Klage jedoch mit keinem Worte angedeuteten Voraussetzung sich rechtfertigen würde, wenn der von den Kaufscontrahenten im Ganzen mit 4500 Thlrn. —ₓ —ₓ festgesetzte Kaufpreis schon an sich den wahren Werth der dafür verkauften Grundstücke, auch unter Berücksichtigung der Oblasten, der in partem pretii soluti nicht mit übernommenen hypothekarischen Schulden und insbesondere des vom Käufer außerdem noch übernommenen Auszugs für den Verkäufer, dessen Ehefrau und Tochter zur Zeit des Kaufsabschlusses nicht überstiegen haben sollte, da, insoweit dies der Fall, durch Innelassung einer gewissen Summe als väterliche Mithülfe wenigstens bis zu dem Betrage der zwischen dem wahren Werthe der verkauften Grundstücke und dem festgesetzten Kaufpreise bestehenden Differenz weder von einer Vermögensverminderung auf Seiten des Verkäufers, noch von einer Bereicherung des Käufers und daher auch nicht von einer Benachtheiligung der Gläubiger des Verkäufers die Rede sein könnte, bei dem gänzlichen Stillschweigen des Klägers aber bezüglich aller dieser in Betracht kommenden Umstände richterlichen Amtswegen gar nicht ermessen werden kann, ob und nach Befinden bis zu welchem Betrage der Verkauf des Gemeinschuldners eine Verkürzung seiner Gläubiger zur Folge gehabt, während doch einem Jeden, der die richterliche Hülfe in Anspruch nimmt, obliegt, in der, wenn auch nicht auf Eid gestellten, Klage die behauptete Rechtsverletzung wenigstens soweit zu begründen, daß der erkennende Richter zu ersehen vermag, ob und inwieweit eine Rechtsverletzung stattgefunden habe, eine derartige Begründung aber in der bloßen Behauptung, daß die Innelassung jener 1000 Thlr. —ₓ —ₓ als väterliche Mithülfe für die Gläubiger des Verkäufers nachtheilig gewesen, nicht erblickt werden kann, hierin vielmehr eine bloße Schlußfolgerung aus unerwähnt gebliebenen Thatumständen zu finden ist;

hiernächst, wenn man auch von diesem Bedenken absehen wollte und könnte, der Statthaftigkeit der gegenwärtigen Klage die Erwägung entgegensteht, daß die Wirkung der Paulianischen Klage, wie bei jeder actio doli nur darin bestehen kann, daß das zwischen dem insolventen Schuldner und dem Dritten eingegangene Geschäft mit allen seinen Folgen rescindirt und somit Alles möglichst in den Stand gesetzt wird, in dem es vor dem nachtheiligen Geschäft war,

f. Günther, ibid. S. 787.

Kläger daher im günstigsten Falle die Wiederaufhebung des vom Gemeinschuldner mit seinem Sohne abgeschlossenen Kaufs, keineswegs aber unter Zugrundelegung einer einzelnen Bestimmung desselben die Herauszahlung eines Theiles des Kaufpreises fordern kann, der erkennende Richter aber die Grenze der ihm durch die Erl. Proc.-Ordn. ad Tit. V. §. 2. auferlegten Verpflichtung weit überschreiten würde, wenn er an Stelle der geforderten 1000 Thlr. —ₓ —ₓ etwas ganz Anderes, nämlich die Ungültigkeit des mehrerwähnten Kaufcontracts aussprechen und den Beklagten zu Restitution aller inzwischen gezogenen Früchte verurtheilen wollte;

so hat Klägers Suchen, immaaßen es angebracht, nicht Statt." 2c.

Das Königl. Appellationsgericht zu Dresden erkannte dagegen auf Appellation Klägers reformatorisch auf Beweis der Klage, und fügte seiner (am 19. März 1864 publicirten) Entscheidung folgende Gründe bei:

„Es ist zwar richtig, daß das Rechtsmittel, welches mit dem Namen der Paulianischen Klage belegt wird, in denjenigen Fällen, wo es sich um ein zum Nachtheil der Gläubiger von dem Gemeinschuldner geschlossenes Geschäft, insbesondere um einen Kauf handelt, in der Regel auf Wiederaufhebung des ganzen Rechtsgeschäfts geht, und der Zweck jener Klage besteht darin, daß dasjenige, was zur Hintergehung der gesammten Gläubigerschaft oder eines einzelnen Gläubigers veräußert worden ist, zurückgegeben werden soll, gleich als ob es nicht veräußert worden wäre.

vgl. fr. 1. §. 2. fr. 10. §. 22. D. quae in fraud. cred. (42. 8.)

Allein es wird hierdurch nicht ausgeschlossen, daß die Gläubigerschaft im gegebenen einzelnen Falle das Rechtsgeschäft, wodurch das Vermögen des Gemeinschuldners vermindert worden ist, auch nur insoweit anfechten könne, als sie durch dasselbe eine wirkliche Läsion erlitten hat.

vgl. Dabelow, ausführliche Entwickelung der Lehre vom Concurse der Gläubiger, S. 444.

Denn wie einerseits die actio Pauliana im Allgemeinen nur eine solche Vermögensveräußerung voraussetzt, wodurch der Schuldner die Befriedigung seiner Gläubiger ganz oder zum Theil vereitelt, so wird andererseits in den Gesetzen einem Gläubiger auch nur in Rücksicht auf seine Forderung die richterliche Hülfe versprochen.

vgl. fr. 6. §. 2. D. de reb. auct. jud. poss. (42. 5.)

Haenlein, de actionis Paulianae natura, §. 19.

Dabelow, a. a. O. S. 444. not. p.

Handelt es sich im gegebenen einzelnen Falle um ein Rechtsgeschäft, welches theils oneroser, theils lucrativer Natur ist, und hat die Benachtheiligung der Gesammtgläubigerschaft oder eines einzelnen Gläubigers nicht in dem Abschlusse des Rechtsgeschäfts überhaupt, sondern vielmehr nur in einzelnen, von den Contrahenten getroffenen Bestimmungen des Vertrags ihren Grund, so hat die dadurch in ihren Rechten verletzte Gläubigerschaft die Wahl, ob sie das Rechtsgeschäft überhaupt, oder nur insoweit, als dasselbe zu ihrem Nachtheile gereicht, mittelst der Paulianischen Klage anfechten will. Hat insbesondere der Gemeinschuldner eine ihm gehörige Sache zu einer Zeit, wo er sich bereits im Zustande der materiellen Zahlungsunfähigkeit befand, an einen Dritten veräußert, und sich von demselben eine Gegenleistung überhaupt nicht, oder doch eine nicht entsprechende Gegenleistung ausbedungen und beziehentlich über den Empfang der Gegenleistung, obschon ihm diese nicht gewährt worden ist, quittirt, so ist die Gläubigerschaft, wenn sie sonst das Rechtsgeschäft in seinen übrigen Bestandtheilen zu Recht bestehen lassen will, den dritten Contrahenten auf nachträgliche Gewährung der Gegenleistung in Anspruch zu nehmen und beziehentlich die Revocation der geleisteten Quittung zu verlangen berechtigt. Eine andere Frage ist die, ob in einem Falle dieser Art der mittelst der Paulianischen Klage in Anspruch genommene Mitcontrahent des Gemeinschuldners seinerseits die Wiederauflösung des mit den letzteren abgeschlossenen Rechtsgeschäfts in seinem vollen Umfange zu verlangen berechtigt sei. Indessen kann man dermalen von einem näheren Eingehen auf diese Frage um deswillen absehen, weil im vorliegenden Falle der Beklagte eine hierauf bezügliche Erklärung nicht abgegeben hat; denn eine diesfallsige Willensäußerung geht wenigstens aus der Bl. — zu lesenden Bemerkung des Beklagten, er sei zu dem Abschlusse des fraglichen Handels mit seinem Vater nur dadurch bewogen worden, daß derselbe sich verpflichtet habe, ihm 1000 Thlr. —, —, als väterliche Mithülfe auf den Kaufpreis zu quittiren, nicht mit genügender Bestimmtheit hervor.

Die Bl. — erhobene Klage ist nun auf Bezahlung einer Summe von 1000 Thlrn. —, —, nebst Zinsen davon seit dem 1. Januar 1861 an gerechnet gerichtet und es wird in derselben angeführt, daß der Gemeinschuldner drei ihm zugehörige Grundstücke am 22. November 1860 an seinen Sohn, den jetzigen Beklagten, für zusammen 4500 Thlr. —, —, oder, wie Kläger später Bl. — berichtigend bemerkt, für den Preis von 5500 Thlrn. —, —, verkauft und Beklagter die Grundstücke vom 1. Januar 1861 ab übernommen habe. Der Kaufpreis ist theilweise dadurch berichtigt worden, daß der Verkäufer seinem Sohne den Betrag von 1000 Thlrn. —, —, als väterliche Mithülfe innengelassen und Beklagter den Empfang jenes Betrages ausdrücklich bekannt hat. Zur Zeit des Kaufsabschlusses soll, wie Kläger Bl. — ferner bemerkt, der ältere B. bereits zahlungsunfähig gewesen oder es doch wenigstens durch jenen Grundstückskauf und durch die mit demselben verbundene unentgeldliche Entäußerung der Mithülfe dergestalt geworden sein, daß er weit über 1000 Thlr. —, —, mehr geschuldet, als er im Vermögen besessen habe. Es hat endlich der Verkäufer B. am 9. December 1862 seine Insolvenz angezeigt und es ist auch zu seinem Vermögen der formelle Concursproceß eröffnet worden. Auf alle diese thatsächlichen Momente stützt Kläger seine Behauptung, daß jene Zuwendung einer Mithülfe von Seiten des Verkäufers an seinen Sohn zum Nachtheile der übrigen Gläubigerschaft des ersteren erfolgt und deshalb ungültig sei. Beklagter dagegen bestreitet (vgl. Bl. —), daß er durch die von ihm auf den Kaufpreis geleistete Quittung über 1000 Thlr. —, —, väterlicher Mithülfe sowohl überhaupt als insbesondere um den angegebenen Betrag wirklich bereichert worden sei. Allein Man hat dem Beklagten in dieser Ansicht nicht beipflichten können.

Die Bestellung einer Mithülfe von Seiten des Vaters an seinen Sohn beruht in jedem Falle auf einer Liberalität des Ersteren,

vgl. Zeitschrift für Rechtspfl. u. Verw., N. F. VI. Bd. S. 286.

wie sich insbesondere auch daraus ergiebt, daß, abgesehen von dem Falle einer besonderen, hierauf bezüglichen vertragsmäßigen Verabredung, dem Sohne ein rechtlich erzwingbarer Anspruch auf Gewährung einer Mithülfe seinem Vater gegenüber nicht zusteht. Durch die Gewährung einer solchen Mithülfe erlangt daher der Empfänger derselben an seinem Vermögen einen Zuwachs und wirklichen Gewinn, während andererseits das Vermögen desjenigen, welcher sie bestellt hat, um den Betrag der ausgesetzten Mithülfe vermindert wird. Ist hierdurch eine solche Vermögensverringerung auf Seiten des Vaters herbeigeführt worden, welche zum Nachtheile der Gläubiger desselben gereicht, und ist später zu dem Vermögen des Ersteren der Concursproceß eröffnet worden, so können auch seine Gläubiger mittelst der Paulanischen Klage die Bestellung der väterlichen Mithülfe als nicht zu Recht beständig anfechten, dafern sie nur nachzuweisen vermögen, daß der Gemeinschuldner zu der Zeit, als er die Mithülfe bestellte, bereits insolvent gewesen oder doch wenigstens durch jenen Act zahlungsunfähig geworden ist. Dies ist nun vom Kläger in einer mit Rücksicht darauf, daß die Klage in den hierher gehörigen Punkten auf Beweis steht, ausreichenden thatsächlichen Bestimmtheit behauptet worden, und es erschien deshalb unbedenklich, auf Beweis des Klaggrundes zu erkennen. In Bezug auf das Beweisthema selbst mag mit Rücksicht auf die Einwendungen des Beklagten Bl. — flg. noch Folgendes bemerkt werden:

Bei Prüfung der Statthaftigkeit der Paulianischen Klage ist zu unterscheiden, ob es sich um die Rescission eines von dem späteren Gemeinschuldner vor Eröffnung des Concurses abgeschlossenen onerosen oder lucrativen Vertrags handelt. Im Falle einer entgeldlichen Veräußerung reicht es noch nicht aus, daß der Veräußernde zur Zeit des Vertragsabschlusses bereits zahlungsunfähig gewesen sei, sondern es ist zur Begründung jener Klage weiter erforderlich, daß auch der Erwerber von der Ueberschuldung seines Contrahenten Kenntniß gehabt habe, also wenigstens voraussetzlich fraudis particeps gewesen sei,

vgl. fr. 1. pr., fr. 6. §. 8., fr. 10. pr., fr. 12. fr. 15. D. (42. 8.)
Mühlenbruch, Lehrbuch der Pandecten, I. Thl. S. 174.
von Vangerow, Leitfaden, III. Thl. §. 697. S. 609.
Unterholzner, Schuldverhältnisse, II. Th. §. 344 f.
Kori, Concursproceß, I. Thl. §. 41.
Curtius, sächsisches Civilrecht, §. 584.

wogegen bei einer in fraudem creditorum von dem materiell insolventen Schuldner vorgenommenen unentgeltlichen Vermögensveräußerung diese Mitwissenschaft nach den Grundsätzen des Römischen Rechts wenigstens dann nicht nothwendig erscheint, wenn es sich nur um Herausgabe dessen handelt, womit der Empfänger bereichert ist,

vgl. fr. 6. §. 11. 13., fr. 17. §. 1. D. eod.
c. 5. Cod. de rescind. his, quae in fraudem cred. (VII. 75.)
Unterholzner, a. a. O. §. 345.
Mühlenbruch, a. a. O. §. 174.
Kori, a. a. O. §. 74.
Sintenis, das prakt. gemeine Civilrecht, §. 124. not. 31. 37. S. 736. II. Ausg.
Günther, Concurs der Gläubiger, S. 7. der zweiten Ausg.

Es bedarf daher auch im vorliegenden Falle, in welchem das vom Gemeinschuldner mit seinem Sohne abgeschlossene Kaufsgeschäft nur insoweit angefochten wird, als bei demselben eine unvergeltliche Vermögensveräußerung von Seiten des Ersteren stattgefunden hat, nicht des Beweises des Umstandes, daß der Beklagte bei Eingehung jenes Rechtsgeschäfts in bösem Glauben sich befunden habe.

Hiernächst kann dem Beklagten auch darin nicht beigepflichtet werden, daß es eines besonderen Nachweises der auf Verkürzung der Gläubiger gerichteten Absicht des Gemeinschuldners bedürfe. Vielmehr reicht es aus, daß der Kläger den Nachweis führt, daß der Gemeinschuldner zu der Zeit, wo er den in Rede stehenden Kauf mit seinem Sohne abschloß und dem Letzteren den Betrag von 1000 Thlrn. —, —, als väterliche Mithülfe auf die stipulirten Kaufgelder innenließ, bereits insolvent war oder doch wenigstens hierdurch zahlungsunfähig wurde, indem diesfalls die auf Verkürzung seiner Gläubiger gerichtete Absicht des Gemeinschuldners sich von selbst zu Tage legt.

vgl. Curtius, Handbuch, II. Thl. 1. Abtheil. §. 854.
Zeitschrift für Rechtspfl. u. Verw., Neue Folge XVIII. Bd. no. 208. S. 510.

Im Uebrigen bleibt es dem Beklagten unbenommen, den in der Anmerkung zum — Einl.-Punkt Bl. — behaupteten Gegenanspruch, wenn er sich damit fortzukommen getraut, im Gegenbeweise auszuführen, und wird darüber, ob dieser Gegenanspruch rechtliche Beachtung verdiene, und welches Gewicht demselben beizumessen sei, in der künftigen Definitivsentenz zu entscheiden sein.

Die Compensation der Kosten des Rechtsmittels rechtfertigt sich durch den in den Entscheidungen eingetretenen Wechsel."

Dieses Erkenntniß wurde auch vom Königl. Oberappellationsgericht unterm 14. Juni 1864 bestätigt, und zwar aus folgenden Gründen:

„Eine wesentliche Voraussetzung der actio Pauliana ist, wie von dem Beklagten Bl. — ganz richtig selbst bemerkt wird, unter anderen die, daß das Rechtsgeschäft, um dessen Gültigkeit oder Ungültigkeit es sich handelt, eine Verminderung des Vermögens des Gemeinschuldners und beziehungsweise eine entsprechende Bereicherung des Mitcontrahenten zur Folge gehabt haben müsse, und der Zweck der Klage kein anderer, als möglichste Ausgleichung des hierdurch der Gläubigerschaft zugezogenen Schadens. In den meisten Fällen und namentlich bei rein lucrativen Zuwendungen an den Beklagten wird dieser

Zweck anderergestalt nicht sich erreichen lassen, als durch die Rescission des ganzen Rechtsgeschäfts. Allein hierdurch ist selbstverständlich nicht ausgeschlossen, daß in solchen Fällen, wo der angegebene Zweck auch auf andere Weise sich erreichen läßt, namentlich also bei im Allgemeinen onerosen, nur aber mit lucrativen Nebenstipulationen vermischten Geschäften, es für den Concurs zum Behufe der Anstellung der Pauliana nicht schlechterdings der Rescission des Geschäfts in seiner Gesammtheit bedarf, daß vielmehr an sich betrachtet demselben solchenfalls freisteht, ob er gänzlich auf Rescission klagen oder das Geschäft nur insoweit, als dasselbe eine Läsion für den Gemeinschuldner und beziehentlich die Gläubigerschaft involvirt, anfechten will,

vgl. Dabelow, ausführliche Entwickelung der Lehre vom Concurse der Gläubiger, S. 444.

ein Wahlrecht, gegen welches auch an sich betrachtet vom Standpunkte des Beklagten um so weniger etwas Erhebliches sich einwenden läßt, je weniger vorauszusetzen ist, daß eine nur theilweise Anfechtung demselben nachtheiliger sein werde, wie die Rescission des Ganzen, übrigens, wie die vorige Instanz Bl. — mit Recht schon hervorgehoben hat, der Frage dadurch nicht vorgegriffen wird, ob nicht im einzelnen Falle dem auf Rescission des Ganzen gerichteten Verlangen, wenn und soweit solches von dem Beklagten wirklich gestellt wird, zu deferiren sei.

Hat daher Kläger, soviel den vorliegenden Fall betrifft, auf den Grund des zwischen dem Gemeinschuldner und dem Beklagten unter dem 22. November 1860 abgeschlossenen Grundstückskaufs besage der Beilageacten unter — Zahlung rückständiger Kaufgelder im Belaufe von 1200 Thlrn. —, —, c. a. und insoweit Erfüllung des Vertrags verlangt, in Folge dessen Beklagter auch Zahlung geleistet, so ist derselbe darum auch nach der Ansicht des Oberappellationsgerichts immer nicht behindert gewesen, gleichzeitig, so wie geschehen, Rescission desselben Kaufs zu verlangen, insoweit, als dem Beklagten das Residuum der Kaufgelder mit 1000 Thlrn. —, —, von dem Gemeinschuldner als väterliche Mithülfe innengelassen worden ist, vorausgesetzt, daß der Letztere, wie in der Klage behauptet worden ist, zur Zeit des Abschlusses bereits insolvent war oder doch durch die nurgedachte Vermögensentäußerung es geworden ist. Denn daß hierin ein reiner Act der Liberalität des Gemeinschuldners, mithin eine Zuwendung erblickt werden müsse, welche die Gläubigerschaft unter den angegebenen Verhältnissen anzufechten ein Recht hat, ist, wie bereits Bl. — dargelegt worden, eben so gewiß, als andererseits, wenigstens bis zum Beweise des Gegentheils, davon ausgegangen werden muß, daß die Läsion, welche bewandten Umständen nach die Gläubigerschaft betroffen hätte, gerade in dem Betrage der innengelassenen Mithülfe, also in der Summe von 1000 Thlrn. —, —, wirklich bestanden habe, indem der wahre Werth der von dem Beklagten erkauften Grundstücke im Zweifelsfalle durch den Kaufpreis derselben repräsentirt wird, und wenn also dem Beklagten ein Theil der Kaufsumme, welchen er herauszuzahlen gehabt haben würde, von dem Gemeinschuldner erlassen worden ist, derselbe voraussetzlich wenigstens gerade um den Betrag der quittirten Summe reicher geworden ist. Daher war keineswegs, wie Beklagter Bl. — angenommen wissen will, eine Feststellung des der Gläubigerschaft zugezogenen Schadens noch auf andere Weise, und um eine solche möglich zu machen, die Angabe des zur Zeit des Contractsabschlusses vorhandenen wahren Grundstückswerthes zu Begründung der Klage erforderlich, vielmehr würde es im Gegentheil lediglich Sache des Beklagten gewesen sein, auf solche Thatumstände sich zu beziehen, aus denen zu folgern wäre, daß und warum der wahre Grundstückswerth die Summe des vereinbarten Kaufpreises nicht erreiche und folgeweise der Gemeinschuldner durch Erlaß des Residuum der Kaufsumme von 1000 Thlrn. —, —, einen entsprechend minderen Betrag ihm schenkungsweise zugewendet habe; in welcher Beziehung übrigens dem Beklagten seine etwaigen Einwendungen nach der Bl. — angedeuteten Seite hin, wenn und soweit er damit fortzukommen sich getraut, in dem ihm Bl. — nachgelassenen directen Gegenbeweise weiter auszuführen auch jetzt noch unbenommen bleibt. Derselbe hat daher und aus den übrigen schon in voriger Instanz Bl. — angegebenen Gründen eine Wiederherstellung der prima, wie er solche Bl. — verlangt, nicht erwarten können, als weshalb die vorige Sentenz lediglich zu bestätigen war, wiewohl, des Wechsels der vorigen Entscheidungen wegen, unter Compensation der Kosten."

88.

Ueber die von dem Vertreter eines Unmündigen gegen seine wiederholte Versäumniß an einem Schwörungstermine nachgesuchte Wiedereinsetzung in den vorigen Stand, namentlich in dem Falle, wenn er versichert, die Mittheilung seines Sachwalters von dem Terminstage habe er wegen Abwesenheit nicht erhalten. — Geschenke des

Vaters an sein unmündiges Kind werden, auch ohne Acceptation, des Letzteren Eigenthum.

Mitgetheilt von

Herrn T. in D.

In einer zwischen L. und E., als Klägern, der geschiedenen V., als Beklagter, und F. V., in väterlicher Gewalt seiner unmündigen Tochter A. V., als Intervenienten, bei dem Gerichtsamte im Königl. Bezirksgericht zu D. anhängigen Interventionssache war dem Intervenienten rechtskräftig ein Eid zuerkannt worden.

Zwei Tage vor dem in Gemäßheit des Erkenntnisses anberaumten Schwörungstermine zeigte der Sachwalter des Intervenienten in einer Eingabe dem Gericht an, daß der Letztere durch Krankheit ans Bett gefesselt sei, und bat um Verlegung des Schwörungstermins um 14 Tage. Da das Anführen nicht bescheinigt war, wurde der gedachte Sachwalter unter Hinweis auf die Bestimmung in der Erl. Proc.-Ordn. ad tit. IV. §. 5. abfällig beschieden. Drei Tage nach Ablauf des Schwörungstermins, in welchem der Intervenient nicht erschienen war, berief sich der Letztere darauf, daß in den vor dem Handelsgericht im Bezirksgericht zu D. ergangenen Wechselacten J. ./. V. ein gerichtsärztliches Zeugniß über seine Krankheit sich befinde, und bat um dessen Berücksichtigung, wurde aber ebenfalls abfällig beschieden, da er diese Bescheinigung vor Ablauf des Schwörungstermins hätte beibringen müssen. Nunmehr bat der Intervenient, indem er sich darauf berief, daß er in Vertretung seiner unmündigen Tochter den Proceß führe, um Wiedereinsetzung in den vorigen Stand gegen seine Versäumniß und um anderweite Anberaumung eines Schwörungstermins, wurde aber abermals abfällig und dahin beschieden, daß über sein Gesuch nicht mittelst bloßer Resolution entschieden werden könne, da durch seine Versäumniß am Schwörungstermine der Gegenpartei an sich Rechte erwachsen seien. Dafern er es aber beantrage, so solle über sein Gesuch rechtlich erkannt und zu dem Ende Inrotulations- und Publicationstermin anberaumt werden.

Dies geschah und es ertheilte nunmehr das Gericht folgenden Bescheid:

„Weil nach ausdrücklichen gesetzlichen Vorschriften
vgl. l. 29. pr. §. 1. D. de min. (IV. 4.)
Arndts Pand., §. 119. S. 153.
Sintenis, das prakt. gem. Civilrecht, 1. Ausg. Th. 1. §. 36. not. 51. S. 373. und die dort angef. Gesetzesstellen,

die Rechtswohlthat der Wiedereinsetzung in den vorigen Stand den Unmündigen auch dann zu Theil wird, wenn deren Vater als der gesetzliche Vertreter sie durch eine Handlung oder bez. Unterlassung benachtheiligt hat, so ist dem Intervenienten auf Grund der Minderjährigkeit seiner Tochter die erbetene Wiedereinsetzung in den vorigen Stand gegen das von ihm verhangene Versäumniß an dem Bl. — anberaumten Schwörungstermine zu ertheilen, demzufolge aber auf Antrag der einen oder der andern Partei mit Anberaumung eines anderweiten Schwörungstermins zu verfahren, es ist jedoch der Intervenient die durch sein Versäumniß den Klägern verursachten Unkosten denselben zu erstatten verbunden."

Auf die von den Klägern gegen diesen Bescheid eingewendete Berufung erfolgte das nachstehende confirmatorische Erkenntniß des Königl. Appellationsgerichts zu Dresden vom 27. Juni 1863:

„In Erwägung, daß, wie auch von den Klägern nicht bestritten wird, gegenwärtig nicht die Frage zur Entscheidung vorliegt, ob dem Intervenienten, sondern die, ob der von diesem, als ihrem Vater vertretenen minderjährigen Tochter desselben, als der bei dessen Reclamation eigentlich interessirten Partei, gegen das Versäumniß des Vaters an dem Bl. — den 13. December 1862 angestandenen Schwörungstermine die Bl. — gebetene Wiedereinsetzung in den vorigen Stand zu ertheilen sei,

ferner der Bl. — von der vorigen Instanz im Allgemeinen ausgesprochene, für sich richtige Satz, daß die Unmündigen als solche die Wiedereinsetzung beanspruchen können, wenn es auch der Vater sei, der in Vertretung derselben sie durch eine Handlung oder Unterlassung benachtheiligt habe, von den Klägern Bl. — im Allgemeinen nicht bezweifelt zu werden scheint, die Letztern vielmehr die Anwendung eben dieses Satzes im gegenwärtigen Falle blos deshalb für ausgeschlossen erachten, weil das Eigenthum an den streitigen Sachen, zu deren Reclamirung für das Kind der Vater in dem Streite zwischen den Klägern und der Beklagten intervenirt hat, als peculium profectitium nicht dem Kinde, sondern noch immer dem Vater zustehe,

nun aber das Irrige dieser Behauptung auf Grund des hier allein maaßgebenden Sächsischen Rechts bereits Bl. —*) nachgewiesen worden ist,

*) In dem hier angezogenen frühern Erkenntnisse des Appellationsgerichts zu Dresden war gesagt, daß die Grundsätze des Römischen Rechts, nach welchen selbst das vom Vater dem Kinde geschenkte peculium profectitium oder einzelne aus diesem vom Erstern dem Letztern geschenkte Sachen bis auf gewisse Fälle beim Vater als Eigenthümer verblieben,
vgl. Puchta, Pand., §. 438.

außerdem auch nach den Bl. — in Bezug genommenen, in Wechselklagsachen J. ./. B. ergangenen Actenfascikel, und zwar nach dem Zeugnisse des Gerichtsarztes Bl. —, erwiesen vorliegt, daß der Intervenient am 11. December 1862, also zwei Tage vor dem versäumten Schwörungstermine, in einer so ernstlichen Weise erkrankt gewesen ist, daß der gedachte Arzt den Transport des Kranken in das Stadtkrankenhaus für erforderlich erklärt hat, aus welcher Beschaffenheit der Krankheit allerdings geschlossen werden darf, daß eben diese auch am 13. December noch fortgedauert habe, und der Grund des besprochenen Versäumnisses am Schwörungstermine gewesen sei, mithin, nach den hierunter befolgten Grundsätzen,

vgl. Biener, syst. pr., §. 89. ed. nov. p. 162.

dem Intervenienten für seine unmündige Tochter schon um vorgedachter Krankheit willen die erbetene Restitution hätte ertheilt werden dürfen, so ꝛc."

Bei diesem Erkenntnisse hatte es, da der Proceßgegenstand ein geringfügiger war, sein Verbleiben. Es wurde auf Antrag des Intervenienten ein anderweiter Schwörungstermin zum 3. September 1863 anberaumt, allein derselbe erschien auch in diesem nicht. Vielmehr zeigte sein Sachwalter in einem am 15. ged. Monats dem Gericht überreichten Schreiben an, daß er nach Ausweis eines gleichfalls zu den Acten überreichten Briefes den Intervenienten vom Tage des Schwörungstermins rechtzeitig in Kenntniß zu setzen versucht habe. Der Brief sei jedoch mit dem Bemerken zurückgekommen, daß der Adressat nicht aufzufinden, sondern verreist sei. Trotz aller Mühe sei es ihm nicht gelungen, den Aufenthaltsort des Intervenienten zu erfahren, und bitte er daher, demselben für seine unmündige Tochter die Wiedereinsetzung in den vorigen Stand nochmals zu gewähren und anderweiten Schwörungstermin anzuberaumen.

Da die Kläger dem Antrage widersprachen, wurde den Parteien eröffnet, daß man über denselben rechtlich erkennen werde. Demzufolge wurde Inrotulations- und Publicationstermin anberaumt, und im Verfolg der Sache vom Proceßgericht folgender Bescheid ertheilt:

"Daß dem Intervenienten die Bl. — erbetene Wiedereinsetzung in den vorigen Stand gegen das von ihm verhangene Versäumniß an dem Bl. — anberaumten Schwörungstermine nicht zu ertheilen; es ist vielmehr die Leistung des Bl. — erkannten Eides für versäumt zu achten und sind deshalb die Kläger von der Bl. — erhobenen Intervention zu entbinden und loszuzählen, auch ist Intervenient aus seiner Tochter A. B. Vermögen denselben die in der Interventionssache ihnen verursachten ge- und außergerichtlichen Kosten, soweit über dieselben nicht bereits rechtskräftig entschieden ist, zu erstatten schuldig.

Hiernächst ist derselbe wegen seiner Sachfälligkeit in gegenwärtiger Sache um 5 Thlr. —, —, zu strafen, nicht minder die in dem vorliegenden Rechtsstreite von Bl. — an durch sein anderweites Gesuch um Wiedereinsetzung erwachsenen ge- und außergerichtlichen Kosten aus eignen Mitteln ab- und zu erstatten verbunden."

In den Entscheidungsgründen war gesagt:

"Wie bereits Bl. — nachgewiesen worden, wird den Unmündigen gegen Versäumnisse ihrer Vertreter kraft ihrer Minderjährigkeit Wiedereinsetzung in den vorigen Stand ertheilt. Die hiervon handelnde Vorschrift der Erl. Proc.-Ordn. ad tit. IX. §. 4. bestimmt aber auch:

> es solle solche Restitution ex eadem causa und bei jedem fatali nicht mehr als einmal ertheilt, der Vormund und Actor auch, so solches negligiret, zur Erstattung der hierdurch verursachten Unkosten aus seinen eigenen Mitteln angehalten ꝛc. ꝛc. werden.

Wenn nun im vorliegenden Falle nicht nur dem Intervenienten für seine unmündige Tochter a. a. O. der Minderjährigkeit seiner Tochter halber bereits einmal die Wiedereinsetzung ertheilt worden ist, sondern auch gegenwärtig die Restitution von ihm bezüglich derselben Eidesleistung gesucht wird, hinsichtlich deren sie ihm bereits früher gewährt worden, und es also um ein und dasselbe Fatale

vgl. Erl. Proc.-Ordn. ad tit. XI. §. 2. in den Worten: hingegen die Fatalia des zuerkannten Beweises und der Eidesleistung ꝛc.

sich handelt, so erhellt, daß dem Intervenienten auf Grund der Unmündigkeit seiner Tochter die Wiedereinsetzung jetzt nicht nochmals ertheilt werden kann.

Derselbe hätte daher ein impedimentum legitimum, welches ihn am Erscheinen im Schwörungstermine gehindert, zu bescheinigen gehabt,

vgl. Biener, syst. pr., §. 89. i. f. und not. 5.

und hat zwar in seiner Eingabe Bl. — darauf Bezug

Göschen, Vorlesungen, Bd. 3. Abth. 1. §. 727. S. 132 flg. der 2. Ausg.

in Sachsen nicht Anwendung litten, hier vielmehr die vom Vater seinem unmündigen Kinde gemachte Schenkung auch ohne dessen Acceptation den Eigenthumserwerb des Kindes am Geschenkten begründe.

vgl. Hänsel, Bemerk. u. Excurse zu Curtius, Bd. 1. S. 355. 397 flg. mit den Citaten.

Anmerk. des Eins.

genommen, daß ihn die Mittheilung seines Sachwalters vom Terminstage, da er verreist gewesen, nicht angetroffen habe, es vermag ihm aber solches zur Unterstützung seines Gesuches nicht zu gereichen. Denn es ist die Pflicht einer jeden Proceßpartei und um so mehr derjenigen, der eine Eidesleistung in Aussicht steht, entweder zur Vornahme solcher Proceßhandlungen, bei denen persönliches Erscheinen an Gerichtsstelle erfordert wird, am Orte des Gerichts oder in dessen Umgebung anwesend zu bleiben, oder geeignete Veranstaltungen, z. B. durch Benachrichtigung des Gerichts oder des Sachwalters, zu treffen, daß ihr, wenn sie sich entfernen will, rechtzeitig von etwaigen Vorladungen zu Vornahme solcher Handlungen Mittheilung gemacht werden könne. Unterläßt sie diese nur ganz gewöhnliche Sorgfalt, so handelt sie fahrlässig und auf eigne Gefahr, kann aber nicht für berechtigt angesehen werden, den Schutz der Gesetze in solchen Fällen anzurufen.

Dem Intervenienten war daher die erbetene Wiedereinsetzung nicht zu ertheilen. Hieraus folgt in erster Linie, daß die Leistung des Bl. — geförmelten Eides in Gemäßheit des in der Ladung Bl. — enthaltenen Präjudizes für versäumt zu achten und in zweiter Linie, daß unter Zugrundelegung des Bl. — anzutreffenden, in zweiter Instanz bestätigten Erkenntnisses und auf den Bl. — gestellten Antrag die Kläger von der erhobenen Interventionsklage zu entbinden und loszuzählen, und der Intervenient zu verurtheilen war, denselben aus dem Vermögen der von ihm vertretenen Tochter die Proceßkosten zu erstatten.

Es war aber auch ferner der Intervenient, da sein Restitutionsgesuch für unbegründet zu befinden war, nach der Vorschrift in §. 26. der Proceßnovelle vom 30. December 1861, bez. in Verbindung mit der oben ausgehobenen Stelle der Erl. Proc.-Ordn. in eine Geldstrafe von 5 Thlrn. —, — und zu Ab- und Erstattung der durch sein Gesuch erwachsenen ge- und außergerichtlichen Kosten aus eignen Mitteln zu verurtheilen."

Dieser Bescheid wurde der vom Intervenienten gegen denselben eingewendeten Berufung ungeachtet vom Königl. Appellationsgericht zu Dresden durch folgendes Erkenntniß vom 31. März 1864 bestätigt:

„Daß der Bl. — zu lesende, am — bekannt gemachte Bescheid aus den demselben Bl. — beigegebenen und durch die ebendaselbst angeführten gesetzlichen Bestimmungen gerechtfertigten Gründen, deren Widerlegung vom Appellanten nicht einmal versucht worden, sowie in Betracht, daß daraus allein, daß der den Acten vorgeheftete Brief des Sachwalters des Intervenienten an den Letztern zu Anfang des Monats August v. J. nicht gelangt ist, keineswegs folgt, daß Intervenient bis zum 3. September desselben Jahres, dem Tage des Schwörungstermins, von dessen Anberaumung Kenntniß nicht erlangt habe, noch daß sein Sachwalter bis dahin von jenem Termine ihn zu benachrichtigen nicht im Stande gewesen sei, dem Restitutionsgesuche des Intervenienten also, soweit es auf seine Unkenntniß von dem anberaumten Schwörungstermine hat gestützt werden sollen, es sowohl an der gehörigen Begründung, als an der erforderlichen Bescheinigung gebricht, wie hiermit geschieht, zu bestätigen, der Letztere auch die durch sein unbegründetes Rechtsmittel verursachten Kosten den Klägern zu erstatten schuldig ist."

Miscellen.

Anzeige neu ergangener Gesetze und Verordnungen. Das 11. Stück des Gesetz- und Verordnungsblattes für das Königreich Sachsen (vom Jahre 1864) enthält: No. 86. Landtagsabschied für die Ständeversammlung der Jahre 1863 und 1864, vom 23. August 1864. No. 87. Finanzgesetz auf die Jahre 1864, 1865 und 1866, vom 23. August 1864. No. 88. Ausführungsverordnung hierzu, vom 24. August 1864. No. 89. Decret wegen Bestätigung der Statuten für den Brauverein zu Lichtenstein, vom 27. Juli 1864. No. 90. Verordnung zu Erläuterung und Ausführung des §. 22. des Elementarvolksschulgesetzes, vom 8. August 1864. No. 91. Bekanntmachung, die Eröffnung der Telegraphenstationen in Rochlitz, Penig und Waldenburg betreffend, vom 20. August 1864. No. 92. Bekanntmachung, eine Anleihe der Stadt Glauchau betreffend, vom 22. August 1864. No. 93. Verordnung, die Expropriation von Grundeigenthum für Anlegung der Greiz-Brunner Eisenbahn betreffend, vom 22. August 1864. No. 94. Decret wegen Bestätigung der Statuten des Leipziger Vorschußvereins, vom 22. August 1864. No. 95. Decret wegen Bestätigung der Statuten für die Braugenossenschaft zu Löbau, vom 23. August 1864. No. 96. Bekanntmachung, die Prüfungen bei der chirurgisch-medicinischen Academie betreffend, vom 1. September 1864. — Letzte Absendung: am 10. September 1864.

Redacteur: Dr. Theodor Tauchnitz. Officin der Verlagshandlung.

Von diesem Wochenblatte erscheinen jährlich 64 Nummern zu 1 Quartbogen und außerdem am Jahresschlusse ein ausführliches Register.

Wochenblatt

für

merkwürdige Rechtsfälle,

in actenmäßigen Darstellungen

aus dem Gebiete der Justizpflege und Verwaltung

zunächst für das

Königreich Sachsen.

Alle Postämter u. Buchhandlungen übernehmen Bestellungen und liefern das Quartal zu dem praenumerando zu entrichtenden Preise von 1 Thaler.

Verlag von Bernhard Tauchnitz in Leipzig.

№ 54. Neue Folge Zwölfter Jahrgang. 1864.

89.

Für das Klagrecht der Mutter eines außerehelichen Kindes gegen ihren Schwängerer ist es an sich gleichgültig, ob sich die Mutter der Sorge für das Kind selbst unterzogen, oder dessen Erziehung und Pflege auf ihre Kosten durch Andere hat ausführen lassen. — Wirkung eines von dem Schwängerer mit dem Vater der unmündigen Mutter abgeschlossenen Vergleichs.

Mitgetheilt von
Herrn Adv. D. in B.

Im Jahre 1863 reichte Wilhelmine S. zu T. bei dem Gerichtsamte B. gegen Christian Gottlob S. zu T., nachdem sie dazu durch eine angestellte Provocationsklage genöthigt worden war, folgende Klage ein:

Der Beklagte habe, als sie als Magd in Diensten seines Vaters gestanden, in der Zeit vom 2. Januar bis zur Kornärnte 1859 sie geschwängert; sie habe am 17. Februar 1860 ein Kind weiblichen Geschlechts geboren und komme der Beklagte seinen gesetzlichen Obliegenheiten gegen sie nicht nach.

Der Beklagte behaupte zwar, mit ihr sich vor der Geburt des Kindes vereinigt und ihr ein Aversionalquantum von 3 bis 400 Thalern bezahlt zu haben, wodurch er seiner Verbindlichkeit frei geworden sei; allein sie, die Klägerin, habe dieser Behauptung als unwahr zu widersprechen, einmal, weil sie zur Zeit, wo jene behauptete Vereinigung geschehen sein solle, noch nicht volljährig gewesen, und das anderemal, weil Beklagter gar nicht mit ihr, sondern lediglich mit ihrem Vater verhandelt habe, mithin das, was der Beklagte gedachter Maaßen behaupte, für die Klägerin als eine res inter alios acta erscheine.

Die Klägerin bat um die Verurtheilung des Beklagten in ein alljährliches Ziehgeld von 12 bis 60 Thlrn. —, —, von Zeit der erhobenen Klage an bis zum erfüllten 14ten Lebensjahre des Kindes, sowie für den Fall, daß das Kind vor dem erfüllten 14ten Jahre versterben würde, um Uebertragung des Begräbnißaufwandes, nicht minder Ab- und Erstattung der Proceßkosten.

Der Beklagte schützte ausfluchtsweise vor:

1) daß in der Sache ein Vergleich abgeschlossen, das Vergleichsquantum bezahlt worden, die obervormundschaftliche Behörde auch Kenntniß von dem getroffenen Vergleiche erlangt habe, und

2) die Klägerin ihr Kind nicht selbst erzogen und ernährt habe, sondern der Vormund desselben.

Diese Ausflüchte erläuterte der Beklagte dahin:

Ad 1.

In Folge mehrfacher Unterhandlungen, bei denen der Klägerin Vater mehrmals versichert, daß er als solcher und im ausdrücklichen Auftrage, auch Vollmacht seiner Tochter, der Klägerin, handele, verglich sich der Beklagte mit ihm in seiner vorstehend gedachten Eigenschaft dahin:

> daß der Beklagte wegen aller und jeder Ansprüche aus der Schwängerung der Klägerin, der Geburts- und Taufkosten, sowie der Ernährung und Erziehung des von ihr zur Welt zu bringenden Kindes ein Vergleichsquantum von 300 Thlrn. —, —, bezahlen solle und wolle, dann aber auch nicht als Vater des von der Klägerin erwarteten Kindes in das Kirchenbuch eingetragen werden solle.

Am 24. December 1859 verfügte sich der Beklagte zur Klägerin, traf sie in der Wohnung ihrer Eltern, und diese selbst, persönlich an, besprach sich mit den genannten drei Personen über den abgeschlossenen, vorstehend referirten, Vergleich und wurde derselbe, indem sie sich mit demselben völlig einverstanden erklärten, nochmals ausdrücklich genehmigt. Beklagter zahlte hierauf die stipulirte Vergleichssumme an 300 Thlr. —, —, baar aus, die Klägerin und deren Vater zählten die gedachte Summe durch, fanden dieselbe für richtig, nahmen solche in Empfang und statteten unter dem von dem Beklagten angenommenen Versichern, daß nun Alles abgemacht und der Letztere als Vater des von der Klägerin erwarteten Kindes in das Kirchenbuch nicht eingetragen werden solle, den Handschlag ab. Die Klägerin schrieb alsdann die in der Urschrift producirte Quittung über den Empfang der 300 Thlr. —, —, die der Vater der Klägerin und sie selbst unterzeichnete.

Obschon vergleichsweise festgesetzt worden war, daß Beklagter als Vater des erwähnten Kindes in das Kirchenbuch nicht eingetragen werden solle, so trat doch der Klägerin Vater nach der Geburt seines Enkels mit dem Beklagten in neue Unterhandlung und bewog denselben zu Bezahlung einer weiteren Vergleichssumme von 50 Thlrn. —, —. Diese Summe zahlte Beklagter am 3. März 1860 baar aus und erhielt darüber ebenfalls eine von dem Vater der Klägerin und der Letzteren selbst ausgestellte Quittung.

Das Königliche Gerichtsamt zu B. bestellte den Vater der Klägerin zum Vormunde seines mehrgedachten Enkels, stellte über den zwischen den Parteien abgeschlossenen Vergleich Erörterungen an und gestanden in Folge derselben sowohl die Klägerin, als deren Vater zu, von dem Beklagten bereits 350 Thlr. —, —, erhalten zu haben, sie gaben vor, das Geld sei zum Theil verbraucht und wurden daher veranlaßt, einen genauen Nachweis über die Verwendung des Geldes zu ertheilen.

Ad 2.

Der genannte Vormund zeigte noch am 31. März 1863 der obervormundschaftlichen Behörde an, daß er seine Pflegbefohlene selbst erziehe und verpflege, die Mutter derselben diene auf dem Rittergute T. Eine Cession der etwanigen Rechte des Vormundes an die Klägerin war von ihr nicht behauptet und noch weniger bescheinigt worden.

In der Replik machte die Klägerin zwar mehrfache Zugeständnisse bezüglich der vorgeschützten Ausflüchte, bestritt aber, ihrem Vater zum Abschlusse des erwähnten Vergleichs Auftrag und Vollmacht ertheilt zu haben, indem sie damals noch minderjährig und mithin nicht im Stande gewesen sei, einen Auftrag zu ertheilen. Ohne einen solchen Auftrag sei aber der von ihrem Vater abgeschlossene Vergleich ihr gegenüber nichtig, weil der Vater dem Hauskinde wohl Rechte und Vortheile erwerben, aber keine Verbindlichkeiten auflegen könne.

Die hierauf ergangenen Entscheidungen folgen nachstehend:

I.

Bescheid des Königl. Gerichtsamtes zu Borna:

ꝛc. „Und weil, anlangend die Hauptsache, zwar vermöge langjährigen, in Sachsen durch das Mandat vom 12. November 1828. §. 5. gebilligten Gerichtsbrauchs die Klage der außerehelichen Mutter, worin sie vom Stuprator Alimentengelder für das Kind einklagt, zugelassen wird, das Fundament einer solchen Klage jedoch die Präsumtion einer negotiorum gestio der klagenden Mutter für ihr hierbei als allein berechtigtes Subject erscheinendes Kind ist, nach welcher dieselbe letzteres nicht nur zeither erzogen und ernährt, sondern auch künftig unterhalten werde;

vergl. Zeitschrift für Rechtspflege und Verwaltung, Neue Folge Bd. 16. S. 147., Bd. 21. S. 60 flg. 64.

nun aber, wie bei Gericht bekannt und aus den Beilagen der Exceptionsschrift sub D. Bl. — flg. hervorgeht, Klägerin ihr fragliches Kind zeither weder selbst erzogen und ernährt, noch als Dienstmagd (vergl. Bl. —) solches für die Zukunft zur Erziehung überlassen erhalten kann, vielmehr beides, Erziehung und Verpflegung, vom mütterlichen Großvater des Kindes, als Vormund, besorgt wird, welchem letzterem solchemnach ein Rückforderungsrecht gegen den Stuprator ex negotiorum gestione oder versione in rem zustehen würde;

vergl. Zeitschrift ꝛc., I. S. 489.

mithin hierdurch der Grund der Klage von selbst als beseitigt angesehen werden muß; so hat der Klägerin Suchen, immaaßen angebracht, nicht statt, sie ist auch die durch diesen, sowie den Provocationsproceß erwachsenen ge- und außergerichtlichen Kosten Beklagtem zu erstatten schuldig."

II.

Urthel des Königl. Appellationsgerichts zu Leipzig:

„Dieweil

1) der Ansicht der vorigen Instanz, die Klägerin könne, ungeachtet der ihr als einer Stuprata an sich zur Seite stehenden Präsumtion, daß sie ihr außereheliches Kind nicht nur zeither erzogen und ernährt habe, sondern auch künftig unterhalten werde, doch um deswillen als klagberechtigt nicht angesehen wer-

den, weil, wie bei Gericht bekannt sei und aus den Beilagen der Exceptionsschrift Bl. — flg. hervorgehe, dieselbe ihr Kind weder selbst erzogen habe, noch als Dienstmagd solches für die Zukunft überlassen erhalten könne, vielmehr diese Verpflegung von dem mütterlichen Großvater des Kindes besorgt werde, und diesem daher das Rückforderungsrecht gegen den Stuprator zustehen würde, nicht beizupflichten gewesen ist, da

a) könnte auch, was nicht der Fall, durch die Bl. — bei Gericht bewirkte, nicht vorgelesene, sondern nur amtlich contrasignirte Anzeige des Vaters der Stuprata und Vormundes des Kindes vom 31. März 1863 dem Beklagten gegenüber als erwiesen angesehen werden, daß er seine Mündel und Enkelin damals selbst erzogen und verpflegt habe, dadurch doch nicht zugleich constatirt sein würde, daß er auch noch zur Zeit der späteren Klaganstellung Erzieher des Kindes gewesen sei, die frühere Erziehung des letzteren durch den Großvater aber gegenwärtig, wo Alimente von einem früheren Zeitpunkte, als von Erhebung der Klage an, überhaupt nicht gefordert worden sind, ohne rechtliche Bedeutung ist, und noch viel weniger die in dem Bescheide erfolgte amtliche Bestätigung des Umstandes, daß die Klägerin in ihrer jetzigen Stellung als Dienstmagd für ihre Person der Erziehung des Kindes sich nicht unterziehe, als rechtlich wirksam erscheint, da die Verhandlungsmaxime dem Richter nicht gestattet, von Amtswegen und ohne vorhergegangene Aufforderung einer oder beider Parteien dazu, zu Ermittelung der materiellen Wahrheit thätig mitzuwirken, — wäre aber sogar

b) als erwiesen anzusehen, daß auch nach der Klaganstellung der Klägerin Vater der Naturalerziehung seiner Mündelin und Enkelin sich unterzogen habe, dieser Umstand als bedeutungslos sich darstellen würde, da — ganz abgesehen davon, daß die Klägerin dieses Verhältniß durch Ausscheiden aus dem Dienste, in welchem sie sich jetzt befindet, jederzeit ändern und dann ihr Kind selbst erziehen könnte — für das Klagrecht der Mutter eines außerehelichen Kindes gegen ihren Schwängerer es an sich gleichgültig ist, ob dieselbe der Sorge für selbiges sich selbst unterzogen oder dessen Erziehung und Pflege auf ihre Kosten durch Andere habe ausführen lassen — ein Grundsatz, welchen das Königliche Appellationsgericht zu Leipzig in Fällen ähnlicher Art unter Zustimmung des Königlichen Oberappellationsgerichts mehrfach ausgesprochen hat, z. B. in Sachen Katzschmann ⁄. R. Registr. B. No. 1390. vom Jahre 1861 —, überdem aber selbst für den Fall, daß der Großvater das Kind ohne Zuthun seiner Tochter ernährt haben sollte, bei den bestehenden nahen verwandtschaftlichen Verhältnissen in Zweifel davon ausgegangen werden müßte, daß derselbe der Erziehung seiner Enkelin nicht, um gegen den Stuprator der Tochter ein Klagrecht zu erlangen, sondern aus Liberalität gegen die letztere und um dieser ein Klagrecht gegen den Schwängerer zu verschaffen, sich angenommen habe, nun aber

2) Beklagter des Grundes der Klage bei dem ersten Einlassungspunkte geständig gewesen ist und die Bl. — behauptete, Bl. — und — zugestandene vergleichsweise Abfindung der Klägerin mit einer Summe von 300 Thlrn. —: —: Beklagtens Verurtheilung in dem vorliegenden Rechtsstreite abzuwenden nicht geeignet ist, da die Stuprata Beklagtens eigenem Bekenntnisse Bl. — zufolge bei dem Abschlusse des Vergleichs, wie bei der Empfangnahme des Geldes noch unmündig, folglich zu der ebenfalls behaupteten ausdrücklichen Beauftragung ihres Vaters nicht befähigt gewesen, übrigens zu diesem mit der unmündigen Stuprata wegen ihres noch nicht bevormundeten Kindes abgeschlossenen Vergleiche, wie gleichwohl zu Sicherstellung des Stuprator gegen zukünftige Ansprüche erforderlich gewesen wäre, das obervormundschaftliche Decret nicht ertheilt worden ist, endlich

3) bei den Abstufungen, welche die jetzige Instanz bei Bestimmung der Höhe der in dem Mandate vom 12. November 1828. §. 1. 2. gedachten Alimentengelder zu befolgen pflegt, sich in dem vorliegenden Falle die Zubilligung eines jährlichen Beitrags von 16 Thlrn. —: —, als den derzeitigen Verhältnissen Beklagtens entsprechend, darstellt,

so ist es bei dem Bl. — zu lesenden, am 7. September 1863 publicirten Bescheide auf die Berufung der Klägerin nicht zu lassen; vielmehr ist Beklagter das von ihm mit der Klägerin außer der Ehe erzeugte, Bl. — näher bezeichnete Kind von Zeit erhobener Klage an bis zu dessen erfülltem vierzehnten Lebensjahre zu alimentiren und zu diesem Behufe der Klägerin einjährliches Ziehgeld von Sechszehn Thalern —: —: in vierteljährigen, durch Vorauszahlung zu leistenden Raten abzuführen, auch in dem Falle, daß das Kind vor diesem Zeitpunkte versterben sollte, den Begräbnißaufwand zu übertragen, nicht minder die Kosten erster Instanz mit Einschlusse der durch den vorausgegangenen Provocationsproceß entstandenen zu erstatten schuldig, als wodurch Beklagtens Berufung sich von selbst erledigt.

Die Kosten gegenwärtiger Instanz werden gegen einander aufgehoben, da beide Theile remedirt haben und reformatorisch zu erkennen gewesen ist."

III.

Urthel des Königl. Oberappellationsgerichts vom 27. Juni 1864:

„Daß es mit Ausnahme dessen, was darin wegen der Kosten der zweiten Instanz erkannt worden, nicht bei dem Eingangs gedachten Urthel (2. Instanz), sondern bei dem Bescheide Bl. — flg. zu lassen, die in jetziger Instanz erwachsenen Unkosten aber unter den Parteien gegen einander aufzuheben.

Entscheidungsgründe:

Man kann im Wesentlichen demjenigen beitreten, was in dem vorigen Urthel Bl. — flg. unter 1. a. und b. den Gründen entgegengesetzt worden ist, aus welchen nach Bl. — die erste Instanz die Bl. — flg. erhobene Klage in der angebrachten Maaße verworfen hatte.

Wenn man dessen ungeachtet jetzt zu einer Wiederherstellung des erstinstanzlichen Bescheides gelangt ist, so beruht dies darauf, daß man der Ansicht der zweiten Instanz entgegen in der von dem Beklagten Bl. — flg. unter II. vorgeschützten Einrede der vergleichsweisen Abfindung der Klägerin mit Rücksicht auf die bezüglichen Zugeständnisse der Letzteren Bl. — und — eine durchgreifende proceßhindernde Ausflucht zu erblicken gehabt hat.

Allerdings ist Klägerin, was der Beklagte auch Bl. — zugegeben hat, beim Abschlusse des excipirten Vergleichs und bei der Empfangnahme des Geldes noch minderjährig gewesen, allein dieser Umstand thut der Gültigkeit und Wirksamkeit des excipirten Vergleichs, wenigstens der Klägerin gegenüber, keinen Eintrag, da dieser Vergleich, wie Klägerin gar nicht in Abrede gestellt hat, durch deren Vater oder doch unter dessen Mitwirkung und Beitritt abgeschlossen worden ist.

Die Klägerin befand sich damals unter der väterlichen Gewalt ihres Vaters. Nun unterliegt es aber keinem Zweifel, daß nach dem in Sachsen geltenden Rechte der Vater die unter seiner väterlichen Gewalt stehenden minderjährigen Kinder, dafern und soweit denselben nicht ein besonderer Vormund bestellt ist, sowohl vor als außer Gericht vertritt und, ohne ein obervormundschaftliches Decret zu bedürfen, gültiger Weise anstatt derselben handelt, mögen Rechte oder Verbindlichkeiten solcher Kinder in Frage stehen.

Hatte also der Vater der damals noch minderjährigen Klägerin wegen der Ansprüche dieser seiner Tochter aus deren unehelicher Schwängerung mit dem Beklagten Verhandlungen gepflogen und einen Vergleich abgeschlossen, so war dieser Vergleich auch für die Klägerin bindend, selbst wenn dieselbe beim Abschlusse gar nicht concurrirt hatte; ihr steht daher der Vergleich allemal entgegen. Eine ganz andere Frage würde die sein, ob durch die vergleichsweise Abfindung der Klägerin den Rechten des Kindes irgendwie präjudicirt worden sei oder ob nicht immer noch der Vormund des Kindes für dasselbe den Beklagten mit Erfolg würde in Anspruch nehmen können? Dies ist jedoch eine Frage, auf welche hier nicht näher einzugehen ist, da der Altersvormund des Kindes — wozu im concreten Falle der Vater der Klägerin bestellt worden — der vorliegenden Klage gar nicht als Kläger beigetreten ist." rc.

90.

Ueber die Verbindlichkeit des in culpa befindlichen Vermiethers, dem Abmiether die durch fehlerhafte Beschaffenheit der vermietheten Sache entstandenen Schäden zu vergüten und den Beweis der diesfallsigen culpa.

Mitgetheilt von
Herrn A. — in L.

Im Jahre 1862 trat der Kaufmann N. N. gegen den Stadtrath zu L. in Vertretung der Stadtcommun daselbst, als Vermiethern eines Kellerlocals, mit einer Klage folgenden Inhalts auf:

Bei dem im Sommer des Jahres 1861 vorgenommenen Umbaue des an rc. und der —straße gelegenen, der Commun L. zugehörigen Hausgrundstücks, — genannt, sei auch der angebaute Thurm, in dem sich der Eingang in die Kellerräume befunden, welche er, Kläger, schon seit mehreren Jahren zur Betreibung seiner Weinhandlung miethweise innegehabt habe, abgebrochen worden. Da der zwischen den Parteien über diese Localitäten bestehende Miethvertrag noch für längere Zeit fortgelaufen, habe es zu der von Beklagtem beabsichtigten wesentlichen Veränderung derselben seiner, des Klägers, Zustimmung bedurft.

In Folge der hierüber zwischen ihnen gepflogenen Verhandlungen habe er schließlich seine Einwilligung zu derselben unter der Bedingung ertheilt, daß, da durch den Umbau der bisherige Kellereingang vollständig verändert worden und die bisher zur Herablassung der Stückfässer in dem Keller vorhandene Vorrichtung dadurch ganz in Wegfall gekommen sei, Beklagter eine andere derartige Einrichtung in zweckentsprechender Weise auf seine Kosten herstellen solle.

Dies sei ihm nicht nur zugesagt, sondern auch von dem Stadtschreiber S., im Auftrage des Stadtraths, mit ihm darüber verhandelt worden, welche Gewichtmassen die Einrichtung zu tragen habe, um bei ihrer Herstellung die bezüglich der Tragfähigkeit erforderlichen Rücksichten nehmen zu können.

Kläger habe demzufolge die nöthigen Auskünfte ertheilt, insbesondere angegeben, daß größere Stückfässer mit ihrem Inhalte ein Gewicht von circa 26 Centnern hätten, was Seiten des Stadtschreibers S. noch die Bemerkung hervorgerufen habe, daß die Berechnung der Tragfähigkeit der herzustellenden Vorrichtung mindestens auf ein Drittheil höher gestellt werden müßte.

Nunmehr erst sei der quäst. Bau vorgenommen, und dabei von dem Beklagten, ohne seine, des Klägers, weitere Zuziehung resp. Befragung, durch von Beklagtem erwählte Arbeiter eine Vorrichtung hergestellt worden, welche dazu dienen sollen, die Fässer in den Keller herabzulassen.

Sie habe in einem sogen. Aufzuge, d. h. einer zwischen zwei Säulen sich bewegenden Brücke, bestanden, welche als Unterlage für die zu transportirenden Fässer dienend, zugleich mit diesen durch Nachlassen eines in dazu bestimmte Falzen der beiden Säulen herabgehenden Seiles in den Keller herabgelassen worden sei, im Falle der Nichtbenutzung, resp. nach gemachtem Gebrauche aber habe aufgezogen und durch das Seil in der Höhe gehalten werden müssen, weil die Brücke gleichzeitig den Verschluß des Kellers, welcher sonst an jener Stelle nur durch eine schwache, darüber gelegte Diele verwahrt gewesen, hergestellt habe.

Nachdem diese Einrichtung, zu welcher der Beklagte nach oberwähnter Uebereinkunft das gesammte Material selbst geliefert, fertig gewesen, sei sie ihm, dem Kläger, zu Michaelis 1861 ohne nähere Instruction über die Art und Weise der Benutzung, namentlich ohne irgend welche Angabe über die Tragfähigkeit des die Brücke haltenden Seils, zu seinem Gebrauche übergeben worden, und er habe, da das städtische Bauamt dieselbe für tüchtig gehalten, keine Veranlassung gehabt, daran zu zweifeln, daß die ganze Vorrichtung in der ihm zugesicherten zweckentsprechenden Weise hergestellt sei.

Er habe daher diesen Aufzug in Gebrauch genommen und solchen auch während des Winters 1861 auf 1862 zur Herablassung kleinerer Fässer in den Keller benutzt.

Als jedoch im Frühjahre 1862, d. h. fünf Monate nach der Uebergabe, das erste große Stückfaß, dergleichen nur in dieser Jahreszeit bezogen werden, auf der beschriebenen Hängebrücke in der gewöhnlichen Weise habe in den Keller befördert werden sollen, sei plötzlich, während das Stückfaß auf der Hängebrücke gelegen, das Zugseil zersprungen, wodurch die Brücke mit dem darauf liegenden Fasse den Halt verloren habe und mit ihrer ganzen Schwere in den Keller hinabgestürzt, und das Faß in Folge des heftigen Anpralles gegen den Kellerboden vollständig zertrümmert und somit dessen ganzer Inhalt an Wein auf den Boden des Kellers, resp. in die unter demselben befindliche Grube geflossen sei.

Der ihm, dem Kläger, hierdurch erwachsene Schaden an Wein und Gefäß belaufe sich nach der in der Beifuge ⊙ aufgestellten Berechnung auf 312 Thlr. —, —,.

Unterliege es nun aber keinem Zweifel, daß das trotz seiner guten und dauerhaften Bauart gänzlich zerschellte Weinfaß, welches sammt Inhalt das Gewicht von 26 Centnern noch nicht erreicht habe, ebenso wie die anderen Fässer wohlbehalten und ohne Beschädigung in dem Keller angekommen sein würde, wenn das Seil nicht zersprungen wäre, und stelle sich somit als die alleinige Ursache des entstandenen Schadens lediglich die schlechte Beschaffenheit des zum Herablassen bestimmten Seiles dar, so könne auch nur Beklagten, dessen mit Herstellung des Aufzugs betraute Beamte in dem verwendeten Seile ein zur Tragung einer Last von 26 Centnern gänzlich ungeeignetes, den Verhältnissen der Localität und der Einrichtung durchaus unangemessenes Mittel gewählt, die Ersatzpflicht hierfür treffen, Beklagter habe auch indirect die Fehlerhaftigkeit der früheren Einrichtung und folgerichtig die Verbindlichkeit zur Vertretung des durch die Fahrlässigkeit seiner beauftragten Arbeiter herbeigeführten Schadens dadurch anerkannt, daß derselbe einen neuen und zwar nunmehr mit haltbaren eisernen Ketten versehenen Aufzug auf seine Kosten hergestellt habe.

Nichtsdestoweniger habe sich derselbe jedoch, trotz mehrfacher Aufforderungen hierzu, bis jetzt jedes Ersatzes des dem Kläger durch die frühere unhaltbare und unrichtige Einrichtung des von ihm hergestellten Aufzugs entstandenen Schadens im Betrage von 312 Thlrn. —, —, beharrlich geweigert.

Ueber diese Klage und Beilage sub ⊙ bediente Kläger sich des Eidesantrags und bat schließlich um ein Erkenntniß des Inhalts:

> daß Beklagter Klägerm die in der Beifuge sub ⊙ berechnete Schädensumme von 312 Thlrn. —, —, nebst Zinsen des Verzugs von Zeit erhobener Klage an zu bezahlen und alle durch diesen Proceß erwachsenen Kosten ab- und zu erstatten schuldig.

Beklagter bestritt seine Verbindlichkeit zu Vergütung des geforderten Schädenbetrags aus Gründen, welche in den ertheilten Erkenntnissen ihre Würdigung gefunden haben. Da letztere auch ohne ausführliche Darlegung der Auslassungen des Beklagten verständlich sind, so verschreitet Referent sofort zu Mittheilung derselben.

Das am 18. Juni 1863 publicirte Erkenntniß des Bezirksgerichts zu Leipzig ist folgenden Inhalts:

„Daß Beklagter folgender Sätze der Klage:

a) daß durch den im 1sten Einlassungsabschnitte aufgeführten Umbau des die — genannten Hauses der bisherige Kellereingang vollständig verändert worden, und daß dadurch die bisher zur Herablassung der Stückfässer in den Keller vorhandene Vorrichtung ganz in Wegfall gekommen sei,

b) daß von dem Stadtschreiber S., im Auftrage der Beklagten, mit dem Kläger darüber verhandelt worden sei, welche Gewichtsmassen die in dem 2ten Einlassungsabschnitte gedachte anderweite Einrichtung zu tragen habe, um bei ihrer Herstellung die bezüglich der Tragfähigkeit erforderlichen Rücksichten nehmen zu können, und daß Kläger dem zu Folge die nöthigen Auskünfte ertheilt habe,

c) daß das im 5ten Einlassungsabschnitte enthaltene Anführen Seiten des Stadtschreibers S. die Bemerkung hervorgerufen, daß die Berechnung der Tragfähigkeit der herzustellenden Vorrichtung mindestens auf ein Drittheil höher gestellt werden müßte,

d) daß Beklagter das gesammte Material zu der im 6ten und 8ten Einlassungsabschnitte erwähnten Einrichtung selbst geliefert habe,

für geständig und überführt zu achten, dagegen ist Kläger den über die Klage angetragenen und ihm fol. — zurückgegebenen Eid über die geleugneten Einlassungsabschnitte 5. 13. 15. bis 23. 27. 28. und 45. bis 48. dahin:

1) daß er bei der zwischen ihm und dem Stadtschreiber S. stattgefundenen, in der Klage erwähnten Verhandlung insbesondere angegeben, daß größere Stückfässer mit ihrem Inhalte ein Gewicht von circa 26 Centnern hätten,

2) daß er die im 6ten und 8ten Einlassungsabschnitte gedachte, ihm zu Michaelis 1861 übergebene neue Einrichtung und den im 12ten Einlassungsabschnitte erwähnten Aufzug während des Winters von 1861 auf 1862 nur zur Herablassung kleinerer Fässer in den Keller benutzt,

3) daß im Frühjahr 1862 das erste große Stückfaß auf der in der Klage beschriebenen Hängebrücke in den Keller habe befördert werden sollen, daß aber, während das Stückfaß auf der Hängebrücke gelegen, das Zugseil plötzlich zersprungen sei, hierdurch die Brücke mit dem darauf liegenden Fasse den Halt verloren, in den Keller herabgestürzt, das Faß durch das Anprallen gegen den Kellerboden vollständig zertrümmert worden, und der ganze Inhalt des Stückfasses an Wein auf den Boden des Kellers, bezüglich in die unter demselben befindliche Grube geflossen sei,

4) daß das vorstehend unter 3. erwähnte Stückfaß von guter und dauerhafter Bauart gewesen, sammt Inhalt aber ein Gewicht von 26 Centnern noch nicht erreicht habe,

5) daß das vorstehend unter 3. gedachte Stückfaß 1200 Liter Wachenheimer Wein vom Jahre 1859 enthalten habe, und daß er dieses Faß mit Wein für 240 Thlr. —, —, erkauft gehabt, für dasselbe an Fracht, Schröterlohn und Einschlag, auf die in der Schädenberechnung Bl. — der Acten gedachte Weise, indem das Gewicht des in der Rechnung erwähnten Ohms 355 Pfund betragen, 30 Thlr. 8 Ngr. —, bezahlt, der Werth des zertrümmerten Fasses aber 20 Thlr. —, —, betragen habe, indem zu diesem Preise ein leeres Stückfaß stets verkauft werde,

zu schwören schuldig.

Würde nun Kläger den vorstehend gedachten Eid leisten, so ist Beklagter die geklagten 312 Thlr. —, —, nebst Zinsen des Verzugs von Zeit der erhobenen Klage dem Kläger zu bezahlen, ihm auch die verursachten Proceßkosten zu erstatten schuldig."

Die beigefügten Entscheidungsgründe lauten also:

„Die im Erkenntnisse unter a. bis d. aufgeführten Sätze der Klage hat der Beklagte bei der Einlassung fol. — nicht beantwortet; da aber die darin enthaltenen Thatsachen für die Entscheidung der Sache Einfluß haben, so mußte er dieser Sätze für geständig und überführt angesehen werden. Hiernach, und nach den ausdrücklichen Zugeständnissen des Beklagten fol. — ist nun von den Behauptungen der Klage Folgendes erwiesen:

1. Der Beklagte hatte, schon vor dem Sommer 1861, seit mehreren Jahren einen unter dem Eckhause rc. der —straße zu L. — zur — genannt und der Commun L. gehörig — befindlichen Keller an den Kläger, welcher darin eine Weinhandlung betrieb und noch betreibt, zu Betreibung dieses Geschäftes vermiethet, und es befand sich der Eingang zu diesem Keller in einem an dieses Haus angebauten Thurme. Dieser Thurm sollte bei einem im Sommer 1861 stattgefundenen Umbaue des obigen Hauses abgebrochen und nicht wieder hergestellt werden, und da Kläger hierdurch den bis dahin benutzten Zugang zu dem Keller verlor, der mit Beklagtem abgeschlossene

Miethcontract aber noch von längerer Dauer war, so bedurfte es der Zustimmung des Klägers zu der von Beklagtem beabsichtigten wesentlichen Veränderung der dem Kläger vermietheten Sache.

2. Wegen dieser Zustimmung sind zwischen dem Kläger und dem Beklagten Verhandlungen gepflogen worden, und es hat schließlich Kläger seine Einwilligung zu der obigen Veränderung unter der Bedingung ertheilt, daß, weil durch den Umbau der bisherige Kellereingang vollständig verändert werden und die bis zur Zeit der Verhandlung zur Herablassung der Stückfässer in den Keller vorhandene Vorrichtung ganz in Wegfall kommen sollte, Beklagter eine andere derartige Einrichtung auf seine Kosten herstelle.

3. Es ist mit dem Kläger von dem Stadtschreiber S., im Auftrage des Beklagten, darüber verhandelt worden, welche Gewichtsmassen die von Beklagtem herzustellende Einrichtung zu tragen habe, um bei der Herstellung die bezüglich der Tragfähigkeit erforderlichen Rücksichten nehmen zu können, Kläger hat die deshalb nöthige Auskunft ertheilt, und der Stadtschreiber S. bemerkt, daß die Berechnung der Tragfähigkeit der herzustellenden Vorrichtung mindestens auf ein Drittheil höher gestellt werden müsse, als Kläger angegeben.

4. Nach diesen Verhandlungen ist der Bau Seiten des Beklagten vorgenommen und dabei von diesem, ohne weitere Zuziehung oder Befragung des Klägers, durch von Beklagtem erwählte Arbeiter, eine Vorrichtung zur Herablassung der Fässer des Klägers in den Keller, so, wie sie in der Klage Bl. — näher beschrieben, und zwar aus von Beklagtem allein geliefertem Material, hergestellt und Klägerm zu Michaelis 1861 zum Gebrauche übergeben worden, und Kläger hat, weil das städtische Bauamt dieselbe für tüchtig gehalten, keine Veranlassung gehabt, daran zu zweifeln, daß die ganze Vorrichtung in der ihm zugesicherten zweckentsprechenden Weise hergestellt sei.

5. Kläger hat daher den in der Klage gedachten Aufzug, nachdem er ihm übergeben worden, in Gebrauch genommen und während des Winters 1861 auf 1862 zur Herablassung von Fässern in den Keller benutzt,

6. im Frühjahr 1862 ist aber das Zugseil gesprungen.

Enthielte die Klage nichts weiter, als was nach Vorstehendem als zugestanden vorliegt, so würde man der von dem Beklagten fol. — aufgestellten Ansicht, ein Anspruch auf Ersatz eines durch Zerspringen des Zugseiles dem Kläger erwachsenen Schadens sei als unschlüssig abzuweisen, beizutreten gehabt haben, denn es würde der Klage Nachweisung des Umstandes gebrechen, daß dem Beklagten, indem er einen neuen Aufzug zum Einbringen der Fässer in den Keller anbringen ließ, und dem Kläger statt der früher dazu benutzten Vorrichtung vermiethete, eine Verschuldung beizumessen sei. Wird aber durch Leistung des im Erkenntnisse unter 1. enthaltenen Relati dargethan, daß Kläger bei der vorstehend unter 3. aufgeführten Verhandlung über die erforderliche Tragfähigkeit des neuen Aufzugs angegeben habe, größere Stückfässer hätten mit ihrem Inhalte ein Gewicht von circa 26 Centnern, so war Beklagter, nach der durch seinen Bevollmächtigten dem Kläger abgegebenen Erklärung, verbunden, die Tragfähigkeit der neuen Vorrichtung nicht nur zu 26 Centnern, sondern sogar noch höher, also zu 34 Centnern, berechnen und letztere nach dieser Tragfähigkeit herstellen zu lassen. Leistet Kläger ferner das Relatum unter 3. und 4., so ist erwiesen, daß der Aufzug nicht einmal eine Tragkraft von 26 Centnern gehabt hat, denn das erste darauf gebrachte Stückfaß hat noch nicht einmal ein Gewicht von dieser Schwere gehabt, gleichwohl aber ist das Zugseil beim Aufbringen des ersten Stückfasses gesprungen. Daß dem Kläger selbst rücksichtlich seines Gebahrens mit dem neuen Aufzuge während des Winters von 1861 zu 1862 eine Verschuldung nicht beizumessen sei, wird durch Leistung des Relati unter 2. dargethan, denn hat er bis zu der Zeit, wo das zertrümmerte Stückfaß herabgelassen werden sollte, den Aufzug nur zu Herablassung kleinerer Gefäße benutzt, so hat durch diesen Gebrauch eine Beschädigung des Zugseiles nicht erfolgen können, Kläger war nach der im Zugeständniß unter 4. enthaltenen Zusicherung gar nicht in der Lage, nur an die Möglichkeit der Entstehung einer Beschädigung zu denken, er war daher auch vor Aufbringung des Stückfasses gar nicht zu einer Prüfung des Tragseiles verbunden, und da die Gewährung der durch Klägern bedungenen Tragfähigkeit des Aufzugs von Seiten Beklagtens für die Dauer des Contractes zu gelten hatte, so ist es gleichgültig, ob das erste Herablassen eines Stückfasses zu Michaelis 1861, oder ob es erst nach fünf Monaten erfolgte. Hiernach leidet die l. 19. §. 1. Dig. loc. cond. rücksichtlich der Verpflichtung des Beklagten an sich volle Anwendung, der der fol. — angezogenen Entscheidung zu Grunde liegende Fall aber ist wesentlich verschieden von dem hier vorliegenden.

Was den Schaden selbst anlangt, so wird das Vorhandensein desselben durch das Relatum unter 3. dargethan, die Höhe aber durch den Eid unter 5.

und theilweise unter 4. ermittelt. Daß die als Werth des verlorenen Weines selbst geforderten 240 Thlr. —, —, der Einkaufspreis desselben sind, ergiebt sich aus der in der Berechnung fol. — genommenen Beziehung auf die Factura vom 22. März 1862, deren Original fol. — zu den Acten gebracht worden ist, das Bedenken aber, welches Beklagter gegen Berechnung der Fracht und Spesen des Stückfasses an 30 Thlr. 8 Ngr. —, fol. — aufgestellt hat, beseitigt sich dadurch, daß der Kläger beim Abziehen der 5 Thlr. 21 Ngr. —, unter dem allgemeinen Ausdrucke Spesen das vorher aufgeführte Schröterlohn und Einschlag verstanden hat, eine Bezeichnung, welche wenigstens in Leipzig als allgemein verständlich betrachtet werden muß, und daß der Abzug an 5 Thlr. 21 Ngr. —, nach dem Gewichte des fol. — gedachten Ohms erfolgt ist, nach welchem bekanntlich Fracht, Schröterlohn und Einschlag berechnet werden.

Die Entscheidung in der Hauptsache hatte auch die Verbindlichkeit des Beklagten, die Proceßkosten zu erstatten, zur Folge."

Auf die Berufung des Beklagten erkannte das Königl. Appellationsgericht zu Leipzig dahin:

„Daß es bei dem Bl. — anzutreffenden, an dem 18. Junius 1863 publicirten Erkenntnisse (1. Instanz) in theilweiser Beachtung der eingewendeten Berufung mit Ausnahme dessen, was im Eingange desselben über die Folgen der mangelhaften Einlassung erkannt worden ist, nicht zu lassen;

würde vielmehr Kläger die ihm Bl. — sub 1—5. auferlegten Eide, jedoch mit der Abänderung, daß in der Bl. — sub No. 5. zu lesenden Eidesnotul anstatt des auf der letzten Zeile des gedachten Actenblattes mit den Worten: „für dasselbe an Fracht" rc. beginnenden und bis zu deren Schlusse fortlaufenden Satzes der folgende:

„für dasselbe auch 21 Thlr. 22 Ngr. —, an Ausgleichungssteuer bezahlt habe",

zu setzen ist, schwören, so ist ihm Beklagter die Summe von 261 Thlrn. 22 Ngr. —, sammt Zinsen des Verzugs von Zeit erhobener Klage an zu bezahlen schuldig, es werden auch solchenfalls die in diesem Rechtsstreite in erster Instanz entstandenen Unkosten unter den Parteien compensirt, es könnte und wollte denn Beklagter sein exceptivisches Vorbringen Bl. — sub No. 2. binnen dreiwöchiger, von Leistung der erkannten Eide an zu rechnender Frist, Klägerm der Gegenbeweis, beiden Theilen die Gewissensrührung und andere Rechtszuständigkeiten vorbehältlich, wie Recht erweisen, so ergeht weiter sowohl wegen der vorgedachten 261 Thlr. 22 Ngr. —, sammt der davon dem Kläger zugebilligten Verzugszinsen, als auch der in erster Instanz entstandenen Unkosten halber, was Recht ist.

Dahingegen hat Klägers Suchen, soweit es auf ein Mehreres, als ihm in Vorstehendem zugebilligt worden, gerichtet ist, in Maaßen es angebracht, nicht statt.

Die durch Einwendung des Rechtsmittels verursachten Unkosten werden unter den Parteien ebenfalls compensirt.

Entscheidungsgründe:

Nach unzweideutigen Rechtsvorschriften

zu vergl. l. 13. §. 6. l. 33. D. de damno infecto (XXXIX. 2.)

steht dem Abmiether, wenn sich die ihm vermietheten Räumlichkeiten oder Gegenstände in schadhaftem Zustande befinden sollten, zunächst nur das Recht zu, Abstellung der Schadhaftigkeit von dem Abmiether zu verlangen, und, falls derselbe seiner diesfallsigen Verbindlichkeit nicht oder nicht genügend entsprechen sollte, nach Befinden den bestehenden Miethcontract einseitig aufzulösen. Hinsichtlich des durch die vorhandene Mangel- oder Schadhaftigkeit der vermietheten Sache zugefügten Schadens haftet dagegen der Vermiether, dafern er nicht in dieser Hinsicht eine ausdrückliche Garantie übernommen hat, wie schon aus der zuletzt gedachten Gesetzesvorschrift und aus dem in l. 23. D. de regul. jur. (L. 17.) enthaltenen allgemeinen Grundsatze hervorgeht, nur für culpa, und somit nur, soweit er entweder die vorhandene Schadhaftigkeit kannte oder dieselbe von der Beschaffenheit war, daß er selbige nach Lage der Sache bei Beobachtung der ihm obliegenden Sorgfalt erkennen mußte. Liegt jedoch der Fall einer solchen Verschuldung vor, so haftet der Vermiether für das volle Interesse.

zu vergl. l. 15. §. 8. loc. cond.

Sintenis, das praktische Civilrecht, §. 118. Bd. II. S. 655. (ed. 2.)

Glück, Erläuterungen der Pandecten, Bd. XVII. S. 359.

(Schluß in der gleichzeitig erscheinenden Nummer 55.)

Redacteur: Dr. Theodor Tauchnitz. Officin der Verlagshandlung.

Wochenblatt für merkwürdige Rechtsfälle,

in actenmäßigen Darstellungen

aus dem Gebiete der Justizpflege und Verwaltung

zunächst für das

Königreich Sachsen.

Von diesem Wochenblatte erscheinen jährlich 64 Nummern zu 1 Quartbogen und außerdem am Jahresschlusse ein ausführliches Register.

Alle Postämter u. Buchhandlungen übernehmen Bestellungen und liefern das Quartal zu dem pränumerando zu entrichtenden Preise von 1 Thaler.

Verlag von **Bernhard Tauchnitz** in Leipzig.

№ 55. Neue Folge Zwölfter Jahrgang. **1864.**

(Schluß aus No. 54.)

Etwas Anderes besagt auch die bereits von der ersten Instanz Bl. — angezogene l. 19. §. 1. D. loc. cond. (XIX. 2.) nicht, vielmehr zeigt der Jurist nur an den dort gedachten Beispielen, daß, wenn sich der betreffende Mangel, wie allerdings bei Mobiliargegenständen in der Regel der Fall sein wird, bei genauer Ansicht schon durch die äußeren Sinne habe entdecken lassen, der Vermiether sich mit der Unkenntniß derselben nicht entschuldigen könne.

zu vergl. Glück, Erläuterung der Pandecten, Bd. XVII. S. 360 flg.

Für die Beurtheilung des vorliegenden Falles entsteht daher die doppelte Frage, ob, die Richtigkeit der in der Klage behaupteten Thatsachen vorausgesetzt,

1) anzunehmen sei, daß der Vermögensverlust, von welchem Kläger betroffen worden zu sein behauptet, durch die mangelhafte Anlegung des bei p. l. c. 6. näher beschriebenen, von dem Beklagten ohne sein, Klägers, Zuziehen hergestellten und ihm, dem Kläger, miethweise überlassenen Aufzuges, namentlich durch die Untauglichkeit des dazu verwendeten Seiles, veranlaßt worden sei, und

2) ob von einer Mangelhaftigkeit dieser Art behauptet werden könne, daß sie der Beklagte bei Anwendung der gehörigen Sorgfalt habe in Erfahrung bringen müssen.

Ad 1.

Wenn man in der gegenwärtigen Instanz zu der Bejahung dieser Frage gelangt ist, so beruht dies auf folgenden Erwägungen:

Der Kläger hat den Nachweis der behaupteten Schadhaftigkeit nicht direct, d. h. durch die Bezugnahme auf solche Eigenschaften des mehrerwähnten Seiles, aus welchen dessen Untauglichkeit zu Tragung einer Last von 26 Centnern ohne Weiteres hervorginge, sondern indirect, und zwar namentlich durch solche Folgerungen zu führen unternommen, welche er in der Hauptsache aus dem eingetretenen Erfolge selbst abzuleiten versucht hat. Im Allgemeinen ist die Möglichkeit eines derartigen Beweises nicht in Abrede zu stellen. Dafern die Einwirkung anderer Umstände gänzlich ausgeschlossen erscheint, rechtfertigt unzweifelhaft schon der eingetretene Erfolg — hier das Reißen des Seiles — die Schlußfolgerung, daß derselbe durch eine innere Schadhaftigkeit oder die relative Untauglichkeit des betreffenden Gegenstandes selbst herbeigeführt worden sei. Es entsteht nun aber die weitere Frage, ob und inwieweit derjenige, welcher eine solche Schädigung behauptet und in der vorgedachten, augenscheinlich artificiellen Weise zu beweisen unternimmt, das Nichtvorhandensein anderer, zu dem geführten Ausgange mitwirkender Thatumstände, resp. die Unmöglichkeit einer derartigen äußeren Einwirkung nachzuweisen verbunden sei. Bei der Beantwortung dieser Frage kann zunächst dem Umstande, daß es sich auf den ersten Anblick bei dem Nachweise des Nichtvorhandenseins derartiger Einflüsse um den Beweis einer reinen Negation zu handeln scheint, ein entscheidender Einfluß nicht beigelegt werden. Bekannten Rechten nach ist dieser Umstand schon an sich für die Frage nach der Vertheilung der Beweislast nicht allein und schlechterdings maaßgebend. Es handelt sich aber hierbei auch nicht, oder doch wenigstens nicht ausschließlich um den Beweis negativer Behauptungen, im Gegentheile liegt in dieser Hinsicht dem Beweisführer der Nachweis der Bewandtniß, die es mit dem eingetretenen Erfolg gehabt und somit der Nachweis derjenigen positiven Verhältnisse ob, unter denen derselbe eingetreten ist. Je länger der Zeitraum ist, welcher zwischen der miethweisen Uebergabe des betreffenden Gegenstandes und dem Eintritte des gefährdenden Umstandes zwischeninne liegt, desto größer muß natürlich auch die Schwierigkeit eines solchen Nachweises werden, ja bei Gegenständen, welche sich durch den Zeitlauf selbst oder durch einen längere Zeit fortgesetzten Gebrauch ihrer Natur nach abnutzen, kann derselbe geradezu unmöglich werden. Dagegen ist dem Kläger darin beizupflichten, daß, dafern nur sonst die Umstände von der Art sind, daß sie einen Rückschluß auf die anfängliche Beschaffenheit des vermietheten Mobiliargegenstandes gestatten, das Walten eines die Haftpflicht des Vermiethers ausschließenden bloßen Zufalles, oder die Einwirkung einer nicht durch die Umstände bedingten äußeren Gewalt im Zweifel nicht zu präsumiren ist, demnach aber auch dem Miether der Regel nach der Nachweis des Nichtvorhandenseins derartiger Einwirkungen nicht angesonnen werden mag.

Die Thatsachen, auf welche sich in dem vorliegenden Falle der Kläger bezogen hat, sind nun folgende: daß ihm der Aufzug und namentlich das fragliche Seil zu Michaelis 1861 zum Gebrauche übergeben worden sei, daß er diese Vorrichtung nur in dem Winter 1861 auf 1862 nur während eines Zeitraums von 5 Monaten, und zwar in dieser Zeit lediglich zum Herablassen kleinerer Fässer benutzt habe, und daß das Seil im Frühjahre 1862 bei der ersten Gelegenheit, wo er ein größeres, ein Gewicht von circa 26 Centnern enthaltendes Stückfaß mit selbigem habe in den Keller hinablassen wollen, zerrissen sei.

Ist nun zweifellos anzunehmen, daß ein, wie Beklagter Bl. — und in der Anmerkung zu p. l. c. 10. Bl. — selbst anführt, zu dem Tragen einer Last von 50 Centnern bestimmtes, an sich gut und tüchtig angefertigtes Seil in dem Zeitraume von nur fünf Monaten durch den präsumtiv ordnungsmäßigen, und nach Klägers annoch eidlich festzustellender Behauptung nur beschränkten Gebrauch nicht dergestalt abgenutzt worden sei, daß dasselbe hierdurch allein die Tauglichkeit, eine Last von 26 Centnern zu tragen, verloren habe, und folgt gleichwohl aus dem Umstande, daß dasselbe bei der ersten Gelegenheit, wo ihm eine solche größere Last anvertraut worden, zerrissen ist, daß demselben wenigstens zu diesem Zeitpunkte nicht mehr die hierzu nöthige Tragkraft beigewohnt habe, mangelt es hiernächst gänzlich an directen Anzeigen einer Einwirkung anderer gefährdender Umstände, so erscheint der Richter auch nach der Ansicht der gegenwärtigen Instanz berechtigt, wenigstens bis zu dem Beweise des Gegentheils aus dem eingetretenen Erfolge auf eine vom Anfange an vorhanden gewesene Schadhaftigkeit oder sonst mangelhafte Construction des Seiles zurück zu schließen. Selbstverständlich kann jedoch durch einen solchergestalt geführten künstlichen Beweis immer nur eine größere oder geringere Wahrscheinlichkeit für die Annahme einer fehlerhaften Construction des Seiles beschafft werden, und es erscheint daher hierdurch die Möglichkeit des directen Nachweises, daß gleichwohl das Seil von einer Beschaffenheit gewesen sei, daß dasselbe, wenn es in dem fraglichen Winter nur in der von dem Kläger eidlich zu erhärtenden Weise benutzt worden, ohne Hinzutreten besonderer Umstände in dem Frühjahre 1862 noch vollkommen geeignet gewesen sein müsse, eine Last von 26 Centnern ohne Gefährdung zu tragen, keinesfalls ausgeschlossen. Die desfallsige Behauptung des Beklagten Bl. — stellt sich indessen der durch die von dem Kläger geltend gemachten, beziehentlich annoch eidlich festzustellenden Thatsachen hergestellten factischen Vermuthung gegenüber vom processualischen Standpunkte aus als eine Exception dar, deren Beweis bei diesem Sachstande dem Beklagten obliegt, demselben aber auch nicht, wie in der ersten Instanz geschehen, hat versagt werden können.

Ebenso war die oben

sub 2.

aufgestellte Frage zu bejahen. Schon an sich liegt es in den Verpflichtungen eines bonus paterfamilias, daß er, wenn er einen Gegenstand zu einem bestimmten Zwecke herzustellen hat, dies in einer Weise thut, daß dadurch der vorgeschriebene Zweck ohne wesentliche Gefährdung erreicht werden kann. Die im Wesentlichen in confessis beruhenden, beziehentlich durch Leistung des Bl. — sub No. 1. geförmelten Eides in rechtliche Gewißheit zu setzenden Umstände, welche der Herstellung der gedachten Vorrichtung (des durch das Seil in Bewegung zu setzenden Aufzuges) vorausgegangen sind, lassen nun nicht daran zweifeln, daß der Beklagte die Verbindlichkeit übernommen habe, jene Maschinerie in einer Weise herzustellen, daß selbige **mindestens** die in Voraus auf 26 Centner angegebene Last eines Stückfasses Wein ohne Gefahr zu tragen geeignet sei. Das Leugnen der Klage bei p. l. c. 3. und 4. ist einerseits schon an sich irrelevant, steht auch mit der bejahenden Klagbeantwortung in p. l. c. 11. in directem Widerspruche. Andererseits hat man zwar die in der Anmerkung zu p. l. c. 4. Bl. — gerügte Unschlüssigkeit des betreffenden Klagvorbringens anzuerkennen, und es erscheint dieser Mangel auch durch die unterbliebene

Einlassung auf den Bl. — sub — hervorgehobenen Satz der Klage um so weniger sanirt, als letzterer über die Art und Weise des behaupteten Auftrages keine genügende Auskunft giebt. Bedurfte es jedoch, wie in p. l. c. 1. eingestanden, der Einwilligung des Abmiethers zu dem vorgenommenen Umbaue des fraglichen Kellereinganges und knüpfte der letztere, wie in p. l. c. 2. ebenfalls ausdrücklich eingeräumt worden ist, seine diesfallsige Genehmigung an die dort gedachte Bedingung, so ist in dem Umstande, daß der Beklagte hierauf den Umbau thatsächlich vorgenommen hat, zweifellos eine aus concludenten Handlungen zu folgernde Genehmigung jener Bedingung zu erblicken. Abgesehen davon, ob hierin nicht eine ausdrückliche Garantie der Tragfähigkeit des Aufzuges zu erblicken sei, hat Beklagter jedenfalls die facta et neglecta seiner mit der Ausführung und Prüfung des Werkes betrauten Beamten zu vertreten. Daß dagegen Kläger seinerseits den mehrerwähnten Aufzug ohne nochmalige Prüfung der Tragfähigkeit des Seiles an- und in Gebrauch genommen hat, erscheint um so weniger geeignet, eine eigene culpa desselben zu begründen, als nach den Erklärungen des Beklagten in p. l. c. 8. und 11. sowie in der Anmerkung zu p. l. c. 10. für den gegenwärtigen Proceß feststeht, daß die fragliche Einrichtung von dem städtischen Bauamte, und somit von Personen, von welchen Kläger voraussetzen mußte, daß denselben die zu einer solchen Beurtheilung nothwendigen technischen Kenntnisse beigewohnt haben, amtlich geprüft und für tüchtig erklärt worden war, Beklagter auch selbst anführt, daß der Bl. — benannte Rathsbauinspector bei dieser Gelegenheit dem Kläger ausdrücklich erklärt habe, daß das Seil eine Tragfähigkeit von mindestens 50 Centnern habe. Offenbar konnte sich unter diesen Umständen der Kläger einer anderweiten Prüfung für überhoben achten. Daß derselbe gleichwohl die mangelhafte Construction des Aufzuges gekannt habe, ist von dem Beklagten nicht behauptet worden, auch sonst aus den Acten nicht zu ersehen, und es schlagen daher die in l. 13. §. 6. de damno infecto aufgestellten Grundsätze, welche von dem Falle handeln, wo der Abmiether die gefährdende Beschaffenheit des ermietheten Gegenstandes hinlänglich gekannt hat,

zu vergl. Sintenis, a. a. O. S. 655. bei not. 63.

bei dieser Sachlage nicht ein.

3.

Die Würderung des eingetretenen Schadens anlangend, ist man mit der ersten Instanz darüber einverstanden, daß das in der Bl. — zu lesenden, einen integrirenden Theil der Klage bildenden Berechnung enthaltene Anführen, der Ansatz von 240 Thlrn. —, —, beruhe auf der Factura von dem 22. März 1862, im Zweifel dahin verstanden werden muß, Kläger wolle behaupten, der fragliche Wein sei ihm selbst bei der erfolgten Zusendung zu dem Preise von 240 Thlrn. —, —, facturirt worden. Weiter giebt auch die 3te Post der gedachten Rechnung zu keinem Zweifel Anlaß. Dagegen mangelt es, den 2ten Ansatz anlangend, namentlich auch in Berücksichtigung des gebrauchten Eidesantrages, an denjenigen factischen Unterlagen, welche zu der Prüfung der Richtigkeit des gemachten Abzuges für das gleichzeitig zu der Verladung gekommene Ohm Wein erforderlich sein würden. Die nach Bl. — erfolgte Induction der angeblichen Originalfactur ist zweifellos als verspätigt anzusehen, und kann dem insoweit unschlüssigen Klagvorbringen, zumal der Beklagte der in der Bl. — ersichtlichen Auslassung zu findenden Aufforderung, sich noch nachträglich hierüber zu erklären, nach Bl. — nicht entsprochen hat, nicht aufhelfen. Ebenso mangelt es an den nöthigen factischen Unterlagen, um den Beklagten in Ersatz des eventuellen Verkaufspreises für das Faß zu verurtheilen. Die Klage enthält in dieser Hinsicht nichts, als die Behauptung, daß selbiges in Folge des heftigen Anpralles vollständig zertrümmert worden sei. Da hierdurch nicht, wie hinsichtlich des Auslaufens des Weines, eine vollständige Vernichtung des Materials bedingt erscheint, würde es zu der Begründung dieses Anspruchs entweder des weiteren Nachweises, daß die einzelnen Theile des zertrümmerten Fasses völlig werthlos gewesen seien, oder eines diesfalls zu machenden Abzuges an dem eventuellen Verkaufspreise, oder des Erbietens Klägers, zu Ausantwortung der betreffenden Dauben und Reifen u. s. w. bedurft haben.

4.

War hiernach auch die eingewendete Berufung nur zum Theile zu beachten und demnach das erstinstanzliche Erkenntniß in mehreren Punkten zu bestätigen, so erschien es doch deutlicherer Uebersicht halber sachentsprechend, unter Wiederaufnahme der zu bestätigenden Verfügungen ein der Form nach allenthalben reformatorisches Erkenntniß abzufassen.

5.

Da der erhobene Anspruch zum Theile in der angebrachten Maaße abzuweisen war, so rechtfertigt sich die ausgesprochene Compensation der Kosten erster Instanz von selbst. Die Compensation der Appellationskosten ist Folge des eingetretenen theilweisen Wechsels der Erkenntnisse."

Gegen dieses Urthel remedirten beide Theile, allein das Königl. Oberappellationsgericht bestätigte unterm 21. April 1864 die secunda unter Beifügung folgender Entscheidungsgründe:

„Weder Beklagtens, noch Klägers Rechtsmittel hat dem Oberappellationsgericht zu einer Reformatoria Veranlassung bieten mögen. Anlangend

A. Beklagtens Berufung,

so kann Man die von ihm gegen die Statthaftigkeit der Klage im Allgemeinen erhobenen Bedenken nicht für durchschlagend erachten, weil Man in der Anmerkung zu pct. l. c. 10. Bl. — ein dictum und promissum erblickt, welches den Kläger der Verbindlichkeit zu Prüfung des ihm von dem Beklagten hergestellten neuen Aufzugs enthob, und weil bei der verhältnißmäßigen Kürze der Zeit, welche zwischen der Herstellung jenes Aufzugs und dem den Kläger schädigenden Ereignisse innen liegt, bis auf Weiteres allerdings angenommen werden muß, daß die fehlerhafte Beschaffenheit der Vorrichtung zur Zeit der Ablieferung den Grund zu jenem Ereignisse abgegeben habe.

Ob es unter diesem Gesichtspunkte der Constatirung weiterer Thatsachen durch den Eid des Klägers bedurft hätte, kann dahin gestellt bleiben, da dieser gegen das Erkenntniß Bl. — (die prima) nicht remedirt hat, und diese Eide dem Beklagten offenbar nicht zur Beschwerde gereichen, als wodurch sich auch das Bl. — Bemerkte erledigt.

Keinenfalls kann dem Kläger der directe Beweis der Negative angesonnen werden, daß innerhalb seiner Diligenzsphäre liegende, aus regelwidriger Behandlung oder äußern Einflüssen hervorgehende Ursachen jenes Ereignisses — wozu neben den im Verfahren erwähnten, nach Befinden auch Beschädigung durch Thiere gerechnet werden könnten — nicht vorhanden gewesen seien, und genügt gegen die wiederholte Bezugnahme Beklagtens auf einen früheren

Wochenblatt für merkw. Rechtsfälle, 1847. S. 233.

mitgetheilten Vorgang eben der nochmalige Hinweis darauf, daß der vorliegende Fall schon durch die Existenz des dicti et promissi wesentlich von jenem sich unterscheidet.

Dagegen ist

B. zu Klägers Berufung

Folgendes zu bemerken:

Das Oberappellationsgericht hatte, wie aus dem ad A. Bemerkten bereits hervorgeht, die Klage unter dem Gesichtspunkte für schlüssig zu befinden, daß die Untauglichkeit des vom Beklagten hergestellten Aufzugs präsumtiv bereits bei der Aufstellung vorgelegen habe, und daß Kläger sich in Folge besonderer Umstände — nämlich des in der Klage nur angedeuteten, jedoch vom Beklagten unumwunden eingeräumten dicti et promissi — der eignen Prüfung der Tauglichkeit der Vorrichtung überhoben erachten konnte.

Wenn Kläger jetzt Bl. — hervorhebt, daß ein Hauptseil für den fraglichen Zweck ein ganz ungeeignetes Instrument gewesen, so mag dahin gestellt bleiben, inwiefern ihm die Ausführung dieser Behauptung im Gegenbeweise von Nutzen sein kann, dafern Beklagter die Tauglichkeit der Vorrichtung zur Zeit der Uebergabe beweisen sollte. Zur Zeit läßt sich insbesondere aus dem Grunde über diesen Punkt nichts Näheres sagen, weil sich über die Beschaffenheit des betreffenden Kellers in Bezug auf Feuchtigkeit — welche hinwiederum durch Handlungen Klägers, wie Zusetzen der Luftlöcher u. dergl., gegen den gewöhnlichen Zustand verändert worden sein kann — und über die Construction des Aufzugs, und daß darnach das Seil nothwendiger Weise für die Regel der feuchten Kellerluft in einer ein gutes Hanfseil zerstörenden Weise ausgesetzt bleiben müssen, zur Zeit irgend nähere Angaben in den Acten nicht finden; übrigens die Beurtheilung solcher Umstände doch zunächst Sachverständigen anheim fallen müssen. Inwieweit bei einem Miethvertrage Nichtberücksichtigung solcher Umstände Seiten des mit den Localitäten bekannten Klägers bei Uebernahme der Vorrichtung demselben jeden Vorwurf einer auf seiner Seite vorliegenden Unbedachtsamkeit ersparen lasse und inwiefern, wenn der schnellere Verderb der Vorrichtung durch die örtliche Beschaffenheit so offen indicirt war, es seine Sache gewesen wäre, vor jedesmaliger späterer Benutzung die Tragfähigkeit der Vorrichtung durch Belastung mit einem andern Materiale, als Weinfässern, prüfen zu lassen, mag vor der Hand dahingestellt bleiben. Soviel ist jedoch klar, daß, wenn in dem bekannten Falle der locatio vitiosorum doliorum der Ermiether wissentlich, das heißt die Durchlässigkeit kennend, solche benutzt, auch der Römische Jurist demselben schwerlich den Vorwurf eigner mit der des Vermiethers sich compensirender culpa erspart haben würde.

Anlangend die Bl. — berührten partiellen Abweisungen der Klage, so erhellt weder aus der Rechnung Bl. —, wo für das Stückfaß das Gewicht fehlt, noch aus der Factura Bl. —, wo zwar das Literverhältniß speciell zu ersehen, dagegen die Gewichtsangaben, welche sich nach der Größe der Gebinde im Verhältnisse zum Inhalte bekanntlich sehr verschieden gestalten können, ermangeln, so viel Material als erforderlich, um ein Exempel zu construiren, auf dessen Grund Kläger zum Eide gelassen werden könnte.

Wegen des Faßwerthes dagegen ist, das Durchgreifende der Gründe voriger Instanz dahingestellt, aus Bl. — so viel klar, daß Kläger den Faßwerth nicht neben dem Weinpreise fordern kann, da laut jener Factura die Fässer gratis geliefert sind, also, insofern nicht anzunehmen, daß der Weinhändler mit dem betreffenden Betrage dem Kläger ein Geschenk machen wollen, angenommen werden muß, daß dieser Faßwerth im Weinpreise mit inbegriffen ist.

Nach alledem lag auch in Bezug auf den Kostenpunkt Veranlassung zur Reformatoria nicht vor, wie die Disposition in Betreff der Kosten gegenwärtiger Instanz nothwendige Folge des Umstandes ist, daß von beiden Seiten Rechtsmittel vorgelegen."

91.

Bei Subhastationen ist den bei der subhastirenden Behörde angestellten Subalternen das Mitbieten nicht untersagt.

Mitgetheilt von
Herrn H. in E.

In der vor dem Königlichen Gerichtsamte E. anhängigen Executionsklagsache J.'s, Klägers, wider die verehel. L., Beklagte, war auf des Erstern Antrag Termin zur nothwendigen Versteigerung des Feldgrundstücks der Letztern auf den 17. März 1864 anberaumt worden. In diesem Termine hatten sich der Bürgermeister und Advocat M. zu E., der Registrator K. und der Grund- und Hypothekenbuchführer W., beide bei dem Gerichtsamte E. angestellt, als Licitanten angegeben, und es war das fragliche Grundstück dem Registrator K. für das Meistgebot von 60 Thlrn. —, —, zugeschlagen worden. Die verehel. L. hatte nun erklärt, daß sie, da eigentlich nur ein Licitant, der Advocat M., erschienen, indem die beiden Anderen zum Bieten nicht berechtigt gewesen seien, von ihrem Rechte, einen bessern Käufer für das Grundstück zu stellen, Gebrauch machen wolle, gegen weitere Fortstellung des Verfahrens, sowie gegen Eintragung des Erstehers K. als Besitzer protestirt und gegen Zurückweisung ihrer Protestation eventuell appellirt. Das Gerichtsamt E. hatte sie darauf mit ihrer Protestation mittelst besonderer Bescheidung aus folgenden Gründen abgewiesen:

„Die Erl. Proc.-Ordn. ad tit. XXXIX. §. 19. hat durch die Vorschrift:

> daß, wenn in dem Subhastationstermine blos ein Licitant sich einfindet, der Richter mit selbigem sich über einen billigen Preis für das subhastirte Gut vergleichen und ihm solches nichtsdestoweniger, jedoch mit Vorbehalt einer sechsmonatlichen Reluitionsschrift für den Eigenthümer, zuschlagen soll,

wie Seiten des Königlichen Oberappellationsgerichts nach dem im

> Wochenblatt für merkw. Rechtsfälle, Jahrg. 1857. Seite 92.

abgedruckten Präjudiz erkannt worden, per indirectum ausgesprochen, daß für die Gültigkeit des Zuschlags des subhastirten Grundstücks und das Meistgebot mit dem Effecte der Unwiderruflichkeit das Vorhandensein von wenigstens zwei Licitanten im Termine ein wesentliches Erforderniß bilde.

In dem vorliegenden Falle sind nun nach Ausweis der Acten drei Licitanten, nämlich

> der Bürgermeister und Advocat M.,
> der Grund- und Hypothekenbuchführer W. und
> der Registrator K.,

im Subhastationstermine anwesend gewesen, und haben sich diese zum Bieten angegeben, und wirklich drei Gebote gethan, worauf die zu subhastirenden Immobilien dem letztgenannten Licitanten um das Meistgebot von 60 Thlrn. —, —, zugeschlagen worden sind.

Bei diesem Verfahren ist das Requisit der Mehrheit der Licitanten bis zum Beweise des Gegentheils um so mehr für erfüllt zu betrachten, als außerdem bei den drei erschienenen Licitanten ein auf die Umgehung des Gesetzes gerichteter dolus vorauszusetzen wäre, welcher weder nach allgemeinen Grundsätzen die Vermuthung für sich hat, noch aus dem Umstande, daß die einzelnen Gebote bei Weitem die Höhe des Taxwerthes nicht erreicht haben, zu folgern ist, welcher aber auch von Ihnen weder behauptet, noch nachgewiesen worden ist.

Wenn Sie weiter glauben, daß die unter No. 2. und No. 3. oben namentlich aufgeführten Licitanten, weil sie bei dem subhastirenden Gericht als Subalternen angestellt, eigentlich nicht hätten mit bieten dürfen, und daß in Wirklichkeit nur ein Licitant in der Person des Bürgermeisters und Advocat M. vorhanden gewesen, so ist Ihnen einzuhalten, daß zur Zeit kein Gesetz existirt, welches den bei einer Gerichtsbehörde angestellten Personen das Mitbieten bei Versteigerungen beweglicher und unbeweglicher Sachen untersagte, und kommt es aus diesem Grunde oft vor, daß bei Versteigerungen von Nachlaßmobilien, von Zollconfiscaten und dergl. auch Beamte, selbst wenn sie bei der versteigernden Behörde angestellt sind, mit bieten.

Auch ist in der Praxis

> vergl. Osterloh, ordentl. Proceß, §. 365. not. 6. der 2. Aufl.

bei einer nothwendigen Subhastation dem Richter im

Allgemeinen, und wenn es sich nicht um die Subhastation eines Mündelgutes handelt, das Bieten durchaus nicht untersagt, mithin kann es anderen Beamten, die mit Vornahme der Subhastation nicht einmal beauftragt sind, die auch sonst, wie etwa, als Gerichtsbeisitzer, an der Subhastation nicht Antheil genommen haben, noch viel weniger untersagt sein. Auch würde, wenn dies wirklich der Fall wäre, der Beamtenstand im Vergleich zu dem übrigen Publikum ungleich schlechter gestellt sein.

Wenn

Osterloh, ordentl. Proceß, §. 69. not. 10. der 2. Aufl.

eines Befehls vom $\frac{\text{24. December 1680}}{\text{3. Januar 1681}}$ noch gedenkt, nach welchem Beamtete im Amtsbezirke keine Bauergüter an sich bringen sollen, wenn ferner nach dem

Mandat vom 14. September 1822. (Gesetzs. v. J. 1822. S. 425.)

Justiz- und Rentamtsleute in ihren Amtsdörfern nur mit Erlaubniß der Regierungsbehörde Bauergüter erwerben dürften, so sind — ganz abgesehen davon, daß im vorliegenden Falle nur zwei einfache Feldgrundstücke, nicht ein ganzes Bauergut in Frage befangen sind und daß der Ersteher nur ein Subalternbeamter ist — alle diese ältern Bestimmungen durch das

Gesetz vom 13. Juni 1837. (Gesetzs. v. J. 1837. S. 67.)

ausdrücklich aufgehoben worden, so daß also gegenwärtig Bauergrundstücke von jedem des Erwerbs von Grundstücken Fähigen erworben und besessen werden können.

Daß bei der Subhastation ein so auffallend geringes Meistgebot erlangt worden, ist nicht Schuld des Gerichts, von welchem die üblichen Subhastationsbekanntmachungen in legaler Weise erlassen und veröffentlicht worden sind, und liegt der Grund dafür jedenfalls darin, daß bei der jetzigen Geschäftskrisis, die bei der vorzugsweise gewerblichen Bevölkerung des Amtsbezirks doppelt fühlbar ist, sich auch die Nachfrage nach Grundstücken gemindert hat, wie denn gegenwärtig noch Grundstücke, welche der Stadtrath zu T. als Hypothekengläubiger im Wege der nothwendigen Subhastation erstanden, von ersterem vergeblich zum Verkauf aus freier Hand feilgeboten werden.

Wäre aber auch selbst den oben unter No. 2. und 3. aufgeführten Licitanten das Bieten aus disciplinellen Gründen untersagt gewesen, so würde man dennoch behindert sein, den Registrator K. seines Erstehungsrechtes ohne Weiteres für verlustig zu erklären, da über Ihre Anträge und Ansprüche jedenfalls nur nach vorgängigem rechtlichen Gehör der sämmtlichen Betheiligten, namentlich auch Ihrer Hypothekengläubiger, mittelst förmlichen Erkenntnisses und nicht im bloßen Resolutionswege entschieden werden kann. Unter diesen Umständen muß es Ihnen überlassen bleiben, mit Ihren Ansprüchen, Anträgen und Beschwerden, gegen wen Sie Sich damit fortzukommen getrauen, im Rechtswege hervorzutreten."

Auf erfolgte Berichtserstattung wurde sodann von dem Bezirksappellationsgericht unter dem 26. April 1864 folgendermaaßen entschieden:

ꝛc. „Wenn einerseits die Disposition des Befehles vom $\frac{\text{24. December 1680}}{\text{3. Januar 1681}}$ und des Mandates vom 14. September 1822 durch das Gesetz vom 13. Juni 1837 wieder aufgehoben worden, andererseits, ganz abgesehen hiervon, der in jenen Gesetzen erwähnte Fall hier gar nicht vorliegt, da es sich hier um bloße Feldgrundstücke handelt und deren Ersteher nicht Justiz- oder Rentbeamter, sondern nur ein Subalternbeamter des Proceßgerichtes ist, übrigens angenommen selbst, daß hierunter eine gesetzliche Vorschrift verletzt worden, in keinem Falle im Verordnungswege und mittelst bloßer Resolution, die Subhastation würde wieder aufgehoben, vielmehr nur nach vorgängigem Gehör sämmtlicher Betheiligten, mittelst Erkenntnisses die Frage, über die Gültigkeit des Subhastationsverfahrens würde zum Austrage gebracht werden können; so hat das Königl. Appellationsgericht die Berufung als unbegründet zu verwerfen beschlossen." ꝛc.

92.

Besitz- und Eigenthumserwerb durch einen negotiorum gestor, beziehentlich Mandatar. — Mandat zu Besorgung der Geschäfte eines Dritten. — Compromiß der Parteien, daß von einer förmlichen Klaganstellung abgesehen und nach Absetzung eines an sich unregelmäßigen Verfahrens eine richterliche Endentscheidung ertheilt werde.

(Nachtrag zu dem Jahrg. 1862 dieses Wochenblattes S. 425 flg. abgedruckten Rechtsfalle.)

Mitgetheilt von

Herrn —r in D.

Gegen die Entscheidung dritter Instanz appellirten nochmals sowohl der Gütervertreter, als zwei der in Frage kommenden Vindicanten. Während die

Berufungen des Ersteren, sowie des Vindicanten von G. aus formellen Gründen als unzulässig verworfen wurden, wurde dagegen auf das Rechtsmittel der zweiten Vindicantin, verw. K., die drittinstanzliche Entscheidung aus nachstehenden Gründen bestätigt:

„Was die Berufung Theresen Carolinen verwittweter K., welche nur in Betreff der ersten, zweiten und sechsten Beschwerde Bl. — flg. als zulässig sich darstellt, betrifft, so hat Man bei anderweiter Erwägung der Entscheidung voriger Instanz, durch welche die Appellantin zu Anstellung ordentlicher Klage gegen den Gütervertreter verwiesen worden ist, seine Zustimmung nicht versagen können, weil Vindicationsansprüche in der Regel nicht im Liquidationsverfahren, sondern im ordentlichen Rechtswege durch Klaganstellung ausgeführt werden müssen und eine Ausnahme nur dann gestattet ist, wenn die Parteien ihr Einverständniß, daß über die gedachten Ansprüche im Locationsurthel erkannt werde, zu erkennen gegeben haben und die Sache bereits dergestalt vorbereitet ist, daß sie reif zu einer definitiven oder interlocutorischen Entscheidung erscheint, die zuletzt erwähnte Voraussetzung aber im vorliegenden Falle zu vermissen ist, da aus den von der Appellantin beigebrachten Urkunden keineswegs mit der erforderlichen Bestimmtheit hervorgeht, daß ihr Bevollmächtigter, Advocat Julius T., die in den Urkunden benannten Creditactien vom Directorium des G.'r Steinkohlenactienvereins für sie, die Appellantin, als Zahlung erhalten und in Besitz und Verwahrung genommen habe. Dasjenige, was von der Appellantin gegen diese Ansicht Bl. — flg. vorgebracht worden ist, verdient keine rechtliche Beachtung.

Zuvörderst legt die Appellantin Bl. — flg. darauf Gewicht, daß das Directorium in der Uebereignungsurkunde vom 4./18. November 1857 erklärt habe, daß dasselbe den darin benannten drei Gläubigern hierdurch 68 Stück Actien der Coburg-Gothaischen Creditgesellschaft nebst Dividendenscheinen in Abschlag auf deren Forderungen übereigne. Nun ist bereits in früherer Instanz Bl. — nicht bestritten worden, daß aus der gedachten Urkunde der Entschluß und der Wille des Directorii erhellt, die Creditactien den drei Gläubigern an Zahlungsstatt zu überlassen. Allein dieser Entschluß ist so lange einflußlos, als nicht die Appellantin nachzuweisen vermag, daß die gedachte Willensmeinung des Directorii gegen sie oder ihren Generalbevollmächtigten erklärt und von ihr oder von ihrem Mandatar acceptirt worden ist. Unter diesen Umständen hängt die Entscheidung lediglich von der Frage ab, ob aus dem Empfangsbekenntnisse des Adv. T. vom 23. November 1857 hervorgeht, daß zwischen letzterem, als Bevollmächtigtem der Appellantin, und dem Directorium eine datio in solutum in Betreff der jetzt geforderten Creditactien zu Stande gekommen sei. In der gedachten Urkunde hat jedoch Advocat T. nur so viel erklärt, daß er von dem Directorium des Actienvereins für das Steinkohlenwerk zu G. 68 Stück Actien der Coburg-Gothaischen Actiengesellschaft nebst Talons und Dividendenscheinen, ingleichen die obenerwähnte Uebereignungsurkunde sammt Nachtrag mit dem Auftrage übergeben erhalten habe, diese Papiere nach den Bestimmungen der angezogenen Uebereignungsurkunde im Namen und für Rechnung der in der letzteren benannten drei Gläubiger des Actienvereins zu asserviren und bis auf Weiteres die Dividenden der gedachten Actien seiner Zeit zu erheben und soweit thunlich werbend anzulegen. Den erschöpfenden Rationen der vorigen Instanz Bl. — flg., durch welche nachgewiesen worden ist, daß Inhalts des nurerwähnten Empfangsbekenntnisses Advocat T. die fraglichen Papiere und Actien nicht als Mandatar oder Geschäftsführer der drei Gläubiger, sondern lediglich im Auftrage des Directorii in Verwahrung genommen habe, und namentlich dieser Auffassung der Beisatz, daß die Werthspapiere nach den Bestimmungen der Uebereignungsurkunde im Namen und für Rechnung der Gläubiger zu asserviren seien, nicht entgegenstehe, ist allenthalben beizupflichten. Indem Man sich auf die gedachten Rationen bezieht, bemerkt Man zu Widerlegung des Bl. — flg. Vorgebrachten Folgendes:

Der Umstand, daß Advocat T. zur Zeit der Ausstellung des Empfangsbekenntnisses vom 23. November 1857 von der Appellantin als ihr Generalbevollmächtigter bestellt worden ist, erscheint einflußlos, weil aus dem Bekenntnisse des Advocat T. nicht erhellt, daß er im Namen der Appellantin mit dem Directorium contrahirt habe. Denn die K. würde aus dem von ihrem Mandatar mit dem Directorium abgeschlossenen Vertrage nur dann ein Recht auf Erfüllung des Contracts haben erwerben können, wenn der Advocat T. in ihrem Namen und Auftrage, oder wenigstens unter Umständen, bei welchen dem Directorium nicht unbekannt sein konnte, daß derselbe nicht für sich, sondern als Mandatar oder Geschäftsführer der Appellantin auftrete, contrahirt hat, indem außerdem der Auftrag gar nicht realisirt worden ist, da es an jeder zur äußeren Erscheinung gelangten Thatsache, durch welche die Vermittelung eines Obligationsnexus zwischen dem Mandanten und der dritten Person erkennbar ist, fehlen, mithin nicht das mandirte, sondern ein anderes Rechtsgeschäft abgeschlossen worden sein würde.

Nach dem Wortlaute des Empfangsbekenntnisses ist nun aber das Rechtsgeschäft, welches zwischen dem Advocat T. und dem Directorium zu Stande gekommen ist, als ein Verwahrungsvertrag (depositum) anzusehen, vermöge dessen Ersterem die Verpflichtung obliegt, die ihm zur Verwahrung überlieferten Effecten dem Directorium, als Deponenten, zurückzugeben, indem in dem Beisatze, daß die Papiere im Namen und für Rechnung der Gläubiger asservirt werden sollen, nicht ohne Weiteres die Anweisung des Directorii an den Advocat T., daß er die Effecten an die Gläubiger ausantworten möge, gefunden werden kann. Es steht daher im Zweifel nur dem Directorium ein Klagrecht aus dem Vertrage zu, indem die actio depositi directa utilis von einem Dritten nur dann angestellt werden kann, wenn der Deponent bei der Hinterlegung die ausdrückliche Bedingung gestellt hat, daß die deponirte Sache dem Dritten restituirt werde,

cfr. l. 8. Cod. ad exhibendum. (3. 42.) verbis: „quod si pactus sit, ut tibi restituantur" etc.

oder von dem Dritten dem Deponenten der Auftrag gegeben worden ist, seine Sache einem Andern in Verwahrung zu geben.

cfr. Glück, Commentar, Theil 15. pag. 219 flg.

Wollte Man aber selbst annehmen, daß aus der Uebergabe der Uebereignungsurkunde sammt Actien Seiten des Directorii an den Advocat T., und dem Inhalte des von dem letzteren ausgestellten Empfangsscheines in Verbindung mit dem Umstande, daß der Advocat T. schon damals von der Appellantin mit Vollmacht versehen worden sein soll, eine nicht unerhebliche Vermuthung entstehe, daß zwischen dem genannten Stellvertreter der Appellantin und dem Directorium ein Vertrag, nach welchem die Creditactien der Appellantin, als Gläubigerin des Actienvereins, an Zahlungsstatt überlassen worden, zu Stande gekommen sei, so würde doch diese bloße factische Vermuthung zu einer Verurtheilung, oder zu Auferlegung eines Legaleides nicht ausreichen. Ebensowenig kann auf Beweis erkannt werden, da sich die Appellantin auf mündliche Erklärungen der Betheiligten oder sonstige Thatsachen, aus denen erhellt, daß eine datio in solutum definitiv zum Abschlusse gekommen sei, nicht bezogen hat. Es kann sich daher die Appellantin nicht für beschwert erachten, wenn sie in Betreff des erhobenen Vindicationsanspruchs zu Anstellung ordentlicher Klage verwiesen worden ist. Da schon aus diesen Gründen das vorige Urthel zu bestätigen war, so bedarf es keines Eingehens auf die Bl. — flg. sub 1. und 2. berührten Rechtsfragen."

Miscellen.

Ernennungen, Anstellungen ꝛc. Seine Königliche Majestät haben dem Vorstande des Gerichtsamts Meißen, Gerichtsamtmann Dr. Christian Heinrich Springer, das Prädicat eines Hofraths in der IV. Classe der Hofrangordnung zu ertheilen huldreichst geruht.

Seine Königliche Majestät haben dem gegenwärtig beim Appellationsgerichte zu Zwickau als Hülfsarbeiter verwendeten Gerichtsrathe beim Bezirksgericht Zwickau Friedrich Alfred Degner das Dienstprädicat als Appellationsrath zu ertheilen huldreichst geruht.

Orden. Seine Majestät der König haben Allergnädigst geruht, dem Stadtrath Christian Ehrenfried Püschel zu Zittau das Ritterkreuz Allerhöchstihres Verdienstordens zu verleihen.

Seine Königliche Majestät haben Allergnädigst zu genehmigen geruht, daß der Geheime Finanzrath Julius Hans von Thümmel den ihm von Seiner Majestät dem König von Preußen verliehenen Stern zum rothen Adlerorden II. Classe annehme und trage.

Seine Majestät der König haben Allergnädigst gestattet, daß der Staatseisenbahndirector, Finanzrath Freiherr von Weber die ihm von Seiner Majestät dem König von Hannover verliehene große goldene Medaille für Verdienst in Kunst und Wissenschaft annehme und trage.

Immatriculation von Advocaten. Mit Allerhöchster Genehmigung ist der vormalige Advocat Herr Dr. Wilhelm Heinrich Bertling in Leipzig zur Advocatur wieder zugelassen und als Advocat verpflichtet worden.

Todesfälle. Gestorben: am 2. September 1864 der Advocat Carl Christian Beuthner sen. in Leipzig; am 3. September 1864 der Justizrath Dr. Carl Friedrich Freiesleben in Leipzig; am 26. September 1864 der Advocat Dr. Carl Hermann Ledig in Leipzig.

Redacteur: Dr. Theodor Tauchnitz. Officin der Verlagshandlung.

Von diesem Wochenblatte erscheinen jährlich 64 Nummern zu 1 Quartbogen und außerdem am Jahresschlusse ein ausführliches Register.

Wochenblatt
für
merkwürdige Rechtsfälle,
in actenmäßigen Darstellungen
aus dem Gebiete der Justizpflege und Verwaltung
zunächst für das
Königreich Sachsen.

Alle Postämter u. Buchhandlungen übernehmen Bestellungen und liefern das Quartal zu dem praenumerando zu entrichtenden Preise von 1 Thaler.

Verlag von Bernhard Tauchnitz in Leipzig.

№ 56. Neue Folge Zwölfter Jahrgang. 1864.

93.

Wird durch die in dem Contexte eines eignen Wechsels enthaltene Bezugnahme auf ein mit der Wechselausstellung in Verbindung stehendes Obligationsverhältniß die Anerkennung des Papieres als eines unter die Bestimmungen der Deutschen Wechselordnung fallenden Wechsels schlechterdings ausgeschlossen?

Mitgetheilt von
Herrn Dr. L. in L.

Ueber die vorstehende Frage haben sich das Königl. Handelsgericht zu Leipzig, das Königl. Appellationsgericht daselbst und das Königl. Oberappellationsgericht neuerlich in einem vor dem erstgedachten Gerichte anhängig gewordenen Rechtsfalle auszusprechen Gelegenheit gehabt.

Der Klage war ein Papier folgenden Inhalts zu Grunde gelegt:

„Leipzig, den 26. August 1847. gut für Pr. Cour. 438 Thlr. 1 Ngr. 9 Pf.

Michaelis dieses Jahres zahle ich gegen diesen meinen Solawechsel an den Herrn C. A. E. hier oder Ordre die Summe von Pr. Cour. Vierhundert acht und dreißig Thalern 1 Ngr. 9 Pf. nebst 1 Thlr. 17 Ngr. —• à 6 Procent und 11 Ngr. 4 Pf. Wechselstempel. Valuta habe ich an guten Waaren richtig erhalten, leiste daher bei Verfall promte Zahlung nach hiesigem und andern Orten Wechselrecht, entsagen allen diesen entgegen zu setzenden Ausflüchten, sie mögen Namen haben, wie sie wollen, so wie der Wechselverjährung, Meß- und Marktfreiheiten und stehe im Productionsfall für Impost und Stempelstrafe. Aller Orten, wo anzutreffen, zahlbar.

C. A. N. G.

Das unter der Firma N. & G. geführte Geschäft habe ich von obiger Summe für empfangene Tabake 326 Thlr. 19 Ngr. —• mit zu vertreten, ich verspreche Michaeli d. J. den Betrag nach Wechselrecht unter obenstehenden Bedingungen zu zahlen.

C. A. N."

Dieser Scriptur sprach das Handelsgericht, wie es in dem Erkenntnisse wörtlich heißt: „in Betracht, daß die Form der in Rede stehenden Urkunde von derjenigen eines gewöhnlichen Wechsels wesentlich abweicht, indem dieselbe nicht nur die in einem Wechsel häufig vorkommende Formel: „Valuta baar empfangen" enthält, durch welche allerdings dem abgeschlossenen Wechselgeschäfte die Natur eines bloßen Formalcontracts noch nicht entzogen wird, sondern eigentlich in zwei für sich selbst bestehende Theile zerfällt, von denen der erstere sich als ein Solawechsel, der letztere aber als eine bekannten Rechten nach einen selbstständigen Klaggrund abgebende und als documentum guarentigiatum anzusehende Schuldverschreibung darstellt, welcher nur zu größerer Sicherstellung des Klägers die Wechselclausel beigefügt worden ist, und in welcher der Beklagte über den richtigen Empfang der Valuta „in guten Waaren" quittirt und „daher" — d. h., wie nach dem Zusammenhange nicht anders angenommen werden kann, „wegen dieses Empfanges" — Zahlung angelobt, wie denn auch die unter der Urkunde zu befindende, von C. A. N., als Compagnon G.'s, verfaßte, ein Zahlungsversprechen wegen des größeren Theiles vom Libellate enthaltende Nachtragsbemerkung, obschon derselben selbstverständlich dem Beklagten gegenüber irgend welche rechtliche Wirkung nicht beigelegt werden kann, klare Maaße darüber giebt, daß der Verabfassung der Urkunde ein zwischen den Parteien abgeschlossener Vertrag über die Lieferung von Waaren — und zwar mindestens zum größten Theile von Tabaken — vorausgegangen sei", die Eigenschaft eines wahren Wechsels schlechterdings ab.

Gegen diese Ansicht sind die nachfolgenden, in den Entscheidungsgründen des von dem Königl. Appellationsgericht zu Leipzig in zweiter Instanz gesprochenen Erkenntnisses enthaltenen Ausführungen gerichtet:

„Bekanntlich war bis zu dem Erscheinen der deutschen Wechselordnung die Grenzlinie zwischen dem wahren Proprewechsel, als einem kaufmännischen Creditpapiere, und der Schuldverschreibung nach Wechselrecht, als einer gemeinen Schuldverschreibung, der nur die Unterwerfung unter den rigor cambialis beigefügt ist, eine sehr unkenntliche und in vielen Beziehungen streitige.

Unterscheidet auch das Leipziger Rathspatent von dem 27. April 1768 zwischen solchen Wechseln, welche von Handelsleuten über Merkanz und Darlehn, und solchen, welche über Nichthandelssachen ausgestellt sind, nicht minder zwischen solchen Wechseln, welche von Privatleuten über was es sei, und solchen, welche an Privatleute abgegeben worden sind, so zeugen zwar diese Versuche derartiger Unterscheidungen von dem Vorhandensein eines richtigen Gefühles dafür, daß mit der Ausstellung dieser Wechsel verschiedene, wesentlich zu trennende Geschäfte bezweckt und ausgeführt werden können,

zu vergl. Dr. Meißner, im Archive für deutsches Wechselrecht, Bd. IV. S. 401 flg.

in keinem Falle geben jedoch die gewählten Bezeichnungen sichere, aus dem Conterte der Urkunde selbst zu entnehmende Unterscheidungsmerkmale an die Hand.

Nach dem durch die deutsche Wechselordnung festgestellten Rechte beruht es dagegen einerseits außer Zweifel, daß die Bestimmungen dieses Gesetzbuchs nur von den eigentlichen, den wahren Wechseln handeln; andererseits sind in Art. 96. die wesentlichen positiven Erfordernisse aufgestellt, welche vorhanden sein müssen, damit die Scriptur als eigener (trockener) Wechsel im Sinne der Wechselordnung angesehen werden könne. Dagegen hat auch die Leipziger Wechselconferenz von einer genauen Trennung des wahren Wechsels von der Schuldverschreibung nach Wechselrecht um deswillen absehen zu können geglaubt, weil sie in ihrer Majorität von der Ansicht ausging: „es seien in dem Gesetze die Erfordernisse eines (wahren) Wechsels hinreichend deutlich angeführt, um danach in jedem einzelnen Falle zu bemessen, ob die übernommene Verbindlichkeit als Wechsel und nach Wechselrecht zu behandeln sei oder nicht. Sei nämlich die Verbindlichkeit in der Form übernommen, die den Erfordernissen eines Wechsels entspreche und genüge, so werde dieselbe unter das Wechselgesetz fallen und jeder auf das zum Grunde liegende contractliche Verhältniß sich beziehende Zusatz als nicht geschrieben zu betrachten sein, während im entgegengesetzten Falle, wenn die Form eines Wechsels nicht beobachtet sei, der Zusatz, daß die Verbindlichkeit nach Wechselrecht übernommen sei, wirkungslos bleiben müsse, d. h. nicht geeignet erscheinen könne, einen dem Wechselrechte völlig fremden Contract der Beurtheilung nach wechselrechtlichen Grundsätzen zu unterziehen."

zu vergl. Protokolle der Leipziger Wechselconferenz, S. 167. (Ausgabe bei Hirschfeld S. 156.)

Geht man hiervon aus, so erscheint die bei

Renaud, Lehrbuch des Wechselrechts, §. 44. not. 3. S. 110. ed. 2.

aufgestellte Ansicht gerechtfertigt, daß für die Unterscheidung des eigenen Wechsels von einer Schuldverschreibung nach Wechselrecht nicht die Angabe oder Nichtangabe des der Ausstellung der Urkunde vorausgegangenen Rechtsgeschäfts an sich als das charakteristische Merkmal anzusehen sei, daß vielmehr eine Urkunde auch dann, wenn sie das ursprüngliche, zwischen dem Aussteller und Nehmer bestehende Vertragsverhältniß angiebt, dann als eigener Wechsel zu betrachten sei, wenn sie

1) nur sonst die sämmtlichen, in Art. 96. der deutschen Wechselordnung angegebenen wesentlichen Erfordernisse eines solchen an sich trägt, und

2) der Aussteller gegen die Urkunde zu zahlen versprochen hat.

vergl. Meißner, a. a. O.

(Liebe) Deutsche Wechselordnung, S. 236.

Seuffert's Archiv, Bd. X. S. 281.

Könnte man aber auch hiervon absehen, so würde doch nach der Ansicht der gegenwärtigen Instanz in der in dem streitigen Wechsel enthaltenen Angabe: „Valuta habe ich an guten Waaren richtig erhalten" auch aus anderen Gründen nicht eine solche Bezugnahme auf ein anderes Rechtsgeschäft gefunden werden können, welche der Geltung der ausgestellten Urkunde als wahrer Wechsel entgegenstände.

Vor Allem giebt die vorgedachte Erwähnung eines Waarenempfanges von Seiten des Wechselausstellers über die civilrechtliche Natur des der erwähnten Waarenlieferung zu Grunde liegenden Rechtsgeschäfts keine Auskunft. Kann es auch, da auf der einen Seite Waare, auf der andern, wenn auch nicht baares Geld, so doch ein in mannichfacher Hinsicht dem Gelde nahe stehendes, zu der Vermittelung von Geldzahlungen dienendes Werthpapier gegeben worden ist, auf den ersten Anblick so scheinen, als läge der Wechselbegebung ein Kauf zu Grunde, so ist doch diese Folgerung keineswegs eine nothwendige, sich aus dem Contexte der Urkunde von selbst ergebende; im Gegentheile folgt aus dem Wortlaute jener Clausel nicht die Existenz eines Waarenkaufs, sondern eines über die Wechselbegebung abgeschlossenen Rechtsgeschäfts, welches sich entweder als Tausch oder als Kauf eines Wechsels darstellt, bei dem die Kaufsumme durch datio in solutum ausgeglichen worden ist. An und für sich kann die Valuta ebensowohl um des Wechsels willen, als der Wechsel um der Valuta willen gegeben worden sein,

zu vergl. Hoffmann, ausführliche Erläuterung der deutschen Wechselordnung, §. 3. S. 24 flg.

und die Fassung der mehrerwähnten Clausel empfiehlt zweifellos die erstere Annahme. Hierauf, d. h. auf das dem Wechselschluß zu Grunde liegende und in der Wechselurkunde zur äußeren Erscheinung gebrachte Geschäft, nicht auf die Natur des zu der Wechselbegebung Anlaß gebenden Rechtsgeschäfts kommt es aber bei der Beurtheilung der rechtlichen Beschaffenheit der Urkunde an. Die causa debendi aber, welche der Wechsel seiner formellen Fassung nach zur Schau trägt, ist schlechterdings nur das Summenversprechen.

Weiter steht auch nach der strengsten Ansicht nicht schlechterdings jede, aus der Wechselscriptur zu ersehende Relation des Zahlungsversprechens zu einem andern, dem Wechselgeschäfte zu Grunde liegenden, ex alia causa herrührenden Obligationsverhältnisse der Anerkennung der ersteren als eines wahren Wechsels entgegen, sondern ein solches die Qualität des Papieres als wahrer Wechsel ausschließendes Moment ist in jener Relation nur dann zu finden, wenn aus dem Texte der Urkunde zugleich hervorgeht, daß jenes frühere Obligationsverhältniß als ein neben dem aus der Scriptur erhellenden Summenversprechen unverändert fortdauerndes angesehen werden solle, zu welchem die wechselmäßige Verbindlichkeit als pactum adjectitiae qualitatis hinzuzutreten habe. Die hiernach im concreten Falle zur Entscheidung vorliegende Frage fällt, wie beiläufig erwähnt werden mag, mit der Beantwortung der von den Rechtslehrern vielfach ventilirten Streitfrage, ob im Zweifel die Wechselbegebung über eine bestehende Schuld eine novatio privativa in Bezug auf die letztere involvire, nicht schlechterdings zusammen. Denn auch nach der von der gegenwärtigen Instanz befolgten, den nothwendigen Eintritt einer solchen privativen Novation negirenden Rechtsansicht erscheint die Möglichkeit des Eintritts einer solchen keineswegs ausgeschlossen und es ist sehr wohl denkbar, daß die Existenz eines solchen Novationsverhältnisses aus der Wechselscriptur selbst erkennbar sei. Sehr bezeichnend drückt dies der in dem Jahre 1841 im Allerhöchsten Auftrage (Leipzig und Dresden, Arnoldische Buchhandlung) publicirte Entwurf einer Wechselordnung für das Königreich Sachsen in §. 11. Tit. XIV. dahin aus:

die richterliche Ueberzeugung, daß der eigene Wechsel oder die Anweisung auf sich selbst zur Sicherheit eines fortbestehenden, erst mit der zu dem Verfalltage versprochenen Wechselzahlung aufzulösenden Schuldverhältnisses ausgegeben sei, wird aus jeder, wenn auch nur allgemeinen Erwähnung desselben geschöpft, wenn nicht zugleich damit das Bekenntniß seiner Auflösung verknüpft ist,

und der Verfasser des Entwurfs erläutert dies in der Anmerkung (S. 56 flg.) dahin: es sei zu unterscheiden, ob das Papier laute: „gegen diesen Wechsel zahle ich an Titius die Summe von 100 # für ein erkauftes Pferd", — als in welchem Falle der Kaufcontract als fortbestehend zu achten sei, — oder ob das Papier dahin laute: „gegen diesen Wechsel zahle ich an Titius 100 #, den Werth in einem (gekauften — gelieferten) Pferde erhalten"; als in welchem Falle das Papier die ausdrückliche Quittung über ein abgemachtes Geschäft enthalte und demnach das Kaufsobject als bezahlt, und der Anspruch aus dem Kaufcontracte als durch Zahlung erloschen angesehen werden müsse.

Derselbe Grundsatz ist auch in §. 249. des durch Königliches Decret von dem 14. December 1842 auf den Landtagen 1842/43. und 1845/46. zu der Vorlage an die Ständeversammlung gelangten Entwurfs einer Sächsischen Wechselordnung enthalten,

zu vergl. Landtagsacten 1842/43. Abth. I. Bd. 1. S. 576.

und spricht sich namentlich auch in der von den ständischen Deputationen unter ausdrücklichem Beitritt der Königlichen Staatsregierung

zu vergl. Landtagsacten, Beilagen zu den Protokollen der 2ten Kammer, 1843. 3. Sammlung S. 199.

Beilagen zu den Protokollen der 1sten Kammer, 1845/46. 1. Samml. S. 655.

als §. 252. vorgeschlagenen, von den beiden Kammern

zu vergl. Landtagsverhandlungen 1845/46.
II. Kammer S. 937 flg.
II. Kammer S. 940 flg.

genehmigten und als §. 247. in den auf Grund der ständischen Berathungen redigirten, der Leipziger Wechselconferenz mitgetheilten Entwurf übergegangenen Fassung (verbis: Papiere —, welche blos zur Sicherung eines fortbestehenden, erst mit der zur Verfallzeit versprochenen Zahlung aufzulösenden Schuldverhältnisses ausgestellt und ausgegeben worden sind 2c.) unzweideutig aus.

vergl. auch §. 240. dieses Entwurfs (verbis: welche Beziehung auf ein fortdauerndes Schuldverhältniß nehmen).

Hierauf ist bei der richterlichen Beurtheilung derartiger Papiere um so gewisser einiges Gewicht zu legen, als das Gesetz, den Schuldarrest und den Wechselproceß betreffend, von dem 7. Junius 1849 bekanntlich das einzige Sächsische Gesetz ist, welches (in §. 4.) Bestimmungen über die sogenannten Schuldverschreibungen nach Wechselrecht enthält, selbiges aber (eben so wie das Gesetz, die kaufmännischen Anweisungen betreffend, von dem gleichen Datum) lediglich einen Theil des vorgedachten, im Uebrigen durch die Publication der Deutschen Wechselordnung antiquirten Entwurfs einer Sächsischen Wechselgesetzgebung bildet und aus demselben wörtlich entnommen ist. Es kann daher ein wesentlicher Einfluß der in letzterer enthaltenen Grundsätze für die Interpretation der später mit Gesetzeskraft ausgestatteten Theile um so weniger bezweifelt werden, als, wie gezeigt, weder der Inhalt der Deutschen Wechselordnung, noch die bei deren Berathung zu der Aussprache gekommene ratio legis dieser Auslegung entgegensteht.

Der Auffassung der Bl. — abschriftlich zu lesenden Urkunde als eines wahren Wechsels steht auch weder der Bl. — ersichtliche, von einer dritten Person beigefügte Zusatz, noch die in der Urkunde selbst enthaltene Erwähnung eines Zinsenbetrages von 1 Thlr. 17 Ngr. —, entgegen. In ersterer Beziehung genügt es, auf das vorstehend Dargelegte zu verweisen. In letzterer Hinsicht pflichtet man zwar der Ansicht bei, daß die Verschreibung einer Zinsleistung auch in dem eigenen Wechsel der Qualität desselben als eines negotiablen Creditpapieres und somit seiner Eigenschaft als wahrer Wechsel schlechterdings entgegensteht.

vergl. Archiv für deutsches Wechselrecht, Bd. III. S. 190. Bd. IV. S. 101. Bd. V. S. 331.
Seuffert, Archiv, Bd. III. No. 200. Bd. VII. No. 93. Bd. X. No. 89.

Die Gründe, welche für diese Auffassung sprechen,

zu vergl. Einert, das Wechselrecht nach den Bedürfnissen des 19. Jahrhunderts, S. 508 flg.
Protokolle der Leipziger Wechselconferenz, S. 171 flg. (Ausg. bei Hirschfeld, S. 161.)
von Gerber, Deutsches Privatrecht, §. 208. not. 3. S. 538. ed. 8.

zeigen jedoch zur Genüge, daß es sich hierbei nur um ein Verzinsungsversprechen, d. h. um die Verschreibung fortlaufender Zinsen, nicht aber um den Fall handelt, wenn in dem Wechsel eine im Voraus bestimmte Geldsumme als entsprechendes Aequivalent für die Zinsen, als eine Art im Voraus berechneter Discont mit in Ansatz gebracht und in das Summenversprechen mit aufgenommen worden ist. Ein Vorgang dieser Art steht der Eigenschaft des Papiers als eines wahren Wechsels eben so wenig entgegen, als z. B. der Nachweis des Umstandes, daß der Ausstellung des Wechsels überhaupt die Absicht zu Grunde gelegen habe, durch dessen Begebung eine aus einem anderen Rechtsgeschäfte herrührende rückständige Zinspost zu der Tilgung zu bringen."

Dieser Ansicht trat das Königl. Oberappellationsgericht (Urthel vom 9. August 1864) unter Beifügung folgender Bemerkungen bei:

„Der Bl. — näher begründeten Ansicht der vorigen Instanz, daß das der Bl. — erhobenen Klage zu Grunde gelegte, Bl. — in beglaubter Abschrift zu lesende Document nur als ein wirklicher Solawechsel, wie dergleichen vor dem Erscheinen der mit dem 1. Mai 1849 in Kraft getretenen allgemeinen deutschen Wechselordnung sehr häufig vorkommen, keineswegs aber, wie die erste Instanz gethan, als eine Schuldverschreibung nach Wechselrecht zu betrachten sei, muß man hierorts lediglich beipflichten. Der ganze Wortlaut der Urkunde spricht für diese Auffassung. In den Eingangsworten:

„Michaelis d. J. (1847) zahle ich gegen diesen Solawechsel an den Herrn C. Aug. C. hier oder Ordre die Summe von 2c."

ist das Papier ausdrücklich als Solawechsel, gegen welchen die Zahlung erfolgen solle, bezeichnet. Und wenn es dann weiter heißt:

„Valuta habe ich an guten Waaren richtig erhalten, leiste daher bei Verfall prompte Zahlung nach hiesigen und anderer Orten Wechselrecht",

so hat damit eben nur ausgedrückt werden sollen, daß der Aussteller den Gegensatz der verschriebenen Summe gewährt erhalten habe, daher mit der exceptio non numeratae pecuniae sich nicht schützen könne. Ob bei derartigen Wechseln das Bekenntniß dahin geht, daß die Valuta in Waaren, oder dahin, daß sie baar, in baarem Gelde, gewährt worden sei, ändert, wie bereits Bl. — gezeigt worden, in der Sache nichts; es genügt, daß der Wechsel als eigner Wechsel sämmtliche, in Art. 97. der allgemeinen deutschen Wechselordnung angegebenen Erfordernisse eines solchen an sich trägt und der Aussteller gegen die Urkunde zu zahlen versprochen hat."

94.

Auch diejenige Partei, welcher das Armenrecht ertheilt ist, kann darum nachsuchen, daß ihr die Eidesleistung vor ihrer persönlichen Obrigkeit gestattet werde. Solchenfalls ist ihr die Bestellung eines Kostenvorstandes vor Erlaß der Requisition nicht anzusinnen.

Mitgetheilt von

Herrn T. in D.

Das Königl. Appellationsgericht zu Dresden sprach sich in einer unter dem 14. Juli 1864 an das Gerichtsamt im Bezirksgericht zu Dresden nach angehörtem Vortrage der Sache erlassenen Verordnung hierüber folgendermaaßen aus:

„Daß das Verlangen des Beklagten nach Requirirung der Behörde seines Wohnortes Behufs Abnahme der ihm rechtskräftig auferlegten Eide unter den vorliegenden Verhältnissen an sich gerechtfertigt gewesen, ist von voriger Instanz mittelst der Resolution Bl. — mittelbar anerkannt worden, und mit Rücksicht auf die Geringfügigkeit des auf jenen Eiden beruhenden Objects und die Erheblichkeit des Wohnortes des Klägers vom Sitze des Proceßgerichts nach den hierunter von der Praxis befolgten Grundsätzen

Biener, syst. pr. jud., §. 111. not. 4.
Wochenblatt für merkw. Rechtsf., 1853. S. 31. 1863. S. 206. 1864. S. 189 flg.

nicht wohl in Zweifel zu ziehen. Der im erstatteten Berichte hervorgehobene, im Wohnorte des Klägers eingetretene Wechsel kann hiergegen mit Grund nicht geltend gemacht werden, da nicht vorausgesetzt werden kann, daß Kläger, der nach seiner Anzeige Bl. — erst am 5. vor. Monats ein neues Engagement in Magdeburg angetreten, seinen nunmehrigen Aufenthalt abermals und so schnell wieder verändern werde, daß der Ausführung der beantragten Requisition erhebliche Schwierigkeiten entgegentreten würden. Ebensowenig ist es zweifelhaft, daß nach den schon angezogenen, vom Gerichtsbrauch festgestellten Grundsätzen einem Verlangen der bezeichneten Art in der Regel nur dann zu entsprechen ist, wenn der Eidespflichtige zuvor zu Sicherstellung der in der Resolution Bl. — erwähnten Kosten einen Vorstand bestellt.

Zweifelhafter ist dagegen die Frage, ob dem Eidespflichtigen die Bestellung eines solchen Vorstandes auch dann anzusinnen sei, wenn derselbe, wie Kläger, ein geschworner Armer ist. Das Königl. Appellationsgericht hat diese Frage früherhin — vgl. dessen Verordnungen an das vormalige Stadtgericht zu D. vom 27. März 1850 und an das Gerichtsamt im Bezirksgericht zu D. vom 25. Juli 1860 — in Uebereinstimmung mit der jetzt von voriger Instanz zur Anwendung gebrachten Ansicht bejaht, bei nochmaliger Erwägung sich aber nunmehr für die entgegengesetzte Ansicht entschieden. Der in Rede stehende Kostenvorstand wird wegen des Mehraufwandes an Kosten gefordert, welche theils in Folge der Requisition der Wohnortsbehörde des Eidespflichtigen bei Gericht erwächst, theils dem Gegner durch Bestellung eines Sachwalters zu seiner Vertretung am Orte dieser Behörde zugezogen wird. Für den Mehrbetrag an Gerichtskosten ist nun vor Allem die Vorschrift in Erl. Proc.-Ordn. zu tit. I. §. 12., wornach von den Gerichten, was zu des geschwornen Armen Behuf dienlich und nöthig, umsonst und ohne Abforderung einiger Sporteln schleunigst zu expediren und auszufertigen, der unentbehrliche baare Verlag aber von den Gerichtsherrn von dem Ihrigen vorzuschießen ist, als maaßgebend anzusehen, da nicht füglich bestritten werden mag, daß, wenn einmal die Voraussetzungen vorhanden sind, unter denen der eidespflichtigen Partei die Eidesleistung vor der Behörde ihres Wohnortes zu gestatten ist, das diesfalls zu Expedirende zu dieser Partei Behuf dienlich und nöthig sei. Es sind also, wenn letztere zu den geschworenen Armen gehört, gemäß der angezogenen Vorschrift auch die hierbei sich nöthig machenden gerichtlichen Ausfertigungen umsonst und ohne Abforderung von Kosten zu erlassen, und die in Folge dessen dem Proceßgericht erwachsenden Verläge Gerichtswegen vorzuschießen. Anlangend dagegen den Mehraufwand an außergerichtlichen Kosten, welcher dem Gegner der armen Partei durch die Eidesleistung der letzteren vor der Behörde ihres Wohnortes verursacht wird, so kann allerdings deren Befreiung von der Leistung eines Vorstandes zu Sicherstellung dieser Kosten aus obiger Vorschrift der Erl. Proc.-Ordn., welche sich auf die beim Proceßgericht erwachsenden Kosten und Verläge beschränkt, nicht hergeleitet werden, und es würde insbesondere, eben um dieser Beschränkung willen und da auch die Verpflichtung des Gerichts zu Uebertragung der Verläge des Sachwalters der armen Partei auf die Gegenpartei nicht ausgedehnt werden darf, sich nicht rechtfertigen lassen, die Leistung eines diesfallsigen Vorstandes für den Gegner dem Gericht anzusinnen. Allein es kommt hierunter der armen Partei zu Statten, daß, wenn auch dieselbe dem Gegner den in Rede stehenden Mehraufwand ohne Zweifel jedenfalls zu erstatten verbunden ist, doch eine Sicherheitsleistung von ihr darum nicht gefordert werden kann, weil sie nach den allgemeinen und ausnahmslosen Bestimmungen in der Alten Proc.-Ordn. tit. XIII. §. 3. und der Erl. Proc.-Ordn. zu tit. XIII. überhaupt von Bestellung eines Kostenvorstandes, auch wegen der gegnerischen Kosten befreit ist, und die Gründe der Befreiung ebenmäßig in einem Falle der vorliegenden Art einschlagen, wo es nicht minder, als wollte man die Einleitung und Fortstellung des Processes eines geschwornen Armen überhaupt von vorgängiger Bestellung eines Kostenvorstandes abhängig machen, thatsächlich zu einer gänzlichen Verweigerung der Rechtshülfe führen würde, wenn man einem eidespflichtigen Armen zu dem hier in Rede stehenden Behufe die Erlegung eines Vorschusses ansinnen wollte. Denn da er voraussetzlich solchen nicht beschaffen, andererseits aber auch die Kosten der Reise nach dem Sitz des Proceßgerichts, welche ihm das letztere vorzuschießen nach der obigen Vorschrift der Erl. Proc.-Ordn. zu tit. I. §. 12. keineswegs verbunden sein würde,

vgl. wegen eines analogen Falles das angez. Wochenblatt, 1863. S. 296.

aufzubringen gar nicht im Stande wäre, so würde ihm die Möglichkeit gänzlich benommen sein, durch Leistung des ihm auferlegten Eides seinen Sieg im betreffenden Rechtsstreite rücksichtlich des auf dem Eide beruhenden Streitpunktes herbeizuführen. Seine Befreiung von Erlegung des fraglichen Vorschusses muß im Wesentlichen aus dem nämlichen Gesichtspunkte anerkannt werden, welcher die Ausnahme der armen Parteien von den zu Gunsten des Widerbeklagten und beziehentlich des nach Zurücknahme der frühern Klage mit einer veränderten Klage Belangten rücksichtlich der Kosten des Vorprocesses bestehenden Vorschriften rechtfertigt." 2c.

93.

Welche Behörde hat in Fällen der Veräußerung oder Verpfändung eines in Sachsen gelegenen, einem in väterlicher Gewalt stehenden Unmündigen zugehörigen Grundstücks Seiten des Vaters des Minorennen der obervormundschaftlichen Cognition sich zu unterziehen, wenn der Vater Unterthan eines fremden Staates ist?

Mitgetheilt von

Herrn —e in L.

Der Maurermeister H., ein preußischer Staatsangehöriger, hatte an dem seiner Tochter Johanne Louise H. zugehörigen, in Leipzig gelegenen Grundstücke wegen eines für dieselbe aufgenommenen Darlehns von 17,000 Thlrn. —, —, eine Hypothek angelobt und deren Eintragung in das Grund- und Hypothekenbuch beantragt, das Gerichtsamt im Bezirksgerichte aber den Antragsteller unter Verweisung auf die Bestimmung der allgemeinen Vormundschaftsordnung Cap. XXII. §. 4. beschieden, daß derselbe vor allen Dingen die obervormundschaftliche Cognition seiner (K. Preuß.) Behörde nachzusuchen und deren Zustimmung zu der beabsichtigten Hypothekenbestellung beizubringen habe. Diese Bescheidung machte H. zum Gegenstande der Beschwerde beim K. Appellationsgerichte zu Leipzig, indem er vorstellig machte, daß eine obervormundschaftliche Fürsorge für Minderjährige, welche unter väterlicher Gewalt stehen, nach K. Preuß. Gesetzgebung in keinem Falle einzutreten habe, demnächst aber davon ausging, daß das Gerichtsamt im Bezirksgerichte der nach vorgedachter gesetzlicher Vorschrift hier gebotenen obervormundschaftlichen Cognition nach art. 15. der unter dem 30. November 1839 zu Beförderung der Rechtspflege mit der K. Preuß. Regierung getroffenen Uebereinkunft in Verbindung mit Cap. XX. §. 7. der A. Vorm.-Ordn. sich selbst zu unterziehen habe.

In der hierauf unter dem 17. Juni 1864 erlassenen Verordnung sprach sich das K. Appellationsgericht zu Leipzig dahin aus, daß in letzterer Hinsicht dem Beschwerdeführer keineswegs beizupflichten sei. „Denn es handelt sich" — heißt es darin weiter — „hier gar nicht um die Bestellung eines Specialvormundes für die minderjährige Johanne Louise H., vielmehr liegt ein Fall vor, in welchem nach K. Sächs. Gesetzgebung der Vater an der in der väterlichen Gewalt liegenden Vertretung seines unmündigen Kindes nicht behindert, sondern hierin nur beschränkt ist. Die Veräußerung eines einem der väterlichen Gewalt unterworfenen Unmündigen zugehörigen Grundstücks, welche, wie sich der Beschwerdeführer Bl. — selbst bescheidet, in dem hier fraglichen weitern Sinne allerdings auch in der Bestellung einer Hypothek an dem Grundstücke enthalten ist, hat, wenn es überhaupt dazu kommen soll, nach der mehrerwähnten Vorschrift der Vormundschaftsordnung nicht von einem dem Kinde zu bestellenden Specialvormunde, sondern von dem Vater zu geschehen, dessen Verfügungsrecht hierbei nur durch den erforderten Hinzutritt der richterlichen Genehmigung bedingt ist. Eben so hat das Gericht die causae cognitio, welche der diesfallsigen Entschließung voranzugehen hat, selbstständig und ohne Zuziehung eines zu diesem Zwecke zu bestellenden Specialvormundes vorzunehmen.

Diese nach der vaterländischen Gesetzgebung auch noch in einigen anderen Fällen (vergl. §. 1. Cap. XXII. der A. Vorm.-Ordn. und §. 52. und 56. des Mandates vom 4. Juni 1829, die Aufhebung der stillschweigenden Hypotheken ꝛc. betreffend) den unter väterlicher Gewalt stehenden Unmündigen ohne Bestellung eines Vormundes zuzuwendenden obervormundschaftlichen Fürsorge und die darauf beruhende richterliche Controlirung des Vaters in Ausübung der väterlichen Gewalt, deren die obenerwähnte Convention mit der K. Preuß. Regierung nirgends gedenkt, hat sich aber der Natur der Sache und den hierbei einschlagenden allgemeinen Grundsätzen zu Folge, nach welchen sich die obervormundschaftliche Fürsorge der Gerichte auf Ausländer in der Regel und so weit nicht specielle gesetzliche Bestimmungen oder Staatsverträge eine Ausnahme hiervon begründen, überhaupt nicht zu erstrecken hat, auf K. Sächs. Staatsangehörige zu beschränken.

Hiernächst folgt aus der bei der Bescheidung Bl. — nach dem Vorbemerkten mit Recht angenommenen Incompetenz des Gerichtsamtes im hiesigen Bezirksgerichte zu der in der allgemeinen Vorm.-Ordn. Cap. XXII. §. 4. angeordneten obervormundschaftlichen Fürsorge für die unmündige Besitzerin des zu verpfändenden Grundstücks noch keineswegs, daß dem Antrage auf Eintragung der fraglichen Hypothek ohne Weiteres zu entsprechen gewesen wäre. Vielmehr kann es, da der hierländische Richter nicht verpflichtet ist, sich von der einschlagenden K. Preuß. Gesetzgebung zuverlässige Kenntniß zu verschaffen und die vorgedachte Bestimmung der Vorm.-Ordn. nicht auf eigenthümlichen hierländischen Rechtsinstituten, sondern auf allgemeinen, auch andern Gesetzgebungen nicht fern gelegenen Motiven beruht, nur gebilligt werden, wenn das Gerichtsamt zu Vermeidung künftiger Differenzen und möglicher Vertretungen von der Annahme ausgegangen ist, daß der Beschwerdeführer nach der, Obigem zu Folge, hierbei maaßgebenden K. Preuß. Gesetzgebung ohne gerichtliche Genehmigung zu Verpfändung des seiner Tochter zugehörigen Grundstücks nicht berechtigt sei. Indessen wäre dem Beschwerdeführer, wie aus dem bisher Bemerkten von selbst folgt, nicht unbedingt die Beibringung dieser Genehmigung, sondern alternativ entweder diese oder der Nachweis, daß es einer solchen nach K. Preuß. Gesetzgebung nicht bedürfe, aufzugeben gewesen." Demgemäß verordnete das K. Appellationsgericht, in theilweiser Beachtung der erhobenen Beschwerde, an das Gerichtsamt, von der Bl. — erforderten Beibringung dann abzusehen, wenn der Beschwerdeführer durch ein Zeugniß oder eine Bescheidung der competenten K. Preuß. Behörde nachweise, daß er nach K. Preuß. Gesetzgebung zu Belastung des seiner unmündigen Tochter gehörigen Grundstücks mit einer Hypothek ohne gerichtliche Genehmigung befugt sei. Im Uebrigen wurde die erhobene Beschwerde als unbegründet verworfen ꝛc.

Eine gegen diese Verordnung von H. erhobene, durch Berichts- und Vortragserstattung an das K. Justizministerium gelangte Beschwerde hatte nicht den erwarteten Erfolg. Denn das letztere sprach sich unter dem 15. Juli 1864 dahin aus:

„Mittelst Vortrags vom 7./12. d. M. ist dem Justizministerium vom Appellationsgerichte zu Leipzig die Beschwerde zur Entschließung angezeigt worden, welche F. A. H. aus Halle Bl. — der — Acten über das Grundstücksfolium Nr. — des Grund- und Hypothekenbuchs für die Stadt Leipzig gegen die Bl. — zu lesende Verordnung des genannten Appellationsgerichts eingewendet hat, worin, beziehentlich unter Bestätigung der unterrichtlichen Entschließung, ausgesprochen worden, daß dem Antrage des Beschwerdeführers auf Eintragung der von demselben wegen eines Darlehns von 17,000 Thlrn. — - —- für seine in seiner väterlichen Gewalt stehende unmündige Tochter Johanne Louise an deren Grundstücke angelobten Hypothek, nur dann Statt zu geben sei, wenn von ihm entweder die zu dieser Hypothekenbestellung erforderliche obervormundschaftliche Zustimmung der zuständigen preußischen Behörde, oder aber der Nachweis beigebracht werde, daß es derselben nach der königlich preußischen Gesetzgebung nicht bedürfe.

Das Justizministerium hat der nurerwähnten, von H. zur Beschwerde gezogenen Entscheidung des Appellationsgerichts aus den ihr einverleibten sachgemäßen Gründen beizupflichten gehabt und hierüber nur Folgendes zu bemerken:

Vom Beschwerdeführer wird in der Eingabe Bl. — nicht bestritten, daß nach sächsischer Gesetzgebung in Fällen der Veräußerung oder Verpfändung von Grundstücken eines in väterlicher Gewalt stehenden Unmündigen eine obervormundschaftliche Cognition einzutreten habe, derselbe behauptet nur, daß, obwohl er preußischer Unterthan sei, nicht die preußische Behörde, sondern die sächsische Behörde, unter deren Gerichtsbarkeit das betreffende Grundstück liege, dieser Cognition sich zu unterziehen habe. Da jedoch das Verwaltungs- und Verfügungsrecht des Vaters am Vermögen der in seiner väterlichen Gewalt stehenden Kinder eben ein Ausfluß der väterlichen Gewalt ist, die letztere aber nach einem allgemein geltenden, auch in das bürgerliche Gesetzbuch für das Königreich Sachsen §. 15. aufgenommenen Grundsatze nach den Gesetzen des Staates zu beurtheilen, dessen Unterthan der Vater ist, so kann jene Cognition im vorliegenden Falle, da Beschwerdeführer im Königreiche Preußen staatsangehörig ist, nur von der preußischen Behörde ausgeübt werden, welche übrigens auch voraussetzlich von den einschlagenden persönlichen, wie sonstigen Verhältnissen besser unterrichtet ist, als die sächsische Behörde. Andererseits aber folgt aus dem vorerwähnten Grundsatze, daß die fragliche Hypothekenbestellung auch in Sachsen ohne obervormundschaftliche Genehmigung für rechtsgültig anzusehen sein würde, wenn letztere nach preußischen Gesetzen nicht erforderlich wäre — vergl. Siebenhaar's Commentar zu dem bürgerlichen Gesetzbuche für das Königreich Sachsen, Bemerk. 2. zu §. 15. —, und mit Recht hat daher das Appellationsgericht dem Beschwerdeführer den Nachweis nachgelassen, daß es nach preußischer Gesetzgebung einer obervormundschaftlichen Cognition in Fällen der vorliegenden Art nicht bedürfe.

Hiernach ist die erhobene Beschwerde als unbegründet zu verwerfen gewesen." rc.

Miscellen.

Anzeige neu ergangener Gesetze und Verordnungen. Das 12. Stück des Gesetz- und Verordnungsblattes für das Königreich Sachsen (vom Jahre 1864) enthält: No. 97. Verordnung, eine zum Ersatze der klinischen Anstalten der chirurgisch-medicinischen Academie dienende Einrichtung betreffend, vom 24. August 1864. No. 98. Verordnung, die Mittheilung von Obergutachten an die Gerichtsärzte betreffend, vom 30. August 1864. No. 99. Verordnung, die vorläufige Außerkraftsetzung des Pulver- rc. Ausfuhrverbots vom 6. Juli dieses Jahres betreffend, vom 7. September 1864. No. 100. Bekanntmachung, die dem Vorschußvereine zu Mülsen St. Jacob verwilligte Stempelbefreiung betreffend, vom 7. September 1864. No. 101. Decret wegen Bestätigung der Statuten des Spar- und Vorschußvereins zu Zittau, vom 9. September 1864. No. 102. Verordnung, die Bestell-, Quittungs- und Scheingebühren für Postsendungen betreffend, vom 17. September 1864. No. 103. Verordnung, das Ausschreiben der katholischen Kirchenanlage betreffend, vom 19. September 1864. No. 104. Gesetz, die Emeritirung der evangelisch-lutherischen Geistlichen betreffend, vom 19. September 1864. No. 105. Gesetz, einige Abänderungen und Zusätze zu den Gesetzen vom 7. December 1837 und 11. September 1843 betreffend, vom 21. September 1864. No. 106. Decret wegen Bestätigung der Statuten für das Rettungshaus zu Oppach, vom 16. August 1864. — Letzte Absendung: am 28. September 1864.

Ernennungen, Anstellungen rc. Es sind der Director des Bezirksgerichts Annaberg Scipio Agricola Herbig zum Geheimen Justizrathe bei dem Justizministerium, ferner der Gerichtsrath beim Bezirksgericht Leipzig Carl Theodor Wichmann und der Actuar beim Gerichtsamte Tharand Carl Emil v. Bose zu Gerichtsamtleuten, Jener beim Gerichtsamte Schwarzenberg, dieser beim Gerichtsamte Königstein ernannt worden.

Der zeither als Hülfsarbeiter beim Appellationsgericht zu Zwickau verwendete Gerichtsrath beim Bezirksgericht Annaberg, Karl Otto Coith, ist zum Appellationsrathe bei dem Appellationsgericht zu Zwickau, ferner ist der Staatsanwalt am Bezirksgericht Pirna, Hermann Emil Gareis, zum Gerichtsrathe bei dem Bezirksgericht Leipzig ernannt, der zeitherige II. Staatsanwalt am Bezirksgericht Chemnitz, Dr. Alfred Richard Krauße, nach Pirna für die Stelle des Staatsanwalts am dortigen Bezirksgericht versetzt und der Actuar beim Bezirksgericht Budissin, Emil Siegmund Jaspis, als II. Staatsanwalt am Bezirksgericht Chemnitz angestellt worden.

Redacteur: Dr. Theodor Tauchnitz. Officin der Verlagshandlung.

Wochenblatt für merkwürdige Rechtsfälle,

in actenmäßigen Darstellungen aus dem Gebiete der Justizpflege und Verwaltung zunächst für das Königreich Sachsen.

Von diesem Wochenblatte erscheinen jährlich 64 Nummern zu 1 Quartbogen und außerdem am Jahresschlusse ein ausführliches Register.

Alle Postämter u. Buchhandlungen übernehmen Bestellungen und liefern das Quartal zu dem praenumerando zu entrichtenden Preise von 1 Thaler.

Verlag von Bernhard Tauchnitz in Leipzig.

№ 57. Neue Folge Zwölfter Jahrgang. 1864.

96.

I. Die Genehmigung des Ehemanns zu Verträgen der Ehefrau mit dritten Personen kann im Voraus oder nachträglich erklärt werden, so namentlich auch durch Acceptation eines von der Ehefrau auf ihn gezogenen Wechsels. — II. Präsumtiv ist die Namenszeichnung des Ausstellers eines Wechsels dem Accepte vorausgegangen. — III. Zulässigkeit der Interpretation im Wechselprocesse. — IV. Beweis der Einrede, daß das von der Ehefrau eingegangene Wechselgeschäft auf einer eheweiblichen Bürgschaft beruhe. — V. Protest „Mangels Anwesenheit“.

Mitgetheilt von

Herrn —r in D.

Das Handlungshaus K. und N. in L. klagte gegen die verehel. P. auf Bezahlung von 1250 Thlrn. —, —. Diesen Anspruch stützten Kläger auf einen von der Beklagten unterm 30. Mai 1862 ausgestellten, auf jene Summe lautenden Primawechsel, welcher mit dem Accepte des Ehemannes derselben versehen war, und sie brachten zugleich einen zur Verfallzeit des Wechsels erhobenen Protest bei. In letzterem war bemerkt, daß der mit dessen Aufnahme beauftragte Notar sich in die Wohnung des Acceptanten begeben, den Acceptanten jedoch nicht anwesend getroffen und von einer Dienstperson die Mittheilung erhalten habe, daß ihr Dienstherr kein Geld zur Zahlung des Wechsels zurückgelassen habe, auch keinen Auftrag zur Zahlung. Der Notar hatte daher für seine Requirenten „Mangels Anwesenheit“ protestirt.

Im Verhörstermine erklärte die Beklagte: ihre auf dem Wechsel ersichtliche Namensbezeichnung sei von ihr bewirkt worden, jedoch sei damals auf dem Wechsel noch gar Nichts geschrieben gewesen und ihr Ehemann sowohl, als dessen Sachwalter hätten, als sie diese Namenszeichnung bewirkt, ihr erklärt, daß sie damit keine Verpflichtung übernehmen solle. Das Accept rühre zwar von ihrem Ehemanne her, es liege dem Wechsel jedoch eine Verbürgung der Ehefrau für ihren Ehemann zum Grunde, welche nicht in der vorgeschriebenen Form bewirkt und daher ungültig sei. Weiter sei der Protest ungülig; der Acceptant P. habe zur Zeit, wo der Protest erhoben worden, sein Domicil nicht mehr in D. gehabt, wie aus einem Zeugnisse der Polizeidirection hervorgehe, welches sich in gewissen (von der Beklagten näher bezeichneten) Acten befinde, auf welche sie sich beziehe. Die bezogenen Acten waren übrigens in dem anberaumten Wechselverhörstermine nicht sofort zugänglich, weshalb Beklagte beantragte, vor der Bescheidsertheilung die Königl. Polizeidirection um Ertheilung eines Attestes in der angegebenen Richtung zu ersuchen, welchem Antrag jedoch das Proceßgericht nicht deferirte, da es Sache jeder Partei sei, ihre Beweismittel selbst herbeizuschaffen und insbesondere im Wechselprocesse der Beklagte seine Einreden nur mit sofort vorgelegten Urkunden bescheinigen könne.

Das Proceßgericht verurtheilte die Beklagte ad petita auf Grund ihrer Zugeständnisse, sowie in Betracht, daß in dem Umstande, daß der Ehemann der Beklagten den Wechsel acceptirt habe, die ehemännliche Genehmigung zur Ausstellung des Wechsels von Seiten der Beklagten erblickt werden müsse, indem davon auszugehen sei, daß, dem ordnungsmäßigen Geschäftsgange entsprechend, das Accept auf den Wechsel erst nach dessen Ausstellung gebracht worden sei, sowie ferner in Erwägung, daß die Einrede der Beklagten, es liege der Ausstellung des Wechsels eine verschleierte Bürgschaft zum Grunde und es habe der Acceptant zur Zeit der Protesterhebung seinen Wohnsitz nicht mehr in D. gehabt, weshalb der beigebrachte Protest als ungültig zu betrachten sei, aus den der Klage zum Grunde gelegten Urkunden keine Bestätigung finde und von der Beklagten nicht bescheinigt worden sei. Es würde jedoch der Beklagten die Ausführung dieser Einreden mittelst der Widerklage vorbehalten.

Die Beklagte appellirte, brachte in der Appellationsinstanz nunmehr ein Zeugniß der Königl. Polizeidirection bei, erlangte aber lediglich ein confirmatorisches Erkenntniß (Appellationsgericht Dresden), welches am 25. Juni 1864 publicirt und durch folgende Gründe motivirt wurde:

„Die von der Beklagten gegen die Statthaftigkeit der Klage vorgebrachten Einwendungen haben auch in gegenwärtiger Instanz für begründet nicht erachtet werden können. Denn, was

1) die Legalität des der erhobenen Wechselregreßklage mit zu Grunde liegenden Protestes betrifft, so ist zunächst das von Beklagter Bl. — angezogene Zeugniß der Polizeidirection rechtzeitig, im Verhörstermine, nicht beigebracht worden. Es würde aber auch, selbst wenn dieses nunmehr Bl. — in beglaubigter Abschrift zu den Acten genommene Zeugniß in erster Instanz vorgelegen hätte, in der rechtlichen Beurtheilung der Sache etwas nicht geändert worden sein. Denn einestheils ergiebt sich daraus noch nicht die wirkliche Abreise und thatsächlich erfolgte Aufgabe des hiesigen Domicils des Acceptanten des Wechsels, des Ehemanns der Beklagten, anderentheils würde, auch wenn erwiesen wäre, daß der Letztere vor der Zeit der Protesterhebung sich in das Ausland begeben und die bisher innegehabte Wohnung nur noch für seine Familie beibehalten habe, daraus noch keineswegs folgen, daß es zur Legalität der Protesterhebung der Nachfrage nach der Wohnung des Acceptanten bei der Polizeibehörde Seiten des den Protest aufnehmenden Notars bedurft habe. Denn eine solche Nachfrage ist nach Art. 91. der Wechselordnung nur dann nöthig, wenn es sich um Ermittelung einer sonst gänzlich unbekannten Wohnung oder eines gänzlich unbekannten Geschäftslocals einer Person, bei welcher ein Act im Wechselverkehre vorzunehmen ist, handelt. Ist aber die Wohnung, welche die betreffende Person bisher innegehabt und in welcher sie daher, wenn sie noch anwesend war und ihre Verpflichtung erfüllen wollte, hätte angetroffen werden können und sollen, bekannt und erhält der protestirende Notar daselbst auf gehaltene Nachfrage nur die Auskunft, daß diese Person zufällig nicht anwesend oder zeitweilig verreist sei oder auch ganz vom Orte sich weggewendet habe, so daß nicht anzunehmen ist, daß dieselbe an dem Zahlungsorte selbst irgend eine andere Wohnung oder ein anderes Geschäftslocal habe, wo sie aufzusuchen sein und angetroffen würde werden können, so bedarf es nicht erst einer weiteren Erkundigung bei der Polizeibehörde, welche unter solchen Verhältnissen in den meisten Fällen und namentlich auch, wie die Sache hier liegt, auf etwas ganz Ueberflüssiges und auf eine leere Form hinauslaufen würde.

Vergl. Borchardt, die allgem. Deutsche Wechselordnung ꝛc. 3. Aufl. Zus. 585. S. 367.
Archiv für Wechselrecht, Bd. VIII. S. 432 flg.
Ebendaselbst Bd. XI. S. 440.
Hofmann, in dems. Archive, Bd. XII. S. 368 flg.

Der weitere Einwand der Beklagten Bl. —, daß der fragliche Protest nach Bl. — nicht Mangel Zahlung, sondern Mangel Anwesenheit erhoben worden, ist ebenfalls für unerheblich zu achten. Denn die Wechselordnung schreibt in Art. 41. und Art. 88. nicht vor, daß ein wegen unterbleibender Zahlung zur Verfallzeit erhobener Wechselprotest gerade die Worte, daß „Mangels Zahlung“ protestirt worden, unbedingt enthalten müsse. Das Wesentliche ist vielmehr nach Art. 41. unter 2. nur, daß sowohl die Präsentation, als eine Nichterlangung der Zahlung durch einen darüber aufgenommenen Protest dargethan werde. Diesen Erfordernissen aber und den weiteren in Art. 88. unter 1. 2. 3. deshalb ertheilten Vorschriften entspricht der Inhalt des Protestes Bl. — in ausreichender Weise, da daraus hervorgeht, daß der Notar auf Ersuchen der Remittenten sich Behufs der Präsentation des Wechsels in die Wohnung des Acceptanten begeben habe, denselben aber nicht anwesend getroffen und von einer Dienstperson die Erklärung erhalten habe, daß derselbe, ihr Dienstherr, kein Geld zur Zahlung des Wechsels, auch keinen Auftrag zur Zahlung zurückgelassen habe. Denn es kann hiernach offenbar nicht weiter bezweifelt werden, daß der Notar den Wechsel Behufs der Zahlung zu präsentiren beabsichtigt und versucht, Zahlung aber nicht erhalten hat. Wäre es also auch angemessener und vorsichtiger gewesen, wenn der Notar sich im Proteste deutlicher darüber ausgesprochen hätte, daß er den Wechsel „zur Zahlung“ zu präsentiren beauftragt gewesen sei und „Mangels Zahlung“ protestirt habe, um nicht Bedenken, wie sie hier aufgeworfen worden, hervorzurufen, so würde es doch ungerechtfertigt sein, die Beweiskraft und Gültigkeit dem Proteste wegen jener Abweichungen von der gewöhnlichen Ausdrucksweise und der minder präcisen Wortfassung abzusprechen.

2) ꝛc.

3) Die Einwendung Bl. —, daß Beklagte, eine Ehefrau, den Wechsel ohne Genehmigung ihres Ehemanns ausgestellt habe, findet, wie in voriger Instanz mit Recht bemerkt worden, darin ihre Erledigung, daß Beklagte, wie von ihr Bl. — eingeräumt worden ist, den in Rede stehenden Wechsel auf ihren Ehemann gezogen und Letzterer ihn acceptirt hat; auch bekennt sie Bl. — selbst, daß sie den Wechsel mit Vorwissen und Genehmigung ihres Mannes unterschrieben habe, indem sie nur zugleich behauptet, derselbe und sein Sachwalter hätten ihr dabei ausdrücklich erklärt, daß sie damit keine Verpflichtung übernehmen solle.

In der Wechselordnung findet sich keine Vorschrift, wonach, wenn eine Ehefrau einen Wechsel ausstellt, zur formellen Gültigkeit der Urkunde unbedingt erfordert würde, daß der Ehemann durch ausdrückliche Erklärung auf dem Wechsel schriftlich sein Vollwort dazu ertheilen oder die Erklärung seiner Ehefrau in seiner Eigenschaft als Ehemann mitunterschreiben müßte. Insonderheit enthält Art. 4., wo von den Erfordernissen eines gezogenen Wechsels die Rede ist, keine hierauf bezügliche Bestimmung. Wenn also auch nicht zu bezweifeln steht, daß nach sächsischem Rechte zur materiellen Gültigkeit der von einer Ehefrau eingegangenen Wechselverpflichtung der Consens des Ehemannes nothwendig ist, weil Ehefrauen überhaupt ohne Genehmigung ihrer Ehemänner in der Regel keine Verbindlichkeiten eingehen können, so ist doch die Frage, wie dieser Consens bei Wechseln im einzelnen Falle mit rechtlicher Wirkung erklärt werden könne, nicht nach den besondern, dem Wechselverkehr eigenthümlichen formellen Vorschriften, sondern nach allgemeinen Rechtsgrundsätzen zu beurtheilen. Es muß daher auch bei Wechseln der Rechtssatz Anwendung leiden, daß die ehemännliche Genehmigung zu einer Rechtshandlung der Ehefrau auch stillschweigend, durch concludente Handlungen erklärt und daß er ebensogut gleichzeitig mit der Verbindlichmachung der Ehefrau, als vor- oder nachher ertheilt werden könne.

Vgl. Volkmar und Löwy, die deutsche Wechselordnung, §. 4. S. 16.

Wochenblatt für merkwürdige Rechtsfälle, Jahrg. 1857. S. 77. Jahrg. 1860. S. 79.

Annalen des K. Oberappellationsgerichts, Bd. I. S. 242.

Das Königliche Appellationsgericht zu Dresden hat daher auch bereits in mehreren ähnlichen Fällen, unter Anderem in dem auch von dem Königlichen Oberappellationsgerichte später bestätigten Erkenntnisse vom 24. October 1863 in Sachen Wilhelm Moritz H.'s, Klägers, wider Mag. R., Beklagten, welcher Proceß ebenfalls vor dem hiesigen Handelsgerichte anhängig war, sich dahin ausgesprochen, daß in dem Accepte eines von einer Ehefrau allein ausgestellten, auf ihren Ehemann gezogenen Wechsels Seiten des Letzteren die Genehmigung der Ausstellung des Wechsels, also auch zu Uebernahme der damit verknüpften Regreßverpflichtung durch die Ehefrau gefunden werden müsse, weil der Ehemann vernünftiger Weise und der Natur der Sache nach das Accept nicht auf den Wechsel gebracht haben würde, wenn er mit der Wechselausstellung nicht einverstanden gewesen wäre und er das Eine, den Accept oder das Versprechen der Bezahlung des Wechsels, nicht wollen konnte, ohne die vorausgegangene Veranlassung und Grundlage dazu, die Ausstellung des Wechsels, zu billigen.

Von diesen Grundsätzen abzuweichen, findet man auch im vorliegenden Falle keine Ursache.

4) Die Einrede Bl. —, daß der Ausstellung des Wechsels eine Verbürgung der Ehefrau für ihren Ehemann zu Grunde liege, welche, weil sie der gerichtlichen Form entbehre, für ungültig zu achten sei, kann, weil sie auf illiquiden Voraussetzungen beruht, dermalen keine Beachtung finden.

Der Wechselvertrag ist ein rein formaler Schriftvertrag, dessen Eingehung auf den verschiedensten Rechtsgründen beruhen kann.

Aus der Ausstellung eines auf ihren Ehemann gezogenen Wechsels Seiten einer Ehefrau an die Ordre eines Dritten folgt demnach sicherlich noch nicht, daß die Ehefrau sich für eine Verpflichtung des Ehemanns verbürgt habe. Sie haftet allerdings als Ausstellerin wechselmäßig dafür, daß der Ehemann als Acceptant den Wechsel zur Verfallzeit einlöse. Aber diese gesetzlich festgestellte wechselmäßige Verhaftung trägt deshalb noch keineswegs den civilrechtlichen Charakter einer Intercession der Ehefrau für ihren Ehemann, da es gänzlich unbestimmt bleibt, ob das Wechselgeschäft ursprünglich zum Besten der Ehefrau, indem sie die Valuta vom Remittenten erhob, oder etwa zum Besten des Ehemanns oder des Remittenten geschlossen worden ist.

Jedenfalls also bedarf die Behauptung der Beklagten, daß hier in der That eine Intercession vorliege, erst noch der näheren thatsächlichen Begründung und des Nachweises. Sie müßte auch, um damit gegen die Kläger sich schützen zu können, nach §. 9. des Mandats vom 6. November 1828 den Beweis zu führen im Stande sein, daß die Kläger von den Verhältnissen, welche der Ausstellung des Wechsels den Charakter einer Verbürgung verschaffen, Kenntniß gehabt hätten.

Vgl. Wochenblatt für merkwürdige Rechtsfälle, Jahrg. 1857. S. 75 flg.

Annalen des K. Oberappell.-Ger., Bd. I. S. 242.

Die in voriger Instanz auf Grund des Anerkenntnisses des Wechsels ausgesprochene Verurtheilung der Beklagten war demnach lediglich zu bestätigen und lag bei der Unerheblichkeit der Berufung auch kein Grund vor, die Appellantin mit Erstattung der Kosten des gebrauchten Rechtsmittels zu verschonen."

Auf anderweite Berufung der Beklagten bestätigte das Königl. Oberappellationsgericht unter dem 1. September 1864 aus folgenden Gründen:

„Von der Beklagten ist auch in der jetzigen Instanz nichts vorgebracht worden, was sie gegen die bereits in zwei Instanzen wider sie ausgesprochene Verurtheilung zu Zahlung der eingeklagten Wechselsumme von 1250 Thlrn. —, —, sammt Zinsen zu 6 Procent vom Tage der Publication des Gerichtsbescheids Bl. — flg. und gegen die Erstattung der zeither erwachsenen, wie der neueren Appellationskosten schützen könnte. Anlangend

1.

den wider die materielle Begründung einer Wechselschuld auf ihrer Seite Bl. — flg. wiederholt von ihr geltend gemachten Einwand, so ist es zwar richtig, daß der den Acten im Originale vorgeheftete, der vorliegenden Wechselproceßklage zu Grunde liegende Wechsel von der Beklagten allein und ohne Zuziehung ihres Ehemanns, dessen Beitritts es zur Entstehung einer wirksamen Obligation ihrerseits bedurfte, ausgestellt worden ist. Allein augenscheinlich würde dieser Mangel als ergänzt dann erscheinen, wenn anzunehmen wäre, daß der Ehemann, von welchem die fragliche, von der Beklagten auf ihn gezogene Tratte acceptirt worden ist, sein Accept zu einer Zeit darauf gebracht habe, wo die Unterschrift der Beklagten bereits auf dem Wechsel sich befand, er also wußte, daß diese — seine Ehefrau — die Ausstellerin war. Denn es liegt in der Natur der Sache, daß unter solchen Umständen in der Acceptation des Wechsels Seiten des Ehemannes zugleich dessen mindestens nachträgliche Genehmigung zu der von der Beklagten bewirkten Ausstellung liegt, während andererseits unbestritten ist, daß der ehemännliche Beitritt zu den von Ehefrauen eingegangenen Rechtsgeschäften mit rechtlicher Wirkung ebensowohl nach als vor und bei dem Geschäfte, um welches es sich handelt, erfolgen könne.

Vgl. Zeitschrift für Rechtspfl. u. Verw., N. F. Bd. XIV. S. 133.

Nun streitet aber dafür, daß das — allerdings undatirte — Accept des Ehemanns von dem letzteren wirklich zu einer Zeit darauf gebracht worden sei, wo das Wechseldocument bereits die Unterschrift der Beklagten als Ausstellerin an sich trug, nach dem ordnungsmäßigen Gange des Wechselgeschäfts ohnehin die Vermuthung, und hat die Beklagte auch gar nicht behauptet, erst nach der Acceptationserklärung des Ehemanns ihre Unterschrift unter den Wechsel bewirkt zu haben. Im Gegentheile wird von ihr zum Behufe der Ablehnung einer wechselrechtlichen Verpflichtung nach einer andern Seite hin sogar ausdrücklich hervorgehoben (vgl. Bl. —), zu der Zeit, als sie die Unterschrift bewirkt habe, sei auf dem Wechselformulare noch gar nichts geschrieben gewesen und es hätten ihr vor ihrer Namenszeichnung ihr Ehemann und dessen Sachwalter ausdrücklich erklärt, daß sie damit keine Verpflichtung übernehmen solle; ein Einwand, welcher indessen ebenso illiquid ist, wie die ferner vorgebrachte und damit sogar nicht einmal recht zu vereinbarende exceptivische Behauptung einer dem Geschäfte ihrerseits zu Grunde liegenden Verbürgung für den Ehemann.

Es war daher, wie hieraus von selbst folgt, auch auf diese Ausflüchte in dem gegenwärtigen Wechselprocesse ein rechtliches Absehen nicht zu richten; vielmehr mußte Beklagte diesfalls, so wie geschehen, zur Widerklage verwiesen werden. Nur, soviel die zuletzt erwähnte Ausflucht anlangt, will Man im Hinblick auf das neuerliche Vorbringen der Beklagten Bl. — flg. noch hinzufügen, daß dasjenige, worauf es bei dieser Ausflucht ankommt, durch die neuerlich von der Letzteren Bl. — flg. zu den Acten gebrachten Schriftstücke, selbst wenn diese, was nicht der Fall, anerkannt und überhaupt im jetzigen Stadio des Processes noch zu beachten wären, nicht einmal bewiesen wird. Wie daher der diesfalls Bl. — gestellte Antrag auf Wiedereinsetzung in den vorigen Stand schon darum und ganz abgesehen von dem gänzlichen Mangel der Voraussetzungen für die Ertheilung einer derartigen Rechtsvergünstigung als ein materiell, wie formell unstatthafter anzusehen war, so befindet sich

2.

Beklagte auch im Irrthume insofern, als sie der Meinung ist, die sie als Ausstellerin des Wechsels treffende Regreßverbindlichkeit durch Einwendungen gegen die Form des der Klage zu Grunde liegenden notariellen Wechselprotestes ablehnen zu können. Bedurfte es der Erhebung eines Protestes bei nicht erfolgender Zahlung Seiten des Acceptanten allerdings unzweifelhaft, um dem Kläger diesen Regreß zu sichern, so war es, was die Voraussetzungen eines solchen anlangt, vollständig ausreichend, daß der betreffende

Notar, so wie geschehen, in D. — dem bestimmten Zahlungsorte — in der zeitherigen Wohnung des Acceptaten Nachfrage hielt — dies auch dann, wenn sogar erwiesen wäre, daß Letzterer wirklich noch vor dem Verfalltage, unter Zurücklassung seiner Familie, thatsächlich von D. sich weggewendet haben sollte, was aber, wie die vorige Instanz mit Recht bemerkt hat, durch das von der Beklagten, zudem erst in zweiter Instanz beigebrachte und also schon dieserhalb nicht beachtliche Zeugniß der D.'r Polizeidirection Bl. — nicht einmal in genügende Liquidität gesetzt worden. Denn daß — angenommen sogar, es wäre dies der Fall — eine Erkundigung bei der Polizeibehörde (deren es nach §. 91. der allgemeinen Wechselordnung auch nur dann bedarf, wenn das Geschäftslocal oder die Wohnung des Wechselschuldners nicht zu ermitteln ist) zu nichts geführt haben würde, liegt auf der Hand. Um so weniger aber ist abzusehen, was Beklagte mit den dahin abzielenden Einwendungen Bl. — bezweckt, als sie ja selbst nicht einmal weder früher noch jetzt behauptet hat, daß ihr Ehemann am Verfalltage irgendwo sonst in D. anzutreffen gewesen sein würde.

Wie hiernächst die Erhebung des Protestes im Mangel einer in der zeitherigen Wohnung des Acceptanten erlangten Zahlung nach §. 41. der allgemeinen Wechselordnung noch rechtzeitig am 2. Januar 1864 bewirkt werden konnte, auch die Annahme, daß bei dessen Levirung die 6te Nachmittagsstunde — bis zu welcher Zeit nach §. 8. des Gesetzes vom 25. April 1849 Wechselproteste nur aufgenommen werden sollen — bereits verflossen gewesen, nach der Fassung des Protestes um so unstatthafter sein würde, als ja ohnehin für Beobachtung der gesetzlichen Formen die Vermuthung streitet, so entspricht endlich auch der sonstige Inhalt der Protesturkunde im Wesentlichen den Bestimmungen, welche in §. 88. der allgemeinen Wechselordnung darüber enthalten sind. Es ist dieses bereits, unter Widerlegung der diesfalls von der Beklagten früher angeregten Bedenken, in voriger Instanz so ausführlich nachgewiesen worden, daß es hier genügt, die Beklagte auf das dort Gesagte zu verweisen. Was aber das von derselben sonst noch neuerlich Bl. — Vorgebrachte anlangt, so muß der Einwand, in der Urkunde sei der Kalendertag des Protestes nicht angegeben, als ein actenwidriger, die wegen eines angeblichen Mangels an gehöriger Bezeichnung der Requirenten und Inhaber des Wechsels erfolgte Bemängelung des Protestes aber als eine solche bezeichnet werden, welche ihrer augenscheinlichen Haltlosigkeit wegen einer Widerlegung gar nicht bedarf."

Das in der vorstehends mitgetheilten Entscheidung zweiter Instanz angezogene ältere Erkenntniß (vom 24. October 1863) lautet also:

„Da, soviel den von der Mitbeklagten Bl. — erhobenen Einwand anlangt, daß in der Ausstellung des von ihr Bl. — anerkannten, Bl. — in beglaubigter Abschrift ersichtlichen Primawechsels, d. d. M., den 15. August 1862, eine verschleierte eheweibliche Bürgschaft enthalten und deshalb der Wechsel selbst ungültig sei, Appellantin sich in der Deductionsschrift Bl. — selbst beschieden hat, daß der Beweis des nurgedachten Einwandes aus der Form des in Rede stehenden Wechselpapiers allein nicht zu entnehmen und daher die hierauf bezügliche Ausflucht in dem gegenwärtigen Rechtsstreite nicht zu beachten, sondern vielmehr in der Widerklage auszuführen sei, Letzteres aber der Appellantin, soweit sie sich damit fortzukommen getraut, auch ohne daß es der besonderen Erwähnung dieses Punktes in dem dispositiven Theile der Entscheidung bedurfte, zu thun unbenommen bleibt, hiernächst die ferner Bl. — von der Mitbeklagten gegen die Gültigkeit jenes Wechsels geltend gemachte und Bl. — wiederholte Ausstellung, daß die Genehmigung ihres Ehemanns zu Ausstellung des Wechsels nicht nachgewiesen sei, auch nach der Ansicht des K. Appellationsgerichts sich als unerheblich darstellt, wenn man erwägt, daß, obschon eine Ehefrau zu Eingehung von Rechtsgeschäften, also auch zu Ausstellung eines Wechsels, dafern sie nicht eine Handelsfrau ist, in der Regel der Zustimmung ihres Ehemanns bedarf, wenn aus dieser Ausstellung eine Verbindlichkeit ihrerseits entstehen soll, doch zur Gültigkeit eines von der Ehefrau abgeschlossenen Vertrags oder Rechtsgeschäfts nicht schlechterdings erforderlich ist, daß der Ehemann gerade bei dem Abschlusse persönlich concurrirt habe, seine Genehmigung vielmehr auch vorher oder nachher erfolgen und diese Willensmeinung nach bekannten Grundsätzen auch durch concludente Handlungen und sogar stillschweigend erklärt werden kann,

vgl. Wochenblatt für merkwürdige Rechtsfälle, Jahrg. 1848. S. 271.

eine solche stillschweigende oder factische Genehmigung aber mindestens in allen denjenigen Fällen als vorhanden anzusehen ist, in denen die Handlung, in welcher die Genehmigung gefunden wird, vernünftiger Weise ohne die auf letztere gerichtete Absicht nicht vorgenommen worden sein kann oder die Annahme des Gegentheils mit der Voraussetzung der bona fides Seiten der Interessenten unvereinbar sein würde,

vgl. ang. Wochenblatt, Jahrg. 1860. S. 80.

und hiernach es auch zur Gültigkeit des in Rede

stehenden Wechsels nicht erforderlich war, daß derselbe von dem Ehemanne der Mitbeklagten mit unterschrieben werde, was nach Ausweis der Acten nicht geschehen ist, die Einwilligung des Ehemanns zu der von Seiten seiner Ehefrau erfolgten Ausstellung des Wechsels in ausreichender Weise vielmehr schon dadurch, daß er diesen Wechsel selbst acceptirt hat, als was er, wenn er die Ausstellung desselben nicht hätte genehmigen wollen, sicher unterlassen haben würde, da ein ohne seine Genehmigung ausgestellter Wechsel ungültig und daher auch von ihm nicht zu acceptiren gewesen wäre, um so gewisser von ihm zu erkennen gegeben worden ist, als bekanntlich die auf einen Wechsel gebrachte Acceptationsbemerkung wenigstens bis zum Beweise des Gegentheils, welches im vorliegenden Falle von der Beklagten gar nicht behauptet worden, als eine Handlung gedacht werden muß, welche der Ausstellung des Wechsels nachgefolgt ist,

vgl. Zeitschrift für Rechtspfl. u. Verw., N. F. XXI. Bd. S. 431.

hiernächst auch die Appellantin selbst Bl. — ihr Einverständniß mit den vorstehends entwickelten Rechtsgrundsätzen erklärt hat, indem dieselbe zugiebt, daß die Acceptationsbemerkung des Ehemanns darauf hindeute, daß er mit Ausstellung des Wechsels von Seiten seiner Ehefrau einverstanden gewesen sei, weiter jedoch derselben darin nicht beigepflichtet werden konnte, wenn dieselbe behauptet, daß diese Handlung des Ehemanns nur eine einfache Vermuthung begründe, welche den hier fehlenden directen Nachweis der ehemännlichen Genehmigung nicht ersetzen könne, indem hierbei in Betracht gelangt, daß der Gebrauch des Executivprocesses dadurch nicht ausgeschlossen wird, daß die der Executivklage zum Grunde liegenden Urkunden zu ihrem richtigen Verständnisse der juristischen Auslegungskunst bedürfen, vielmehr, wie überhaupt der Natur der Sache nach der Inhalt einer jeden Urkunde in gewissem Sinne der Interpretation unterliegt, um den richtigen Sinn derselben zu erkennen, dieselbe auch in der gegenwärtig vorliegenden Proceßart zulässig ist, dergestalt, daß, wenn der Richter auf dem Wege der Auslegung zu dem Resultate gelangt, daß die zu Begründung der Executivklage beigebrachten Urkunden selbstständig alle diejenigen Voraussetzungen an die Hand geben, welche zur Unterstützung der Intention des Klägers erforderlich sind, der Zulässigkeit des Executivprocesses und insbesondere auch des Wechselprocesses ein Bedenken nicht entgegensteht,

vgl. Kori, Executivproceß, I. Thl. §. 9.

Zeitschrift f. Rechtspfl. u. Verw., N. F. XIV. Bd. no. 46. S. 135., XX. Bd. no. 153. S. 253.

so ist der Bl. — ersichtliche 2c. Bescheid zu bestätigen."

In der auf die Appellation der Mitbeklagten in der zuletzt gedachten Rechtssache unter dem 4. Februar 1864 ergangenen confirmatorischen Entscheidung dritter Instanz wurde in der hierher gehörigen Beziehung Folgendes ausgeführt:

„Es ist zwar richtig, daß der Bl. — in Abschrift ersichtliche, der Klage zum Grunde gelegte Wechsel von der Mitbeklagten allein und ohne Zuziehung ihres Ehemanns, dessen Beitrittes es zur Entstehung einer wirksamen Obligation ihrerseits bedurfte, ausgestellt worden. Allein es läßt sich nicht bezweifeln und wird von der Mitbeklagten selbst zugegeben, daß dieser Mangel ergänzt erscheinen würde, wenn anzunehmen wäre, daß der Mitbeklagten Ehemann, welcher den fraglichen, von seiner Ehefrau auf ihn gezogenen Wechsel acceptirt hat, sein Accept zu einer Zeit darauf gebracht habe, wo die Unterschrift der Mitbeklagten bereits auf dem Wechsel sich befand, er also wußte, daß diese die Ausstellerin desselben war. Denn es liegt in der Natur der Sache und folgt von selbst, daß unter solchen Umständen in der Annahme des Wechsels Seiten des Ehemanns zugleich dessen Genehmigung zu der von seiner Ehefrau bewirkten Ausstellung desselben liegt, während andererseits unbestritten ist, daß der ehemännliche Beitritt zu dem von der Ehefrau eingegangenen Rechtsgeschäfte mit rechtlicher Wirkung ebensowohl nach als vor und bei dem Geschäfte erfolgen kann.

Zeitschrift für Rechtspflege und Verw., N. F. Bd. XIV. S. 133. no. 43.

Es kommt demnach bei Entscheidung der vorliegenden, im Wechselprocesse verhandelten — daher auch, wie Mitbeklagte sich bereits selbst beschieden, die Beachtung des illiquiden Einwandes einer zu Grunde liegenden eheweiblichen Bürgschaft nicht gestattenden — Rechtssache nur noch auf die Frage an, ob ausreichender Grund zu der Annahme vorhanden sei, daß das, allerdings undatirte, Accept des Beklagten auf den von der Mitbeklagten ausgestellten Wechsel zu einer Zeit gebracht worden, wo sich die Unterschrift der Mitbeklagten bereits unter selbigem befand?

Während die vorigen Instanzen dies als präsumtiv angesehen haben, hat Mitbeklagte dem unter dem Bemerken widersprochen, wie es im Geschäftsverkehre gar häufig vorkomme, daß Wechsel acceptirt würden, auf welchen ein Aussteller noch nicht, sondern nur die Summe und der Remittent benannt seien, in welcher Weise es sich auch im vorliegenden Falle verhalten habe, wo der Zweck nur darauf gerichtet gewesen, dem Remittenten Max R. ein Accept ihres Ehemanns, des Beklagten, zur Deckung einer an denselben habenden Forderung zu verschaffen.

zu vgl. Bl. — verb. mit Bl. —.

Man hat jedoch diesem Anführen der Mitbeklagten kein Gewicht beizulegen vermocht.

Es mag zwar nicht in Abrede gestellt werden, daß im Verkehre Fälle vorkommen, wo ein Papier acceptirt wird, welches noch nicht vollständig ausgefüllt, namentlich mit dem Namen des Ausstellers oder Trassanten noch nicht versehen ist; allein es liegt dies jedenfalls nicht im ordnungsmäßigen Gange des Wechselgeschäfts, welcher um so mehr das Vorhandensein der Unterschrift des Ausstellers vor der Vorlegung des Wechsels zum Accepte voraussetzt, als der Acceptant nach Art. 23. der allgemeinen deutschen Wechselordnung auch dem Aussteller gegenüber sich wechselmäßig verpflichtet, schon darum also keineswegs der Mitbeklagten in der Behauptung beigepflichtet werden kann, daß es für denselben indifferent sei, wer auf ihn trassirt habe.

Als Regel muß daher allerdings stets festgehalten werden, daß das Accept auf das vom Aussteller bereits unterschriebene Papier gebracht worden, worauf denn auch die wörtliche Fassung des angezogenen Wechsels, insofern sich darin die Aufforderung des Ausstellers ausspricht, gegen den Wechsel an den Remittenten zu zahlen, hinweist, und wenn auch in einzelnen Fällen es sich anders verhält, so ist dies eben eine Ausnahme, die sich in concreto als eine des Beweises bedürfende Einrede darstellt, also im Wechselprocesse nur dann, wenn sie urkundlich sofort liquid gemacht worden — wie gegenwärtig nicht geschehen — in Betracht gelangen könnte."

97.

Die Behauptung, daß der „Beklagte des Nachlasses des früheren Schuldners sich angemaaßt habe", eignet sich nicht für den Eidesantrag. — Der Appellationsrichter ist bei seiner Entscheidung nicht an die Deduction des Appellanten gebunden.

Mitgetheilt von
Herrn W. in L.

In einer wider den Vater des stuprator als dessen Erben anhängig gemachten Alimentationsklagsache war in der ersten Instanz auf verschiedene Eide erkannt worden. Der Beklagte verlangte in seiner Appellation Abweisung der Klage aus Gründen, die hier weiter nicht in Betracht kommen. Das Königl. Appellationsgericht zu Leipzig entsprach im März 1864 diesem Antrag, jedoch, indem es die Richtigkeit der vom Beklagten geltend gemachten Gründe ausdrücklich dahin gestellt sein ließ, in der Erwägung, daß

„die Klägerin den Beklagten wegen Alimentirung des von ihr am 28. Mai 1863 außer der Ehe geborenen Kindes lediglich um deswillen in Anspruch nimmt, weil er, der Beklagte, der alleinige Erbe seines in dem Libelle erwähnten, inzwischen verstorbenen Sohnes, des angeblichen Schwängerers, geworden, daß jedoch von dem Beklagten der einschlagende Theil des Klagvorbringens, welcher dahin lautet: „er, der Beklagte, habe sich des gesammten Nachlasses seines Sohnes angemaaßt", im 13. Einlassungsabschnitt ausdrücklich verneint worden ist, und daß die Gewissensrührung, deren die Klägerin hinsichtlich der ganzen Klage sich bedient hat, für ein zu Verificirung des nurgedachten Einlassungsabschnittes geeignetes Beweismittel nicht erachtet werden kann, weil nach den Bestimmungen in der l. 20. pr. §. 4. und der l. 88. D. de acquir. vel omitt. hered. (29. 2.) eine pro herede gestio nur aus solchen Handlungen zu folgern ist, welche der Delat citra nomen et jus heredis nicht vornehmen konnte, d. i. welche nicht anders, als dadurch zu erklären sind, daß der Delat bei Vornahme derselben den Willen, die Erbschaft anzutreten, wirklich gehabt habe, Handlungen der oben erwähnten Art aber, welche der Beklagte in Bezug auf den Nachlaß seines Sohnes vorgenommen habe, von der Klägerin überhaupt nicht erwähnt worden sind und somit ein Schiedseid über den 13. Einlassungspunkt, wie selbiger von der vorigen Instanz erkannt worden ist, auf eidliche Ablehnung eines Urtheils hinauskommt, hinsichtlich dessen es in der Klageschrift an jeder factischen Begründung gebricht."

Auf Appellation der Klägerin erkannte das Königl. Oberappellationsgericht im August 1864 confirmatorisch. Die Rationen lauten:

„Klägerin zeiht die vorige Instanz mit Unrecht eines Ueberschreitens ihrer Befugnisse um deswillen, weil sie einen Abweisungsgrund angezogen habe, hinsichtlich dessen Beklagter nicht gegen den Bescheid Bl. — appellirt habe.

Beklagter hat Bl. — ausdrücklich auf Abweisung der Klage gravaminirt.

Hat er sich nun auch in der sofort angeschlossenen Deduction darauf beschränkt, einen Abweisungsgrund auszuführen, welchen die vorigen Instanzen nicht als stichhaltig anerkannt haben, so kann dies doch, da eine ausdrückliche Beschränkung seines Rechtsmittels auf diesen Gesichtspunkt nicht vorliegt, den Appellationsrichter in der Beachtung anderer, ihm geeigneter erscheinender Abweisungsgründe ebensowenig behindern, als wenn er jede Deduction unterlassen hätte.

Denn der sächsische Appellationsrichter ist ohne den, wie gedacht, hier nicht vorliegenden Fall ausdrücklicher Beschränkung des Rechtsmittels unter einen speciellen Gesichtspunkt oder eines Compromisses an die rechtliche Deduction des Appellanten nicht gebunden und überhaupt nicht behindert, innerhalb des durch das Gravamen formell gestatteten Spielraums ihm geeignet erscheinende rechtliche Erwägungen zur Geltung zu bringen, sollten sie auch durch Ausführungen der Parteien nicht angebahnt sein.

Kann demnach die Reformatoria voriger Instanz als formell unzulässig keineswegs befunden werden, so war auch der Bl. — ausgeführte Abweisungsgrund materiell als richtig zu betrachten.

Weder darin allein, daß Beklagter Kleidungsstücke seines Sohnes als Depositar inne hat und hält, noch darin, daß er etwa Schuldner seines Sohnes oder dessen Nachlasses in Bezug auf Erbgelder gewesen, beziehentlich geblieben ist, liegt eine Anmaaßung des Nachlasses oder ein Zeichen des Erbschaftsantrittes, wogegen die Erörterung der Frage, ob eine Anwendung der in §. 2265. des bürgerlichen Gesetzbuches ausgesprochenen Grundsätze auf den vorliegenden Fall an sich statthaft sei und für Klägerin operiren würde, dahin gestellt bleiben kann, da über den Ablauf des spatium deliberandi Etwas nicht vorliegt.

Wie die vorige Instanz unter Bezugnahme auf die einschlagenden gesetzlichen Bestimmungen des Römischen Rechtes — mit denen übrigens auch die des bürgerlichen Gesetzbuchs §. 2252. übereinstimmen — bereits nachgewiesen, hat Klägerin sich auf keine Thatsache bezogen, welche einen Schluß auf den Nachlaßantritt gestattete: woneben es denn allerallerdings auch in Richtigkeit beruht, daß die nackte Behauptung der Anmaaßung als auf einen Rechtsbegriff hinauslaufend nicht für den Eidesantrag geeignet ist." rc.

98.

In Heimathsstreitigkeiten ist einer Gemeinde daraus, daß sie von dem ihr offen stehenden Instanzenzuge soweit, als dies gesetzlich zulässig, Gebrauch macht, der Vorwurf unbegründeter Streitsucht nicht zu machen.

Mitgetheilt von

Herrn Bürgermeister Adv. **Herrmann** in Roßwein.

In der zwischen den Heimathsgemeinden N. und St. wegen der Heimathsangehörigkeit des von Augusten Wilhelminen W. am 21. März 1863 in R. außerehelich geborenen Kindes, Auguste Helene, entstandenen Verwaltungsstreitigkeit hatte die Königl. Kreisdirection zu Leipzig ihre auf die Heimathsangehörigkeit des gedachten Kindes in R. lautende Entscheidung erster Instanz auf den Recurs des Stadtraths zu R. dagegen in zweiter Instanz bestätigt, auch die recurrirende Gemeinde mit Bezugnahme auf §. 25. des Heimathsgesetzes vom 26. November 1834 in die durch ihr Rechtsmittel erwachsenen Kosten verurtheilt.

Der Stadtrath zu R. recurrirte gegen diese Entscheidung und machte namentlich in Bezug auf den Kostenpunkt geltend, daß es wohl für verzeihlich zu erachten sein dürfte, wenn die Vertreter der Heimathsgemeinde zu R. sich nicht so ohne Weiteres als zur Ertheilung des nach §. 15. des angez. Heimathsgesetzes eventuell die Verbindlichkeit zur Aufnahme und Versorgung begründenden Heimathsscheins für das uneheliche Kind der W. verbunden erklärten, sondern, von dem gesetzlich zustehenden Instanzenzuge Gebrauch machend, durch Rechtsmittel die Sache an die höhere, ja oftmals von einer anderen Anschauung ausgehende, Behörde zu bringen sich gestatteten.

Das Königl. Ministerium des Innern hat nun in der am 7. Mai 1864 publicirten Entscheidung dritter Instanz dahin erkannt:

„daß die vorige Entscheidung der Hauptsache nach zwar zu bestätigen, Recurrenten jedoch mit der in zweiter Instanz erkannten Verurtheilung in die Kosten des eingewendeten Rechtsmittels zu verschonen.

Die Hauptsache anlangend, so rc.

Was aber den Kostenpunkt betrifft, so hat, so wenig zweifelhaft auch die Entscheidung der vorliegenden Heimathsdifferenz von allem Anfange an war, der Stadtgemeinde zu R. daraus, daß sie von dem ihr offenen Instanzenzuge soweit, als dies gesetzlich zulässig, Gebrauch gemacht hat, der Vorwurf unbegründeter Streitsucht doch nicht ohne Weiteres gemacht werden mögen und ist daher die Entscheidung der vorigen Instanz im Betreff des Kostenpunktes in der Art, wie geschehen, abzuändern gewesen."

Miscellen.

Ernennungen, Anstellungen rc. Seine Königl. Majestät haben allergnädigst geruht, den Regierungsassessor bei der Kreisdirection zu Leipzig Bernhard Heinrich Wilhelm Philipp Grünler zum Amtshauptmann für die 4. Amtshauptmannschaft des Leipziger Regierungsbezirks mit dem Wohnsitze zu Döbeln zu ernennen.

Redacteur: Dr. Theodor Tauchnitz. Officin der Verlagshandlung.

Wochenblatt

für

merkwürdige Rechtsfälle,

in actenmäßigen Darstellungen

aus dem Gebiete der Justizpflege und Verwaltung

zunächst für das

Königreich Sachsen.

Von diesem Wochenblatte erscheinen jährlich 64 Nummern zu 1 Quartbogen und außerdem am Jahresschlusse ein ausführliches Register.

Alle Postämter u. Buchhandlungen übernehmen Bestellungen und liefern das Quartal zu dem praenumerando zu entrichtenden Preise von 1 Thaler.

Verlag von **Bernhard Tauchnitz** in Leipzig.

№ 58. Neue Folge Zwölfter Jahrgang. **1864.**

99.

Ueber das Wesen der gemischten Intervention. — Für dieselbe besteht nach sächsischem Recht keine besondere Proceßform. — Sie erfordert Identität des Zwecks bei dem Intervenienten und einer der Hauptparteien. — Wie muß das rechtliche Interesse beschaffen sein, wodurch die Zulässigkeit einer von dem Willen der streitenden Theile unabhängigen Einmischung in einen fremden Rechtsstreit bedingt wird?

Mitgetheilt von
Herrn L. in B.

Hans Christian Friedrich von G. zog im Jahre 1812 mit dem Napoleonischen Heere als Hauptmann in der Königl. Westfälischen Grenadiergarde zu Fuß nach Rußland und ist von dorther nicht zurückgekehrt. Er hinterließ ein Vermögen von 12,000 Thlrn. —, —, welches von dem Kurfürstlich Hessischen Obergericht zu Kassel, wo von G. vor dem Ausmarsche in Garnison gestanden hatte, in Verwaltung genommen wurde. Im Jahre 1826 wurde derselbe von dem genannten Obergericht für todt oder verschollen erklärt und Edictalaufforderung an alle Diejenigen, welche Erbrechte an seinen Nachlaß zu haben glaubten, erlassen. In dessen Folge meldeten sich vier Seitenverwandte des Erblassers von mütterlicher Linie, nämlich:

1) drei Kinder eines schon im Jahre 1807 verstorbenen Bruders seiner Mutter, Hans Christoph's von F.:

a) Ewald Christoph Ludwig von F.,

b) Christiane Friederike Marie verehel. von B. geb. von F.,

c) Johanne Friederike verehel. von H.-K. geb. von F.

und

2) die Enkelin eines erst im Jahre 1820 verstorbenen Bruders der Mutter des Erblassers, Johann Ludwig's von F., Namens Amalie Natalie Ernestine Christiane verehel. von F. geb. von W.

Ueber die einstweilige Vertheilung des Nachlasses unter diese Erbprätendenten setzte das genannte Obergericht ein nicht contradictorisches Verfahren ab, indem es die Sache als Gegenstand freiwilliger Gerichtsbarkeit betrachtete, und es wurde das vorhandene Vermögen an die genannten vier Seitenverwandten von der mütterlichen Linie, und zwar an ein Jedes zu einem Viertheile gegen Cautionsleistung, vorbehältlich des eventuell mit der Erbschaftsklage gegen die eingewiesenen Besitzer auszuführenden Erbrechts eines Jeden, in den Besitz ausgeantwortet.

Im Jahre 1862 erhob die unter 2. genannte Amalie Natalie Ernestine Christiane verehel. von F. geb. von W. durch ihren Zustandsvormund gegen die unter 1. c. genannte Johanne Friederike verehel. von H.-K. geb. von F. vor dem K. Gerichtsamte zu K. rechtliche Klage auf Herausgabe des der Letztern im Jahre 1839 im Gesammtbetrage von 2819 Thlrn. 5 Ngr. 3 Pf. ausgezahlten Antheils obiger Verlassenschaft. Dieses Verlangen gründete sich auf die Behauptung, daß der Pflegbefohlenen des Klägers ein besseres Erbrecht, als der Beklagten, ja selbst ein ausschließliches, an dem von G.'schen Nachlasse zustehe. Der Eingangs genannte Hauptmann von G. sei nämlich bereits auf dem großen Rückzuge der französischen Armee aus Rußland diesseits der Beresina in oder bei Kowno im Winter 1812 verstorben; die Intestaterbfolge in seinen Nachlaß bestimme sich nach denjenigen Gesetzen, welche zur Zeit seines Todes an seinem Wohnorte innerhalb desjenigen Staates, dem er für seine Person angehört habe, in Geltung gewesen seien; als westfälischer Offizier sei aber von G. Unterthan des früheren Königreichs Westfalen, und dessen Hauptstadt Kassel, wo er vor dem Ausmarsche in Garnison gestanden, sein letzter Wohnort gewesen; im Königreich Westfalen und mithin auch in Kassel habe im Jahre 1812 das s. g. Westfälische Gesetzbuch, eine einfache Uebersetzung des code civil Napoléon, gegolten, welches in Art. 734. das beste Intestaterbrecht Demjenigen einräume, welcher dem Erblasser im Verwandtschaftsgrade am nächsten stehe, in Art. 742. das Repräsentationsrecht in der Seitenlinie ausschließe und in Art. 724. verbunden mit Art. 782. bestimme, daß die Erbschaft von dem Intestaterben ipso jure, ohne Erbschaftsantritt, erworben und in gleicher Weise auf seine Erben transmittirt werde; nun habe aber im Jahre 1812 der mütterliche Großvater der Pflegbefohlenen des Klägers, der erst am 7. September 1820 verstorbene Johann Ludwig von F., ein Bruder der Mutter des Erblassers, noch gelebt; dieser sei mithin zur Zeit des Todes des mehrgenannten Hauptmanns von G. nicht nur mit demselben um einen Grad näher verwandt, als die Beklagte und deren in den Besitz der Erbschaft miteingewiesene Geschwister, sondern auch, da die Ascendenten des Erblassers ebenso wie die beiden andern Brüder seiner Mutter damals längst mit Tode abgegangen, überhaupt sein nächster Verwandter und deshalb alleiniger Intestaterbe gewesen; dieses alleinige Intestaterbrecht sei endlich im Wege der Universalsuccession auf die Pflegbefohlene des Klägers übergegangen.

Es wurde auf Beweis des Klaggrundes erkannt. Das Beweis- und Gegenbeweisverfahren war auch schon bis zur Anberaumung eines Reproductionstermins vorgeschritten, als Friedrich Herrmann von G. und Genossen unter dem 20. August 1862 mit der Behauptung hervortraten, daß ihr gemeinschaftlicher Stammvater, Johann Jacob von G., den Hans Christian Friedrich von G. gleichfalls überlebt habe und mit demselben in gleichem Grade der Seitenlinie, als der Erblasser der Pflegbefohlenen des Klägers, Johann Ludwig von F., verwandt gewesen, indem derselbe ein leiblicher Bruder Christian von G.'s, des Vaters des verschollenen von G., demnach mit Letzterem im dritten Grade der väterlichen Seitenlinie verwandt gewesen sei. Die genannten Interessenten beantragten, Behufs der Fortsetzung des Hauptprocesses in die Streitgenossenschaft des Klägers aufgenommen zu werden, was zunächst die Sistirung des Hauptprocesses zur Folge hatte.

In dem hieraus entstandenen Interventionsprocesse wurde in I. Instanz (Erkenntniß des Königl. Bezirksgerichts zu Budissin vom 31. Januar 1863) den Intervenienten, mit Vorbehalt des Gegenbeweises für den Kläger, auferlegt, den Grund ihres Vorbringens zu beweisen, diese Entscheidung auch in II. Instanz (Erkenntniß des Königl. Appellationsgerichts zu Budissin, publ. 25. September 1863) bestätigt, dagegen in III. und IV. Instanz die Intervention als unstatthaft zurückgewiesen.

Die Entscheidungsgründe der I. und II. Instanz folgen hier im Auszuge insoweit, als sie auf die rechtliche Natur der angebrachten Intervention Bezug haben.

Nachdem nämlich Kläger und Beklagte behauptet hatten, daß Intervenienten an der durch die Erl. Proc.-Ordn. ad tit. XV. §. 1. vorgeschriebenen, durch §. 9. der Civilproceßnovelle vom 30. December 1861 auf drei Wochen verkürzten Frist, und deshalb an der Intervention selbst, auf welche diese Fristbestimmung Anwendung leide, sich versäumt hätten, indem der Sachwalter der Intervenienten von dem angestellten Hauptprocesse bereits im Monat Mai 1862 durch einen Brief des Sachwalters der Klägerin Wissenschaft erlangt habe, sprach sich das Königl. Bezirksgericht zu Budissin in dieser Richtung dahin aus:

„Die Behauptung des Klägers Bl. — und der Beklagten Bl. —, daß diese gemischte Intervention, gleichwie nach der Erl. Proc.-Ordn. ad tit. XV. §. 1. die interventio principalis, an eine sächsische — oder nunmehr nach §. 9. des Gesetzes vom 30. December 1861 eine dreiwöchentliche — Frist von der Zeit an, da Intervenient von dem angestellten Hauptprocesse Wissenschaft oder ein jus interveniendi erlangt, gebunden sei, entbehrt der rechtlichen Begründung. Die Erl. Proc.-Ordn. a. a. O. kennt nur die interventio principalis und accessoria. Die interventio mixta s. anomala ist ein Erzeugniß der neueren Proceßwissenschaft und Praxis.

Vgl. Annalen des K. S. Oberappellationsgerichts, Bd. II. S. 473.

Die Erl. Proc.-Ordn. enthält daher auch keine ausdrücklichen Vorschriften über diese letztere Gattung der Intervention. Eine Ausdehnung der daselbst in Ansehung der interventio principalis ertheilten Vorschriften auf die interventio mixta läßt sich nur insoweit rechtfertigen, als auf letztere die Gründe Anwendung leiden, worauf jene Vorschriften beruhen. Der Grund aber, warum die Erl. Proc.-Ordn. den Gebrauch der Hauptintervention an eine sächsische

Frist gebunden hat, die Nebenintervention aber nicht, ist darin zu suchen, daß die Hauptintervention in den Gang des Hauptprocesses weit störender eingreift, als die Nebenintervention. Während nämlich die Hauptintervention als ein selbstständiges Rechtsmittel auftritt, durch welches Jemand sich selbst ganz an die Stelle der andern Partei eindrängt und den Erfolg des bisher Verhandelten bestreitet, läßt die Nebenintervention denselben unangetastet und verfolgt vielmehr nur den Zweck, den Proceß in dem Stande, worin er sich gerade befindet, zu Gunsten des Intervenienten aufzunehmen und den Anschluß des Letztern an Dasjenige zu vermitteln, was bisher von der gleichberechtigten Partei verhandelt worden ist.

Wochenblatt für merkw. Rechtsfälle, Jahrgang 1854. S. 224.

Steht nun in Ansehung dieses Einflusses auf den Gang des Hauptprocesses die gemischte Intervention der Nebenintervention gleich, indem erstere nur die einstweilige Sistirung des Hauptprocesses zur Folge hat, welcher nach beendigtem Interventionsprocesse auf dem verlassenen Punkte unbeschadet der Gültigkeit des bis dahin Verhandelten fortgestellt wird, so kann auch die gemischte Intervention auf eine bestimmte Frist nicht eingeschränkt, sondern muß so lange zugelassen werden, als von derselben mit Rücksicht auf den Stand des Hauptprocesses überhaupt noch ein Erfolg zu erwarten ist.

Es können daher weder der gemeinschaftliche Sachwalter der Intervenienten, noch auch Letztere für ihre Personen mit dem in der Erl. Proc.-Ordn. a. a. O. vorgeschriebenen Eide beschwert werden."

Aus den Entscheidungsgründen des Königl. Appellationsgerichts zu Budissin ist Folgendes mitzutheilen:

„Die vom Kläger zu Unterstützung seiner ersten Beschwerde Bl. — aufgestellte Behauptung geht im Wesentlichen dahin, daß auf die hier vorliegende Intervention — obwohl solche von ihm selbst als gemischte bezeichnet wird — doch, insoweit dadurch seine Ausschließung von dem Gegenstande des Hauptprocesses bezweckt werde, die in der Erl. Proc.-Ordn. ad tit. XV. §. 1. bezüglich der Principalintervention ausgesprochenen Grundsätze in Anwendung zu bringen seien. Er giebt die Richtigkeit der Bl. — angezogenen, von dem K. Oberappellationsgericht in den Annalen Bd. II. S. 473. vertheidigten Ansicht, wonach den in der gedachten Gesetzesstelle erwähnten zwei Arten der Intervention durch die Praxis noch mit Recht eine dritte, die gemischte, beigezählt werde, welche dann statt habe, wenn der Intervenient einer Partei in ihrer Rechtsverfolgung beitritt, um zugleich ein ihm selbst zuständiges Recht als Litisconsorte geltend zu machen, nur insoweit zu, als es sich um eine technische Bezeichnung handele, indem bereits die Erl. Proc.-Ordn. die interventio mixta wenigstens ihrem Wesen nach gekannt habe. Insbesondere, fährt er fort, müßten die Intervenienten in dem vorliegenden Falle, wo sie die Hälfte der von ihm in dem Hauptprocesse beanspruchten Summe ihm streitig machen und sich insoweit an seine Stelle setzen wollen, als Hauptintervenienten angesehen werden, ohne daß hieran dadurch, daß sie seinen Anspruch auf die andere Hälfte zugestehen und zu unterstützen bereit sind, das Geringste geändert werde.

Wie jedoch in der im Wochenblatt für merkwürdige Rechtsfälle, Jahrgang 1854. S. 224. zu lesenden Entscheidung ausgeführt wird, ergiebt sich — das Interesse des Intervenienten an der Sache als einzig wesentliches Erforderniß vorausgesetzt — aus dem Zusammenhange von §. 1. und 2. der Erl. Proc.-Ordn. ad tit. XV. als Grund der Unterscheidung zwischen der principalen und accessorischen Intervention der Einfluß, welchen dieselbe auf den Gang des Processes äußert, je nachdem sie als selbstständiges Rechtsmittel auftritt, durch welches Jemand sich ganz an die Stelle der einen Partei eindrängt und den Erfolg des bisher Verhandelten bestreitet oder den Proceß aufnimmt, wie er ist, und sich nur demjenigen anschließt, was von der gleichberechtigten Partei bis dahin geschehen ist.

Sonach stellt sich auch die gegenwärtige Intervention als accessorische im Sinne der Erl. Proc.-Ordn., wiewohl nach der neueren, wie obgedacht, durch die Praxis eingeführten Theorie nicht als rein accessorische — vielmehr als gemischte — dar. Intervenienten beabsichtigen, den Proceß in der Lage mit fortzusetzen, wie sie ihn finden, und es würde, die Anerkennung ihres diesfallsigen Rechts auf Grund desjenigen, was von ihnen für dessen Existenz beigebracht werden wird, vorausgesetzt, dem Zweck der Intervention, welcher in der Vermeidung der Vervielfältigung von Processen besteht, widerstreiten, wenn man die von der Erl. Proc.-Ordn. lediglich für die Principalintervention aufgestellten Grundsätze auch auf die gemischte in Anwendung bringen wollte.

Es war daher der ersten Instanz darin, daß das Vorbringen der Intervenienten an sich, ohne daß es deshalb der Leistung des in der Erl. Proc.-Ordn. ad tit. XV. vorgeschriebenen Eides annoch bedürfe, als rechtzeitig vorgebracht anzusehen sei, beizupflichten."

Auf anderweite Appellation des Klägers und der Intervenienten erkannte das Königl. Oberappellationsgericht (publ. 24. Februar 1864):

„Daß es, soviel die Hauptsache und die Proceßkosten anlangt, weder bei dem vorerwähnten Urthel, noch bei dem Bl. — zu lesenden Erkenntnisse erster Instanz zu lassen, vielmehr ist dem Bl. — von den Intervenienten angebrachten Suchen um Aufnahme in die Streitgenossenschaft Klägers nicht Statt zu geben; es bleibt jedoch den Intervenienten, die an den Nachlaß Hans Christian von G.'s erhobenen Erbansprüche, wenn und gegen wen sie sich damit fortzukommen getrauen, besonders auszuführen, unbenommen, und werden die in erster Instanz erwachsenen Proceßkosten unter den Parteien gegenseitig aufgehoben.

Entscheidungsgründe:

Kläger hat nach Ausweis der Beilagsacten — von der Beklagten die Herausgabe des an diese mit 2819 Thlrn. 5 Ngr. 3 Pf. ausgeantworteten Theiles der Verlassenschaft Hans Christian von G.'s für seine Pflegbefohlene unter Beziehung darauf gefordert, daß die Letztere als Abkömmling Johann Ludwigs von F., welcher mit dem Erblasser im dritten Grade der Seitenlinie verwandt gewesen, die Beklagte, welche ihre Erbberechtigung auf die Verwandtschaft mit dem Erblasser im vierten Grade der Seitenlinie stütze, nach den einschlagenden gesetzlichen Bestimmungen von der Erbschaft ausschließe. Ein gleiches, die Beklagte ausschließendes Erbrecht nehmen die Bl. — der Sachacten — genannten Nachkommen Johann Jacob's von G. in Anspruch, indem sie behaupten, daß der Letztere, als Seitenverwandter des vorgenannten Erblassers im dritten Grade, der Beklagten vorgehe und daher ihnen und der Pflegbefohlenen Klägers mit Ausschluß der Beklagten der Nachlaß Hans Christian von G.'s gebühre. Um ihr Erbrecht zur Geltung zu bringen, haben die letztgenannten Erbprätendenten den Weg der Intervention in den vom Kläger gegen die Beklagte anhängig gemachten, bereits im Beweis- und Gegenbeweisstadio stehenden Proceß gewählt und Bl. — den Antrag gestellt:

> Behufs Fortsetzung des Hauptprocesses gegen die jetzige Beklagte in die Streitgenossenschaft Klägers aufgenommen zu werden.

Ungeachtet des von dem Kläger sowohl als der Beklagten erhobenen Widerspruchs hat die erste Instanz Bl. —, die unternommene Intervention für begründet erachtend, unter Sistirung des Hauptprocesses den Intervenienten den Beweis des Grundes ihres Vorbringens Bl. —, dem Kläger den Gegenbeweis vorbehältlich, auferlegt und nachdem von der Beklagten ein dawider eingewendetes Rechtsmittel zurückgezogen worden, hat die zweite Instanz Bl. — auf Klägers Appellation im Hauptwerke confirmatorisch erkannt. Hiergegen liegt ein anderweites Rechtsmittel Klägers vor, welcher in Festhaltung seines Widerspruchs gegen die Statthaftigkeit der Intervention deren Zurückweisung in Gemäßheit der gegen das erstinstanzliche Erkenntniß gerichteten Beschwerden verlangt. Diesem Verlangen zu entsprechen, ist man in gegenwärtiger Instanz durch nachstehende Gründe bewogen worden:

Intervenienten nehmen die Hälfte des Streitobjects für sich mit Ausschluß der Pflegbefohlenen Klägers und der Beklagten in Anspruch, während sie die andere Hälfte der Ersteren mit Ausschluß der Beklagten zugestehen. Gemeinsam mit Jener ist ihnen das Verlangen, das Intestaterbrecht der Beklagten durch den Nachweis einer ihnen zustehenden näheren Intestaterbberechtigung zu beseitigen und die Letztere aus dem Besitze der Verlassenschaft Hans Christian von G.'s, soweit er auf dieselbe gekommen, zu verdrängen. Wesentlich verschieden aber — und darin unterscheidet sich der vorliegende Fall von dem im Wochenblatt für merkwürdige Rechtsfälle, Jahrgang 1854. S. 224. referirten, auf welchen die vorigen Instanzen Bl. — und Bl. — hingewiesen haben — sind die thatsächlichen Unterlagen, auf welche sie ihr besseres Erbrecht stützen, von denen, welche dem gleichen Anspruche der Pflegbefohlenen Klägers zu Grunde liegen; denn sie treten als Collateralen des Erblassers von väterlicher Seite, Klägers Curandin als solche von mütterlicher Seite auf, und es liegt am Tage, daß die Wahrheit und der Nachweis dieser verschiedenen Verwandtschaftsverhältnisse sich nicht gegenseitig bedingt, vielmehr es wohl denkbar ist, daß Kläger die Behauptung, es sei Johann Ludwig von F. in dem von ihm behaupteten Grade mit dem Erblasser verwandt und habe denselben überlebt, darthut, Intervenienten aber ein Gleiches rücksichtlich Johann Jacob's von G. nachzuweisen nicht vermögen, oder umgekehrt, Letztere diesen Nachweis erbringen, während die Beweisaufgabe des Ersteren ungelöst bleibt.

Intervenienten wollen ihre Intervention als eine sogenannte gemischte (interventio mixta s. anomala) betrachtet wissen, bei welcher, der gewöhnlichen Terminologie zufolge, der Intervenient einer der Parteien beitritt, um zugleich ein ihm selbst zustehendes Recht als Litisconsorte geltend zu machen, und die vorigen Instanzen haben ihnen hierin beigepflichtet. Die Existenz dieser Gattung von Intervention wird nun zwar von namhaften Rechtslehrern überhaupt bestritten,

> Reinhardt, Handbuch des gemeinen ordentlichen Processes, Thl. I. §. 89. S. 151 flg.

Linde, Lehrbuch des gemeinen ordentlichen Civilprocesses, §. 111. S. 155 flg.

oder doch auf solche Fälle eingeschränkt, in welchen der Intervenient, seines selbstständigen Rechts ungeachtet, zugleich in der Lage ist, zu Gunsten der einen Partei, mithin insofern als accessorischer Intervenient, am Processe sich betheiligen zu können.

Heffter, Institutionen des Civilprocesses, S. 535.

Bayer, Vorträge über den ordentlichen Civilproceß, 8. Aufl. §. 45. S. 140 flg.

Es bedarf jedoch keines näheren Eingehens auf diese Streitfrage.

Wenn man nach der von der Mehrheit der Rechtslehrer getheilten Ansicht die principale Intervention nur dann annimmt, wenn der Intervenient beide Parteien von dem Streitobjecte auszuschließen bezweckt, eine accessorische Intervention nur blos in den Fällen statuirt, in welchen der Intervenient eine Regreßklage von derjenigen Partei, zu deren Gunsten er interveniren will, zu besorgen oder sonst ein Recht hat, dessen Existenz durch den Fortbestand des dieser Partei streitig gemachten Rechts bedingt ist,

Bayer, a. a. O. S. 130. und 138.

so läßt sich — faßt man lediglich die Veranlassung und den Zweck der Einmischung in's Auge — die Denkbarkeit von solchen Fällen zugeben, in welchen keiner der vorerwähnten Gesichtspunkte rein und vollständig einschlägt, und doch bei vorhandenem erheblichen Interesse diejenigen processpolitischen Gründe eintreten können, welche überhaupt das Institut der Intervention rechtfertigen. In jedem Falle aber muß dabei immer der materielle Charakter dieser, wenigstens dem Zwecke nach besonderen Gattung der Intervention von der processualen Natur derselben unterschieden bleiben; es darf nicht etwa, worauf auch die Vertheidiger der interventio mixta besonders aufmerksam machen,

Mittermaier, im Archiv für civilistische Praxis, Bd. II. S. 263.

Gensler, ebendaselbst, Bd. IV. S. 168 flg.

eine Art von gemischtem Interventionsproceß für selbige statuirt werden, vielmehr bleibt in dieser Beziehung neben der objectiven Gestaltung der Sache das thatsächliche Verhalten der Proceßparteien gegenüber der Intervention und insbesondere die Ablehnung oder Zustimmung derjenigen Partei, welcher der Intervenient beitreten will, für Entscheidung der Frage, ob seine Einmischung in der Form der Haupt- oder Nebenintervention zu verhandeln, maaßgebend. Für das sächsische Proceßrecht wird das Erstere noch dadurch bestätigt, daß die Erl. Proc.-Ordn. ad tit. XV. nur das bei der principalen und das bei der accessorischen Intervention stattfindende, nicht auch ein drittes, gemischtes Verfahren kennt.

Im gegenwärtigen Falle haben — und darin liegt ein weiterer Unterschied von dem oberwähnten, Bl. — und Bl. — angezogenen Präjudize — beide Parteien (Beklagter wenigstens bis nach Publication der prima) der Intervention widersprochen; insbesondere hat Kläger die Einmischung der Intervenienten in den jetzigen Proceß mit der Erklärung abgelehnt, daß er nicht blos die Hälfte, sondern den gesammten Nachlaß Hans Christian's von G. für seine Pflegbefohlene in Anspruch nehme. Soweit daher Intervenienten sowohl Klägers Pflegbefohlene als die Beklagte von der Erbschaft auszuschließen beabsichtigen, liegen unstreitig die Merkmale der Principalintervention vor, und da beide Parteien derselben widersprochen haben, so würden die Intervenienten unter einstweiliger Sistirung des Hauptprocesses das prätendirte ausschließliche Recht zunächst gegen beide Parteien, nicht aber, wie in der Fassung des Beweisinjuncts Bl. — ausgesprochen ist, blos gegen Klägern auszuführen haben. Es genügt hierbei unter Bezugnahme auf das schon oben berührte Sachverhältniß darauf hinzuweisen, daß, soviel diejenigen Thatsachen betrifft, aus welchen Intervenienten ihre Erbberechtigung ableiten, eine ganz neue Klagbegründung vorliegt, hinsichtlich deren der Beklagten das volle rechtliche Gehör nicht entzogen werden kann, daß ferner, worauf schon Kläger Bl. — hingedeutet hat, nicht abzusehen ist, wie Intervenienten überhaupt und vollends ohne vorgängige Verificirung jener Thatsachen gegen Klägers Willen zu diesem, dessen Erbrecht auf anderen Thatumständen beruht, in das Verhältniß eines der Beklagten als selbstständige Proceßpartei gegenüber stehenden Litisconsorten treten sollen, daß endlich auch, sofern die fragliche Intervention nach der Meinung der Intervenienten als eine accessorische zu Gunsten Klägers gelten sollte, ein Erfolg derselben schon durch den jetzigen Stand des Processes, welcher nach bereits geführtem Beweis und Gegenbeweis der An- und Ausführung neuer Beweismomente und Beweismittel keinen Raum bietet, dergestalt ausgeschlossen erscheint, daß Klägers ablehnendes Verhalten gegen die Einmischung der Intervenienten auch aus diesem Gesichtspunkte als beachtlich sich darstellt.

Inwiefern die vorstehenden Erwägungen nur zu einer theilweisen Abänderung des angefochtenen Erkenntnisses zugleich unter Berücksichtigung der Bl. — deducirten Beschwerde Klägers führen würde, kann jedoch unter den obwaltenden Umständen dahin gestellt bleiben, weil nach der Ansicht des Oberappellationsgerichts die vorliegende Intervention, aus welchem Gesichtspunkte sie auch betrachtet werden mag, eines wesentlichen Erfordernisses, des erwiesenen rechtlichen Interesse der Intervenienten an der Einmischung in den zwischen dem Kläger und der Beklagten anhängigen Proceß ermangelt.

Jede Einmischung in einen Rechtsstreit Dritter ist als Eingriff in fremde Rechtsverhältnisse an sich unstatthaft und nur ausnahmsweise dann zulässig, wenn die Gesetze solches gestatten und insbesondere ein wirkliches rechtliches Interesse des Einmischenden vorliegt. Die Particulargesetzgebung in tit. XV. der Alten und Erläuterten Proceßordnung spricht dies zur Genüge aus, indem sie, das Vorhandensein dieses Interesse vorausgesetzt, den Intervenienten sogar gegen den Widerspruch „der einen oder andern aus den streitenden Principalparteien" zugelassen wissen will, und die Doctrin erkennt es übereinstimmend an. Vergl. besonders

Gensler, a. a. O. S. 154. 163. 168 flg.

Linde, a. a. O. S. 153. 155.

Martin, Lehrbuch des bürgerlichen Processes, S. 633.

Bayer, a. a. O. S. 130.

Zu Begründung eines derartigen Interesse reicht aber nicht jede nähere oder entferntere Beziehung des Intervenienten zu dem Streitgegenstande, nicht jede von dem Ausgange des anhängigen Rechtsstreits denkbare Rückwirkung auf das Recht des Ersteren aus, vielmehr muß namentlich der Principalintervenient bescheinigen, daß die Fortsetzung des bisherigen Rechtsstreits und insbesondere die Vollziehung des in demselben erfolgenden Endurtheils — ohne Rücksicht auf seinen Anspruch — nachtheilige Folgen für ihn haben könne (Bayer a. a. O.), der Intervenient muß, wie Gensler a. a. O. alle Gattungen der Intervention umfassend sich ausdrückt, behaupten und bescheinigen, daß ihm, dürfte er durch seine Dazwischenkunft jenen Rechtsstreit nicht hemmen, oder nicht wenigstens Antheil an demselben nehmen, unmittelbar der Verlust oder schwierige Realisirung eines auf das Proceßobject bereits erworbenen Rechts oder doch ex re judicata jenes Processes ein solcher Anspruch oder Nachtheil drohe, den er als Theilnehmer an den jetzigen Verhandlungen als ungerecht darzustellen im Stande sei.

Nun enthält aber das Interventionsvorbringen Bl. — keinerlei, dieser Anforderung entsprechendes Anführen; an die Darstellung der Thatsachen, aus welchen das prätendirte Erbrecht abgeleitet wird, ist einfach die Erklärung Bl. — geknüpft, daß Intervenienten auf Grund derselben gleiches Erbrecht mit der Pflegbefohlenen Klägers in Bezug auf den in Streite befangenen Antheil des von G.'schen Nachlasses in Anspruch nehmen und Behufs Fortsetzung des Hauptprocesses in die Streitgenossenschaft Klägers aufgenommen zu werden beantragen. Im Verfahren Bl. — aber suchen Intervenienten den Widerspruch der Beklagten blos durch die Bemerkung zu beseitigen, daß es der Letzteren gleichgültig sein könne, ob sie den Proceß gegen den Kläger allein oder gegen diesen und die Intervenienten zusammen verliere, da sie das Klagobject doch nur ein einziges Mal zu bezahlen habe; im Interesse der Intervenienten aber liege es, in den gegenwärtigen Proceß, uti jacet, mit einzutreten, weil sie dadurch Zeit, Weitläufigkeiten und Kosten ersparten, während Kläger dadurch sogar einen neuen kostspieligen Proceß vermeide. Diese angeblichen Vortheile der Intervention, ihre Richtigkeit dahin gestellt, sind jedoch keinesfalls ein ausreichender Grund, den im Streite begriffenen Parteien wider ihren Willen einen Mitkläger oder Mitbeklagten aufzunöthigen, oder eine Störung des bisherigen Streitverhältnisses zu Gunsten der Intervenienten zu rechtfertigen. Eine Gefährdung oder Benachtheiligung ihres Anspruchs in dem oberwähnten Sinne ist von den Intervenienten nicht behauptet worden, auch nach Lage der Sache nicht für begründet zu achten. Intervenienten sind unstreitig berechtigt, ihren Anspruch auf den in der Beklagten Händen befindlichen Theil des von G.'schen Nachlasses, unbeschadet des zwischen Klägerm und der Beklagten obschwebenden Processes gegen Letztere selbstständig auszuführen, abgesehen davon, ob ihnen nicht überdies, soweit Kläger mit seinem Anspruche auf das Ganze etwa durchdringen sollte, rücksichtlich des ihnen dann angeblich zukommenden Antheils die hereditatis petitio gegen den Kläger zustehen würde. Ein wesentlicher Nachtheil, welcher den Intervenienten durch ihre Nichtbetheiligung an dem bereits anhängigen Processe erwachsen könnte, ist hierbei allenthalben umsoweniger abzusehen, als aus den Acten Nichts zu entnehmen ist, was auf eine in den Verhältnissen der Beklagten, beziehentlich der Pflegbefohlenen Klägers liegende Gefährdung des Anspruchs der Intervenienten hinzudeuten geeignet wäre, übrigens es sich von selbst versteht, daß durch die Zurückweisung der Intervention der Füglichkeit von Sicherheitsmaaßregeln, welche Intervenienten zu ergreifen veranlaßt und in der Lage sein könnten, keineswegs präjudicirt wird. Inwiefern aber Beklagte ihrerseits durch das Auftreten von Erbprätendenten, welche gleiches Recht mit Klägers Pflegbefohlener geltend machen, zu dem Verlangen von Sicherstellung Seiten des die Auszahlung des Ganzen fordernden Klägers berechtigen werde (l. 57. D. de hered. pet. jct. l. 57. D. de rei vind.), ist jetzt nicht zu untersuchen.

Wie daher schon an sich der obenbemerkten Sachlage zufolge aus der Beruhigung der Beklagten bei dem erstinstanzlichen Erkenntnisse Bl. — auf ihre Einwilligung in der Intervenienten Theilnahme an dem Processe noch nicht geschlossen werden kann, so würde selbst im Gegenfalle die Intervention schon wegen Klägers Widerspruch als unzulässig, wie geschehen, zurückzuweisen gewesen sein, als wodurch die Berufung der Intervenienten von selbst sich erledigt.

Bei der nicht zweifellosen rechtlichen Beurtheilung der Sache hat man sich jedoch veranlaßt gefunden, die in erster Instanz erwachsenen Kosten der Differenz sowohl als die Kosten jetziger Instanz unter den sämmtlichen Interessenten zu compensiren."

Dieses Erkenntniß wurde, der dagegen von den Intervenienten eingewendeten Berufung ungeachtet, von dem Königl. Oberappellationsgericht in vierter Instanz am 6. August 1864 unter Vergleichung der Kosten des Rechtsmittels bestätigt.

Entscheidungsgründe:

„Die Entscheidung der vorigen Instanz und den ihr beigefügten ausführlichen Gründen hat man sich auch in gegenwärtiger Instanz anzuschließen und mit Rücksicht auf die Deduction der Intervenienten nur Folgendes noch zu bemerken gehabt:

Zwischen dem im Wochenblatt für merkwürdige Rechtsfälle, Jahrgang 1854. S. 224 flg. referirten und dem vorliegenden Falle besteht allerdings der sehr wesentliche Unterschied, daß in jenem der Intervenient die Richtigkeit eines Testaments, auf welches der Beklagte seine Erbansprüche gegründet hatte, aus denselben Gründen, welche der Kläger bereits angeführt, angefochten hatte, und daß Beide, der Kläger und der Intervenient, darüber einverstanden waren, daß ihnen ein gleiches Intestaterbrecht an den betreffenden Nachlaß zustehe, während in diesem nicht allein der Erbanspruch der Intervenienten zum Theil auf ganz anderen, als den vom Kläger für seine Curandin behaupteten Thatsachen beruht, sondern auch der Letztern selbst das von ihr beanspruchte ausschließliche Erbrecht streitig gemacht wird, so daß die Intervenienten, wenn sie nach ihrer Intention dem Hauptprocesse mit beitreten dürften, theils als Streitgenossen der Klägerin gegen die Beklagte, theils als Gegner des Klägers selbst auftreten würden.

Wenn ferner die Intervenienten Bl. — darauf hinweisen, daß die Beklagte ihre Appellation gegen das Erkenntniß erster Instanz zurückgezogen und dadurch zu erkennen gegeben habe, daß sie mit der Intervention einverstanden sei, so ist dieser Einwand schon deshalb unerheblich, weil der Entschluß der Beklagten für den Kläger nicht maaßgebend ist, namentlich aber denselben nicht verpflichtet, die Statthaftigkeit einer Intervention anzuerkennen, welche er nach dem bestehenden Proceßrecht nicht anzuerkennen braucht. Ueberdies haben die Intervenienten übersehen, daß ihnen nach dem Erkenntnisse erster Instanz gar nicht nachgelassen worden ist, ihre Erbansprüche gegen die Beklagte an- und auszuführen, daß vielmehr dieses Erkenntniß von der Prämisse ausging, daß die gegenwärtige Intervention das Interesse der Beklagten nicht berühre und die Letztere daher keine Veranlassung und Berechtigung habe, sich an diesem Interventionsstreite ferner noch zu betheiligen. Bei dieser Entscheidung konnte sich die Beklagte wohl beruhigen, ohne damit anzuerkennen, daß der Fall einer statthaften Intervention eingetreten sei.

Bei dem, was die Appellanten Bl. — sonst noch über die Statthaftigkeit ihrer Intervention auszuführen bemüht sind, scheinen sich dieselben theils über das Wesen und den Zweck der Intervention überhaupt, theils über den Erfolg, welchen sie durch ihre Aufnahme in die Streitgenossenschaft des Klägers erreichen zu können glauben, im Irrthume zu befinden. Die Einmischung einer dritten Person als Partei in einen bereits anhängig gewordenen Rechtsstreit kann überhaupt nur als Ausnahme von der Regel gestattet werden.

Gönner, Handbuch des gemeinen deutschen Processes, Bd. I. no. 18. S. 367.

Biener, syst. proc., §. 314.

Die Erl. Proc.-Ordn. ad tit. XV. §. 1. und 2. erwähnt als Fall einer solchen, unter Umständen berechtigten Einmischung nur die sogenannte interventio principalis und accessoria. Die Intervention der Appellanten soll, wenigstens nach der gewöhnlichen Begriffsbestimmung, keine interventio principalis sein, weil sie nicht bezweckt, beide Theile von dem Streitobjecte auszuschließen und dasselbe für die Intervenienten allein in Anspruch zu nehmen; sie ist aber noch weniger eine interventio accessoria, weil die Intervenienten nicht blos den Kläger in der Ausführung seiner Ansprüche gegen die Beklagte unterstützen, sondern auch ein eigenes Recht zur Geltung bringen wollen, welches sie, wenn auch in verschiedenem Umfange, gegen beide Parteien in Anspruch nehmen. Man wird allerdings den Intervenienten zugeben müssen, daß in der Theorie und Praxis des sächsischen Processes noch eine dritte Art der Intervention, die sogenannte gemischte (interventio anomala s. mixta), anerkannt worden ist, bei welcher der Intervenient zum Behuf der Verfolgung eines eigenen Rechts in die Streitgenossenschaft der einen oder der andern Partei aufgenommen zu werden und mit dieser den Proceß gegen den gemeinschaftlichen Gegner fortzustellen sucht. Allein wenn man auch hier von den Bedenken, welche gegen die Zulässigkeit einer solchen Intervention erhoben worden sind,

Bayer, Vorträge, S. 43. ed. 7.
Linde, Lehrbuch des deutschen gemeinen Civilprocesses, §. 111.

gänzlich absehen will, so bleibt doch, wie bereits in voriger Instanz mit Recht bemerkt worden, immerhin zu berücksichtigen, daß sich die Verschiedenheit zwischen der sogenannten gemischten einer- und der Haupt- oder Nebenintervention andererseits nicht in der Proceßform, sondern in der Absicht des Intervenienten und dem Zweck seiner Einmischung in den fremden Rechtsstreit äußert, und daß es insbesondere nach sächsischem Recht eine besondere Proceßform für dieselbe nicht giebt.

Hieraus folgt, daß auch die sogenannte gemischte Intervention entweder in der Form und nach den Regeln der Principal- oder nach denen der Nebenintervention behandelt werden muß.

vergl. außer den Bl. — citirten Schriftstellern auch Martin, Lehrbuch des deutschen bürgerlichen Processes, §. 303. ed. 13.

Daß im vorliegenden Falle die Intervenienten selbst sich nicht recht klar gewesen sind, welche Proceßform sie zur Ausführung ihrer Ansprüche durch Intervention zu wählen hätten, ergiebt sich schon daraus, daß sie darauf angetragen haben, in das Litisconsortium des Klägers in den von diesem gegen die Beklagte angestellten Proceß aufgenommen zu werden. Weist nämlich dieser Antrag darauf hin, daß die Intervenienten die Form der accessorischen Intervention zu wählen beabsichtigt haben, so läßt sich allerdings nicht absehen, welchen Erfolg nach dem dermaligen Stande des Hauptprocesses die beantragte Aufnahme der Intervenienten in das Litisconsortium des Klägers für dieselben haben könnte. Die Intervenienten scheinen Bl. — ganz zu übersehen, daß sie im Falle einer blos accessorischen Intervention nach der Erl. Proc.-Ordn. ad tit. XV. §. 2. den Proceß in dem Stadium und in der Lage, in welcher sich derselbe bei der Intervention befunden hat, anzunehmen und gemeinschaftlich mit dem Kläger fortzustellen gehabt hätten. Zur Zeit ihrer Intervention aber befand sich der Hauptproceß bereits im Stadium der Beweisführung und die Thatsachen, welche nach Inhalt der Klage und nach Maaßgabe der rechtskräftigen Beweisinterlocute den Gegenstand des dem Kläger obliegenden Beweises und der künftigen Endentscheidung im Hauptprocesse bilden, sind zwar zum Theil solche, die auch den Intervenienten zur Begründung ihres Erbrechts dienen sollen, sie reichen aber zu diesem Behufe offenbar nicht aus; denn die Existenz gewisser Collateralen des verschollenen von G. väterlicher Seits, als deren Rechtsnachfolger die Intervenienten ihren Anspruch auf die Hälfte des von G.'schen Nachlasses erhoben haben, ist im Hauptprocesse gar nicht Gegenstand der Erörterung und der Beweisführung geworden, auch giebt es keinen formell zulässigen Weg, auf welchem diese Thatumstände ohne Zustimmung aller Interessenten im Hauptprocesse noch hätten zur Erörterung und Entscheidung gebracht werden können. Augenscheinlich also würde es bei der künftigen Endentscheidung des Hauptprocesses an allen formellen und materiellen Unterlagen für eine das Erbrecht der Intervenienten betreffende Verurtheilung der Beklagten fehlen. Hierzu kommt aber auch noch, daß, selbst in materieller Hinsicht, die Erfordernisse einer sogenannten gemischten Intervention nicht vorhanden sind, weil diese eine Identität des Zwecks bei dem Intervenienten und der Partei, als deren Streitgenosse derselbe in den Proceß eintreten will, voraussetzt, während die Appellanten zugleich als Gegner des Klägers auftreten, so daß schon aus diesem Grunde ein Litisconsortium zwischen denselben und dem Kläger formell nicht Platz ergreifen könnte.

(Schluß folgt in der nächsten Nummer.)

Miscellen.

Ernennungen, Anstellungen **rc.** Seine Majestät der König haben Allergnädigst geruht, den zeitherigen Friedensrichter, Kammerherrn Leonce Robert von Könneritz auf Erdmannsdorf zum Amtshauptmann in der 1. Amtshauptmannschaft des Regierungsbezirkes Zwickau mit dem Wohnsitze in Chemnitz zu ernennen.

Redacteur: Dr. Theodor Tauchnitz. Officin der Verlagshandlung.

Von diesem Wochenblatte erscheinen jährlich 64 Nummern zu 1 Quartbogen und außerdem am Jahresschlusse ein ausführliches Register.

Wochenblatt

für

merkwürdige Rechtsfälle,

in actenmäßigen Darstellungen

aus dem Gebiete der Justizpflege und Verwaltung

zunächst für das

Königreich Sachsen.

Alle Postämter u. Buchhandlungen übernehmen Bestellungen und liefern das Quartal zu dem praenumerando zu entrichtenden Preise von 1 Thaler.

Verlag von Bernhard Tauchnitz in Leipzig.

№ 59. Neue Folge Zwölfter Jahrgang. 1864.

(Schluß des S. 464. abgebrochenen Rechtsfalles.)

Insofern nun die Intervenienten*) vermöge ihres Erbrechts von der Hälfte des von G.'schen Nachlasses beide Parteien ausschließen wollen, gewinnt ihre Intervention mehr den Charakter einer Principalintervention; in dieser Eigenschaft wäre sie aber auch gegen beide Theile zu richten und der Beweis des streitigen Erbrechts gegen beide Theile zu führen gewesen. Wäre nun aber abweichend von der Auffassung und dem Antrage der Intervenienten selbst die erhobene Intervention als Hauptintervention aufzufassen gewesen, so würde dieselbe doch ebenso, wie eine blos accessorische oder gemischte, schon aus dem Grunde unstatthaft erscheinen, weil die Intervenienten das rechtliche Interesse, durch dessen Dasein die Zuläßigkeit einer von dem Willen der streitenden Theile unabhängigen Einmischung in einen fremden Rechtsstreit bedingt ist, nicht nachzuweisen oder auch nur factisch zu begründen vermocht haben. Es genügt hierbei, auf die Ausführung der vorigen Instanz Bl. — zu verweisen, der man namentlich in dem allgemeinen Satze beipflichten muß, daß nicht jede Beziehung, in welcher eine dritte Person zu den im Streit begriffenen Parteien und dem Objecte dieses Rechtsstreits steht, und nicht jeder Vortheil oder Nachtheil, welchen der Ausgang des Processes für denselben haben könne, die Statthaftigkeit einer Intervention rechtfertigen kann.

Die Intervenienten bemerken in dieser Hinsicht zwar Bl. —, daß die Entscheidung im Hauptprocesse für sie nachtheilig werden könne, wenn die Beklagte zur Herausgabe der ganzen Erbschaftsquote an den Kläger verurtheilt werden sollte, während sie doch die Hälfte derselben zu beanspruchen hätten. Dem steht aber entgegen, daß nach bekannten Proceßgrundsätzen die Rechtskraft einer richterlichen Entscheidung nur unter den streitenden Parteien von Wirksamkeit ist, durch eine Verurtheilung der Beklagten zur Herausgabe der ganzen Erbschaftsquote an die Klägerin also dem Rechte der Intervenienten nicht präjudicirt werden würde. Ebensowenig läßt sich absehen, wie der zwischen dem Kläger und der Beklagten obschwebende Proceß die Intervenienten in anderer Beziehung in der Ausführung dieses Rechts gegen die Beklagte und beziehentlich den Kläger verhindern oder ihnen diese Ausführung erschweren sollte, da die Erbansprüche der Intervenienten in ihrer factischen und rechtlichen Begründung so beschaffen sind, daß sie von dem Ausgange des zwischen dem Kläger und der Beklagten obschwebenden Processes nicht abhängen, sondern zu jeder Zeit durch Anstellung einer besonderen Klage geltend gemacht werden können. Die Intervenienten scheinen von der Ansicht auszugehen, welche auch dem Erkenntnisse erster Instanz zum Grunde liegt, daß nämlich in Folge ihrer Intervention und durch den gegenüber dem Kläger geführten Beweis ihres Erbrechts, der Letztere für den Fall, daß er im Hauptprocesse obsiege, verurtheilt werden könnte, ihnen die Hälfte des der Beklagten abgestrittenen Erbtheils auszuantworten. Ein Anspruch dieser Art würde aber eintretenden Falles der Gegenstand einer besonderen Klage (hereditatis petitio) gegen den Kläger sein, deren Hereinziehung und vorläufige Erörterung in den vorliegenden Hauptproceß unstatthaft ist und ganz außer dem Bereiche einer Intervention liegt, welche in allem Betrachte nur dazu dienen könnte, entweder den Kläger von der weiteren Verfolgung seiner Ansprüche in Bezug auf die Hälfte des von

G.'schen Nachlasses auszuschließen, oder demselben, wenn die Verhältnisse dazu angethan wären, in der Ausführung seiner Ansprüche auf den ganzen Nachlaß der Beklagten gegenüber zu assistiren; das Letztere wollen die Intervenienten nicht, insofern sie selbst die Hälfte dieses Nachlasses beanspruchen, und das Erstere ist, wie bemerkt, nicht nöthig, um den Intervenienten die Ausführung ihrer Erbansprüche zu sichern.

Ob, wie die Intervenienten meinen, durch eine zu dem obgedachten Behuf angebrachte Intervention die endliche Erörterung und Entscheidung der obschwebenden Differenzen vereinfacht werden würde, möchte sehr zu bezweifeln sein. Jedenfalls aber würde selbst die Möglichkeit einer solchen Vereinfachung die proceßrechtlichen Gründe nicht beseitigen, welche der Statthaftigkeit der vorliegenden Intervention nach allen Seiten hin entgegenstehen. Insbesondere würde die Befürchtung, daß die Beklagte in den Fall kommen könnte, doppelte Zahlung zu leisten, wenn dieselbe in der That und nach dem Bl. — Bemerkten begründet wäre, den Intervenienten kein Recht geben, den Kläger durch ihre Einmischung in der ordnungsmäßigen Fortstellung des Hauptprocesses gegen die Beklagte zu hemmen.

Hinsichtlich der Kosten bedarf die Entscheidung keiner besonderen Rechtfertigung."

100.

Zu der Verordnung der Landesregierung vom 7. Juni 1821. (Ges.-Samml. vom Jahre 1821. S. 75.) — Der Ehemann ist zur selbstständigen Kündigung und Einklagung der zu dem Einbringen seiner Ehefrau gehörigen, auf der Recognition nicht bedürfenden Urkunden beruhenden Forderungen nicht berechtigt.

Mitgetheilt von

Herrn S. in D.

Mittelst der im November 1861 vor dem Gerichtsamte zu Plauen erhobenen Executivklage forderte Chr. Fr. K., als gesetzlicher Nutznießer des Vermögens seiner Ehefrau, Friederike geb. D., von dem Bruder derselben, Joh. Chr. D., die Bezahlung der in dem zwischen Letzterem und seinem Vater über dessen Bauergut am 14. Juni 1852 abgeschlossenen Kaufe der genannten Ehefrau des Klägers angewiesenen und schon seit dem 23. September 1852, als am Tage der ehelichen Verbindung Klägers mit der Letzteren, betagten Kaufgelder an 500 Thlr. c. a.

Vor Abhaltung des anberaumten Termins zur Güte und Recht intervenirte jedoch die Ehefrau Klägers zu Gunsten des Beklagten, indem sie erklärte, daß sie die fraglichen 500 Thlr. von ihrem Bruder, dem Beklagten, vor mehreren Jahren bereits bezahlt erhalten und ihm darüber laut producirter Urkunde am 4. December 1861 gerichtliche Quittung ertheilt habe, widersprach der von ihrem Ehemanne gegen ihren genannten Bruder desfalls erhobenen Klage und bemerkte schließlich, daß zwischen ihr und ihrem Ehemanne Ehescheidungsproceß anhängig sei.

Der Beklagte setzte der wider ihn erhobenen Klage die Einrede des mangelnden Klagrechts und der Zahlung entgegen und führte zu deren Begründung an,

„daß nach der Verordnung der Landesregierung vom 7. Juni 1821 Kläger nur dann mit Erfolg auf Ausantwortung jener 500 Thlr. —, — würde klagen können, wenn seine Ehefrau, welche in der betreffenden Kaufsurkunde als Gläubigerin aufgeführt, hierzu ihre Einwilligung gegeben hätte, daß aber Kläger in seiner Klage sich hierauf nicht zu beziehen vermocht, vielmehr Letztere der Klage ausdrücklich widersprochen habe, und daß Beklagter, besage der producirten gerichtlichen Quittung, die fraglichen 500 Thlr. —, — an seine Schwester, die Ehefrau Klägers, bereits bezahlt habe".

Das Bezirksgericht zu Plauen eröffnete nach abgesetztem Verfahren am 17. November 1862 folgenden Bescheid:

„Weil aus den der Klage zu Grunde gelegten, als öffentliche des Anerkenntnisses nicht erst bedürfenden Urkunden sub A. und B. Bl. — und Bl. — zur Genüge hervorgeht, daß Beklagter der mit Klägerm Inhalts der Urkunde sub B. seit dem 23. September 1852 ehelich verbundenen Christianen Friederiken geb. D. die bei ihrer Verheirathung bereits fällig gewesenen 500 Thlr. —, — angewiesenen Kaufgelder schuldig geworden ist, hiernächst auch dem Kläger, als Ehemann der genannten Gläubigerin und als Nutznießer und Verwalter des Dotal- und Paraphernalvermögens seiner Ehefrau, während des Bestehens dieser Ehe die Zinsen von den libellirten, zu diesem eheweiblichen Vermögen gehörigen 500 Thlr. —, — gebühren, und auch wegen dieses Capitals selbst in der petirten Maaße ein Klagrecht nicht abgesprochen werden kann,

vgl. Wochenblatt für merkw. Rechtsfälle v. J. 1861. S. 158.

hiernach aber die von dem Beklagten gegen die Statthaftigkeit der Klage erhobenen Einwendungen von selbst ihre Erledigung finden, dagegen, was dessen

Behauptung Bl. — sub 2. betrifft, daß er das libellirte Capital der 500 Thlr. —, —, an Klägers Ehefrau bereits zurückgezahlt habe, solche der erforderlichen Liquidität entbehrt und daher im gegenwärtigen Processe keine weitere Beachtung finden kann, indem aus der von ihm beigebrachten Quittungsurkunde nur so viel sich ergiebt, daß Intervenientin und Klägers Ehefrau ohne Beitritt ihres Ehemanns über die erwähnten 500 Thlr. —, —, quittirt hat, nicht aber, daß dieses Capital, wie Kläger bestritten, auch wirklich an Klägers Ehefrau zurückgezahlt worden sei;

so ist Beklagter, indem ihm die besondere An- und Ausführung seines exceptivischen Vorbringens unbenommen bleibt, die libellirten 500 Thlr. —, —, nebst Zinsen des Verzugs von erhobener Klage an gerechnet, und zwar den geklagten Hauptstamm an Klägers Ehefrau, die Zinsen aber an den Kläger selbst zu bezahlen, auch Beklagter und Intervenientin die in dieser Sache aufgelaufenen Proceßkosten gemeinschaftlich ab- und beziehentlich dem Kläger zu erstatten schuldig."

Auf die von dem Beklagten und der Intervenientin dagegen eingewendete Berufung bestätigte das Königl. Appellationsgericht zu Zwickau in dem am 23. Mai 1863 eröffneten Urthel unter Compensation der Kosten der Rechtsmittel die Entscheidung der ersten Instanz aus folgenden Gründen:

„Die der vorigen Entscheidung zu Grunde liegende Rechtsansicht, daß der Ehemann auch ohne Beitritt der Ehefrau die — nicht zu deren Receptitienvermögen gehörigen — Außenstände aufzukündigen und da nöthig einzuklagen berechtigt sei, jener Beitritt vielmehr erst dann erforderlich werde, wenn es zur wirklichen Auszahlung, beziehentlich Quittungsleistung kommt, hat auch der gegenwärtig erkennende Gerichtshof zeither befolgt und kann sich durch die von Beklagtem und der Intervenientin dagegen vorstellig gemachten, in der Hauptsache einem im

Wochenblatt für merkw. Rechtsfälle v. J. 1861. S. 154 flg.

abgedruckten Erkenntnisse des Königl. Appellationsgerichts zu Dresden entlehnten Gründe nicht bewogen finden, im gegenwärtigen Falle davon abzugehen. Man glaubt von eingehender Erörterung dieser Ansicht, namentlich vom Standpunkte des gemeinen Rechts aus um so eher Umgang nehmen zu können, als die Streitfrage für eine voraussichtlich nicht zu ferne Zukunft durch §. 1677. des bürgerlichen Gesetzbuchs für das Königreich Sachsen ihre definitive Erledigung finden wird, und Man übrigens durchaus nicht verkennen will, daß, zumal von dem erwähnten Standpunkte aus, erhebliche Gegengründe sich geltend machen lassen.

Nur in Bezug auf die specielle vaterländische Gesetzgebung und Praxis erscheint es angemessen, zur Rechtfertigung jener Ansicht — welche übrigens von deren Vertheidigern weder auf ein dominium dotis, noch auf den ehemännlichen usus fructus als solchen zu begründen versucht worden ist, sondern vielmehr auf das Institut der ehelichen Vormundschaft und das aus solcher entspringende Verwaltungsrecht des Ehemanns gestützt wird, Nachstehendes zu bemerken:

Die fragliche Controverse ist nicht erst in neuerer Zeit aufgetaucht. Schon im Jahre 1691 hatte der Schöppenstuhl in Leipzig für die hier vertheidigte, die dasige Juristenfacultät aber im Jahre 1697 für die entgegengesetzte Ansicht sich ausgesprochen und im letzteren Falle hatten die Entscheidungen des vormaligen Landesappellationsgerichts gewechselt.

cfr. Rivini Enunc., tit. VIII. §. 14.

Wernher, Observ. for., Part. I. obs. 258.

Seit 1766 hatte jedoch der letztere Gerichtshof sich für die Ansicht entschieden, daß der Ehemann zur Einhebung der Außenstände der Ehefrau des Beitritts der letzteren nicht bedürfe, und diese Ansicht auch in der Folge festgehalten, indem zwar im Jahre 1801 einmal eine Entscheidung im entgegengesetzten Sinne erfolgt war, in der Leuterungsinstanz aber wiederum nach Maaßgabe der früheren Ansicht abgeändert wurde.

cfr. Kind, Quaest. for., tom. III. c. 110. insbes. S. 467. II. Ausg.

Ebenso hatte der Schöppenstuhl zu Leipzig seine ursprüngliche Meinung beim Rechtsprechen befolgt.

vgl. Hänsel, Excurse rc. Bd. III. S. 522.

Es hatte sich sonach bei Erlaß der Verordnung vom 7. Juni 1821 der Gerichtsbrauch überwiegend und namentlich in der höchsten Instanz für das erwähnte Recht des Ehemanns entschieden, ein Umstand, der bei der Interpretation der nurgedachten Verordnung durchaus nicht übersehen werden darf.

Dieselbe enthält nämlich eine directe Entscheidung der fraglichen Controverse nicht, sie bestimmt blos, daß Behufs der vollständigen Liberation des Schuldners die Mitunterschrift der Quittung Seiten der Ehefrau oder die sonstige Genehmigung der letzteren erforderlich sein solle, was offenbar an sich nicht ausschließt, daß der Ehemann ohne solche Genehmigung klagen könne. Zuzugeben ist, daß die Einräumung dieses letzteren Befugnisses, wie im

Wochenblatt für merkw. Rechtsfälle v. J. 1861. S. 187.

näher nachgewiesen worden, in einzelnen Fällen zu praktischen Unzuträglichkeiten führen kann — die übrigens im gegenwärtigen Rechtsstreite, wie weiter unten zu erwähnen, nicht einmal zu befürchten sind — und es läßt sich aus diesem Gesichtspunkte die Vorschrift im §. 1677. des bürgerlichen Gesetzbuchs nur als eine zweckmäßige bezeichnen. Allein dies dürfte eine extensive Interpretation der Verordnung vom 7. Juni 1821 durchaus nicht rechtfertigen, denn daß der Gesetzgeber anscheinend weiser gehandelt hätte, wenn er eine Bestimmung getroffen hätte, die er aber nicht getroffen hat, ist kein Grund, anzunehmen, daß er sie habe treffen wollen. Wenn vielmehr dem Gesetzgeber bei Erlassung der Verordnung vom 7. Juni 1821 die bis dahin befolgte Rechtsansicht des höchsten Gerichtshofes nicht unbekannt bleiben konnte, gleichwohl aber dieser Praxis keineswegs im vollen Umfange entgegengetreten, sondern solche nur in einer speciellen Richtung beschränkt wird, so dürfte hierin mit weit mehr Recht eine Billigung jener Praxis — soweit nicht eben ausdrücklich etwas Anderes bestimmt — zu finden, aus der Verordnung vom 7. Juni 1821 also vielmehr ein Argument für die hier vertheidigte Ansicht zu entnehmen sei.

In diesem beschränkten Sinne ist denn auch jene Verordnung sowohl von dem vormaligen Landesappellationsgericht, als auch von dem Königl. Oberappellationsgericht verstanden und angewendet worden,

vergl. Curtius, Handbuch des Königl. Sächs. Civilrechts, §. 126. not. c. d. 4. Ausg.

Heyne, in der Zeitschrift für Rechtspfl. u. Verw., N. F. Bd. IV. S. 70.

und das in

derselben Zeitschrift Bd. II. S. 76.

abgedruckte Präjudiz.

Davon, daß der höchste Gerichtshof in neuester Zeit seine Ansicht geändert habe, ist Allhier nichts bekannt geworden; das im

Wochenblatt für merkw. Rechtsfälle v. J. 1861. S. 158 flg.

zu lesende Erkenntniß spricht weder dafür, noch dagegen, indem bei der demselben zu Grunde liegenden Auffassung des damaligen Rechtsfalles auf diese Frage gar nicht zuzukommen war, während in dem in den

Annalen des Königl. Oberappellationsgerichts, Bd. I. S. 144.

erwähnten Falle die Ehefrau selbst als Klägerin aufgetreten zu sein scheint.

Wenn weiter für die entgegengesetzte Ansicht auf die Vorschrift der Alten Proc.-Ordn. Tit. VII. §. 2. und der Erl. Proc.-Ordn. ad Tit. VII. §. 3. Bezug genommen werden soll, so dürfte dies auf eine petitio principii hinauskommen. Denn bei diesen Bestimmungen ist eben vorausgesetzt, daß die Ehefrau selbst wirklich eine Parteirolle (als Klägerin oder Beklagte) einnehme, da, sobald der Ehemann für seine Person als Kläger auftritt, davon, daß er sich als Proceßbevollmächtigter seiner Ehefrau zu legitimiren habe, bezüglich vermöge eines mandatum praesumtum seine Ehefrau vertreten dürfe, offenbar gar nicht die Rede sein kann. Darüber, unter welchen Voraussetzungen ersteres geschehen müsse, oder der Ehemann im eignen Namen klagen könne, enthält jene Bestimmung nichts, es würde auch eine solche vielmehr in das eheliche Güterrecht gehörige Bestimmung keinen passenden Platz in einer Proceßordnung gefunden haben.

Endlich ist es auch ohne Bedeutung, daß die Vorschrift in §. 1677. des bürgerlichen Gesetzbuchs in den speciellen Motiven zu §. 1708. des Entwurfs

vgl. Landtagsacten v. J. 1860/61. I. Abth. Bd. III. S. 861.

ausdrücklich als Extension der Vorschrift der Verorduung vom 7. Juni 1821 bezeichnet wird.

Hält Man nun die Eingangs gedachte Rechtsansicht, welche sich hiernach sicher nicht so ohne Weiteres als ungerechtfertigt bezeichnen läßt, im vorliegenden Falle fest, so konnte allerdings nach dem Dafürhalten der jetzigen Instanz nicht wohl anders, als geschehen, entschieden werden. Daß nämlich eine Verurtheilung des Beklagten der Vollstreckbarkeit nothwendig entbehren müsse, weil die Ehefrau des Klägers, deren Mitwirkung zur Quittungsleistung nöthig, sich als Intervenientin betheiligt und auf Beklagtens Seite gestellt hat, läßt sich nicht behaupten; denn mit Recht wendet Kläger dagegen ein, daß jene Mitwirkung nicht von der Willkür der Intervenientin abhänge, vielmehr deren Einwilligung nach Befinden auch durch den Richter ergänzt werden könne. Um dies zu erreichen, würde freilich eine anderweite richterliche Entscheidung gegen die jetzige Intervenientin, bezüglich ein besonderer Rechtsstreit zwischen dieser und dem Kläger vorausgehen müssen, und da dessen Ausgang immerhin unsicher ist, so muß zugegeben werden, daß Kläger möglicherweise im dermaligen Processe zur Hülfsvollstreckung nicht werde gelangen können. Allein diese Möglichkeit liegt eben jedesmal vor, sobald man dem Ehemanne ohne Beitritt der Ehefrau zu klagen gestattet; wollte man also blos deshalb die jetzige Klage abweisen, so müßte man allerdings von der oberwähnten Rechtsansicht in Betreff des Klagrechts des Ehemannes abgehen.

Im Uebrigen hat Beklagter im speciellen Falle keineswegs Unzuträglichkeiten hiervon zu befürchten; denn da ihm die Ausführung der vorgeschützten

Ausflucht der Zahlung für die Widerklage ausdrücklich nachgelassen worden ist, so wird es ihm, ist jene Ausflucht anders begründet, nicht schwer fallen, eine definitive absolutorische Entscheidung herbeizuführen, während ihm anderen Falles seine Verurtheilung überhaupt nicht zur Beschwerde gereichen könnte.

Daß hiernächst durch die zwischen dem Kläger und der Intervenientin anhängige Ehedifferenz, so lange dieselbe nicht zur Trennung der Ehe geführt hat — was nicht behauptet wird und nach den Allhier ergangenen Acten auch in der That nicht der Fall ist —, an den Rechtsverhältnissen der Parteien, insonderheit auch an dem Nutznießungs- und Verwaltungsrechte des Klägers an dem Vermögen der Intervenientin nichts geändert wird, bedarf nicht erst ausführlicher Begründung.

Was endlich die vorgeschützte Ausflucht der Zahlung anlangt, so kann dahin gestellt bleiben, ob solche an sich für schlüssig begründet anzusehen. Denn dagegen, daß deren Ausführung dem Beklagten für die Widerklage nachgelassen worden, hat einestheils Kläger nicht remedirt und anderntheils würde, auch angenommen, daß die an Intervenientin ohne Zustimmung Klägers geleistete Zahlung Beklagten liberirt hätte, oder doch aus dem in den

Annalen 2c. Bd. I. S. 44.

hervorgehobenen Gesichtspunkte zu berücksichtigen wäre, die fragliche Ausflucht wenigstens nicht als liquid zu betrachten sein, mithin aus diesen Gründen allerdings in die Widerklage verwiesen werden müssen. Daß aber das Empfangsbekenntniß der Intervenientin — und nur dieses, nicht aber die thatsächlich erfolgte Zahlung erhellt aus der Bl. — in Abschrift ersichtlichen Registratur — nicht ohne Weiteres ausreiche, um die Thatsache der Zahlung dem Kläger gegenüber liquid zu stellen, hat bereits Kläger Bl. — und mit ihm die erste Instanz mit Recht hervorgehoben. Es leuchtet dies um so mehr ein, als die erwähnte Quittung der Intervenientin erst nach Einreichung der Klage geleistet, auch bei den nahen verwandtschaftlichen Verhältnissen zwischen der Intervenientin und dem Beklagten ein Scheingeschäft hierunter keineswegs unwahrscheinlich ist und jedenfalls, wenn man diesem Empfangsbekenntnisse auch Klägerm gegenüber volle Wirkung beimessen wollte, es ganz in der Willkür der Intervenientin gegeben sein würde, das ehemännliche Verwaltungsrecht Klägers illusorisch zu machen.

Aus diesen Gründen war daher das angefochtene Erkenntniß lediglich zu bestätigen, da jedoch die Entscheidung allerdings zu nicht unerheblichen Zweifeln Anlaß bot, so erschien die Vergleichung der Kosten jetziger Instanz angemessen."

Das Königl. Oberappellationsgericht hat auf anderweite Berufung des Beklagten in dem am 4. März 1864 publicirten Erkenntnisse den Kläger unter Verurtheilung in Erstattung der Kosten der ersten Instanz mit der erhobenen Klage in der angebrachten Maaße abgewiesen und dieser Entscheidung folgende Gründe beigegeben:

„Das Königl. Oberappellationsgericht hat, wie bereits in dem in den Annalen Bd. VI. S. 413 flg. abgedruckten Präjudiz bemerkt worden, die von ihm früher bejahend beantwortete Frage, ob ein Ehemann zu selbstständiger Kündigung und Einklagung der seiner Ehefrau zustehenden Forderungen berechtigt sei, und erst dann, wenn es zur Zahlung komme, die Einwilligung der Ehefrau beizubringen habe, in neuerer Zeit in Zweifel gezogen und in dem vorerwähnten Falle, in welchem der Ehemann im Wege des Executionsprocesses unbezahlte Kaufgelder, die der Beklagte der Ehefrau Klägers schuldete, gefordert hatte, in Uebereinstimmung mit den früheren Instanzen um deswillen Klägers Suchen für unstatthaft erachtet, weil der Kläger den Executionsproceß, welcher unmittelbar auf die Einziehung des geklagten Capitals im Executionswege gerichtet sei, gewählt habe, mithin hier die Verordnung vom 7. Juni 1821 eintrete, und der Grund, weshalb häufig dem Ehemanne ein selbstständiges Klagerecht im Wege des Ordinarprocesses eingeräumt worden sei, nämlich das Interesse, welches der Ehemann an der richterlichen Entscheidung über die Existenz und die Höhe einer eheweiblichen Forderung habe, wegfalle.

Von dergleichen Gesichtspunkten aus hat Man auch im gegenwärtigen Falle die erhobene Klage für statthaft nicht erachten mögen. Allerdings hat Kläger im jetzigen Falle nicht des Executionsprocesses sich bedient, sondern die Bezahlung derjenigen 500 Thlr. —, —, welche seiner Ehefrau in dem der Klage Bl. — beigefügten Kaufcontracte von dem nach diesen Seiten des Beklagten, als des Käufers des von seinem Vater erkauften Bauergutes, zu erlegenden Kaufgeldern dergestalt angewiesen worden sind, daß sie der Beklagte an des Klägers jetzige Ehefrau bei ihrer Verheirathung oder Einrichtung eigner Wirthschaft bezahlen sollte, im Wege des Executivprocesses gefordert. Allein die Verschiedenheit, welche hiernach zwischen der dermaligen und der obenerwähnten Rechtssache obwaltet, ist für die Beurtheilung der oberwähnten Frage keine wesentliche, da auch der Executivproceß in seinem Endzweck die Einziehung der in ihm geklagten Forderung auf Grund der dem Kläger zur Seite stehenden Urkunde zum Gegenstande hat und im vorliegenden Falle der Umstand, daß Kläger zur Verfolgung seines vermeintlichen Anspruchs den Executivproceß gewählt hat, um so weniger von Belang erscheint, als die Urkunden, auf welchen die erhobene Klage beruht, solche sind, welche des Anerkenntnisses nicht bedürfen, sonach aber auch nicht einmal behauptet werden kann, daß etwa dem Kläger daran gelegen habe, durch die Recognition der der Klage zu Grunde liegenden Documente Seiten des Beklagten eine Gewißheit über die Aechtheit dieser Urkunden und damit über die rechtliche Existenz der Forderung selbst sich zu verschaffen.

Es war daher auch im vorliegenden Falle Klägers Suchen in der angebrachten Maaße abzuweisen und zugleich derselbe in Folge seiner Sachfälligkeit in Restitution der dem Beklagten verursachten Proceßkosten zu verurtheilen. Dagegen bedingte der Wechsel der Entscheidungen die Compensation der durch die eingewendete Berufung veranlaßten Kosten, und es war mit Rücksicht auf das jetzige reformatorische Erkenntniß zugleich bei der in dem vorigen Urthel ausgesprochenen Compensation der Instanzkosten zu lassen."

Auf die von dem Kläger eingewendete Berufung wurde das Erkenntniß dritter Instanz von dem Königl. Oberappellationsgericht in vierter Instanz unter Vergleichung der Kosten des Rechtsmittels unter dem 3. September 1864 bestätigt.

Entscheidungsgründe:

„Die Rationen der dritten Instanz sind auch nach nochmaliger Erwägung nicht nur für richtig und zutreffend, sondern auch für völlig erschöpfend anzusehen gewesen.

Die Verordnung vom 7. Juni 1821 unterscheidet ganz bestimmt den Fall, wo Zinsen und andere Nutzungen von dem Einbringen einer Ehefrau am Dotal- und Paraphernalvermögen, die während der Ehe zahlbar oder fällig geworden sind, zur Auszahlung gelangen, von dem Falle, wo Hauptstämme von derartigen Einbringen ausgezahlt werden oder Ausantwortung anderer dahin gehöriger Sachen, sowie Nachberichtigung der vor der Ehe fällig gewesenen Zinsen und Nutzungen erfolgen soll.

In dem ersteren Falle wird der Ehemann allein für berechtigt anzusehen sein, die Zahlungen in Empfang zu nehmen und rechtsgültig darüber zu quittiren, während in Fällen der zweiten Art zur völligen Befreiung des Schuldners die Einwilligung der Ehefrau in die von dem Ehemanne zu geschehende Erhebung oder Empfangnahme für erforderlich erachtet wird, mag diese nun durch Mitunterschrift der Quittung oder auf andere glaubhafte Weise erfolgen.

Nun hat zwar das Oberappellationsgericht in dieser gesetzlichen Vorschrift für den Ehemann in Beachtung seiner gesetzlich begründeten Administrationsrechte keine Behinderung erblicken mögen, eine Forderung seiner Ehefrau ohne deren Zustimmung zu kündigen und auf dem Proceßwege zum Zwecke der Feststellung jener Forderung nach Verität und Höhe des Betrags einzuklagen, und hat seine Legitimation zu einem Rechtsstreite dieser Art nicht beanstandet, sondern nur dann, wenn es zum Acte der Zahlung und Quittungsleistung selbst kam, dem Wortlaute jener Verordnung entsprechend, die Einwilligung und den Beitritt der Ehefrau verlangt. Allein diese Berechtigung zur Klagerhebung durfte auch nicht weiter ausgedehnt werden, als der Zweck, dem sie zu dienen bestimmt ist, es erfordert; sie konnte namentlich in Fällen nicht anerkannt werden, in denen es sich weder um die Existenz der Forderung, noch um Feststellung ihrer Höhe handelt, in denen der Anspruch nach beiderlei Richtung auf Grund von des Anerkenntnisses nicht bedürftiger Urkunden bereits liquid ist, wo also nur die Einhebung der eheweiblichen Forderung, also Zahlung von der einen und Quittungsleistung von der andern Seite in Frage kommen kann.

Zu einem derartigen Anbringen gehört nothwendig der Beitritt der Ehefrau, denn der Richter muß vor Erlaß seiner Verfügung wissen, ob die von ihm dem Beklagten aufzugebende Zahlung und eventuell anzudrohende Hülfshandlung auch rechtsgültig werde erfolgen können, und er darf diese Verfügung um so weniger dann erlassen, wenn, wie hier, durch eine vorliegende entgegengesetzte Erklärung der forderungsberechtigten Ehefrau bereits feststeht, daß eine legale Quittung nicht zu erlangen sei, der Beklagte also selbst zur Zahlung nicht werde angehalten werden dürfen.

Die vom Kläger Bl. — aufgestellten Beschwerden sind völlig unbegründet, denn es handelt sich hier um eine Forderung der Ehefrau, welche diese von ihrem Schuldner bereits eingezogen zu haben bekennt, zu deren executivischer Einziehung sie ihren Beitritt verweigert, und wenn sie wirklich Zahlung erhalten hat, zu Vermeidung eigener Nachtheile verweigern muß. Durch Zurückweisung der vorliegenden Klage wird aber auch das ehemännliche Nutznießungs- und Verwaltungsrecht in keiner Weise beschränkt oder gefährdet, denn es steht ja dem Kläger frei, von seiner Ehefrau die Illation des ihrer eignen Erklärung nach bereits erhobenen Capitals zu fordern, wenn er wirklich einen rechtsbegründeten Anspruch auf das gedachte Nießbrauchsrecht hat.

Unter diesen Umständen war das Erkenntniß dritter Instanz, welches die vorliegende Klage in der angebrachten Maaße abgewiesen hat, völlig gerechtfertigt, daher aber durchaus, und zwar auch in Betreff des Kostenpunktes, zu bestätigen, da die Entscheidung hinsichtlich der Kosten erster Instanz der Regel nach von dem definitiven Ergebnisse eines Rechtsstreites abhängt und zu einem Verlassen dieser Regel im vorliegenden Falle genügende Veranlassung nicht vorzuliegen scheint."

101.

Zur Sächsisch-Preußischen Convention vom 30. November 1839. — 1. Die gedachte Convention leidet (abgesehen von der Bestimmung in §. 37.) rücksichtlich der Strafgerichtsbarkeit nur auf Criminalvergehen, nicht auf polizei- und finanzgesetzliche Uebertretungen Anwendung. Welches von beiden vorliege, hat der requirirte Richter nach den Gesetzen seines Landes zu beurtheilen. — 2. Zeugen, die in einer vor einem Preußischen Gerichte anhängigen Bagatellsache auf dessen Requisition abzuhören sind, sind nicht zu vereiden, sondern nach §. 27. des Gesetzes vom 16. Mai 1839 zu verpflichten.

Mitgetheilt von

Herrn W. in L.

1.

Seiten einer Königl. Preußischen Behörde war ein Preußischer Staatangehöriger wegen der Beschuldigung, im Jahre 1863 in Preußen in der dort nicht besonders zugelassenen Königl. Sächsischen Landeslotterie gespielt zu haben, unter Anklage gestellt worden. Der Angeklagte hatte angegeben, er habe die bei ihm in Beschlag genommenen Loose ohne Bestellung erhalten, und nur wegen Mangel an Zeit nicht remittirt. Die Königl. Preußische Staatsanwaltschaft hatte dagegen sich auf das Zeugniß eines in Sachsen wohnhaften Lotteriecollecteurs darüber bezogen, daß der Angeklagte die Loose zur Sächsischen Lotterie bei demselben bestellt, daß er über die Gewinne disponirt und damit weitere Einlagen und Zahlungen berichtigt habe. Auf den Antrag der gedachten Staatsanwaltschaft war die zuständige Sächsische Behörde requirirt und von dieser der betreffende Collecteur vorgeladen, von letzterem aber das Zeugniß abgelehnt und diese Ablehnung schriftlich motivirt worden. Als jedoch nunmehr die Preußische Behörde beantragte, den Collecteur zu Ablegung des Zeugnisses durch die gesetzlichen Zwangsmittel anzuhalten, lehnte das Sächsische Gericht diesen Antrag ab; es wurde auch eine hierauf von der requirirenden Behörde bei dem K. Appellationsgericht zu Leipzig erhobene Beschwerde mittelst folgender Bescheidung vom 3. Juni 1864 zurückgewiesen:

„Dem Königl. Preußischen Kreisgericht ist hierauf — mitzutheilen, daß man sich nicht in der Lage befindet, das Gerichtsamt N. N. beantragter Maaßen zu Befolgung der jenseitigen Requisition anweisen zu können, indem vielmehr das genannte Gerichtsamt den jenseitigen Anträgen in dieser Untersuchungssache schon in der nach Bl. — geschehenen Maaße nicht hätte entsprechen sollen. Denn die mit der Königl. Preußischen Regierung abgeschlossene Convention über Leistung gegenseitiger Rechtshülfe vom 30. November 1839 bezieht sich rücksichtlich der Strafgerichtsbarkeit mit Ausnahme der hier nicht einschlagenden, in Artikel 37. enthaltenen Bestimmung überhaupt nur auf criminell strafbare Vergehen und Verbrechen, nicht aber auf polizei- und finanzgesetzliche Uebertretungen. Namentlich spricht der von den Zeugen handelnde Artikel 42. nur von Criminalfällen. Ein solcher liegt aber nach diesseitiger Gesetzgebung, nach welcher das Spielen in der Königl. Sächsischen Landeslotterie im Auslande selbstverständlich überhaupt nicht verboten ist, hier nicht vor und die in dem Schreiben vom 12. vorigen Monats hierzu geltend gemachte Königl. Preußische Gesetzgebung kann für die Königl. Sächsischen Gerichte nicht maaßgebend sein, da darüber, ob ein Criminalfall vorliege, oder es sich nur um Uebertretung einer Polizeivorschrift handele, nicht die requirirende Behörde, sondern das requirirte Gericht nach den Gesetzen seines Staates zu urtheilen hat."

Eine abermalige Beschwerde der Preußischen Behörde hatte keinen günstigeren Erfolg. Denn auch das Königl. Ministerium der Justiz sprach mittelst Verordnung vom 11. Juli 1864 seine Ansicht dahin aus: „daß die mit der Preußischen Regierung abgeschlossene Convention über Leistung gegenseitiger Rechtshülfe nicht auf polizei- und finanzgesetzliche Uebertretungen, sondern nur auf Criminalvergehen sich beziehe, und daß ferner die Frage, ob ein Criminalvergehen vorliege, im einzelnen Falle — wie sich dies aus Artikel 1. und aus den, wenn schon nach anderen Richtungen ertheilten Bestimmungen in Artikel 36. und 37. der Convention ergebe — vom requirirten Gericht nach den Gesetzen seines Staates zu beurtheilen sei."

2.

In einer Verordnung vom 6. Mai 1862 wurde von dem Königl. Ministerium der Justiz bezüglich der oben unter 2. erwähnten Frage dem Gerichtsamt N. N. Folgendes eröffnet:

„Nach Artikel 1. der mit der Königl. Preußischen Regierung abgeschlossenen Convention über die Leistung gegenseitiger Rechtshülfe vom 14. October (30. November) 1839 haben die Gerichte der beiden contrahirenden Staaten einander diejenige Rechtshülfe zu leisten, welche sie den Gerichten des Inlandes nach dessen Gesetzen und Gerichtsverfassung nicht verweigern dürfen. Hierin liegt, daß die Formen der zu leistenden Rechtshülfe sich nach den Proceßgesetzen des Landes richten, dessen Gericht zur Leistung der fraglichen Rechtshülfe requirirt wird, ein Grundsatz, welcher auch bereits in einer zwischen Sachsen und Preußen im Jahre 1767 getroffenen Vereinbarung, welche durch die Convention von 1839, soweit diese letztere mit jener ältern nicht in Widerspruch steht, nicht aufgehoben worden, anerkannt ist. Da nun nach §. 27. des Gesetzes über das gerichtliche Verfahren in Streitigkeiten über ganz geringe Civilansprüche vom 16. Mai 1839 in dergleichen Sachen die Zeugen, und zwar im öffentlichen Interesse zu Vermeidung der Eidesleistungen, nicht vereidet werden dürfen, sondern nur mittelst Handschlages an Eides Statt zu versichern haben, daß die von ihnen erstattete Aussage der Wahrheit gemäß sei, so kann auch von einer ausländischen, insbesondere Königl. Preußischen, Behörde die Vereidung der Zeugen in einer solchen Sache nicht verlangt werden.

Demnach ergeht an das nurgedachte Gerichtsamt andurch Verordnung, die anderweite Requisition der Gerichtscommission zu P. abzulehnen, dabei aber derselben zu eröffnen, daß nach den hierländischen Strafgesetzen eine wahrheitswidrige Versicherung an Eides Statt, soweit Versicherung an Eides Statt statt eines wirklichen Eides zulässig ist, dem Meineid ganz gleich steht."

Miscellen.

Anzeige neu ergangener Gesetze und Verordnungen. Das 13. Stück des Gesetz- und Verordnungsblattes für das Königreich Sachsen (vom Jahre 1864) enthält: No. 107. Allerhöchstes Decret wegen Concessionirung der Greiz-Brunner Eisenbahn, vom 22. August 1864. No. 108. Verordnung, die Expropriation von Eigenthum für Erweiterung des Bahnhofs der Sächsisch-Bayrischen Staatseisenbahn in Werdau betreffend, vom 19. September 1864. No. 109. Verordnung, die analoge Anwendung des Strafgesetzbuchs und der Strafproceßordnung auf Polizeistrafsachen betreffend, vom 29. September 1864. No. 110. Bekanntmachung, die Eröffnung der Telegraphenstationen Saalfeld und Pößneck betreffend, vom 1. October 1864. No. 111. Verordnung, die Zählung der Bevölkerung, ingleichen die Aufnahme einer Viehzählung betreffend, vom 1. October 1864. No. 112. Gesetz, die Abänderung der Bestimmung im §. 101. Abs. 3. des Gewerbegesetzes vom 15. October 1861 betreffend, vom 3. October 1864. No. 113. Verordnung, die unentgeltliche Aushändigung specieller Verzeichnisse der Gerichtskosten und die kostenfreie Erledigung der über zu hohes Liquidiren erhobenen Beschwerden betreffend, vom 7. October 1864. No. 114. Gesetz, die von dem Regalbergbaue zu erhebenden Steuern betreffend, vom 10. October 1864. No. 115. Allerhöchste Verordnung, die Erweiterung gewisser Bestimmungen der Notariatsordnung vom 3. Juni 1859 betreffend, vom 10. October 1864. — Letzte Absendung: am 21. October 1864.

Ernennungen, Anstellungen rc. Seine Königliche Majestät haben allergnädigst geruht, den Actuar beim Stabskriegsgerichte Carl Herrmann Kotte zum Auditeur 3. Classe für die Festung Königstein zu ernennen.

Todesfälle. Gestorben: am 17. October 1864 der Gerichtsdirector und Advocat Louis Ferdinand Sterzel in Haynichen.

Redacteur: Dr. Theodor Tauchnitz. Officin der Verlagshandlung.

Wochenblatt

für

merkwürdige Rechtsfälle,

in actenmäßigen Darstellungen

aus dem Gebiete der Justizpflege und Verwaltung

zunächst für das

Königreich Sachsen.

Von diesem Wochenblatte erscheinen jährlich 64 Nummern zu 1 Quartbogen und außerdem am Jahresschlusse ein ausführliches Register.

Alle Postämter u. Buchhandlungen übernehmen Bestellungen und liefern das Quartal zu dem praenumerando zu entrichtenden Preise von 1 Thaler.

Verlag von **Bernhard Tauchnitz** in Leipzig.

№ 60. Neue Folge Zwölfter Jahrgang. **1864.**

102.

I. Competenz zur Zubilligung und Feststellung der während des Eheprocesses zu gewährenden Alimente. — II. Umfassen dieselben auch Kurkosten rc. bei Krankheiten des alendus? — III. Wer ist letztere einzuklagen befugt?

Mitgetheilt von

Herrn C. W. in L.

Die verehelichte B. erhob im März 1864 vor dem Königl. Gerichtsamte im Bezirksgerichte Leipzig gegen ihren Ehemann Bagatellklage auf Bezahlung von 43 Thlrn. —⸗ —⸗ Arztlohn unter dem Anführen:

Sie habe gegen Beklagten am 8. Januar 1859 vor dem Königl. Appellationsgerichte Leipzig dahin Klage erhoben, daß derselbe, wessen er hartnäckig sich geweigert, sie in sein Haus aufzunehmen und eine christliche Ehe mit ihr zu führen schuldig. Beklagter sei auch dazu verurtheilt, jedoch aller executivischen Maaßregeln ungeachtet zu ihrer Aufnahme nicht vermocht worden. Das Ehegericht habe inzwischen durch Beschluß vom 6. October 1859, bestätigt durch Verordnung des Oberappellationsgerichts zu Dresden vom 31. December desselben Jahres, Beklagtem aufgegeben, während der Dauer des Eheprocesses sie mit 3 Thlrn. —⸗ —⸗, ihr jüngstes Kind mit 1¼ Thlr. —⸗ —⸗ wöchentlich zu alimentiren.

Sie sowohl als ihr Kind seien nun in den Jahren 1860 bis 1862 mehrfach und schwer krank gewesen, so daß sie den Dr. med. P. um seinen ärztlichen Beistand habe ersuchen und dieser die auf Beilage A. verzeichneten Besuche und Bemühungen ihr und ihrem Kinde habe leisten müssen. Dafür sei sie ihm 43 Thlr. —⸗ —⸗ schuldig geworden, zu deren Bezahlung sie im Februar 1864 „in einer denselben sicherstellenden Weise“ sich habe verpflichten müssen.

Da der Ehemann aber zur Bezahlung der Kurkosten für die Glieder seiner Familie verpflichtet sei, so müsse Beklagter „sie von ihrer Verbindlichkeit gegen Dr. med. P. befreien“. Sie werde daher hiermit klagbar gegen denselben und fordere dessen Verurtheilung zu Bezahlung der libellirten 43 Thlr. —⸗ —⸗ cum annexis an sie.

Zum Beweise bat sie, den Eheproceß anlangend, um Beiziehung der in demselben ergangenen Acten, rücksichtlich der Nothwendigkeit und Zahl der ärztlichen Besuche um Abhörung des Dr. med. P., im Uebrigen trug sie Beklagtem den Eid an.

Beklagter machte hiergegen im Termine die Einreden der Incompetenz und — in Ansehung der Posten aus dem Jahre 1860 unter Bezugnahme auf das Gesetz vom 26. Juni 1846 — der Verjährung geltend. In ersterer Beziehung berief er sich darauf, daß nach l. 43. 44. D. de V. S. (L, 16.) der Arztlohn in den Alimenten mit enthalten sei. Die erhobene Klage stelle sich deshalb und weil der Eheproceß noch nicht beendet sei, als auf Erhöhung der Alimente während des Eheprocesses gerichtet heraus. Solchenfalls sei aber nach dem Gesetze C. vom 28. Januar 1835 und nach der Verordnung vom 5. August 1847 das Ehegericht allein zur Entscheidung competent. Die Thatsachen, welche Klägerin bezüglich des Eheprocesses angeführt hatte, gestand er zu, im Uebrigen erklärte er sich mit Nichtwissen, den Eid gab er zurück.

Nachdem darauf Dr. med. P. auf Antrag der Klägerin über Nothwendigkeit und Zahl der von ihm gemachten Besuche abgehört worden war und die Klage in diesen Beziehungen allenthalben bestätigt hatte, fällte das Proceßgericht folgenden Bescheid:

„Weil

1) die Competenz des ordentlichen Civilrichters im vorliegenden Falle nicht zu bezweifeln ist, da die Verbindlichkeit des Beklagten zu Alimentirung der Klägerin durch einen Ausspruch des Ehegerichts bereits festgestellt ist,

2) der vorliegende Anspruch um deswillen an sich als statthaft zu betrachten ist, weil neben der eigentlichen Ernährung von Frau und Kind der Ehemann des fernern die Obliegenheit hat, die Unkosten für Krankheiten derselben, welche eine ärztliche Pflege erheischen, zu bezahlen,

vergl. Eherecht von Hartitzsch, §. 136.
Weber, Kirchenrecht, S. 1287.

3) soweit die Bescheinigung der Klage auf den Aussagen des Dr. P. steht — wenn schon durch die Depositionen dieses Zeugen das klägerische Vorbringen bestätigt wird, immerhin mit Rücksicht auf den Umstand, daß der Zeuge, wie anzunehmen, ein mittelbares Interesse am Ausgange des gegenwärtigen Rechtsstreites hat und deshalb sein Zeugniß als ein über alles Mißtrauen erhabenes nicht zu befinden ist —, die Entscheidung in der Sache in Gemäßheit §. 31. des Gesetzes vom 16. Mai 1839 davon abhängig zu machen ist, daß die Klägerin annoch den Klaggrund eidlich bestärkt, so ist Beklagter,

falls Klägerin schwört:

daß sie wirklich im Juni 1860 den Dr. med. P. um seine ärztliche Hülfe ersucht und letzterer ihr und ihren Kindern die auf der Rechnung Bl. — verzeichneten Besuche zu den daselbst gesetzten Zeiten abgestattet habe,

und falls Klägerin ferner den Bl. — von ihr dem Beklagten angetragenen und von letzterem ihr zurückgegebenen Eid dahin ableistet:

daß sie wirklich im Februar dieses Jahres dem Dr. med. P. versprochen habe, ihm 43 Thlr. Arzthonorar in den nächsten Tagen bezahlen zu wollen und letzterer sich damit einverstanden erklärt habe,

der Klägerin die geforderten 43 Thlr. —, —, sammt Verzugszinsen davon vom Tage der Klagbehändigung ab zu bezahlen und die erwachsenen gerichtlichen und außergerichtlichen Kosten zu erstatten schuldig.

Würde jedoch Klägerin die gedachten Eide, oder auch nur den ersten derselben zu leisten nicht vermögen, so ist Beklagter von der angestellten Klage zu entbinden und loszuzählen, und ist solchenfalls Klägerin demselben die erwachsenen gerichtlichen und außergerichtlichen Kosten zu erstatten schuldig.

Würde ferner Klägerin den erstaufgeführten Eid leisten, jedoch den zweiten zu leisten nicht vermögen, so ist Beklagter unter Compensation der Kosten der Klägerin ein Mehreres nicht als 37 Thlr. —, —, sammt Verzugszinsen vom Tage der Klagbehändigung ab zu bezahlen schuldig, im Uebrigen aber von der angestellten Klage zu entbinden und loszuzählen."

Gegen diesen Bescheid remedirten beide Parteien, Klägerin aus Gründen, die ein ferneres Interesse nicht darbieten, Beklagter unter erneuter Berufung auf seine Einreden. Namentlich führte er noch an, daß Arztlohn entweder zu den Alimenten zu rechnen sei oder nicht. Ersternfalls sei die Ehefrau allerdings zur Einklagung berechtigt, aber nur vor dem Ehegerichte. Sei aber andernfalls der Ehemann zur Zahlung desselben verpflichtet, so liege eine obligatio ex lege vor, deren Gläubiger nur der Arzt selbst, die Ehefrau höchstens — wie hier nicht vorliege — ex negotio gesto sein könne.

In Folge dieser Berufung entschied das Königl. Appellationsgericht zu Leipzig:

„Daß es bei dem Bl. — anzutreffenden, am 10. Mai 1864 publicirten Bescheide (der ersten Instanz), in theilweiser Beachtung der 2ten und 4ten Beschwerde des Beklagten, als wonach sich zugleich die weitern Berufungen beider Theile erledigen, allenthalben nicht zu lassen; vielmehr hat der Klägerin Suchen nicht statt, es ist auch dieselbe dem Beklagten die in diesem Rechtsstreite in erster Instanz verursachten Unkosten zu erstatten schuldig. Die durch Einwendung der Rechtsmittel entstandenen Kosten werden unter den Parteien compensirt",

und gab dazu folgende

Entscheidungsgründe:

„Die erste Instanz hat sich zu der Entscheidung der vorliegenden Differenz competent erachtet. Man pflichtet derselben in der gegenwärtigen Instanz, wenn gleich nicht aus dem Bl. — (in dem Bescheide) sub No. 1. in dieser Hinsicht geltend gemachten Grunde, bei. Der Umstand, daß die Verbindlichkeit zu Alimentirung der Klägerin bereits durch einen Ausspruch des Ehegerichts festgestellt worden ist, kann für den Civilrichter, auch abgesehen von dem Falle einer Beitreibung der solchergestalt festgestellten Alimente, allerdings, z. B. dann von entscheidender Wichtigkeit sein, wenn es sich um Feststellung der Alimentationspflicht oder der Größe zu gewährender Alimente in Beziehungen und für Zeiträume handelt, für welche die ehegerichtliche Competenz nicht in Frage kommt; derselbe kann jedoch den Civilrichter nicht berechtigen, in Betreff der Zulässigkeit oder der Höhe der von dem Eherichter in Kraft der ihm in Gemäßheit der Vorschrift in §. 64. des Gesetzes C. von dem 28. Januar 1835, beziehentlich der Verordnung von dem 5. August 1847 zustehenden Competenz ausgeworfenen Alimente etwas zu ändern. Handelte es sich daher in dem vorliegenden Falle um Alimente im Sinne der vorgedachten Gesetzesvorschriften, so würde man dem Beklagten lediglich beizupflichten gehabt haben. Dies ist jedoch, wie schon aus dem, was von den Bl. — (in dem Bescheide des Proceßgerichts) sub 2. angezogenen Rechtslehrern bemerkt worden, hervorgeht und von dem Königl. Appellationsgerichte zu Leipzig in einer früher vor demselben Proceßgerichte anhängig gewesenen Rechtssache

zu vergl. Urthel des Königl. Appellationsgerichts zu Leipzig in Sachen Schwarzin ·/. Schwarze, Bez.-Ger. Leipzig, Reg. 409. d. ao. 1858.

weiter ausgeführt worden ist, hier nicht der Fall. Denn die Alimente, welche von den Ehegerichten der Ehefrau für ihren eignen und für den Unterhalt ihrer der mütterlichen Pflege annoch bedürfenden Kinder auf die Dauer der gestatteten Separation, beziehentlich auf die Dauer des Eheprocesses zuerkannt werden, können der Natur der Sache nach nur mit Rücksicht auf den gewöhnlichen, präsumtiv unentbehrlichen Bedarf festgestellt werden. Das zugebilligte Quantum umfaßt deshalb zwar außer der Geldvergütung für die Nahrung auch die Entschädigung für Wohnung, Feuerung und Kleidung. Dagegen ist der Aufwand für außergewöhnliche, durch den Eintritt besonderer Ereignisse bedingte Bedürfnisse, wozu auch der Regel nach etwaige Ausgaben an Arztlohn, Medicamenten und dergleichen zu rechnen sind, in jenem Aversionalquantum präsumtiv nicht begriffen und kann es nicht sein. Denn für derartige Bedürfnisse gebricht es an einem aversionalen Maaßstabe um so gewisser, als die Nothwendigkeit und der Umfang eines solchen Aufwandes im Wesentlichen von zufälligen Voraussetzungen abhängt, deren Eintritt im concreten Falle dem Richter speciell nachzuweisen ist. Der Anspruch auf Ersatz von Arztlohn erscheint somit als eine auf einem selbstständigen Klagfundamente beruhende Forderung, welche die Ehefrau, dafern nur im Uebrigen zu deren eigner Geltendmachung termini habiles vorhanden sind, auch ohne Berufung auf ein besonderes Vergütungsversprechen, neben den, sei es vom Ehe-, sei es vom Civilrichter als Alimente in dem vorgedachten engern Sinne zugebilligten Aversionalquantis zu erheben wohl befugt ist. Ein gesetzlicher Grund, dieselbe auch mit solchen Ansprüchen an den Eherichter zu verweisen, liegt in keiner Weise vor und es schlagen daher die von dem Beklagten Bl. — angezogenen Präjudicien insoweit hier augenscheinlich nicht ein.

Wenn gleichwohl die erhobene Klage als unstatthaft zurückgewiesen worden, so beruht dies auf dem von dem Beklagten Bl. — flg. ebenfalls bereits geltend gemachten Grunde, daß für die Geltendmachung eines derartigen Anspruchs auf Seiten der Klägerin termini habiles nicht vorhanden sind.

An sich fällt die Bestreitung von Arztlohn, Kurkosten, Medicamenten u. s. w. unter die civilrechtlich dem Ehemanne seiner Ehefrau, sowie dem ehelichen Vater seinen Kindern gegenüber obliegende Alimentationspflicht im weitern Sinne.

l. 22. §. 8. D. soluto matrim. (XXIV, 3.)

l. 44. D. de V. S. (L, 16.)

von Weber, Kirchenrecht, erste Ausg. S. 1287. bei Note 41.

Curtius, Handbuch des Sächs. Civilrechts, Bd. I. §. 112. sub no. 4. und §. 158. not. f.

Aus einer diesfallsigen Leistung entsteht daher, soweit sie sich als nothwendig oder nützlich darstellt, ein unmittelbarer Anspruch desjenigen, von welchem die Leistung gewährt worden ist, wider den alimentationspflichtigen Ehemann und Vater. Ist der ärztliche Beistand von dem letztern selbst angerufen worden, so bedarf es diesfalls keines weitern Nachweises. Aber auch dann ist dieser Anspruch ohne Weiteres begründet, wenn entweder periculum in mora vorhanden gewesen ist, oder wenn es auf der culpa des natürlichen Ernährers und Pflegers beruht, daß diejenigen, für welche zunächst ihm selbst die Sorge obliegt, von seinem Hausstande getrennt leben und dadurch die etwa nöthig werdenden Vorkehrungen ohne seine vorherige Zuziehung zu treffen genöthigt gewesen sind. Ebenso ist nicht zu bezweifeln, daß die Ehefrau die Vergütung desjenigen Aufwandes, den sie in einer solchen Beziehung bereits bestritten hat, von dem Ehemann verlangen kann.

Ein solcher Fall liegt jedoch hier nicht vor. Klägerin hat nirgends behauptet, daß sie das Bl. — liquidirte Arztlohn bereits bezahlt habe. Von einer Verurtheilung des Beklagten, der Klägerin den Betrag jener Liquidation zu bezahlen, kann daher schon aus dem Bl. — richtig geltend gemachten Grunde, daß eine solche Zahlung nicht geeignet sein würde, den Beklagten von seiner Schuld dem Arzte gegenüber zu liberiren, keine Rede sein. Klägerin scheint dies auch bereits selbst gefühlt zu haben, wenigstens hat dieselbe Bl. —, wenn gleich im Widerspruch mit dem auf Bezahlung gerichteten Klaggesuche

Bl. —, nur eine Verpflichtung des Beklagten, sie von der ihr dem Arzte gegenüber obliegenden Verpflichtung zu entbinden, in Anspruch genommen. Aber auch eine dahin gehende Verurtheilung des Beklagten würde den Nachweis einer rechtlichen Verbindlichkeit der Klägerin dem Dritten gegenüber voraussetzen. Eine solche könnte möglicherweise dann vorhanden sein, wenn nachgewiesen wäre, daß die Klägerin Receptitienvermögen besäße, an welches sich der Dritte wegen Bezahlung des verdienten Honorars zu halten befugt sei. In Ermangelung der Bezugnahme auf derartige besondere Thatumstände ist jedoch davon auszugehen, daß die Ehefrau, indem sie Vorkehrungen getroffen hat, welche an sich zu den Obliegenheiten des Ehemannes gehören, lediglich dessen negotia gerirt und demgemäß nicht ihr eignes, sondern das Vermögen des Ehemannes obligirt hat. Hieran wird auch dadurch nichts geändert, daß Klägerin Bl. — behauptet, dem Arzte unter dessen Acceptation die Bezahlung seines Honorars noch besonders zugesichert zu haben. Bekanntlich kann nach sächsischem Rechte eine Ehefrau während der Dauer der Ehe Verträge und andere Rechtsgeschäfte mit dritten Personen nur unter Beitritt und Zustimmung ihres Ehemannes in rechtsverbindlicher Weise eingehen. Eine Ausnahme von dieser Regel tritt allerdings wiederum dann ein, wenn die Frau zu der Zeit, wo sie den Vertrag abgeschlossen, Receptitienvermögen besessen hat. Wie gedacht, ist jedoch die Existenz eines derartigen Verhältnisses hier nicht behauptet worden. Ueberdies würde auch die Uebernahme der nach dem Vorbemerkten zunächst den Ehemann treffenden Verbindlichkeiten eine eheweibliche Intercession enthalten und darnach nur dann als rechtsgültig angesehen werden können, wenn dabei die in dem Mandate von dem 6. November 1828 vorgeschriebenen Formen beobachtet worden wären.

War hiernach der Anspruch der Klägerin als unstatthaft zurückzuweisen, so bedarf es eines Eingehens auf die von dem Beklagten vorgeschützte exceptio praescriptionis nicht.

Die Entscheidung in Betreff des Kostenpunktes ist Folge der Entscheidung in der Hauptsache, beziehentlich des eingetretenen Wechsels der Entscheidungen."

103.

Zur Lehre vom Kaufe auf Lieferung coursfähiger Werthpapiere und anderer marktgängiger Waaren. — Ist bei Klagen auf Schadenersatz wegen unterbliebener Erfüllung des Vertrags zur Begründung der mora des anderen Theils auf die erfolgte thatsächliche Anbietung des Kaufpreises Bezug zu nehmen? (Artikel 357. des Handelsgesetzbuches.)

Mitgetheilt von

Herrn —r in D.

Unterm 12. December 1862 erhob der Viehhändler Carl L. gegen den Banquier G. in D. beim Handelsgericht Dresden eine Klage folgenden wesentlichen Inhalts:

„Beklagter habe nach Ausweis des der Klage unter A. beigefügten Schlußzettels d. d. D., den 12. Mai 1862 an Klägern 20,000 Gulden östreichischer Banknoten zu dem Course von 76⅔ Thlrn. —, —, pro 150 Gulden verkauft und sich gleichzeitig verpflichtet, dieselben im Laufe des Monats September 1862 zu liefern. (Inhalt der Klage bei Einlassungspunkt 4.)

Ebenso habe Beklagter Inhalts des in Abschrift unter B. beiliegenden Schlußzettels d. d. D., den 7. August 1862 an den Kläger 10,000 Gulden östreichischer Banknoten gegen den Betrag zum Course von 79¼ Thalern pro 150 Gulden verkauft und versprochen, 5000 Gulden am 8. September und 5000 Gulden am 24. September 1862 zu liefern. (Einl.-Punkt 5.)

Da nun in D. die Usance bestehe, daß der Verkäufer von Werthpapieren dieselben dem Käufer am Lieferungstage und zwar spätestens bis 6 Uhr Abends zuzuschicken und von diesem in dessen Wohnung oder Geschäftslocal das Kaufgeld in Empfang zu nehmen habe, so habe Beklagter Klägerm am 8. und 24. September 1862 je 5000 Gulden und spätestens am 30. September 20,000 Gulden in dessen auf der K. Straße gelegenes Geschäftslocal, woselbst übrigens auch in dem nämlichen Hause die Wohnung Klägers sich befinde, zu schicken und den dort bereit liegenden Kaufpreis in Empfang zu nehmen gehabt. (Einl.-Punkt 6. und 7.)

Beklagter habe aber weder auf den einen, noch auf den anderen Schlußzettel etwas geliefert, obwohl Kläger an den betreffenden Tagen zur Abnahme der Banknoten und Bezahlung des Kaufpreises bereit gewesen und diese seine Bereitwilligkeit dem Beklagten jedesmal am 8., 24. und 30. September durch seinen, dem Beklagten persönlich bekannten Buchhalter Eduard L. habe erklären lassen. Am 24. September habe Beklagter in seinem Comptoire dem benannten Buchhalter Klägers gegenüber bemerkt, er wolle die fälligen 5000 Gulden am Tage darauf liefern, was dieser jedoch Namens des Klägers abgelehnt habe, und als am 30. Vormittags Klägers genannter Buchhalter in Beklagtens Comptoir erschienen sei und im ausdrücklichen Auftrage Klägers sich erkundigt habe, ob die fälligen 20,000 Gulden an demselben Tage würden geliefert werden, indem Kläger zu deren Abnahme und zu Bezahlung des Kaufpreises bereit sei, habe dies der im Comptoire anwesende Beklagte mit dem Bemerken verneint, er werde keine Noten an Klägern weiter liefern und der Letztere habe nicht nöthig, annoch irgend welchen Kaufpreis zu präsentiren. (Einl.-Punkt 8—19.)

Kläger sei daher in Gemäßheit von Art. 357. Absatz 3. des allgemeinen deutschen Handelsgesetzbuchs berechtigt, von dem Beklagten die Differenz zwischen dem Kaufpreise und dem Börsenpreise zur Zeit und am Orte der geschuldeten Lieferung zu fordern. (Einl.-Punkt 20.)

Am 30. September 1862 sei der Cours der östreichischen Banknoten nach seinem beigebrachten Courszettel auf hiesiger Börse 80¼ gewesen und ergebe die Berechnung der Coursdifferenz zwischen 76½ und 80¼ bei 20,000 Gulden einen Betrag von 583 Thlrn. 10 Ngr. —. (Einl.-Punkt 21.)

Am 9. September — am 8. dess. Monats seien Course nicht notirt worden — hätten östreichische Banknoten auf hiesiger Börse 79¾, bez. 79¼ Geld gestanden und sehe Kläger in Betreff dieser Lieferung von Schadenersatz ab.

Anlangend endlich die am 24. September 1862 zu liefern gewesenen 5000 Gulden, so seien Banknoten am 25. September 1862 — am Tage vorher sei die Notirung unterblieben — mit 80¾ Geld notirt worden und ergebe die Differenz zwischen 79½ und 80¾ bei 5000 Gulden 37 Thlr. 15 Ngr. —. (Einl.-Punkt 22.)

Kläger petirte am Schlusse der auf Beweis stehenden Klage:

„daß Beklagter wegen der in der Klage gedachten, am 24. September 1862 von ihm dem Kläger zu liefern gewesenen 5000 Gulden, ingleichen der am 30. desselben Monats zu liefern gewesenen 20,000 Gulden östreichischer Banknoten die Differenz zwischen dem Kaufpreise und dem Börsenpreise zur Zeit und am Orte der geschuldeten Lieferungen, nach deren Feststellung durch einen verpflichteten Sensal, beziehentlich den bei dem K. Handelsgerichte vereideten Sachverständigen dem Kläger zu bezahlen, demselben auch von der hiernach sich ergebenden Summe Verzugszinsen von erhobener Klage an zu berichtigen, nicht minder die Proceßkosten zu erstatten schuldig."

Nach abgesetztem Verfahren, in welchem Beklagter den Inhalt des 4ten und 5ten Klagabschnittes und die Schlußzettel unter A. und B. einräumte, das übrige Klaganführen in der Hauptsache negirte, dabei gleichzeitig die theilweise erfolgte Lieferung der Banknoten behauptete und auf Klagabweisung antrug, da in der Klage die Realoblation des Kaufpreises nicht behauptet sei, erkannte das **Königliche Handelsgericht zu Dresden** in einer am 13. April 1863 publicirten Entscheidung folgendermaaßen:

„Weil Beklagter zwar, daß er die in den unter A. und B. der Klage abschriftlich beigefügten Schlußzetteln verlautbarten Verträge mit dem Kläger abgeschlossen und sich zur Lieferung der darin bemerkten Werthpapiere und zwar von 20,000 Gulden östreichischer Banknoten im Laufe des Monats September 1862 und von je 5000 Gulden dergleichen für den 8. und 24. desselben Monats verpflichtet habe, bei Einlassungspunkt 4. und 5. zugestanden, auch Bl. — flg. eingeräumt hat, daß wenigstens der bei weitem größere Theil der nach dem Schlußzettel A., ingleichen die gesammten, nach dem Schlußzettel B. von ihm zu liefernden Papiere dem Kläger nicht ausgeantwortet worden seien;

dagegen Beklagter seine Verbindlichkeit zur Gewährung der jetzt klagbar gemachten Coursdifferenz unter Bezugnahme darauf, daß Kläger selbst dasjenige nicht gethan habe, was erforderlich gewesen sein würde, um ihn, Beklagten, in Verzug zu setzen, bestritten hat;

in dieser Hinsicht aber in der Klage bei Einlassungspunkt 6., verbunden mit Bl. — die wenigstens in Bezug auf die gegenwärtig vorliegenden Rechtsgeschäfte und die Person des Klägers verneinte Behauptung, es bestehe in D. eine Usance, welcher zufolge der Verkäufer von Werthpapieren gehalten sei, diese dem Käufer am Lieferungstage zuzusenden und der Bezahlung des Kaufgeldes in der Wohnung oder dem Geschäftslocale des Letzteren sich zu gewärtigen;

weiter aber auch, während die Bezugnahme auf eine solche Usance die hier in Betracht kommenden Geschäfte ihrem vollen Umfange nach berühren würde, bezüglich der am 24. und am 30. September zu liefernden 5000 Gulden und 20,000 Gulden Banknoten speciell angeführt worden ist, daß der Beklagte dem Buchhalter des Klägers gegenüber der Lieferung, beziehentlich für den festgesetzten Lieferungstag, sich geweigert habe;

nun aber, wie keines besonderen Nachweises bedarf, bei dem Bestehen eines Handelsbrauches der obengedachten Art schon die bloße Unterlassung der Zusendung der Werthpapiere geeignet sein würde, den Verkäufer in Verzug zu setzen, während auf dessen Seite, wenn selbst eine derartige Usance nicht bestehen sollte, immerhin dann eine mora eingetreten sein würde, wenn er einen Beauftragten Klägers, über dessen Eigenschaft als Mandatar des Letzteren ein thatsächlicher Zweifel nicht obwaltet, auf dessen im Auftrage des Klägers gestellte Anfrage erklärt haben sollte, daß er seiner Verbindlichkeit nicht nachkommen werde, indem bekannten Rechten nach bei der bestimmt ausgesprochenen Weigerung des einen Contrahenten, den Vertrag zu erfüllen, der andere Theil nicht nöthig hat, seine Bereitwilligkeit zur Erfüllung durch Vornahme besonderer, sonst ihm aus dem Vertrage obliegender Handlungen, wie z. B. durch Realoblation des Kaufpreises, kundzugeben;

ferner Beklagter, wenn er auch den Einlassungsabschnitt 14. 14b. und 17. bejahet, doch in Abrede, beziehentlich ins Nichtwissen diejenigen Thatsachen gestellt hat, aus denen hervorgehen würde, daß die nach der Vertragserfüllung sich erkundigende und mit einer Verneinung dieser beschiedene Person ein Stellvertreter des Klägers gewesen sei;

so ist Kläger den Grund der erhobenen Klage und soviel ihm daran beim 6. und 7., beziehentlich beim 9. bis 13. 15. und 16., sowie beim 21. und 22. Einlassungspunkte verneint worden, binnen drei Wochen, Beklagtem der Gegenbeweis, wobei ihm die in der Anmerkung zum — Einlassungspunkte vorgeschützte Ausflucht mit auszuführen unbenommen, und Eidesantrag, beiden Theilen andere Rechtszuständigkeiten vorbehalten, zu erweisen schuldig, und ergehet sodann in der Hauptsache, wie der Kosten halber ferner, was Recht ist."

Nachdem beide Parteien Berufung eingelegt hatten, erkannte das Königl. Appellationsgericht zu Dresden in einer am 18. August 1863 bekannt gemachten Entscheidung dahin:

„Daß es bei der vom Kläger Bl. — erklärten Zurücknahme der Bl. — unter 3. aufgestellten Beschwerde bewendet.

Die Hauptsache anlangend, so ist es bei dem Bl. — flg. zu lesenden, Bl. — am 13. April 1863 bekannt gemachten Bescheide nicht allenthalben zu lassen, es sind vielmehr die auf der — Zeile der zweiten Seite des — Actenblattes zu lesenden Worte: „beim 9. bis mit 13. 15. und 16." in Wegfall zu bringen und anstatt derselben folgende: „beim 9. 10. 15. 16. 18. 19."*) zu setzen, nicht minder auf der — Seite des — Actenblattes auf der — Zeile nach dem Worte: „Einlassungspunkte" diese: „ingleichen die Bl. — unter 2." einzuschalten. Dagegen ist der angefochtene Bescheid im Uebrigen, wie hiermit geschieht, zu bestätigen, es werden auch die durch die eingewendeten Rechtsmittel veranlaßten Kosten zwischen den Parteien gegen einander aufgehoben."

Dieser Entscheidung waren folgende Gründe beigegeben:

„I. Zur Berufung des Beklagten.

Beklagter hat beim 4. und 5. Einlassungsabschnitte eingeräumt, daß er mit dem Kläger die Bl. — erwähnten, sich aus den der Klage Bl. — unter A. und B. abschriftlich beigefügten Schlußzetteln ergebenden Verträge abgeschlossen und sich dadurch verpflichtet habe, demselben 20,000 Gulden östreichischer Banknoten zu dem Course von 76¾ Thlr. pro 150 Gulden im Monat September 1862, sowie 10,000 Gulden dergleichen zum Course von 79¼ Thlr. pro 150 Gulden, und zwar mit 5000 Gulden den 8. September und mit 5000 Gulden den 24. September 1862 zu liefern. Ingleichen hat derselbe zugestanden, daß er diese Beträge, mit Ausnahme der beim Einlassungspunkte 8. gedachten, weiter unten noch besonders zu erwähnenden Summe von 5000 Gulden dem Kläger nicht geliefert habe, und es nimmt Letzterer gegenwärtig wegen der ersten und der letzten Lieferung von 20,000 Gulden und beziehentlich 5000 Gulden die zwischen dem bedungenen Kaufpreise und den an den Lieferungstagen gestandenen Coursen sich ergebende Differenz als Schadenersatz in Anspruch. Die Schlüssig-

*) Der besseren Uebersicht halber mögen die betreffenden Einlassungspunkte hier wörtlich wiederholt werden:

9) er verneint: obwohl Kläger zu Abnahme der Banknoten und Bezahlung des Kaufpreises bereit war.

Anmerkung: Klägers Bote hatte, wenn er in Beklagtens Geschäftslocal kam, nie den Kaufpreis für die zu liefernden Banknoten bei sich.

10) er verneint: an den betreffenden Tagen.

15) er weiß nicht: im ausdrücklichen Auftrage Klägers.

Anmerkung: Daß rc. L. dem Beklagten diesen Auftrag angezeigt habe, sagt Kläger nicht.

16) er verneint: indem Kläger zu deren Abnahme und zur Bezahlung des Kaufpreises bereit sei.

18) er verneint: mit dem Bemerken.

19) er verneint: er werde keine Noten weiter an Klägern liefern und der Letztere habe nicht nöthig, annoch irgend welchen Kaufpreis zu präsentiren.

Dagegen räumte Beklagter bei pct. lit. cont. 14. und 14b. ein, daß am 30. September Vormittags Eduard L., dessen Eigenschaft als Buchhalter Klägers aber ins Nichtwissen gestellt wurde, in Beklagtens Comptoir sich erkundigt habe, ob die fälligen 20,000 Gulden an demselben Tage würden geliefert werden.

Anmerk. des Eins.

keit der Klage ist jedoch vom Beklagten in mehrfacher Hinsicht bestritten worden und daher auf das Rechtsmittel desselben in jetziger Instanz einer anderweiten Prüfung zu unterwerfen gewesen.

1.

Einen hauptsächlichen Mangel der Klage hat Beklagter Bl. —, sowie Bl. — darin gefunden, daß der Kläger sich nicht auf eine Realoblation des seinerseits für die den Gegenstand des Lieferungsvertrages bildenden Banknoten zu gewährenden Kaufpreises bezogen habe, indem er die Bezugnahme auf eine solche als eine unerläßliche Bedingung jeder auf Gewährung einer Coursdifferenz aus einem Lieferungsvertrage über Werthpapiere gerichteten Klage bezeichnet. Nun ist zwar zuzugeben, daß nach den Grundsätzen des zeitherigen sächsischen Rechts in einem solchen Falle regelmäßig vom Kläger nachgewiesen werden mußte, daß er die von ihm zu liefern gewesenen Werthpapiere, beziehentlich den dafür bedungenen Kaufpreis am Lieferungstage wirklich in Bereitschaft gehabt habe, um die Annahme zu beseitigen, daß lediglich ein unerlaubtes Spielgeschäft vorliege.

vergl. von Langenn und Kori, Erörterungen praktischer Rechtsfragen, Bd. III. S. 115 flg.

Zeitschrift für Rechtspflege und Verwaltung, Neue Folge XVI. Bd. S. 170.

Allein den auf den vorliegenden Fall anzuwendenden Bestimmungen des allgemeinen deutschen Handelsgesetzbuchs würde dies nicht entsprechen. Denn dasselbe gewährt, indem es in Art. 271, 1. den Kauf von Werthpapieren zu den üblichen Handelsgeschäften rechnet, in Art. 357. dem Käufer solcher Papiere dem säumigen Verkäufer gegenüber, wenn bedungen ist, daß die Waare zu einer festbestimmten Frist geliefert werden solle, das Recht, die Differenz zwischen dem Kaufpreise und der zur Zeit und am Orte der geschuldeten Lieferung bestandenen Börsenpreise zu fordern, ohne dasselbe von einem Nachweise der obengedachten Art abhängig zu machen. Hiermit würde die Festhaltung an einer rechtlichen Vermuthung, daß einem Rechtsgeschäfte, in Folge dessen auf Gewährung einer Coursdifferenz wegen unterlassener Lieferung von Werthpapieren geklagt wird, kein wirkliches Kaufgeschäft, sondern nur ein Spielvertrag zum Grunde liege, nicht als vereinbar erscheinen und müßte es daher wenigstens dem Beklagten überlassen bleiben, eine derartige Behauptung durch specielle Thatsachen zu begründen und nachzuweisen. Im gegenwärtigen Falle hat dies jedoch Beklagter nicht gethan, vielmehr Bl. — eingeräumt, daß vom Kläger die Lieferung der fraglichen Papiere mehrfach verlangt worden sei.

2.

Es könnte sich daher nur noch fragen, ob, wie vom Beklagten Bl. — flg. ebenfalls behauptet wird, die Bezugnahme auf eine Realoblation erforderlich gewesen wäre, um darzuthun, daß auf Seiten desselben wirklich ein die Forderung auf Schadenersatz begründender Verzug vorliege. Hinsichtlich des Eintritts eines solchen beruht es zunächst in Richtigkeit, daß, wie Beklagter Bl. — bemerkt, das allgemeine deutsche Handelsgesetzbuch darüber, von welchem Zeitpunkte an und auf welche Weise derjenige Contrahent, welcher bei einem Lieferungsvertrage die Lieferung unterläßt, in Verzug gesetzt werde, keine speciellen Bestimmungen enthält, und daß dies demzufolge nach allgemeinen Rechtsgrundsätzen zu entscheiden ist. In dieser Beziehung hat nun zwar das Königliche Appellationsgericht bereits früher die Rechtsansicht befolgt, daß das Anerbieten des einen Contrahenten, die schuldige Leistung gewähren zu wollen, nur dann einen Verzug im Empfangen auf Seiten des anderen Contrahenten hervorbringt, wenn die Oblation nicht nur den Worten, sondern auch der That nach erfolgt ist,

vergl. Glück, Pandectencommentar, Band XVI. §. 1043. S. 227.

Unterholzner, die Schuldverhältnisse des römischen Rechts, I. Thl. §. 60. S. 128.

Madai, die Lehre von der mora, §. 37. S. 234 flg.

und daß demnach bei zweiseitigen, auf Gewährung von beweglichen Gegenständen gerichteten Verträgen, wozu Kauf- und Lieferungsverträge gehören, wenigstens dann, wenn sie zwischen Personen, welche an demselben Orte wohnen, abgeschlossen sind und daher anzunehmen ist, daß die gegenseitigen Leistungen Zug um Zug geschehen sollen, der Käufer, um den Verkäufer, welcher die Lieferung des Kaufobjects unterlassen hat, in Verzug zu setzen, demselben den Kaufpreis thatsächlich angeboten haben müsse;

vergl. l. 13. §. 5. D. de act. emt. vend. (XIX. 1.)

Zeitschrift für Rechtspflege und Verwaltung, Neue Folge Bd. X. S. 206., Bd. XXI. S. 361.

allein dies steht im vorliegenden Falle der Statthaftigkeit der Klage nicht entgegen. Denn der Kläger hat sich in derselben auf eine am Lieferungsorte D. geltende Handelsusance bezogen, wornach bei Käufen von Werthpapieren dem Verkäufer die Verbindlichkeit obliegen solle, dem Käufer die zu liefernden Papiere am Lieferungstage vor sechs Uhr Abends zu übersenden, und es kann nach Artikel 1. des angezogenen Gesetzbuches keinem Zweifel unterliegen, daß diese Usance, wenn sie dargethan würde, Beachtung finden müßte. Zugleich würde aber hieraus folgen, daß es zur Begründung des Verzugs auf Seiten des Verkäufers eines thatsächlichen Erbietens des Käufers zur Gewährung des Kaufpreises nicht bedurfte, da solchenfalls der Beklagte mit der Lieferung der Papiere den Anfang zu machen gehabt hätte. Es war daher der vorigen Instanz darin, daß sie auf Beweis dieser Usance erkannt hat, beizutreten.

3.

Eine theilweise Unschlüssigkeit der Klage findet Beklagter Bl. — darin, daß der Kläger die Bl. — vorgeschützte Ausflucht, wornach Ersterer auf die Bl. — erwähnten Banknoten bereits am 30. August 1862 die Summe von 5000 Gulden geliefert haben will, Bl. — zugestanden habe. Allein wenn man auch in der Bl. — zu lesenden Auslassung des Klägers das Zugeständniß, daß er an dem angegebenen Tage 5000 Gulden in östreichischen Banknoten vom Beklagten erhalten habe, finden kann, so hat er doch zugleich die Behauptung beigefügt, daß diese Lieferung auf einen in der Klage nicht mit bemerkten Kaufabschluß bewirkt worden sei, und wenn auch im Allgemeinen der Grundsatz gilt, daß eine Mehrheit von Forderungen nicht vermuthet werde und daher bis zum Beweise des Gegentheils anzunehmen ist, daß eine nach Entstehung einer bestimmten Forderung geleistete Zahlung auf diese erfolgt sei, so wird doch diese lediglich als eine factische Vermuthung anzusehende Annahme im vorliegenden Falle dadurch ausgeschlossen, daß nach den übereinstimmenden Angaben der Parteien die in den Bl. — bezeichneten Lieferungsverträgen erwähnten Banknoten im Monat September 1862 geliefert werden sollten und daher nicht so ohne Weiteres vermuthet werden kann, daß eine im Monat August bewirkte Lieferung, obschon sie Papiere der nämlichen Art zum Gegenstande hatte, zur Erfüllung der erst später fälligen Lieferungen habe dienen sollen, zumal der geleistete Betrag mit dem der letzteren gar nicht übereinstimmt und die Parteien nach Bl. — mehrseitig mit einander in Geschäftsverbindung gestanden haben. Es ist daher diese Ausflucht in voriger Instanz mit Recht nicht als liquid angesehen, sondern zum Beweise mit ausgesetzt worden.

4.

Dagegen konnte man der vorigen Instanz in Ansehung des Umfanges, welchen sie Bl. — dem Beweisthema gegeben hat, nicht beistimmen. In dieser Beziehung hat sich zunächst Beklagter Bl. — mit Recht dadurch beschwert gefunden, daß auch mit auf Beweis der im 11. Einlassungspunkte enthaltenen Thatsachen erkannt worden ist. Denn falls Kläger den Beweis der behaupteten Usance zu führen vermag, kann auf den Umstand, daß Beklagter gegen seinen Beauftragten erklärt habe, die den 24. September 1862 zu liefernden Banknoten Tags darauf liefern zu wollen, weiter etwas nicht ankommen, und bedarf daher derselbe auch weiter keines Beweises. Vermöchte aber andererseits Kläger die erwähnte Usance nicht darzuthun, so würde durch den Beweis jener Thatsachen der solchenfalls zur Begründung des geklagten Anspruchs erforderliche Nachweis der Realoblation des Kaufgeldes keineswegs ersetzt werden, da eine solche Erklärung, sobald nicht vorher durch Realoblation die Verpflichtung zu augenblicklicher Lieferung bereits begründet war, noch nicht einer ausdrücklichen Verweigerung der Lieferung gleichgeachtet werden könnte. Das Nämliche gilt von dem im 11. Einlassungsabschnitte angeführten Umstande. Die vorige Instanz ist hier, da sie auf Beweis dieses und beziehentlich des Einlassungsabschnittes 15. und 16. erkannt hat, allem Anscheine nach von der Ansicht ausgegangen, daß die vom Kläger nach seiner Behauptung Bl. — mit Worten erklärte Bereitwilligkeit zur Abnahme der erkauften Banknoten genüge, um den Beklagten in Verzug zu setzen, oder daß dies doch wenigstens dann anzunehmen sei, wenn rücksichtlich der Lieferung vom 24. September die Bl. — angeführte Auslassung des Beklagten und Erwiderung des Klägers, rücksichtlich der bis Ende September zu liefernden 20,000 Gulden aber die vom Beklagten eingeräumte Verneinung, vorausgesetzt, daß sie einem legitimirten Bevollmächtigten des Klägers gegenüber abgegeben worden, hinzutrete. Allein nach der oben dargelegten, von der gegenwärtigen Instanz befolgten Rechtsansicht würde ein blos wörtliches Erbieten zu Begründung der mora nicht ausreichen, selbst wenn in Betreff der Lieferung vom 24. September die bei Einlassungspunkt 12. angeführte ausweichende Erklärung des Beklagten und in Betreff der Lieferung der 20,000 Gulden bis Ende September 1862 die Bl. — zugestandene generelle Verneinung des Beklagten, welche ebensowohl auf die unterlassene Realoblation des Kaufpreises sich gründen könnte, hinzugenommen würde.

(Schluß in der gleichzeitig erscheinenden Nummer 61.)

Redacteur: Dr. Theodor Tauchnitz. Officin der Verlagshandlung.

Von diesem Wochenblatte erscheinen jährlich 64 Nummern zu 1 Quartbogen und außerdem am Jahresschlusse ein ausführliches Register.

Alle Postämter u. Buchhandlungen übernehmen Bestellungen und liefern das Quartal zu dem praenumerando zu entrichtenden Preise von 1 Thaler.

Wochenblatt für merkwürdige Rechtsfälle,

in actenmäßigen Darstellungen

aus dem Gebiete der Justizpflege und Verwaltung

zunächst für das

Königreich Sachsen.

Verlag von Bernhard Tauchnitz in Leipzig.

№ 61. Neue Folge Zwölfter Jahrgang. 1864.

(Schluß aus No. 60.)

In Berücksichtigung des Rechtsmittels des Beklagten, für welchen die Auffassung der vorigen Instanz, da sie nur ein wörtliches Erbieten des Klägers verlangt, nachtheiliger ist, erschien es daher geboten, das Anführen beim 11. Einlassungspunkte, welches auch im Uebrigen auf die Beurtheilung des Rechtsverhältnisses ohne Einfluß ist, aus dem Beweissatze ganz hinwegzulassen und hiernächst neben dem 15. und 16. Einlassungspunkte dem Kläger noch den Beweis des 18. und 19. Einlassungspunktes aufzuerlegen. Hier hat sich nämlich Beklagter darauf bezogen, daß, als sein Buchhalter in seinem ausdrücklichen Auftrag sich am 30. September 1862 im Comptoir des Beklagten erkundigt habe, ob die im Schlußzettel unter A. bemerkten 20,000 Gulden geliefert werden würden, der Beklagte dies mit dem Bemerken verneint habe, daß er weiter keine Banknoten an Klägern liefern werde und derselbe nicht nöthig habe, noch irgend welchen Kaufpreis zu präsentiren. Diese Erklärung enthält allerdings eine ausdrückliche und unbedingte Verweigerung der geforderten Lieferung, und eine solche hat die Wirkung, daß der Käufer, um den sich weigernden Verkäufer in Verzug zu setzen, nicht weiter nöthig hat, demselben den Kaufpreis noch thatsächlich anzubieten, da er dann voraussetzen muß, daß er doch nicht werde angenommen werden.

vergl. Wolf, Lehre von der mora, §. 31.

Zeitschrift für Rechtspfl. u. Verw., Neue Folge X. Bd. S. 407.

Es würde daher der Beweis dieser, nicht aber der bei dem 11. bis 13. Einlassungspunkte erwähnten Thatsachen den Schädenanspruch Klägers in Betreff der hier in Rede stehenden Lieferung von 20,000 Gulden, auch abgesehen von dem mehrerwähnten Handelsgebrauch, ausreichend begründen. Wenn hierbei der 15. und 16. Einlassungspunkt mit in das Beweisthema aufgenommen worden sind, so soll damit nach der Ansicht der gegenwärtigen Instanz nicht ausgesprochen sein, daß der Beweis der den Inhalt derselben bildenden Thatsachen zur Begründung des klägerischen Anspruchs unter allen Umständen erforderlich sei, es mußte aber jedenfalls sachgemäß erscheinen, den in der Klage erwähnten Vorgang dermalen in seinem ganzen Zusammenhange zum Beweise auszusetzen und die weitere Prüfung des Einflusses der einzelnen Behauptungen dem künftigen Enderkenntnisse zu überlassen. Hierdurch rechtfertigt sich die im Erkenntnisse in Betreff der Beweisaufgabe bewirkte Abänderung des Instanzbescheides. Außerdem stellte sich aber

5.

auch die dritte Beschwerde des Beklagten Bl. — als begründet dar. Denn die von ihm Bl. — dem geklagten Anspruche entgegengestellte Verabredung zwischen ihm und dem Kläger würde allerdings, wenn sie in Wahrheit beruhte, eine vertragsmäßige Abänderung des in der Klage erwähnten Handelsgebrauchs enthalten; es läßt sich daher auch nicht ohne Weiteres annehmen, daß sie auf das streitige Rechtsverhältniß ohne Einfluß sein werde, vielmehr ist die Entscheidung hierüber dem Enderkenntnisse zu überlassen und konnte deshalb dem Beklagten die Zulassung zum Beweise derselben nicht versagt werden.

II. Zur Berufung des Klägers.

Es beruht keineswegs in Wahrheit, daß der Beklagte, wie vom Kläger Bl. — behauptet wird, das Bestehen des in der Klage erwähnten Handelsgebrauches eingeräumt habe, da er die Gültigkeit desselben Bl. — und Bl. — ausdrücklich mit besonderem Hinweis auf seine persönlichen Verhältnisse bestritten und nur soviel zugegeben hat, daß ein derartiger Gebrauch unter einigen Mitgliedern der D.'r Börse bestehe.

Schon aus diesem Grunde konnte daher von der vom Kläger Bl. — beantragten sofortigen Verurtheilung des Beklagten nicht die Rede sein. Allein auch das Anführen beim 9. und 10. Einlassungspunkte bedarf des Beweises. Obgleich nämlich, wie bereits oben bemerkt worden, es mit Rücksicht auf den nurerwähnten Handelsgebrauch nicht der Bezugnahme auf ein thatsächliches Anbieten des Kaufpreises bedurfte, da Kläger hiernach die Zusendung der erkauften Werthpapiere zu erwarten berechtigt war, so würde er doch durch die Existenz eines solchen Gebrauchs keineswegs des Nachweises der übrigen thatsächlichen Umstände überhoben werden, deren es bedarf, um das Vorhandensein eines wirklichen Verzugs des Beklagten zu constatiren. Hierzu gehört aber auch der Umstand, daß der Kläger zur Bezahlung des Kaufpreises bereit gewesen sei,

vergleiche Brinckmann, Handelsrecht, §. 97. S. 371.

und es ist dasjenige, was Kläger Bl. — bemerkt hat, um deswillen einflußlos, weil ihm nicht der Beweis des Gegentheils des in der Anmerkung zum 9. Einlassungspunkte vom Beklagten Angeführten, mithin nicht der Beweis des Umstandes, daß sein Bl. — genannter Buchhalter bei seiner Anwesenheit im Geschäftslocale des Letzteren den Kaufpreis bei sich gehabt habe, auferlegt worden ist, sondern nur der von ihm bei dem 7. 9. und 10. Einlassungspunkte behaupteten Thatsache, daß er an den betreffenden Lieferungstagen die für die ihm von dem Beklagten zu liefernden Banknoten zu bezahlende Geldsumme in Bereitschaft gehalten habe. Endlich bedarf es keiner weiteren Auseinandersetzung, daß Kläger auch die von ihm behauptete Höhe des Tagescourses (Einlassungsabschnitt 21. 22.) erweisen muß, da in dieser Beziehung die von ihm Bl. — versuchte Anwendung der über die Beantwortung eigener Thatsachen mit Nichtwissen geltenden Rechtsgrundsätze selbstverständlich völlig unzulässig sein würde.

Auf das Rechtsmittel des Klägers war daher die vorige Entscheidung lediglich zu bestätigen. Die Compensation der Kosten der jetzigen Instanz aber war schon dadurch bedingt, daß beide Theile Rechtsmittel eingewendet haben."

Obschon beide Parteien gegen diese Entscheidung appellirten, so wurde dieselbe doch in dritter Instanz bestätigt. Die der am 28. December 1863 bekannt gemachten Entscheidung des Königlichen Oberappellationsgerichts beigefügten Gründe lauten also:

„Den Gründen der vorigen Instanz ist im Wesentlichen beizupflichten und nur Folgendes noch zu bemerken gewesen:

„I. Zur Appellation des Beklagten.

Auch vor dem Erscheinen des allgemeinen deutschen Handelsgesetzbuches hatte in der Theorie und Praxis der Grundsatz Eingang gefunden, daß bei Käufen auf Lieferung coursfähiger Werthpapiere und anderer marktgängiger Waaren, wobei direct oder indirect ein bestimmter Ablieferungstermin festgesetzt worden, der in der Erfüllung seiner Verpflichtungen nicht säumige Käufer die Wahl habe, ob er den säumigen Mitcontrahenten auf directe Vertragserfüllung, oder ohne Weiteres auf Gewährung des id, quod interest, namentlich also der Differenz zwischen dem bedungenen Kaufpretium und dem zur Lieferungszeit anstehenden Marktpreis in rechtlichen Anspruch nehmen wolle, sowie denn auch umgekehrt dem Verkäufer beim Verzuge des Käufers unter gewissen Voraussetzungen eine gleiche Berechtigung zustehe.

Diese Grundsätze sind auch von den sächsischen Spruchbehörden und insbesondere von dem Königlichen Oberappellationsgericht befolgt worden,

vergl. Annalen, Band IV. Seite 529. Band I. Seite 336. 476.

und haben durch die Bestimmungen des Handelsgesetzbuches Art. 357. gesetzliche Sanction gefunden.

Der Beweis, daß der Käufer seinerseits die Erfüllung des Vertrags thatsächlich offerirt habe, ist zur Begründung einer auf das Interesse gerichteten Klage in der Regel nothwendig, aber nicht sowohl deshalb, als wenn ohne die zur Lieferzeit erfolgte Realoblation das Geschäft für ein unerlaubtes Spielgeschäft zu halten wäre, sondern weil dieselbe nach allgemeinen Rechtsgrundsätzen geschehen muß, um den Mitcontrahenten in Verzug zu setzen, und für die Folgen des Verzugs verantwortlich zu machen. Das Handelsgesetzbuch hat in diesem Punkte nichts Wesentliches geändert; es wird für die Begründung des Entschädigungsanspruches in Art. 357. und 358. ausdrücklich ein auf Seiten des Käufers oder Verkäufers eingetretener Verzug vorausgesetzt, und da hierbei keine besonderen Vorschriften über die mora und deren Eintritt ertheilt worden sind, so müssen nach Art. 1. erweislich bestehende Handelsbräuche oder in deren Ermangelung das allgemeine bürgerliche Recht zur Anwendung gelangen. Der Beklagte hat auch in seiner gegenwärtigen Deduction Bl. — nicht weiter bestritten, daß, falls die in der Klage behauptete

Usance existirt, der Kläger nicht verbunden gewesen sei, ihm den Kaufpreis in seiner, des Beklagten, Wohnung oder in seinem Geschäftslocale thatsächlich zu offeriren; er meint aber, der Kläger müsse wenigstens darauf Bezug genommen haben, daß er zur Lieferzeit bereit gewesen sei, den bedungenen Kaufpreis zu bezahlen. Dies hat der Kläger aber auch Bl. — mit der für eine Beweisklage genügenden Bestimmtheit behauptet und es wird sub II. gezeigt werden, daß und inwieweit dem Kläger der Beweis dieses Anführens aufzuerlegen war und beziehentlich bereits in voriger Instanz auferlegt worden ist.

Die Ausflucht des Beklagten Bl. — und in der Anmerkung zum 8. Einlassungspunkte, „daß er auf dem Schlußzettel über 20,000 Gulden Banknoten am 30. August 1862 5000 Gulden geliefert habe", ist nicht liquid, denn Kläger hat Bl. — zwar den Empfang dieses Postens eingeräumt, aber geleugnet, daß derselbe mit dem so eben erwähnten Lieferungsgeschäfte in Verbindung stehe. Nun könnte der Beklagte blos dann für berechtigt angesehen werden, die gedachten 5000 Gulden auf den nach dem Schlußzettel sub A. Bl. — zu liefern gewesenen 20,000 Gulden in Abrechnung zu bringen, wenn die eingeräumte Lieferung dem Objecte und der Zeit nach dergestalt mit diesem Schlußzettel stimmte, daß sie bis zu dem Beweise besonderer thatsächlicher Umstände als eine Folge dieses Geschäftes angesehen werden müßte. Das ist aber, wenigstens in Ansehung der Zeit, nicht der Fall, da nach dem Schlußzettel A. Bl. — die 20,000 Gulden erst im Laufe des September 1862 lieferbar waren, Vorauslieferung aber nicht zu präsumiren steht.

II. Zur Appellation des Klägers.

Es ergiebt sich bereits aus dem, was vorstehends bemerkt worden ist, daß, wenn die behauptete Usance nicht bestand, der Kläger sich zu Begründung seines Anspruchs darauf beziehen mußte, daß er den Beklagten, und zwar durch rechtzeitige und thatsächliche Oblation des Kaufpreises im Geschäftslocale des letzteren in Verzug gesetzt, oder, was auch nach der Rechtsansicht des Königlichen Oberappellationsgerichts diese Realoblation erledigt haben würde, der Beklagte seinerseits die Erfüllung des Vertrags dergestalt bestimmt verweigert habe, daß eine vom Kläger bewirkte Realoblation nur noch eine leere und unnütze Förmlichkeit gewesen sein würde. Wenn in der ersteren Beziehung der Kläger bemerkt, daß ihm nicht angesonnen werden könne, einen ganzen Monat lang beträchtliche Zahlungsmittel für den Beklagten in Bereitschaft zu halten und dem letzteren die Zahlung und Annahme tagtäglich anzubieten, so ist dies ein Einwand von sehr geringer Erheblichkeit. Allerdings muß derjenige, welcher sich als Käufer auf einen Lieferungskauf einläßt, bei welchem die Abnahmezeit nicht auf einen bestimmten Tag, sondern auf eine gewisse längere Frist verlegt worden ist, dafür besorgt sein, daß ihm während dieser Lieferungsperiode die zur Abnahme erforderlichen Geldmittel zu Gebote stehen; daraus folgt indeß noch nicht, und ist von den vorigen Instanzen nicht gefolgert worden, daß der Käufer nöthig hätte, während jener Frist unausgesetzt anzubieten. Hat sich der Verkäufer verpflichtet, die Waare innerhalb eines gewissen Zeitraums, hier eines bestimmten Monats zu liefern, so steht ihm im Zweifel die Wahl zu, ob er am Schlusse oder im Laufe dieses Zeitraums liefern will. Letzterenfalls liegt ihm ob, dem Käufer die Lieferung dergestalt anzusagen (zu kündigen), daß es dem Abnehmer nach den obwaltenden Umständen oder etwa bestehender Usance möglich ist, die Zahlung und Abnahme zu bewirken. Diese Kündigung kann der Käufer, ohne hierdurch seinerseits in Verzug zu gerathen, abwarten, erfolgt aber keine solche Kündigung und will sich der Käufer den Anspruch auf Schadenersatz sichern, so muß er am Schlusse, mithin am letzten Tage des fraglichen Zeitraumes, den Verkäufer durch Realoblation in Verzug setzen, wenn nicht etwa der schon gedachte Fall der Weigerung eintritt.

Auf eine solche Weigerung hat sich, in Ansehung der nach dem Schlußzettel sub B. am 24. September 1862 fälligen 5000 Gulden Banknoten, der Kläger in schlüssiger Weise nicht bezogen. Denn erstlich kann in der Erklärung des Beklagten, daß er diese 5000 Gulden am Tage darauf liefern wolle, nur ein Gesuch um Stundung bis dahin erblickt werden; die Ablehnung dieses Antrags von Seiten Klägers würde also den Beklagten noch nicht in Verzug gesetzt haben, wenn nicht dieselbe mit der nochmaligen Aufforderung zur sofortigen Lieferung und der Realoblation des Kaufpreises verbunden gewesen wäre, oder der Beklagte, nach Ablehnung seines Vorschlags, mit voller Bestimmtheit erklärt hätte, daß er nun gar nicht liefern wolle.

Wenn ferner die in der Klage behauptete Usance bestanden hat, so würde zwar der Kläger nicht verbunden gewesen sein, mit der thatsächlichen Oblation des Kaufpreises voranzugehen; er hätte vielmehr solchenfalls, ohne selbst in Verzug zu kommen, abwarten können, ob der Beklagte ihm in seiner Behausung oder seinem Geschäftslocale die zu liefernden Banknoten zur Abnahme präsentire; durch das bloße Ausbleiben des Verkäufers würde aber bei dieser Usance nur dann ein Verzug auf Seiten desselben begründet worden sein, wenn der Käufer zu bestimmten Zeit bereit und im Stande gewesen wäre, die Waare gegen Zahlung abzunehmen. Denn die behauptete Usance modificirt die über den Eintritt der mora geltenden Grundsätze nur in der einen Beziehung, daß die Realisirung des Geschäfts, nicht wie andernfalls zu geschehen gehabt, in dem Geschäftslocale des am Platze anwesenden und handeltreibenden Verkäufers, wo sich die Waare befindet, sondern in der Behausung oder dem Geschäftslocale des Käufers stattzufinden gehabt hätte; abgesehen von diesem Punkte, mußte von beiden Theilen das geschehen, was den Rechten nach zur Abwickelung des Geschäfts von beiden Seiten nöthig war. Blieb also der Verkäufer zur bestimmten Zeit aus, der Käufer war aber auch seinerseits nicht in der Lage, die Zahlung zu leisten, so wären beide Theile in der Erfüllung des Vertrages säumig gewesen und der Abkäufer würde sich nicht darauf beziehen können, daß ihm durch die Säumniß des Verkäufers ein Vermögensverlust zugezogen worden sei, wenn er nicht selbst im Stande gewesen wäre, sich bei rechtzeitiger Anmeldung und Realoblation des Verkäufers den entbehrten Vortheil durch gehörige Vertragserfüllung zu verschaffen.

Von einer Präsumtion der Zahlungsbereitschaft kann, wenn es sich um das Dasein einer mora des Verkäufers handelt, nicht wohl die Rede sein. Die vom Beklagten Bl. — angezogene Entscheidung des Oberappellationsgerichts enthält auch einen solchen Ausspruch nicht, behandelt vielmehr nur die Frage, ob der auswärtige Verkäufer, welcher die Waare nicht an den Wohnort des Käufers zum Behufe der Aushändigung gegen Zahlung gesendet hat, einen Anspruch auf Schädenvergütung wegen vermeintlicher mora des Käufers erheben könne und nur in dieser Beziehung ist eine Präsumtion für die Zahlungsbereitschaft des Käufers insoweit anerkannt worden, daß der letztere dem abwesenden Verkäufer gegenüber nicht nöthig habe, vor der Absendung der Waare den Kaufpreis thatsächlich zu offeriren, um sich vor dem Vorwurfe einer mora zu sichern.

Wendet man, im Hinblick auf die behauptete Usance, diesen Satz auf den vorliegenden Fall an, so gelangt man zu keinem anderen, als dem obigen Resultate; der Beklagte, welcher als Verkäufer an einer bestimmten Stelle zu liefern hatte, mußte, wenn er den Abkäufer in Verzug setzen wollte, die behandelten Papiere innerhalb der festgesetzten Frist an diese Stelle bringen oder bringen lassen, ohne vorher eine thatsächliche Oblation des Kaufpreises verlangen zu können; der Käufer dagegen hatte, wenn er dem Verkäufer einen Verzug imputiren wollte, auch das seinerseits Erforderliche zu prästiren und die Mittel zur Zahlung bereit zu halten.

Hierbei hat man nur noch in Betreff des Beweisthema's zu gedenken, daß der Kläger nicht mehr zu beweisen hat, als daß er beziehentlich am 24. und 30. September 1862 die zur Abnahme der 5000 Gulden, welche am 24., und der 20,000 Gulden Banknoten, welche spätestens am 30. dieses Monats geliefert werden sollten, erforderlichen Zahlungsmittel in Bereitschaft gehalten habe. Daß er dazu den Geldbetrag parat in seiner Kasse liegen gehabt haben müsse, ist nicht so ohne Weiteres anzunehmem, wenn er nur Maaßnahmen getroffen und sich in den Stand gesetzt hat, die erforderlichen Zahlungsmittel alsbald zu beschaffen oder zur Disposition des Beklagten zu stellen. Die Ausführung seiner behaupteten Bereitschaft ist Gegenstand des ihm diesfalls auferlegten Beweises und es muß der kommenden Definitivsentenz überlassen werden, zu prüfen, ob die in diesem Beweise auszuführenden Thatsachen geeignet gewesen, einen Verzug des Beklagten zu begründen.

Schließlich bedarf es kaum noch der Erwähnung, daß hinsichtlich der in dem Schlußzettel sub A. gedachten Lieferung das Beweisthema des Klägers kein cumulatives, sondern ein alternatives ist, indem sich der Beweis der Usance und der Zahlungsbereitschaft erledigen würde, wenn nachgewiesen werden sollte, daß der Beklagte sich am 30. September 1862 in der angeführten bestimmten Maaße geweigert haben sollte, den Vertrag zu erfüllen und ebenso umgekehrt, während es in Betreff der am 24. September 1862 zu liefernden 5000 Gulden lediglich auf den Beweis der Usance und der Zahlungsbereitschaft ankommt.

Das dem Beklagten in voriger Instanz zum Beweis ausgesetzte, Bl. — unter 5. gedachte exceptivische Vorbringen ist weder unklar, noch unerheblich. Es handelt sich dabei um Verabredungen, wodurch die in dem Schlußzettel sub A. getroffenen Bestimmungen nach dessen Ausstellung, nicht blos in Bezug auf die behauptete Usance, sondern auch durch Festsetzung bestimmter Lieferungstage, unter denen sich der vom Kläger bei diesem Geschäfte für die Coursdifferenz als maaßgebend aufgenommene 30. September 1862 nicht mit befindet, modificirt worden wäre."

104.

Der Ehemann erlangt nach sächsischem Recht das Recht auf Verwaltung und Nießbrauch des eheweiblichen Vermögens nicht erst durch die erfolgte Illation, sondern mit dem Augenblick der Verehelichung. Es genügt daher zur Begründung einer Klage auf Anerkennung jenes Rechts die Bezugnahme auf die Existenz eheweiblichen Vermögens im Allgemeinen. — Verbindlichkeit der Ehefrau, dem Ehemanne nach Vollziehung der Ehe über den Bestand ihres Vermögens Auskunft zu geben, nach Befinden förmliche Rechnung abzulegen.

Mitgetheilt von
Herrn L. in B.

Gegen seine Ehefrau erhob vor dem K. Gerichtsamte Pulsnitz E. T. Sch. Klage auf Anerkennung seines ehelichen Nießbrauchsrechts. Zur Begründung führte er an, daß er nach Ostern 1861 mit der Beklagten ehelich verbunden worden sei, daß dieselbe verschiedenes Vermögen und insbesondere das auf Fol. 2. des Grund- und Hypothekenbuchs für H. eingetragene Bauergut besitze, gleichwohl aber dem Kläger das Recht der Verwaltung und Nutznießung ihres Vermögens nicht zugestehe, vielmehr dasselbe sowohl wörtlich als thatsächlich bestreite. Das Klaggesuch lautete dahin, daß Beklagte, daß dem Kläger die Verwaltung und Nutznießung ihres Vermögens zustehe, anzuerkennen, daher demselben dieses Vermögen auszuantworten, ihm insbesondere das in der Klage gedachte Bauergut zum Nießbrauch und zur Verwaltung zu übergeben und sich aller Störungen des gedachten Nießbrauchs- und Verwaltungsrechts bei Strafe zu enthalten schuldig. Der über den größeren Theil der Klage gebrauchte Eidesantrag erstreckte sich auch auf das Anführen, daß Beklagte verschiedenes Vermögen habe.

In erster Instanz (K. Bezirksgericht zu Budissin) wurde Beklagte mit Nachlassung eines Ausfluchtsbeweises verurtheilt, die Verwaltung und den Nießbrauch des in der Klage erwähnten Bauerguts dem Kläger zu überlassen, im Uebrigen aber dessen Suchen, insoweit dasselbe andere, zum Vermögen seiner Ehefrau gehörige Gegenstände betreffe, da in dieser Richtung das Anführen, Beklagte habe „verschiedenes Vermögen", zumal für den darüber gebrauchten Eidesantrag, zu allgemein und unbestimmt sei, in der angebrachten Maaße abgewiesen.

Auf Appellation des Klägers gegen diese Abweisung erkannte jedoch das Königl. Appellationsgericht zu Budissin (publ. 7. März 1864) reformatorisch dahin, daß Beklagte dem Kläger auch ihr sonstiges Vermögen zum Behuf der Verwaltung und des Nießbrauchs herauszugeben und beziehentlich zu überlassen verbunden sei, unter folgender Motivirung:

„Dagegen ist auf die dritte Beschwerde des Klägers, soweit dieselbe das übrige Vermögen der Beklagten betrifft, und auf seine erste, gegen die Abweisung des desfallsigen Klaggesuchs gerichtete Beschwerde reformatorisch zu entscheiden gewesen.

Allerdings beschränkt sich das hierauf bezügliche Klaganführen nur auf die Behauptung, Beklagte habe verschiedenes Vermögen; wenn man aber erwägt, daß es sich hier um eine Gesammtheit beweglicher Sachen ausschließlich etwaniger Activforderungen handelt, in Betreff deren eine specielle Kenntniß der einzelnen Gegenstände auf Seiten des Klägers nicht vorausgesetzt werden kann, dagegen der Beklagten solche bekannt sein müssen, so stellt sich jenes Anführen selbst für den gebrauchten Eidesantrag nicht, wie in erster Instanz angenommen worden, als zu allgemein und unbestimmt dar.

Die Verpflichtung der Beklagten, dem Kläger die Verwaltung und Nutznießung ihres gesammten Vermögens zu überlassen, beruht an sich auf gesetzlicher Vorschrift und es genügt zur Begründung einer Klage auf Geltendmachung des dieser Verpflichtung entsprechenden ehemännlichen Rechts die einfache Bezugnahme auf die Existenz eheweiblichen Vermögens im Allgemeinen.

Hätte Beklagte den jene Behauptung enthaltenden zweiten Einlassungsabschnitt verneint, so würde kein Bedenken obgewaltet haben, die Beklagte unter Voraussetzung der Ableistung des ihr angetragenen Eides, welchen sie bezüglich dieses factum referentis proprium zurückzuschieben nicht berechtigt war, in der Maaße, daß sie außer dem in der Klage bezeichneten Bauergute Vermögen nicht besitze, hierunter von der erhobenen Klage zu entbinden und loszuzählen.

Der gedachte Einlassungsabschnitt ist aber Bl. — mit affirmando beantwortet worden, und dieses zufolge der ebenfalls affirmirenden Beantwortung des p. l. c. 3. auf anderes Vermögen außer dem Bauergute gerichtete Zugeständniß genügt zu Herbeiführung einer Verurtheilung der Beklagten zu Herausgabe und beziehentlich Ueberlassung ihres Vermögens an den Kläger zur Verwaltung und Nutznießung.

Die einseitige Weigerung der Ehefrau, ihr Vermögen zu inferiren, vermag weder eine Receptitienqualität des letzteren zu begründen und die gesetzliche Verpflichtung der Ehefrau zu beseitigen, noch auch eine rechtliche oder selbst nur factische Vermuthung dafür, daß ein Receptitienvertrag zwischen den Ehegatten abgeschlossen worden oder die als Ausnahme von der Regel zu betrachtende Receptitieneigenschaft durch den Eintritt anderer Thatsachen entstanden sei, zu rechtfertigen.

Jene Verbindlichkeit der Ehefrau zur Illation ihres Vermögens im Allgemeinen hat aber auch speciell noch die Verpflichtung derselben zur Folge, dem Ehemanne nach Vollziehung der Ehe über den Bestand dieses Vermögens Auskunft zu ertheilen, nach Befinden förmliche Rechnung abzulegen und ihm die etwa vorhandenen, in ihrem Besitze befindlichen oder dritten Personen nur zur Aufbewahrung von ihr übergebenen Urkunden nicht nur zur Einsicht vorzulegen, sondern auch solche zur Aufbewahrung derselben während der Dauer der Ehe, sowie zur Benutzung bei etwa nöthiger Einklagung der Zinsen und sonst auszuantworten.

Es war daher das Erkenntniß erster Instanz bezüglich des der Beklagten außer dem Bauergute zugehörigen Vermögens in Gemäßheit des auf Ausantwortung desselben gerichteten Klagpetitum zu reformiren.

Doch war es nicht nöthig, hierbei ausdrücklich auszusprechen, daß die Herausgabe und beziehentlich Ueberlassung des gedachten Vermögens nach Anleitung eines von der Beklagten zu edirenden und auf Erfordern eidlich zu bestärkenden Verzeichnisses zu erfolgen habe; denn abgesehen davon, daß solches im eigenen Interesse der Beklagten liegt, um allen etwaigen Streitigkeiten bei der künftigen Repetition des Einbringens von Seiten ihrer oder ihrer Erben über die Bestandtheile desselben schon jetzt im Voraus zu begegnen, läßt auch die Fassung der Vorschrift in §. 75. des Executionsgesetzes vom 28. Februar 1838 hierüber keinen Zweifel aufkommen."

Dieses Erkenntniß wurde von dem Königl. Oberappellationsgericht im Mai 1864 bestätigt. Die Entscheidungsgründe lauteten also:

„Die Ansicht der Beklagten, daß das Klagvorbringen, daß sie, die Beklagte, außer einem Bauergute verschiedenes Vermögen habe, zumal für den gebrauchten Eidesantrag, zu allgemein sei, weil das Recht des Ehemannes auf Verwaltung und Nießbrauch des eheweiblichen Vermögens sich erst aus der erfolgten Illation, als einer besonders zu erweisenden Thatsache, ergebe, ist offenbar irrig. Denn das nach sächsischem Recht dem Ehemanne zustehende gesetzliche Administrations- und Nutznießungsrecht unterscheidet sich von den nach römischem Recht dem Ehemanne an dem eheweiblichen Vermögen eingeräumten Befugnissen wesentlich dadurch, daß letztere allerdings von der Bestellung und der Illation desjenigen Vermögens der Ehefrau, welches von ihr oder den dritten Personen, von welchen sie es erhält, als dos bezeichnet worden ist, abhängen und erst mit der constitutio et illatio dotis beginnen. Dagegen erlangt nach sächsischem Recht der Ehemann, soweit nicht etwas Anderes zwischen den Ehegatten durch einen abgeschlossenen Receptitienvertrag bedungen worden ist, mit dem Augenblick der Verehelichung selbst das Recht, daß ihm die Ehefrau ihr Vermögen, welches sie zur Zeit der Eingehung der Ehe besitzt, oder während der Ehe erwirbt, zur Verwaltung und zum Nießbrauch überlasse. Da bei dem Ehemanne die Kenntniß von dem Vermögensbestande, welchen die Ehefrau besitzt, nicht vorausgesetzt werden kann, so umfaßt die Verpflichtung der Ehefrau, ihr Vermögen der ehemännlichen Administration und Nutznießung zu unterwerfen, zugleich die Verbindlichkeit derselben, dem Ehemanne nach Vollziehung der Ehe über den Bestand ihres Vermögens Auskunft zu geben, nach Befinden förmliche Rechnung abzulegen und die etwa vorhandenen, in ihrem Besitze befindlichen Urkunden zur Einsicht vorzulegen, beziehentlich zur Aufbewahrung zu überlassen.

cfr. Zeitschrift für Rechtspflege und Verwaltung, Neue Folge Band 19. S. 348.

Ferner entspricht die von der zweiten Instanz in Betreff des übrigen Vermögens gewählte Fassung der condemnatoria dem auf Ausantwortung gerichteten Klaggesuche, wie in den Rationen Bl. — ausdrücklich hervorgehoben worden ist. Auch wird daselbst mit Recht bemerkt, daß die Herausgabe und beziehentlich Ueberlassung des gedachten Vermögens zufolge §. 75. des Executionsgesetzes vom 28. Februar 1838 nach Anleitung eines von der Beklagten zu edirenden und auf Erfordern eidlich zu bestärkenden Verzeichnisses zu erfolgen habe. In der Verurtheilung der Beklagten zur Herausgabe und Ueberlassung ihres Vermögens zum Behuf der Verwaltung und Benutzung des Vermögens liegt von selbst, daß der Ehemann die Ausantwortung lediglich desjenigen Vermögens der Ehefrau verlangen kann, welches seiner Natur nach dem ehemännlichen Verwaltungs- und Nutznießungsrechte unterworfen ist.

Die Beantwortung der von der Beklagten Bl. — berührten Frage, ob und inwieweit das nurgedachte Recht des Ehemannes sich auf solche der Ehefrau zugehörige Gegenstände bezieht, welche zur Bekleidung, zum Schmuck oder sonst zum Gebrauche blos für die Person der Ehefrau bestimmt sind, ist gegenwärtig auszusetzen, da weder der Ehemann dermalen die Ausantwortung der nurgedachten Sachen gefordert hat, noch übersehen werden kann, ob er dieselbe verlangen werde. Diese Frage kann daher erst dann zur Beantwortung gelangen, wenn der Ehemann die Herausgabe und Ueberlassung dieser Effecten in der Executionsinstanz fordern sollte."

105.

Unter welcher Voraussetzung begründet die Anwesenheit des Ehemannes bei einem von der Ehefrau mit einer dritten Person abgeschlossenen Rechtsgeschäfte die Annahme seiner Einwilligung in dasselbe?

Mitgetheilt von

Herrn L. in G.

Der Kaufmann P. zu L. wurde im März 1863 bei dem Justizamte F. zu G. auf Bezahlung von 100 Thlrn. —, —, nebst Zinsen und Kosten wieder Henriette verehel. H. zu M. unter dem Anführen klagbar, daß dieselbe den der Klage in Abschrift beigefügten Primawechsel eigenhändig unterzeichnet und hierdurch versprochen habe, zwei Monate nach dem 26. October 1861 an den Kläger die Summe von 100 Thlrn zu zahlen, daß die Unterzeichnung des Wechsels in Gegenwart und im Beisein des Ehemannes der Beklagten geschehen, auch dessen Uebergabe in deren Ehemannes Gegenwart, nachdem derselbe den Wechsel selbst ausgefüllt, an den Kläger bewirkt worden sei, daß endlich zur Unterzeichnung des Wechsels der Beklagten Ehemann derselben ausdrücklich mündlich seine ehemännliche Genehmigung ertheilt habe.

Die Beklagte gestand zu, daß sie in ihres Ehemannes Gegenwart den gedachten Wechsel unterzeichnet und dem Kläger übergeben habe, stellte jedoch unter Annahme des angetragenen Eides in Abrede, daß ihr Ehemann den von ihr unterzeichneten Wechsel selbst geschrieben und ausdrücklich zu dessen Unterzeichnung seine ehemännliche Genehmigung erklärt habe.

Auf Grund dieser Zugeständnisse beantragte der Kläger die unbedingte Verurtheilung der Beklagten zu Bezahlung des Libellats, indem er ausführte, daß die Umstände, unter denen die Unterzeichnung des Wechsels bewirkt worden sei, auf eine stillschweigend ertheilte Genehmigung Seiten des Ehemannes der Beklagten hinwiesen.

Die Proceßbehörde ertheilte am 27. August 1863 folgenden Bescheid:

„Weil Beklagte H. H. Bl. — und — zu Einlassungsabschnitt 1. 2. 3. 4. 7. und 8. den Grund der vom klagenden C. G. P. Bl. — flg. wider sie erhobenen Klage und insbesondere, daß sie den in der Klage näher beschriebenen Wechsel nach Empfang der Valuta desselben in Gegenwart ihres Ehemannes eigenhändig unterzeichnet und sodann denselben dem Kläger, ebenfalls in ihres Ehemannes Beisein, eingehändigt habe, eingeräumt,

nach diesen Zugeständnissen der Beklagten aber darauf, daß sie zu Einl.-Punkt 5. 6. und 9. die ausdrückliche Genehmigung ihres Ehemannes zu diesem Rechtsgeschäfte, und, daß derselbe den in Rede stehenden Wechsel selbst abgefaßt habe, in Abrede gestellt hat, ein rechtliches Gewicht nicht gelegt werden kann, da, wenn auch zugegeben werden mag, daß aus der Anwesenheit des Ehemannes bei einem von der Ehefrau mit einem Dritten geschlossenen Rechtsgeschäfte nicht in allen Fällen die Annahme seiner Einwilligung zu diesem Rechtsgeschäfte folgt, dies vielmehr lediglich von den dabei vorwaltenden Umständen abhängt, diese Einwilligung doch ohne Zweifel dann präsumirt werden kann, wenn aus der ganzen Sachlage hervorgeht, daß die Verhandlungen und die bindende Erklärung der Ehefrau nicht erfolgt sein können, ohne daß der Ehemann davon Kenntniß erlangt habe, wie dies im vorliegenden Falle, in welchem nach den eigenen Zugeständnissen der Beklagten die Unterzeichnung und Einhändigung des Wechsels in Gegenwart und im Beisein des Ehemannes der Beklagten, folglich unter Umständen geschehen ist, in denen der Ehemann von dem Gebahren seiner Ehefrau offenbar unterrichtet gewesen, nicht anders angenommen werden kann,

vergl. Zeitschrift für Rechtspfl. u. Verw., N. F. Bd. XV. S. 410.

vielmehr in diesem, gleichwie in dem in den

Annalen des Königl. Oberappellationsgerichts, Bd. I. S. 51.

referirten Falle die Präsumtion für die Genehmigung des Ehemannes zu den Handlungen der Ehefrau aus der vorliegenden Connivenz herzuleiten ist,

hiernach allenthalben aber die Entscheidung dieser Rechtssache nicht erst von dem über den Grund der Klage angetragenen, Bl. — angenommenen Eide abhängig zu machen, sondern die Beklagte der Klagbitte gemäß unbedingt zu verurtheilen sein wird,

so ist die Beklagte dem Kläger die geforderten 100 Thlr. —, —, nebst Zinsen des Verzugs davon zu fünf vom Hundert vom 27. December 1861 an gerechnet zu bezahlen, demselben auch die erwachsenen Proceßkosten ab- und zu erstatten schuldig."

Auf Appellation der Beklagten erkannte das Königl. Appellationsgericht zu Zwickau:

„Weil, wenn man aus dem Stillschweigen eines Ehemannes zu den von seiner Ehefrau in seiner

Gegenwart vorgenommenen Rechtshandlungen eine Genehmhaltung derselben durch den Ehemann folgern will, vor allen Dingen außer Zweifel gesetzt sein muß, daß der Ehemann auch wirklich Kenntniß von der Handlung seiner Ehefrau und davon, daß sie dadurch sich eine Verpflichtung auflegen will, erhalten hat, es sei nun, daß dies aus den Umständen des einzelnen Falles mit Sicherheit geschlossen werden kann, oder daß es zugestanden ist oder sonst liquid vorliegt, sowie denn auch in dem angefochtenen Bescheide und in den durch die

Zeitschrift für Rechtspfl. u. Verwaltung, N. F. Bd. XV. S. 410.

und

Annalen des Königl. Oberappellationsger. Bd. I. S. 51. und Bd. IV. S. 48.

veröffentlichten Entscheidungen ganz von denselben Voraussetzungen ausgegangen worden ist,

nun aber in dem vorliegenden Falle sich recht wohl denken läßt, daß, als die Beklagte das Original der Bl. — in Abschrift befindlichen Urkunde unterschrieb und dem Kläger aushändigte, ihr dabei anwesender Ehemann gleichwohl keineswegs wirkliche Kenntniß von dem, was zwischen ihr und dem Kläger vorging, erlangte, indem das Unterschreiben einer Schrift und deren Aushändigung an den Kläger eines Theils Handlungen so wenig auffälliger Natur sind, daß sie dem Ehemanne trotz seiner Anwesenheit leicht gänzlich entgehen konnten, andern Theils aber auch, selbst wenn der Ehemann jenen Vorgang wirklich bemerkt hätte, dennoch dem Zweifel noch Raum gegeben ist, ob derselbe den Inhalt und die Bedeutung der von seiner Ehefrau unterzeichneten Schrift kannte,

nach dieser Sachlage also aus der bloßen Gegenwart und aus dem bloßen Stillschweigen des Ehemannes der Beklagten noch keineswegs mit ausreichender Sicherheit gefolgert werden darf, daß er zu der von der Beklagten eingegangenen Verbindlichkeit seine ehemännliche Genehmigung ertheilt habe, und deshalb im vorliegenden Falle zu Folge der blos hierauf gerichteten Berufung der Beklagten die in der Klagschrift aufgestellten, bei den Einlassungspunkten 5. 6. und 9. aber unter ausdrücklicher Annahme des angetragenen Eides geleugneten, ferneren Behauptungen, daß der Ehemann der Beklagten den in Rede stehenden Wechsel nicht blos bis zur Unterschrift selbst geschrieben, sondern auch ausdrücklich genehmigt habe, daß die Beklagte ihn unterschreibe und dem Kläger aushändige, in keiner Weise entbehrt werden können, wenn die erhobene Klage aufrecht erhalten werden soll;

so ist es bei dem Eingangs gedachten Bescheide, sofern darin die Beklagte in der Hauptsache sowohl, als auch der Unkosten halber **unbedingt** verurtheilt worden ist, nicht zu lassen, sondern es ist Bl. — nach den auf der 11. Zeile von Oben zu lesenden Worten: „ab- und zu erstatten schuldig" annoch Folgendes hinzuzusetzen:

„sie könnte und wollte denn den über die geleugneten Klagabschnitte 5. 6. u. 9. angetragenen und Bl. — ausdrücklich angenommenen Eid in folgender Weise:

daß bei der Bl. — gedachten Gelegenheit ihr Ehemann das Original des Bl. — in Abschrift befindlichen Wechsels bis zur Unterschrift desselben keineswegs selbst geschrieben, ebensowenig auch zur Unterzeichnung desselben von Seiten des Beklagten sowie zur Aushändigung desselben an den Kläger seine ehemännliche Genehmigung ausdrücklich erklärt habe,

schwören, solchen Falls ist sie von der dermalen erhobenen Klage zu entbinden und loszuzählen, Kläger auch die in diesem Processe aufgelaufenen Unkosten allein zu tragen und beziehentlich in den restitutionsfähigen Ansätzen der Beklagten zu erstatten verbunden."

Miscellen.

Ernennungen, Anstellungen ꝛc. Seine Königliche Majestät haben die Versetzung des Gerichtsrathes beim Bezirksgericht Mittweida **Oswald Reinhard** in gleicher Dienststellung zum Bezirksgericht Dresden zu beschließen und den zeitherigen Actuar bei letzterem **Karl Rudolph Boost** zum Gerichtsrathe bei dem Bezirksgericht Mittweida zu ernennen gnädigst geruht.

Seine Königliche Majestät haben die Versetzung des Gerichtsamtmanns **Karl Eduard Naumann** zu Oberwiesenthal in gleicher Stellung zum Gerichtsamte Sebnitz zu genehmigen, und die Assessoren **Hermann Albrecht Steinberger** beim Gerichtsamte Auerbach und **Herrmann Johann Caspari** beim Gerichtsamte Leipzig I. zu Gerichtsamtleuten, Ersteren beim Gerichtsamte Oberwiesenthal, Letzteren beim Gerichtsamte Reichenau, zu ernennen gnädigst geruht.

Redacteur: Dr. Theodor Tauchnitz. Officin der Verlagshandlung.

Von diesem Wochenblatte erscheinen jährlich 64 Nummern zu 1 Quartbogen und außerdem am Jahresschlusse ein ausführliches Register.

Wochenblatt für merkwürdige Rechtsfälle,

in actenmäßigen Darstellungen
aus dem Gebiete der Justizpflege und Verwaltung
zunächst für das
Königreich Sachsen.

Alle Postämter u. Buchhandlungen übernehmen Bestellungen und liefern das Quartal zu dem praenumerando zu entrichtenden Preise von 1 Thaler.

Verlag von Bernhard Tauchnitz in Leipzig.

№ 62. Neue Folge Zwölfter Jahrgang. 1864.

106.

Ueber das Recht der Eltern, ihre Kinder von Dritten, welche sie vorenthalten, zurückzufordern.

Mitgetheilt von
Herrn L. in B.

Anna geb. R. ist von ihrem Ehemanne Johann K. im Jahre 1858, wo derselbe sich nach Amerika begeben hat, wegen böslicher Verlassung rechtskräftig geschieden worden. Aus ihrer Ehe stammt ein Sohn, der am 13. November 1853 geborene Gustav Max K., welcher seit Ostern 1858, bis wohin er bei seinem Großvater mütterlicher Seits untergebracht worden war, bei seinem Großvater väterlicher Seits, dem Mühlenbesitzer Andreas K. zu H., sich aufhielt. Im Begriff, sich anderweit zu verehelichen, wünschte im Jahre 1863 die Mutter dieses Knaben, denselben wieder zu sich zu nehmen. Der genannte Mühlenbesitzer Andreas K. weigerte sich indessen, ihr das Kind zu verabfolgen. Gegen diese Vorenthaltung ihres Sohnes bat die Mutter bei dem Königl. Gerichtsamte Schirgiswalda, als der Wohnortsbehörde Andreas K.'s, um richterliche Hülfe. Sie machte geltend, daß Eltern zur Zurückforderung ihrer Kinder gegen Jeden berechtigt seien — Curtius, Handbuch, I. §. 159. sub 4. —, daß ihr Recht als Mutter hierzu ganz unzweifelhaft sei — Hänsel, Excurse zu Curtius, §. 156. Th. I. S. 320 flg. —, und daß in ähnlicher Weise auch in andern sonst zweifelhaften Fällen entschieden worden sei — Annalen des K. S. Oberappellationsgerichts, I. no. 26. S. 49. —, und beantragte, unter mündlicher Vorladung der Parteien einen Verhörstermin anzusetzen und dann weitere Bescheidung zu ertheilen, den Beklagten aber zur Verabfolgung ihres Sohnes Gustav Max an sie, sowie zu Ab- und Erstattung der Kosten zu verurtheilen. In dem hierauf am 25. Juni 1863 zwischen den Parteien abgehaltenen Verhörstermine räumte Andreas K. auf Vorhalt des Gesuchs der Impetrantin ein, daß er seinen Enkel Gustav Max K. zur Erziehung und zum Unterhalt bei sich habe, blieb aber bei seiner Weigerung, den Knaben der Mutter zur Erziehung zu überlassen, stehen, indem er vorbrachte, daß ihm sein Sohn Johann K., der nach seinem letzten Briefe im Jahre 1860 oder 1861 in Gretna bei New-Orleans in Nordamerika bei einem Herrn in Diensten gestanden, den Auftrag ertheilt habe, seinen Sohn Gustav Max so lange, bis er nach Hause kommen würde, bei sich zu behalten und zu erziehen. Da eine Vereinigung unter den Parteien nicht zu ermöglichen war, so wurde Inrotulationstermin anberaumt und den Parteien nachgelassen, ihre Rechtsnothdurft bis dahin vorzustellen. Im Laufe des hieran sich schließenden rechtlichen Verfahrens ereignete sich der Zwischenfall, daß Impetrantin in den Besitz des Knaben gelangte, wie sie behauptete, in Folge eigener Entschließung desselben, wie dagegen Impetrat behauptete, durch eigenmächtige Wegnahme und Abfangung. Impetrantin betrachtete daher die Differenz bis auf den Kostenpunkt für erledigt, wogegen Impetrat dessenungeachtet rechtliche Entscheidung darüber begehrte, ob der Knabe nach der Anordnung seines Vaters von ihm erzogen werden solle, oder ob sich dessen Mutter des Knaben gültiger Weise anmaaßen dürfe. Der weitere Inhalt des Verfahrens ergiebt sich aus den Motiven der nachfolgenden Entscheidungen.

Der zunächst vom K. Gerichtsamte Schirgiswalda ertheilte, am 3. Februar 1864 publicirte Bescheid lautete dahin:

„Weil, wenn auch zunächst dem Vater das Recht zur Erziehung seiner ehelichen Kinder zusteht, nach erfolgter Ehetrennung mithin die Mutter die in der Ehe mit dem geschiedenen Ehemanne gezeugten Kinder, sofern dieselben nicht wegen ihres zarten Alters noch der mütterlichen Pflege bedürfen, was nach einem constanten Gerichtsbrauche bis zum erfüllten sechsten Lebensjahre angenommen wird, dem Letztern zu überlassen hat, der Mutter dann, wenn der Vater gestorben oder vermögenslos ist oder nicht belangt werden kann, die Erziehungs- und Unterhaltungspflicht obliegt, und nur in dem Falle, wenn auch die Mutter gestorben oder vermögenslos ist oder nicht belangt werden kann, die Erziehungs- und Unterhaltungspflicht die in entfernteren Graden stehenden Voreltern von väterlicher und mütterlicher Seite nach der Nähe des Grades trifft,

Annalen des K. S. Oberappellationsgerichts, Band I. S. 49.

Curtius, Handbuch, I. §. 158 flg.

Bürgerliches Gesetzbuch, §. 1749. §. 1837 bis 1839.

auch die Eltern, mithin in dem Falle, wenn der Vater verstorben oder vermögenslos ist oder nicht belangt werden kann, auch die Mutter berechtigt sind, die Herausgabe ihres Kindes von jedem Dritten, welcher ihnen dasselbe widerrechtlich vorenthält, zu verlangen,

Curtius, a. a. O. §. 159. sub 4.

Bürgerliches Gesetzbuch, §. 1807.

nun aber im vorliegenden Falle unter den Parteien Einverständniß darüber obwaltet, daß der zur Zeit in Amerika aufenthältliche Vater des am 12. November 1853 geborenen, mithin gegenwärtig im elften Lebensjahre stehenden Knaben Gustav Max K. dermalen die Erziehungs- und Unterhaltungspflicht seines gedachten Sohnes nicht übernehmen kann, nach Obigem daher die Erziehungs- und Unterhaltungspflicht der Mutter desselben, gegenwärtiger Impetrantin, einzutreten hat, und dieselbe um so mehr berechtigt ist, die Herausgabe ihres von seinem Großvater väterlicher Seits, gegenwärtigem Impetraten, zu verlangen, als Impetrat Bl. — Gründe, welche gegen die Erziehung des Knaben bei der Mutter sprechen, vorzubringen nicht vermocht hat, die übrigens unbescheinigt gebliebene Behauptung des Impetraten, daß er von seinem Sohne zur Erziehung des Knaben bevollmächtigt worden, aber deshalb einflußlos bleiben muß, weil der Ehemann durch eine derartige Auftragsertheilung die Rechte seiner Ehefrau nicht beeinträchtigen kann: so ist Impetrat Andreas K. zur Herausgabe seines Enkelsohnes Gustav Max K. an seine Mutter Anna gesch. K. geb. N. für verbunden zu erachten und hat es, da genannter Gustav Max K. nach Bl. — sich bereits bei seiner Mutter befindet, dabei sein Bewenden.

Die in der Sache erwachsenen Kosten werden, da die zur Entscheidung vorliegende Rechtsfrage zu Zweifeln Anlaß geben konnte und dem Impetraten eine muthwillige Streitsucht nicht beigemessen werden kann, unter den Parteien gegen einander aufgehoben."

Auf die gegen diesen Bescheid von der Impetrantin nur wegen des Kostenpunktes, von dem Impetraten nach seinem ganzen Inhalte eingewendeten Berufungen erkannte das Königl. Appellationsgericht zu Budissin (publ. 25. Mai 1864):

„Daß nurgedachter Bescheid (der ersten Instanz), wie hiermit geschieht, zu bestätigen, und werden die durch die eingewendeten Rechtsmittel erwachsenen Kosten unter den Parteien gegenseitig aufgehoben.

Entscheidungsgründe:

Es beruht außer Zweifel, daß dem Vater, vermöge der väterlichen Gewalt und weil er den Aufwand für die Erziehung seiner ehelichen Kinder zu tragen verbunden ist, ein näheres Recht auf die Erziehung der der mütterlichen Pflege nicht mehr bedürfenden Kinder zusteht, als der Mutter, unbeschadet jedoch der Ermächtigung des Richters, in Berücksichtigung der Wohlfahrt der Kinder eine Bestimmung dahin zu treffen, daß dieselben bei der Mutter zu erziehen seien, dafern zu erwarten steht, daß bei der Letztern für deren Erziehung besser gesorgt sein werde, wie er denn, falls auch hiergegen Bedenken obwalten, aus der bezeichneten Rücksicht die Kinder auch anderwärts zur Erziehung unterbringen kann.

Wochenblatt für merkwürdige Rechtsfälle, 1841. S. 242.

Bauer, responsa, vol. I. resp. 37.

Häusel, Excurse, Theil I. S. 294.

Dieses Recht des Vaters kann aber, eben weil es ein Ausfluß der väterlichen Gewalt und sonach rein persönlicher Natur ist, von ihm auf eine dritte Person mit Uebergehung der Mutter nicht übertragen werden, und es legt auch die neuere Gesetzgebung der Mutter die Verpflichtung zum Unterhalt des Kindes in den Fällen, wo der Vater verstorben oder vermögenslos ist oder in den deutschen Bundesstaaten nicht belangt werden kann, auf, wie sie ferner bestimmt, daß Eltern die Herausgabe des Kindes von jedem Dritten, welcher ihnen dasselbe widerrechtlich vorenthält, verlangen können.

§. 1838. §. 1807. des bürgerlichen Gesetzbuchs.

Hieraus geht unter allen Umständen mindestens soviel hervor, daß dem Impetraten — dem väterlichen

Großvater des in Frage befangenen Knaben — ein besseres Recht auf dessen Erziehung als der Impetrantin — der Mutter — selbst mit Hinblick auf den Umstand ihrer weiteren Verehelichung nicht zusteht, und es würde sich deshalb in keiner Weise rechtfertigen lassen, wollte man das während der vorliegenden Differenz in ihre Behausung gelangte Kind ohne Weiteres ihr wieder entnehmen und dem Impetraten zur Erziehung zurückführen lassen.

Dagegen bleibt es dem Impetraten unbenommen, bei dem competenten Richter — als welcher derjenige anzusehen, welcher dann, wenn dem Kinde ein Vormund zu bestellen wäre, hierzu berechtigt und verpflichtet sein würde, mithin in dem vorliegenden Falle nicht der Proceßrichter, sondern in Betracht, daß eheliche Kinder so lange, als sie nicht einen eigenen Gerichtsstand begründet haben, den Gerichtsstand des Vaters theilen, derjenige Richter, dessen Gerichtsstand der geschiedene Ehemann der Impetrantin vor seinem Weggange nach Amerika unterworfen war — gehörig begründete Anträge auf Hinwegnahme des Kindes von der Impetrantin und dessen Zurückweisung zu sich Behufs fernerer Erziehung zu stellen, worauf das obrigkeitliche Ermessen nach vorgängiger Erörterung der einschlagenden Verhältnisse die weitere Entschließung fassen wird.

Aus diesen Gründen ist die vorige Entscheidung in der Hauptsache zu bestätigen gewesen und hat man in Ansehung der Appellation der Impetrantin nur zu bemerken, daß die dort ausgesprochene Compensation der Proceßkosten nach Lage der Sache allerdings gerechtfertigt erscheint, wie denn auch die Compensation der in der Appellationsinstanz erwachsenen Kosten theils hierin ihren Grund hat, theils als Folge des Umstandes, daß von beiden Theilen remedirt worden, sich darstellt."

Auf anderweite Berufung des Impetraten — welcher zu Bescheinigung des ihm angeblich von seinem Sohne ertheilten Auftrags zu Erziehung des Knaben nunmehr einen Originalbrief des Ersteren beibrachte — erkannte jedoch das Königl. Oberappellationsgericht unter dem 26. August 1864 reformatorisch dahin:

„Daß es bei dem vorerwähnten Urthel und dem dadurch bestätigten, Bl. — zu lesenden Instanzbescheide mit Ausnahme dessen, was Bl. — der Kosten zweiter Instanz halber erkannt worden, als wobei es bewendet, allenthalben nicht zu lassen, vielmehr hat das Suchen der Klägerin in der angebrachten Maaße nicht Statt; sie ist auch die in erster Instanz erwachsenen Proceßkosten dem Beklagten zu erstatten verbunden, es werden aber die Kosten jetziger Instanz unter den Parteien gegenseitig aufgehoben.

Entscheidungsgründe:

Die unter den Parteien streitige Frage, ob das im November 1853 geborene Kind der Klägerin, als dessen ehelicher Mutter, zur Erziehung zu überlassen sei, oder ob Beklagter, welcher dasselbe seit dem Jahre 1858 bis zum Beginn des gegenwärtigen Rechtsstreites erzogen hat, in seiner Stellung als väterlicher Großvater, beziehentlich als Beauftragter seines Sohnes, des ehelichen Vaters, ein Recht auf Fortdauer des zeitherigen Verhältnisses habe, ist zur Zeit ohne Rücksicht auf das eigene Interesse des Kindes und auf die diesfalls eintretenden obervormundschaftlichen Erwägungen verhandelt worden. Die Klägerin gründet den Bl. — erhobenen Anspruch auf Verabfolgung ihres Sohnes lediglich auf das den Eltern, mithin auch der Mutter, gegen Jedermann zustehende gesetzliche Recht der Zurückforderung ihrer Kinder, während Beklagter seiner Seits ebenfalls auf ein privatrechtliches, aus dem Auftrage des ehelichen Vaters abgeleitetes Befugniß zu Zurückhaltung seines Enkels sich beruft.

Nun kann jedoch, geht man ausschließlich von dem Seiten der Parteien eingenommenen privatrechtlichen Gesichtspunkte aus, ein Recht der Klägerin in dem von ihr behaupteten Umfange nicht so ohne Weiteres anerkannt werden. Das römische Recht behandelt das Recht auf Abforderung der Kinder von Dritten, die sie zurückhalten, als Ausfluß der väterlichen Gewalt und schließt, indem es die deshalb zuständigen Klagen und Interdicte (de liberis exhibendis item ducendis) dem Inhaber jener Gewalt einräumt, von selbst die Mutter davon aus.

Schweppe, das heutige römische Recht, Bd. IV. §. 647. sub c.

Wening-Ingenheim, Lehrbuch des Civilrechts, Bd. III. §. 88.

Puchta, Pandecten, §. 432.

Arndts, Pandecten, III. Bd. §. 428.

Sintenis, Civilrecht, §. 140. Anm. 7.

Eine absolute Familiengewalt des Vaters, wie sie nach römischem Rechte in dem Begriffe der patria potestas liegt, ist nun zwar dem deutschen Rechte fremd, indem dieses vielmehr aus dem natürlichen Rechte und der Pflicht zur Fürsorge für die Kinder und deren Erziehung einen Kreis von Rechten beider Eltern ableitet, der als elterliche Gewalt bezeichnet werden kann und neben gewissen, namentlich auf das Vermögen der Kinder bezüglichen besonderen Rechten des Vaters dergestalt besteht, daß auch die Mutter daran Antheil hat.

Allein immerhin bleibt dabei die bevorzugte Stellung des Vaters als Hauptes der Familie insofern unbestritten, als in Fällen der Collision sein Wille entscheidet und seine Stimme die der Mutter überwiegt.

Mittermaier, Grundsätze des deutschen Privatrechts, §. 315.

Gerber, System des deutschen Privatrechts, §. 240 flg.

Bluntschli, deutsches Privatrecht, §. 220.

Mag daher hiernach das Recht, die Kinder von Dritten zurückzufordern, nicht mehr ausschließlich dem Vater zukommen, so ist es doch der Mutter immer nur mit der durch das Vorzugsrecht des Vaters bedingten Beschränkung einzuräumen. Etwas Anderes ist auch aus der von den vorigen Instanzen angezogenen Bestimmung des bürgerlichen Gesetzbuchs für das Königreich Sachsen, §. 1807. (vergl. die speciellen Motiven zu §. 1840. des Entwurfs) nicht abzuleiten.

In dem vorliegenden Falle handelt es sich nicht um die Zurückhaltung des Kindes Seiten eines demselben fremden Dritten, vielmehr will der durch Bande des Bluts nahe verbundene Beklagte die Erziehung und Pflege, zu welcher er von seinem Sohne angeblich beauftragt ist und welche er mit Zustimmung der Klägerin seit dem Jahre 1858 bis zu dem gegenwärtigen Rechtsstreite besorgt hat, auch ferner fortsetzen. Nun ist zwar jener Auftrag nicht nachgewiesen, da der erst in jetziger Instanz beigebrachte Brief Bl. — schon aus formellen Gründen nicht zu beachten ist, allein die Bl. — ersichtliche Beziehung der Klägerin auf die Erklärung des Beklagten in dem im Jahre 1863 entschiedenen Eheprocesse, daß ihm der Aufenthalt seines Sohnes unbekannt und Nachricht von demselben nicht zugekommen sei — eine Erklärung, welche die ganze in Frage kommende Zeit seit dem Jahre 1858 offenbar gar nicht erschöpft —, erledigt die Behauptung des Beklagten um so weniger, als der wirklich ertheilte Auftrag, der dem Vorbemerkten zufolge mindestens auf die Zeit vor jener Erklärung mit Bestimmtheit nicht in Abrede gestellt ist, weder einer Erneuerung oder Bekräftigung Seiten des Auftraggebers Behufs seiner fortdauernden Gültigkeit bedurft, noch die inzwischen erfolgte Entscheidung an der rein civilrechtlichen Seite der Sache irgend Etwas geändert, beziehentlich die Rechte des ehelichen Vaters aufzuheben vermocht hat. Ebensowenig mag Klägerin hiergegen auf die Zustimmung ihres Vaters, als Generalbevollmächtigten des Letztern, wie Bl. — geschehen, sich berufen, da die beigebrachte Vollmacht vom 5. October 1855, ganz abgesehen davon, ob das darin enthaltene Befugniß zu Ertheilung des ehemännlichen Consenses auf andere als vermögensrechtliche Angelegenheiten und namentlich auf die hier in Frage kommenden rein persönlichen Rechte des Ehemannes überhaupt sich bezieht, mindestens auf den Fall einer Collision der Rechte beider Eheleute unter sich, beziehentlich des Mandanten gegenüber dem Mandatar, keine Anwendung leiden kann.

Das Bedenken Bl. — und Bl. — aber, ob der Vater durch eine Bestimmung über die Erziehung und Pflege des Kindes die Rechte der Mutter beeinträchtigen dürfe, erledigt sich durch die Erwägung, daß bei diesfallsigen Collisionen dem Vater, wie auch in dem Bl. — (im Bescheide erster Instanz) angezogenen Präjudize nicht bezweifelt wird, die entscheidende Stimme gebührt, soweit nicht das Alter des Kindes oder die Rücksichten auf das eigene Wohl desselben die Ueberlassung an die Mutter oder überhaupt die Prävalenz der Dispositionen der Letztern vor denen des Vaters rechtfertigen und solchenfalls das richterliche Ermessen entscheidend wird.

Nach der gegenwärtigen Lage der Sache ist jedoch nicht nur völlig ungewiß, ob Klägerin das Recht auf Ausantwortung des Kindes aus Gründen eigenen Wohles desselben verlange — denn dafür, daß dasselbe bei dem Beklagten der Erziehung und der pfleglichen Fürsorge entbehre, liegt keinerlei Anhalt vor —, sondern es läßt sich auch nicht übersehen, ob sie jenes Recht wirklich in seinem gesetzlichen, durch das bessere Recht des Vaters beschränkten Umfange und nicht vielmehr in Widerspruch mit demselben ausüben wolle.

Ihr Suchen war daher in der angebrachten Maaße abzuweisen, wodurch jedoch, wie sich von selbst versteht, darüber keineswegs entschieden wird, ob Beklagter das streitige Kind, nachdem es inzwischen nach Bl. — wider dessen Willen bereits in die Hände der Klägerin gelangt ist, nunmehr seinerseits wieder zurückzufordern berechtigt sei, ohne eine hiermit im Einklange stehende Disposition des Vaters nachzuweisen oder überhaupt eine richterliche Bestimmung über diesen Punkt aus dem bereits Bl. — angedeuteten obervormundschaftlichen, nicht privatrechtlichen Gesichtspunkte aus, der von den Parteien bisher auffälliger Weise bei Seite gesetzt worden ist, herbeizuführen.

Anlangend die Entscheidung in Betreff des Kostenpunktes, so konnte Klägerin in Folge ihrer Sachfälligkeit mit Erstattung der Proceßkosten nicht verschont werden, während die Compensation der Kosten des Rechtsmittels durch den Wechsel der Entscheidung bedingt war."

107.

I. Verpflichtung der Sachwalter zur Zeugnißablegung in solchen Angelegenheiten, welche außerhalb eines Processes von ihnen besorgt worden sind. — II. Zulässigkeit ihres Zeugnisses in Bezug auf Processe, in welchen sie thätig gewesen.

Mitgetheilt von

Herrn —r in D.

K. klagte im Jahre 1861 ein ihm von B. versprochenes Mäklerlohn im Restbetrage von 50 Thlrn. —s —s ein und hatte hierbei zugleich die Bescheinigung einer replicatorischen Behauptung unternommen, welche dahin ging, daß gewisse, von B. mit dritten Personen abgeschlossene Rechtsgeschäfte, welche formell als Kaufverträge in den betreffenden, darüber aufgenommenen Urkunden bezeichnet waren, in der That Tauschverträge und von den Contrahenten nur zum Scheine in die Form des Kaufes eingekleidet worden seien. Kläger benannte zur Bescheinigung dieser Replik mehrere Zeugen, darunter auch den Advocat X., auf dessen Expedition die fraglichen Kaufsverhandlungen stattgefunden hatten und von welchem die Kaufverträge entworfen worden sein sollten. Advocat X., behufs seiner Abhörung vorgeladen, erklärte, daß er den Bestimmungen der Advocatenordnung §. 10. zufolge sich nicht für berechtigt ansehen könne, das von ihm verlangte Zeugniß abzulegen, indem er durch Ablegung desselben in die Lage kommen würde, Mittheilungen über die Geschäftsführung für seine Clienten zu machen und er dem klagenden K. das Recht, darnach zu fragen, nicht zugestehen könne.

Kläger beruhigte sich hierbei nicht, sondern beantragte vielmehr anderweite Vorladung des Adv. X. unter Strafandrohung. Das Proceßgericht wies diesen Antrag als unstatthaft zurück und Kläger appellirte gegen die ihm abfällige Entschließung, worauf das Königl. Appellationsgericht zu Dresden unterm 18. December 1862 folgende Verordnung erließ:

rc. „Es kann zunächst ein erheblicher Zweifel darüber nicht obwalten, daß durch die Bestimmung in §. 10. der Advocatenordnung vom 3. Juni 1859, nach welcher der Advocat dasjenige, was ihm von seiner Partei anvertraut worden ist, geheim halten und Niemandem, außer wer darnach zu fragen ein Recht hat, darüber Mittheilung machen soll, die über die Verbindlichkeit der Sachwalter als solcher zur Zeugnißablegung überhaupt bestehenden Vorschriften der Proceßgesetze eine Aenderung nicht erfahren haben.

Nun läßt es sich aber keineswegs, wie es Bl. — Seiten der vorigen Instanz geschehen ist, so ohne Weiteres als ein Grundsatz des Proceßrechts bezeichnen, daß ein Sachwalter zum Zeugnisse gegen seinen Auftraggeber auch nach Wiederauflösung des Auftragsverhältnisses schlechterdings nicht genöthigt werden könne.

Denn auch in Bezug auf Sachwalter lassen die Gesetze von den allgemeinen, die Fähigkeit, beziehentlich die Verpflichtung zur Zeugnißablegung betreffenden Rechtsgrundsätzen eine Ausnahme nur insofern zu, als sie das Zeugniß eines Sachwalters dann, wenn derselbe in dem nämlichen Rechtsstreite, in welchem sein Zeugniß erfordert wird, der einen oder der anderen der streitenden Parteien bedient gewesen ist, für unzuläßig erklären.

vgl. l. 25. D. de testibus. (22. 5.) „Mandatis cavetur, ut praesides attendant, ne patroni in causa, cui patrocinium praestiterunt, testimonium dicant.

c. 4. qu. 2. 3., c. 3. §. 19. Decr. Grat. P. II.
c. 3. de test. et attest. in VIto. (II, 20.)

Allein nirgends findet sich in den Gesetzen eine Bestimmung des Inhalts, daß Sachwalter auch in Fällen der hier vorliegenden Art, in welchen dieselben im Auftrage der einen oder der anderen der später in Streit gerathenen Parteien vor Ausbruch des Processes thätig geworden sind, zum Zeugnisse nicht zuzulassen seien; auch gestatten die Gesetze in Fällen dieser Art nirgends dem Sachwalter das Recht, die Ablegung des von ihm geforderten Zeugnisses nach Belieben zu verweigern.

Nun will Man zwar nicht verkennen, daß es gewisse, in den besonderen Verhältnissen des concreten Falles begründete Rücksichten geben kann, welche die von einem Sachwalter erklärte Verweigerung seines Zeugnisses als gerechtfertigt erscheinen lassen, und es wird dies insbesondere z. B. dann der Fall sein, wenn derselbe in die Lage kommen würde, Geheimnisse, welche ihm von dem Clienten lediglich im Hinblick auf seine Stellung als Sachwalter und im Vertrauen auf die ihm in dieser Beziehung durch die obengedachte Vorschrift der Advocatenordnung auferlegte Verpflichtung zur Verschwiegenheit anvertraut worden sind, zu verrathen, oder, wenn er befürchten müßte, durch seine Aussagen ein Bekenntniß seiner eigenen Schande zu geben, beziehentlich sich einer civil- oder criminalrechtlichen Verantwortlichkeit auszusetzen.

Hommel, Rhaps. obs. 211. sub v. „advocatus“ und sub v. „complex delicti“.

Im Allgemeinen aber, und so lange Rücksichten dieser Art nicht nachgewiesener Maaßen vorliegen, muß man nach Maaßgabe der obgedachten gesetzlichen Bestimmungen von dem Grundsatze ausgehen, daß Sachwalter im Betreff solcher Angelegenheiten, welche von ihnen außerhalb eines Processes besorgt worden sind, zulässiger Weise als Zeugen benannt, beziehentlich im Falle ihrer Weigerung zu Ablegung des Zeugnisses mittelst rechtlicher Zwangsmittel angehalten werden können, und es ist dieser Grundsatz insbesondere von der sächsischen Praxis vielfach anerkannt worden.

vgl. Wochenblatt für merkw. Rechtsfälle, 1846. S. 296., 1848. S. 212.

Ackermann's Rechtssätze, Neue Folge, VIII. S. 242.

Seuffert, Archiv für Entscheidungen, II. no. 221. S. 284 flg.

Was nun den vorliegenden Fall anlangt, so hat der Kläger Bl. — das Zeugniß des Adv. X. lediglich zu dem Beweise der in der Klage vorgebrachten, von dem Beklagten beim — Einlassungspunkte Bl. — geleugneten Thatsache erfordert, daß die Bl. — gedachten, über das in der Klage beschriebene Grundstück zwischen dem Bl. — genannten N. und dem Bl. — genannten G., beziehentlich zwischen Letzterem und dem Beklagten zu Stande gekommenen, Bl. — und Bl. — zu lesenden Kaufverträge nur zum Scheine abgeschlossen worden, während in Wirklichkeit nur zwischen Beklagtem und dem genannten N. ein Tauschvertrag über die Bl. — gedachten Hausgrundstücke des Ersteren und das schon erwähnte Landgrundstück des Letzteren zu Stande gekommen sei. Gleichwohl hat Kläger sich Bl. — lediglich darauf bezogen, daß die fraglichen Kaufsverhandlungen auf der Expedition des Adv. X. stattgefunden haben und daß die bezüglichen Kaufverträge von dem genannten Sachwalter entworfen worden seien.

Welche Mittheilungen hierbei dem Letzteren von den Contrahenten über den eigentlichen Zweck und das Wesen der gedachten Kaufverträge gemacht worden seien, so wie in welcher Weise eine Mitwirkung des genannten Sachwalters behufs des Zustandekommens jener angeblichen Scheingeschäfte stattgefunden habe, läßt sich aus den Angaben Klägers nicht ersehen; man vermag daher auch nicht zu beurtheilen, ob und inwieweit es sich hierbei um Geheimnisse handele, welche dem genannten Sachwalter von den Contrahenten anvertraut worden seien, oder inwieweit derselbe bei Ablegung des von ihm geforderten Zeugnisses in die Lage kommen könne, ein ihm zur Unehre gereichendes Bekenntniß zu machen, beziehentlich sich einer civil- oder criminalrechtlichen Verantwortung auszusetzen. Der Umstand allein aber, daß die in Rede stehenden Verhandlungen auf der Expedition des genannten Sachwalters stattgefunden, kann nicht zu der Annahme führen, daß dieselben als Mittheilungen zu betrachten seien, welche ihm von den Contrahenten lediglich im Vertrauen auf seine Stellung als Sachwalter gemacht worden seien und deren Geheimhaltung ihm nach der obengedachten Vorschrift der Advocatenordnung zur Pflicht gemacht werden müßte, und es geben insbesondere auch die Aussagen des Bl. — flg. des miteingesendeten Actenhefts unter — abgehörten Zeugen N. für eine derartige Annahme keinen genügenden Anhalt.

Läßt sich sonach bei dem gegenwärtigen Stande der Sache nicht übersehen, ob eine der Rücksichten, welche die Verbindlichkeit des genannten Sachwalters zur Ablegung des geforderten Zeugnisses auszuschließen vermöchte, in Frage kommen werde, so hat Man auch die von dem genannten Sachwalter erklärte Weigerung gegen die Ablegung seines Zeugnisses zur Zeit wenigstens als ungerechtfertigt und den Antrag Klägers auf Anwendung der rechtlichen Zwangsmittel gegen denselben als gegründet ansehen müssen." rc.

Gegen diese Verordnung appellirte nun zwar der als Zeuge benannte Advocat X. an das Königl. Oberappellationsgericht. Letzteres verwarf jedoch die eingewendete Berufung als eine mit Rücksicht auf die Geringfügigkeit des Streitgegenstandes unzulässige.

Hiernächst hat sich das Königl. Appellationsgericht zu Dresden über die Frage, ob ein Sachwalter in Bezug auf einen Rechtsstreit, bei welchem er einmal thätig gewesen ist, von der einen oder der anderen Partei zulässiger Weise als Zeuge benannt werden könne, unter dem 15. November 1862 folgender Maaßen ausgesprochen:

„Anlangend die Frage, ob der Bl. — unter 1. als Zeuge benannte Sachwalter, nachdem derselbe nach Bl. — noch bei dem Beginne des gegenwärtigen Rechtsstreites dem Kläger als Anwalt bedient gewesen, jetzt von der Beklagten zum Zeugen gegen den Ersteren zulässigerweise benannt werden könne, so ist allerdings die Auslegung der in dieser Beziehung vorhandenen gesetzlichen Bestimmungen

l. 25. D. de testibus. (22. 5.)

„Mandatis cavetur, ut praesides attendant, ne patroni in causa, cui patrocinium praestiterunt, testimonium dicant."

c. 4. qu. 2. 3. can. 3. §. I. Decr. Grat. II.

c. 2. de test. et attest. in VIto. (II. 10.)

namentlich unter den älteren Rechtslehrern sehr bestritten. Denn während die Einen die l. 25. cit. ganz allgemein dahin verstehen, daß Advocaten in denjenigen Rechtsstreitigkeiten, in welchen sie einer der Parteien bereits als Sachwalter bedient gewesen, weder für noch gegen dieselbe zum Zeugnisse zuzulassen seien,

Hommel. Rhaps. Obs. 211. s. v. „advocatus."

Leyser, Medit. ad Pand. spec. 554. med. 11.

beschränken sie Andere auf die Fälle, in welchen der Sachwalter von seinem früheren Clienten als Zeuge für diesen benannt wird, während sie das Zeugniß desselben gegen den Letzteren für zulässig erklären,

Mascard, de prob., lib. 3. concl. 66. no. 9.

Farinacius, de testibus, lib. VI. qu. 60. no. 170.

Lauterbach, Comp. jur. ad l. 25. D. de test. (22. 5.)

Brunnemann, Comment. in Pand., lib. 22. 5. De test. l. 25.

Martinus, Comment. in ord. proc. jud., tit. XX. §. 2. XIII. no. 226.

Carpzov, Resp., lib. III. tit. IX. resp. 92. no. 9. und 10.

Berger, Electa disc. for., tit. XXII. p. 720. no. 7.

welcher Letztere in der

Oeconomia juris, lib. IV. tit. 24. th. III. unter 2.

sogar so weit geht, daß er den Sachwalter selbst während des zwischen ihm und seinem Clienten bestehenden Auftragsverhältnisses zum Zeugnisse gegen den Letzteren zuläßt, wenn die den Gegenstand des geforderten Zeugnisses bildende Wissenschaft desselben auf anderen Quellen, als den ihm von dem Clienten selbst gemachten Mittheilungen beruht.

Die genannten Vertheidiger der restrictiven Interpretation jener Bestimmung weichen indeß unter sich selbst wiederum insofern ab, als die Einen, wie

Mascard, a. a. O.

Lauterbach, a. a. O.

da, wo sie das Zeugniß des Sachwalters zulassen, auch eine Verpflichtung desselben zur Ablegung des Zeugnisses anerkennen, während Andere ihm das Recht zur Verweigerung des Zeugnisses und zwar zum Theil, wie

Berger, in den Elect. disc. for. a. a. O.

Farinacius, a. a. O. no. 171.

ganz unbeschränkt, zum Theil, wie

Martinus, a. a. O. no. 227.

Brunnemann, a. a. O.

wenigstens dann zugestehen, wenn derselbe außerdem in die Lage kommen würde, Mittheilungen zu verrathen, welche ihm von seinem Clienten in dem Vertrauen gemacht worden sind, daß er sie geheim halten werde.

Diesen verschiedenen, vielfach unter sich abweichenden Ansichten gegenüber hat in neuerer Zeit in überwiegender Weise die Doctrin sowohl, wie die Praxis, und namentlich die sächsische, im Anschlusse an die Meinung Hommel's und Leyser's, die Berufung auf das Zeugniß des Sachwalters in Fällen der hier fraglichen Art, gleichviel von welcher der streitenden Parteien sie ausgehen mag, als unbedingt unzulässig bezeichnet.

Linde, in der Zeitschrift für Civilrecht u. Proceß, I. S. 284.

Wetzell, System des ordentlichen Civilprocesses, §. 23.

Wochenblatt für merkwürdige Rechtsfälle, 1848. S. 212.

Auch das Königliche Appellationsgericht zu Dresden hat in verschiedenen, bisher zu seiner Cognition gelangten Rechtssachen

vgl. Ackermann, Rechtssätze, N. F. Band VIII. S. 243 flg.

die gleiche Ansicht befolgt und findet auch gegenwärtig keinen Grund, von derselben abzugehen. Denn diese Ansicht entspricht ebensowohl dem Wortsinne der obenerwähnten gesetzlichen Bestimmungen, welche in keiner Weise unterscheiden, von welcher Partei im concreten Falle das Zeugniß des Sachwalters gefordert worden sei, beziehentlich auf welche Quellen sich dasselbe stütze, sondern es ganz im Allgemeinen für unzulässig erklären, wie auch der Natur der Verhältnisse, in denen man den Grund jener Bestimmungen zu suchen hat. Zwar fällt, wie man auf den von Carpzov a. a. O. erhobenen diesfallsigen Einwand zugeben kann, der hauptsächlichste Grund, welcher der fraglichen Gesetzesvorschrift insoweit, als man daraus die Unzulässigkeit des Sachwalters als Zeugen für den Clienten herleitet, untergelegt zu werden pflegt, die bei dem Ersteren vorauszusetzende günstige Meinung für die Sache seines Clienten und die enge Verbindung der Interessen des Sachwalters mit denen des Clienten in denjenigen Fällen, in welchen das Zeugniß des Ersteren gegen den Letzteren gefordert wird, hinweg; unrichtig aber ist die fernere Behauptung Carpzov's, daß in Fällen der letztgedachten Art Rücksichten, aus denen sich die Anwendung der mehrerwähnten Gesetzesvorschrift auf dieselben rechtfertigen lasse, überhaupt nicht vorhanden seien. Denn wenn man auch zunächst daraus, daß der

Sachwalter, welcher als Zeuge gegen seinen früheren Clienten aufgerufen wird, in die Lage kommen kann, mit früher von ihm aufgestellten Behauptungen in Widerspruch zu gerathen, oder wohl gar durch seine Aussage zu seiner eigenen Schande den Beweis zu liefern, daß er wider besseres Wissen und unter strafbarer Verletzung der ihm in seiner Eigenschaft als Sachwalter gesetzlich obliegenden Verpflichtungen eine schlechte Sache geführt habe, nur eine Befugniß desselben zur Ablehnung des von ihm geforderten Zeugnisses, nicht auch für den Fall, daß er dennoch zur Ablegung desselben bereit wäre, seine Unzulässigkeit herleiten wollte,

Hommel, Rhaps. obs. 211. s. v. „turpitudo" v. „complex delicti".

so folgt die letztere doch mit innerer Nothwendigkeit aus der Natur des zwischen dem Sachwalter als solchen und dem Clienten, welcher zu einem ihn betreffenden Rechtsstreite dessen Beistand in Anspruch nimmt, bestehenden Verhältnisses. Denn wenn der Client dem Sachwalter die thatsächlichen Verhältnisse der streitigen Angelegenheit rückhaltslos offenbart und die Führung seiner Sache vertrauensvoll übergiebt, so geht er dabei von der Voraussetzung aus, daß derselbe seine, des Clienten, Interessen bestens wahrnehmen, die besonderen Umstände des in Streit gezogenen Rechtsverhältnisses, soweit sie für ihn sprechen, in einer ihm günstigen Zusammenstellung zur Geltung bringen, soweit dies aber unthunlich, als ein Geheimniß bewahren, am wenigsten aber zu seinem Nachtheile verwenden werde; und er ist zu dieser Voraussetzung durch die Gesetze selbst berechtigt, welche

vgl. Advocatenordnung für das Königreich Sachsen vom 3. Juni 1859. §. 3.

dem Sachwalter die Pflicht auferlegen, sich der Sache des Clienten mit Treue und Gewissenhaftigkeit anzunehmen und über etwanige, ihm hierbei bekannt werdende Geheimnisse Verschwiegenheit zu bewahren. Wenn nun aber vor Augen liegt, daß ein derartiges Vertrauen des Clienten zu dem Sachwalter von vornherein undenkbar ist, sobald der Erstere von der Befürchtung ausgehen muß, daß der Sachwalter noch in dem nämlichen Processe, in welchem er Jenem seinen Beistand zugesagt und zum Theil gewährt hat, nach inzwischen erfolgter Wiederauflösung des Auftragsverhältnisses zum Angriffe gegen ihn benutzt werden möge, andererseits aber das unbeschränkte Vertrauen des Clienten zum Sachwalter die Vorbedingung für den glücklichen Erfolg der Thätigkeit des Letzteren und mithin für die Erreichung des dem Amte des Advocaten als solchen im allgemeinen Interesse des Staats innewohnenden, auf die Herstellung des Rechts gerichteten Zwecks bildet, so erscheint es nicht blos als ein wohlbegründetes Recht des im einzelnen Falle betheiligten Clienten, sondern als eine im öffentlichen Interesse bedingte Forderung, daß dem Sachwalter ebensowenig das Recht, wie die Verpflichtung beigelegt werde, von der Wissenschaft, welche er, sei es durch die ihm von dem Clienten selbst gemachten Mittheilungen, sei es durch die im Auftrage und Interesse desselben aufgewendete, eigene Thätigkeit, in beiden Fällen in Folge des ihm durch die Ertheilung des Auftrags von dem Clienten bewiesenen Vertrauens von den Rechtsverhältnissen des Letzteren erlangt hat, in irgend einer Weise zu dessen Nachtheile Gebrauch zu machen. Hieraus folgt aber von selbst, daß auch das Zeugniß desselben gegen seinen Clienten in Fällen der hier fraglichen Art als schlechterdings unzulässig bezeichnet werden muß. Auch kann, was den vorliegenden Fall anlangt, auf den von der Beklagten Bl. — hervorgehobenen Umstand, daß die Thatsachen, über welche der Bl. — genannte Sachwalter zu dem — Beweisartikel abgehört werden soll, die von demselben im Monat —, also (vgl. Bl. —) vor Anstellung der gegenwärtigen Klage, im Interesse des Klägers mit der Beklagten gepflogenen Verhandlungen betreffen, in Rücksicht darauf, daß der genannte Sachwalter dem Kläger noch während des bald darauf von diesem anhängig gemachten Processes bedient gewesen ist, nach dem oben Ausgeführten schon an sich etwas Erhebliches nicht ankommen, im vorliegenden Falle aber um so weniger, als diese Verhandlungen im engsten Zusammenhange mit der gegenwärtigen Rechtssache stehen und ihrer Beschaffenheit nach im eigentlichen Sinne als ein auf dieselbe bezügliches Geheimniß anzusehen sind."

Miscellen.

Todesfälle. Gestorben: am 2. November 1864 der Bürgermeister Gustav Schwedler in Meerane.

Redacteur: Dr. Theodor Tauchnitz. Officin der Verlagshandlung.

Von diesem Wochenblatte erscheinen jährlich 64 Nummern zu 1 Quartbogen und außerdem am Jahresschlusse ein ausführliches Register.

Wochenblatt
für
merkwürdige Rechtsfälle,
in actenmäßigen Darstellungen
aus dem Gebiete der Justizpflege und Verwaltung
zunächst für das
Königreich Sachsen.

Alle Postämter u. Buchhandlungen übernehmen Bestellungen und liefern das Quartal zu dem pränumerando zu entrichtenden Preise von 1 Thaler.

Verlag von **Bernhard Tauchnitz** in Leipzig.

№ 63. Neue Folge Zwölfter Jahrgang. **1864.**

108.

Ueber die rechtliche Wirkung eines Zugeständnisses, welches eine Partei außerhalb des Processes, beziehentlich gegenüber einer öffentlichen Behörde abgelegt hat.

Mitgetheilt von
Herrn L. in G.

Gegen den Hausbesitzer P. zu G., welcher persönliche Schankconcession erhalten hatte, war der Verdacht entstanden, daß er diese Concession an Julius E. verpachtet habe. In Folge dessen wurden von Seiten des Stadtraths zu G. Erörterungen angestellt und hierbei hatte P. am 18. December 1861 zu Protokoll erklärt, daß er das Bier, welches in seiner Wirthschaft getrunken worden, für seine Rechnung und Gefahr beziehe und nur durch Julius E. besorgen lasse.

In einem später zwischen dem Brauereibesitzer B. zu R., als Klägerm, und gedachtem P., als Beklagtem, bei dem Justizamte F. anhängig gewordenen Processe wurde die Entscheidung von nachstehendem, dem Beklagten zuerkannten Eide abhängig gemacht:

> daß er den jetzigen Gasthofsbesitzer Julius E. zu O. im Jahre 1861 bis zum Monat April 1862 keineswegs mit Führung und Verwaltung der in seinem am Markte zu G. gelegenen Hause betriebenen Schankwirthschaft beauftragt, ihm auch nicht Auftrag ertheilt, die Bl. — verzeichneten Bierquantitäten zu den dabei bemerkten Preisen für ihn bei dem Kläger zu bestellen.

In dem anberaumten Schwörungstermine erklärte sich Beklagter zu Ableistung dieses Eides bereit und bemerkte zugleich unter Production der betreffenden Rathsacten, daß er die obenerwähnte, am 18. December 1861 vor dem Stadtrathe zu G. zu Protokoll abgegebene Erklärung wider die Wahrheit abgegeben habe.

Der Kläger widersprach der Abnahme des Eides und das Proceßgericht ertheilte hierauf, nach vorgängiger Anberaumung eines Inrotulationstermins, folgenden Bescheid:

„Weil die Bl. — flg. zu lesende Entscheidung zunächst von einem dahin gehenden Eide des Beklagten,

> daß er den jetzigen Gasthofsbesitzer Julius E. zu O. im Jahre 1861 bis zum Monat April 1862 keineswegs mit Führung und Verwaltung der in seinem am Markte zu G. gelegenen Hause betriebenen Schankwirthschaft beauftragt, ihm auch nicht Auftrag ertheilt, die Bl. — verzeichneten Bierquantitäten zu den dabei bemerkten Preisen für ihn bei dem Kläger zu bestellen,

abhängig gemacht worden ist, der gegen die Ableistung dieses Eides in dem Schwörungstermine Bl. — Seiten des Klägers erhobene Widerspruch aber nicht unbeachtet bleiben kann, wenn man erwägt, daß Beklagter Inhalts des von ihm selbst Bl. — producirten, Bl. — flg. in beglaubigter Abschrift zu den gegenwärtigen Acten genommenen Rathsprotokolles dem Stadtrath zu G. gegenüber am 18. December 1861 erklärt hat,

> daß er das Bier, welches in seiner Wirthschaft getrunken werde, für seine Rechnung und Gefahr beziehe und nur durch E. besorgen lasse,

eine Erklärung, welche als Geständniß auch dem

Kläger gegenüber um so gewisser aufzufassen ist, als sie unter Umständen und Verhältnissen, die nicht füglich eine andere Absicht, als die, die Wahrheit zu sagen, vermuthen lassen, nämlich gegen die vorgesetzte Obrigkeit nach vorgängiger Ermahnung zu Erstattung wahrheitsgemäßer Aussage, abgelegt, — auch inzwischen ein glaubhafter Nachweis, daß jenes Bekenntniß wider die Wahrheit und in der Absicht, die Obrigkeit zu täuschen, abgelegt worden sei, nicht actenkundig geworden ist,

hiernach aber die Thatsache der E.'n zu Bestellungen der vorliegenden Art ertheilten Beauftragung, deren eidliche Ablehnung dem Beklagten nachgelassen gewesen, nunmehr für zugestanden erachtet, mithin gedachter E. als Institor des Beklagten mit einem allgemeinen und unbeschränkten Auftrage, alle diejenigen Biere, welche zu den Bl. — gedachten Zeiten in des Beklagten Wirthschaft gebraucht worden, zu bestellen und für ihn, den Beklagten, in Empfang zu nehmen, angesehen und Letzterer, den Kaufpreis für die von E. wirklich bestellten und in Empfang genommenen Biere an die Lieferanten zu bezahlen, für schuldig erachtet werden muß,

und nun zwar die Nichtzulassung des Beklagten zu dem Bl. — gesörmelten Eide an sich eine unbedingte Condemnatoria noch nicht zur Folge haben würde, da derselbe die erfolgte Bestellung für und Lieferung in seine Wirthschaft Bl. — in Abrede gestellt und demnach die Auflegung eines anderweiten Delatums über die erfolgte Lieferung der in Rede stehenden Biere an seinem Platze gewesen sein würde, wenn nicht einer solchen Erwägung die eingetretene Rechtskraft des Bl. — flg. zu lesenden Bescheides, wie auch der Umstand, daß der Beklagte in der Schlußeingabe Bl. — diese Lieferung zur Genüge zugestanden, entgegenstünde,

so ist der Beklagte zu der Bl. — erkannten Eidesleistung weiter nicht zu lassen, vielmehr hat es, nachdem inzwischen auch der Kläger das ihm auferlegte Assertorium geleistet hat, bei der Bl. — eventuell ausgesprochenen Verurtheilung des Beklagten nunmehr schlechterdings sein Bewenden, es ist auch Beklagter die durch die im Schwörungstermine entstandene Differenz fernerweit erwachsenen Kosten ab- und dem Kläger zu erstatten schuldig."

Auf eine Seiten des Beklagten gegen diesen Bescheid eingewendete Appellation erkannte das Königliche Appellationsgericht zu Zwickau unter dem 8. October 1863 reformatorisch:

„Weil die Angaben, welche nach den Bl. — und flg. befindlichen beglaubten Abschriften der Beklagte dem Stadtrathe zu G. gegenüber bezüglich seines Verhältnisses zu dem Kellner Julius E. gemacht hat, zwar mit denjenigen Behauptungen, welche Beklagter über dasselbe Verhältniß in dem gegenwärtigen Processe aufgestellt hat, im Widerspruche stehen, dennoch der Beklagte hierdurch an sich noch nicht für unfähig erklärt werden kann, den Bl. — rechtskräftig erkannten Eid, wenn es nur sonst mit gutem Gewissen geschehen kann, zu leisten, anerwogen hier der in Art. 226. des Strafgesetzbuchs vorgesehene Fall der Eidesunfähigkeit als gesetzliche Folge wirklich geleisteten Meineides nicht vorliegt, die vom Beklagten dem Stadtrathe zu G. gegenüber gemachten Versicherungen aber nicht als Geständnisse desselben im Verhältnisse zu dem Kläger aufgefaßt werden können und daher, wenn Beklagter gegenwärtig behauptet, daß er damals dem Stadtrathe die Unwahrheit gesagt habe und der genannte E. bei Ausübung der ihm, dem Beklagten, verwilligten persönlichen Schanknahrung wirklich nicht als sein Geschäftsführer, sondern nur als Pachter auf eigne Gefahr und Rechnung gehandelt habe, dieser Mangel an Wahrhaftigkeit zwar einen üblen Schein auf den Beklagten und dessen Gewissenhaftigkeit zu werfen geeignet ist, nichtsdestoweniger aber ihn nicht von der Ableistung des erkannten Eides unbedingt ausschließt, indem jene Angaben gegen den Stadtrath nur dazu dienen können, dem Beklagten im Schwörungstermine vorgehalten zu werden, während im Uebrigen seinem Gewissen überlassen werden muß, ob er in Hinblick auf die erwähnten Angaben gegen den Stadtrath und in Berücksichtigung einer etwa ihm bevorstehenden Untersuchung wegen Meineids oder leichtsinnigen Eides dessen ungeachtet besagten Eid wirklich mit unverletztem Gewissen zu leisten im Stande ist:

so ist es bei dem — Bescheide (erster Instanz), soweit darin erkannt ist, daß Beklagter zu der Bl. — erkannten Eidesleistung nicht zu lassen sei, es vielmehr bei der Bl. — eventuell ausgesprochenen Verurtheilung des Beklagten nunmehr schlechterdings sein Bewenden habe, nicht zu lassen, sondern es ist anderweiter Schwörungstermin unter den gesetzlichen Verwarnungen anzuberaumen, in diesem dem Beklagten über seine erwähnten Angaben gegen den Stadtrath nochmals ernstlicher Vorhalt unter den erforderlichen Abmahnungen zu thun, und bewendet es sodann, wenn Beklagter dessen ungeachtet den Bl. — gesörmelten Eid leisten würde, bei demjenigen, was für den Fall dieser Eidesleistung durch den Bescheid Bl. — und flg. in der Hauptsache sowohl, als auch der Unkosten halber bereits ausgesprochen worden ist.

Dahingegen ist in Erwägung, daß Beklagter die durch diesen Zwischenfall entstandenen Weiterungen allein verschuldet hat, die hierdurch entstandenen Kosten also ihm zur Last fallen müssen, der Bescheid im Uebrigen und soweit bei der dritten Beschwerde noch weiter gegen ihn appellirt worden ist, wie hiermit geschieht, zu bestätigen."

Dieses Erkenntniß wurde auch der vom Kläger dagegen eingewendeten Appellation ungeachtet mittels eines am 23. Mai 1864 publicirten Erkenntnisses des Königlichen Oberappellationsgerichts zu Dresden aus folgenden Gründen bestätigt:

„Die Entscheidung über die von dem Kläger gegen das vorige Erkenntniß eingewandte Appellation hängt in der Hauptsache von Beantwortung der Frage ab, ob die Angaben, welche Beklagter nach Inhalt der fol. — sq. in beglaubter Abschrift befindlichen Registratur bei dem Stadtrathe zu G. bezüglich seines Verhältnisses zu dem Kellner Julius E. gemacht hat, und die mit seinen Behauptungen in gegenwärtigem Processe in Widerspruch stehen, von der Beschaffenheit sind, daß derselbe zur Ableistung des früher rechtskräftig erkannten Eides nicht weiter gelassen werden könne. Diese Frage hat man mit der vorigen Instanz zu verneinen gehabt. Schon im Allgemeinen ist nämlich davon auszugehen, daß Zugeständnissen einer Partei, die dritten Personen gegenüber und außerhalb des Processes erfolgt sind, wenigstens in der Regel nicht, sondern nur unter besondern Umständen rechtliche Wirkung und Beweiskraft beizulegen ist, und ebensowenig wird letztere ohne Weiteres schon dadurch begründet, daß Bekenntnisse jener Art vor einer öffentlichen Behörde abgegeben worden sind. Demgemäß erscheint nun die Annahme einer solchen Beweiskraft auch in vorliegendem Falle nach der Beschaffenheit der gedachten Erklärungen des Beklagten nicht gerechtfertigt. Allerdings hat sich derselbe, wie schon bemerkt, sec. fol. — über sein Verhältniß zu benanntem E. in einer seinen jetzigen Behauptungen zuwiderlaufenden Weise geäußert; allein diese Angaben, welche vor dem Stadtrathe zu G. bei Gelegenheit der von ihm über die Bewandtniß jenes Verhältnisses angestellten Erörterungen, mithin bei einer zu dem Kläger gar nicht in Beziehung stehenden Veranlassung damals erfolgt sind, können nach Obigem als dem Beklagten in vorliegendem Rechtsstreite schlechterdings entgegentretende Geständnisse nicht betrachtet werden.

Das von dem Kläger fol. — angeführte Beispiel*) ist hier nicht zutreffend, aus dem aber, was selbiger in Hinsicht auf das dem Beklagten wegen der erwähnten falschen Angaben beizumessende dolose Gebahren vorgebracht hat, läßt sich ohne Weiteres dessen Verbindlichkeit zur Gewährung der in gegenwärtigem Processe geltend gemachten Forderung nicht ableiten.

Man hat daher der vorigen Instanz beizustimmen gehabt, daß dem Beklagten, wie mit Rücksicht auf seine mehrgedachten Behauptungen auch bereits fol. — sq. dargelegt ist, die Ableistung des erkannten Eides so unbedingt nicht versagt werden könne, es ist jedoch derselbe fol. — auf die dieser Eidesleistung entgegenstehenden Bedenken mit Recht noch besonders aufmerksam gemacht, und der Entscheidung der fol. — ersichtliche Vorhalt hinzugefügt worden.

Die Compensation der durch die frühere und gegenwärtige Berufung erwachsenen Unkosten war schon wegen des eingetretenen Wechsels der Erkenntnisse auszusprechen."

*) daß nämlich die bei einer städtischen Behörde bewirkte Anzeige eines Kaufmanns über Errichtung einer Firma bedeutungslos wäre, wenn der gedachten Erklärung des Beklagten vor dem Stadtrathe zu G. alle rechtliche Wirkung abgesprochen werden sollte.

109.

Lex commissoria beim Kaufe und beim Pacht- und Miethvertrage. — Einrede des nicht erfüllten Vertrags.

Mitgetheilt von

Herrn H. in E.

Die thatsächlichen Verhältnisse ergeben sich vollständig aus den den Erkenntnissen erster und zweiter Instanz beigefügten Entscheidungsgründen.

I. Bescheid des Königl. Gerichtsamtes E., publicirt den 17. December 1863:

„Daß der nach Bl. — zwischen Klägerm und Beklagtem abgeschlossene Pachtvertrag wiederum aufzuheben, Beklagter die in §. 1. besagten Pachtvertrags näher bezeichneten Pachtlocalitäten und Räume sofort zu Vermeidung der Exmission mit den Seinigen und seinen Effecten zu räumen, desgleichen diese Pachtlocalitäten und Räume sammt den in dem Pachtvertrage Bl. — unter D speciell verzeichneten Inventariengegenständen Klägerm zurückzugeben, demselben auch die am 15. Juni 1863 mit 87 Thlrn. 15 Ngr. —, fällig gewesene Pachtgelderrate nebst Zinsen des Verzugs davon vom Fälligkeitstermine an gerechnet, jedoch unter Abzug der darauf bereits abschläglich und in Abrechnung bezahlten 5 Thlr. 5 Ngr. —, bei Vermeidung der Hülfsvollstreckung zu bezahlen, sowohl die durch den gegenwärtigen Rechtsstreit veranlaßten ge- und außergerichtlichen Kosten ab- und resp. dem Kläger zu erstatten schuldig; es bleibt ihm aber unbenommen, die Bl. — unter

No. 3. a. und b. behaupteten Gegenansprüche in der Widerklage weiter auszuführen.

Gründe:

Nach Ausweis des der Klage zu Grunde gelegten und von dem Beklagten im Güte- und Rechtstermine Bl. — ausdrücklich anerkannten Pachtvertrags d. d. H., den 2. December 1861 Bl. — hat der Kläger an den Beklagten die Bl. — und Bl. — speciell aufgeführten, zu Klägers unter No. 40. des Localbrandversicherungskatasters, sowie unter Fol. 37. des Grund- und Hypothekenbuchs für H. eingetragenem Gasthofsgrundstück gehörigen Localitäten und Räume sammt der darauf ruhenden vollen Gasthofsrealgerechtigkeit und dem sub D aufgeführten Inventarium auf drei hintereinander folgende Jahre, als vom 15. December 1861 an bis mit dem 15. December 1864 für ein jährliches Pachtgeld von 175 Thlrn. —, —, verpachtet und hat der Beklagte, als Abpachter, sich dabei verbindlich gemacht, das jährliche Pachtgeld an 175 Thlrn. —, —, in halbjährlichen Terminen eines jeden Jahres, und zwar mit 87 Thlrn. 15 Ngr. —, den 15. Juni und mit 87 Thlrn. 15 Ngr. —, den 15. December, an den Verpachter, Klägern, oder an wen der Abpachter sonst gewiesen werden würde, zu entrichten.

Dabei hat der Beklagte Bl. — Klägerm, als Verpachterm, das Recht eingeräumt, in dem Falle, daß er das halbjährige Pachtgeld 4 Wochen nach der Verfallzeit nicht entrichten solle in einem oder dem andern Falle, und wenn solches über diese Zeit in Rest verblieben, den Pacht aufzuheben und ihn, den Abpachter, seines Pachtrechts für verlustig zu erklären, auch die Pachtobjecte weiter zu verpachten oder sonst darüber zu disponiren.

Kläger führt nun in der Klage Bl. — weiter an, daß der Beklagte die nurerwähnten Pachtobjecte sämmtlich und zur festgesetzten Zeit übergeben erhalten habe, nichtsdestoweniger aber wiederholt mit Bezahlung der fälligen Pachttermine im Verzuge geblieben sei und sich säumig erwiesen habe, auch auf die am 15. Juni 1863 fällig gewesenen 87 Thlr. 15 Ngr. —, Pachtgelder Erinnerns ungeachtet nicht mehr als 5 Thlr. 5 Ngr. —, bezahlt habe und mit 82 Thlrn. 10 Ngr. —, seit dem 15. Juni 1863 in Rest verblieben sei.

Kläger findet sich nach Bl. — hierdurch veranlaßt, von seinem Rechte, den Pacht aufzuheben, Gebrauch zu machen, und stellt das Petitum,

> zu entscheiden, daß der zwischen ihm und Beklagtem nach Obigem abgeschlossene Pachtvertrag aufzuheben, Beklagter ihm, dem Kläger, die Pachtobjecte zurückzugeben, auch die seit dem 15. Juni 1863 rückständigen Pachtgelder nach Höhe von 175 Thlrn. —, —, auf das Jahr nebst Verzugszinsen zu bezahlen, nicht minder die Proceßkosten ab- und beziehentlich zu erstatten schuldig sei.

Gegen diese Klage hat nun der Beklagte Bl. — eingewendet:

1.

daß, weil in dem Klaggesuch gebeten worden sei, den Beklagten in die seit dem 15. Juni 1863 rückständigen, d. h. am 15. December 1863 erst fällig und klagbar werdenden Pachtgelder zu verurtheilen, die erhobene Klage zur Zeit noch nicht Statt habe,

2.

daß auf Grund der in dem Pachtvertrage Bl. — enthaltenen cassatorischen Clausel die Aufhebung des Pachtvertrags nicht gefordert werden könne, da Kläger seinem eigenen Zugeständniß zufolge auf das in Rückstand verbliebene Pachtgeld eine Abschlagszahlung von 5 Thlrn. 5 Ngr. —, erhalten und angenommen habe, mithin am 15. Juni 1863 die cassatorische Clausel nicht eingetreten sei.

Außerdem hat

3.

Beklagter auch die Einrede der Compensation vorgeschützt und dabei

a) geltend gemacht, daß Kläger in einer frühern, zwischen denselben Parteien ebenfalls wegen rückständigen Pachtgeldes anhängigen Executionsklagsache unter Zurückweisung seiner Executionsklage in Ab- und Erstattung der Proceßkosten und demnach auch zu Erstattung von 3 Thlrn. 19 Ngr. 3 Pf. Extrajudicialien des Sachwalters des Beklagten verurtheilt worden sei, welchen Kostenbetrag Kläger sich unter allen Umständen auf Pachtgelder, welche er zu fordern hatte, abrechnen zu lassen schuldig sein würde.

Ferner behauptet Beklagter,

b) daß ihm Kläger bei dem Pachtabschlusse noch ausdrücklich zugesichert habe:

> „wie seinem zu verpachtenden Gasthause das, auch in Acten niedergeschriebene Recht zustehe, außer den sonst in dem Tanzregulative besonders begünstigten Festtagen allmonatlich zweimalige öffentliche Tanzvergnügungen, am ersten und dritten Sonntage jedes Monats, zu veranstalten“,

diese angebliche Berechtigung habe jedoch nicht existirt, wenigstens sei dem Beklagten die erbetene Erlaubniß zu Abhaltung von Tanzvergnügungen in dem ihm von dem Kläger zugesicherten Umfange von der competenten Polizeibehörde verweigert worden, so, daß er im Jahre 1862 an 8 Tagen und im Jahre 1863 an 10 Tagen den mit einer öffentlichen Tanzmusik verbundenen und von ihm bei Veranschlagung der

Pachtnutzung in Aussicht genommenen Gewinn, den er auf 300 Thlr. —‚ —‚ berechnet habe, einbüßen müssen.

Auch diese Summe will der Beklagte, wenigstens insoweit dadurch der Betrag der vom Kläger geltend gemachten Forderung getilgt wird, auf die klägerische Pachtgelderforderung kürzen.

Vergl. Bl. — und Bl. —.

Soviel nun zunächst den Einwand

unter 1.

betrifft, so ist derselbe um deswillen als unerheblich zurückzuweisen, als sich in dem Context der Klage ausdrücklich erwähnt befindet, daß der Beklagte auf die am 15. Juni 1863 fällig gewesene Pachtgelderrate von 87 Thlrn. 15 Ngr. —‚ nur 5 Thlr. 5 Ngr. —‚ bezahlt habe und demnach mit 82 Thlrn. 10 Ngr. —‚ seit dem 15. Juni 1863 in Rest verblieben sei.

Es kann sich also in der gegenwärtigen Klagsache um keine andere Rate, als um die am 15. Juni 1863 fällig gewesene, handeln.

Hätte übrigens selbst der Kläger fehlerhaft petirt, so würde dies

vergl. Erl. Proc.-Ordn. ad tit. V. §. 1. und 2.

vom Richter von Amtswegen zu verbessern sein, wie denn auch, um etwaige Einwendungen und Undeutlichkeiten zu vermeiden, in dem dispositiven Theile dieses Bescheides die Verurtheilung des Beklagten in die am 15. Juni 1863 fällig gewesene Pachtgeldrate sammt Zinsen und abzüglich der darauf geleisteten Abschlagszahlung ausdrücklich ausgesprochen worden ist.

Erheblicher ist der Einwand

unter 2.

Nach der Bestimmung in §. 2. des Pachtvertrags ist nämlich für den Fall, daß der Beklagte mit Abführung auch nur einer Pachtgeldrate 4 Wochen nach deren Verfallzeit in Rückstand verblieben, Seiten Klägers die sofort eintretende Aufhebung des abgeschlossenen Pachtvertrags stipulirt und für Klägern als Vermiethern die Berechtigung vorbehalten worden, den Pacht aufzuheben und den Pachter, Beklagten, seines Pachtrechts für verlustig zu erklären.

Unzweifelhaft ist dieser Nebenvertrag als lex commissoria aufzufassen.

Nach den Bestimmungen des gemeinen Rechts, welche allein hier maaßgebend sind, kann nun der Verkäufer, zu dessen Gunsten die lex commissoria einem Kaufe beigefügt worden, von dieser nicht weiter Gebrauch machen, wenn er nach Ablauf der Frist, deren Innehaltung durch den gedachten Nebenvertrag hatte gesichert werden sollen, annoch das Kaufgeld, einen Theil desselben oder auch nur Zinsen davon angenommen hatte.

Vergl. Puchta, Pandecten, §. 263. not. m. der 7. Aufl.

Puchta, Vorlesungen über das heutige römische Recht, herausg. von Rudorff, §. 87. S. 181. unter §. 1. der 3. Aufl.

Treitschke, Kaufvertrag, S. 101. not. 8.

Ackermann, Rechtssätze, N. F. Bd. I. S. 253 flg.

Zweifelhaft ist es nun, ob dieselben Grundsätze auch dann zur Anwendung zu bringen sind, wenn es sich um die Geltendmachung des commissarischen Vertrags bei andern Contractsverhältnissen außer dem Kaufe, z. B. bei dem Pacht- und Miethcontracte, wie im vorliegenden Falle handelt, weil sich hier die Annahme des bis zu einem gewissen Zeitpunkte gefällig gewordenen Miethzinses nach Befinden mit der Absicht, den Contract eben der säumigen Zinszahlung halber aufzuheben, recht wohl vereinigen läßt.

Das Proceßgericht hat sich nun aus den in der Zeitschrift für Rechtspfl. u. Verw., N. F. Bd. XVI. S. 512 flg. und

Ackermann, Rechtssätze, N. F. Bd. II. S. 198 flg.

näher entwickelten Gründen der Ansicht, nach welcher die Annahme einer Abschlagszahlung auf einen dergleichen bereits fällig gewesenen Pachtzinstermin Seiten des Gläubigers keinen Verzicht auf den Gebrauch der commissorischen Clausel enthält, um so mehr anschließen müssen, als diese Auslegung auch den Worten des Pachtvertrags Bl. —, wie Kläger Bl. — flg. mit Recht hervorhebt, vollständig entspricht und es ist daher allerdings dem Kläger die Berechtigung nicht abzusprechen gewesen, außer auf Bezahlung der noch rückständigen 82 Thlr. 10 Ngr. —‚ Pachtgeld sammt Zinsen auch noch auf Wiederauflösung des abgeschlossenen Pachtvertrags wider Beklagten zu klagen.

Was endlich die von dem Beklagten

unter 3.

vorgeschützte Einrede der Compensation anlangt, so ist dem Beklagten zunächst

zu a. entgegenzuhalten, daß nicht er, sondern sein Sachwalter der Inhaber der beregten, übrigens auch noch nicht einmal gerichtlich festgestellten Extrajudicialienforderung von 3 Thlrn. 19 Ngr. 3 Pf. ist und daß er darum diese Post zur Compensation nur dann haben würde benutzen können, wenn er in Liquidität zu setzen vermocht hätte, daß er solche an seinen Sachwalter aus seinen Mitteln bezahlt habe.

Auch ist noch in Obacht zu nehmen, daß eine rechtskräftige Verurtheilung Klägers in Erstattung jener Kosten zur Zeit noch gar nicht vorhanden ist, da dergleichen Resolutionen, wie die Bl. — des Fascikels sub III. 1190. zu lesende, nie in Rechtskraft übergehen, vergl. Ackermann, Rechtssätze, N. F. Band I. S. 63.

und eine ausdrückliche Unterwerfung Klägers unter diese Resolution von demselben zur Zeit noch gar nicht ausgesprochen worden ist.

Sodann ist

zu b. zu bemerken, daß allerdings dem Proceßgerichte, welches zugleich die competente Verwaltungsbehörde über das Dorf H. bildet, notorisch ist, wie im Jahre 1849 dem Besitzer des Rittergutes Th., Oberstlieutnant von Z., auf Ansuchen für den von demselben in H. an der Straße von Chemnitz nach Ehrenfriedersdorf zu erbauenden Gasthof die Realconcession zu Betreibung der Gasthofsgerechtsame ertheilt und bei der am 14. December 1857 geschehenen Erwerbung dieses Gasthofs Seiten Klägers auf diesen mit übergegangen ist.

Unter Gasthöfen sind nun aber nur Schankstätten mit dem vollen Schankbefugniß, soweit nicht die Erlaubniß zum Weinschanke nach örtlicher Verfassung davon ausgenommen und daher besonders zu suchen ist, ferner mit dem Befugnisse zum Speisen, zur Beherbergung und Ausspannung, jedoch ausschließlich des Rechts zum Tanzhalten, wozu von concessionirten Schankstätten aller Art, mithin auch bei Gasthöfen, besondere Erlaubniß erforderlich ist, zu verstehen.

Vergl. Zeitschrift für Rechtspfl. und Verw., N. F. Bd. VI. S. 429.

Funke, Polizeigesetze, Bd. IV. S. 565. sub 4. unter 1. und S. 567. not. 1.

Könnte Man nun die nach Bl. — dem Kläger von dem Beklagten in den Mund gelegte Aeußerung sonst als bescheinigt annehmen, wiewohl derselben der Inhalt des von dem Beklagten Bl. — ausdrücklich anerkannten Pachtvertrags liquid entgegensteht, so läßt sich doch ein Schädenanspruch des Beklagten wider Klägern deshalb nicht wohl denken, als den Beklagten mit die Schuld trifft, wenn er trotzdem, daß auf dem erpachteten Gasthofe das Recht zum Tanzhalten nicht mit gehaftet, den Gasthof erpachtet hat.

Jedenfalls war es dem Beklagten sowohl vor als auch bei Eingehung des in Rede stehenden Pachtvertrags möglich, bei der competenten Verwaltungsbehörde durch mündliche Anfrage oder Einsichtnahme der Acten oder durch Adhibirung eines Sachwalters sich genaue Kenntniß darüber zu verschaffen, was es mit dem angeblichen Rechte zum Tanzhalten im H.'r Gasthofe für eine Bewandtniß habe.

Hat er dies versäumt und trifft ihn, wenn er sich in Bezug auf die in Frage stehende Berechtigung von Klägerm hat täuschen lassen, allein die Schuld, so hat er dieses Versehen auch selbst zu vertreten, da bekanntlich nach dem Grundsatze: „quod quis ex culpa sua damnum sentit, non intelligitur damnum sentire", der Beschädigte nicht Ersatz des Schadens verlangen kann, welcher von ihm durch Anwendung der Sorgfalt eines ordentlichen, aufmerksamen Hausvaters hätte abgewendet werden können.

Was übrigens die Schädenberechnung Bl. — anlangt, so hätte Beklagter, ganz abgesehen davon, daß die Gesetze keine blos auf Möglichkeiten gestützten Schädenberechnungen gestatten,

vergl. Ackermann, Rechtssätze, N. F. Bd. I. S. 180 flg.

alle diejenigen Sonntage aus derselben ausscheiden sollen, an denen, weil sie in die sogenannte geschlossene Zeit fallen, Tanzvergnügungen überhaupt nicht abgehalten werden dürfen.

Vergl. Verordnung v. 21. October 1843. (Gesetzbl. v. J. 1843. S. 175.) und

Verordnung v. 28. October 1848. (Gesetzbl. v. J. 1848. S. 200.)

Aus allen diesen Gründen, und da der Beklagte die Klage und den Inhalt des der Beilage zu Grunde gelegten Pachtvertrags ausreichend Bl. — und Bl. — zugestanden, die die Erfüllung des Pachtvertrags enthaltenden Negata zu den Einlassungsabschnitten 1—11. Bl. — aber nur formelle sind, da der Beklagte Bl. — nicht die Erfüllung des Pachtvertrags an sich, sondern nur mit Hinblick auf die von ihm Bl. — unter No. 3. b. behauptete Schädenforderung geleugnet hat, — war der Beklagte in Bezahlung der am 15. Juni 1863 fällig gewesenen Pachtgelderrate nebst Verzugszinsen davon von diesem Tage an gerechnet, jedoch unter Abzug der abschläglich darauf bezahlten 5 Thlr. 5 Ngr. —, zu verurtheilen, dagegen war das Gesuch Klägers Bl. —, den Beklagten auch in die fernerweit und seit dem 15. Juni 1863 fällig werdenden Pachtgelder zu verurtheilen, mit Rücksicht darauf, daß vor Eintritt der Bedingung oder der Verfallzeit eine Klage auf bloßes Anerkenntniß eines Rechtsverhältnisses gegen den daraus Verbundenen unzulässig ist,

vergl. Osterloh, ordentl. Proceß, §. 204. not. 4.

von Amtswegen auf das Richtige zurückzustellen.

Was die von dem Beklagten Bl. — unter 3. a. und b. vorgeschützte Einrede der Compensation betrifft, so konnte dieselbe, abgesehen von ihrer Illiquidität und sonstigen mangelhaften Begründung, um deswillen nicht zum Beweise ausgesetzt werden, weil diese Einrede lediglich auf den die Vertragserfüllung enthaltenden und in der Klagschrift auf Eid gestellten Passus sich bezieht und der Beklagte diesen Passus unter Zurückgabe des darüber angetragenen Eides Bl. — nach Obigem formell geleugnet, mithin virtuell zugestanden hat.

Vergl. Osterloh, summ. Proceß, 3. Aufl. S. 118. not. 20.

Dagegen war dem Beklagten das Recht vorzubehalten, diese illiquide Einrede in der Widerklage oder besonders auszuführen." rc.

II. Erkenntniß des Königl. Appellationsgerichts zu Zwickau, publicirt den 20. April 1864:

„Daß es bei sothanem Bescheide (1ster Instanz) nicht allenthalben zu lassen, sondern es ist Beklagter auf die am 15. Juni 1863 mit 87 Thlrn. 15 Ngr. —ₓ fällig gewordenen und dem Kläger Bl. — act. nebst Zinsen des Verzugs vom Verfalltage ab zuerkannten Pachtgelder, außer der Bl. — gedachten und auf den Stamm dieser Forderung abzurechnenden 5 Thlr. 5 Ngr. —ₓ auch noch den Betrag der Bl. — des Beilagsfascikels unter III./1190. verzeichneten Extrajudicialien — nach deren vorgängiger, vom Beklagten beizubringender Feststellung durch das Proceßgericht — und zwar diese Extrajudicialien zunächst auf die Zinsen und sodann auf den Stamm der vorliegenden Forderung — zu kürzen befugt; wogegen im Uebrigen der angefochtene Bescheid des dagegen eingewendeten Rechtsmittels ungeachtet, wie hiermit geschieht, zu bestätigen und sind die Kosten des Rechtsmittels unter den Parteien aufzuheben.

Gründe:

Man könnte zuvörderst die Frage erheben, ob Kläger den ihm obliegenden processualischen Verpflichtungen nachgekommen sei, da sich in der Registratur über den Güte- und Rechtstermin Bl. — nicht bemerkt findet, daß Kläger das Original der der vorliegenden Executivklage zu Grunde gelegten Urkunde producirt habe.

Allein es ist in derselben Registratur verlautbart, daß Beklagter den der Klage in Abschrift beigefügten Pachtcontract anerkannt habe, welches Anerkenntniß auch von dem Kläger acceptirt worden sei. Es ist daher anzunehmen, daß entweder Kläger das beregte Original wirklich producirt habe oder daß Beklagter von der Production dieses — ohnehin schon in dem zwischen denselben Parteien vorher ergangenen Fasc. III./1190. in beglaubter Abschrift ersichtlichen — Contractes abgesehen und die bei den Acten befindliche — übrigens mit dem nurerwähnten Vidimate durchaus übereinstimmende — Abschrift als die Stelle des Originals vertretend, anerkannt habe. Auch sind von dem Beklagten in dieser Hinsicht weder im Verfahren, noch bei der Ausführung des eingewendeten Rechtsmittels Einwendungen erhoben worden. Hiernächst ist die von Seiten des Klägers Bl. — behauptete Erfüllung des vorliegenden Contracts von dem Beklagten zwar in p. l. c. 1 flg. formell verneint, jedoch thatsächlich zugestanden worden, indem Beklagter in der Anmerkung zu p. l. c. 11. sich dahin ausgelassen hat, daß die Erfüllung des Pachtcontracts nur mit Hinblick auf die vorangehende Einlassung geleugnet werde, wie denn auch aus dem Vortrage der Einrede unter 3. b. Bl. — hervorgeht, daß Beklagter während des Jahres 1862 und mindestens bis zum Monat November 1863 im Besitze des Pachtgrundstücks sich befunden hat.

Weiter ist die Bl. — unter 1. vorgeschützte Einwendung von der ersten Instanz aus richtigen Gründen zurückgewiesen worden. Wenn daher Beklagter Bl. — auf diese Einwendung nochmals zurückkommt, so hat Man sich mit einer Hinweisung auf die erstinstanzlichen Gründe zu begnügen und mag nur noch hinzugesetzt werden, daß nach dem Inhalt der Klage irgend eine Nothwendigkeit nicht vorliegt, die Worte des Klagpetiti Bl. —, „auch die seit dem 15. Juni 1863 rückständigen Pachtgelder nach Höhe von 175 Thlrn. —ₓ —ₓ auf das Jahr zu bezahlen", auf andere Raten zu beziehen, als auf die am 15. Juni 1863 fällig gewordene, da ja auch diese Rate nach dem Satze von 175 Thlrn. —ₓ —ₓ auf das Jahr sich berechnet und Kläger nirgends die Absicht kund giebt, Beklagtens Verurtheilung zugleich wegen der später erst fällig werdenden Pachtgelder herbeiführen zu wollen.

Auch in Beurtheilung der Bl. — unter 2. vorgeschützten Ausflucht stimmt Man mit der ersten Instanz überein. Die Schlußfolgerungen, welche Beklagter Bl. — mit den über die lex commissoria, wenn eine solche einem Kaufcontracte beigefügt ist, geltenden Grundsätzen auf den vorliegenden Fall zieht, finden ebenfalls ihre Widerlegung schon in den von der ersten Instanz Bl. — hervorgehobenen Gründen. Wenn nämlich dem Kaufcontracte die Bestimmung beigefügt worden ist, daß, falls der Kaufpreis zu einer bestimmten Zeit nicht bezahlt werde, der Kauf für nicht abgeschlossen oder für wieder aufgelöst gelten solle, so ist, wenn nach eingetretenem Verzuge vom Verkäufer der Kaufpreis oder ein Theil desselben noch angenommen wird, für diese Handlung eine andere Auslegung nicht möglich, als die, daß der Verkäufer an dem Kaufcontracte festhalten und mithin von dem ihm durch die lex commissoria eingeräumten Rechte nicht Gebrauch machen wolle; denn die Annahme des Kaufpreises würde mit der Absicht, vom Handel zurücktreten wollen, geradezu in Widerspruch stehen. Anders aber verhält es sich in dem Falle, wo die lex commissoria oder sogenannte cassatorische Clausel einem Vertrage, welcher für eine gewisse Zeitdauer wiederkehrende Verpflichtungen unter den Interessenten hervorbringt, mit der Wirkung beigefügt ist, daß der Verzug des einen Theiles gewisse Folgen für die Zukunft herbeiführen, z. B. für den andern Theil das Recht begründen solle, den Vertrag für die Zukunft aufzulösen. In diesem Falle ist zwischen dem Gebrauch dieses Rechtes für die Zukunft und zwischen der Annahme oder der Einklagung bereits verfallener Leistungen keineswegs ein Widerspruch, und es ist durchaus nicht abzusehen, warum nicht der eine Contrahent von dem vertragsmäßigen Rechte der cassatorischen Clausel und zugleich andererseits von dem Befugniß, die ebenfalls vertragsmäßige und bereits verfallene Leistung zu fordern, sollte Gebrauch machen können.

Nicht minder hat Man der ersten Instanz beizustimmen gehabt, wenn von derselben die Bl. — unter 3. b. vorgeschützte Ausflucht in die Widerklage verwiesen worden ist. Da es — wie bereits oben erwähnt worden — vom Beklagten als zugestanden anzusehen ist, daß Kläger die nach der Urkunde sub A. Bl. — ihm obliegenden Verbindlichkeiten erfüllt habe, die von dem Beklagten Bl. — behauptete Zusage aber: „daß in dem Pachtgrundstücke, außer den sonst in dem Tanzregulative besonders begünstigten Festtagen, allmonatlich zweimal öffentliche Tanzvergnügungen veranstaltet werden könnten", aus gedachter Urkunde keineswegs hervorgeht: so erscheint die vorgeschützte Einrede nur als eine Einrede des nicht gehörig oder nicht vollständig erfüllten Contracts, als welche dieselbe auch von dem Beklagten nach den Eingangsworten des gedachten exceptivischen Vorbringens (vergl. Bl. —) betrachtet worden zu sein scheint, und es fällt daher bezüglich dieser Einrede die Beweislast dem Beklagten anheim. Da nun aber in der vorliegenden Proceßart nur liquide Einreden zu berücksichtigen sind und Beklagter irgend Etwas zum Erweis der behaupteten Schädenforderung nicht beigebracht hat, so war die Ausflucht in die Widerklage zu verweisen.

Wie Beklagter Bl. — aus dem Umstande, daß im Klagpetito die „seit dem 15. Juni 1863 rückständigen Pachtgelder nach Höhe von 175 Thlrn. —, —, auf das Jahr" gefordert werden, die Folgerung ableiten möge, daß Kläger von dem commissorischen Vertrag abgegangen sei, ist nicht abzusehen, da — ohne daß hier nochmals auf dasjenige eingegangen werden soll, was bereits oben über diesen Theil des Klagpetiti bemerkt worden ist — in demselben Petito Kläger darum nachgesucht hat, daß der abgeschlossene Pachtcontract für aufgehoben geachtet werde.

(Schluß folgt in der nächsten Nummer.)

Miscellen.

Anzeige neu ergangener Gesetze und Verordnungen. Das 14. Stück des Gesetz- und Verordnungsblattes für das Königreich Sachsen (vom Jahre 1864) enthält: No. 116. Verordnung, die Verbreiterung eines Tractes der Chemnitz-Annaberger Staatseisenbahn betreffend, vom 11. October 1864. No. 117. Verordnung, die Einträge von Darlehnsforderungen der Leipziger Hypothekenbank in die Grund- und Hypothekenbücher betreffend, vom 14. October 1864. No. 118. Allerhöchste Bekanntmachung, die im Jahre 1847 angeordnete, nunmehr für erledigt zu achtende Asservirung von 5 Millionen Thalern in Staatseffecten betreffend, vom 15. October 1864. No. 119. Verordnung, den Ausbruch der Rinderpest im Königreiche Böhmen betreffend, vom 17. October 1864. No. 120. Decret wegen Bestätigung der Statuten des Gewerbevereins zu Wechselburg, vom 18. October 1864. — Letzte Absendung: am 3. November 1864.

Ernennungen, Anstellungen ꝛc. Seine Königliche Majestät haben den Regierungsrath Dr. jur. Ludwig Robert Feller zum Geheimen Kirchenrath im Ministerium des Cultus und öffentlichen Unterrichts zu ernennen geruht.

Seine Königliche Majestät haben den Hofpredigern an der evangelischen Hofkirche allhier, dem Landesconsistorialrathe Dr. Johann Ernst Rudolph Käuffer und dem Kirchenrathe Dr. Bernhard Adolph Langbein das Prädicat eines Geheimen Kirchenraths in der dritten Classe der Hofrangordnung taxfrei zu verleihen geruht.

Todesfälle. Gestorben: am 13. November 1864 der Advocat Wilhelm Eduard Haase in Leipzig.

Redacteur: Dr. Theodor Tauchnitz. Officin der Verlagshandlung.

Wochenblatt

für

merkwürdige Rechtsfälle,

in actenmäßigen Darstellungen

aus dem Gebiete der Justizpflege und Verwaltung

zunächst für das

Königreich Sachsen.

Von diesem Wochenblatte erscheinen jährlich 64 Nummern zu 1 Quartbogen und außerdem am Jahresschlusse ein ausführliches Register.

Alle Postämter u. Buchhandlungen übernehmen Bestellungen und liefern das Quartal zu dem pränumerando zu entrichtenden Preise von 1 Thaler.

Verlag von **Bernhard Tauchnitz** in Leipzig.

№ 64. Neue Folge Zwölfter Jahrgang. **1864.**

(Schluß des S. 504. abgebrochenen Rechtsfalles.)

Was jedoch die Bl. — unter 3. a. vorgeschützte Einrede betrifft, so hat Man dieselbe in gegenwärtiger Instanz für begründet zu erachten gehabt, da sich aus den von dem Beklagten l. c. bezogenen, zwischen denselben Parteien ergangenen Proceßacten ohne Weiteres ergiebt, daß Kläger dem Beklagten diejenigen Extrajudicialien, die Bl. — act. cit. verzeichnet sind, zu erstatten habe. Denn jener Vorproceß ist nach Bl. — ibid. durch Resolution eingestellt worden, und es hat Kläger bei dieser Resolution insofern sich beruhigt, als er wegen ebendesselben Anspruchs die gegenwärtige Executivklage erhoben hat. Es ist daher nicht nöthig, auf die Frage einzugehen, in wie weit eine richterliche Resolution in Rechtskraft übergehen könne; denn unzweifelhaft ist es, daß der Kläger die durch eine erhobene und später wieder fallen gelassene Klage verursachten Kosten in der Regel dem Gegentheile zu erstatten habe und daß dieser Anspruch des Gegentheils nicht davon abhängig ist, ob derselbe die Liquidation des betreffenden Sachwalters bereits berichtigt habe, da er, so lange dies nicht geschehen, jedenfalls zu solcher Berichtigung noch verbunden ist. Da nun sothane Extrajudicialien durchgängig auch als restituible sich darstellen: so ist die vorgeschützte Gegenforderung dem Fundamente nach vollständig erwiesen und bedarf es nur noch zur Bescheinigung der Höhe derselben der durch das Proceßgericht zu bewirkenden Feststellung gedachter Extrajudicialien.

Endlich hat Man dem angefochtenen Bescheide noch eine Erläuterung insofern beizufügen gehabt, als es nach demselben (vergl. Bl. —) den Anschein gewinnen könnte, daß die schon in der Klage gedachte und nach Bl. — und — act. von dem Kläger auf die Stammforderung verrechnete Anzahlung von 5 Thlrn. 5 Ngr. —₰ zunächst auf die Verzugszinsen gerechnet werden solle.

Was die Proceßkosten anlangt, so erschien es nicht angemessen, wegen der geringfügigen Zuvielforderung, welche sich bei Beachtung der zuletzt gedachten Compensationspost auf Seiten des Klägers herausstellt, die erstinstanzlichen Kosten unter den Parteien aufzuheben, da durch diese Zuvielforderung ein Mehraufwand von Kosten nicht verursacht worden ist." rc.

III. Erkenntniß des Königl. Oberappellationsgerichts, publicirt den 3. September 1864:

„Weil, ganz abgesehen von den Gründen, welche das Erkenntniß zweiter Instanz — und zwar in Uebereinstimmung mit dem §. 1438. des bürgerlichen Gesetzbuchs aufgestellten Grundsatze — vergl. auch Sintenis, Anleitung zum Studium des bürgerlichen Gesetzbuchs, Seite 400. — gegen die Folgerung eines Verzichts auf das aus der cassatorischen Clausel dem Verpachter entspringende Recht der Aufhebung des Pachtverhältnisses durch Annahme einer Theilzahlung auf einen rückständigen Pachtgeldertermin geltend gemacht hat, im vorliegenden Falle nicht ersichtlich, nicht einmal behauptet worden ist, daß Kläger die Abzahlung von 5 Thlrn. 5 Ngr. —₰ auf die mit 87 Thlrn. 15 Ngr. —₰ fällige Pachtgelderrate erst nach Eintritt desjenigen Zeitpunktes angenommen habe, von welchem ab nach Inhalt des Contracts für ihn das Befugniß erwuchs, wegen unterlassener Abführung des Pachtgeldertermins den Pachtvertrag für erloschen zu erklären, mithin die thatsächlichen Voraussetzungen nicht einmal vorliegen, ohne welche die Vermuthung für die Absicht der Verzichtleistung gar nicht eintreten könnte, und wie demzufolge der vorigen Entscheidung in der Hauptsache beizupflichten gewesen, so auch, so viel den Kostenpunkt anlangt, ein Grund für Verschonung des Beklagten mit der Verurtheilung in Erstattung der Proceßkosten darin nicht erblickt werden mag, daß von Seiten Klägers bei Stellung seines Klaggesuchs die Möglichkeit, daß Beklagter einen mit der Hauptsache in keinem nothwendigen Zusammenhange stehenden geringfügigen Anspruch als theilweise Gegenforderung geltend machen werde, nicht berücksichtigt worden ist, so ist das Bl. — ersichtliche Erkenntniß, wie andurch geschieht, zu bestätigen." rc.

110.

Zur Gültigkeit eines legatum heredi praesenti injunctum genügt es nicht, wenn statt des unmündigen, in väterlicher Gewalt befindlichen Erben, dessen Vater bei Errichtung des Legates gegenwärtig ist.

Mitgetheilt von

Herrn T. in D.

Bei dem Gerichtsamte im K. Bezirksgericht D. reichte F. A. K. gegen J. G. W. in Ch. als natürlichen Altersvormund des unmündigen E. W. in D. folgende Klage auf Gewährung von 500 Thlrn. —, —, ein:

Am 15. December 1861 sei zu D. der Hausbesitzer J. C. W. verstorben. Als seinen Erben habe er in dem von ihm gerichtlich niedergelegten Testamente seinen Neffen, den noch unmündigen E. W., den Sohn seines Bruders J. G. W. in Ch., eingesetzt, und sei von diesem das Testament anerkannt und der Nachlaß des Verstorbenen angetreten worden.

Drei bis vier Tage vor seinem Tode habe J. C. W. noch nachträglich verschiedene Legate auszusetzen gewünscht, wie er sich dies in seinem Testamente ausdrücklich vorbehalten gehabt habe. Er habe nun seinen Anwalt, seinen Bruder J. G. W. und seine Schwester J. C. verehel. L. zu sich kommen lassen und unter Anderm seinem Bruder im Beisein von Zeugen erklärt, wie er wünsche und verlange, daß von seinem Neffen E. W. dem Kläger ein Legat von 500 Thlrn. —, —, nach seinem Tode ausgezahlt werde.

Der Kläger verlangte Ausfertigung auf die Klage und Vorladung des Beklagten durch seine ordentliche Obrigkeit, das Gerichtsamt im K. Bezirksgericht Ch., er wurde aber vom Proceßgerichte unter Verweisung auf

Biener, syst. pr. jud. ed. nov. §. 21. not. 8.
Osterloh, der ordentl. bürgerl. Proceß, 3. Ausg. §. 137. not. 7. und §. 138.

abfällig beschieden, da der Beklagte seinen Gerichtsstand in Ch. habe. Kläger erhob hiergegen Beschwerde, das Königl. Appellationsgericht zu Dresden aber verwarf dieselbe in einer am 24. November 1863 bekannt gemachten Verordnung. In dieser war gesagt:

rc. „Wenn nun aber die in väterlicher Gewalt befindlichen Kinder, selbst wenn sie thatsächlich an einem andern Orte sich aufhalten, ihr Domicil im rechtlichen Sinne lediglich beim Vater haben (vergl. die Citate in der Resol. voriger Instanz Bl. —) und daher das forum domicilii desselben immer auch das ihre ist — weshalb die vom Beschwerdeführer selbst Bl. — vertheidigte Ansicht, daß dergleichen Personen vor dem Gerichtsstande ihres eigenen Wohnortes zu belangen seien, eben nur dahin führt, den ordentlichen Gerichtsstand ihres Vaters zugleich als den ihrigen gelten zu lassen —, nach diesem Grundsatze aber im vorliegenden Falle, wo die eingereichte Klage gegen einen in Ch. wohnhaften Beklagten, in väterlicher Gewalt seines unmündigen Sohnes gerichtet ist, zu Verhandlung dieser Sache genanntes Gerichtsamt jedesfalls nicht als forum domicilii des Beklagten, als welches dasselbe vom Beschwerdeführer angesehen worden, competent sein kann, so rc."

Nachdem hierauf der obgedachte Erbe, E. W., mündig geworden, erklärte der Kläger, daß er seine Klage nunmehr gegen diesen selbst richte und Ausfertigung auf dieselbe beantrage. Das Gerichtsamt im K. Bezirksgericht zu Dresden fügte nunmehr diesem Antrage und ertheilte, nachdem Beklagter im Verfahren die behauptete Errichtung des Legates in Gegenwart des Vaters des Beklagten verneint, im Uebrigen aber die Klage zugestanden hatte, am 19. Juli 1864 folgenden Bescheid:

„Daß die erhobene Klage in der angebrachten Maaße nicht statt hat, es ist auch Kläger dem Beklagten die durch gegenwärtigen Rechtsstreit verursachten Proceßkosten zu erstatten schuldig.

Entscheidungsgründe:

Es hängt die gegenwärtige Entscheidung — die Richtigkeit der der Klage zu Grunde gelegten Behauptungen jetzt vorausgesetzt — von der Auslegung der hier maaßgebenden Vorschriften des Römischen und Sächsischen Rechts ab, wie solche in

l. ult. C. de fid. (6. 42.)
§. ult. J. de fid. her. (2. 23.)
Decisio XI. v. J. 1746.

enthalten sind. Für den vorliegenden Fall ist nur die Frage von Interesse, ob in diesen Gesetzen ausgesprochen sei, daß zur Gültigkeit eines Vermächtnisses der darin gedachten Art die Gegenwart des Erben ausnahmslos und unbedingt nothwendig sei, oder ob es auch genüge, wenn statt des minderjährigen Erben dessen gesetzlichem Vertreter gegenüber der Erblasser das Vermächtniß angeordnet habe. Die übrigen Streitfragen, zu denen jene Gesetze Veranlassung geboten haben, kommen hier nicht weiter in Betracht.

Für die mildere Ansicht läßt sich geltend machen, daß die angezogene Institutionenstelle nur einen Auszug und eine theilweise Wiederholung der Coderstelle enthält, in der letzteren aber so wenig, wie in der ersteren eine ausdrückliche Vorschrift, daß der Erbe überhaupt anwesend sein müsse, zu finden ist. Es spricht nur der Zusammenhang der Stelle, wenn auch nicht mit zwingender Nothwendigkeit dafür, daß jenes Gesetz die Annahme, der Erblasser habe dem Erben selbst gegenüber die fragliche Anordnung ausgesprochen, zu Grunde liege. Unterstützt wird diese Auslegung in Etwas durch die in der Institutionenstelle außerdem noch enthaltene Angabe, über den Inhalt des vom Erben zu leistenden Eides:

vel jusjurandum subire, quod nihil tale a testatore audivit,

obwohl auch diese Worte noch eine andere, wennschon etwas gezwungenere Auslegung im entgegengesetzten Sinne zulassen würden.

Es ist auch von namhaften Lehrern des Römischen Rechts, zum Theil unter Berufung auf die Glosse (Löhr, Keller), die Ansicht vertheidigt worden, daß die Gegenwart des Erben überhaupt im Gesetze nicht vorgeschrieben und daher nicht erforderlich sei, vielmehr jede andere Mittheilung des Erblassers an den Erben genüge.

vgl. Löhr, im Civ. Archiv, Bd. 2. S. 188. no. 3.
Schweppe, Röm. Privatrecht, 4. Ausg. §. 891. unter a. Bd. 5. S. 287.
Sintenis, Civilrecht, §. 208. n. 14. Bd. 3. S. 710. 1. Ausg.
Arndts, Pand., §. 545. not. 2. S. 816. 1. Ausg.
Puchta, Pand., §. 523. not. d. S. 720. 7. Ausg.
Keller, Pand., §. 556. S. 1040.

Was nun insbesondere das Sächsische Recht betrifft, so bestimmt die oben angezogene dec. XI.: „Wenn ein Testator in Gegenwart des Erben Jemandem etwas vermacht", so soll dem Vermächtnißnehmer freistehen, dies durch Zeugen oder Eid zu beweisen. Es giebt auch dieses Gesetz wiederum zu Zweifeln über seine Auslegung Anlaß, wenigstens beseitigt es nicht die durch die Vorschriften des Römischen Rechts hervorgerufene Ungewißheit. Denn sie entscheidet nur die Frage über den Beweis eines solchen Vermächtnisses, und schreibt die Formen vor, unter denen ein Widerruf allein gültig solle erfolgen können. Im Uebrigen aber enthält es ebensowenig eine ausdrückliche Bestimmung in der hier streitigen Richtung; wie denn die Worte: „so in Gegenwart des Erben geschehen", anscheinend nur eine Hinweisung auf ein bestehendes Institut und eine Uebersetzung der von den Rechtslehrern diesem Institute gegebenen lateinischen Benennung: fideicommissum heredi praesenti injunctum sind.

Es ist bei Auslegung der angezogenen Gesetze ferner in Erwägung zu ziehen, daß jedes Gesetz bei den von ihm getroffenen Anordnungen stets nur den gewöhnlichen Fall vor Augen hat, also annimmt, die Person, bezüglich deren es disponirt, sei volljährig und verfügungsfähig, und sonach eines Vertreters nicht bedürftig. Hieraus läßt sich folgern, daß überall da eine solche Vertretung mit voller rechtlicher Wirkung zulässig ist, wo sie nach der Persönlichkeit des zu Vertretenden nothwendig und nach den Gesetzen nicht ausdrücklich verboten oder der Sache nach rechtlich unmöglich ist.

Hiernächst ist auch nicht unbeachtlich zu lassen, daß die im Römischen Rechte zwischen dem Vater und dem in seiner Gewalt befindlichen Hauskinde rechtlich bestehende unitas personarum in

Const. 10. P. II.

ausdrücklich bestätigt und in

Decis. 14. v. J. 1746.

nur rücksichtlich der zwischen Beiden abzuschließenden Verträge aufgehoben ist, der Vater des Beklagten also den Letzteren, der zur Zeit des fraglichen Vorgangs nach Bl. — noch unmündig war, in jeder Beziehung zu vertreten berechtigt und verpflichtet war, zumal das Alter der Eidesmündigkeit nicht, wie von

Winkler ad Bergeri Oec. jur., Lib. II. Tit. IV. Th. 33. not. 12. p. 318.
Curtius, §. 751. not. e. am Ende, Bd. II. 2. S. 230. 4. Ausg.

behauptet wird, hierbei, sondern höchstens in Anbetracht der Zeit der Eidesleistung selbst von Wichtigkeit werden könnte.

Das gegenwärtig erkennende Gericht hat sich jedoch, ohne übrigens die Gewichtigkeit der vorstehenden Gründe zu verkennen, für die strengere Auslegung zu entscheiden gehabt.

Man ist hierbei davon ausgegangen, daß die Bestimmungen des Römischen Rechts, wie nicht bezweifelt werden kann, als Ausnahmebestimmungen der strengsten Auslegung unterliegen und in ihrem Zusammenhange allerdings die Gegenwart des Erben zu erfordern scheinen; wenigstens läßt sich nicht in

Abrede stellen, daß sie dieselbe voraussetzen, wenn sie sie auch nicht mit ausdrücklichen Worten verlangen.

Berger, Oecon. jur. l. c. Th. 33. p. 313. und not. 8. p. 316 sq.

Mühlenbruch, doctr. pand., §. 685. not. 4., §. 727. not 5., T. 3. p. 305. 374. ed. 3.

Westphal, Vermächtnisse, Ausgabe von 1791. §. 301. Bd. 1. S. 237 flg.

Auch die oben angeführte Dec. XI. spricht für die strengere Ansicht. Denn wenn man auch annehmen will, daß sie nicht gerade die vorliegende Frage zu entscheiden beabsichtigte, so geht doch soviel aus ihr hervor, daß nach der Ansicht des Gesetzgebers die Gegenwart des Erben gewissermaaßen als selbstverständlich angenommen wurde, und es läßt sich in ihr, wo nicht eine Entscheidung, doch ein Zeugniß über die in der Sächsischen Praxis herrschende Auslegung der streitigen Stelle erblicken. Hiermit stimmen auch die Lehrer des Sächsischen Rechts überein,

Bauer, Decisionen, S. 122 flg. §. 6. 7.

Kind, qu. for., ed. 2. T. I. c. 41. 42. p. 271 sq. 278 sq.

nicht minder ist diese Ansicht in der Sächsischen Praxis zeither befolgt worden.

Wochenblatt f. m. R., 1843. S. 191. und die das. Citirten.

Endlich hat auch die vorhandene unitas personarum zwischen dem Vater und dem unmündigen Hauskinde zu einem andern Resultate nicht führen können, denn dieselbe hat, wenigstens nach der heutigen Rechtsanschauung, immer nur die Natur einer Vertretung, und wenn das Gesetz diese überhaupt ausgeschlossen wissen will, so liegt kein ausreichender Grund vor, für diese Art der Vertretung eine Ausnahme zu machen."

Auf die vom Kläger gegen diesen Bescheid eingewendete Berufung ertheilte das Königl. Appellationsgericht zu Dresden ein am 4. October 1864 bekannt gemachtes, bestätigendes Erkenntniß, dessen Entscheidungsgründe folgendermaaßen lauteten:

„Nach Römischem Rechte

vgl. c. 32. C. de fideic. (6. 42.)

reicht zur Errichtung eines Vermächtnisses eine ganz formlose Erklärung hin, welche der Testator an den von ihm eingesetzten Erben erlassen hat, wenn der Letztere die ihm ertheilte Anordnung anerkennt, oder die Ableistung eines ihm darüber angetragenen Eides verweigert.

Diese Vorschrift ist in dem Sächsischen Rechte

vgl. Decisio XI. v. J. 1746.

dahin erläutert worden, daß dem mit einem Vermächtnisse Bedachten freistehen soll, ob er den Beweis, daß ihm ein solches beschieden worden, durch zwei bei der Errichtung desselben zugegen gewesene Zeugen führen, oder dem Erben den Eid darüber antragen will. Nun herrscht zwar unter den Lehrern des gemeinen Rechts eine Verschiedenheit der Ansichten darüber, ob die gedachte Vorschrift des Römischen Rechts auf den Fall zu beschränken sei, wenn der Erblasser dem gegenwärtigen Erben mündlich seinen Willen mitgetheilt hat,

vgl. Thibaut, System des Pandektenrechts, §. 934.

Mühlenbruch, Lehrbuch der Pand., §. 730. S. 421. II. Bd. 4. Ausg.

oder ob jede Mittheilung an den Onerirten ohne Rücksicht auf die Art und Weise derselben für genügend zu achten, und also namentlich die persönliche Gegenwart des Erben bei der Bekanntmachung des Erblassers an ihn entbehrlich sei.

Vgl. Roßhirt, die Lehre von den Vermächtnissen, I. Thl. §. 10. S. 68 flg. (Heidelberg 1835.)

v. Vangerow, Leitfaden zu Pandektenvorlesungen, II. Bd. §. 528. S. 463. Anm. 1. (1848.)

Schweppe, das Röm. Privatrecht, V. Bd. §. 891. S. 287. der 4. Aufl. von Mejer.

Allein man kann gegenwärtig von einem nähern Eingehen auf diese Streitfrage absehen, weil dieselbe im Sächsischen Rechte gesetzlich entschieden ist. Die vorige Instanz bemerkt zwar Bl. —, daß die oben angeführte 11te Decision einen sichern Anhalt der Entscheidung der durch das Römische Recht in dieser Beziehung hervorgerufenen Zweifel nicht darbiete. Es hat jedoch dieser Ansicht nicht beigepflichtet werden können; denn die Worte der Ueberschrift jener Decision: „so in Gegenwart des Erben geschehen", welcher die Eingangsworte: „so in Gegenwart des Erben" entsprechen, deuten ganz offenbar darauf hin, daß der sächsische Gesetzgeber von der Ansicht ausgegangen ist, daß zur Gültigkeit eines mündlich angeordneten Vermächtnisses die persönliche Gegenwart desjenigen, welchem es auferlegt wird, schlechterdings erforderlich sei, — eine Ansicht, welche nicht nur auf einem bereits vor dem Erscheinen des mehrfach gedachten Gesetzes allgemein anerkannten Sächsischen Gerichtsbrauche beruhte,

vgl. Menken, Synop. proc. jur. comm. et Sax. Diss. 9. §. 8.

Derselbe, Syst. jur. civ. sec. ord. Pand., L. 36. Tit. 1. §. 11. pag. 558. ed. Schön.

Rivinus, Enunciata juris, Tit. 18. en. 5. 6.

sondern auch später und bis in die neueste Zeit beim Rechtsprechen in ähnlichen Fällen befolgt,

vgl. Bauer, Erläuterung der Churf. Sächs. Decisionen v. J. 1746, 1. Th. S. 124.

Kind, qu. for., T. I. cap. 24. p. 276., cap. 42. p. 278. ed. 2.
Gottschalk, in der Zeitschr. f. R. u. V. III. Bd. no. XVI. S. 311.
Wochenblatt f. m. R. 1843. S. 191.
Annalen des K. Oberappellationsgerichts, 7. Bd. S. 561.
Zeitschrift f. R. u. V., R. F. Bd. 25. S. 454.
sowie auch im bürgerlichen Gesetzbuche §. 2384. ausdrücklich anerkannt worden ist.

Im vorliegenden Falle hat nun Kläger selbst nicht behauptet, daß, als der am 15. December 1861 verstorbene J. C. W. in Gegenwart der Bl. — genannten Zeugen seinen Wunsch, daß der von ihm eingesetzte Universalerbe dem Kläger ein Legat von 500 Thlrn. —, —, auszahlen möge, ausgesprochen habe, der Beklagte, als eingesetzter Erbe des gedachten W., persönlich zugegen gewesen sei, sondern es hat der Kläger nur behauptet, daß der Erblasser dieses Vermächtniß dem Vater des Beklagten für denselben aufgetragen habe; die Anwesenheit des Vaters kann jedoch die nach der oben angeführten gesetzlichen Vorschrift zur Gültigkeit eines Vermächtnisses der hier fraglichen Art erforderliche persönliche Gegenwart des Erben selbst nicht ersetzen. Nach alledem stellt sich daher der erhobene Anspruch nicht als begründet dar, und es war daher der die Klage in der angebrachten Maaße abweisende Bescheid Bl. — sowohl in Betreff der Hauptsache, als des Kostenpunktes zu bestätigen."

Dieses Erkenntniß erlangte Rechtskraft.

111.

Die Vorschrift der Allgem. Deutschen Wechselordnung Art. 39. Abs. 1. findet auch auf den Domiciliaten Anwendung. — Der mit der Präsentation eines Wechsels Behufs der Zahlung beauftragte Notar ist schon als solcher zu Empfangnahme und Quittirung der Wechselsumme mit dem Erfolge der Liberation des Wechselverpflichteten als legitimirt anzusehen.

Mitgetheilt von
Herrn L. in G.

Auf Grund eines vom 5. Januar 1864 datirten, von C. F. B. auf sich selbst gezogenen und von ihm acceptirten, an die Ordre des Klägers K. M. H. gestellten, über 29 Thaler lautenden, den 16. März 1864 zahlbaren und bei B. & Co. zu L. domicilirten Primawechsels wurde S. gegen B. bei dem Justizamte F. unter dem Anführen im April 1864 klagbar, daß der Wechsel am 17. März l. J. bei den Domiciliaten von dem Notar K. zu L. präsentirt worden, Zahlung jedoch nicht zu erlangen gewesen sei. Die Protesturkunde lautete:

„Da mir auf Vorlegen des Wechsels der anwesende Herr H., seiner Versicherung nach der Associé der Firma B. & Co. erklärte, er verweigere die Bezahlung des Primawechsels, weil Herr K. M. H. — der Kläger und Remittent — den Wechsel nicht girirt oder den Empfang der Wechselvaluta nicht quittirt habe, bei dieser Verweigerung auch beharrte, als sich der unterzeichnete Notar bereit erklärte, den Wechselbetrag sofort in Empfang zu nehmen, dagegen den Wechsel auszuhändigen und in seinem Namen für den Requirenten über den Empfang der Valuta zu quittiren, mithin Zahlung nicht zu erlangen war, so habe ich im Namen meines Requirenten wegen nicht zu erlangen gewesener Bezahlung des Primawechsels protestirt ꝛc."

Im Verhörstermine bekannte sich der Beklagte zwar zu seinem Accepte, wendete jedoch ein, daß er den Wechselbetrag an die Domiciliaten noch vor dem Verfalltage eingesendet habe, und daß dessen Aushändigung an den Notar K. mit Rücksicht auf art. 39. der Allg. D. Wechs.-Ordn. Seiten der Domiciliaten mit Grund beanstandet worden sei. Dies gehe auch aus der Protesturkunde hervor. Denn die Domiciliaten hätten die Auszahlung nicht „Mangels Deckung", sondern „Mangels Quittung" verweigert.

Darauf wurde folgender Bescheid ertheilt:

„Weil zwar der Beklagte C. F. B. Bl. — eingeräumt, die auf dem der Klage Bl. — zum Grunde gelegten Primawechsel zu lesende Unterschrift: C. F. B. und das Accept: Angenommen C. F. B. eigenhändig bewirkt zu haben, dessen Bl. — gegen die Statthaftigkeit der vom klagenden K. M. H. wider ihn erhobenen Wechselklage vorgeschützte Einrede jedoch nicht ohne Beachtung bleiben kann, indem einestheils der Context des beiliegenden Protestes unter B. nur die Verweigerung der Zahlung des Wechsels nachweist, weil der Kläger den Wechsel nicht quittirt, noch denselben an den zur Empfangnahme der Valuta Bevollmächtigten weiter begeben, anderntheils aus demselben nicht hervorgeht, daß der Wechsel Mangels Deckung nicht bezahlt worden sei,

nach alledem aber nicht dem Beklagten eine Unterlassung oder Vernachlässigung der ihm bei dem vorliegenden Wechselgeschäfte obliegenden Verpflichtungen, sondern vielmehr dem Kläger zur Last fällt, der in art. 39. Abs. 1. der Allgem. Deutschen Wechselordnung zu lesenden Bestimmung] zuwider den

Wechsel ohne Quittungserklärung den Domiciliaten zur Zahlung präsentirt zu haben, eine Unterlassung, welche allerdings die Domiciliaten, bei denen sich der Kläger als Wechselinhaber, durch die An- und in Empfangnahme des mit der Domicilbemerkung versehenen Wechsels hierzu verpflichtet, die Bezahlung und Annahme der Valuta gefallen lassen mußte, berechtigte, die Zahlung des Wechsels zu verweigern, da denselben, nachdem sie durch die Domicilbemerkung und Empfangnahme der Deckung an die Stelle des Wechselschuldners getreten, die Bezahlung der Valuta nicht anders, als gegen Aushändigung des quittirten Wechsels oder an eine zu deren Annahme gültiger Weise bevollmächtigte Person zuzumuthen gewesen, wobei nur zu bemerken, daß der Kläger, wenn er nicht persönlich den Betrag hätte einheben können, sein Wechselrecht mittels Giro an eine dritte Person hätte übertragen können, was derselbe jedoch nicht gethan,

hiernach also die erhobene Klage dem Schicksale der Abweisung nicht entgehen kann,

so hat des Klägers auf Bezahlung des Bl. — auf 34 Thlr. 8 Ngr. 3 Pf. festgestellten Liquidums und Kostenerstattung gerichtetes Suchen schlechterdings nicht statt, es ist auch derselbe dem Beklagten die Kosten des Processes zu erstatten schuldig."

Auf Appellation des Klägers erkannte das Königl. Appellationsgericht zu Zwickau:

rc. „Daß es bei nurgedachtem Bescheide allenthalben nicht zu lassen ist, sondern Beklagter den Bl. — berechneten und auf vier und dreißig Thaler 8 Ngr. 3 Pf. festgestellten Schuldbetrag nebst den für die Stammforderung der neun und zwanzig Thaler vom 16. April 1864 an ferner aufgelaufenen und noch auflaufenden, sechsprocentigen Verzugszinsen an den Kläger zu bezahlen schuldig und hierzu auf Antrag des Letzteren durch Wechselhaft anzuhalten. rc.

Gründe:

Der Beklagte hat dem Kläger einen auf neun und zwanzig Thaler lautenden, den 16. März 1864 zahlbaren und bei B. & Comp. in L. domicilirten, gezogenen, eignen Wechsel gegeben. Der Wechsel ist nicht weiter begeben und auf Requisition des Klägers und Remittenten am 17. März 1864, also rechtzeitig, einem Mitinhaber der Firma B. & Comp., als Domiciliaten, in dem Geschäftscomptoir durch den Notar K. zur Zahlung präsentirt, von den Domiciliaten aber erklärt worden,

daß sie die Zahlung verweigerten, weil Herr M. H. (der Kläger) den Wechsel nicht girirt oder den Empfang der Wechselvaluta nicht quittirt habe.

Bei dieser Verweigerung sind dieselben auch stehen geblieben, obschon der präsentirende Notar sich erboten hat, den Wechselbetrag sofort in Empfang zu nehmen und dagegen den Wechsel auszuhändigen und für den Requirenten (den jetzigen Kläger) über den Empfang der Valuta zu quittiren. Da unter solchen Umständen Zahlung nicht zu erlangen war, hat der genannte Notar in üblicher Weise wegen nicht erlangter Zahlung Protest erhoben und darüber unter Anführung obiger Umstände die vorgeschriebene Protesturkunde ausgefertigt.

Auf Grund dieses Wechsels und der erwähnten Protesturkunde klagt nun der Remittent gegen den Beklagten als Acceptanten auf Bezahlung eines Bl. — und flg. auf 34 Thlr. 8 Ngr. 3 Pf. festgestellten Schuldbetrages im Wechselprocesse. Der Beklagte erkennt sein Accept an, schützt aber vor, daß er den Wechselbetrag den Domiciliaten eingesendet habe, der Kläger aber die Schuld an der nicht erfolgten Zahlung deshalb selbst trage, weil er die Domiciliaten nicht in den Stand gesetzt habe, an eine zur Annahme des Wechselbetrages legitimirte Person zu bezahlen.

Aus diesem Grunde hat nun auch der erstinstanzliche Bescheid unter Hinweis auf Art. 39. Absatz 1. der allgemeinen deutschen Wechselordnung die erhobene Wechselklage schlechterdings zurückgewiesen, unter Verurtheilung des Klägers zur alleinigen Uebertragung der Proceßkosten.

Auf die vom Kläger hiergegen eingewendete Appellation stimmt Man nun vorerst der ersten Instanz darin bei, daß der angeführte Artikel 39. der allgemeinen deutschen Wechselordnung auch auf den Domiciliaten anzuwenden ist und deshalb auch dieser nur gegen Aushändigung des „quittirten Wechsels" an den Wechselgläubiger Zahlung zu leisten verbunden ist. Der Artikel 39. spricht zwar blos vom „Wechselschuldner" und erwähnt den Domiciliaten nicht ausdrücklich. Auch steht der Domiciliat, wenn er nicht etwa selbst acceptirt hat, außerhalb des Wechselnexus und ist insofern nicht wohl unter den Begriff des „Wechselschuldners" zu stellen.

Allein mag Man nun das Verhältniß des Domiciliaten zu dem Wechselacceptanten nach Analogie des Trassaten zum Trassanten auffassen, oder mag Man beide, den Acceptanten und Domiciliaten, dem Wechselgläubiger gegenüber, juristisch nur als eine Person behandeln und von der Annahme ausgehen, daß durch die Setzung eines Domicils die Functionen des Wechselverpflichteten nur einfach in zwei Theile zerlegt werden, indem nämlich der Wechselschuldner zwar selbst acceptirt, die Zahlung aber an einem andern Orte durch einen Dritten, den Domiciliaten, bewirken läßt;

Wächter, in dem Archive für deutsches Wechselrecht, Bd. V. S. 158. und flg. §. 4.

immerhin ist der Domiciliat eine Art von Repräsentanten des Acceptanten. Er leistet, mag er nun als Beauftragter oder blos als Geschäftsführer ohne Auftrag handeln, dennoch Zahlung nicht für sich, sondern in Folge der in dem Domicil liegenden Anweisung für den Acceptanten. Insofern kann Man also sagen, daß er an die Stelle des Acceptanten tritt und demnach auch das Recht hat, nur unter denselben Bedingungen, unter welchen dem Acceptanten die Zahlung obliegt, den Wechselbetrag zu berichtigen.

Der Domiciliat kann sogar noch ein weit größeres Interesse daran haben, nur gegen Aushändigung des „quittirten Wechsels" zu zahlen, als der Acceptant. Der letztere wird, sobald er den von ihm angenommenen Wechsel (wenn auch unquittirt) im Originale zurückerhält, gegen wechselmäßige Angriffe aus demselben Papiere schon durch den bloßen Besitz des Wechsels ausreichend gesichert. Der Domiciliat aber hat, dem Acceptanten gegenüber, sich auszuweisen, daß er die durch das Domicil ihm aufgetragene Zahlung wirklich geleistet habe, und es kann ihm, um etwaige Weiterungen von Seiten des Acceptanten im Voraus abzuschneiden, allerdings daran liegen, diesen Nachweis nicht blos durch den einfachen Besitz des domicilirten Wechsels, sondern durch eine besondere, von dem Wechselgläubiger darauf gebrachte Quittung führen zu können.

Man wird daher zugestehen müssen, daß dem Domiciliaten ebenso, wie dem Acceptanten, das Recht nicht zu bestreiten ist, nur gegen Aushändigung des „quittirten Wechsels" Zahlung zu leisten.

Dies ist aber in dem vorliegenden Falle noch nicht das allein Entscheidende.

Es muß nämlich noch berücksichtigt werden, daß der Notar, welcher den Wechsel zur Zahlung präsentirte, sich erboten hat, die Valuta anzunehmen, darüber Quittung für den Wechselgläubiger auszustellen und den Wechsel auszuhändigen. Es ist also dem Domiciliaten dasjenige angeboten worden, was er nach Art. 39. der Wechselordnung zu beanspruchen berechtigt war.

Die Frage muß daher entscheidend sein, ob der requirirte Notar zur Empfangnahme und Quittirung der Wechselsumme mit dem Erfolge der Liberation des Wechselverpflichteten legitimirt war.

Müßte Man Art. 36. der allgemeinen deutschen Wechselordnung auf den vorliegenden Fall anwenden, so würde diese Frage offenbar zu verneinen sein. Denn darnach genügt die bloße Innehabung des Wechsels nicht zur Legitimation, sondern der Inhaber eines Wechsels, wenn es nicht der ursprüngliche Remittent ist, wird nur durch ein gehöriges Indossament und, wenn mehrere Giri auf dem Wechsel sich befinden, durch eine zusammenhängende Reihe derselben legitimirt.

Allein diese Art der Legitimation ist bei dem mit der Präsentation eines Wechsels Behufs der Zahlung beauftragten Notar nirgends vorgeschrieben. In den Art. 87. und flg. der allgemeinen deutschen Wechselordnung, welche von der Präsentation eines Wechsels zur Zahlung und von den Formen der Protesterhebung handeln, ist nirgends vorgeschrieben, daß der einen Wechsel zur Zahlung präsentirende Notar oder Gerichtsbeamte eine weitere Legitimation, als den Originalwechsel, beizubringen habe. Es ist weder erfordert, daß der Wechsel auf ihn girirt oder mit einem Blancoindossament versehen sein muß, noch auch ist vorgeschrieben, daß der präsentirende Beamte eine besondere Vollmacht von dem Wechselinhaber beizubringen hat. Daran muß nothwendig festgehalten werden, und unzulässig ist es, mehr Formen zu verlangen, als das Gesetz für den Wechselverkehr vorschreibt. Nach dem ganzen Geiste der allgemeinen Wechselordnung kann man daher nichts Anderes annehmen, als daß der Notar oder Gerichtsbeamte, welcher um die Präsentation eines Wechsels zur Zahlung ersucht worden, hierzu durch den Besitz des Originalwechsels legitimirt sein soll.

Der öffentliche Charakter des Notars oder Gerichtsbeamten muß als das ergänzende Moment angesehen werden, wodurch, abweichend von Art. 36., die bloße Innehabung und Vorzeigung des Originalwechsels ohne Giro und Vollmacht zur Präsentation Behufs der Zahlung legitimirt.

Ist aber der Notar oder Gerichtsbeamte durch den Besitz des Originalwechsels zur Präsentation Behufs der Zahlung legitimirt, so muß damit auch zugleich die Berechtigung verbunden sein, die Zahlung, wenn sie in Folge der Präsentation geleistet wird, für den Wechselgläubiger in Empfang zu nehmen und in dessen Namen darüber mit dem Erfolge der Liberation zu quittiren.

Da nun aber im vorliegenden Falle laut der aufgenommenen Protesturkunde der präsentirende Notar zur Empfangnahme und Quittirung der Wechselsumme sich erboten hat, so waren auch die Domiciliaten nicht berechtigt, wegen Mangels einer Quittung oder eines Giro auf dem Wechsel die Zahlung zu verweigern, und der Protest wegen Mangels von Zahlung muß deshalb als ganz in der Ordnung befindlich angesehen werden.

Den Mangel einer Quittung auf dem präsentirten Wechsel konnten die Domiciliaten nicht vorschützen, weil Zahlung und Quittung Zug um Zug zu gehen hat, und sie jeden Falls die Zahlung erst recht zu verweigern berechtigt gewesen wären, wenn der Wechsel bereits quittirt ihnen präsentirt worden wäre.

Ein Giro auf den zur Präsentation requirirten Notar verlangt aber das Gesetz nicht, also konnte wegen Mangel desselben auch die Zahlung nicht mit Recht beanstandet werden.

Alle diese Erwägungen führen in Verbindung mit dem Umstande, daß Beklagter sein Accept anerkannt hat, und der Protest auch sonst in Ordnung ist, dahin, reformatorisch, wie im vorbefindlichen Decisum geschehen ist, auf Verurtheilung des Beklagten nach Wechselrecht zu erkennen.

Diese Verurtheilung war insbesondere auch mit auf die Protestkosten auszudehnen, da nach der vorstehend entwickelten Auffassung die Erhebung des Protestes durch die unbegründete Zahlungsverweigerung von Seiten des Domiciliaten zur Nothwendigkeit wurde und der Acceptant, selbst wenn er, wie er behauptet, aber nicht bescheinigt hat, den Domiciliaten Deckung Behufs der Bezahlung des Wechsels gewährt hätte, dennoch unter allen Umständen die Handlungsweise der Domiciliaten vertreten, also auch die durch den Protest entstandenen Kosten tragen muß. Die Kosten der Präsentation des Wechsels durch einen Notar würden nur dann an dem Remittenten hängen bleiben, wenn die Domiciliaten an den präsentirenden Notar Zahlung der Wechselsumme geleistet hätten.

Brauer, die allgemeine deutsche Wechselordnung zu Art. 41. Bemerkung 1. sub b. S. 90. der 2. Ausg.

Archiv für deutsches Wechselrecht, Band I. S. 61." rc.

Miscellen.

Anzeige neu ergangener Gesetze und Verordnungen. Das 15. Stück des Gesetz- und Verordnungsblattes für das Königreich Sachsen (vom Jahre 1864) enthält: No. 121. Gesetz, die Aufhebung der Zinsbeschränkungen betreffend, vom 25. October 1864. No. 122. Bekanntmachung, das Verzeichniß der gegenwärtig zur Ausstellung von Recognitionsattesten ermächtigten Consularbeamten betreffend, vom 1. November 1864. No. 123. Bekanntmachung, Maaßregeln zu Verhütung der Einschleppung der Rinderpest betreffend, vom 2. November 1864. No. 124. Verordnung, die Erläuterung von Art. 49. der mit der Herzoglich Sachsen-Altenburgischen Regierung getroffenen Uebereinkunft über die Leistung gegenseitiger Rechtshülfe vom $\frac{\text{23. Mai}}{\text{20. Juni}}$ 1840 betreffend, vom 4. November 1864. No. 125. Bekanntmachung, den Wiesenburger Bezirksarmenverein betreffend, vom 5. November 1864. No. 126. Bekanntmachung, den Bezirksarmenverein der Gemeinde Kleinschönau und Genossen im Amtsbezirke Zittau betreffend, vom 1. November 1864. No. 127. Bekanntmachung, die landwirthschaftliche Assecuranzbank für Deutschland betreffend, vom 10. November 1864. No. 128. Allerhöchste Verordnung, einige Bestimmungen des Gesetzes über den Regalbergbau vom 22. Mai 1851 betreffend, vom 11. November 1864. No. 129. Verordnung, einige Bestimmungen des Gesetzes vom 22. Mai 1851 und der Verordnung vom 16. December 1851 über den Regalbergbau betreffend, vom 14. November 1864. — Letzte Absendung: am 21. November 1864.

Ernennungen, Anstellungen rc. Seine Majestät der König haben allergnädigst geruht, den Referendar bei der Kreisdirection zu Dresden, Georg Otto von Ehrenstein, und den Referendar bei der Kreisdirection zu Zwickau, Bernhardt Heinrich Freiherrn von Hausen, zu Regierungs-Assessoren bei den genannten Kreisdirectionen zu befördern; ingleichen den Secretair bei der Kreisdirection zu Dresden, Dr. Carl Robert Freiesleben, und den Accessisten bei der nämlichen Kreisdirection, Gerichtsamts-Actuar Friedrich Constanz von Criegern, zu Referendaren zu ernennen.

Todesfälle. Gestorben: am 23. November 1864 der Geheime Rath a. D. Dr. Carl Friedrich Schaarschmidt in Dresden.

CPSIA information can be obtained
at www.ICGtesting.com
Printed in the USA
LVHW112019260422
717291LV00004B/162

9 783375 000509